愛人如養花
愛己亦如是

超级大坦克科比 [著]

My Dear Tulip

我的
郁金香小姐

(上)

北方文艺出版社

目录 上册

001 /	第 1 章	一个来路不明的丫头	
004 /	第 2 章	被老金给骂了	
007 /	第 3 章	脸先不要了	
010 /	第 4 章	嫁给我得了	
013 /	第 5 章	我和陈艺的感情	
017 /	第 6 章	她会误会吗？	
020 /	第 7 章	摔死了都值	
023 /	第 8 章	送我回学校	
026 /	第 9 章	陈艺追求的生活	
029 /	第 10 章	自投罗网的丫头	
032 /	第 11 章	夜谈	
035 /	第 12 章	真相快要大白？	
038 /	第 13 章	让我惊讶的丫头	
041 /	第 14 章	一件皮夹克的故事 1	
044 /	第 15 章	一件皮夹克的故事 2	
048 /	第 16 章	让我心疼的女人	
050 /	第 17 章	搬家	
053 /	第 18 章	主动去找肖艾	
056 /	第 19 章	一个愉快的夜晚	
059 /	第 20 章	最熟悉的陌生人	
062 /	第 21 章	第一次合作	
065 /	第 22 章	一张黑白照片	
068 /	第 23 章	叫上陈艺姐	
071 /	第 24 章	装疯卖傻	
074 /	第 25 章	性格迥异的两个女人	
077 /	第 26 章	弄堂里的偶遇	
081 /	第 27 章	替你感到辛酸	
084 /	第 28 章	只对你唱过	
087 /	第 29 章	一盆被要回的郁金香	
090 /	第 30 章	赔偿我一个有意思的下午	
093 /	第 31 章	一座废弃的纺织厂	
097 /	第 32 章	真相之外的真相？	
100 /	第 33 章	唯一可以依靠的女人	
103 /	第 34 章	离婚庆典	
106 /	第 35 章	爱得太任性	
110 /	第 36 章	莫愁路	
113 /	第 37 章	翻脸	
116 /	第 38 章	全南京第一号渣男	

178	/	第58章	挨了一记耳光
181	/	第59章	非分之想
184	/	第60章	离开
187	/	第61章	两个厌包
190	/	第62章	那么，我向你表白
194	/	第63章	我们恋爱了
197	/	第64章	为艺术而生的女人
200	/	第65章	初露锋芒
203	/	第66章	卖馄饨的咖啡店
206	/	第67章	她剪短了头发
209	/	第68章	这个忙我帮不了
212	/	第69章	你妈不是一个简单的女人
216	/	第70章	你不要给自己找麻烦
219	/	第71章	和解
222	/	第72章	命运弄人
225	/	第73章	好想成仙
228	/	第74章	遇到麻烦
232	/	第75章	等待
235	/	第76章	爱得死去活来
238	/	第77章	东关街里的我
241	/	第78章	季小伟的两个预言
244	/	第79章	一切都会好的
247	/	第80章	一个奇怪的梦

119	/	第39章	敬老院里的奶奶
123	/	第40章	郁金香小姐
125	/	第41章	写保证书
129	/	第42章	命运给我的惊喜
132	/	第43章	去和陈艺住
135	/	第44章	付出之后的回报
138	/	第45章	你有静下心想过吗？
141	/	第46章	她是爱你的
144	/	第47章	约见肖总
148	/	第48章	日光倾城
151	/	第49章	肖艾的过去
153	/	第50章	快乐的傻子
156	/	第51章	去看肖艾
160	/	第52章	可惜我不是你的女朋友
163	/	第53章	意想不到的结果
166	/	第54章	我很爱你
169	/	第55章	向陈艺求婚
172	/	第56章	一起逛夫子庙
175	/	第57章	祝你和陈艺开心

251	/	第81章	助你一臂之力
254	/	第82章	相爱却不自知
257	/	第83章	永远不做小三
261	/	第84章	做个蠢货又何妨
265	/	第85章	宿命中的相遇
268	/	第86章	两枚戒指
271	/	第87章	兄弟合作
274	/	第88章	虚晃一枪？
277	/	第89章	你要是个仙女就飞回去
280	/	第90章	我们的最后一面
284	/	第91章	不帮
288	/	第92章	转机
291	/	第93章	袁真其人
294	/	第94章	我可以挽回公司的声誉
297	/	第95章	大家都如此幸福
300	/	第96章	世界太现实
303	/	第97章	陈艺回来了
306	/	第98章	好久不见

目录 中册

311	第99章	雪飘，风起，夜深
314	第100章	一条最孤独的鱼
317	第101章	我向你道歉
320	第102章	决裂
323	第103章	我们一起做事业
326	第104章	觉得自己恶心
329	第105章	分手之后
332	第106章	你真的是个混蛋
334	第107章	我的转变
337	第108章	惊讶
340	第109章	斩不断的情分
345	第110章	超越生死的情分
347	第111章	活得太用力
351	第112章	追逐影子的人
355	第113章	有情才能相守
358	第114章	她没有和袁真在一起
361	第115章	城市的奴隶
363	第116章	喜调
366	第117章	放马过来
369	第118章	不全是为了肖艾
372	第119章	
376	第120章	也在丽江
378	第121章	女王
381	第122章	到达丽江
384	第123章	给她五天时间
387	第124章	也许我们会在丽江见面
391	第125章	丽江相会
395	第126章	少女时的心愿
398	第127章	不留
402	第128章	妈妈
404	第129章	分开的借口
407	第130章	创业大赛
411	第131章	你们会后悔的
414	第132章	鞠躬敬礼
418	第133章	我退掉了飞机票
422	第134章	在丽江的最后一夜
425	第135章	砸了酒吧
428	第136章	我们都变了心吗？
432	第137章	像从前一样
434	第138章	

505 / 第159章	轰然倒塌
508 / 第160章	她还能依赖谁
511 / 第161章	等待
514 / 第162章	鹿港小镇
517 / 第163章	做我的酒伴
520 / 第164章	因为我会忘了你
523 / 第165章	在我这里过年
526 / 第166章	离别前
531 / 第167章	可是我不爱你
534 / 第168章	亡命天涯
538 / 第169章	再见
543 / 第170章	希望还来得及
546 / 第171章	思一切顺利
550 / 第172章	男闺蜜和这哥们
553 / 第173章	陛锦玫瑰
558 /	雄胜大盗
562 /	
566 /	

436 /		
441 / 第139章	为了爱情活一次
443 / 第140章	
447 / 第141章	厌恨这样的告别
451 / 第142章	冤家对头
454 / 第143章	卖奢侈品
456 / 第144章	人算不如天算
459 / 第145章	一条奇怪的微信
463 / 第146章	命也
466 / 第147章	该不该说
469 / 第148章	你到底是谁
472 / 第149章	臭不要脸的
475 / 第150章	跨年1
480 / 第151章	跨年2
484 / 第152章	还恩情
487 / 第153章	勤联系
490 / 第154章	有些情，必须欠
494 / 第155章	受挫
498 / 第156章	我的信仰在哪里
502 / 第157章	不转咖啡店
第158章	我们是兄弟
	一切很好

		来的？
		的女人
		的力量
		那么可怜
		遊爱情
	第188章	准女朋友
	第189章	去台北
	第190章	最为期待的事情
622 / 第191章	台北的夜晚
625 / 第192章	寻找肖艾
628 / 第193章	相遇的早晨
632 / 第194章	如意如意
635 / 第195章	清水断崖
639 / 第196章	放下过去

643	第197章	牵手
646	第198章	你出尔反尔
650	第199章	再见，台北
653	第200章	家里还好吗？
657	第201章	没那么简单
660	第202章	戏剧性的聚会
662	第203章	她笑得那么甜
666	第204章	没有名分的情侣
670	第205章	谈崩了
674	第206章	长江二桥
677	第207章	我是为了孩子
680	第208章	情感过渡
683	第209章	情感纠葛
688	第210章	艾桥乐坊
692	第211章	借钱

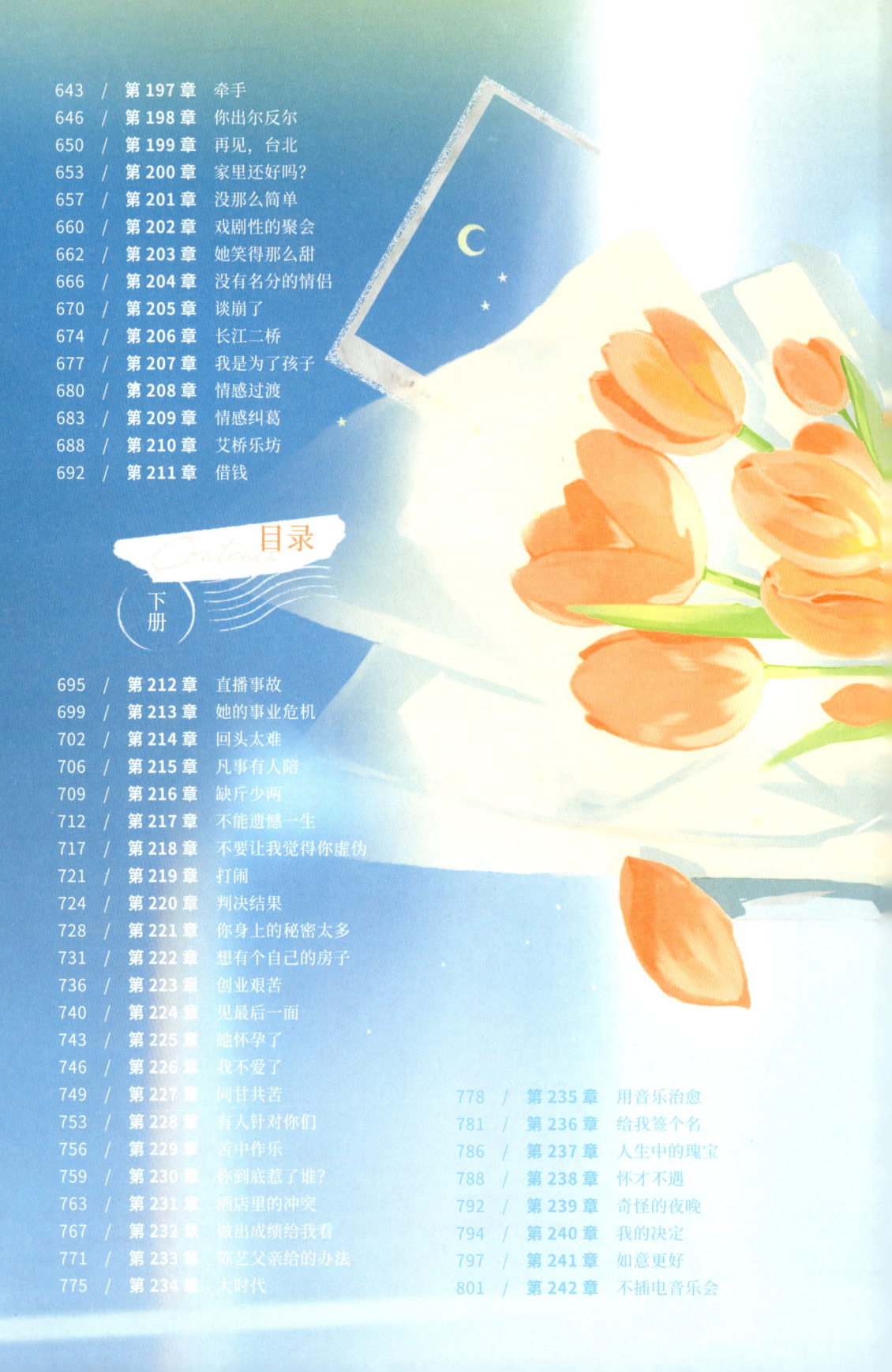

目录

下册

695	第212章	直播事故
699	第213章	她的事业危机
702	第214章	回头太难
706	第215章	凡事有人陪
709	第216章	缺斤少两
712	第217章	不能遗憾一生
717	第218章	不要让我觉得你虚伪
721	第219章	打闹
724	第220章	判决结果
728	第221章	你身上的秘密太多
731	第222章	想有个自己的房子
736	第223章	创业艰苦
740	第224章	见最后一面
743	第225章	她怀孕了
746	第226章	我不爱了
749	第227章	同甘共苦
753	第228章	有人针对你们
756	第229章	苦中作乐
759	第230章	你到底惹了谁？
763	第231章	酒店里的冲突
767	第232章	做出成绩给我看
771	第233章	陈艺父亲给的办法
775	第234章	大时代
778	第235章	用音乐治愈
781	第236章	给我签个名
786	第237章	人生中的瑰宝
788	第238章	怀才不遇
792	第239章	奇怪的夜晚
794	第240章	我的决定
797	第241章	如意更好
801	第242章	不插电音乐会

805 /	第 243 章	金秋的提议
808 /	第 244 章	秦苗的答复
811 /	第 245 章	你不要阻止我
814 /	第 246 章	求人办事
017 /	第 247 章	再遇冯唐
821 /	第 248 章	袁真的机会
825 /	第 249 章	为你做一次主
829 /	第 250 章	杨瑾的故事
832 /	第 251 章	被打开的纺织厂
836 /	第 252 章	人生处处有惊喜
841 /	第 253 章	赚钱了
844 /	第 254 章	父女争吵
847 /	第 255 章	节外生枝
852 /	第 256 章	动员拆迁
856 /	第 257 章	一起做钉子户
858 /	第 258 章	你会等我吗
862 /	第 259 章	价值观上的冲突
866 /	第 260 章	裂痕
869 /	第 261 章	群情激奋
873 /	第 262 章	我们结婚吧
877 /	第 263 章	给她一个名分
880 /	第 264 章	爱的年轮
884 /	第 265 章	交心的一夜
887 /	第 266 章	不那么乐观
890 /	第 267 章	人有旦夕祸福
892 /	第 268 章	人生如风
895 /	第 269 章	最美好的情节
898 /	第 270 章	梦
901 /	第 271 章	过渡期
905 /	第 272 章	两张彩票
908 /	第 273 章	演唱会
912 /	第 274 章	去见肖总
915 /	第 275 章	有人怀疑你的能力
919 /	第 276 章	不是他亲生的
922 /	第 277 章	阮苏
926 /	第 278 章	去留学
929 /	第 279 章	想想，再想想
933 /	第 280 章	不正经的早晨
937 /	第 281 章	我要回台北了
940 /	第 282 章	我想她
942 /	第 283 章	我想你
945 /	第 284 章	她回来了
947 /	第 285 章	那么，我愿意
949 /	第 286 章	我是你的女人了
952 /	第 287 章	我的早晨
954 /	第 288 章	庆幸有她
956 /	第 289 章	一颗神秘的坚果
960 /	第 290 章	为了五斗米而折腰的姑娘
964 /	第 291 章	不能作为证据
966 /	第 292 章	各自安好
968 /	第 293 章	别了，我的纺织厂
971 /	第 294 章	灾

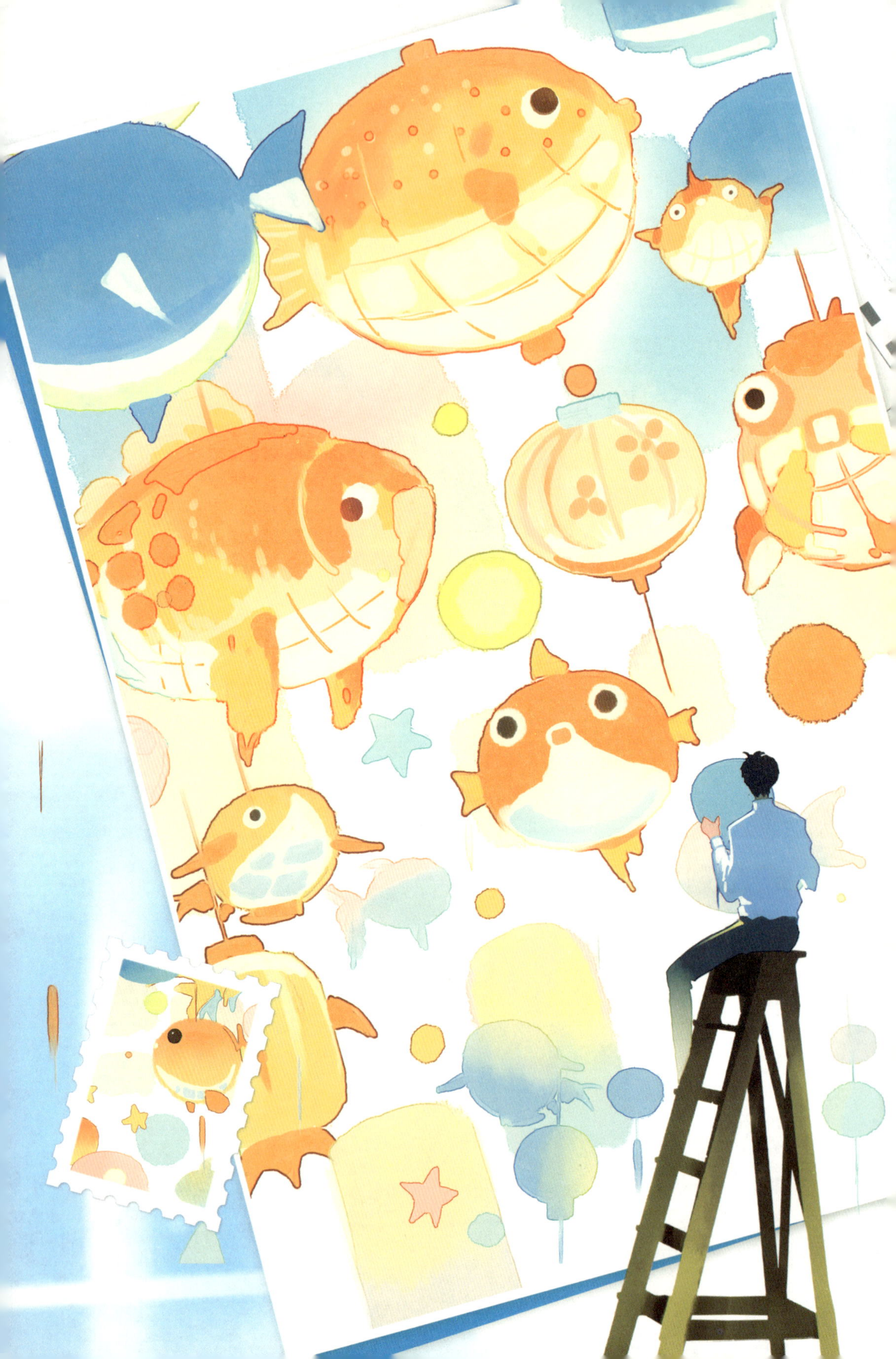

|第1章| 一个来路不明的丫头

又是一个下班后的傍晚,我乘着86路车回到了郁金香路。我家就在站台五十米之外的一个小弄堂里,环境虽算不上太好,但胜在清静。尤其在去年巷子里多了一间名为"心情咖啡"的店后,周边办公楼里许多厌恶了聒噪和快节奏生活的白领都找到了这里,然后在夜晚来临前喝一杯咖啡,仿佛只是在这里听一首轻音乐、失神地待一会儿,便会忘却一切在世俗里惹上的烦恼。

进了弄堂我便摘掉了脖子上的领带,将其拎在手上向咖啡店走去,我约了陈艺下班后在这里谈合作的事情。

咖啡店很小,除了吧台旁边的一排长椅,仅有的几个座位全部靠着窗户。而正在里面消费的客人都很沉默,似乎没有人愿意对着一杯咖啡说破生活里的脆弱,久而久之,这种氛围便成了这间咖啡店独特的标签。尽管巷子很深不易被发现,但它也靠着这个特色,竟然就这么一直生存了下来。

陈艺已经在我之前到了咖啡店,只见她的头发盘得很整齐,脸上的妆也没卸,身上则穿着一件很得体的很显气质的白色女装,估计是刚下节目,便来赴我的约了。

我将公文包很随便地往桌子上一扔,在她对面的位置坐了下来,问道:"你最近忙啥呢,我都好几天没见着你了。"

陈艺将几缕有些乱的头发别在耳后,端起咖啡杯喝了一口,回道:"我们台有个真人秀节目在杭州那边拍摄,我过去出差了几天。"

"哦。"我应了一声,随即又喊来服务员要了一瓶啤酒。

虽然今天我约陈艺是为了谈工作,可是这个世界上没有比我俩更熟悉的人了。我俩都是南京市雨花台区人,也是一起在这条弄堂里长大的青梅竹马。在她没有去北京上大学之前,我俩每天过着抬头不见低头见的生活。后来,我进了一家婚庆公司做婚庆策划,她呢,比我要优秀太多了!中国传媒大学毕业后,便进了本地电视台工作,现在已经是一个很有名气的主持人了。

一瓶啤酒就这么被我当作解暑的饮料给喝完了,却迟迟没有开口说起工作的事情,我就是想借机和陈艺多待会儿,这些年我们已经不像从前那么亲近了。

陈艺盯着我看了一会儿,终于带着好奇问道:"江桥,你不是约我出来谈合作吗,怎么一句话也不说了?"

"谈合作之前我想先问你一件事。"

"你问呗。"

"想我江桥从小就阳光帅气，还乐于助人、积极向上、德智体美劳样样是标兵，深得老师们喜欢，更是年年被学校评为'优秀红领巾'。所以……我想问你，当这么多优点很不公平地集中在我一个人身上时，有没有那么一刹那让你心动过，然后偷偷暗恋我，把我当成你梦中的白马王子？"

陈艺轻蔑地看了我一眼，回道："没有……你能不能别每次一见面就像和我说脱口秀似的，说好的谈合作呢？"

"得了吧，那么多姑娘喜欢我，你肯定是淹没在她们非我不嫁的意念中感到自卑了。"

陈艺不愿意陪我瞎聊，又端起咖啡喝了一口，然后望着巷尾的那两棵很茂盛的梧桐树。

"好，好，好……咱们谈合作还不行吗。"

陈艺没什么情绪地看着我，在她眼里我是不会一本正经地带着工作精神和她聊天的。

我坐直了身子，终于正色说道："我们公司昨天接了个大客户的婚礼，对方指明要你担任主持，出场费是六万，这是我帮你向老板争取的……呵呵，是不是我江桥偶尔也能做几次靠谱的事情？"

说完这些，我心里很高兴，因为这些年我在她的世界里太没有存在感了，没有能力为她做点什么。这次虽然也算不上是帮忙，但至少证明我还算是有点作用的，因为老板起初只愿意出五万的出场费，而陈艺之前主持一场商业活动也差不多就是这个价格。

陈艺果然稍稍意外了一下，却回道："江桥，是这样的，最近台里下达了通知，要严肃整治不正之风，严禁体制内的主持人出去接私活。我是签了承诺书的，所以这场婚礼的主持我不能接。"

我心里顿时不高兴了起来，说道："这是公司的事情，也是我的任务指标，我的忙你也不帮吗？"

"我不是不帮，是台里下达了这样的通知，我也没办法的呀。"

我的自尊心忽然受挫，觉得自己的沾沾自喜有点可笑，语调也提高了几分："陈艺，别让我觉得你太没有人情味，行吗？"

陈艺看着我，没有言语，似乎用沉默再次告诉我，这个忙她就是不帮，没得商量。

我心中上火得厉害，又逼问道："我现在很不高兴，你给句痛快话，这场婚礼你到底能不能主持？"

"江桥，你能不能成熟一点？我既然和台里签了承诺书，那我就要有契约精神，而且工作上的事情，我们最好不要带着私人感情去聊，这样大家才不会尴尬为难。"

我怒极反笑，咬着牙点头说道："好，你字字珠玑，句句在理，我江桥就是个大草包，这事就算我不成熟，没有契约精神行了吧？"

陈艺没有什么情绪地回道："反正我把我的难处都和你说了，你要和我置气，闹情绪，那我也没有办法。"

我又急又怒，也不嫌疼，重重地拍着胸脯说道："陈艺，你给我听好了，我江桥今天就和你说一句狂话，你不主持没关系，反正混出名声的主持人也不只你一个，这六万块钱我送得出去，我要再和你提这件事情，你就是我奶奶，我是你孙子！"

…………

离开那间心情咖啡，我所有的好心情瞬间都没了，只剩下一肚子发泄不出去的憋屈。我很难过，真的很难过，更觉得自己傻到有些可笑。没有发生今晚这一幕之前，我还真太把自己当回事，以为自己在陈艺心中有着很重的分量，结果却抵不上一份签了字的承诺书。

我就这么站在弄堂里，看着陈艺的身影离开了咖啡店，她在青石铺成的小路上伴随着夜色一步步消失在了我的视线中。我有些恍惚，仿佛她的倩影还遗留在巷子的深处，就像一个风华绝代的女人用穿着旗袍的背影惊艳着二十世纪三十年代的老南京……

陈艺就是这个样子，从小生活在知识分子家庭的她，学音乐、学舞蹈、学画画，学出了一身才艺，也养成了从不动怒的大家闺秀性格，可这些都成了今天我们无法逾越的鸿沟。因为我从来没有绅士过，我只知道开心了就在她面前笑，不开心了就对她发脾气。

夜晚的水汽已经弄湿了这条巷子，没有人再从这里路过，只剩下头顶上的老式路灯还散发着昏黄的光线，似乎它和这条弄堂就是一对被空间隔离的恋人，每天相对却不动声色，只有当夜风吹来时，它们才会有一次擦肩而过的机会，然后如此重复……

而这些关于它们寂寞的秘密，在这条弄堂里，只有我一个人懂。

…………

我终于回了家，木板门上挂着的铁锁用它的凉意呼应着我心中的那些惆怅，连门口栽种的桂花树也不再散发芳香，只有露水依附在叶子上仰望着清凉的月光。空气里那些白天留下的燥热还没有完全散去，我忽然发觉自己在这冷热交替的夜里有些病了似的。

我终于打开了门上的锁，推开了木板门，霎时惊得我呆立在原地……

我看见了一个仿佛用画笔勾勒出的美丽到有些孤独的侧脸，她穿着白色的花边长裙，正拿着水壶，站在花池旁为我种植的那些花草浇着水。我不知道该怎么形容这个仿佛掉落在花前月下的身影，仅看见自己内心的寂寞在一个星火闪过的瞬间被点燃。

她发现了我，我也终于回过了神，几步冲刺着跑到她的面前，一把夺下了她手中的水壶，喊叫道："这是芦荟，你这么浇水会把它给淹死的！"

她赶忙缩了手……

我皱着眉头看着她，这确实是一个很真实的姑娘。她的年纪不过二十刚出头的样子，可是长得真的很漂亮，才让我在刚刚那花前月下的情境中产生错觉，误以为一个仙女来二十一世纪的凡间接地气了。实际上她身上的那条长裙也不是古代的绫罗绸缎，反而是一件充满现代气息的今夏新款女装。

她嘴里嚼着的口香糖更让她看上去并不那么安分……

我拉长着脸向她问道:"你谁啊,怎么进的我家院子?"

她没有回答我,伸出手触摸着墙壁上那块我亲手画的彩绘图案,笑着向我问道:"你把这个院子设计得这么有情调,其实心里应该是个很孤独的人吧?"

"你别和我打岔……"

她没让我说下去,用满脸烂漫的笑容回道:"我知道你叫江桥,够不够?你不是说过吗,人和人之间就是一场游戏,今天我来找你就是一场游戏的开始。反正我是不会无缘无故找你的,毕竟天上不会掉个仙女让你白捡便宜。南京城整天跑着来来往往的汽车,房价高得离谱,它也明显不是一个制造童话的地方,对不对,江桥?"

她的回答让我有一种完全暴露了的感觉,可是我一点也想不起来她是谁。我确实喜欢把人和人之间的关系比喻成一场游戏,她竟然连这么小的细节都清楚,而我却完全没有办法解释此刻发生的一切。

|第 2 章| 被老金给骂了

我还在云里雾里搞不清楚时,这个在我没有一丝防备中出现的丫头已经准备离开,我挡在门口不让她走,又一次问道:"我锁门了,你是怎么进我家院子的?"

她带着一点小得意回道:"你在门口装个监控不就知道了,反正我还会再来的。"说完也不畏惧和我的身体接触,伸手推开了我。她走出院落后,沿着陈艺刚刚走过的路,也离开了这条弄堂。

我有点恍惚,从口袋里摸出一支烟点燃,然后在一丝难得的缝隙中看见了在远处矗立的高楼,霓虹将城市的上空映出了一片红色的光亮,我没有做梦,南京依旧是这个南京,我也依旧是我,一切都很真实。

次日,早晨的阳光选了个最好的角度落在我的床上,我睁开了眼睛,也意味着三点一线的生活又这么重复着开始了。

洗漱之后,我简单吃了个早餐便又乘坐 86 路车去了公司。在那摇摆不定、乘客密集的车厢里,我一直反复想着昨天晚上陈艺拒绝主持婚礼的事情。直到此时我心里仍有那么一点气愤,反正我是不愿意再和她提这件事情了,毕竟狠话已经说了出去,我是个很在意脸面的男人。

到了公司后,我便陷入忙碌中,最近我还有另外两场正在策划的婚礼,我先是去设计部跟进婚礼场景的设计情况,然后又将填好的婚礼资源移交表格交给了营销部,办完这两件事情之后,老板金志强也从外面跑完业务回到公司,第一时间将我叫到他的办公室。

老金泡了一壶普洱茶,亲自给我倒了一杯,我受宠若惊地从他手中接过,定了定神，向他汇报道："金总，昨天我找陈艺很认真地聊了一下，价码也告诉她了，可是她们电视台最近在严肃整治不正之风，所以金鼎置业肖总的婚礼她实在没办法主持，要不咱们和肖总沟通一下，换个主持人呗。"

老金的面色顿时像被霜打过一样，他冷着脸，沉声说道："你给我把茶杯放下，事没办成还敢喝我泡的茶，把你给美的！"

"不是金总，你能不能别说翻脸就翻脸？"

老金抖着自己的花衬衫，甩掉上面的汗水，言语激动地回道："我这一天天尽在外面赔笑脸，回公司还不能冲你们发点脾气了？"

"可这事我也不是没有尽力啊！"

"别动不动就把'尽力'两个字挂在嘴上，你这就是无能的表现！"

被老金骂无能，我心中已经有火，但还是强忍在心里没有发作……

老金又说道："江桥，这次我们接的可是三百万婚礼预算的大单子，哪家婚庆公司不眼红得滴血，但是肖总最后为什么会选择我们？那是因为我和肖总保证了，只要是他提的条件，我们公司绝对有能力办到，其中就包括让陈艺担任这次的婚礼主持。你告诉我，我现在能跑去告诉肖总，我们请不动那个主持人，再另外换一个吗？你这叫其他客户和同行怎么看我，我还要不要在这个行业里混了？"

"我算是听明白了，你这就是典型的见钱眼开，最后搬起石头砸了自己的脚。"

老金被我挤对得脸上无光，手重重一拍桌子说道："合着就你清高是吧！江桥你给我听好了，这事儿你要是办不成，你就给我卷铺盖走人，这些年就算我老金白供着你这个白眼狼了……我倒要看看就你这高中文化的水平，哪家婚庆公司愿意供着你。"

学历一直是我心中的一个痛，我终于发火了，冲老金骂道："说得好像你是哈佛剑桥毕业似的，不也就是个初中毕业吗……我江桥就是比你多上两年学，比你有文化多了……"

我图心中痛快，就这么把老金给骂了，可后来被老金用更不中听的脏话骂出了他的办公室。我和老金都不是文化人，所以五年以前，没有文化的他收留了同样没有文化的我，给了我一份还算正经体面的工作，然后教我怎么去面对这个用利益去衡量一切的社会，他是我走上社会后第一个老板。

转眼入行快六年了，我策划过无数场婚礼，司机不够用时，我当过婚车司机；司仪临时来不了了，我客串过司仪紧急救过场；甚至穿上过厚厚的道具服，在婚礼现场扮演吉祥物。可如今我自己也到了结婚的年纪，身边却没有一个女朋友，更不用谈结婚的对象。也许这个世界上从来就没有一个人懂过，在面对那些洋溢着幸福的笑脸时，我是一种怎样孤独的心情……我忽然有些厌倦这个行业了，也厌倦了老金这个人，更不想再去求陈艺什么……她如果懂我这些年的辛酸，就不会拒绝得那么彻底了。

…………

下班后回到家，我一个人坐在小院落里的台阶上抽着烟，身边只有那些花草还算有生命。我并不害怕孤独，却又如此孤独……我总是想起陈艺，如果她不拒绝，现在又是个什么情景呢？也许我已经迫不及待地开始想着帮她设计主持脚本了，反正不会像现在这样，质疑自己；也不会和老金翻脸，把一份做了快六年的工作混到岌岌可危的地步。

掐灭手中的烟蒂，夕阳也在不知不觉中掉落到高楼的后面，夜晚就要来临了。

下一刻，院子的木板门被推开，昨天那个忽然闯进我生活中的丫头就这么出现在我的面前。她趴在门框上，冲我挥了挥手："嗨，江桥同学，你在干吗呢？"

我看着她，她今天的装束明显要比昨天活泼，背着一只红色的单肩包，穿着一条牛仔短裤，两条腿显得修长。

"你又来干吗？"

她没有回答我，反而很不客气地在我身边坐了下来，然后左顾右盼，仿佛对这个院子里的一切仍有很强烈的好奇。她又打开自己的单肩包，从里面拿出一罐啤酒递到我面前，问道："喝啤酒吗？我包里还有花生米、牛肉干。"

我求之不得，从她手中接过啤酒，她又从包里拿出一袋牛肉干和花生米扔在了我的腿上，自己依旧托着下巴看着石桌上的那些盆栽。

"你不喝吗？"

"我不想喝。"

"陪我喝点，一个人喝没劲。"

她终于歪过头看着我，问道："你说人为什么一定要有情绪呢？就像你院子里的这些花花草草不好吗？和我们一样享受着一年四季的阳光雨水，却没有孤独和痛苦。"

我就这么进入她的思维中，也不提喝酒的事了，回道："谁告诉你它们没有痛苦了？"

"有吗？"

"有，枯萎的时候，没人给它们浇水的时候。"

"哦，好像是么回事。"

我有些不满地将手中的啤酒罐举了举，问道："你还陪不陪我喝酒了？"

"如果你很有喝酒的兴致，咱们可以去1912酒吧街喝去。"

"吓我啊？"

"没有吓你，是在和你开玩笑，因为我没时间……哈哈。"她说着便将那只红色的单肩包背在了身上，又说道，"我得回学校了，过两天再来找你玩儿。"

"原来还是个学生！"我暗自感叹了一句，也随她起身走到院外，追着问道："你到底叫什么名字？接近我到底有什么企图？"

她依旧不打算回答我，指着前面对我说道："看，对面有个美女！"

我下意识地看着她所指的方向，蓦然看到了穿着一身紫色收腰雪纺裙的陈艺，她正在向我和这个丫头的身边走来，眼看就要打上一个照面。

弄堂很窄，我和这个丫头靠得很紧，走过来的陈艺主动侧过身子礼让我们先过，我正和她生着气，没准备和她说话，打算直接走过，却不想身边的丫头停下了脚步，指着陈艺说道："我看你好眼熟啊，你是那个，那个……主持人陈艺，对吧？"

陈艺看了看这个丫头，又看了看我，没有回答。

我不安分地抖着小腿说道:"你别见到个美女就说是陈艺,陈艺多好的一个姑娘啊,不是谁都能对号入座的。"

"她就是陈艺啊,我不会看错的。"

陈艺当然明白我是在讽刺她昨天晚上的无情无义,可她没有反驳什么,只是对着我身边的丫头笑了笑,继续向巷尾走去。她的身影在刚刚亮起的路灯下忽长忽短,我也跟着那个丫头继续向巷口走去。

....

出了弄堂就是郁金香路,这个丫头伸手拦了一辆出租车,我拉住了她:"如果你觉得这样很好玩,我也不反对,但你至少得告诉我名字吧,要不然我和你说话特别扭。"

"我在南京艺术学院上学,有本事你就自己去打听呗,或者等我哪天心情好就告诉你了。"她说着拿掉了我抓住她胳膊的手,转身上了出租车,不一会儿便融入了仿佛在远方的城市中。

我哭笑不得,难怪这丫头的出现像是一场行为艺术,原来是个学艺术的,看样子真不能用常人的思维去看待她。

我又顺着原路返回,再次路过那间心情咖啡,想起昨天发生的事情,心中又是一阵烦闷,我已经不知道该怎么解决眼前的这些麻烦了,但我知道,如果搞不定陈艺做主持人这件事情,老金是肯定不会放过我的。

第3章 脸先不要了

回到自己的住处,我泡了一桶方便面当作晚餐之后,便躺在床上找着想看的电视节目。这一天,我过得实在是太抑郁,再不借电视节目转移注意力,今天晚上非弄得失眠不可。

随便调了个台,正好是陈艺主持的一档综艺节目,节目里她正和另外一个男主持人带着几个明星在杭州玩起了"时空穿越"的游戏。

她玩得很开心,很出色地引导出了几个明星的综艺感,节目效果做得非常之好。可我很难将节目里的陈艺与刚刚在巷子里见到的陈艺联系起来。她就是这个样子,在节目里是个妙语连珠、从来不会冷场的主持人,可现实中一旦和我陷入冷战,就真的把我当作陌生人,一句话都不会多说。

当然我也不厌,大不了就一直冷战。

....

次日的早晨,我躺在床上不想起来,也不想去公司,因为我没法给老金答复。

在床上磨蹭了一会儿之后,我最终还是起了床,从冰箱里拿出一袋汤圆煮了以后,便捧着碗坐在小院门口的台阶上吃着。我家门口是陈艺上班的必经之路,如果我没有算错的话,还有十分钟她就会拎着手提包,拿着车钥匙从我家门前走过。

碗里的汤圆已经泡得有点发胀，我终于在早晨的阳光下听到了熟悉的高跟鞋踩着青石板的声音，一秒钟一拍，几乎不会有误差，抬起头看了看，果然看见陈艺从巷尾走了过来。今天她又换了一件粉白色的A字长裙，头发梳理得很整齐，一只黑白格的香奈儿包将她整个人的气质衬托得恰到好处，她现在的样子几乎可以不用再打扮，便能直接做直播了。

　　我赶忙背对着她，身子却在仓促中碰擦在墙上，那些风化的粉尘弄脏了我的衬衫又飘进了我的碗里。为了让这场相遇显得浑然天成，没有一点刻意的成分，我若无其事地用汤匙将汤圆从碗里挑了出来，然后送进了嘴里。

　　下一刻，陈艺便从我的身边走过，和昨天晚上一样，她侧身避开了从对面走来的小贩，没有看我一眼，便向巷口走去。

　　"哼！"我对着陈艺的背影白了一眼，然后起身将碗里的汤圆倒进了垃圾箱里，下一刻便回家系好了领带，却忽然不想去公司，我讨厌老金那一来脾气就骂人的臭毛病。

　　就在我想着要不要请个病假的时候，院子的门被敲响，我透过门缝看了看，发现是公司财务部的罗素梅，实际上就是老金的老婆，我工作的婚庆公司可以算是他们两人的夫妻店。

　　我打开了门，吸了吸鼻子，问道："罗经理，你怎么来了？"

　　"顺路来看看你，你感冒了吗？"

　　我又装腔作势地吸了吸鼻子，回道："是有点儿。"

　　"晚上要少吹空调的呀，这个天气打开窗户还是很凉快的。"罗素梅关切地说道。

　　相对于老金，罗素梅几乎是个没有脾气的人，对员工也不错，谁要遇到点儿困难事，找她提前预支点儿工资，一般都很爽快地就答应了，她的这种性格让公司显得还有那么点儿人情味。至于老金这个人，我都不想说，纯粹就是个掉钱眼儿里的老板。

　　罗素梅和我闲聊了几句之后，终于说道："昨天你和老金拌了几句嘴的事情，我听说了，老金这个人就是嘴坏，其实没什么坏心眼儿。"

　　"嗯，他是没坏心眼儿，就是掉钱眼儿里了。"

　　罗素梅笑了笑，道："还生气呢？"

　　"不生气，就是不怎么想看他咧着张大嘴冲我吼，吼就吼吧，还拿我只有高中水平说事儿，别人不知道，还以为他是哪所985大学深藏不露的老教授呢！"

　　罗素梅又摇头笑了笑，说道："老金是个老小孩，你就是个小小孩。不过江桥，我倒真希望你能体谅老金。他只有初中文化，没做婚庆公司之前是靠炒股票发了点儿小财，可这骨子里还是个大草包，现在做婚庆这个行业都讲究创意、人才，我们公司和人家比起来也没什么竞争力。其实老金心里真的挺自卑的，再加上公司今年没赚到什么钱，他身上压力更大，这次好不容易接到个能救命的大单，他能不重视吗？所以你要多担待他点儿。"

　　罗素梅的话让我忽然有些同情老金，有时候人是挺自私的，作为员工我不可能面面俱到地站在老金的角度去考虑问题，稍稍沉默后，我终于回道："我也没有全部否定老金这个人，只是这个事情让人有点为难，陈艺那边被电视台卡住了，我也没有办法。"

罗素梅轻轻拍了拍我的肩，示意我不要说下去，然后依旧很关切地说道："江桥，咱们不说工作上的事情了，你生病了就好好在家休息，病养好了赶紧回公司上班。老金和你说的都是气话，你也跟着他六年了，都快像一家人了，不好为了这点事情闹矛盾的，知道吗？"

我点了点头，心里忽然有些沉重，又想起了老金对自己的那些微不足道的好，却好进了我内心的深处。

罗素梅又从包里拿出一只信封交到我手上，说道："这是上个月的工资，就不给你打卡上了，这不又到月末了吗，估计你小子手上也没什么现金了……"

我从罗素梅手中接过信封，她说了句"好好休息"后，便离开了我的住处，我的心情却因此发生了很微妙的变化。

…………

就这么在家里睡了大半天，快黄昏时，我从床上坐了起来。经历了一阵刚睡醒的茫然之后，我点了一支烟，然后将罗素梅给我的那只信封从床头的柜子里拿了出来，抽出来看了许久。直到烟快要吸完时，终于下了狠心做出一个决定，我要忘记之前说过的狠话，再去找陈艺一次，希望她能克服困难主持这场婚礼。

每当想起老金那穿着花衬衫、天天在外面累得像孙子的模样，我心里就有很重的负担，也明白如果这次的业务能做好，可以缓解公司未来半年的经济压力。尽管老金骂我无能，笑我只有高中水平，但这个时候我还是有必要去帮他分担一点，这脸面就先暂时搁在一边放一放吧。

我将信封里一共六千三百块钱全部抽了出来，套上一件T恤衫后便离开了住处。我打算去商场给陈艺买一份礼物，主动和她讲和。

推着自行车走出巷子口，恰巧那个丫头也从出租车上走了下来，她似乎又是来找我的。

"江桥，我又来找你玩了，你是要出去吗？"她一边问着，一边用手中的遮阳帽给自己扇着风，她似乎很怕热。

"嗯，去商场买点东西。"

她拉着我的胳膊，一点也不生分地说道："带我去，带我去。"

"车子没后座，怎么带？"

"不是有前杠吗，我坐前面。"她说着扒开了我扶着车把的手，在前杠上坐了下来。我还没有俯身，便已经嗅到了她身上淡淡的香味，这种香味并不是来自香水，而是很干净的女人香。

这时，一阵傍晚的风迎面吹来，她的发丝黏在了我的嘴唇上，她怕我发牢骚，赶忙用皮筋扎了起来，然后按着我车上的铃铛，催促我快点儿骑。

巷子里的大妈们路过我们时，盯着丫头一阵看来看去，笑着向我问道："江桥，谈女朋友啦？这小姑娘长得可真俊！"

我被问出了一种老牛吃嫩草的感觉，赶忙低头向丫头问道："你是我女朋友吗？"

她满是不在意地回道："随便。"

两个大妈不明所以地看着我们，我害怕被继续问下去，冲大妈们笑了笑，便踩着脚踏车，载着这丫头向郁金香隔壁的花神大道驶去。

....

夏末的傍晚，气温不高不低，风在宽阔的大道上自由地吹着。这个丫头的手一直不太安分，总是会伸出去摸路边的花草，直到经过软件园时，她才开口向我问道："你去商场干吗？难道男人也喜欢逛商场吗？"

"你的问题怎么这么多？我有问过你是谁吗？"

"为什么要问我是谁？难道现在这样不好吗？反正我又不会害你，你也不会害我。"

"是，说得有理，只要你接近我，不是惦记着割我的肾去卖，随便你是什么企图我都能接受。"

"你真恶心，谁要你的肾！"

我没有理会，心里想着要给陈艺买个什么礼物才能表现出我不想再和她冷战的诚意。

又骑了一段路后，我终于向这丫头问道："你说，如果我要送一件东西给一个女人，该送点什么好呢？"

她一副恍然大悟的表情，回道："哦，原来你去商场是为了买礼物啊，说！你打算送给谁？"

"我是让你给意见，没让你问东问西吧？"

她回过头，笑吟吟地看着我说道："其实你不说我也知道，你喜欢陈艺，所以你买东西肯定是送给她的。"

我很严肃地回道："你可别乱说话啊，我是要送东西给陈艺，可这不代表我喜欢她。"

她叹息："哎！某人真是可悲，明明喜欢陈艺也不敢承认，不过我们这些旁观者也能理解，毕竟陈艺是那么有名气的主持人，反观你呢？又穷又贫嘴，哪儿都不讨喜，陈艺她怎么会喜欢你呢？"

"你信不信我骑进前面的沟里摔死你？"

"哈哈，被揭了短，某人恼羞成怒咯！"

|第4章| 嫁给我得了

来到商场后，那个丫头在拥挤的人群中熟门熟路地将我带到了一个专卖女性饰品的柜台，她指着一款胸针对我说道："这款胸针是香奈儿今年出的特别款，陈艺经常去很正式的场合，所以她肯定会很喜欢的。不过有点贵，就看你愿不愿意买咯。"

我想起陈艺钟爱香奈儿这个品牌，这款胸针倒真的是投其所好了，便向导购问道："小姐，这款胸针多少钱？"

导购挂着很职业的笑容，从柜台里取出了胸针，对我说道："先生，您真的很有眼光,这款香奈儿蓝色立体渐变水钻胸针是今夏的最新款,很能凸显女性的典雅气质,绝对是送给女朋友的最佳礼物,这款胸针的全球统一售价是五千五百元。"

"津巴布韦币?"

导购愣了愣,笑道:"先生,您真幽默,是人民币啦。"转而又向我身边的丫头问道,"小姐,这款胸针您喜欢吗?"

合着这导购是以为我要送胸针给这丫头,刚准备解释,丫头却瞄了一眼胸针回道:"要是津巴布韦币我就很喜欢了,人民币有点儿贵!"

导购表情尴尬,我又看着这款胸针,只见其做工精致,上面好似有水波在流动,像是为陈艺量身定做的。那心痛的感觉只是一闪而过,我当即做出了买下来的决定。

…………

去收银台付了款后,我从柜台取走了已经被包装成礼品模样的胸针,然后对还在我身边的丫头说道:"我要去找陈艺,今天就不陪你玩了。"

她很豁达地回道:"没关系,肯定是陈艺重要嘛。不过看你送这么贵的胸针给她,连眼睛都不眨一下,你心里一定特别喜欢她吧?"

"我再说一遍,我和陈艺是朋友,你要再胡说八道,我就……"

她似笑非笑地问道:"就干吗啊?不会是把胸针送给我吧。"

"一边凉快去,我和你很熟吗?"

"唉,一个自欺欺人的男人。不过我这个天使一样的妹子,还是决定帮你一把,这样吧,我帮你借一辆好车,再加上这个高贵的胸针,表白起来才有气势嘛!"

我疑惑地问道:"你有车吗?"

"谁还没有一两个有钱的朋友啊,你等会儿,我打个电话。"她说着从口袋里拿出了手机,又想起什么似的向我问道,"你有驾照吗?"

我一愣,回道:"有,在包里放着呢。"

"哦,那就没问题,待会儿你开车去,你的自行车就给我骑吧,我正好锻炼锻炼身体。你呢,就好好表白,回头还车时,告诉我结果。"

"等等,谁告诉你我要表白了?"

"哎哟,我说江桥,你能不能别这么婆婆妈妈的,你去表白我也没笑你呀,这不还在帮你吗?"

我有一种云里雾里的感觉,缓了好一会儿才说道:"不是,你到底是谁啊?这么接近我有什么目的?"

她的脸上立刻没有了笑吟吟的表情,很不高兴地回道:"咱们不是说好,不问这个的吗?而且我都说了,我不会无缘无故地找你,迟早你会知道原因的。但我现在就是不想说,你能拿我怎么着?"

我被她气坏了,马上离开了商场。她却已经站在一辆白色的奔驰旁向我招着手,等我走近时,她将车钥匙扔到了我的手上,拍着我的肩鼓励道:"江桥,好好表白,等你的好消息哟。"

还没等我回答,她已经跨坐在我的那辆自行车上,冲我眨了眨眼之后,便骑着自行车上了人行道,转眼那不安分的身影便淹没在了街头的人流中,我却站在这辆价值一百多万的车旁硬是没回过神。

面对这辆豪车，我更加困惑：这丫头到底是什么来头，又到底想干吗？

⋯⋯⋯⋯⋯

我终于打开了车门坐进了车里，顿时被车里面芳香的气息弄得一阵恍惚，然后又被后面快塞满的玩偶搞得哭笑不得。这车真是好车，可是开去接陈艺合适吗？真不知道这丫头是向什么样的朋友借来的，更不可思议的是，这可是一辆上百万的豪车，车主在不知道我是谁的情况下还真就大方地借了。

我将那些玩偶统统取出来放进了后备厢，以为万事大吉时，却又发现车子的中控台上贴满了五颜六色的卡通贴纸。我忽然有种要崩溃的感觉，如果车也有性别之分的话，那么这辆车肯定是一个爱好打扮自己的少女，这贴的都是什么玩意儿？

我下车站了好一会儿，最后在没有其他更好选择的情况下，终于开着这辆明显和我的阳刚之气不符的车子驶向了坐落在丹凤街附近的电视台。

⋯⋯⋯⋯⋯

路上有点堵，我开了二十分钟才到达电视台，然后将车开进了电视台综艺大楼的广场前，站在车旁等待着快要下班的陈艺。

有几个陈艺的同事和我比较熟识，他们诧异地看着我身边的车，又像往常那样和我打了招呼，很客气地告诉我陈艺正在做节目，再过一会儿就会下来。

片刻之后，陈艺终于拎着那只黑白格的手提包走出了综艺大楼，我厚着脸皮向她招了招手，她一副不太相信的表情看着我，然后指了指自己，向我确认是不是在和她打招呼。

我心中感到无比丢脸，可是既然下定决心来了，那就得豁出去，我做出一副一本正经的样子对她说道："陈奶奶，我来接您下班了，您工作辛苦了。"

陈艺来到我身边，问道："你喊我什么？"

我当然知道她是故意的，如果我表现出难为情，待会儿她还得笑我，索性完全豁出去了。于是我站得笔直，一连喊了三声："陈奶奶、陈奶奶、陈奶奶！"

陆续下班的人将好奇的目光投到了我和陈艺这边，然后都不怀好意地笑了，这些年我经常跑到电视台找陈艺，他们都知道我被陈艺整治得很没脾气。

陈艺憋着不让自己笑出来，很严肃地对我说道："江桥，你下次说狠话的时候，能不能别说什么孙子之类的，你自己跌了辈分不说，还把我给喊老了。我才二十五岁，真不想做你家奶奶。"

"陈奶奶，你说得对，你如果这么委屈的话，也可以叫我一声江爷爷。陈奶奶、江爷爷，听上去就像一对老夫老妻，哈哈！"我说完没心没肺地笑着。

"去你的！"

我从陈艺的手中讨好似的接过了手提包，然后又拉开了车门，说道："想请你吃个饭，给个面子吧！"

陈艺并不是一个会得理不饶人的女人，一般我们陷入冷战，只要我先服软，她也就不端着了。她抬头看了看夏末还有些热辣的夕阳，回道："现在还不想吃饭，我想先回去换身衣服。"

"咱们就是随便吃个饭，不用换衣服这么隆重。你说，我连你穿校服的样子都见过，还会在意你怎么穿？"我无所谓地回道。

　　"你理解错了，我是觉得身上的衣服太隆重了，想回去换一件随意点的。"

　　我："……"

　　…………

　　陈艺坐进了那个丫头给我借来的奔驰车里，我启动了车子，她有些意外地向我问道："这车是谁的呀？以前也没见你开过。"

　　"借的，谁还没有一两个有钱的朋友啊？"

　　陈艺点了点头，随后目光定格在那贴满乱七八糟贴纸的中控台上，愣了一下，又问道："女孩子的车？"

　　"呃……"

　　"江桥，你谈女朋友了吗？是不是我昨天在弄堂里见到的那个女孩子？"

　　我一时不知道该怎么回答。

　　陈艺却当我默认了，又问道："你们是怎么认识的？她对你好不好？"

　　我忽然觉得自己是货架上最不愿意被消费者购买的货品，所以那个丫头怂恿我和陈艺表白，陈艺又以为我正和那个丫头谈恋爱，导致我有点郁闷地向陈艺问道："你就那么巴不得我谈恋爱吗？"

　　"我只是心疼你这么多年都是一个人过，自从阿姨和叔叔离婚了离开南京后，就再也没有回来过，叔叔在深圳打工一年也回来不了几次，我比任何人都知道这些年你过得有多孤单，所以我希望你能找一个真正对你好的姑娘做女朋友。"

　　陈艺就这么在我，没有任何心理准备的情况下说起了这段往事，我心里五味杂陈。早在我八岁那年，我的家庭便因为父亲江继友染上了赌博恶习而支离破碎，所以高中辍学后，我就已经学会了自食其力地在这个社会生存，可有时我真的很孤独，孤独地过着，笑着……

　　我以一副开玩笑的口吻对陈艺说道："你要是心疼我一个人过，干脆……就嫁给我得了……咱们连房都不用买，我攒笔装修的钱把小院重新装修一下就行，而且你要想回娘家，也就是个开门的事儿，多好！"

　　陈艺用一种看不出情绪的表情注视着我，尽管心里明白这是自己用一种开玩笑的方式提出来的假意表白，我还是一阵紧张，因为我很在意陈艺会怎么回答我。

|第5章| 我和陈艺的感情

　　人之所以会被称为高级动物，是因为人会贪婪、期待、幻想、疑惑。所以明知道自己和陈艺并不是命中注定的一对，我仍心存侥幸，希望她会给我一个让我能在一瞬间走进天堂的答案。

"你好好开车,别想太多。"

意料之中的答案有点儿摧毁我的心情,我只能厚着脸皮笑道:"其实你和我结婚也有不好的地方,我知道你爸妈看不上我,你同事也觉得我社会地位不够。我呢,更不喜欢你挣钱比我多,虽然你挺喜欢我的,但咱俩之间隐藏的矛盾似乎也挺多的,一份看似单纯的爱情根本撑不起来太过复杂的婚姻生活。"

看看,这就是高级动物,无论是虚伪、脆弱、渺小,抑或是可怜、伤感、诡辩,都是那么信手拈来。

到了郁金香路后,我将车子停在巷口,等待陈艺回家换衣服。片刻之后,她换了一件吊带裙衫,穿着拖鞋从弄堂里走了出来,倒是真的穿得很随意,却给了我一种久违的亲近感。

"江桥,我们哪儿都别去了,就在这条路上逛逛吧。"

我下意识地摸了摸口袋里那只装着胸针的礼品盒,觉得一定要去一家高级餐厅,才能送出这件略显高级的礼品,却没想到陈艺只是想逛逛这条被我们从童年开始到现在走过无数遍的郁金香路。

如今的郁金香路,已经不是二十年前的郁金香路,整个街道没有了低矮的杂货铺和理发店,也看不见穿着开裆裤的小孩围着电线杆和梧桐树跑来跑去的有趣画面,只有一些高楼以挺拔之姿塑造着大城市的骄傲,而我们的童年也就这么淹没在这些骄傲中,了无痕迹。

我和陈艺没有一点负担地晃荡在这条路上,我习惯性地搭着她的肩往前走,遇到弄堂里的老街坊,我们一起打招呼,又一起在一个卖小饰品的地摊前停下了脚步。我看着陈艺在左挑右选中,将一只卖十元钱的发箍砍成了五元钱,最后很满意地用其束住了那在风中有些不听话的头发。

我有些入神地看着她的身影倒映在夕阳的余晖中,这不就是我梦寐以求的场景吗?

可惜,她太忙了,更可惜,她永远也不会以女朋友的身份陪我在这条路上散步。前不久我还听说她和国内的一个男明星传出了一点小绯闻,他们在录完节目之后一起逛了上海的某个商场,虽然这只是绯闻,但也足够说明,能和陈艺传绯闻的一定是圈子里的名人或者商界里的成功人士,绝不会是我这个月薪六千多的婚礼策划师。

陈艺在我面前双手叉腰摆了个动作,问道:"江桥,这发箍好不好看?"

"好看什么啊,村姑似的。"

"我没带钱包,赶紧给钱。"陈艺说着向我伸出了手。

"⋯⋯⋯⋯"

路边一棵梧桐树的长椅上,我和陈艺并肩坐着,两人各自捧着一碗从路边买来的小馄饨,这是我们上中学时最爱吃的。

陈艺有些怀念地对我说道:"江桥,你还记得吗?我们上初中的时候,有时候会在学校上晚自习,我不愿意吃食堂里的东西,你会翻学校围墙给我买小馄饨,好几次你都因为排队耽误了回学校的时间,被老师骂得可惨了,有一次跳下围墙时还扭伤了脚⋯⋯"

我阻止了她继续说下去，笑道："其实我特感谢你，我这一身飞檐走壁的功夫就是那时候练出来的，后来还真派上了用场。每次做婚礼现场布景时，只要是有高空作业的活儿都被我给包办了。"

陈艺随我笑了笑，然后将碗里不爱吃的虾仁挑出来，放进了我的碗里。这个情景让我有些恍惚，仿佛看见年少时的那一幕幕。她是如此清纯动人，我则像个无知无畏的莽撞少年，努力地做着一件件会让她感到快乐的事情。可惜，我们从来没有相爱过。

我忽然八卦了起来，向她问道："你在北京上大学的四年有没有谈过男朋友啊，我知道你们传媒大学的帅哥可多了！"

"谈过一个，后来分了。"

我心中一阵没来由的难过，虽然她去上大学后我们仍有联系，但她从来没有和我主动说起谈过男朋友的事情，当然我也没有勇气问，现在这些已经成为过去，我才敢心血来潮地问上这么一句。

"为什么分了？"

陈艺的脸上并没有什么痛感，回道："不合适呗。"

我心中很在意一件事情，便又追着问道："你和他发展到什么程度了？牵手？亲嘴？还是已经那个了？"

陈艺转过头瞪着我，却不回答。

我被她看得忽然很害怕知道答案，赶忙又笑着说道："我就是有点好奇，再说了，就冲咱们之间的关系，有啥需要保密的，你要问我还是不是个处男，我真会毫无保留地告诉你。"

"你以为谁都像你那么没皮没脸？"陈艺呛了我一句。

我仰着头笑了笑，而这个有些敏感的话题也在我的笑声中终止，然后我们一起在傍晚有些清凉的风中沉默了一会儿。

天色就这么暗了下去，街灯和对面理发店的霓虹灯一起亮了，路上多了不少吃过晚饭散步的人，小贩们的生意也渐渐好了起来，仿佛是夜晚的降临给这条郁金香路带来了生活的气息。

陈艺终于向我问道："江桥，其实你今天约我，还是为了主持婚礼的事情吧？"

为了让陈艺拿人手短，我赶忙从口袋里拿出了那只装着胸针的礼品盒，递到陈艺面前，说道："那天是我有点太意气用事了，所以买个礼物表示我悔过的诚意，希望你接受了以后，我们能够握手言欢。"

"什么握手言欢啊，我又没和你吵架，是你自己和我置气的。"

我冷着脸回道："你知道我好面子的，给我留点面儿行不行？"我说着将盒子放在了她的手上，又说道，"你快点把礼物给收了，然后拿我的东西手软，不许再拒绝主持婚礼的事情。"

陈艺从我手中接过盒子，却没有立即打开，而是将其放在身边，很认真地对我说道："江桥，其实就算你今天不来找我，我也要找你的……"

"哎哟喂，可把我亏得吐血了，这么多年只要咱俩闹了别扭，可都是我哄着你，今天好不容易逮着一次农奴翻身的机会,却没能矜持住!"我拍着胸口懊悔地说道。

陈艺没有理会我的咋咋呼呼,又说道:"我今天下午给你们老板娘罗素梅打电话了,她告诉我,你为了这件事情和老金吵了一架,两人话都说得很难听,我还听说老金为了拿下这三百万的婚礼,和客户把话说得很满,基本上没有给自己留余地……"

我发自内心地埋怨了一句:"他就是掉钱眼儿里,昏了头了!"

陈艺看得很透,笑了笑回道:"可是你心里已经理解他了,毕竟你们公司今年的效益很不好,要不然你也不会放下自己最爱的面子,又给我送礼物,多憋屈啊!"

"快别提这茬了!"

我说完这句,用眼角的余光看着陈艺,虽然又被她给狠狠挤对了一次,可心中充满感动,她竟然主动给罗素梅打电话过问了这件事情。

一阵沉吟之后,陈艺终于下定决心般地对我说道:"江桥,我明天去和台里领导说明一下情况,这次就算是我为了朋友主持,如果不收取酬劳,应该也就算不上违反台里的规定了。"

陈艺的这个决定让我感到意外,也感到惊讶,要知道她平时的工作是非常忙的,精力几乎不够用。而主持婚礼也并不是想象中那么简单,需要花很多时间去背台本,还要参与彩排,六万块钱的出场费是一个合理的报酬。可现在她不打算要了,这种牺牲让我心里很过意不去。但想到这场三百万的婚礼能够将公司从生死线的边缘拉回来,最终还是默认了陈艺的想法,只是低头为自己点上了一支烟,默默地吸着。

陈艺起了身,将我送给她的礼物装进了自己的口袋里,对我说道:"回去吧。"

"礼物你不打开看看吗?"

"一份带着企图的礼物有什么好看的。"

"我花了心思的。"

"待会儿回家再看吧,我得去练瑜伽了,今天和教练有预约的。"

…………

这一夜,我和陈艺在巷口分别,我站在那个丫头借来的奔驰车旁看着陈艺开车离去,心中忽然有些同情她。她是典型南京中产阶级家庭培养出来的孩子,从小不分严寒酷暑地学习各种才艺,几乎没有童年,所以她很珍惜我们一起成长的感情,但这并不是爱情。

我又想起了那个丫头让我和陈艺表白的事情,实际上是否表白根本没那么重要。因为我的表白只会被陈艺当作是恶作剧或是开玩笑,不表白我们也能像情侣一样勾肩搭背地散步,所以现在这样就不错,至少相处时不会有什么心理负担。

回到家,我并没有立即打开门进小院,而是坐在台阶上看着这城市之上的月亮。这些年我似乎患上了一种病,每次和陈艺分开后,都会孤独到不行。从十七岁那年开始,我就幻想着陈艺有一天会成为我的妻子,在每一个夜晚我最孤独的时候陪伴着我。十九岁那年,我停止了这种幻想,因为我在那年辍学了,陈艺却考上了传媒行业里最权威的中国传媒大学,我想有些事情,在陈艺离开南京去往北京求学的那个夜晚就已经注定了。

恍惚了一会儿，巷子里忽然传来一阵铃铛声，我下意识看去，只见那个丫头骑着我的自行车，以一条歪歪扭扭的曲线向这边驶来。她应该是来和我换车的，我趁她还没有发现，赶忙闪身躲在了墙壁的另一侧，我一直很好奇，她到底是怎么进我家院子的，今天总算逮到机会见识一下了。

|第6章| 她会误会吗？

那个丫头将我的自行车紧贴着墙壁放好，四处看了看，见没有动静后，便很不淑女地拎起了自己的长裙。那嘴里嚼着的口香糖就像是她不安分的标签，无惧这个世界的敌意。可月光下她那一张浑然天成的漂亮脸蛋，又让我觉得她该安静些，毕竟她是个很标致的姑娘。

只见她娴熟地爬上了立在墙角的杂物堆，然后借着杂物堆轻松地翻上了大约一人半高的围墙——原来她就是这么简单粗暴地潜入我家小院的。我从墙角走了出来，喝道："干吗呢？干吗呢？"

她先是吓了一跳，转瞬便恢复了常态，骄傲地坐在院墙上与我对峙，然后回道："活动活动筋骨。"

"还真没浪费你这双大长腿，你给我下来，小毛贼！"

"就不，翻都翻了。"

"有能耐去中华门翻古城墙啊，翻我家这小破院有成就感吗？还这么横！"

"就横，就爱翻你家小破院。"她说着已经纵身从墙壁上跳了下来，那驾轻就熟的样子一看就是个惯犯。

我无奈地从口袋里掏出了钥匙，然后打开了那形同虚设的院门。此时，那小毛贼已经坐在石凳上用手给自己扇着风了，今晚是有点闷热。

我与她对视着，用眼神告诉她我很不满她翻墙的行为，她似乎能感应到我的情绪，问道："你是对我有什么不满意吗？"

我挤对道："在今天之前，我一直以为你是踩着七彩云朵从天上飘下来的，谁知道是提着裙子翻院墙过来的，你太让人失望了。我都怀疑，要是有个狗洞，你会不会图省事，直接就猫着腰钻狗洞了，汪汪汪！"

她用一副不可思议的表情看着我，转而又愤怒，回道："你也欺人太甚了，笑我是小狗，对吧？"

"对。"

"江桥，你真不是个东西，转眼就忘记我对你有多好了。如果你领情的话，就该给我留把钥匙，让我堂堂正正地进你的院子。"

"你要再对我好点，我是不是还要在房产证上加个你的名字啊？这是什么逻辑！"

"你真没有人情味！"她说着就要伸手折我种的花。

我被吓得一哆嗦，赶忙推开她，用身子挡住花，说道："有话好好说，咱们可别动手啊。私闯民宅已经是罪，再毁坏财物，那就是罪加一等。"

无奈我种的花太多，她已经伸手揪住了另一盆我精心栽培的香殊兰，冷着脸说道："快和我道歉，要不然别怪我心狠手辣！"

"真新鲜，见过拿人当人质的，用花威胁别人的还真没见过，真是让我长见识了。"

她不和我废话，扯着花的手又加了一分力，直接用行动告诉我不听话的后果。我这才意识到这个敢翻院墙的小毛贼是多么残忍，赶忙摊开双手，连连说道："我错了，我错了，请你手下留情！"

她这才放下了我的香殊兰，仍有点愤恨地看着我。

夏天的天气是何其善变，刚刚天上还有月亮，转眼便被一阵风吹来的乌云遮住，天边随即传来了"轰隆隆"的闷雷声，雷雨就要来了。

我顾不上再和这个丫头斗嘴，赶忙将就近的两盆花搬进了屋檐下的角落里，而这个丫头竟然也没有闲着，几乎在同一时间抱着两盆花送到了屋檐下。

雨水来得很急，五分钟后便已呈瓢泼之势。我们在雨中合力将最后一盆很大的盆栽搬进了屋檐下，然后并肩喘息着。她用手抹掉了脸上的雨水，潮湿的雪纺裙却已经贴在她的身体上，细腻的皮肤在灯光的映射下是那么白皙。

上帝真是慷慨，给了她这么好的身材，这么好的皮肤，这么好的脸蛋。

哦，这些都不是这个雨夜里的重点，重点是我们刚刚产生的矛盾已经因为屋檐下摆放得很整齐的花花草草而化解了。

一阵带着湿气的冷风吹过，她下意识地用双臂抱住了自己的身体，忽然对我说道："江桥，衣服湿了好冷，我得洗个热水澡。"

我有些木讷地看了她一眼才回道："那你赶紧回去吧。"

"天哪，你还有一点做人的同情心吗？我的衣服都能拧出水了，你是想我冻死在路上吗？"

我看她的确被雨水淋得挺可怜，就找了一件T恤衫和大裤衩递给了她，自己又先去卫生间换了一套干衣服，然后将卫生间让给了她。在要进入卫生间的一刹那，她忽然停下脚步，转身向我问道："江桥，你今天和陈艺表白成功了吗？"

"你赶紧洗澡，别着凉了，不该问的不要问。"

…………

我习惯在闲时点上一支烟，很快那从指尖腾起的烟雾便在屋檐下弥散开来，混合着水汽，好似一朵朵梦幻的花朵在我眼前上下跳跃着。雨一直没有停下来，与卫生间里传来的水流声交织在一起，像一部有声却黑白的老电影。那宽屏画面里，一个少女正在镜子前沐浴，她轻轻甩动秀发，镜子上便多了些水滴，转眼化作水汽模糊了镜子，我只能看到朦胧的轮廓，却引起了我无限遐想……

卫生间里传来她的声音："江桥，哪条毛巾能用？"

"那条黑白斑点的。"

"哦，有没有女士的洗发水？"

"我家就我一个光棍，你凑合着用吧。"

里面的水流声又大了些，她没有再问来问去，我稳住心神不再去想那些半遮半掩的画面，夹稳手中的烟深吸了一口，从口袋里拿出了手机，然后打开了微博，我知道陈艺每天有发一条微博的习惯，今天她去练瑜伽了，所以肯定会发几张练瑜伽的照片。

她果然发了一条微博，可是与瑜伽毫无关系。照片中，她将我送给她的那枚胸针握在自己那修长白皙的手中，并配了一段文字："谢谢亲爱的，我很喜欢这个礼物。"

我的心里顿时涌起了一股暖流，赶忙翻看下面的粉丝评论，心中更是涌起一阵得到满足后的愉悦。因为有一大半的粉丝把送胸针的人当成是她的男朋友了，并起哄着要陈艺公布恋情，对此陈艺也没有做特别的解释，我知道这源于她内心的坦然。

仰起头，我笑着将口中的烟全部吐出，此刻虽然天气很恶劣，我的心情却因为陈艺而舒畅了起来。她不仅答应了主持婚礼，还对我送给她的礼物爱不释手，这对我而言是一种激励，激励我继续对她好，甚至不计得失。

我正沉溺在这种情绪中，手机忽然被出现在背后的丫头夺了过去，她一边后退着，一边盯着手机屏幕看，然后很放肆地笑着："江桥，我的眼光很不错吧，陈艺都发微博了。以后你可得对我客气点，假如哪天你走狗屎运追到了陈艺，最起码有我一半的功劳。"

"你给我安分一点，穿着个腰都能兜住你胸的大裤衩晃来晃去，成何体统？"

她将手机还给了我，然后似笑非笑地看着我，好似在告诉我，我暗恋陈艺的秘密已经尽在她的掌握中了，我避开了她的眼神，掩饰般地将手中的烟吸完，我很讨厌别人用这种洞穿人心的目光看着我。

她在我的身边坐了下来，她的安静来得很突然，只是托着下巴看着雨水连成线似的从屋檐滴落，我们在沉默中等待着这场雷雨赶紧停下来。

雨水泄恨似的下了一会儿后渐渐小了下来，我从口袋里拿出了奔驰车的钥匙交到她的手上，说道："哦，还你车，油已经加满了。"

她心不在焉地回道："你先用着，反正我也不怎么开。"

"这是你的车？"

她愣了一下，回过神问道："你说什么？"

"你不是告诉我这是你朋友的车吗？刚刚又说你不怎么开，该不会是你自己的车吧，你和我玩低调呢？"

"我朋友的车，我当然不怎么开了，这逻辑不对吗？你如果不需要就还给我。"她说着从我手中夺过了车钥匙，好像我不愿意给她似的。

我抱怨了一句："莫名其妙。"

她没有理会我，继续着刚刚那个姿势，直到院子的门被另一个女人打开。

下一刻，陈艺便撑着雨伞出现在了我们的面前。我和身边的丫头一起抬头看向了她，她只是看了我一眼，目光便停留在那丫头穿着我衣服的身上。一种很微妙却掺杂着诸多情绪的气氛顿时在无形中弥漫开来。

最终是陈艺先开了口，她提着手中的保温盒笑了笑，说道："顺路给你买了点夜宵，怕傍晚那一碗小馄饨你没吃饱。"

我机械地应了一声："哦。"

陈艺向我走来，脸上依旧带着笑容，她将保温盒递到了我的手上，才问道："我这么冒昧地来了，没打扰到你们吧？"

我还没回答，那丫头便先回道："怎么会，我也是来找江桥随便玩玩的。"

陈艺点了点头，可眼神中那不经意间闪过的疑问好像在说，这是怎么个玩法？竟然把江桥的衣服都穿上了！可最终她也没有这么问出口，而我更不好强行解释，因为越解释越刻意，何况陈艺也不一定真的在意这一幕，仅仅是我自己这么一厢情愿揣测出来的。

那个丫头总算还有点识趣，起身对我们两人说道："学校快关门了，我得走了，你们慢慢聊。"说完便几步走出了小院子，这说走就走的劲头和她想来就来的时候一样。但我似乎已经渐渐习惯，反正她连一百多万的车都敢借给我，对我也不会有什么恶意。这种她不断带来的新鲜感，倒是给我的生活增添了一丝很不一样的色彩。

陈艺将伞放在了墙角处，然后对我说道："借你的卫生间用一下。"

我没想太多地"嗯"了一声，才猛然想起那个粗心大意的丫头是穿着我的衣服走的，她自己的衣服肯定还留在卫生间，而我换下的湿衣服也在里面。要是被陈艺看见了，把那丫头当作我女朋友的误会肯定又会加深了，可这时，陈艺已经进了卫生间，下一刻便关上了门。

第7章 摔死了都值

雷阵雨来得快去得也快，除了空气中还有点湿气，连屋檐都已经不再往地面滴水了。整个世界忽然就平静了下来，那刚刚被乌云淹没的月亮也像个受了委屈的女人，又半遮半掩地露出了幽怨的脸。

我仿佛能够想象出那丫头穿着我宽大的衣服低头走过弄堂，又独自开着那辆白色的奔驰车穿行在城市那忽明忽暗的霓虹中，然后把车停在南京艺术学院的校门口，最后穿过一排路灯照耀下的校园小道走进宿舍，结束这一天的生活。

真羡慕这些还在上大学的学生，在拥有自由和幻想的同时还能接受高等教育，这是一种怎样的幸福？

反正我是没有体会过。

陈艺从卫生间里走了出来，她找了一张小方凳在我的身边坐了下来，似乎并没有太在意卫生间里那丫头换下的衣服，问道："我给你买的夜宵为什么不吃？"

"不饿，我已经放冰箱了，留着明天早上当早餐吧。"我说着从石桌上拿起烟盒，准备再点上一支。这些年自己一个人过，有时候真的很需要一支烟来排遣心中那些对别人说不出口的情绪，当然说出来别人也不一定愿意听。

陈艺将烟从我的手上抽走，皱着眉说道："别在我面前抽。"

我看着她，忽然觉得有点好笑。我是在高中时学会抽烟的，没别的目的，只是觉得抽烟的男人很深邃，幻想着陈艺会喜欢上我抽烟的样子。可当时她就不是那种会喜欢坏男孩的女孩子，以至于第一次在她面前抽烟就被她给骂了，骂我自甘堕落，骂我没有自觉性，还骂我幼稚。

后来我没有再抽过烟，但是在她动身去北京上大学的那个夜晚，我站在她家小院的门口又抽了一支烟，靠这支烟忍住了那因为快要分别而掉下的眼泪。后来陈艺走了，也就没人管我抽烟了。起初我只是在想她的时候抽一支，可渐渐就成了一个生活里无法磨灭的习惯，延续至今。

陈艺将那支烟扔进了垃圾篓里，然后从手提包里拿出了一沓钱放到我的腿上，说道："江桥，这里是五千五百块钱，你送的胸针我很喜欢，可是你不能这么乱花钱，知道吗？"

"嘿！都说了是送你的礼物，你给我钱这还算是一件礼物吗？"我说着又将钱塞回到陈艺的手上。

陈艺语重心长地对我说道："江桥，学着攒一点钱吧，以后你需要花钱的地方会有很多，我不知道你自己有没有意识到这些？"

我不在意地笑了笑，回道："其实和大部分漂在南京的人相比我真的挺幸福的，至少我是本地人，还有一间小院，饿不着也冻不着的，是吧？"

陈艺一声轻叹："可是这个小院里只有你自己，没有一个人是能和自己过出幸福感的，对吗？"

我没有言语，只是看着不远处摆放着的那些花花草草，我一直觉得它们可以成为我生命里不说话的朋友，可有时候对着它们，我仍很孤独，因为我终究和它们隔着春夏秋冬的距离，它们有花季，也会枯萎，我的生活却一直没有停止过。

陈艺将那沓钱用近乎野蛮的方式强行塞进了我的口袋里，然后拿起了立在墙角的雨伞，向院子外走去，我一直看着她的背影，她却忽然回过头，我在猝不及防中赶忙又看向别处。

她对我说道："你的小女朋友看上去还不错，挺活泼的，所以你要加油了，江桥。"

"什么啊？"

…………

这个有点儿乱的夜晚随着陈艺的离去终于接近了尾声，我躺在床上，反复地想着最近发生的几件事情。我有点辨不清这几件事情的利害，尤其是那个丫头的出现，虽然我可以肯定她对我没什么恶意，可对我的生活终究是有影响的。我有一种很强烈的预感，这种影响会经历一个从量变到质变的过程，然后彻底改变我的生活。而这种改变是利还是害，恐怕没有谁能够说得清楚。

当然还有另外一种情况，这个丫头的出现只是生活里的一个小插曲，来得快去得更快。

次日，我早早便起了床，我该去公司上班了，然后将陈艺答应去和台领导协商的决定和老金汇报一下。现在我们接手的是一单三百万婚礼的大业务，任何环节处理起来都不能有一丝马虎。因为客户越大，对我们的容忍度就越低，这是我工作这么多年与不同客户打交道后积累下来的经验。所以渐渐冷静之后，我倒也能理解老金那如履薄冰的心情了。

今天的天气不错，我趁着时间还早将自己换下来的衣服洗了一下。至于那个丫头换下的衣服，我当然不会帮着洗，反正她还会再来的。

将衣服晾晒好，我又把昨晚陈艺留下的那份夜宵热了热，吃完之后便推着自行车向弄堂之外走去。路过那间心情咖啡时，发现陈艺正在里面吃早餐，我们隔着橱窗打了个招呼，陈艺又示意我电话联系，中午之前她会告诉我和台领导请示的结果。

片刻之后，我来到了公司，恰巧在电梯里碰到了罗素梅，她依旧很关切地向我问道："江桥，你感冒好点了吗？"

我有点尴尬，索性直说了："其实我昨天没有不舒服，就是有点累，对自己有点质疑，老板娘，你能理解一份工作做了六年的疲倦吗？"

罗素梅笑了笑，说道："你能说出来我挺高兴的，有事情别憋在心里，人生难免有困惑和迷茫。我当年辞掉事业单位的工作和老金一起下海创业时，也经常像你现在这么迷茫，可是只要你有一个明确的方向并为之努力，也就不会觉得疲倦了，所以你现在最大的问题是没有给自己制订一个合理的职业规划。"

罗素梅一针见血地指出了我的问题所在，不禁让我羡慕她的文化水平和眼界，随之感慨道："老板娘，你说你一个在事业单位工作的文化人，怎么会嫁给老金这个大草包呢？真的，有时候作为男人，我都觉得老金毫无男性魅力可言。"

罗素梅拍打了我一下，不让我说老金的坏话，然后又笑着解释道："老金有他的好，我们那个年代的感情和现在比也单纯，可能就是觉得老金这个人有上进心吧，其他的方面也就不考虑那么多了。有时候人考虑得太多，反而会畏首畏尾错过缘分，事实证明老金真的是个很不错的男人，至少他把金秋（老金和罗素梅的女儿）培养得很不错啊。"

对金秋，我还是很佩服的，她从南京大学毕业后，又去了澳大利亚的名校攻读工商管理硕士，是个不折不扣的女学霸，比我的高中水平简直要强太多了。我也笑了笑，回道："我觉得金秋还是继承了你的优秀基因。对了，她也该留学回来了吧？"

"嗯，听说是今年十月份。"

"那快了。"

闲聊中，我和罗素梅一起走进了公司，不想罗素梅的包刚放下，便接到了一个电话，她的脸色逐渐变得难看，等她挂了电话，我关切地问道："怎么了，老板娘？"

"老金他在酒店做场景布置时摔倒了，已经送到医院了。"

我心头顿时一紧，这场婚礼场景的布置原本该是由我去负责的，可因为我昨天没来上班，估计就被老金给亲自接了过去。

不容多想，我赶忙问道："他没事儿吧？"

"人很清醒，估计是摔骨折了。"罗素梅一边回答，一边急匆匆地拿起了自己的皮包，准备赶去医院。

我也急忙跟上了，准备去医院看看老金，虽然意外只是个小概率的事件，可我多少还是有责任的。

到了医院，老金已经拍过了片，腿也被包扎过了，正躺在病床上哼唧，见我来了，开口便骂道："江桥，你个小兔崽子，我是上辈子欠你的，替你干点活儿都能给摔了，差点没把我给疼得背过气去！"

我见他骂得铿锵有力，悬着的心终于放了下来，走到他身边说道："哟，金总，这腿上绷带缠得和考古文物似的，总算是和文化沾着边儿了。"

老金抖着一脸横肉看着我，又骂道："你个小兔崽子少挤对我，我吃的盐可比你吃的饭还多。"

病者为大，我呵呵一笑，没有再和老金顶嘴，很心疼地摸了摸他那条看上去快要断掉的老腿，老金一把打开了我的手，冷着脸问道："陈艺主持婚礼的事情，你搞定了没？"

"她说去和台领导说明一下情况，打算不收取出场费友情主持这场婚礼，这样应该就能避免违规了。"

老金双手掩面，然后重重从脸上抹过，失声感叹道："值了，就算是把我给摔死也值了！"

罗素梅责备道："你胡说八道什么呢？"

老金似乎也不疼了，脸上现出严肃之色，对罗素梅说道："素梅，你待会儿从公司账上取六万块钱出来，这个便宜咱们不能占，上面有政策，下面有对策，这笔账咱们就不走合同，由江桥私下交给陈艺，大家都是朋友，信得过。"

罗素梅点了点头，随后老金也不让我们在他身上浪费时间，将我们都支回了公司。

回去的路上，罗素梅便从银行取出了六万块钱交到了我的手上，快要中午的时候，我终于接到了陈艺的电话，却在接通的一刹那充满了忐忑，因为她没有和我保证百分之百能说服她们领导同意这件事情，那么意外就还是有可能存在的。

|第8章| 送我回学校

我做了个深呼吸后才接通了电话，然后笑着向陈艺说道："你那边应该没问题了吧？对了，我们老金说了，这次咱们不要走合同，由我私下将六万块钱的出场费给你，这笔钱现在已经在我手上了。"

电话那头的陈艺并没有立即回答，这种沉默让我的心头一紧，追着问道："是不是出什么乱子了？"

陈艺终于回道："也不算是什么乱子吧，我刚刚和领导把情况说了一下，他不同意。毕竟这种事情我说不拿出场费，私底下到底拿不拿也没有人知道。我们领导又是刚晋升到副台长的位置上，正烧着新官上任的火，所以只要是体制内的主持人，都一律严禁外出接商业活动，谁也不能搞特殊。不过他说了，可以帮忙请一位我们台体制外的名主持无偿主持婚礼，这已经很给我台阶下了。所以我……我也真不知道该怎么坚持这件事情。要不就按我们领导的意思办吧，以他在行业里的声望，请到的肯定是很知名的主持人，这点我可以和你保证。"

我就像被一盆凉水从头浇到脚，可事已至此我也不忍心继续为难陈艺，毕竟她也只是电视台的一个主持人，虽然已经很有名气，可依然得看领导的脸色行事，要怪就怪他们的领导太不近人情。

"江桥，我真的已经尽力了，希望你不要怪我。"

陈艺当然已经尽力了，她甚至连出场费都可以不要，我又怎么能像第一次那样对她发脾气呢？我在心中一声重叹，却用一种不给她压力的语气回道："没事儿，还得谢谢你们台长的好意，不过用不用其他主持人，我还得汇报给我们老金，让他做决定。"

"嗯，如果决定用其他主持人，你就第一时间和我联系，我好介绍你们认识，让你们尽快沟通。"

我应了一声，就这么结束了和陈艺的通话，一时间陷入了无比的踌躇中，我该怎么给正躺在病床上忍受着"断腿"之痛的老金一个交代呢？我总觉得这个消息对他而言有点太过残忍，更害怕真的因为临时换主持人而把这个单子搅黄了。

一阵思虑之后，我去了罗素梅的办公室，准备先将这个情况告诉她，她和老金不一样，至少会冷静地想想对策，而不是大吼大叫。

罗素梅正在忙着，见我来了，停下手中的工作向我问道："怎么了，江桥？"

我一阵犹豫，终于咬了咬牙将陈艺刚刚反馈给我的情况告诉了她，然后问道："老板娘，陈艺确实尽力了，我也没办法太勉强她。你看要不要现在把这个情况汇报给金总，让他尽快做决定？"

罗素梅揉了揉太阳穴，也被这棘手的状况弄得很头疼，终于回道："先不要和老金说，让他安心在医院里待着。"

我点了点头，说道："嗯，这次最庆幸的就是婚礼给我们预留了充足的时间去筹备，暂时不告诉金总也没有问题，可是也不能这么一直拖着啊。"

"我下午去和客户那边沟通一下，先试探着提一提，假如出现意外情况能不能接受临时更换主持人。如果客户同意，那这事情就好解决了；如果不同意，我们还得硬着头皮去找陈艺，因为这个单子一定要保住。"

我微微一皱眉，回道："可是这么为难陈艺也太不人道了！"

罗素梅摇了摇头，说道："江桥，有些看似解决不了的麻烦，最后一定会回归到'钱'这个字上。以陈艺现在的名气和未来的潜力，她是绝对有能力和台里领导叫板的。现在各大卫视为了收视率争得头破血流，可大多面临着优秀主持人储备不足的严峻问题。而陈艺现在已经是收视率的保证，所以台里肯定不希望流失掉这么有潜力的女主持人，这点陈艺自己是肯定能意识到的，她不应该图个安稳把自己限制在体制内。"

"老板娘，我不太明白你的意思。"

"如果没有记错的话，陈艺现在应该是二十五岁，正是一个主持人的黄金发展时期。如果只靠电视台的工资收入，她和一般的金领没什么区别。现在制播分离的趋势越来越明显，大多数有实力的主持人都已经跳出体制自谋出路。我倒觉得陈艺可以借这个机会为自己谋取合理的利益，她应该跳出体制，或者和电视台签一份不排他性的合同。"

我听得一愣一愣的，因为我从来没有这样的眼界去为陈艺进行职业规划。而这就是罗素梅和老金的区别，他们在面对同样的问题时，一个动脑，一个动怒，显然罗素梅更高明，更有智慧，她能很沉稳地站在局势中去寻找准确的突破口。实际上，以陈艺现阶段表现出来的商业价值和潜力，只是做一个体制内的主持人确实是太可惜了。

罗素梅略微思虑了一阵之后又对我说道："这件事情我可以替老金做主，之前咱们给陈艺的报价是六万，这一次直接翻个倍，提高到十二万，希望她能再慎重考虑考虑。"

果然最后解决问题的还是钱，可我不知道这忽然翻了倍的出场费到底能不能打动陈艺，让她重新去审视自己在行业里的处境。如果她肯放弃求安稳的心思，能赚到的肯定会比现在要多得多。

从罗素梅那里拿到了十二万的价码，我的心情却更加复杂了。一来，为公司的处境感到担忧；二来，为怎么和陈艺再次开口感到劳神。但心里还是很佩服罗素梅的能力，这一点金秋倒真是遗传了她。只是我仍有点不明白，一个这么优秀的女人为什么会甘心嫁给老金？也许他们那个年代真的很单纯，追求的只是情投意合，至于相貌、才情和物质都可以放在一边不做重点考虑。

下午，罗素梅有些疲倦地回到了公司，她告诉我，客户未婚妻的态度非常强硬，绝对不接受更换主持人。而且，陈艺主持婚礼的条款，在老金和他们签订的合同上已经有很明确的体现，最后如果不能实现，不但单子黄了，还得赔偿违约金。此时我终于明白，为什么有的婚庆公司明知道是一笔大业务也不敢接了，因为客户太过苛刻，太难搞。

很快便到了下班时间，我处理完手上的事务，便骑着自行车回了家。一路上，我都在思考着该怎么和陈艺继续聊这件事情，又该不该按照罗素梅的意思劝她脱离电视台的体制。

打开院门，迎接我的依然只是那些被风吹得左摇右摆的花花草草。我将车子停在屋檐下，便将早上晾晒的衣服收进了屋子里，然后又去卫生间洗了把脸，猛然发现那个丫头换下的衣服还扔在洗衣机旁的脏衣篓里，我估摸着晚上她还会来，所以依然没有打算帮她洗一洗。

夕阳渐渐被城市的高楼所淹没，弄堂里传来了小贩的叫卖声，这阵叫卖声便是夜晚来临前的预告。不一会儿，弄堂里便陆续亮起了灯火，风也吹来了一些油烟的味道。这时，连安静都在这条被岁月洗刷过的老巷子里变得有了质感，我那可有可无的孤单也就这么暴露了。于是，我像往常一样点上一支烟，坐在了院落外的台阶上，等待着那个熟悉的身影从我的身边走过。

已经是七点半，我仍没有等到陈艺，终于给她打了个电话，却是一位工作人员接的，他告诉我陈艺马上就要主持一场大型的文艺直播晚会，要到夜里十点半才会结束，我向他表示了感谢之后便挂掉了电话。

为了不让这个等待的夜太过难熬，我去了那间心情咖啡，要了两瓶啤酒，以一种没有情绪的状态喝了起来。也许是因为咖啡店里实在是太安静了，也或者是我有点累，只是两瓶啤酒下了肚，我竟然在不知不觉中倚着舒服的沙发椅睡了过去，等醒来时已经是夜里的十点半。

可是我的身边依然很安静，陈艺还没有回来，那个丫头也没有来拿走她的衣服。我好似转眼便被这忽然袭来的孤独给吞噬了，有点无所适从，赶忙向吧台招了招手，和服务员又要了两瓶啤酒。

这时，手机响了起来，我条件反射似的拿起看了看，是陈艺给我发来的微信，她告诉我，已经做完了直播，让我等她一起吃夜宵，她大概半个小时后就到。

我放下手机，又拿起啤酒瓶喝了起来。几乎在同一时间，耳边传来了一阵敲击玻璃窗的声音，侧头看了看，发现那个丫头正站在玻璃窗外似笑非笑地看着我。等我和她的目光交织在一起，她又从包里拿出了一支眼线笔，在玻璃窗上写道："我猜你现在一定很寂寞。"

我撇嘴一笑，然后摇了摇头，心中已然习惯了这个丫头每次另类的出场方式。

她又写道："呵呵，可这些空啤酒瓶是骗不了人的。"

这次，我表情木讷，没有再给予她任何回应。

"我也刚从酒吧街喝完酒回来。"

我在手机上打出一行字让她看："你到底想和我表达什么？"

"你不是一直想知道我叫什么名字吗？送我回学校，我就告诉你，怎么样？"

第9章 陈艺追求的生活

看着这个丫头用眼线笔在玻璃窗上写下歪歪扭扭的文字，我的心真有一刹那被蛊惑了，我确实很想知道她叫什么名字，我并不愿意总是用丫头称呼她。

我又用手机打出一行字："我虽然很想知道你叫什么名字，可是待会儿我和陈艺有工作上的事情要谈，所以你要是识相的话，就现在把名字报出来，让我送你回学校是自寻死路，因为我一定会把你翻我家院墙的丑事在南京艺术学院弄到人尽皆知。"

她一皱眉，用眼线笔泄愤似的在玻璃窗上写了一个巨大的"滚"字，然后又画了一个发火的表情。

我不打算再和她玩这种面对面的文字游戏，我从咖啡店走了出去，站在了她的面前。她果然没有说谎，我在她身上闻到了还不算太浓烈的酒气，她确实去酒吧街喝酒去了。

我从口袋里拿出一把钥匙递给她，说道："去把你昨天换下的衣服拿走，我没帮你洗，因为我这辈子没替哪个女人洗过衣服。"

她愤恨地看着我，也不从我手中接过钥匙，说道："江桥，我只给你一次知道我名字的机会，错过了可别后悔。"

我笑了笑回道："不后悔，赶紧干你自己该干的事儿去，回学校的时候注意安全。好了，你可以走了。"

"哼，我是看你寂寞得可怜才来找你的，你要是这么不知好歹就算了。"她说着从我手中接过了钥匙，转身往我家的方向走去，走了几步又忽然回过头看着我说道，"帮女人洗个衣服会死啊？"

我哭笑不得地看着她，她又回过头向巷子的深处走去，我赶忙在她背后提醒道："待会儿钥匙用完了，记得放在门框下面的缝里。"

…………

我又回到了咖啡店，将那一瓶还没有喝的啤酒也打开，然后一边喝，一边透过玻璃窗看着外面。我知道下个瞬间，陈艺便可能出现在我的视线中，我很自然地想象着今天她会穿什么样的衣服，什么颜色的鞋子。也许这就是暗恋一个人的心情吧，哪怕只是对方不经意间表现出来的细节，都会当作一部最深刻的电影去品味，去审视。

夜已经深不见底，巷子里终于传来了高跟鞋与地面轻触的声音，我探着身子看了看，陈艺的身影便绕过转角出现在了我的视线中，她的长裙在风中轻轻飘动，可是她的面色却在昏黄的灯光下充满疲态，对于她而言，这又是一个被大型直播榨干所有精力的糟糕夜晚。

片刻之后，陈艺终于走进了咖啡店，在我的对面坐了下来。我赶忙帮她要了一杯牛奶，又替她放好那只很漂亮的黑白格手提包，她闭着眼睛靠在沙发椅上，向我问道："江桥，我反馈给你的情况，你和金总说了吗？"

"唉！别提老金了，今天上午他在酒店做婚礼现场的场景布置，一不小心把腿给摔了，正在医院里躺着呢。"

陈艺有些惊讶："啊？不严重吧？"

"不严重，但是没能开口和他说这件事情，怕他被这双重打击弄崩溃了。"

"有这么夸张吗？"

我很严肃地点了点头，回道："今天下午罗素梅去和客户试探着提了一下临时换主持人的事情，客户那边坚决不同意。更糟糕的是，老金和客户签的合同上，黑纸白字写得清清楚楚让你来主持婚礼，如果你这边出现状况，单子黄了不说，弄不好还得赔一大笔违约金。公司现在已经这么难了，再赔偿一笔违约金，不等于要了老金的命了吗？"

陈艺陷入了沉默中,她肯定也没有预料到事情会变得这么麻烦,许久才终于开口向我问道:"那你现在是什么意思呢?"

我想起了罗素梅今天下午说的那些话,在自己大脑里整理了一番,这才对陈艺说道:"我肯定没有权利替公司做这么大的决定,所以我把这个情况告诉罗素梅了。她的意思是给你的出场费翻一倍,也就是十二万,让你再好好考虑考虑。说真的,我觉得这个价格已经是公司所能给的极限了,要不是被逼得实在没有办法,公司无论如何也不会开出这个价码的。"

陈艺几乎没有考虑,便回道:"我在乎的不是出场费,我真的很想帮你们公司,可是我也实在不能公然挑战领导的权威,我都不知道该怎么和你表达我现在的心情。"

"我能理解你,所以我也不想逼你,但是我觉得罗素梅今天下午和我说的一番关于你的话真的挺有道理的。"

"她说什么了?"

"她说,现在制播分离的趋势越来越明显,大多数有实力的主持人都已经跳出体制自谋出路。你现在正是职业生涯的黄金期,做一个体制内的主持人实在是太可惜了。所以,她建议你的态度可以强硬一些,和你们台签一份不排他性的合同,或者干脆果断点,接受其他单位向你发出的邀请,趁着年轻充分挖掘出自身的商业价值。"

陈艺一直看着我,等我说完后,她若有所思地端起杯子喝了一口,许久才向我问道:"江桥,你知道我想过的是什么生活吗?"

我几乎没思考,便回道:"我觉得你有这么好的条件,你所追求的生活不是我这样的平凡人能够想象到的。"

陈艺摇了摇头:"你把我想得太复杂了。我爸妈都是保守的学者,追求的是小富即安的生活,我现在这个样子,他们已经很满意。他们希望我能稳定地留在南京,留在他们身边,基于家庭因素,没有比做一个体制内的主持人更好的选择了。"

"可是你还年轻啊,你的生活不应该太早地进入一种被设定的模式中,你应该有更高的目标和追求,不能这么浪费你的才华。"我有些理屈词穷地将刚刚话里的意思又重复了一遍。

陈艺看向窗外,刚刚那个丫头用眼线笔在玻璃上写下的字还没有擦去,在那斑驳的灯光下却好似已经写了很久,地上那一摊积水也没有闲着,一直与天上闪动的星星调着情,每当有点小风吹过,星星便在水面上晃动着,就好像一场甜蜜的接吻。一刹那,我感觉不到时间的流逝,一切都是静止的,甚至包括我面对陈艺时的心跳。

我又看见了那个丫头从玻璃窗前走过,她的左手拿着自己换下来的衣服,右手冲我竖起了中指,很鄙视地看了我一眼之后,便跨过地上那一摊积水消失在了转角处。而当这动态的一幕发生之后,时间仿佛又走动了起来。

"江桥,总有一天我是要嫁人的。等有了孩子,我生活的重心肯定不会在事业上。在已经过完的二十多年里,我拼命地学才艺,参加各种考级,又努力上完大学,目的不就是提升自己,然后嫁一个可以在物质上依赖的老公吗?现在这些我都做到了,只是在等一个意中人组建家庭,我是一个愿意站在男人背后的女人,只要未来的家庭幸福,父母健康平安,我就满足了。"

我相信这是陈艺发自肺腑的话，以她的知识分子家庭背景，以及名主持的身份，要想嫁一个成功人士简直不费吹灰之力。而有这么一条稳妥的路摆在眼前，为什么还要自己去冒险打拼呢？

我忽然很想抽一支烟，口袋里却已经没有烟了，便用手指有节奏地敲击着桌面，缓解这突如其来的烟瘾。

一起沉默了片刻之后，陈艺看着我笑了笑，又说道："江桥，你身上的白衬衫真好看。"

我与她对视着，回道："你不用因为尴尬转移话题的，我能理解你的想法和难处，关于婚礼主持的事情，我不会再为难你，真的。"

"真的很好看！"陈艺说着从自己的手提包里拿出了一个礼品盒放在我的面前，又说道，"下个星期一就是你的生日，可惜我要去青岛做节目，不能陪你过了，这是我托朋友从国外寄回来的领带，我觉得和你的白衬衫很搭，你看看喜不喜欢。"

我心里一阵感动，一阵酸涩，笑着拿起那个精致的礼品盒，说道："这些年只要你在南京都会陪我过生日，真不知道以后你嫁人了，还有没有机会这么持续下去。"

"你傻啊，以后你也会有家庭的，等有了老婆孩子陪在你身边，我这个朋友还会不会陪你过生日也就不那么重要了。"

我笑了笑，没有再说什么，只是将那个礼品盒给拆开了，里面是一条和我的衬衫很搭的黑白相间格纹领带，她的礼物还是一如既往用心。

这些年，我总觉得她和我的关系不像从前那么亲近了，实际上这只是我的误会，我们不是不亲近了，只是现在的她实在是太忙，已经不可能再像学生时代那样，陪伴着我上学、放学的每一个清晨和黄昏。

…………

这个深夜，我从陈艺那里感受到她总有一天会嫁给别人的忧伤，也收获了一些温情。可是关于婚礼主持这件事情始终没有能够达成一致，现在这件事情只剩下一条路可走，那便是说服陈艺的领导破例让她接手婚礼主持，显然这已经不在我的能力范围内，只能让罗素梅或者老金找找关系了。

|第10章| 自投罗网的丫头

离开了心情咖啡，我回到了自己的小院，下意识地从口袋里掏钥匙，摸了半天才想起来，钥匙刚刚已经给那个丫头了。我又蹲下身来在门框下面的缝里摸了起来，除了摸了一手灰，啥都没摸着，我顿时变得警觉起来。

可这警觉也来得太迟了，我太相信那个丫头，她竟然趁机带走了钥匙，难怪刚刚路过咖啡店时，她看着我的眼神都快拽到天上去了。

"这是要和我做仇人啊！"我抱怨了一句，然后站在原地惆怅着。

无计可施时，我终于想起那个丫头翻院墙时闲庭信步的样子，这个时候只能很没有创新精神地模仿一遍了，我来到杂物堆的旁边，如法炮制翻上了院墙，却在准备翻下去的一刹那莫名涌起了一阵与这个世界对峙的快感，连那天空之上的月亮都仿佛畏惧我此时所处的高度，讨好似的拉近了与我的距离，而这座城市也因为我所处的位置，在我的视线里变得既清晰可见又格外亲切。二十多年了，我这才发现，在这爬满常青藤的墙壁上还有如此风景，如果此刻有支烟，我一定深深吸一口，然后克制住回去睡觉的冲动，好好坐在这里与这个世界谈谈。

远处传来一阵脚步声，为了避免引起误会，我赶忙纵身跳了下去，可是因为生疏，我没有找准下落的着力点，一屁股坐在了地上，画风突变，月亮也不见了，城市的霓虹更像是幻象，根本没有在我的视线里出现过，只有大腿根和屁股那里传来的一阵发酸的疼痛，让我备感丢脸，原来我翻院墙的天赋竟然比不上那个臭丫头。

我哼唧了两声，摸黑从地上站了起来，然后进屋、开灯，面对着三间也许比我还要寂寞的屋子，我没有立即洗漱，只是有些疲倦地坐在客厅的椅子上，半眯着眼睛很随意地四处看着。只见卫生间的门完全敞开，我那一般洗衣服时才会拿出来用的白色盆放在很显眼的正中间位置，我在疑惑中多看了一眼，才发现里面泡着一件我最喜欢穿的商务皮夹克，一种不祥的预感立刻涌了上来。

我跑进了卫生间，里面弥漫着浓烈的84消毒液的味道，拎起皮夹克看了看，已经有一块地方被消毒液烧得泛了白，我气得大脑一片空白，恨不能现在就去南京艺术学院把她给揪出来，然后和她翻脸。因为她的这个恶作剧实在是太过分了，她根本不明白这件皮夹克对于我的意义。

可夜晚就是这么让人无助，我找不到发泄的途径，只能将这些恼怒的情绪憋在心里，又用清水将那件夹克洗了洗，然后挂在晾衣架上默默看了很久。

次日，我早早便起床去了公司，我要将与陈艺最新的沟通结果和罗素梅通报一下，看看她是否有关系能够和陈艺的领导沟通，此时的局势对于公司而言并不太乐观，可这笔业务无论如何也要保住。

从86路车下来后，我向公司走去，快要到达公司时，罗素梅也正好开着老金的那辆老款尼桑天籁从我身旁经过，她将车靠边停下，下车后向我问道："江桥，陈艺给你答复了吗？"

"嗯，她挺为难的，不太愿意为了这件事情公然和领导叫板，我也劝她借这次事件考虑跳出体制，可你也知道她从小成长的环境，她不是那种追求利益最大化的人，所以……"

我的话还没有说完，罗素梅的脸上便现出了愁容，她的眉头一直紧锁着，似乎在想解决问题的办法。

"老板娘，要不你和金总想想办法，直接找陈艺的台领导去谈这个事情吧，现在最大的问题不在陈艺身上，是领导揪住体制这个话茬不肯放。"

"也只能这样了。"

我点了点头，罗素梅又将车钥匙交到我的手上，说道："车上有我给老金熬的骨头汤，你帮我送到医院吧，我去找人想想办法。"

我应了一声，从罗素梅手中接过了车钥匙，准备打开车门，罗素梅又很严肃地对我说道："江桥，待会儿老金要是问起这个事情，你就说陈艺已经没有问题了，让他好好在医院待着，别乱分心。"

我点头示意明白，不过心中仍没有底，以这个事情棘手的程度，没有相当硬的关系估计很难办成，便向罗素梅问道："老板娘，你准备请谁去办这件事情啊，靠谱吗？"

"别问那么多，赶紧去把骨头汤送给老金，待会儿回公司还有一堆事情要处理呢。"罗素梅说着便伸手从街边拦了一辆出租车，匆匆离开了。

我心里有点犯嘀咕，如果一开始就愿意找这样的关系直接和陈艺的领导沟通，何必还要给陈艺的出场费翻上一倍呢，所以即便是罗素梅亲自出马，这事儿多半也很悬，毕竟陈艺领导的级别有点高，一般人的面子恐怕根本不能改变他的决心。

…………

来到医院，老金正躺在病床上看着《早间新闻》，见我来了，开口便问道："你和陈艺谈得怎么样了？咱们私下给她的出场费她收了吗？"

"金总，你就放一百二十个心待在医院里养好腿，陈艺已经没有问题了，出场费她收了。"

老金如释重负地点了点头，连连说道："那就好，那就好。"

我将骨头汤放在柜子上，一边替他拉开病床上的折叠餐桌，一边说道："老板娘给你熬了骨头汤，你赶紧趁热喝了吧，这个时候千万别亏待了你这条立过汗马功劳的老腿。"

老金心情不错，夸我有孝心，他一边吃，一边说道："江桥啊，我和你们老板娘商量过了，等这个大单子做完，让你考个成人本科，然后帮你申请国际通用的婚礼策划师C级证书，这个考试和培训的费用都由公司来出……"停了停，他又补充道，"其实你的脑子够用，在这个行业也工作六年了，算是资深策划师，可就是这学历太耽误事儿，这次你可得长点心，把以前没有学到的文化都补上。"

"你能不提学历和文化这两个我最烦的词儿吗？"

"我倒还真不愿意和你提，可就冲你这高中文凭能申请到业内认可的策划师证书吗？你目光得放远一点，就算你哪天不跟着我干了，只要有这么个证书在手上，你在这个行业就饿不死。"

"你真是替我操碎了心！"

"我不替你操心，谁替你操心？你和一般孩子不一样，人家都有个爹妈指望着，你只能靠自己争气。眼看着就到结婚的年纪，凡事都得自己掂量掂量，长点心。你跟着我也六年了，我和你们老板娘都有责任给你置办点儿家当……"

我低着头，没有接老金的话，只是拼命忍耐着内心的孤寂和痛苦。这些年，我就像一叶迟迟找不到彼岸的孤舟，飘摇在南京这座大到不见边际的城市里，我曾渴望有一双指引的手，也曾渴望一声温柔的呼唤，可这些对我来说都太奢侈了，我连自己的生母此刻在哪里，过着什么样的生活都不知道。

老金似乎感受到了我的心情，很少有地拍了拍我的肩膀，鼓励着说道："好好干,我老金提前把话撂这儿了,等你结婚那天,我肯定给你置办一辆十万往上走的车,让你风风光光地把媳妇给娶进门!"

....

　　回到公司,我又经历了忙碌的一天,而罗素梅一直没有回公司,中间我给她发了一条短信,询问事情的进展,她没有给我明确的答复,只是叮嘱我做好手头的工作,这件事情她会亲自处理好。

　　明天是周末,我便在公司多加了一会儿班,将手头比较急的事情给做完了,离开公司时,整座城市又淹没在了厚重的夜色中,街道好似没有尽头般地在我脚下延伸着,所有正在闪烁的霓虹都在渲染着独自行走的孤独,我习惯性地点上一支烟,用烟草的味道对抗着万家灯火和饭菜香的温馨。

　　我终于回到了弄堂,停在巷口买了一份炒面,这便是我今天的晚餐,虽然有点简陋,但也没什么不好,一个人吃不用洗锅刷碗,至少这是一份看上去口感还不错的食物。

　　走进弄堂,我又在心情咖啡旁边的便利店里买了两瓶啤酒,我打算好好利用这个夜晚,那么啤酒便是不可或缺的,它会协助我整理好心情,快速地进入梦乡。

　　又走过最后一段弯路,我终于看见了自己的小院,也看见了那个臭丫头正坐在门前的台阶上玩着手机,我的怒火一下子便涌了上来,又想起了那件被她用消毒液洗废掉的皮夹克,没想到这么快她就自投罗网了,我不自觉地加快了步伐向她身边走去。

|第 11 章| 夜谈

　　我气势汹汹地来到那个丫头的面前,还没等我开口质问,她便从口袋里拿出我昨天给她的钥匙,脸上带着奚落的笑意说道:"好想知道你昨天夜里是怎么进的家门,我猜你肯定是出手不凡,自掘狗洞钻进去的吧。"

　　我一把从她手中夺回了钥匙,恶狠狠地说道:"你可以在我的生活里神出鬼没,也可以在我面前装出一副天真烂漫的样子,但是不能太过分……"

　　在我的言语刺激下,她的面色忽然便冷了下去,抬头看着我问道:"太过分了怎样?"

　　"太过分了我就觉得你的人品有问题,谁让你用 84 消毒液烧我的皮夹克了?"

　　她无所谓地回道:"哦,你说皮夹克啊,不就是一件衣服吗?谁让你昨天晚上对我爱理不理的了。"

　　她一点儿也不内疚的态度气得我肝疼,我终于丢掉了克制的耐心,用手指着她,怒道:"是不是下次我还不搭理你,你就会把我们家房子给放火烧了?没见过你这么无法无天的!"

"你冲我吼什么啊，不就是一件破皮夹克吗，我重新买一件还给你就是了，你想要什么牌子，随便说……"

"你自己听听这口气，是不是以为什么麻烦都能用钱解决？我告诉你，我对你已经很克制了，趁我火气还没上来，你最好赶紧从我面前消失，以后也别来找我了。"

她喘着粗气怒视我，终于大声骂道："你可真是个神经病，只是一件皮夹克，你至于这么说我吗？"

"对，我不光是个神经病，骂起人来更吓人，你如果不想我骂得更难听，就给我识相点儿。"

"你不就是赶我走吗，好，我走就是了，以后我也不会再自取其辱来找你了。"她说着便重重地推了我一下，然后快步向巷口跑去。

我看着她的背影，并没有什么情绪，她只是无端出现在我的生活中，虽然给我带来一些意外的惊喜，可是更给我制造了无法弥补的遗憾。此刻，我情愿她从来没有出现过。

在门口小站了一会儿，我推开了院子的门走了进去。院子里依旧很冷清，那些花花草草有些孤寂地簇拥在一起，忍受着不能开口表达的痛苦。我准备为它们浇点儿水，却在路过石桌时，发现上面摆了好几道还在冒着热气的菜，而我最喜欢喝的啤酒将这几道菜围成一圈，想来是那个丫头等得无聊后的无聊举动。这时我才明白，她是来和我一起吃晚饭的，我却这么不近人情地将她给骂走了。

就像她不明白那件皮夹克于我的意义，我事先也不知道她来的目的，人和人之间就是有这么多的误会，且这种误会来的时候越是没有征兆，越是难以解释。此刻我虽然有点后悔，但还不至于在不知道她姓名的情况下去南京艺术学院找她。当然，她多半也不会再回来，我们很可能因为这次的误会今生不会再有交集。

我点上一支烟，背对着石桌坐了下来，目光有些涣散地看着小院之外的弄堂。我不知道自己到底算不算是一个性格有缺陷的人，可是当我过完童年，开始独自一个人生活时，我就学会了用一种刺猬似的警觉保护着自己。我一旦给予一个人信任，就不允许这个被我信任的人有出格的行为。想来我的怒火不仅仅是因为那件意义非凡的皮夹克被损毁，更是因为厌恶那个丫头的胡作非为，她辜负了我将钥匙交给她的信任。

夏夜的风有些清凉，月光很温柔地洒在我的小院落里，再加上那些摇摆不定的花花草草，我所置身的环境也算是花前月下了，只可惜如此良辰却少了个陪我喝酒的人。我独自打开一罐啤酒，那些寂寞便随着酒流进了我的身体里，又消融在灵魂中。

过了很久，下了班的陈艺路过我家门口，她探身向里面看了看，见我在院子里坐着，便走了进来。似乎是一种巧合，她从皮包里拿出一把钥匙交到我的手上，说道："我明早就要去青岛拍外景了，我爸妈在国外旅游，要过一段日子才能回来，你有时间就去我家把窗户打开通通风。"

"哦。"我从她手中接过了钥匙。

"那我就先回去了。"

"等等！"

"怎么了？"

我看着满桌的菜，还有没喝完的啤酒，对她说道："陪我喝点啤酒吧，还有好多菜吃不掉就浪费了。"

"江桥，你可别折磨我了，我最怕晚上吃这些油腻的东西，啤酒更不想喝，受不了那味道。"

我欲言又止……

陈艺在我的身边坐了下来："陪你聊会儿天吧。"

我看着她脸上那遮不住的疲态，摇了摇头强颜笑道："不用，喝掉这罐啤酒，我也准备洗洗睡了。"

"那我就陪你喝完这罐啤酒吧。"

陈艺说完后，有些无聊地坐着，然后打了个哈欠。我当然知道她只是在同情我一个人过得孤独，并不会真的在内心深处给予我最需要的陪伴，我随之加快了喝酒的速度，结束掉这对她而言是折磨的陪伴。

片刻之后，陈艺终于找到话题，向我开了口："对了，你们公司打算怎么解决婚礼主持人的事情？"

"罗素梅已经去找关系了，希望你们副台长能给个面子，破例让你接一次商业主持。"

陈艺有些担忧地回道："我太了解我们领导的脾气了，在他身上就没有破例这一说，而且他真的不是一个给别人面子的人。我们台的员工都知道他是把原则放在第一位，而制度在他眼里就是最不能改变的原则，否则他也不会把这件事情卡得这么死。要是前任领导，我把情况说明一下也就解决了。"

"是啊，罗素梅都为这件事情跑了一天了，到现在也没有结果，你们领导可真难缠！"

陈艺没有接我的话，但替我们公司感到担忧的表情是真切的，她轻轻叹了口气，为自己的无能为力感到内疚。

我又喝了一口啤酒，感慨着向她问道："你说，在这个社会赚点钱怎么就这么难呢，明明只是一件很小的事情，无论是客户还是你们领导，只要稍稍做点让步，我们就不会像现在这么愁了。我有预感，就这么一件小事儿，最后会演变成要了我们公司命的大麻烦。"

陈艺无奈地笑了笑，然后语重心长地对我说道："你要明白人是这个世界上目的性最强的动物，会做出最严谨的判断，而这些判断都是基于自己的利益，所以啊，江桥，你不要太指望别人会理解你的困难和痛苦。"

"也是，一个肉体繁衍出一种欲望，你们领导希望维护好体制为自己的业绩添上一笔；客户则希望花费的钱能发挥到最大价值，让自己称心；公司又希望这笔业务救命。说到底，这个局面就是欲望与欲望碰撞后的结果，只是我们公司在这中间太弱势了，所以也就成了最烦恼的一方。"

"嗯，差不多就是这个意思……"稍稍停了停，陈艺离开了石凳，又对我说道，

"你少喝点酒，早点休息，我也回去休息了。"

"知道了。"

"提前祝你生日快乐，希望你有个快乐的星期一。晚安，江桥。"

"嗯，星期一那天记得给我打个电话，我还是想听你在生日那天对我说这些。"

陈艺笑了笑，然后对我做了一个OK的手势，下一刻她便离开了我的院子，将夜的寂寞和孤独又还给了我，院子里顿时没有了她轻柔的气息，只剩下夜晚一如既往的漫长。

我想，如果她是我的女朋友就好了。

…………

周末的早晨是可以放肆的，我一直睡到十点才起床。天气不错，我洗漱之后便去了陈艺家，用她留给我的钥匙打开了屋门，将所有的门窗都打开来透气，又将陈艺那些挂在柜子里的大衣拿出来晒了晒，因为最近的雷阵雨有些多，这些冬天的衣服很容易发霉。

实际上，陈艺在电视台附近的丹凤街是有房子的，可她父母对这条弄堂有很深的情结，所以这些年陈艺也随他们没有搬走，我一直认为这是上天对我的恩赐和补偿。

有时候，想想陈艺终究有一天会搬走，我的心情就会变得非常糟糕，我甚至想过，假如陈艺哪天真的去电视台那边住了，我也要在那边租一间房，不为别的，只为偶尔还能像昨天那个夜晚一样可以面对面随便聊聊。

坐在陈艺的房间里，我又将她那些获奖证书和奖杯拿出来擦拭了一遍，她的这些荣誉也一直是我的骄傲。我犹记得，从小学到高中，每次她站在台上领奖时，别人只是鼓掌，我却像个傻子似的又喊又叫，比自己拿了奖还要开心。

将那些证书和奖杯整齐地摆放好之后，我离开了陈艺的屋子，又回到了自己的住处，就在打开门的一刹那，我发现一件崭新的皮夹克被扔在院落里。我立刻意识到，就在我为陈艺打扫卫生时，那个昨天被我气走的丫头又来过了，她应该是泄愤似的站在院外将皮夹克扔进了院子里，要不然这皮夹克也不会以如此难看的姿势躺在地上。

|第12章| 真相快要大白？

我将皮夹克捡了起来，如果不仔细辨别，几乎看不出和我之前那件皮夹克有什么不同，可牌子已经变成了阿玛尼。其实，即便她能买到同质同款的皮夹克，对我来说也没有任何意义，因为我在意的并不是皮夹克本身，而是一种物质换不来的情谊。

回到屋子，我将那个丫头买的皮夹克放进了柜子里，然后又将那件被84消毒液烧到掉色的皮夹克从晾衣架上拿了下来，小心地装进了衣服套子里，也挂进了衣柜。

整个上午，我都在院子里修剪那些花草。下午约见了一位客户，告知了一下婚礼的最新进度。黄昏来临时，我再次陷入了周末无事可做的无聊中。

我又去了那间心情咖啡，准备在那里打发掉夜晚来临前的时光。

因为是周末，咖啡店里来的人要比往常少了很多。我想，当可以卸下工作上的压力时，大家还是喜欢城市里的灯红酒绿，这里也只是白领们暂时舒缓生活节奏的地方，它永远不会成为一个人生活中的全部。

进了咖啡店，老板娘余娅很少有地亲自在吧台坐镇，机会难得，我便放弃了喝啤酒的想法，对她说道："给我来一杯你亲自调的心情咖啡。"

余娅抬头看着我，我也看着她，她的穿着打扮还是那么时髦，白色衬衫下那玫瑰图案的文身若隐若现，就好似她的标签，手腕处则缠绕着一条很有民族特色的丝巾。似乎常年在丽江这种地方生活的人，多少都会沾染一点或文艺或另类的气息。我曾经听余娅说，在丽江有很多和她一样的女人，她们喜欢唱歌，追逐自由，尊崇个性。也许她们曾经是老师、公务员、医生或空姐，可当她们带着故事来到丽江后，便会褪去过去的一切，追求的只是一间咖啡店或酒吧带给她们的自由，她们定居在那里，成为一种叫作"酒吧老板娘"的新生物。

余娅就是这一类女人，她很擅长倾听别人生活里的故事，却从来不会和别人倾诉自己的经历。在丽江，因为有很多同类，她并不是那么显眼。可她来到南京，那种带着故事的深邃便会凸显出来，让人不禁想去探究她的过去。

她摘掉耳机，笑着向我问道："今天你的心情如何？"

"无聊也算心情的一种吗？"

"勉强可以算。"

"那我的心情就是无聊。"

她点了点头，说道："那就给你调一杯可以治愈无聊的心情咖啡吧。"

"拭目以待。"我说着便趴在吧台上饶有兴致地等待着，在这过程中又向她问道："今天怎么有空来南京了？我记得你有两个月没来这边了。"

她回道："其实，我倒挺想待在南京的，可惜丽江的酒吧太忙了，我也抽不开身。要不是太想念这个地方，恐怕到过年也不会有时间来。"

"你在丽江开的酒吧也叫'心情'吗？"

"嗯。"

一阵短暂的沉默，我又好奇地向她问道："既然在丽江的酒吧生意那么好，为什么还要在南京开这间不算太赚钱的咖啡店呢？两边来回跑真的挺不方便的。"

"我如果告诉你，我也是一个南京姑娘，你相信吗？"

我不可思议地看着她，因为在我的印象中，她似乎从来没有用南京话和我沟通过。她又笑了笑，说道："好啦，为什么在南京开咖啡店一点也不重要，重要的是这杯我正在为你调的心情咖啡。你要是破坏了我的心情，咖啡没有调出你想要的味道，可不要怪我。"

她就是这样，每次我借机问她时，她都会很巧妙地回避。我还算是个识趣的人，点上一支烟后便选择了闭嘴。

彼此沉默了片刻之后，她终于将调好的咖啡交到了我的手上。我眯着眼睛尝了一口，还是那熟悉的味道，虽然有点苦涩，却在味道快要消失的一刹那，让人产生一种非常想再喝一口的冲动。

余娅用毛巾擦了擦手，又开始关心我的生活，她问道："这段时间你过得还好吗？我猜你应该和陈艺表白了。"

余娅是唯一一个知道我对陈艺有男女之情的人，也许这是因为她不在我的人际交往圈内，我才会放心地和她说起内心最深处的秘密，我又喝了一口心情咖啡，在那苦涩的味道中摇了摇头回道："没有，我们虽然从小一起在这条弄堂里长大，却隔着这个世界上最遥远的距离！"

她依然笑着回道："我不想劝你太多，因为这个世界上大部分的人都在为世俗的眼光活着，但如果有机会的话，我真希望你能到丽江走走，也许会有一些不一样的收获。"

我点了点头，下意识往西南的方向看了看，才回道："那是我心里渴望去的地方，我也很想去你的酒吧喝几杯酒。"

"随时欢迎。"余娅说着看了看墙壁上挂着的钟表，又对我说道："今天坐了太长时间的飞机，我先回酒店休息了。这杯咖啡算我请你的，有机会我们再聊。"

"对了，后天是我的生日，如果你这两天不走的话，我想在你的咖啡店办一场生日聚会，也很诚恳地邀请你参加。"

余娅带着点歉意看着我，说道："其实，我这次离开丽江的主要目的是去北京参加一个商务会议，南京只是顺便路过而已，明天上午就得走了。"

"没事儿，我也只是想人多热闹些，你还是以自己的事情为重吧。"

说话间，咖啡店的门被推开了，那个丫头很突然地出现在了我和余娅的身边。我吓了一跳，她却没有用正眼看我，走到收银员身边说道："今天早上在你们这儿喝咖啡时忘记带钱包了，押了一把小提琴在你们店里，我现在买单，你也把小提琴还给我吧。"

收银员回道："今天早上不是我值班，我打个电话和同事确认一下。"

"嗯，你快点，我不想对着某个精神病！"

余娅有些好奇地看着眼前这个冒失鬼，想必她也是第一次见识到有人出来喝咖啡不带钱包，不过这种好奇也仅仅出现了一个瞬间，她便挥手与我道别了。

余娅离开后，收银员也已经和同事做过了确认，他从吧台下的柜子里拿出一只琴盒，交到了那个丫头的手上，她面无表情地看了我一眼之后便也准备离去。

我想她之前的行为也不过是一种不知者不罪的恶作剧，且又买了一件崭新的皮夹克，虽然并不能弥补什么，但我也不应该继续和她斗气，便挡在门口，主动和她开了口："没看出来，你还会拉小提琴嘛！"

她冷脸看着我，问道："你觉得我是那种你想翻脸就翻脸，想讲和就讲和的女人吗？"

"我说要和你讲和了吗？"

"那就请你给我走开。"她说着便野蛮地推了我一把。

我纹丝不动地站着,也冷脸看着她说道:"我巴不得你和我老死不相往来,但是在这之前我要搞清楚一件事情。请你好好告诉我,你为什么会找到我,是不是我们曾经在哪里见过?"

"我现在不想和你说话,你给我走开。"她说着又想来推我。

我躲开了她,回道:"你不是说,来找我就是一场游戏的开始吗?现在我想做这个游戏规则的制定者,你今天要是不说出接近我的目的,我就不让开。"

她没有和我废话,抬起腿就准备往我脚上踩,我赶忙侧身让开,她也趁机打开了咖啡店的门,恨恨地看了我一眼之后,说道:"我如果早知道你是这副翻脸不认人的德行,才不会来找你。我现在宣布,这场游戏结束了,以后别再让我看见你。"

……

离开咖啡店后,我没有再去其他地方消磨时间,只是回到了自己的小院儿,躺在躺椅上,我的脑海涌现了一些想法,想来人和人之间是真有区别的,所以陈艺很轻易地便接受了我的和解,那个丫头却把我当仇人一样恨上了,更是说出了"以后别再让我看见你"的狠话。但这根本威胁不到我,我和她只相识了区区数天,是否还会再见面并不是我太关心的,只是我真的很好奇,当初她到底是带着什么目的找到我的。

院子里实在是太安静了,片刻之后,我便有了一种昏昏欲睡的感觉。这时,院子的门被人给推开了。

睁眼看了看,来人是心情咖啡的收银员,他的手中拿着一个学生证,对我说道:"江桥,你和那个姑娘是朋友吧?刚刚她拿钱包时,把学生证掉出来了,我打扫卫生的时候才发现掉在吧台的下面,你赶紧去还给她吧,真没见过这么粗心大意的姑娘!"

我从他手中接过了学生证,心头随之涌起快要真相大白的迫切,此刻那个丫头的学生证就在我的手上,还怕不知道她的姓名吗?

|第13章| 让我惊讶的丫头

心情咖啡的收银员离开后,我立刻拿着那本学生证进了屋子,坐在一个光线比较好的位置才将其打开。

学生证是那个丫头的无疑,因为证件照能和她对上号。即便是完全不加修饰的证件照,她也是那么漂亮,但这种漂亮里又夹杂着倔强和骄傲。我第一次觉得原来漂亮也是可以变得复杂的,或者说她有一种除漂亮之外的气质,这种气质别人完全模仿不来,是她独一无二的。

我继续看着,才知道这个丫头叫肖艾,是南京艺术学院音乐表演系大四的学生,今年二十二岁。虽然我一直"丫头丫头"地叫她,实际上她仅仅比我小了三岁,抛开学历不说,我们之间并没有年龄上的代沟。

将学生证放在一边,我又反复在大脑里想着肖艾这个名字。我做过这么多场婚礼，会不会是在某场婚礼上，我们有过一次擦肩而过的缘分呢？

许久，我依然对这个名字感到陌生，于是不再强迫自己去想这个至少现在不会有答案的事情。

洗漱之后，我躺在了床上，心中想的是自己在星期一就要过的二十五岁生日。实际上我是害怕过生日的，因为会想起自己这些年无依无靠的生活。我记忆中的每一个生日都没有隆重庆祝过，甚至没有来自父母的问候。所以，我总是会尽可能多地邀请朋友一起聚会，来掩盖这种沮丧的情绪，有时干脆假装忘记，在没有人提醒时也就稀里糊涂地过去了。

我忽然有点不想搞什么生日聚会了，反正陈艺也不在，干脆就自己在家做点菜，喝点酒算了。记忆中，我已经很久没有用心下厨给自己做过一顿晚餐，一直靠路边的小吃摊搞定自己的一日三餐。

点上一支烟，我拿起了手机，盯着微信上陈艺的头像一阵失神。其实每个夜晚，我都很想和她聊上几句，可克制已经成了这些年我在她身上用得最多的情绪。因为害怕在不经意间将自己对她的依赖变成她的负担，倒不如就这么一直酷下去，她不主动找我，我情愿盯着她的头像看到两眼昏花，也绝不给她发一个字，一个表情。

手机忽然振动起来，竟然是陈艺通过微信给我发来语音通话，我手抖了一下便接通了，抱怨道："干吗，刚刚才要睡着，又被你这语音通话给吵醒了。"

陈艺很是疑惑："周末你也睡这么早吗？"

"白天日理万机，晚上就得保重龙体。"

"呵呵。"

"说吧，你找我什么事儿，不会就只是聊聊天吧。"

"我就是想问问你，有没有记得把我家的门窗关上。"

我故意惊叫一声："呀！"

"你看你，我不提醒你，你真就忘了。赶紧去关上吧，要是夜里下雨，那些靠窗户的家具可就都完蛋了！"

"其实，你家门窗我傍晚的时候就关了。哈哈，我就爱听你紧张兮兮的声音。"

陈艺的语气有点不悦："江桥，你不觉得自己有点无聊吗？"

我很不引以为意地回道："你说我这个人没什么朋友，又没什么文化修养，如果还学不会在无聊里找乐趣，我活着得多没劲儿啊。"

陈艺没有再回应我，电话那边巨大的海浪声，偶尔夹杂着的海鸟叫声，告诉我此刻她正在青岛的海边，她对我说道："江桥，你听到大海的声音了吗？"

"听见了，很浑厚，就好像在讲一个很遥远的故事。"

"嗯，如果我们从小住在海边就好了。对着大海，我觉得整个人都很开阔，那些一直烦恼的事情好像也不那么重要了。"

"干吗要强调我们啊？我觉得南京就挺好的，对海没什么感觉。"

她的语气有些低落："没什么，我也就是随便说说。"

我感受到了她的异样，在一阵沉默之后，终于向她问道："你是不是心情不太好？"

这次，她沉默的时间更久，我就这么听着她的呼吸声和海风吹来的声音。良久，她才轻声对我说道："江桥，我在大学时交往的男朋友今天来青岛找到我了。"

"怎么回事儿？"

"他说他忘不了我，希望我们能将断掉的感情继续下去……"

我心中涌起一阵无法用言语表明的情绪，我仿佛看见自己这么多年对陈艺的爱恋，只在一瞬间就变得那么轻微。

"江桥，你怎么不说话了？"

我强颜欢笑："哈哈，我就是在想，你身上有什么魅力值得让前男友念念不忘的，想了半天没发现啊！其实你真的挺一般的。"

陈艺又陷入了沉默中，幸好海浪的声音一直像个善解人意的调解人，缓解着我们之间无话可说的尴尬。

我终于以一种正常的态度向她问道："能告诉我你是怎么想的吗？"

"毕业后的这两年我一直过得挺平静的，这种突然的打扰让我有点不适应。"

"如果你觉得不舒服就拒绝呗，两个人在一起，最重要的就是开心，如果连这一点都不能保证，那其他的更是胡扯！"

陈艺没有做正面的回答，只是对我说道："不和你聊这些不开心的了，你赶紧休息吧，我也准备回酒店了。"

"不聊就不聊吧。"

"嗯，晚安。"

"晚安，好梦。"

结束了和陈艺的语音通话，我的心情一直没有平静下来，于是翻箱倒柜地找到了很久以前陈艺送给我的一张CD。我将其放在老式CD机里，反复听了许多遍才渐渐平静了下来。

这个夜晚陪我入眠的便是那首传唱了很久的《听海》，也不知道远在青岛的陈艺在面对更真实的大海时，会不会很快平静下来，让自己有一个高质量的睡眠。

次日，我依旧在周末充沛的阳光下醒来，可昨天夜晚的那些惆怅并没有在睡眠中消化掉。我一直不想起床，就这么望着天花板，一直到窗外飘来了邻居家饭菜的香味时才回过了神，好似只在恍惚间便荒废掉了整个上午。

起床洗漱之后，我便骑着自行车去了南京艺术学院，我要找到那个叫肖艾的丫头，将她的学生证还给她。我希望能借机和她化干戈为玉帛，至少大家相识一场，就算以后不见面，也不要心里带着恨。

很快我便进了南京艺术学院的校门，这里的图书馆、音乐厅，甚至教学楼都散发着浓浓的人文气息，听说这里曾培养出很多在娱乐圈小有名气的演员和歌手。虽然我曾经因为婚礼活动来过几次，可再次走在校园的林荫小道时，我依然带着仰慕的心情左顾右盼。倒不是这里有多么神圣，而是我自身的文化修养实在是太差了，所以任何一所大学都会引出我的向往。

问过了几个学生后，我终于找到了音乐表演系女生所住的宿舍楼，再次喊停了一个路过的女生，问道："同学，同学，请问你认识音乐表演系的一个叫肖艾的女学生吗？"

这个有些微胖但长相还不错的女生回道:"你是谁啊,找肖艾干吗?"

"我是她的朋友,昨天她学生证落我那儿了,她如果在宿舍的话你帮忙喊一下吧,就说我在楼下等她。"

"哟,那真是不巧了,今天市政府接待外宾,有一场文艺会演,她是表演嘉宾,早上就去参加彩排了。"

"她还能参加这种高端文艺会演?"我当即感慨道,毕竟是政府主办的文艺会演,如果不是特别优秀,根本就没有这样的机会。

女生带着点不屑的神色看着我,回道:"你和她肯定不是特别熟吧?我告诉你,肖艾可是我们学校出名的才女。几大主流乐器她样样精通,嗓音条件也超好,再加上长得特别漂亮,南京本地音乐圈子里的知名人士几乎都认为她会红。只是她本人对在娱乐圈发展没什么兴趣,要不然早就签唱片公司了!"

我惊得一愣一愣的,做梦也没有想到那个看上去不太安分的丫头竟然还有这样的才情。先前她给我的所有印象都已经定格在了翻院墙时的嚣张画面中,而在我的认知体系中,翻院墙和音乐表演家是永远也不可能有任何关联的。

女生催促着说道:"你还有什么要问的吗?没有的话我走了。"

"你让她结束演出后去找我拿回学生证吧,我叫江桥,你报出名字她就知道了。"

"你直接给我,我转交给她就是了。"

"她经常主动去找我的,去我那儿拿也是顺便的事情。"

"我没听错吧,她那么一个冷冰冰,见谁都爱答不理的女孩会经常主动去找你?"

我又愣了一下,在我的记忆里,那个丫头怎么也和"冷冰冰"这三个字搭不上边,但此刻确实就有了这样的论调。也许人都是有许多面的,至少是她先主动找到我的,如果依然带着女学生口中的冷冰冰,还怎么和我玩游戏?所以她必须活泼点,我们才有沟通的可能。

我以一种很困扰的语气回道:"你没有听错,可能是因为我太优秀,太帅了吧。"

"得了吧,你就别臆怪(南京方言,让人心里不舒服)我了!"

我笑了笑,又叮嘱女学生记得告诉肖艾去我那里拿回学生证,之后便离开了南京艺术学院。可我心中对这个丫头的疑惑更深了,因为我死活也想不明白,她到底是带着什么目的找我的。

第14章 一件皮夹克的故事1

周日的整个下午就在我的无所事事中过完了,快要黄昏时,我离开弄堂走在了郁金香路上。我先去理发店剪了头发,又在杂货店买了一包烟,然后便坐在公交站台旁的长椅上看着路人在夕阳的余晖中来来往往。我不禁想着,既然大家都迈着一样的步伐,那是不是也会幸福得很一致呢?

所谓幸福，不外乎家庭完整、夫妻和睦、父慈子孝，而像我这样独自生活的人毕竟只是少数，所以大部分人的幸福应该是一致的。

天色已经渐渐昏暗，站台上的乘客也随之换了一拨又一拨。而我也在这些不断变化的面孔中离开了这承载着乘客们诸多情绪的站台，而后去了菜市场。我想趁着今天有时间，可以将明天过生日时自己想吃的菜准备好。

买好了菜，我一番犹豫，最终还是去弄堂口的蛋糕店里订了一个蛋糕，我想让这个只有自己过的生日变得正式一点。所以，烟、酒、下酒菜和蛋糕，一样都不能少。

回到家后，我将这些菜进行了分类，洗净切好之后又放进了冰箱。再然后，我的生活就好像设定好了似的陷入了无聊中，我将躺椅搬到了院落中，我要等一个人，我觉得那个叫肖艾的丫头肯定会在今晚来找我拿回她的学生证。

时间在不知不觉中便已经来到了夜里的九点，我终于按捺不住从躺椅上站了起来，然后点上一支烟，坐在小院外的台阶上，时不时地向肖艾可能会出现的方位看上几眼。

在这过程中，我将手机从口袋里拿了出来。我想问问陈艺，她今天过得怎么样？那个曾经与她交往过的男朋友是否已经离开了青岛？可是又不想用这种过于热切的关心去打扰她，于是时间就这么在我矛盾心理的反复发作中来到了夜里的十点半。

我站起身，最后一次向弄堂之外看了看，终于放弃了等待那个丫头，轻轻地关上了小院的门。于是，这个夜晚对我而言就这么结束了。

…………

次日的早晨，我比往常都起得要早些。我将过年用剩下的鞭炮带到了弄堂之外的一片空地上，将其点燃，而后在这爆裂声中感受到了些许过生日的味道。我又给自己煮了一碗长寿面，按照习俗，这本是该中午吃的，可中午要上班，未必有时间亲自煮，索性就提前到早上。还是那句话，过生日可以不隆重，但一定要正式。

离开家后，我没有去公司，而是直接去了一个客户的婚礼现场，协助执行人员把控婚礼的进程。又因为一些突发的小状况，我在现场紧急帮婚礼司仪修改了主持脚本。时间很快便在极其忙碌中来到了中午，我终于得以片刻的喘息。

我领了一份工作餐，坐在一个不打扰宾客的角落里吃着。新郎和新娘不知道什么时候来到我的身边，新郎言语中带着感谢对我说道："江策划，非常感谢你为我们策划了这场婚礼，我和我老婆一致觉得这是我们人生中最难以忘记的经历，我们很认可你的工作！"

我笑了笑，回道："分内的事情，如果你们觉得我们的服务还不错的话，就把我们公司推荐给身边的朋友吧。"

新娘笑道："不用推荐，我们的朋友都已经看到这场婚礼的效果啦！"

"也是。"

新郎又拉住了我的胳膊说道："到酒席上吃吧，还有很多空位置的。"

我笑着婉拒："真的不用了，我们身为工作人员是要遵守公司制度的，你们赶紧开席吧，不要让宾客们等太久了。"

新郎和新娘又向我表示了最真挚的感谢，这才双双走上了酒席。我看着他们的背影笑了笑，继续吃着手中的工作餐，中间又拿出手机，将现场一些比较温馨有趣的画面记录了下来，发在了自己的微信朋友圈。

我留意了一下，这已经是我今年做过的第十八场婚礼了，自己却感觉离婚姻越来越远。我甚至不知道结婚那天，会给自己策划一个什么样的主题。我想我已经麻木了，这种麻木源于我最想娶的那个女人永远不可能穿着婚纱站在我的身边，而其他女人又不能点燃我结婚的欲望。

…………

这场婚礼结束后，我前所未有地感觉到疲倦。这一年，因为公司的业务不太景气，我一个人包办了从策划、外联到执行的所有工作。只要进入工作状态，我便有一种难以喘息的痛感。有时候，我也觉得老金给我的工资待遇太低了，当下资深的婚礼策划师月薪至少过万。而且其他同行的内部分工很明确，不会像我这样一个人兼顾许多工作，所以相对就轻松很多。可老金有一点说得没错，我的确没有学历，根本无法申请到行业内认可的高级婚庆策划师证书，所以只能在目前这改变不了的状态中继续煎熬着。

回到公司，我只给了自己喝一杯茶的休息时间，便又进入了下一场婚礼的策划工作中。快要到下午四点时，这些天一直在外面奔波的罗素梅终于回到了公司，她将我喊到了她的办公室。起初我以为她要和我说那单三百万的婚礼，她却从包里拿出了一张蛋糕店的单据递给我，说道："今天是你的生日，给你买了一个蛋糕，我实在没时间等他们现做，待会儿你自己去拿一下吧。"

"老板娘，你还记得我的生日呢！"

罗素梅疲倦地笑了笑，回道："记得，今天你就早点儿下班，手头上有什么比较紧的活，就先请小杨帮忙处理一下。"

我点了点头，又向罗素梅问道："对了，让陈艺领导同意主持婚礼的事情办下来了吗？"

"没有这么快，这件事情你就先不要管了，有消息我会通知你的。"

我沉默，心里却知道这件事情多半变得更加棘手了。所以陈艺的预判并没有错，她的领导果真是个很难搞定的人。

罗素梅又对我笑了笑，催促道："你还站着干吗？这就回去吧，高高兴兴地把这个生日过了。"

我还想说点什么，却又不知道该怎么开口，最后只是和罗素梅表达了一下感谢，便带着那张蛋糕店的单据离开了她的办公室。

…………

不到五点，我便离开了公司，然后去蛋糕店领走了罗素梅送给我的生日蛋糕。加上我自己订的那个蛋糕，我有了两个蛋糕，这个晚上我是肯定吃不完的，留着做明天的早餐正好。

我一手拎着一只蛋糕盒进了弄堂，快到家时，发现那个叫肖艾的丫头正倚在门框上等待着。我快步走到她的身边，打量着她。

今天她倒是没有穿长裙，戴着一顶红色的鸭舌帽和白框的墨镜，身上则穿着休闲的T恤衫和短裤。这种很运动休闲的装束，她驾驭起来也完全没有问题，至少看上去要比那些所谓的网红模特要强上太多。难怪她的同学说她很早前就被唱片公司看中，她的外在条件确实很好，是个可遇不可求的明星胚子。

我调侃道："今天穿得这么运动，是不是又想翻我们家院墙了？"

她连墨镜都没有摘，向我伸出了手，很不耐烦地说道："别废话，学生证还我。"

"你现在有求于我，态度能不能友善一点？"

"我之前对你不够友善吗？可是对你这个精神病有什么用？你不一样冲我大吼大叫。"

"肖艾。"

她愣了一下，似乎还不适应我叫她的名字。她反应过来后，依旧是那么不耐烦："干吗？"

"肖艾，肖艾，肖艾……"

"你喊魂呢！"

"哈哈，谁让你之前把自己伪装得那么神秘，现在我好不容易知道你的名字，不得喊够本儿吗！"

她厌恶地看了我一眼，回道："你除了叽叽歪歪，还能有点别的能耐吗？"

"有啊，比如扣着你的学生证不愿意还给你。"

她摘掉了墨镜，眯着眼，很不爽地看着我，许久才恨恨地说道："你就不怕我和你翻脸吗？"

"无所谓啊，只要你不把我住的这间小院给拆了，随便你怎么耍横，我都可以当作是被小猫小狗给咬了，挠一挠就能挺过去的事。"

她被我刺激得丢掉了耐心，说道："我最后再问你一遍，学生证你到底还不还我？你要是不还，我就没必要和你浪费时间了，大不了回学校再补办一本。"

我收起了玩笑之心，拉住了欲转身离去的她，很诚恳地对她说道："等等，其实之前的事情，我们之间有一点儿误会。我那天之所以对你发了那么大的火，是因为那件皮夹克对我来说太重要了，我当时心里真的很崩溃。"

她有些意外地看着我。

我的心头涌起一阵沉重，那一段往事又浮现在了我的脑海中。许久，我终于对她说道："如果你愿意听的话，我可以给你讲讲关于这件皮夹克的故事。"

|第15章| 一件皮夹克的故事2

我和肖艾坐在了院落里的石凳上，我点上了一支烟，情绪在烟味的弥漫中不断发酵。我还没有开口，眼眶里已经传来了温热的感觉。我吸了吸鼻子，控制住这一阵酸涩，又吸了一口烟。肖艾第一次以安静的状态坐在我身边，耐心地等待着。

夕阳已经渐渐下沉，院落里的一切又开始显现出老态，恰如那一段被封存了很久的陈年旧事。我对身边的肖艾说道："我不是一个擅长讲故事的人，就挑重点说吧。"

肖艾点头。

"我有两个一起在弄堂里长大的玩伴，一个叫赵楚，一个叫赵牧，他们俩是亲兄弟。我这个人不太好，父母在我八岁那年离婚。我妈不知去向，我爸养了我几年后，便将我独自扔在南京，自己去了深圳打工。所以我也算是吃百家饭长大的，在这条弄堂里对我最好的还是要数赵楚、赵牧他们家。自小我们兄弟三人，一起上学，一起学做人的道理。我想如果不是有他们陪着，还有赵叔叔和李阿姨的教育，这些年我早就走上歧途了。"

我有些哽咽，又情不自禁地深深吸了一口烟。

"后来呢？"

"后来我们一起上了高中，但是在高二那年，赵叔叔和李阿姨他们在江里捕鱼时不幸遇到了大风浪，船翻了，两人谁也没能上来，赵楚和赵牧就这么突然成了孤儿。"

说到这里，我再也说不下去，因为两张已经永远离开的亲切面孔在我的大脑里闪现，让我的心一阵揪痛。我拼命地吸着烟，等情绪稳定了些，才接着说道："那时候无论下多大的雨，都是李阿姨去学校接我们，她总是会准备三把伞，从来没有把我落下过。他们并不是什么富裕人家，可每年过年时，我和赵楚、赵牧两兄弟都会穿着一样的新衣服，他们从来都不曾厚此薄彼。我想，他们在我的成长中已经扮演了父母的角色，可是我没有机会报答他们什么，我唯一能做的就是将赵楚、赵牧当成最交心的兄弟去对待。"

肖艾轻轻叹息，许久才对我说道："如果你想抽烟，就再抽一支吧，我能理解你的心情。"

我再次点上一支烟，哽咽着说道："我和赵楚的成绩都不算太好，唯独赵牧是个优等生，我们三人中只有他能考上好的大学。赵楚为了能让赵牧继续读下去，在高二那年选择了退学，去苏州学习钣金手艺，直到快要过年的时候才回了南京。你知道做钣金有多苦吗？"

肖艾摇了摇头。

"我清楚地记得赵楚回来的那一年冬天，他的手上长满了冻疮，很多地方都已经溃疡，脸上也尽是被风吹出的裂口，可是他一点儿也不在意这些。他回来的第一天就将我和赵牧带上了街，说是要给我们买衣服，他很高兴地告诉我们，这半年多，他攒了五千块钱，最后他给赵牧买了一件商务西装，希望赵牧会成为商界精英，又给我买了一件皮夹克，他对我没有寄予厚望，只是觉得我穿这样的皮夹克很帅，很有精神。那件皮夹克足足花了他一千多块钱，可是他一点也不心疼。"

"对不起，我不知道这件皮夹克会有这样的故事，只是这也不至于让你对我发那么大的脾气吧？"

"你知道吗？这是赵楚人生中送给我的最后一件衣服。第二年，他去苏州时就出事故了。一辆在他们钣金门市店改装的油罐车发生了爆炸，当时他距离爆炸点很近，没有躲过这一劫。他离开这个世界的时候才十八岁，才十八岁啊！"说到这里，我在极度悲痛的情绪中，摇头痛哭了出来。

肖艾在我的痛哭中沉默，最后眼中也泛出了眼泪。命运对赵楚一家实在是太过残忍了，所以这些年我很害怕再说起这段往事，只是会在夜深人静的时候想起赵楚那张稚气未脱的脸。如今我和赵牧已经成年，赵楚却永远将十八岁那年的记忆留给了我们，让我们为他惋惜，为他疼痛。

院子里已经安静了很久，夕阳留下最后一丝余晖后，也终于和这个世界说了再见。我渐渐平静了下来，只是捏着烟的指尖还在微微地发颤。

肖艾轻声再次向我问道："后来呢，你们拿到赔偿款了吗？"

"后来门市店就倒闭了，老板跑路了好几年，虽然在前年被逮捕了，可也根本没有经济偿还的能力。所以，在高二的下学期我也选择了辍学，开始打些杂工供赵牧继续念书。上天总算还没有让我们完全绝望，赵牧很争气，以全校最优异的成绩考上了清华大学，现在正在读研，也许以后就会留在北京发展了。我绝对相信他有能力在北京创造出一番属于他自己的事业，给他哥哥交一份最满意的答卷。"

肖艾点了点头，许久才说道："可是你不后悔吗？毕竟你和赵牧并不是有血缘关系的兄弟，你却辛苦供了他这么多年，自己也因此丢掉了上大学的机会。"

我丝毫不犹豫地回道："我一点儿也不后悔，相反，这是我这一辈子做得最正确的选择！你不了解我们之间的感情，赵楚和赵牧是没有父母的孩子，我也独自长大，有时候真的觉得这个世界只剩下我们三个弃儿相依为命。所以赵楚走后，我就是赵牧唯一的亲人，我有责任担负起他的未来，何况他比我优秀太多了，同样的机会他更有能力紧紧把握住。清华大学，多少人可望而不可即的顶级大学，他却成功考上了，他就是我和赵楚最大的骄傲！"

想起赵牧，我的心情终于好了些。这些年，我之所以任劳任怨地在老金的婚庆公司超负荷地工作着，就是因为有这样一个信念支撑着我。如今赵牧已经有了些经济能力，我也确实该为自己考虑了，因为学历已经严重影响到了我自己的事业发展。

"江桥，你把那件皮夹克给我吧，我想办法将它恢复到原来的样子。"

"不用了，这几天我也想开了，只要这件皮夹克还在，赵楚留给我的念想就还在，不一定非要穿在身上的。只是我很想不通，为什么那么多衣服，你偏偏要挑这件皮夹克出气呢？"

她充满歉意地看着我，然后回道："你的柜子里也就只有这件衣服的牌子最值钱了，所以，对不起，江桥，我真的不是故意的！"

"你不用再和我道歉，我的心里已经原谅你了。这是你的学生证，你拿走吧。"我说着从口袋里拿出了她的学生证，递到了她的面前。

她从我的手中接过了学生证，又看着我摆放在地上的蛋糕，问道："今天是你的生日吗？"

"嗯。"我应了一声，心中又随之想起了陈艺，她答应过我，会在今天亲自打个电话和我说"生日快乐"的,可是直到现在她还没有兑现这个承诺。

肖艾很好心地对我说道:"看你一个人这么孤独,我请你去吃饭吧,整个南京的饭店随便你挑,也算是我因为自己的冒失向你赔礼道歉。"

"南京的饭店随我挑?你很有钱吗?"

"没钱,但是偶尔这么一次冲动消费还是可以的,你就说你去不去吧。"

"特别想去,可是昨天我就已经把今天晚上要吃的菜买好了,啤酒什么的都有。"

肖艾环视这间小院,然后点了点头回道:"在你这小院子里支一张桌子,随便吃点儿也不错,这里能让人静下心吃东西。"

我的情绪还没有完全平复下来,特别想喝酒,便对她说道:"今天我缺的是一个陪喝酒的人,可不是一个蹭吃的,你要是不陪我喝酒,我觉得我可能还会翻脸赶你走的。"

"不就喝酒吗,小意思。"

她这不废话的样子让我笑了笑,她是唯一一个会在这小院里陪我喝酒的女人。陈艺很不喜欢啤酒的味道,所以习惯在酒后发泄情绪的我,从来不会选择在她的面前说一些心里的苦楚。我总是很怕她看到一个消极且孤独的自己,可实际上我就是一个很孤独的人。

这时,手机在我的手中震动了起来,我拿起看了看,是赵牧给我发来的微信:"桥哥,生日快乐,给你买了礼物,可是快递延迟了,有点遗憾没能让你今天收到。"

我笑了笑,立刻给他回了信息:"小事情,你能记得哥的生日,哥就特高兴了。"

"哈哈,知道你就是一个不拘小节的人,至于你的生日,我是肯定不会忘了的!对了,你能给我拍几张咱们弄堂的照片吗,我要做成手机的屏保,太久没有回去了,挺想家的!"

"没问题,你等会儿。"

我拿着手机走到了院外,寻找着最好的拍摄角度。忽然灵光一闪,我想起了那天自己站在院墙上看到的风光,想着应该没有比那里更好的角度,我当即便顺着杂物堆准备往院墙上爬,却不想肖艾一直跟在我身后,问道:"江桥,你是哪根筋搭错了?门好好地开着呢,你爬院墙做什么?"

我一边爬,一边回道:"给赵牧拍几张巷子的照片发过去,这边的角度最好。"

"那我也要上去,我帮你拍,女人的拍照技术肯定要比男人强!"她说着便跟上了我的节奏,也爬上了杂物堆。随后,我们俩便摇摇晃晃地站在了很狭窄的院墙上,我怕她掉下去,下意识拉住了她的手,努力地与她一起保持着平衡。

"你拉着我的手干吗?"

"怕你掉下去,真没见过你这么好动不安分的姑娘。"

"得了吧,你掉下去我都不会掉下去,别趁机占我的便宜!"肖艾说着便准备将自己的手从我的手中抽出,可是下一刻,陈艺便在我毫无心理准备的情况下从转角处走了出来。她在我们十米外的地方停下了脚步,看着与我手牵着手的肖艾。

她竟然连夜从青岛赶回来了!

第16章 让我心疼的女人

此时的场面很奇怪,我和肖艾站在院墙上奋力地保持着平衡,陈艺则在不远处的地方很沉着地站着,一时间谁也没有开口。我想,在我为她的突然出现感到惊讶时,她也在不理解我和肖艾的举动。这个世界上,有人会抬头看着天窗思念一个人;也有人会迷恋双人床,把其当作娱乐场;可唯独不会有人爬到院墙上摇摇晃晃,这本身就是一个很神经质的举动。

我松开了肖艾的手,非常尴尬地向陈艺问道:"你不是说在青岛拍外景吗,怎么今天就回来了?"

陈艺慢条斯理地解释道:"台里有档节目临时要赶进度,所以我就提前赶回来参加录播了,不过得先回家换一套衣服。"

"哦,这样啊。"我应了一声,心中也随之涌起一阵失望。我真有一刹那天真地以为陈艺是特地赶回来陪我过生日的。

陈艺点了点头,随后便走过了我家门口。我的视线一直没有离开她的背影,直到身边的肖艾从我手中拿过了手机,我才回过神看着她像模像样地站在高处,将这条弄堂里最有韵味的一个角落定格在镜头里。

我低下身坐在了院墙上,忽然不太想下去,因为这夜晚的凉风将我吹得极其清醒。我很喜欢这个平常接触不到的角度给我带来的快感,仿佛在这里坐上一会儿,我便抛却了肉体的沉重,区别于那些正在地面上烦恼的芸芸众生。

肖艾依旧闲不住,她在这院墙上走来走去,如履平地,又拍摄了好多张角度不同的照片,然后帮我将这些照片发给了赵牧。此刻的她,一点也不像她同学口中那个对谁都爱答不理的姑娘,她甚至模仿着我的口吻在微信里和赵牧聊起了天,且不亦乐乎。

陈艺已经回家换好了衣服,我和肖艾依然在院墙上坐着,我抽烟,她把玩着我的手机,直到陈艺停下脚步,我们才改变了之前的状态,一起看着陈艺。

陈艺与我对视着,然后浅浅一笑道:"江桥,祝你生日快乐!"

我回应了她一个笑容,又吸了一口烟,什么也没有说。

陈艺向我挥了挥手,再一次将她那有些疲倦和孤寂的背影留在了我的视线中,很快又消失在了弄堂里的第三个转角处。

…………

过了许久,我终于从院墙上跳了下去,但肖艾一直不肯下来,她就坐在上面吹着夜晚的凉风,无视往来的街坊们向她投去的诧异和不理解的目光。我趁着这个时间将那些已经洗净切好的菜做了出来,又招呼她下来吃饭,她这才用一个比我更潇洒的姿势从院墙上跳了下来。

我们在小石桌的两边坐了下来,我打开一罐啤酒递给她,以开玩笑的口吻对她说道:"看你练就了这一身出神入化的翻院墙功夫,平常肯定没少实践吧?"

"有时候回学校晚了,我都是翻院墙过去的,你们家这个算矮的了!"

我称赞道:"英雄,从我看见你的第一眼起,就觉得你骨骼清奇,额头上都写着'限量版奇才'五个大字,这一出手果然不凡!来,我敬你一杯,以表达我对你的仰慕之情!"

她和我碰了个杯,笑道:"你这么抬举我,我现在就有一种要去中华门翻古城墙的冲动!"

"牛!"

她带着点小得意看了我一眼,然后仰头喝了一口啤酒,我也随之喝了一大口。之后我们又说了一些和生活完全没有关系的废话,很快地上便散落了许多啤酒罐,我渐渐有了一些眩晕的感觉,她也好不到哪里去,已经开始有胡说八道的趋势。

她拍了拍我的手臂,以一种很显醉态的口吻对我说道:"江桥,你相信我作为女人的直觉吗?"

"这话怎么说?"

她眯眼看着院落外那块陈艺刚刚站过的地方,好一阵之后才又对我说道:"你真相信陈艺是去电视台录节目了吗?"

我反问道:"为什么不相信?"

"你也太傻了吧!我的直觉告诉我,陈艺她是特地从青岛赶回来给你过生日的,不过她看到我之后,就把实话憋在心里没有说出口。"

我有些蒙,许久才接着她的话问道:"如果你这么相信你的直觉,那你刚刚为什么不和我说?"

"刚刚不是还没喝酒吗!你知道酒这个东西可以将人的神经变得麻木,也可以让人的思维变得很敏感,显然我是后者。我真的好像回忆起了陈艺临走时那欲言又止的样子,如果我没猜错的话,那我可真是一个电灯泡!"

她迷迷糊糊地说着,最后说了一声"头晕"后,便趴在小石桌上睡了过去。而反应迟钝的我才意识到,自己可能在这个生日的夜晚惹了两个大麻烦。

首先,我不知道该怎么安置这个已经酒醉的丫头;其次,如果陈艺真的是从青岛连夜赶回来陪我过生日的,那我岂不是在这该死的后知后觉中又做了一件极其混账的事情吗?

我忽然很想知道此刻陈艺在哪里,于是赶忙从口袋里拿出了手机,随后拨打了她的号码,得到的却是已经关机的语音答复。

我心中这才稍稍松了口气,因为那个丫头的判断是不准确的,陈艺只有在录节目时才会将手机关机。

…………

烟已经被我抽完,我找了件外套穿在身上,在这个微凉的夜晚走上了已经很安静的郁金香路。

此时已经是夜里的十一点,弄堂里的杂货店早已经关门,只剩下这条路上那间二十四小时营业的便利店能买到烟,只是它离我住的地方有点远,已经是在这条路的尽头了。

我的脚步并不快,一路上以一种很闲的心态四处张望着。忽然,一个熟悉的身影出现在了我的视线中,她正坐在一棵梧桐树旁的长椅上。

微凉的风吹乱了她的发丝,我不太看得清她的表情。这条路上几乎没有行人走过,让她的身影看上去是那么孤独。

我快步走到了她的身边,却克制住内心正在翻涌的情绪,轻声喊道:"陈艺,你怎么坐在这儿了?"

她这才睁开了有些蒙眬的睡眼看着我,我在这种蒙眬中,仿佛看到了她一路从青岛赶回南京的疲倦。

难道她真是特地回来陪我过生日的吗?

我忽然想紧紧将她拥在怀里,我不需要她用这种方式来成全,因为我和肖艾之间干净得就像一张白纸。这个生日的夜晚,我最需要的是陈艺的陪伴,哪怕她不会陪我喝啤酒,哪怕面对着她我必须故作积极向上。

| 第17章 | 搬家

我就这么与陈艺面对面,她对我的忽然出现没有表现出情绪,只是将那被风吹乱的发丝理了理,这才看着对面的便利店对我说道:"下班了,顺路来便利店买点吃的东西,刚刚便利店里没人,我就坐在这边等了会儿。"她说着又起身往便利店里看了看,好似在确认营业员现在是否已经回来了。

她的冷静让我心中泛起一阵无力感,刚刚所有涌起的冲动在一瞬间平息了。

她又向我问道:"你呢,这么晚出来干吗?"

"烟抽完了,买包烟。"

她笑了笑,道:"那一起吧。"

我应了一声,她已经在我之前向对面的便利店走去,我也紧随着她的脚步。过马路时,她稍稍等了等我,我这才与她并肩前行,走过了眼前这条郁金香路。

便利店里,营业员正低头玩着手机,以此消磨着漫长的夜晚。我要买的烟就在收银台旁边的柜台里,陈艺则去了更远处的货架找自己要买的东西。

营业员放下手机向我问道:"你好,请问要点什么?"

"给我一包红南京。"

营业员从柜台里拿出一包烟递给了我,我在给她钱的同时,试探着问道:"刚刚我来店里的时候怎么没有人啊?"

营业员有些抱歉地对我说道:"不好意思,我刚刚去洗手间了。"

我点头示意没关系,自己只是出于好奇,但心中已然相信陈艺并没有说谎,她确实是在下班后路过便利店买东西的,所以并不存在特意从青岛赶回来为我过生日的说法,我又一次因为肖艾的误导而错误地做出了判断,这让我有些失落。

这时,陈艺终于拎着购物篮来到了收银台。我看见篮子里有卫生巾,她是来例假了，不免有些心疼她，如此糟糕的身体状况下依然要承受超负荷的工作任务，难怪她看上去这么疲倦。此刻，我倒终于能够理解她了，她需要的是一个安稳的家庭，然后逐渐减少自己工作的量，从而去追求更好的生活质量。假如跳出体制，为事业放手一搏，只会让她感到更累。

收银员终于将这些东西全部扫描好，对陈艺说道："一共是一百三十六块五毛钱。"

我赶忙从钱包里抽出两百块钱交到了收银员的手上，陈艺当然不愿意让我替她付钱，我又笑着制止了她，说道："都是朋友，这点小钱计较什么，随便请客吃个饭也不止这个钱吧。"

收银员似乎已经看惯了这种抢着付账的行为，她从我的手中接过了钱，却在打开钱箱的一刹那带着些歉意对我说道："你有零钱吗？今天大钞收得特别多，我这边不够找零了。"

陈艺从钱包里抽出一张银行卡递到收银员的手上，说道："刷卡吧。"

"谢谢。"收银员说着从陈艺手中接过了银行卡，又将那二百元现金交还到了我的手上，一切仿佛在金钱一来一去的过程中变得平静了下来。陈艺依旧是陈艺，江桥也还是那个江桥，这个夜晚，谁都没和谁产生哪怕是金钱上的关联。

我帮陈艺提着买好的东西，两人一起走进了弄堂，这才向陈艺问道："你忙到现在，吃上晚饭了吗？"

"刚刚不是买了泡面吗，回去吃点就好了。"

"到我家吃吧，昨天我买了很多菜，几乎没怎么动，待会儿帮你热一热。"

这次，陈艺总算没有拒绝，她终于向我点了点头。这个时候我又为如何安置那个丫头烦恼了起来，我那里可没有多余的床铺收留她，实在不行只能送她去住宾馆了。

我推开了小院的门，本以为那个丫头还趴在石桌上睡着，可人已经不见了踪影。我撇下陈艺又进屋四处看了看，也没有发现，也许在我刚刚出去买烟的时候她就已经离开了。

这不禁让我有点怀疑她刚刚到底是真醉还是假醉，不过她走了也好，免得陈艺又把她当作是我的女朋友，向我问一些不知道该怎么去回答的问题。我能感觉到，经历了两次阴差阳错的误会后，在陈艺的印象里，肖艾已经是我的女朋友了，我所有的解释都是徒劳的，只会让她觉得欲盖弥彰。

我将热好的菜端到了陈艺的面前，又盛了很浅的一碗白米饭递给她，她却不从我手中接过。

我疑惑地问道："你是要我喂你吗？"

"什么啊？我是想先陪你喝一点儿啤酒。"

我有点儿不敢相信自己的耳朵，以至于又确认了一遍："你说你要陪我喝啤酒？"

"嗯，你喝不喝？"

"我当然没问题啊，可是你来着例假就别喝了吧。"

"你怎么知道我来例假了？"

"看到你买卫生巾了。"我很随意地回道。关于女性的生理话题，从来不是我和陈艺之间的禁忌。记得她第一次来例假时，不敢和她爸妈说，反而忧心忡忡地在

051

下课时告诉了我，最后当然是厚脸皮的我帮她买了人生中第一包卫生巾。想来小时候的她，对我真的有一种近乎不能失去的依赖，只是随着时间的推移，她已渐渐可以在我的关心之外独立生活，至少她的大学四年，是没有我在身边陪伴着的。

陈艺并没有太在意自己来了例假，已经打开了一罐啤酒，对我说道："例假已经快结束了，喝点没关系的。"

见她这么坚持，我也不再反对，只是在沉默中看着她。她仰起头喝了一口酒，然后不出我所料地紧紧闭上了眼睛，以此来缓解对啤酒的不适，许久才又喝了一口，问道："你怎么不喝啊？"

我从她手中拿下了啤酒罐，很认真地反问道："你是不是心情不太好？是因为那个和你在大学时交往过的男朋友吗？"

"和他一点儿关系也没有。"停了停，她又正色对我说道，"有些坚持的习惯是可以因为特殊的日子而破例改变的。今天是你的生日，所以我想陪你喝一点，我记得一起喝啤酒这件事情，我已经拒绝你好多次了。"

她的这个回答让我感到意外，但更多的是感动，继而笑了笑，回道："以前我的生日你也没有陪我喝过啊，为什么这次这么主动呢？"

陈艺没有立即回答我，又拿起啤酒罐喝了一口，许久才说道："江桥，我打算搬到电视台那边去住了，我不想每天通勤这么累。"

我愣住了，我所担心的事情终于在我二十五岁生日这天发生了，可我情愿自己听错了，又确认着问道："你说你要搬走？"

陈艺很肯定地点了点头。

这一刻，我仿佛听见自己内心破碎的声音，那一个将我们紧紧维系在一起的街坊身份终于在此刻走到了尽头。我摸出一支烟给自己点上，低头吸了一口，笑道："搬到那边也挺好的，搬家的时候需要我帮忙就说一声，我请一天假。"

"不用了，找搬家公司很快的。"

我沉默了许久，直到一支烟吸完，才又开口问道："这边的老房子你打算怎么办？"

"就空着吧。"

我点了点头，也打开一罐啤酒，生平第一次和陈艺以啤酒对啤酒的形式碰了一下，而陈艺似乎已经适应了啤酒的味道，一仰头便喝掉了剩余的啤酒。夜色似乎也在她这难得的释放中晃荡了起来，可我已经没有了说话的心情，只是一直用眼角的余光看着她那张我深深喜爱的侧脸。

…………

这一夜，我躺在床上辗转难眠，清晨时才睡了过去，以至于起床后头疼得厉害，整个人都沉浸在一种昏沉沉的状态中。我接了一盆凉水，然后将头浸在里面，一直到清醒。

我又将昨晚根本没有吃的蛋糕从冰箱里拿了出来，搭配一杯白开水便当作今天的早餐。吃早餐时，我给罗素梅发了一条短信，告诉她今天可能要到十点钟过后才能去公司，因为我起床的时候已经是九点十分了。

巷子里不知道在什么时候变得吵闹了起来，我站在门口看了看，才发现是家政公司的人正在商量用什么方案将陈艺家的那套老式家具搬离这狭窄的巷子。

这么多年过去了，我对那套老式家具仍有深刻的印象，因为当初是陈艺的父亲找木工在自家的小院里做出来的。

那时无聊的我，经常会缠着那个木工给自己做木头剑，只是没有想到十几年后的今天，这套家具竟然成了搬家中最大的麻烦。

我没有再关心那些搬家工人是怎么将这套家具搬出去的，可等我结束这一天的工作再次回到老巷子时，陈艺却真真切切地彻底从这里搬了出去。我独自在她家门前站了很久，尽管已经过去了一天，我仍不太能接受她搬得这么突然，也更不知道这到底是她心血来潮下的决定，还是已经筹划了很久。

恍惚中，我的身边多了一个穿着很讲究，气质和明星比起来也丝毫不差的男人，他有些失落地看着那紧闭的院门，然后对我说道："你叫江桥吧？陈艺给我看过你的照片。"

"你是谁？"

他看着我，很友好地笑了笑，回道："我是陈艺在大学时交往过的男朋友，我叫邱子安，不知道陈艺有没有和你提起过？"

我这才仔细地打量着他，难怪会有这么好的气质，想必他也是学播音主持的。陈艺的眼光果然不差，但我怎么看，怎么觉得别扭。倒并不是因为他这个人，而是他陈艺前男友的身份。

我对他说道："我是江桥，没错……"

"陈艺今天从这里搬走了吗？"

"嗯，早上搬的。"

他低了低头，然后一声长叹："她还是这么躲着我！"

| 第18章 | 主动去找肖艾

我将邱子安带到了弄堂里那间心情咖啡，我要了几瓶啤酒，找了个位置坐了下来，他的情绪很低落，以至于一直没有开口说话。

我递给他一瓶啤酒，他说了声"谢谢"后，便一仰头发泄似的喝掉了半瓶，这才对我说道："其实前几天我去青岛找过陈艺，我根本放不下和她这么多年的感情。"

我打断了他，问道："既然放不下，当初为什么还要分手呢？"

他似乎陷入了回忆之中，一阵沉默之后才回道："我和陈艺是在大一下学期时认识的，她是个让男人完全没有抵抗力的女人。当时我们学校追求她的男生很多，我也是其中之一。"他耸了耸肩接着说道，"只是，她并没有接受我，但这一点儿也不妨碍我继续去追求她。因为我觉得人生中可以遇到一个发自内心深处去爱的女人实在是太难了！"

053

我点了点头，这一点我也许比他有更深刻的体会，所以我才会默默地喜欢了陈艺这么多年。

他又说道："大学这几年，我和她因为同专业的缘故，有很多接触的机会。我发自内心地将自己关于爱情的全部热情都给了她，我愿意为她付出一切。中间，我陆陆续续地和她表白了很多次，终于在大三那年，她同意了与我交往。"

他说到这里，我下意识地拿起啤酒瓶喝了一口，心中充满了失落，也暗自进行了一番换位对比，假如我也像邱子安这样勇于表露心迹，陈艺会给我一个什么样的答复呢？

我咽下口中的啤酒，终于对他说道："你看上去也不差，这么执着去追求一个女人，我觉得对方不动心的可能性也很小。只是，你们后来为什么还会分手呢？"

他的脸上充满了后悔之色，很久才回道："说起来都是年少轻狂惹的祸。我们交往了一年多，很快便面临着大学毕业的残酷现实。我是土生土长的北京人，肯定是要留在北京的。那时候我的表姐已经用自己的人脉关系帮我找了一笔将近八位数的天使投资，让我成立传媒公司。江桥，和你说一句掏心窝的实话，这真的不是一件坏事情。我计划着公司成立之后就将陈艺签下来，力捧她做娱乐主持人。以我表姐在这个行业内积累的资源，再加上陈艺自身的天赋，要捧红她真的不是什么难事，这样我们也算是在一起创业了。"

听到这里，我心中已然明白事情后来的发展走向，但还是点了点头，示意他继续说下去。

"后来我和陈艺针对这件事情进行了一次很诚恳的交流，我希望她能留在北京，我们一起做一番事业。可是她坚决地拒绝，她说在南京放不下的东西太多，如果一定要她留在北京，她情愿这份感情以毕业作为终结。"

"那你是怎么选择的呢？"

邱子安仰起头，有些痛苦地看着天花板上那盏地中海风格的顶灯，许久才怅然若失地笑道："当时这笔天使投资对我来说实在是太重要了，我不想在最该奋斗的年纪错过这个人生中最好的机会，我接受了这笔投资，在毕业后便成立了艺安传媒。而陈艺也在一个秋天的下午不辞而别，独自回到了南京。"

我能感受到邱子安对陈艺的用情至深，否则他也不会用陈艺姓名中的"艺"字来命名自己的公司。此刻，我对他已经没有了太多的排斥心理，至少他不是一个三心二意的男人。谁都有爱一个人的权利，只是我们很巧合地爱上了同一个人罢了，我实在没有必要对他心存太多的敌意。

酒确实是一个很好的沟通媒介，两瓶啤酒喝下去之后，邱子安更加敞开心扉地对我说道："这两年公司发展得很快，已经完成了新一轮的融资，我也算在这个行业里站稳了脚跟，有了更多的自主选择权。我这次找陈艺就是希望能和她好好谈谈，我愿意为了她将公司的发展重心逐步转移到上海和南京这一带，这样对她而言也就没有是否要留在北京这样的烦恼了。我真的很希望她能再给我一次机会，让我们将这份来之不易的感情延续下去。"

我没有给予回应，继而又将一瓶啤酒喝了下去，我在这人与人之间的巨大差距中有些失落。邱子安应该是和我同龄，可是他已经完全有实力被划分为成功人士，且有能力去选择自己想要过的生活。这个世界上应该不会有比他更适合陈艺的人了，毕竟他有很好的经济基础，与陈艺更有感情基础，所以他绝对配得上现在同样很成功的陈艺。

"江桥，我知道你和陈艺有着兄妹一样的感情，她回避谁也不会回避你，所以我真心恳求你帮我把陈艺约出来，让我们有机会开诚布公地好好聊一次！"

我看着他，心中充满了矛盾。

他又双手合十地恳求道："江桥兄，请你务必帮这个忙！遇见一个值得自己去守护一辈子的女人，真的太难了！"

我经历了一番痛苦的权衡之后，终于点了点头，说道："我试试看吧，我也希望陈艺能够找一个在各方面都可以给她幸福感的男人。"

"谢谢！万分感谢！"

我强颜欢笑，然后从口袋里拿出了手机。可是这一刹那，我感觉到自己正在亲手将最深爱的她推进另一个男人的怀抱，可是我还有其他选择吗？

也许，爱情可以很自私，但我连自私的资本都没有。这些年，我除了能够给予陈艺微不足道的关心，其他什么也给不了。而邱子安能给予她理想中的生活，以此为基础，我还有什么理由不祝福他们呢？

我终于给陈艺发了一条微信："今天下班后有空吗？我在心情咖啡等你。"

陈艺很快便回复了我的信息："如果不是什么特别重要的事情，我可不想再回去，你忘了我今天才刚搬的家吗？"

"那我去丹凤街找你吧。"

"也行，那就晚上七点在宝华酒楼见面吧，我请你吃川菜。"

给陈艺回复了一个"好的"之后，我便将手机放回到了口袋里，然后对一直翘首以盼的邱子安说道："我和陈艺约好了，晚上七点，丹凤街的宝华酒楼见面。"

…………

这个傍晚，我很难说清楚自己是带着什么心情离开咖啡店的。走在那条郁金香路上，我真真切切地感受到了一种曲终人散的悲戚。

陈艺在这里住了二十多年后，终究还是搬离了。而几乎在同一时间，一个我从来不认识的男人，就这么野蛮地闯进了我和陈艺二十多年的感情中，让我自卑得有点抬不起头。

可是那又怎样？想我江桥经历了父母的抛弃，兄弟的意外离去，活在这个世界上还有什么是不能够承受的？此刻，我只有一个期望，期望邱子安能够用最纯粹的感情去对待陈艺，那于我而言，便是一种旁观者会有的幸福和满足。

夜晚就这么在我的走走停停中来临了，我仿佛已经看到了陈艺和邱子安在丹凤街的宝华酒楼见了面。我飞快地奔跑着，努力地想让那些抑郁的情绪跟不上自己此时的速度，我更想让自己开心一点。

在快要力竭时，我伸手拦了一辆出租车，这是我和肖艾认识这么多天以来，我第一次想主动去南京艺术学院找她。不为别的，只为她是唯一一个愿意陪我喝啤酒的女人。

我想，此刻如果能坐在南京艺术学院校门外的小吃摊喝点啤酒，吃点小吃，有人陪着说话，那这苦闷的心情也就会被拯救了。

|第19章| 一个愉快的夜晚

出租车带着我一路穿行，很快便来到了肖艾所在的南京艺术学院。此时正是就餐时间，所以到处都可以看到一群群学生在说笑间沿着栽满梧桐树的小道向校门外走去。似乎在校园里就没有孤独一说，就算没有异性朋友，也有同性朋友。在那些勾肩搭背的身影中，传来了一些吃完饭后讨论计划的声音，而这些计划完全就是为了杀死孤独而酝酿出来的。

因为上次来过，我已经知道在这偌大的学校里能在哪儿找到肖艾，我又一次来到了音乐表演系的女生宿舍楼下。

这次我喊住的是一个偏瘦的女生，我向她问道："同学，你认识肖艾吗？"

"认识啊，我们是同学，你找她有事吗？"

"我是肖艾的朋友，如果她在宿舍的话，你能帮我叫她一下吗？"

"她正在舞蹈房做形体训练呢，我刚从那边回来。"

我点了点头，又问道："舞蹈房在哪里呢？"

女生伸手向对面指了指："就在那栋红色的楼里，舞蹈房在三楼。"

"谢谢。"

偏瘦的女生相较于上次那个偏胖的女生要热心许多，她很和气地对我笑了笑，这才离去，拎着热水瓶进了身边那栋女生宿舍楼。我已经被她的热心所感染，心中更加遗憾自己没有上过大学，我觉得能和这样的热心人做同学是一件很幸福的事情。

是的，此刻的我有一种近乎极端的对大学生活的向往，我总是时不时地想到，假如我也读过大学四年，现在的境遇会不会要好上很多呢？

我不太确定，但至少不会因为学历不够而时不时感到自卑，工作上也不会举步维艰。

....

转眼，我便进了那栋红色的楼，又顺着楼梯爬到了三楼，然后将门推开了一点儿缝，趴在门口向里面张望着。

我果然在一个角落里看见了肖艾，她束起了一头的长发，正穿着黑色的紧身练功服，以非常夸张的靠墙一字马动作震撼着我的视觉神经。难怪她翻我家院墙的时候会如履平地，就冲她此刻表现出来的柔韧性和平衡感，我真的觉得她可以翻一翻中华门的古城墙。

我冲她吹着口哨，她终于回过头向门口这边看了看，然而那靠着墙的腿依然没有放下来，这让她的姿势看上去拽极了，她与我对视了片刻之后，终于问道："你怎么来了？"

我开玩笑道："我就是想来研究研究你到底有什么超能力，院墙竟然比我翻得还麻利，现在我总算知道答案了。"

她将自己的长腿从墙上放了下来，瞥了我一眼，眼神中带着轻蔑，回道："翻院墙这个老梗，你能不能别拿出来说了？一点儿创新精神都没有。"

我表情夸张地回道："那也不怨我啊，你要再做几件丢人的事情，我不就有新话题了吗，谁让你最近那么低调了。"

她向我勾了勾手指，说道："你进来，江桥。"

"你是想用武力解决我们之间的矛盾吗？"

"别废话，敢不敢进来？"

"我喝的是长江水，吸的是南京牌香烟，难不成还怕你一小丫头片子吗？"我说着便走进了舞蹈房，然后气势很足地站在了肖艾的面前。

她似笑非笑地看着我，然后毫无征兆地抬起了长腿，我下意识地想躲，可是她却已经将腿放在了我的肩上，我吓了一跳，我可是一米八二的大高个儿，而她到底拥有一种什么奇妙的能力，才能把腿放在我的肩上？

她凑近了我，眯着眼睛对我说道："江桥，从现在开始你就是我的裙下之臣了，以后和我说话不许再牛气哄哄的，听见了没？"

我本能地将她从头看到了脚，问道："你穿裙子了吗？"

她终于将腿从我的肩上拿开，并拢了双腿对我说道："你个臭流氓，我要是穿裙子不就被你给看光了吗！"

"哟，还不算傻！"

她瞪了我一眼，又不耐烦地问道："别废话，赶紧说是来找我干吗的。"

我有点不好意思地笑了笑，然后才回道："就是一个人在家待得有点无聊，所以想来找你喝几杯。你愿意给面子吗？"

她在沉默中看着我，我被她看得有点心虚，赶忙又说道："你要是没空就算了，我就当在南京艺术学院逛了一圈，反正你们学校的风景不错，这一趟来得也不算亏！"

她却忽然回道："你想我就直说，干吗要打着喝酒的幌子。咦，不对啊，你不是喜欢陈艺吗？这么快就移情别恋啦？"

我在她的跳跃性思维中忽然就乱了对话的节奏，无言以对地看着她。她则用得胜后的小得意与我对视，我败下阵来，心里已经抱着要离去的想法。我觉得还是她主动去找我的时候，我们之间的游戏玩起来更顺畅一点。

她看穿了我似的问道："你这会儿心里想的是不是等我下次主动去找你的时候，再给我一点颜色看看啊？"

"你是我肚子里的蛔虫吗？"

"当然不是，因为你的情绪已经写在脸上了，你这人也太简单粗暴了，自己的心思连一点儿都藏不住！"

我一声叹息，我的确就是一个喜形于色的人。

肖艾拍了拍我的肩，笑了笑说道："看到你嚣张的气焰已经全部熄灭，我也就不对你赶尽杀绝了，你刚刚说要喝酒，是吧？"

"我不怎么想喝酒了，你还是对我赶尽杀绝吧。"

"真矫情，你先出去等一下，我把衣服换了，就陪你去喝酒。"

…………

我先于肖艾离开了舞蹈房，大约过了十分钟，她也换好了衣服出来，我们一起并肩走在了已经亮起路灯的校园小道上。

我看见了许多双好奇的目光投在了我和肖艾的身上。如果我没有猜错的话，她应该是这个学校的名人，而这时的她好似在忽然间就变得少言寡语，一路上根本没见她和谁打过招呼，她的确像是传闻中那样不太爱搭理人。

我迎着那些好奇的目光，小声地对她说道："我这么招摇过市地走在你身边，你这些同学不会把我当成是你的男朋友了吧，你看他们那些小眼神，好像充满了求知的渴望。"

肖艾一点儿也不在意地回道："你放心吧，他们不会这么误会的。"

"为什么？"

"因为他们不会相信我的眼光如此之差，顶多把你当成送快递的小哥，用送快递的名义才有幸和我走在一起。"

我："……"

出了校门之后，肖艾将我带到了一间门面很精致的学生餐馆，估计是南京艺术学院附近人均消费最高的了，她很奢侈地要了一个包间，又很奢侈地点了一堆吃的喝的，我赶忙制止道："你不能因为是我主动来找你喝酒，就这么狠狠地宰我吧？你点的这些东西，猪也吃不完！"

"我有说让你请吗？"

"那就是你请我了。"

她点头，回道："就算我帮你补过一个生日，以弥补我弄坏你皮夹克的失误。"

"你不用这么恩怨分明的，我说过我已经不计较了。"

"也不算恩怨分明，就是希望你心头一暖，然后记住我对你的好。"

我不解地笑道："你的思维可真奇怪，我为什么要记住这些？"

"别问那么多，以后你就知道了。"肖艾说着又叫来了服务员，然后从钱包里抽出两百块钱交给她，让她帮忙去隔壁的蛋糕店订一个蛋糕，好似真的要像模像样地帮我补过一个生日。而我也没有拒绝，因为和她在一起很舒服，没有压力，至少能够缓解一些我从陈艺那里惹来的失落。

这个夜晚和昨天不太一样，此时的肖艾酒喝得很节制，她大部分时间都像个倾听者，听我说那些婚礼中发生的或感动，或温馨，或千奇百怪的事情。然后又很抬举地称呼我是一本活的"婚礼教科书"，这让我第一次觉得自己活得并不是那么一无是处。至少我所做过的事情在此刻变成了一个个生动的故事，而更幸运的是我身边还有这么一个愿意听我倾诉的人。

我的酒喝得越来越多，那些烦恼的事情也就离我越来越远。终于我在酒醉的眩晕感中，用愉快定义了这个夜晚。

离开了餐厅，肖艾陪我在路边等待着往来的出租车。等待过程中，她突然抛给我一个问题："江桥，你做过这么多场婚礼，真的觉得婚姻就是爱情最可靠的保障吗？"

"婚姻就是婚姻，爱情就是爱情，我认为两者是独立存在的，所以它们之间没有保障一说。"

"你为什么会这么认为，能给我一个理由吗？"

我愣了许久才坦诚回道："这个问题太深奥了，等我自己先想明白了再来告诉你吧。"

她只是表情复杂地笑了笑，也没有再陪我等待出租车，自顾自向学校里走去。可是看着她独自离去的背影，我不仅没有感到不满，相反还有些愧疚。她还只是个没有经济能力的学生，可这个夜晚，不仅听我说了一堆废话，还在我身上花掉了将近一千块钱，本来我是准备付这顿饭钱的，可是肖艾已经趁我去洗手间的时候提前买了单。

我想找个机会，将这笔钱通过另外一种形式补偿给她。

…………

我又打车回到了那条熟悉的郁金香路，带着酒足饭饱后的快感，悠然地走在了这条深邃的弄堂里。可是走到那间心情咖啡时，我发现陈艺正表情阴郁地站在门口。

她似乎已经等了我很久，我这才忘记刚刚和肖艾相处感受到的愉悦，又猛然想起自己在她不知情的情况下，擅自帮邱子安将她约出来的事情。

我知道如果她不是来感谢我的，就是找我兴师问罪的。

|第20章| 最熟悉的陌生人

我在距离陈艺约莫一米的地方停下了脚步，我从她看着我的表情里已经感受到了她憋在心里的坏情绪，所以她绝对不是从丹凤街专程赶回来感谢我的。

她终于开了口："江桥，你觉得自己过分吗？"

"不怎么觉得，我只是不想你和邱子安之间有误会。"

说完我看着陈艺，可是她的表情里完全看不出情绪，语气很冰冷地对我说道："这是我和邱子安之间的事情，你想或者不想又能改变什么？江桥，不要让我太厌恶你的自以为是，行吗？"

"也有一句话叫'旁观者清，当局者迷'，我不认为自己做错了什么。你可以不和邱子安在一起，但至少给人家一次表达的机会，这不过分吧？"

"你是不是觉得我不但不该责怪你，反而还要感谢你的自以为是和对我的不尊重？"

我在陈艺的语气里听到了极度克制着的愤怒，我不想再刺激她，所以选择了沉默。烟依旧是沉默时最好的伴侣，我低头吸了一口又一口，很快这些烟雾便在弄堂里那昏黄的光影下扩散，以至于周遭的一切看上去是那么松散，松散到让我把握不住人性里那些善变的情绪。

这时，陈艺从自己的皮包里拿出了手机，她找到了通讯录，对我说道："江桥，我们已经认识二十多年了，在这二十多年里，我们从来没有断过联系，但这绝对不是你可以玩弄我的倚仗，现在我就把你的联系方式删除，以后你不要再找我了。"

我不可思议地看着她，语气快要失控地对她说道："你发什么神经呢，为了这点小事至于吗？"

"至于！我不能忍受你用这样的方式欺骗我！"

我怒极反笑："这也算欺骗吗？呵呵，陈艺，我算是看出来了，你搬家根本不是为了图去电视台方便，也不是为了躲邱子安，你是在躲我，对吧？行，既然你这么不把我当回事，我也没有必要把我们之前的感情看得太重……"

我说着也从口袋里拿出了手机，一边删除陈艺的微信，一边情绪失控地说道："不联系是吧？不联系是吧？好啊，那就干脆删彻底点。"

陈艺紧咬着自己的嘴唇看着我，我则喘息着，心里撕裂的痛让我不能顺畅呼吸，我不懂自己犯了什么样的滔天大罪，让陈艺用这么极端的方式惩罚我。我删掉她的微信，并不是赌气，更像是一种无能为力后的自我发泄。我和陈艺认识二十多年了，她从来没有像现在这样当着我的面做出这么让我感到心痛的事情。

此刻，我已经无法冷静地去想清楚事情的前因后果，只是偏执地用一种近乎幼稚的方式来告诉陈艺，我是有自尊的，我可以成全她的决定，就在这条生养我们的弄堂里，从此和她做一对最熟悉的陌生人。

陈艺转过了自己的身体，她停留了刹那，我好似看见她的肩膀在颤抖，却没有听见低泣的声音。她终于沿着好像被剪碎的光影向这条弄堂最起始的地方缓步走去，可她的每一步都好像在我的心中踩出了最鲜血淋漓的伤口。她不会再回来了，我也不会再去找她！

我痛苦地笑着，我们之间早该是这个结果了。

这么些年，每当我很认真地和别人说起陈艺是我最要好的朋友时，别人都觉得我在开玩笑，根本没有人会相信，我这么一个活在南京最平凡的小市民，怎会和陈艺这个久负盛名的娱乐女主持人有如此亲密的关系。我确实高攀不上她，而童年和成年的世界更是有着遥不可及的距离，在这份不可能弥补的巨大落差中，我们还是做陌生人最好。

我机械地回到了自己住的小院，坐在院子里，一步都不想多走，只是重复着抽烟和发愣这两件事情。我此刻的心情比陈艺离开南京去北京求学的那个夜晚更加沉痛。

这些年，陈艺每次更换联系方式，都会在第一时间告诉我，可是今天之后，我不会再有这样的待遇了，甚至我的号码已经不在她的手机里存在。我的鼻子有些发酸，我失落到不知道要怎么接受她从我的世界里离开的事实，我在这个夜里堕落成了一个只能靠抽烟消除痛苦的机器。

…………

次日，我生病了，发烧又咳嗽，在诊所打了点滴之后，便又带病去了公司。我手上还有一个正在策划的婚礼，我答应过客户会在今天下班之前拿出策划草案和她做一次初步的沟通，然后再完善一些策划的细节。

到了公司之后，我没来得及喝上一口水，便带着婚礼的流程表去了外联部，我要和外联部的小李最后确认一下司仪和婚礼演出人员的名单。

我路过了罗素梅的办公室，门是开着的，她今天又没有来公司，想必还在为找陈艺领导的事情心力交瘁着。我很为她担心，更担心这个不好搞定的大客户会丢掉耐心，什么时候突然向公司发难，到时候恐怕没有人能控制住这岌岌可危的局面。

这个时候，我很想为罗素梅和公司分担一些，可又实在不知道该从哪里下手。说到底还是自己人微言轻，我连和副台长说话的资格都没有，更别提谈条件了。

重感冒让我很难受，我站在外联部的办公室门外一阵咳嗽，这才推开门走了进去，对正在忙碌的小李说道："我下午要和玫瑰园的客户沟通一下婚礼草案，你这边联系的演出人员都能确定下来了吧？"

小李苦着脸对我说道："其他的都已经确定下来了，但是负责钢琴演奏和小提琴演奏的两个演出人员临时说来不了了。"

我有些不悦："什么情况？你们外联部不能老是给我们策划部扔炸弹啊，还有不到一个星期就要举行婚礼了，怎么能在这么重要的环节上出问题呢？"

小李很无奈地回道："这不马上就要国庆节了吗，举行婚礼的人和淡季比起来都是成倍增长的，市场上的演出人员供不应求。现在有其他婚庆公司给出了更高的报价，再加上他们之前也没和公司签订演出合同，所以就临时反悔了。"

我感到有些头疼，这一年因为公司的生意不景气，所以一直在和其他婚庆公司打价格战。在有限的可以赚取的利润中，我们不太可能给演出人员高于市场的报价。所以也不能完全责怪外联部办事不力，说到底还是公司自身的实力问题。

小李又向我提议道："江桥，要不我和杰弗里联系吧，听说他还有档期。"

"不行，他一个小时三千块钱的报价实在是太高了，要是用他的话，我们这笔单子是肯定要亏的。他的演出水平我也真不觉得有多高明，要不是一些客户推崇，他能有这么高的身价吗？"

"江桥，都到这节骨眼上了，你能不能别这么愤世嫉俗？"

"我不是愤世嫉俗，这是我的工作原则，我要给客户打造的就是一场有性价比的婚礼。现在演出费这么高，为了保证公司的利润，我们肯定要在其他环节上缩减开支，到时候怎么保证婚礼的质量？"

"那你说怎么办吧，反正我们外联部已经尽力了。"

我回道："你把已经确定的演出人员名单给我，剩下的事情我来搞定。"

小李沉默了半晌才对我说道："江桥，工作上面咱们就事论事，假如最后出了状况，责任是你的还是我的？"

"我既然说了剩下的事情我来搞定，如果真的在我揽下的工作范围内出了状况，那责任肯定是算我江桥的。"

小李这才点了点头，如释重负地将已经确定的演出人员名单递到了我的手上，我忍住心里的一些不满从他手中接过了名单。

工作的这些年，我已经替他们外联部扛过太多次类似的炸弹。我的心思是放在公司身上的，如果所有员工都过于计较个人得失，不顾大局，公司迟早要出问题，而我很不希望看到这个局面。我从十九岁就开始跟着老金，我要对得起老金对我的知遇之恩。虽然我经常抱怨六千元的月薪过低，可如果不是老金把我带入行，恐怕在这座城市里我连混个基本的温饱都困难。

这个下午，我花了将近两个小时和客户沟通了婚礼草案，又根据客户的需求和意见做了一些细节上的小修改，而最令我头疼的依然是钢琴演奏和小提琴演奏的人选。

一筹莫展中，我终于想起了肖艾那个丫头，听说她精通各种主流乐器，而我正想找机会弥补昨晚她在我身上花掉的钱，那眼前可不就是最好的机会吗？

只是她的演奏水平到底如何，我还得深入了解一下。

确认了这个想法之后，我也顾不上还在发着低烧的身体，当即便头重脚轻地乘车向南京艺术学院赶去。

|第21章|　第一次合作

在黄昏来临前，我又一次来到了南京艺术学院音乐表演系那栋女生宿舍楼下。直到此时，我仍没有主动去添加肖艾的联系方式，不过我也没想到，会这么快便因为婚礼演出的事情找到她，想来这也算是一种缘分吧，她总是在我需要做某件事情时，及时地出现在我的脑海和生活中。

这次，我似乎没有前两次那么好运，问了几个女生，都说肖艾今天没有来学校上课，而她们也没有肖艾的联系方式。我只能无奈地请她们等肖艾回来时转告她，有一个叫江桥的人来找过她。

离开南京艺术学院之后，我的身体愈发沉重了起来。我又一次去了诊所，又吊了一瓶点滴。而在这漫长的过程中，诊所里与我同样是老街坊、被我称作吴大大的老医生陪我聊起了天，他先是问道："江桥啊，你是不是最近工作压力太大了？要是的话，你可得悠着点儿，一旦这身体免疫力低下，什么小病小痛的可就都来了。"

"最近是有点儿累。"

"好好请个假休息几天。"

"我倒是想呢，可这公司也不是我们家开的啊。"

他点了点头，回道："也是，现在人的工作压力大都成为常态了，我见过太多人年纪轻轻身体就已经处于亚健康的状态了。"

"吴大大，咱们能不能不谈这些医疗上的话题啊？"

"没办法，这是我的职业病。"稍稍停了停，他又向我问道，"听说陈艺那丫头从咱们弄堂里搬走了？"

我心中忽地一痛，脑海里又浮现出昨天晚上那让我近乎绝望的一幕，我的情绪很糟糕，没有过多言语，只是点了点头。

　　"她在这住得好好的，怎么就搬走了？"

　　我轻描淡写地回道："她在电视台那边早就买好房了，搬走不是早晚的事情吗。"

　　"我还以为这丫头要等结婚了才搬走呢，不过话说回来，这丫头真是不错，是咱们这条巷子里的骄傲，以后谁家小伙子要是娶了她，可是几辈子积下来的福气！"

　　"吴大大，咱们能不能不谈这些家长里短的话题？"

　　"你小子就是嫌我唠叨，得，你好好歇着！我就不打扰你了。"

　　"嗯，你退下吧。"

　　吴大大笑着摇了摇头，然后离开了我的病床，又在外面的接诊房间里等待着下一个和我一样在初秋生病的人。

　　病房里就这么突然安静了下来，我却不能适应了，只能一直盯着那白到有些晃眼的天花板发呆。陈艺昨晚离开时的背影一直存在于我的脑海里，折磨着我脆弱的神经。

　　也许是盯着天花板太久，我那干涩的眼睛竟然淌出了眼泪，我也懒得去擦，只是想着，如果陈艺还没有搬走，如果没有昨晚的争吵，此时刚好下班的她，是否会买一些稀饭和我喜欢吃的年糕送到诊所里来呢？

　　也许是心有所想，我下意识地从床边拿起手机看了看，将陈艺那早已烂熟于心的手机号码默念了一遍，又将手机扔到一边。

　　我真的有些累了，累在不懂女人的心里到底在想些什么。我直到现在都不明白，到底是什么致使陈艺对我发了那么大的火。就算我昨天的行为是欺骗，是谎言，那也是一个善意的谎言，我只是不想她错过自己的幸福。

　　…………

　　我不知道自己是什么时候睡过去的，等醒来时，吊着的点滴已经快见底。我喊了一声也没有人回应，便自己拔掉了针头，用酒精棉擦了擦之后便离开了诊所，而黄昏也就这么来临了。

　　老远，我便看见肖艾捧着一杯喝的东西坐在院墙上，她似乎比我还喜欢那个角度下的风景。有一点我倒是挺佩服她的，别人异样的眼光在她眼中什么也不算，我似乎能想象到，总有一天，所有路过的人都会习惯有这么一个喜欢坐在院墙上晃荡着双腿的丫头。

　　她居高临下地向我问道："你今天又去学校找我干吗？"

　　"你下来和我说话。"

　　"你上来和我说话。"

　　"你赶紧下来，我和你说正经事。"

　　她一动不动地坐着，回道："奇怪，谁规定正经的话就不能坐在院墙上说啦？"

　　这丫头似乎天生就是规则的挑战者，我拗不过她，只得拖着病恹恹的身体也爬上了院墙，然后在她的身边坐了下来，她这才又对我说道："你有什么正经事对我说？"

"我很忙的，好吗？"

她在夕阳的余晖下眯着眼睛，用一种似笑非笑却很惆怅的语气回道："是啊，是啊，你很忙的，忙着痛苦，忙着忧伤，忙着暗恋陈艺。"

巷子里很安静，这句话好似加了特效般反复在我耳边回响，我有些尴尬，有些不知道怎么回答，便板着脸。

她也不将我的情绪放在心上，只是无聊地摸着身边那根顽强生长在院墙上的杂草。

我对她说道："喂，你想不想赚点零花钱？"

她心不在焉地回道："不想。"

"你上次不是和我说过缺钱花吗？"

她依然那么心不在焉："我有说过吗？"

我很肯定地回道："绝对有。"

她转过头看着我，然后点了点头："哦，那就想吧，但是怎么赚呢？不会是你准备开坛设法，让天上下一场钱雨吧？"

我不禁佩服她的想象力，一阵无语之后才正色回道："你别闹，我很认真的，下个星期有一场婚礼，现场缺少钢琴和小提琴的演奏人员。你不是会弹钢琴吗，一个小时五百块钱，机会可不是常有的，就看你愿不愿意把握了。"

"天哪，一个小时五百块钱啊！"

我带着点得意回道："你没听错，就是五百块钱，一场婚礼表演下来至少一千五百块，应该可以解决你一个月的生活费了吧？"

她轻蔑地看了我一眼，说道："不好意思，我不愿意。"

我差点没坐稳从院墙上摔下去，赶忙稳定心神挤对道："你是嫌少吗？我都没质疑你的演奏水平，谁知道一架充满艺术气息的钢琴会被你给弹成什么德行！"

"那你赶紧变成鬼吧，变成鬼就知道了！"

她软硬不吃，让我有些无计可施，于是讨好着说道："你就当帮我的忙呗，我们之间谈钱确实有点俗气，大不了演出费我帮你领了，用这笔演出费请你吃喝玩乐怎么样？"

"你可真会劝人！"

我拉着她的手臂晃了晃："这么一举两得的事情，你就同意了吧，我们做婚礼策划真的挺不容易的，一个环节出了差错就不能保证婚礼的效果，回头老板怪罪下来那可是死路一条！"

她嫌弃地看了我一眼，回道："先把你的手拿开。"

我赶忙松开了她："您有什么指示尽管说。"

"首先我得告诉你，我答应你也不是因为同情你，你刚刚基本是在和我胡说八道，我只是想借这个机会去看看婚礼，如果这婚礼没有我想象中那么幸福，以后我们也不会再有合作的机会了。"

我感慨道："连以后都考虑到了，你可真是高瞻远瞩！"

"那是，这不正在你们家院墙上坐着呢吗，当然得看远一点咯。"

"原来我们家院墙这么有用！看样子我得考虑考虑收费使用的问题了。"

我和肖艾达成一致之后，便一起离开了弄堂。我请她在巷口的小吃摊吃了豆腐脑，然后计划着带她去琴行先试试她的演奏水平，虽然婚礼上不要求大师级别的演奏家，但至少也要能够熟练演奏。我这心里仍然有点七上八下的，因为我觉得这么一个贪玩的丫头，怎么会有充裕的时间去练习那么多的乐器呢？除非她真的是天赋异禀！

想着想着，我又下意识地向自己的左手边看去，就在此刻，在这个位置，我几乎有两年都是这么等待陈艺下班的。有时候她心情好的话，就会停下来陪我吃一碗豆腐脑，再聊聊工作中的琐碎。

我又猛然想起陈艺已经搬离了这条郁金香路，这才在失落中发现，原来用两年形成的习惯是那么难以改变。

黄昏中，我和肖艾谁都没有说话，可能她也不太想浪费眼前这么好的意境，此刻有微风，有夕阳散落的余晖，还有一群匆匆忙忙根本没有时间停下来的路人，而我们却能这么安静地坐着，想一点自己专属的心事，那是再好不过的了。

等她快要吃完的时候，我对她说道："这次客户的婚礼上，要演奏一首黄永灿的《如诗般宁静》，待会儿到琴行你就先试这首，没问题吧？"

她皱眉看着我，回道："你好像很不信任我。"

"第一次合作，希望你能理解啊！"

肖艾放下了手中的筷子，将自己的小皮包扔在了我的手上，一句废话也不多说，只是给了我一个"带路吧"的眼神，我赶忙起身，像助手似的拎着她的皮包，引着她向不远处的一间琴行走去。

|第22章| 一张黑白照片

这似乎是我和肖艾第一次以这种漫步的形式走在这条郁金香路上，她一边走一边向我问道："江桥，为什么这条路叫郁金香路，却连一株郁金香也没有？"

她的这个问题还真把我难住了，半晌才回道："郁金香路隔壁还有一条花神大道呢，按照你的逻辑，是不是得有一个花神在那儿驻守啊？很多东西是不能单纯从字面意义上去理解的。"

"嗯，也对，就像你叫江桥，你也不可能真的是一座横跨长江、渡人苦难的江上之桥，我反而觉得你这人有时候挺缺德的！"

"我哪儿缺德了？"

"欺骗我这个无知的少女。"

"我什么时候欺骗你了？你又哪里无知了？我看谁都没你精明！"

肖艾撇着嘴回道："明明很缺德，你自己还一点儿都察觉不到，这世界上也没有什么比这更可怕的事情了！"

"呵呵。"

肖艾瞪了我一眼,我们在这毫无意义的对话中来到了那间名为"郁金香"的琴行,琴行很小,以卖吉他和古筝为主,里面只有一架钢琴。

肖艾透过有些陈旧的橱窗往里面看着,一会儿后才向我问道:"你懂乐器吗?"

"不懂,我是个完全没有音乐细胞的人,偶尔听的都是烂大街的流行音乐。"

"这也很正常,毕竟流行音乐就是为了取悦大众而存在的,最多只能说明你这人身上没什么特立独行的基因。"

"你说得对,我要是身上有那么一点儿出类拔萃的基因,也不至于像这样现在混得这么惨了。我找不到女朋友,买不起想要的车,可这世界上大部分人不都是我这个样子吗,能被命运眷顾的永远只是一小部分人。"我说着又向身边的肖艾看了看,她很明显就是被命运眷顾的那一小部分人,她不仅长得漂亮,还很有音乐才华。当然,后者还需要验证一下,因为她的音乐才华我也只是从别人口中听来的。

肖艾没有理会我对命运不公的抱怨,看了我一眼之后,便推开了那扇简易的木门走进了琴行内。她没有耐心沟通的缺点也就这么暴露了出来,她竟然没有和琴行老板打招呼,便径自在那唯一一架钢琴旁坐了下来。

我赶忙拿出一支香烟递给了老板,老板从我手中接过,示意随便用,我这才站在了肖艾的身边,只见她那修长的手指娴熟地从钢琴琴键上划过,一段美妙的音乐便在这有些老旧的琴行里扩散开来。

我从皮包里拿出了之前在公司准备好的琴谱,放在琴架上。她却闭上了眼睛,指尖在琴键上按出了第一个音符,很快首《如诗般宁静》便如水银泻地般在她手指间被完整地弹奏了出来。我仔细地看着她运用各种指法,很快便得出结论:至少这首曲子她是能轻松驾驭的。只见她的手腕轻柔地带动手指,一架普通的钢琴在她的手上好像变成了一件在丝丝细雨中雕刻出来的艺术品。我已经听过太多人演奏这首曲子,但是她对节奏的把控最让人舒服。我渐渐融入了这首舒缓的曲子中,一切变得很慢、很静,就好像一阵细雨轻柔地落在肩头。土地里的种子,慢条斯理地生长,风吹动绿色的树叶,世界上只剩下一对不言不语、彼此凝望的陌生男女。

琴声渐渐停止,我依然沉浸在肖艾为我营造的意境中回不过神来。她伸手在我面前挥了挥,问道:"老板,我弹的这首曲子还让你满意吗?"

"达到演奏的水平了,你能给我留个联系方式吗,回头我把婚礼活动的流程表发给你,我们也就算在意向上达成第一次合作了。"

"不给。"

"你能不能严肃一点儿,我们是在谈合作啊!"

"现在是你在求我合作,你还敢和我提这么多条件?你难道不知道,你刚刚不信任我的时候,我就已经忍无可忍了?"

"不是,留个联系方式我们才可以随时沟通一些可能会变动的细节啊,假如到时候我找不到你怎么办?"

"你是不是怕我放你鸽子啊?"

我点头回道："以你任性妄为的个性，也不是没有可能。"

"你看，你又不信任我了。既然你这么不信任，那就别合作了。"

我有点急了，心里充斥着一种有理说不出的憋屈，这丫头好像就是为了挑战规则而存在的。不过话又说回来，她本来就不是我们这个圈子里的人，所以约定俗成的规则对她也根本形不成约束力，我只得委曲求全地问道："你能给我一个不愿意留联系方式的理由吗？"

她几乎没有思考，便回道："因为我不想让你随时找到我，我们之间需要有适当的距离感。"

"行吧，反正你说过，你来找我就是一场游戏的开始，既然你已经是这场游戏的规则制定者，那我也就不勉强你给我联系方式了，但是有一点你必须要保证——"

她似乎知道我要说什么，当即便打断了我："我保证准时出现在婚礼现场，然后认真完成所有我需要负责的演奏任务，因为我虽然不怎么喜欢你这个磨磨叽叽的人，但是我尊重你的职业。"

"行吧，还有举行婚礼的前一天你要抽时间和我做一个对接，因为有可能会做一些曲目上的调整，也正好提前和我去熟悉一下婚礼现场的环境。"

"这个也没有问题。"

"嗯，你可千万别耍我啊，我这辈子从来没有失信于自己的客户，这次我也不想破这个例！"

"你看，又开始磨叽了！"

我心中一声叹息，有时候自己坚持的原则在另外一个人眼里可能就是磨叽和迂腐。沉默了一会儿后，我又对她说道："对了，如果你有很精通小提琴的同学，也帮忙推荐一个吧。不过待遇比弹钢琴稍微差那么一点儿，但一场婚礼下来，也差不多有一千块钱的收入。"

"嗯，还有什么要说的吗？没有的话我就回学校了。"

"这也到吃晚饭的时间了，要不我请你吃个晚饭吧，算是感谢你帮我解决了一个棘手的麻烦。"

"不用，今天没心情。"她说着便径自向琴行外走去。我在跟随她脚步的同时，又向琴行老板表示了一下感谢，琴行老板却冲着她的背影竖起了大拇指。我想这应该是一个专业人士的高度评价了，于是对这个丫头的信心又足了一分。不过还没有了解她唱歌是什么样的水准，只是听她同学称赞是天籁之音，如果这点也有机会被验证的话，那她还真是一个难得的明星胚子！

…………

肖艾已经离开了，我独自在郁金香路上走着。我有点虚脱得厉害，于是在路边喝了一碗热豆浆，便回到了自己的住处。

我昏昏沉沉地躺在床上，又一次沉浸在患病的脆弱中。这个时候，我真的很渴望有一些来自外界的关怀，可是陈艺不会给，刚刚认识的肖艾也不会给，甚至连本应该和自己最亲近的父母也不会给。

我不知道该怎么形容这种孤独的感觉，我很怕在别人的世界里没有存在感，尤其是对陈艺，所以我很难理智地去看待她做出的断联决定。她的这个决定真的将我伤得很彻底，也将我的自卑放大得很彻底。所以这次我不会再去哄她，更不会向她低头，我情愿有尊严地这么孤独着。

我的意识渐渐模糊，手机又不合时宜地响了起来，我半眯着眼睛将手机从床头拿了过来，这条微信是远在北京的赵牧发过来的，没有文字，只有一张手机截图。

我放大了图片，才发现这是一张从陈艺的微信朋友圈里截下的图片，在这张图片里，我和陈艺脸贴脸面对着一盒还没有拆开的生日蛋糕，但这张图片被处理成了有些悲凉的黑白色，这似乎是一种情感消沉到极点后的祭奠，也好似在说我们之间爆发的冲突是在那个生日时埋下的隐患。

赵牧又给我发来了一段文字，问道："桥哥，你和陈艺姐怎么了？"

"没什么。"

"我觉得她不会无缘无故地发这张照片的，而且还是你去年生日时拍的。"

我不想让他为了我和陈艺的事情而有所分心，便又回道："真没什么，可能是因为她今年没有陪我过生日，就发一张去年的照片弥补一下。"

"好吧，算我多心了。对了，马上要国庆节了，这次我准备提前一个星期回南京，到时候你和陈艺姐一定得抽空陪我玩几天啊！"

我愣了一下才回道："我们不一定都有空的，每年国庆节都是我最忙的时候，你又不是不知道。"

"我不是说了提前一个星期回来吗，如果你实在很忙的话，我就陪你一起去办婚礼，给你当义工。"

我给赵牧回了一个微笑的表情，算是一种默认，然后便将手机放回到床头。我以为自己会很快安静下来，可一些控制不住的情绪在我的心里越来越浓烈，我不太确定陈艺发这条朋友圈的动态到底是在释放什么信号。

也许，她对我们这么多年的感情还有所眷恋，也有可能是我们友情画上句号后的最终纪念。

|第23章| 叫上陈艺姐

这是我和陈艺断绝联系后的第五天，在这五天里，很多事情都没有进展。罗素梅依然没能说服陈艺的领导，我也一如既往地活在一个人的孤独中。只有时间是恒定的，促使着我们去吃一日三餐，想念该想念的人，在睡眠中假装死了一次，可醒来时灵魂还是那个灵魂，皮囊还是那副皮囊。

这是一个下班后的傍晚，罗素梅熬了骨头汤，让我送到医院给老金喝。去之前，我们聊了一些工作上的事情，她告诉了我一个还算不错的消息，那对愿意拿出三百万举行婚礼的客户去了欧洲度假，最近并没有特别关心我们这边的进度，所以又给了我们一些喘息的时间。但是等他们回来后，关于婚礼策划的进度，我们肯定要和他们做一次全面沟通，到时候如果还不能确定下来陈艺主持婚礼的事情，那可就是真的麻烦了！

我带着骨头汤来到医院，老金依然躺在床上看着十八频道的生活新闻，我将骨头汤放在他床头的柜子上，他给我递了一支烟，要我坐下来陪他聊天，我想最近他应该快在医院里憋出病来了。

他的话题依然只有那几个，他问道："江桥，最近公司运转还正常吗？前面做过的几场婚礼，客户那边的评价怎么样？"

"有老板娘在呢，你就放心吧，公司一切都正常得很，比你在的时候好多了！"

"你个小兔崽子，我怎么听着你像挤对我呢？"

"没挤对啊，你说我们一个做婚庆的公司，多少也和文化、人文沾得上边儿。可是你动不动就瞪着两眼骂人，公司肯定被你搞得一点儿文化氛围都没有。我可以说，在婚庆行业，咱们公司是最没有企业文化的。"

我原以为被自己这么一番挤对，老金又会暴跳如雷地骂我一顿，可结果他只是在沉默中点上一支烟，半晌才回道："可能这么多年真的是我耽误公司发展了，每次和其他婚庆公司的老总一起去参加行业会议，我都觉得在理念上差人家太多了！"

看着老金那失落的样子，我心中又有些不忍，可也不知道该怎么安慰他，因为他意识到的正是我们公司最大的病症。实际上这也不算是坏事，因为此刻他能意识到并反思便已经是一种不小的进步了。

老金掐灭只吸了两口的烟，又笑了笑说道："好在金秋马上就要拿到硕士学位了，等她回国后，我就把公司交到她手上，她这肚子里装的全部是文化，肯定要比我这个爹强太多了。"

"金总，你让金秋接手我们这么个小作坊公司也太大材小用了吧？"

老金暴跳如雷，劈头盖脸地骂道："你懂个屁，金秋是我的姑娘，她的未来不是我来安排，难不成还要你江桥来安排？你给我滚出去！"

我往后退了一步，也回骂道："你是崴了腿，又不是来了大姨妈，干吗发这么大的脾气？说好的做文化人，说好的人文情怀呢？"

…………

离开医院，我便回到了郁金香路，却发现肖艾上次借给我的那辆车正停在巷口的一片空地上。自从上次带她去琴行试琴之后，我们已经整整四天没有再见面，这也是我们认识以来时隔最久的一次分别，今天她终于又来找我了。

我加快了步子向自己的住处走去，让我意外的是，此时，院门上的铁锁已经被打开，我推开门，果不其然，肖艾在小院里面，正悠然自得地拿着一只喷水壶帮我的花浇着水。

我忍不住问道："你怎么打开锁的？"

"上次我不是拿到你的钥匙了吗，就顺便在路上配了一把啊。你要知道，我也不是每次都有心情翻你家院墙的。"

"真新鲜，第一次听说翻院墙还要看心情的。"

"我就是一个为心情而活的人，骂你的时候需要心情，对你好的时候也需要心情。"

我不屑地看了她一眼，回道："你这种性格说好听点是率真，说难听点就是任性！"

她没有理会我，只是将眼前两盆花的位置对调了一下，又开始拿着水壶浇起了花，我则将公文包放在了石桌上，再次向她问道："今天怎么有心情来找我了？"

她轻描淡写地回道："请你去1912酒吧街喝酒啊。"

"今天不行，待会儿我要去火车站接赵牧，他七点左右就到了。"

她也没有对我的拒绝感到不满，反而兴致很高地对我说道："正好我今天开了车，我和你一起去接他吧。"

"你要是不嫌麻烦，求之不得。"

…………

去火车站的路上，我开着那辆价值百万的豪车，肖艾则在副驾驶的位置上坐着，为了不让气氛太沉闷，我又与她闲聊了起来，我向她问道："你今天怎么又把你朋友的车开出来了？"

她反问道："为什么你认为做每一件事情都需要理由呢？我想开就开。"

我笑了笑，回道："不是，你先别忙着质疑我，我只是发现了一个商机。"

"什么商机？"

"现在正是办婚礼的旺季，婚车供不应求，租赁价格和淡季相比翻高了一倍。我正好有不少客户资源，以现在的市价，你朋友这辆百万级别的奔驰车，每天八小时的租赁价格不低于一千八百块。是不是很心动啊？到时候你只要给我两百块钱的中介费就行了……"我越说越兴奋，开始喋喋不休了起来。

"你好像很生财有道啊？"

我沾沾自喜地回道："我这人平常其实也没什么赚钱的想法，这不正开着这辆豪华的奔驰车吗，眼界忽然就开阔了！"

"不好意思，可我没什么兴趣。"

我有点急了，提高了语调："你傻啊！十天下来可就是一万八千块钱，一万八千块钱啊！这是什么概念？够你一学期的生活费了！"说到激动的地方，我停了车，疑惑地看着她，又问道，"你是不是不缺钱啊？我很怀疑这辆车其实就是你自己的。"

肖艾很不留脸面地对我骂道："你是不是有神经病加臆想症啊？"

"我没神经病，更没有臆想症，只是你这个人表现得太反常了，如果我是个学生，听见十天能赚一万八千块钱，我乐得脚都能发软了！"

肖艾做了个要从车座上瘫下去的动作，惊慌失措地说道："天啦，一万八千块钱啊！不行了，不行了，我脚发软了！"

"有点做作过头了！"

肖艾瞪了我一眼，这才回道："都说了是我朋友的车，我借着开没问题，但拿到婚礼上去赚钱又算什么？所以这事儿不是我反常，是你被金钱蛊惑得不肯动脑子了。这车要是我自己的，反正闲着也是闲着，能赚这么多钱，我干吗不愿意？"

我被她这番很有逻辑的话说得无言以对，心中也不免有些失望，因为十一黄金周，可是最有机会挖掘商机的。我又有这样的客户资源，这辆奔驰车不能在我的手上被挖掘出附加价值也确实是挺可惜的。

　　片刻之后，我终于开到了火车站，我将车停在了停车场，便在出站口迎接着即将回到南京的赵牧。

　　大约等了十分钟，我看见赵牧背着一只蓝色的双肩包随着人群向我们走了过来。我向他招了招手，他便带着一些书生气的笑容加快脚步来到了我的身边。

　　我和他来了个结结实实的拥抱，拍着他的肩膀感叹道："半年不见，你又变帅了，有点商务精英的样子。"

　　赵牧又和我来了个拥抱，笑道："桥哥，你也不赖，越来越潇洒倜傥！"

　　一直没有说话的肖艾，这时开了口："真没见过两个人互相夸来夸去的，你们一点儿也不觉得瘆得慌吗？"

　　赵牧这才松开我，看着肖艾，顿时变得腼腆了起来，他没有回应肖艾的话，却向我问道："桥哥，她是谁啊？你们认识吗？"

　　我笑了笑，心里也能理解他的腼腆。这些年他只顾着学业，基本不和女生往来，骤然看见这么一个洋气漂亮的姑娘，当然会表现得不知所措。而我之所以很洒脱，是因为我每年都要策划各种各样的婚礼，和形形色色的人打交道，其中不乏奇怪的、漂亮的、英俊的、难搞的人，我已经能够做到应付自如。所以当肖艾以一种很另类的方式出现在我的生活中时，我能以一种平和或者说是无所谓的心态去接受。

　　我随之将肖艾介绍给了赵牧，这一次肖艾倒没有表现得太过冷漠，主动向赵牧伸出了手，说道："我叫肖艾，勉强算是江桥的朋友，很高兴认识你。"

　　赵牧有点儿不太好意思地也握住了肖艾的手，语气很生硬地回道："我……我也是。"

　　好似为了让赵牧放轻松一些，肖艾又说道："其实我们已经聊过天了。"

　　赵牧根本不知道我过生日那天，用我手机和他聊天的正是肖艾，他有些不明所以地看着肖艾，我也懒得解释这无关紧要的事情，又搭住赵牧的肩说道："今天哥给你接风，想吃什么尽管说。"

　　却不想赵牧回道："桥哥，我先给陈艺姐打个电话吧，她说今天晚上有空的，咱们把她也喊上。"

　　我能感觉到自己的面色顿时变得很难看，头脑一片空白。一刹那，我竟不知道该怎么去回复赵牧。

第24章　装疯卖傻

　　我还处在发蒙的状态中，赵牧已经从口袋里拿出了手机，然后拨通了陈艺的电话，很快我便听到他对电话那头的陈艺说道："陈艺姐，我已经下火车了，待会儿我们在哪儿见面啊？"

说完这句话后，赵牧打开了手机的免提功能，电话那头便传来了陈艺熟悉的声音，她带着歉意回道："不好意思啊，赵牧，我临时有个约会，今天晚上不能陪你吃饭了。"

赵牧的表情有些失望，但仍不放弃又问道："是和谁约会啊？要不带过来咱们一起吃好了。"

陈艺又婉拒道："是比较私人的朋友，不太方便。"

赵牧看了看我，我没有言语，心中已经大致明白和陈艺约会的是谁。我心中有点堵，却仍努力让自己不动声色，而此时的赵牧也明白了过来，说道："陈艺姐，如果我没有猜错的话，你要约会的人应该是邱子安吧？"

我并不意外赵牧知道邱子安这个人，因为前些年他和陈艺都在北京求学，关系甚至比我和陈艺更为亲近，他没有理由不知道陈艺在大学时交往过一个叫邱子安的男人，而陈艺也很有可能和他说了这些天自己与邱子安发生的一些事情。

电话那头的陈艺在稍稍沉默后终于回道："嗯，是他。"

赵牧不再勉强，说道："好吧，其实见到你和邱子安复合了，我心里挺为你们感到高兴的，你们真的是很般配的一对。"

我的心忽然就像被尖刀狠狠戳中，我做梦也没有想到，有那么一天，是我亲手将陈艺送进了另一个男人的怀抱。尽管我也觉得他们很般配，可是当这个消息被坐实时，我爱过陈艺的每分每秒都化成一种无药可解的剧毒，侵蚀着自己的五脏六腑。

我还处在痛苦中，一直保持旁观姿态没有言语的肖艾却突然开了口，她对赵牧说道："你替他们高兴什么啊？你还是先赶紧看看你身边的这位，还能不能在希望破灭的痛苦中顽强地站着。"

赵牧下意识地看了看我，肖艾很不可思议地问道："你不会不知道江桥喜欢陈艺吧？"

赵牧看着我的表情立刻发生了剧烈的变化，我赶忙从他手中拿过了手机，挂断了他和陈艺的通话。我的心中五味杂陈，只能寄希望于火车站嘈杂，肖艾又离得比较远，电话那头的陈艺并没有听见她刚刚说了什么。

我狠狠地瞪了肖艾一眼，然后对搞不清楚状况的赵牧说道："你别听她胡说八道，她就是典型的吃饱了撑的。"

肖艾却一点儿也不给我台阶下，寸步不让地说道："那你说，你要是不喜欢陈艺，刚刚为什么那么紧张地挂掉电话啊？"

"我不挂电话，难道让你继续无中生有吗？"

肖艾将我从头到脚看了一遍，然后很不屑地骂了一句"孬包"。我没有理会她，又搭住赵牧的肩，当作什么都没有发生，依旧带着刚刚见到他时的笑容，又问了他一遍想吃什么。

被我冷落的肖艾，也好似丢掉了和我在一起的耐心。下一刻，她便向我伸出了手，说道："车钥匙给我，我要回学校了，你俩就打车回去吧。"

赵牧有些意外地问道："你不和我们一起吃饭了吗？"

我怕她冒冒失失地再给我惹出麻烦，巴不得她赶紧走，也不等她回答赵牧的话，便将车钥匙从口袋里拿出来，递到了她的手上，转而对赵牧说道："她是学艺术的，学校里杂七杂八的事特多，就让她赶紧回去吧，下次有机会再一起吃饭。"

赵牧没有再说什么，肖艾更不废话，转身便跟着又一拨从出站口出来的乘客向外面走去。

…………

肖艾离开后，我和赵牧也打车离开了火车站，我没有带他在外面吃东西，而是在郁金香路附近的一个菜市场买了一些菜，打算亲自下厨做一顿晚饭。

到家后，我便让自己忙碌了起来，我不想给自己胡思乱想的空间，更不愿意将自己的痛苦在难得回来一次的赵牧面前表现出来。

我的一顿饭还没有做好，夜色便已经深了起来，整条弄堂鲜有人路过，一切就这么陷入了静谧之中，而等我将所有做好的饭菜全部搬到院落里的小石桌上时，夜色更加深沉了，起风了，卷来了一些初秋的凉意。

我摆放好碗筷，赵牧也打开一瓶啤酒递给了我，向我问道："桥哥，刚刚那个和你一起去接我的女孩子是谁啊？她也太有个性了！"

我避重就轻地回道："学艺术的不都是这样吗？没什么好奇怪的。"

赵牧笑了笑，又沉默了一会儿，似乎在想着一些不能与别人分享的心事，而我独自喝酒喝不出情绪，便对他说道："赵牧，陪哥喝一点儿酒吧。"

"桥哥，我喝酒会过敏的，你忘了吗？"

"哟，我还真忘记这茬了！"我说着将已经递出去的啤酒瓶又收了回来，心中却下意识地想起了赵楚。虽说赵楚和赵牧是亲得不能再亲的兄弟，可是赵楚从小就有一种和我志趣相投的土匪气质，我们抽烟喝酒无所不能。而赵牧像是古代柔弱的书生，也是我们中最有学习天分的。我一直觉得，在他就读于清华大学的光环下，不善于交际喝酒也算不上是缺点了。因为多一分真才实学，混社会时就可以少一分溜须拍马和阿谀奉承，显然赵牧就是前者。

很快，几瓶啤酒便下了肚，可是在没有醉倒之前，酒精便是一种痛苦的催化剂。我又想起了陈艺，想起了那个她要和我断绝联系的夜晚。我很不懂，她似乎已经打算和邱子安再续前缘，可为什么非但不感谢我，还要用这么极端的方式惩罚我呢？

我又打开一瓶啤酒，仰起头便大口大口地喝了起来，赵牧终于看不下去，从我手中抢过了啤酒瓶，说道："桥哥，你心里肯定藏着事情吧？我不傻，前些天陈艺姐发那条朋友圈动态时，我就察觉到你们之间出问题了，今天她又和邱子安约会，这绝对不是巧合。再结合你现在的举动，我真的相信肖艾刚刚说的话。你就是喜欢陈艺姐，对不对？"

我仰起头闭上了眼睛，心中感觉到前所未有的累，因为暗恋一个人真的是一件很摧毁人意志的事情。这些年，每当陈艺在感情上有一丝丝的风吹草动，我那脆弱的神经便被刺激着。而今天，这种痛苦更是加倍撕扯着我，我却什么也不能做，因为我真的和陈艺很不般配。连从小一起长大的赵牧都不曾察觉我对陈艺的感情，而他在得知邱子安和陈艺复合后，便立即说出了他们很般配这样的话。

我已经看透了，在这个世界上，装疯卖傻是对自己最好的保护，所以我才有机会和陈艺做了这么多年亲密无间的朋友。而如果我带着一种理想主义的勇气去表白，我和陈艺恐怕早就连朋友都做不成了。

我终于对赵牧说道："我对陈艺只有一起长大的感情，我之所以想在酒精里找点儿痛快，是因为最近的工作压力太大，和陈艺没有一点儿关系。所以千万别用这种没有事实依据的误会，给我和陈艺带来不必要的麻烦，行吗？"

赵牧欲言又止地看着我，辨不清我话里的真假。

我轻声一叹："赶紧吃饭吧，吃完了早点休息，明天早上我们一起去墓园看看你爸妈和赵楚。"

赵牧点了点头，没有再说话，我们的情绪随即都沉浸在了对亡人的哀思中，而所谓爱情在这种哀思面前是不值一提的。

…………

次日，我和赵牧一早便起了床。我们穿了颜色很素的衣服，在花店里买了一些可以寄托哀思的花束，然后站在郁金香路的路边等出租车。片刻之后，陈艺开着她那辆奥迪A4在我们的身边停了下来，她按下车窗对赵牧说道："知道你每次回来的第二天都会去祭奠叔叔阿姨和赵楚，我和你一起去吧，我也好久没去看看他们了。"

赵牧看了看身边的我，我并不意外陈艺的出现，因为之前每一次都是她送我和赵牧去祭奠的。只是这一次没有特别约定，但她并没有忘记这件事情。

|第25章| 性格迥异的两个女人

陈艺和赵牧一个在车里，一个车外说着什么，有些无聊的我则抬头看了看天空。今天的天气很好，近一个月我都没有在南京见到过这么蓝的天空，阳光甚至照得我有些睁不开眼睛。我又低下了头，心中依然弥漫着一些故人已逝的忧伤，这么好的天气并没有为我带来什么特别阳光的情绪。

我装作若无其事的样子，拉开了副驾驶室的车门，在赵牧之前上了陈艺的车。随后赵牧也打开了车门，坐在了后座。

陈艺启动了车子，我不想让赵牧察觉出什么，打开车窗后，点上一支烟对陈艺说道："今天你休假吗？"

"先把你手上的烟灭了再和我说话。"

我从自己的手旁拿起了车载烟灰缸，又问道："你车里备个烟灰缸，难道不是给我用的吗？"

"真没见过你这么麻烦的！"

我有恃无恐地笑着，通过后视镜里看了看坐在后面的赵牧，他也在我和陈艺很正常不过的斗嘴中笑了笑，想必已经打消了之前的疑虑。

我想陈艺在这件事情上与我有着一样的立场,我们都不想在赵牧面前表现得太过疏离,所以从前我们是怎么说话的,现在依然怎么说着。

也许是因为祭奠这件事情过于沉重,一路上我们都很沉默,只是零星说了几句话。到达墓园后,我们更是沉默,一路顺着长满青松的小道来到了赵楚和他父母的墓碑前。

陈艺和赵牧各自将手中的花束放在了墓碑前,然后陈艺退到了我的身边,将位置留给了赵牧。

时间可以治愈一切,赵牧已经能够很平静地接受这一切。他没有像从前那样痛哭流涕,但语气依然沉痛地说道:"爸妈、哥,我回来看你们了。我是个很唯物的人,但是我依然相信,还会有另外一个世界。哥,你的离开真的让我很痛苦,更差点因为命运的不公平迷失了自己,幸好这个世界上还有陈艺姐和江桥哥可以依赖。等我毕业,我会更有自信地去面对这个世界,所以请你们放心我,也更希望你们在另一个世界可以过得好一点儿,我相信在那里,命运是公平的。"

陈艺眼圈泛红,我却为赵牧感到高兴,因为此刻的他表现出了一个男人该有的自信。他真的比我要强上太多了,无论是性格还是文化学识。虽然他现在还只是一块没有经过社会打磨的璞玉,但是我相信以他的资质很快就会成为社会的精英,在我眼中,他一直就是那类有能力改变自己命运的人,考上清华大学便是最好的证明。

我向前一步,搭住了赵牧的肩膀,看着赵楚依然年少的照片说道:"赵楚,几年前我们哥仨一直有着很多梦想。你梦想有一间自己的汽车维修店;赵牧想考进清华或北大;我就想娶个贤惠的姑娘,然后过一辈子。现在,我依然自己一个人过着,你那边也不知道有没有汽车这个玩意儿,所以我们都算是很难实现梦想的那一类人。但是没关系,赵牧他成功了。这个世界上总有一大群普通人和一小部分精英,我们虽然是普通人,但是我们的弟弟很厉害,很优秀,我反而觉得这个世界也没有想象中那么不公平。因为我真的在赵牧身上看到了希望和未来,所以这个世界一直没有让我感到绝望!"

…………

祭奠之后,陈艺将我送回了郁金香路,然后又带着赵牧离开了,他们打算在南京城里转转。这样也好,省得赵牧因为我工作忙碌而一个人无聊,我也不必对着陈艺继续装疯卖傻,演着一出下一刻便不知道该怎么继续演下去的戏。

我回家换了一套工作服,便去公司为手中已经积压了不少的工作继续忙碌着。快到中午时分,这几天一直在外面为了陈艺主持婚礼的事情而走动的罗素梅终于回到了公司,她的精神看上去很不错,面带着笑容示意我和她进办公室。

我跟随罗素梅进了她的办公室,她放下自己的手提包,好似扔掉了一个心中极大的包袱,带着不能自已的笑容对我说道:"江桥,你知道吗?今天早上陈艺的领导主动找到了我,他竟然同意特批陈艺为我们公司主持这场婚礼了!"

我有点不敢相信自己的耳朵,又确认着问了一遍:"老板娘,你说陈艺可以主持这场婚礼了?"

"没错,没错!这些天,我一直为了这个事情提心吊胆,都不敢去医院看老金,就怕他追着问起来，我这露了馅儿。现在好了，总算解决了这个要命的难题！"

我由衷地感慨道："真是谢天谢地了！"

罗素梅点了点头，又正色吩咐道："江桥，你这就准备成立一个工作小组吧，开始着手这次婚礼的策划。等客户从欧洲度假回来，我就立即安排你们做一次沟通，全面了解一下客户对婚礼的各项需求。"

"嗯，不过，老板娘，你是怎么说服陈艺领导的呢？我总觉得这事儿过程那么难，这结果反而来得太突然了，有点侥幸的意思。"

罗素梅摇了摇头，回道："其实这件事情我也没有完全搞明白，我之前找了一个在文化局工作的同学，托他去找陈艺的领导说情，先后去了两次，都被他给拒绝了。我那同学已经很肯定地告诉我，这个事情办不下来。可是今天早上，陈艺的台长又突然给我打了电话，表示可以破例一次，但是下不为例。"

我心中更加疑惑，可罗素梅已经明确表示自己也没有将这件事情弄得太明白，所以我追问下去并不会有结果，只能将这个疑惑放在心里慢慢琢磨，因为有些事情总是需要时间在不经意间给出答案。而现在我最要重视的便是这场婚礼的策划到执行，我要让这三百万的婚礼预算发挥出最大价值，让客户满意我们公司的服务。

离开罗素梅的办公室，我便从其他部门各调了一些人手，立即成立了专为这场婚礼服务的工作小组。我将自己了解到的初步信息和他们沟通了一下，又聊了聊自己的策划思路。整个上午的时间就这么在忙碌中不知不觉过完了，下午我便马不停蹄地赶往了另一个客户举行婚礼时订下的酒店，和酒店的物业经理一起检查了婚礼现场的安保消防措施。

天色很快便暗了下去，这一天的忙碌终于停止了，我拖着疲倦的身躯回到了公司。

等下了出租车时，我意外地发现了那辆很眼熟的白色奔驰车正停在办公楼下，肖艾那个丫头竟然和赵牧一起下了车，又一起来到了我的面前。

我十分诧异地问道："你俩怎么一起来了？"

赵牧和肖艾在一起时依然有点腼腆，所以回答我的人是肖艾，她说道："我去你家小院找你，正好碰见赵牧了，我们商量了一下，决定一起来你公司接你下班，给你最高级别的待遇！"

我笑了笑，这个级别的待遇确实让我受宠若惊了。

赵牧终于开口说道："桥哥，肖艾说请我们去1912那边喝酒，你去吗？"

我没有立即回应赵牧，用不太相信的口吻对肖艾说道："酒吧街那边消费太高，你可别假借请我们喝酒的名义，到时候让我买单啊，我这一个月的工资在那种地方可真折腾不了几次！"

肖艾用她那惯有的轻视眼神看着我，回道："你给陈艺买一枚五千多块钱的胸针，眼睛连眨都不眨一下，我让你买个单你就心疼成这副鬼样子啦？而且今天赵牧也在呢！"

"性质不一样，再说了，赵牧也不爱喝酒。"

肖艾一副很遗憾的语气，回道："我有一个小提琴拉得很好的同学一直在那边的酒吧驻场演出，我心里记着你策划的婚礼上还缺一个小提琴演奏，正打算介绍你们认识一下,既然你这么不想去,那就算了。"

婚礼后天就要举行,我正在为这件事情头疼不已,便赶忙回道:"去,去,谁说我不想去的……"说完便拉开了车门,抢先上了车,而且特意坐在了副驾驶的位置,以表现自己特别想去的心情。

肖艾隔着车窗瞪了我一眼,随即招呼赵牧也上了车。下一刻,她便启动了车子,载着我和赵牧行驶在即将在夜色中绚烂迷离的南京城。

看着陆续亮起的街灯和霓虹,我感到一阵阵疲乏和空虚,习惯性地想要一支烟来驱逐这忽然袭来的消极情绪。我点上了一支烟,然后打开了车窗,在熟悉的烟草味道中,我将隐藏在这真实世界里的诱惑看得更加清晰,我却因为一无所有不会被诱惑。

我真的很喜欢这种感觉,至少物质的匮乏从另一个层面将我变成了一个把持得住自己且不挥霍无度的人,我穷出了品格,穷出了风范!

"把你手上的烟给灭了!"

我回过神,才发现肖艾将车停在了路边,用一种嫌弃到不能再嫌弃的眼神看着我,这一幕又让我想起了早上在陈艺车里吸烟的情景。于是,我故技重施地从手边拿出了车载烟灰缸,晃了晃说道:"这车里备个烟灰缸,难道不是为我准备的吗?"

肖艾一把从我手中夺过了烟灰缸,在我的目瞪口呆中将其扔出了车窗外,恰好落进了路旁的灌木丛里,说道:"你少和我废话,赶紧把你的烟给灭了。"

我一边打开车门,一边说道:"你看你这是什么脾气,这又不是你的车,你把烟灰缸扔了不用赔吗?这可是原装的,一个要好几百块钱呢!"

我蹲在灌木丛旁寻找着,花了好一番功夫才终于将烟灰缸扒拉了出来。转过身,肖艾和那辆奔驰车的踪影却已经不见了。

我有点哭笑不得,一件同样的事情,却如此立体地呈现出两个女人迥然不同的性格。可我也怨不了肖艾,这件事情归根结底还是怪我的自律性不够。在女生车里吸烟本身就是一种很不礼貌的行为,也难怪这么多年没有哪个女人真正死心塌地地喜欢过我,因为我确实很不讨女人喜欢。

这时,赵牧给我发了一条短信,告诉了我酒吧的名字和位置,我这才收拾心情,从路边拦了一辆出租车,继续向1912酒吧街赶去。

|第26章| 弄堂里的偶遇

片刻之后,我来到了肖艾和赵牧所在的那间名为"夜火"的酒吧。此时并不是酒吧消费的高峰期,所以里面的人并不多,只是那暖场的音乐,让我感觉不太能够适应,我工作劳碌了一天,需要的是清静,而不是这种让人连说话都听得不太清楚的喧嚣。

我来到了肖艾和赵牧的身边,将那只被肖艾扔掉的烟灰缸放在了她的面前,抱怨道:"我像一条狗似的趴在灌木丛里帮你找烟灰缸,你倒好,直接开着车子走人了,还有点做人的良心吗?"

肖艾没有理会我,她将自己的手机和赵牧的手机靠在了一起,然后用扫描二维码的方式添加了赵牧的微信。我快被她这个举动给气到了,之前我为了工作,那么一本正经地恳请她留个联系方式,她却残忍地拒绝了我,现在倒好,竟然主动添加了赵牧的微信。

我也趁机拿出了自己的手机,赶忙放在肖艾手机的下面,又说道:"顺便把我的二维码也扫了吧。"

肖艾却收起了自己的手机,我又自讨了个没趣,但好在我脸皮够厚,先是四处看了看,成功掩饰了自己的尴尬后,很自然地问道:"你不是说,要给我介绍一个会拉小提琴的同学吗,人呢?"

肖艾终于抬起手腕,看了看手表,回道:"约了七点半,快来了,我们先点东西喝。"

我和肖艾要了几瓶啤酒,赵牧则喝的柠檬水,但这并不代表我和肖艾就有共同语言。她手握着啤酒瓶,却一直和喝着柠檬水的赵牧聊天,她说道:"从小我就很欣赏学习成绩好的同学,不过身边还真没有像你这么厉害的,当时我们整个年级,最出色的也就只是考上了本地的南京大学。"

赵牧带着被夸奖后的腼腆笑了笑,回道:"南京大学也很好了。"

这是一个因为沟通经验不足而说出的明显不太好接话的回答。以肖艾的个性多半不会再主动找话题,不想她又问道:"不知道你对我们这些学艺术的有什么看法呢?"

"很好啊,我总觉得你们的思维和行为都很有个性,就像一支永远都看不腻的万花筒,里面藏着的全是最好的风景。"

我心中暗自为赵牧竖起了大拇指,因为这个比喻太形象了,不愧是个书生气十足的文科生,反正我是没有水平说出这样的话。肖艾果然很喜欢这个评价,露出了浅浅的笑容,向赵牧说了声"谢谢"。

我记忆中这个冒失的丫头还真没有这么对我笑过,更没有对我这么客气过。

这个话题之后,肖艾和赵牧陷入了短暂的沉默中。而我因为文化水平不够,插不上他们的话,索性拿起啤酒,一口一口地喝着,一点一点地缓解着白天积累下来的疲倦。

这时,一个穿着黑色 T 恤衫、留着长发的中年男人来到了肖艾的身边,笑着对她说道:"丫头,待会儿只要你肯上台为我们酒吧的顾客唱一首歌,今天晚上你们所有的消费我全部免单,怎么样?"

我想这个男人可能是酒吧的老板,和肖艾应该是熟人。我心中不禁一喜,原来这个丫头还有唱一首歌就可以免单的能力。如果真是这样,待会儿我也不用为了买单而心疼了。

却不想肖艾很不客气地回道:"你走开好吗?"

老板面色有点尴尬,悻悻一笑,又说道:"我就不信这个世界上没人能让你破例在酒吧唱一首歌。"说完后又转而对我和赵牧说道:"你们是这丫头的朋友吧,我是夜火的老板，我们这间酒吧在南京也算是小有名气了，只要你们能劝动这丫头在我们这里唱一首歌，以后你们来这随便玩儿，我全部给你们免单！"

还没等我们开口，肖艾便又不耐烦地对酒吧老板说道："你要是再这么啰唆，我就带朋友去别家酒吧玩了。"

酒吧老板满是无奈地一笑，看样子已经多次在肖艾这里受挫。他临走时又招呼来了服务员，免费送了我们一打啤酒。我却更加好奇这个丫头的身上到底有什么样的魔力，竟然让一个酒吧老板如此希望她能献唱一首。还让她的同学表示还没有毕业的她，已经被娱乐公司看中，要进行重点包装，不惜资源将她推进娱乐圈，只可惜她自己并不太买账。

这个小插曲过后，肖艾介绍的同学终于来到了酒吧。说来真巧，此同学正是我第二次去南京艺术学院找肖艾时遇见的那个比较和气的女生，肖艾将她正式介绍给了我，我这才知道她的名字原来叫于馨。

于馨是个很干脆的女生，直接借用了酒吧的演出舞台，用小提琴演奏了我所提供的曲目。我对她演奏的水平很是满意，她也希望能借此赚点外快替父母减轻供她上学的压力。于是我们当即便确定了合作的意向，签订了一份很规范的演出合同。

…………

我们并没有在酒吧玩太久。分别时，于馨替喝过酒的肖艾开车，由于不太顺路，我和赵牧便拒绝了于馨要送我们回去的好意。

等两个丫头快要上车时，赵牧终于鼓起勇气对有些微醉的肖艾说道："今天晚上玩得很开心，谢谢你的招待。"

"你太客气了，如果你觉得我这个人还相处得来，有时间就去南京艺术学院找我玩儿，或者微信保持联系也可以。"

赵牧很是高兴地点了点头，也渐渐卸下了初见肖艾时的腼腆，而肖艾对他也确实要比对我温柔太多了。他们更像是一路人，毕竟都是各自学校里的佼佼者，年纪也相仿，当然会有更多的共同语言。

我忽然产生了一个很符合逻辑的想法，这个丫头当初接近我，会不会是为了有机会接近赵牧呢？毕竟以赵牧那自上学以来便是特级优等生的魅力，还是很有可能让一些女生为之着迷并疯狂的。

我下意识地看了看赵牧，还真是眉清目秀、一表人才，再加上谈吐不俗，很容易得到女孩子的喜欢。而他似乎对肖艾这个丫头也很有好感，如果我的猜测没有错的话，那还真是一段有点小浪漫的情缘，我决定待会儿回家后和赵牧聊聊这件事情。

片刻之后，我和赵牧便打车回到了郁金香路。我们一边聊着天，一边走进了弄堂里，却在弄堂深处遇见了迎面走来的陈艺，她的手中正拿着一些衣物，似乎是上次搬家后遗留下来的。

赵牧先停下了脚步，和陈艺打了个招呼之后，便将小弄堂里那有限的空间全部让给了我和陈艺，自己先行离开了。

我靠着墙壁，用打火机按出一束蹿动的火苗，点燃了手中的香烟，而陈艺则靠着另一侧的墙壁站着……

这时，弄堂里的路灯在我们之间的空隙散落了一些微弱的光影，却已经足够让我们产生难以沟通的距离感。可下一刻，我又在这几乎幽闭的空间里感受到了她那让我着迷的女人气息和清淡的洗发水香味。

在我指尖那不停扩散的烟雾中，她终于开了口，声音很轻："江桥，我们台长同意我主持你们公司的婚礼了。"

"我知道。"

陈艺沉默，只是用穿着淡紫色皮鞋的脚尖轻轻地点着青石板铺成的地面，以此隐藏这阵沉默之下的尴尬。

我吸了一口烟，又说道："是该恭喜我呢，还是该恭喜你呢？这看上去是一个对我们都算是不错的好消息！"

陈艺看了看我，似乎不愿意再和我产生情绪上的碰撞。她又转移了视线，看着不远处的那盏路灯，然后才说道："这对你，对我，都只是工作的一小部分，有什么好恭喜的呢？"

我又陷入了沉默中，虽然心中有千言万语，却找不到最舒服的方式表达出来，于是又眯起眼睛深深地吸了一口烟。

"我先走了，你也早点回去休息吧。"

我看着欲转身离去的陈艺，那只挽留的手却无论如何都无法伸出来，只能有些心酸地看着她微微侧身从我身边走过。

我终于咽掉了因为紧张产生的口水，在她的身后喊道："等等！"

她转过了头，没有说话，只是用一种不解的眼神看着我。

"那个，你希望这次的主持脚本是什么风格的？"

"看客户是什么需求吧，我没有问题的。"

我点了点头，目光却没有从她的身上离开。

"还有其他事情要问吗？"

她说着又向我投来了询问的目光，我闪躲着转移了自己的视线，回道："没有了，你路上开车小心一点儿。"

陈艺点头，眼神中有一丝难以察觉的恍惚和失落，我好似捕捉到了，又好似是一种幻觉，最后用意料之中的沉默送别了陈艺，自己又靠在青砖砌成的墙壁上吸了一支也许是孤独，也许是失落的烟。

我重重地吐出了口中积攒的烟，然后闭上了眼睛，又开始想象着陈艺穿着婚纱站在我身边的模样，心中顿时洋溢着快要挤破灵魂的幸福感。可是又在睁开眼的一刹那感到无比失落和孤独，我就像碎裂了一般，只是无助地坐在青石板上，看着自己幻想出来的幸福，一点点地消散在了充满湿气的巷子尽头。

我苦涩地笑了笑，原来成全一个人并没有想象中那么快乐。我还是这么执着地喜欢着陈艺，幻想着如梦境般根本不会存在的婚礼场景。

我想假如自己这辈子能娶到陈艺这样的女人，我那已经快二十年没有见面的母亲也应该会为我感到高兴吧！

| 第 27 章 |　替你感到辛酸

　　我的忧伤在这个夜晚不合时宜地来了，让我和弄堂里那些成排的屋檐一样，默默承受着四季的无常，承受着时间的重量，于是心里那点儿不算多的期待也被这无法改变的生活磨平了。
　　我收起心中的万千情绪，迈着和平常一样的步子回到了自己住的小院。赵牧正端着杯子，蹲在一株桂花树下面刷着牙，嘴里含糊不清地对我说道："桥哥，你怎么这么快就回来了？"
　　"没怎么闲聊，就是说了一些工作上的事情。"我说着也去卫生间拿了牙刷和杯子，蹲在了赵牧的旁边。
　　"怎么不多聊一会儿啊？"
　　我一边刷牙，一边含糊着回道："我和她三天两头见面，哪有那么多话聊。"
　　"也是，真羡慕你们都待在南京，有时间就可以聚聚。"
　　"你读完研，就准备留在北京了吗？"
　　"嗯，那座城市更能激起人的紧迫感，我很喜欢那里的生活节奏。"
　　我看了看他，心中更加清晰地感觉到这些年他憋着的那股劲儿，他的身上有一种常人不具备的韧性。而我这样的人，听到"北漂"这两个字，心中便会不自觉发紧，因为那里的生活成本和压力根本就不是一般人能够承受的。可是赵牧不一样，他能够考上清华大学，已经证明他的承受能力比一般人要强上太多。我曾经见过，在最炎热的夏天，他没有使用任何降温措施，坚持写了厚厚一沓卷子的恐怖耐性。从那时起，我便相信，他迟早会成为一个与众不同的人物。
　　我笑了笑，又问道："现在有企业或者科研机构开始和你接触了吗？"
　　"有一些，特别是大型私企，他们都很有诚意，给的承诺和待遇普遍非常高。"
　　"你准备去私企？"
　　赵牧吐掉漱口水，也笑了笑回道："其实，去私企也没什么不好的。桥哥，你想想，那些老板能够在北京这座复杂的城市，将自己的企业做到那么大，他们的背后肯定都有一段传奇的创业经历，他们可以成为我走上社会以后的老师。国企和一些科研机构虽然相对安逸一些，但是真的很难激起人的奋斗精神，如果我真的贪图安逸，那我读完博士，留校任教不是更安逸、更稳定吗？"
　　"嗯，正是你前面打好了厚实的基础，现在才会有这么多的选择机会。哥会支持你的任何一个决定，因为在哥眼里，你是个很有想法和自主意识的男人。"
　　赵牧笑了笑，回道："桥哥，你别夸我了，在我眼里，你也是个很有能力的男人。"
　　"我算什么有能力啊，连高中都读不下去。"
　　赵牧的声音有些低沉："我知道你是为了供我读大学才……"
　　我制止了他继续说下去，又笑着说道："你赶紧打住啊，我是因为自己厌学才选择退学的。我也不觉得这是个坏选择，现在有不少人大学毕业后收入还不一定有我高呢，而且我都工作好几年了，经验也比他们积攒得更多，是吧？"

赵牧点了点头，却没有再说什么，我明白他心里对我还有很深的歉疚感，为了转移他的注意力，我搭住了他的肩，问道："你觉得肖艾那个丫头怎么样？"

"桥哥，你干吗这么问啊？"

我意味深长地看着他笑了笑，回道："我觉得这丫头很可能是你高中时代的某个暗恋者。你知道吗？我之前完全不认识她，她就冒冒失失地跑来找我了，现在看她对你这么热情，我反而想通了。她八成是想通过我，然后接近你。姑娘家嘛，多少是有点矜持的，我觉得这个方法很高明，这个丫头也有点小聪明！"

赵牧不可思议地与我对视着，半响才说道："我不相信，我反而觉得她是个很直来直去的女生，你把她想得过于复杂了！"

"我还真不愿意把她想得太复杂，但这丫头真的就是神神道道的，我直到现在都没搞清楚她到底是什么来路。"

…………

夜深了，赵牧住在我隔壁的房间，我则半躺在床上吸着烟，不顾肉体的疲倦，习惯性地想起了刚刚在巷子里偶遇陈艺的那一幕。

我有点不太喜欢自己幻想出那么多和她在一起时的幸福假象，因为这会让我在深夜时孤枕难眠。我仿佛看见白天所有的幻想，都在此刻变成了无法触及的失落。而我根本没有能力穿破这厚重的夜色，求一个解脱。最后我只能将这种失落带进睡梦中，一夜又一夜，从不遗失。

…………

次日，我迎来了继五月长假后最忙碌的一天。我先是在早上配合执行人员办了一场婚礼，下午又紧急约见了两对即将在国庆期间举行婚礼的客户，和他们确认了婚礼的用料清单，直到黄昏时分，我也没有能够闲下来。

我又去了南京艺术学院，准备先带肖艾去明天要举行婚礼的度假酒店熟悉一下场地，这是我们几天前便已经约定好的事情。直到现在，我仍担心这个身上充满不确定因素的丫头会给我惹出大麻烦。如果她明天不能准时出席的话，整个婚礼的节奏都会被打乱，到时候客户肯定是要找公司问责的，因为关于钢琴演奏的事情，我早已经和他们做了确认。

我依然在肖艾所住的那栋宿舍楼下等着她，她正好拎着一盒吃的从学校超市那边走了过来，我赶忙迎着她走去，急切地问道："还记得前几天我们约好的事情吗？"

"什么事情？"

我感觉自己的鼻尖因为此人的不靠谱而冒出了冷汗，又知道她任性的脾气，生怕言语刺激了她，更不好收场，便耐着性子说道："我们说好今天下午去举行婚礼的酒店熟悉一下场地的，这事你怎么能忘了呢？"

"我倒真没有忘记这事情，只是把时间记错了，以为是明天呢。"

"你这比忘记了也强不到哪儿去，反正最后都是我替你去背黑锅。"

…………

离开南京艺术学院之后，我和肖艾一起打车来到了举行婚礼的度假酒店。此时，我们公司的执行人员已经将明天要用的舞台搭建了出来，我指着舞台上面一个靠西的位置，对身边的肖艾说道："明天钢琴就摆在这个位置，对面就是一个喷泉，你弹得累了，可以看着喷泉放松一下，这可是我特别为你安排的位置。你知道吗，在原先的场景布置图上，你对着的可是两个灯架，一场婚礼下来，你这眼睛肯定吃不消。"

肖艾一点儿也不领情地回道："我就喜欢对着灯架。"

我有点儿无语，她四处看了看，又问道："这是一场在露天举行的婚礼吗？"

"对。"

"那是在室内举行的婚礼好玩，还是露天的有意思？"

"不知道，我只知道办露天的婚礼，我们这些工作人员更累。"

"为什么？"

"露天的婚礼布景比室内的要更加复杂，参与人员也不太好管控，现场出现意外的可能性也会相应增大，比如天气因素……"

就在我们说话时，公司工程部的小高扛着一架木梯来到了我的身边，如同看见救星似的对我说道："江桥，赶紧帮帮忙，我们的进度太赶了，这边弄好之后，还要去君雅酒店弄下一场，估计今天又要熬到凌晨了。"

尽管这不是我的工作，可是看着小高因为超负荷工作而疲倦的样子，心中很是不忍，当即便应了下来。小高给我递了一支烟表示感谢之后，便又匆匆跑去搭建舞台的背景墙了，而我则需要帮他将舞台上的射灯全部安装起来，这也是一项不小的工程。

我竖起了木梯，将其靠在脚手架的一根极其细的铁管上，然后对身边的肖艾说道："你帮我扶一下梯子，我上去装射灯，明天可能是阴天，舞台上需要补光。"

肖艾不可思议地看着我说道："这也太危险了吧，你们没有电动升降的梯子吗？"

"没有，你帮我扶好就行了。"

"我扶不住，这太危险了！"

我转身看着她，用比她更不可思议的语气质疑道："我看你翻我家院墙的时候也没怕危险啊？"

"院墙多稳哪，你这个完全没有着力点，而且比院墙高多了，好吗？"

"你赶紧扶住，就算摔了，也是摔我，又不是摔你，你要是再磨磨蹭蹭的，我一个小时都装不完。"我嘴上说着，身子已经攀爬上了木梯，同时手中还拎着一只很有分量的射灯。一般人没有做过这种工作，大部分都会是肖艾这种反应，但我早已经不把这种没有任何安全保障的高度当成恐惧，因为在习惯之后，它也就只是一件很平常的事情。

"江桥，你慢点，梯子晃得厉害，我快扶不住了。"

"梯子没晃，是你的心在晃。"我一边回答，一边踩在了梯子最顶端的第二格，然后小心翼翼地将射灯固定在灯架上，这才腾出手接通了电源线，最后调整好角度，便算是装好了第一个射灯。

我终于下了梯子，看着面色有些泛白的肖艾，笑道："我这个以身犯险的人都不怕，你怕什么啊？"

肖艾看着我手臂上那块被铁管蹭掉皮的地方，以一种很少有的轻柔语气对我说道："我也不全是害怕，只是替你感到心酸。如果赵牧知道这些年你是靠做这些供他上学的，他心里恐怕也会很不好受吧？"

|第28章| 只对你唱过

我也抬手看了看自己手臂处被蹭掉皮的地方，然后笑了笑对肖艾说道："这些年，我除了给赵牧寄一些学费和生活费之外，也没有为他做太多的事情。尤其这两年，他自己开始做一些兼职，很少再要我的钱了。实际上，考上清华大学，他比我们任何人都要付出得多得多。"

"可是，他是他，你是你，他付出再多也是他的成果，你会得到些什么呢？"

我愣了一下，因为从来没有人在我面前说过这番话，但我仍没有在意。便回道："我不太懂，为什么付出就一定要得到呢？看着赵牧可以摆脱和我们一样的生活，我就已经很满足了，真的！"

"人和人之间真的可以有这样的信任吗？"

我点了点头，却不想再解释太多，因为这个世界上像我和赵牧这样一起长大的人实在太少，所以他们不会理解我们之间的感情。而我也一直很坚定地认为，这种感情可以让我无条件地放下一切。

我又从地上拿起一支射灯，然后爬上了木梯，想在半个小时内结束这个工作。直到此时，我还没顾得上吃中饭，而夕阳的余晖已经将我看到的每一个人都映射得有气无力了。

在这个过程中，我也没太在意肖艾有没有帮我扶着木梯。我用了比往常更短的时间装完了这些射灯，有惊无险地离开了木梯，又去领了两份中午没有分配完的工作餐。

我在喷泉旁坐了下来，将其中的一份递给肖艾，说道："如果还没有吃晚饭的话，就一起吃吧。"

肖艾从我手中接过工作餐，然后打开看了看，里面是青椒土豆丝和一只有些发干的鸡腿，她又将盒饭合了起来，问道："你们平常的工作餐都是吃这些吗？"

"这很好了啊，有荤有素的，还有紫菜汤。"

"好吧，你当我没说，不过我刚刚来之前就已经吃过了。"

我估计她可能不太喜欢吃剩下的东西，也没有再勉强她，对她说道："场地你也熟悉过了，要是晚上有事儿的话，你就先回学校吧，但千万得记着明天早上七点钟之前到婚礼现场……"

她打断了我："晚上我也没什么特别的事情，就好心陪你坐一会儿吧。"

我看着她笑了笑，这确实算是好心的表现了，因为一个人坐在夕阳下是挺孤独的，尤其风还不肯停地从身边吹过，吹动了舞台上的气球，也吹来了明天那对新婚夫妇的幸福，更吹起了我心底那无人可伴的落寞，我一点儿也不想这么劳碌地工作，更不愿意这么孤单地生活，可是我又能改变些什么呢？

肖艾冲我笑了笑，然后她便用双手环抱着自己的腿，任风吹乱发丝，眺望着远处的一片被夕阳映衬得波光粼粼的小湖泊。

第一次，我觉得安静下来的她是这么美！

她忽然转过头对我说道："趁着我心情不错，想听我唱歌吗？"

"我不信你会唱，昨天酒吧老板可说了，只要你愿意唱，我们下次去玩全部免单，你都不愿意。"

"我只是不喜欢在酒吧唱歌。"

我看着她，在她的眼神中看到了一丝不太明显的愤怒，心中更加疑惑了起来，问道："你是和酒吧有仇吗，为什么不愿意在酒吧唱歌？"

"你管那么多干吗？你要是不愿意听，我不唱就是了。"

我也觉得自己的好奇心有点过重，时时刻刻都想窥视她的隐私，这不太合适，赶忙又很诚恳地说道："我不问了，但是我真的特别想听你唱歌，那天在琴行的时候就特别想听了，可惜你不肯开金口。"

"真的？"

"是真的。"

肖艾笑了笑："说吧，想听什么歌，只要我会唱，都可以满足你。"

我觉得她唱歌的兴致并不会持续太久，以后也不一定会有这样的兴致，所以决定听一首自己最喜欢的歌，便对她说道："陈奕迅的《不要说话》，行吗？"

"听过，可是这首歌也太烂大街了吧。"

我摇了摇头，回道："其实在我眼里，歌曲没有烂大街或者小众之分，更没有高贵和烂俗之分。我只是觉得，人这一辈子，最害怕的就是忽然听懂了某一首歌。"

"这首就是你忽然听懂的歌？"

"算是吧。"

肖艾点了点头，回道："我还没有这样的体会，对我来说，所有歌曲都是用来体现专业水准和考级用的。"

我看着她，只见她的眸子明亮，没有什么杂质，想来这个还没有脱离大学生活的丫头，并没有那些让人痛彻心扉的感情经历。

"你这么看着我干吗？"

我笑了笑，回道："我就是想告诉你，没有这样的体会最好。你唱吧，我洗耳恭听。"

肖艾并不是在逗我，她真的从口袋里拿出了手机，找到这首歌，自己听了一遍之后，便在喷泉涓涓流动的声音中轻声唱了起来："深色的海面布满白色的月光，我出神望着海心不知飞哪去，听到她在告诉你，说她真的喜欢你，我不知该躲哪里。爱一个人是不是应该有默契，我以为你懂得每当我看着你，我藏起来的秘密……"

她的声音真的很好听，音域也很宽广，高音区没有压迫感，换声很平稳，难怪之前她的同学给了她这么高的评价，她在音乐上确实有着常人难以企及的天赋。只是情感稍微欠缺了些，但她的演唱技巧足以让我为之着迷，她的声音仿佛已经和夕阳融合，更像是一件在傍晚时被风吹来的最好礼物，以至于连不远处正在忙着做现场布置的工程部员工都暂时停了下来，点上一支烟听她唱着。

她以一个漂亮的尾音结束了这首能够让我萎靡和难过的歌，我下意识地咽了咽口水，然后低下了头，心中自然而然地想起了和陈艺的这些年。

这些年，我们可以勾肩搭背，可以一起吃饭逛街，却唯独不能恋爱。我知道，这源于我们之间根本就没有相爱的默契，所以我只能将对她的爱意全部当作秘密藏起来，维持着现有的关系。可是这一切都在几天前改变了，我们甚至连这种关系都已经无法再维系下去，因为邱子安亲自跑来告诉我他是有多么喜欢陈艺，而我只能暂时躲一躲，也可能是躲一辈子。

"江桥，这是我第一次独自对着一个男人唱歌，你相信吗？"

"骗谁呢，你从小到大难道就没有一个男声乐老师吗？"

肖艾有些不满地看着我："你为什么老是喜欢质疑我？我对着声乐老师唱，是为了学习任务，对着你唱是为了……"

肖艾似乎还没有想到合适的理由，我笑了笑，追问道："是为了什么？"

"没有为什么，就是我自己突然想唱歌了，正好身边坐了一只可怜虫，就算便宜这只可怜虫了。"

我故意挤对道："谁要你可怜，就你这水平，我到街上花五块钱能听好几段，而且人家还弹吉他，可比你有诚意多了。"

肖艾急了，伸手从我的饭盒里拿出了那只还没有吃完的鸡腿就要往我嘴里塞，我一边躲，一边大笑，因为那首歌所带来的消极情绪，就这么渐渐消散了。

片刻之后，我们终于安静了下来，我又正色对肖艾说道："明天早上七点之前，切记，切记赶到婚礼现场，行吗？"

"真没见过你这么啰唆的人，我之前不是已经答应你了吗。"

"多说一遍没坏处，待会儿送你回学校的时候，我还会再说一遍。"

肖艾没有理会我，陷入了沉默，又将自己的注意力放在了度假酒店之外的风光中。我也趁这个时间，在太阳还没有完全落下去之前吃光了盒饭。

肖艾又没有任何征兆地向我问道："江桥，你觉得自己算是一个专一的男人吗？"

我有些惊讶，信口胡说道："不知道，但我觉得自己应该不止会爱上一个女人。"

"太花心了，我以为你这辈子只会爱陈艺一个人呢！"

我又哈哈大笑着，心里却想着"花心"这个词到底能不能用在自己这个一无所有的男人身上。不过，我倒是真想过，如果陈艺能够嫁给我，我这辈子也就百分百满足了；如果陈艺嫁给了别人，我也懒得再去爱别人，就算再独自过几年也没什么，或者接受一份没有爱情的婚姻也行，反正我办过这么多场婚礼，见到的每一对夫妻也并不都是深爱着对方的。他们中真的有很多是为了生活和物质，最后选择了妥协。

肖艾起身离开了喷泉旁，站在夕阳下对我说道："我回学校了。"

我也随她站起了身："我送你回去。"

"不用，你又不顺路。"她说着也不等我，独自向度假酒店门外走去。

我一边追着她的步子，一边大声提醒道："明天早上七点之前啊，你要是忘了，我可就惨了。"

"你真磨叽，我已经先被你给烦死了！"

"反正你可不能忘了，等这场婚礼结束了，我请你吃饭，吃什么随便你点。"

"真不喜欢你这副有求于人时就低声下气的嘴脸。"

"为了工作我只能做孙子，做不了大爷啊！小姑奶奶，你明天可千万别给我出纰漏，千万、千万……"

"知道了。"肖艾很敷衍地应了一声，甚至没有再回头看我，便已经上了一辆为她打开车门的出租车，霎时便消失在被夕阳染得一片金黄的云彩下。

|第29章| 一盆被要回的郁金香

离开度假酒店，我在夜幕中回到了郁金香路，在巷口的杂货店里买了一包香烟，便赶忙向弄堂里走去。这一天我只顾着工作，又忽略了好不容易回一次南京的赵牧。

推开院门，赵牧正在小院里和隔壁的张大爷下象棋，我放下公文包，问道："你吃过晚饭了吗，没有的话我带你出去吃。"

赵牧一边下棋，一边回道："刚刚和陈艺姐一起吃过了。"

我点了点头，然后拆开刚买的香烟，递给张大爷一支，也搬了一张石凳在他们旁边坐了下来。张大爷眯着眼睛吸了一口烟，以闲谈的口吻问赵牧："刚刚跟陈艺那个丫头走在一起的小伙是谁啊，以前也没在咱们弄堂里见过。"

赵牧看了看我，我已然知道是邱子安，心中虽然有些酸楚，但仍笑着替赵牧回答道："是陈艺的男朋友。"

上了年纪的人就是爱絮叨，得到答案后，张大爷仍问道："那小伙子是干什么的，能娶到陈艺那丫头可真是不简单！"

这次我没有言语，赵牧也没有多说话，只是提醒张大爷，再不做好排兵布阵，最多还有十步棋就输了，这才让张大爷将注意力放回了还没有下完的棋盘上。

我起身离开了小石凳，收回了屋檐下晾晒的衣服，又去卫生间洗了个热水澡，等我出来时，张大爷已经和赵牧下完棋，离开了小院。

我向正在收棋盘的赵牧问道："刚刚陈艺回弄堂了吗？"

"嗯，是她开车送我回来的。对了，她从你家小院里带走了一盆花，让我转告你。"

我心里对自己种的花很有数，四处看了看，发现被陈艺带走的是那盆我去年才精心栽培出来的二叶郁金香，心中很是不解，便又问道："她要花做什么？"

"她没说，可能是新房子那边没种花吧，正好你这边多。你要是心疼的话，就去向她要回来好了。"

我一番思虑，但也不能确定陈艺是不是要借这盆花给彼此一个台阶下，让我们的关系回到从前。我点上了一支烟，又是一番权衡思考。

我问道："她人呢，和邱子安回电视台那边了吗？"

"邱子安走了，她应该还没有吧。你去她家老屋子看看，她说要回去找什么工作证的。"

我去了陈艺家的老屋子，门是虚掩着的，里面传来了一阵翻找的声音，确定陈艺在里面，我在门外站了一小会儿之后才推开了院门。进了屋子，我看见陈艺正蹲在一个老式橱柜旁，将里面一些零碎的东西都从抽屉里倒了出来。

我靠墙壁站着，问道："我听赵牧说，你从我那儿拿走了一盆二叶郁金香。"

"嗯，在桌子上放着呢，待会儿带到新房子那边去。"

"这花不太好养，你确定要吗？"

"我能养活。"

我沉默了一会儿，然后点上一支烟，回道："可是我不太想送给你，这花有点认生，离开了我，它长不好。"

陈艺终于抬起头看着我，我顺手打开了屋子的顶灯，光线顿时亮了起来。已经被搬过的屋子，却显得更加空荡了，只剩下陈艺身边那个实在是搬不走的老式橱柜。

"你要是不想送，那就拿回去吧，我也不是非要不可，只是看它去年开过花，觉得还不错。"

我重重地将口中的烟吐出，其实我这么说，只是希望她能像从前那样和我保持联系。就算花有什么问题，我也可以随时告诉她该怎么去培植。可是她不明白我的心意，我这么绕着弯子讲话也更累。

我伸手抱起了那盆二叶郁金香，准备离开，却又忽然想起了一件事情，便又停下脚步向她问道："对了，你们台长后来为什么会同意你去主持我们公司的婚礼？"

"我不清楚。"

我点了点头，又看了看手中抱着的花盆，心中一声轻叹，随后离开了陈艺家的小院。我不太明白，为什么自己心里如此渴望她会说一些给我希望的话，可最后也没有多给她一点儿耐心，就这么要回了这盆被她看中的二叶郁金香。

想来，我知道我们之间隔着一个邱子安后，我也不愿意像从前那样去主动讨好她了，我依然很在意那个让我不要再和她联系的决定。那天晚上的她实在是太不像她了，而我也不像平常的我！

我又回到了自己的小院，将那盆二叶郁金香放回到了原处。赵牧很不可思议地看着我说道："桥哥，你真的找陈艺姐把这盆花给要回来啦？"

我避重就轻地回道："这种品类的郁金香不太好养活，以后再送她一盆好养活的花。"

赵牧依然有些不太理解地看了我一眼，我却打了个哈欠，对他说道："今天忙了一整天，实在是有点吃不消，我先去睡了，你也早点休息吧。"

我躺在了床上，身体很疲乏，可是没有睡意。赵牧就坐在我不远处用电脑查阅着资料，他问我："桥哥，你以后有什么打算？会一直在金老板的婚庆公司做下去吗？"

"以后的事情我没有想太多，至于工作，我当然还是打算跟着老金继续干下去了，就是要抽点时间考个成人本科，拿到业内认可的策划师证书，我工资也就能涨上去了。"

"就这么简单？"

我笑了笑，回道："我觉得已经很复杂了，我也只有这么大的能耐。我倒觉得这么发展着其实挺不错的，虽说不能和那些社会精英比，但养活自己是肯定没有问题的。"

"桥哥，你真的应该看远一点，以后你总是要成家的，肯定不会一直住在这条弄堂里。到那时你就要面临买房和结婚的双重压力，只靠这么一份没有太多上升空间的工作，生活上一定会很吃力的。"

我在赵牧这番话的引导下，终于往远处想了想。南京虽然不比北京，可这房价也是高得很吓人。如果以后我结婚，女方不愿意住在弄堂里，要求在外面买房子，我肯定没有能力去满足，这似乎又是一个看得见的隐患。

我停了片刻，才向赵牧问道："你是有什么好的建议吗？"

赵牧点头，回道："你也在婚庆这个行业里做了快六年了，这六年里你肯定积累了很多的人脉，这个时候你完全可以自立门户了啊！你可以先做自己的工作室，专门做策划这个业务。至于执行部分，完全可以外包给其他公司去做，这样几乎就没有什么运营成本，你只要手握核心的客户资源就可以了。我相信以你这么多年的积累，要养活一个没有什么经营成本的工作室并不难。等到完成原始积累后，你就可以发展与婚庆有关的周边行业了，比如婚纱摄影，与旅行社合作开辟以结婚为主题的旅游线路……反正能赚钱的方法很多，婚庆公司未来的发展方向也一定是多元化的，就看经营者有没有这个眼界跳出传统的经营思维了。"

我将赵牧的话仔细想了一遍，还真是有一定的可行性。因为这六年，我确实积累了很多的客户资源，尤其是近两年，经常会有一些我曾经服务过的客户，跳过公司直接找我本人，将我介绍给他们要结婚的亲戚或者朋友。其实我完全有条件自立门户，只是我过不了自己心里的那一关。

我深吸了一口烟，许久，终于向赵牧摇了摇头，说道："这些年我之所以能积累到这些客户，完全是因为老金给我提供了这个平台。现在公司的处境这么艰难，如果我再带走这些客户自立门户，肯定会让老金的公司雪上加霜，我绝对不能这么干！"

"可是，桥哥，在商言商，这六年老金虽然培养了你，可是你也为他奉献了青春，创造了足够多的价值，所以你们之间并没有谁亏欠了谁。"

我并没有动摇，只是很疑惑地问道："赵牧，你能告诉我，为什么会突然间有这样的想法吗？"

赵牧的表情有些沉重，然后来到我的身边，他将自己的手机递到了我的面前，我看了看，原来是肖艾那个丫头竟然将我踩在木梯上安装射灯的画面拍下来发给了他，难怪他会劝我离开老金的公司自立门户。

他终于对我说道："桥哥，我真的不知道你的工作会这么辛苦，你是一个婚庆策划，怎么还额外做这么多的事情呢？你明显就是在被资本家榨取剩余价值啊！"

我将他的手机推到了一边，有些不悦地回道："什么资本家不资本家的，要不是公司困难，精简人员，我也不用做这么多事情的。我告诉你，现在这些都只是暂时性的，等公司缓过来了，我就不用这么累了。"

赵牧欲言又止地看着我……

我不想再和他聊工作上的事情，又催促他赶紧去休息，赵牧拗不过我，终于离开了我的房间。我也渐渐有了倦意，很快便睡了过去。

…………

这一夜，我做了一个噩梦，梦见肖艾这个丫头在客户的婚礼上放了我的鸽子。客户雷霆大怒，拒绝向公司支付婚礼尾款，我又因此被老金给一顿臭骂！

我就这么惊醒了，庆幸这只是一场梦，赶忙拿起手机看了看时间，已经是早上六点，我实在是害怕肖艾出纰漏，决定还是亲自去南京艺术学院一趟，带她一起到婚礼现场，这样才算保险，我不能只是单纯地指望她给我那些不靠谱的承诺。

我立即起了床，简单洗漱之后，便离开了小院，向弄堂外走去。

| 第 30 章 | 赔偿我一个有意思的下午

此时是初秋，早晨有些清凉，但隐匿于城市之中的老巷子已经开始优美地展示着它古朴的姿态。青石板铺成的路上有灰尘也有露水，而青砖砌成的墙壁也不甘寂寞，它坚强地呵护着每一株生长在墙体上的杂草。与之相对的便是一口二十世纪打出来的水井，直到现在还有一些老街坊会来这里挑一桶水回去做饭洗衣。现代文明总是需要在走到巷口时，才会出现在视线中，只见那林立的高楼有些纷乱，满地跑着的货车和家用汽车则制造着噪声。

我不太明白，为什么我娶一个女人，她就一定不愿意与我住在这条弄堂里呢？外面的房子那么贵，钢筋水泥筑成的城市又是那么冷，何必再去花那些血汗钱买罪受，所以我想，谁不愿意陪我住这里，我就可以不爱她，因为价值观偏离得太厉害。

胡思乱想中，我走出了巷子，下意识地朝着街道上看，等待没有载客的出租车路过。时间太过紧迫，我得赶紧去南京艺术学院找到肖艾那个丫头，确保她能准时出现在客户的婚礼上。

突然，一个熟悉的身影出现在了我眼角的余光中，我下意识地转头一看，竟然发现肖艾站在我左手边大约十米远的地方，她正在一个做灌饼的小吃摊上买着早餐，而她也在同一时间发现了我,我们的目光交织在了一起。

今天的她穿着很得体,尤其是那身白色的长裙,很符合弹钢琴时需要的那种优雅端庄的气质,一头乌黑的长发也很整齐地落在她的肩上,显然是去美发店做了精心的护理,哪怕是站在冒着油烟的小吃摊旁,也丝毫没有对她此刻表现出来的端庄之美产生任何影响。当然,这是在她不开口说话的前提下。

我心中的一块石头终于落了下来,笑眯眯地来到了她的身旁,又将她上下打量了一遍,说道:"早!"

"早什么早,我下半夜基本就没睡,好吗!"她说着便打了个哈欠,一副睡眠不足的模样。

"只是去婚礼上弹弹钢琴,用不着这么紧张吧?"

"我是怕早上起不来,四点多钟醒了以后就没有再睡了。"

我难以置信地看着她,问道:"你会这么靠谱?"

肖艾很是幽怨地看了我一眼,反问道:"你难道很不希望我靠谱吗?"

"别别,我就是随口这么一说,这两天我都快被你给弄成神经衰弱了,昨天晚上还做了一噩梦,梦见你放了我鸽子,老天保佑,幸好梦都是反的!你知道吗,我这会儿看你,就像看着一个长着翅膀的天使,散发着神圣的光辉!"

"你能不能不这么挤眉弄眼地恶心我?告诉你吧,我今天之所以起这么早,不是因为我多么靠谱,更不是因为我多么把你的事情放在心上。"

"那是因为什么?"

"我就是不服气你那么说我、不信任我,我不能接受一个自己就很不靠谱的人说我不靠谱。"

"听着像绕口令,不过我动用自己高达一百二十以上的智商,还是能听得出来:你其实心里就是特把我当回事儿,恨不能将自己的一切捧出来献给我,但是嘴上又不愿意说,因为你知道我这个人已经练就了一副水火不侵的铁石心肠,你是感动不了我的!"

肖艾听得快吐了,犯恶心一样看了我一眼之后,骂道:"你怎么不消失啊?"

每次和她斗斗嘴都会让我觉得很轻松,我哈哈大笑着,将自己的外套脱了下来,披在她衣着单薄的身上,终于回道:"如果没有我,你就会变成这个世界上最寂寞、最可怜的人,因为没有人再和你斗嘴,也没有人关心你的温饱问题。"

肖艾并没有拒绝我好心给她披上的衣服,也没有再和我斗嘴,她从摊贩手中接过两份刚刚做好的灌饼,将其中的一份塞到我手上,说道:"那你就好好活着吧,赐你一份早餐。"

离开早餐摊,我坐上了肖艾开来的那辆奔驰车上,中途又折回南京艺术学院,接了待会儿要和肖艾一样在婚礼上进行乐器演奏的于馨。而直到此时,我一颗悬着的心才算是彻底放了下来,心中当然也有对这个丫头的感激,我事先真的没有想到她会把这件事情做得这么到位。

大约二十分钟之后,我们一行三人来到了婚礼现场。按照婚礼的流程,肖艾几乎是没有休息的,她的钢琴演奏将会从婚礼开始前持续到婚礼结束。而于馨相对就轻松很多，她的小提琴演奏只有两到三个环节会用到，当然，她的出场费也是要低于肖艾的。

至于我，就更加忙碌了，我先是给礼仪人员分配了任务，之后又和司仪核对了主持脚本，最后督促灯光师和音响师将灯光和音响设备统统检查了一遍。其实，这些事情是可做可不做的，但我为了将婚礼上的意外风险控制到最小，从来没有懈怠过。这也是客户认可我的一个重要原因，我希望靠勤劳弥补自己天赋上的不足。

亲朋好友已经陆续到位，婚礼就要开始，我的神经在一刹那便紧绷了起来，一直关注着肖艾和于馨这两个我找来的丫头，好在她们表现得都可圈可点，尤其是肖艾，往钢琴旁边一坐，就像是个天生的艺术家，每一个从她指尖流露出的音符，都是那么自然、动听，甚至在我六年的工作生涯中，也几乎没有合作过水平这么高的钢琴演奏师。

婚礼在事先计划好的流程中有条不紊地进行着，在临近尾声时我终于得以喘息，习惯性地找了一个不打扰到别人的角落，用抽烟的方式放松那一直紧绷着的神经。而此时的肖艾已经在钢琴旁弹了将近两个小时，几乎没有怎么歇息过。

于馨在肖艾之前完成了所有的演出任务，她来到了我的身边，我说了一声"辛苦了"，挪出一点儿地方，示意她在我身边坐下。

于馨微微提起长裙，然后坐在了我身边的草地上，我当即从钱包里数出一沓钱递到她手上，说道："这是你今天的演出费，你点一下。"

于馨有点意外，问道："难道不是到你们公司的财务部门去领吗？"

"不用那么麻烦了，我先垫给你，回头我再去财务领也一样，不过你得在收据上签个字。"

于馨点了点头，便从我手中接过了签字笔，在收据上签上了自己的名字。我们也就这么顺利地完成了第一次合作，但她并没有立即离去，而是陪我坐了一会儿。

她看着还在台上弹奏钢琴的肖艾，感叹道："江桥哥，我觉得肖艾她真是太给你面子了，我都不敢相信她会在这样的地方坐这么久！"

我下意识地向肖艾那边看了看，然后笑着回道："我们之间是合作关系，待会儿我可是要给她演出费的。"

"你真的觉得她是在乎那点儿演出费的人吗？"

我顿时来了精神，猛吸一口烟，问道："你是要和我爆料吗？快说说看，这丫头到底是什么来头！"

于馨摇了摇头，回道："我们当了三年同学，但我对她也不算太了解，她这个人挺孤僻的，在学校里几乎没有什么特别要好的朋友，她似乎不太在意别人对她的看法。我反而觉得她是个很真实的人，而且最让我佩服的是，作为一个学习音乐表演的学生，她竟然对去娱乐圈发展一点儿兴趣都没有。就我知道的，北京和上海大概有三家比较出名的唱片公司和传媒公司曾经找过她，可是她都拒绝了！"

"既然她这么低调，这些娱乐公司是怎么知道她这个人的呢？这点我有些不太理解。"

于馨又解释道："她也不是完全低调啦，比如一些国外的音乐节和比较权威的乐器比赛，她还是会去参加的。音乐圈里一些学术派的老前辈对她评价还是蛮高的，只是这些评价没有出现在公众的视线中罢了。"

"哦。"我应了一声，却更加看不透这个丫头，但假如于馨说的都是真的，今天的她，也实在是太给我面子了。这种给面子却成了我最近生活中很大的困扰，因为我实在想不通，她为什么要这么给我面子，毕竟我之前真的不认识她，我们看上去也更不是可以走在同一条路上的人。

…………

大约又过了半个小时，婚礼举行完毕，肖艾也终于结束了自己的演奏任务，她有些脸黑地来到我面前，说道："江桥，我能吐槽这婚礼一点儿意思都没有吗？"

我知道她这半天很辛苦，赶忙赔笑脸，回道："怎么会没有意思，你没看到刚刚新娘和新郎都幸福地哭了吗？"

"我最怕见证别人的幸福，而且还是那么近距离。我不管，你让我过了一个煎熬的上午，就必须赔偿我一个有意思的下午。"

"可是我摸不清你有意思的标准啊！"

"你慢慢想去，我先回学校了，下午还有专业课，待会儿下课了再去你家找你。"

肖艾说完便向停车场走去，我心里对她还真是有点歉疚，可是连我自己都快乐不起来的下午，又该拿什么情绪去赔偿她呢？

我真是被这个神神道道的丫头弄得有些头疼，猛然想起来还没有给她演出费，又在她背后大喊着，可是她已经戴上墨镜上了车，很快便离开了这让她觉得很没有意思的婚礼现场。

第31章　一座废弃的纺织厂

离开了婚礼现场，我回公司和财务部做一个结算，又将在这场婚礼中收集到的一些珍贵照片送到了资料中心。在快要三点时，实在疲倦到快要崩溃的我去罗素梅那里请了个小假，打算在黄昏来临前回去补一点儿睡眠。办完了这场婚礼，我便要开始着手策划那场可以改变公司命运的三百万大单的婚礼了。听说那对去欧洲度假的客户，下个星期会回到南京，而我即将拿着婚礼策划书和他们进行一次初步的沟通。

回到自己住的小院，依然如往常般安静，赵牧应该是去找他的高中同学叙旧去了。

我昏昏沉沉地躺在床上，几乎没有经历一点儿意识上的挣扎，便睡了过去。直到傍晚气温急剧下降，才被冻醒。可之后无论如何也睡不着了，我又被傍晚快要来临时的昏暗刺激出了一些难以克制的孤独感。

我半躺在床上，有些茫然地看着窗外那些随着晚风摆动的花草，我知道要不了多久，它们便会在秋末的冷风中枯萎。到那时，我会加倍被"孤独"这个老生常谈的词折磨着。

片刻之后，我终于下了床，特意去院子里将那盆二叶郁金香搬到了屋檐下。这一年多来，我给了它比其他花草要多得多的照料，希望来年三四月时，它会开得比今年更加灿烂。

安置好了这盆郁金香后，我又给其他花草浇了一些水，然后便无聊地坐在石凳上，看着夕阳一点点消失在我的视线中。

实际上，这条弄堂也并不是完美无缺的。因为弄堂被日渐多起来的高楼所遮掩，日照的时间也越来越短。比如这初秋的傍晚，不过刚过五点，便已经见不到夕阳了。而走出弄堂，你会发现其实夕阳还在楼群的后面挂着。

沉默中，我接到了赵牧打来的电话，他兴冲冲地对我说道："桥哥，我这会儿在陈艺姐家，今天她亲自下厨，你要过来吃晚饭吗？"

我一阵心动，因为陈艺亲自下厨实在是太罕见了，可是……

赵牧又压低了声音对我说道："邱子安不在，就我和陈艺姐在家。桥哥，你可能还不知道吧，陈艺姐的新家真的大到有点夸张，难怪她会想从你那边拿几盆花搬来新房子，她这里实在是太缺装饰的东西了！"

我心中一阵说不出的滋味，赵牧这个聪明人还是看穿了我的顾虑。我并没有在他面前隐藏自己对陈艺的爱恋，但他可能也已经理解了我心中的为难之处，所以没有拆穿，也没有过多地去干预我和陈艺之间那说不清楚的感情。

赵牧又说道："桥哥，你快点过来帮陈艺姐打下手吧。对了，再顺便带几盆花过来，就当是恭贺陈艺姐乔迁之喜了。"

陈艺并没有亲自邀请我，我便觉得贸然前去有些别扭，于是回道："我还不知道她那边的具体住址，还有，花让她下次自己过来拿吧，我没车，不太方便。"

"花是小事情，怎样都行，住址我用短信发给你，你赶紧打车过来。"

赵牧说完这句后便挂掉了电话，二十秒之后我便收到了他发来的短信，我也终于知道了陈艺新家的地址，那确实是一个比较高档的小区。

我换掉了身上的短裤和短袖，穿了一套相对要正式许多的西装。这个举动让我自己感到诧异，稍稍想了想也就明白了，我的潜意识里已经把自己当作是陈艺的客人，无论我是否愿意正视，我们之间都已经有了一条难以修补的裂缝。

锁好门，我往巷子外走去，而肖艾这个丫头又在不经意间闯进了我的视线中。我远远便看见她背着一只黑色的小双肩包，嘴里嚼着什么，一边走一边很无聊地用手去触碰着那很有历史质感的墙壁。

各自走了一段路后，我们便在弄堂的中间见面了。她打量着我，然后很满意地笑问道："江桥，你是不是为了补偿我一个有意思的下午，所以才穿得这么正式？"

我这才在恍然中想起，她离开客户婚礼现场时对我的要求。当时我没来得及回应她，她便匆匆赶回学校上课了。而后，我便在下午的睡眠中忘记了这件事情。

我陷入了为难之中，又忽然觉得自己很不是个东西。需要肖艾帮忙时，连做梦都惦记着她；不需要她帮忙时，一转眼便忘记了她要我赔偿她一个有意思的下午的事情。

在这种内疚情绪的驱使下，我对她说道："算是吧，你看我穿得这么正式，要不我请你去吃西餐吧。"

肖艾瞥了我一眼，问道："你觉得吃西餐是一件很有意思的事情？"

我被她问得有点尴尬，回道："有意思啊，咱们一手拿刀，一手拿叉，中途吃得无聊了，还可以即兴比武切磋一下，哈哈。"

"一点儿也不好笑，你太没诚意了！"

我苦着脸说道："可是我真不知道怎样才算是有意思。你说男女在一起玩儿，无非就是吃饭、看电影这几件事儿。难不成还有其他我没见过的花式约会？"

肖艾盯着我看了好一会儿，似乎自己也根本没有什么太好的提议，终于回道："算了，我也不为难你了，毕竟在你身上真的看不到一丁点儿的娱乐精神。"

"你要是像我这样一年三百六十五天几乎每天都要上班，你也和我一个德行。"

"真是厉害啊，以后自己有什么不行的地方，都可以拿工作做挡箭牌了。"

我笑了笑，一时也没有选择回应，只是在心里想着要怎么告诉赵牧我不去陈艺那边吃晚饭了。

一番思前想后，我终于还是用工作做了挡箭牌，随即给赵牧发了一条短信，告诉他待会儿要去公司办点事情。

肖艾又对我说道："要不这样吧，你带我去一个你平时不开心时最喜欢去的地方，这个不难吧？"

我有点意外地看着她，许久才回道："不为难，可是你确定要去吗？"

"又不是什么刀山火海，有什么不确定的。"

…………

在郁金香路的最北面，有一块存在于我记忆中许多年的荒地。可大约二十年前，这块荒地恰恰是最有人气的，因为它的前身是一个规模不小的纺织厂，承载着方圆几千米居民们的生计。我的母亲就曾在里面工作过很多年，她是二号车间的主任。如今纺织厂早已倒闭，所有曾经的繁华都被一把生锈的铁锁，锁在了空旷的院子里，在时间的流逝中与野草一起慢慢枯萎。

夕阳下，肖艾站在我身边，她透过铁栅栏探向废弃的厂房里，我笑了笑问道："要我帮你翻进去吗？"

"不用。"她说着已经双手抓住铁门，踩着可以落脚的地方，几下便爬到了铁门的顶端，然后抬起长腿，毫不费力地翻到了另一边，又轻松地从铁门上跳了下去。

我看着她的模样忍俊不禁，可这恰恰是我最喜欢她的地方。她这种翻门爬墙的本事让她在我面前显得很独立，也给我省去了很多的麻烦，所以我们可以一起做很多离经叛道的事情。

我也紧随其后，翻过铁门来到了这片已经废弃的纺织厂内。我们并肩绕过杂草，向有厂房的地方走去，快要接近厂房时，我看见夕阳最后的余晖落在已经有了裂痕的玻璃上，再折射到我的脚下，仿佛在一瞬间解开了许多回忆。

我停下了脚步,肖艾却对身边那辆已经报废了很多年的老式解放牌卡车很感兴趣,她用脚踢了踢车轮胎,感慨道:"没想到这个年代还能看到这样的车,要是还能开的话,肯定像拖拉机一样,嘟嘟嘟嘟,冒着黑烟。"

她说完便沉浸在自己的世界里,自娱自乐地笑着。

我没有随她靠近这辆卡车,只是点上一支烟看了一会儿,然后在厂房门口的台阶上坐了下来。就是这个位置,没有大楼遮挡,能完整地看见夕阳在最遥远的天边落下。

肖艾似乎找到了乐园,她又从地上捡了几个石子往水塘里扔着,一直到扔到尽兴,才走到我的身边坐了下来。她托着下巴,看着对面的另一间厂房向我问道:"江桥,你为什么不开心的时候喜欢来这个地方呢?"

我深深地吸了一口烟,低声回道:"坐在这里向街上看去,每一个路过的人,惦记的都是妻子儿女,而我只记得一个字——夜!"

"什么意思?我不太明白。"

我笑了笑,闭上眼睛将口中的烟全部吐出,忽然不想再说什么,因为不是每一个人都能理解一个人生活的孤独。

我灭掉手中的烟,起身走到了那间已经破旧不堪的二号车间。肖艾也跟着我起了身,依然在我的身边站着,还是用那副好奇的模样,向车间里探视着。

我对她说道:"八岁之前,我爸妈还没有离婚,我妈是这二号车间的主任,我爸是纺织厂的司机,你刚刚看到的那辆老解放车,就是我爸一直开着的。"

"听上去挺幸福的!"

"是啊,可是时间走得太快。八岁之后,一切忽然都变了。你知道吗?我妈走后,我总是恍惚,总是趴在这窗台上往车间里看,我想她给我几毛钱去买冰棍吃;想她一边工作,一边看着我笑;想告诉她,我们班那几个个儿大的同学又揍我了。"

肖艾沉默着,视线一直没有从我身上离开,她还想听我说这些已经藏在心里快要生锈的往事。

我笑了笑,又说道:"还有那辆老解放车,我爸会开着它送我去上学,放在今天,这车应该不比你借的那辆奔驰车差吧?"

"嗯,至少是宾利的级别了。"

我点了点头,又陷入了沉默中。

许久,肖艾轻轻用手拉了拉我的手臂,说道:"我去帮你买点啤酒吧,我觉得你现在很需要。"

"你不嫌麻烦吗?来回可又要翻两次院门。"

肖艾摇头:"不麻烦,每次听你说起不开心的事情,我心里就想对你好一点儿。"

我不知道是什么滋味,她冲我做了一个鬼脸,便转身向那扇拦在我们面前的院门跑去。

和来时一样,她踩着可以落脚的地方爬了上去,站在最高点的时候,又冲我做了一个鬼脸。我终于被她给逗乐了,看着夕阳的余晖落在她的身上,风吹乱了她的发丝,一切看上去有种淡淡的美。

第32章 真相之外的真相？

肖艾离开了，我独自站在那辆老式的解放卡车旁边。这才有心情从口袋里拿出手机，赵牧早就在十分钟前给我回了信息，他问道："你大概要去公司多久，我和陈艺姐等你一会儿没事的。"

我忽然就想安静地待在这里，哪儿也不想去，虽然我肯定自己特别想见到陈艺，可是见到之后呢？

我回复了信息："别等了，你们吃吧，我真去不了。"

几乎没怎么等待，赵牧便又回了信息："好吧，那我待会儿从陈艺姐这里给你带点饭菜回去。"

我心里还是很想吃陈艺做的东西，终于顺从了自己的内心，接受了赵牧的提议。我们的对话也就在这里终止。空旷的院子里，我又仿佛与这个世界切断了一切联系，张望着等待肖艾回来。

天色渐渐昏暗，肖艾已经去了二十分钟，我由开始的等待变成了担忧。我准备去找她，下一刻，她终于从南边走了过来，手上提着一只偌大的方便袋，里面不仅有啤酒，还有很多其他吃的东西，难怪她会去那么久。

一小会儿之后，她便来到了院门前，先潇洒地将方便袋扔给了我，然后又攀爬上了铁门翻进了院子里，我埋怨道："干吗买这么多东西，买点儿啤酒就好了。"

她很不在意地回道："我想在这里多坐一会儿，我又不会抽烟，只能多吃点儿东西了。而且我怕你突然不想说话，我会无聊。"

"那我教你抽烟不就行了。"

她并没有反感我的馊主意，却很一本正经地回道："不想学，我是靠嗓子吃饭的，除非等我哪天不愿意再唱歌了，如果还是在特别悲伤的时候，也许会试试烟草的味道。"

"代价这么大，那你还是别试了！"

"我也是这么想的。"

…………

夜色就这么来临了，这片荒地便成了最孤独的地方，没有路灯的渲染，也没有行人的注目，只有我和肖艾在这里一边喝着啤酒，一边小声地聊着天，聊着聊着便陷入了沉默中。忽然，她又心血来潮地对我说道："江桥，如果有一天我们在这里盖一个花房，将里面种满郁金香，那这条路是不是就成了名副其实的郁金香路啦？"

我陷入了遐想中，然后笑道："这是一个很疯狂的想法，却不切实际，因为你承包不了这块地。"

"假如我实现了呢？"

"假如你实现了，我就代表政府授予你一枚奖章。"

"什么奖？"

"街道文化开发奖，哈哈！"

"什么啊，难听死了！"

我笑着，又从烟盒里抽出一支烟给自己点上，想象着这片荒地长满郁金香的样子。假如真的有那么一天，我一定会满世界地去找我的母亲，让她看看，自她离开后，这条郁金香路发生的变化。

"江桥，我有点儿困了，能趴在你腿上睡一会儿吗？"

我愣了一下，才回道："你要是困了，我就送你回学校吧。"

"回学校就睡不着了，这里安静，我就想睡一小会儿。"

我借月光看着她的脸，果然充满困意，想来是今天早上为了兑现和我的承诺起了大早所致。我心中不由升起一阵暖意，便放轻了声音对她说道："你要不怕男女授受不亲，我的腿你随便拿去趴。"

"谁让我困呢，就暂且让你占个便宜吧。"

她说着便伏在了我的腿上，很快我便感觉到了她脸颊的温度，还有那淡淡的发香轻柔地弥散在夜色中。

我的心跳有些加速，可是听着她均匀的呼吸声，我的心又静了下来。我轻轻地抚摸着她柔顺的发丝，心中忽然很想有这么一个妹妹，她会陪我住在这条郁金香路的老弄堂里，我愿意每天腾出时间，为她做饭，为她洗衣服，关心她生活中的每一个细节，分享她所有的喜怒哀乐。

可惜我并没有妹妹，在这个世界上，我是注定要孤独的那一类人。

我将自己的外套脱了下来，轻轻地盖在了她的身上，尽管双腿已经发麻，还是不愿意挪动一下，生怕打扰到她的睡眠，我情愿就这么石化在这里，看淡这个世界里的一切是是非非与悲欢离合。

…………

这个夜晚是短暂的，肖艾只是打了个盹，我们便不得不离开这里了。出去的这一次，我们是一起翻的院门，结果是肖艾比我要更快一些。没办法，谁让我身上的骨头太硬呢，还差点因为和她比速度而把裤子撕坏。

我们站在一盏路灯下面，她在临走前对我说道："江桥，能不能给这片废弃的厂区起个好听的名字呢？"

在我看来，这只是一个可以让心灵休憩的地方，所以有没有名字并不重要，便敷衍着回道："我没有文化，起不好。还是你起吧。"

"你起，我可以给你点儿时间让你慢慢想。"

"能不弄得像任务似的摊派在我身上吗？"

"你说对了，这就是个任务。"

我无奈地笑了笑，也不愿意为了这样鸡毛蒜皮的事情和她起争执，便从钱包里数出一沓钱递到她手上，转移话题说道："这是今天你在婚礼上演出的报酬，点一点吧。"

她准备从我手中接过，却又忽然停了下来，对我说道："还是放你这儿吧，我存不住钱的，以后我演出的钱你都帮我攒着，说不定哪天我就急需这笔钱了呢。"

我很是疑惑地看着她。

"怎么，你不希望以后我们还有合作的机会吗？"

"我当然很希望啊，可是我也听你同学说，你是很排斥商业演出的。"

"排不排斥是我说了算，你就别听那些小道消息了。好了，我真的得回去了，要不然到了学校还得翻一次院墙。"她说着便伸手从路边拦了一辆出租车，率先结束了这个和我一起度过的夜晚。我仍有些适应不过来，在原地站了一会儿，又回头看了看废弃的纺织厂，这才向弄堂的方向走去。

…………

回到住处，发现赵牧已经在我之前到家了，桌上摆放着一只红色的饭盒，我一眼认出这只饭盒是陈艺的，因为我曾用这只饭盒去电视台为她送过饭。

"桥哥，你还没吃饭吧，我给你把饭热一下。"

"我自己来。"

"你上了一天班，还是我来吧。"赵牧说着便端着饭盒去了厨房。我也没有闲着，给一些需要在晚上浇水的花浇了水，然后又将不宜淋水的花草搬到了走廊里。

赵牧将热好的饭菜放在了石桌上，然后对我说道："桥哥，你知道吗？陈艺姐可能要辞掉电视台的工作了。"

我下意识地皱着眉："她要辞掉电视台的工作？我没听错吧？"

"嗯，她还没和你说吗？"

我摇了摇头。

赵牧又说道："应该是和邱子安有关系吧，听说邱子安准备将自己的传媒公司从北京搬到上海，他希望陈艺姐加盟他们的公司，将陈艺姐打造成全国一线的娱乐主持人。"

尽管早已经知道邱子安的想法，但我心中还是升起一阵人微言轻的悲哀。之前我不是没有劝说过陈艺脱离电视台的体制，可是她根本没有听，邱子安却能说动她。不过想想也能够理解，毕竟邱子安已经在传媒行业小有成就，以陈艺和他的特殊关系，加盟他的公司后，并不会有太多的风险，这还是符合陈艺一贯坚持的求稳路线。或许等陈艺和他正式结婚后，也就不会再让陈艺抛头露面了。

对此，我的解读是，陈艺离开电视台，其实是在为和邱子安结婚做准备。

"桥哥，你对这件事情难道一点儿看法也没有吗？"

我强颜欢笑，回道："有啊，我得感谢陈艺做这个决定，难怪他们电视台领导会突然同意她去主持我们公司客户的婚礼，原来是怕她离开电视台啊，我还真是因祸得福了！"

赵牧没有接我的话，我也陷入了更深的疑惑中，为什么陈艺之前不肯向我坦诚这件事情的真相呢？我清晰地记得我问她为什么台里会同意她去主持婚礼时，她给我的答复是不清楚，难道在这真相之外还有另外一个真相？

我越想越不对劲，终于放下手中的筷子，向赵牧问道："你回来的时候，陈艺她睡了吗？"

"她还要收拾饭桌呢，再洗洗涮涮，不到十一点哪能睡觉呢！"

"我想去她那边一下。"

赵牧一点儿也不意外我忽然做出的决定,他回道:"去吧,今天这桌饭,其实是陈艺姐特地为你做的,但她不让我告诉你,你最后也没有去。导致她和我吃饭的时候一直很闷闷不乐,都没有和我说几句话。"

我有一种心碎的感觉,我没有想到,一直不太下厨房的陈艺竟然会为了我亲自下厨,我却因为不够坦然而辜负了她的这番心意。

去陈艺的住处之前,我从屋檐下搬起了那盆她之前想要的二叶郁金香,我想现在送给她。我事先应该想到她的倔脾气,她不愿意向我先低头,事实上却已经多次向我低了头,我不该再斤斤计较之前的事情,哪怕我们此生做不了夫妻,但在这条巷子里一起长大的情谊不应该被这么轻易割断。

第33章 唯一可以依靠的女人

我乘坐的出租车行驶在看不到尽头的夜色中,城市带来的繁华气息越来越浓厚。除了工作需要,我已经很久没有以这样的心情,独自去往比郁金香路要热闹得多的城区。我更没有想过只能以这样的方式去找陈艺,所以很反感我们现在相隔的,这需要三十块钱打车费的距离。

大约二十分钟之后,我来到了陈艺现在住的丹凤街,依照此前赵牧发给我的地址找到了陈艺的住处。我没有立即上去,而是站在她家楼下看了一会儿,直到看见窗帘上映出她模糊的身影,才走进了楼道,乘电梯到她所住的六楼。

我按响了门铃,屋子里传来她让我熟悉却心跳加速的声音:"谁啊?"

"我,江桥。"

陈艺打开了屋门,她刚洗完澡,头发还是湿的,身上穿着一件红色的丝绸睡衣,看着我的表情一如既往的平静,似乎这深邃的夜色和我都撩不起她情绪上的一丝波动。

"你怎么现在来了?"

我有些局促,将手中的二叶郁金香递到了她面前,说道:"你不是想要这盆花吗,就给你送来了。"

她侧身示意我进屋里说话。

我将郁金香放在离她卧室最近的一个花架上,这才开始打量起屋子里的陈设。当即便被那宽大的落地窗迷住了。它温柔地映出了陈艺的身影,我的心也仿佛掉进了海洋里,激进地探寻着一个关于女人内心最深处的秘密。

我看着落地窗旁那几盏营造出梦幻色彩的蓝色射灯,说道:"你这落地窗设计得真不错,往外看真有一种面对着大海的感觉。"

"这就是设计师根据大海所带来的灵感设计的,还有我卧室里的背景墙也是这么设计的,晚上看一看,能平静人的情绪。"

我转过身看着她，以一种试探的口吻问道："难道你最近很不平静吗？"

她与我对视着，却没有回答这个问题，只是从冰箱里拿了一瓶水递给我，我心里憋着的话也忽然说不出来了。

我在客厅的沙发上坐着，陈艺回了自己的卧室，片刻后她换了一套比较休闲的衣服从里面走了出来。

"你是要出去吗？"

"嗯。"

这一刻，我终于在她的眼神中看到了脆弱和敏感，这才察觉到这些日子她过得也许并没有我想象中那么好，我站起了身，说道："你想去哪儿，我陪你。"

她点了点头，回道："正因为你来了，我才想去那个地方走走。"

…………

避开城市的灯红酒绿，陈艺开着那辆红色的奥迪A4，将我带到了长江边，远处便是那在历史洪流中依然屹立不倒的南京长江大桥，桥体上那些我喜欢的兰花灯依然在无私地奉献着自己的光亮。

陈艺将车停在了桥下面的一片绿地之上，我们下了车，一起看着夜色中寂寥的长江和已经靠岸停泊的轮船。渐渐地，我感觉自己在这大自然的壮阔中越来越渺小，包括那些乱七八糟的心情也仿佛被夜风吹进了江里，随着江水漂走了。

"江桥，你知道吗？最近有不少人建议废掉这座大桥。"

我看着她，惊讶地问道："为什么要废掉这座大桥？"

"因为桥身过低，严重阻碍了长江中上游的发展，万吨级的轮船开不进来，已经成为束缚长江黄金水道开发的最大瓶颈。而长江二桥、三桥，还有过江隧道完全能够替代它现在的作用。"

我的语调不自觉变高："说这些话的是南京人吗，纯粹是胡扯！这座大桥是文物，是一个时代的象征，更是我们几代人的骄傲，根本就不是经济利益能够衡量的。"

陈艺点了点头，许久才回道："是啊，这个世界上最不能缺的就是这座可以沟通南北的桥梁。有时候人们盲目去追逐的经济利益并不是最重要的，反而情感才是最重要的。"

我若有所思，点上一支烟，对着迎面吹来的江风吸了起来。

"江桥，还记得你在高考前的那个夜晚带我来这里吗？"

"记得。"我点点头，简单回了这么一句，我不太喜欢回忆从前，因为从前充满太多的无奈和孤独。但我确实记得那个夜晚，在那个夜晚之前的半年，刚满十八岁的我便已经从学校辍学，走上了充满复杂和利益争斗的社会。

"那天你骗我说，只要拉住你的手，河神就能保佑我考上自己梦想的大学，结果我真的成功了。"

听她说起我曾经荒诞的行为，我笑了笑，回道："我也成功地牵住了你的手，那应该是你第一次和男人牵手吧？"

陈艺也随我笑了笑，表情很认真地纠正道："什么男人啊，那时候的你充其量就是一个满嘴跑火车的小男生。"

"对啊，要不怎么能骗到你这个无知少女，要是当时我就知道自己牵着的是未来著名女主持人的手，一定会更得意的。"说到这里我停了下来，又深深吸了一口烟，才带着些失落说道，"说真的，那时候我从来没有想过你会有今天的成就，也许这就是命运吧，有些人注定平凡，有些人注定会成为这个社会的翘楚，比如现在的你，比如以后的赵牧。"

　　陈艺陷入了沉默中，我却不知道她为什么会忽然沉默。

　　过了许久，她才对我说道："江桥，我真的是一个很害怕选择的女人，可是现在却又不得不选择。你知道吗？曾经我选择放弃和邱子安的感情，所以我没有再给他找到我的机会。青岛那次是个例外，即便我们见面了，我也没有打算再和他继续那段已经断掉的感情。但你给了他再和我见面的机会，让我知道这些年他一个人过得很不容易，也一直没有放下和我的感情，所以我又要面临选择了，这种选择让我很痛苦。"

　　我有点窒息，又吸了一口烟，才笑了笑，回道："选择真的有那么痛苦吗？我听赵牧说，你已经打算离开电视台了，也许你心里已经有选择了吧？"

　　陈艺欲言又止，最后也看着我笑了笑，道："不聊我了，聊聊你吧，你未来有什么计划呢？"想了想又补充道，"我是指你以后的婚姻。"

　　我有些茫然，因为我从来没有仔细想过所谓的婚姻，但为了让我们之间不至于那么沉默，还是回道："其实我对婚姻的要求并不高，找一个平凡的女人就好了，不管她是销售员或者文员，或者工厂的职工都可以。以后我会攒点钱把弄堂里的房子装修一下，就当婚房用了。然后等着媳妇生孩子，我会尽最大努力去培养我的孩子，做一个称职的父亲，我绝不会像江继友那样的。"

　　陈艺点了点头，却在沉默了一会儿之后才说道："挺好的，可是和你在一起的那个姑娘是你心中所期待的平凡女人吗？"

　　我不知道是该哭着看她，还是笑着看她，沉默了比她更长的时间之后，说道："我和肖艾真的不是你想的那种关系，她是个比较放得开的姑娘。前几次你看到的，真不能说明我们之间有什么，我发誓！你也可以找赵牧求证。"

　　陈艺看着我，没有再针对这件事情做任何回应。她将被风吹乱的发丝别在耳后，向更靠近江边的隔离栏走了过去，我不自觉地追随着她的脚步。

　　她对着江面看了一会儿之后，从包里面拿出一张似乎早就准备好的银行卡，递到我手上说道："江桥，这张卡里面有十万块钱，你让叔叔从深圳回来吧，拿这笔钱给他做点小生意，他年纪也大了，这些年一个人漂泊在外面真的挺可怜的。"

　　我心中对江继友有恨，推开了陈艺的手说道："留在南京还是去深圳打工，都是他自己的选择，这么多年他根本没管过我，我又凭什么替他的选择买单？如果不是他年轻的时候嗜赌成命，我家根本就不会变成现在这个样子，我也不会活得这么……这么……"

　　我说不下去了，只是闭上眼喘息着，我不愿意让自己想起那孤寂的童年和一个个独自熬过的夜晚。

　　陈艺像许多年前的那个夜晚一样，轻轻地握住了我的手。在感觉到她手心温度的一刹那，我所有的防线全部失守，再也无法控制地将她紧紧拥在怀里，又无法控制地呜咽着。她是这个世界上唯一能够给我希望的女人，也是唯一可以在我处于崩溃边缘时给我依靠的人。

第34章　离婚庆典

夜晚的江风是潮湿和清冷的，可是当我将陈艺紧紧拥在怀里时，我仿佛已经沐浴在了温暖的阳光中，她的气息、她的柔软，都让我沉迷于她的世界里不愿意清醒。我恐惧远离她身体的那一刻，一切避不掉的痛苦又会将我吞噬。

可是，我们终究是要分开的，就像停泊在我们面前的轮船终究要去往另一个码头。我松开一直被自己紧拥的陈艺，她却在下一刻又抱紧了我，哽咽着对我说道："江桥，不要动，让我再靠一会儿。"

我有些僵硬，意识到自己在宣泄情绪的同时，陈艺也有她自己的痛苦，否则为什么会在这个深夜将我带到这个容易撕扯出脆弱人性的江边呢？

我渐渐安静了下来，风伴随着潮汐的声音一直没有停过。我已经将今晚的这一幕当作是人生中一场短暂且珍贵的旅行，牢牢记在心里，陈艺给的拥抱便是这场旅行中最好的纪念品。

我轻声在她耳边说道："我叫江桥，却一直无法在你和我之间架起一座桥梁。我从来没有渴望自己是你心中唯一的桥，但我们之间至少要有那么一座桥，能让我站在桥头看见你的喜怒哀乐，你明白吗？"

陈艺放开了我，她用手背擦掉了自己的眼泪，许久才避开我追问的眼神，回道："其实，这些年我真的过得挺好的，该得到的我得到了，不该得到的我也得到了，只是总有那么一两件自己永远也做不了的事情困扰着我。但现在我也想明白了，没有必要太在意这些明知不可为的事情。"

"什么事情是你永远也做不了的？"

"我希望你过得幸福，可是你从来没有让自己幸福过。你应该让叔叔回来的，至少身边会有一个亲人。"

"你能不能别总和我提起这个人？请问，我过得好不好和他有什么关系？陈艺，我真的特别希望你能明白，我是一个很独立的人，我的幸福从来不是建立在谁在我身边的基础上，从来不是。"

"我说了，我已经看淡了这些明知不可为的事情，因为你的固执是我永远也改不了的，你不用这么激动。"

我的喉结蠕动着，却没有说话。

陈艺终于对我说道："我送你回去吧，已经很晚了。"

我不愿意挪动脚步，又从烟盒里抽出一支烟点燃，直到快要吸完时，才鼓起勇气问道："你会离开电视台和邱子安去上海发展吗？"

"等主持完你们公司客户的婚礼之后再考虑这件事情。"

我点了点头，原来很多事情真的是需要沟通的。虽然我不确定陈艺是否完全敞开了心扉，但至少知道了她暂时并没有同意和邱子安再续前缘，离开电视台也只是一件正在考虑的事情，还没有被确定，我之前的猜测只是基于道听途说和自己的主观臆测，并不准确。

我终于对她说道："我已经把那盆郁金香送给你了，你是不是也该送我点儿什么？"

"你想要什么？"

"你的联系方式。"

陈艺从包里拿出一支笔，对我说道："把手伸出来。"

我将右手递到了她的面前，她托住了我的手，一笔一画地在我手上写下了她的手机号和微信号。这样的场景，加上她认真的表情，让我觉得她像是在给我戴婚戒，虽然事实并非如此，却足够让我在这自我满足的假想中难以自拔。

陈艺写完之后，我忍不住向她问道："你能告诉我，那天为什么要做出和我断联的决定吗？我快气炸了！"

"不是每一个决定都是完美的，谁都有因为生气而失去理智的时候。"

"所以你承认那是一个很二的决定了？"

"你不也跟着做了一个更二的决定吗？删我的微信是不是很好玩儿？"

"正是因为我们二到一起了，所以才能从小玩到大！"

陈艺笑了笑，我回应了她一个笑容，又眺望着远处的江面，希望这条川流不息的江能像一面镜子，帮我记住这个夜晚，记住我和陈艺在这里发生的一切，我不愿在时间的侵蚀中忘记我们紧紧相拥，又因为现实中的痛苦而哭泣的影像。在这里，我忘记了现实世界里的一切差距，这才有勇气将她拥进怀里。我嘴上不说，心中已经将她当作是自己的女朋友。

…………

离开长江边，陈艺将我送回了郁金香路，也结束了这个有些曲折的夜晚。等我回到住处时，一切都已经趋于平静，甚至连赵牧也进入了睡梦中。

我洗了个热水澡，就躺在床上添加了陈艺的微信，她很快便通过了我的好友认证，但我没有再和她多说什么，只是点开她的朋友圈，将她最近发的动态都仔细看了一遍，然后默默地点了赞。同时，陈艺也在我发的有关婚礼现场的动态下面留了一条"不要太累"的回复。

我心中很平静，至少在这一刻，我和陈艺是有默契的，我们都在用浏览朋友圈的方式关注着对方最近的生活。

…………

随着十一的临近，我愈发忙碌，忙碌到来不及去关注自己心中乱七八糟的情绪，通常是回到家后倒头就睡。这几天里，肖艾也没有再找过我，但她和赵牧还有联系，听赵牧说，她最近一直忙着一个以国庆为主题的文艺会演，也是忙得很。

这是一个下班后的傍晚，我接到了乔野的电话，他约我到心情咖啡见面，说是有事情需要我帮忙。

乔野是我的高中同学，我不太好定义我们之间的关系，但有一件事情还是值得一提的。两年前他和秦苗结婚，是我为他们策划的婚礼，婚期大约也是在十月一日。

片刻之后，我来到心情咖啡，乔野已经独自喝了几瓶啤酒，我将公文包扔在了桌上，他打开一瓶啤酒递给了我，满脸苦相地对我说道："江桥，想想几年前我还是一个青春洋溢的少年，如今青春不再，我活得太失败了！"

我也没太把他的话当回事，喝了一口啤酒才问道："怎么了？"

"你说，我整天跟在自己爹后面混，没理想、没生活。娶了秦苗这个女人，没爱情、没激情，你说我还有什么？"

我被他的矫情恶心到了，谁不知道他爸是专做市政工程的大老板，在他大学刚毕业那年就给他买了一辆宝马X6招摇过市，而他老婆秦苗更是"白富美"的典型。如果说他也对这个世界不满意的话，那我们这些普通人可怎么办。

我挤对道："其实你也不是一无所有，最起码还会胡思乱想啊。"

"江桥，你说咱俩多有缘分，我的姓就是你的名字，但是你这人真是不把我当兄弟，我都痛苦得快要崩溃了，你还挤对我。"

我点上一支烟，不耐烦地回道："你有什么好崩溃的？你看看你的头发，每天不抹上一瓶发胶都不出门，随便一条内裤的钱，都抵得上我一身的行头。就你乔野往这儿一坐，谁敢不喊你一声公子哥儿？"

乔野伸手将宝马的车钥匙扔在了垃圾篓里，很火大地回道："谁爱做这公子哥儿谁做去，我受够了！"

"哟，看你这生无可恋的样子，真出事儿啦？"

"没出事儿。"

"那你这是和谁赌气呢？"

乔野又拿起啤酒瓶猛灌一口，回道："兄弟我真不是存心找你倒苦水，我来就是告诉你，我和秦苗必须把这婚给离了。你帮我再策划一场离婚庆典，我就是要做给我家老头子看看，当初他逼着我和秦苗结婚是一件多不靠谱儿的事情，我凭什么和一个我不爱的女人结婚啊？"

我哭笑不得地看着此人，然后从垃圾篓里捡起车钥匙摆在他面前，说道："你不是来找我倒苦水的，你是来给我长见识的，第一次听说离婚还要搞个庆典，咱们能不作吗？"

乔野用手拍着桌子激动地说道："江桥，你自己好好想想，前年我结婚的时候，从头到尾你见我笑过吗？我告诉你，这段婚姻就是我的血泪史，这婚我是非离不可！"

"别闹啊，我手上还有一个三百万的婚礼单子等着要做，哪有时间去替你弄什么离婚庆典。就算你对你爸有怨言，对和秦苗的婚姻生活不满意，也不至于搞个离婚庆典吧。你把事情做这么绝，你让你家老头子和秦苗的脸面往哪儿放啊？"

乔野点上一支烟猛吸着，努力平息着自己心中的怒火，看得出来，他和秦苗结婚的这两年，日子确实不好过，他已经到了崩溃的边缘。

他终于发泄似的吐出口中的烟，满是痛苦地对我说道："江桥，你知道吗？在和秦苗结婚之前，我真的爱过一个女人，爱得很深，很深，可是……"说到这里他更加痛苦地摇了摇头，"可我骨子里还是懦弱，真懦弱！我告诉你，秦苗和她相比差了不止十万八千里，你说秦苗除了会花钱，会摆有钱人的臭架子，还会什么啊？但是她就不一样了，她是个很特别的女人，我和她在一起的每一分每一秒，都有心动的感觉。可自从我们分手以后，她就离开了南京，我再也没有找到她，但是我忘不了她。"

因为生活的圈子不同，我和乔野私下的联系并不算多，所以真不知道他还有这段过去。我有点为他感到伤感，随即点上一支烟说道："你最大的悲剧就是结婚太早了！"

乔野苦笑："我爸妈这么早逼着我结婚，无非就是要我和她断了联系。他们图秦苗什么？不就是图她有一个在建设厅工作的爹吗！"

世界太现实，我也不知道该怎么劝乔野这个总是活在别人艳羡中的男人，只能说道："离婚庆典真的不现实，我觉得你就这样将错就错地过着吧。如果心里那道坎实在过不去，你就看看你身边的人。就说我江桥，肯定比你长得帅吧？更比你会过日子吧？要说感情我也比你专一，可我有什么啊？到现在还是光棍一个，所以做人真的得知足！"

乔野默不作声，只是一口一口地吸着烟。

我又问道："和哥们说说看，你朝思暮想的那个女人叫什么名字？我觉得她也挺不应该的，至少得让你解开心结再离开南京。"

乔野抬头看着我，那表情好似要和我说出一个惊世骇俗的名字，我想可能是某某名人，赶忙洗耳恭听。

这时，赵牧和肖艾也推开咖啡店的门走了进来，这种突如其来的巧合硬是将乔野的话生生憋回了肚子里，而肖艾已经很不客气地在我身边坐了下来。

第35章 爱得太任性

我并没有受肖艾和赵牧到来的影响，依然等待着乔野告诉我那个女人的姓名，可他突然丢掉了说话的欲望，又点上了一支烟。

肖艾很不高兴地看了他一眼，说道："喂，这个发型搞得还不错的帅哥，能把你手上的烟灭了吗？"

乔野看了肖艾一眼，问道："你是在和我说话？"

"除了你，还有谁的头发像壳一样盖在头上？发胶没少用吧？"

乔野心情不好，无言以对地盯着肖艾看了一会儿，然后默默地将烟按在了烟灰缸里，下一刻便拿起了自己的皮包，对我说道："江桥，我先回去了，我的事儿改天再和你聊。"

我又劝道："乔野，两年你都熬下来了，离婚的事情还是再好好考虑一下吧，说不定就柳暗花明又一村了呢！"

"我要是不把这婚给离了，下一秒就得进地狱。你也别劝我，生活是靠实践检验出来的，不是做梦。"乔野一边说，一边打开了咖啡店的门，在走出门口的一刹那又给自己点上了一支烟，回头看了肖艾一眼，然后理了理自己的头发，似乎此刻只有精心打理出来的发型才能让他有那么一点儿好心情了。

乔野离开后，肖艾带着厌恶向我问道："他是你朋友？"

"嗯，很多年的老朋友了。"

"他是要和自己的老婆闹离婚吗？"

"是啊，这才刚结婚两年。"

肖艾的语气更加厌恶了："那他可真是个人渣！"

我试图替乔野解释，毕竟他也是包办婚姻的牺牲品。可我心里也非常反感离婚的行为，最终也没有多说什么，只是转移了话题问肖艾："你是来找我的吗？"

肖艾这才回过神似的从包里拿出了两张票，分别递给我和赵牧，说道："明天晚上我在文化艺术中心有一场演出，这是票，你们俩记得去看。"

赵牧先从肖艾的手中接过票，看了看票面感慨道："是A区的第二排，位置很好啊！"

肖艾又将票往我面前递了递，说道："票很紧张，这可是我好不容易才和演出单位要到的，你们可不许不去，听见没？"

我也从肖艾的手中接过了票，看了看演出时间，是晚上的七点半，和工作并不冲突，便点头答应道："没问题，明天我和赵牧一起去。"

肖艾点了点头，也伸手和服务员要了一杯喝的。她还是和年纪相仿的赵牧更有共同语言，两人一直聊着一些我不太感兴趣，也不大听得明白的话题，片刻之后我便因为倦意袭来，靠着沙发打了一个盹。

等我醒来时，肖艾已经离开了咖啡店，赵牧则抱着一本财经杂志看着，我拍了拍有些昏昏沉沉的脑袋问道："那丫头走了？"

"她说要去参加排练，走了好一会儿了。"

我下意识地往玻璃窗外看了看，才应了一声，然后注意力便放在了窗外已经沦陷在夜色中的弄堂上。赵牧也抬手看了看表，对我说道："桥哥，我待会儿要去参加一个同学聚会，就不和你一起吃晚饭了。"

"嗯，去吧。"

赵牧随后也离开了，咖啡店里更加冷清了，周围的白领似乎都在为即将到来的十一而加班忙碌着。我也落得个清净，又要了几瓶啤酒喝了起来。至于晚饭，我还是打算待会儿去巷子外的小吃摊上解决，毕竟这咖啡店的消费还是有点高，随便吃些糕点就是好几十块钱。关于消费过高的问题，我不止一次地和老板娘余娅建议，希望她能推出个会员制，以方便我们这些长期消费的顾客。可是她情愿给我免单也不愿意推出会员制，说是会降低咖啡店的格调。我也不能真的要求免单，

107

所以一般来这里，我只是点最便宜的啤酒喝，至于吃的，从来不点。

独自一个人的时候，我也没有让自己闲下来，一直用手机看着最近全国比较具有代表性的婚礼策划案，时间就这么在不知不觉中流逝了，直到咖啡店的门再次被打开。

我有些惊讶地看着正站在吧台旁风尘仆仆的余娅，以前她来南京的频率是几个月一次，而这一次却只间隔了一个多星期，于是我带着这样的疑惑向她问道："你怎么又回来了？这都快十一了，应该是你丽江酒吧最忙的时候吧？"

余娅笑了笑，回道："我上次不是说去北京参加一个商家会议吗，正好在会议上遇到了一个对南京市场比较感兴趣的客栈老板，我们聊得比较投机，我对南京这边也比较了解，就带他过来熟悉一下市场。"

"原来如此。"

余娅和吧台的服务员聊了几句以后，又端着一杯她亲自调好的咖啡来到了我的面前，说道："老规矩，送你一杯心情咖啡，最近的心情怎样？"

我从余娅的手中接过咖啡，先是喝了一口，当即便品尝出这次的心情咖啡里加了一些类似薄荷的东西，喝起来很清爽，让人忍不住想再喝一口，回味这淡淡的口感。我放下杯子笑了笑，回道："我的心情先不说，但我知道你最近的心情肯定很不错，在这杯咖啡里已经体现出来了。"

余娅回应了我一个微笑，在我的对面坐了下来。我们终于难得有了一次聊天的机会。我真的很喜欢和她谈天说地，身在丽江、见多识广的她总会给我带来一些婚礼策划的灵感，她的口中似乎有永远也说不完的爱情故事，或动人，或浪漫，或凄美。

她和从前一样向我问道："最近和陈艺有什么新的进展了吗？"

我愿意和余娅这个不在南京常住的女人说一切藏在心中的隐秘，便将前些天和陈艺在长江边的深情拥抱告诉了她。

余娅向我竖了竖大拇指，赞道："终于勇敢地迈出第一步了啊，不错！"

我摇头，回道："这绝对不能算第一步，当时我就是情不自禁，其实和爱情没多大关系，应该更像是亲情。我们一起长大，一起经历过许多事情，没有比抱着她更能让我感到踏实的事情了，那时候我的心里就是这样的感受。"

余娅笑了笑："你和陈艺之间最大的问题就是彼此太熟悉了，所以才会有那么多的顾虑让你畏首畏尾。如果你遇见的是个一见钟情的女人，一定不会是现在这个样子吧？"

余娅的话说进了我的心坎里，我连连点头，这也是我喜欢和她聊天的一个重要原因，她总是能一针见血地说出我心里的无奈和痛苦，然后再为我打开一扇窗。很多时候我都希望她是一个能在南京常住的朋友，因为每次她离开后，我都会有一种没人可以说话的失落，这种失落经常持续到她下次再回南京时。

我又端起余娅为我调的心情咖啡，喝了几口后，也向她问道："能聊聊你的过去吗？我一直觉得你是个很有阅历的女人。"

余娅有些失神地看着玻璃窗外，随后给自己点了根烟，她没有看我，语气很淡地说道："既然都是过去了，还有什么好说的呢？"

"过去也是人生中不可分割的一部分，如果你说自己再也没有想过从前的事情，那我就不问了。如果偶尔还会回忆起，我觉得拿出来和一个愿意替你保守秘密的朋友分享，也是个很不错的释放方式。我也和你说了很多从来不想拿出来和别人分享的事情，而且每次和你说了之后都会很轻松，你真的可以试一试。"

余娅弹了弹烟灰，又落寞地笑了笑，许久才对我说道："其实，我的过去也没有那么复杂，我只是爱上了一个与自己物质差距太大的男人。我知道我们是不可能在一起的，后来我做了一件不知道该用可耻还是勇敢去定义的事情。"

"什么事情？"

余娅又深深吸了一口烟，回道："在我们爱到彼此都离不开对方时，他妈妈找到了我，提出给我二百万的分手费，要我离开他。如果按照电视剧里的情节，女主角会很有骨气地离开，我却接受了这二百万，然后去丽江开了间酒吧。"

我看着余娅，心中感慨万千，这确实是存在于电视剧里的情节，但是中国这么大，人口这么多，总会有这么一些小概率的事情发生在某些人身上。

"江桥，你觉得我接受这二百万是可耻的，还是一种勇气呢？"

我安慰道："我不觉得是可耻的，你的选择恰恰是活在现实世界里的真性情体现。他们逼着你放弃这段感情，你的精神也受了伤，既然受了伤为什么不能接受精神上的补偿呢？还有，你和那个男人有相爱的权利，但其他人却没有阻止的权利，因为人性是自由的，她野蛮地剥夺了你的权利，只是付出二百万的代价，我反而觉得太便宜她了，有几个臭钱就了不起啊！起码应该赔偿两千万，谁让她家儿子爱得那么任性！"

余娅笑了笑，可是笑着笑着就流下了眼泪。

我安静地等待着，虽然我没有经历过类似的事情，但是我能感觉到余娅在那段感情中受了很重的伤。

许久，她才用我递给她的纸巾擦掉了眼泪，发自内心地笑了笑，说道："江桥，你是个很特别的人，我觉得我们可以成为很真心的朋友，只可惜我待在南京的时间太少了。"

"正是因为你待在南京的时间太少，所以我们每一次的交流才显得那么珍贵。"

"嗯，还是那句话，有时间来丽江走走，我很愿意陪你沏上一壶茶，坐在玉龙雪山下聊聊天。"

"一定会有那么一天的。"

…………

次日，我有意识地提高了工作效率，因为我答应过肖艾，会在七点半之前去文化艺术中心看她的演出。我也确实在下午六点钟之前便处理完了手头所有急需解决的工作，准备离开公司时，却被罗素梅叫进了办公室，她要我和她一起去见那个豪掷三百万举行婚礼的大客户，而对方也只有晚上才有时间和我们沟通婚礼的事宜。

我虽然很无奈，但还是要以工作为重，当即给赵牧发了一条信息，要他将这个情况转告给肖艾。随后便跟着罗素梅去见那个让我好奇了很久的大客户，这次总算是有机会见见他的庐山真面目了。

| 第 36 章 |　　莫愁路

我准备好笔记本，罗素梅开车将我带到了一家非常高档的会所，我们在服务员的引导下来到了一个独立的包间，服务员有些抱歉地对我们说道："两位，不好意思，我刚刚接到李小姐的通知，她大概需要二十分钟才能到，两位先喝点东西吧。"

罗素梅很有职业素养地回道："我们等一会儿没关系的。"

"那两位要喝点什么东西呢？"

"给我来一杯清茶吧。"

服务员又向我问道："先生您呢？"

"随便。"我心思涣散地回了这么一句，我从刚进会所的时候就开始计算着时间，起初想着，如果顺利的话，还有时间赶到文化艺术中心去看肖艾的演出，可对方说变动就变动时间的行为已经让我这个计划落了空。

服务员尴尬地看了我一眼，随即离去，片刻之后便为我和罗素梅端来了两杯清茶，而我们的等待才刚刚开始。

等待过程中，我因为无聊拿出了自己的手机，翻看着微信朋友圈里一些新发布的好友动态，其中有一条是陈艺在二十分钟前发布的，她晒了几张正在和闺蜜一起享受美食的照片，我的食欲顿时被激了起来，便在下面回复了"朱门酒肉臭，路有冻死骨"。

几分钟后，陈艺给我发来了一条私聊信息，问道："你还没有下班吗？"

"嗯，约了金鼎置业的肖总谈婚礼策划的事宜，不过客大欺店，人到现在还没来，说是要等二十分钟。"

"真可怜！"

"你不打算同情我一下吗？"

陈艺回了个心疼的表情，又问道："你什么时候忙完？我请你吃夜宵。"

我想等自己忙完时，肖艾也差不多结束演出了，所以还是让陈艺请我吃夜宵更能解决我正被饥饿感折磨着的痛苦，便回道："不知道，可能八点，也可能九点。但是我心里特别希望你能保持耐心，就这么一直等着我。"

"发个地址来，等你忙完了我过去接你。"

"这是帝王级待遇啊！你等等，我问问这边的具体地址。"

我和罗素梅问到地址后便发给了陈艺，心情顿时就变好了，手机还没有放下便开始哼起了小曲。但身边的罗素梅就没有我这么亢奋了，她带着一天积累下来的疲倦一直很平静地等待着。

我问道："老板娘，你不是说金秋快回来了吗，马上就十月份了，怎么还没见她回来啊？"

说起金秋，罗素梅的脸上终于有了笑容，她回道："她还有几个离校手续正在办，反正是快了，具体时间她自己也不能确定。"

我点了点头，也没有太多的话题再和罗素梅聊，于是又一次陷入了无聊的等待中。大概过了十分钟，门终于再次被服务员打开，随即一个穿着奢华、满身珠光宝气的三十岁左右的女人走了进来，罗素梅立刻起身相迎，我想这就是我们要等的客户，出于职业礼貌，我也随罗素梅站了起来，但已经从她的气场中感觉到了她的傲慢。

罗素梅满是笑容地问道："李小姐，肖总没和你一起来吗？"

她面色很难看地回道："他有会议，今天没时间过来，关于婚礼的事情，你们和我谈就行了，我做得了主。"

我想那个肖总应该是答应和她一起的，结果却因为会议爽约了，她便将情绪发泄在了我和罗素梅的身上，一点儿也没有因为迟到而表现出该有的歉意。

等她落座后，我和罗素梅便开始听她说着一条条并不那么好实现的要求，中途我有好几次都想站在专业的角度打断她，告诉她要求不合理，但都被罗素梅给制止了。在我工作的六年中，真没有见过态度这么强硬且不可商量的客户。

听她说了一个多小时，我和罗素梅才结束了这场非常煎熬的交谈。下电梯的时候，我带着不解的疑惑八卦了起来，我问罗素梅："老板娘，这个女人到底是什么来头啊，这架子端得也太大了，我是真没见过这么难搞的客户！"

罗素梅无奈地苦笑，回道："肖总是二婚，这个李小姐是典型的小三转正，其实她和肖总已经有一个四岁的私生子了，但是不知道出于什么原因，肖总一直没肯给她个名分。终于要咸鱼翻身了，能不把女主人的架子给摆足了吗？"

我恍然大悟地点了点头，一本正经地问道："老板娘，你也特别烦她，是吧？"

"太烦了！"

…………

走出会所，我第一眼看见的便是陈艺那辆红色的奥迪A4，她正站在车旁等待着。我加快脚步来到她身边，她看着我笑了笑，问道："辛苦了，想吃点什么，我请你。"

"吃什么我都乐意。"

这时罗素梅也来到了我们身边，陈艺又笑着和她打招呼："罗阿姨。"

罗素梅一直很喜欢陈艺，她很亲昵地拉住了陈艺的手，问道："来接江桥这小子的？"

"嗯，他最近挺累的，想带他去改善一下伙食。"

罗素梅看着我笑了笑，说道："陈艺这丫头真是对你太好了，恐怕就是女朋友也不一定能做到她这个程度吧？"

我心里涌起一阵暖流，又看着落落大方的陈艺，恨不能在下一秒便握紧她的手。可是现实里那扇打不开的窗户拉开了我和陈艺的距离，让我什么也不能做，最后只是对陈艺说道："陈艺，你告诉我们老板娘，我对你怎么样，也不比你未来的男朋友差吧？"

陈艺很确定地向罗素梅点了点头，然后便忍不住笑了起来，大概是笑我问得有点幼稚。可是她不知我心中那些真实存在的无奈，我不愿意提起她未来的男朋友，可是也只有拿她未来的男朋友做挡箭牌，才显得我们是很正常的朋友关系，虽然这种朋友关系有点亲密过了头，但仍属于朋友的范畴。

果然，罗素梅说道："我看你们也到了男大当婚、女大当嫁的年纪，既然心里这么有对方，不如凑一对算了，我可以代表老金做个主，你们婚礼的所有开销都由我们公司出，算是我和老金送给你们的结婚礼物。"

陈艺默不作声，只是看了看我，气氛随即变得有点尴尬。

我很夸张地笑着，对罗素梅说道："老板娘，你这玩笑都快开到国际上去了，我怎么可能会和陈艺结婚呢？像我这么优秀的男人，不经历三四段感情，怎么能表现出我的传奇人生，婚姻什么的离我实在是太遥远了！"

"我这玩笑还没开到国际上，你已经把牛吹到天上去了。"

罗素梅这么调侃了我一句，尴尬的气氛终于得到缓解，随后罗素梅以不打扰我们为由先行离开了，我却在她那番看上去更像是玩笑的话里有点回不过神。

…………

上了陈艺的车后，她要请我去吃正儿八经的苏帮菜，我却坚决要去喝啤酒吃烤串，她拗不过我，最后陪我在路边的烧烤店里放肆地吃了一次烤串。酒足饭饱的我却不愿意立即回去，又要她陪我散步，在我的坚持下，她又一次选择了妥协，只是我们散步的这条路不叫郁金香。

我们就近走在了一条叫作莫愁的路上，实际上这条莫愁路唯一值得称道的也仅仅是它的名字，这里的很多建筑都是二十世纪留下的，明显没有经过太科学的规划，所以高高低低，显得很是错乱，且到处可以看到一些卫生、环境很差的小餐馆，它们却一点儿也不缺生意，只是这些就餐的人，多数呈麻木状态，脸上仿佛都写着生活的艰辛，这让我感到有些许的压抑。

我想这条路之所以叫莫愁，便是提醒那些过得不好的人，切莫忧愁，忘记生活中的那些苦难。

我点上一支烟，目不斜视地走着，陈艺则走走看看，忽然她拉住了我说道："江桥，那边是什么时候多了一间咖啡店的？里面好像还挺热闹的。"

我看过去，果然在路南多了一间名为"莫愁"的咖啡店，里面有一个正弹着吉他唱歌的小伙子。

我终于笑了笑，对陈艺说道："能把咖啡店开在这条路上，老板也真够有情怀的！"

陈艺回应了我一个笑容，提议道："要不进去坐一会儿吧？"

我看了看时间，已经是深夜十点半，便说道："下次吧，咱们都应该回去休息了，你明天不是还有一场大型直播吗？"

陈艺又向咖啡店里看了看，才回道："是的，你不说我都快忘了，我现在就送你回去吧。"

"不用了，已经占用了你这么长的时间，我自己打车就好了。你赶紧回去休息吧，做大型直播可不能掉以轻心。"我说着便伸手拦了一辆出租车，心中却又不舍这么与她分别。

陈艺挥手与我道别，我在打开车门的一刹那，又转过身体，停下一切动作向她问道："今天晚上，我们算是很正式的约会吗？"

我这毫无征兆的发问，让陈艺愣了一愣，最终她还是笑着向我点了点头，肯定了这算是一个约会，我心花怒放地向她做了一个OK的手势，最后说道："改天我再约你，怎样？"

陈艺也对我做了一个OK的手势，而后我便上了出租车，在车子的飞速行驶中，回头看了看一直在后退的莫愁路和站在路边仍没有离去的陈艺。

路上，我收到了赵牧发来的信息，他说肖艾这个丫头一直在我们家的小院里等着，要我给她一个说法，为什么会言而无信，为什么没有去看她的演出。

我顿感头疼，也意识到这个有时会蛮不讲理的丫头，又开始和我较真了。我之前确实答应过她一定会去，却因为工作没能兑现自己的承诺，可在她眼里是没有借口可以开脱的，我仿佛已经看到了她和我翻脸的画面。

|第37章| 翻脸

我大约在十一点回到了自己的住处，走进小院，肖艾就坐在石桌旁，赵牧满脸无奈地在她身边站着，看样子之前也没少劝她消气，可是做了无用功，因为我已经在肖艾的眼神里看到了分分钟要将我撕碎的愤怒。

我厚着脸皮站在她的面前，然后挤出笑容问道："都快十一点了，你是不准备回学校了吗？"

肖艾起身离开了石凳，一句话也没有说，伸手便抱起一盆花，将其狠狠摔在了地上，花盆顿时摔得四分五裂。但她仍不解恨，依然用一种仇视的目光瞪着我。

我自知理亏，克制着脾气说道："你能不能别这么霸道？我又不是故意不去的，这不是临时有客户要拜访吗。"

肖艾抬手又将一盆肉芽植物也摔在了地上。

我依然在克制。

她冷言冷语地对我说道："江桥，从现在开始只要你和我说一句谎话，我就摔你一盆花，直到你能诚实一点儿站在我面前。"

"我什么时候和你说谎了，难道我之前没让赵牧转告你，我有事儿去不了吗？我告诉你，你最好别和我胡搅蛮缠，这些花可都是我的命。"

"那我可不管！"肖艾根本不理会我的警告，又伸手将一盆月季重重地摔在了地上。

我终于在她的蛮不讲理中生气了，一把揪住她的领口，将她按倒在石桌上，以此控制住她，不让她任性妄为，然后才怒道："我就没见过这么胆大包天的，是不是现在给你一把刀，你就敢把我给捅死啊？"

"江桥，你这个人渣，你竟然敢动手打我……"她一边骂，一边怒不可遏地伸手抓向了我的脖子，脖子处顿时传来一阵凉飕飕的感觉，继而变成了钻心的疼痛。

我松开了她，用手摸了摸被抓破的地方，赵牧也赶忙挡在我们中间，不让我们的冲突继续升级，我有苦说不出，真想和她好好聊聊，现在到底是我在揍她还是她在摧残我的肉体。

肖艾重重喘息着，又哽咽着质问道："江桥，你还有没有一点儿良心？你想想我之前是怎么对你的？如果那天我也告诉你，我学校临时有事不能去你客户的婚礼上弹钢琴了，你会是什么心情？你又拿什么去和公司交差？还有，就算你是去拜访客户，那你告诉我，到底是什么样的客户需要你拜访到十一点才回来？你摆明了就是在和我说谎，在耍我！我真后悔认识了你！"

　　我还想为自己辩解，却忽然无话可说，我似乎真的伤害了这个丫头，虽然我不是故意的。

　　肖艾推开了赵牧，向院外跑去，我不知所措地看着她的背影，身边的赵牧赶忙推了推我，提醒道："桥哥，快去追她啊，这么晚了，她一个人回学校多不安全，你也再和她好好解释解释。"

　　我一声苦笑，回道："她这会儿正在气头上，我送她不是更给她添堵吗？你赶紧追上她，送她回学校吧，我把这些摔碎的花盆收拾一下。"

　　赵牧轻叹，连忙追随肖艾的脚步向院门外跑了出去。

　　我找来了簸箕和笤帚，收拾了花盆的碎片，又将这些失去家园的花，暂时寄养在花池里。做完这些后，我便坐在了小院外的台阶上。

　　当那一直没有变过的南京香烟在我的手指间点燃时，熟悉的孤独便也在这安静的夜晚找到了我，让我在孤独中反思，自己是不是真的对肖艾这个丫头做了一件很过分的事情？

　　我没有答案，也没有觉得自己真的做错了，只是一想起在那个废弃的纺织厂里，她来回两次翻过院门去为我买啤酒的画面，我便感觉有些心痛，我想我该对这个丫头好一点儿的。

　　可是，我更爱和陈艺在一起的每一分每一秒。也许我骨子里便是一个很自私的人，我是对她说了个不大不小的谎，但我仍希望她能理解我爱陈艺的心情，而后原谅我。

　　片刻之后，赵牧便回到了小院，我赶忙起身问道："怎么这么快就回来了？"

　　"她没让我送，自己开车走了。"

　　"她还好吧？"

　　"哭了。"

　　我低下头猛吸了一口烟，许久才对赵牧说道："你把她的微信号给我吧，我待会儿和她聊聊。"

　　赵牧点了点头，然后拿出手机，把肖艾的微信推给了我，又向我问道："桥哥，我也挺纳闷的，你去见客户用得着到十一点才回来吗？"

　　"我八点多就和客户谈完了，然后和你陈艺姐一起去吃了个饭。"

　　"你还真是没守信啊！"

　　"怎么，八点多的时候她还没有演完吗？"

　　赵牧充满惋惜地回道："按照原计划，八点多的时候她是该演完了，可是她临时和其他演员调换了演出顺序，调到九点以后了，我还给你发短信说了这件事情，难道你没收到吗？"

　　我又拿起手机看了看，之前赵牧给我发的信息都在，却唯独没有这条，心中当即暗骂了一句，骂的当然是不靠谱的通信运营商。

如果我知道肖艾临时为我调换了演出顺序，哪怕暂时取消和陈艺的约会，也会赶到现场来看她演出的。可是因为这些不在我控制范围内的事情，就这么让我错过了演出，也难怪肖艾会和我发这么大的火。

结束了和赵牧的交谈，我在简单洗漱之后便躺在了床上，向肖艾发送了添加微信好友的请求，可是没过多久，便收到了对方拒绝添加好友的提示，我又反复尝试了几次，都没有再得到任何回应。我想她已经屏蔽了我的添加信息，便有些郁闷地将手机放回了床头柜子上，点上了睡前的最后一支香烟。

…………

次日，我依然忙碌到难以喘息，快要下班时，我特地跑去和罗素梅确认，在确认晚上没有客户要拜访后，才给陈艺发了一条微信，我想请她去看一部昨天刚上映的爱情文艺片。

片刻之后，陈艺给我回了信息，她说有点儿累，要我改天再约。我这才想起，她今天下午刚做了一场大型直播，我能体谅她的劳累，也没有勉强她，只是叮嘱她早点儿休息。

我离开了公司，坐上摇晃的公交车时，我又想起了肖艾那个丫头，也不知道一夜过去，她对我的怒气有没有消掉一些，我是不是该去南京艺术学院找她呢？

一番思前想后，我在后一个站台下了车，拦了一辆出租车去往南京艺术学院。这次我却没有那么好运，已经和我很熟识的于馨告诉我，今天肖艾根本没来学校上课，她有时候也不一定会住在学校，因为她是南京本地的姑娘，节假日或者课不多的时候她也是会回家住的。

我只得徒劳无功地离开了南京艺术学院，带着些难以排遣的郁闷回到了自己住的那条弄堂。在路过心情咖啡时，又忍不住想进去喝上几瓶啤酒。

坐在咖啡店里大概喝了两瓶啤酒，我接到了乔野的电话，他说要来找我，我告诉他自己正在心情咖啡喝啤酒，他便在五分钟之内赶了过来，不过发型却没有前一次打理得那么有精神，看样子他真是被现在的生活搞得有点招架不住，连最在意的发型都不太顾得上了。

乔野也要了几瓶啤酒，还没等他开始喝，我便向他问道："你这次来找我，不会还是为了什么离婚庆典吧？"

"不是，我就是有点崩溃，想找你这个兄弟喝几杯。"

我又劝道："乔野，真不是我想唠叨你。但我觉得离婚的事情你最好还是三思而后行，毕竟秦苗是你领了证的老婆。婚姻不是谈恋爱，不是你现在觉得受不了了就可以放弃的。你得记住，在婚姻中，男人的责任是肯定要大于女人的。"

"你别像个传道士似的和我说这些，行吗？我今天找你就是想把酒喝痛快了。"

我有些哭笑不得，无语了半晌后，终于说道："你要喝痛快，我求之不得，不过咱们开喝前你得告诉我，你忘不了的那个女人叫什么名字，我都被你吊了好几天的胃口了！"

乔野放下了手中握着的啤酒瓶，点上了一支烟，许久才对我说道："她叫苏菡，是我这辈子都忘不了的女人，我现在真的很想知道她在哪里，过得好不好。"

我能感到乔野对这个女人用情至深，可现实就是这么无情地摆在他面前，我也不知道要怎么劝他，许久才说道："乔野，这个世界上真的不是只有你一个人在感情上受过重创。你知道吗？就咱们现在喝酒的这间咖啡店，它的老板娘和你一样，也是包办婚姻的牺牲品，但是她比你要洒脱多了。其实很多事情看开之后，真的没有想象中那么痛苦！"

乔野闭上眼睛向我点了点头，却不愿意多说什么。我也终于相信，他今天来找我完全就是为了喝酒泄恨的，随后也不再劝他，只是尽着朋友的责任，陪他喝了一瓶又一瓶。

…………

夜晚已经来临，我和乔野都喝得有点儿高，他是在我之前离开咖啡店的，我却不那么想离开，因为我已经习惯了在这里排遣一个人的孤独，直到后来于馨打来电话，告诉我肖艾在五分钟之前回了学校，我才离开了咖啡店。

我又向于馨打听了肖艾喜欢什么东西，得知她喜欢玩偶后，便在弄堂外的玩具店里买了一只有半人高的趴趴熊，我希望这个投其所好的行为，能够让肖艾原谅我之前的过失。

夜色中，我又一次去了离郁金香路不算远但也不算近的南京艺术学院。

第38章 全南京第一号渣男

在去往南京艺术学院的路上，我便已经做好了不被肖艾欢迎的心理准备。不觉中对自己产生了一些质疑，为什么这个只是抱着玩游戏心态出现在我世界里的丫头会让我如此在意呢？

我的工作很累，很多时候也并不喜欢去结交朋友，这已经是我今天第二次去南京艺术学院了，我想挽回点儿什么，否则心里会有一种落空的感觉，但我不敢肯定自己到底是不是因为害怕在这场游戏中出局，才会去做这些。

晚上的道路很通畅，片刻之后我便到达了南京艺术学院。我将那只硕大的趴趴熊扛在了肩上，沿着已经有些冷清的校园小道向肖艾所住的那栋女生宿舍楼走去。

我知道肖艾不会轻易见我，便请于馨帮忙。于馨确实是个热心的姑娘，等我来到女生宿舍楼下时，她恰好和肖艾从学校的超市那边走了过来，两人手中都提着购物袋，这当然是于馨为我和肖艾所制造的巧合，而我很喜欢这种恰到好处的"巧合"，为我省去了很多不必要的麻烦。

我就这么站在肖艾回到宿舍的必经之路上，肩头扛着的趴趴熊则是我的武器，我会用它攻克肖艾对我的敌视和憎恨。

起初肖艾还在和于馨聊着天，当我出现在她的视线中时，聪明如她立刻明白了是怎么回事儿，于馨之所以约她去超市，就是为了方便让我见她一面。

她在离我五米远的地方停下了脚步，很气愤地看了于馨一眼。

于馨将空间留给了我和肖艾，路过我身边时，看了一眼我扛在肩上的玩偶，很是无语地说道："我只是说她喜欢玩偶，你没必要买个这么大的吧？你是来制造绯闻的吗？"

"不是越大越能彰显诚意吗？"

"完全搞不懂你的逻辑！"于馨郁闷地对我说了一句，随后独自走进了女生宿舍。我真的有点心虚了，因为我发现已经有不少女生趴在楼道的栏杆上，等着看我和肖艾之间上演一出好戏。

我走到肖艾面前，看了看肩上扛着的趴趴熊，有些尴尬地对她说道："是不是有点太高调了？"

肖艾的性子就像烈酒，伸手从我肩上将趴趴熊抢了过去，然后狠狠摔在了不远处的草地上。宿舍楼那边顿时传来了一片嘘声，她们虽然听不到声音，但眼前的画面可以说明，我无疑是被肖艾残忍地拒绝了。

我又从口袋里掏出一只买趴趴熊时赠送的迷你公仔，递到肖艾的面前，又厚着脸皮说道："这个是不是好多了？可以挂在你的皮包上，你的朋友和同学见到了肯定都会说一声，哇，很可爱耶！"

肖艾终于开了口："你就别让我犯恶心了！"

"那你就原谅我啊！"

"滚！"

我心中有一种非常受挫的感觉，不知道该怎样面对她，我点上一支烟掩饰着自己的不自在，可是并不想离开。

肖艾绕过我，准备回宿舍。我又从后面拽住了她白色的长衫，放低了声音对她说道："我不知道你心里有没有把我当过朋友，如果有一刹那当过，为什么不肯原谅朋友的无心之失呢？我真的不知道你为了等我，特意调整了演出的时间，否则我一定会在结束工作后的第一时间赶过去。"

肖艾转身看着我，脸上露出讥讽的表情，说道："呵呵，真好笑，谁为你特意调整时间了，你以为你是谁啊？"

"如果你觉得这样的讥讽可以让你心里舒服一点儿，我不介意多听几句。"

肖艾打掉了我拉住她衣服的手，怒道："你别来烦我了，我这一辈子最恨的就是动手打女人的男人！你就是全南京第一号渣男！"

"你能不能别这么夸大其词，我那算打你吗？我只是让你别再摔我的那些花。"

"你不用给自己开脱，从小到大从来都没有人那样对过我，你这渣男是第一个。"

我看着她，她的确是一个很骄傲的丫头，这种骄傲多半来自她从小收获的各种讨好和赞誉，即便我没有真的打她，但已经超出了她忍耐的极限。

我当即又向她走了一步，说道："你非要诬赖我打你，我也没有办法，但是我有胆量让你打回来。在你脚下三米远的地方有一块板砖，你把它拿起来，怎么泄恨，怎么往我身上拍，行了吧？"

"你以为我不敢吗？"

我没有废话，转身去将那块板砖捡了起来，然后递到她面前，说道："拍吧，拍完了咱就握手言和。不过别往脑袋上拍，我这人好面子，怕挂彩了难看！"

肖艾从我手中拿过了那半截板砖，在众目睽睽之下举起了板砖，我毫不畏惧地又向前走了一步。

肖艾看着我脖子上那块被她抓破的地方，手就这么悬在半空不动了。

"拍啊，反正我江桥天生命贱，不怕疼、不怕痛，就怕你误会我。如果你拍爽了，说一声我没打你，我就算被拍死了都觉得值。"

肖艾咬着嘴唇看着我，她将砖块扔在了地上，转过头骂道："你是神经病吗？"

我刚想回答，不知道从哪里跑来了一群来势汹汹的男生，他们将我和肖艾隔开，围着我推推搡搡，很不友善地冲着我嚷道："你哪儿来的啊？敢跑到我们南京艺术学院闹事儿，信不信我们让你吃不了兜着走？"

另外一群男生很关切地问肖艾有没有在我身上吃亏。

这种很不友好的推推搡搡和言语上的不尊重让我感到很不舒服，火气忽然就被点燃了，抬手便拎住一个离我最近的男生准备动手。这时，肖艾仿佛用尽全身的力气挤开了人群，将我和那个男生分开，挡在我的前面对那群男生怒道："谁让你们对他动手动脚的？"

有男生试图解释："我们不是看他对你不尊重，想教训他一下吗。"

"他对我不尊重，我自己会教训他，关你们什么事？"

先前离去的于馨，又匆匆忙忙地从宿舍楼里跑了出来。她一边和那些男生解释，一边小声对肖艾说道："大家都是好心，也不知道这是个误会，你别这么说他们，很伤人的。"

我心中涌起一阵说不出的滋味，肖艾嘴上想杀了我，可最终还是为了我这个南京第一号渣男得罪了那些来帮她打抱不平的男同学。

我从钱包里抽出二百块钱交给了于馨，请她去学校的超市买了一条烟，然后拆分给了那些男生。虽然之前我对他们很生气，但还是主动向他们表达了歉意，我不想把自己惹来的麻烦引到肖艾身上，尽管她看上去并不那么在乎别人的眼光。

学生们的判断大多是基于感性的，拿了我的烟后，他们语气也好了很多，其中一个带头的男学生对我说道："哥们儿，对不起了，我们也不知道这是个误会，可我还是想说，我们的心都被你玩碎了！对谁都爱理不理的梦中女神，竟然已经心有所属了！"

我还没反应过来，那带头的学生已经招呼其他男生离开了，肖艾也不知道什么时候进了女生宿舍，现场只剩下我和还没有离去的于馨。

于馨从草地上捡回了那只趴趴熊，问道："这个是我替你拿上去送给肖艾，还是你自己带走？"

我心中一阵没来由的惆怅，回道："你就别拿上去给她添堵了，扔了吧。"

"扔了多可惜啊，待会儿要是肖艾不愿要，我就留着当枕头用了，你不介意吧？"

"不介意。"

"行，那我上去了，你也早点回去休息吧。"

我点了点头。在离去之前，于馨又问我："你还有什么话让我带给肖艾吗？"

我点上一支烟，思虑了一小会儿，回道："你告诉肖艾，什么时候消气了，就去我住的地方找我，我给她做好吃的。"

　　于馨笑了笑，问道："不知道我有没有这个口福，跟着肖艾蹭一顿饭吃呢？"

　　"随时欢迎啊！"

　　…………

　　夜深了，我独自走在离开南京艺术学院的校园小道上，周围的一切都在此刻陷入了安静。我心中升起一阵挡不住的疲乏，希望眼前的这条路没有终点，可以让我一直麻木地走下去。我真的不太喜欢这个世界里的是是非非，可又明白这种自我孤独是一种偏离世界的迷失，于是就这么矛盾着。

　　我仰起头，面对着没有尽头的天空，将口中的烟发泄似的全部吐出。

　　此刻，我多么希望有一双轻柔的手会从身后紧紧地抱着我，然后温柔地对我说：江桥，我不嫌弃你的身世，也不嫌弃你偶尔的自我。我们就这么静静地往前走，离开这座失落之城，离开世间的纠纷，离开一切制造伤痛的欲望和不平等。

　　我陷入假想中，然后幸福地笑了，可笑着笑着，又变成了对自己的嘲笑，这个世界上怎么会有这样的女人呢？失落之城的外面多半又是一座失落之城，这个世界上根本没有人能够摆脱造物者为我们设定的欲望。至少我就需要五谷杂粮活下去，需要情感上的安慰，需要空气和水，想要养育后代，这些难道不就是最原始的欲望和需求吗？

|第39章| 敬老院里的奶奶

　　夜深了，万籁俱寂，我独自躺在床上，透过那扇老式的天窗，看着在茫茫夜空里闪烁的恒星，我替它们感到悲凉。它们虽然用最美的姿态相互辉映着，却相隔亿万光年。如果这无际的宇宙是一张包罗万象的地图，那它们开启的便是一场最孤独的旅行，只有遥遥相望，却没有温暖的相遇。

　　我有些难眠，又拿起手机看着一些对自己而言无关紧要的新闻，许久才想起给于馨发一条信息："肖艾要那只趴趴熊了吗？"

　　于馨还没有睡，片刻之后便回复了我的信息："没要，我先暂时替她收着吧。"

　　我无奈地苦笑，又问道："她睡了吗？"

　　"没睡，好像在玩手机游戏。"

　　我有些哭笑不得地回道："世界上最遥远的距离，是我郁闷得要死，她却在玩手机。她和我见面的时候，就像火星撞地球；不见面的时候，她可真是气定神闲。"

　　于馨回了个笑哭的表情，又安慰我道："你也别太往心里去，肖艾这个人就是太爱憎分明了。她虽然有点小脾气，但人真的挺不错的。"

　　"她可真不是有点儿小脾气，她是胆大包天，你敢翻你们学校的院墙吗？"

　　"不敢！"

"她敢。"

"好吧，她就是一个活在传奇中的女人！"

....

今天是十月五日，我终于在超负荷的工作后得到了一丝喘息的空间。后面有三天的假期，但我并没有特别计划着要在这三天里做什么，我只想休息再休息。

黄昏时，我离开了公司，在菜市场买了不少菜，我想趁着今天晚上有时间，好好给赵牧做一顿饭。这次他回来，我还真是没什么时间陪他，倒是他跟着我在好几场婚礼上无偿做了一些打杂的活儿。

我推开院门走进了屋内，却发现赵牧正在收拾着行李。我不解地问道："不是七号才走吗，怎么现在就开始收拾行李了？"

"之前和北京一家公司有过接触，不过他们总经理的主要精力在海外市场上，回北京的时间不多。正好明天他会回来，希望能和我见一面，所以我得赶在明天之前回到北京，这个机会挺难得的！"

我点了点头，心中有些内疚没能腾出时间陪他。但我也没法挽留，便又问道："几点的火车，还来得及吃个晚饭吗？"

"七点半的，我现在就得往火车站赶了，怕路上堵车。"

"那我骑自行车送你过去吧，自行车不堵，咱们哥俩儿正好聊聊天。"

"行啊。"

我将赵牧的书包背在肩上，推着自行车与他并肩向弄堂外走去。路上赵牧又向我提起了工作的事情，他对我说道："桥哥，我知道你这个人重感情，但感情和工作还是不能混为一谈的。你现在正是创业的黄金时期，有资源、有经验，如果还是留在金老板的公司真的很可惜，你应该去接触新的环境，才能有更好的创业思维。"

我笑了笑，回道："这件事情以后再考虑，你知道我不是一个喜欢把未来规划得太远的人。"

赵牧沉默了一会儿，片刻之后才对我说道："可是你喜欢陈艺姐，不是吗？你又因为自己的条件不够好而一直压制着情感，你这样活在一个解不开的矛盾中，真的不痛苦吗？如果我是你，我会很坚决地改变自己，被动等待是很难有结果的。"

我一声叹息，却也不知道该怎么回应赵牧的这番话，他说得虽然很有道理，但放在我身上不一定适用。我和他不一样，我根本没有支撑野心的才华，所以我从来不会将自己要走的路规划得太远，我一直在一条小道上谨慎地走着，所以才能在这六年里没有让自己太缺钱，基本保证了温饱。可我没法对赵牧说出口，因为学历的不对等和所处环境的差异，我们之间隔着一层不能理解对方的障碍，所以他看不到，我的眼前并没有太多的路可走。

走出巷口，我竟然看到了已经好几天没有再和我联系的肖艾，她正站在那辆白色的奔驰车旁，她选择性地无视了我，对赵牧说道："我送你去火车站。"

"这么麻烦你，我挺不好意思的，桥哥送我就行了。"

"有什么不好意思的，难道你不把我当朋友吗？我可是知道你待会儿要走，特意提前下课赶过来送你的。"

赵牧面露为难之色，与我商量着说道："桥哥，要不你也一起吧。"

我也是这么想的，可还没等我开口表态，肖艾便瞪了我一眼，我知道她心里对我还有怨恨，便很识趣地改口说道："肖艾送你就行了，这会儿路上这么堵，省得待会儿她送我回来时还得麻烦一次。"

赵牧点了点头，我也将一直背在自己身上的背包递给了他，又拍了拍他的肩叮嘱道："工作有消息了就给我打个电话。还有，回了北京，尤其别在吃上太亏待自己，钱不够花就和我说。"

"桥哥，我现在已经独立了，怎么还能花你的钱呢？"他停了停，又说道，"我已经拖累你很多年了，希望以后能够有机会报答这份恩情。"

我很不悦地回道："如果是赵楚，你会和他说这些吗？是不是在你心里根本就没有把我江桥当作兄弟？连'报答'这么见外的词都和我用上了。"

"桥哥，我不是这个意思，我只是觉得你这些年太不容易了，我很想为你做点什么。说报答是有点过了，但你应该懂我的心情。"

我心领神会地点了点头，还想再叮嘱点儿什么，但那边一直等待的肖艾有点儿不耐烦了，对我们说道："又不是生离死别，你俩用得着说那么多吗？快点，再磨叽可赶不上火车了！"

赵牧有些无奈地笑了笑，我则向他挥了挥手，示意他赶紧上车。下一刻，肖艾便已经载着赵牧向这条郁金香路的尽头驶去，我的心里有点空，点上一支烟，在原地站了很久。虽然我已经经历无数次离别，但这种情绪还是或多或少地困扰着我，尤其是这次赵牧回来，我没能尽到做兄弟的责任，更让我心里有一点儿遗憾和愧疚。

回到自己住的小院，我没有了做饭的心情，只吃了一桶泡面，便一个人躺在床上等待天黑。一直到陈艺来找我，我才从死气沉沉的状态中回过神来。

陈艺一边替我收拾桌上摆着的啤酒罐，一边催促道："你赶紧换衣服，待会儿我们去敬老院看你奶奶，你都快一个月没去了吧？"

"这不是一直没怎么休息吗，我本打算明天早上过去的。"

"明天我不一定有时间陪你，就今天晚上吧。"

我从床上坐了起来，看着还在替我收拾房间的陈艺，心中多少有一些感动。自她回到南京后的这几年，基本上每个月都会陪我去敬老院，虽然很多时候她比我还要忙，但是这件事情极少忘记。

…………

天色已经暗了下去，我和陈艺驱车向郊区外的敬老院赶去。在这不算短的路程中，我们却极少交流。因为将老人送进敬老院并不是一件能够让人愉快说起的事情，可又别无选择。这也是我恨江继友的原因之一，他抛弃的不仅仅是我，还有他的母亲。我也不是不想将奶奶留在身边，可是她的腿脚不太好，没有自理能力，我去工作的时候，无人照顾她。

二十分钟之后，我们终于到了敬老院。我拎着陈艺买的营养品与她一起走进了传达室，陈艺依旧很细心地递了一条价值不菲的香烟给看门大爷，又向他打听道："王大爷，江桥奶奶这段日子在这里住得还好吗？"

王大爷喜滋滋地从陈艺手中接过烟，回道："放心吧，老太太好着呢。"

陈艺终于放心地笑了笑，可我无论如何也笑不出来，因为没有一个老人会真正在敬老院住出幸福感。在人生的暮年，又有谁不希望儿孙绕膝呢？

我非常恨自己，恨自己无能，所以我害怕来敬老院，害怕看见奶奶那张苍老却仍要对着我强颜欢笑的脸。我为了让她宽心，也不得不随着她笑，可这种痛苦的笑容折磨的不是肉体，而是那苦不堪言的灵魂。

推开了熟悉的十六号房门，我和陈艺一起走了进去。与奶奶同住的吴奶奶正在看电视，奶奶却戴着老花镜翻着一次性拖鞋的鞋帮，这些一次性拖鞋是附近一家酒店用品加工厂生产的，其中翻鞋帮这样的活儿必须要靠手工完成。从前年开始奶奶就一直用闲时做这种零活儿，可往往一天下来也赚不了二十块钱。

在酸楚中，陈艺拉着我走到了奶奶身边，说道："奶奶，我和江桥来看你啦，你能不能先把手上的活儿放一放啊？"

奶奶这才抬起头，发现是我和陈艺，苍老的脸上立即有了笑容。她拉住了陈艺的手，嘴唇微微发颤："丫头，奶奶可把你和江桥盼来了，最近工作很忙吧？"

陈艺点了点头："嗯，我和江桥这段时间都挺忙的，要不然早就来看您了。"

"不碍事，不碍事，你们能来我就很高兴了！"

我将陈艺买的那些营养品放在了床旁边的柜子里，然后默默地站着。陈艺一直陪奶奶聊着天，聊着聊着，话题又来到了我的婚姻大事上，奶奶问陈艺："丫头，我们家江桥嘴严实，什么也不肯说，你告诉奶奶，他最近有没有处对象？"

陈艺看了我一眼，有些无法回答，我代替她回道："奶，我要是有女朋友了，干吗还带陈艺来啊？这事儿根本就不用问。"

奶奶有些失望，低声对我说道："奶奶也不是催你找对象，就是舍不得你自己一个人过。"

"奶，你真不用替我操心，我一个人过也没什么，挺自在的。"

奶奶叹息，又对陈艺说道："唉，我们家江桥就是命苦，是个穷小子，要不然和你这丫头凑一起过日子不是也挺好的，你们俩从小一起玩到大，这日子过起来不用磨合，也没有那么多磕磕碰碰。可惜啊！你嫁给他，也真是委屈了你这个丫头，奶奶心里都明白。奶奶这么说，你也不要往心里去。"

陈艺安慰道："奶奶，您可千万别这么想，每人都有自己的缘分，等江桥的缘分来了，说不定找的女朋友要比我好多了呢！"

奶奶拉住陈艺的手又轻轻拍了拍，勉强挤出一丝微笑，说道："奶奶也就是这么一说，你的意思奶奶明白。"

我心中不是滋味，很多时候真的不是我不够勇敢，而是连我奶奶这个局外人都能看明白的事情，我这个局内人又怎么会不清楚呢？

尽管陈艺很善良，很在乎我们之间的感情，可这并不是爱情，而我和她不般配更是铁一样的事实。

……

夜深了，我和陈艺也必须结束这次难得的探望。奶奶挂着拐杖为我们送行，她从口袋里拿出一个小布包，递到我面前，说道："桥，奶奶也用不上什么钱，这里面有几千块钱,你拿去给自己买点好吃的,奶奶在这儿你什么都不用担心,晓得啊?"

"奶,你哪儿来的这么多钱啊?"

"你每次给奶奶的钱,奶奶都攒下来了,这不又做了一点儿零活儿吗?你快拿着吧,奶奶在这儿真花不上钱!"她说着又将小布包往我的口袋里塞。

我拨开了她的手,心里像灌了铅一样沉重,我说不了话,害怕一开口就会哽咽。我在心中一遍又一遍地问自己:为什么我没有能力让奶奶过上幸福的晚年生活?为什么江继友就这么没有人情味?这些年他到底在深圳干什么?为什么不回来?甚至连电话也很少有?

第40章 郁金香小姐

离开敬老院后,我一直默不作声,内心前所未有地感受到了生活给我带来的巨大压力。如果我现在经济条件足够好的话,完全可以买一栋大些的房子,把奶奶接回去住,即便我没有时间照顾她,也可以请护工。可是我又清醒地认识到,现阶段的自己根本没有能力去做这些,这让我充满了无助和沮丧。

陈艺将我送回了郁金香路,却没有立即回去。她在路边停下车后,也随我一起下了车,走在我身边,说道:"江桥,咱们散会儿步吧。"

我点了点头,随即点上一支烟,向郁金香路的最北面走去。陈艺与我并肩走着,也许是感知到我的心情不好,她没有和我说话,只是安静地陪着我,让我有空间静下来想想自己这些年和未来要面对的生活。

一路走下来,那座废弃的纺织厂出现在我和陈艺的视线里,我们一起停下了脚步,又一起穿过夜的深邃向那长满杂草的院子里张望着。

陈艺终于开了口:"江桥,我们去那边走走吧。"

"嗯。"

不知道是我和陈艺第几次站在这座纺织厂前,她并没有像肖艾那样翻过院门去探索院子里的秘密,她拉住我的胳膊,面露回忆之色,问道:"江桥,这座纺织厂废弃多少年了?"

"快十六年了。"

"原来已经这么久了!"陈艺感叹了一句,继而又说道,"前些年,房地产那么热,我以为这块地会被开发出来用于商业建筑,可没有想到因为一些历史遗留的问题,这座纺织厂能保存到现在。"

我深深吸了一口烟,终于笑了笑,回道:"就算是保留下来了,也是废弃的,不是吗?"

"但也给我们留下了一点儿念想啊,现在整条郁金香路也就只有这里保留着二十年前的样子了。"

我下意识地回头看了看，又想起了人生中那段最幸福的时光。那时候，我的母亲还没有走，奶奶也没有去敬老院，江继友是一个让很多人羡慕的卡车司机，在那个年代，会开车是一件很了不起的事情。

我将烟吐出，许久才对陈艺说道："这里总有一天会被开发的，不是民居就是商铺，总之，从前的郁金香路不会再有了。"

陈艺也充满留恋地往院内看了一眼，尽管她的父母不在厂里面工作，可小时候的她也没少和我在这里玩耍。

"江桥，你知道吗？前些日子上班路过这里的时候，我一直在想，假如把这里开发出来，做一个以婚庆为主题的酒店，应该会挺不错的。据我所知，南京市场这么大，却没有这样的主题酒店，如果能够建起来，市场前景一定很好！"

"想法很好，可是投资太大，这边的位置也相对偏了些。"

陈艺笑了笑，一脸期待地回道："所以，把这个作为梦想去期待就够了。如果这里真的有那么一间酒店，我一定会把自己的婚礼放在这边举行的。毕竟离自己长大的地方这么近，心里会很有安全感，而且不缺回忆。"

我又深深地吸了一口烟，一阵酝酿之后，终于鼓足勇气向她问道："你愿意嫁给什么样的男人，是邱子安那种类型的吗？"

陈艺的目光有些闪躲，一阵沉默之后，才反问道："干吗突然关心这些？"

"就是希望你能嫁一个会给你幸福的男人，如果你没有嫁给如意郎君，我也快活不起来。"停了停，我又补充道，"不过这种可能性几乎是不存在的，哪个男人有福气娶了你，疼你还来不及呢，怎么会让你不幸福呢？"

"我没有你想象得那么好，有些男人骨子里坏，也不会因为娶了某个女人而改变。关于婚后的事情，你不用替我想得那么绝对，至少我自己都没什么信心打包票一定过得好。我更愿意相信缘分，缘分安排我嫁给哪个男人，我就嫁给哪个男人。"

"从来没觉得你是个相信缘分的人。"

陈艺看着我，终究不愿意在婚姻这个话题上与我做更多的探讨，之后便转移了话题："江桥，相比于还没着没落的婚姻生活，我更想和你聊聊，你是怎么计划未来的？"

因为之前已经和赵牧谈过这件事情，所以我没怎么思考便回道："就这么在老金的公司干下去呗，然后考个成人本科，拿到业内认可的策划师证书，这算是比较近期的计划。"

"长远的呢？"

"长远的没想过。"

陈艺点了点头，她似乎在心里进行了一番权衡，才又问道："你有没有想过自己开一个婚庆公司呢？如果你有比较完整的计划，我可以帮你去找投资，或者靠谱的合伙人。"

我有些被她的话惊住了，半响才回道："没想过，更没有完整的计划。"

陈艺的脸上露出一丝失望之色，虽然不易察觉，但还是被我敏锐地捕捉到了。随即我对自己也很失望，可是情愿失望也不愿让陈艺为我担风险，毕竟做一家婚庆公司需要的东西太多，而我并没有系统地学过管理，再加上运营成本越来越高，行业竞争也越来越激烈,做不好的风险还是非常大的。我不愿意冒险,我从来不是个机会主义者。

一阵各怀心思的沉默之后,陈艺终于对我说道:"关于开公司的事情,你自己好好考虑考虑,如果有足够的心理准备就告诉我。我们是从小一起长大的,你希望我能嫁给好男人,可我更希望你能有一份好事业。我不怕担那么一点儿风险,如果没人投资,那我自己出资给你做,但前提是你要有这样的想法。"

我下意识地咽了咽口水,又深吸了一口烟,过了许久,也只是向她点了点头,并没有信心十足地给她一个承诺。因为我很清楚自己有几斤几两,在现如今的社会环境下,赚点钱是着实不容易的,老金便是最好的例子,要说人脉和经营公司的经验,我怎么可能多过老金呢?

陈艺没有再说什么,她转身向我们来时的路走去,在临上车前,她和我道了个别,之后便驱车离开了这条郁金香路,而我陷入了一场始料未及的惆怅中。我讨厌她在这条郁金香路与我分别,因为在我心里,她曾经是这条路上最美的郁金香小姐。

…………

回到自己住的小院,我敏锐地发现了一些细微的变化。此时,院子中间的石桌上多了几只造型很别致的花盆,而前些日子被肖艾摔得无处安放的花草,已经整齐地插在这些花盆里了。

我顿时惊喜地肯定:肖艾这个丫头在我和陈艺去敬老院时,又偷偷地潜入了我家小院,并做了这件让我感到高兴的事情。

我端起其中一只花盆,发现在下面压着一张字条,上面写着:"江桥,你要是识相的话,明天傍晚五点钟之前来我们学校找我,如果再失约后果自负!——肖艾留。"

我看着那鬼画符似的字,莫名就笑了起来,原来这个丫头也不是完美无缺的,至少这字写得可真是丑!

我将这张字条小心翼翼地叠好,我要妥善保存起来。因为继翻院墙之后,我终于又找到一件可以讥讽她的事情。

|第41章| 写保证书

十月六日,天气晴,气温不高不低,不用工作的我躺在床上不愿意起来,只拉开一扇窗户,让早晨的风吹了进来,让屋子里的一切随风吹动,我也在这随意的气氛中,随意地想着一些事情。一会儿之后我便没有了睡意,也不愿意将这宝贵的休息时间浪费在床上,终于在九点钟的时候,正式开始了这一天。

我先将那些花草排列整齐,依次为它们浇了水,又将屋子和小院都打扫了一下,时间就这么到了中午。

我随便吃了一点儿东西，下午没有太多的事情可以做，但我并不觉得无聊，相反却很享受这种闲适。于是搬出躺椅，泡上一壶热茶，就这么躺在躺椅上，无拘无束地享受着下午的阳光。

虽然享受着惬意，但我并没有忘记要在下午五点钟之前去南京艺术学院找肖艾，这次我不会失约，因为今天的时间我可以很自由地支配。

快四点时，乔野这个不速之客背着一只很大的旅行包来到了我这里，推开门也不等我问，便说道："江桥，哥们儿准备在你这住一段日子，你收留我不？"

我从躺椅上坐了起来，非常不解地问道："你这是什么情况？"

乔野将旅行包扔在石桌上，点上一支烟，满脸烦闷地对我说道："那个家我是没办法待了，每天面对的都是那几张看不惯我的脸，当然我也看不惯他们，但他们人多力量大，所以搬出来的只能是我了。"

我叹息："那么大的别墅，容不下你这么一个还喘着气的活人，这种痛苦我能理解。"

话还没说完，乔野便打断了我："我就知道你能理解，那赶紧安排哥们儿住下吧。"

"你能不能别这么猴急，我还有话没说……"

"你还是别说了！"

我摇了摇头，继续说道："但是你爸妈都知道我这地儿吧，秦苗也知道吧，到时候他们来这儿一闹，我这优哉的小日子也就被你们一家人给搅没了。做人不能太自私，你得想想哥们儿我的感受。"

"最危险的地方就是最安全的，你换个思维想一下，他们真不一定能找到你这儿！"

"就算找不到，但我这儿的条件也真是差了点儿，你一公子哥儿能住得惯吗？"

"必须住得惯，我就爱和基层人民群众打成一片，你快别磨叽了，我们十几年的兄弟感情，可不是让你这么糟蹋的。"

虽然我不想掺和别人的家事，但是也架不住乔野和我谈感情，又觉得他住在这边我也算有个说话的人，便不再和他唠叨，去将之前赵牧回来住的那个房间简单收拾了一下，帮乔野将旅行包提了进去。

忙完了这些，我问道："你这么跑出来，你爸公司里的活儿怎么办？"

"不干了，反正他也没把我当个角色，每天跟在他后面干的都是打杂的活儿，正儿八经的生意从来没让我参与过，我早就想另起炉灶了，我的才华不能就这么荒废了。"

我调侃道："哟，你这是要造反啊！"

乔野点上一支烟，发泄着心中的憋屈，许久才又对我说道："这个世界最善于把假象呈现在世人的眼中，别人都觉得我乔野应该知足，应该怎么样，可是有人看到我其实活得有多窝囊吗？江桥，哥们儿和你说一句掏心窝子的话，我这辈子，钱已经花够了，我想要的是一些真挚的情感，包括友情、爱情和亲情，我不想自己只是别人的工具，因为那样活得太悲哀！"

我也随乔野点上一支烟，一直到快要吸完时，才对他说道："你也别太在意你父母包办你婚姻的事情，其实秦苗也算是个不错的姑娘，就是因为你排斥你爸妈的安排，主观上才不愿意接受她。但是你得这么想，谁身上还没有些缺点啊，至少结婚这两年，秦苗在感情上没做让你难堪的事情吧。"

"你别劝了，我就是接受不了这将错就错的婚姻。我这次离家出走，就是要告诉他们，我完全有能力去决定自己该过什么样的生活。我是个有想法的人，不是一台被他们设定好程序的机器。"

乔野这个公子哥儿说出这样一番话，还真是让我有点儿刮目相看，于是赞叹道："说得好！"

乔野笑了笑，片刻之后对我说道："江桥，哥们儿这次是净身出户，你先借点儿钱给哥们儿救急。"

我无语了，从钱包里抽出一千块钱递到他手上，感叹道："你还真是有能力决定自己该过什么样的生活，就差没把一贫如洗写在脸上了！"

…………

黄昏来临前，乔野拿着向我借的钱去了附近的便利店买生活用品。而我则去了南京艺术学院找肖艾，这次我特意提前了半个多小时，生怕再遇见什么意外，又惹毛了她。

我熟门熟路地进了南京艺术学院，因为还在国庆假期内，所以校园内看上去有些冷清，偶尔路过的学生都显得有些萎靡，似乎这个假期透支了他们太多的精力。他们从来不会将假期当作是养精蓄锐的好机会，这种完全没有心理负担的肆意挥霍恰恰是我最羡慕的，因为我从来没有经历过这样的大学时光。

打听到肖艾正在舞蹈房练舞蹈，我又绕了一段路，来到了舞蹈房所在的那栋楼，上了三楼。此时肖艾也已经结束了下午的训练，她换上了一套休闲服正在整理着自己的背包，我站在她身后装模作样地咳嗽了两声，她这才回头看着我。

我有点儿找不到合适的开场白，便很不自然地对她说道："没看出来你这么勤快，连节假日都要来练舞蹈。"

她没有回答，向我勾了勾手指。

我有点心虚地看着她，问道："干吗，要对我施暴吗？"

"你上次不是说自己喝的是长江水，抽的是南京牌香烟，谁都不怕的吗，怎么这会儿又变得这么怂了？"

我顺口回道："怕你那条长腿会往我身上乱放。"

肖艾瞥了我一眼，然后从自己的背包里拿出一支笔和一张白纸，对我说道："你过来，给我写一封保证书，保证以后再也不动手打我了，要不然我看见你就有心理阴影！"

我瞪大眼睛看着她，惊讶地说道："你疯了吧，让我给你写保证书的招数都能想得出来！"

"你写不写？"

"我根本没打你，我怎么写啊？你可以去查查字典，首先要有攻击行为才算是打，我那天充其量就是抱了你一下，目的是不让你继续摔我的花，完全构不成打你的条件，反而是你把我的脖子抓得像地图似的，要说打也是你打我吧？"

"你不写，是吧？"

"你见过给女人写保证书的男人吗？"

"见过，我爸就给我妈写过。"

"对啊，你爸和你妈是夫妻，保证书这东西是夫妻之间为了维护婚姻才会写的，你和我有什么关系要维护的啊？"

肖艾皱着眉头，显然是来了脾气。

我已经领教了她的厉害，再加上之前自己确实有些不冷静，做出了伤害她的行为，没必要专程跑到南京艺术学院，为了一封保证书让她和我再闹一次，便忍辱负重地说道："好好好，我写还不行吗！"

肖艾的眉头终于舒展开来，然后将纸和笔递到我手上，说道："写深刻一点儿，让我看到你认错的态度。"

我抱怨道："怎样才算深刻啊？"

肖艾却不理会我的抱怨，想了想回道："我说你写，最后把你自己的名字写在下面就行了。"

"你这不是典型的形式大于实际意义吗，这么假大空的事情你都能干得出来。"

"别废话，快写。"

我伏在一张小方凳上忍气吞声，肖艾说道："我江桥是个冷血无情的禽兽，不顾男人应有的风度，残酷无情地动手打了肖艾这个手无寸铁的可怜女生。在这个女人能顶半边天的社会里，这无疑是一件极其伤风败德和不光彩的事情。事后，肖艾不计前嫌，以厚德载物的高尚品德原谅了我，这让我感到非常惭愧和内疚……"

我有点受不了，便打断道："你有那么楚楚可怜吗？我又有那么禽兽吗？拜托你能不能尊重客观事实？"

"我怎么不尊重客观事实了？"

"我一高中都没毕业的大老粗能把残酷无情和手无寸铁这两个词运用得这么形象生动吗？还有厚德载物这个词，我虽然听过，但真不知道是什么意思啊！"

"那就把残酷无情和手无寸铁这两个词给拿掉。"

"那语句就不通顺了。"

肖艾："……"

…………

时间已是黄昏，肖艾拿着那张我写给她的保证书得意地与我一起走在校园小道上，时不时还会念出声音来，我拿她完全没有办法，只得装作看不见、听不见。片刻之后，她终于满意地将那份保证书放在了自己的背包里，然后对我说道："江桥，保证书你已经写了，以后能不折不扣地兑现自己的承诺吗？"

"早知道你这么能闹，我那天碰都不碰你一下，这都什么事儿啊！"

"对，我就是爱闹，就是爱作，你干吗还来自讨苦吃？"

我被她的话噎得无言以对，直到一阵短信提示音响起才被拯救。我赶忙从口袋里拿出手机，惊喜地发现是陈艺发来的，她说："江桥，今天录了一天节目，不想自己做饭了，到你那儿蹭一顿晚饭，欢迎吗？"

我想也没想地便回道："你来呗，想吃什么，我现在就去超市买。"

第42章 命运给我的惊喜

在回复了陈艺的信息之后，我向身边的肖艾问道："那么违背本心的保证书我都写了，咱们之前的事情可以翻篇儿了吧？"

"我觉得你好像挺委屈的。"

"不委屈，你开心就好。"

"我现在是挺开心的。"

"那我就可以放心地走了。"

肖艾看着我，问道："你要去哪儿？"

我实话实说道："陈艺说要去我家吃饭，我回家给她做饭，你要是没事儿的话，就一起去吧。"

肖艾脸上浮现出值得玩味的笑容，说道："我可不去！"

"没事儿，不多你一双筷子。"

肖艾做了一个引导我的手势，回道："你可以想想待会儿的场景，我坐在你和陈艺的身边，你不觉得很碍事儿吗？我要是不去的话，那可就是一顿烛光晚餐；我要去了，那就是合伙饭了。"

我摸了摸下巴，感叹道："也是啊，没看出来你还有这么细腻的心思。"

"成人之美是一种美德。"

我下意识地四处看了看，校园里极其冷清，心里又觉得就这么将她扔下有点儿不太好，便问道："那你待会儿去干吗，有人陪吗？"

"我为什么要人陪？待会儿去练钢琴，然后回去睡觉，也有可能去酒吧玩一会儿，反正晚上的时间最好打发了。"她停了停，又拍着我的肩说道，"好好加油，让自己过得开心一点儿。"

我有些木讷地点了点头，因为没太明白她想表达什么。她却已经转身走在了我们刚刚走过的路上，有些闲不住地用脚踢着一颗小石子，又用手去摸路边那些正好开着的桂花。想来她也是害怕无聊的，所以才会有这么多的小动作。我又在她的背影里看到了一种抗拒社交的孤僻，也许正是这种孤僻才造就了她在音乐上那特殊的才华，但这终究也是一种以孤独为前提的代价。

也或者，我还不够了解她，可能在她的世界里，孤独和无聊并不是一件值得恐惧的事情，只有我自己在害怕而已。

她渐渐消失在我的视线中，我的感官又变得敏锐了起来，我听见风将梧桐的树叶吹得沙沙作响，看见夕阳的余晖落在远处的鱼池里，两条锦鲤各自寻找着食物，相近却不相亲。

…………

离开南京艺术学院后，我去超市买了陈艺喜欢吃的菜，又匆匆往回赶，快要到家时，才猛然想起乔野已经搬到我那边去住了，所以我和陈艺终究还是没有独自相处的空间，这让肖艾那个丫头特意给的成全白费了。

果然，等我推开院门的时候，陈艺正在和乔野聊着天，见我回来了，乔野兴致很高地说道："刚来住下就沾到陈艺的光了，今天晚上非得好酒好菜吃个够，江桥想喝什么酒？我去买。"

"啤酒。对了，软件园那边开了一间鲜榨果汁的饮品店，你去给陈艺带一瓶苹果汁。"

"又不顺路，苹果汁在超市里买不就行了吗？"

"鲜榨的没有添加剂，也没绕多远路，赶紧去吧。"

乔野看了看我，又看了看陈艺，感叹道："这么多年了，江桥你还是这么玩命地心疼陈艺啊！"

我没言语，陈艺笑了笑，问乔野："难道女人不是用来疼的吗？"

"那得看什么样的女人，像你陈艺这样的女人肯定是用来疼的，有的还真就不好说了！"

…………

夜晚渐渐来临，我和陈艺在小院里支起了一张圆桌，乔野摆好了买来的酒水和饮料，三个人围着桌子坐了下来。我又将乔野买回来的苹果汁放在热水里热了热才递给了陈艺，这个举动又惹来了乔野一阵说三道四，他觉得我对陈艺有点儿好得过分，对此我没有辩解也没有掩饰，因为这已经是我很多年积累下来的习惯，我不会因为别人的不理解而去改变。

几瓶啤酒下肚，乔野的话也多了起来，他又聊起了自己那段非常不满意的婚姻，他说道："陈艺，江桥，有时候男女之间的感情真的和金钱没什么关系，我觉得最重要的还是两个人在精神层面上的契合程度。就说我和秦茜吧，家庭条件都不错，可是结婚后也没有能过上一加一大于二的生活，究其根源，就是两个人在精神层面追求的东西太不一样。"

陈艺笑了笑问道："那你追求的是一种什么样的爱情或者婚姻呢？"

"我始终坚定地认为，婚姻和爱情是不应该受到外界因素干扰的，它应该是发自内心的。很多人喜欢将物质和婚姻捆绑在一起，但是物质是很不确定的，今天你可能有，明天这个世界就能把你变成穷光蛋，但发自内心去追求的爱情和婚姻才是最真实的，因为它会给你的生活带来源源不断的渴望，会促使你的大脑分泌出足够多的多巴胺，让你可以站在物质之外去体会很多高于物质的美好……"

乔野越说越兴奋，后来连手也开始比画了起来，我终于打断了他："乔野，你的话总结下来就一个意思——有情饮水饱，是吧？"

"差不多就是这个意思。"

"可是有情真的能饮水饱吗？"我提出了这样的质疑，随即心中又想起了心情咖啡的老板娘余娅，如果有情真的能够饮水饱，她为什么会接受那二百万的分手费？又为什么要带着被斩断爱情的痛苦从此离开南京？

"不能吗？"

我回道："乔野，你之所以有这么多感性的想法，是因为你真的不太懂物质于人而言的重要性，你也不懂你父辈创业的艰辛，更不懂他们渴望守住这份产业的心情。很多东西你得到得太容易了，包括婚姻和金钱，所以你才会看得这么淡，这么不珍惜，但是衣食住行哪样不依赖于物质呢？有情饮水饱，前提是你得先有水喝，对吧？"

乔野不赞同我的话，他又向一直没有表态的陈艺问道："陈艺，你也是这么看的吗？"

陈艺摇了摇头，回道："我觉得你们的看法是两个极端，很难去判定谁对谁错。我反而觉得感情和物质之间并不一定是取舍关系，这两者是可以找到平衡的，有必要兼顾，但也没有一个绝对的标准。"

我和乔野对视了一眼，最后都选择了沉默，在这阵沉默中，我不知道乔野在想什么，却明白自己是什么心情。

…………

吃完这顿晚饭，我和陈艺又一次在这条熟悉的郁金香路上散步，我吸着烟，她则拿着手机和台里另一个主持人聊着天，似乎在协调明天的主持工作，她想休息两天。

等陈艺结束通话后，我问道："最近很累吧？"

"嗯，有好几档节目都在赶着录。"

"如果离开电视台，加盟邱子安的传媒公司，应该就不会这么累了吧？"

陈艺点了点头，回道："嗯，到时候可能只是固定做两档节目，休息的时间还是比较充裕的。在电视台就是临时的主持工作太多，精力很难跟得上。"

我吸了一口烟，沉默了很久之后才又问道："你是打算去那边了吗？"

"还没有。"陈艺似乎不太愿意与我多聊这个话题，转而又向我问道，"你呢，工作的事情考虑得怎么样了？"

我将口中的烟以柱状吐出，然后有些茫然地回道："暂时还不想考虑，老金和罗素梅对我有知遇之恩，公司现在这么困难，我要是走了，真正能做事情的人就更少了！"

"江桥，你什么时候能为自己活着呢？你有没有想过在敬老院待了这么多年的奶奶，她在那里真的过得快乐吗？"

"我不太懂你的意思。"

"我说了，我愿意在自己的能力范围内帮你一把，为什么几年前我没有这么说过，那是因为感觉你的职场经验还不够。但现在不一样了，你的手上有客户资源，完全可以自己做一番事业，改善自己的生活，你难道就一点儿都不想将奶奶从敬老院里接出来吗？"

我心中压抑得难受，许久才说道："假如我身边没有你，我还会有这样的选择吗？"

"可是你现在身边有我，为你做一点儿事情我心甘情愿。"

"不，你的出现已经是命运给我的惊喜了，如果我是个知足的人，我就不应该从你身上索取太多。还有，你对婚庆行业并不够了解，这个行业现在已经趋于饱和了，今年的整体行情很不乐观，如果我离开老金的公司，再带走一部分客户资源，最后很有可能是两败俱伤，还会连累到你的投入，我真的不想冒险做这样的事情。"

"江桥，很多事情都是相互的，这些年你对我的好我都能感觉到，你说我是命运给你的惊喜，你又何尝不是命运给我的惊喜？我根本不怕所谓的连累，大不了我去为你的客户无偿主持婚礼，如果他们不喜欢我的主持风格，我就去请其他主持人，人情债我去偿还都没有关系，可我最害怕看到的是你根本没有这样的想法。"

|第43章| 去和陈艺住

我依旧和上次一样并没有给陈艺肯定的答复，只是沉默地站在她身边，又点上了一支烟。两人继续向前走了一段路，陈艺的车就停在不远处。

陈艺停下了脚步，对我说道："江桥，我累了，先回去休息了。"

"嗯，路上开慢点。"

陈艺点了点头，随即打开车门坐进了车里，这个属于我们的夜晚就这么在三言两语中简单地结束了。

陈艺离开后，我独自走在已经略显冷清的郁金香路上，并没有立即回去。此刻的我被一些强烈的情绪折磨着，不自觉便来到了那座依然保留着原来模样的废弃纺织厂。

我翻过了院门，坐在了那间给过我太多记忆的二号车间旁。我不想抽烟，不想有任何情绪，可情绪还是挡不住地来了，我痛苦到不能自已，我想说很多话，可是又不知道该和谁说。

我又点上了一支烟，却捏在手中，许久也没有吸，只是有些失神地看着已经无比破败的二号车间，低泣道："妈，你知道我有多恨你吗？恨你那么早就把我抛弃在社会的人情冷暖中，我真的很累、很孤独，可是我没有办法对别人说，因为大家都在自己的世界里忙碌着，没有人顾得上我的痛苦和委屈。妈，假如你现在过得很好，你会回首从前的一切吗？偶尔会不会想起，在南京还有一个被你抛弃的孩子？"

我夹着烟深深地吸了一口，擦掉了脸上那些不争气的眼泪，又看着身边熟悉的窗台苦笑："妈，你知道我有多爱你吗？这些年我一直沉默，不愿意和别人说起家里的是非，那是因为我一直在等你回来，假装你从来没有离开过。去年，弄堂里的马萧结婚了，他老婆在实验中学做老师，街坊邻居都说她长得漂亮。在他们结婚之前，马萧的爸爸给小两口买了房、买了车。可是妈，我真的不羡慕这些，我只希望我结婚的那天，我的妻子可以改口叫你们爸爸妈妈，这些你都知道吗？知道吗？"

秋天的月光有些清冷地散落在这片被遗忘的废弃之地，我的情绪渐渐空乏，什么话也不想再说，只是倚在墙壁上吸了一支又一支烟，最后甚至连自己深爱着的陈艺都渐渐遗忘了。这种遗忘非我所愿，我只是太恐惧，恐惧自己什么也给不了她。

132

因为我就像一片四处飘零的枯叶，无根无心。

…………

离开废弃的纺织厂，我走在已经非常冷清的郁金香路上，手机在安静了许久之后终于响了起来，我从口袋里拿出来看了看，是微信推送来的一条好友添加请求，验证信息是一排无聊和瞌睡的表情。

我笑了笑，肖艾在数次拒绝我添加好友之后，竟然在这个夜晚主动添加我为好友，看样子她真的是无聊透顶了。

我接受了她的好友请求，问道："一个人在学校很无聊吗？"

"不是无聊，是害怕！宿舍就只有我一个人在，刚刚又很作死地看了一部恐怖电影，吓死人了！"

我有点儿好笑，便问道："你不是天不怕地不怕的吗，这回怎么被吓到了？"

"我怕死，也怕鬼。江桥，我去你那玩一会儿行不行？"

"这么晚了，你方便吗？"

"方便方便，我开车去，一会儿就到了。"

我更加哭笑不得了，她还真是深谙人在屋檐下不得不低头的道理，此时的态度比让我写保证书那会儿好上太多了。我回道："来吧，我在路口的便利店等你。"

"不打扰你和陈艺吧？"

"刚刚将她送走了。"

…………

不一会儿，一辆白色的奔驰车便从路北抄近道开了过来，然后一个急刹在我身边停了下来。下一秒，肖艾便从车上匆匆忙忙地走了出来，然后靠着我，心有余悸地感叹道："江桥，你不知道在路上的时候我心跳得有多厉害，我总感觉车的后面坐了一个看不清脸的男人，吓死我了！"

"都看不清脸了，你怎么还能知道他是男人？"

"女人没那么魁梧。"

"说得和真的一样。"我说着往她车里探视，除了那些摆在后面的玩偶，我什么也没有发现，可她仍在那边像模像样地说着。

"江桥，有喝的东西吗？先来一罐儿让我压压惊。"

我去便利店给她买了一罐牛奶，陪她在便利店外面的长椅上坐着。她不停地和我说话来转移注意力，可我仍在想着自己的事情，只是有一句没一句地应付着她。

时间就这么一分一秒地过去，我终于问道："时间也不早了，你是准备回学校还是回家？"

"我哪儿也不敢去，今天晚上得有人陪着我。"

"我陪你一会儿没问题，可是我不能陪你睡觉啊，毕竟男女有别。"

肖艾瞪了我一眼，一点儿也不客气地说道："你想什么呢，谁要你陪我睡觉！"

"那我也不能在这儿陪你坐一夜啊，夜里会冻死人的！"

她想了想，心血来潮地对我说道："你喜不喜欢玩游戏啊，要不我们在附近找一家网吧玩通宵呗！"

"你能不折磨我吗,我好不容易才有三天假期,你让我去玩通宵,等回头上班了,我拿什么找回工作状态?"

"那你就不打算管我了吗?"

"我不是不管,是不知道该怎么管啊,你要是个男同志我直接把你领回去和我睡一起就行了,可你不是啊!"

肖艾生怕我跑了,赶忙伸手拉着我的胳膊。

我拿她实在没辙,又用商量的语气对她说道:"要不我送你去住酒店,住酒店总不会害怕了吧?"

"那不还是我自己一个人吗,还不如回家住呢!"

我一阵无语,才想起陈艺暂时也是自己一个人住,便问道:"要不我送你去陈艺那儿,你和她住一夜总行了吧?"

肖艾一点儿也不生分地回道:"这个提议不错,我去。"

"我打个电话给陈艺,先看她方不方便。"

我说着便从口袋里拿出了手机,拨通了陈艺的号码,提示音响了几声之后,她接通了电话,有些诧异地问道:"怎么这么晚还给我打电话啊?"

我有点难以启齿,但这个麻烦必须要解决,便硬着头皮说道:"肖艾一个人不敢在宿舍睡,我就是想问问你方不方便收留她一个晚上?"

陈艺迟疑了一下,才回道:"没什么不方便的。"

我生怕她为难,便又说道:"你要是有什么不方便的地方就直说,我再想想其他办法,没关系的。"

陈艺笑了笑:"你让她来吧,其实我和她还挺有渊源的,我小姨是她的声乐教授,对她喜欢得不得了,知根知底的,也没什么不方便。"

这次诧异的是我,于是避开肖艾,小声地问陈艺:"你还特意打听了这丫头的来路?"

"也不是啦,就是听你说她是南京艺术学院的学生,所以就顺便问了我小姨一下,谁知道这么巧,正好是她的学生。"

我放下了疑惑,对她说道:"那行,我这就把她送过去。"

"嗯。"

肖艾又插嘴道:"江桥,你告诉她,我得和她睡一张床,要不然我心里还是害怕。"

我已经挂掉了电话,有点哭笑不得地回道:"我估计这世界上也没有人看恐怖片会看出你这么大的阵仗,难怪于馨说你是一个活在传奇中的女人。"

…………

深夜,肖艾开着那辆奔驰车载着我向陈艺住的丹凤街驶去。路上她一直没有闲着,还在纠结于恐怖片里的情节。我不得不向她叮嘱道:"待会儿你到了陈艺家就早点休息,别缠着她聊天,更别说恐怖片里的情节,听见没?"

"为什么?"

"因为她胆子也没比你大到哪儿去。还有,她最近主持节目很累,需要早点休息，你要是缠着她说话，就太不人道了。"

"你是怕她和我说你的丑事儿吧？"

"我没什么丑事儿。"

"你这么心虚，说明你一定有！"

"你要是再闹我就把你送回学校。"

我将肖艾带到了陈艺的住处，但我不打算上楼，便对她说道："我就不送你上去了，记住我和你说的话。"

肖艾应了一声，便向楼道口走去，忽然又回过头对我说道："我保证不主动去打扰陈艺休息，可是她要是很主动地和我聊天，那我可就没办法了。"

"放心吧，她不会和你聊天的。"

肖艾很鄙视地看了我一眼，随即又转身向楼道口走去。这时的我终于感觉到了一阵挡不住的疲倦，我累了，身心俱疲，可这个夜于我而言似乎还没有结束，我不知道肖艾这个冒失的丫头会不会和陈艺说起一些不该说的话。

我真的很不想让陈艺知道我对她的感情，因为这很有可能成为我们之间最大的负担和痛苦的根源。

|第44章| 付出之后的回报

从陈艺那边回到自己的住处已经是深夜的十一点，乔野还没有休息，正坐在电脑前戴着耳麦，似乎在查找着什么资料。我一边打哈欠，一边站在他身后看着。

乔野猛然察觉到我的存在，吓得摘掉耳机，差点蹦起来对我喊道："这大半夜的，你和我玩啥惊悚呢？"

"淡定！"我回应了一句，俯身往电脑屏幕上看着，我很诧异此人能这么一本正经地坐在电脑前面做事情，所以特别想知道他到底是在找什么资料。

我的好奇让乔野更加亢奋了起来，他递给我一支烟说道："江桥，现在有一个想法特别能激发我创业的欲望，我说给你听，你看看是不是可行。"

我点上烟，搬了一张椅子在他身边坐了下来。乔野一边用手比画，一边对我说道："首先，我想把目标消费群体锁定在学生身上，而项目核心的诉求就是爱情。我刚刚查了一下资料，学生群体的消费市场还是很庞大的，同时他们的消费特点又很明显。以旅游为例，实际上，学生的旅游欲望是最强烈的，因为他们的业余时间相对于上班族要多，他们的精力显然要比退休的中老年人更旺盛。"

我点了点头，回道："我认同你这个分析，你继续说。"

"但是因为他们本身并没有经济能力，所以消费欲望是被抑制的。这正是我的切入点，我准备开一些适合学生消费的平价旅店，因为平价，再加上针对性很强，所以很容易就会得到目标消费市场的认同。我的目标消费者最核心的诉求就是，在最好的年纪和最爱的人，花最少的钱游遍全世界，青春不应该被浪费，爱情更不应该被束缚在校园！"

"乔野，你最近是和爱情杠上了吗？"

"我不是和爱情杠上了，我是觉得爱情这东西真的是可以作为一个产业去发展的，比如你现在做的婚庆行业，就是爱情这条产业链上的一个末端啊。我现在的想法就是想将其做得更系统，更完整，我觉得这个思路完全没有问题。"

"你是真的掉进爱情的坑里爬不上来了！"

乔野一连被我泼冷水，表情变得很难看，他说道："我现在不是让你评价我对爱情的看法，是想让你谈谈我这个思路是不是靠谱，有没有可行性。"

"我现在更关心你哪儿来的钱去实现这个想法，你不是都净身出户了吗？"

"瘦死的骆驼比马大，你就不用替我操心了。"

"你这只瘦死的骆驼那么大，昨天竟然还和我借钱，你赶紧把钱还给我！"我说着就伸手去拿他摆在桌子上的钱包。

乔野魂都吓掉了，赶忙把钱包攥紧在手上，对我说道："你别闹啊，我现在缺的是活命钱，不是创业的钱。"

"你连活命的钱都没有了，哪儿来的钱去创业，你是在和我开国际玩笑吗？"

乔野意味深长地看着我，半晌说道："等我和秦苗把婚一离，夫妻财产再一分割，那创业的钱不就有了吗？"

我无语了，回道："就冲你这不着调的德行，要是能正儿八经地干出点事业，我江桥就把名字倒过来写！"

我说着便离开了乔野的房间，实在没精力听他胡思乱想，却听见他在我身后骂道："江桥，你自己缺爱，就泼兄弟的冷水。我告诉你，我还真就不服这气了，我要是不能把这个想法搬到现实中来，我乔野就是你孙子！"

…………

进了自己的房间，我便关上了房门，躺在床上完全不去想乔野那些完全属于无稽之谈的创业思路，只是担心着和陈艺住在一起的肖艾，会不会对陈艺说一些不该说的话。

在这种情绪的驱使下，我拿起手机，给肖艾发了一条信息，问道："你睡了吗？"

我巴不得她不回我信息，因为可以证明她已经休息了，可偏偏她在几秒钟之后便回了我的信息："没睡，正在和陈艺聊天。"

我有点儿急了："你之前是怎么答应我的？做人的信誉呢？"

肖艾回了个愤怒的表情："我又不是机器，她和我说话我还能不吭声啊？"

"好吧，你们聊什么了？"

肖艾不再回复了，我又给她发了一条追问的信息，但仍没有得到回复，转而想发一条给陈艺探探虚实，但最终还是选择了放弃，因为这会显得我太过心虚，于是只能侥幸地去假想，肖艾和陈艺可以聊的共同话题有太多，比如化妆，购物，娱乐圈，根本没必要去聊我这个无关紧要的人。

…………

假期的这三天，很快便在极其平静中度过，由于并没有让自己太放纵，我很高效率地在上班第一天做完了手头积压下来的工作。

老金还在伤筋动骨一百天的病痛期中，公司所有的事务都由罗素梅暂时代为打理，在下班前她又将我叫到了她的办公室。

我们首先聊到的还是金鼎置业肖总的婚礼，我将自己的策划思路大致和她聊了一下，罗素梅一边听，一边点头，中间一直没有打断我，等我说完后，她才对我说道："江桥，你现在的思路在大方向上问题不大，不过还是要和肖总本人沟通一下，才能把这个思路确定下来。我争取在这个星期内约肖总出来面谈一次，肖总的时间很紧，所以你要抓住这个机会，把要问的都问到位，该告诉肖总的也准确地传达给他，要坚决杜绝产生误会，因为肖总不是随时都有时间可以和我们沟通，让我们进行二次调整的。"

我点了点头，随即疑惑地问道："肖总的未婚妻不是说她能做婚礼的主吗？怎么还要约肖总面谈呢？"

罗素梅笑了笑，回道："她也就是摆摆女主人的威风，像邀请宾客这样的事情，肖总能让她做主吗？就算让她做主，肖总的人脉圈子她又能知道多少呢，所以婚礼的事情肖总还是要亲自过问的。"

"也是。"

罗素梅点头，面色严肃地向我叮嘱道："江桥，这次的婚礼千万千万不能出差错，公司现在百分之八十的流动资金都会垫在这场婚礼上，做好了可以缓解我们整个年度的资金压力，做不好我们可是真的要赔钱的！"

"老板娘，你就放心吧，这场婚礼我肯定打起百分之百的精神去做。"

"嗯。"罗素梅应了一声，她的面色很显疲惫，沉默了一会儿才对我说道："最近我和老金一直在聊公司的事情，现在我们年纪也大了，精力越来越跟不上，所以老金说把公司交给金秋去打理，我还是认可的。我和老金手上还有点积蓄，等金秋从国外回来，我们就把这笔积蓄交给她，让她放开手脚去发展公司，我和老金对她和公司都是寄予厚望的。"

"嗯，我对金秋也很有信心，她比一般女孩子要强太多了！"

罗素梅笑了笑，又说道："我们对她也很有信心，可是她对这个行业的经验和认识都不够，所以我们特别希望你能多帮帮她。另外老金也和我说过，他准备在做完肖总的婚礼后，拿出时间让你好好去提升一下自己的文化水平，然后我们再找关系帮你申请到行业内认可的策划师证书，以后咱们公司的策划部和工程部就交给你来管。我相信以你的经验，再加上金秋的眼界和学识，公司的发展肯定会越来越好的。"

我有点儿不太敢相信自己的耳朵，又问了一遍："策划部和工程部都交给我管？"

罗素梅很肯定地向我点了点头："嗯，这些年，策划部和工程部的活儿不都是你干的吗，人家都说铁打的营盘流水的兵，这六年你一直勤勤恳恳地待在公司，我和老金都看在眼里记在心上。抛开年龄不说，你的资历是公司最老的，所以绝对有资格去管理策划部和工程部这两个部门。"

我忍住心里的激动，当即向罗素梅表了态，心思早已经飞到了陈艺那边，我恨不能现在就将这个好消息告诉她，让她也替我高兴一下，我苦苦付出了六年，终于在此刻看到了回报。

不过，我还没有让喜悦冲昏了头脑，我知道这个回报是有前提的，我必须先做好肖总的婚礼，缓解公司的资金压力；还要等从国外留学归来的金秋，我很期待，她掌管公司之后能够让公司脱胎换骨。说实话，我真的很不看好公司现在的运营模式，可无论是老金还是罗素梅都不具备改变的能力，所以我和罗素梅一样，对金秋这个天生的女强人寄予了厚望。

离开了罗素梅的办公室，我当即给陈艺发了一条短信："今天晚上有空吗？我请你吃饭，再告诉你一个好消息！"

|第45章| 你有静下心想过吗？

在给陈艺发完邀请她一起吃晚饭的信息后，我并没有立即离开公司，而是去了外联部交流了一下最近的工作。直到天色昏暗时，陈艺才回复了我的信息："我今天晚上有节目要录，吃晚饭恐怕不行了，你就赶紧告诉我是什么好消息吧。"

"没事儿，等你下节目了再说，多晚我都等你。"

"好吧，可能要在十点过后了。下了节目我到郁金香路找你，正好要回老屋子拿点东西。"

"你想吃点什么夜宵？我下班了去买。"

"栗子粥吧，最近气色不太好。"

我给陈艺发了一个没问题的表情，心中却很是心疼她，因为她的工作实在是太累了，而且很没有规律，她的光鲜亮丽只呈现在观众的眼中，卸下妆容，其实她也是一个并没有多少生活可以享受的女人，她本不该如此的，所以她心里一直期待嫁一个可以让她摆脱这种疲乏生活的男人，这点我知道。

下了班后，我去超市买了栗子和粳米，然后回到了自己的住处，被眼前的景象吓了一跳，只见乔野和他老婆秦苗一个站在屋顶，一个站在小院里对峙着。

秦苗挥舞着手中的皮包气急败坏地说道："乔野，你要是个男人就给我下来。"

"你让我下去我就下去啊？我就是喜欢这么居高临下地看着你。"

"你怎么那么不讲理？"

"秦苗，你说话给我放尊重一点儿，我不讲理也是被你逼的。你要是不跑来找我，我能爬屋顶上吗？你以为这里风景好还是空气好啊？"乔野一边说，一边将竹梯往上抬，生怕秦苗脾气上来了也顺着梯子爬上去和他理论。

秦苗把气撒到了我身上，一边撕扯着我，一边气愤地说道："江桥，你干吗收留他，让他这么气我？"

"江桥他收留我，因为我们是兄弟，你在家蛮横就算了，在江桥家凭什么这么放肆啊？"

我有心帮他们和解，便说道："乔野，你不能这么说话，秦苗要不是你老婆，能到处找你吗？你赶紧下来，有话好好说，不知道的还以为你要在我们家房顶上修炼呢！"

乔野指着秦苗说道："听听，听听，你这么对江桥，江桥还帮你说话，你不觉得惭愧吗？别以为全世界都得围着你转，我告诉你，就没这个道理！"

"你俩少在我面前一唱一和。乔野，你不下来是吧？好，那今天我就坐在这儿不走了，有能耐你就在房顶上待一夜！"

"你坐，正好让我居高临下地看个够！"

"你就不像个男人！"

"你以为你像女人？"

秦苗真的进屋把我的躺椅搬了出来，坐在躺椅上和有恃无恐的乔野对峙着。我劝说无果，只得把战场充分交给了这对夫妻，有些无聊地走到了弄堂里。

…………

心情咖啡里依旧很安静，恰巧老板娘余娅正在里面坐着，给了我一丝丝惊喜，原来她还没有离开南京，我推开门走了进去。

我和余娅打招呼，她放下了手中正在看的杂志，对我笑了笑，说道："让我猜猜你现在的心情。"

"别猜了，我就差把'郁闷'这俩字写在脸上了！"

"怎么了？"

"让一对特别能作的夫妻给闹的，我要是说给你听，你都不会信。这会儿两人正一个在房顶站着，一个在院里坐着，谁都不肯服软。"

"还有这事儿？"

"可不就有吗，要不带你去长长见识？"

余娅摇头笑了笑，回道："算了，这样的见识还是不长为好。"

"那就陪我聊会儿天吧。"

"今天不行，我马上就得去机场了，订了晚上七点半飞昆明的机票。"

我有些失望，但这毕竟是无法勉强的事情，便又问道："下次你打算什么时候回南京呢？"

"近期不会回了，得等到丽江那边的生意进入淡季再说。"

我点了点头，余娅又说道："走之前再给你调一杯心情咖啡吧。"

"求之不得！"

…………

心情咖啡似乎真的有一种魔力，这次我喝出了一种匆匆忙忙的感觉，而余娅也确实在给我调完咖啡后便匆匆忙忙地离开了。这次她回店里只是为了盘点一下最近的账目，而下次再见到她可能已经是十一月之后了。

时间一点点流逝，我看到秦苗从心情咖啡门口路过，看样子在和乔野的对峙中她还是败下了阵。我看了看时间，已经是晚上的九点半，要不了多久陈艺就会下节目，我赶忙又回到了自己的住处，准备先替她煮好栗子粳米粥。

粥刚煮好，乔野便先给自己盛了一碗，边吃边愤慨地对我说道："江桥，你今天也看到了，秦苗可真不是一般厉害吧？"

"你也不差，竟然能想到爬上房顶这么绝的主意。"

"没办法，我的警觉就是在和她长期斗争中练就的。我和你说句心里话，我现在的压迫感真的越来越重，我必须得干出点儿自己的事业，来填补心里的空洞。"

"好好干！"

乔野往我面前凑了凑，说道："江桥，要不咱俩合伙干吧，你出钱我出力。咱们先在南京开一个小型情侣旅馆作为试点，再按照我的思路去推广，你看怎么样？"

"不怎么样，要是创业中途你爹把你带回去接班，我投资的钱可就全部打水漂了。"

"谁回去接他的班，谁是孙子！"

我示意乔野四处看看，然后回道："你回不回去接班咱们先不说，你看看我这家徒四壁的惨样，能有闲钱借给你创业吗？"

"你也工作这么多年了，难道一点儿钱都没攒下来？"

我反问道："你当了这么多年的公子哥儿，请问你攒多少钱了？"

…………

吃完夜宵，乔野便离开了我的住处，说是要去找朋友借一笔创业的启动资金。我认为他就是三分钟热度，始终不愿意去重视他那所谓的创业计划，一心等待着陈艺。

快到十点半的时候，陈艺终于来到了我的小院。尽管脸上的妆还没有卸，但是仍遮不住她的疲态。我赶忙替她搬了一张椅子，她却不急着坐下，笑着问道："你有什么好消息要告诉我啊？"

我将盛好的栗子粥递给了她，说道："你先吃夜宵，我再和你说。"

陈艺这才放下了手提包，从我手中接过了粥，等她快吃到一半的时候，我终于对她说道："今天我们老板娘找我谈话了，她和老金有决心重新整顿公司。对了，你对金秋还有印象吗？"

"有，她不是金老板的女儿吗，听说在国外留学好几年了。"

"嗯，老金和罗素梅都打算等她回来后让她接手公司，再由我来管理策划部和工程部这两个部门，这应该算是好消息了吧？"我说完充满期待地望着陈艺。

陈艺却放下了手中的碗，稍稍沉默之后对我说道："我有几个疑问，首先让你管理这两个部门，是金老板和罗素梅的意思，金秋回来后能认可这个决定吗？假如她要走高端路线，起用高端人才，到时候你该怎么办？"

我顿时被陈艺问住了，半响才回道："可是我有经验啊，再说我和金秋的私人关系还是不错的，在工作上应该会更有默契，反正我对自己和金秋都很有信心。"

陈艺轻声一叹，又说道："好，就算这点是我多虑了。但我还想问问，罗素梅和你谈起管理这两个部门的时候，有没有和你聊起薪水的问题呢，按道理是<u>应该加薪的吧</u>？"

"这个还没细谈。"

"为什么不细谈呢？你要知道工作和私人感情是不能混在一起的，但这一点你总是做不到，我最害怕你有一天会在这一点上吃亏。"

"老金夫妇不可能让我吃亏的，如果对他们这点儿信任都没有，我也不会在他们公司工作了六年。"

陈艺欲言又止，而我已经看出了她的心思，有些不悦地问道："为什么我总觉得你最近的变化有点儿大？以前你是不会管我工作的，我原以为你听到这个消息会替我高兴，可现在净给我泼冷水，我真的不知道你到底是怎么想的。"

"江桥，你为什么一定要留在老金的公司呢？就算你升职加薪了，在这个城市的生活压力一样很大。我希望你能把眼光放长远一点儿，你自己想想，我们弄堂里的马萧结婚的时候有父母可以帮他买房买车，但是你呢？你必须要有更高的目标，否则等你哪天面对婚姻时，你会措手不及，会越来越辛苦的，因为你现在拥有的还远远不够。"

在一阵极长的沉默之后，我终于回道："我真的特别不想和你聊这些话题，因为每次聊起来，不是你生气就是我生气。难道我们就不能像以前那样吗，说简单的话，做简单的事情，开心地见面，开心地分开，忘记这些我根本改变不了的事情？"

"可是江桥，年龄是会逼着人成长的。我也不想说这些，也不想见到你每次去见奶奶时就变得闷闷不乐，更不想你这么浑浑噩噩地活下去！"

"我怎么就浑浑噩噩了？这些年难道我就没有努力过吗？"

"安于现状就是一种浑浑噩噩！"

我忽然觉得陈艺太不了解我，也不了解我的想法。我有些愤怒，更充满失望，对她说道："这段时间我也不知道是什么原因，我们之间总是有这么多不可调和的矛盾。我真的很不想和你吵架，如果你还是像现在这样，硬要改变我的事业轨迹，搞得大家都很不开心，那我们还是不要见面好了。"

陈艺的脸色变得很难看，她的眼睛里隐隐有泪水打转，哽咽着问道："江桥，你总是质疑我，可是你有真正静下心想过，我为什么要改变你的事业轨迹吗？"

|第46章| 她是爱你的

我和陈艺对视着，第一次在她的眼中看到了对我的恨意。我的心好像在她的恨意中被冰冻，只能面无表情地看着她，不言不语。

陈艺拿起自己的手提包，转身离开了我的小院。她的身影从我的视线中消失时，我的灵魂也仿佛离开了躯体，精疲力尽地坐在了她刚刚坐过的那张椅子上，然后点上一支烟，毫无头绪地在这厚重的夜色中挣扎着。

经历了一个难眠的夜，第二天我有些精神萎靡地来到了公司。这次，我主动找到了罗素梅，她正在办公室里做着最近的财务账单，见我来了便停下了手中的工作，问道："有事吗，江桥？"

我有些开不了口，但是想起陈艺昨晚和我说的那番话，我还是对她说道："老板娘，我今天找你就是想和你聊聊工资待遇的事情，我已经有一年多没有涨过工资了。我希望能够把待遇往上调一调，因为我现在感觉经济压力很大。"

罗素梅有些意外地看着我，这是我加入公司以来第一次主动开口提涨薪水的事情。她稍稍思虑了一会儿之后，笑着回道："关于你工资的事情，我也和老金商量过，不过老金的意思是，等你拿到策划师证书再一步涨到位，但我觉得这个周期确实有点长了。我知道，要不是不得已，你也不会主动和我们提这个要求，我就替老金做个主吧，从下个月开始，把你的工资先涨到八千，你看怎么样？"

我很感激罗素梅的有求必应，心中更加没有办法从公司带走一部分客户资源去自立门户。我点了点头，回道："听您的，八千块钱已经达到我的心理预期了。"

"嗯，好好加油！你真的是个做事儿很踏实的孩子，就是学历确实低了点儿，在婚庆行业真的是太吃亏了。所以这次你一定要抓住机会，等拿到业内认可的证书，公司就给你资深婚庆策划师的待遇，月薪过万没有问题！"

"谢谢老板娘，我现在的年纪也不小了，成家立业的压力越来越大，所以我一定会努力争取的。"

罗素梅点头，又正色对我说道："对了，江桥，有一件特别重要的事情我得告诉你。明天下午三点，你和我去金鼎置业，和肖总见个面。"

"没问题。"

罗素梅又叮嘱道："还有，见到肖总的时候，你得收起平常这副吊儿郎当的样子，他和其他客户不一样，人挺严厉的，你得给他留个好印象！"

"我有分寸的。"

…………

这一天的时间仿佛过得很慢，我总是会有意无意地想起陈艺，想起我们昨晚的不欢而散。

我其实挺想告诉她，公司给我涨了工资，让她理解我留在公司的决定。可是即便涨了工资，也只是八千块钱的月薪，在南京这座城市里只是中等偏低的收入，和陈艺更没有办法比，现在的她随便接一场商业主持活动，都不止六万块钱的报酬。所以我还是收起了心中这一份小小的喜悦，在患得患失中度过了这个工作日。

快要下班的时候，我收到了肖艾给我发的微信，她说正在我们公司楼下等着我，我拉开窗帘看了看，果然看见穿着一件红色A字裙的她，这才想起我们好几天没有见面了。

我来到楼下，向她问道："今天怎么想起来找我了？"

她似笑非笑地反问道："不能来找你吗？我们之间的游戏还没有结束呢。"

我看着她笑了笑，心中并没有太多所谓玩游戏的情绪。不知道从什么时候开始，我已经把她当作是我生活里的一部分，只是偶尔才会好奇地想起，她为什么要找我呢？

肖艾围着我走了一圈，摸着下巴说道："江桥，我觉得今天你的心情看上去很不好。"

"是不怎么好。"

"既然你心情这么不好，那今天我们就去一个你最不喜欢的地方吃饭吧。"

我有点儿搞不懂她的想法，便问道："为什么我心情不好，还要去一个我最不喜欢的地方呢？"

"以毒攻毒啊，难道你没有听过？"

"我服你！"

"你不用这么佩服我，我只是在用我的方法来拯救你的坏心情。"

…………

不知道为什么，我几乎没有做选择，便将肖艾带到了那条名为"莫愁"的路上。我心中确实很排斥这个地方，因为我讨厌"莫愁"的街名，每一个走在这条路上的人都带着一种忙碌后难以消遣的愁绪。

我点上一支烟，跟随着肖艾的脚步，在这条路上找一家可以吃饭的餐馆。

肖艾在上次我和陈艺来时见到的咖啡店前面停下了脚步，她的反应几乎和陈艺一样，面露回忆之色向我问道："这个地方以前有这家'莫愁'咖啡店吗？"

我吸了一口烟，回道："我上次来的时候才注意到有，应该是新开的。"

肖艾探身向里面看了看，我也下意识地随肖艾向里面看着。在靠近窗户的位置，坐着一个美丽的女子，她真的太美了，好似多看她一眼便觉得这个世界上没有什么是不能被原谅的。她的坐姿很端正，脸上有一种自信的锐气，最让人难以忘记的还是她那垂肩的长发，好似将她隔离在世俗之外，宠辱不惊。

肖艾似乎也注意到了这个女人，她对我说道："一个怀着孕的女人还能美成这个样子，真是太过分了！"

我看着她笑了笑，回道："你和她比也不差，只是年纪和阅历还不够，气质上稍微差了一点儿。"

"谁要和她比美，我说的重点是她正怀着孕。"

"她怀孕了吗？"我带着疑惑又看了看那女子，果然看见她的小腹处微微隆起，这是一个准妈妈，也难怪肖艾会有这样的感叹了。我很难想象哪个男人会如此幸运，成为这个女人的终身伴侣。

这时，我的心绪发生了微妙的变化，也许我不应该带着主观情绪去厌恶这条莫愁路。因为和郁金香路一样，这里也有属于它的故事和历史积淀。

…………

走完了整条莫愁路，我和肖艾也没有找到愿意停下来吃饭的餐馆。肖艾转身看着那些被我们排除的餐馆感慨道："江桥，也许今天晚上陪你吃饭的人注定不是我吧，整条街上竟然没有一间餐馆是我们两个人都愿意去光顾的。"

"什么意思？"

肖艾用一种意味深长的眼神看着我，许久才对我说道："去找陈艺吧，她才是那个每天陪在你身边吃饭的女人，这些年你真的欠她一个情真意切的表白。"

"你在和我说什么？"

肖艾用一种鄙视的眼神看着我，对我说道："你这个傻瓜，到现在还不明白陈艺对你的心意吗？你要知道，我和她住在一起的那个夜晚是有丰硕成果的！"

我的心情顿时变得复杂起来，继而连呼吸都变得急促，我仿佛看见一份期待了很多年的爱情在向我走来，可又隐隐觉得很遥远，我问肖艾："你那天晚上和她说什么了？"

"你别管我说什么，如果你信得过我，现在就买上一束花去和她表白，我相信她答应你的概率是百分之百。因为她也很爱你，只是没有从你那里得到过让她爱着你的信心！"

我怔住了，不知道此刻该怎么表达自己的情绪，回忆起最近陈艺一系列很反常的变化。

我意识到，这些年我们真的可能活在一个自我虚设的假象里难以自拔，可是我们真的能够相爱吗？

她如今的声名地位，她身边一直存在的邱子安，都是我不得不去正视的极大负担。

假如有一天我和陈艺可以成为爱人，我们一起生活，亲密无间，我无疑会是这个世界上最幸福的男人。可是她的父母和旁观者会怎么看待她？看待她没有学历、家庭破裂的男朋友？

我不愿意再想下去，因为我深深地感受了一种"他人即地狱"的恐惧。不仅仅是我，包括陈艺都没有能力活在别人的眼光之外。

这时，肖艾又对我说道："该说的我都说了，不该做的我也替你做了，至于能不能把握住就看你自己了。"

"我的大脑有点乱，你让我缓缓！"

"好啊，那我就先走了。"

她向前走了两步，又回头对我说道："江桥小朋友，我们明天也许还会见面，不过到时候你可不要太意外！"

我终于回过神，问道："和你见面有什么好意外的，我们不是经常见面吗？"

"不会吗？到时候你就知道了！"

肖艾和我说了这些莫名其妙的话后，便离开了。独自留在莫愁路的我迟迟找不到自己的情绪到底在哪里，我发了疯似的想去找陈艺，可又深深感觉到自己和陈艺之间隔着永远也渡不过的一江水，而生活也远没有希望中那么美。

|第47章| 约见肖总

充满矛盾的莫愁路就像一只转动的车轮，带着我从酸甜苦辣里走了一遍，让我迎着夜晚的凉风，淹没在人来人往中。

我并没有很冲动地跑去找陈艺,将从莫愁路带来的情绪统统摆进了内心的最深处,用烟燃烧着一些实在藏不起来的难过。我告诉自己,我是感情上的懦夫,却是生活里的高手,我可以聪明地牺牲掉感情,换来生活上的安宁。爱情中,我更愿意站在陈艺的角度去考虑,而不是自己。

回到住处,乔野依然坐在电脑前忙碌着,见我回来了,他带着极大的热情对我说道:"江桥,哥们儿有个好消息要告诉你!"

"你和秦苗和好了?"

"跟她和好也能算好消息?你这玩笑可真是开大了,我压根就没想过和好。"

"那我对你的好消息可真不怎么感兴趣。"

乔野拉住了我,很殷勤地递给我一支烟,对我说道:"你记得郁金香路南有一家亚丁宾馆吗?"

"记得,怎么了?"

乔野语气中难掩兴奋,眯着眼睛深吸了一口烟,又说道:"那家宾馆老板现在正忙着低价转让,江桥,你说这是不是天助我也?"

"什么价格?"

"包括宾馆里面所有的设备一共三十万,房租已经交到明年的第一季度了,是不是很划算?"

"你没病吧,花三十万去接手一个亏得没活路、地理位置不咋样的宾馆!"

"江桥,你这就外行了。这宾馆的硬件配置真的挺不错的,虽然地理位置差确实是致命伤。但在我的经营体系里面,地理位置是可以忽略的,毕竟我是做主题、做口碑的。我要的就是这种面临倒闭但性价比很高的宾馆。"

"那你打算去哪儿弄这三十万?"

乔野谄媚地看着我,说道:"我们家老头子把事情做得太绝了,我以前的那些酒肉朋友迫于他的淫威,没有一个敢借钱给我,所以这事儿哥们只能靠你了。"

"免谈,我也怕你爸的淫威,不敢助纣为虐!"

"别啊,我这么多朋友中,也就只有你江桥还有点儿血性了。说真的,你去帮我和陈艺说说,让她先借我三十五万,到时候我连本带息还给她。就冲我乔野的金字招牌,这点儿小钱是绝对不会赖掉的!"

我打掉了他拉住我胳膊的手,板着脸回道:"乔野,哥们儿说话也许有点难听,但是你真的得听,我觉得你离开了你的家庭,真没什么金字招牌。你要是真想把这个宾馆盘下来,你就自己去和陈艺说,但我觉得希望不大。"

"江桥,能不能别让哥们儿觉得这个世界太现实?"

"这个世界难道不现实吗?"

…………

我不敢让自己在今晚失眠,因为明天要和金鼎置业的肖总见面,我必须拿出最好的精神状态。所以我吃了些安神的药,逼着自己什么都不去想,可依然在凌晨时才睡着。

次日,我早早便去了公司,恰巧在等电梯时遇到了同样来得很早的罗素梅。我们又聊了起来，她对我说道："江桥，上午你去找陈艺把主持合同签一下，把这次的主持费用也一起给她，还有主持脚本你也可以和她聊聊了，早点儿确定下来，她就有更多时间做准备。"

"好的。"我不动声色地应了一声，心中却泛起一阵难以形容的滋味。这个世界上有些人注定是避不开的，比如我和陈艺，我们总是会被各种各样或大或小的事情牵连在一起，真的不知道待会儿面对她的时候，我能不能只以最单纯的工作态度去办完这些事情。

进了公司后，我将下午要和肖总沟通的婚礼策划案完善了一下，快要十点时，我从罗素梅那里拿了一份主持合同，带着装了六万块钱的文件袋，开着公司的车去了陈艺的住处，今天她调休，所以并没有去台里。

片刻之后，我便到了丹凤街，将车开进了陈艺所住的小区里，本来还算平静的心情，在下车的一刹那变得复杂了起来，我甚至能听到自己心跳的声音。

上了楼，我站在门口抽了一支烟，这才按响了门铃，屋里传来了陈艺那熟悉的声音："谁啊？"

我不想一开始就把气氛搞得太严肃，便胡说道："快递小哥儿。"

陈艺打开了房门，她并没有如想象中那样给我笑脸，很冷漠地问道："你不是说了，我们不见面为好吗？"

"我也不是特意为了生活上的事情来找你的，我这次是为了工作。你主持肖总婚礼的合同我已经带来了，你要是觉得没有问题的话，就把它签了吧。"

"如果我告诉你，我现在想反悔呢？"

我不知道她是认真的还是在对我说气话，但我真的被她给吓到了，愣在门口站了好一会儿，然后跑进她屋子里，打开了阳台的窗户，豁出去道："你要是敢反悔，我就从这儿跳下去！"

"江桥，你是觉得我在和你开玩笑吗？"

我心惊肉跳地问道："你难道不是在和我开玩笑吗？"

"合同现在还没有正式签，我当然有反悔的权利。"

我被她刺激得有些头脑发热，如果她真的临时反悔，无疑是将我和公司一起往火坑里推，便一条腿跨到窗户上对她说道："那你就是以为我在和你开玩笑了，我告诉你，你要这么干，我就真敢跳，因为被你活活逼到没路可走了！"

"你丢不丢人哪，赶紧下来。"

"就不下！"

陈艺的语气有点急了："你下来，回头被邻居看到了算什么啊？"

"我还怕别人看不见呢，最好让你电视台那帮同事都来看看，明天咱俩就一起上个新闻头条，反正这事儿不占理的是你，不是我。"

"你给我下来！"一向不轻易动怒的陈艺，一把拉住我的衣服，然后用脚蹬着墙将我往下拽，但这绝对不是一件她放下偶像包袱或者不顾仪态就能阻止的事情，毕竟她在体力上是占下风的。我死死拉住窗框，硬是一动不动，又说道："你就歇歇吧，反正你今天不给我句准话，我就不下去！你看，楼下已经站了好几个不明真相的围观群众了,到时候他们一报警,事情闹大了,你可别怨我不着调啊!"

陈艺探身往下看了看,楼下真的站了好几个人,他们正对着我和陈艺指指点点,我又恐吓道:"按照现在这阵势,要不了一会儿,你这楼下就会被围得水泄不通了,到时候可就是绝对的新闻头条!"

"江桥,你别闹了行吗?"

"你说说看,我要是不闹还有其他办法吗?"

陈艺一副拿我没有办法的表情,终于妥协了:"我签,你先下来。"

"我这辈子最不怕的就是别人和我玩横的!"我一边说一边将腿从阳台上拿了下来,然后又将合同拿起来递给了陈艺。

陈艺从我手中接过合同,在这么一闹之后,我似乎真的忘记了昨天晚上肖艾对我说的一切。我和陈艺之间并没有互相倾慕的爱情,只有这打打闹闹的发小情谊,这样的我们似乎才是真实的,毕竟维持了十多年的关系很难在一时间去改变。

我爱陈艺是毋庸置疑的,可是如果有一天她真的将"老公"这个称谓安在我身上,我想我一定需要很长时间才会适应。

我又将一支签字笔递给了陈艺,这次她却没有从我的手中接过,表情很严肃地对我说道:"江桥,这份合同我可以签,甚至不要主持费用都没有关系,但是在这之前你得答应我一件事情。"

我特别害怕她这个环节再出现问题,便将话说得很满:"你说,就算是上刀山下火海我都答应你。"

陈艺沉默了一会儿,正色说道:"我希望办完肖总的婚礼,你能好好考虑一下自己未来的路,我一直希望你能离开金总的公司自谋出路。虽然你总说自己不擅长管理,可这些年除了策划、外联、企划,甚至是工程上的事情你都在做,没有人比你更熟悉婚庆公司的运营流程。只要你肯给自己一点儿自信,一定是可以做出一番事业的!"

我心中升起一阵极其为难的情绪,无言了许久,才对陈艺说道:"昨天罗素梅刚给我上调了工资,一个月八千块。如果我现在在预谋着要带走公司的客户自立门户,你觉得这样真的人道吗?如果老金知道我有这样的想法,当初他绝对不会把我带进公司,教会我这么多东西,让我有朝一日断他一臂去自立门户!"

陈艺叹息,然后闭着眼睛摇了摇头说道:"江桥,如果你有赵牧一半的果断,很多事情也不会发展成今天这个样子。如果当初去上学的是你,这些年你也不会活得这么辛苦,可如果只是如果,谁也不能再回头改变这些让人遗憾的事情。"

我无言以对,心中弥漫着的是难以言说的苦痛和委屈。

陈艺甚至没有去细看那份主持合同便将自己的名字签上了,我随后将装着六万块钱现金的文件袋递给了她。当陈艺从我手中接过钱时,一切似乎变了,又好似没变。我依然没有打算离开老金的公司,但陈艺已经在合同上签了字。

…………

我带着陈艺签好的合同回到了公司,心中却没有如释重负的感觉,我有点儿挣扎,这种挣扎无限膨胀,让我这半天都有些恍惚。时间就在我的恍惚中来到了下午,我和罗素梅驱车向金鼎置业驶去。如果没有意外的话，在半个小时后，我将和活在传说之中的肖总见面。

他确实是个传说中的人物，不仅是婚姻生活，更传奇的是他在商界的地位。

我将车开进了金鼎置业办公区的一片停车场内，却在下车的时候看到了一辆非常熟悉的白色奔驰车。我稍稍一想，便记起这辆车和肖艾经常开的那辆车是同款。我没有想太多，毕竟现在的豪车也已经普及，这里停着一辆同款奔驰车并不稀奇，便放下疑惑与罗素梅向金鼎置业的办公楼走去。

|第48章| 日光倾城

进了金鼎置业的办公楼，呈现在眼前的是极致的气派和富丽堂皇，我看着在大厅中央位置直径达到两米的陶瓷流水喷泉，向身边的罗素梅问道："老板娘，肖总这人是不是特别讲究排场啊？"

罗素梅也看了看我们正置身的大厅，笑着回道："肖总为人还是挺低调的，之所以重视企业的形象，是为了向外界展示自身的实力，这些年，金鼎置业都是将高端地产作为主营业务的。"

我点了点头，感慨道："反正就是有钱，难怪愿意花三百万办一场婚礼，像我们普通人一辈子恐怕也赚不到这些钱。"

"那可不好说，公司盘子越大，人的压力也越大。近期市场行情不是很好，听说金鼎置业从去年下半年开始就已经亏损了，今年的融资压力很大。"

说话间，我和罗素梅来到了服务台，因为事先有预约，前台小姐当即便带着我们去往了六楼肖总的办公室。

到达之后，前台小姐敲了敲门，很是恭敬地向里面的人问道："肖总，婚庆公司的人过来了，您现在有空见吗？"

屋子里传来了中气十足的声音："请进。"

前台小姐轻轻推开办公室的门，向我和罗素梅做了一个请的手势，我们便一起走了进去。

放眼看去，这间办公室很宽敞，但装饰明显没有大厅那么豪华，装修风格有点偏中国风，落地的柜子里摆放着很多陶瓷和藤制的饰物，肖总正在红木办公桌旁端坐着，手上拿着一支签字用的钢笔，似乎一直在工作状态中。

他示意我和罗素梅坐，我下意识地打量了他一眼，果然充满成功人士的气场。他的实际年龄是五十周岁，但看上去也就四十刚出头的样子，至于模样……

模样我看着有些眼熟，又肯定之前绝对不曾有机缘见过他。不过此刻，我心中因为事关重大而有点紧张，便没有多想，将全部注意力放在了罗素梅和他的对话上。

罗素梅很客气地说道："肖总，知道您日理万机，所以之前也没敢太打扰您。不过婚期越来越近,所以还是很冒昧地把我们公司的策划师带过来和您当面聊一聊。"

"不打扰,倒是听说你们为了这场婚礼费了不少心思。"

"这是我们的工作,只要客户满意,我们花多少心思都是应该的。"

肖总点了点头。

罗素梅终于笑着问道:"那肖总,策划师可以和您做提案了吗?"

我快速地在大脑里梳理着策划案的提纲,以确保待会儿能够准确流畅地进行表述。不想肖总对我们说道:"稍等一会儿,我女儿今天也来了,打算帮我做参谋,她刚刚去了洗手间,应该快回来了。"

我倍感诧异,因为之前肖总未婚妻提供给我们的亲属名单上,并没有提及肖总的女儿。罗素梅似乎知道一些我没有掌握的内情,她并没有表现得很意外,只是点了点头,向肖总示意我们等会儿没有关系。

大约过了两分钟,办公室的门被毫无征兆地推开了,一个穿着红色背心裙,长得很标致的姑娘冒冒失失地站在了我们的面前。我的下巴都快惊掉了——此刻在我眼前的不是肖艾那个丫头还有谁!

我有点儿搞不清楚状况,盯着肖艾看了一遍又一遍,这才将她与肖总的女儿联系了起来。之前我确实无法进行这样的联想,因为肖姓的客户我服务过很多,而且在我拿到的亲属名单上也根本没有见到她的名字,所以就忽略掉了她和肖总是同姓的细节。可是,这和她找到我有什么必然的联系吗?我想不通,难以置信地看着她。

肖总看着肖艾,对我和罗素梅说道:"这就是我女儿肖艾,你们可以和我们聊聊婚礼的策划案了。"

肖艾从我身边走过,给了我一个不要乱说话的眼神。我虽然惊讶到像在做梦,但还不至于在这么严肃的场合去多说什么。有些事情总是有机会去弄清楚的,眼前让肖总通过我的提案才是重中之重。

肖艾在肖总旁边的沙发上坐了下来,但是表情很难看,完全不像是来做参谋的,倒像是来砸场子的。

我快速地调整好状态,将自己带来的电脑与办公室里的投影设备连接,打开做好的婚庆策划案,说道:"这次我准备用'日光倾城'作为婚礼主题,这里面有两个寓意。首先,肖总您是从事房地产行业的,是城市重要的建设者,所以主题里用'城'这个字点出您的事业;而日光代表着温暖和幸福,也更象征着一种普世的关爱,以此来表现所有人对这场婚礼的祝福。'日光倾城'这个词更表达了一个愿景,祝愿肖总和未婚妻即将要开始的婚姻能够每天沐浴在阳光中,同时也像阳光一样在这座城市永恒……"

肖总点了点头,显然比较满意这个婚礼主题,他又问道:"那你们打算怎么执行,怎么表现出这个主题呢?"

我下意识地往肖艾那边看了看,她却用一种非常厌恶的目光与我对视着,我赶忙收回了自己的眼神,又说道:"我们准备将肖总在南京做过的几个标志性建筑模型搬到婚礼现场,营造出城的感觉。在婚礼开始之前,我们会做出黎明来临前的效果。

当婚礼正式开始时，阳光会从每一个角度倾泻而下，现场的一切都是彩色的，彩色的路标、桌椅、花卉、气球……这是婚礼现场效果图，请肖总您过目。"

我一边说，一边将设计部做出来的效果图单独呈现了出来，肖总也离开了自己的办公椅，表情很严肃地站在投影屏幕下面看着，我随后也站在了他的身边，为他解答着一些疑惑。

大约花了一个小时的时间，我完成了婚礼提案的汇报，他本人给了"日光倾城"这个创意很高的评价，只针对一些细节部分提出了自己的意见。我终于在此刻松了一口气，因为这意味着我们可以着手去准备执行的部分了，此刻摆在我们面前的障碍基本被扫清了。

…………

我和罗素梅刚刚走出金鼎置业的办公楼，我便收到了肖艾发来的微信："江桥，你不许走，在楼下等我。"

我本来就对她是肖总女儿的身份充满了疑惑，当即就停下了脚步，对罗素梅说道："老板娘，你先回公司吧，我待会儿自己坐地铁回去。"

"怎么了？"

"办点私人的事情。"

罗素梅从我手中接过车钥匙，也没有再多问什么，便开车离开了。我点上一支烟站在楼下的一处阴凉地等待着，但大脑一直没有闲下来，总觉得像在做梦，更觉得自己之前的行为有点儿可笑，我竟然带着肖总的女儿去跑婚礼的场子，赚一些她根本就不在意的小钱。

一支烟快要抽完的时候，肖艾终于从大楼里走了出来。她二话不说便把我往她停车的地方拉去，又狠狠地用手掐着我腰间的肉说道："你快恶心死我了！你还做一个什么'日光倾城'的婚礼主题！"

我一边挣脱，一边痛呼道："我就一打工的，不编得好听点，你爸能同意我的提案吗？"

"你的良心都掉钱眼里，被狗吃掉了。"

"你赶紧松开，肉都被你掐肿了。"

肖艾终于松开了我，但仍气愤地瞪着我，而我则疑惑地看着她，我需要她给我一个解释。

…………

肖艾开车将我送回了郁金香路，却没有去我的住处，我们站在那座废弃纺织厂的门前，夕阳映在我们脸上，风吹来了一阵阵夜晚来临前的清凉。

我对她说道："你一直是这场游戏的主导者，这个时候能给我一个解释了吧，为什么你会是肖总的女儿？"

"他生了我，我当然是他的女儿。"

我有点冒冷汗，又重新组织了一下语言说道："我不是这个意思，我是想问，你来找到我是不是和肖总的婚礼有关？"

肖艾注视着我，片刻后说道："我现在更想和你聊聊'日光倾城'这个婚礼主题。"

你能告诉我，这个世界上真的会有那么一场婚礼可以像你刚刚形容得那么美吗？"

我暂时收起疑惑，在脑海里反复念及这个词，忽然就有些伤感，沉默了许久才回道："你爸花了三百万去办婚礼，没有这个主题，我也不知道要怎样才能花掉这笔钱。我之前想过很多主题，只有这个用到的设备和物料最多，营造出来的效果也最奢华。实际上，我也不相信什么日光倾城，反而这六年我办过很多在雨中举行的婚礼。"

"可我这么幻想过……"

"什么？"

肖艾没有回应我，她有些迷茫地看着眼前这条郁金香路，路灯在她的这阵沉默中亮了起来，夜色仿佛只在我们两个人之间降临了，肖艾忽然变得很单薄，很可怜。

第49章 肖艾的过去

　　傍晚是郁金香路最忙碌的时候。在我和肖艾不远处的地方已经陆续有小贩支起了摊儿，老人牵着孩子的手，停在这里买小吃，情侣们也牵手站在卖饮品的摊位旁边，等着加热的奶茶或者加了冰的汽水。我在这种两极的选择中看到了季节的更替，也看见天空上挂着的月亮有一丝秋末即将到来的忧愁。

　　肖艾依旧是个我行我素的丫头，她在众目睽睽之下爬过院门，翻身进了纺织厂，我也在片刻后随她翻了进去，跟随她的脚步走到了那辆报废的老解放卡车旁。世界陡然又安静了下来，仿佛这个最荒凉的地方就是我们最秘密的花园。

　　肖艾靠着卡车坐了下来，我点上一支烟坐在她的身旁，我知道待会儿她会和我说些什么，因为我能感觉到她的情绪有了很微妙的变化。

　　"江桥，你想听听我这些年的生活吗？"

　　"当然想听。"

　　肖艾很缺乏安全感般抱着自己双腿，沉吟了许久才对我说道："我妈妈曾经是南京艺术学院的声乐教授，我爸爸是南京知名的企业家，我是他们的独生女，你能想象出我的生活有多幸福吧？"

　　"嗯，出生在这样的家庭，你太幸运了。"

　　肖艾看着对面那几间已经废弃的厂房，她的眼神中有一丝难以形容的怨恨，她又对我说道："可是这样的家庭随着一个女人的出现而不复存在了，更讽刺的是，这个女人曾经是我妈妈的学生。我妈妈对她倾注了很多的心血，培养她拿到了硕士学位，可是她恩将仇报，拆散了我们的家庭。"

　　"那个女人就是肖总的未婚妻李子珊，对吗？"

　　"对，她就是全世界最不要脸的女人，也是最无耻最有心机的女人！如果不是她费尽心思怀了我爸的孩子，以此去刺激我妈妈，他们也不会下定决心离婚的！"

　　我一声叹息，心中对这个世界的是是非非很无能为力。我不知道该怎么安慰她，只是问道："你妈妈现在还好吗？"

肖艾眼中隐隐有泪水打转，却倔强地不肯让其落下，咬着嘴唇，等情绪平复之后才对我说道："我妈妈是台湾人，当年为了我爸才留在南京的。离婚后她便辞掉了在南京艺术学院的工作，又回台湾了，现在已经有了自己的家庭，她不要我了！"

不知为何，我的心被这句"她不要我了"深深地刺痛了，我们的命运是何其相似！

肖艾抬头看着我，带着痛苦的笑容对我说道："江桥，你教我抽烟吧。"

我摇了摇头："别抽，抽烟不好！"

"可是我心里很难过。"

"你虽然难过，但至少还有我这个听众愿意听你说。我的身边却从来没有这样一个听众，所以我会抽烟，把烟当作最好的伙伴，让它们带着我的痛苦随风一起离开。"

"你觉得我已经很幸运了，是吗？"

"至少和我比，你是幸运的，因为你的父亲还在南京，他还在对你的生活负责。"

"可我恨他，恨他迷上了李子珊，更可恨的是，他们竟然要结婚了！"

肖艾的情绪愈发激动，我没有再安慰她，因为此刻她需要的并不是安慰，而是一种没有阻碍的释放。

时间带着夜色一点点从我们身边走过，连厂区外的郁金香路都安静了下来，她这才又对我说道："江桥，我真的很不甘心我爸就这么和李子珊结婚。你知道吗，就算我妈已经离开了南京，李子姗还是在人前人后中伤我妈，说我爸是因为受不了我妈有外遇才和她离婚的。我必须要为我妈讨一个公道，所以我才找到了你，虽然不能阻止什么，但我还是很想在他们的婚礼上把她的丑恶嘴脸公布于众。你是这场婚礼的策划，只要你愿意帮我，就一定可以让她身败名裂，因为我有她做小三的证据！"

"这就是你找我的目的吗？"

"是，自从我知道是你们公司承办他们的婚礼，我就有意识地接近你了，我找到了你身边的熟人，向他们了解你的经历。当我得知我们的命运是如此相似时，我更加觉得这是冥冥中注定的，因为你会比任何人都能理解我的痛苦，你会帮我的。你知道吗？我妈妈是一个很正派很传统的好女人，我不允许李子珊败坏她的名声！"

我心中涌起一阵极其复杂的情绪，但心思很坚定，对她说道："你错了，这件事情我没有办法帮你。我有职业道德，这场婚礼更关乎公司未来的生死存亡，我作为婚礼的策划，有责任保证婚礼能够顺利地举行。"

"难道你的眼里只有利益，没有对错吗？"

"当然有对错，对我而言婚礼圆满就是对，出大问题了就是错！我希望你不要任性，这真的不是一件可以任意妄为的事情。"

"如果我以朋友的身份请你帮忙呢？"

"也不行！"我坚决地摇了摇头。

我已经做好了她要和我闹的准备，可这次我错了，她什么也没有再说，只是从我身边站了起来，转身向纺织厂的院门处走去。

我在她的背影里看出了深深的失望，心中也随之弥漫起一种很难受的滋味，我快步追上了她，拉住她的手臂说道："你别这么任性好不好？毕竟你妈现在已经有了新的家庭，你现在做这些还有什么意义呢？清者自清，我们都不应该活在别人的看法中，不是吗？"

肖艾转身看着我，她冷冷笑道："我们都不应该活在别人的看法中？呵呵，那你为什么不敢和陈艺在一起呢？难道不是因为害怕别人对你的看法吗？江桥，我现在真的觉得，你不仅懦弱而且很虚伪！"

我怔住了，许久才回道："我不怕别人的闲言碎语，只是不想陈艺去承受这些。"

"我也不害怕别人的闲言碎语，但我不想我妈平白无故承受这样的诋毁。这和你是一样的，请问我哪里任性了？"

我无言以对，她松开了我拉住她的手，气氛瞬间变得有点冷。

"江桥，我来找你，对你好，都是出于这个目的。也许这算是一场游戏，也许并不算，但是在你拒绝我的时候，这场游戏就已经结束了。我们就从这里分别，今生我肖艾都不会再来找你了。"

"你这是何必呢？你这么说我真的挺难过的，我觉得自己在你心里只有被利用的价值。"

"那你就这么认为吧。"

我觉得胸口有点堵，却什么也说不出口，只是看着她在我的面前翻过院门，向对面的街道走去。我并不后悔自己拒绝了她，只是遗憾着，一个可怜人为什么要去为难另外一个可怜人呢？难道除此之外，我们就不能做货真价实的朋友吗？那些一起有过的欢声笑语也是假的吗？

我什么也不能确定，只是觉得自己愈发看不透这个世界，更看不透那些人为制造出来的是是非非，但又真实地被这些是非折磨着。

我回头看着身后这座废弃的纺织厂，将目光定格在给过我许多回忆的二号车间。我有些疲乏，有些累了，我忽然觉得自己真的搞不定这充满变数的生活，也留不住那些我想珍惜的人。

那就随他们去吧，反正一切撕心裂肺的痛苦也长不过一辈子，而一辈子也没有多长！

|第50章| 快乐的傻子

回到自己的住处，我独自坐在院落里喝着啤酒，可是啤酒没有像往常那样为我带来眩晕的快感。我一直很清醒地对着散落在院子里的月光，吹着有些凉的晚风，视线却一直没有离开过那堵长着些许杂草的院墙，我又想起了那个丫头，想起了那天我们坐在上面是多么轻松快乐。

我无奈地苦笑，厌烦着世事的烦扰。如果可以，我宁愿她从来没有出现在我的生活中。这并不是因为我有多讨厌她，而是她突然不打扰我了，我有些不适应。

我的世界里可能再也不会有那个冒冒失失敢翻院墙的姑娘，也不会再有人陪我待在那座废弃的纺织厂里，听我说起一些过去不开心的事情。

我知道她很骄傲，不屑与人相处。但是某一刹那她是真心对我好过的，因为我们在生活的无奈和痛苦中是同病相怜的。

想起这些，我的小院仿佛都变成了一座失落的城池，花草没精神了，石桌看上去也有点旧。

片刻之后，乔野回到了小院，那许久没有认真打理过的头发，今天竟然又用发胶梳理得层次分明，看样子他的心情还不错。

他在我对面坐了下来，打开一罐啤酒猛喝了一口，满面春风地对我说道："江桥，猜猜哥们刚刚去哪儿了。"

我对他的故弄玄虚实在是提不起兴趣，便有些不耐烦地回道："没精神猜。"

乔野从口袋里拿出一张银行卡在我面前晃了晃，很得意地说道："哥们儿创业的第一桶金有了！"

"哪来的？"

"刚刚和陈艺一起吃了个饭，我把创业计划和她聊了一下，她觉得非常靠谱，就借给了我三十五万。"

"你是不是以为陈艺的钱都是从天上掉下来的？三十五万够她做好几场商业主持了，她一年也就才主持个十几场，这一半都借给你了！"

乔野并没有将我的话当回事，跷起了二郎腿，对我说道："陈艺说了，男人就该有创业的决心，一次做不好就当交学费，而且她很认同我提出的以爱情为主题的经营理念，这证明她还是个相信爱情的女人，我当然也是个一直相信爱情的男人，所以我们一拍即合。倒是你江桥不觉得惭愧吗？一个大男人瞻前顾后、畏首畏尾，再好的机会放在你面前你也抓不住！"

"你就别在我面前小人得志了，假如这三十五万被你玩亏了，还有你爸和秦苗帮你买单。我要是玩亏了，我拿什么还给陈艺？我以后的路又该怎么走？你倒是和我说说看。"

"我真不喜欢你身上这股劲儿，太消极，一看就没什么创业的天分，一辈子就守着你这巴掌大的小院儿吧！"

我和乔野终究不是一个世界的人，他不懂我，就像我不能理解他一样。我没有再回应他，只是拿起啤酒又往嘴里灌了一口，心中有些茫然，眼里看不清未来的路。

我转移了话题，问道："你说这个世界上到底是道义重要，还是利益重要？"

"利分大小，道分轻重，这事儿不好说得太绝对，你得学会辩证着去看待。"

我心不在焉地点了点头，乔野因为沉浸在即将创业的喜悦中，也没有察觉出我的异常，喜滋滋地拿着从陈艺那里借来的钱回了房，对着电脑，继续在网上为创业的可行性寻找着依据。

…………

我简单吃了一些东西当作晚餐后，便用电脑写陈艺的婚礼主持脚本，因为之前已经写了一部分，所以在大约九点钟的时候，我完成了脚本的收尾工作。当即便给陈艺发了一条信息："你的主持脚本我已经写好了，你现在有时间吗？有的话我给你送过去,你最好能尽快熟悉一下。"

片刻之后,陈艺给我回复了信息:"你来我家吧,今天晚上没什么事情。"

我将自己写出来的主持脚本打印了出来,打车去了陈艺家。

此刻夜色已深,路上没有了匆匆归家的上班族,只有夜生活刚刚开始的前卫年轻人。这个现象在相对繁华的丹凤街体现得更为明显,有时候我也会想,这里真的比那条幽静的弄堂好吗?如果不是,为什么陈艺会走得如此义无反顾呢?

倘若她没有离开,我也不用在郁金香路和丹凤街之间奔波。

二十分钟后,我到达了陈艺的住处,开门的她穿得很简单的家居服,手上端着一杯可以帮助睡眠的牛奶,似乎已经在做着睡前的准备。

我进了屋子,没有说闲话,当即将主持脚本从文件袋里拿了出来,递到她面前说道:"你先看看这个语言风格合不合适,里面有不少煽动气氛的词,如果你觉得浮夸的话,就具体标注出来,我帮你修改,或者你自己修改也行。"

陈艺从我手中接过脚本,便认真地看了起来。我则闲了下来,又一次对着她的屋子四处打量,最后将目光定格在那扇地中海风格的玻璃窗上。

大约过了二十分钟,陈艺将脚本放了下来,对我说道:"没什么大问题,挺好的,只有两个地方我自己做了一点儿小修改。"

"那就好。"

陈艺点头,我们随即陷入沉默中,我本能地不太想离开,便想起了乔野找她借钱的事情,问道:"听乔野说,他找你借了三十五万。"

"嗯,有这个事情。"

"你还真敢借!"我叹了一句。

陈艺却出乎意料地摇了摇头,回道:"这三十五万虽然是他从我这里拿走的,却是秦苗的钱。"

"啊?怎么回事儿?"

"今天早上乔野给我发信息,说要借三十五万,我手上虽然有一些闲钱,可这也不是小数目,于是我就将这条信息转发给了秦苗,征求她的意见。"

我赞许地点了点头,陈艺确实是个做事很得体的女人,她将信息转发给秦苗,既不得罪人,也留下一个借钱的凭证。我们都知道乔野创业是很不靠谱的,朋友归朋友,但金钱上的事情还是要规规矩矩说清楚的。我问道:"秦苗是怎么说的?"

"秦苗下午就带了三十五万现金找到我,让我以自己的名义将这笔钱借给乔野。"

这个答案让我充满了意外,随即又问道:"秦苗她为什么这么做啊?"

"她说乔野是个有点儿任性的男人,她不想乔野在外面受苦,这笔钱就当给他交学费了,希望他玩累了能早点儿回家。"陈艺说完这些后深深地叹了口气。

我忽然觉得乔野有些可悲,而秦苗则有些可怜,或者说他们都很可怜。作为旁观者的我和陈艺都能看出来,她和乔野的这段婚姻谁都不是赢家,真正的赢家只有他们双方的父母,我仿佛能够预见乔野这个不成熟的男人,以后会用自己的偏执结束这段让他如鲠在喉的婚姻。

陈艺又对我说道:"江桥,你和乔野是同学,是兄弟,有机会你也劝劝他,秦苗真的不是他想象中的那种女人，秦苗对他是有感情的。"

"我劝过他很多次，可是他心里对包办婚姻的怨念深得很，不会静下心去和秦苗相处的。他现在眼里能看到的尽是秦苗的缺点，说她挥金如土，爱摆有钱人的臭架子。"

陈艺再次叹息，然后便陷入了沉默，我点上一支烟，又对陈艺说道："可能你还不知道，乔野在没和秦苗结婚之前有过一段感情，他对那个女人用情很深。但最后这段感情还是毁在了包办婚姻上，所以他才这么耿耿于怀，我觉得以他现在的情绪，和秦苗离婚是迟早的事情。"

"我觉得解铃还须系铃人，乔野应该找那个女人好好聊一次，解开自己这么多年的心结，否则以后他会后悔的。"

"他不是不想去找，而是那个女人自从当年离开南京后就没有了消息。"

陈艺满脸不理解，许久才回道："真不懂乔野在想什么，为了一份已经不可能的爱情去伤害秦苗，伤害他的家庭，真希望以后他不会后悔才好。"

"有什么样的因，就有什么样的果，也不能说全都是乔野的不对，他也是受害者，这些年他的精神压力很大，要不然他也不会做出这么不理智的事情。"

这个夜晚，我和陈艺聊了很久关于乔野的事情，可对我们之间这么多年的感情只字不提，也许我们都善于做旁观者，却弄不清自己正在经历什么，又该在这样的经历中去进行什么样的总结和反思。尤其是我，每天与陈艺近在咫尺，却永远也鼓不起勇气去拥抱她，然后动情地说一声"我爱你"。

…………

回到自己的住处，乔野正躺在床上和谁打着电话，他喜形于色地将自己借到三十五万的事情告诉了对方，又夸夸其谈着自己的创业计划。

我真的觉得他很可悲，但又无法将三十五万的真相告诉他。因为我能预见到，知道真相的他一定会暴怒着去找秦苗，然后又是一场无法控制的战争，所以情愿让他做一个快乐的傻子，肆无忌惮地享受着秦苗给他的爱！

点上睡前的最后一支烟，我躺在床上习惯性地拿手机刷着今天的朋友圈，发现自己已经看不到肖艾的朋友圈，当即便给她发了一条信息，但显示被她给拒收了。

我有些失落，也有些不适应，一个那么勇敢闯进我世界里的女人，在留下一个和我一样悲惨的故事后，又突然离开了我的世界。

可我到底该不该因此而慌张呢？也许不该，我应该学习乔野，去做一个快乐的傻子。因为有时清醒才是痛苦的开始。

第51章 去看肖艾

时间又往前走了三天，这天早晨，窗外下起了淅淅沥沥的秋雨，天空有点儿阴沉，我赶紧起了床，将那些不宜淋雨的花搬到了屋檐下，又从柜子里翻出了一把老旧的折叠伞。

我用脸盆接了些冷水，蹲在台阶下刷牙洗脸。乔野也将毛巾挂在肩上，端着脸盆在我身边蹲了下来，我俩边洗脸边闲聊着，他对我说道："江桥，我今天就去亚丁宾馆把转让合同签下来，你要不要和哥们儿一起去，见证一下我是怎么走在成功这条路上的。"

"其实，我也希望你能脱离秦苗和你爸做出点儿正儿八经的事业来。可你也看到了，这是一个多现实的世界，所以我就不去看着你是怎么败光这三十五万的了。"

乔野一脚踢翻了我的脸盆，怒道："你能不能别老给我泼冷水，凭什么我乔野离开了那个没有人情味的家就干不了事儿？"

我没理会乔野，又去接了一盆凉水，洗掉了脸上的泡沫。我的情绪之所以稳定，是因为我比任何人都清楚真相。如果没有秦苗借陈艺之手给他的三十五万，这会儿他多半还在抱怨这个世界没有人情味。

乔野见我不理他，又搭住我的肩说道："江桥，其实我特别希望你能认可我现在做的事情，你知道的，我以前的时间都用来游戏人间了，这是我第一次想认认真真地做一次事情。你真的要看见我的努力，而不是老这么损我，是人都有脾气，是吧？何况我还真是个暴脾气！"

我哭笑不得，半响对他说道："行，那哥们儿以后绝对不针对你创业的事情发表一点儿看法，你就戴稳你的皇冠，去骄傲地实现自己的人生价值吧。"

…………

离开住处，我撑着黑色的伞，走在灰色的巷子中，看不见的天空在下着一场仿佛停不下来的雨。在水汽的味道中，我真真切切地感受到了秋末的气息，可我还没有做好迎接冬天的准备，因为我还没有为那些不耐寒的花草做好防寒措施。

是的，只有自己一个人的早晨，我就是这么忧心忡忡地想着生活里的每一个小细节，却又不敢想得太深入。因为身边一直没有一个可以与我共同抵御痛苦和分享快乐的人，甚至连个说话的人也没有。只能自己反复地将那些微不足道的小事情，思考成一种困扰自己的忧愁，然后又立即停止。

这个下着雨的白天，我的工作效率很低下，手上积压的工作只完成了一半。但天色已经昏暗，我站在公司的阳台上，打算调整一下状态，再继续加个班。我是不恐惧加班的，反正回家后也是一个人，没有生活，没有娱乐。

我点上了一支烟，用最慢的速度吸着。吸烟时，我的手机响了起来，是于馨这个丫头给我发来的微信："江桥哥，最近有没有乐器演奏的工作可以介绍啊？"

我如实回道："除了我自己做的婚礼策划，一般我不干涉公司外联部的工作。但我手上的策划案都在几个星期之后了，暂时没有乐器演奏的业务。这样吧，我把公司外联部的主管介绍给你，你以后可以直接和他联系。"

"好啊，正好我现在有时间，我请你们一起吃个饭吧。"

"也行。"

确定了要和于馨一起吃饭后，我便掐灭了手中只吸了一半的烟，找到了公司外联部的主管。我之所以这么热心，并没有什么特别的目的，只是欣赏于馨这种喜欢主动创造机会的性格。这个社会，像肖艾那样的丫头毕竟只是极少数，所以你必须很努力，才能领先于别人。我看得出于馨就是这样一个丫头，因为她的性格很好，待人接物也很有耐心，我有时甚至觉得，她可能比肖艾更适合演艺圈。

…………

晚饭在愉快的气氛中进行，于馨也如愿以偿地得到了这个周末的一个演出机会。公司外联部的主管因为还有其他饭局，中途便离开了，小包间里只剩下了我和于馨。

于馨特别过意不去地对我说道："江桥哥，说好了我请你们吃饭，你干吗还抢着去买单啊？"

"这是小事情，下次你再请回来就是了。"

"好吧，不过还是很感谢你帮忙，自从上了大四以后，我真的就不想再和家里人要钱了，所以特别想找一些不影响学习，还能赚点外快的工作。"

我笑了笑，示意她不用往心里去，又从钱包里拿出了一千五百块钱，递给她说道："这是肖艾上次的演出报酬，一直在我这儿放着，你帮我转交给她吧。"

"你自己干吗不给她啊？"

我也不知道该怎么和她说起自己与肖艾之间发生的事情，最后只是敷衍着说道："我最近挺忙的，没时间去找她。"

于馨这丫头却不依不饶地又问道："她不是经常去找你吗？而且前些天她老在我面前说起你。"

"她说我什么？"

"说你是个暖男，对自己喜欢的女人非常体贴用心，就是有点厌包。"

我无奈地苦笑，然后回道："你还真是直言不讳啊！"

于馨回应了我一个尴尬的笑容："直言不讳的应该是肖艾吧。"

我收起了心中的情绪，忽然很想知道肖艾的消息，在一阵沉吟之后终于向于馨问道："肖艾她最近还好吗？"

于馨摇了摇头，回道："前些天上舞蹈课的时候，可能是因为分神，她把自己的左脚扭伤了，已经好几天没去学校上课了，你都不知道吗？"

不知为何，听到这个消息，我的心里有点疼，却又不知道该说点儿什么，只是低下头，用手揉了揉自己的太阳穴。

"江桥哥，你待会儿有时间的话就去看看她吧，正好把演出的报酬也一起给她。"

"我不知道她住在哪儿。"

"我知道，这几天都是我去照顾她的。其实她真的挺可怜的，住着那么大的房子，却连一个关心她的人都没有。如果我没有猜错的话，这会儿她肯定自己一个人在家吃外卖。"

犹豫再三之后，我终于对于馨说道："你把她家的地址给我吧，我去看看她。"

于馨拿出手机，一边将地址发给我，一边问道："你现在就过去吗？"

"嗯。"我又问道,"对了,她那儿能做饭吗?我买些她喜欢吃的东西做给她吃。"

"能啊,对面就有超市,买东西挺方便的。"

"那成,我就先去她那边了。"

…………

离开饭店之后,我便根据于馨给我的地址来到了夫子庙步行街附近的一个小区,去对面的超市买了些蔬菜和肉类食品,这才向小区内走去。

这个小区并不是新建的,但因为独特的地理位置,房价已经接近每平方米三万元了,所以算得上是一个比较高档的小区。进了小区之后,这种高档感便更加直观地呈现了出来,因为这是一个绿化率很高的小区,楼与楼之间的间隔也比较远,给人以隐私被保护的感觉,这在寸土寸金的夫子庙旁是非常难得的。

我撑着伞,沿着两旁长满梧桐树的道路向肖艾住的那栋楼走去,等到了十六号楼才发现她住的是联排别墅,那辆白色的奔驰车就在院里停着。我这才惊觉,其实这辆车就是她的,我却不知道她是出于什么目的,要刻意要隐藏这些。

我站在门口,按了门铃,片刻后对讲机里传来了肖艾的声音:"你是谁啊?把撑着的伞拿掉。"

"我不拿,拿掉了被你认出来,你肯定就不让我进了。"

肖艾已经听出了我的声音,对讲机里便没有了动静,看样子她在兑现永远不和我见面的承诺,这让我有点无计可施。

雨忽然又大了些,成串似的掉在我的雨伞上噼啪作响,带着湿气的冷风让我非常难受,我又厚着脸皮,对里面的肖艾说道:"我听于馨说,你的脚扭了,所以过来看看你。对了,我还买了你喜欢吃的菜,你要是不理我的话,可就真的没有口福了,你是知道的,我做辣子鸡可是一绝!"

我说了一大堆话,却一点儿回应也没有得到。我在冷风中打起了退堂鼓,下意识地将自己那单薄的外套披了披,又点上了一支烟,靠着烟带来的舒畅感,克制着想要离去的冲动。可是又有这么一刹那不太明白,我到底是为了什么在坚持呢?

一支烟快要吸完时,对讲机里忽然又传来了肖艾的声音:"你傻吗?我不放你进来你难道不会翻院墙?"

我向那铁制的围墙看了看,果然没什么翻越的难度,但仍担心地问道:"没报警系统,也没通电吧?"

"你要害怕就在外面站着吧。"

"没必要搞这么复杂吧,到时候我没翻好,也扭了脚,咱们可就是一对病号,谁也顾不上谁了。"我嘴上这么说,可已经将手里的菜从围栏的缝隙里塞了进去,然后提了提裤子,爬上了围栏。而这时,肖艾终于撑着一根拐杖从屋里走了出来,站在滴水的屋檐下,表情复杂地看着我。

我趴在围栏上与她对视着,她头发乱糟糟的,气色也不太好,完全没有第一次见面时的那种精气神。显然我们没有联系的这几天,她过得很糟糕,甚至是凄惨。

|第52章| 可惜我不是你的女朋友

我站在围栏的最顶端，随即一个潇洒的跳跃，却没有料到草地湿滑，狼狈地往前踉跄了好几步，才很不堪地站稳了脚，仍很嘴硬地对近在咫尺的肖艾说道："从我脚落地的这一刻起，你家这小院就算被我给侵犯了。"

肖艾嫌弃地看了我一眼，回道："差点一个踉跄跪在地上，也算是侵犯吗？"

我回头将放在围栏旁的方便袋拎了起来，然后将雨伞上的泥水甩了甩，这才站在肖艾的面前说道："其实侵犯这个词用得非常好，因为你不肯和我见面，我来找你就不算建立在你情我愿的基础上。说好听点儿是冒昧拜访，说难听点儿就是无故侵犯。"

"真看不出来，你一个高中都没毕业的人，说起话来还这么有逻辑。"

我笑了笑，凑到肖艾面前说道："这还不是我真正厉害的地方，你知道吗？上次我们公司老板得罪我，第二天就把腿给摔了，你是第二个得罪我就受伤的人。"

"你怎么这么坏？"肖艾怨恨地对我说道，然后就向我举起了手中的一支拐杖。

我往后退了一步，站在她的车旁边，于是又想起了车的事情，便收起了开玩笑的心思，问道："其实这辆车就是你自己的吧，当时干吗费那么大劲儿说是和朋友借的。"

"怕你自卑，我就打不进敌人内部。"

"我是你的敌人？"

"反正不是朋友。"

"对，没有一个朋友是这么被你耍的。"

我这句有些宣泄情绪的话似乎触动了肖艾，让她陷入了沉默，许久才低声向我问道："那你为什么还来找我？"

"因为你的痛苦我都经历过，我知道你现在是什么心情。"

…………

进了肖艾家，我没有顾得上多看几眼，便提着菜进了厨房，开始为我们的晚餐忙碌了起来。窗外的雨一直没有停，落在屋檐上，落在厨房后面的小竹林里。

大约用了一个小时，我终于将做好的饭菜端到了饭桌上，然后与肖艾面对面地坐着，她似乎对我还有一些脾气，从我进了屋子后并没有怎么开口和我说话。

我当然明白这种不开口是任性使然，却愿意包容她。因为我不愿意以一个可怜人的身份去为难另一个可怜人，尤其她还是个看上去倔强，心里却很脆弱的丫头。

我将一盘糖拌西红柿递到她面前，说道："这是好东西，富含维生素，你多吃点儿。"

肖艾低着头，也不知道她在想些什么，许久才用筷子夹了一块，送进了嘴里，却依然不愿意和我说话，大概心里还在矛盾着要不要心平气和地接受我这个不速之客。

为了让她放下戒备，我又友好地对她笑了笑，也拿起筷子，吃起了这顿有人陪、有落雨声可以听的晚餐。

吃完饭，我先将碗筷收拾到厨房里洗干净，又替她打扫了一下屋子，甚至连她换洗下来的脏衣服也一起洗了。等忙完这些，我才来到她的面前，将事先准备好的一千五百块钱递给她，说道："这是你上次演出的报酬，估计以后你也不愿意理我，这钱我不好再替你收着了，你拿回去吧。"

　　她从我手中接过了这笔钱，而我也搬了一张椅子在她的对面坐了下来，她将钱放在沙发旁的柜子上，从抽屉里拿出了一卷新的绷带和药膏，似乎准备换药。

　　"我帮你换吧。"我说着便从她手中拿过了绷带和药膏。

　　她只是看着我，并没有拒绝，我小心翼翼地将她的脚放在我的腿上，替她解开了原先的绷带，只见脚踝处真的一片红肿，我一边用酒精替她擦掉原先的药膏，一边问道："你怎么那么不小心啊，跳了这么多年的舞，还能把脚给扭了。"

　　"照你这个意思，活了这么多年就不用死了吗？"

　　"你这个逻辑……"

　　"我的逻辑怎么了？反正我就是扭脚了，我这几天就是活得不开心，又怎么了？"

　　我当然听得出来她还生我的气，也知道在她眼里只有是非黑白，并没有错综复杂的利益关系。可正是这种过于简单的逻辑，给我这个价值观已经成型的人出了个很大的难题。

　　一阵沉默之后，我才对她说道："之前的事情，我一直想和你心平气和地聊一聊，因为我很希望你能理解我的难处。我承认在宾客满堂的婚礼上揭穿李子珊的丑恶面目是最大快人心的，可是你有想过后面的连锁反应吗？比如我们公司，我掏心掏肺地和你说，你爸的这场婚礼，关乎着我们全公司上下所有员工的饭碗。如果办好了，可以缓解公司下半年的财务压力；如果办不好，我们是要赔钱的。因为你爸的婚礼比较特殊，他是全权交给我们公司去承办的，所以我们有义务保证婚礼有序进行，否则是要承担责任的。"

　　肖艾用一种带着恨意的笑容看着我，但那笑容不是针对我的，她回道："李子珊知道我会去闹，所以她才和你们公司签那么过分的合同，把风险转嫁给你们，到时候一旦婚礼现场出了意外，她就可以拒绝付尾款，所以你们公司最傻，才会和她签这份不平等的合同。你现在知道她是个多有心机的女人了吧？"

　　我叹息，事实上，当我看到老金和李子珊签的那份合同时，便很反感里面的很多不平等条款。可公司已经到了难以维持的地步，否则老金也不会冒险签这样的合同。这也符合产出越大、风险越大的商业定律，毕竟整个南京一年也不会有几个可以拿出三百万举行婚礼的有钱人。

　　泪水忽然从肖艾的脸上落了下来，她哭泣着对我说道："江桥，你知道吗？我妈离开南京时，对我说她这辈子都不希望我进娱乐圈，做一个取悦大众的明星，她要我做一个有自我品格的艺术家。她为什么会这么要求我？因为她对那个圈子里的人太失望了，她更憎恨曾经在娱乐圈混的李子珊，她害怕那个圈子里的风气会把我变成和李子珊一样的人。可是，我更知道她不甘心，不甘心家庭就这么被拆散，但她已经不能改变什么。她离开时很痛苦，而我这些年的痛苦更是李子珊给的。你告诉我，我到底要有怎样的宽容心态才能眼睁睁地看着她在我爸身边张牙舞爪？"

我终于知道肖艾为什么会如此排斥进娱乐圈，我也能理解她此时此刻的怨恨和痛苦，可我没有立场去安慰她。因为对于她父亲的婚礼的态度，我们始终是站在对立面的，我更是有着不能改变的立场。

她倔强地擦掉了眼泪，盯着我看了许久。

我在她的眼神中有些无所适从，索性什么也不想，只是替她换好了活血祛瘀的膏药，然后缠上了新的绷带。

这时，她终于又对我说道："我知道这件事情是我任性了，更不该迁怒于你，我身边也没有谁可以听我说这些憋在心里的话，所以很多时候我的心情都很不好，我真的很讨厌这么活着。"

我的心情忽然也变得低沉了起来，于是从烟盒里抽出一支烟点上。当熟悉的烟草味道开始在我们之间弥散时，我终于安定了一些，对她说道："我不介意你的任性，只要你觉得开心，我可以配合你做很多事情，但是唯独这件事情不行。我希望你能听我一句劝，不要再对这件事情耿耿于怀了，因为介意除了让你不快乐，你什么也得不到。你以为这么做可以为自己和你妈出一口气，但实际上并不是这样的。你要是这么做的话，真正伤害的只有我们这些无辜的人，而李子珊依然会和你爸结婚，因为她已经给你爸生了一个四岁的儿子。"

肖艾沉默，这种沉默恰恰证明这些道理她都懂，但是做起来很难，我没有再用言语打扰她，只是耐心地等待着。

她终于避开了这个在我们之间暂时不会有结果的话题，对我说道："我在家闷了好几天了，想出去走走。"

"有轮椅吗？"

"只有两支拐杖。"

"那没法走，外面雨下得不小。"

"你背我，我帮你打伞。"

…………

安静的小区里，昏黄的灯光下，我背着肖艾走在了湿滑的道路上，头顶的雨伞给了我们一种说不出的安全感。在我的记忆里，我从来没有这么背过一个女人，甚至是陈艺也没有。

我有些累了，便将她放了下来，用纸巾擦干了长椅上的水。我们并肩在上面坐着，却并不那么亲密无间，我们之间隔着一点儿距离。

"江桥，你觉得这下雨的夜，有没有比你的'日光倾城'更浪漫？"

"'日光倾城'是拿来忽悠你爸的。其实我挺喜欢雨夜的，我们两个人走在雨里面，就好像在进行一场冒险。"

肖艾转头看着我，许久才说道："可惜我不是陈艺，也不是你的女朋友，要不然你就会说出'用雨水代替你亲吻我的脸'这样的肉麻话了。"

我笑了笑，回道："是啊，也许你会比我更肉麻，说什么'我的微笑会映红你的脸'之类的。"

肖艾回应了我一个与她年龄并不太相符的笑容，然后便将自己的身体靠在了我的肩上，说道："你的伞太小了，靠近一点儿我们两个人才都不会被雨水淋到。"

"你靠吧，正好我也有点儿冷，靠近点儿暖和。"

肖艾终于放开了自己，她抱住了我的腰，将身体全部靠在我的怀里，她在低声抽泣着。

我知道，在这脆弱的时候，她需要的是一个肩膀。靠近我也不是因为雨伞真的有多小，也不是因为我真的很冷。

我想我和这个丫头之间并不需要什么动人的诗篇，更不需要一个可以让我们相爱的世界。只要在这个雨夜，她从我这里得到一些依靠，我从她那里带走一些温暖，就足够了。我们仿佛都是这个世界的弃儿，我们活得空虚，但这个夜晚足够真实，真实到在我怀里哭泣的她，像一只受伤的野猫。

…………

我终究是要离开的，可是临走时，她坚决让我开走她的车，因为这个时间不太好打车。

就在我将车开出小区时，我接到了罗素梅的电话，她让我明天早上去上海的机场接金秋。

金秋回来了，我一直盼望着的金秋终于回来了。我想把自己的职场未来交给她，更希望她能将老金的公司带到一个新的高度。

|第53章| 意想不到的结果

开着肖艾的那辆奔驰车，我快速地行驶在夜色中。雨依旧下个不停，整座城市在雨刷器的交替之间显得时而真实，时而虚幻，那霓虹的光则轻得像羽毛，在很远处便向我伸出了温柔的手。可是即便如此，我也没有对这座城市产生太多的归属感，因为它实在是太大了，大到让我只敢去迷恋那一条只有区区几千米的郁金香路和数百米长的小弄堂。

我将肖艾的车停在了弄堂外面的空地上，并没有立即下车，而是在车里点上了一支烟，看着无边的雨夜进行了一番换位思考。下一刻，我便真切地感受到了发生在肖艾身上的痛苦，可是又对她的痛苦无能为力，最后只能盯着那些被她放在车后座的玩偶失神了好一会儿，心中也遗憾着被雨水阻挡的视线看不到更远的地方。

过了很久，我终于离开车子，撑着那把老旧的折叠伞，走在了青石板铺成的小路上。

回到住处，简单洗漱之后，我便进了自己的房间，乔野正躺在我的床上吸着烟，似乎一直在等我回来。

我也在床上躺了下来,点上一支烟问道："亚丁宾馆的转让合同你签下来了吗？"

"签了。"

我回应了一声，随后深吸了一口烟，又问道："打算给新的宾馆取什么名字？"

乔野想也没想，便回道："苏菡旅馆。江桥，你说等有一天，全国各地都有了我的苏菡旅馆，她会不会看到呢？"

"这个很难说。"

乔野点了点头："嗯，是很难说，但至少是个念想。"

我想起了秦苗对他的良苦用心，又忍不住劝道："乔野，你做这些又是何必呢？苏菡再好，也已经是过去式，你应该珍惜现在的生活和身边的人，否则你会后悔的。"

乔野很无所谓地回道："我现在是凭自己的本事赚钱，等的是自己想等的人，请问有什么好后悔的，我反而觉得这才是我要过的人生。"

"你这是胡扯，说不定你要等的那个苏菡早就有了自己的家庭和孩子，你留恋的东西，不代表对方也会留恋。只有你身边亲近的人才是真实的，因为你能清楚地看到她的一举一动。过去和初恋这两样东西真的太虚幻了，最多只能放在记忆里偶尔拿出来想一想。"

"你才是胡扯，苏菡绝对不会忘记我，我们之间的感情和经历你不懂，她这辈子爱的男人只有我乔野一个。"

我笑了笑，回道："就算她爱的人只有你乔野一个，她不也离开南京了吗？爱情这东西再伟大，它也大不过生活！"

"正因为这样，我才更加觉得对不起她，是我用一份自己本意并不想接受的婚姻伤害了她，让她带着那么大的痛苦和委屈离开了南京。我乔野这辈子做得最错误的一件事情，就是娶了秦苗，伤了苏菡。"

我没有经历过爱情，可是已经在乔野这份纠结的爱情中伤神了，于是对他说道，"不聊这些没头绪的事情了，明天我还要去上海接金秋，得早点睡。你从哪儿来，就带着你搞不定的爱情回哪儿去，别再打扰一个不能和你感同身受的哥们儿了！"

乔野听说金秋要回来，有些意外，说道："她在国外留学快三年了吧？"

"差不多。"

乔野用一种很八卦的眼神看着我，又问道："我记得她当年还在南京大学上学那会儿，你们感情挺好的，你没少去学校给她送饭吧？"

"送过，都是替我们老板娘送的，不过我们感情还是挺不错的。"

"爱过吗？"

"你是真和爱情杠上了吗？怎么什么事儿你都能往这上面想。"

"真没爱过？"

"我对金秋只有欣赏。"

乔野点头说道："幸好是欣赏，这个女人可不是一般男人能够驾驭得了的，我觉得她身上那果断的劲儿真能杀死人。"

我没有言语，在心中将自己所了解的金秋又想了一遍，好像乔野的这个形容还是比较贴切的，因为她做事情雷厉风行，会让很多男人感到汗颜。我对她印象最深刻的一件事情，便是她在一场学校组织的辩论会上舌战群儒。那天，她一个人竟然将对方三个辩论高手说得哑口无言，那种气势，需要的不仅仅是智慧，还有莫大的勇气和对场面控制的能力。

第二天，下了一夜的雨终于停了下来，我早早便开着肖艾的车向上海浦东机场驶去。这是一段很漫长的路程，我在快要中午时才到达上海。

停好车，我便站在出口处等待着，大概过了二十分钟，我终于看到了戴着墨镜，穿着皮夹克的金秋。虽然我们还没有开口说话，但是我已经能感觉到她的气场较几年前要更强大了，她似乎天生就是一个领导者，难怪老金夫妇会以她为荣，更放心将公司交给她，实际上我也一样对她充满信心。

我迎着她走了过去，老远便向她挥了挥手，她也在同一时间摘掉了墨镜，对我笑了笑，我加快脚步走到她的面前，接过了她手上的行李箱，说道："一路辛苦了，祖国人民欢迎你！"

"我不辛苦，在飞机上睡了一路，倒是你从南京开来的这一路是真的辛苦！"

我开着玩笑说道："为大小姐服务，我是心甘情愿的，也不辛苦。"

金秋笑了笑，示意我和她一起去机场的餐厅先吃个午饭。我今天的任务就是接她回南京，所以时间还是比较充裕的，也不介意先吃个饭再走，便跟随她的脚步向餐厅走去。

我和金秋各要了一份快餐，也在吃饭的过程中闲聊了起来，她对我说道："江桥，公司现在的情况我妈都打电话和我说了，但我还是想不通，为什么我只走了几年，公司就走到了步履维艰的境地？"

"主要还是因为市场的整体环境不好，有实力的婚庆公司都已经完成了升级改造，而我们公司一直在沿用过去的经营思路，所以就被市场淘汰了。不过老板娘和老板都对你这次回国寄予厚望，我们都在盼望你能带领公司走出困境。"

金秋看了看我，随即问道："我听说，我爸妈都有给你承诺，说是等我接手公司后，就由你来管理策划部和工程部这两个部门？"

我没有想到金秋会问得这么直接，愣了一下才回道："是有这个事情，我个人也挺感恩你爸妈给我这个机会和信任，我会尽力的。"

金秋摇了摇头，她稍稍沉默之后，语气很是坚决地对我说道："江桥，我知道这么说会伤害到你，但是公司的利益更为重要。我个人觉得我爸妈的决定是很不明智的，而我对公司以后的经营模式已经有很明确的思路。首先我打算精简公司的部门和人员，第一批要裁的就是这么多年因为人情关系留在公司的员工，因为公司必须要在人员结构上进行全面升级，而打造一个高品质的团队，是我一定要作为重中之重去做的……"

我有点蒙，她后面说的话没有听得太清楚，但是已经大概听明白了她话里的意思。在一阵沉默之后，我没有任何表情地问道："你的意思是，我江桥不会出现在你新的团队里，对吗？"

金秋没有一句多余的废话，只是很肯定地向我点了点头，看着我那面色越来越难看的脸，等我快要爆发的时候，她才又对我说道："江桥，我希望你能理解我这个决定，你自己刚刚也说了公司这几年一直在走下坡路的原因，我们也都看得见人情生意的坏处。但我爸这个人就是太过于感情用事，以至于人员结构迟迟得不到升级，后果便是直接影响了公司的竞争力。现在公司已经病入膏肓，如果我不在根源上动一些大手术，公司依然就像温水里的青蛙，一点点死在竞争越来越激烈的市场环境中。"

我的心一阵阵揪痛，许久才低沉着声音，回道："金秋，你是在和我说笑吗？你觉得你爸妈这几年留下我，都是出于人情，而不是因为我脚踏实地做了事情？"

"江桥，你先不要激动，我绝对肯定你的工作，但是策划部门实在是太重要了，也是公司的核心，我必须要打造一个全南京最高端的策划团队。策划人员的学历我要求至少不低于一本，且是名校毕业，只有这样我们才能和其他婚庆公司形成区别，打造公司独特的经营路线。你在这个行业做了这么多年，也应该知道越是高端的客户对策划能力的要求便越高，而真正能给公司带来利润的正是那些高端客户，所以我不得不忍痛做出这个决定。但这并不是在否认你，相反你很踏实也很优秀，只是不符合公司的经营战略，所以只能遗憾地请求你的理解和原谅！"

|第54章| 我很爱你

从上海回南京的路上，我和金秋再没有任何交流。我的心情却好似被扔在了汹涌的海浪上沉沉浮浮，我不停地回想着自己在老金公司的这六年。我依然记得，自己第一天进公司时，还只是个留着长发的孩子，如今我已经成年，有了自己的人生观和价值观，也算是成长了。可是这种成长和时间的积累并不能让我摆脱离开的命运，哪怕在前一刻我还如此期待着金秋的归来。

回到南京，已经是傍晚时分，老金和罗素梅早早便在公司的门口等待着，他们要为金秋接风洗尘。我从后备厢将金秋的行李拎了出来，然后来到他们一家三口面前。

老金一手拄着拐杖，一手拍着我的肩膀说道："江桥，今天辛苦了，待会儿和我们一起去吃晚饭吧，你们老板娘早上就在福满楼订好位置了。"

我下意识地向身边的金秋看了看，她没有一丝情绪上的波动，似乎将我从公司辞退只是一个她计划内的决定，无关痛痒。

我强颜欢笑，对老金说道："你们亲戚朋友聚吧，我这个外人就不去了。"

老金满脸不悦地对我说道："你小子说话可要讲点儿良心，谁把你当外人了？是我，还是你们老板娘？"

"你们对我都挺好的，我就是开一玩笑，不过今天晚上我是真去不了，有点私事儿要办。"

一直在和罗素梅说话的金秋回头看了看我，转而对老金说道："爸，你让江桥走吧，我想他现在需要一点儿自己的空间。咱们先去吃饭，晚上我会和你们聊一下公司的事情，我的几个决定需要得到你们的支持。"

　　老金和罗素梅对视了一眼，两人眼中都有疑惑，而我低下了头，将手表扶正，以此来掩饰心中的悲痛。可是我并不是一个演员，有限的演技根本藏不住情绪，只会让自己更加不自在。

　　金秋终于走到我的身边，轻声对我说道："对不起，江桥，我也不想这样，是局势太逼人。"

　　我有些失神，有些茫然，金秋似乎叹息了一声，又走到老金和罗素梅的身边，引导着还在疑惑中的他们向公司的商务车走去。

　　我看着他们离去的背影，终于为自己点上了一支烟，在熟悉的烟草味道中有些想哭，可又哭不出来，最后只是捏紧了手中的烟，闭上眼睛摇头笑了笑。我不想再去看这个有些冰冷的世界，世界更不会在意我用青春累积出来的这六年。我从出生的那刻起就已经注定会被这个世界遗弃，我渐渐有些感觉不到自己存在的意义。

　　…………

　　离开了公司，我哪里也不想去，买了一盒赵楚在世时最爱抽的南京香烟，还有几罐可以让我们笑着去聊天的啤酒。在傍晚来临前，去了赵楚与这个世界告别的地方。

　　我清理了墓碑前的一些杂草，又用手抹掉了照片上的灰尘，直到看清赵楚那依然稚气的脸，才点上一支烟，将其轻轻地摆在了墓碑的下面。

　　这一刻，我终于解放了。我靠在离照片最近的地方，也点上了一支烟，带着最简单的笑容对着赵楚的墓碑说道："我最爱的兄弟，你走了快七年了，在这七年里，我看透了很多的事情，其实我们都活在一个有点儿虚幻的世界中，生存或是死亡都是很即兴很瞬间的事情，所以你才走得那么让人措手不及。你知道吗？我真的活得很累，很多时候我会想，如果有一天我也去了你在的那个世界，会不会得到一点儿补偿呢？假如真的有补偿，我想要一个可以依靠的人，她会在我心冷的时候给我倒一杯热水，在我孤独的时候，陪着我笑一笑。可是，即便你的世界有这样的诱惑，我现在也不敢去，因为我还没有让奶奶过上一天好日子，我更知道奶奶在有生之年还想见一见我那早就不知去向的妈，我也特别想见她，所以我得活着。可活着的方式为什么就不能简单一点儿呢？为什么不能呢？赵楚，你说为什么就不能呢？"

　　我用手生生将还在燃烧的烟掐灭，钻心的疼痛中，我终于闭上了眼睛，在赵楚的墓碑旁哭得不能自已。为什么我忠心耿耿的六年换不来别人的一个保护？假若有一天，金秋站在商界的顶峰，会不会记得有一个叫江桥的人，曾经拿着笔，扛着木梯，熬过无数个夜，只是为了替她的父亲守住来之不易的产业？

　　…………

　　夕阳开始下坠的时候，我站在空空的墓园外，吹着秋末有些凉的风，难过的情绪就这么一点点递减，整个人渐渐陷入空乏和茫然中。陪伴我的只有手中那支还在燃烧的烟，它诚恳地提醒着我，时间还在走，夜幕会让这个世界越来越暗。至于那在远方的城市，依然会有灯红酒绿，又在灯红酒绿中衍生出无法阻挡的物质诱惑，让一部分人在这诱惑中快乐，一部分人被逼得无路可走。

片刻后,夜色在不可阻挡中降临,我从口袋里拿出了手机,给陈艺发了一条信息:"在哪儿?我想见你。"

"台里今天宴请几个参加节目录制的明星,我正在饭局上,一时半会儿走不了,你有事情吗?"

"没什么事情,你忙吧。"

发完这条信息,我便关掉了手机。假如这个世界上连陈艺都无法陪伴我,那我便可以戴上最牢不可破的枷锁把自己孤立起来。反正这些年与我最亲密的也就是孤独而已,我最不怕的便是孤独。

回到最熟悉的郁金香路上,我便将自己的躯体扔进了一个充满酒气和嘈杂的饭馆里。我点了超出自己酒量之外的白酒,就着酸辣的白菜喝了起来,很快我便在求醉的心情中昏昏沉沉,麻木地看着曾与我同在的食客们一个个离去,又看着饭馆外面的世界越来越安静,越来越虚幻。

我又一次丢掉了存在感,像个机器人似的将钱包扔给了一直在等我离去的老板娘,让她自己从里面数出我应该付的酒钱。

老板娘似乎放了一些零钱到我的钱包里,然后搀扶着我,将我送到了可以回到弄堂里的马路对面。等她离开后,我便失去了站立的重心,靠扶着路边的围栏走到了一棵梧桐树旁,然后撕心裂肺地呕吐了起来,吐出了原本借来消愁的酒,吐出了曾在肉体里温热的胃液,最后虚脱地瘫坐在地上颤抖着。

汗水顺着额头落进了我的眼里,让我不得不闭上眼睛,不再去看这个在灯红酒绿中充满是非的世界,直到她的声音在我耳边轻柔地响起:"喝口水漱漱口吧。"

我无力地睁开眼睛,她白皙修长的手里正握着一瓶已经拧开的矿泉水。她的身体离我很近,我甚至能感觉到她的气息,是那么温暖,那么芳香,将我温柔地包裹着。

我从她手中接过了矿泉水,仰起头猛喝了一口,那些顺着领口流进衬衫里的凉水顿时让我清醒了许多,这才真真切切地愿意相信,此刻在我身边陪伴着的就是陈艺。

我冲她笑了笑,又笑了笑。

她冷着脸对我说道:"这个时候你还能笑得这么不正经!"

我凝视着她的眼眸,感受着那隐约存在的柔情,在醉酒带来的勇气中回道:"一个人能有多不正经,就能有多深情!"

陈艺避开了我的眼神,许久才说道:"别胡说,赶紧起来,我送你回去休息,你这次肯定喝伤了。"

灯光昏暗的小弄堂里,我给了陈艺太多的重量,她脱掉了高跟鞋,赤脚架住我走在了青石板铺成的小路上。可即便如此,她依然走得很不稳,一直努力地保持着我和她之间的平衡。

我含糊不清地对她说道:"天气凉,你赶紧把鞋穿上。"

"没事。"

"要不你打电话找乔野,我不能这么拖累着,拖累着你。"

"什么拖累？你快别说话，还差一点儿就到了。"

我拉住了她，无论如何也不肯走一步。此时我们所在的位置，正是已经打烊的心情咖啡，只有一条串灯在我们的上方忽明忽暗地闪烁着。

陈艺借此机会喘息着，片刻后才问道："你今天为什么喝这么多酒？"

我又一次凝视她的眼眸，感受到了一种自己特别需要的安全感。在这种安全感的包裹下，我发自内心地恐惧这个世界里的是是非非。我无比地想接近她，忘记今天金秋对我所说的一切，忘记这六年在汗水中收获的委屈和孤苦。

她的气息让我处在失控的边缘，体内残存的酒精推开了我心灵最深处的窗口，我紧紧将她拥在了怀里，双手穿过了衣服的保护，与她背后的肌肤亲密地接触着。一瞬间，她身体的温暖，融化了我这十几年的怯懦，我哭泣着在她耳边说着："陈艺，这些年，这些年我太辛苦了，辛苦到没有自由，没有生活，更没有爱情。可是这并不代表我不会爱，没有爱！我一定爱过一个人，而这个人，而这个人，就是与我朝夕相处了十几年的你！我不想再这么辛苦地演下去了，我想爱你，勇敢地爱一次，哪怕就只有现在这一秒，下一秒就去死，也没有遗憾！"

她的呼吸越来越急促，我的身体越来越悸动，我失控般地抱紧了她，深深吻住她的嘴唇，疯狂地索取着内心最深处渴望的感觉和爱情。

|第55章| 向陈艺求婚

我的心血都在澎湃，在强行吻上陈艺的时候，我甚至不知道她是在给予回应还是拒绝，只是微弱地感觉到，我们越抱越紧。许久她才推开了已经在这阵眩晕中快要找不到自我的我。

我在喘息，她在默默掉泪。

我这才猛然惊醒，只敢去看着她那被我弄皱的白色外套，却不敢去看她的脸。我在酒醉中对她做了一件难以原谅的事情，我想我是疯了。

我渐渐摆脱了眩晕的感觉，冷风迎面吹来的滋味也开始变得真实了起来。随后我陷入了前所未有的空洞中，我不知道自己为什么会如此不理智地去强吻陈艺，更搞不清这到底是因为爱情，还是仅仅出于对生活的恐惧，也或者两者皆有。

这时，一阵脚步声打破了弄堂里的寂静，一个上夜班回来的邻居从巷口向我们走来，然后在我和陈艺的身边停下了脚步，他向陈艺问道："陈艺啊，你不是已经搬到丹凤街那边去住了吗，怎么这么晚又回来了？"

陈艺用一个很隐蔽的动作擦掉了泪水，她看了看充满惶恐和不安的我，才回道："江桥晚上喝多了，我是送他回来的。"

邻居笑了笑，回道："你俩从小青梅竹马，想不到现在感情还是这么好，可惜就是……"

他的话说到一半便停了下来，可是想要表达什么我了然于心。有些话的确是不说出来更好，因为当事人会尴尬，会无奈，更会痛苦。

邻居叮嘱我们早点回去休息后，便推着自行车向自家小院走去，巷子里又恢复了安静的状态中。

陈艺似乎在我之前平复了情绪，她侧身对着我，一边穿起高跟鞋，一边言语很平淡地对我说道："还有几步路，我就不送你了，回去后多喝点白开水。"

我有些回不过神，等想回答她的时候，她已经将背影留给了我，只有那依稀还能听到的脚步声提醒我，我们在前一刻曾有过短暂的温存，而不是我在做梦。这真实的一切没有能够为我带来她到底爱不爱我的答案，我依然在残留的惶恐和不安中难以自拔。

回到住处，我什么也不想做，只是躺在床上舒缓着那有些收不回来的情绪。片刻后，终于打开了已经被自己关机了很长时间的手机。

我刷新了微信朋友圈，一组来自陈艺同事所发的照片立即吸引了我的注意力。她是今天晚上和陈艺一起吃饭的人之一，而这条动态发布的目的，是庆祝艺安传媒和电视台达成战略合作。要不了多久，艺安传媒制作的一档娱乐节目就会在陈艺工作的电视台播出，所以宴会现场除了陈艺和电视台的领导以及几个明星外，还有邱子安，他一直与陈艺相邻而坐。

我用了很长时间去平复自己的心情，然后给陈艺的这个同事发了一条信息，问道："艺安传媒现在和你们电视台达成合作，陈艺暂时应该不会离开电视台了吧？"

片刻之后，对方给予了回复："对啊，这次我们台为了留住陈艺可真是下血本了。这档艺安传媒制作的娱乐节目将会在我们台星期五的黄金时段播出，本来我们台还在和艺安传媒竞争陈艺，但既然双方现在已经达成合作，陈艺肯定是留在电视台啦！"

"哦，选择合作也挺好的，这样陈艺就不用为难了。"

陈艺的同事打开了话匣，又给我发来了一段很长的语音消息，她说道："你不知道今天宴会的场面有多让人意外！饭吃到一半的时候，邱子安在几个一线明星和台领导的见证下向陈艺求婚了。他在陈艺毫无心理准备的情况下从口袋里拿出了一枚好几克拉的钻戒，然后半跪在陈艺面前，非常动情地表达了对陈艺的爱意。作为旁观者，我们当然很祝福这一对啦，因为他们不仅是一对金童玉女，还是从大学时期就开始谈恋爱的情侣。虽然现在他们已经各自事业有成，但还能把这段来之不易的感情延续下来，简直可以算是圈子里的一段佳话了！"

这段语音消息播放完毕之后，我顿时感受到了一阵伴随着痛苦的窒息。原来这个夜晚对于陈艺而言是那么不平静，我也更加没有想到，在自己之前，邱子安已经向陈艺求婚了。

我闭上眼睛，自嘲地笑着，邱子安是带着几年的感情基础和钻戒向陈艺求婚的，而我是在极度落魄中带着一颗无比自卑的心向陈艺求爱，孰高孰低已经不需要拿来比较。

我真的是个混蛋，我竟然在肢体上侵犯了可能成为他人妻子的陈艺！

许久之后,我终于忍痛向陈艺的同事问道:"那陈艺她答应了邱子安的求婚了吗?"

"没答应也没有拒绝,只是说再给她一点儿时间考虑,但我觉得答应也是迟早的事情。可能她只是有点介怀当初邱子安为了事业暂时放弃了和她的感情,可女人都需要哄的,等时机成熟了肯定也就答应了。江桥,你说我们是不是该提前为陈艺准备结婚的份子钱,哈哈。"

这番话将我刺得体无完肤,可是我并不责怪她。因为只是旁观者的她并不知道我对陈艺的感情,而陈艺和邱子安也确实是他人眼中天造地设的一对。我注定只是陈艺身边的一个守护者,今生不会再有更加亲密的关系。

酒醉的眩晕感忽然再次袭来,我忙不迭地跑进卫生间,趴在马桶上又一次掏空自己般吐了起来,然后靠在浴缸上,任由虚汗从自己的脸上滴落,却没有一点儿心情去处理,甚至还很不知好歹地想再抽一支烟,可夜终究已经太深,烟抽得太多只会让自己更加清醒,清醒地痛着,最后清醒地绝望着。

…………

次日上午,我并没有去公司,但老金和罗素梅都没有因为我的无故旷工而打来电话。我想此刻的他们已经知道了金秋要大规模裁员的决定,并且给予了支持,但心中多少对我们这些老员工有所愧疚,基于此才没有打扰我。这也让我得到了一个清静的早晨,独自修复着心中的伤口。

快要中午的时候,金秋亲自来到我住的小院。我给她倒了一杯水,我俩在石桌的两边坐了下来,她问道:"你的气色怎么这么差,是不是昨天晚上喝多了?"

"是喝了点儿酒。"

"是我的决定伤害了你,对吗?"

我很累,只想让对话尽量简单点儿,便直言不讳地回道:"是的,在你没有回来之前我期待了很多,对公司未来的发展也有很多自己的看法,可是你一句话就让这些成了泡影。"

金秋带着些歉意看着我,在一阵沉默之后才对我说道:"江桥,我今天特意来找你,就是希望和你解释清楚,让你能够理解我的这个决定。我说过,是局势太逼人,而不是我看不见你的痛苦。你知道吗?这次我是带着投资回国的,这笔投资来得很不容易,所以必须要有牺牲。我曾经给投资方拿过两份方案,但对方认可的只有走高端路线的经营策略。我也为此挣扎过,可在权衡之后,我只能选择更加有把握的方式。"

我没有想到金秋这次是带着投资回来的,难怪她这么有底气对公司进行大刀阔斧的改革。可是这种牺牲也未免太残酷了,因为我们中间很多人都是跟着老金多年的老员工。

金秋又说道:"实际上,除了对学历没有严格要求的工程部,其他部门都将进行一次大换血,甚至连公司的办公地点都将搬到更加繁华的商业街。所以严格来说,曾经的美满姻缘婚庆公司已经不存在了,而改革带来的疼痛是一定会有的。"

我在震惊中问道:"你爸妈同意你这么做吗?这可是他们多年的心血!"

金秋依旧是那个不愿意多说一句废话的女人,她从自己的包里拿出了一个文件袋放在我面前,说道:"江桥,这里有三万块钱,是给你个人的失业补偿。这笔钱就是我爸妈提供的,他们虽然也很难过、痛苦,可是为了大局,有些事情是必须接受的。希望这笔钱能够帮到你!"

当这笔失业补偿款摆在我的面前,我便已经看到了不可逆转的结局,我不想再做无谓的挣扎,只是在沉默中点上了一支烟,丢了魂似的吸着。

"江桥,一条路的终结是另一条路的开始,希望你能在新的人生道路上有更好的发展。至于金鼎置业肖总的婚礼,因为已经进入了执行的环节,所以剩下的部分就由我亲自来做,你有时间去公司做个交接就行了。"

"我可以办完这场婚礼的。"

"不必了,我想给你更充足的时间,让你好好去规划未来的路。我爸妈已经亏欠了你很多,我不想在这最后时刻还要残忍压榨掉你的剩余价值。"稍稍停了停,她又笑了笑对我说道,"如果在这之后,你打算自立门户从事婚庆行业的话,我会很认真地把你作为一个对手去看待,因为我认可你的能力!"

|第56章| 一起逛夫子庙

在秋冬交替的日子里,雨水似乎特别多,金秋离开后的片刻,天空渐渐沥沥地飘起了小雨,风也带着秋末的味道一直吹个不停。我丢掉了一切的心情,就这么坐在屋檐下听着雨水滴落的声音,一点儿也不能适应这无事可做的中午,可也不愿太早去规划那充满变数的未来。

午饭时分,乔野从外面回到了住处,他还不知道我已经失业的事情,所以也没有察觉出我的心情,依然像往常那样大声地对我说道:"江桥,今天下午我就搬到宾馆里去住了,今天晚上咱们一起吃个饭,算是道别。"

"你那宾馆和我这儿也就隔了一条巷子,你能不能别把形式弄得大于内容?"

"也是,那就算哥们儿感谢你的收留之恩,请你吃顿饭。"

"举手之劳,不用客气。"

"请你吃个饭你都这么磨叽,陈艺比你大牌多了吧,我刚打电话说晚上请她吃个饭表示感谢,人家也没像你这么矫情,二话不说就答应了。"

猛然听见陈艺的名字,我心中又涌起一阵难言的情绪。乔野却将我的不语当作默认,比了一个晚上电话联系的手势之后,便回自己之前住的房间收拾起了行李。

等乔野离开后,我终于有了些饥饿感,便从冰箱里找出一袋挂面,放在电饭锅里煮了起来,而在这过程中,我收到了于馨的信息,她让我在今天结束前把车还给肖艾,再给她买些吃的。我这才想起,前天我便将肖艾的车开回来了,昨天因为去上海接金秋,车里面的油被用光了,也没有记得加满。

我当即放弃了吃挂面的想法，找到车钥匙后便离开了自己的住处，又将车开到了加油站，很厚道地加满油后才向肖艾住的地方驶去。

…………

我在小区对面的超市里买了些菜，将车开到了肖艾住的那栋联排小别墅的门口，按了按车喇叭，门便在第一时间被打开，看样子这个丫头一直在等着我。

进了屋内，肖艾正坐在沙发上吃着薯片，身边则放着几本杂志和影碟。前天才给她收拾过的屋子又变得很乱，那些不规则摆放着的杂物让人看得很糟心。

我放下了手中的购物袋，一边收拾一边向她抱怨道："你是不是有多动症啊，脚扭了还能有本事把屋子弄得这么乱！"

肖艾顺手拿起身边的一只抱枕扔向了我，回道："对，我一无聊就会犯多动症。"

我接住抱枕，将其放回到原处，又替她将影碟和杂志在茶几上摆放整齐。她忽然想起什么似的向我问道："你今天不上班吗？我以为你要到晚上才会来。"

我尽量让自己不带任何情绪地回道："刚被公司辞退了，现在处于失业状态。"

肖艾放下了手中的薯片，用一种不太相信的表情看着我，问道："你是在和我开玩笑吗？"

"我们老板的女儿从国外留学回来了，她要改革公司，最先动的是我这种没有学历的员工。这样也好，省得我为你的事情劳神，到时候你就算把婚礼闹得天翻地覆也和我没有半点儿关系。"

在肖艾眼里我丢掉的仅仅是一份工作，所以她也没有太放在心上，只是面无表情地向我问道："你现在心态转变了吗，是不是很希望我去婚礼上闹一场，前公司的死活也不管了？"

我摇了摇头，正色回道："这句话是真的在开玩笑。我心里其实特别希望你能选择息事宁人，因为和李子珊那样的女人斤斤计较，其实就是在变相惩罚自己，除了让自己不快乐，还正中她的下怀，让她可以无耻地把风险转嫁给无辜的婚庆公司，这样她连婚礼的费用都省了一半。既然你那么恨她，干吗还替她省这笔钱？"

"切，人家公司都不要你了，你还站在他们的立场去考虑问题，你就是一个滥好人吧？"

"好聚好散，就算以后不能合作，以前的情分也还在。"我笑着回道，可心中的苦涩也是真实存在的，毕竟那是自己工作了六年的公司，是它给了我温饱，也让我更加接近这个世界的一切真实和虚伪。

对于我的想法，肖艾不置可否，又问道："那你以后打算干吗啊？"

我心中一阵茫然，许久才回道："以后的事情以后再说吧，趁着现在有时间，我想先放松一下自己。"

…………

这顿只有我和肖艾两个人的午餐，我并没有做得太隆重，只是简单地做了两菜一汤，两个人围着桌子开始吃了起来。我的胃口很一般，肖艾胃口却似乎不错，她吃了两碗白米饭，菜也没少吃，在快要吃完时，她又心血来潮地对我说道："江桥，反正下午你也没事做，带我出去玩玩吧，这几天我快要闷死了！"

"你一病号就不能老实在家待着？再说了，外面不还下着雨吗，能有什么好玩的？"

"逛街啊。"

我向她那还缠着绷带的脚腕看了看，问道："怎么逛，我扛着你吗？"

肖艾从沙发上站了起来，对我说道："我已经可以慢慢走路了，只是扭了脚，又没有伤到骨头。如果我走不动了你就背我，反正我一点儿也不想在家里闷着了，因为我会胡思乱想。"

我看她说得可怜，也怕她在家闷出抑郁症来，便答应了她。心中想着只是带她随便走走，而不是那种以购物为目的的逛街。

我将碗筷洗了一下，肖艾也利用这个时间换了一套宽松的衣服，脚下依然穿着一双看上去很软的棉拖鞋，走起路来小心翼翼。

我让她搭住我，两人一起走到院落里，撑起伞向附近最繁华的夫子庙走去。

…………

虽然雨水还在淅淅沥沥地下着，但以夫子庙为中心附近的各个街区依旧是人来人往，可大多都不是本地人，因此随处可以看见胸口挂着相机停下脚步问路的游人。

雨伞的面积算不上大，所以肖艾一直紧挨着我，这让我们看上去很是亲密，便被那些在附近开旅馆的老板给误会了，不停地怂恿我们去他们那里开房，说他们的旅馆漂亮又干净；一些开饭馆的老板也没有放过我们，恨不能将我们拉进他们的小馆子里。如果我不去，便是抠门，不懂情趣，不够爱自己的女朋友。

对此，我只能报以无奈的苦笑，似乎这种现象已经演变成这条街区的特色，可也自有它的魅力所在。因为有些并不是情侣的男女，会一边解释着，一边享受这种被误会的感觉。

肖艾这个丫头在人群中本就是容易引起注意的那一类，尤其她还穿着个棉拖鞋，就更加有了回头率，她自己却不在乎那些投向她的目光，依然我行我素地捧着一盒爆米花，边吃边走。

我拉住了她，对她说道："你脚上的鞋都湿了，我送你回去吧。"

"我还没逛够呢。"

我不理解她逛街的决心，便问道："鞋子湿了你不嫌难受吗？"

"一点儿也不难受！我们再去那边的购物中心逛逛吧。"她说着也不给我拒绝的机会，拽着我向一条更繁华的街区走去，进了一座比较大型的综合性商场。

我以为她想要买些什么，却不想她将我带到了一个高级品牌的男装专柜，站在衣架面前左挑右挑，售货员也很适时地走了过来，面带笑容对她说道："小姐，你是帮男朋友买衣服吗？我可以在搭配上给您一些意见的。"

肖艾转头看了看在自己身旁站着的售货员，懒得解释我们之间的关系，也没有让她给所谓的意见，只是说道："这件衣服你帮我拿一件他能穿上的尺码，让他试一试。"

售货员向我询问了尺码，便暂时离开了，我不解地问道："你干吗突然帮我买衣服啊？"

"你失业了以后不是要再找工作吗？所以买几套衣服让你穿得精神点儿去面试。"

"我那边的工作还没有完成交接，这事儿你想得也未免太早了！"

"有备无患。"

"你干吗为我想得这么周到？在我眼里，你可不是一个很细心的姑娘。"

肖艾看了看我，很是轻描淡写地对我说道："谁对我好，我就加倍对他好。"

我心里有一种微妙的感动，嘴上却很不识趣地回道："照你这意思，是不是我给你一百块，你就还我二百块？快快，我钱包里还有一千多块钱，全部给你，你赶紧帮我翻个倍！"

肖艾瞪着我，很不留情面地骂道："你怎么这么聪明呢？"

…………

这个下午，我没能拒绝肖艾的各种好意，她一口气帮我买了好几套昂贵的衣服。不仅如此，她还买了一张价值不菲的按摩椅，说是待会儿要去敬老院看我奶奶。她知道我有一个奶奶，她早些时候就想去敬老院看看，可因为后来我们吵过一次架就放弃了，如今我们再次和好，也没有了立场上的冲突，所以她便又有了探望的想法。

可是，我有些抗拒，因为我不知道该不该把自己丢掉工作的事情如实告诉奶奶，也害怕她在我面前提起陈艺，我会再一次不可避免地陷入伤感。

|第57章| 祝你和陈艺开心

商场的工作人员在我们去敬老院之前将按摩椅送了过去，我和肖艾则向步行街的外面走去，准备打车离开这里。可只走了一半，肖艾便不愿意动了，她站在一盏造型古朴的路灯下面，皱着眉头对我说道："江桥，我走不动了，脚有点儿痛，还有点儿冷。"

我往她脚上看了看，那双棉拖鞋已经被雨水完全浸湿，不冷才怪。

我让她先坐在路边的长椅上，小心翼翼地替她脱掉了袜子。将她背起来后，又用我脱下来的外套替她裹住了脚，直到确认她的脚暖和了之后，才背着她再次向步行街外面走去。

夜色渐渐来临，雨却一直没有停，风也吹来了更冷的气息。在这繁华的地带等一辆出租车成了此时最难的事情，我已经背着肖艾在站台等了将近一刻钟的时间。

终于，肖艾靠在我耳边轻声问道："江桥，你冷吗？要不我们回去开车吧。"

"这儿离你住的地方有一千多米，我背着你可走不了那么远，所以情愿冷点儿。"

肖艾下意识地将我又抱紧了些，如此亲密的姿势，我甚至能感觉到来自她的体温。之后，她第一次用一种近乎温柔的语气对我说道："那我就下来走好了。"

"别了吧，你那湿袜子还在我的口袋里塞着呢，棉拖鞋也在你自己手上拎着，你可别再折磨自己了。"

似乎是上天怜悯，这时，终于有一辆空出租车在我们身边停了下来。我打败几个同样在等车的对手,矫捷地伸手拉开了车门,一转身便将肖艾先放进了车里,自己随后拉开了另一侧的车门坐了进去。

…………

路上,我将肖艾那冰凉的脚放进了衣服里,几乎与自己的肌肤接触着。这绝对不是一种讨好或献媚,只是怕她着凉,在脚伤之外,又收获另一种病痛。实际上,在我的心里,我真的很希望她能在没有家庭给予温暖的生活中,照顾好自己。

"江桥,你对每个女人都是这样甘于奉献吗?"

我以为她是路途无聊而问了这个在我们之间并不重要的问题,可是当我看着她的时候,却发现她的面色很认真,甚至是郑重,于是笑了笑,回道:"我对你奉献了吗?"

她反问道:"现在这样不算奉献吗?"

"得了吧,前段时间还诬赖我打了你,恐怕保证书还在你家放着呢吧?"

"对啊,我就是一个很情绪化的人,看你不舒服了,就诬赖你。你真的有那么一刹那对我好的时候,我就称赞你。"

我叹息:"活得这么随心所欲,真的好吗?"

…………

这一路,尤其是在市中心时,堵车堵得很厉害,我们花了将近一个小时才到了敬老院。天色已经完全暗了下去,雨却依然淅淅沥沥下个不停,好似在表露着我此时惆怅和失落的心情。

付了车钱,我将再次穿上棉拖鞋的肖艾从车上搀扶了下来。却不想,奶奶就站在传达室的屋檐下等待着,她正好将这一幕看在了眼里。

我因此而充满了惶恐,因为渴望我早日成家立业的奶奶,会把任何与我有过亲密接触的姑娘假想成是我的女朋友。

我低声对被我搀扶着的肖艾说道:"待会儿你自己走路,我奶奶正在传达室那边看着呢。"

肖艾下意识地循着我说的方向看去,下一刻,便赶忙松开了搀住我胳膊的手,看样子她比我更害怕这种难以解释的误会。

就在我们并肩向敬老院内走去时,这一天几乎没有动静的手机在我的口袋里响了起来,我拿出来看了看,电话是乔野打来的。

我接通后,乔野便向我问道:"你在哪儿呢,晚上一起吃饭的事情没忘吧?"

"在敬老院看我奶奶,待会儿就过去。"

"好的,我和陈艺约了七点半之前,你别迟到啊。"

我看了看时间,此刻已经是傍晚六点半,好在郁金香路离这边还算近。也就是说,我大概还有四十分钟的时间可以留在敬老院,陪甚至比我还要孤单的奶奶聊聊天。

结束和乔野的通话,我在肖艾之后来到了奶奶的身边。肖艾已经很主动地和奶奶聊了起来,又打量着眼前这有点老旧的敬老院,这也是我心中由来已久的痛。因为我一点儿也不想奶奶无止境地在这样的环境中度过余生,可是现在的自己越混越没有头绪,这个愿望也就更显得像是一场做不醒的梦了。

…………

进了奶奶住的房间，肖艾买的那只按摩椅就在床边放着，这让屋子里多了些人情味。这时的我才想起来要向奶奶正式介绍一下肖艾，再顺便说清我们之间的关系，免得被误会。

"奶奶，这是我的朋友肖艾，按摩椅就是她送给你的。"

奶奶打量着肖艾，说道："你和江桥来看奶奶，奶奶就很高兴了，不用这么破费的！这年头，你们年轻人赚点儿钱也不容易。"

肖艾并不介意我和她以朋友相称，她很有礼貌地回道："奶奶，这是我的一点儿心意，您就不要介意了。我和江桥都希望您能够健健康康的，所以就想到给您买个按摩椅。"

奶奶喜笑颜开，拉住肖艾的手说道："这丫头可真会说话！"

肖艾笑了笑，脸上却有那么一点点被称赞后的羞涩，我顿时被惊到了，因为以我对她的印象，她绝对不是一个很得体的姑娘。可此刻，她的一言一行却完美到让我无可挑剔。我这才发觉，也许她的冒失只是源于她的任性，真实的她有着很高的情商，只是出于某种原因不愿意表现出来。

果然，她在下一刻便转移了话题，一点儿也不生分地问道："奶奶，我能不能和您借一双袜子？刚刚和江桥逛街的时候，我把自己的袜子弄湿了。"

"有的，有的，就怕你嫌奶奶不干净。"

…………

肖艾坐在床头，穿着那已经打了些补丁的袜子，一直很有兴致地与奶奶聊着生活里的琐碎。我和上次陈艺来时一样，一直插不上嘴，只是默默地听着，想着一些关于未来的规划。

我该继续做一个循规蹈矩的上班族，还是听陈艺的话自己出来创业呢？

我一时拿不定主意，因为这意味着会经历两种截然不同的生活，无论是前者还是后者，我都还没有做好足够的心理准备去应对。

我又想起了陈艺，待会儿我们就将有机会一起吃饭。如果她的消息够灵通，可能已经知道了我被公司辞退的事情，经历了昨晚我对她无礼的侵犯，她是否还愿意为我的未来担忧操心呢？我仍没有答案，只知道自己再次面对她时，会惶恐，会有歉意。可是昨天晚上亲吻她的感觉，真的像拥有了全世界，让我念念不忘，我真的太喜欢她的气息和身体的温暖了。

时间不紧不慢地推进到了七点，我对还在聊天的肖艾说道："待会儿乔野请我和陈艺吃饭，你要是愿意的话就和我一起去吧。"

肖艾抬起头看着我，回道："我不去，我再陪奶奶聊会儿天。"

我提醒道："过了七点，这边就不好打车了。"

肖艾从皮包里拿出自己的车钥匙说道："那你吃完饭开车来接我好了。"

我有点担心她是出于礼貌才做了要留下的决定，便又确认着问道："你确定要留在这儿？我这一圈折腾下来，至少得到十点以后了。"

肖艾有些不耐烦地回道："为什么不确定？你十点来我还嫌早呢！"

"那成吧。"

"祝你和陈艺玩得开心点！"

已经转身准备离开的我，又回过头看着她。

我说过是乔野请我们吃饭，她却单独提起陈艺，这显得有点刻意。我又觉得是自己过于敏感了，最近听到陈艺的名字，自己那脆弱的神经便会被撕扯着，继而开始一连串毫无逻辑可言的胡思乱想。而此刻，我可能就是这种状态。

…………

下着小雨的傍晚过后，我离开了敬老院，心情又在一瞬间变得复杂了起来，因为我不知道待会儿陈艺会不会和邱子安一起去赴乔野的约。此时，我单独面对陈艺就已经够难过了，如果多了个邱子安，我恐怕会在叠加的痛苦中更加找不到存在感。

虽然我愿意大度地祝陈艺幸福，但这并不代表我可以平静地将一切看在眼里，逼着自己装作视而不见。我依然迷恋着那个不顾一切表白的夜晚，即使并没有得到什么完美的结果。

我能够确定，如果陈艺和邱子安一起去，无疑是在用一种委婉的方式拒绝我昨晚的表白。关于爱情的事情不必说得太透，行动才是最好的答案。

|第58章| 挨了一记耳光

离开敬老院，我乘坐出租车回了郁金香路。乔野说，今天我们吃饭的地方就定在"梧桐餐馆"，这是一个人均消费很难超过四十元钱的地方。我因此不得不感慨生活的力量，它竟然能够改变曾经挥金如土的乔大少，让他变得不再体面，彻底过上了接地气的小市民生活。

片刻之后，我到达了梧桐餐馆，但没有立即进去，而是站在门口看了看停在自己身边的几辆车，并没有发现陈艺的那辆奥迪A4。也就是说，此刻的她还没有到，那么邱子安会不会陪她一起来赴约的悬念便依然还在。

在餐馆里坐着的乔野，透过窗户发现了我，他叼着一支烟走了出来，搭住我的肩说道："江桥，我选的这地儿不错吧？你看看门口栽的这两棵梧桐树，不光能给人安全感，还能看出点八十年代的老旧韵味。如果我没有记错的话，这间餐馆应该是二十世纪八十年代末的产物吧？"

"你不用忙着用历史感来包装这间餐馆，都是兄弟，我是不会嫌弃你选了这么个地方的。"

"你嫌弃也没关系，至少我乔野现在是为了情怀而活着的。说实话，我最近才觉得自己活得像个人！"

我叹息："你真没必要把自己弄得和过去有深仇大恨似的，你得明白，怎么活都是人生，怎么活也都摆脱不了好和坏……"

我的话还没有说完，一辆奥迪A4先向这边驶来，后面紧跟着的是一辆白色的保时捷帕拉梅拉。我还没有弄明白是谁的车,身边乔野的脸色已经变得很难看。

果然,从保时捷里走下来的正是他老婆秦苗。秦苗本身比较高挑,又很会打扮,是那种在人群中很亮眼的女人。这恰恰将她身上的特性变得非常明显,让包括我在内的很多男人都会觉得有距离感。试想,有哪个在生活里只能勉强混个温饱的男人,可以和这个开着保时捷的女人去轻松地聊生活,谈情绪的?

我又将注意力放在了陈艺的身上,发现想象中的邱子安并没有出现,我那绷着的神经终于稍稍松了一些,但仍点上了一支香烟掩饰自己心里的不自在。

秦苗和陈艺并肩往我和乔野这边走来,我和陈艺似乎有着天然的默契,所以谁都没有先开口。作为主角的秦苗四处看了看之后,对乔野揶揄道:"乔少爷,我没来之前,心里还想着这个饭店至少会是个五星级的吧,毕竟你那么好面子。可没想到是这么个地儿,要不是陈艺带路,我差点就把车开到隔壁的花神大道去了。"

乔野冷着脸回道:"你少挖苦我,就你说的那个什么五星级酒店,它的菜也是用油盐酱醋炒出来的,真没见高贵到哪儿去!"

我震惊于这哥们儿的回应,差点被自己吸着的烟给呛到,而陈艺则转过头看着自己的手机,努力地与这个莽汉保持着距离。倒是秦苗习惯了他说话的方式,冷笑一声回道:"真不知道我当初是怎么瞎了眼嫁给你的,怎么说你也活了二十好几年了,人话都说不好!"

"我爸就是一暴发户,儿子也不会高级到哪儿去。既然你这么看不上我,那就离婚啊,谁不奉陪,谁就是孙子!"

秦苗不语,她的脸色除了愤怒,更多的是难过和无奈,似乎离婚就是她的软肋。可是我不太懂,以她的条件真的会害怕离婚吗?

气氛变得有点儿僵,我和陈艺赶忙在两人之间打起了圆场,希望他们能念及夫妻情分,给对方一个台阶下。

庆幸乔野还不算太离谱,终于拿出了主人的觉悟,示意我和陈艺随他进餐馆,而秦苗则有些孤独地在我们身后站着。陈艺看不下去,又回头挽住了秦苗的胳膊,在她耳边说了些安慰的话,这才将秦苗也带进了梧桐餐馆。

此刻,我倒有些庆幸陈艺叫来了秦苗,让我沦为配角,否则我真的不知道该以什么情绪去直面陈艺。相较于乔野和秦苗,我们之间似乎更复杂,因为他们至少有看得见的婚姻,我们之间的关系却不明朗。

吃饭过程中,秦苗和乔野两人又开启了互相挖苦的模式,我和陈艺就这么听着,直到快要吃完时,陈艺才对我说道:"江桥,待会儿有时间吗?我想和你聊聊。"

"有。"

陈艺又转而对秦苗和乔野说道:"那你俩再坐一会儿,我和江桥出去散散步。"

秦苗似乎也想有单独的空间和乔野说点儿私房话,她率先点了点头,乔野则点上一支烟默认了陈艺的提议。但我知道,待会儿他肯定不会和秦苗好好说话,多半心里酝酿着的还是离婚这件他认为非做不可的事情。

…………

雨已经停了,但这条郁金香路还是潮湿的,以至于被路灯映射出一片昏黄,落叶也随风掉了不少，此情此景多少会影响到路人的情绪，让大家都有些低迷地行走着。

陈艺与我保持着一种很微妙的距离，两人沉默着走了有大约一站路，她才开口对我说道："今天下午的时候，金秋和我联系了，她说关于肖总婚礼主持的事情由她亲自和我进行对接。"

我尽量轻描淡写地回道："是，我被辞退了，因为学历不够，不符合公司未来的战略定位。"

陈艺一时没有言语，我则点上一支烟，深深吸了一口之后，又自嘲道："你这会儿心里是不是觉得我特鼠目寸光？今天这个局面你在更早之前就已经预料到了。"

"我没有这样的想法，我只是想问你，有没有觉得这反而是一次机会？"

我停下了脚步，有些茫然地看着眼前的车来车往，直到手上的烟快要吸完时，才回道："我想做点儿小生意。"

"小生意吗？"

"嗯，我想在郁金香路上开一个小馄饨店，再把奶奶从敬老院里接回来，她可以帮忙包包馄饨，我也可以照顾到她。"

陈艺陷入了沉默中。

"你对我很失望，是吗？"

陈艺不置可否，过了许久才又向我问道："你是什么时候有这个想法的？"

"就现在，我从来不觉得自己是什么大将之才，我只想过一些简单的生活。"

"江桥，你有想过自己才二十五岁吗？你又真的正视过自己的能力吗？我们活着，谁都不能避免挫折，所以这并不恐怖，但真正可怕的是，倒在挫折里，一睡不醒。"

"我不想你这么说我，你可以说我一睡不醒，我也可以说简单生活里有真性情，而有些事情总要有人去做的，比如开馄饨店。"

"你真是这么想的吗？"

我看着她，然后点了点头："千真万确。"

陈艺背过了身子，不再看我，风仿佛在我们之间吹出一道壁垒，让我不知道此刻的她在想些什么，她更不知道我的想法。

自从在她身上看不到相爱的希望，我便对自己没有了更高的要求，所以我现在最期望的便是做一个既能照顾奶奶又能赚点儿钱保障生活的小生意，而开馄饨店就是个不错的选择。

一阵很长时间的沉默之后，我转移了话题："我听你的同事说，昨天在宴会上，邱子安向你求婚了？"

"嗯。"

我努力地笑着，然后对她说道："对不起，昨天晚上我酒喝多了，对你说了一些不该说的话，其实这并不是我的本意，希望没有给你带来困扰。我向你保证，我会改过自新，以后绝对不会再对你毛手毛脚的了，因为事后想起来，我觉得自己挺混蛋的，幸好你没和我计较！"

陈艺与我对视着，我却在下一秒丢掉了看着她的勇气，先是避开了她的视线，然后低下头弹了弹手中的烟灰。

"啪！"一记重重的耳光声响起，我的脸上随之传来了一阵火辣辣的痛感。我目瞪口呆地看着陈艺，是她打了我这个耳光，也是我生平挨的第一记耳光，我的脑袋在嗡嗡作响。

陈艺含泪看着我："江桥，这二十多年来，我在你的心里只是玩物吗？你做这些时候有没有考虑过我的感受？我在你心里到底算什么？"

"打吧，再打狠一点儿，省得我太内疚。"我说着又往陈艺面前走了一步。

"你……"

陈艺痛苦地蹲了下去，无助地呜咽着，我却在她的呜咽声中得到了一丝解脱，因为当我们的痛苦释放殆尽之后，可能会得到一些平静。

我真的太需要这种平静了，我的大脑已经在失业和表白被拒的双重打击下一片混乱，此时的我根本没有一丝思考能力，仿佛这一切的一切都是基于机械反应而做出的选择。

| 第59章 | 非分之想

这个夜晚，我和陈艺又一次不欢而散，在她走后，我的世界仿佛下了一场夹着冰雹的暴雨，我被从头淋到脚，却没能换来清醒，我不知道自己哪里做错了，只知道好像还有一些话没有来得及对她说。

我带着一种难以释怀的遗憾离开了郁金香路，去肖艾家取车，又到敬老院接走了她。

肖艾坐在副驾驶，与我低落的情绪不同，她的情绪似乎很高涨，向我问道："江桥，和陈艺一起吃饭开心吗？"

"怎样才算开心？"

"你还真是个喜怒不形于色的人，但我还是能看出来你不太开心。"

我放慢了些车速，然后转头看了看她，她正把脚放在车载空调的出风口吹着，嘴里则嚼着一颗软糖，显然这些放松的行为都源于她此刻不错的心情。她的好心情或多或少感染了我，让我也渐渐有了些倾诉的欲望，便对她说道："咱们先不聊开心不开心的事情，我和你说点正儿八经的想法，你看看是不是可行。"

"你说说看。"

"我这不失业了吗，可以后的日子还得过啊，所以我打算在郁金香路上开一间小馄饨店。"

"好啊，小馄饨最好吃了，加点儿醋，加点儿胡椒粉……"

我有点儿不敢相信她和陈艺对同一件事情有着截然不同的反应，不过她说爱吃小馄饨我倒真相信，因为南京人对这种食物的认可度很高，大街小巷都能看到馄饨店，甚至有些大饭店也会将小馄饨作为招牌之一，以满足顾客的需求。

我试探着问道："你就一点儿也不觉得这件事情不靠谱吗？"

肖艾很不可思议地回道："为什么会觉得这件事情不靠谱呢？如果这也算不靠谱，大家都不做的话，那我们南京人到哪儿去吃小馄饨啊？"

"不是，我的意思是说，开个小馄饨店是不是很不思进取？毕竟我才二十五岁，正是最该去奋斗的年纪。"

肖艾把脚放了下来，面色很疑惑地向我反问道："江桥，你是不是受什么打击了？你好像一直在自我怀疑！"

我又想起了陈艺那恨铁不成钢的样子，心中忽然又是一阵酸涩，却不愿意将这些也告诉肖艾，便回道："没有受打击，做生意之前多听听别人的看法是应该的，毕竟这也是要花钱投资的，能避开风险赚到钱最好。"

"好吧，那我就告诉你，我不觉得这是不思进取，因为小馄饨也能做成大事业！中国又不缺这样的商业案例，比如陶华碧，人家不一样把老干妈辣椒酱做得那么出名吗！"

"你还知道老干妈？"

"我怎么就不知道了？我们宿舍里的女生都爱吃。你要是能把小馄饨做到这个程度也一样是一种成功。而且我觉得从小的事业做起，比那些大谈商业计划玩概念的要务实多了，我总觉得那些人有点虚头巴脑的。"

她的这番话，好像扫掉了我心中的阴霾，脑子也开始变得活络了起来，顿时便有了一些关于经营好馄饨店的想法。

郁金香路紧挨着软件园，在这周围工作的白领非常之多，如果我的小馄饨口味足够好，完全可以脱离店铺销售，以外卖的形式先打开这边的市场，并以馄饨为招牌，再开发出其他食物品类，形成一个真正有品牌的快餐店。而仅从市场前景来说，这生意还真不比一些所谓的高新产业要差，毕竟民以食为天，哪怕回到原始社会，能当成生意去做的，也只有饮食。

在我沉默思索时，肖艾又向我问道："不过有一点我不太明白，为什么你不去做自己最擅长的婚庆行业呢？毕竟你在这个行业里还是有不少资源的啊！"

"累了，这个行业让我看到了太多的人情冷暖和是是非非。你知道吗？我见过很多在婚礼筹备时因为利益纠纷而解除婚约的准夫妻，更有在婚礼当天大打出手的。当然也有一些很美好的婚礼案例，这些美丑交替让人觉得疲倦。我在很久前就想过，如果有一天我被迫离开这个行业，那今生就永远也不会再和这个行业产生一点儿关联。"

"真的吗？我倒觉得你更多的是对你们老板的女儿失望了，所以才会有这么厌倦的情绪，其实你骨子里还是很爱这个行业的。"

"为什么这么说？"

"因为你总有一天也会结婚啊，所以你今生永远不和这个行业产生联系的说法就不成立了，所以我反而觉得这像是你的一句气话。"

"你总有一天也会结婚。"我在心里反复念叨着这句话,然后便在美好的想象中产生了一丝质疑。到底是个什么样的女人会不嫌弃我的一切,嫁给我为妻子呢?

会是陈艺吗?

多半不会是她,因为我们已经渐行渐远。现在的我,只能在即将要开的小馄饨店里寻找着生活的动力,而她已经在考虑邱子安的求婚。只要她愿意,很快便可以嫁给邱子安这个事业有成的男人,将我们的距离拉开到不仅仅是十万八千里那么远。

如果不是陈艺,又会是谁呢?我还能爱上谁呢?

…………

将肖艾送回到她的住处,已经是夜里十点,我替她将车停好,临走前对她说道:"这几天我也不忙,你要是有什么家务活不方便做的话就给我打电话,我来帮你做。"

"嗯,我不会和你客气的。"

"那我就先回去了,你早点儿休息。"

"等等,你不好奇我和你奶奶聊了些什么吗?"

"不好奇,因为她一定会告诉你,我从小命有多苦,这些年过得有多不容易。"

肖艾面露惊讶之色,回道:"她真是这么和我说的。"

我笑了笑,一时也不知道再说点儿什么。

肖艾又说道:"其实她特别希望你身边能有一个心疼你的女人吧?"

"也许是吧,可即使她将同样的话说一千遍、一万遍,也不会改变些什么。"

"但是你得理解她的心情啊,她觉得这些年特别对不起你,亏欠了你很多。"说到这里,肖艾的声音低了下去,经历了一阵沉默之后,才又对我说道,"一个老奶奶,本该好好享受晚年,却要带着这样的负担去生活,她一定很不快乐,所以你该为她做点儿什么了。"

"我想为她做的事情有很多,可是都没有办法实现。"

"你只需要做一件事情就够了。"

"什么事情?"

肖艾很认真地看着我,回道:"她最希望你能找一个女朋友。"

我沉默了许久,才苦涩地笑了笑,回道:"不知道去哪儿找,虽然这个世界上有不少好女人。"

"首先你要用心去找,然后再勇敢去追,你不能把恋爱当成是一件可以坐享其成的事情,这样不仅你会痛苦,可能喜欢你的对方会更痛苦!"

"呵呵……"

"你为什么笑得这么不屑?"

"不喜欢听这些空洞的理论,有时候你需要看到爱情之外更加现实的东西。"

"什么是更现实的东西?"

"生活。一切美好的东西,都敌不过生活,两个各方面都很接近的人在一起,才会少一些矛盾,多一些快乐,否则就会有各种不理解,各种误会,然后没完没了地闹矛盾。"

我说完这句话后，便又想起了最近和陈艺发生的种种矛盾。假如她没有那么高的地位和眼界，只是一个很普通的城市姑娘，那么如果我说要开一间馄饨店，她不会如此难以接受，因为普通人创业大多是以这样的起点开始的。

再假如，我有丰富的人脉和资金，有渊博的学识和开阔的眼界，直接去高端行业玩概念、玩资本游戏，恐怕也不会有我们之前的争吵。所以我们之间最大的矛盾和痛苦，并不在于她爱我或者不爱我，而是本该是两个世界的我们，却偏偏出生在了同一条路的同一个弄堂。如果有一天，我们之间真的以惨痛的悲剧作为收场，那一定不是因为我们做错了什么，而是命运使然。

在我对自己和陈艺之间的关系进行反思时，肖艾也一直在沉默，许久才对我说道："想了很久，也不懂你在说些什么。"

"其实你懂，只是没有经历过而已。"

肖艾不屑地看着我，回道："我不喜欢看你在我面前装成一个有经历的人。"

"好啊，那以后我们就别聊这个话题了，我更喜欢和你聊开馄饨店的事情……"

肖艾打断了我，似笑非笑地说道："你是不是特想我去你店里做服务员或者收银员啊？借机每天和我待在一起。"

"疯了，我要敢对你有这样的非分之想，就让我天打雷劈吧。不过你偶尔要是有时间去帮我打个下手，我倒真不介意。"

"想得美，有什么好处啊？"

"你不是爱吃小馄饨吗，管够行不行？"

肖艾做了一个很夸张的表情，回道："拿馄饨泡妞儿的，我还真是第一次听说！"

"谁说要泡你这个妞儿了？"

"料你有这贼心也没这贼胆！"

我当然知道她是在和我开玩笑，也更习惯了她的语出惊人，索性没有给予回应。她也收起了开玩笑的心，将自己的车钥匙递到了我的手上，示意我开她的车回去，早点儿休息。

我的神经在这一刻松懈了下来，这情绪动荡不安的一天总算要在这夜色中结束了。

第60章 离开

回到住处，我穿了一件毛衣躺在床上，窗外那停了片刻的雨又开始下了起来，风也不甘寂寞地将窗口挂着的吊兰吹得左右摇摆，很准时地将深夜里特有的孤独吹进了我的心里，让我不得不点起一支烟消遣着。

一支烟吸掉一半的时候，我拿起了手机，准备在睡前看一下今天的微信朋友圈动态。实际上我只是为了看陈艺的朋友圈，这些年我一直用这种方式默默关注她，渐渐已经成了一种习惯。

这个夜晚，陈艺真的发了一条动态，却和生活没有太多关系。因为这条动态只有一张可能是在网上找来的图片，没有任何的文字说明。

图片的主要背景是一座公园里的木桥，一个女人撑着一把蓝色的伞站在上面，雨水则在桥下面的小湖里溅起了朵朵涟漪。如果这张图片也有季节的话，我觉得是秋末，因为那只能看到背影的女人穿的是一件白色毛衣，湖水里则漂着一些枯叶。

我看了许久，只知道那座木桥有可能是在暗喻我，但其他的细节在表达什么，我却怎么想也想不明白。最后只是默默在下面点了个赞，便又一次陷入了自己那不知道该何去何从的情绪中。

…………

次日，雨水还在淅淅沥沥地下着，气温明显下降了很多，以至于穿了件毛衣仍能感觉到凉意，于是我又穿上了一件厚实的外套，这才离开住处走到弄堂外的站台旁等待着往来的公交车。今天，我准备去公司完成工作的交接。

实际上，婚庆策划所做的都是阶段性很强且周期很短的工作，能交接的并不多，甚至用不了一天便能为我工作的六年画上一个句号，所以这很可能是我最后一次以员工的身份去公司。我心中不免有些伤感，却又无可奈何。犹记得，前几天我还在为老金和罗素梅给我的承诺而欣喜着，转眼却只得到了这样的结局，这让我真的不知道该用什么心态去面对这病态的生活。

公交车已经启动，随后路过了弄堂外面一片公用的停车场，这才发现肖艾的那辆奔驰车正停在停车场边缘，而我竟然把这辆车给忘了，选择了乘坐公交车。想来，这还是和自己的性格有关，有些不属于我的东西真的很难被自己重视。

来到公司，一切还像往常那样运转着，并没有什么特别异常的反应。想来，金秋出于顾全大局的目的，还没有开始"血洗"公司。从某种角度来说，她提前通知我，倒算是一种保护，让我有更多的时间去思考未来该何去何从。

金秋已经来到公司办公，此刻她正在原来老金用的那间办公室里。

我推开门走了进去，站在了她的面前，只感觉自己的情绪很复杂，却不知道该怎么先开口说话。我可以理解她，但不代表我真的对她一点儿怨言也没有。

她停下手中的工作看着我，我开了口："我是来交接工作的，其实也没什么好交接的。肖总的婚礼策划案我已经做好了，也得到了肖总的认可，你只要照着策划案去执行就好，公司的其他员工都很有经验，他们会配合好的。"

金秋点了点头，回道："感谢这些年你为公司做的贡献。"

"我不需要这些流于表面的感谢，待会儿我把肖总的婚礼策划案，以及一些资料和案例都发到你的邮箱里，如果你有什么不明白的话，随时找我，我今天会一直在公司里待命。"

"嗯，对了，为了确保肖总的婚礼能顺利进行，我还没有公布自己的决定，希望你也不要把这种情绪传播出去，以免引起其他人的恐慌。"

我打断了她："我有分寸，但是我真的觉得你够狠的。对那些还被蒙在鼓里却仍在为公司做事的员工，你难道不感到愧疚吗？"

"在庞大的商业世界里，每天都有成百上千的公司或破产，或面临换血改革。

作为一个公司的领导者，最需要做的是对失败进行总结和反思，避免重蹈覆辙，愧疚这种东西只是情绪化的一种体现，本身并不会带来什么价值。所以我不会让你口中说的愧疚成为自己的负担，去影响自己的决定。"

我在她的话里再次感觉到了那种果断，她的眉宇之间也有着一种凌厉之色，这让她像一个会成就一番大事业的女强人，让我突然丢掉了之前对她积累的全部好感。

她真的太强势，太缺少人情味了。我在她的世界里，看到的只有无情和对价值的绝对追求，但愿有一天她不会在自己丢掉的人情世界里感到孤独。

…………

这一天，我断断续续地和金秋沟通了六次，等她确认我已经完成工作交接的任务时，已经是晚上的七点钟。此刻公司里几乎没有了什么员工，只剩下罗素梅还在财务办公室里做着这个月的工资表。

我该和她告别了，我轻轻推开办公室的门走了进去，站在了她的面前，说道："老板娘，我已经和金秋完成工作交接了，来和您道个别。"

罗素梅合上了自己的笔记本，面色充满歉疚地看着我，又用纸巾擦了擦眼角的泪水，轻声回道："江桥，你从小就是个苦孩子，虽然我和老金不能说是把你当成了自己的孩子，可也真的很心疼你。所以金秋和我们说这件事情时，我们非常痛心，可是作为父母又不得不支持她……"

"老板娘，你不用多说，我能理解你。对于你、金总还有公司，我都是感激不尽的，如果不是你们的收留，想必我江桥现在和街头的混混也没什么区别。我始终觉得婚庆策划是一份很体面的工作，但现在我也真的不想再做了，因为太累了。"

罗素梅点了点头，沉默了许久之后才问道："以后有什么打算？"

"自己做点儿小生意，可能会开个小吃店吧。"

罗素梅的表情有些意外，她回道："我和老金都以为你会自立门户，毕竟在公司的这几年你自己也积累了不少的客户资源。虽然我们不愿你带走这些客户，可是公司亏欠你在先，如果你真的有开婚庆公司的打算，我和老金还是愿意支持你的。"罗素梅说着便从自己的抽屉里拿出了一个似乎早就准备好的文件袋，递给我说道："这里面有八万块钱，说多不多，说少也不少，你拿去做自己想做的事吧。"

"之前金秋已经给过我一笔失业赔偿金了。"

"这是我和老金的心意，和赔偿金没什么关系。"

"公司其他员工除了失业赔偿金，也能拿到这笔钱吗？"

罗素梅摇了摇头，回道："这个心意我们也想给每个员工一份，可是实在拿不出这么多的钱，所以就偏心一次吧。"

"那我不能要这笔钱。"

"你这孩子怎么这么倔呢？这是我和老金能为你做的最后一点儿事情了，你就收下吧。"

"老板娘，我真的不能要这笔钱。大家都是平等的，我们为公司做了事情，领了工资，在最后要走的时候，还来这么厚此薄彼的一出，要是被其他人知道了得多心寒。我真的希望,哪怕以后我们不在公司了,但是公司的人情味一定要留在我们心中,所以该拿的我一定会拿,不该拿的我一分也不会多要。"

我说着又将一张手机卡从自己的手机里卸了下来,放在罗素梅的办公桌上,又说道:"这是我工作用的手机卡,里面有我这些年积累的全部客户的联系方式,现在我还给公司,如果老客户将我们公司介绍给其他客户,一定会打这个号码联系的。"

罗素梅叹息:"江桥,你这孩子就是太重情义了,你这样我和老金会更内疚的。"

我笑了笑,回道:"老板娘,你真的不用感到内疚,我就是一个吃百家饭长大的孩子,所以我觉得人活着一定要有人情味,因为我就是被人情养大的。"

罗素梅点了点头,在我准备离去时,又很语重心长地对我说道:"江桥,以后事业上有什么麻烦,就去找陈艺那个丫头。她的人脉广,说话也有分量,更重要的是,她是为数不多用真心待你的人。"

我有些发愣,因为没想到离去之前她会忽然和我提起陈艺,等回过神时,罗素梅已经再次打开了电脑进入了工作状态。我瞬间明白,她是个做事很稳重很得体的女人,所以才用这种方式为我送别,这会让我们都好受一些。因为我真的不愿意她亲自将我送出去,然后又千叮咛万嘱咐。

我轻轻带上了财务办公室的门,然后头也不回地向外面走去,脚步却越来越重。我真的很不舍这个我曾经工作了六年的地方,我永远都会记得,当年来到这里时,我还只是一个叛逆又无所畏惧的长发少年。如今,我要离开了,却满怀对世事的迷茫和对生活的恐惧。

我真的辨不清这六年我到底是收获得多,还是失去了更多,可心里的难过是这么真实。

我不忍转身再看,最后强迫自己放下心中的得失,只是默念着别了,别了……这个让我燃烧过青春的地方。

第61章 两个尿包

离开公司的那一刹那,我身上的负担就好似鱼鳞一样一点点剥落,我以这种快刀斩乱麻的方式失业了。失业并没有想象中那么痛苦,仅仅是有点难过。这种难过是可以用烟酒去解决的,也许大醉一场,明天的江桥依然可以笑着去面对这惨淡的人生。

回到郁金香路,我并没有回自己的住处,而是买了一瓶白酒,带去了乔野刚接手经营了没几天的"苏菡宾馆"。我想找他喝几杯,吐吐苦水。

进了苏菡宾馆,乔野正拿着一桶撕开的泡面站在饮水机旁接着热水,看见我手中拿着酒瓶,顿时会意,笑着对我说道:"江桥,你是来找哥们儿喝酒的吗?"

"喝不喝？"

"求之不得啊！我这儿正好还有点盐水鸭，简直就是天作之合！"

"你就别乱用成语了，天作之合是用来形容姻缘的。"

乔野也并不在意我的嘲讽，只是嫌弃地看了一眼手上的泡面，转头便将其扔进了旁边的垃圾箱里。这个行为让我有点反感，他骨子里还是摆脱不了大少爷挥金如土的本质，怎么说这桶泡面也是花真金白银买来的，他不吃可以给我吃。

乔野给我搬了一张吧台椅，我俩并排在吧台旁坐了下来，各自倒了满满一纸杯白酒，一句废话也不多说便喝了起来。

我一口气喝了半杯，闭起眼睛等那阵辛辣的感觉消失之后，才咂嘴对乔野说道："知道哥们儿今天为什么来找你喝酒吗？因为哥们儿被公司开了，心里有点儿不痛快。"

"失业啦？失业了好啊！"

"有你这么安慰人的吗？"

"我压根就没想安慰你。来，咱哥俩喝一个，庆祝你浴火重生了，虽然和哥们儿比算晚了一步，但也是一种值得肯定的进步。"

我有些机械地与乔野碰了一个，觉得和他喝酒没劲，因为此人看待问题的角度是我所不能理解的，他也不能与我感同身受。

见我不说话，乔野又搭住我的肩说道："江桥，我告诉你，人生就是要尝试着去过不一样的生活。就好比我现在开了这间宾馆，虽然算不上春风得意，但起码也是自谋出路吧？今天我就和你说一句狂妄的话，要不了多久，这间苏菡宾馆就会是这条路上生意最好的宾馆！"

我看了他一眼，问道："你哪儿来的自信？"

"就凭我是一个自信的人，陈艺要不是看中我这一点，她能这么爽快地借我三十五万吗？"

我差点就将陈艺借钱的真相脱口说出，总算酒还没喝多，忍住了心中的冲动，成全了乔野的自我陶醉。

半瓶酒喝了下去，乔野的话也越来越多，直到二楼走下来一对情侣模样的男女，这才暂时停止了他滔滔不绝的表达，转而向他们问道："两位有什么需要帮忙的吗？"

女人回道："老板，你能不能上去管一下？我们隔壁房间的人实在是太吵了，让人根本没办法休息，我男朋友明天早上还要赶火车去温州出差的！"

乔野放下了手中的纸杯，先是皱了皱眉，回道："我和你们上去看看。"

我知道乔野的脾气，怕他惹出乱子也紧随他上了二楼，果然听见203房间里传来了一阵极其吵闹的声音，里面的人似乎正在打牌。

乔野很生气地走到了房门口，然后用食指和中指重重地敲着门，说道："里面的人干吗呢，把门开一下。"

我在他身后提醒着："你语气别那么冲，稍微说一下就行了。"

"我最烦这些没有公德心的人了，都像他们这样，我宾馆还怎么做生意？"

"你是星级酒店住惯了，普通宾馆里有这样的现象太正常了。"

我的话还没有说完，房间的门便被打开，里面顿时涌来一阵烟草混合着脚臭的味道，让人作呕。里面打牌的有三个人，都长相彪悍，文着文身，浑身写满"不好惹"三个字。

开门的中年男人语气很不善地问道："怎么了，没看见我们在打牌吗？"

"我这儿是宾馆，不是赌场，麻烦你们把牌收起来，请不要打扰到其他人休息。"

乔野的话音刚落，房间里的另外两个人便将手中的牌放了下来，也来到了门口，其中一人叫嚣道："你算老几？我是交了房费的，牌打不打看我的心情，你少在这儿蹬鼻子上脸！"

乔野伸手指着叫嚣的人，阴沉着脸回道："你说话给我注意点儿，长这么大还没有人敢在我面前这么横的！"

叫嚣的文身男"啪"一下便打掉了乔野指着他的手，骂道："你不就是个开小宾馆的吗，别在我们面前牛哄哄的，我出来玩什么角色没见过……"

文身男的话没说完，我便知道要坏事儿，一闪身便挡在乔野和文身男之间，劝道："大家以和为贵，这都是小事儿，我代替老板向你们赔个不是……"停了停，又小声对处在失控边缘的乔野说道，"你是开门做生意的人，别这么大脾气，先给那对情侣换到三楼的房间，其实这事情挺好解决的，千万别闹大了！"

乔野仍咬牙切齿地看着那三个男人，没有一点儿要解决矛盾的意思。

文身男不是个善茬，一把将我推到旁边，指着乔野的脸说道："你是不是欠啊？你要是敢再这么瞪我一眼，我扇你脸！"

乔野点了点头，然后冷笑了一声，我心中顿时升起一阵非常不好的预感。我知道这件原本很好解决的小事情被闹大了，当即便做好了打架的准备。我不可能在矛盾不能协调的情况下让自己的兄弟吃亏，何况对方还有三个人，如果不果断一点儿，我和乔野都会被打！

我二话没说，一把抱住一个离自己最近的文身男，狠狠用膝盖顶在了他的小腹上，又重重一肘砸在了他的脸上，瞬间便将他干趴了。乔野也不慢，一脚将另一个文身男踹倒在地上，速度极快地解开了自己腰间的皮带，狠狠抽在了他的脸上。

对方三人也不是软柿子，一回过神便和我们拳拳到肉地打在了一起，我和乔野顿时也挂了彩。一时间，场面极为混乱，连房间里的衣柜都被砸烂了。

…………

这场斗殴一直持续到民警赶过来，我和乔野去医院做了简单的包扎之后便被带到了派出所，对方几个人则在医院里躺着，可谓是战况惨烈。

派出所里，一男一女两个民警冷脸看着我和乔野，先是照例询问了我们的姓名、年龄和籍贯，又询问了我们打架的原因。

乔野气得够呛，所以一直是我在回答问题。等他们问完了，我才小心翼翼地问道："民警同志，那三个找事儿的人没什么大问题吧？"

"一个轻微脑震荡，一个鼻梁骨骨折，还有一个手指骨折。我说你们两个小子下手也真够黑的啊，得亏没拿作案工具，要是有作案工具不得闹出人命吗！"

乔野带着不满开了口："民警同志，我们也被打伤了，你不能因为他们伤得更重，就偏向他们说话吧。打架这种事情本来就不是一个巴掌能拍得响的。"

189

男民警语气不悦地回道:"你少和我愤愤不平,打架这种事情可大可小,就冲你现在这态度,就该好好教育教育你!"

我用脚踢了踢乔野,示意他注意分寸,这里毕竟是派出所,有情绪也不是在这个地方发泄的。

我以身作则地做了个自我反省的表情,这才又对男民警说道:"民警同志,我们知道错了,但责任也绝对不是全都在我们两人身上,是对方挑衅在先,才有了我们的反击,所以我想问问,这事儿会怎么处理,不会拘留吧?"

"拘留是肯定的,你俩赶紧打电话联系自己的家人,让他们先过来把罚款和对方的医药费交了。后续怎么处理,要看对方的态度。"

我心中一声叹息,真不知道自己最近是怎么了,明明很小心翼翼地活着,可还是不可避免惹上了这些麻烦事儿。

我并没有能替自己解决事情的家人,一阵沉默之后,我对乔野说道:"你打电话给秦苗吧,这事儿只能她替我们解决了!"

乔野看了我一眼,回道:"我给她打电话做什么,让她来看我的笑话吗?你赶紧给陈艺打个电话,让她来把咱俩给捞出去!"

我顿时就急眼了,骂道:"你说的是人话吗?合着我就喜欢让陈艺来看我的笑话?要不是你脾气臭,咱俩能摊上这破事儿吗?你到现在还不自我反省!"

男民警挤对道:"哟,窝里反啦,我是不是得挪个地儿让你俩再打一架?"

我气得肝痛,坐在椅子上一言不发,乔野也转过头看向另外一边,一副爱谁谁的表情。

民警见我们两人僵持不下,终于说道:"两个尿包,既然这么怕老婆,在外面就规矩点儿!这样吧,那个叫江桥的小伙子,你有他老婆的联系方式吗,有的话就给我,我来和她联系。"

我拿出手机,赶忙将秦苗的号码报给了男民警,却不想男民警记下来后,又转而向乔野问道:"你们都是朋友,他老婆的联系方式你也有吧?"

乔野看了我一眼,随即报复似的将陈艺的手机号码也给了男民警。

民警点了点头,回道:"我先和你们家属联系,你俩老实点儿,在这儿给我好好反省反省。"

民警前脚刚走,乔野便冲我骂道:"你个尿包,放在抗日战争时期,你就是一大汉奸!"

"我要早知道你是这副死不悔改的德行,我才不会管你这破事儿!"

第62章 那么,我向你表白

时间一分一秒过去,我和乔野还在审讯室里等待着。我越来越焦躁不安,因为这个地方实在是让人感到太压抑,甚至连一支烟都不能吸。身边的乔野似乎比我更焦虑,他一直用手指敲击着桌面,也不知道是这环境让他感到压抑,还是害怕待会儿要与他最不想见的秦苗见面。

又是二十分钟过去,天生没什么耐心的乔野终于忍不住向我问道:"江桥,她俩不会真的就放着咱们不管了吧?"

"陈艺不好说,秦苗怎么着也得来吧。"

"我觉得正好相反,秦苗巴不得我出洋相,她肯定不会来的。还是陈艺靠谱点儿,毕竟你俩的感情可一点儿也不虚,不像我和秦苗徒有夫妻名分。"

我叹息:"我刚和陈艺闹了点儿矛盾,这会儿她还在气头上,估计也巴不得我吃点儿苦头,我心里真没指望她会来。"

"那怎么办?"

"实在不行,咱俩自己交罚款。不过说好了,咱各交各的啊,哥们儿赚点血汗钱不容易,又刚失业!"

"这也太凄凉了点儿!"

"怨不得谁,都是自己作的。"

乔野转头看向了别处,眉宇间有些孤独,想必他很希望身边能有个能依靠的人,只是不知道他想的是秦苗这个结发妻子,还是那占据他全部感情的苏蔺。

我也好不到哪儿去,甚至更惨,因为我真的指望不上任何人。如果今天是我自己面对这个纠纷,多半会选择忍气吞声,因为这强行出头的后果是我很难去承受的。

…………

沉默中,安静了许久的派出所终于有了动静,随后便看见陈艺和秦苗并肩从调解室门前走过。也不知道是窗户太小没看见我们,还是压根就不愿意理会,总之两人就这么目不斜视地将我们忽略了。

片刻之后,之前审讯我们的男民警去而复返,推开门对我们说道:"你俩在这调解协议书上签个字,就可以走了。"

我和乔野对视了一眼,非常疑惑地向民警问道:"不是说要拘留吗?这就可以走了?"

"你俩就好好感谢自己的老婆吧!她们刚刚去过医院了,被你们打的三个人都是这一带的闲散人员,也没什么正经工作,她们答应赔偿六万块钱的医药费,那边见钱眼开就同意调解了。"

听说赔偿了六万块钱的医药费,我顿感心疼,便说道:"民警同志,他们这显然是讹诈,六万块钱也太多了!"

"你如果觉得是讹诈,不同意调解,那就走法律程序吧。"

我心中当然不愿意走法律程序,转而很识相地闭了嘴,却不知道这六万块钱是陈艺还是秦苗交的。这时,乔野已经很爽快地在调解协议书上签上了自己的名字。似乎花六万块钱打一架在他心里还挺值,以至于签字过程中,他脸上的表情一直很轻松。

我心中暗自叹息,随后有些肉痛地在调解协议书上签字,这件原本会很麻烦的事情就这么被金钱给解决了。

临走前，民警又对我和乔野说道："你俩以后安分守己一点儿，别给自己老婆脸上抹黑。毕竟她们在南京也算是有头有脸的人，传出去不好听。"

我和乔野又对视了一眼，但谁都没有应一声，因为"老婆"这个词用在我和陈艺身上太牵强，而乔野更是一天都没有把秦苗当作老婆去看待。

…………

派出所外，陈艺和秦苗站在车旁等待着，我和乔野则低着头向她们走去。在这有些深的夜色中，四人一时竟都没有开口说话，只是在秋末的冷风中站着。我好似在沉默中看见陈艺和秦苗那两颗操碎了的心。

我终于抬头看了看她们，两人都系着围巾，穿着比较厚实的外套。想必在这个有些冷的夜，她们没少为了我们俩在外面跑。

秦苗终于开口对陈艺说道："各领各家的走吧。"

陈艺看着我，然后点了点头。秦苗也站在了乔野的面前，看着他裹着纱布的头，语气中满是心疼地责备道："你打架我不反对，但是能不能别把自己给弄伤了？"

乔野不知好歹地回道："我又没练过金钟罩铁布衫，受点儿伤怎么了？"

"你就是恨我，要不然为什么好好的家不住，要出去受这个罪？"

"我不是恨你，我是对你没有感情。但是今天晚上的事情还是得谢谢你……"说到这里乔野停了一下，又说道，"没其他事儿的话，我先回宾馆了。"

秦苗拉住了欲转身离去的乔野。

"干吗？宾馆还有一堆事儿等着呢。"

"你还没吃饭吧，我带你去吃饭。"

"不用了，我回去吃泡面。"乔野说着便拿掉了秦苗的手，转而向路边走去，伸手便拦了一辆出租车。

秦苗咬着嘴唇，看着他决然的背影，眼泪忍不住就落了下来，一阵冷风将她那单薄的身影吹得很可怜。

陈艺有些担心地拉住了她的手臂问道："苗苗，你还好吗？"

"没事儿，我没事儿。"

秦苗一边回答，一边快速地用手擦掉了脸上的泪水，勉强挤出了一丝微笑，做了个改天再联系的手势之后便向自己的车走去。现场只剩下我和陈艺，我们虽不是夫妻，可是面对彼此时，那种复杂的情绪一点儿也不比乔野和秦苗那对真正的夫妻来得少。

陈艺看着我那涂着药水的脸问道："疼吗？"

"不怎么疼，就是有点儿饿。"

陈艺面露疲倦之色，然后叹了一口气，想必心中充满了对我的失望，可是这种失望已然成为一种习惯，让她也不知道该再对我说些什么。

我心中有自责，也有自卑。如果时间能够回头，让我重新选一次，我情愿从来没有认识过陈艺，因为我一点儿也不想成为她的累赘。

我问道："罚款和医药费的钱是谁替我们交的？"

"这个不重要，我只是希望你以后做事别再这么冲动了，我会担心的。"

"对不起。"

陈艺并没有很刻意去放大这件事情在她心中造成的负面情绪,下一刻她便转移了话题,对我说道:"你不是说饿了吗,我们去吃东西吧。"

…………

在派出所的附近,我和陈艺各买了一碗馄饨坐在对街的长椅上吃着。我们谁都没有说话,只是默默将小馄饨送进自己的嘴里。

陈艺竟然在我之前吃完,我赶忙从口袋里拿出一张纸巾递给了她,又帮她将装馄饨的一次性饭盒扔进了身旁的垃圾箱里。但依然不知道该开口和她说些什么,因为这个夜晚我是深深愧疚于她的。

陈艺终于对我说道:"江桥,这么多年了,我一直觉得馄饨是除米饭之外,我必须要吃的东西,我从来没有吃腻过。"

我不知道陈艺的言外之意,只是用点头去回应。

"你很不想和我说话吗?"

"不是。"

"那你为什么一直不肯说话?"

我抬头看着她,又是一阵沉默之后才回道:"当你做对的时候没有人会记得,可是当你做错的时候,连呼吸都是错的,所以我还是少说一点儿为好。"

"我并没有责怪你的意思,我只是怕你会出意外。"

我看了看她,心中有感动,但依然不言语。

陈艺将被风吹乱的发丝别在了耳后,脸上浮现出一丝回忆的表情,而后笑了笑对我说道:"江桥,你知道吗?你一直是我心中的英雄,从我们的童年到成年,你从来没有让人欺负过我,自己却因为这份执着的守护,和别人吵过,打过,也遍体鳞伤过。这么多年了,只要想到你在我身边,我就会觉得很心安。以前我不知道这种心安是什么,又来自哪里。可是当我成年后,便渐渐明白,我对你是有情结的,所以我特别害怕自己会在你最苦最难的时候与你闹矛盾,不能陪在你身边。"

"你不用有这样的负担,我从来没有要你回报我什么,从我第一天知道这个世界上有一个叫陈艺的女孩时,我就本能地不想让她受委屈。"

在冷风中,陈艺轻轻地握住了我的手,她的眼中含泪:"可是人心都是肉做的,不是吗?你对我很特别,那我就绝对不会报以冷漠。"

我心中五味杂陈,也很想随陈艺哭出来,可最后还是忍住了,因为我从来没有在清醒的时候对着她哭过。小时候,我觉得不在她面前流泪,是因为我要做她心目中的英雄;而长大后,我则是想在她心中做一个真正的男人,为她遮风挡雨,而眼泪这种东西终究是脆弱的,所以我更不想给她看。

毛毛细雨就这么随着风落在我们身上,陈艺轻轻地靠在我的肩头,双手温柔地抱着我的腰,她低语着:"我一直在等你,等你在清醒的时候能够认真地对我说一句我爱你。可是你的勇气只是靠酒精催发出来的,这样的表白一点儿也不会给人安全感,所以那天晚上我的大脑是空白的,我不知道该怎么处理。"

我的心跳开始加速……

"这些天我想了很多,既然你不会好好表白,那么我向你表白。我们谈恋爱吧,谈一场以婚姻为目的的恋爱,可好?"

|第63章| 我们恋爱了

我的大脑嗡嗡作响,身体好像浸泡在福尔马林里永不腐朽,灵魂却飘浮在这深情的雨夜里,躲避着时间的追逐,游走在半梦半醒之间。我疑惑着,难道这就是被最爱的人表白的感觉吗?

我将陈艺紧拥在怀里,感受着她柔软的身体,渐渐安心下来,可是一切又幸福得那么不真实,我无法相信一个锁住我长达十几年的禁忌就这么突然间被解开了,我还不能适应这一切。

我终于回道:"这是梦吗?如果是梦,这个梦也太自私了点儿。"

"我们没有做梦,只是一直以来都缺少了点儿勇敢。"

"可是我能满足你的事太有限了。"

"不是这样的,物质纵然可以为爱情带来保障,但精神的契合可以让爱情变得享受。一份爱情既有物质的保障,又有精神上的享受是最好不过的,如果二者只能选其一,我想,我愿意去追逐一份精神上更为富有的爱情。"

此刻,我不愿意再将情绪发散得太过复杂,也不想再回头看那一路走过来的情景,我该跳出生命的悲喜,好好享受这一刻,因为雨后的天空一定会放晴。

如果和陈艺相爱是一场一定会疲惫的远行,那我要思考的便是应该为这场远行准备一双虚幻的翅膀,还是一辆真实的越野车。因为我真的很想追上她的脚步,一路陪着她走到生命的尽头。

这一刻,我终于勇敢地回应道:"我们恋爱吧,谈一场可以陪对方变老的恋爱。"

陈艺抬起头看着我,脸上满是心安的笑容。

我闭上眼睛,轻轻地抚摸着她那有些被雨水打湿的长发。此时,她不是那个声名远播的主持人,只是我江桥的女人。那些怯懦的过去我将统统打包成行李,在情感这场旅途中走一路扔一路。

…………

这个下着丝丝小雨的夜晚,陈艺开车将我送回了郁金香路。由于时间太晚,我没有让她陪我进弄堂,我们约好明天再见,我将会第一次以男朋友的身份去电视台接她下班。想到明天的情景,我便觉得今天晚上一定会做一个好梦。

走在弄堂,那青石板铺成的小路已经被小雨淋湿,但因为心情好,所以我不反感这种潮湿,反而觉得很湿润,甚至连那墙上旧得快要脱落的石灰也成了这段路必不可少的风景。这里就是我最留恋的家乡,是它培育了陈艺这么灵动美丽的女人,又让我成为她的男朋友,这世界上不会再有比这更美妙的事情了!

走过心情咖啡，我家的小院就在眼前，我隐约看见屋檐下坐着一个人，等走近时才发现是肖艾，此刻的她似乎已经伏在自己的双腿上睡着了。

天气有点阴冷，我怕她着凉，赶忙推了推她，轻声喊道："丫头，醒醒，醒醒……"

肖艾抬起头，睁开了有些蒙眬的睡眼，又被我的样子吓了一跳，她指着我的脸说道："你脸上涂的是什么鬼东西？吓死人了！"

"药水。"

"摔跤啦？"

"没有，帮乔野和几个在宾馆里闹事的混混打了一架。"

"没打赢吗？看你现在这样子可惨了！"

我心情很好，笑了笑回道："棋逢对手，略占上风，那几个混混还在医院里躺着呢！"

"概括得真有画面感，一下就想到你们打架时那面目狰狞又惺惺相惜的样子了。"

我用手摸了摸她的脑袋，忍不住又笑了起来。和这丫头在一起，虽然有时也被她气得够呛，但有时也是真的快乐。因为一件原本很负面的事情，从她嘴里说出来后就变得很幽默，想必这也是她在长期的孤独中练就的一种可以取悦自己的本领。

我终于切入正题向她问道："这么晚了，你来找我做什么？"

肖艾从手提包里拿出了一个袋子，递到我的面前说道："你不是说要开个馄饨店吗，我今天逛街的时候就帮你买了几本教做面点的书，你看看有没有用。"

我从她的手中接过书，却没有打开看，只是感叹道："这么晚了，你就是为了给我送这个？"

"不然呢？"

我看着她那已经被细雨打湿的发丝，心中涌起一阵说不出的滋味，许久才回道："好吧，我很感谢你！"

肖艾对着我笑了笑，起身准备从台阶上站起来，可不知道是因为坐太久脚麻了，还是脚上的伤并没有彻底痊愈，她一个不稳就要摔倒，我赶忙伸手扶住了她。

一直没有停歇的冷风从我们身边吹过，屋檐悄悄地将汇集成流的雨水向地面滴落着。世界好似在我们亲密的拥抱中静止了下来，虽然这个拥抱并不是我们的本意。

肖艾的表情有点儿痛苦，她拉紧了我的胳膊，皱着眉说道："江桥，你别动，我脚有点儿麻。"

我应了一声，一直保持着扶住她的姿势，直到她缓过来。整个过程我都不太敢去看她，因为她几乎倒在我怀里。这时，任何一个眼神上的交流都显得有些暧昧不清。

肖艾终于远离了我的身体，对我说道："书已经给你了，我就先回去了。"

我赶忙从自己的包里拿出了她的车钥匙，递给她说道："你的车开回去吧。"

"太累了，不想开，我打车回去。"

我有点儿错愕，她已经转身准备离开，我又喊住了她，向她问出了最近自己心中一直放不下的问题："丫头，你爸和李子珊的婚礼你还会去闹吗？"

肖艾转回身看着我，笑了笑回道："我看开了，人只要有一颗向往简单的心，像你一样躲在这个弄堂里养养花草，没事自斟自饮也挺好的。所以李子珊和我爸以什么样的方式结婚，以后会过什么样的生活，我都不想管了。"

　　"你真的是这么想的？"

　　"嗯，是真的。"

　　我点了点头，心中也松了一口气。我觉得她在这些日子里是有改变的，尽管这种改变并不很明显，但她对这个世界的看法和我们初次见面时相比，确实已经平和了很多。我因此想到，也许每个人都会经历一些事，然后渐渐成长，哪怕是肖艾也不例外。

　　她似乎想起了什么，又转身向我这边走来，从口袋里拿出一张票递给我，说道："明天我有一个做歌手的朋友要在南京开一场小型的演唱会，我会去帮他做伴唱。反正你最近也没有事情可以做，就当放松一下，去现场玩玩吧。除了伴唱，我自己也会演唱的。"

　　我从她手中接过了演出票，笑着点了点头。

　　肖艾又很郑重地向我叮嘱道："你已经放了我一次鸽子，这次可不许再做混账的事情了。"

　　"放心吧，肯定不会的。对了，你能再给我一张票吗，到时候我带一个朋友去给你捧场。"

　　"谁啊？"

　　"明天你就知道了。"

　　"故作神秘有意思吗？"

　　我笑了笑，回道："你都和我故作这么多次神秘了，还不允许我披一次神秘的面纱啊？"

　　"好吧，成全你这无聊的攀比。"肖艾说着便从自己的口袋里又拿出了一张票递到我的手上，向我挥了挥手之后，便沿着蜿蜒的小路有些孤独地向巷口走去。此刻，毛毛细雨成了一种温柔的呵护，呵护着这个美丽又孤独的南京潘西（南京方言，年轻姑娘）。

　　…………

　　简单洗漱之后，我便躺在床上给陈艺发了一条信息，问道："你到家了吗？"

　　陈艺并没有立即回复，于是我点上一支烟等待着，又情不自禁地在眼前的烟雾弥漫中想起了这些年自己与陈艺发生的种种。今天我们终于成了男女朋友，虽然我还不太能适应，但生活的奇妙真的在我身上发生了。

　　想起陈艺的优秀和得体，我又很认真地审视了现在的自己，忽然便在这甜蜜的幸福中感到了巨大的压力。如果有一天我以男朋友的身份跟着陈艺去参加她们台里的宴会，她的那些社会精英的同事会怎么看待我们的这段恋情呢？而我应不应该去卖馄饨，让这份本身就非常不对称的感情变得更加尴尬和怪异？

　　我有些动摇了……

　　这时，陈艺终于回复了我的信息："到家了，刚刚才洗漱完。你准备睡了吗？"

"没有，睡不着。我从来没有想过你会成为我的女朋友，所以到现在还在云里雾里，摸不到走出来的路。"

陈艺回复了一个偷笑的表情："谁让你这么多年一直都不敢开口，现在自作自受了吧！"

"一点儿也不自作自受，等我走出来，可就是康庄大道摆在我面前，你就乖乖在路的那头等着我吧！"

"不和你臭贫，赶紧休息吧，今天晚上又是打架，又是进派出所的，真怕你累着！"

"你就挤对我吧！"

"还知道我在挤对你啊，以后可别跟在乔野后面野了，他做事没有分寸，你就应该多提醒他，而不是火上浇油。你是不晓得，今天晚上接到派出所的电话，我和秦苗都快担心死了！"

这虽是陈艺的责备，我却感受到一种情侣之间才会有的关心和爱意。我忍不住闭上眼睛深深吸了一口烟，然后很确定地告诉自己，我们恋爱了，我真的和这个朝思暮想的女人恋爱了！

但我仍有些不敢去想，前世的自己到底需要何等的造化，今生才能成为她的男人？

第64章 为艺术而生的女人

次日，连续下了几天的雨终于停了，南京这座城市迎来了久违的阳光，气温相较于前些天也有了明显的回升。可这挡不住枯叶飘落的颓势，秋天是真的来了。包括我在内这座城市的所有人，都在这场雨后告别了夏天和秋初那可以穿着短袖短裤、随意豪饮啤酒的生活。

这个清晨，我起得很早，将那些在秋冬依然会生长的盆景修剪了一下，然后将肖艾昨天晚上特意给我送来的那几本做面点的书拿了出来，又泡上一壶茶，坐在躺椅上，迎着早晨正好的阳光看了起来。

片刻，小院的门被敲响，我以为是乔野又来蹭早饭吃，不耐烦地应了一声，才向门口走去。可是当我打开门的时候，有些傻了眼，心中又升起一阵莫名的喜悦，因为此刻站在我面前的正是陈艺。

她围着一条白色的针织围巾，穿着黑色的外套，气色看上去很是不错，那张精致的瓜子脸上满是红润之色。她冷着脸向我问道："你语气那么不耐烦，是很不想我来吗？"

我赶忙解释："不是，我以为又是乔野跑来蹭早饭吃，没想到是你。对了，你今天不是要去台里上班的吗，我们昨天都约好了，晚上我去接你下班。"

"打电话和同事调休了，给你买了你最喜欢吃的早饭。"

我从陈艺的手中接过了袋子，果然是我最喜欢吃的皮蛋瘦肉粥，还有两瓶热牛奶。这些虽然不是她亲手做的，但肯定是花了心思的，所以我真的很感动。

我将石桌上残留的水迹擦干净，第一次和陈艺以情侣的身份一起吃早餐。我们安静地吃着早餐，不时深情对视着。尤其是我，因为我真的很喜欢她今天的打扮，时尚但不妖娆，成熟又不显老成，就和她的内心一样，是一个品位很高的女人。不仅仅是我这么认为，所有认识陈艺的人，甚至是电视观众都是这么评价她的。大家都在猜测，这么一个优秀的女人，到底谁才会成为她的真命天子。

陈艺有些羞涩地避开了我的眼神，习惯性地将散落的发丝别在耳后，对我说道："干吗老盯着我看？好好吃早饭！"

"你不看着我，怎么知道我在看你呢？"

"你有点儿无赖了啊！"

我很认真地回道："对着你，我情愿做个无赖，也不想一本正经地看着你却说不出话。"

"为什么会说不出话？"

"如果我们不是从小一起长大，而是第一次见面，我看着你这个气质型的美女肯定会心动得说不出话来。这种感觉你能懂吗？所以我特别庆幸，庆幸时间早早将我们捏在一起，否则我们一定是两个世界的人，不会有现在这样的交集。"

"你的意思是，除了时间我们什么都没有吗？"

"对，可除了时间，我们也什么都不缺。"

…………

吃过早饭，我看天气很不错，便向陈艺提议道："今天天气这么好，你想去哪里走走吗？"

"哪儿也不想去。"

"那做点儿什么才不会浪费这么好的天气呢？"

陈艺想了想回道："我总是主持节目给别人看，今天我想窝在沙发里看一天的综艺节目，以弥补我这颗总是在工作中受伤的玻璃心。"

陈艺的自嘲让我笑了笑，可这笑容里更多的还是心疼。我知道她工作很累，也知道她在事业上是一个托付型的女人，而不像金秋是一个主动奋斗的女人。所以我知道真正适合她的人是邱子安而不是我，但二十五岁的我们，敢于将爱情当作一场赌注，赌的是心动，赌的是想在一起的心情。

我沉吟了一阵之后，才向陈艺回道："好啊，那就待在家里看电视吧。记得咱俩上一次一起做这件事情，还是上小学那会儿，但那时候看的是动画片，现在看的已经变成了你主持的综艺节目。"

"你是在感叹时间过得真快？"

"是够快的！那时候天真无邪，现在却要带着对生活的各种理解，还有生活反作用于我们身上的压力，在这个世界里找出路，找快乐。可是刻意去找的快乐，真的比不上快乐主动找过来。这也是大家总是怀念童年的原因，那时候的一切都是自然的。好比我和你，就算天天在一起，别人也只是觉得我们两小无猜，不会用物质这把尺子去衡量我们。"

陈艺点了点头，然后回道："江桥，你最大的痛苦恐怕就是把这个世界看得太透彻，可自己又不能用超出这个世界之外的态度生活。有时候我真的希望你是一个有执行力的理想主义者，那样你会活得更潇洒，更有人格魅力的！"

我知道陈艺的言外之意，她希望我们既然在一起了，就不要再去考虑太多世俗的眼光和流言。可这也恰恰表明我们之间的差距是显著的，显著到必须要拿出来议论，再用强大的内心去克服这种差距。而要我真的在物质上去赶超陈艺，在几年之内，甚至更久都是不可能实现的。

…………

达成一致后，她难得陪着我的一整天便开始了。原本我还担心相处二十多年的我们一时会难以适应这样的改变，但是当我们真的一起窝在沙发上看着电视时，我才惊觉这样的担忧其实很没必要。因为陈艺似乎早就做好了成为我女友的心理准备，她一直很亲密地靠在我的怀里，把自己正在吃的零食分享给我。

可有那么一刹那，我又觉得这一切并没有发生什么改变，即便从前陈艺并不是我的女友，我们也曾像现在这样亲密过。

我低下头看着她，嗅着她的发香，心中柔情泛滥，不自觉地将她拥得更紧了，我真的太爱这个女人了。

过去，现在，未来都爱……

一天时间就这么轻飘飘地过去，快要黄昏时，我才想起肖艾邀请我去看演唱会的事情，便对正在院子里为花草浇水的陈艺说道："今天晚上肖艾的一个朋友要在太阳宫开演唱会，她给了我两张票，我们一起去看吧。"

陈艺隔着窗户回道："行啊，她的那个朋友我知道，是个蛮不错的摇滚歌手。"

我有点儿意外："你怎么会知道？"

"你忘了肖艾是我小姨的学生了吗？她妈妈还在南京艺术学院教学的时候，和我小姨是很好的朋友。那个摇滚歌手也是南京艺术学院毕业的，都算是南京音乐圈子里的人，大家都挺熟的。"

我恍然大悟，看来肖艾和陈艺住在一起的那个夜晚，两人真的聊了不少，甚至可以说是交心，毕竟两人有着很深的渊源。

片刻之后，陈艺回到了屋子里，站在镜子前梳理着自己的头发。我也换上了一套比较正式的服装，为待会儿去看演唱会做着准备。

忽然，陈艺的手机响了起来，当看到来电显示时，她的表情立即发生了变化，一阵犹豫后才接通，我已经能够感觉到这个电话是谁打给她的。

如果爱情是一场战争，我并不愿意在此刻把自己摆在一个胜利者的位置。我给陈艺留出了空间，让她可以随着自己的心意和电话那头的邱子安沟通，而且我绝对相信她是一个有分寸的女人。

我坐在院落里，点上一支烟等待着，片刻之后，陈艺从屋内走了出来，她用一种商量的语气对我说道："江桥，子安约我单独见一面，他来南京了。我想，有些事情需要当面和他说清楚了。"

我心中不可避免地涌起了一种危机感，可是爱情需要信任，如果此时我连这点儿信任都不愿意给陈艺，那么只能证明我爱得太被动，太缺乏安全感。所以最后我还是笑了笑，回道："你去吧，聊完了就早点儿去找我，我在那边等你。"

陈艺点了点头，又注视着我。而我轻轻地握住了她的手，心情已经尽在不言中。

…………

今晚的夜色非常好，我独自来到了太阳宫，检票进场，坐在了比较靠前的位置。此时演唱会还没有开始，只有乐队在做着开场前的暖场秀，肖艾也在其中。

此刻，乐队演奏的是一首节奏感非常强的《尽情跳舞》（*Lose Yourself To Dance*）。肖艾似乎心情很不错，她正抱着一把电吉他站在舞台的中央，充当吉他手与乐队一起演奏着。一束蓝色的聚光灯正落在她的身上，让她成为现场的焦点。

今天的她，穿着一件黑色的紧身皮裤，上身则是一件很干净的白色衬衫，头发梳理得很整齐，扎了一个不会散乱的马尾辫。只见她右手的食指和无名指快速地扫弦，同时小拇指有节奏地击打着电吉他的面板，技术熟练到连我这个外行都能看出她有着极高的吉他演奏水平。她身后的键盘手也是频频向她竖起大拇指，为她的演奏天分感到惊讶，台下的观众更是纷纷将手机镜头对准她，记录着这精彩绝伦的一幕。

我相信未来的几十年里，我们在场的所有人都不会再有机会见到一个如此漂亮又能把吉他弹得如此让人震撼的姑娘。她的确是一个为音乐艺术而生的女人！我已经无法用言语或者文字去形容此刻她带给我的视觉和听觉上的双重冲击！

| 第 65 章 | 初露锋芒

肖艾用电吉他即兴与乐队合奏了一首 Lose Yourself To Dance 后，便回到了自己伴唱的位置，拿出手机玩了起来。可观众们的视线没有从她的身上离开，起哄着要她再和乐队来一曲，但肖艾以一个抱歉的手势拒绝了观众们的热情邀请，也不知道是她自己没了兴致，还是不愿意喧宾夺主抢了朋友的风头。

离演唱会开始的时间越来越近，现场不再有音乐响起，陷入了演出前的安静中，只有极个别观众还在小声交谈着。肖艾也抬头向台下扫视着，因为我的位置比较靠前，她很快便发现了我，对我眨了眨眼，似乎很满意我今天能守时。

除了舞台，现场的灯光全部熄灭，台上演出人员的神情都变得紧张严肃了起来，只有肖艾还在和身边的另外一个女伴唱小声说着些什么，又用手向我这边的位置指了指，随即那个女伴唱也向台下看了看，她们到底在说些什么，谁也不清楚。

我身边原本属于陈艺的位置还空着，这让我感到有些空虚，空虚中又夹杂着一种说不出的慌乱。我不知道邱子安会和她说些什么，更不知道她要过多久才能来找我。

演唱会正式开始，鼓手首先敲出一阵鼓点很强的前奏，贝斯手则用犹如梦呓的低音附和着，现场在这种声音营造出的效果中好似陷入了黑色的梦中，所有人都在等待一个爆破的点冲开这黑色的束缚，迎来黎明。如果这段前奏的编曲是出自一个歌手，那他的确有着非常过人的才华，难怪肖艾这个对自我要求很严格的丫头也愿意来帮他做伴唱。

就当我沉浸在这段音乐中时，我的身边多了一个扎着辫子、留着络腮胡的男人。他的年纪大约在三十五岁，他此时正坐在本该属于陈艺的位置。

就在我疑惑的时候，他主动向我伸出了手，说道："你好，江桥，我是艺安传媒的艺人策划总监高索。"

艺安传媒正是邱子安的公司，他的自报家门除了让我一头雾水外，更让我带着戒备，我回道："艺安传媒我知道，但是我不认识你。"

这个叫高索的男人笑了笑，回道："不认识我没关系，你认识我们邱总就行了，这次我是和他一起来的南京。但我来纯粹是为了工作，这张演唱会的门票是陈艺给我的。"

"陈艺给你的演唱会门票？"

"没错，我这次和邱总来南京的目的就是想了解一下肖艾，我们公司对她很有兴趣，希望她能成为我们公司的签约艺人。正好听陈艺说她是这场演唱会的伴唱，所以我就和陈艺要了这张门票。如果打扰到你和陈艺的约会，我感到很抱歉！"

我心中很不舒服，即便知道她给高索这张票算是朋友间的帮忙，但她终究是不会来了，也意味着两个多小时的演唱会，她都将和邱子安在一起。

这时，演唱会正式开始，一个留着垂肩长发，抱着吉他的青年从幕后走了出来。他的面色有些深沉，眼神中充满思考的深邃，我知道他就是肖艾的朋友，以独立音乐人身份立足于地下摇滚界的袁真。尤其在南京本地，他是很有名气的。

终于，舞台上的灯光开始快速交替闪烁，投影墙上，一束巨大的向日葵渐渐盛开，肖艾和身边的另一个女伴唱用高音哼唱着，光明似乎在隐秘中悄然到来，瞬间一阵犹如爆破般的鼓点密集响起，贝斯发出了高亢的嘶吼。此刻除了我和高索之外，观众几乎都是站着的，他们歇斯底里地喊着袁真的名字，我从来没有想到一个独立音乐人竟然会有这样的魅力，他和歌迷之间似乎在用灵魂交流。

音乐的感染力是巨大的，我暂时忘却了心中的烦愁。虽然我没有嘶吼，但也为这首正在演绎的《梦中呓语》鼓着掌。

在舞台上演唱了几首歌之后，袁真便将肖艾从伴唱的位置请到了舞台的中央，然后抹掉脸上的汗水对台下的观众说道："大家晚上好，我身边站着的这位是我大学时期的小师妹，也是一位才华横溢的音乐人，很荣幸能够请到她担任演唱会的伴唱兼演出嘉宾。我现在有点儿渴，先去后台喝口水，接下来的舞台就交给她。对了，她也是这个世界上唯一一个即便让我站在她背后，却可以看到光明的女人，我在艺术这个领域很爱她！"

爱这个字是敏感的，此刻没有人在意袁真强调的是"艺术这个领域"，纷纷起哄又鼓掌。但肖艾几乎没什么反应，和袁真拥抱之后，便转身向一台早就准备好的钢琴走去，然后将话筒插在了支架上，开始了演唱前的准备。

这时，高索的面色变得极其认真，他下意识地将双手交叉放在胸前，做出聆听之色。

片刻后，成为舞台焦点的肖艾终于开了口，她一边弹出音乐的前奏一边说道："一首邓丽君小姐的《襟裳岬》送给大家。"

台下响起掌声，高索似乎在自言自语，又似乎在对我说："这首《襟裳岬》是中国音乐学院社会艺术水平考级通俗唱法第十级女声部歌曲，属于级别最高的考核曲目。这首歌虽然没有那么强悍的高音，但是高潮部分高度考察歌手高音区的换声功力，要在女生最不舒服的换声区域上下持续发力，并要保持力度适中，所以难度相当之大，不是一般专业歌手敢在现场挑战的。另外她还要弹着钢琴，这更增加了演唱的难度，这丫头还真是艺高人胆大！"

这番非常专业的点评让我疑惑地看着高索，他笑了笑回道："我没有加入艺安传媒之前是四川音乐学院的声乐老师，由我这个专业人士亲自来做肖艾的艺人策划，肯定会让她在娱乐圈少走弯路。我绝对有信心将她打造成在歌坛具有统治力的女歌手，因为她的天赋和外在条件实在是太好了。更重要的是，她这种不迎合、不献媚的气质是很难得的。"

这番话让我想起肖艾之前告诉我的不愿意加入娱乐圈的原因，便觉得高索将梦做得太美，路也规划得太远。肖艾之所以不迎合、不献媚，是因为她本就对金钱没有强烈的渴望，毕竟她是肖总的女儿。

前奏结束之后，肖艾的歌声终于在剧场里回荡了起来，现场顿时便安静了下来，所有人都沉浸在她婉转的歌声中，而身边的高索也频频用点头的方式认可着她的演唱技巧，嘴里发出"啧啧"之声。

我的心脱离了摇滚的震撼之后也渐渐安静了下来，又想起了不会再来现场陪我观看演出的陈艺，大脑里浮现出一幅幅此刻她和邱子安在一起的画面。这让我越来越坐不住，数次从口袋里拿出了手机，却又一遍遍提醒自己要给陈艺足够的信任，保持一个男人应该有的自信和风度。

我终于将手机放回到口袋里，将全部的注意力放在了还在进行的演唱会上。直到散场时，我才又将自己的情绪拉回到现实中，习惯性地看了看时间，已经是深夜的十点半。

我准备离去，身边的高索拉住我说道："江桥，听说你和肖艾的关系不错，所以请你帮个忙，待会儿请帮我约一下她，我必须得和她聊聊我这次的来意。"

我如实回道："她暂时没有加入娱乐圈的打算。"

"你是知道什么内情吗？"

"是知道一点儿，但是我不太方便和你谈她的隐私，所以不好意思。"

高索不愿意放弃，又对我说道："很多事情是谈出来的，我还是想给自己一个主动争取的机会，所以恳请你帮忙约一下。如果你不肯，我就得请陈艺找她小姨帮这个忙，这浪费的可都是大家的时间，所以能就近解决最好。就算我欠你一个人情，以后有用得着的地方尽管开口。行吗，江桥兄弟？"

高索说完又对我做了一个拜托的手势，我想肖艾早晚要面对高索谈这件事情，便答应了下来。刚准备带高索去后台，不想肖艾已经向我这边走来，很快便站在了我的面前。她的心情似乎很不错，笑着向我问道："江桥，你觉得今天的演出怎么样？"

"挺好的。"

我的话音刚落，身边的高索生怕错过机会，赶忙从口袋里拿出一张名片递到肖艾的面前，说道："你好，我是艺安传媒的艺人策划总监高索，我们总经理和我都很欣赏你在音乐上表现出的才华，希望你能给我们一个谈合作的机会。"

肖艾看了看紧挨着高索站着的我，语气很是不悦地问道："这就是你今天带过来的朋友吗？我不是告诉过你，我对加入娱乐圈不感兴趣，你还给我找麻烦？"

我本来就心烦意乱，一时竟然组织不好语言告诉她陈艺去赴了邱子安的约，把票给了与邱子安同行的高索这个事实。这短暂的沉默却触怒了对人对事都不算有耐心的肖艾，她没再理我，更没有理高索，转身便向剧场外走去。

我回过神，赶忙向她追了过去，高索也紧跟上了我的脚步，于是三人几乎在同一时间走到了剧场外。我拉住了肖艾让她听我把话说完，却又忽然在人群中看到了陈艺以及和她站在一起的邱子安。

局面变得更加复杂了起来，我不知道陈艺为什么会和邱子安一起来到这里，而邱子安的目的是工作，还是其他，我更不清楚。

第66章 卖馄饨的咖啡店

当陈艺和邱子安出现在我的视线中时，我下意识地松开了肖艾。下一刻，陈艺便和邱子安并肩向我们这边走了过来，包括我在内的五个人在渐渐散去的人群中见了面。

高索先开口喊了邱子安一声"邱总"，然后便是陈艺向我问道："你手机是调静音了吗？我打了几遍你都没有接。"

我将手机从口袋里拿出来看了看，果真有陈艺的三个未接电话，这才回道："演唱会现场太吵了，没听到铃声。"

陈艺点了点头，随后在众人的注视下挽住了我的胳膊，转而对身边的邱子安说道："子安，我确实和江桥在一起了，这是我遵从内心做出的选择，并不是你认为的赌气和逃避。所以请你尊重我的选择，祝福我们吧！"

邱子安的面色在一瞬间变得非常难看，作为局外人的肖艾看了看我，又看了看陈艺，她的脸上并没有明显的表情变化，也没有说话，让人不太明白她是意外，还是抱着祝福的心态看待我和陈艺在一起的这件事。

邱子安带着成功人士的风度笑了笑，回道："你在几个小时前和我说起这件事情时，我真的认为你是在和我赌气，现在却由不得我不相信了。我可以尊重你的选择，但是说祝福你们还为时过早，因为你是我这一辈子唯一认定的女人。我没有心情，也没有精力再去找一个类似的你，所以我没有打算放弃，只要你们还没有结婚。"

停了停，邱子安又转而对我说道："江桥，我们第一次见面时，你是类似于陈艺男闺蜜的身份，我是她的前男友。恐怕所有人都不会料到局面会发展成现在这个样子。我不懂她选择的为什么会是你，可感情是这个世界上最没有办法说道理的事情，我刚刚和陈艺已经表达得很清楚，我不会放弃的。我虽然没有占有她的权利，但是我有继续追求她的权利，所以你敢和我来一场公平竞争吗？"

"我不认为爱情是需要竞争的，它是一种自然而然的状态。我喜欢陈艺，那我就会一直坚持下去，至于你想做什么、要做什么，不在我的考虑范围内。"

邱子安看着我，许久才带着一种极为复杂的笑容点了点头。他没有再说话，也没有离去，氛围就在这种谁都无话可说的沉默中变得尴尬了起来。最后打破沉默的人是与邱子安同行的高索，他又对身边的肖艾说道："肖艾小姐，我希望你能认真考虑考虑我们公司，如果你能和我们签约，成为我们公司的签约艺人，我们一定会不惜资源将你包装成优质艺人。我们公司的前景，所有业内人士都非常看好，我们和很多卫视都保持着良好的合作关系，有着很丰富的媒体资源，我们的邱总更是一个有想法、有能力的优秀企业家，所以……"

肖艾皱眉打断道："你是在和我打广告吗？每一个来找我的娱乐公司都是这套说辞，所以很难让我去诚心感谢你们的好意，因为我真的听够了，听烦了！如果你们有诚意，那就去发掘一些对这个行业有热情有天赋的音乐人，她们比我更需要这个机会。我没你们想得那么优秀，至少态度就不端正，所以不要再把时间浪费在我身上了，行吗？"

高索面色尴尬，肖艾又走到我和陈艺身边，没有什么表情地说道："你们真的在一起了啊？挺好的，祝你们幸福！"

陈艺礼貌性地笑了笑，回道："谢谢。"

肖艾又看着我，我也随陈艺说了声："谢谢。"

这时，肖艾的师哥，今天演唱会的主角袁真也和他的工作团队从剧场里走了出来，他背着吉他来到了肖艾的身边，说道："肖师妹，今天感谢你来捧场，辛苦了！"

"都是这么多年的朋友了，你不用和我太客气。"

袁真笑了笑，回道："能请动你的人实在是太少了，所以我必须要感谢到位。对了，你真不和我们去参加庆功宴了吗？"说着，袁真四处看了看，又问道，"你约好的朋友呢，来了吗？"

肖艾似乎用眼角的余光看了我一眼，回道："没来，我和你们一起去吃饭，走吧。"

袁真露出诧异的表情，似乎看出肖艾有情绪，所以也没有再多问什么。只是让自己的助手开来了一辆商务车，随后和认识的陈艺打了一个招呼之后，便带着肖艾离开了这个是非之地。高索和邱子安也离开了，只剩下了一直与我靠在一起的陈艺，伴随我们的是夜色的迷离和阵阵吹来的晚风。

我的心有些松散，一瞬间胡思乱想了很多，尤其是邱子安那番不肯放弃的话，更是在我心里挥之不去。

别说他不明白，甚至我自己都不能完全搞懂陈艺为什么会选择我，难道仅仅是因为我们青梅竹马的感情？

如果是，这种感情能够持续多久？可以为我们抵御多少感情中可能出现的危机？恐怕谁也给不出一个准确的答案。

我下意识地将陈艺拥紧了一些，感受着她在怀里的真实，终于告诉自己，该奋斗了，真的该奋斗了！

…………

离开剧场，陈艺开车将我送回了郁金香路。我们并没有急着分别，我先去便利店买了一包烟，然后与陈艺坐在便利店前的长椅上，在我们视线能够看到的远处，一个乞丐正靠在一个已经倒闭的饭店门口打着盹。

"江桥，你在看什么呢？"

"看一个被生活给糟蹋了的人。"

陈艺有些疑惑，随即也顺着我的视线看去。就在这时，一个让我今生都难以忘记的一幕发生了，一个常年在这附近拾荒的老人，从馄饨店里端出了一碗热馄饨递给了那个乞丐，然后自己又返身回到馄饨店里付了钱。

我的心里很难过，我不懂，为什么请一个乞丐吃馄饨的偏偏是一个拾荒者，此刻那些开着豪车、住着别墅的富人去哪里了？那些整天在朋友圈秀美食、秀旅游照片的小资又去哪里了？

我深深地吸了一口烟，闭上眼睛不停地去想着穷与富的界限。

许久，一个想法在我的大脑里成形，我向身边的陈艺问道："刚刚拾荒老人请那个乞丐吃馄饨的场景，你看到了吗？"

陈艺的表情有些深沉，她点了点头。

我又问道："如果是你，你愿意请那个乞丐吃一碗馄饨吗？"

"当然愿意。"

我点头，掐灭了手中的烟头，将最后一口烟吐出后，才对陈艺说道："现在我有一个必须要实现的想法，我要开一个卖馄饨的咖啡店。"

"卖馄饨的咖啡店？"

"对，在这条郁金香路的东面有一个软件园，是白领的聚集地；西面则是一个废品收购站，每天都有很多的拾荒者来这里卖废品。在我看来，白领和拾荒者的距离只有这一条郁金香路。所以，我要开一个卖馄饨的咖啡店。我的思路是这样的，每一个来这里喝咖啡的白领，如果有这样的情怀，可以在喝完咖啡后再额外买一碗馄饨，而这碗馄饨就是他们送给那些拾荒者吃的。所以这个卖馄饨的咖啡店，它充当的是一座桥梁的角色，这座桥梁会将富人和穷人的世界连接起来，形成一个新的世界。在这个新的世界里，不会有富人的为富不仁，也不会有穷人的妄自菲薄。"

陈艺看着我，许久才回道："站在理性的角度，你的这个想法很难实现，但是站在感性的角度，我觉得这是一个很天才的想法，因为这个社会真的很需要这样的沟通。"

我点头，回道："我知道你是在担心，富人送穷人一碗馄饨并不难，难的是让他们在一起就餐，而喝咖啡和吃馄饨更是两件画风完全不搭的事情。"

"对，我就是这个意思，毕竟大家的生活方式和习惯相差太多了。"

"这个很好解决。其实，卖馄饨的咖啡店只是我提炼出的一个经营特色，是为了塑造咖啡店独特的人文情怀。真正经营时，馄饨店会开在路南，而咖啡店会开在路北，两者之间并没有实际的干扰，但是都会用郁金香命名。"

陈艺面露思索的表情，许久才露出非常灿烂的笑容回道："郁金香咖啡店和郁金香馄饨店，两个店的老板都是一个叫作江桥的人，他就像一座桥梁，在郁金香路上用咖啡店和馄饨店串联起了富人和穷人两个世界！这是一个多么有话题性的社会新闻！"

这时，我那一直求稳、不愿意求上进的血液仿佛在体内沸腾了起来。我将陈艺拥在怀里，靠在她的耳边轻声问道："你愿意支持我经营一间卖馄饨的咖啡店吗？"

|第67章| 她剪短了头发

在我询问陈艺愿不愿意支持我的决定时，她神情严肃地陷入了思索中，片刻之后终于回道："江桥，我很支持你的这个决定，但是我也要提出一点儿我自己的看法。"

"嗯，你说，我听着。"

陈艺的思维很敏捷，她几乎不需要在大脑里进行整理，便说道："咖啡店的模式我认同，但是我不赞成开在郁金香路上。因为这个咖啡店太念情怀，但这条路上的商圈厚度不够，愿意为这种情怀买单的人恐怕并不多，所以我建议将店开到夫子庙这种全国有名的景区去。"

稍稍停了停，她又继续说道："首先，夫子庙的人流量是绝对可以保证的，而且人流有很大的流动性。如果只是在郁金香路做很固定的消费市场，一旦你这个创意进入了审美疲劳期，店铺的经营就会很危险。还有，我有一些在旅游杂志社工作的朋友，也有专门做旅游电视节目的朋友，我可以请他们在节目或者杂志里做一些关于这个店铺的专题，让所有热爱旅游的人都知道，南京有这样一个充满人文情怀的店铺。来到南京一定要来这个咖啡店喝一杯咖啡，再为一些生活拮据的人买一碗馄饨，也算为旅游留一点儿美好的纪念。一旦形成这个风潮，那么这个咖啡店生存下去就没有问题了。"

我有些惊讶，没有想到转眼间陈艺便为我将问题考虑得这么远。她的话确实让我无法反驳，因为这样一间贩卖情怀的店，更适合开在景区。可是另一个衍生的问题便来了，如果真的要开在夫子庙附近，那么投资的成本便会直线上升，两间店铺可能需要超过百万的投资，甚至更多，而我要到哪里去筹这笔钱？

我终于回道："你刚刚不也认同郁金香咖啡店和郁金香馄饨店吗？开到夫子庙就完全没有了这样的感觉，属于彻彻底底的商业化运作了。"

"看待问题总会有感性和理性这两面。从感性上来说，我也希望开在郁金香路上；但是从理性上来说，这种模式的咖啡店在郁金香路上几乎没有生存下去的可能性，所以我们必须要将起点抬高。"

这次我沉吟了很久，才回道："这是一个心血来潮产生的想法，肯定有很多不完善的地方，你让我再好好考虑一下吧。"

陈艺点了点头，提议道："你可以和余娅聊聊这件事情，她开了这么多年咖啡店，又一直在丽江这个比较有人文情怀的地方生活，肯定会有一些比较中肯的意见。对了，她最近回过南京吗？"

"国庆的时候回来过，这段时间都待在丽江。听她自己说，丽江那边的酒吧生意很不错，所以南京这边的咖啡店也就不太顾得上了。"

陈艺应了一声，随后从长椅上站了起来，看了看时间对我说道："挺晚了，我先回丹凤街那边了。"

"嗯，你路上开车慢一点儿，到家了给我个电话，信息也行。"

"知道了。"

停了停，陈艺又正色对我说道："江桥，金老板的婚庆公司已经成为过去式了，这个阶段你一定要抬头向前看，我希望可以在未来看到一个积极向上的你。当然，我最希望的还是你可以开一个自己最擅长经营的婚庆公司。但如果你实在没有这个想法，我也会选择尊重你的。"

我点头，陈艺给了我一个鼓励的笑容之后，便转身向自己的车子走去，我一直看着她的背影，心中又不可避免地想了许多。她的父母就要从国外旅游回来了，站在她的角度去思考，要怎样才能开口将我们在一起的决定告诉她的父母呢？

我忽然很心疼她，如果我们坚持要将这段感情继续下去，她注定会成为一个牺牲很多的女人。

…………

陈艺离开后，我并没有回家，而是给远在丽江的余娅打了个电话。

余娅接通后，背景音非常吵闹，估计她正在酒吧里。耐心地等了几秒之后，才听清了她说话的声音："喂，江桥，怎么这么晚给我打电话啊？"

"我和陈艺在一起了。"

电话那头的余娅愣了好几秒，才回道："恭喜你们有情人终成眷属。"

"谢谢，这段时间发生了很多的事情，我从原来的婚庆公司离职了，现在打算自己开一个以人文情怀为主题的咖啡店，所以想征求你的建议。"

"没有问题啊，能帮上的我一定帮，你尽管说就是了。"

我开始将自己的构思一点点地说给了电话那头的余娅听，而在这漫长的过程中，乔野也来到了便利店，进去买了一包烟之后，站在我的身边问道："江桥，和谁打电话呢？这么一本正经的！"

"心情咖啡的老板娘，向她请教点事情。"

乔野"哦"了一声，电话那头的余娅也向我问道："你是在和我说话吗？"

"不好意思，刚碰见一朋友，你继续说。"

余娅想了想回道:"江桥,电话里也说不太清楚。这样吧,我这两天就抽空回一趟南京,再和你细聊,我也有重新改造一下心情咖啡的打算,看看我们是不是有合作的机会。"

"你能亲自回来一趟就太好了!"我喜出望外地回道,假如真的有和余娅合作的可能,那不仅会减少我在资金上的投入,还可以规避一部分运营上的风险。

电话那头的余娅笑了笑,我俩又说了几句,便各自挂掉了电话乔野一直没有离去,他对我说道:"江桥,今天我又去了一次派出所,民警告诉我,昨天被那几个孙子讹去的六万块钱,是陈艺和秦苗各付了三万,这钱我肯定要还给秦苗,你打算怎么办?"

听说其中有三万是陈艺给的,我心中顿时一阵肉痛。陈艺不比秦苗,她虽然是个有名气的主持人,但还不至于可以像秦苗那样挥金如土。所以思虑了一阵之后,我回道:"祸是咱俩闯的,这黑锅不能让她们两个女人去背,所以我也准备找个机会把这三万块钱还给陈艺。"

乔野带着少有的亏欠之色对我说道:"这事是哥们儿连累了你,可是现在不比以前,要不然这钱我怎么着也不会让你和我一起扛。这样吧,这三万块钱就算是哥们儿欠你的,等我缓过来,一定还给你。"

"你就别想这事儿了,只要你能痛定思痛,定下心和秦苗好好过日子,我就是再花三万替你打一架也觉得值!"

乔野深深吸了一口烟,然后回道:"你就别劝了,只要想到我这辈子辜负了苏菡,用婚姻把她伤得那么深,我就没法心安理得地和秦苗过日子。我后悔了,真的后悔了,我不该和秦苗结婚,我们之间根本没有一点儿爱情!"

"你连苏菡在哪儿都不知道,能不能别这么伤完了一个又伤另一个?"

乔野打断了我:"江桥,假如有一天苏菡就站在我面前,告诉我她还没有结婚,心里也一直没有忘记我,你会支持我和秦苗离婚,然后再弥补这份因为错过而有遗憾和痛苦的爱情吗?"

"我真的求你别再一根筋地幻想了,要是苏菡真的还惦记着你们那段过去,这么多年她为什么不回来找你?你要是再这么执迷不悟下去,谁都救不了你!"

乔野不为所动,很镇定地又回了一句:"她一定有什么不得已的苦衷,要不就是还恨着我,可是爱和恨有区别吗?"

…………

我实在没有办法和乔野继续沟通下去,骂了一句之后便离开了便利店。原本以为这极其复杂的一天就这么随着夜色画上句号,却不想在回家的路上又接到了金秋的来电。

我犹豫了一下才接通,然后问道:"有事吗?"

"你明天方便来一趟公司吗,有件事情我想和你聊一聊。"

"电话里不能说吗?"

"还是见面说吧,你要是不愿意来公司的话,我去你家找你也行。"

"是工作上的事情吗?"

金秋很确定地回道:"对,而且是你必须要参与的事情,因为和肖总的婚礼有关。"

虽然已经从老金的公司离职，但是念及旧情也不能不管，再说这原本就是我负责的婚礼。所以我没有再多说什么，继而答应了明天早上去公司和她见面的要求。可是心中的疑惑越来越深，不知道到底是哪个环节出了连金秋也搞不定的问题。

…………

回到住处，我在洗漱之后，习惯性地躺在床上用手机看起了微信的朋友圈动态。但这个夜晚，我最在意的陈艺并没有发什么动态，倒是肖艾这个丫头好像将我从微信黑名单里解除了。

是的，自从我上次拒绝配合她在婚礼上揭穿李子珊的丑恶面目后，她就将我拉进了黑名单。终于被放出来了，因为我又能看见她的朋友圈动态了。

她发的这条动态，是一张剪短了头发后的照片，似乎演唱会结束之后，她便去做了这件事情。

我记得陈艺和我说过，女人在心情很低落，或者感情受伤时都会去剪短自己的头发。我不知道这个说法用在肖艾的身上是否合适，但短发的她，好像看上去更漂亮利落了，也符合她那有点小傲娇的性格。

我忽然又想起，肖总和李子珊的婚期将近，肖艾应该是为了这件事情而难受，所以才用剪头发来发泄坏情绪。细细想来，这丫头也真是挺可怜的。

我虽然也因为家庭的破碎而痛苦，可是被生活压迫着的我根本没有时间去过多在意这个悲剧。但是肖艾不同，她什么都不缺，唯独缺亲情，所以难免会将自己的注意力全部放在这上面，继而重复着这种根本不可能修复的痛苦。

|第68章| 这个忙我帮不了

次日，天气晴朗，南京的天空是难得一见的宝石蓝。吃完早饭之后，我便搬出椅子在小院里坐着，思索着到底该在未来发展一个什么样的事业。

我如今才二十五周岁，却已经真刀实枪地在这社会里闯荡了六年，形形色色的人我都见过，可这些丰富的经历到底能不能给我即将开始的事业一些什么启示呢？

我渴望快速地获得成功，但我并不是邱子安。我没有他那么好的运气，可以在大学刚毕业时就拿到一笔过千万的天使投资。

我有点儿压抑，幸好阳光特别明媚，否则整个上午我很可能都将在这抑郁的心情中找不到自我。

快要九点时，我终于收拾好了心情，开着肖艾那辆还没有要回去的奔驰车，去往现在已经被金秋接手的婚庆公司。

我刚找了一块空位置停好车，恰巧金秋也从一辆出租车上走了下来，随即她便向我走了过来。好似有一种默契，我们站在一棵梧桐树下面打量了彼此一眼，最后她先笑了笑，开口说道："干吗用这种眼神看着我，是不是对我还有情绪呢？"

"没有，只是觉得你身上的这件黑色小西装不错，挺符合你气质的。"

"我是什么气质？"

"锋芒太露！"

金秋撇了撇嘴，然后又笑了笑道："你还是和以前一样，嘴上从来不肯饶人。"

"你也没怎么变。"

金秋耸肩，继而看了看肖艾的那辆奔驰车，转移了话题问道："这辆车不错，是你的吗？"

"你快别和我开玩笑了，我上辈子得积什么样的德，这辈子才开得起这样的车，是和朋友借的。"

金秋用一种意味深长的眼神看着我，随即绕着车走了一圈，问道："如果我没有猜错的话，这辆车应该是肖总女儿肖艾的吧？"

我惊讶地与她对视着，许久才反问道："你是怎么知道的？"

金秋向办公楼看了看，回道："上去说。"

…………

进了金秋的办公室，她给我泡了一杯咖啡，等我端着咖啡杯坐下来后，她便对我说道："江桥，你知道我为什么这么急着接手肖总的婚礼，让你离开公司吗？"

我没有想太多，直接回道："是为了让我有更多的时间去准备以后的工作或者事业。"

金秋点头，然后说道："这只是其中的一个原因，最主要的是因为我知道肖总的女儿一直和你有接触。我猜她接近你的意图，一定是希望你能帮她破坏肖总和李子珊的婚礼，因为她个人和李子珊有着很深的仇怨。"

如果刚刚是惊讶，那此刻便是震惊了。我没有想到，只是刚刚接手公司的金秋竟然连这样的事情都知道。有时候我真的挺害怕和这种心思缜密、智商极高的女人打交道，因为在她面前，你几乎是没有秘密可言的。

我回道："我这个隐患已经被你亲手除掉了，现在你应该挺心安的吧？"

"不，江桥，我没有把你当成是隐患，我反而觉得是帮你解决了一个麻烦，至少你离开了这个策划案，肖艾就不会再为难你，这样你们也可以坦诚地做朋友。"

"我不知道你到底想和我说什么。"

金秋没有急于回答我，她给自己点上了一支女士烟。这个举动更加让我觉得她变了，因为我不能够想象，一个毕业于南京大学又去国外留学深造的天之骄女，会和烟扯上关系。这也间接说明，在国外的这些年，她的身上一定发生了很多的事情，因为女人和男人不同，男人抽烟是一种必然存在的社会现象，而女人抽烟一定是因为经历了些什么。

金秋用修长的手指弹了弹烟灰，然后从自己的包里拿出了两万块钱的现金放在了桌子上，对我说道："江桥，肖总和李子珊的婚礼还有一个星期就要举行了，我希望你最近能以朋友的身份约肖艾去外地散散心，所有的费用都算公司的。这次的婚礼绝对不能出一点儿瑕疵，因为我打算以后将这场婚礼作为案例展现给那些高端客户看，以证明我们公司是有能力做高端婚礼的。如果失败了，赔钱是小，很可能会影响公司在未来的转型，你明白我的意思吗？"

我笑了笑，回道："金秋，你是不是太高看我了？凭什么我约她出去散心，她就得出去啊？"

"直觉告诉我，你一定能把这件事情办成，前提是你愿不愿意帮忙。"

"假如肖艾存心想在婚礼上给李子珊难堪，她又怎么会在婚礼那天去外地散心呢？这在逻辑上根本就是不成立的，要不然就是你在故意为难我。"

"很多事情是可以劝的，就像我现在劝你帮这个忙一样。在这之前我了解过，肖艾这个人爱憎分明，如果是她愿意接受的人，她会很给面子。如果这件事情一定要有个人帮公司的话，你是最好的人选。在婚礼当天，肖艾本人离开南京，且有我们公司的人盯着她才是最保险的。"

我很坚定地摇了摇头："不好意思，这个忙我江桥真的帮不了，你再想其他办法吧。"

"给我个理由好吗？我记得以前你和我说过，一直想去丽江旅游，现在这么好的机会摆在你面前，又有公司为你的行程买单，为什么要拒绝呢？我真的觉得这对你而言只是一件很小的事情，往小了说，最多也就是与一个异性朋友结伴旅行而已。"

我稍稍沉默之后，看着她回道："我和陈艺在一起了，我不可能在这种情况下和另一个女人结伴出去旅行，这是我必须给陈艺的尊重。"

金秋看着我半响没有言语，一直等手上的女士烟快要燃尽时，才开口说道："对不起，我在这之前并不知道你和陈艺谈恋爱了。"

"没关系，事情大家说清楚就好了。另外我得告诉你，你可能多虑了。肖艾她前些天和我说过，关于李子珊和她爸结婚的事情，她已经看开了，所以她不会在婚礼上有什么出格的举动，不会给公司带来活动风险的。"

金秋点了点头，但仍带着顾虑说道："虽然你这么说了，可我还是不能完全放心，因为这个女人非常情绪化，假如到时候有什么事情触动了她，她很可能控制不住自己的情绪。目前最保险的做法就是不让她去参加这场婚礼，可是公司没有权利去这么做，只能找一个她信任的人劝劝她，让她在婚礼举行时出去散散心，这样对大家都好。"

我没有言语，因为这件事情我帮不上忙，虽然我也觉得这是一个比较正确的做法。即便不谈公司的利益，就肖艾自己来说，假如她真的去婚礼上闹了，除了恶化与肖总的父女关系，她并不会得到什么。

一阵极长时间的沉默之后，我终于对金秋说道："我真的帮不了这个忙，如果没有其他事情的话，我就先回去了。"

"江桥，你先别急着走。"

我又坐回到椅子上，不解地问道："还有事吗？"

"这几天关于公司的事情我仔细想了一下，我之前的思路可能是有局限的，高端客户的确可以为公司带来更好的经济效益，但因此就放弃中低端客户并不明智，毕竟他们也是市场的一部分。所以我在想，是不是可以采取市场区隔的经营策略，更好地占领不同层级的市场呢？"

"我不太明白你的意思。"

"我打算将一家公司分为两个品牌去经营。一个品牌主攻高端市场，一个品牌主攻中低端市场，这么做的目的是尽可能地去抢占市场，为后面的衍生项目做准备。在我的计划中，我会以品牌为轴，再去发展与婚庆相关的产业，比如婚纱摄影、珠宝，甚至是以婚庆为主题的酒店。而这些相关产业对中低端市场的依赖性非常强，比如酒店，就算是中低端客户，他们也会选择五星级酒店来举办自己的婚礼。所以仅仅为了婚庆这个单一的项目，而去局限住其他项目在未来的发展空间，是缺少大局观的。"

"一个公司，经营两个婚庆机构品牌？"

"对，现在这个婚庆公司我依然想保留，但是会适当地增加一些高学历人才，同时也留住有丰富工作经验的老员工。我相信有了新鲜血液加入，再加上总公司统一的规范管理和新的经营方式，公司一定会有起色的。"

我总算听明白了金秋这庞大的商业意图，但在一阵沉默之后才问道："你和我说这些是什么意思呢？"

"之前可能是我错了，考虑得不够全面，所以我希望你能回公司，这也是我今天找你的另一个原因。"

我有点儿不太敢相信自己的耳朵，金秋竟然肯低头承认自己的错误，而且还是在这么短的时间内。难道是老金或者罗素梅给她施加了足够的压力，让她改变了之前要"血洗"公司的策略？

这个可能性有，但似乎也不大。

一阵极为复杂的心理活动之后，我摇了摇头回道："我江桥不是一个喜欢反复的人，只在婚庆公司工作也满足不了我对未来生活的规划，所以我打算自己做一番事业。"

"你为什么会有现在这样的想法？"

"为生活所迫。另外，我想和陈艺在一起，这不只是嘴上说说，所以我必须要把自己放在一个正确的位置，时刻保持着清醒，起码我要让自己先成为一个能够让她带得出去的男人。"

金秋陷入了沉默中，半响才回道："我想，我可以理解你的心情。但我还是希望你能劝劝肖艾，如果实在不方便陪她出门散心，可以在举行婚礼的上午带她到周围的城市转转，只要不在南京就行。我相信只有半天时间，你和陈艺说清楚利害，她是一定能够理解的。而且陈艺本人就是这次婚礼的主持人，她肯定也不愿意自己主持的婚礼被闹吧？"

| 第69章 | 你妈不是一个简单的女人

看着金秋充满恳求的眼神，我有些动摇了，如果只是在举行婚礼的上午陪肖艾去周边的城市转一转，也谈不上什么出格。再者这场婚礼关系到婚庆公司未来的转

型，可谓事关重大，即便不看金秋的僧面，也要看老金和罗素梅的佛面。我终于点了点头，说道："我尽量试试吧，但是不保证肖艾会听我的。"

金秋带着感激回道："感谢！"

"还有其他事情吗？没有的话我真的得走了。"

金秋看着桌上她刚刚拿出的两万块钱，对我说道："这钱你拿去吧，算是公司给你的差旅费用。"

"首先，我已经不是公司的人，所以不存在差旅费用。我答应你去试一试是出于咱们以前的感情，而不是工作要求。另外，如果肖艾知道我是领了这笔钱去找她做这件事情的，她以后会怎么看待我江桥这个人？金秋，你这个人最不讨喜的一点，就是凡事都太过于计较付出和得到。这样真的不好，时间久了你自己也会累的，人终究不是单纯为了利益活着的，还有亲情、爱情和友情。"

我面无表情地对金秋说完这些后，便起身离开了她的办公室，心里却说不出是什么滋味，因为今天的金秋和几年前的金秋太不一样了。那时候的她，虽然也聪慧甚至有点强势，但至少还会和我聊理想，聊一些女生会有的小情怀，但现在的我们已经渐行渐远。

…………

站在公司的办公楼下，我在阳光中眯眼看着对面无比熟悉的街道，然后便陷入了无处可去的迷茫中。直到老金来到了我身边，我才回过神来。

他还是和从前一样，拍着我的肩，嗓门很大地问道："你小子雕塑似的杵在这儿干吗呢？"

我叹道："还没到吃午饭的时间，不知道去哪儿。"

"你这就是闲的！"

我笑了笑，老金看了看对面的一间餐馆，说道："自从金秋那丫头开始打理公司，我这也闲得心慌，要不咱爷俩到对面喝几杯？"

"这才几点？"

"喝酒看心情，不分时间，走吧。"老金说着便搭在我的肩上，带着我向马路对面走去。在我的记忆中，我们爷俩也确实很久没有一起喝过酒了。我真的把老金当作一个很好的酒友，因为我们都没什么文化，说起醉话来谁也不会觉得谁粗俗。

餐馆还没开始营业，我和老金要了几盘凉菜和一瓶白酒便开始喝了起来。虽然我们此刻的闲在某种意义上都是金秋给的，却不能说是同病相怜，因为他的闲是幸福的，而我的闲才是真的让人感到心慌。

一杯酒下了肚，老金便打开了话匣，他问道："你小子最近在忙啥呢，新工作有着落了吗？"

"没准备找新的工作，打算自己先做点儿小事情。"

老金摇了摇头，回道："江桥，别先急着创业，你今年才二十五岁，经验和人脉都不够。我之前和你们老板娘就希望你能自考个本科学历。为什么会这么要求你？因为你想在现在这个社会混好，真的得先学会包装自己，你以为这满大街开着奔驰宝马的人就真的都是有钱人吗？告诉你，那些人背地里不知道欠着银行多少贷款呢！但是不开着奔驰宝马，你出去谈个业务真没什么人把你放在眼里，我的意思你懂吗？"

我看着老金点了点头，虽然他的表达总是会断层，逻辑不严谨，但是道理还是基本可以听懂的。我端起酒杯喝了一口，笑着对他说道："难怪二手车市场里奔驰和宝马卖得最好，合着都被那些人买去了！"

"我老金混社会这么多年，就悟出这么点儿精华，这都大方地传给你了，你小子给我严肃点儿，这些道理都好好放在心里想一想，别急着去做什么事业，小心栽你一大跟头！"

"金总，和你说句实话，我倒是想给自己一点儿耐心，可是真给不了。"

"这话怎么说？"

我一阵沉吟之后，才回道："我和陈艺处对象了，虽然真的是为了爱情在一起的，可是压力也真的大啊，我一想到将来要面对她的父母，我就没底气！"

"哟！"

老金感叹了一声，然后惊讶地看着我，这种反应也在我的预料之内，毕竟了解我和陈艺的人，都看得见我们之间存在着什么样的差距。

老金又喝了一杯白酒，咂了咂嘴对我说道："江桥啊，这我就更要劝劝你了，女强男弱还真不是什么跨不过去的坎儿。想当年我刚从部队退伍回来，工作工作没有，家里更是穷得叮当响。但你们老板娘那时可真是单位里的一朵花，我一眼就相中了。后来有半年，我什么事儿都没做，只要一有时间就去她家里抢着干脏活儿、累活儿，最后她爸妈都觉得少了我这个人不行，我也就顺理成章地把你们老板娘给娶了。再说说你爸江继友，我和他可是老同学，又一起在部队当了兵，你那个爸爸真不是我老金看不起他，不光人闷，还好赌，可你妈当年那么优秀的外地姑娘不还是跟到南京嫁给他了吗？"

猛然听老金提到我妈和江继友那段过去，我的心中顿时五味杂陈。虽然时至今日很多事情我已经记不得，可是那个纺织厂带给我的回忆，还有妈妈的笑容我依然深深地记得。

老金又说道："江桥，你妈妈可真不是一个简单的女人，当年那个纺织厂可是这片区域最大的国营单位，她进去的第一年就成了车间主任，要不是江继友那混账玩意儿作死，今天可能谁也没你江桥日子好过。但我觉得你妈走了也没错，唯一可惜的是没把你一起带走。我想，她可能也是有苦衷的吧！"

我端起酒杯猛喝了一口，久久没有言语。我真的已经太久没有听人和我聊起我的妈妈，我也不知道现在的她到底在哪里，又过着什么样的生活。想必不会太差，否则怎么会如此狠心地将我遗忘在南京这座城市呢？

我克制着心里的情绪，勉强对老金笑了笑说道："你们那个年代和现在不一样，最先进的电器也就手电筒和黑白电视机，大家过的日子其实都差不多，无非就谁有能力多吃几顿肉而已。我觉得对待和陈艺的感情真的不能抱有一点儿侥幸心理，所以我要做的事情太多了！"

"你小子这样就不觉得累？"

"陈艺都不觉得累，我又怎么会觉得累？再说了，为了自己喜欢的女人，累点儿也没什么！"

　　老金看着我半响，感叹道："你还真没遗传江继友的那些臭毛病。"

　　"我绝对不会把江继友作为人生参照的。我这一辈子最大的愿望就是做一个好爸爸。因为我自己没有一个好爸爸，我不能让我的孩子重复我今天的生活。所以无论从哪个层面来看，我都该好好奋斗了！"

　　…………

　　这场和老金的酒局持续到快中午时分才结束。老金回了公司，我则一个人晃荡在大街上，中间我接到了陈艺的电话，她让我买些菜，晚上下班她会和秦苗一起去乔野新开的宾馆做饭。

　　我当然知道陈艺的用意，她希望能够将乔野和秦苗这一对名副其实的夫妻以爱情的名义撮合在一起。而作为乔野最好的兄弟之一，我又何尝不是这么想的，所以当即便将这个事情应了下来。

　　实际上，如果乔野和秦苗不闹，我们四个人聚在一起真的会非常轻松开心。因为我们这两对都是很多年的老朋友了，尤其是陈艺和秦苗，从她们的爷爷辈开始就已经有深交，所以两人从小的感情就很好。

　　如果不是这么近的关系，当年秦苗和乔野的婚礼也不会交给我去操办。其实，除了即将操办的肖总的婚礼，几年前秦苗和乔野的婚礼是老金的婚庆公司唯一做过的一场高端婚礼。

　　因为和老金喝了不少酒，结束了和陈艺的通话，我便打了出租车前往南京艺术学院。我打算针对肖总婚礼的事情和肖艾好好聊聊，如果她愿意，我可以在肖总婚礼举行的上午陪她到附近的城市散散心。

　　路上，我接到了来自余娅的电话，心情顿时便好了起来，自她说要回南京看看我们之间有没有合作的可能性后，我便将一些希望寄托在她的身上了。我设想着，如果她能将心情咖啡以转租的形式交给我经营，那是最好的双赢方式。因为她没时间打理，而我需要一个成熟的咖啡店来让自己积累相关的经验。

　　手机从口袋里拿出来的那一刻，我火速接通。果然，电话里的余娅对我说道："江桥，我下午两点三十飞南京的航班，七点之前肯定能到，晚上咱们就可以聊聊咖啡店的事情了，你有时间吗？"

　　"这可是我现在的头等大事，当然有时间。正好，晚上我和陈艺约了去朋友开的宾馆自己做饭吃，你也一起吧，人多热闹些。"

　　余娅笑着回道："好啊，一直想找机会尝尝你做饭的手艺。对了，除了你和陈艺之外还有谁啊？也是弄堂里的朋友吗？"

　　"不是，是一对小夫妻，最近才在郁金香路上开了宾馆，你们以前应该没见过。"

　　"嗯，那就晚上再联系。"

　　"要不你到了机场给我打电话吧，我和陈艺开车去接你。"

　　"不用了，下了机场高速后的那段路晚上会堵得要死，我自己打车就好了，省得还耽误你们做晚饭。"

"也是，那我们就做好饭等你吧。"

挂掉电话后，我也终于松了一口气。以我对余娅的认知，她一直是一个很靠谱的女人，这次更是特地从丽江赶了回来，我们多半是能达成合作共识的，一切就看晚上怎么聊，然后确定合作的方式了。

|第70章| 你不要给自己找麻烦

出租车离南京艺术学院越来越近，我打开微信给肖艾发了一条语音信息："我去学校找你了，你现在是在宿舍还是教学楼？"

直到车子在南京艺术学院的校门口停下，我也没有等到肖艾的回信。我情愿相信她是没有看到这条信息，而不是在生我的气，因为艺安传媒的高索真的不是我带到演唱会上给她添堵的。

无奈中，我想起了于馨，又给她打了个电话，这才得知肖艾正在学校的三号食堂吃午饭。

我生怕去晚了肖艾会离开，赶忙一路向食堂小跑而去。

此时，正是学生用餐的高峰期，我站在人群中看了一圈，才终于发现肖艾正独自坐在一个靠东南的角落里。她的头发真的剪短了很多，再加上穿了一件比较短的修身夹克，以至于整个人的气质和以前相比发生了很大的变化。她似乎是成熟了一些，以前则有点小清新，虽然她骨子里和小清新也搭不上什么边儿。

我跟随着几个找餐位的学生向她那边走去，然后不动声色地在她面前坐了下来，冲她笑了笑，问道："你没有看到我刚刚给你发的微信吗？"

她没有丝毫情绪地回道："看到了。"

"那你怎么不给我回个消息？"

肖艾放下了手中的筷子，表情冷酷地说道："于馨这个叛徒，每次都在我烦死你的时候，把你招到我的身边！"

"我就纳闷了，你凭什么烦我啊？我又哪儿招你了？"

肖艾语气很尖锐地回道："我现在心情很不好，就是没理由地看你烦，不行吗？"

我凑近她，压低声音说道："你肯定是来月经了，情绪有点儿失控，我是能够理解的。"

原本我压低声音是考虑到来月经这样的事情对女生而言是比较隐私的，却不想肖艾很大声且语气很不好地回道："我就是来月经了，怎么着？你最好不要在我面前晃悠来晃悠去的，否则别怪我分分钟让你难堪！"

四周不断有学生向我们这边看来，然后议论纷纷。肖艾的脸上终于有了点难为情。我却不知道她对我这么凶是图什么，她既没给我造成伤害，自己却在一众同学面前丢了面子。

我有点绷不住了，看着肖艾笑了出来。

肖艾有点气急败坏，拿起筷子从餐盘里夹了一根块头特大的青菜就扔在了我的身上，然后又瞪着我说道："你快走吧！"

我一点儿也不生气，从身上将青菜捡了起来，又放进她的餐盘里回道："我这人脾气好，我真的一点儿都不介意你让我难堪，其实吧……"

我的话还没说完，肖艾的手便放在了一只盛汤的碗上。

我吓坏了，赶忙从长凳上跳了起来，四周顿时传来一阵哄笑，可肖艾根本没用汤泼我，只是低下头喝了一口，然后似笑非笑地看着当众出了丑的我。

我哭笑不得，索性在原地做了几个深蹲的动作，等缓解了尴尬之后又厚着脸皮在她的对面坐了下来，说道："别玩了！我们这么好的朋友，好好聊会天，很难吗？"

"你可真会往自己脸上贴金，谁和你是这么好的朋友了？"

我对于她的任性有点无计可施，一时也不知道该说点儿什么，只是愣愣地看着剪短了头发的她，只觉得越看越陌生，自己的表情也越来越黯然。

肖艾与我对视着，然后问道："你干吗这么可怜巴巴地看着我，我是欠你钱了吗？"

"我难道不可怜吗？这么大老远地饿着肚子跑来找你，你不请我吃饭就算了，还凶巴巴地对我说了这么多难听的话。我要不是有一颗强大的心脏，早就弄块豆腐撞死在你们学校的食堂，然后阴魂不散地缠着你！"

肖艾一脸嫌弃的表情看着我，回道："你说话能不能别这么瘆人？"

"谁说话瘆人了，我心里就是这么想的。"

肖艾盯着我看了一会儿，终于缓和了自己的语气，问道："你真的还没吃饭？"

"谁要吃了，谁不是人！"

"干吗对自己说话也这么狠，你要是真吃了，我对面坐着的岂不是一头满嘴说胡话的禽兽？"

我真的有点不高兴了，刚要发作，她却从自己的钱包里拿出了一张饭卡，轻声对我说道："想吃什么？我去帮你买。"

她的转变让我一时没有反应过来，愣了一下才回道："给我弄俩鸡腿，红烧肉也来一份，还有香菇炒肉我也喜欢。"

原本以为她会嫌烦，却不想她很有耐心地又问道："还有喝的呢，想喝什么？"

"冰可乐吧。"

她点了点头，随即便向打菜的窗口走去，可我看着她那孤独的背影突然有些难过，因为这一刻我对她的性格有了更深的了解。她只是有点儿任性，有点儿爱耍小性子，骨子里却是个很善良的姑娘，并不会真的把自己的坏情绪变成对方的麻烦和伤痛，一般在发泄之后也就适可而止了。

此刻正是食堂的用餐高峰期，肖艾拿了一个餐盘，站在排成长龙的队伍后面耐心地等待着，我想去陪她，但最终还是放弃了，因为那里已经拥挤得没有可以让我站着的位置。

许久之后，肖艾终于端着餐盘从拥挤的人群中走了过来，餐盘里面我想要的东西一样也不少，她将餐盘放在了我的面前，说道："我知道你没事是肯定不会来学校找我的,说吧,今天找我是为了什么?"

"我就是想告诉你,那天演唱会上和我在一起的高索真不是我带去的。本来我约的是陈艺,后来陈艺听说他想找你谈签约的事情,出于人情就把那张票给他了,所以那只是个巧合,并不是你想的那个样子。"

肖艾脱口而出:"我根本没把这件事情放在心上,你不提我都快忘记了。"

我有点诧异,便问道:"不是为了这件事情?那你今天干吗这么凶巴巴地对我,难道我还有其他地方得罪你了?"

肖艾愣了一下,随即语气很不悦地回道:"我来月经了,心情不好,对谁都凶巴巴的,行吗?"

我表情夸张地回道:"有了月经做你们女人的护身符,我们男人就是被委屈死,也得受着!"

"你还真会站在男人的立场去喊冤,你怎么不说我们女人来月经多么痛苦?"

"我很尊重月经的,好吗?你刚刚难道没听见我喊'月经万岁'?"

肖艾又是很嫌弃地看了我一眼,也不搭我的话,打开刚刚买来的冰可乐准备喝,我眼疾手快地按住了她的手,带着发自内心的关切说道:"月经到了就别喝凉的了,你真的得学会爱惜自己的身体。"

"不知道怎样才算是爱惜,反正都习惯了。"肖艾说着便拿开了我的手,很执着地喝掉了这罐已经被她打开的冰可乐。

…………

肖艾吃饭很慢,我已经吃光了饭菜,她却还有一半的饭菜没有吃完,之后索性就不吃了。我也在她要离开食堂前,开口向她问道:"你之前和我说过,你爸和李子珊的婚礼你不打算再管了,现在还是这么想的吗?"

肖艾表情很是戒备地反问道:"你干吗突然和我聊这个?"

我一时不知道该怎么回答,总觉得如果将自己真正的意图告诉她,她心里会有排斥情绪,反而会弄巧成拙。于是沉吟了一阵之后,忽略掉真正的意图,对她说道:"我是怕你在他们结婚那天会不开心,所以如果你愿意的话,我可以陪你到附近的城市散散心,咱们南京周围的几个城市都挺不错的,比如苏州、无锡、扬州,去哪儿看你的心情。"

"你陪我去散心?你就不怕陈艺不开心吗?"

我硬着头皮回道:"谁还没有一两个异性朋友啊!再说你爸的婚礼之前一直是我负责的,也因为这个事情和你弄得很不愉快。在婚礼那天能作为朋友陪你去其他地方散散心,让你不把注意力放在这件事情上伤神,是我应该做的。"

"呵呵……"

肖艾的笑容让我有点儿心虚,刚准备开口再说些什么,却不想她很爽快地回道:"好啊,只要你不怕陈艺不开心,我一点儿也不介意在那天带着你这个司机去其他地方散散心。至于李子珊,我就眼不见为净吧!"

我知道她是个很情绪化的人,便又追问道:"不会到时候又变卦吧?"

"不会。我下午有声乐课,先不和你说了,我得回宿舍休息一会儿。"

我点了点头，在她离去之前，又说道："对了，今天晚上我们会去乔野的宾馆做饭吃，你晚上没事儿的话也一起吧，人多会热闹些。"

肖艾看了看我，回道："你还是不要给自己找麻烦了，我更不喜欢麻烦！"

说完这句让我有点弄不明白的话后，肖艾便在我之前向食堂外走去。我这才猛然想起来，从见面到现在，我还没有礼貌地夸赞她的新发型很漂亮，事实上真的很漂亮。

…………

离开南京艺术学院，我便提前去超市买好了晚上要吃的肉类和蔬菜。之后又给乔野打了个电话，告诉他陈艺和我以及心情咖啡的老板娘会在今天晚上去他新开的宾馆做客，却没有告诉他秦苗也会去。

乔野这个人，只要面对的事情与秦苗无关，都是亢奋的，所以当即便表示下午会去买一套做饭用的厨具。可这种积极配合让我心里很有压力，因为怕他晚上突然见到秦苗后，会因为失望而翻脸。

第71章 和解

下午闲在家里的我将肖艾买给自己的那几本做面食的书又拿了出来，然后根据上面教的方法自己尝试做了几种面食，口感还算不错。突然觉得自己离开一个馄饨店的想法越来越远，因为世事变化很快，而人作为环境的产物变得更快，我也不知道这几本书最后会不会派上用场，不过这至少是她的一份心意，我也确实用心去看了。

天色渐渐昏暗，我点上烟，拎着中午买好的菜，走在被夜色轻柔拥抱的老弄堂里。在路过心情咖啡时，又忍不住停下脚步向里面张望着，然后设想着，假如由我来经营这间咖啡店，会为它塑造一个怎样的新灵魂？

我总觉得余娅这次特地回南京，是带着决心的，而我则需要给她一个新的经营思路和一个可以共赢的合作模式。

片刻之后，我来到了弄堂之外，手中的烟也恰好抽完，我有些无聊地等待着还没有从电视台回到这边的陈艺。

大约过了一刻钟，陈艺的车和秦苗的车一前一后向我这边驶来，她们将车在空地上停下来后，先下车的秦苗从后备厢里拎出了一盒很大的蛋糕，后下车的陈艺手上也拎着一个礼盒。

两人并肩向我这边走来，秦苗看着很是疑惑的我，说道："今天是乔野的生日，所以给他订了一个蛋糕。"

我感叹道："真难为你还记得他的生日，恐怕他自己都折腾忘了。"

秦苗笑了笑，回道："他的生日谁都可以忘，唯独我这个做老婆的不能忘。"

我担心待会儿乔野对秦苗蹬鼻子上脸，秦苗情感上会接受不了，索性让她提前做好心理准备："乔野已经走火入魔了，你把他放在心里惦记着，他也不一定会领情的。"

其实秦苗自己也能猜到待会儿是个什么局面，所以她沉默着，一会儿才自我安慰似的回道："他不领情也没关系，我只想有一天我们离婚了，他能想到的不全是我秦苗的缺点，也就够了。"

陈艺有些难过地挽住了秦苗的手臂，示意她不要想太多。

假如乔野从来没有爱过一个叫苏菡的女人，谁敢说他和秦苗不是天造地设的一对呢？可造化就是这么弄人，乔野迷恋的偏偏就是那个在我们旁观者眼中几乎是虚构出来的苏菡。说她虚构是因为所有关于她的信息只来源于乔野带有强烈主观色彩的个人诉说，而我们都没有见过苏菡的庐山真面目。

…………

去往乔野宾馆的路上，我和陈艺牵着手，秦苗则一直拎着蛋糕走在我们的身后，我们几乎没怎么交流，但心里都希望待会儿乔野见到秦苗后能给个好脸色。

秦苗和陈艺都是第一次来乔野的宾馆，所以到了之后都没有急着进去，而是站在门口打量了一番。随即两人很有默契地皱起了眉，因为这里的环境实在是差了点儿，尤其是宾馆东面的街道，满眼看去尽是低矮的大排档和路边摊，整条街充斥着呛人的油烟和肆意的谈笑声，地面更是随处散落着烤串的竹签和用过的纸巾。

秦苗小声向我问道："江桥，乔野待在这种地方习惯吗？"

我实话回道："如鱼得水，活得可带劲儿了！"

秦苗不语，陈艺摇头感慨道："难怪你说他走火入魔了，今天过来一看，不光是走火入魔，还病得不轻！"

我无奈地笑了笑，随即引着陈艺和秦苗向宾馆里走去。此刻的乔野正对着他刚买的那些厨具捣鼓着，整个人都快趴在地上了，一时也没发现我们的到来。

我不想让他和秦苗见面后的气氛太尴尬，便踢了他一脚，用开玩笑的口吻问道："老板，标间还有吗？"

乔野单手撑着地，回过头有点没反应过来，下一刻他的目光便聚焦在秦苗身上，面色当即便冷了下去，说道："不是陈艺和江桥来这儿做饭吃吗，你怎么也跟着来了？"

秦苗已经习惯了他的冷言冷语，提了提手中拎着的蛋糕说道："今天是你生日，来给你送生日蛋糕的，你要是不欢迎的话，我放下蛋糕就走。"

乔野从地上站了起来，回道："你先别忙着走，我正好有事儿找你。"

秦苗似乎已经被他给弄出了阴影，下意识回道："今天是你的生日，能不能别提离婚的事儿？"

乔野也不回应，返身走到吧台，先从里面拿出两万块钱，然后又将钱包里的零钱也一股脑地倒了出来，认真数了半响后，对秦苗说道："前两天你到派出所赎我的三万块钱我得还给你，这儿一共是两万三千八百六十二，我暂时就这么多了，剩下的，等我有钱了再还你。"

秦苗不太想理他，便回道："你弄这么一大把零钱，连一块、五毛的都有，让我往哪儿装啊？"

"你那包大得西瓜都塞得下，怎么就塞不下这点儿零钱了？我真看不惯你这副不把钱放在眼里的态度。秦苗，我告诉你，你面前放着的这把零钱都是我这几天辛苦挣来的血汗钱，你要是不收下就是不尊重我乔野！"

秦苗一脸无语的表情，与乔野那一本正经要说法的表情形成了鲜明的对比。

我和陈艺则有点哭笑不得，有时候夫妻要是不理解对方，关系真的是无可挽回。比如秦苗和乔野，假如此刻有一片大海呈现在他们面前，秦苗会说大海很漂亮，乔野却会说这片海曾经淹死过很多人。这绝对不是夸大其词，因为此刻他们真的就是这种状态。

陈艺作为秦苗的闺蜜终于看不下去，她对乔野说道："看在苗苗特意给你送生日蛋糕的分儿上，你能不能别做这么扫兴的事情？你自己好好想想，你和苗苗结婚的这几年，你哪次能记住她的生日并给她买一个生日蛋糕的？"

"她那么多闺蜜朋友，随便开个生日派对都是百来号人，差我这一块蛋糕吗？"

秦苗看着乔野，眼泪倏地流了出来，她哽咽着说道："乔野，你真的知道我为什么过生日的时候要开生日派对，然后拼了命地请朋友吗？我是害怕，害怕你不把我放在心上，我会孤单。我嫁给你已经快三年了，这三年里，你从来没有好好陪我吃过一次饭，没有给我买过一件哪怕是地摊货的礼物。我是个女人啊，哪个女人不希望自己能够嫁一个贴心的好老公，可是你呢？给我的是一次次冷漠，一次次失望。你告诉我，我到底做错了什么，让你这么对我？如果真是我的错，我愿意改，我只求你别用这种冷暴力对我了，好吗？我真的快崩溃了！"

乔野沉默，一出男默女泪的桥段在我和陈艺两个旁观者的面前上演，我们却完全插不上嘴，只能寄希望于乔野会良心发现，至少在今天晚上能够表现出一个丈夫对妻子应该有的爱护和温柔。

许久之后，乔野终于低声回道："你没做错，错的是我们的父母，我们只是包办婚姻的牺牲品。你知道吗？这些年我和你一样过得不开心。你说你快崩溃了，我又何尝不是！"

"为什么你情愿这么痛苦地堕落着，也不愿意试着去经营好这段婚姻呢？"

乔野不语，但是他的表情已经不像刚刚那般对秦苗充满敌意。我想，此刻的他也明白自己对秦苗确实是有亏欠的，只是因为对这份包办婚姻的憎恨一直不愿意承认而已。

我搭住了他的肩，劝道："一日夫妻百日恩，让秦苗好好陪你过一个生日，咱都不闹了，行吗？"

乔野看着还在哽咽的秦苗，冰冷的表情一点点融化，终于从桌上的纸巾盒里抽出一张纸巾递给了秦苗，低声说道："眼泪擦擦吧，妆都哭花了。"

"你帮我擦。"

乔野犹豫不决。

我拍了他一下说道："你小子就别死要面子活受罪了，自己媳妇又不是外人，替她擦个眼泪怎么了？"

"谁说不擦了！"乔野故作不爽地应了一声，然后在我和陈艺的注视下将拿着纸巾的手伸向了秦苗。而秦苗好似在这一刻找到了从未有过的依靠，她一下扑进了乔野的怀里，嘴上骂着，心里却恐怕从来没有像现在这么快乐过。

我和陈艺终于松了一口气，但愿两人的这次和解是一个好的开始，给我们做一个好榜样，毕竟连这对曾经像敌人一般的夫妻都能洗心革面好好过日子了，我和陈艺还有什么困难是不能克服的呢？

…………

我和陈艺将空间留给了秦苗和乔野，两人离开宾馆所在的巷子，再次走到郁金香路上。

片刻后，我便接到了余娅的电话。她告诉我，大概还有一刻钟就能到我们这边，让我去路口接她。

我和陈艺来到和余娅约好的路口，一边等待一边聊着乔野和秦苗在一起的这些年。

陈艺忽然转移了话题，好似在不经意间对我说道："江桥，我爸妈明天就从国外回来了，晚上你到我家去吃饭吧。"

我的心顿时就紧张了起来，盯着陈艺看了许久才回道："我还不怎么敢面对他们。"

陈艺与我对视着，同样过了很久才说道："如果你觉得自己信心还不够的话，就像从前一样吧，你可以什么都不说。"稍稍停了停，她又补充道，"如果你有勇气坦诚地对他们说出一切，我会很坚定地与你站在一起的。"

"我……你让我想想。"

陈艺点了点头，我却在这一刹那觉得自己非常窝囊，但又似乎没有能力可以让自己拥有面对一切的底气。因为我和陈艺的父母也做了几十年的邻居，他们想陈艺嫁给什么样的男人我太清楚了，而我绝对不是他们理想中的人选。

如果我贸然告诉他们一切，我和陈艺以后的日子都不会安宁，更不会享受到恋爱中该有的快乐，这是我犹豫的根本原因。可逃避终究也不是长久之计，于是我陷入了更加拿不定主意的犹豫中。

这时，一辆出租车在我和陈艺的不远处停了下来。下一刻，许久不见的余娅便从车上走了出来，她第一时间看到了我们，随即向我们挥手示意。

我暂时抛却了犹豫不决的情绪，随陈艺一起回应了余娅一个笑容，也迎着她走了过去。

第72章　命运弄人

陈艺与余娅亲密地拥抱在一起，然后在她耳边小声说道："我们一年多没有见面了吧？最近还好吗？"

余娅笑着回道："挺好的，主要是你太忙了，今年我来了南京好几次都没能遇见你。不过这次一见面你就给了我这么大一个惊喜，虽然很早以前我就觉得你和江桥会在一起。"

陈艺回头看了看我，然后笑了笑，又与余娅继续寒暄着。实际上，她们虽然不经常见面却有着很不错的友情，当初余娅刚在弄堂里开心情咖啡时，生意非常不好，正是陈艺在自己的微博上大力推荐，才渐渐引起了一些白领的注意，并前来消费。否则将咖啡店开在这么深的巷子里，真的就成了一种情怀之作，而无关盈利了。

夜色已经彻底降临，我们三人沿着被灯光渲染的郁金香路向乔野宾馆所在的那条街走去。路上，我出于好奇向余娅问道："你刚刚说很早以前就觉得陈艺会和我在一起，是根据什么判断的呢？"

余娅笑了笑，回道："咖啡店刚开在南京的那一年，我差不多有一个月的时间都亲自待在店里做管理，那个时候你和陈艺都喜欢去我店里消费。可有时候你加班没去，陈艺坐一小会儿便走了；有时候呢，陈艺忙着在台里做节目，你也只是喝一瓶啤酒，不会待太久。但假如你们一起来，就会在咖啡店里坐很久，哪怕没什么话说。所以那时候我就确定，你们真正喜欢的不是心情咖啡，而是在咖啡店里分享对方的心情。"

余娅的话让我感到很诧异，我不确定陈艺是不是真的像她说的那样，我不在时只是简单地喝一杯咖啡。而我很多时候真的会因为陈艺不在，没有心情在咖啡店里坐太久。

陈艺此刻的表情也很诧异，这说明她默认了余娅这细致入微的观察。原来很多时候，爱情并不一定需要很强烈的肢体或者语言上的表达，有时候沉默也是一种证据，只是当事人不太有机会察觉到罢了。

我感慨道："我真的挺佩服你的观察力，这么细微的差别你都能看出来。"

"这个你还真不用佩服。那时候，我店里一天到晚可能也就只做你和陈艺两个人的生意，我想不观察你们也不行啊！"

我笑了笑，回道："你这么一说，我更爱你的心情咖啡了，我还真没想到刚开业时生意会那么惨，惨到就像是特意为我和陈艺两个人开的。"

余娅回应了我一个笑容，说道："我也真觉得这间咖啡店是我们三个人之间的缘分，如果不是有幸遇到陈艺这样的名人客户，这间咖啡店可能也不会坚持开到现在，我们更不会成为朋友。"

说话间，我们已经走到了乔野宾馆所在的那条环境算不上很好的街，在快要到达时，我指着前方对余娅说道："看见没有，前面那间苏菡宾馆就是我朋友开的。这会儿他可能正在和他老婆里面做饭呢，不过咱们都不用太期待，因为这两人都是大户人家的公子小姐，真不是什么下厨房的料……"

就在我喋喋不休时，余娅却忽然停下了脚步，昏暗的灯光下我有些看不清她的表情，只听见她问道："为什么取名叫苏菡宾馆？"

毕竟乔野和秦苗还没有离婚，关于他和苏菡的那段过去，我不太好向余娅解释，以至于沉吟了一会儿之后才刻意模糊着回道："好像是为了一个人吧。"

余娅的声音很低沉："你朋友叫什么名字？"

"乔野。"

我的话还没有说完，余娅便打断了我："对不起，江桥，我忽然感觉身体有些不舒服，和你们说声抱歉，不能一起吃晚饭了。"

说完这些后，余娅毫无征兆地拖着自己的行李箱，挤开往来的人群，匆匆离去。我和陈艺一时谁也没有回过神，就这么呆立在原地。

陈艺终于向我问道："江桥，余娅她怎么了？"

知道一些真相的我顿时将一些关键词串联了起来，我想到了一个听上去离谱的真相，赶忙对陈艺说道："你先和乔野他们吃饭，我去看看余娅，她可能需要我帮忙。"

陈艺又往余娅离去的方向看了一眼，然后点了点头。随即我便用自己最快的速度向巷口跑去，我相信此刻的余娅一定还没有走远。

果然，走出巷口，便发现余娅正站在街边焦急地向过往的出租车挥着手，可因为是下班高峰期，那些在眼前来来去去的出租车没有一辆是空的。我走到她的身边，怀着复杂的心情说道："不知道是该叫你余娅，还是苏菡呢？"

余娅静立在原地，她看着我，似乎不太相信自己的耳朵。

我点上了一支烟，平复着自己得知真相后的心情，许久才说道："乔野和我说过他和那个叫作苏菡的女人之间发生的事情，只要我不傻，看到你刚刚的反应，也能想到你身上和苏菡有太多吻合的地方。"

余娅不再看我，她好似在路灯的光影和往来的人群里完全陷入了迷茫之中，许久她才对我说道："自从收了二百万的分手费后，那个叫苏菡的女人就已经死了！"

…………

一间远离郁金香路的茶楼里，我和余娅相对而坐，谁也没有急于开口说话，只是在有些凝重的气氛中将注意力放在了手指间正在燃烧的香烟上。

终于，余娅对我说道："江桥，不要在我和乔野之间掀起任何的感情纠葛了，我们已经彻底没有关系了，现在的我更给不了苏菡能够给他的一切，就让苏菡成为一段过去，留在他的记忆中吧。"

"那你为什么去了丽江之后，还要在南京开一家心情咖啡呢？如果没有这间咖啡店，现在你和我就不会坐在一起为那些陈年旧事伤神。"

"心情咖啡吗？我不知道。"余娅有些语无伦次，表情更是充满痛苦，只能用抽烟掩饰着这种痛苦。

我知道今天发生的一切对她而言意味着什么，所以我没有再刺激她的情绪，只是静静地等待她能平复自己的情绪。在这过程中我又给陈艺发了一条信息，告诉她我正在医院陪着余娅。

陈艺没有多心，只是让我照顾好余娅，又表示自己一会儿吃完饭后也去医院看看余娅。我立即感觉到了时间带来的紧迫感，我没有多少时间再和余娅沟通了。

这时，余娅终于平复了心情对我说道："江桥，我已经用手机订了晚上九点飞回昆明的机票，我马上就得去机场了，走之前我们聊聊心情咖啡吧。我打算将这间咖啡店完全交给你经营，以后我也不会再来南京了。"

我知道她将咖啡店完全交给我经营是临时决定的，便回道："我现在可没有那么多钱去接手你这间咖啡店。"

余娅摇头："这间咖啡店是我当初用那二百万分手费的一部分开的，你是乔野的兄弟，这间咖啡店就当乔野送给你的礼物吧。乔野这个人比较单纯，也不太会照顾自己，希望以后你这个做兄弟的能在他身边多帮衬一些，我也就放心了。"

"这个礼物太贵重，我承受不起。当初我只是抱着合作的目的找你，你临时改变决定真的让我感到压力挺大的。"

余娅表情痛苦地打断了我："江桥，我没有时间再和你说太多了，等我回丽江后就给你寄一份转让协议，现在我必须得走了。希望你能忘记今天发生的一切，也忘记余娅这个人，好吗？"

我在她的急切中不知道该说些什么。

"算我求你了，你一定要答应我，我已经做了一件不光彩的事情，我不想再去破坏乔野现在的家庭，更不想改变自己现在的生活。"

她的话语，让我想起了今天秦苗与乔野之间发生的微妙变化，我忽然觉得爱情不一定非要执着地去找一个真相，作为局外人我应该尊重余娅的决定，更不该在她和秦苗、乔野之间掀起一场会摧毁生活的风暴。就目前的局面来看，余娅静静地来，悄悄地走，才是最好的结果。

我终于对余娅点了点头，回道："我知道了，感情世界里没有是非对错，也不需要执着去追求一个真相，或许遗忘便是你和乔野之间最好的结局，我会尊重你的。今天我知道的一切，我也会选择遗忘。"

"谢谢你，江桥。"

说完这句后，余娅便从椅子旁拿起了自己的行李箱。

"等等，余娅，心情咖啡我不会白要的，如果你信得过我，就先交给我来经营，以后我会拿出一个合理分配利益的合作模式。"

"这些对我来说都不重要。再见了，江桥。"

我看着她离去的背影，心中百感交集，我发现命运便是那冥冥中的一只推手，假如我没有提前告诉余娅，乔野开的宾馆叫苏菡宾馆，那么此刻的她很可能已经和久违的乔野见了面。而乔野呢？他是否知道，就在半个小时前，他朝思暮想的苏菡与自己仅数十米之隔。

第73章 好想成仙

告别余娅之后，我又回到了苏菡宾馆所在的那条街，站在门口抽了一支烟，等平复情绪后，才做出一副若无其事的样子走了进去。推开他们吃饭的那个房间门，却发现里面只有陈艺。

我带着疑惑向陈艺问道："乔野和秦苗呢？"

"秦苗喝多了，乔野把她送到二楼休息了……"停了停，陈艺又转而向我问道："你怎么回来了，余娅呢？"

我尽量用平缓的语气回道："她回丽江了。"

"你刚刚不还在医院陪她的吗，怎么这么快就回丽江了？她到底怎么了？"

我避重就轻地回道："她就是胃痛，医生给她开了点儿药，没什么大事儿。"

陈艺又追问道："你还没回答我她怎么又回丽江了，她这才刚刚到南京的啊！"

"接到电话说是有游客在她的酒吧里斗殴，派出所那边要她赶紧回去处理，她也真够累的！"

陈艺这才点了点头，对我说道："你赶紧吃点儿东西，回头我陪你去商场。"

"去商场干吗？"

"明天我爸妈回来了，给你买一套衣服，你穿得正式一点儿。"

我一直把她爸妈明天回来的事情放在心里惦记着，却忽略了她爸妈都是管文化的领导干部，平常我怎么吊儿郎当他们管不着，可是如果我真要告诉他们自己和陈艺已经确定了恋爱关系，他们多半就会重新审视我的个人形象了。他们都喜欢得体的人，这也间接说明，在陈艺心里，她是渴望我能像个男人一样，在她的父母面前表态并给出承诺的。

我又想起了前些天肖艾带着我去买了好几套价值不菲的衣服，完全能够包装好自己，在形象上应付陈艺的爸妈了。可是最终我也没在陈艺面前提这事儿，答应了和她去买一套体面正式的衣服。

…………

匆匆吃了一点儿东西之后，我和陈艺去二楼与乔野道别。推开门发现他正在用热毛巾帮秦苗擦着脸，然后忧心忡忡地对我和陈艺说道："秦苗她好像有点儿低烧，你们帮忙照看她一下，我去药店给她买点退烧药。"

陈艺点了点头，然后紧张地俯下身用自己的脸贴着秦苗的脸，又对乔野说道："是有点儿低烧，你赶紧去买吧，买那种清热解毒的，她可能是受了风寒。"

乔野"嗯"了一声，便向楼下小跑而去。此刻他的脸上充满了关切的紧张，只可惜已经酒醉的秦苗没有看到，否则她一定会感到高兴的。这个时候我倒真的庆幸余娅做出的选择，因为她是对的。很多事情早就应该在岁月的洪流中被遗忘了，只要她不出现在乔野的视线中，总有一天乔野和秦苗会因为夫妻间的亲情而产生爱情。更何况作为妻子，秦苗真的很合格了，虽然她不会做饭，不会持家，可是她对乔野的关爱并不比那些温柔贤惠的妻子来得少。

人嘛，多少都会有些缺点的，哪怕是我深爱的陈艺，也一样不太会做家务，可是在其他领域，她比大多数人都要优秀。因此我有一种预感，如果我们真的能走进婚姻，婚后生活会变成我主内她主外，可是这样的生活真的是她想要的吗？或者是我想要的吗？

我有点伤神。

…………

离开乔野的宾馆，陈艺开着车行驶在去往夫子庙商业街的路上，此刻南京的夜已经没有了白天的喧哗，老旧的136路公交车的存在让我们置身的夜晚不至于太寂寞。我半开着车窗，看着有些萎靡的夜色，认真地将路上的风景都刻在脑海里，我希望下次有机会路过这条并不熟悉的路时，所有的一切会变得更加亲切。

进了商场，陈艺便戴上了一只口罩。作为本市公众人物的她，出现在这种人流量非常大的商场还是比较不方便的。因为一旦被认出来，接下来的时间很可能都会用在热情的观众身上。这点我真的有着很深的体会。所以自从成名后，陈艺要求我陪她逛街的次数急剧减少。

专卖服装的三楼，顾客人数相较于一楼要少了很多，陈艺终于摘掉了口罩，对我说道："江桥，我明天要去海门拍外景，我爸妈是下午五点二十的飞机到南京，我要是赶不回来，你就帮忙去接一下，饭店我已经订好了……"说到这里她犹豫了一下，但最后还是对我说道："我爸妈在国外旅游了这么久，这次回来，我们家那头的亲戚都会一起聚聚的。"

我顿时想到了明天晚上要面对的阵势会有多大，陈艺家的那些亲戚要不就是机关干部，要不就是在高校任职的老师，看人的眼光非常严苛。如果我和陈艺真的要在那个场合公开我们之间的关系，无疑是开启了一场敌众我寡的战争，我一定会倒在各种非议中体无完肤，因为不用自我介绍，陈艺的那些亲戚就已经知道我江桥是个什么德行了。

"江桥，你怎么看上去心事重重的？"

"我……我没什么心事，就是在想待会儿买一件什么样的衣服，穿起来会显得比较得体。"我嘴上这么说着，可心里希望陈艺能站在我的角度去想一想，明天面对她的那些亲戚时会是怎样一个局面。

陈艺终究没有多说什么，只是拉着我向距我们最近的一个男装店走了过去。

…………

进了店之后，陈艺便很认真地帮我挑起了衣服，我突然特别想找个能吸烟的地方抽支烟，我对陈艺说道："你先挑，我去下洗手间。"

"你去吧。"

我点了点头，随即便离开了男装店。这个举动并不意味着我不想和陈艺多待一会儿，只是心里真的很烦躁，此刻我深刻地懂了，人的自信确实建立在你拥有了什么的基础上，如果明天是邱子安去面对陈艺的亲戚，他会有我现在这样的烦恼吗？

我往洗手间的方向走去，却在转弯时猛然撞见了背着一只黑色小包的肖艾，我们先是彼此一愣，然后同时开口问道："你怎么会在这儿？"

肖艾先答道："夫子庙这片儿是我的主场，无聊了就来买东西。"

我这才想起这个商场离她的住处也就几百米的距离，她来逛商场就像我去郁金香路的便利店买香烟差不多。我点了点头，然后四处看了看，问道："就你一个人？"

"你不也一个人？"想了想，她又补充着问道，"你很寂寞吗？自己一个人跑到这儿来逛商场。"

"和陈艺一起来的，但是我现在想找个地方抽根烟，所以就落单了。"

"哦，你右手边就有洗手间。"

我点了点头，没有多说什么，就像遇见的只是一个会在见面时简单寒暄一下的朋友，转而便向肖艾手指的方向走去，肖艾也在下一刻往我的左手边走去。不知我们究竟在避讳什么，而我在快要接近洗手间时，才疑惑为什么我们会如此轻而易举地告别，偶遇一次是那么难。

我想起她的车钥匙还在我这儿，回过身想去寻找她，可是她已经不在我的视线中。我忽然觉得自己有点儿荒谬。

在洗手间抽了一支烟后，我回到之前的那间男装店，陈艺已经选好了两套衣服等着我。我匆匆试穿了之后，陈艺都觉得很合适，随即便拿出了自己的银行卡准备付款，而我出于男人的自尊心，还是在她之前将银行卡递给了收银员，等刷完卡收到被扣款一万两千元的短信提示后，心中又是一阵肉痛。

我又一次有了深刻的体会，收入之间的差距，总会随着相处的深入而被暴露出来，哪怕仅仅是买衣服这件看上去很微不足道的小事。

…………

回到自己的住处，我将从商场买来的两套衣服熨烫了一下，然后拿在手上反复看了许久，这才放进了柜子里，我这动荡的一天终于临近尾声。

简单洗漱之后，我卸掉一身疲倦躺在了床上，又拿起手机习惯性地在睡前翻看着今天的朋友圈动态，然后很热心地为他们这一天的生活进行总结，所以我是朋友圈里最喜欢点赞的。

最关心的陈艺发了一组照片，记录的都是她爸妈在国外旅游的点点滴滴，她又用文字表达了对他们明天回国的期待之情。我第一次没有在她的动态下点赞，独自失神了很久。

我又往下刷着朋友圈的动态，发现肖艾也发了一组照片，这些照片记录的是她一路成长的状态，我也终于知道原来她小时候就已经是一个标准的美人坯子了。

但这并没有让我惊讶，让我真正惊讶的是，她在这些照片下面配上的一段文字，她说："好无聊，好想成仙，不想再吃五谷杂粮了！"

我不知道该怎么正确理解她这句话，觉得她表达的方式太有个性了，因为我从来没在自己无聊的时候，会这么有娱乐天分地想要去成仙。出于对她的欣赏之情，我毫不犹豫地在这条动态下面点了一个赞。

却不想她在下一秒便回消息骂道："你在点赞的时候，能不能想想对方现在是什么心情？你一直都是这么不知好歹的吗？"

| 第74章 | 遇到麻烦

肖艾的质问让我有些摸不着头脑，暗自想了一会儿她因为我点赞而翻脸的原因之后，回道："我就是觉得你那成仙的想法不错，完全没有幸灾乐祸的意思。"

"有了女朋友了不起啊，拽得二五八万似的。"

她的跳跃思维让我摸不清她到底想表达什么，于是给她发了一连串的问号。

半响她也没有回复我，我终于想起一个多小时前我们在商场偶遇，但我只和她说了寥寥几句话后便独自去了洗手间，一定是这个行为让她对我产生了误解。

我无奈地笑了笑，实际上连我自己也没有搞清楚为什么在商场时会把她的出现当成是空气。

也许是因为有了陈艺吧，潜意识里便不想和其他女人走得太近。

其实，我是个很容易知足的男人，就算和陈艺在一起日复一日，年复一年，我也不会觉得乏味。只可惜在这拥挤的城市里，充满了物质攀比，如果我想舒服地和陈艺在一起，并没有那么简单。

带着这样的心情，我也发了一条朋友圈动态："吹不完的风像匕首；太阳底下，人性的现实太扎眼了；雨水里是沉默的呐喊，所以还是成仙吧，不是为了摆脱五谷杂粮，只想求个耳根清净！"

这条动态发了不到五分钟，肖艾便给我发了信息："好好一句话，你能不能别改得这么非主流？"

"我不觉得非主流啊，只是大家成仙的目的不一样而已，我是求耳根清净，你是吃琼浆玉露。"

"真会扯，我看你是和陈艺在一起感觉压力太大了吧？"

"算是吧，我没有想到在一起比暗恋还辛苦。明天我就要见她爸妈了，还有那一大家子亲戚！"

"哈哈哈哈，我以为你是一个为了爱情可以出生入死的男人，原来也这么厌，也不是什么英雄好汉。"

我盯着这条信息看了许久，也没能给自己一点儿英雄好汉的力量，只是回道："你一小丫头懂什么，爱情这东西本来就是一面满足，一面残酷的。"

"我不懂你说的一面满足，一面残酷是什么意思，我只知道两个人在一起开心快乐是最重要的。如果爱情最后成了一种负担，那当初在一起的目的是什么呢？"

我忽然在肖艾这个犀利的问题里找不到出口，以至于半响也没有回复，最后索性不去在意那些乱七八糟的情绪，只是将陈艺的温柔在大脑里想了一遍又一遍。然后告诉自己，我很爱她，真的很爱她，我不应该太过在意世俗世界里那如油渍一样的流言，我应该像一座孤独勇敢的灯塔用光和热去温暖陈艺的世界，当她的世界里有了光芒，我的世界也一定不会太黑暗的，因为我们牵着手，一起走。

…………

次日，我一早便去了余娅无偿转让给我经营的心情咖啡，店长已经得到余娅的通知，对于我接手咖啡店她并没有太多的异议，只是提醒我上个月的工资该发了，然后又交给我一份财务账单和扣除日常运营成本后剩下的一万八千元钱。

我要了一杯咖啡，便仔细看起了这份财务账单。就上个月来说，这间心情咖啡是盈利的，但也只是微盈利，因为从一万八千元钱里扣除三个店员的基本工资和绩效提成，便只剩下了五千元，而这五千元便是上个月咖啡店的纯盈利。

又核对了一遍财务账单，确定没有问题之后，我便叫来了店长兼咖啡师张晓雅，支付了她的基本工资以及连续效提成在内的七千元工资，又给两个服务员各发了三千元的工资。

此时，店里很清闲，领到工资的张晓雅便坐在我的对面与我聊起了咖啡店的日常经营。很快便到了午饭的时间，她终于问道："老板，余娅姐她为什么会突然把这个店转给你经营啊？我一直觉得她对这间咖啡店挺有感情的，虽然她不是经常回来，但只要回来了都会在咖啡店里待很久。"

我当然知道余娅或者说苏菡开这间咖啡店是为了纪念她和乔野的那一段过去，可是这些恩怨是非，并不太好和别人说起，于是我应付着回道："她是因为一些私人的原因，还有就是丽江那边的酒吧太忙了，这边实在没有精力去兼顾。"

"可是这间咖啡店一直是我在打理，她基本不会耗费什么精力的。"

我笑了笑，回道："我听出来了，你是对我这个新老板有排斥心理吧？"

"不是，只是想起以后见不到余娅姐了，心里不太好过。其实，你之前经常来咖啡店消费，我们也很熟了，所以真的不存在排斥你的心理。"

听见张晓雅这么说，我心里也不太好受，我知道余娅不会再回南京了。她说得没错，自从她拿了那二百万的分手费，曾经的苏菡就已经死去，此时的她只想将苏菡的纯粹留在乔野的记忆中，不想再用余娅这个身份去撕扯出那段已经尘埃落定的过去。

我对张晓雅说道："她虽然不会回南京了，但是有机会我们可以去丽江找她。现在离过年还有四个月的时间，我们大家一起努力，在过年之前把营业额做到十八万以上，去丽江旅游就算是店里给大家的年终福利，一切开销都算店里的。"

张晓雅笑了笑，然后回道："老板，我和你实话实说，到过年之前想做到十八万的营业额很难，理性的区间应该在十万到十三万，除非你有新的盈利模式。"

"放心吧，我既然接手了心情咖啡，就一定会做出改变的。"

"加油老板，希望你能代替余娅姐将心情咖啡发扬光大！"

我点了点头，又在心里给自己打气，我应该给这间心情咖啡足够的信心，至少现在它还在盈利，虽然和自己期望的相差甚远，但天下哪有真正的便宜可以给自己捡，这间小小的咖啡店需要我付出的努力也绝不是一点点。而从做人的原则来说，我还是要在适当的时候给余娅一些盈利分成的，哪能真的白要了这间咖啡店呢！

…………

时间已经是下午四点，我赶忙回到家里，换上了昨天晚上陈艺陪我去商场买的那套体面的衣服，随即便开着肖艾那辆还没有还回去的奔驰车去往机场。

我承认，我不该开这辆车去，正确的选择应该是开陈艺的那辆 A4，可是一种不想在物质上依赖陈艺的急切心理，促使我做了这件在自己眼中特别不体面的事情。而这也是我第一次变得如此好脸面，我觉得很别扭，中途甚至想去换回陈艺的车，可终究已经在路上了。

为了能够提前到达机场，我选了一条比较近的路，却不想在四点半的时候遇到了很严重的堵车。

我前进不得更后退不了，就这么被堵在了路上，起初因为时间比较充裕还并不太在意，可随着时间的推移，我心中越来越紧张。

我给在海门拍外景的陈艺打了个电话，她却没有接听，可能还在工作的状态中，可我又不知道她爸妈的电话号码，于是心中更加焦虑了起来，此时已经是下午的五点十分，距离陈艺爸妈下飞机的时间只剩下了十分钟。

我打开了实时导航，才知道前方出了很严重的追尾事故，已经占用了大部分主干道，车流现在通过的速度很缓慢，而我现在距离出事地点大概还有两千米，也就是说我最少还需要在这条路上堵上一个小时。

看着前面密密麻麻堵着的车和渐渐到来的夜色，我很沮丧地趴在了方向盘上，我做梦也没有想到最该在陈艺父母面前表现殷勤的时候却遇到了这么个麻烦。我不太敢去想，原本就舟车劳顿的陈艺爸妈，在机场久久等不到接机的人会是什么心情。

我摇下车窗，在烦闷中点上了一支烟，而这时手机终于响了起来，我条件反射似的从车座旁拿起，发现是陈艺打来的，赶忙接通。

没等陈艺开口，我便对她说道："你赶紧给你爸妈打个电话吧，我这边路上堵车了，没有一个小时出不去。这事儿我很抱歉，你看能不能让他们自己打个车先回去？"

电话那头的陈艺在片刻沉默之后才对我说道："我妈刚刚给我打电话了，去接她和我爸的是邱子安，现在他们已经到家了，休息一会儿就准备去我订的饭店。"

我心中忽然觉得很堵，深深吸了一口烟之后，终于冷声向陈艺问道："邱子安怎么知道你爸妈回来了？"

"可能是看到我昨天晚上发的朋友圈动态了吧。"

我不知道该说些什么，只是猛吸着烟，心中越来越堵。

陈艺又对我说道："你找个能掉头的地方赶紧回来吧，我马上也到南京了，待会儿我们直接到饭店见面。"

又是一阵沉默之后，我才向陈艺回道："我就不去了吧，这会儿你爸妈肯定觉得我江桥特不靠谱，连接人这样的小事情都办不好。"

"这只是特殊情况，说清楚了他们会理解的。"

想起邱子安，我莫名感到烦躁，说话的语气也不禁重了起来："陈艺，你能不能站在我的角度去想一下？我不知道该怎么表达，但是待会儿我要是去了酒店会是什么局面你不会想不到的！我不想在你的家人面前成为众矢之的，更不想去和他邱子安做对比，我觉得他去接你爸妈就是有预谋的，他知道我的弱点在哪儿。"

"你能不能别这样，我们是在谈恋爱，不是在经历一场战争，什么叫预谋？子安他不是那样的人！"

听到陈艺为邱子安辩解，我心中更加烦躁，我怒道："你要还是这么不站在我的角度去考虑，我觉得就没有聊下去的必要了，就这样吧！"

我没有再给陈艺说话的机会，下一刻便挂掉了电话，然后重重地将烟摁灭在烟灰缸里，心却一阵阵抽痛，眼前的一切都是抽象的，完全不知道下一刻该做什么，只感觉到心越来越痛，呼吸越来越重。

第75章　等待

车子还堵在马路中央一动不动,我像一只被囚禁在水牢中的鱼,看不见远方的宽阔,只能在眼下的方寸之地恐惧地游着。此刻我的行动已经无法跟上我的思维,所以我说了不该说的话,最后只能将自己扔在这个不熟悉的地方,看着无数的灯光闪烁,却没有一束是为了我而亮的,只是为了照出那些让我感到窒息的孤寂。

时间已经到了晚上七点,我终于跟随缓慢的车流驶出了这个给我制造了麻烦的车祸现场,马路也随之开阔了起来,眼前是一个十字路口,丧失了目的地的我却不知道该往左还是往右。我只知道此刻陈艺的家宴应该已经开始,而我去不去真的不那么重要,因为我在路上堵了太久,已经错过了向陈艺父母表达自己的最好时机。

快要到达十字路口前,我将车靠在路边停了下来,好似自己已经不是在最熟悉的南京,而是在异乡的夜里。我蹲在路边抽完了烟盒里的最后一支烟,还是决定回到郁金香路,也许那里才会让我有一点儿家的感觉,我也不必在这让我感到烦躁的世界里不停地奔跑,在那里做一个圣人还是做一个小丑都无所谓,因为藏得够深。

可我还是能够想象到,邱子安作为一个身份地位完全和陈艺匹配的男人,会在陈艺的家人亲戚面前怎么针对性地表现出比我强的地方,而陈艺面对邱子安的所作所为又会怎么处理呢?

我不太明确,但我知道自己的行为已经伤害了她,可是她的行为也让我开心不起来。我忽然有些怀念曾经暗恋的日子,一切欢喜都在沉默中到来,在沉默中离去,丝毫不会在彼此的生活中留下负担。

能够明确的是,邱子安接机之后,我去参加家宴不合适,不去也不合适,他把我活活变成了一个有力使不出的莽夫,最后只能把脾气发在陈艺的身上,伤她伤己。

…………

回到弄堂,我去了心情咖啡,要了几瓶啤酒,这一刻我不想让自己闲下来,因为闲下来会胡思乱想。在这样的需求之下,酒就变成了好东西,它会给我一些虚无缥缈的安慰,或者是一场连梦都不会多做的睡眠。

这个晚上,咖啡店的顾客不算多,十来个人,大家都在享受这里的宁静以及与这个世界无关的轻松,所以氛围依旧是那么懒洋洋。可正因为如此,人变得特别有存在感,于是那些困扰着我的痛苦和烦躁便越来越明显,越来越让我感到折磨,我很快便喝掉了一瓶啤酒。

我有点萎靡,萎靡中我听见了敲击玻璃窗的声音。

转头看去,发现是肖艾,于是隔着玻璃窗打量穿着一件厚毛衣外套的她,我也随之感受到了一阵凉意,原来现在的季节已经需要穿上这样的衣服了。

"你在梦游呢?"肖艾像从前一样用自己的眼线笔在光洁的玻璃窗上歪歪扭扭地写出了这几个字。

我在手机的记事本上打出想要说的话给她看:"看见桌上的啤酒了吗,没有喝着啤酒梦游的人,只有喝着啤酒想死的人!"

"死的确是成仙的一个捷径，可是我怕死！你太有种了，喊你一声英雄好汉，你敢答应吗？"

"我说想死就是打个比方，形容心情难过到一定程度了，我不想做什么英雄好汉，也不想死！"

"你怎么了？忧伤得像一朵衰败的花儿！"

我知道肖艾看似关心，实则是逮着机会挤对我，我将手机放回到桌上，然后又拿起啤酒喝了起来。肖艾也打开咖啡店的门走了进来，下一刻便在我对面的位置坐了下来，盯着我看却不说话。

我被她看得很不自在，便问道："你怎么来了？"

"来找你拿回我的车。你不是去见陈艺的家人了吗，怎么这么快就回来了？"

我尽量不让自己带着情绪地回道："我压根就没去。"

"临阵退缩？"

"不，是半路遇到劫道的了。"

"快说说，看你的表情就知道今天晚上很有故事，我愿意做个听众，听听你的传奇人生。"

"没啤酒了，不想说。"

肖艾冲服务员打了个响指，说道："麻烦给这位先生来一打啤酒。"想了想她又说道，"来两打吧，他喝多少都算在我的账上。"

我已经是心情咖啡的老板，喝着自家的啤酒也不打算拒绝让肖艾请客，反正她有钱，就当为我所提出的达到十八万营业额的目标做点儿贡献，于是我又对服务员补充道："先来三打。"

肖艾不可思议地对着我感叹道："你是要和啤酒拼命吗？"

"喝不掉存在这儿下次喝。"

"真不喜欢你的小算盘。"

"我还不喜欢自己活得这么窝囊呢，更不喜欢别人对我说三道四，你能改变得了吗？"

肖艾一副很无语的表情看着我，一口气替我打开了面前摆着的全部啤酒，回道："我什么都改变不了，但是我能让你从清醒的人变成一个一无是处的醉鬼。喝吧，喝吐了，我把你送回那小破院里去。"

我瞄了肖艾一眼，伸手拿起一瓶啤酒喝了起来，等我再拿下一瓶时，肖艾却按着我的手说道："做人要言而有信，不能喝了我请你的酒，却不把你今天晚上的经历说给我听。"

我放下了啤酒瓶，一声叹息，又下意识地从口袋里找香烟，才猛然想起最后一支烟已经在回来的路上抽掉了。

不想肖艾早有准备，她从自己的小背包里拿出一盒我经常抽的红南京扔在我的面前，说道："抽吧，然后把故事讲精彩一点儿，要不然你可对不起我对你献的殷勤！"

我又瞄了她一眼，只见她一本正经地看着我，眼睛都不眨一下，将那些能折磨死我的情绪就这么淡化了，而我也有了想诉说的冲动，终于点上一支烟，将今天晚上我为什么没有去参加陈艺家宴的始末说给了她听。末了又说道："不知道陈艺现在是什么心情，我也不想态度那么恶劣，可是人总有那么一刹那控制不住自己的情绪。其实应该有更好的处理方法，就算没有，至少也应该有更好的说话方式。"

肖艾用一种我不太能够读懂的眼神看着我，半响说道："想知道陈艺现在是什么心情还不简单吗，去他们吃饭的酒店等着不就完了。"

"难听的话我都说出去了，现在去算什么？"

"你傻啊！谁让你直接去酒店里见她了，你可以在酒店的外面察言观色，等到他们散场走出来的时候，总会有一些肢体动作能够看出她心情的。"

只要一想到邱子安正和她在一起，我心中就涌起一阵强烈的危机感，我不想邱子安趁机和陈艺发生点儿什么。于是，被肖艾这么一说，一瞬间我便涌起了想去酒店看看的冲动，哪怕只是在外面看着。

…………

我起身离开，肖艾也跟在我身后。推开门的时候，一阵吹来的冷风让我不禁打了个哆嗦，今天晚上的气温实在是低得厉害，我有点儿不能适应这样的温差变化。

肖艾走在了我的前面，从墙角推出了一辆红色的折叠自行车，我停下脚步向她问道："你是骑自行车来的？"

"晚上无聊，就当锻炼身体了呗。"

看着红色的自行车，再想起她从夫子庙那边气喘吁吁骑到这里的模样，我忽然感受到了一点儿暖意。一辆折叠自行车，只靠人给的动力也是可以在被夜色笼罩的城市里来去自如的，以至于我总是能够在她身上看到一种自由的气息。

出了弄堂，肖艾的那辆奔驰车还在那片空地上停着，她打开了后备厢，将自己的自行车折叠起来放了进去，然后对我说道："正好顺路，我带你过去吧。"

"你是真好心，还是抱着看戏的想法？"

"我没有要看戏啊，我就是想知道青梅竹马的爱情会有多矢志不渝，但愿不要让你狼狈到无地自容。"

我没有言语，只是在大脑里反复设想着待会儿可能会看到的画面。我只想在人群中看到陈艺，不想看到邱子安。因为陈艺如果顾及我的感受，总有理由支开邱子安，不让他参加这场家宴的。

…………

我喝了酒，所以开车的人是肖艾，到了陈艺订的那间五星级酒店后，她先开车在停车场绕了一圈，找了个不易被发觉的停车位后便将车子停在了里面。坐在车里的我们，正好可以看见酒店的大门，也就是待会儿陈艺和她的家人出来时的必经之路。

也许是冥冥中的安排，来到这里后并没有等太久，我和肖艾便看到了陈艺的表哥一边打着电话一边从酒店里走了出来。虽然还没有看到陈艺和她的家人，但是我知道这场家宴已经结束了，可能下一个瞬间我便会看到意料之中，也可能是意料之外的一幕。

| 第76章 | 爱得死去活来

陈艺的表哥先行离开后，她的家人便陆续从酒店里走了出来，我的注意力高度集中，一直看着出口的方向，可是直到最后一个人走出来我也没有发现陈艺，更别谈邱子安了。一瞬间我有些蒙，大脑里又闪现出无数种可能，陈艺此到是不是与邱子安独处呢？

我的脸色越来越难看，而身边的肖艾则有些好奇地看着外面陆续离开的车子，对我说道："怎么都是清一色的奥迪啊？"

"陈艺的叔叔是奥迪的经销商。"

"哦，怎么没看见陈艺，还有那个邱子安啊？"

我没有回答，只是在脑海中想起陈艺的那些亲戚，他们中间确实有人愿意把我江桥当作朋友或者小辈去看待，可更多的不是这样，他们言语中的轻视甚至是戏谑我听得出来。虽然不曾奢望所有人都能以平等的心态去看待人与人之间的关系，可是有些言语终究还是会伤到人，所以很多时候我对陈艺的亲戚是存在排斥心理的。

我从口袋里拿出了手机，拨打了陈艺的号码，我想知道现在的她到底在哪里，又到底在做些什么。

电话那头的声音让我的心情再次跌入谷底，陈艺已经关机了，于是她的行踪更加成了我心中挥之不去的猜忌。我生平第一次有了一种如在泥潭中挣扎的窒息，原来爱情可以将人送上风光最好的顶峰，也能将人闷死在污秽不堪的泥潭里，这就是爱情最可怕的地方。

此刻，我才更加清晰地感觉到自己爱陈艺爱得有多深刻，否则我为什么会如此痛不欲生呢？

我没有恋爱经验，所以沉溺在这种极度痛苦的情绪中无法走出来。我的脸色越来越难看，不知道要怎么处理自己遭遇的这一切。

身边的肖艾用手小心翼翼地推了推我，问道："你还好吧，江桥？"

"给我一支烟。"

肖艾又从自己的包里拿出那盒红南京香烟，抽出一支给我，却不肯将烟盒一起给我。

我将烟点燃，等情绪渐渐平静下来，我才对身边的肖艾说道："我先回去了，你也早点儿回去休息吧。"

"我送你回去。"

"不用麻烦，来回太远。"我说着便打开了车门，然后向离自己最近的一辆出租车走去。我没有再回头看，下一刻便将疲惫的身躯扔进了出租车里，离开了这个给我带来许多情绪的酒店。

....

这个夜晚注定是难熬的，我一直以不眠的状态等待陈艺给我打一个电话，可是她没有，我也无法说服自己再给她打个电话，只是这么被动地等待着。

我披上了一件外套坐在有些冷清的院落里，没有烟，没有一壶热茶，只有身边的花草在随风摇曳，它们似乎在私语着。我逐一打量，终于感觉到了自己种植花草的价值，它们就是为了让我在这个时候不至于太孤独而存在的。

我的心情渐渐放松了下来，靠在躺椅上睡了过去，夜里被冻醒时，立即拿起手机看着，可是仍没有一丝关于陈艺的讯息，甚至她每天都会更新的朋友圈动态都没有发。

在失望和沮丧中，我终于感觉自己的大脑发沉，继而喉咙处传来一阵刺痛，我意识到自己受风寒了，也意识到这是个糟糕透顶的夜晚。

回到屋里，我喝了一杯白开水，吃了退烧药，直到快要到早晨时才又昏昏沉沉地睡了过去。

可是即便在睡梦中，我也没能摆脱爱情带给我的窒息。我做了许多关于失去陈艺的噩梦，每一次失去时的理由都是那么充分，充分到让我无法厚起脸皮去挽留她。于是醒来时，我的额头上渗出了密密麻麻的虚汗，而这些虚汗完全源于内心的无能为力和恐慌。

我从床上坐了起来，用手抹掉额头的虚汗之后便给自己点上了一支烟，然后在烟草的味道中渐渐悟出了初恋是个什么样的滋味，而不论好坏我都已经沦陷在其中无法自拔。

忽然，我的房门被推开，肖艾这个丫头拎着一只保温盒出现在了我的面前，我先是一惊，这才想起她是有我家钥匙的。

她一边打开窗户，一边抱怨道："昨天和啤酒拼命，今天又和烟拼命，陈艺到底是把你怎么着了啊？"

"你再问，我就和你拼命。"

"我可是好心来给你送早饭的，你有必要这么对我吗？"

我将手中的烟摁灭在烟灰缸里，带着积攒了一夜的情绪对她说道："这一夜我感觉自己好像死了好几遍，这种感觉你有体会过吗？"

肖艾将手中的保温饭盒放在了床头柜上，回道："我又没谈过恋爱，哪懂你们这种爱得死去活来的感觉。"

我看着肖艾，我没有想到她竟然没有恋爱经历，所以她不能感同身受也就不稀奇了。我又躺回床上用被子裹着自己，对着空空的屋顶发着呆，仍没有从爱情的沼泽中拔出来。

肖艾有些无聊地在我身边站着，指着窗外灿烂的阳光又对我说道："这么好的天气你不打算出去走走吗？"

"休养生息。"

"你都不怕自己闷出病来？"

"我已经病得不轻了！"

肖艾又往我面前走了一步，对我说道："既然这座城市让你这么不开心，那就离开这座城市啊！"

我又从床上坐了起来，想起自己确实已经太久太久没有离开过这座城市了，我的情绪和对自由的追逐，都被这座城市的钢筋水泥死死压着，我甚至怀疑自己这段时间的压抑，都是太久没有出去走走而造成的。我应该去看看外面的世界，哪怕不远，也至少要离开南京，看看幸福到底在哪里。

我终于看着她说道："假如我离开南京，陈艺会到处找我吗？"

"试试不就知道了，如果爱你，没有了你的消息她一定会担心的吧。"

我有点心动，我希望陈艺能够在乎我，就像我在乎她一样。我曾经看过一部叫作《将爱情进行到底》的电影，男主角因为在女主角的世界里找不到存在感，所以他选择了离家出走，而出走得到的结果便是两个人解开了由来已久的误会，将七年之痒的婚姻继续了下去，也许我真的可以试一试。

我带着一些莫名的期待又对肖艾说道："我没什么恋爱经验，你可不要忽悠我啊，这么做管用吗？"

"你要是害怕，就窝在这个小破屋里痛苦难过吧，没有人会同情你的。"

我没言语，仍在思量着到底要不要暂时离开。

"心血来潮，不晚不早，千里迢迢，只要你肯推开一扇门，整个世界都是你的。"

我看着她，她的体内似乎就有不安分的基因，所以总是让她产生出格、冲动的想法。在她的面前，我总会感觉自己是那么胆怯，因此错过了这个世界太多的美好。

我终于对她说道："那就出去走走吧。"

肖艾忽然又冷着脸对我说道："江桥，我早上可是听心情咖啡的服务员说了，你已经接手了咖啡店，可是昨天还让我请你喝酒，你安的是什么心？觉得我人傻钱多吗？"

"我没让你请啊，是你非要拿啤酒换我的故事，我要是不接受，不是我傻吗！"

肖艾用一种少有的严肃对我说道："你怎么就不明白呢，我是希望你能对我诚恳点儿，我不喜欢你坑我的感觉，虽然这事情很小。"

我没有言语，只是从床边的椅子上拿起了自己的外套，又穿上了裤子，很快便穿戴整齐地站在了肖艾的面前，与她对视着。窗外阳光正好，照亮了窗台，照亮了屋子里的灰尘，风又吹来了一些早晨清新的空气。

也许，这真的不算是一个糟糕的早晨，我也该拿出勇气去南京之外的世界走走了，但愿陈艺会找我，会知道这一夜我因为联系不到她而承受了多大的折磨。

…………

吃完早餐，我和肖艾一起站在弄堂外面的郁金香路上，肖艾又将自己的车钥匙交到我手上，说道："去扬州吧，我有个朋友在那边的东关街开了一间咖啡店，生意很好，你可以顺便去学习学习。回头我把他的联系方式发给你，你到了东关街后就给他打电话。"

"嗯。"我应了一声，一阵沉默之后又对她说道，"你爸马上就要和李子珊结婚了，这座城市也没让你高兴到哪儿去，你不打算出去走走吗？"

"走啊，我要去大理看洱海，下午的机票。"

在她的决定中，我感觉到了世事的无常。原本我是打算在她爸和李子珊结婚的那天陪她到周边的城市走走,可是没想到,她却突然决定去大理,而我将独自去往扬州。

这样也好,我们各玩各的,我也就不会觉得对不起陈艺了。可是心中还有一点儿不放心,又问道:"你真的订了去大理的机票吗?"

肖艾从自己的背包里拿出了一张机票,我看了看,果然是南京禄口国际机场飞大理的,当即便放下了心中的疑虑,打开了车子的后备厢,将自己简单的行李扔了进去。

阳光下,我仿佛已经看到了那座城市的样子,是时候去外面走一走了,趁着天气正好。

"江桥,希望你旅途愉快,也希望陈艺会去扬州找你。"

我停下了脚步,这才猛然察觉自己去扬州的目的竟是如此之多,就像肖艾说的那样,我最希望的还是陈艺能够去找我,我们可以在东关街见面,然后喝一杯咖啡,再轻描淡写地忘记之前不愉快的事情。

虽然我们的爱情才刚刚开始,但我已经有了死去活来的感觉,否则我哪里来的勇气用这种近乎冒险的方式在她那里找一点儿存在感呢?

|第77章| 东关街里的我

上午九点,我开着肖艾的那辆奔驰车以郁金香路为起点,一路向扬州的东关街驶去。在我开始工作后的这么多年来,从来没有像此刻这样开启过一场目的地如此明确的旅行。

当车子驶出了南京的地界,我那压抑的心情好似在一瞬间被释放,我将车子开得极快,南京收费站很快便被我远远甩在了身后。我的眼前是开阔的三车道高速路,阳光更是将眼前的一切照射得清晰可见,一眼便可以看到几千米之外的地方。我这才更加深刻地体会到自己在南京的生活有多压抑,这样的释放又有多难得,似乎这些年因为我的不愿意改变,我的人生格局才如此狭小。

扬州距离南京很近,一路伴随着公路电台,我仅仅用了一个半小时便到达了扬州。我将车子停在了东关街附近的一家酒店后,便徒步向扬州最有名的东关街走去。

我并没有即刻进入东关街,而是在街对面的环城河畔旁停下了脚步,趴在护栏上眺望着。

此刻已是中午,因为阳光太好,秋末的气温竟然又攀升到了二十摄氏度以上,于是身边的人都脱下了厚重的衣服变得轻快了起来,身下的河水也以时远时近的姿态轻柔地托起了造型古朴的小船,让我在这醉人的暖风中产生了一种看错风景的幻觉,为什么秋末的城市还能这么美呢?

想来这就是古城扬州的魅力吧,虽然已经不在最美的烟花三月,但仍给人一种舒畅的感觉。

盯着河面看了一会儿之后,我便转身靠在护栏上,视线里是对面的东关街。

温暖的微风中,点着烟的我终于忘掉了之前的坏心情。可是直到此时,陈艺依旧没有给我打一个电话,甚至发一条短信。

我渐渐意识到,我们可能真的陷入情侣之间才会有的冷战中了……

就在我准备去往东关街的时候,手机忽然在口袋里响了起来,我的心跳立即开始加速,赶忙从口袋里拿出手机,结果却让我大失所望,给我打来电话的并不是陈艺,而是最近一直给我制造着麻烦的金秋。

我深吸了一口烟,控制住心中失落的情绪后才接通了这个电话,我尽量用平静的语调向电话那头的她问道:"有事吗?"

金秋依旧不废话,不寒暄,她直切主题:"肖总和李子珊的婚礼还有几天就要举行了,肖艾那边的情况你能和我确定吗?"

"她说要去大理,这会儿她应该已经到机场了。"

金秋在我的话中察觉出端倪,她在一阵沉默之后问道:"她是自己一个人去的,对吗?"

"嗯,我现在人在扬州。"

"江桥,我不太放心,我怕婚礼上会出纰漏。这个丫头精明得很,她是不是真的去了大理,我持怀疑态度。"

金秋的生性多疑让我觉得很反感,便语气不耐烦地回道:"我亲眼看到她将飞大理的机票拿出来的,这难道还有假吗?我觉得她不会在肖总的婚礼上惹出什么麻烦的。"

"江桥,你是做策划的,你应该知道我们在执行活动时,是一定要做风险预案的。现在肖艾就是这场婚礼最大的风险,我谨慎一点儿并没有错,我知道自己不该过多要求你,可是也希望你能体谅我的难处。我觉得去大理很可能是这丫头的缓兵之计,目的就是让我们放松警惕,她才有机会搞砸婚礼。"

"你们是在办婚礼,面对的可不是什么地下组织,你有必要把事情想得这么复杂吗?"停了停,我又冷言说道,"金秋,我现在心情很不好,这事儿我没法帮你管,你要有什么不放心的话,你就找人和她乘同一个航班飞大理好了。"

"她的航班是几点?这事儿我会找人去做的。"

我一愣,再次被金秋身上这股不怕麻烦的狠劲儿给震惊到了,半响才回道:"我和你说的就是一句气话,人家本来是去大理散心的,你像特务似的盯着人家合适吗?"

"我也不想这么做,但你现在已经离开公司了,那么我必须要对这场婚礼负责,我绝对不允许出现一点点意外!"

想起这场婚礼原本一直是我负责的,如果不是金秋让我这么快完成工作交接,我依然是这场婚礼的主要负责人,所以也不能完全说离开公司就和自己没关系了,再加上老金这么多年的栽培之恩,于情于理我也应该在这件事情上帮金秋分担一些。

我终于忍耐着心中的一些情绪，回道："我会尽快搞清楚她到底有没有去大理，然后第一时间和你联系。"

"今天去，明天也可以回来的。"

"她要是在婚礼之前回来，我立即回南京想办法帮你搞定这件事情，行了吧？"

金秋又是一阵沉默，回道："好吧，但愿事情不要往我最不想看到的局面上发展。"

我和金秋这番带着情绪的对话在这里便终止了，我在原地站了好一会儿之后才给肖艾发了一条微信："到了大理之后给我打个电话。"

将电话放回到口袋里，我随着人群走进了非常具有历史感的东关街，然后跟在一个旅游团后面，听着导游绘声绘色地讲着这条百年老街的历史，我也终于看到了传说中建于1830年的"谢馥春香粉店"和建于1940年的"四流春茶社"，这些老店的存在为这条老街更添历史的厚重感。

可以想象，等黄昏来临时，夕阳落在这些古色古香的建筑物上，会是怎样美妙的景象。难怪人们说起扬州时总会提起"慢"这个字，因为城区里随处可见的老式建筑真的会让你产生一种时光倒流的错觉，恨不能伏在那些老旧的八仙桌上给自己写一封信，告诉自己，曾经就像一只流浪猫在这里忘记了无粮可吃的烦恼，而记住的是这里的一砖一瓦……

我随着旅游团将这条街走了一遍，然后买了一杯甘蔗汁坐在街尾的一张石凳上喝了起来，我努力地看着眼前形形色色的人，逼自己忘记陈艺迟迟不联系的忧伤。

可是，总会有那么一瞬间，我会设想如果此刻有陈艺陪伴会多么美好，当我们牵手走在这条老街上，恐怕真的可以过滤掉爱情里的一些杂质，让我们的相处变得纯粹，远离世俗的打扰。

但这终究只是我的一厢情愿，理智又告诉我，我在这里待两天很可能便会孤独两天，待三天便孤独三天，她不可能来找我的。且不说我们之间的冷战，她那繁忙的工作也不会允许。

不知道坐了多久，黄昏终于以轻柔的姿态降临了，整条东关街变得更加热闹起来。随处可见搂在一起谈笑风生的情侣，好像让我这个略显孤独的人不配待在这里，我也真的淹没在这些情侣产生的甜蜜风暴中，还感到一阵阵窒息。

原来黄昏时的东关街是真的可以"杀死"单身汉的！

…………

我的手机又一次在口袋里响了起来，我已经不抱希望了，所以我不紧不慢地从口袋里拿出手机，事实上，打电话的也确实不是陈艺，是已经去了大理的肖艾。

她问道："我已经到大理了，你让我打电话给你干吗？"

我回道："我们各自出来找安慰，作为同病相怜的战友，我当然关心你的安全和行程啊！"

她笑着："呵呵，是吗？"

"嗯，记得和我分享一些旅游的照片啊，尤其是洱海的。"

"好的，出来玩肯定会拍很多照片的。对了，陈艺给你打电话了吗？"

我的心情瞬间低落了下去，但又不愿意让自己表现得太惨，便硬着头皮回道："还没有，她白天工作忙，晚上一定会给我打的。"

"那祝你好运了！"

"嗯，也希望你旅途愉快。"

"谢谢，没其他事的话，我就挂电话啦，我得在天黑前找到一间自己喜欢的客栈。"

"等等，你先别挂，我问你个事情。"

"嗯？"

我犹豫了一下，才问道："你准备在大理玩多久？"

肖艾似乎没有多心，她回道："这里风景这么好，至少得玩一个星期吧。"

我算了一下日子，她这么玩下去，肖总和李子珊的婚礼早就举行完了，随即也宽心了些，她又转而向我问道："你去我朋友的咖啡店了吗？"

"还没有，正在街尾坐着呢。"

"你在那儿坐着别动，我打电话让朋友去接你，你随便找本书捧在手上，方便他认出你。"

我应了一声，肖艾随即便挂掉了电话，我又不禁抬头向已经昏暗的天空看了看，想必陈艺不会给我打电话了，更不敢奢望她会来找我，我们确实因为邱子安陷入了让人恐慌的冷战中。

|第78章| 季小伟的两个预言

东关街的路灯已经亮起，从街外面吹来的风带来了一丝属于这座城市的哀愁。而我的哀愁就像路人的脚步，来来去去，反反复复，跟随着时光和各种煎炸食物弥散出来的香气，悄悄溜走。

也许这就是夜晚来临前，面对一座陌生城市最真实的感觉。我喜欢这里陌生的气息，喜欢每一束在眼前摇曳不定的灯光，也喜欢来来往往的游人说着我听不清的话语，唯独不喜欢看见自己的影子时那孤独的感觉。

我忽然好想成为这条老街上的一块砖，没有生命，却顽强地与时间斗争了两百多年。

掐灭手中的烟，我去旁边卖整蛊玩具的店里买了一本《独孤九剑》，然后又坐回到长椅上，将书放在自己的头顶，以方便肖艾的朋友能够第一时间找到我。

透过橱窗，我看见对面茶社里的大屏幕液晶电视正播放着陈艺与另一个男主持人的综艺节目。我没有想到在一个陌生的城市里，她会以这种方式与我如此接近，可又如此遥远。因为她正在电视屏幕里吸引着人们喜爱和欣赏的目光，而我仅仅停留在一条不属于我的街区，顶着《独孤九剑》，等待一个比这条东关街更陌生的人。

"喂，兄弟，你是肖艾的朋友吗？"

我拿掉顶在头上的《独孤九剑》，然后看着眼前的男人，有些木讷地点了点头。

"你好，我叫季小伟，是肖艾在南京艺术学院的同门师哥，扬州本地人。"

"你好，我是江桥。"我说着才开始打量他，他比我的年纪略微大些，打扮得很朋克，留着络腮胡，面容倒是很清秀，这强烈的反差很容易便让我记住了他的样子。

季小伟看着我手中拿的书，笑道："这书不错！"

我也下意识地看了看这本刚刚才买的《独孤九剑》，然后扔到他手上说道："送给你了。"

季小伟接过又笑了笑，然后搭住我的肩引着我向他的咖啡店走去。

…………

季小伟的咖啡店名为"1999"，位于与东关街相连接的另一条稍稍偏僻些的巷子里，我站在门口看着有些老旧的店面问道："这咖啡店为什么起名叫1999？"

季小伟也是烟民，他递给我一支烟，回道："这间咖啡店是我大姐1999年从国外留学回来后开的，应该算是扬州最早一批的咖啡店了。那时候一杯拿铁只卖四块钱，房租一年八千块，后来我大姐嫁了人，这咖啡店就送给我经营了，现在一杯拿铁三十九块，一年房租二十八万！"

我点了点头，似乎一些咖啡店都喜欢以记忆和时间为主题，但这间1999咖啡店才真正是时间的产物。它的底蕴是浑然天成的，能在变化飞快的市场环境里生存十几年，一定有它独特的魅力和经营心得，所以我很想以心情咖啡老板的身份与季小伟好好聊聊。

推开门走进咖啡店，发现大部分座位都已经有了顾客。有如此好的生意，咖啡店的装修却很陈旧，灯光也偏暗，那正播放着的美国乡村音乐，更是让人很有找一个空位置睡上一觉的冲动。

我与季小伟找了一个靠角落的位置坐了下来，然后便聊起了经营咖啡店的心得，他问道："听肖艾说，你也是开咖啡店的？"

我实话回道："嗯，但是和你这个没法比，我那个店只是勉强盈利，所以特别想向你请教一些经营心得。"

"现在的咖啡店能做到勉强盈利就已经不错了。这年头只要提到咖啡店就是做特色，做情怀，可是时间久了大家就审美疲劳了，对于情怀的热情也渐渐消退，消费也就回归到了理性。顾客更在乎的是你这个咖啡店到底能给他提供什么样的服务，而不是空虚的概念。"

沉默了片刻，我向季小伟问道："难道现在咖啡店做情怀真的没有出路吗？"

"有啊，当然有，但是得看是什么样的人，什么样的公司去做。从前几年开始，出现了一个叫路酷的公司，专做客栈青旅，还有咖啡店、酒吧，要说做情怀，玩概念，谁能做得过这样的公司？人家背后可是有大投资公司为情怀买单的，就算亏了个别店铺，人家也不在乎。"

我感叹道："这年头连情怀都要规模化了吗？"

"人家这个项目确实做得很好，换其他公司去运营不一定能成功的。听说路酷的老板就是从愤青转型为文青的典型，会玩音乐，又有明星朋友不遗余力地去宣传他的经营情怀，再加上有资本支撑，他的成功也不是偶然。"

我点了点头，心中谈不上羡慕，因为我一直是个脚踏实地做事的人，对于那些一夜之间崛起的商业奇迹并不感冒，于是我又问道："那这间1999咖啡是怎么在这扁平的市场环境中生存下来的？"

季小伟并没有因为我是同行而藏私，他很大方地对我说道："如果我告诉你，我们咖啡店可以做一百二十多种糕点，六十多种不同口味的咖啡，你相信吗？"

我吃惊地看着他，不敢相信这间看上去非常老旧的咖啡店竟然能够在饮食上做出这么多的品类。

季小伟又对我说道："江桥，想要做好咖啡店，还是在实质性的内容上下点功夫吧，除非你真的不想赚钱，玩亏了也无所谓。"

我沉默了许久，然后点了点头。之前的我确实有点儿太理想化了，肖艾让我来扬州找季小伟是对的，如果我能在接下来的时间将心情咖啡提到一个新的高度，里面肯定有肖艾的功劳。

…………

聊完了咖啡店，季小伟又和我聊起了肖艾，他又向我问道："你和肖艾是怎么认识的啊？她是我的小师妹，我对她可了解得很，她一般是不会给男人机会接近自己的。所以这么多年，与她走得比较近的也就是我和袁真。"

"你和袁真？"

季小伟点头，回道："我和她关系这么近，是因为我是她妈妈离开教师岗位前最器重的一个学生。可惜我还是辜负了老师的栽培，没有从事和歌唱有关的职业，而是回扬州接手了这间咖啡店。"

"嗯，那袁真呢？"

季小伟意味深长地笑了笑，回道："至于袁真，那是她这辈子一定会嫁的男人，时间问题而已。"

季小伟这么一说，我又想起了那天演唱会上袁真说过的一席话，他说肖艾是一个让他站在背后也可以看到光明的女人，他还说，在艺术这个领域最爱的是肖艾。

我心中有一丝异样的感觉，却又无法形容出来，最后只是平心静气地向季小伟问道："那为什么他们现在没有在一起呢？"

"虽然没有在一起，但不影响他们之间互相欣赏啊！袁真是一个可以为了肖艾做一切事情的人，唯独一件事情例外。"

"什么事情？"

"放弃音乐！如果不是这件事情，他们一年前就应该在一起了，因为肖艾需要一个能够在生活中给予她全部的男人。袁真和肖艾之间只有一个人能够成为音乐领域的艺术家，就看他们谁肯先妥协了。"

我没有言语，已经有点儿相信季小伟说的话，因为我和肖艾只认识了区区几个月，而他和肖艾已经相识了好几年。在这好几年里，一定有许多我不了解的事情，而肖艾在认识我之前的生活也绝对不是空白，只是没有我的参与而已。

季小伟又给我点了一支烟，继续说道："如果我没有猜错的话，肖艾的心思可能已经不在国内，她应该会在结束南京艺术学院的学业后到德国的汉诺威音乐学院继续留学深造。因为我的恩师也就是她的母亲，一直希望她做一个艺术家而不是明星，所以她一定会走上留学深造这条路的。"

我看着季小伟，在毫无心理准备的情况下听到了他的这两个预言，不过谁也不能确定这两个预言的准确性。我的心里却因此有些惆怅，到底因为什么惆怅我说不出来，最后只能深深地吸了两口烟。

我转过头看向窗外，窗外的风似乎又不安分地吹了起来，灯光的明亮里藏着隐秘的哀愁。

…………

离开1999咖啡店，我回到了紧挨着东关街旁边的那家酒店。

路过肖艾的奔驰车旁，我不由得停下了脚步，轻抚着车子的后视镜。我想，无论季小伟的两个预言在未来实现哪一个，我心中一定都会有些不舍，毕竟她曾在我生命中大摇大摆。

抬头看着那片只有星星和月亮会让我感到熟悉的天空，我又想起了陈艺，我在这个世界实实在在的爱人。

我在这个与她没了联系的城市做了一个很忧伤的假设，假如有一天，我或者她累了，放弃了喜欢的对方，会是什么感觉呢？

应该就像一把火烧了我们住了很久的房子，然后看着那些残骸和土灰充满绝望，我们都知道这是我们曾经的家，但是我们都已经回不去了。

我有些恐惧，下一刻便从口袋里拿出了手机，犹豫着要不要鼓起勇气给陈艺打上一个电话。我不想在爱情的火灾中失去寄托了一切的家园，而冷战中总要有一个人先妥协的。

|第79章| 一切都会好的

我从烟盒里摸出一支烟点上，内心还在做着剧烈的挣扎。因为我不了解陈艺现在到底是什么想法，根本说不准我的主动对她来说是不是一种负担，也许现在的她只想静静。

我知道接下来的夜晚会很难熬，酒店并不是我现在最该待的地方，我应该趁着这夜晚的时间熟悉这座城市，我不想自己总是用陌生人的眼光去看待这里美好的一切。

我又一次来到了东关街对面的那条河旁，坐在河堤的台阶上眺望着这座城市的夜色。我的手上没有再夹着燃烧的烟，因为我的嗓子有些难受，在没有陈艺消息的今天我抽了太多的烟。

夜晚有些冷的风中，手机以极快的频率在我的口袋里震动着，我已经麻木，不愿意再去揣测这个电话是哪个无关紧要的人打来的，也不想接听。

手机还在震动，我终于从口袋里将其拿了出来，下一刻我的气血便开始翻涌，这个电话是陈艺打来的！我一连做了两个深呼吸后才接听了电话。

我们沉默着，甚至能够听到彼此的呼吸声，许久，她向我问道："你吃饭了吗？"

"嗯，你呢？"

"我还没有，刚从北京回来。"

我没有立即回应些什么，但我知道她一定很累，因为昨天她在海门，今天已经从北京回到了南京。

"去北京做什么？"

"参加一个颁奖典礼，我拿奖了。"

"哦，挺好的！"

电话那头的陈艺又是一阵沉默，我也沉默着不知道该说些什么，我们好像变成了这个世界上最熟悉的陌生人，下一刻我的心便开始悬了起来，因为我不知道陈艺会不会突然对我说出"分手"这两个字，这样的沉默真的太让人窒息了。

她终于又对我说道："你不在家吗？我在你家门口。"

"我在扬州，有个朋友在这边的东关街开了一间咖啡店，来参观学习一下。"

"嗯。"

陈艺回应之后，又是一阵沉默，可是有些情绪已经在心里愈演愈烈。下一刻不是地狱就是天堂，有些憋在心里的话无论好坏总是要说开的。

我不顾嗓子难受，下意识地点上一支烟之后，对陈艺说道："你到心情咖啡坐一会儿吧，我现在就开车回去。"

"不用了，我去扬州。"

"你那么累，一个人开车我不放心。"

"不累，我在飞机上睡过了，你是在东关街吗？"

"嗯，东关街对面的环城河旁边。"

…………

结束了和陈艺的对话，我看着被月光渲染得有些泛黄的河面久久回不过神。傍晚时分我幻想过的画面在一个多小时后就要真实上演，虽然此时已经比不上夜晚刚刚来临时那么热闹，但是东关街的魅力是一直可以延续到深夜的。我们走在这条街上不必在意吃什么，喝什么，只要能够结束冷战就够了。

一个多小时的时间并不漫长，可是因为期待和担心，我的心情一直都不能够平静，明知道她不会那么快到来，还是忍不住向身后张望着，我想一直听到她的声音，看到她亲切的样子，就如同我活着就需要的空气一样，有一分钟缺少空气，我的生命就有危险。

大概，这就是初恋的滋味。

一个半小时后，我往身后看去的频率越来越高，在已经记不得是第几次回头后，我终于看到了穿着红色高跟鞋的她。

她黑色的长发在风中已经凌乱，但是步伐依旧是那么沉稳。人群中她永远是那个最有气质的，哪怕是在美女扎堆的东关街，她也是那么亮眼。她就像一朵孤独盛放的花，一点点向我靠近，可是脚步里都是这一天以来的疲倦和低落。

我们终于在夜晚的风中相对，我们的影子倒映在环城河，与漂浮的树叶一起摇摆不定。

"我带你去东关街吃饭吧，听朋友说里面有一家店的汤圆做得很好吃。"

陈艺的双手从口袋里拿了出来，下一刻她便抱住了我，然后靠在我的肩膀上呜咽着。我的内心百感交集，我知道当她不顾夜深从南京跑到扬州来找我，她的心里就已经有了许多的委屈。

这一天，我过得不好，她可能过得更不好，而这些让人厌烦的不好，都是来自一场也许并不该在我们之间发生的争执。如果爱情也是学业的话，我们恐怕还只是学前班的学生，我们爱得太感性了。

可正因为如此，此时的幸福感才是那么强烈。

…………

我让陈艺坐在环城河边等待，自己则去帮她买了最好吃的汤圆和汤包，回到她的身边后打开快餐盒，又将筷子交到她的手上。

这一刻，我们好像忘记了被虚度的光阴，眨眼之间便回到了初中时我帮她翻院墙出去买馄饨的岁月，那时候的我也是在夜色中来来回回，我从来不怕为她冒险。

世界就这么安静了下来，因为紧挨着彼此坐着，连我们脚下流动的河水似乎都变得温暖了起来。我渐渐忘记了那些生活里必须要面对的是是非非，只想将自己的身体和灵魂一起交给这座已经渐渐熟悉的城市。

陈艺将手中的餐盒放到了一边，向我问道："昨天我们是不是都有点儿不冷静了？"

我点头回道："是的，可是你有没有想过，为什么只是去见你父母这么一件小的事情，却在我们之间弄出这么大的波折呢？"

"想过，可是有些事情我们是避不开的。我要承认，这次是我太心急了，我该找一个更合适的时机，那样你就不用这么为难和尴尬了。"

"我想知道你为什么急着要去做这件事情。"

陈艺沉默着，她习惯性地将被风吹乱的头发别在耳后，过了许久才回道："我是个从小就接受传统教育的女人，所以我的家庭观念很重。我希望我的父母能够早点儿认可我们的这段感情，我现在最期待的就是我们可以名正言顺地在一起，没有什么比这个更重要的了。"

我低下了头，心中弥漫着无言以对的痛苦。

这一刻，我多么希望那些普世的价值观能够像天空的云，可以因为一阵风而改变形态，迎合着我的需求。我真的不想因为自己的无能而让陈艺的父母对我心存偏见，看不到我可以为了陈艺付出性命也不畏惧的决心。

如果保护一个人的勇气也是一种财富的话，我将以最富有的姿态站在陈艺父母的面前。可是勇气并不是财富，而我和陈艺痛苦的根源就在这里，我们终究只是困在俗世里被普遍价值观所奴役的两枚棋子。

我终于回道："我能理解你的心情。"

"嗯。"一阵沉默之后，陈艺才又对我说道，"江桥，其实昨天晚上我也没有去参加家宴，我给我爸妈打了电话后就直接去机场了，然后在北京待了一夜一天。"

她说着又从自己的手提包里拿出了一只水晶奖杯递到我的手上，带着笑容对我说道："最受大学生喜爱的女主持人奖，可惜没有拿到最佳主持人奖，我在这个行业里还需要继续努力！"

我从她手中接过奖杯，我知道她是在借此告诉我，我们可以一起努力，她在主持这个领域也并不完美，所以我需要的并不是自卑，而是与她一起努力的决心。

我握紧了奖杯，将她搂进了自己的怀里，轻声在她的耳边说道："一切都会越来越好的。"

她点了点头，看着扬州城的远方对我说道："以后条件允许了，就在这条东关街的附近买一套房，傍晚可以逛逛东关街，晚上可以来环城河旁坐坐，吹着这里的风，感觉生活里好像没有麻烦和烦恼似的。"

我想着她描述的生活终于笑了，回味了许久之后才回道："好啊，就当我们之间的约定呗，老了我们就生活在扬州，享受这里的慢生活！"

"嗯。"

"那时候我们也应该儿孙满堂了吧？"

问完这句话后，我感觉到陈艺的身体又向我靠近了些，她紧紧地依偎着我，可是当我想说更多关于以后的生活时，她却已经靠在我的腿上睡了过去。

这一刻，她紧绷着的神经终于松懈了下来，而这种神经的紧张不仅仅来自感情上的矛盾，还有工作中的巨大压力，作为女人她真的太不容易了，可我除了心疼根本没办法为她做太多。

我小心翼翼地将自己的外套脱了下来，轻轻地披在她的身上，然后一直轻抚着她的发丝。我希望时间能够在这一刻永恒，或者下一刻就将我们带到无为世事的暮年，我并不在乎自己在这个世界上活了多少年，此刻只想变成一个朴实的老头默默地守在她的身边。

…………

夜色在我的幻想中越来越深，我却不想叫醒陈艺，因为我真的太享受充满安全感的这一刻了。至于扬州这座城市，更像是我们逃避世事之后私奔而来的世外桃源。

|第80章| 一个奇怪的梦

微风吹过草坪，各种各样的灯光好似编织成一个彩色的梦掉落在晃荡着的河面上，整座城市都是轻的，每一张脸孔都是亲切的，这一刻已经化成最美好的记忆刻在了我的脑海里，也许我二十年都不会忘记。

不，二十年不够，五十年我也不愿意忘记！

我也有些累了，于是抱紧了陈艺，靠着环城河的护栏闭上了眼睛。我知道路过的人一定会将异样的眼光投向我和陈艺，因为我们就像是流落在这繁华街头的人。此刻，没有人相信伏在我腿上休息的是一位他们可能每天都会在电视上看到的名主持，可她确实就是。

一切崇拜和赞誉，也不过是依赖于感官而产生的假象罢了。那些所谓的话语权、名利、地位都一边去吧，我想要的就是这一刻的安静，我们的爱可以永恒不变。

可是没有什么能够永恒不变，当陈艺醒来后，路过的人看见她的样子又会给予崇拜和喜欢的目光，那些烦恼和麻烦依旧会随着日升日落在我的生活中来来去去。所以谁也不能摆脱感官带给我们的假象，而生活更不会真的静止。

这让人有点忧伤，即便闭着眼睛不去想时间的流逝也摆脱不了这种忧伤。

…………

不知道什么时候，清洁工从我们身边捡走了刚刚吃完饭留下的餐盒，路边也已经没有什么行人走过，陈艺坐起身，她从手提包里找出一根皮筋扎起了自己那有些凌乱的头发，随后看了看手表对我说道："江桥，我得回南京了，明天早上还有一场直播，我怕来不及。"

我回头看了看这座让我知道陈艺有多么在乎自己的城市，没有一丝犹豫地对她说道："我和你一起回去。"

陈艺摇了摇头，回道："你不是说要在这里和朋友学习经营咖啡店的经验吗，好好学吧，开咖啡店不是一件容易的事情。"

我想起自己的确和季小伟相约，这几天会留在扬州和他们的甜品师学习一些甜品知识，丰富心情咖啡的经营品类。

陈艺又对我说道："有些不开心的事情能够当面说开就好了，你不用担心我的，南京离这里又不是很远，下了班我就可以过来陪你。"

"太晚了，明天起早回去不行吗？"

"早上容易堵车，还是不要冒这个风险了。"陈艺说着已经从地上拿起了自己的手提包。

我随她站了起来，心中是说不出的难过。我知道这种高强度的工作状态并不是她想要的，可是只要她和我在一起便别无选择，至少未来几年内是没有其他选择的。

…………

酒店的门口，陈艺已经打开了自己的车门，我看着她快要离去的背影，不禁拉住了她，其实并没有话想说，但还是问道："我们认识多久了？"

陈艺转过身看着我回道："你活了多久，我们就认识了多久。"

"是啊，我还记得你扎着马尾辫，站在杂货店门口的梧桐树下跳绳的样子。这二十多年的光景，就像今天晚上的云，在月光下漂亮得很！"

陈艺抬头看了看天空，笑着问道："怎么突然和我说这些？"

我低着头，看着脚下排列整齐的地砖，轻声回道："我们永远也不要分手，可以吗？从活着的第一天，到死去的最后一天。"

陈艺的手离开了已经打开的车门，她抱住了我，在我的耳边轻声说道："所有分手的理由都是借口，只要我们一直用真心去努力，就一定不会分手的。"

"我会的。"

陈艺点了点头，随即离开了我的身体，她必须要回南京了。

"余娅已经把心情咖啡转给我经营了，我一定会做好的。"我笑了笑，又问道，"做一个务实的咖啡店老板也挺好的，对吗？"

"加油吧，做地球上最强的男人！"

我愣了，想起自己曾经爱看漫画书，总是模仿漫画书里的主角，在陈艺的面前秀肌肉，喊着要做地球上最强的男人。她不经意间说起这些，我的内心又被深深地触动着。

我只是一个渺小得不能再渺小的人，之所以总是和陈艺说起要做地球上最强的男人，是因为我希望她能喜欢我，喜欢我给予她的安全感，而现在她真的喜欢我了，可我依然不是地球上最强的男人。

我看着陈艺笑了笑，回道："好啊，那就做地球上最强的男人！"

…………

回到酒店，我独自躺在床上，拿着手机用文字记录着今天所经历的一切，又打开微信，将自己的用户名改成了"地球上最强的男人"，我愿意在此刻做一个具有娱乐精神的男人，并谨记自己身上的责任。

也许陈艺并不需要我真的成为多么强大的男人，但至少要是个体面的男人，这样我们的爱情甚至是婚姻才能稳稳的，否则不是摔落，就是面对着失衡状态下无止境的痛苦。

朋友圈里，肖艾在下午时就已经更新了很多大理的风景照，还有自拍照，感受着她的那份惬意和自由，我爱点赞的毛病又犯了，我不仅点了赞，还在这条动态下面留下了"不错"的评价。

几分钟之后，肖艾便给我发来了信息："地球上最强的男人？"

"对。"

肖艾发了一个流汗的表情，又发来了一段语音："以后别说你自己一无所有了，你不是有病吗？你这种人在几百集电视剧的一开头就应该死了，还地球上最强的男人，恶心死我了！"

她说话还是那么犀利，我无奈地笑了笑，随即也给她发了一段语音："你说话怎么和闹着玩儿似的，我有你说的那么差吗？"

"有啊，怎么没有，当初上帝把智慧洒向人间的时候，就你打着伞呢！"

我现在的心情很好，所以也不介意肖艾不带脏字地挤对我，下一刻便带着陈艺还没有离开前的快乐，说道："陈艺来扬州找我了，我觉得你让我来扬州是对的，我们的感情比闹矛盾之前还要好！"

肖艾没有再给我发语音消息，只是回了一条文字信息："挺好的，陈艺不是个虚伪的女人，她的确对你用情挺深的。"

"她当然不是一个虚伪的女人，只是顾虑太多！"

"呵呵，所以你要为了她成为地球上最强的男人？"

所谓"地球上最强的男人"只是在表达一种爱陈艺爱到极致的心情，我很想将刚刚和陈艺在一起的那种舒服愉快的心情用文字表达给肖艾看，可是没有那样的表达能力，半晌才回道："不聊我了，聊聊你吧，在大理待了半天，心情怎么样？"

"我千里迢迢地来到大理就是希望自己能够好过点儿，你说我心情怎么样？"

"明白了，时间挺晚了，你早点儿休息吧。"

"我还不想睡，也不需要你陪我聊天。"

"那行，我就不打扰你了。"

肖艾没有再回复我的信息，手机仿佛在一瞬间安静了下来，无事可做的我便去卫生间洗了个热水澡。洗完时我收到了陈艺的信息，她已经到了自己在丹凤街那边的家，而一直牵挂着她的我，情绪也终于松懈了下来。

我的世界终于彻底安静了，我关掉房间里所有的灯，在极其清醒的状态下，开始为以后的生活做起了计划，其中作为重点去计划的当然还是刚刚接手的心情咖啡，我应该用一个怎样的经营模式，才能实现真正意义上的盈利呢？而改变了它原先以情怀为主的经营路线，会不会丢掉曾经的一部分老顾客呢？

想得多了，我渐渐疲惫，片刻之后我便进入了睡眠状态中。

…………

这个夜里，我做了一场很奇怪的梦。梦中下着很大的雨，陈艺与一个我不太能看清面容的女人一起落进了水中，可是我竟然没有立即做出去解救陈艺的决定，而是站在摇摆不定的吊桥上，痛苦地望着挣扎的两人。

我终于跳进了冰冷的河水里，一点点向陈艺游了过去，还试图去拉住同样落水的女人。可是自己的极限也只能救一个人，我托住陈艺，撕心裂肺地看着那个女人随着流水越漂越远。

我将陈艺送到了岸上，毫不犹豫地又一次跳入冰冷刺骨的水中去搜寻着那个女人的身影，可是她再也没有出现在我的视线中，我狼狈地爬到了岸边，痛苦地捶打着自己的胸口，直到筋疲力尽才躺在了长满青草的地上，然后发现我的左手边竟然长满了已经盛开的郁金香。

郁金香开得很美，它们抹掉了一切悲伤的情绪。

我清醒了过来，才发现自己的被子已经掉到了床下，难怪刚刚有冰冷刺骨的感觉。原来这只是一场因为现实环境的冰冷而产生的梦境，我没有再想太多，喝了一杯热水之后，又盖上被子睡了过去。

之后，我没有再做梦，等醒来时，已经是阳光很好的早晨了。鸟儿停留在酒店后面的桂花树上叽叽喳喳地叫着，打开窗户的那一刹那，清新的空气便迎面扑了过来。

第81章 助你一臂之力

如此好的天气，我不想将时间浪费在床上，起床洗漱之后，便离开了酒店去往了季小伟的那间咖啡店。让我感到羡慕的是，即便是早晨，在咖啡店消费的人依然有很多，我想想便明白了，这应该得益于咖啡店那丰富的经营品类，完全能够满足很多人的需求。

此时，老板季小伟还没有来咖啡店，因为之前已经和做甜品的师傅打过招呼，所以我很顺利地便进了严禁外人参观的厨房，了解着他们做甜品的程序。对于一些比较新奇的甜品，我又询问了详细的做法，然后一一记录了下来。甜品师傅的倾囊相授一定是来自季小伟的授意，所以我对季小伟充满谢意，他为人很不错，也间接看出肖艾在他心中的地位，否则他不会这么帮我，毕竟同行是冤家，尤其是一些很有特色的甜品，更不是随便可以将制作配方说出来的。

中午时分，季小伟又很客气地请我去他家里吃了饭，下午我依然带着极大的热情在1999咖啡店学习着。因为我本身就有做甜品的经验，所以很快便掌握了几种甜品的做法，只是在手法上还不够成熟，导致甜品的外观还达不到销售的要求，但这个是可以通过练习弥补的。

下午四点的时候，店里进入了人流量的高峰期，厨房也随之忙碌了起来，我不太好意思在这个时候打扰甜品师，便离开了咖啡店，一个人在东关街晃荡。

我有些无聊，便开始背着这条街上所有店铺的名字；第二遍走过时，又开始观察它们的装修风格；第三遍时，注意它们在卖些什么。

自由地走遍了这条街，我有些疲乏地坐在了街尾的长椅上，又一次陷入了只有一个人的寂寞中。

烟依旧是我最好的伙伴，我点上一支后，拿出手机给陈艺发了一条信息，关心她有没有下班，有没有按时吃饭。

我没有期待陈艺能够立即回复，所以一直以平静的心态等待着。我渐渐在无事可做的懒散中有了倦意，就这么在人来人往的街头打起了盹。

…………

不知道过了多久，嘴里忽然传来一阵冰凉的感觉，我猛然惊醒，看着手中拿着一根冰棍的肖艾，她似笑非笑地向我问道："好吃吗？"

"好吃什么啊？差点没给我冻成大舌头！"

肖艾看了看自己手中的冰棍，随后将其扔进了身边的垃圾箱里。我很想问她，在她将冰棍塞进我嘴里之前，她自己有没有吃过。可是我对她忽然出现在扬州更加好奇，便挑重点问道："你不是在大理吗，怎么突然又来扬州了？"

"我是天上的仙女啊，踩着七彩祥云，嗖一下就来了！"她说着煞有其事地捏了个兰花指，做出一副从天而降的样子，而这个有点搞笑的举动还真吻合她前些日子要成仙的想法。

我没有再多问，因为我知道她是个心血来潮的女人，别说她这会儿在扬州，就算去了国外我也不会感到惊讶。

她又对我说道："江桥，你能不能有点儿觉悟，我这么一个美得像天仙的女人站在你面前，你都没有请我吃东西的想法吗？"

"去季小伟的咖啡店，随便你吃。"

肖艾表情不悦地看着我，回道："我现在只想骂人，不想骂你。"

"你意思说我不是人？"

"你就不能真心诚意地请我吃顿饭吗？"

"我没什么钱了，你又不是不知道，我现在没有一个正儿八经的工作。"我说着便将自己的钱包从口袋里掏了出来给她看。

她探身看了看，回道："不是还有二十多块钱呢吗！"

"二十多块钱能吃啥？"

肖艾将钱从我的钱包里抽了出来，然后独自向东关街的最深处走去，我则有些摸不着头脑，天知道她会拿着这二十多块钱去买些什么。我说没钱请她吃饭也只是在开玩笑，虽然钱包里是真没有钱了，可是银行卡里还是有些的。

…………

肖艾离开后的不一会儿，陈艺终于回复了我的信息："刚刚才录完节目，本来准备去扬州陪你的，可是我爸妈打电话让我必须回去，他们要和我聊聊。"

我想起陈艺的父母回来后还没和她见上面，她的确应该回去，而她父母找她聊的话题多半也是和邱子安有关。我相信，那天晚上邱子安一定和陈艺的父母聊了很多关于陈艺的话题，甚至是聊到结婚。

我的心情不免有些沉重，许久之后才给她回了信息："如果他们聊的是关于你感情的问题，你告诉我，我和你一起面对，天塌下来我也不会再逃避了。"

"没事儿，就算聊这个我也可以不给他们正面回答的，你现在正在创业期，我不想给你太多压力，更不想让这样的事情影响到你的心情。我们还年轻，所以还有很多时间可以选择最正确的方式来处理这件事情，不是吗？"

虽然陈艺不在我面前，但我还是点了点头，经历了昨天的冷战之后，我们似乎都学会了站在对方的角度去想一些问题。这让我发自内心地感到了一种难得的轻松，我终于回道："是的，只是这样你太辛苦了。"

陈艺回了一个微笑的表情："不要计较这些，好了，我要开车了，晚点儿给你打电话。"

"嗯，慢点开。"

…………

结束了和陈艺的聊天，我不自觉地将最近发生的所有事情在大脑里过了一遍，又进行了一番自我总结，我不能仗着陈艺从小对我形成的忍耐习惯而一再对她发脾气。

不一会儿，肖艾去而复返，她的手中拿着好几个一次性杯子，里面装着不少丸子之类的食品，她将其中的一部分递到我手上，带着点儿小得意对我说道："看见没有，你的二十块钱在我的手上能发挥这么大的作用，这么多丸子够你当晚饭了吧？"

"你这是抢来的吧？"

"你去抢一个给我看看！"

我将那些并没有多少营养的丸子放在了身边，表情认真地对她说道："我请你正儿八经地去吃顿好的吧，其实我卡上还是有点儿钱的。"

肖艾在我身边坐了下来，满不在乎地回道："不用，我就爱吃这个。"

我笑了笑，说道："你是不忍心剥削我这样的穷人吧？"

她看着我，半晌才回道："你知道就好，以后等你时来运转了再说。"

"时来运转？不知道要等到猴年马月呢！"

"不用那么悲观，这个世界永远是白天比黑夜长，只要你在白天的时候不偷懒，晚上再加把劲，总会有成功那天的。"

"呵呵，我们赤身裸体地来到这个世界，到底要得到多少东西才能满足呢？"

"爱情、亲情、友情、金钱，一样都不能少，人不就是欲望的化身吗？当你把眼界放宽一点儿，你会发现不是每一个人都能像你那样，把在自己小院里养花种草当作一种满足的。"

"所以你们南京艺术学院每到周末校门口都会停着许多豪车，是吗？那些人显然眼界很宽，不会把养花草当乐趣的。"

"你连我们南京艺术学院一到周末就停满豪车的事情都知道！"

"看见过这种场景，但不想深入地去研究这种社会现象，毕竟我不是社会学家，只要搞清楚自己需要什么就足够了。"

"小伙子说得好，我欣赏你！"肖艾边说边故作老成地拍了拍我的肩，又用竹签串起那些丸子吃了起来。我看得出来，她并不是真的理解我的烦恼和困惑，只是为了让自己不至于没话和我说，才这么回应着我。

一阵沉默之后，我又向她问道："你喜欢金钱和金钱带来的快感吗？"

我认识的肖艾从来不做作，所以这次她依然很坦率地对我说道："我不缺钱，所以我不知道自己喜欢还是不喜欢，等哪天我和你一样穷到叮当响的时候，我会把自己的体会认真告诉你的。"

"还是别有那天了，如果真有那天，你也会和我们这些俗人一样，迷失在对金钱的追求中，变得不可爱了。"

肖艾又盯着我看，半晌才对我说道："对了，你以前不是和我说过，要拿我的车去做婚车吗？你拿去用好了，我最近准备换辆车。"

我有些惊讶，问道："怎么突然想起这个了？"

"我说了想换车，这车反正也是闲着，倒不如助你一臂之力。以后等你成了有钱人，想到我这个朋友的时候，就不会只记着我让你写过保证书、打过你、骂过你这样的坏事儿了！"

我有些无奈地笑了笑，如果她的这种心血来潮是一种帮助的话，那的确是一个很实在的帮助。因为我能充分挖掘出她那辆豪车的价值，但是又觉得她不能因为有钱就这么挥霍无度，所以很真心地劝道："你这车才开了两万多千米，车况正是最好的时候，没有必要浪费钱再买一辆。"

　　肖艾不悦地看着我回道："凭什么李子珊用我爸的钱办那么奢侈的婚礼不是浪费，我再买一辆车就变成浪费了啊？"

　　我很耐心地回道："我不知道你有没有听说，你爸的集团从去年开始就有很多项目出现亏损和部分停工的现象，今年的融资压力非常大，虽然说一辆车算不了什么，但这确实是没必要的消费，对吗？"

　　肖艾的面色变得很难看，许久才说道："我当然知道，他总有一天会因为失去我妈妈、娶李子珊而后悔的。"

　　我有些惊讶地看着肖艾，因为我不知道金鼎置业这个庞大的商业帝国的亏损和李子珊或者肖艾的妈妈有什么直接联系。

|第82章|　相爱却不自知

　　街上的红灯绿灯闪烁不停，折射出一座城市的情怀。我和肖艾站在东关街之外的环城河旁，我抽烟，她一边用手转着钥匙扣一边看着我抽烟。我们都有些无聊，可是又不愿意用对话来消遣这种无聊。我们的相处变得非常简单，以至于我们的灵魂和身体都与这座城市融合得很和谐。

　　看着对面古老的城墙，肖艾向我问道："江桥，你在想什么呢？"

　　"我在想你那天在袁真的演唱会上弹着吉他扫弦时的样子，太帅了！"

　　"是吗？需要我摇滚的时候，我可以做一个摇滚女青年，去缝补你们这些俗人与生活摩擦出的裂痕。"

　　"嗯，我还喜欢你那天晚上穿的黑色皮裤。"

　　肖艾瞪大眼睛看着我说道："你是要我把那条皮裤送给你吗？"

　　"我受不了你的跳跃思维了！"

　　"那你就是想问我那条皮裤在哪儿买的，然后自己也去买一条？"

　　"不是，我的意思是，你那套装备很有rock（摇滚）的感觉。你喜欢摇滚音乐应该是受袁真的影响吧？"

　　肖艾忽然沉默了，她背过了自己的身体，有些失神地看着我们脚下正在流动的河水，许久才对我说道："是，他是我在音乐这个领域最欣赏的男人。这么多年来，除了他的演唱会，我从来没有接受过别人的演出邀请。"

　　"你对他应该不仅仅是欣赏吧？"

　　她用一种无所谓的语调反问道："那还有什么？"

　　我本不想八卦，可是自从我们认识以来，她在独来独往中产生的孤独都像子弹一样射中我的内心。就像她关心我和陈艺的恋情一样，我也希望她能得到一份至少可以拯救她孤独的爱情。

一阵沉默之后，我回道："昨天季小伟和我聊天，他信誓旦旦地说，你这辈子一定会嫁给袁真。"

我的话还没有说完，肖艾便回头用一种非常犀利的眼神看着我，问道："谁给他勇气说这些话的？"

"你们都是好几年的朋友了，我觉得不是空穴来风，你和袁真之间是不是有一段不太好和别人聊起来的过去呢？"

肖艾的神情变得有些涣散，她在一阵极长的沉默之后才对我说道："你想太多了，我们之间确实有一段过去，但没有什么不好对人说的，因为我们自始至终都是朋友，没有做过一天的恋人。"

我看着她，等待她继续说下去。

肖艾做了个深呼吸，又将自己凌乱的头发别在耳后，才对我说道："袁真和季小伟都是我妈妈在离开南京前教的最后一届学生，袁真的音乐天赋和思想深度是我妈妈教过的学生中最顶尖的。因为我妈妈对他的器重，所以我们之间也有了很多接触的机会。后来，我妈离开了南京，我对生活完全绝望，有一段时间甚至患上了轻度抑郁症，是袁真带着我去参加各种音乐节，用音乐的方式为我疗伤，我才摆脱了那种极度压抑的情绪，渐渐过得像个正常人。"

我问道："你对他难道没有一点儿好感吗？"

"有，当然会有，我甚至幻想过成为他的女朋友，可他是个为了追求艺术而与主流社会脱节的人。我如果成为他的妻子，终究不会长远的，因为我要的是一针一线的生活，可是他要的是精神上的纯洁性。他确实会给女人无限的激情和澎湃，但是给不了安全感。我不可能把所有的快乐和生活都寄托在他最擅长的舞台上，你明白我的意思吗？"

"明白，你意思是，他除了唱歌，其他干啥都不行。"

肖艾瞪了我一眼，说道："你除了会耍嘴皮子，还有哪儿行了？"

我笑了笑，回道："你看看，你潜意识里是多么维护他。我其实特想问你，假如有一天他愿意为了你放弃自己所追求的东西，你们会成为现实中的伴侣吗？"

"不会的。"

"所以如果有一天他改变了初衷，让自己的思想更贴近现实生活，你还是愿意给他机会的？"

肖艾没有言语，她的眼睛里有一种思考的深邃，而我已经知道了答案。现在的肖艾和袁真应该就像当初的我和陈艺一样，相爱却不自知。

…………

天空不知道在什么时候偷偷酝酿了一场雨，当雨点落下时，我们都有些措手不及。而这场雨的出现仿佛只是为了证明我们曾经来过这里，因为我们的身影都被它有力地刻在了晃荡的河面上。

我说道："下雨了，我们回去吧？"

"回去？回哪儿？"

"你还没有订酒店吗？"

255

"你是说酒店啊，我以为南京呢！"

"为什么想到南京了？"

"因为我一直觉得扬州这座城市下了雨就不好看了。"

我总觉得她话里有话，但又不知道她到底想表达什么。这场不期而至的雨水却越来越大，我怕她淋雨着凉，便赶忙将自己的夹克外套脱了下来，披在了她的头上替她挡住了一部分冷雨，又拉着她穿过车流不息的街道跑向了我住的那间酒店。

就在我们准备进大厅的时候，季小伟撑着雨伞，拎着一只保温饭盒从另一侧走了过来。他见到肖艾之后便加快了脚步，很快便站在了我们面前，带着宠溺的笑容对肖艾说道："知道你要来，我做了你最喜欢吃的百果蜜糕，你拿去尝尝。"

肖艾情绪很低落地回道："我没胃口。"

季小伟看了看我，又看了看肖艾，关切地问道："怎么了？心情看上去这么差！"

"没有，就是有点累。我先订房间休息了，明天我再去咖啡店找你。"肖艾说着便转身向酒店的服务台走去。

季小伟有点摸不着头脑地看着我，然后将装着甜品的保温饭盒递到我手上，说道："你拿去当夜宵吃吧。"停了停又问道，"我师妹今天有点儿反常啊，她是怎么了？"

我想了想回道："可能是因为我刚刚和她聊了袁真吧。"

季小伟叹息道："难怪呢，这几年袁真确实是让她挺累的，两人一直相近不相亲，有时候我都替他们着急，只是他们的个性都太强了，可是背后为对方的付出，我们这些做朋友的又都看得到。你知道吗？袁真每年都会办跨年演唱会，每年都亏本，倒不是说他没人气，只是场地费用，再加上乐队日常排练的费用，开支真的很大，袁真又一直是独立音乐人的身份，所以亏的都是自己的钱。这些年要不是肖艾帮他分担着这部分亏损，他真的很难去坚持自己的个性，也不会因为这种个性而受到歌迷的追捧了！"

我点了点头，但是没有说太多，因为我不适合在这件事情上说三道四。

季小伟又感叹道："如果一个女人不是真的爱，哪里能为一个男人付出这么多呢！"

我再次点了点头，又因此联想到了陈艺这些年为我付出的一切。而这种付出是无声的，就好比上次我因为和乔野一起打架进了派出所，她替我赔偿了三万块钱，事后却什么都没有说，如果不是因为真的爱着，那是什么支撑着她们去默默做这些的呢？

…………

结束和季小伟的交谈后，我便带着他留下的甜品回了酒店的房间，简单洗漱之后便躺在了床上，然后给肖艾发了一条微信："季小伟把甜品留在我这儿了，你要是待会儿饿了，就来我这边拿，我在306房间。"

肖艾没有回复，我也在一个人的安静中想起了陈艺。此时距离我们上一次联系已经过去三个小时了，也不知道在这说长不长说短不短的时间里，她的家人到底和她聊了些什么，而她现在又是什么心情？

我真的很害怕她的家人给她太大压力，而她并不是一个善于反抗的女人，所以很多委屈她只能憋在心里默默承受，最后无处宣泄，只能变成夜深人静时的哭泣。

想起她此时可能面对的处境，我终于按捺不住，随后一个电话拨了过去。

这次，她没有让我恐慌，稍稍等了一会儿之后便接听了我的电话，她的语气并没有太大的波动，只是声音很轻地对我说道："江桥，我爸妈还没有睡，待会儿我们微信聊。"

"怎么了？"

陈艺稍稍沉默后，回道："他们知道我们在一起了，现在情绪很不好。"

虽然已经有了心理准备，但心中还是不免一紧。我知道当邱子安刻意去机场接他们时，一切就已经隐瞒不住了，我向陈艺问道："他们现在是什么态度？"

陈艺的声音更轻了："让你回南京后来我们家吃饭，他们想和你聊聊。"

"我知道他们不是真心诚意请我吃饭的，但我还是打算多吃点儿，要不然扛不住他们和我聊来聊去的。"

陈艺笑了笑："你还能和我开玩笑我就放心了。好了，真的不能和你多聊了，肖总婚礼的主持台本我要在今天晚上背下来。刚刚金秋还给我打了电话，让我在主持环节尽量做到零失误，她对这场婚礼很重视，我也必须重视起来。"

我在陈艺的话语中感受到了一种婚礼即将举行前的紧张，好在肖艾此刻人在扬州，婚礼上的风险也就变得可以控制。而我也非常希望这是一场成功的婚礼，可结局到底如何还要看两天之后。

第83章 永远不做小三

结束了和陈艺的通话，我看了看时间，刚晚上九点半，对于我这个习惯晚睡的人而言显然还早。于是我又将今天学到的做甜品的心得拿出来温习，我给自己定了个短期的目标，先不妄想成为一个成功的咖啡店老板，至少要先成为一个合格的甜品师，我要学好这门可以当作另一种谋生手段的手艺。

大约看了一个小时，我才离开了床铺，带着香烟去了房间之外的阳台，以最近的距离看着被雨水淋湿的扬州城，渐渐便被它的秀丽所感染，也终于能够理解季小伟为什么会放弃学习了多年的音乐而回到扬州接手1999咖啡店。此刻，我绝对相信季小伟是我所有认识的人之中活得最轻松惬意的。

他在扬州有车有房，咖啡店也运营得非常成熟，基本不用自己花精力打理，却能赚到足够保障生活的金钱，所以季小伟有充足的时间可以四处旅游。玩累了，回到扬州的生活依然很轻松，每天就是在扬州城里四处游荡，换着各种各样的女朋友，把爱情当成自己的事业般全年无休，生活上更是毫无压力。

当然，我不认同他喜欢换女朋友的行为，只是这也间接表明他生活的轻松。试问，就算一个职场金领，他不缺钱，可有多余的时间花费在与各种各样的女人体验不同的爱情上吗？

显然是没有的，所以有时候一个正确的选择可能比几年呕心沥血的努力要更加重要。

想到这里我便停住了，因为生活的形态过于复杂，人和人之间的追求更不尽相同。如果有一天我能过上类似季小伟这样的生活，我只需要守着陈艺就足够了，剩下的精力我会用肉体去追逐灵魂的脚步，想清楚自己为什么来到这个世界，又到底是为了追求什么而活着的。

……………

雨水渐渐小了一些，空气中充满潮湿的味道，一直拿在手中的手机终于响了起来，是陈艺给我发来的微信，她告诉我已经将婚礼上的主持台本背得差不多了。

我知道这极其消耗脑力，所以也不忍缠着她多聊天，便叮嘱她早点儿休息，自己也准备将白天积攒的疲乏统统掩埋在这夜晚的深邃中，我也该休息了。

我掐灭手中只吸了一半的香烟，转身离开时却发现了在隔壁的阳台上肖艾熟悉的身影。原来她就住在我的隔壁，她应该在出来的那一刻就发现我了，但是没有主动和我说话，这种反常的表现只能说明她现在的情绪很低落。

我笑了笑对她说道："饿吗，你那情圣师兄做的甜品还在我房间呢，要是饿的话我拿给你。"

她没有理我，却转过了身体，我只能看到她的背影。

我有些无奈，盯着她的背影看了一会儿之后还是转身回了房间，却又挂念着她。我知道随着肖总和李子珊的婚期将近，她心里的不甘和委屈也将越来越明显，作为局外人的我都能够想象得到，假如没有李子珊，她的家庭生活会有多么幸福，她作为当事人又怎么能不怨恨呢？

我拉开了窗帘，斜着身子向她刚刚所在的位置看去，却发现她已经蹲在了地上，手臂环抱着自己的双腿，似乎在痛苦地哭泣。难怪她刚刚会着急背对着我，她不想将自己的脆弱呈现在我的面前，她只想独自将心里排遣不掉的痛苦扔进这个能够洗净一切的雨夜里。

我知道她可能想静一静，但心中还是千般不忍，最后感性战胜了理性，再次推开门走了出去，站在离她最近的护栏旁说道："要我过去陪你聊会儿吗？我觉得你可能需要开导。"

她依然不言语，强行忍耐着不让自己哽咽。

"你不说话，那我就跳过去了啊！"

她终于抬起头看着我，抹掉自己脸上的泪水对我说道："你也不看看两个护栏的距离有多远！你要是想开导我，在哪儿不行，非要把自己弄得像个英雄！"

"呵呵，也是，这夜深人静的，我要是翻过去好像是挺不文明的。"

肖艾含着泪水，脸上却是又好气又好笑的表情，半晌才对我说道："我饿了，我们去吃东西吧。"

……………

夜色已深，即便是繁华的市区，路上的行人也已经不多，我和肖艾同撑一把雨伞各自向街的两边看去，这个时候还开门营业的餐馆实在是太少了，而她又不愿意去麦当劳这样的地方吃东西，我们几乎走完了一整条街，然后站在路口迷茫着。

让人感到不适的风雨中，我终于对她说道："咱们别在外面乱转了，回去吃你师兄给你做的百果蜜糕吧。"

"我刚刚看到路边有个便利店，我们去买泡面吃吧。"

我看着她："你是很害怕回酒店吗？"

她点头："我更害怕一个人在外面。"

我笑了笑："我看你以前翻我们家院墙的时候不是挺胆大的吗，怎么来扬州就变胆小了？"

"水土不服。"

她总是偏离逻辑的回答让我有些无言以对，只能哭笑不得地看着她，她却正色对我说道："我在你面前总是这么肆无忌惮，是因为我知道你不是个坏人。你可以不用这种表情看着我了吗？"

我一愣，赶忙回道："好，好，我不看你。"

肖艾又看了我一眼之后，离开雨伞，回头向我们刚刚路过的便利店走去，我又赶忙追上了她的脚步，用伞为她遮挡着还在纷纷落下的雨水。这样的冷雨夜，她最需要的可能不是我的安慰，但需要的一定是这把可以为她挡住冷雨的雨伞。试想，原本心情就低落到极点，再因为淋雨而患病，以后回想起今天在扬州的日子，怎会不感觉糟糕？

…………

便利店里，我和肖艾像两个无家可归的人。我买了条毛巾让她擦干了自己的湿头发，又向好心的店员要了一些开水，给肖艾和自己分别泡了一碗面，两人坐在便利店外面的长椅上吃了起来。

简单的泡面却让她吃出了胃口，以至于一直没有和我说话。等快要吃完时她才终于对我说道："江桥，你这么陪着我，如果让陈艺知道了，她会吃醋吗？"

"应该会吧，毕竟她那么爱我。"

"呵呵，那你干吗还陪着我啊？"

"心里坦荡一点儿，就当陪自己的妹妹呗，我们之间也确实不具备把关系搞得太复杂的条件啊！"

肖艾用一种无所谓的语气问道："为什么我们之间不具备把关系搞得太复杂的条件？"

我很诚实地回道："你虽然活得很不认真，但确实是我所相处过的姑娘中最优秀的。我不知道你自己有没有把这种优秀当回事，但是像你这种才貌双全的姑娘真的太少了。而我只是个很平凡的男人，虽然喊着要做地球上最强的男人，但一辈子的志向也就只是在那巴掌大的小院里种花养草。"

"呵呵，难道陈艺就不优秀吗？"

"我和陈艺是青梅竹马，忽略外在的条件，至少我们相处起来是没有压力的。如果她让我不开心，我可是真冲她发臭脾气的。"

肖艾又吃起了泡面，然后很随意地问道："和我不行吗？"

"行啊,后来不就被你逼着写保证书了吗!"

"扑哧……"肖艾将嘴里的汤全部吐了出来,然后咳了起来,"呛死我了……咳咳咳……"

我赶忙帮她拍着后背,替她顺着气儿,然后说道:"看见没,人要是太会作,就会有天收,这会儿遭报应了吧?我早就告诉你,那封保证书除了显示你会作,一点儿用处也没有!"

"江桥,你气死我了!"肖艾说着便挥舞着拳头砸向了我,我身手矫健,一个闪身轻松躲过,她甚至连我的衣服都没碰到。

原本以为肖艾还要变本加厉地报复,她却第一次用一种拿我没办法的笑容看着我。

我知道,这么一闹,她的心情好多了,这就是朋友存在的价值。不一定真的需要用话语去安慰对方,有时候插科打诨也是一种呵护。

……

吃完泡面之后,我和肖艾走在了回东关街的路上,我们又聊了起来,我问道:"你心情不好是不是和你爸快要结婚有关?"

"是,我只要想起他和穿着婚纱的李子珊站在一起,我的心就像被千刀万剐了一样。你知道吗?当年我妈妈和他结婚的时候,他正处在创业期,什么都没有,他连一场像样的婚礼都没有给过我妈妈!"

沉默良久,我才回道:"但那时候他应该给了你妈最真实的爱情吧?"

"给了又怎样,最后他不还是放弃了这段婚姻吗?他根本没有看到我妈妈这些年为这个家庭的付出,他的心真的太狠了!"

关于这个话题仅有的几次交流中,肖艾都充满了对自己母亲的维护,我问道:"你很爱你妈妈吗?"

肖艾并没有立即回答,她在我之前踏上了通往环城河的台阶,直到我们一起站在护栏旁,她才用一种失落的语气向我说道:"我妈妈把自己最好的年华都用在对这个家庭的奉献上了。尤其对我,更是倾注了所有的心血,是她教会了我各种各样的才艺,让我做一个谦逊有礼的好姑娘……"说到这里,肖艾的声音已经哽咽,她平复了许久后才又对我说道,"江桥,我以前不是现在这个样子的。那时候我真的很乖很乖,只是妈妈离开后我不知道该用什么样的方式去缓解心里的痛苦,所以才会变成现在这个样子,现在已经没有人再告诉我要怎么好好做人了。"

我心中很难过,因为关于被母亲抛弃的痛苦,我也同样承受着,甚至承受了更久,所以我理解她的心情。

肖艾从自己的手提包里拿出了手机,让我看那张被她用来做屏保的照片。

我第一次看到肖艾母亲的样子,她看上去真的是一个很有耐心、很有学识的女人。照片中,她正手把手地教着年幼的肖艾练钢琴,而那时候穿着公主裙的肖艾看上去真的很乖很乖。

我心中一声轻叹,我在此刻深深地感觉到了肖艾对她母亲的感情,否则她怎么会用这么陈旧的照片去做手机的屏保呢?

雨还在淅淅沥沥地下着，四周除了规律的雨水声再也听不到其他，整个世界好似只剩下了我们两个人，还有在环城河旁忽明忽暗闪烁着的灯光。

"江桥，你能体会到我的心情吗？曾经我是妈妈的全部，她爱我甚至超过了自己的生命，可是现在她不要我了，我真的感觉很失落，就好像被全世界遗弃了一样，我就是一个孤儿。"

说完这些，她已经哭得不能自已，我的心在她的哭声中感到一阵阵窒息，此刻在雨中的我们有着一样悲痛的心情。

终于，我没有一点儿杂念地将她拥进了怀里，在她耳边轻声说道："如果你是孤儿，那我又算什么呢？"

"你比我更可怜，更痛苦。所以，我总是不自觉地想接近你，陪着你，想从你那里得到一点点互相安慰的快乐。江桥，你这个混蛋，你为什么和我有着一样的命运？为什么会出现在我的视线中？又为什么要对我这么好？"她的声音越来越轻，轻到我在雨水声中几乎听不见，"你为什么对我这么好，好到等你真正和陈艺在一起时，我心里会感到失落，感到难过。"

我有些木讷地看着她。

她还在喃喃自语："这是喜欢一个人的感觉吗？一定不是，一定不是，我这辈子最讨厌的就是李子珊那样的小三，我死都不会做一个插足别人感情的小三。"

|第84章| 做个蠢货又何妨

雨水像个自说自话的孩子，滴答滴答落进河水里便自由地流淌着，四处散落的灯光则像一个沉默的看客，看着雨水与河水融合，看着与肖艾面对面站着却沉默不语的我。

肖艾终于将视线从我的身上转移，她从地上捡起一块瓦砾，然后朝着河面甩去。她是一个打水漂的高手，一块小小的瓦砾从她手中甩出去之后，便贴着河面跳跃着，快要到河面的中央时才沉进了水里。肖艾顺手又甩了一块出去，这次飞得更远，水波一圈圈地在河面荡漾开来。

她问道："江桥，你会打水漂吗？"

"小时候玩过。"

"我们来比赛打水漂吧，谁打的次数多，谁在这个夜里就是最聪明的人！"

"次数少的就是蠢货？"

"嗯，敢不敢比比？"

"有什么不敢的，来吧。"

肖艾点头，然后看着地上说道："地上就剩两片瓦砾了，所以我们一局定胜负，怎样？"

"可以。"我说着从她手中接过了其中的一块瓦砾,做了一个女士优先的动作。

肖艾闭起眼睛深呼吸,在她忘我的表情里,我已经不想再去回想刚刚的她说了些什么。我只想在这个深夜里和她用打水漂的方式决出谁是蠢货,谁是最聪明的人。

肖艾摆好架势之后,便用巧劲将手中的瓦砾甩了出去,瓦砾轻巧地在河面跳跃着,最后跳动了九下才沉进水里,她用稳操胜券的表情看着我说道:"该你了,超过九下你就赢了,等于或者低于九下就算你输。"

我对自己不是很有信心,便很斤斤计较地回道:"凭什么等于九下也算我输了?不是应该算平手吗?"

"因为我是女人,女人的臂力当然不如你们男人,如果你不愿意发扬男人的风度,连一个都这么在意的话,那就别比了啊,回去睡觉可比站在这儿舒服多了。"

肖艾的话还没有说完,我便一只手夹着烟,抡起另一只手臂故作潇洒地将瓦砾甩了出去。只听"咕咚"一声,瓦砾还没来得及与河面擦出空灵的水花,便一头扎进了水里,再也没有了动静。

这拙劣的表演把我自己给吓到了,以至于目瞪口呆地看着河面。

"哈哈,你还真是个野蛮人啊!这条河要是个人的话,该被你砸得头破血流了吧?哈哈。"肖艾放肆地笑着,笑出了眼泪。

我将已经被雨淋湿的烟放进了嘴里,只吸到了有限的烟味,其余的都是潮湿的水汽,我终于轻声对她说道:"好吧,我承认自己是个蠢货,全世界最蠢的蠢货!"

"所以一个宇宙超级无敌聪明的姑娘根本不会喜欢一个全世界最蠢的蠢货,对吗?"

她的确赢了,赢得完美漂亮,我输得无话可说,所以我心服口服地点了点头。

肖艾用纸巾擦掉了手上的污渍,沉默了许久才对我说道:"江桥,我告诉你这是一个什么样的世界。这是一个风来就翻滚,雨来就潮湿的世界。这个世界会发生很多很多的故事,故事里包含了无数个早晨、黄昏、夜晚,有些人来则来,去则去,正是这些来去才构成了一个完整的故事。如果我的生活也是一个故事的话,我在意的一定不是结局的悲喜,我要的是一个完整的过程。所以,我还要告诉你,我在南京艺术学院的学业已经快要结束了,今年过完我就会去德国留学。没什么可说的,就祝你和陈艺幸福吧。"

"哦。"

"嗯。"

…………

再次回到酒店,已经是半夜一点半,我躺在床上辗转难眠。虽然刚刚和肖艾在一起时,我只用了一个"哦"字结束了今晚的一切,可是只剩下自己时,还是无法控制地将她那番话想了一遍又一遍。

话里深层次的含义我挖掘不出来,却知道季小伟的第一个预言要实现了。肖艾真的会在年后去德国留学,进一步靠近她艺术家的梦想。那么等她回来后,季小伟的第二个预言应该也会实现,彼时她便会嫁给袁真,成为袁真的妻子。

这丫头长得这么好看,穿上婚纱一定会更好看吧?

这是一定的，谁能成为她的男人真是够幸运的。

想到这里，我笑了笑，几年后的那时，我们可能已经完全没有了联系，渐渐也不会再想起彼此，但如果她在婚礼前能够心血来潮想起我江桥，邀请我去参加她的婚礼，我一定会给她一份最用心的厚礼。因为我们在已经沦为曾经的日子里，痛得那么相似，玩得那么开心。所以，我只希望她在我生命中做那个来则来的姑娘，而不是去则去的人。

我又想起了自己和陈艺，我们结婚的那天，经历了来则来，去则去之后，还会有谁抱着极大的热情参加我们的婚礼呢？我那个已经没有了消息的母亲是否会以其他的方式关注着我，知道自己有一个这么优秀的儿媳妇后，带着我十几年的想念来参加这场婚礼呢？

我没有答案，只是在深夜的清醒中看到了太多未知的明天，而内心也一直有一个声音告诉我，生活没有我想得那么简单，"日光倾城"的背后也会有风风雨雨的。

…………

经历了一夜的风雨之后，次日的扬州城又迎来了一个艳阳天，只是气温没有能够攀升上去，整座城市里再也看不到穿着短袖的人，大家纷纷穿上了厚衣服抵御着秋末的清凉。

尽管昨天晚上没有睡好，我还是早早起了床，又带着自己的笔记本去往了季小伟的1999咖啡店学习做甜品的知识。

整个上午我依然在节奏很快的忙碌中度过，快要中午时我才带着满满的收获离开了厨房。路过咖啡店的大厅时，我发现季小伟恰巧也在，他正点着烟，表情很丰富地看着架在面前的平板电脑。

发现了我，他很热情地打着招呼："江桥，过来喝点儿东西。"

季小伟和袁真虽然师出同门，却有着袁真不具备的亲和力，所以我并不排斥和他相处，甚至很喜欢听他像说故事似的聊那些在他看来很可歌可泣的情史。

我在季小伟的身边坐了下来，他打开一瓶啤酒递给了我，随后又将正在看的平板电脑递到我面前，说道："这是我和袁真还有小师妹三年前参加音乐节的视频，当时我是乐队里的键盘手，肖艾是鼓手。呵呵，你能想象一个女人做鼓手时的那种潇洒吗？"

稍稍停了停，他又带着满足的表情说道："那场音乐节结束之后，所有的观众都通过各种渠道打听着肖艾的消息，更有数家酒吧的老板出高价请肖艾去进行专场演出。呵呵，我人生中最辉煌的日子应该就是和他们在一起的那段时光了！"

我对肖艾的过去很感兴趣，便说道："视频放给我看看。"

季小伟点了点头，随即按了播放键，平板电脑里立即传来了一阵密集的鼓点，第一个镜头便给了肖艾，只见她戴着口罩坐在架子鼓旁，非常有节奏地敲击着鼓面，她的长发跟随节奏晃动着，十分具有视觉冲击力，灯光更将她渲染得充满了神秘的气息。

季小伟用手指着平板电脑，言语中充满崇拜地说道："江桥，你听见没，鼓声的弹性多好，多饱满的共振，我这个师妹真的是个天才，一只底鼓放在她面前，一鼓槌一脚下去，一定是两个声音，咣咣……就算专业的鼓手也不一定能够达到她这个水平，真的厉害！"

我不懂这些专业的东西，笑了笑回道："她是遗传了你们老师的优秀基因，我虽然不太懂，但是也听得出来她的乐感真的很好！"

"岂止是很好，简直是好到变态。"

在季小伟的赞誉下，我又看着在音乐节现场大放异彩的肖艾。我有点恍惚，这真的是那个会和我耍脾气斗嘴的姑娘吗？如果不是有之前的经历，我若在音乐节这样的场合见到她，一定也会化身为狂热的粉丝给她喝彩的，她真的太有偶像气质了！

画面切换给了袁真，他在密集的鼓点和重金属音乐中就像一个狂暴的歌手，用贝斯撕扯出了一段让人能起鸡皮疙瘩的前奏，我终于向陶醉中的季小伟问道："袁真应该是个比较情绪化的歌手吧。"

"不光情绪化，还是个暴脾气，演出现场如果情绪到了，什么东西都敢砸……"季小伟说着点了一支烟，深深吸了一口之后，又说道："但他的情绪化是一把双刃剑，虽然让他得到了'现场之王'的美誉，也因此做过很多不理智的事情。你知道吗，因为打架，他大学也没有能顺利毕业。尽管他现在已经在歌坛小有名气，但是南京艺术学院一直不认可他是本校的学生，提起袁真也一直是当作反面的典型来教育其他学生的。"

我有些意外地问道："怎么回事儿？"

"其实事情也不大，就是有一个喝醉酒的学生调戏了肖艾几句，他正好就在肖艾身边，二话不说，一板砖就把那个学生给撂倒了，结果打成重伤。因为这事儿不仅没能毕业，还在看守所待了半年。这样的污点也给他的演艺生涯带来很坏的影响，现在只能在地下的音乐圈混，可惜了他这么好的才华！"

我有些震惊，难怪之前季小伟说袁真什么都敢为肖艾做，如此看来还真的不假，他已经为了维护肖艾毁掉了自己一半的星途，这里面的损失绝对不是单纯能够用金钱去计算，原本他有机会成为音乐界的新星，现在只能做一个地下歌手，这里面需要承受多大的落差，恐怕只有袁真自己心里最清楚。

季小伟看着震惊的我，笑了笑又说道："所以现在你能懂我为什么说他们俩一定会在一起了吧？肖艾以后也一定会弥补袁真在音乐界失去的一切。在我们这些朋友看来，他们真的是命中注定的一对，因为他们敢为对方付出常人无法做到的一切。"

我半晌回道："嗯，这样不计得失付出的感情是挺难得的！"

…………

说话间，咖啡店的门被推开，来人正是我和季小伟一直聊着的肖艾，她在我们的对面坐下来，很随意地问道："你们在聊什么呢？"

我回道："在聊一个看上去有点儿不安分，却很有故事又充满才华的姑娘。"

肖艾看了看我，又看了看季小伟，指着自己的鼻子问道："看样子你们是在聊我了。"

季小伟对肖艾的宠溺已经到了骨子里，肖艾只是刚刚坐下，他便对肖艾说道："你先和江桥聊一会儿，我去帮你买翡翠烧卖，这个东西要吃刚出笼的。"

"谢谢师哥。"

季小伟离开后，相对而坐的我和肖艾却一直没有找到可以聊天的话题。她索性拿出了手机玩着自己喜欢的游戏，而我就这么干巴巴地坐着，直到手机在桌面上震动了起来，才打破了我的无聊。

我拿起手机看了看，惊喜地发现是陈艺打来的，她很少会在这个时间给我打电话，我赶忙接通，问道："你今天没有去台里吗？"

"嗯，我已经到东关街了，你在哪里？"

"你来扬州了！"

"是啊，后天就是肖总和李子珊的婚礼了，最近压力太大，神经也绷得太紧，所以趁着还有一点儿时间来扬州放松下。"停了停，她又轻声对我说道，"我想你了。"

我的心都在震颤着，因为我们虽然正在恋爱，却缺少这种亲密的表达，我用比她更轻的声音回应道："我也是，你在环城河等我，我现在就去接你。"

"嗯。"

我匆忙挂掉电话，甚至来不及和面前的肖艾知会一声，便迫不及待地推开了咖啡店的门向东关街的外面跑去。

第85章 宿命中的相遇

走出从来没有结束繁忙的东关街之后，我便穿过马路来到了对面的环城河，站在了一个视野比较开阔的地方向人来人往的环城河旁看去，只见戴着棒球帽的陈艺和秦苗两个人正拿着自拍杆兴致很高地玩着自拍，我有点儿小意外，因为我没有想到秦苗也来了。

我踏着向下的台阶来到了两人的身边，秦苗笑吟吟地对我说道："江桥，快点儿帮我和陈艺拍一张全身照。"

我不太能理解女人为什么如此热衷于将自己的样子用镜头记录下来，但还是从秦苗手中接过了那台价值不菲的单反相机。我不想扫兴，自从秦苗和乔野结婚后，真的很少看到她有现在这样的好心情。

一连帮陈艺和秦苗拍了好几张合照之后，我才将相机还给了秦苗。而这时，陈艺也忽然想起了什么，她从自己的手包里拿出一份邮件递给我，说道："这份邮件已经在心情咖啡放了两天，店长怕是急件就让我带给你了。"

我从陈艺手中接过，随后便打开了邮件，原来是一份余娅从丽江寄来的店铺转让协议，我一边看，一边对陈艺说道："是余娅寄来的店铺转让协议。"

陈艺没有太放在心上，她只是点了点头，又和身边的秦苗说起了话，而我也在看协议时发现最后一页是余娅的身份证复印件。实际上，她的证件上仍然是苏菡这个名字。

就在我准备将邮件收起来时，秦苗忽然在我没有一点儿防备的情况下凑了过来，看着我手中的协议问道："江桥，你在看什么呢？这么投入。"

我赶忙将协议叠起来放进了自己的口袋里，然后故作镇定地回道："没什么，就是朋友寄来的一份转让协议，以后我就是心情咖啡的老板了，你得常带着你那帮白富美朋友过来捧场消费，听见没？"

"什么'白富美'，难不难听？"

我有心用开玩笑的方式掩饰心虚，便一边晃着她的手臂，一边喋喋不休地说道："听见没，听见没，听见没……"

秦苗一边摆脱我，一边说道："你这货是不是欠揍啊？走开！"

我这才松开了秦苗，转移了话题："最近和乔野怎么样了？"

秦苗很是卖关子地看着我，也不作答。

身边的陈艺挽着她的胳膊笑着对我说道："苗苗现在快成宾馆的服务员了，有时间就跑去帮乔野做杂活。"

我不可思议地回道："她一大小姐，是心甘情愿做这些的吗？"

秦苗终于接过我的话，说道："大小姐是你们这些外人强加给我的，好吗？我又不是没上过大学，上大学时什么不都得自理啊。"

"哟，我一直以为你是带着保姆去北京上的大学呢！"

秦苗恨不能一脚把我踹进环城河里。这样的嬉闹让我觉得这才是生活。无论是我，或是陈艺、秦苗、乔野，都应该适当地忘记世事带给我们的无奈。实际上，趁着秋末最好的时光，乔野也应该放下手头上那并不靠谱的宾馆，陪秦苗一起来扬州放松放松的。

我终于收起嬉闹的心情，正色向秦苗问道："乔野宾馆的生意最近还好吗？"

"不怎么样，纯粹就是穷忙。这几天，他又买了好几十辆自行车和电动车，说是人性化服务，免费给那些来南京的游客用。谁知道第一天就丢了一辆电动车，他还特大方地没有要人家赔偿。真不知道他开宾馆是为了赚钱，还是为了别的。"

我没有言语，因为从乔野最初和我聊起他那些不太靠谱的商业计划时，我就已经把"有钱任性"对号入座到他的身上，反正秦苗和他爸有很多钱为他的情怀买单。

这时，陈艺站在秦苗闺蜜的角度对我说道："江桥，有机会你也好好劝劝乔野。差不多就把心收收吧，他爸年纪也不小了，那么大的公司以后他不继承谁继承？还有苗苗，也不是我说你，乔野现在这个样子有一半就是被你给纵容出来的。你不仅不让他摔摔跟头，还出钱帮他开宾馆，什么事儿都轻松帮他解决了，他哪里知道单枪匹马创业的艰辛？"

秦苗看了我一眼，向陈艺回道："你就是站着说话不嫌腰疼，难道江桥现在这副德行不是被你给纵容出来的？有时候作为女人，陷入一段感情里，能选择的余地真的不多，要不然怎么都说动情的女人最蠢。"

"秦苗，你少胡说，我怎么了，我江桥是好吃懒做了，还是怎么着了？请你少拿我和你那不靠谱的老公做对比！"

秦苗瞥了我一眼，回道："真没发现你比乔野靠谱到哪儿去，你要是个聪明人，好好把身边的资源用一用,怎么也不至于混成现在这个鬼样子。你说我们这么多年的交情,你要是找我帮你办点儿什么事情,我会不办吗?你和陈艺更是一起长大的,你请她帮忙,她会说个不字吗?说到底,你和乔野就是一路货色,死要面子活受罪,以后就和你们的大男子主义结婚过日子吧,还要我们女人做什么?"

"你懂个啥!"

秦苗看着我,第二次现出要把我踹进环城河里的表情。我依旧嬉皮笑脸地回应着她,可是心里并不好受。陈艺心里的苦我知道,我心中对这个社会的无力感也更真实。我终究要自己实实在在地去做些什么,因为如果没有真才实学,人情总有一天是会用完的。我更不想让自己的无能成为陈艺的负担,所以被误以为大男子主义我也认了。我一直坚持认为,爱情应该是纯粹的,而不是借爱之名无度地向对方索取。

…………

环城河边聊了一会儿之后,秦苗便很懂事地将空间让给了我和陈艺,自己一个人带着自拍杆去了扬州最有名的瘦西湖景点,而我和陈艺则没有什么负担地晃荡在东关街附近的街道上。

这时,一直向前走动的人群纷纷停下了脚步,人们的目光聚集在一个结婚的车队上,准确说是自行车队。新郎带头骑着一辆白色的自行车,新娘捧着鲜花坐在车的后座,后面二十多个伴郎模样的小伙子也清一色骑着自行车,为新郎新娘造势。

我和陈艺也停下了脚步,用新奇的目光看着这个车队,人群中也传来了褒贬不一的声音。有人说,这样的婚礼环保,新娘不在意形式的高风亮节值得人赞美;也有人嘲讽新郎是个穷鬼,用这种没有诚意的迎亲忽悠新娘,毕竟结婚这种事情在人的一生中也许只有一次。

我拿掉了陈艺戴在头上的棒球帽,然后搂住她的肩,我们以沉默的方式看着眼前发生的一切。我觉得这场婚礼很纯洁,路上五颜六色的车子和造型各异的街灯都是为他们祝福的焰火。

于是我带头鼓掌,人群中也渐渐有了附和的掌声,新郎是个很热情的人,他一边骑车一边向我们挥手致意,一直到远离了我们这群关注着他们的路人。

不知道是巧合,还是今天确实是个结婚的好日子,自行车队刚刚过去不到五分钟,一辆宾利作为头车的豪华婚车队也从这条街道驶过,各种平日里很少见到的名车冲击着人们的视觉神经。

这一次,人群中没有了意见上的分歧,女人们纷纷向豪车里的新娘投去了羡慕的目光,男人们则说着"厉害"这样的话。

我依旧沉默着,在沉默中想象着豪华车队碰上自行车队时的场景。一定会碰见的,这条街道不算宽敞,到时候谁会给谁让路呢?

我又想象着,后天肖总和李子珊举行婚礼时,大概也是眼前这个场景吧。

这一次,我没有鼓掌,只是将身边的陈艺搂紧了一些,然后感慨道:"今天结婚的人可真多,一路上好几家酒店门口都飘着结婚用的彩球。"

"你是怀念自己曾经的职业了吗?"

"没有，我这辈子都不会再做婚礼策划师了，除非……"

"除非什么？"

"除非这辈子我能和自己最爱的人结婚，否则我不相信爱情，也不会相信婚姻。你知道的，没有爱情的婚姻是这个世界上最浪费情绪和时间的东西。"

我的话还没有说完，便在人群中发现了肖艾和袁真。我不知道袁真是什么时候来到扬州的，但是和我们一样，他陪在肖艾的身边目睹了刚刚两支风格截然不同的车队，他文着文身的手臂也同样搭在肖艾的肩上，身后背着的吉他则是他最醒目的标记。

我将陈艺的那顶棒球帽戴在了自己的头上，然后向对面的肖艾和袁真挥了挥手。

我不肯定袁真将手搭在肖艾的肩上意味着什么，因为没有和陈艺恋爱之前，我也会这样和陈艺亲密接触。

但可以预见的是，如果在我们身上发生的一切是一个充满细节的故事，那这次的不期而遇则更像是一场宿命中的安排。

|第86章| 两枚戒指

接近中午的阳光刺眼地散落在每一个角落，街道上还飘散着两列结婚车队驶过后的喜庆味道，只差一些白色的鸽子来烘托出一个更真实的场景。但是没关系，我刚刚就说过，五颜六色的车子和形状各异的街灯便是祝福的焰火。

街对面的肖艾和袁真还在原地站着，看着肖艾那闷闷不乐的表情，我便不再意外袁真的到来，连我这个与肖艾只认识数个月的人都知道她的心情不好，继而用拙劣的表演去取悦她，何况袁真这个与她有着微妙关系的师哥。

陈艺和袁真都是圈里的人，两人出于礼貌相互打了个招呼。因为街的两面都有护栏隔着，所以我们都没有打算更近距离地说几句话，陈艺是第一个转身准备离开的，袁真是第二个。就在我也打算追随陈艺的脚步时，肖艾忽然对我做了一个竖中指的动作，随后便转身跟上了袁真离去的脚步。

我有些错愕，下一刻才想起，刚刚我因为急于去见陈艺，招呼都没有和她打一声，她的不满应该源于此吧。

走过了这条街道，我和陈艺便找了一张长椅坐了下来，我们面对着的是一条不知名的小河，小河的两边是一些花店和古玩店，不远处的小桥上，一位老人用拉二胡的方式让我们再次体会到了扬州这座城市的闲逸，它确实是南京周边最值得度假的地方之一。

我的心情渐渐轻松了下来，点上了一支烟，陈艺则戴着墨镜看着坐落在不远处的迎宾馆，这是扬州最有名的园林式酒店，曾经接待过很多国家的元首政要。

我问道："你在想什么呢？"

"想过去，你还记得我参加主持人大赛时的情形吗？"

"记得，你是所有参赛选手中综合素质最高的，会舞蹈、弹钢琴、国画，评委和观众都觉得你是实至名归的第一。"

"江桥，你能告诉我，我不分严寒酷暑地学习了这么多年的才艺，就是为了这个实至名归的第一吗？"

我很少在陈艺的身上看到消极的情绪，我明白她也在最近的一系列起起落落中伤透了神，也对自己产生了怀疑。但我觉得这是正常现象，因为人不可能超出社会之外活着，而社会就是一台会不间断给人制造迷茫的机器，即便优秀如陈艺也逃脱不掉。

我深吸了一口烟，对陈艺说道："其实我们从出生的那天起，就已经活在一个巨大的束缚中。我们在束缚中需要温饱，需要爱情，需要情欲，需要房子，需要被尊重，需要空气，需要水，需要有生有死。你之所以从小付出了这么多，就是为了能够冲破这些束缚，丰富今天和以后的生活，当然有些束缚我们是永远也冲不破的，比如生死带来的束缚，比如社会给我们制造的迷茫。所以不必怀疑自己，也不必迷茫，你现在所想的一切都是正常状态！"

陈艺沉默了许久，才向我问道："江桥，你会告诉自己这些吗？"

"告诉自己这些也没有用，因为我得到的东西太少，所以这套东西放在我身上并不适用。"

陈艺似乎是下意识地拉住了我的手臂，她摇了摇头说道："你有我，你也是我在这个世界上为数不多的依靠，所以面对一些问题和困难时，你必须比我更加坚定。"

我看着她，直到风反反复复在我们身边吹了好久，我才回道："你爸妈给你的压力一定很大吧？"

"我不怕他们给我的压力，怕的是他们给你的压力，怕的是流言蜚语给你带来的痛苦和伤害，你却没有做好心理准备。"

当陈艺说起这些，我才突然明白她消极的原因。此刻在她眼里，正是那个让她变得优秀的童年，拉开了我们此刻的距离，也成为我们之间最大的障碍。所以有那么一刹那她也会想，如果从小她就和我一起做一个不学无术的人，现在我们就可以用一种平等的姿态去享受爱情，而不是像现在这样活在裂缝中，只能用近乎偷窃的方式去获取一点点欢愉。

可以想象，如果此刻让陈艺的父母看到我们互相依偎的画面，一定会让我很难堪。可是这些都已经成为我和陈艺必须要面对的一部分，她逃不掉，我更逃不掉，所以她才要我比她更加坚定。

我强颜欢笑，然后告诉她，我什么都不怕。这样的承诺也就成了我们之间的海誓山盟，可是总有那么一点儿挥之不去的辛酸，海誓山盟是这样的吗？

在这个世界上，女强男弱的爱情并不是没有，像陈艺这样的公众人物却少之又少。一旦我们的恋情渐渐明朗，我要承受的压力和外界的流言蜚语是无法想象的，而陈艺已经在我之前想到了这些。

…………

不知道何时，一个卖手工艺品的孩子来到了我和陈艺的面前，他从盒子里拿出一只花环递给我，说道："大哥哥，给你的女朋友买一只花环吧，只要十块钱！"

我问道："你这么小，为什么出来卖东西了啊？"

他向身后指了指说道："我是后面那个小学的学生，我们班的同学得了很重很重的病，老师就组织我们编了这些花环，卖的钱都给我们同学看病，老师说她会好起来的，因为她很勇敢，我们也都很爱她。"

我和陈艺对视了一眼，又四处看了看，果然还有好几个戴着胸牌的学生也在这附近卖着花环。

我从他的手上接过了花环，准备从钱包里抽出钱递给他，陈艺却从他捧的盒子里拿过了所有的花环，然后自己将钱包里大约两千元现金全部给了那个孩子，带着鼓励的笑容对他说道："小朋友，代姐姐和哥哥向你的同学问好，希望她能做个坚强的孩子，早日康复！"

"嗯嗯，姐姐，你们是全世界最好的人！"他说着在自己的口袋里一阵摸索，拿出两枚戒指对我和陈艺说道："哥哥姐姐，我爷爷在东关街里面做银饰，这两枚戒指送给你们了，你们可以到老何银饰店刻上自己的名字，嘿嘿，就说是我的朋友，不要钱。"

陈艺疑问道："为什么送我们戒指？"

"我早就想好啦，谁买的花环最多，我就送他戒指，我们家最多的就是戒指，只能送这个啦！"想了想他又补充道，"你们要是不喜欢我也没办法，我还不能赚钱请你们吃饭。"

陈艺摸了摸小孩的头回道："帮助别人是不需要回报的，不过戒指我们都很喜欢。"陈艺说完又看了看我。

我们在一起几十年，顿时我便会了意，戒指这种具有特殊意义的东西必须是要我来买单的。于是我赶忙从钱包里又拿出二百块钱放在了小孩的盒子里，他却不肯要，直到他们老师来，我和陈艺表达了自己的想法后，他才听老师的话收下了这买戒指的二百块钱，又表示这二百块钱也会捐给那个生病的同学。

…………

老师领着那个孩子离开后，陈艺便将其中的一枚戒指递给了我，她要我为她戴上这枚象征情侣身份的银戒指。我做了六年的婚礼策划师，从来没有见过男人会送女人这种没有包装、没有品牌的戒指，这种银质的戒指只有一些学生情侣会比较喜欢，而我和陈艺显然已经过了这个阶段。

陈艺将自己白皙纤细的左手伸到了我的面前，说道："江桥，你也看到了，一个孩子正在与生死搏斗都不害怕，我们对面的只是可能会被流言所淹没的爱情，又有什么值得恐惧的呢？"

我点了点头，做了一个深呼吸，我不要陈艺再为我的怯懦做太多会让她卑微的事情。我终于坚决地托住了她的手，准备将银戒指套在她的手上，她却忽然对我做了一个停的手势，我很是诧异地看着她。

"先去东关街的老何银饰铺刻上我们的名字。"

我笑了笑，随即将自己的手缩了回去，我拉住了陈艺的手，准备离开这里，却在几步之后碰见了迎面走来的一个旅游团，我拿着戒指的手与其中一个外国游客的背包碰在了一起，戒指瞬间从我的手上掉落，然后顺着地面滚进了河水里。

　　我下意识地站在桥上看看，只见河水平静得像一面镜子，别说是一枚戒指，尘埃都好似从来没有落下去过，只有风吹来时，才会泛起一点点水波。

　　我的身体里传来了一阵揪心的痛，我无法去看陈艺此时的表情，只是一遍遍地拷问着自己这是怎么了，为什么不将戒指放进口袋里或者捏紧一些？

第87章　兄弟合作

　　陈艺与我一起趴在护栏上向平静的河面看去，一瞬间我冲动到想跳进河里去捞出那枚从自己手中滑落的戒指，可理智又告诉我这是徒劳的。此刻，那深不见底的河就像一个巨大的漏斗，在不动声色中便吞噬了我们之间因为一枚戒指带来的温情。

　　我对陈艺说道："戒指掉河里了。"

　　陈艺的目光一直没有离开过河面，许久才回道："掉就掉了吧，你也不是有意的。"

　　我点了点头，没有多言语，心中却仍在懊悔着。因为戒指这个东西不比其他，它的象征意义是大于实际意义的，一旦丢了便没有替代品。

　　陈艺的手上还有另外一枚戒指，她将其放在了自己的手提包里，也没有再提要去刻上名字的事情，实际上也没有必要再刻了，这仅剩的一枚戒指只能当作纪念品留着。

　　这时，陈艺的手机响了起来，是秦苗给她打来的电话，她约我们去瘦西湖景点附近的一个酒楼吃中午饭。我们这才不再将注意力放在丢失戒指上，一路上都在聊着其他事情，但心中的遗憾仍在，至少我懊悔到想吐血，我真的很希望能亲手为陈艺戴上那枚戒指，虽然不是婚戒，却是我们之间一个关于爱情的契约。

　　…………

　　来到秦苗说的那个酒楼，意外发现门口停着一辆南京牌照的宝马X6，我停下脚步打量了一阵之后，向身边的陈艺问道："这不是乔野的车吗，他也来了？"

　　"嗯，本来是准备一起的，后来他宾馆里来了几个检查消防安全的人，他接待了一下就落在我们后面了。"

　　我点了点头，笑道："看样子他和秦苗真的和好了，要是放在以前，他躲秦苗还来不及呢！"

　　对此，陈艺并没有说太多，只是示意我快点儿上楼，秦苗和乔野已经等了我们好一会儿了，我在上去之前又下意识地将余娅寄来的那份转让协议往口袋深处塞了塞。此刻，这份并不复杂却有着苏菌名字的协议书就是一颗定时炸弹，天知道要是被乔野发现后，他还能不能以现在的心情去面对秦苗。

进了酒楼的包厢之后，我和乔野坐在了一起，陈艺和秦苗则坐在靠窗户的位置，那里的视野最好，几乎可以看见瘦西湖的全景，连我所在的位置都能看到"五亭桥"和白塔，它们在湖水的点缀下成了眼下最美的风景。我相信这一顿饭吃下来不会低于三千块钱，因为酒楼的地理位置实在是太好了。

我看了看陈艺和秦苗，两人正商量着抽时间去国外旅行，我插不上话，便向身边的乔野问道："听说你弄了一批自行车和电动车免费给房客用？"

乔野很是得意地回道："怎么样，这个创意不错吧？"

"创意不好说，听说第一天就丢了一辆电动车，得赔出血了吧？"

"别哪壶不开提哪壶，人家是一对学生情侣，经济又不独立，我能让人赔吗！"

我又问道："你买这批车也没少花钱吧？"

"电动车三千块一辆，自行车一千块一辆的标准，我要让房客们感受到我们宾馆的诚意，希望他们在南京玩得开心。"

我叹息："完了，这投资下去的钱没个半年也赚不回来吧。"想了想，我又补充道，"肯定赚不回来，差点忘了你那宾馆还处在亏本阶段。"

乔野被我说到痛处，但又无法反驳，最后在憋屈中骂了我一句，实际上他自己已经被残酷的现实打败了。

我笑了笑，然后正色对他说道："你那些车都是免费提供给房客用的，我觉得应该发挥它的最大效用。你看，能不能把这些车的车身都印上我们咖啡店的商标，这样房客在南京城里面骑来骑去，也算是一个流动宣传的广告了。"

乔野看着我，一拍桌子说道："我怎么没想到！我要是将宾馆的商标和联系方式弄个牌子安在车身上，不就等于一个流动的宣传广告吗，而且这些车肯定会被游客骑到人流量大的景点儿去的，针对性强，广告效果一定很好！"

"你有点儿道德好吗？我说的是咖啡店，这才一句话的工夫你就把我的创意剽窃到你的宾馆上了！"

"别闹，你那咖啡店还在赚着钱，我那宾馆都快亏出血了，好的创意肯定得先紧着我的宾馆用。"

实际上，乔野的宾馆当然比我更需要这个创意，我也只是抱着提点他的目的说出来的。乔野做生意最大的缺点就是会将框架弄得很大，细节却做得很差。以至于该用上的资源被他浪费了，不该用资源的又乱上了一大堆，所以他是个十足的理想主义创业者。

之前，我因为将注意力放在婚礼策划师的工作上，拒绝了他要合作的想法。现在我也身不由己地投身创业的浪潮中，是不是该找机会寻找合作的可能呢？一来可以用自己的经验帮乔野避免一部分不必要的投入，二来也减轻一些自己在资金上的压力。只要乔野不回去接他爸的班，秦苗便会一直为他的理想主义买单。

我往乔野的身边靠了靠，说道："你之前不是说要把爱情作为一个主题去发展相关项目吗，我现在有一个想法，你看看咱们是不是有合作的可能性。"

因为之前被拒绝了很多次，所以当我突然说起合作的事情，乔野的表情显得很意外，他问道："什么想法？"

这时，连一直聊天的陈艺和秦苗也停了下来，继而将目光放在了我的身上。

我整理了一下自己的思路说道："我现在已经接手了心情咖啡，之前的经营思路我想做一点儿小的改变。我打算在店里弄一面写有一百种语言的我爱你求婚墙，将咖啡店打造成一个表白或者求婚的圣地。当然表白和求婚这样的事情不可能每天都发生，但只要有我们就用影像记录下来，然后利用客户的微信朋友圈或者微博传播出去。一旦形成浪漫的氛围，有了口碑，我相信我们的客户就不仅仅是郁金香这一条路上的了，还会包括慕名而来的，甚至是外地的游客！"

乔野思索了一会儿，第一个响应："哟，听着就觉得不错，可是咱们怎么合作啊？"

"你先把你的苏菡宾馆卖了，然后在弄堂里开一个情侣主题客栈。我为什么建议你卖掉苏菡宾馆？首先是宾馆四周的环境实在是太差，和你整体的商业计划不搭；再者弄堂里环境多好，如果我们一起以爱情为主题去经营不同的项目，更容易形成氛围，以后把那条巷子打造成一条特色老街也不是不可以，对吧？不过卖掉苏菡宾馆肯定是要亏本的。"

乔野很是心血来潮地回道："那能亏几个钱，只要兄弟们一起做喜欢的事情就成了。秦苗，陈艺，你们给句话，支不支持我们做这件事情？"

陈艺和秦苗对视了一眼，然后有些哭笑不得地看着乔野，他已经不是第一次这么心血来潮了。秦苗回道："你这人做事情从来都是心血来潮，兴趣和爱好是你的主要动机。江桥正好相反，他做了这么多年的策划，心思细腻，小心谨慎，目标也很明确，你们一起做事情倒真的可以互补。"

停了停，她又向陈艺问道："小艺，你怎么看？"

陈艺笑道："我当然支持啊，反正风险都是你们家乔野担，我们家江桥就是跟在后面捡便宜的。"

"是，我们家乔野就是人傻钱多，他开心就好。"

乔野各瞪了秦苗和陈艺一眼，然后又对秦苗说道："你回去和我们家老头子说，我大学毕业后就跟在他后面做牛做马，让他赶紧把这么多年的辛苦费结算给我。"

"你省省吧，爸不管你已经是最大的容忍了，你还想找他要钱？"

乔野对着秦苗翻起了白眼，秦苗则在桌下给了他一脚，吃饭的气氛便更加轻松了起来，好似连瘦西湖边上那些正在飘落的秋叶都不再悲伤，只等明年开春后以新的姿态继续在这里生生不息。

此刻，我也有了想回到南京的欲望，我迫不及待地想对咖啡店进行改造，可是我还得在这里学习做甜品的手法。因为除了那些吸引眼球的噱头，我更希望把咖啡店打造得更务实，争取让每一位顾客都能买到自己中意的咖啡和想吃的甜品。经历了扬州之行，我觉得只有噱头和务实双向具备，才能真正打造出一个有生命力的咖啡店。想来这便是我此次离开南京最大的收获。

我又想起了肖艾那个丫头，想起了她即将在今年冬天前往德国留学的事实。这是一件在我意料之外的事情，可又有什么事能够真正在意料之中呢？就好比我起初只想开一家馄饨店，可是现在的想法越来越多，需要的投资也越来越大，我自己本身就已经被一只无形的手在推着走,而在她的生活里也一定有一只这样的手。

再说秦苗和乔野,何尝没有一只这样的手在推着他们走呢?至少现在看来,他们已经有了一点儿夫妻的样子,只要余娅不出现,他们终究会过上平稳的生活。作为他们共同的朋友,我当然也希望余娅或者说苏菡能够不要再出现,但未来到底是什么样子,谁也说不准。

…………

下午,我将陈艺、乔野以及秦苗一起带到了季小伟的1999咖啡,我请他们吃了我做的甜品,大家一起度过了一个非常惬意的下午。可是肖艾和袁真一直没有再来,我不太好向季小伟打听太多,却知道他们此刻一定还在一起,至于度过的是一个什么样的下午,只能靠想象了。

晚上,一起吃了个饭后,陈艺便和乔野以及秦苗一起回了南京,因为后天就是肖总和李子珊的婚礼,所以明天她需要到现场进行一次彩排。我的神经也随之紧绷了起来,我希望这场婚礼能在风平浪静中度过,这样对谁都好。

就在我想着婚礼的事情时,肖艾推开咖啡店的门走了进来,但她的身边已经没有了袁真,而我的桌子上,也只剩下了陈艺他们刚刚吃剩下的甜品。

| 第88章 | 虚晃一枪?

肖艾进了咖啡店后,便在我对面的位置坐了下来,看着所剩不多的甜品向我问道:"陈艺呢,怎么没有和你在一起?"

"她回南京了。"稍稍停了停我也向她问道,"袁真呢?"

"他也回南京了。"

一阵沉默之后,我终于向她问起了自己最担心的事情:"你这两天不会回南京了吧?"

肖艾表情很是不悦地反问道:"在你眼中,我难道一直是一个言而无信的人?"

"我从来没有觉得你是个言而无信的人,只是过于情绪化,所以会因为一时的冲动而改变自己的决定。"

肖艾看着我,没有用言语回应我,她侧躺在沙发椅上,似乎在想着什么心事。而我又去了厨房尝试着做另一种品类的甜品,时间就这么悄悄地来到了深夜。

我带着做好的甜品离开了已经准备打烊的咖啡店,回到自己住的酒店时已经是晚上十点半。我非常疲乏,没有顾得上给陈艺打一个电话,便先去卫生间洗了个热水澡,之后才穿着睡衣躺在了床上。

我拿起了手机,给陈艺发了一条信息,她很快便回复了,和我一样,她也刚刚才做完睡前的准备,我又发了一条语音消息,问道:"等主持完肖总和李子珊的婚礼,你应该有一个短假期吧?"

"嗯,有个五天的假期,我们一起去三亚旅游吧。"

我和陈艺虽然已经相识二十多年,却从来没有一起出去旅游的经历,以至于我的心被她说动了。想了半晌,我才带着极大的无奈回道:"还是算了吧,我已经快被这个社会淘汰成边缘人了,这会儿不努力,还想着寻欢作乐,老天肯定会想办法动我的面包。"

"五天而已。"

"五个小时我都觉得奢侈!你让秦苗陪你去吧,这次回到南京我得第一时间改造心情咖啡。我现在是想法太多,留给我的时间却不多了。"

陈艺许久没有回复我的信息,我有些郁闷地点上了一支烟,然后陷入了等待中,也不知道陈艺是不是生了气,或者迷迷糊糊中睡着了?

大约过了一刻钟,我也没有等到陈艺的回复,隔壁房间的阳台上却传来一阵吉他声,然后便听见肖艾用一种略带悲戚的腔调低声唱道:"半醉半醒日复日,无风无雨年复年,花枝还招酒一盏,祝你娇妻佳婿配良缘……"

听着听着,我便从床上坐了起来,然后趴在玻璃门上向那边的阳台张望。只见肖艾穿着一件灰色的睡衣,头发还有些湿,手中抱着的是一把很少见的蓝紫色吉他。

一首歌唱罢,我才向她问道:"你刚刚唱的是什么歌啊,挺好听的!"

"《性空山》。"

"山的名字?"

"嗯,性空山位于长治市黎城县北南委泉乡杏树滩村。"

"哦,那你刚刚唱的就是民谣了,这歌是袁真写的吗?"

"不是,他不会写这种类型的歌,这歌适合女人吟唱,太软绵绵的了,不是他的风格。"

于是我点了点头回道:"不过曲子还不错,曲子是袁真作的吗?"

"你烦不烦,干吗老扯上袁真!"

我这才推开玻璃门走到了阳台上,笑了笑对她说道:"不能开你的玩笑吗?我看你现在挺无聊的。"

肖艾不可思议地看着我,回道:"因为我无聊你就开我的玩笑,你有病吗?"

"你有药吗?"

"你有病我就有药。"

"你有药我就有病!"我顺着她的话脱口而出,直到发现她用一种看病人的表情看着我时,才猛然发现把自己给骂了,我一声叹息,然后很识趣地闭了嘴。

肖艾盯着我看了一会儿,然后一边将吉他放进盒子里,一边对我说道:"袁真是比你强很多,他的粉丝遍布全国,你只会臭贫。"

"我脾气比他好。"

"你脾气好吗?前段时间因为打架被逮进派出所罚款的难道是别人吗?"

被人当面拆穿的滋味不好受,我有点尴尬地将目光从肖艾的身上移开。可是更远的地方,除了快要熄灭的霓虹便是无边的夜色,所以还是看着肖艾更舒服一点儿。尽管她的头发还没有干,尽管她一直用一种让我无法捉摸的表情看着我。

我对她说道："我打架是为朋友两肋插刀！"

"袁真打架是为了我两肋插刀，有什么区别吗？"

"还真没什么区别，都是血性十足的男人！"

肖艾鄙视地看了我一眼之后便准备回自己的房间，却在拉开玻璃门的一刹那，又转身向我问道："江桥，你有信仰吗？"

我不知道她为什么忽然和我谈起"信仰"这个词，我木讷地看着她，从来没有觉得自己有过什么信仰，许久才回道："做人一定要有信仰吗？"

"信仰就是生命里最亮的光芒，所以我们绝对不能失去信仰。你可以想想，当你觉得自己在这个世界快要活不下去时，是什么支撑你继续活着的，那就是你的信仰了。"

"那我有信仰。"

"你的信仰是什么？"

这次，我没有再多想，脱口而出："是郁金香路上那座废弃的纺织厂。"

"为什么？"

"因为从它被废弃后，除了我，没有人会在路过那里时再进去看看，所以它的存在就像一个不会被人发现的秘密。还有，那里有我想等的人。"

"没有人再进去过吗？可我已经进去过很多次，难道我也已经成为你信仰中的一部分了？"

我有点语塞，许久才回道："你是乱入的。"

肖艾没什么情绪地回道："哦，看样子我进得不是时候，可是看过里面的荒凉之后，我还是很喜欢那辆报废的卡车。不知道有生之年它还能不能离开那座纺织厂去外面走一走。"

我盯着肖艾看，不太理解她想表达什么。她就是这样，有时候说话简单直白，有时候却能把你绕进思想的死胡同里回不过神。想来，这就是她和袁真长期相处的结果，因为听过袁真的音乐作品，便会了解他也是这么表达的，时而简单，时而深邃到整个世界里只有他自娱自乐。

我与她一阵对视之后，说道："那卡车已经和废铁差不多，你就别做梦了。对了，你的信仰又是什么？"

"音乐。"

我点头附和道："音乐是个好东西，它可以治愈人的很多情绪！"

"呵呵，是吗？我的信仰可没你的高级，因为这个世界上把音乐作为信仰的人有很多，但是把纺织厂作为信仰的只有你一个。"

"如果我的天赋异禀把你惊到了，我很抱歉！"

"不会的！"

我哈哈大笑着，直到肖艾不愿意看着我得意忘形而进了自己的房间后，我才收起这并不是很自在的笑脸，靠在阳台的护栏上点上了一支烟，又想起了信仰这个词。

我忽然觉得自己的表达可能存在错误，为什么我的信仰是那座纺织厂而不是陈艺呢？我记得在自己孤独到快要崩溃的时候，都是曾经与陈艺在一起的那些画面以回忆的方式拯救了我。

如果说信仰是活下去的动力，那陈艺显然更加贴切。至少我最近一直在做梦，希望能够尽快解决生活里的麻烦，然后与她一起走进婚姻的殿堂，这已然成为我生命中最重要的一件事情，主导着我的欲望和在欲望里存在的理想。

我熄灭手中的烟，回到房间。第一件事情便是拿起手机查看陈艺有没有回复我的信息，她大约在十分钟前回复了，她并没有因为我拒绝了去三亚旅行的提议而生气，并表示自己也不会去，她会利用这几天的休假陪我一起改造心情咖啡。

我心中满是感动，人生中能有这样一个女朋友还要奢求什么？所以我想奋斗的决心更加强烈了起来，因为我真的很想自己能够给予她全部。

…………

次日，我又去1999咖啡店学习了一天做甜品，肖艾也很守信地没有离开扬州，她在季小伟的陪同下一起逛了扬州的几个景点。

夜晚来临前，我再次接到了金秋的电话。明天就是肖总和李子珊的婚礼，她最关心的依然是肖艾的去向。我告诉她肖艾还在扬州并没有回南京的打算后，她才心安了些，表示等办妥了肖总的婚礼后，一定会好好请我吃顿饭以示感谢。

回到酒店，我特意去了酒店的前台询问肖艾有没有退房。得到的答复是，肖艾在这里订了五天的房。也就是说，还有三天才到她退房的时间，我的心安定了下来，也许她只想静静地待在扬州，熬过这让她感到痛苦的几天。

下一刻，我便给她发了一条微信，约她明天早上一起吃个早饭，如果她愿意的话，明天下午我们可以一起回南京。

这条信息久久没有得到肖艾的回复，我心中又有了一些不太踏实的感觉，赶忙一个电话拨了过去，得到的却是用户已经关机的语音提示。我的神经开始习惯性紧绷起来，随即闪过一个念头，她该不会和我虚晃了一枪吧？

第89章　你要是个仙女就飞回去

知道肖艾手机关机后，我赶忙以最快的速度来到了她住的那个房间，一连敲了好几下门，都没有得到回应。又折回服务台，向服务员打听后，才知道从上午十点过后，肖艾住的那个房间就没有再用房卡取过电。也就是说，肖艾从上午离开后便没有再回过酒店。

我再次去了咖啡店，也不顾季小伟正在台上给顾客们唱歌，按住他的吉他便心急火燎地问道："肖艾人呢？还在扬州吗？"

"应该在吧，她没回酒店吗？"

"没有，手机也关机了。"

季小伟用一种很奇怪的眼神看着我，半晌回道："这点事儿值得你这么大惊小怪的吗？"

　　"不是，我……"我心里着急，一时也组织不好语言告诉季小伟联系不上肖艾意味着什么，要是她虚晃一枪已经回了南京，明天在肖总的婚礼上一闹，难堪的不仅仅是肖总和李子珊，更会要了婚庆公司的命。

　　这并不是危言耸听，因为金秋打算将这场婚礼作为一个案例去对外宣传即将开始战略转移的新婚庆公司。如果办砸了这场婚礼，不仅要赔钱，给公司口碑上造成的损伤更是难以评估的。

　　这时，季小伟又对我说道："她心情一不好就喜欢关手机去酒吧喝酒，你要急着找她就到那边的酒吧街去看看，八成在那里。"

　　我紧张的心情略微放松了一些，也来不及再和季小伟多说什么，转身便向咖啡店外走去，只听见季小伟又冲我喊道："江桥，要是酒吧里面找不到她，就给我打个电话，我和你一起去找。"

　　"嗯。"

　　…………

　　出了东关街，我便立即打车向酒吧街驶去，二十分钟后我到达了酒吧街，然后开始一家家找了起来。此刻，正是酒吧生意最好的时候，我无法确定有没有在密集的人群中错过肖艾，但我真的已经将整条街上的酒吧都找了个遍。

　　我情愿相信肖艾信守承诺还留在扬州，所以我又拿出手机，打开手机地图查询着除了酒吧街之外的酒吧，然后将地址全部记了下来。如果还是找不到她的话，真的只能麻烦季小伟和我一起找了。

　　深沉的夜色中，我来回看着街道的两边，等待一辆空出租车从这里路过，可是这条街上有同样需求的人实在是太多了，出租车还没有停到我这里便已经带上了等车的青年男女。

　　按捺不住急切心情的我又向酒吧街的街尾走去，准备到另一条稍微冷清一点儿的路上等车，却意外地发现这里的冷清只是假象。这条路上其实也聚集了好几家很有特色的清吧，这里的安静与酒吧街的歌舞升平形成了很鲜明的对比，但是人气还是有一些的。

　　我的心中又燃起了希望，于是踩着老旧街灯散发出的泛黄的微光走进了这条街上的第一家清吧。

　　清吧里喝酒的人并不多，我真的在一个角落里发现了肖艾，她正坐在一张雕刻过的木椅上喝着啤酒。她喝得很猛，巴不得将自己的肉体泡在酒精里才解恨。

　　我有些难过，她恨的是李子珊，折磨的却是自己的身体。天知道她这么喝下去，待会儿会醉成什么样子，明天又会在宿醉中受什么样的罪。

　　我在她的对面坐了下来，将桌面上还没有喝过的啤酒统统揽到了自己这边，她有些迷糊地看着我，问道："你怎么找到这儿来了？"

　　"你不要这么喝酒，很伤身体的。"

　　"伤身体？我只知道酒越喝越暖。你，你难道不知道最近的夜晚有多冷吗？"

她说着又拿起酒瓶，将里面剩余的酒喝了个干干净净。

清吧里，檀香的味道很静人心，可是肖艾的焦躁已经全部表现在了脸上。她阴晴不定地看着吧台上那盏忽明忽暗的红色香薰蜡烛，好似在那幻象里看到的尽是明天李子珊和她爸结婚的画面。

我心中有些不忍，甚至觉得自己有些过分。我总是告诉她，不该去婚礼上给李子珊难堪，却忽略了她实际上是一个个性非常强烈的丫头。在这显而易见的不公平里，她的愤怒是能够烧出火焰的，她却为了实现对我的承诺而忍耐着。

我对她说道："别喝了，赶紧回去休息吧。"

她根本不理会我，拿开我的手，一口气又喝了半瓶啤酒，然后对我说道："我想多喝一点儿，最好能醉个一天一夜。等清醒过来的时候，那些烦心的事情也就过去了。呵呵，这不就是你和你那个朋友最希望的吗，所以啊，你就别假惺惺地劝我了，带着你在我身上找消遣的目的陪我喝个痛快吧！"

"我怎么会在你身上找消遣呢？"

"对，你不会，是我在你身上找消遣。在我眼里，你就是一个比我过得还不开心的可怜虫，面对着你的时候我才有信心和动力活下去，因为我比你拥有得更多。至少，我不是个穷光蛋，不会因为钱而苦恼；至少我没有一个让我爱到死去活来的人，隔三岔五给我快乐，又让我痛苦；至少我知道我的妈妈在台湾，如果我想见她一面，只需要六个多小时。哈哈，我好幸福啊，比你幸福百倍，不，是千倍、万倍！"

她像个讨人嫌的孩子不停地说着，一边说一边喝酒，却不肯动用眼泪来宣泄自己的情绪。

"肖艾，你喝多了。你要是再胡说八道，揭我的伤疤，我就撞死在你面前，信不信？"

她迷迷糊糊地笑着："威胁我？是不是心里想着，等你撞死了，我活着没有了找存在感的参照物，也会跟着你一起去死？呸，你以为是梁山伯祝英台呢！人家死得那么浪漫，你和我死得就像一个笑话，这个世界上最可笑，最可笑的笑话！"

她在说酒话，我一个处在清醒状态中的人完全没有她这么会胡说八道，于是我也不回应她，索性让她说个痛快。只是叫来了服务员，退掉了桌上还没有动过的啤酒。

…………

夜深不见底的时候，我架着她走出了清吧。她做的第一件事情便是吐了我和她自己一身，整条街上没有一个出租车司机愿意做我们的生意，我们就这么被这座本该热情的城市遗弃在街头了，而回去的路远到让人崩溃。

我想给季小伟打个电话，让他来接我们，可是当我从口袋里拿出手机时，才发现这一天因为忙着学做甜品、找肖艾，根本没有给手机充电，等想用它的时候，它就这么无情地罢工了。从肖艾的包里找出手机，和我的手机一个状态，也已经没了电。

我背起了已经醉倒的肖艾，随着城市的灯光走过大街，也走过条条小巷，可最后并没有顺利地找到我们住的酒店。我在这直线和曲线不断变化的城市里迷路了，路上已经没有了可以给我指路的路人，只有一排排已经关门歇业的杂货铺和饭馆。

我喘息着将肖艾放在了街边的长椅上，又将自己身上最干净的外套脱下来披在了她的身上，自己则点着烟，蹲在她的身边，看着这条陌生又冷清的街道和秋末不断随着冷风掉落的树叶。

我忽然感觉好累，好想要一碗热汤和一个可以给我温暖的家。带着这样的渴望我转身看着意识不知道在哪里神游的肖艾，只要她不呕吐，还是那个漂亮到让人觉得是仙女的姑娘，可这个世界上似乎也没有这么会作的仙女，所以有时我会感觉，她是猴子搬来的救兵，打架不行，做人的本事却是一等一。

我从她的手提包里找到一张湿纸巾，替她擦了擦被风吹得有些干燥的脸，又替她将同样被风吹乱的头发理好，这才发自肺腑地对她做了一个膜拜的动作，说道："小姑奶奶，不知道给你一个家，给你一个你爱的男人，你会生出一个什么样的孩子来？冲你这无比强悍的基因，我估计就算不能青出于蓝，至少也能和你平分秋色。所以你得悠着点儿，把你能够拿得出手的东西统统交给他，比如弹钢琴，比如优雅的舞蹈，千万别让他再重蹈你的覆辙。这个世界上真的没有多少人能扛得住这样的折腾。你看看我，从小就缺爱又缺钙，背着你走了这一路，腿都快断了，你要真是个仙女，你就起来飞一段路吧。别管我，我自己走回去就行！"

在我的喋喋不休中，终于走来了一对情侣模样的年轻人，我赶忙抓住机会向他们问路，谁知道他们也只是来扬州玩的游客，只听过东关街响亮的名号，自己却是找不到的。

我在沮丧中休息了五分钟，又背着肖艾向自己认为对的方向走去，直到遇见几个在路上巡逻的协警，才总算知道了东关街的具体方位。又一筹莫展地站在街边，看着那看似很近却遥不可及的远方。

夜幕下，冰冷的空气好似冰封了这座城市，我们像一对无欲无求的雕塑，立在霓虹灯的下面，在这个有点颓靡的世界里永恒不破。

|第90章| 我们的最后一面

一路上背着酒醉的肖艾走走停停了好几次，我才回到了酒店。我将她放到床上后，又去服务台请了一位女性工作人员帮她换掉了脏衣服，这才感觉这个夜晚终于要接近了尾声。

回到自己的房间，我匆匆洗了个热水澡之后便躺在了床上，疲乏到没有精力去给手机充电。可是想起今天晚上还没有和陈艺联系，便又用最后的一点儿精力找到充电器，给手机充上了电，然后看着屏幕的色彩越来越亮。

手机接收到信号后，立即传来两条未接来电的提示，我赶忙看了看来电时间，是陈艺分别在九点和九点半打来的。

我又看了看此时的时间，已经是深夜的十二点半，考虑到陈艺明天还要主持肖总和李子珊的婚礼，这个时候并不适合给她回电话，便打开微信给她发了一条文字消息，告诉她因为手机没了电才没有接到她的电话。

我以为这条信息要到明天早上才会被陈艺看到，可是仅仅过了不到两分钟她便回复了信息："是不是忙着学做甜品，手机没电都不记得充了啊？"

"嗯，白天一直没想起充电，晚上也没回酒店。你怎么还不睡啊？"

"这就睡，你回了信息我就放心了。应酬虽然要有，可也不能在外面待到这么晚。"

陈艺可能误以为我和季小伟出去找快活了，我也不太好解释自己去找肖艾的事情，毕竟我不确定陈艺会用什么眼光看待我和肖艾之间这清白的一切，便回道："今天晚上情况特殊，你又不是不知道我不喜欢过夜生活。"

陈艺回了一个微笑的表情："你喜不喜欢过夜生活我还真不确定，但我知道你喜欢种花养草，这样的男人不会差到哪里去的，因为种花养草也是修养内心的一部分。"

陈艺最大的优点便是不喜欢无端揣测和怀疑，所以明知道肖艾也在扬州，却从来没有在这个事情上大做文章，她的确是个很大气的女人，家教很好。

想到这里，我又因为我们成长环境的差异而感到心塞。假如我也出生在一个知识分子家庭，或者像赵牧那样通过自己的努力考上名牌大学，也就不会有那么多不请自来的旁人对我们的感情说三道四。

我终于回道："我会好好种花养草的。"

这次陈艺回了一条语音消息："这个世界上有太多不请自来的人带着偏见的眼光去审视我们，虽然我们不用为别人的眼光而活，但是让他们闭上嘴，我们才能清静地种花养草，所以一起加油，加油，再加油！"

主持是陈艺的工作，当她一本正经地说话时，声音好听到能让人的心融化。我不自觉地将这段语音听了好几遍，才发觉我们竟然很默契地想到了别人的不请自来。这也间接表明，外界的压力确实是我们之间最大的困扰，总是会让我们忘了爱情该有的甜蜜，将注意力放在那些该死的是非上。所以有时候我们情愿被冷漠地观望，也不愿意不请自来的偏见像刺一样扎在我们灵魂最薄弱的地方。

是的，生活中有太多的大义凛然和义正词严，恰恰是最恶毒的枪，而奔跑不是为了去追逐世俗的名利，只是为了更好地保护自己。

我点上了今天的最后一支烟，然后很不怕麻烦地将手机连上了电脑，在文件夹里找到陈艺发的那段语音，将其编辑成铃声，又发到了自己的手机上。我想，只要陈艺和我在一起一天，她的这段话便是我的手机铃声，时时刻刻提醒着我，用奔跑将那些杀人的眼光远远甩在身后。

我又给陈艺发了一条很长的文字信息，但是她没有再回复，我想她应该已经进入了梦乡，也必须要睡了，希望她明天在肖总和李子珊的婚礼上能有一个好的主持状态。

今天是我的不够细心耽误了她的睡眠，我抱歉，我忏悔。

…………

次日的早晨，天空又下起了一场秋末的雨，整座城市羞涩得像一个没有化妆的女人，将不加雕饰的素颜呈现在了我们的眼中，我站在阳台上张望着，望着树上的鸟儿抖落着身上的雨水，蜷缩在空空的枝丫上，也望着这个让它们不敢再飞起来的世界。

我打开手机看了看今天的天气，最低气温已经跌破了十摄氏度。我想在这样的天气下，穿着婚纱的李子珊应该不会好受。果然，老天还是长了一双好眼睛的，阳光不该在婚礼上给那个心机颇深的女人……

我又想起了肖艾昨晚喝酒的样子，我可以肯定此刻的她一定还没有醒来，而醒来一定会伴随着宿醉的痛苦，因为我也曾这么醉过，所以是什么滋味我很清楚。

九点的时候，我去菜市场买了西红柿，又去季小伟的咖啡店将其榨成了汁，最后带着肖艾喜欢吃的甜品回到了酒店。

我站在她的门外反复按了好几次门铃，她才迷迷糊糊地给我开了门，然后又闭着眼睛向床边走去，下一刻便倒在床上一句话也不愿意说。

"喝点儿西红柿汁，解酒护胃的。"

她过了片刻才睁开眼睛看着我，精神萎靡地说道："我不想喝，难受。"

"喝了就不难受了。"

她从我手中接过了杯子，闭着眼睛将其喝完后，向我问道："你下午要回南京了吗？"

"嗯，你要一起吗？"

"我已经很久没去学校了。"

我点了点头，随即陷入了沉默中，我虽然没有和她聊婚礼的事情，但是不代表此刻的她不会去想，于是我走到窗户边帮她拉开了窗帘，不让这密闭的空间给她太多压抑的感觉。

可是我心里多少有点儿压抑，因为熟知婚礼每个流程的我，知道此刻正是去往新娘家里迎亲的时间，而婚礼将在一个小时后举行。

一个小时能够做些什么呢？至少肖艾已经不具备赶回南京的条件，一切将在平静和隐忍中度过。

许久之后，肖艾才开口向我问道："昨天回到酒店后，是谁帮我换的衣服？"

这是个需要好好回答的问题，为了避免误会，我赶忙正色回道："酒店的服务员，不信你可以去问她，她的工号是2011。"

"你不用这么紧张，我相信你不会趁机占我便宜的，我反而担心自己酒喝多了，成了你的累赘。"

"没有啊，昨天你变成白衣飘飘的仙女，自己飞回来的。"

肖艾没有因为我刻意的幽默而笑一笑，她只是看了我一眼，然后便看着雨水被风吹打在透明的玻璃窗上，她不再像从前那么不安分，眼神充满了空洞，无欲无求的样子就像变了一个人。

我却知道她在用这种什么也不去想的方式隐藏内心那脆弱的敏感，我有些不忍，有些为她感到难过。

我终于对她说道："我出去办点事情，你趁这个时间收拾一下东西吧，我们在扬州吃个饭就回南京。"

"你去吧。"

我点了点头，随即准备转身离开她的房间，她却忽然又喊住了我，说道："江桥，等等，我还有几句话和你说。"

"嗯？"我疑惑地看着她。

她先是沉默地看着我，然后拿起刚刚那只装西红柿汁的玻璃杯对我说道："谢谢你给我弄来了这个，这会儿舒服多了。"

她的语气和样子让我觉得有点儿陌生，所以愣了一下才回道："不用谢。"

她看着我，毫无征兆地对我说道："就让扬州成为我们见最后一面的地方吧，回到南京后，你走你的路，我过我的生活，一切以李子珊的婚礼为起点，也以婚礼的结束为终点。"

我有些措手不及，看了她一会儿之后，回道："好啊。"

"嗯。"

我没有离开，不去看她的容颜，却看着她睡乱的短发，我们之间仿佛有一种与生俱来的默契，我知道她还有话没说完。

她没有看着我，只是看着那只空荡荡的玻璃杯说道："我和袁真在一起了，就是前天下午的事情。明年我们会一起去德国留学，他为我放弃了在音乐领域得到的一切。"

我想起了那天的上午，我和陈艺面对着两列结婚车队的时候，肖艾和袁真也在场。立志成为艺术家的他们比我们活得更敏感，更会思考，那样的画面在给我和陈艺触动的同时，不可能不给他们触动，也许就是在那之后，他们下定决心在一起了。

我笑了笑说道："恭喜你们啊！"

肖艾没有言语。

我将那辆奔驰车的钥匙放在了她面前的茶几上，然后说道："车钥匙还给你了，就在这里告别吧，不用等到中午了。呵呵，我也心血来潮一次。"

"好。"

我又看了看她，在心里将季小伟奉若神灵，现在他的两个预言都实现了，快到让我感觉好像活在一个充满意外情节的小说里，可是窗外的冷风又吹得那么真实。

我真的要离去了，在我要关上门的那一刹那，她低声说道："昨天晚上你说，如果我嫁给一个自己喜欢的男人，会生个什么样的孩子。我现在就可以告诉你，我不会让他变成我的样子，我要给他最完整的家庭和母爱。如果是个女孩儿，我会把她培养成像陈艺那样惹人喜欢的姑娘，而不会像我这么麻烦。"

我停下了脚步，不忍再回头看她。原来昨天晚上她醉得并不那么彻底。这样也好，至少是段彼此都能记住的回忆，而生活也不可能让她风风火火地闯进我的世界里，却不留下一点儿回忆。

…………

离开了酒店，我将自己签好名字的转让协议回寄了一份给远在丽江的余娅，然后便站在被雨淋湿的屋檐下抽着烟，我在烟雾的弥漫中仿佛看见自己的人生在扬州

283

这座城市画下了一个句点，而回到南京后的生活才是一个新的开始。

我不知道刚刚是不是真的和肖艾见了人生中的最后一面，也不知道若干年后的自己能不能和陈艺将名字刻在结婚证上。但是我知道，总有一天我的父亲江继友会从深圳回来的，而我的母亲也一定会回来看我一眼。只是，到那时候我还有没有当初爱她的感觉，我便不知道了，因为我不确定她离开的这十几年变成了什么样子，是否还保留当初对我那满满的母爱。

手机在我的口袋里响了起来，是陈艺给我发来的信息，文字中甚至都能感觉到她震惊的情绪："江桥，婚礼办砸了。袁真带人去把现场弄得一塌糊涂，冲突中还打伤了婚庆公司的工作人员。袁真现在已经被警方带走了！金秋愤怒到不行，当场表示要代表受伤的员工追究袁真的法律责任，不接受派出所的调解！"

第91章 不帮

我没有亲历婚礼，但是已经在陈艺的描述中看到了那被闹得一塌糊涂的画面。我赶忙回到酒店收拾了自己的行李，尽管我不知道这件事情发生后需要我做什么，但直觉还是告诉我，我必须在第一时间回到南京。

收拾好行李之后，我路过了肖艾之前住的房间，发现酒店的清洁工正在里面打扫卫生。她已经在我之前离开了扬州，想必也得知了刚刚在南京所发生的一切。

我下意识地皱了皱眉，我不确定袁真去砸场是他自己的个人行为，还是来自肖艾的授意。

我停下了脚步，看着那扇在走廊尽头用来透气的窗户，上面已经布满了仿佛能看见湿气的雨水，蒙蔽了我的眼睛，让我看不见外面的世界，我的心中有些焦虑。

我不愿意将肖艾想象成那个样子，我走到那扇窗户前，打开其中的一扇，用手抹掉了上面的雨水，用最后的热情看着眼前这座被湿气弥漫的城市。它看上去美，但又有那么一点儿神秘莫测，就好似人性一样。实际上，哪怕是一座浩瀚的城池，也是用人手建造出来的，它一定也有善有恶，只是需要我们更加认真地去审视。

伴随着客车的一路前行，场景在不断交替，我终于在两个小时后再次回到了南京，马不停蹄地去了医院。婚庆公司被打伤的工作人员，是以前跟在我后面做事的小兄弟，我一直叫他二尧，也是个来自贫困家庭的孩子，在公司属于那种不善言辞只知道埋头做事类型的。

我买了水果，来到了二尧住的病房，他的头上裹着厚厚的纱布，眼神中还留有一种经历激烈冲突后的恐惧。我推开门进了病房，将水果放在了床头后，尽量用一种能让他轻松些的语气问道："二尧，哥来看你了，还能和哥说几句话吗？"

"哥，我被人打了，公司的婚礼也办砸了。"

"放心吧，金秋会给你讨个公道的，你好好养伤就行。"

二尧咂着嘴，似乎有话说，可是又不善于表达，以至于过了许久才向我问道："哥，公司这次会亏很多钱吧？"

　　我叹息，因为我看过公司和李子珊签订的合同，现在弄成这样的局面赔钱是少不了的，但这还不是最糟糕的，金秋本来打算将这场婚礼做成案例，以此开始公司面向高端层次客户的转型，现在却成了反面案例，极大地破坏了公司的战略转型，损失难以评估。

　　我拍了拍二尧的肩，说道："公司有金秋，她扛得住的。对了，是谁动手打你的？"

　　"是一个穿黑色皮衣的，我不让他们进去闹事，他顺手就拿了一根铁棍砸了我的头！"

　　我沉默了，这个动手的人多半就是袁真。性质和我上次打架不一样，因为我虽然出手也重，但是对方有挑衅行为在先，我们自始至终也只是赤手空拳，而袁真却是持械，二尧更没有挑衅行为，如果二尧不接受私了，袁真这次的麻烦可不小，他很可能要再次面临刑事处罚。

　　我的心情很是复杂，一方面同情受了无妄之灾的二尧，另一方面又很恼火袁真的莽撞行事，他这件事情做得太混账了！

　　…………

　　片刻之后，走廊里传来了一阵急促的脚步声。下一刻，金秋便来到了二尧的病房，她先是看了我一眼，然后又俯身对二尧说道："张看（二尧的本名），你的伤情鉴定书已经出来了，待会儿会有民警过来让你做指证，做完这件事情后，你就安心休养，剩下的事情交给公司来处理，我一定会给你讨个公道的。"

　　"嗯，小金总，我相信你。"

　　金秋强颜笑了笑，对二尧说了几句安慰的话，然后从自己的皮包里拿出一个信封放到床头，又说道："这一万块钱是公司给你的营养费，治疗的费用全部由公司承担，至于动手的人，我会让他赔到倾家荡产的！"

　　二尧将信封又塞回到金秋的手上，很诚恳地说道："只要公司承担我的治疗费用就够了，公司现在很困难，我不能再多要公司的钱。"

　　金秋摇了摇头，示意二尧不用为公司操心，二尧却死活不肯要这一万块钱，金秋拗不过他，最后只好又收回了这笔钱。

　　我不知道金秋是什么心情，是否会真心去忏悔当初要"血洗"公司的决定。她爸爸老金虽然没什么能耐，可他最大的财富便是这一帮对公司忠心耿耿的员工，在公司生死存亡的这一刻，金秋应该换个角度去看看人情的光和热。

　　金秋将我叫到了病房外，她的心情很差，站在吸烟室里点上了一支女士烟才向我问道："是肖艾指使袁真去闹婚礼的吧？"

　　"没有依据的事情，不要乱下定论！"

　　"就是没有依据我才会问你，我现在还没有下定论。"

　　"不是她，这几天我都和她在一起，如果这是一场蓄谋，那发生前一定会有蛛丝马迹的。"

金秋用她惯有的锐利目光看着我，许久才说道："事情已经发生了，再谈是不是蓄谋没有一点儿意义。我找你，只是想告诉你，不要试图去做张看的思想工作，让他接受调解，我知道肖艾一定会为了袁真找你的。"

事实上，我只是不愿意相信这是肖艾的蓄谋，却不能确定到底是不是蓄谋，我更不能确定肖艾会不会找我，以至于沉默了很久之后才回道："何必把事情做得这么绝？袁真之前已经有过一次劳教的经历，这次会被重判的。"

"这些后果在他动手打人之前，他自己就应该想到了，可是他依然敢动手，说明这个人骨子里就是藐视法律，对于这样的人，把他交给法律去制裁是最好的结果。另外，公司这次的损失他也必须全额赔偿！真不知道，一个混地下的乐手，是谁给他勇气做这些的！"

我沉默了，在沉默中想了很多，却什么也不能说。因为我已经在这个事件中由局内人变成了局外人，金秋说得更没有错，袁真为了肖艾不计后果，并不是他获得谅解的理由，在法理面前更是没有任何理由。

…………

离开医院，我心事重重地回到了心情咖啡，然后枯坐了一整个下午。到了晚上时，才从自己住的屋子里拿来了烤炉，在店门口烤起了肉，我不知道自己为什么要这么做，但这确实转移了我的注意力，让我不再为了袁真的事情而劳神，但又知道此刻的肖艾一定像走在刀山火海中那么难熬。

如果此刻金秋愿意放袁真一马，事情会很好解决，可是金秋那强硬的性格摆在这里，她在大学又是主修法律的，她绝对有能力像她自己说的那样，让袁真赔到倾家荡产，再付出法律层面的代价。

有时候，人与人之间的立场真的是一个很可怕的东西！

这时，我的手机响了，我几乎是条件反射般地将其从口袋里拿了出来，却发现是季小伟打来的电话，我稍稍犹豫了一下之后还是接通了。

电话那头的季小伟语气焦虑地对我说道："江桥，袁真出事了，你知道吧？"

"我知道。"

"嗯，本来以为花点儿钱就能解决的，可是没有想到婚庆公司那边态度强硬得很，最要命的是，李子珊那边也紧咬着这个事情不放，要把袁真往死里整。"

"李子珊和袁真都是肖艾妈妈的学生，她一点儿也不念同门情谊吗？"

"你是太不了解李子珊这个人了，她要是真的重感情，她会做出破坏别人家庭这么不要脸的事情吗？"

"那肖总自己是什么态度？"

"没表态，但是把肖艾身上所有的银行卡都给冻结了。另外，这次婚礼上，袁真放了一段录音，全是李子珊算计我师母的证据，肖总听了之后很恼火，狠狠给了李子珊一个耳光，就冲他睚眦必报的性格，袁真这次绝对是吃不了兜着走了。"

我敏锐地抓住了这句话里的重点，向季小伟问道："袁真怎么会有这个录音的？是不是肖艾让他去做这些的？"

"这些证据就是袁真帮肖艾收集的，他当然会有。江桥，你这个怀疑太没有道理了，如果肖艾知道袁真把事情闹得这么大，她一定会第一个阻止的，她怎么忍心袁真受这个罪！"

我再次想起肖艾很认真地告诉我不会去婚礼上闹的样子，我渐渐相信这件事情是袁真的个人行为，与肖艾并没有关系，我回道："你需要我做些什么呢？"

电话那头的季小伟沉默了许久之后才说道："希望你能拉袁真一把，他真的吃不起官司。我知道你以前是在那个婚庆公司工作的，现在最大的难题就是那边不愿意接受私了，希望你能做做他们的工作。你恐怕还不知道，袁真今年已经签了很多场演出协议，如果因为这个事情导致不能演出，他真的是要赔出血的！"

"不是我不帮，实在是没法帮……"

"江桥，虽然我们认识的时间不长，但我季小伟是真的把你当兄弟的，我求你帮这个忙行吗？只要你肯帮，需要多少钱打理都算我的，就算要我到受害人面前替袁真磕头认错，我也做！"

我没有言语，却在心里做着挣扎，过了足足有一分钟才回道："小伟，袁真这次真的碰上铁板了，我对婚庆公司的老板很了解，我之前也和她提过私了，但是她没有给我一点儿面子。"

"难道真的要肖艾去求你吗？"

"是肖艾让你给我这个打电话的吗？"

"不是，今天我一直为这个事情走动，是一个了解情况的人让我和你联系的，但是我很纳闷，肖艾为什么没找我帮这个忙？"

我不太方便和季小伟说起自己和肖艾之间发生的一切，便模糊着回道："我也不知道，我以为她会来找我，但她没有。"

接下来的对话中，季小伟一直在苦苦相求，但是我依然没有答应他去做这件事情。因为我劝不动金秋，再者我也很反对袁真对二尧动手。他袁真是季小伟的兄弟，二尧也是跟在我后面摸爬滚打了多年的兄弟，所以我有我的立场，我不想因为一个犯了过错的人，过多地为难金秋和二尧这两个受害者。

…………

一通电话的工夫，烤炉里的肉已经烤焦了，我又赶忙换了一批新的，等快要烤好的时候，陈艺终于站在了我的心情咖啡门口，她看上去有些疲倦，但没有表现出其他特别的情绪。这也正常，婚礼虽然办砸了，但是和她一点儿关系也没有，而袁真对于她而言，更不意味着什么，所以她是可以完全置身于事外的。

我心中烦乱，不想再去提这件事情，于是笑了笑，将烤好的肉递到她面前说道："请你吃的。"

陈艺笑着从我的手中接过，看了看正在咖啡店里消费的顾客们说道："先看看有没有顾客愿意尝尝你的手艺。"

"很好吃的，我烤的时候他们就往我这边看了很多次了，怎么会不愿意呢？"

"那就先请他们吃好了，让他们知道在我们店消费会有这么好的福利。"陈艺说着便将那一盆烤肉端进了咖啡店，很热情地分给了那些顾客。

我一直看着她的背影，渐渐感觉到一丝丝的暖意。

我终于察觉到，如果我不去想肖艾的处境，那我一定是幸福的，因为陈艺再次用她的温柔和贤惠打动了我。此刻，我觉得这间小小的咖啡店就是我们的夫妻档，我们在很用心地经营着。

　　可是，我又想起了自己要开馄饨店时，肖艾夜里冒着雨水给我送来面点书的画面，也想起了在季小伟的咖啡店里，他无私给予我帮助的这几天，我真的要袖手旁观吗？

　　如果二尧连带着公司的损失要袁真给予赔偿，那金额可是过百万的！现在，肖艾的经济来源已经被肖总切断了，那么谁来替袁真赔偿这笔钱？

|第92章| 转机

　　夜色渐渐深沉，小小巷子的街灯以朦胧的姿态落在了百年不变的青石板路上，一切又陷入了寂静之中，只有从郁金香路上隐约传来的鸣笛声还在提醒着我们，这里还与外面的世界真实地连接着，每一个正在咖啡店里消费的白领正是来自那里，但此刻他们都褪去了浮躁，正享受着一杯咖啡的时光。

　　我将烤好的肉全部端进了咖啡店里，只给自己和陈艺留下了一盘，剩余的全部分给了店员和顾客。

　　我来到陈艺的身边，她正对着吧台的电脑忙碌着，我好奇地看了一眼，她正浏览着的是某个购物网站，我调侃道："双十一才过去没多久，你又开始买东西了，真佩服你的购买力！"

　　"什么啊！"

　　我又仔细看了看，才发现陈艺挑选的都是一些做甜品的设备，说话间她已经完成了付款，然后对我说道："帮你买了一套新的设备，以后你做甜品就有效率了，也节省一点儿人力成本。"

　　心情咖啡之前因为不主打卖甜品，所以只有一台烤箱，只能做一些简单的甜品。有时候也会从蛋糕房里购买一些，再转卖给顾客。这显然是不够有诚意的，既然以后要主推甜品，那么一套专业的设备肯定不能少。

　　自从离开公司后，我一直没有收入，本来还为购买设备的钱犯愁，没想到陈艺也一直惦记着这个事情，在我还没有开始准备时已经帮我解决了。可我的心里总觉得亏欠了她很多，这种亏欠从小的时候就开始持续了，那时候我会和她借铅笔橡皮、借作业抄，而长大后借的便是让人与人之间很容易变得敏感的金钱。

　　这一套完整的设备足足花了陈艺六万块钱。我心里肉痛地想着，这可是她主持一场商业活动的报酬了，有些人不了解，会以为主持是很轻松的工作，可是因为和陈艺很亲近，我知道里面的辛苦。

　　陈艺好似能看穿我的情绪，于是只字不提这件事情，却很亲密地拿起一串烤好的羊肉喂我吃，这个举动也让店里的顾客们都知道了我们的情侣身份，他们的表情显得有些不可思议。

陈艺倒没有在意这些，她环视咖啡店对我说道："江桥，你说要在店里做一面用一百种语言求爱的表白墙，可是店里的空间明显有点儿不太够啊！"

"嗯，要是这个店面能和隔壁吴婶家的院子打通，就会多出很大的空间，不过吴婶肯定不会同意的。"

"咖啡店的空间肯定要扩大的，咱们可以先和吴婶聊聊，都是老街坊了。"

我笑着点了点头，但也知道希望不太大，因为这些老街坊很多还保留着旧思维，他们把自己的土地看得非常重，有时候金钱倒真不一定能够打动他们，况且我也拿不出钱来办这件事情，所以也只能是试试了。

这个夜晚，陈艺一直陪我到咖啡馆打烊，然后我将她送到了巷口，她的车子停在这里。

陈艺替我理了理有些皱的衣服，才对我说道："回去早点儿休息。"

"嗯，你路上开慢一点儿。"停了停，我又对她说道，"这段时间这么累，明天好好在家休息一天吧。"

"那晚上我来店里找你。"

我点了点头，看着没化妆面容却依然精致的陈艺，此刻我们站在朦胧的灯光下，光线似乎有一点儿温度，在我们之间营造出了很舒服的氛围。

我拉住了陈艺的手，渐渐地靠近了她，彼此的鼻息也变得急促了起来，在我快要靠近她的时候，她却咬住了我的嘴唇，然后紧紧地抱住了我，我没有再进一步的动作，只是感受着她温热的柔软，那被咬住的痛也就变得很淡。

一片泛了黄的梧桐叶落在了陈艺的肩头，我轻轻地替她掸掉，心中的柔情更加泛滥，以至于整个世界在我的感官中都是温暖的，我忽然很想在这个夜晚留下她，可是这条老街已经不属于她。

我们终于还是在有些微冷的风中迎来了分别的时刻，我目送着她离开，一直到车开了很远很远，我的手中才点燃了一支会抽出寂寞的烟。

…………

回到自己的住处，我先将屋子打扫了一下，然后又去打扫院子里落满的枯叶。我离开南京不过数天，离去前还有夏天弥留的一丝气息，可回来时已经有了初冬的寒意，季节就这么在我的恍惚间变迁了。

扫着扫着我便有了倦意，于是用扫帚支撑着自己的重量，目光却停留在那堵斑驳的院墙上。记得还是夏末的季节，肖艾就是坐在那上面晃荡着双腿，手中还有一罐啤酒，那时候我一点儿也不觉得这个丫头会有烦恼，实际上她却有着在她这个年纪不该遭遇的烦恼。

也不知道这个让她伤神的夜晚是怎么度过的，而袁真在派出所更不会好过。我想个性给这对情侣带来了闪耀的光芒，也带来了无尽的烦恼和麻烦。如果在这件事上忍一忍，也不会把局面闹得像现在这么糟糕。

听着风在耳边将院落里的桂花树吹得沙沙作响，我如梦初醒般口袋里拿出了手机，我想给肖艾打个电话表示关心，哪怕发一条短信也行，可终究因为没有想到合适的开场白而放弃了。

不愿意帮忙的我，在这个时候给她打电话，多少显得有些虚情假意，我不想做这样的人，倒不如遵守约定，让我们之间的记忆永远停留在扬州那个下着雨的早晨。

…………

次日，早上五点钟我便醒了过来，之后无论如何也没有再睡着，索性去了咖啡店，做了一些在季小伟咖啡店学会的甜品，然后贴好售价放在了店里的冷藏柜里，时间就这么来到了中午。

我带着熬好的鸡汤，再次来到医院看望被袁真打伤的二尧，病房里很安静，二尧就坐在病床上发着呆，他的发呆与别人不一样，是真正意义上的发呆，什么都不会去多想。有时候，我真的很羡慕他的耿直和单纯，哪怕一本无聊的小说，一棵没有特点的树，也能让他盯着看半天，然后打发掉没完没了的时间。而这个习惯一定源于他对这个世界的要求不多。

我将鸡汤放在桌上，他才回过神看着我，说道："哥，你又来看我了啊！"

"嗯，给你熬了点鸡汤，头还疼吗？"

"有点儿，但是比昨天好多了。"

我点了点头，将鸡汤从保温盒里盛出来，递给了他，他从我的手中接过，一边喝一边对我说道："哥，我刚刚去派出所做指认了。"

我没有多想，回道："我知道。"

"可是没有动手打我的那个人，非说自己打了我，最后弄得我也搞不清是谁打了我，当时人太多了，可能真的是我看错了。"

我的思维立刻变得警觉，问道："你是说，打你的人不是袁真？是他带过去的人？"

"我看到那个打我的人穿了一件黑色夹克，袁真穿的不是夹克，可他说是他打的我，不是那个穿黑色夹克的人。当时人很多很乱，现场又是监控的盲区，也没有被拍到，所以我自己都不确定到底是谁打了我。"

虽然二尧的表达有点乱，但我还是听明白了。动手打人的很可能是袁真的朋友，而袁真的本意可能只是给肖艾的母亲要个说法，却没有想到带错了朋友，事后自己便把事儿全部扛了下来。这人就是一个典型的热血青年，重感情，不愿意连累帮自己忙的朋友，可这个时候他已经自身难保了。

我思虑了一下，又向二尧问道："袁真那个朋友也没承认是他打你了吗？"

"没有承认，所以我才怀疑自己当时看错了。"

"二尧，你听我说，你看错的可能性不大，是袁真把这个事情扛在自己身上了，他那朋友估计也是个尿包，摊上事儿就开始推卸责任了。如果派出所再找你去指认，你还按照自己的内心想法去说，看到是谁对你动手的就是谁，听见没有？"

"知道了，哥。"

…………

离开了医院，我便给秦苗打了个电话，稍稍等了一会儿后，秦苗便接通了，她带着诧异向我问道："江桥，今天地球是倒着转的吗？你竟然给我打电话了。"

"有点儿事情请你帮忙。"

"你说。"

"我有个朋友因为斗殴被抓进了派出所,现在可能不让探视,你那边有熟人能帮忙通融一下吗?"

秦苗小心翼翼地问道:"不会又是乔野这惹事儿精吧?"

"乔野是聪明人,不可能在同一件事情上栽两次的,你就放心吧。"

秦苗松了口气,回道:"叫什么名字,哪个派出所?"

我将袁真的名字和派出所的地址告诉了她,她让我等消息后便挂掉了电话,五分钟之后又给我打来了,让我去找张所长,并嘱咐我探视时间不要太长。

我心中有数,要不然也不会请秦苗帮忙,当即便表示不会节外生枝。我只是希望和袁真聊一聊,如果真不是他动的手,事情应该会有转机的,而袁真自己在主观上应该也没有想把事情弄成现在这个局面,只是带去的朋友太冲动了。

第93章　袁真其人

打车来到派出所,我按照秦苗告诉我的,去找了那位张所长。可能是因为秦苗的关系,他对我很有耐心,我们聊了一会儿,他说,其实像这种打架的事件他们派出所一个星期会处理好几起,大部分在派出所的调解下就私了了,但这次袁真得罪的人有点强硬,对方不同意私了,再加上袁真有前科,又是持械,所以要动起真格,这事儿最后是什么结果真的不好说。

我争取了一刻钟和袁真见面的时间,我们被安排在了一个不大的审讯室里,让我意外的是,我并没有在这个男人的脸上看到什么憔悴之色,甚至连一点儿恐慌忧愁都没有。只是他手上戴着的手铐有点扎眼,让人察觉到他还在被常人难以忍受的麻烦缠着身。

我还没有开口,他便先对我说道:"你是江桥吧,我们见过面。"

"是,见过几次。"

他点了点头,没有什么情绪地对我说道:"麻烦给我一支烟。"

我从口袋里掏出一支烟递给他,他用戴着手铐的双手接过,然后低着头让我给他点上了烟,他没有再说话,只一直抽烟。

时间不多,我对他说道:"被你们打的二尧是我的朋友,我听他说了,动手的不是你,是你的一个朋友,穿着黑色夹克。"

袁真看看我,他掐灭了手中的烟,没有多余的废话,回道:"是我动的手。"

"你这是何必呢?现在婚庆公司和李子珊把矛头都对准了你,你摊上的事儿不小!"

"你说得不小,是多大的事儿?"

"坐牢。"

这两个让人心生畏惧的字并没有给袁真带来多少情绪上的改变，他摇了摇头说道："事情是我挑起来的，我的责任我没想过要逃避。"

"你太冲动了！"

袁真却笑了："冲动吗？我不觉得。这个世界太复杂，复杂到让人畏首畏尾，忍气吞声，我只想活得简单一点儿。肖艾的妈妈对我有知遇之恩，肖艾是我喜欢的姑娘，她们受了委屈，那我就在最合适的时间帮她们要一个公道和说法，所以我不想去考虑什么后果。如果你把目光放远一点儿，你会看到我们永远也逃不掉死亡这个后果，而在死亡之外的这些小结果并不可怕，至少我是站在道义上做了这件事情，我问心无愧！"

"你的道义却伤害了我的朋友。"

"这个世界自从形成了社会，已经有过无数场的战争，每一场战争都师出有名，其中道义是被用得最多的理由，最后打赢了的，就叫作道义，却很少有人去看看道义的背后有多少血流成河，妻离子散。我是挺无耻地用了道义这个词，但人性不就是这样子吗？区别只是有人因为站在道德的制高点而被大众原谅，有人因为太卑微，就成了伤及无辜，其实大家都无耻，都不高尚。"

我看着他的眼睛，看到了孤独，他的孤独源于把这个世界看得太透彻。

一阵沉默之后，我又对他说道："打伤人这件事情有主要责任和次要责任，如果真的是你朋友因为没控制住情绪打伤了张看，你主观上并没有想发生冲突，那这个主要责任就是你朋友的，你只是次要责任，事情就好办多了。别让肖艾太为你担心了，行吗？"

袁真目光出现一丝涣散，然后更加坚定地回道："人是我打伤的，如果是肖艾让你来找我的，那你帮我转告她，如果这件事情一定要以我袁真坐牢为结束的话，我会好好改造的，以后再也不会进这个该死的地方了。"

…………

我带着无奈离开了派出所，回到心情咖啡后，发现季小伟就站在门口等着我，他还是把希望寄托在了我的身上，我将他请进了咖啡店里，又顺手从吧台拿了几瓶啤酒。

我在季小伟还没有开口之前便问道："肖艾她还好吗？"

季小伟忧心忡忡地摇了摇头，回道："昨天发了一夜高烧，又没怎么吃东西，上午和我一起办事的时候，整个人晕了过去，把我魂都给吓掉了。"

"这！"

"还好，医生说她血糖有点儿低，这会儿还在医院打点滴。"

我有一种心被痛虐的感觉，她一直以生龙活虎的姿态出现在我的生活里，甚至和我打闹的时候，会骄傲地抬起自己那练过舞蹈的腿放在我的肩上，怎么会低血糖呢？

我将手中打开的啤酒放在了一边，点上了一支烟，对季小伟说道："我刚刚去派出所看过袁真了，但是他非要把打人的责任扛在自己身上，那这事儿就不太好办了。我敢肯定人不是他打的，我那被打的兄弟也说了，是一个穿黑色夹克的人动的手，和袁真没关系。"

季小伟叹息，半晌才回道："打人的是小领，他是和袁真一起在孤儿院里长大的，脾气比袁真还臭。"

"孤儿院？"

季小伟点头："袁真出生没几天就被扔在孤儿院了，要不然性格怎么会这么孤僻，这么怪。还不是从小人情冷暖看得太多，直到上了初中才被人领养，可领养的家庭也没有用真心待他，上高中的时候他就自己搬出来独立生活了。要不是遇到恩师，资助他上大学，他哪有今天的成就，所以他对肖艾和老师有着很深的感情，不过他自己这一路走下来真的是太难了。"

稍稍停了停，季小伟又说道："小领去年刚结了婚，老婆现在有八个月身孕，这个时候袁真肯定会把事情扛下来的，没办法劝他。唉！我们这些在温室里长大的人，也不理解他们这种在孤儿院一起长大的感情。"

我陷入了沉默，季小伟说不理解，但是我可以理解，这种感情就类似于我和赵牧、赵楚的感情。换位思考，假如是赵牧摊上这件事情，我也会毫不犹豫地去做一样的选择，我不敢说自己和袁真是同一类人，但看待这个世界的心情是一样的。

这一刻，不知道为什么，袁真那孤独的眼神总是在我的大脑里闪现，还有前些天他站在街对面，用文着文身的手臂搭住肖艾肩膀的样子。在这个世界他拥有得太少了，无非一把吉他，一个肖艾，一段被灰色笼罩的童年。

在我沉默时，季小伟又向我恳求道："江桥，劝劝你那被打的兄弟吧，只要他愿意接受调解，剩下的无非就是钱的事儿。不管是袁真，还是小领，这官司都吃不起啊！"

我心中有些动摇，这时候咖啡店的门又被推开了，随后陈艺便走了进来，她站在了我和季小伟的面前，很随和地与季小伟打了招呼之后，便在我的身边坐了下来。

我不想让陈艺参与进这个麻烦的事情里，便对季小伟说道："我晚点儿给你电话吧。"

季小伟看了看陈艺，没有再多说什么关于袁真的事情，客套了几句，便离开了咖啡店，将空间留给了我和陈艺。

陈艺的心情不错，她对我说道："江桥，我刚刚去找吴婶谈了咱们咖啡店扩大经营面积，要占用她家小院的事情，她同意了，一个月只要给六百块钱的租金就行。"

我有些意外，问道："没有这么简单吧？"

"就是这么简单啊，都是几十年的街坊邻居了，这点儿忙会不帮吗？再说，我们也是给她租金的，又不是白用。"

我没有太往心里去，陪陈艺聊了会儿天，便又去厨房做起了甜品，天色很快便暗了下去。这中间，季小伟又给我打了电话，我们约着晚上六点的时候见面聊这事儿，我也顺便去医院看一下肖艾。虽然我们说过不再见面，但这个时候对她不闻不问，我这心里实在是过意不去。

…………

我告诉陈艺出去办点儿事情，她没有多问，只是说等我回来一起吃饭，我估摸着也不会太久，便答应她早去早回。

走出巷子，我去便利店里买了些水果，正在隔壁摊煎饼的吴婶似乎心情很好，热情地叫住了我，然后将一块刚做好的煎饼馃子递给我，说道："婶请你吃的。"

"吴婶，你干吗这么客气，你愿意把小院给我的咖啡店用，我还没来得及感谢你呢，你这儿倒请我吃煎饼馃子了！"

吴婶笑着回道："是婶要谢谢你和陈艺那个丫头，我们家二子一直想去电视台工作，这事儿今天终于被陈艺办好了。下个星期，二子就能到电视台入职了，我这也了了一桩心事。"

我有些木讷地接过了吴婶手中的煎饼馃子。原本这一天陈艺该在家好好休息的，可是她又将宝贵的时间用在了我的事情上。此刻，我的心中什么滋味都有，继而问自己，这辈子我该用什么去还陈艺的情？

真的希望我们会成为一对名副其实的夫妻，我会用我全部的感情去宠她，给她一辈子的关爱。

…………

夜色又深了一些，郁金香路上随处可见下了班的人，他们匆匆忙忙，而我的脚步也不比他们慢，我在布满街灯的路上，乘着一辆白色的出租车去往了肖艾住的医院。

第94章 我可以挽回公司的声誉

来到医院，我去服务台咨询了一下，随后在十楼找到了肖艾住的那间病房，此刻房间里没有别人，而她似乎已经睡了过去。我随即站在病房外给季小伟打了个电话，他告诉我，他去外面帮肖艾买吃的了，待会儿就回来。

我在肖艾床边的椅子上坐了下来，她背对着我，可是我仍看见了白色的枕头上满是泪湿的痕迹，也许她并没有睡。

我有些不知道该怎么应对，我并不太擅长安慰女人，最后只能将目光放在了十楼的窗外。我看清了南京这座城市，实际上南京也好，扬州也罢，夜晚都是灯火通明，黑暗的只是人的内心。婚礼上的一场闹剧，就这么演变成了人性与人性的战争，没有所谓的赢家，只有道德和信仰的缺失。

"师哥，你把东西放下就回去休息吧，我想静一静。"

肖艾误以为我是季小伟，一阵沉默之后我才回道："是我，来看看你。"

她没有回过身，我看不清她的表情，也不知道她是什么心情。许久，她回道："我们不是说好，不再见面了吗？"

"你一直背对着我，也没让我见上一面啊。"

她没有言语，显然那些说说闹闹的心情，都已经随着这件事情一去不复返了。

我又对她说道："我白天去见过袁真了。"

她终于回过身看着我，我也在一瞬间看出了她的气色非常差。此刻我相信，除了袁真，在这件事中最遭罪的便是她。

　　"江桥，我和袁真的事情不用你管，你过好自己的生活就够了。"

　　"袁真是个可怜人，我也不想看到你这么难过。"

　　我的话还没有说完，便被肖艾打断："我难过的是自己咎由自取，我就是不甘心李子珊顶着她那副丑恶的嘴脸活得那么逍遥，所以我就指使袁真做了这件事情。他的确可怜，任性的是我，付出代价的却是他。"

　　我沉默了很久，才回道："虽然你这么说了，但我还是不愿意相信你是个有心机的姑娘，如果真是这样，你坑的不仅仅是袁真，还有我。"

　　"呵呵，你难道看不见我身边的同学为了能进那个圈子，每天都带着心机去利用身边的各种人脉和资源吗？请问，我每天活在这样的氛围里，什么不明白，又怎么会单纯得起来？所以不要再用你自己的眼光看我了，其实我和她们一样。"

　　"你要是真的像你说的这样，袁真还会喜欢你吗？虽然我和他聊得不多，但我知道他是个有精神洁癖的人。"

　　肖艾的情绪突然失控："江桥，我求你不要再扮演救世主的角色了，今天我和袁真面对的这一切，可能就是你和陈艺明天要走的路。你难道看不见你和陈艺之间有多少隐患吗？你要是真的爱她，就该全心全意地为她奋斗，你不是一个有资本去分心做太多事情的男人。"

　　我愣住了，我觉得眼前的肖艾非常陌生，大大咧咧的她不该把事情看得那么远，尤其这件事情和她还没有太多的关系。也许，她的世界真的不是我肉眼看到的那么简单和单纯，她是一个可以把事情想得很复杂的女人。

　　我退到了病房的外面，站在走廊尽头的飘窗旁等待着事先约定好见面的季小伟，我看着楼下的马路、灯火、车辆以及有些模糊的人群。

　　我仿佛又看见了一个可怜又可恨的自己，一个越低落越平静的自己。我自问在人生这场荒谬的游戏中，逃离的出口到底在哪里？没有出口，只有冲不破的束缚和看不清的世界。

　　…………

　　与季小伟见了面之后，我便和他去另一家医院找了还在住院的二尧，我劝说二尧能够接受私了，可二尧始终一根筋地抱着医药费是公司帮他出的，他要听从公司安排的态度，不肯接受我的提议。

　　无奈之下，我又独自去找了金秋，一个同样在这次的事件中损失惨重的女人，我们约在了公司楼下的一家咖啡店见了面。

　　她依旧是个不喜欢说闲话的人，坐下后便向我问道："江桥，你还是为了调解的事情来找我的吧？我之前已经给过你态度了，这件事在我这里没有商量的余地。"

　　我看着她，话锋一转说道："其实我今天找你是想谈谈合作的事情。离开公司后，我接手了一个朋友的咖啡店，最近正在对咖啡店进行改造。我希望未来会有很多人把这间咖啡店当作是求爱的圣地，所以我想，我的咖啡店是爱情到婚姻上的一个环节。既然我做的是求爱，你做的是婚礼，我们应该是有合作空间的，对吧？"

金秋端起咖啡喝了一口，她没有表态，只是用疑惑的眼神看着我。

"得，你做的是大事业，我就是小打小闹，你要看不上我的提议就当我没说，反正我现在也只是有个思路，倒还真没有什么好的合作方案。"

金秋终于回道："我没有否定我们之间合作的可能性，但是我现在已经忙到焦头烂额了，不把手上的危机解除，我根本没有精力去和别人谈合作。"

我点了点头，也端起茶杯喝了一口茶，然后正色向金秋问道："我们认识这么多年了，你把我江桥当作过朋友吗？"

金秋面色诧异地看着我，许久才回道："为什么突然这么问？"

"你先回答我。"

"我当然把你当作朋友，我们已经是很多年的交情的老朋友了。"

"可是咱们现在还有一点儿做朋友的感觉吗？你想想看，自你从国外回来后，我们有没有一次真正意义上的交流，更别说一起吃个饭了，问题到底出在哪里？"

金秋愣了一下，然后笑了笑回道："大家现在都挺忙的，哪里还能像以前那样有那么多时间可以坐在一起聊聊生活，聊聊理想，聊聊学校里那些开心或者不开心的事情？其实，我们都挺身不由己的。"

"我不这么认为，如果你愿意，我还可以像以前那样和你谈理想，聊生活，可是你有没有发现你自己变化太大了？你现在身上的人情味越来越淡，淡到让我觉得，那时候我们可以随意聊天的日子是一场幻觉，我现在认识的也不是从前的那个金秋。"

金秋看着我，随后皱眉点燃了一支女士烟，她吸了一口，才对我说道："你到底想和我说什么？我以前认识的江桥也不是一个喜欢拐弯抹角的人。"

"放袁真一马吧，冤家宜解不宜结，何必把自己的人生时时刻刻弄得像战争一样呢？我看着都累！"

"江桥，你知道就他这么一闹，公司损失了多少吗？我好不容易和国外的朋友找到了投资，现在我回国后的第一场婚礼就办砸了，朋友会怎么看待我金秋的执行能力？还有和李子珊签的那份该死的合同，更是活见鬼！公司忙活了这么久，没赚到钱不说，还要往里面赔一笔钱，更有员工在冲突中被打伤了。这一切都是因为他带人去闹事造成的！"

我很少会在金秋的身上看到情绪失控的表现，但此刻的她就处于这种状态，这件事情已经彻底挑战了她的底线和自信，想必她强势的背后，也有一颗挫败的心。

我在一阵沉默之后，终于对她说道："你先不要激动，摆在面前的难题我们可以一件件地去解决。我跟你说，这件事情发生的根源就在李子珊这个女人身上，当初要不是公司岌岌可危，你爸也不会和她签下这一份霸王条款的合约。而李子珊和肖总的女儿一直不对付，知道她会去婚礼上闹事，所以才很无耻地将闹事的风险转嫁给了婚庆公司。实际上，从整个行业的规则来说，就算是婚礼全部承包给婚庆公司去办，婚礼现场有人闹事，损失也不应该由婚庆公司来承担，对吧？"

"是这样的，当时我不在国内，否则一定不会让我爸接这个项目的。"

"金秋，你大学是主修商业法的高才生，就针对那份霸王合同去和李子珊打官司有没有胜算？我觉得公司应该从她那里拿到婚礼的服务费用，而不是由袁真来承担。"

金秋面露不可思议之色，然后回道："江桥，你疯了吧？咱们先不说胜算，如果以婚庆公司的名义去状告客户，以后哪个客户还敢和我们公司合作？我明白你的意思，李子珊虽然不是什么好货色，但她代表的始终是客户的立场，一旦闹上法庭，很可能演变成一场公司与客户之间的舆论之争，到时候同行们趁机落井下石，客户对我们不信任，公司会死得更惨！"

"那就把全部的真相扒开来给观众们看啊，只要官司能打赢，就说明我们是对的，还有比判决书更权威的东西吗？"

"如果我们打输了呢？"

"暂时不要想着输，好吗？你先好好研究一下那份合同，看看有没有漏洞是可以被我们利用的。如果有胜算，那这个官司必须要打，我有把握替公司挽回声誉。"

金秋半信半疑地看着我，说道："我不怕打官司，哪怕输了也无所谓。我最看重的是公司的声誉，因为这关系到我能不能从我同学那里拿到这笔投资，所以你确定能够挽回公司声誉吗？"

我点头回道："我确定。"

"如果你真的可以挽回公司的声誉，我可以不追究袁真的责任，包括他给我们公司间接带来的经济损失。"

|第95章| 大家都如此幸福

暂时与金秋达成一致后，我离开了开在公司附近的那一家咖啡店，此刻已经是夜里的九点半。我不知道陈艺是不是还在咖啡店里等着我，赶忙给她打了电话，可是没有人接听。我下意识地以为她生了我的气，毕竟我们约好要一起吃饭的。

回到心情咖啡，我发现陈艺并没有离开，只是靠在沙发椅上睡了过去。店员很细心地帮她盖了一张毛毯。估计刚刚电话没有接听是因为手机被她调了静音，是我多虑了。

我来到她的身边，双手托住她的脸，轻声喊道："陈艺，醒醒。"

陈艺睁开了眼睛，随后拿掉身上的毛毯，对我说道："你回来了啊！"

"嗯，你吃饭了吗？"

"没有，你呢？"

"我也还没有吃，要不就在店里随便吃点吧。"

陈艺从沙发上站了起来，摇了摇头对我说道："去吃馄饨吧，突然很想吃。"

尽管此时能在郁金香路上吃到馄饨的可能性已经不大，但我还是同意了陈艺的要求，甚至已经做好在这边吃不到，去其他街区吃的准备。南京这么大，总有可以二十四小时吃到馄饨的地方。

…………

郁金香路已经开始沉寂，我和陈艺挽手从街头向街尾走去，路上只有少量的汽车从我们身边驶过，路边的餐馆和杂货店大部分已经停止了营业，整个街道空旷静寂。

身边的陈艺终于向我问道："江桥，你今天去做什么了？"

陈艺既然问起，我便不想刻意隐瞒，我停下了脚步，并没有急于回答，而是问道："你是怎么评价袁真这个人的呢？"

"他？他在音乐圈里口碑还不错，人非常有才华，这是公认的。"

我点上一支烟，深深吸了一口，才回道："是，恐怕大家都把他视为未来音乐圈的艺术家，然后推崇着。可是教育自己的孩子时，肯定又会说，不要做袁真那样的人。想来，这就是人性里矛盾的地方吧？"

陈艺也停下了脚步，然后与我面对面地站着，说道："我觉得不是人性矛盾，是袁真这个人身上有很多矛盾的地方。你今天一直都在为他的事情奔波吧？"

"是啊，想在自己力所能及的范围内帮帮忙，不想这样的人活得太惨！"

陈艺点了点头，并没有发表过多的看法，她双手插在自己的上衣口袋里回头向对街看去，我也追随着她的目光看过去。对街很空，却真的有一个还没有收摊儿的馄饨车在冒着食物的热气。

我弯下身，陈艺心领神会，让我背起了她。我们用更靠近的姿态走在了斑驳的光影下，树枝在轻轻地摇晃，整条郁金香路温柔而绵长。

…………

次日，我从床下的储藏柜里找到了许久不用的 DV 机，然后打电话把秦苗和乔野这对夫妻约到了咖啡店。我要找两人拍一段视频，因为他们的婚礼是我策划的。我想为自己曾经服务过的客户做一个回访，我几乎还能记得他们在婚礼上每一个幸福的瞬间。如今这些年过去了，他们是依然那样幸福着，还是不幸福，我想知道一个结果。而这个结果就是我去解除公司危机的一把钥匙。

来到咖啡店后，乔野和秦苗起初是分开坐的，但被我很热情地拉到了一起，面对着最明亮的那扇窗户坐着，我对两人说道："你们的婚礼当时是我策划的，今天找你们的目的，就是想了解一下你们的婚后生活，以及未来的生活计划。待会儿我一打开 DV，你们就开始说，想到什么说什么，不好听的我会剪掉的，因为我只要好听的。"

乔野和秦苗对视了一眼，然后向我抱怨道："我们结婚后是怎么过的，你难道不知道吗？"

"我当然知道啊，不是有个词叫现身说法吗，我现在要的就是你们当事人谈谈对这段婚姻的感受。"我说着便拿起了 DV 机对准了两人，示意给他们酝酿的时间只有一分钟。

乔野开始起范儿，将秦苗从头到脚打量了一遍，说道："我身边坐着的这个女人叫秦苗，小学三年级的时候我们被分到了一个班，差一点儿就成了同桌，初中分开了，高中又念了一所学校。认识这么多年，除了觉得她爱摆臭架子，有点傲娇之外，没什么特别的感觉，后来我们就稀里糊涂地成了夫妻。"

说到这里，乔野停了下来。他的手想去拿桌上的烟，却又没有拿，这个行为就好似他面对这段婚姻时矛盾复杂的心情。我赶忙又将镜头对准了秦苗，秦苗可能不满乔野刚刚那番对自己的评价，以至于看也不看乔野，便说道："我身边坐着的这个男人叫乔野，小学的时候我们就认识了，他成绩差得一塌糊涂，但自尊心还特强，不喜欢别人对他说三道四。说白了，这种人就是幼稚、自我，所以我也没觉得他身上有优秀男人的品质，可后来我们就这么稀里糊涂地成了夫妻。"

我在想着要不要把这两段话剪掉的时候，乔野点上一支烟又说道："我把对她不满的情绪一直带到了婚后，一度很坚决地认为我们不是能够将日子过到一起去的两个人，所以这几年我们过得都挺不顺心的，这种不顺心和物质没有什么关系，完全就是情绪层面上的。可是，后来我觉得她也挺好的，我因为闹情绪在外面独自生活，她没有和我爸妈同流合污来干涉我的生活，相反这段时间还私下替我解决了很多因为我的臭脾气而惹下的麻烦。"

乔野终于搂住了身边的秦苗，在我这个外人面前，第一次以一个老公的身份说道："现在我也想明白了，虽然她花起钱来大手大脚，却有一半是花在我身上的，还有一半是用来打扮自己了。话说回来，她打扮还不是为了给我这个老公看吗？所以我要是还不识相，放着一个这么如花似玉的老婆在身边，却不知道珍惜，那自己这小半辈子就算是白活了！"

秦苗有些不可思议地看着乔野，似乎连她自己都适应不了这突如其来的转变。或者说，对她而言，虽然之前和乔野已经有了缓和的迹象，但这幸福还是来得太突然了，以至于眼泪就这么流了下来。这完全是真情实感的爆发，一点也不做作。这些年，她苦等的应该就是这一刻。

"老婆，我们再结一次婚吧，还是那家婚庆公司，那个婚礼策划，我们换种心态再来一遍！"

属于乔野和秦苗的这一刻，作为朋友的我发自内心地为他们感到高兴，于是将镜头对准了自己，然后以朋友兼婚礼策划师的身份为这段视频进行了总结性的陈述。

收起DV，我给秦苗和乔野各自端来了一杯咖啡，这对曾经的冤家还沉浸在刚刚的情绪中。而我也惊奇地发现，起初我是准备将这段视频给金秋的婚庆公司用的，可阴差阳错，他们竟然成了在这间咖啡店里重新告白的第一对情侣。哦，不，是夫妻，也是情侣，他们说了要再结一次婚的。

如果这次乔野靠谱的话，那这一定是一场很隆重的婚礼。而金秋的婚庆公司，岂不是又有了一次操办高端婚礼的机会？

现在想这些还为时过早，但有钱人的生活真是任性！

…………

我又陆续邀约了一些曾经由我去策划婚礼的客户，他们很给我面子，下午时，便纷纷来到了心情咖啡，其中一对小夫妻更是带着他们的双胞胎来的，以至于我整个下午都被别人的幸福包裹着。久而久之，我自己也发自内心地涌出了幸福的感觉，原来我这六年的工作生涯竟然是这么有意义，我的客户里有公务员、小职

299

员、个体老板，他们虽然活跃在各行各业里，但此刻的幸福是如此一致。而我便是那个匠人，将他们的幸福具化成色彩各异的珍珠，然后串成了一条光彩夺目的项链。

如果我是金秋，此刻我绝对不畏惧和李子珊打一场胜算也许并不大的官司。而事情闹得越大，关注的人越多越好。现在有了这些成功的素材，只是办砸了一场婚礼又有什么，更何况这场婚礼办砸的主要责任并不在于婚庆公司。

就算最后打输了官司，也会被大众认为是"客大欺店"，公司却在舆论的哗然中收获口碑，等于利用危机给自己免费做了一次广告。如果金秋相信我，敢于冒一次险的话，那段视频一定会在事件发展到最激烈的时候被发布出去，而陈艺和袁真都是本地很有名气的人，他们的微博便是视频发布的最好载体。

夜晚来临前，我又将视频里的内容看了好几遍，点上烟，还没有吸，眼睛里已经传来温热的感觉。因为有些画面实在是太美，太冲击人的内心了，尤其是一对黄昏恋的老人，他们的婚礼是我们公司有史以来最不赚钱的一场，可是作为参与者，即便耗费了很多精力，仍觉得值，因为人生就该是这样。

因为这样的幸福，超越了年龄的界限，超越了物质的衡量，超越了美丑的对比。

第96章 世界太现实

傍晚七点的时候，我再次将金秋约了出来，我们还是在公司楼下的那间咖啡店见了面，她喝拿铁，我喝清茶。

咖啡店里，点着能让人安静下来的檀香，而我不喜欢檀香和烟草混合后的味道，所以我没有习惯性地点上烟，倒是金秋点上了一支女士烟。

我向她问道："那份合同你看得怎么样了，能不能找到打官司的切入点？"

"合同我很仔细地看过了，其中有个条款是有漏洞可以抓的。如果一定要打官司的话，现场的发挥很重要……"稍稍停了停，金秋又说道，"我个人评估这场官司的胜算应该会有一半。"

我点了点头，然后从自己的包里拿出了那台记录了许多宝贵影像的DV，递给金秋说道："我花了一天的时间，对公司以前服务过的客户进行了回访，大家都过得不错，对公司的评价也很不错，你先看看。"

金秋弹了弹烟灰，然后从我手中接过了DV，我也没有刻意用煽动性的言语去描述DV里记录的画面，我想让金秋以一无所知的状态看看这一段影像，如果连她这个铁石心肠的人都可以被打动，那么对大众更会有无与伦比的冲击力。

看的过程中，金秋的表情一直在变化着，以至于忘记了手中还点着烟。许久之后，她才放下了DV对我说道："这些都是我们公司几年来服务过的客户吗？"

"嗯，形形色色的人都有。对了，婚礼现场的影像，都在行政部保存着，我们可以把婚礼的影像也穿插到这段视频里，我相信形成的冲击力肯定会比现在来得更强烈！"

金秋点了点头，然后陷入了沉思中。

"这么多客户都很给面子地回来力挺我们，每一个画面都是发自肺腑的真情，这场官司你还不敢打吗？"

金秋用手指有节奏地敲击着桌面，她的眉头紧锁，显然心中正在做着最严谨的权衡。片刻之后，她终于说道："打，狠狠打，打到满城皆知。"

我点了点头，胜负对于这场官司而言并不是最重要的，重要的是引发公众的关注，并在最适合的时间将我们曾经做过的优秀案例传播出去，这是花多少广告费也达不到的效果。更何况这件事情还牵扯到袁真这个小有名气的音乐人，想不引起关注都难。

我笑了笑对金秋说道："我就是欣赏你的冒险主义精神，让我觉得曾经的金秋又回来了！"

"你少来，曾经的金秋回不来了。"她说着看了看桌上摆着的烟，有些无奈地笑了笑，又说道，"至少这烟是戒不掉了。"

我看着她，心中很想知道她在国外的这些年经历了什么，可是心中更关心袁真的事情，便问道："袁真的事情，你现在可以接受调解了吗？"

"你费尽心思地做了这么多，我要是还不接受调解，不知道你又要怎么说我金秋不近人情了。走吧，去派出所。"

"现在？"

"嗯，现在。"

…………

派出所的门外，冷风吹得我竖起了衣领，我抽烟等待着。片刻之后，袁真终于从派出所里走了出来，他站在我的面前，我从口袋里一阵摸索，然后抽出一支烟递给了他。

他很需要，从我的手中接过后，说了一声"谢谢"。

我对他说道："回头你把我朋友的医药费和误工费、营养费支付一下，这事儿就和你没有关系了。"

袁真吸了一口烟，回道："和我没关系了，这事儿和你还有关系吗？"

"这你就别管了，我只是帮了一点儿小忙。只是希望你以后做事情不要再那么冲动，否则肖艾也受罪。听她说，你们恋爱了。"

袁真没有看我，也没有言语。其实，我只是善意提醒。所谓的冲动是人一定会有的，有时候被刺激了以后，人的行为往往就不受思维限制，我自己也不是一个能彻底在这个不公平的世界里克制住冲动的人。

半支烟在袁真的手中燃完，他弹了弹烟灰对我说道："我们两个人之间没有交情，你这么帮我是为了肖艾吧？你和她之间是什么关系？"

这突如其来的一问，让我有点措手不及，我也点上一支烟回道："是为了帮肖艾，我和她算朋友吧。"

他点了点头，然后说道："这份人情我和肖艾记住了。但是，我不希望你和她走得太近，听说有一段时间你经常到南京艺术学院去找她。"

我心中那敌对的情绪忽然毫无理由地从心中冒了出来，我皱眉看着袁真，却又在一刹那想到了陈艺。我是陈艺的男朋友，为什么要在意袁真对我说的这些呢？我和肖艾之间根本就没有什么，为什么又本能地不愿意去解释呢？

这时，那辆熟悉的奔驰车以呼啸的姿态驶来，又停在了不远处的一片空地上，然后我便看到了匆匆从车上走下来的肖艾和季小伟。

季小伟连连向我表示感谢，肖艾与袁真拥抱，哭泣着责备他，袁真依旧沉默寡言，只是拥住肖艾让她不要哭。

肖艾终于离开了袁真的怀抱，她看着我，却没有走近我，对我说道："江桥，谢谢你。这件事情造成这么严重的后果，也让我认清了很多，从现在开始，我不会再活在李子珊的阴影下了。"

我点了点头，心中情绪万千，却只是简单地回道："那就好。"

"嗯。"

季小伟约我改天一起吃饭，之后便引着肖艾和袁真向那辆奔驰车走去。袁真搭住肖艾的肩，我看着他们离去的背影，好似看到了这些年他们铁打不动的情谊，而我从来不是他们中的一员。

一阵冷风吹来，我又将自己的衣服披紧了些，可风还是带着这个世界从不缺的孤独从我领口的缝隙中吹了进来。我又深吸了一口烟，如果此刻我快乐地活着，孤独何尝不是一个宝贵的礼物。

车子已经开始掉头，我恍恍惚惚看见了从远方广场上升起的绚烂烟火，颜色全部落在了车窗上。好像肖艾在看着我，又好像是烟火太美带来的幻觉。

…………

独自回到了郁金香路，我买了一份陈艺最喜欢吃的小馄饨回到咖啡店，以为陈艺会像往常那样在咖啡店里等我，却不想那个她最喜欢的位置，坐着的是她的父亲陈安之，也是我最害怕见到的人，他绝对不是单纯来喝咖啡的。

我知道有些事情迟早是要面对的，便硬着头皮推开了咖啡店的门，然后站在他面前，低声喊道："陈叔叔。"

陈安之示意我坐下，然后问道："最近工作怎么样？"

他与生俱来的威严感给了我很大的压力，我不敢造次，深思熟虑后才回道："我前段时间离开婚庆公司了，现在经营这间咖啡店，算是自己做点儿小生意吧。"

陈安之环视这间咖啡店，然后又对我说道："江桥，我是看着你长大的，也就不和你拐弯抹角。我知道你和陈艺有青梅竹马的感情，可是人和人之间的差距更不能忽视，所以我和她妈妈都不看好你们之间的感情。趁现在还没有到不可收拾的地步，赶紧结束吧。"

我心中一阵揪痛，好像被那该死的现实踩在了脚下，许久才回道："叔叔，我和陈艺是有真感情的，请你给我点儿时间，行吗？我……"

我的话还没有说完就被打断，他说道："我不怀疑你们现在有感情，但是以后呢？我很想问问你，你知道陈艺生活在什么环境里吗？她的圈子里是些什么人，她的同事每天聊什么，你又清楚多少？江桥，你从十几岁就开始和这个社会接触，社会的现实你可能比我们这些一板一眼搞文化工作的人看得更清楚，你自己办过这么多的婚礼，又有几对像你和陈艺这样是门不当户不对的？"

我沉默着，在沉默中看到了那像钢铁一样的事实。陈安之的话虽然不好听，但我却无法反驳，他击碎了我心中由来已久的自我安慰和幻想。

我当然知道陈艺的圈子里是什么人，那里随便一个女人交往的男朋友，或者嫁的男人都是非富即贵，何况比她们优秀很多的陈艺。而人是一种最经不起对比的动物，时间久了，陈艺真的能保持初心吗？

许久之后，我终于对陈安之说道："叔叔，我会努力的，给我点儿时间，行吗？"

陈安之看看我，他一声叹息之后，回道："江桥，请你理解叔叔和阿姨为人父母的心情，这个世界上不缺努力的人，缺的是努力之后真正能有所收获的人。你和陈艺注定不是一路人，作为父亲，我必须要保护好陈艺的婚姻，因为类似的悲剧我们看得太多，我绝对不能让你父母那样的悲剧再次发生在你和陈艺的身上！"

我的大脑有点儿乱，乱到抓不住陈安之话里的重点，只是有些畏首畏尾地看着他，我害怕他以这样的方式从我身边带走陈艺，只要想起那个画面，我便痛得不想在这个世界上多待一秒。

陈安之目光复杂地看着我，提醒我好好想清楚后，便拎着自己的公文包离开了咖啡店。

在他离开后，我特意为陈艺买的小馄饨已经凉了，而我一直呓语着，说着自己也听不懂的话，可这并没有能够舒缓我内心的压抑。我忽然发了疯地想去找陈艺，我想抱住她，不顾一切地抱住她。

|第97章| 陈艺回来了

我发了疯地想见陈艺，可是内心又有另外一种声音喊住了我，让我最终只是待在咖啡店里拼了命地做甜品。直到店长提醒我该打烊了，我才离开了厨房，又恍恍惚惚地离开了咖啡店，走在了很静很深的巷子里。老旧的路灯像往常一样随风晃荡着，给人营造出一种忽明忽暗的错觉。

走过一个转角，隐约看到自己小院的门口站着一个姑娘，她的样子随着我脚步的前进越来越清晰，是肖艾。她脚上那双白色平底小皮鞋在路灯的映衬下显得很亮，鞋面上那朵紫色的花也很好看。

我走到了她的面前，下意识地抬手看了看表，已经是深夜的十点半了。我强颜笑了笑，向她问道："既然来找我，为什么不到咖啡店坐坐？"

她的身体倚着墙壁，有些无聊地用脚踢着落在地上的一片枯叶，许久才对我说道:"也许以后不会有机会站在你家门口了,所以来看看。"

"哦,那为什么不翻院墙进去坐坐?"

她从自己的领口拿出了一条用红绳串着一把钥匙和其他装饰物做成的项链,她对我说道:"自从我有了你家的钥匙,就不想再翻了。"

我有些诧异地看着她。

她从脖子上将钥匙解了下来,递到我面前,又说道:"这把钥匙还给你。"

我很机械地从她手中接过,项链上还有她身体的温度,有些灼人,灼空了我的内心。实际上我有些害怕看着她安静时候的样子,最喜欢看着她在舞台上抱着吉他纵情恣意的样子。

她又从自己的手提包里拿出一个文件袋,里面很鼓,她再次对我说道:"这是给你那个被打伤的朋友的赔偿,一共两万块钱。"

我没有接,回道:"为什么不亲自给他?"

"我和袁真去了,可是他没要,说是他们老板盼咐不用赔偿了。"

我点了点头,看来金秋也并不像她表现出来的那么不近人情,相反她有着很高的情商,她是希望借此和袁真交一个朋友,毕竟事情发展到现在,大家的立场已经完成了转变。

肖艾将文件袋递到了我的手上,然后看着我,我在她的眼神中感到孤独,孤独到只有天上的星星和我是朋友,而眼前的一切都过于虚幻,甚至人和风都虚幻。

我想抽烟,没有烟;我想告别,巷子却太长。于是我变得有些不自然,下意识地用手摸了摸鼻翼,而肖艾依旧靠着墙壁用脚将那片枯叶从左边移到右边,又从右边移到左边,如此反复着。

她终于向我问道:"你和陈艺有结婚的打算了吗?"

我又想起了几个小时之前,陈艺的父亲对我说的那番让人无可反驳的话,我有点儿颓废地靠在了另一面墙壁上,与肖艾面对面,许久才回道:"我们还没有想过结婚的事情,等我稳定了下来再考虑吧。"

"是,你们之间还是存在很多现实的因素。"

"这不是很正常吗,我们又不是活在虚构的故事里。每天一睁开眼,要面对的就是柴米油盐和躲不掉的人际交往,而有人的地方就一定会有对比,对吗?"

肖艾反问:"这种对比让你很窒息吗?"

"是,很窒息。"

"那就当作是爱一个人的代价吧!这个世界上也没有那么多一帆风顺的爱情。"

"你是在安慰我吗?"

肖艾摇了摇头,昏黄的灯光下,她的脸上露出些许茫然之色,许久才笑了笑,回道:"不是安慰,只是希望你和我共勉,不论是你和陈艺,还是我和袁真,都有很长的路要走。"

当她和我说起"共勉"这个词,我忽然觉得我们是一对可以互相将心事聊得很透彻的朋友,可是时间和空间又给了我们太多的限制。不知道从什么时候开始,我们已经不能像刚认识时那样坐在长着草的院墙上,喝着啤酒,聊着天。

我终于点头对她说道:"是的,你们以后有什么打算?"

"我爸前几天把我的银行卡冻结了,既然他给了我这样的信号,那我就不会再找他要一分钱。所以,我想自己攒一笔明年去国外留学的钱。至于袁真,我还不知道他是什么想法。"

我有些惊讶:"你们不沟通吗?"

"沟通啊,怎么会不沟通。不过都是聊音乐,他有时候可以一连好几天都待在自己的工作室里。"肖艾说着又用手比画道,"被他弹坏的吉他弦有这么大一圈……"

她一本正经说话的样子让我笑了笑,却又不知道该回应些什么,沉默了一会儿之后,才对她说道:"烟没了,我去巷子外面买包烟,正好送你出去。"

肖艾摇头,直接从自己的包里掏出一包烟扔到我手上,说道:"红南京,你经常抽的烟。"

我想起她之前就在包里为我准备过烟,没想到此刻她的包里还有,她似乎看出了我的意外,便解释道:"上次买了一条,后来没想过再和你见面,就放在包里准备送给班上的男同学抽了,这不还没有回过学校吗?"她说着又从包里掏出七八盒烟,弯腰放在脚下的台阶上,又对我说道:"都给你了。"

我走到肖艾的身边,俯身将那些散落的烟捡了起来,然后一包包地塞进了自己的衣兜里,而肖艾已经转身往巷子外走去。

我感觉自己似乎还有话没有说完,可是已经留不住她,就这么听着她的脚步声越来越远……

…………

我坐在了台阶上,拆开香烟,给自己点燃了一支,然后看着可能比自己还要孤独的星空。这一刻,我才意识到自己是多么需要静一静,而不是冲动着去陈艺那里要一个安慰。

我静坐在夜色中想了很多,想自己的出路,换位想着陈艺的心情,也想着邱子安的不肯善罢甘休。

不知过了多久,巷子里远远传来了拖动行李箱的声音,一分钟之后,穿着白色上衣的陈艺便在转角处出现在了我的视线中。我看着她走来,却看不出她的喜怒哀乐。

我从台阶上站了起来,与她相对着,才发现她的眼眶有些红肿,显然在见我之前她哭过,哭得很伤心。

就在我以为我知道些什么的时候,她的手松开了行李箱的拉杆,然后抱住了我,伏在我的肩膀上哭泣着:"江桥,为什么我们在一起会这么难?为什么有这么大的阻力非要逼着我做出选择?"

我的身体有些僵住了,许久才与她相拥,轻声问道:"怎么了?"

"我难过,真的很难过,我不想失去你们任何一个人,但是我必须要做出选择。"

在陈艺痛苦不堪的哭泣声中,我已然明白她在刚刚过去的几个小时里经历了什么。我也发现,每次我因为爱情而痛苦的时候,陈艺的痛苦有过之而无不及。

我在她耳边轻声问道:"什么也不要说了,抱着我吧!以后,我们还在这里生活。"

…………

我和陈艺一起收拾着她曾经住过的那个房间，可是终究已经太空，只剩下一张当初因为空间问题没有搬出去的床，甚至连床上用的被子和毛毯也是我从家里拿来的。没有人能够想到陈艺会以这种方式再次回到郁金香路和这条巷子，可她终究为了我回来了。

收拾妥当之后，我和陈艺一起坐在床边。我抽烟，她看着窗户不语，但可以肯定的是，我们都在想着那于我们而言充满困扰和困难的未来，我们在寻找着解决的办法。

许久，我轻轻将手放在了陈艺的腿上，低声说道："对不起，是我这么多年的不作为给你带来了这么大的困扰。"

她含泪看着我，许久之后摇了摇头："江桥，我们之间永远不要说对不起，更没有谁欠了谁。我只是觉得南京这座城市让我感觉很累很累，可是又没有办法逃离。我的工作，我的家庭全部在这里，这些都已经成为我现在不快乐的根源！我改变不了，改变不了……"

我鼻子发酸，但又不愿意在这个我最爱却也是最可怜的女人面前流眼泪。我又何尝不在面对着这些无法摆脱的困扰，我的精神世界早已经在现实的重击中找不到出口。

我什么也没有再说，只是回到自己的小院，将最爱的几盆花搬到了陈艺的房间里，我希望这些能让她的房间充实一些，也能够让她快乐一些，而这仅仅是我此刻能为她做的。

烟还在我的手指间燃烧着，陈艺在背后抱住了我。我们面对着的是那几盆在初冬仍开着的花，谁都没有再说话，也没有情绪上的表达，相互取暖的柔情却在我们的身体里扎根发芽。

我在想，如果有一天，残酷的现实把我和陈艺逼到无路可走，她会放弃现在拥有的一切，与我一起离开南京，去一座陌生的城市，甚至是边陲小镇吗？

| 第98章 | 好久不见

在陈艺的屋子里坐了好一会儿之后，我才回到了自己的住处，却已经懒得洗漱，直接躺在了床上，盯着天花板发呆。又忽然觉得这个世界上并没有所谓的缘分，有的只是一个人的死撑，一个人撑不住，那便两个人撑，当两个人都撑不住的时候，也就是一份感情的终点。

从昨天开始，南京这座城市进入了冬天，我也在冬天来临前完成了对心情咖啡的改造，现在的经营面积已经达到了一百平方米，我重点要打造的表白墙也完工了，陈艺之前送给我的那套做甜品的设备在昨天开始投入使用，一切都有模有样。

金秋也以公司的名义将李子珊告上了法庭，这场公司和客户之间的官司在行业内引起了不小的震动，很多人都在关注着这场官司的结果。

而我还是会偶然想起肖艾，但她似乎已经在我的记忆里走了很远，自从上次在小院门口告别，我们很久没有再见过面。

　　这个傍晚，南京下起了入冬以来的第一场雪。雪不是很大，但已经足够让这座江南城市里的人们喜不自胜，大家都穿上了厚实的外套走在街上看雪景，而那些爱美的姑娘更不会放弃这个拍照的最好时机，她们就像是一道风景线，为古城的冬天带来了活力。

　　陈艺快要下班了，我拎着菜篮，戴着帽子，从附近的一个小菜市场里走了出来，陈艺说今天晚上想吃可乐鸡翅，我便买了一袋鸡翅。

　　街上有点儿热闹，人挨着人谈论着这个冬天的第一场雪。可我并不在意，只是点着烟侧身从人群里走过，然后又走进另一堆拥挤的人群中，心中想着的是，今天的晚餐是喝点稀饭还是煮汤圆，或者可以吃得更丰富一些。

　　我的手臂忽然被拉住，有人在我身后说道："先生，不好意思打扰你一下。今天是我们桥乐坊开张的第一天，以后你家孩子要是学琴的话，可以送到我们这边来，有优惠的。钢琴，吉他，古筝都可以！"

　　我回过头，很惊讶拉住我的不是别人，正是我刚刚还想起的肖艾。她的手上拿着厚厚一摞传单，脸被寒风吹得泛红，和我一样，她也戴着帽子。

　　我们同时惊道："是你……"

　　我们又同时陷入尴尬，又双双陷入了沉默。终于，我看着她手中的传单，问道："你开琴行了啊？"

　　她点了点头，回道："嗯，我之前不是说过要自己赚一点儿钱吗，所以就开个琴行，反正一般乐器我都能教。"

　　"哦，可你不是明年年初就要去德国了吗，以后琴行谁打理啊？"

　　"转给同学，我占点儿股份，以后生活费也就有着落了。"

　　我笑了笑，道："不错，想得挺美的！"

　　肖艾瞥了我一眼，回道："你要是挤对我就爽快点儿，不用这么阴阳怪气的，反正我自己觉得这个琴行能开好。"

　　"是是是，一定能开好！"

　　我用很坚定的语气鼓励她，在我看来，一个富家小姐能够有这样的转变，就已经是一件很值得肯定的事情了。起初，我还以为她说要赚一笔去国外留学的钱是在和我开玩笑，毕竟在这个社会里赚钱是不容易的，何况自己的亲爹又那么有钱，何必受这份罪。不过这也从侧面反映出她的性格，她一直都挺倔的。

　　我看着她冻得通红的手，将自己的手套从手上摘了下来，递到她面前说道："赶紧戴上吧。"

　　"不用。"

　　"戴上，你这手可是要弹琴的，要是长出冻疮，可有你受的！"我说着又将手套往肖艾的面前递了递。

　　她这才从我的手中接过手套，我看了看时间，此刻离陈艺下班还有一会儿，便对她说道："传单给我一半，我帮你发。"

"江桥，你这个人还是和以前一样瞎热心！"

"我是不想你在外面冻着，好吗？你看你穿得这么少，一点儿劳动人民的觉悟都没有，在你眼里美才是第一位的吧？"

肖艾不语，我放下手中的菜篮，顺势从她手中拿过了一大半的传单，又感慨道："已经长得这么美了，还这么爱美，那不成妖精了吗！"

"你才妖精呢！"肖艾说着抬腿准备踢我一脚，我依然敏捷，一个侧身便躲过，实际上她也不是真的想踢我，只是闹着玩。

我摘掉头上的帽子，便开始以吆喝的形式发起了传单，这种不在乎脸皮的行为，引得不少路人驻足，大概只用了半个小时便散掉了手上的全部传单，而天色也彻底暗了下去，雪下得更大了。

肖艾趁空隙去路边的小摊上买了两个烤红薯，然后与我坐在便利店屋檐下的长椅上吃了起来。我说："钱还没赚到，就开始花钱买红薯，实属浪费。"她说："我乐意，你管不着。"然后两人又说了一些无意义的对话。我觉得现在这样也挺好的，没有必要刻意地去找对方，偶尔遇见了，就这么简单地叙个旧，下一刻便各奔东西，至于以后还有没有机会见面，随缘就好。

路上已经有了积雪，整个世界变成了纯白色，我看着仅剩的一张传单问道："为什么给琴行起名字叫桥乐坊啊？"

肖艾没有看我，她很不在意地回道："音乐是人与自己灵魂沟通的桥梁，你不觉得这个名字挺好吗？"停了停，她又补充道，"叫桥乐坊，其实和你一点儿关系也没有。"

"哦。"

肖艾点了点头，又说道："为了向你表示感谢，请你吃火锅吧。"

"不用这么客气的，我待会儿要回去给陈艺做饭了。"

她看着我，迟疑了一下才问道："你们已经同居了？"

"没有，她回以前的老房子住了，给她做个饭也就是分分钟的事儿。"

"哦，那我就自己去吃吧。"

"没人陪你吗？袁真呢？"

"他啊，去海南参加音乐节了。嗯，一个人吃也挺好的，想吃什么点什么，完全不用顾及另一个人的心情，对吧？"她说着笑了笑，又低头将遮住眼角的头发别在耳后，我这才发现她那曾经剪短的头发又长了一些，已经可以扎起辫子了。

我迎着一直没有停止的寒风对她说道："既然你这么想感谢我，就给我唱首歌吧，很久没有听过你唱歌了。"

"你想听什么歌？"

我想了想回道："能代表你最近心情的一首歌。"

"好，那就给你唱一首许哲佩的《疯子》吧。"她停了停又说道，"最近我老感觉自己是一个疯子！"

我看着她，仿佛在她话语里看到了她这段时间的生活，而她几乎没有酝酿情绪，用最真实的心情开口唱道："刷牙我想哭，洗脸我想哭，走路我想哭，静止我想哭，出太阳我想哭,起风我想哭,听歌我想哭,看喜剧我想哭……我控制不住自己负担太重的情绪……再压抑、再压抑,我快不行……我像疯子般不停哭,我没有出路,你也当我是个疯子,我是个疯子……"

在她的歌声中,我点起了烟,即便她唱了这么多想哭,但我根本不相信她会哭,最多只是在最近的生活里疯言疯语。要不然怎么会自己跑出来做什么琴行,又以千金小姐的身份发着传单,我也觉得她是疯了。

仿佛是完成了一个任务,她唱完这首歌,便将我刚刚借给她的那副手套还给了我,然后背着自己的琴盒,也没有和我道别,便沿着行人在白雪上踩出的脚印,向对街的一家火锅店走去。

我忽然很想上天能多给我这二十分钟,让我陪她去吃个火锅,可是陈艺也该回来了,我确确实实没有时间在外面逗留了,我必须得回去做今天的晚饭了。

…………

回到自己的住处,我做了可乐鸡翅,然后熬了一锅粥,又去巷口买了几个馒头。可是陈艺并没有如我想象中准时回来,我只好点着烟坐在她家屋檐下的台阶上等待着,雪在我面前的青石板小路上越堆越厚。

我没有给陈艺打电话,因为我知道,她可能有临时的录制任务,等录完后她会第一时间给我打电话的。而这个时候就算我给她打电话,她多半也是接不到的。

不知道过了多久,一阵脚踩积雪的声音终于从远处传来,我赶忙从台阶上站了起来,向那个总是挡住视线的转角处张望着。

等看清楚来人之后,我的心情顿时低落了下去,此刻向我这边走来的,正是我生平最不愿意见到的邱子安。

我本能似的变得警觉,随后在大脑里闪过很多种他来这里的原因。他绝对是来者不善,就像他自己说的那样,时至今日,他仍没有放弃对陈艺的追求。

他离我越来越近,我们终于面对面地站在了一起,没有尴尬,只有在心里燃烧的敌意。

图书在版编目（CIP）数据

我的郁金香小姐 / 超级大坦克科比著. -- 哈尔滨：北方文艺出版社，2024.8. -- ISBN 978-7-5317-6282-9

I. I247.5

中国国家版本馆 CIP 数据核字第 20245J3V06 号

我 的 郁 金 香 小 姐
Wo de Yujinxiang Xiaojie

作　　者 / 超级大坦克科比
责任编辑 / 赵　芳　　　　　　　装帧设计 /46 设计

出版发行 / 北方文艺出版社　　　　邮　编 /150008
发行电话 /（0451）86825533　　　经　销 / 新华书店
地　　址 / 哈尔滨市南岗区宣庆小区 1 号楼　网　址 /www.bfwy.com
印　　刷 / 北京兰星球彩色印刷有限公司　开　本 /700mm×980mm　1/16
字　　数 /1358 千　　　　　　　　印　张 /62
版　　次 /2024 年 8 月第 1 版　　　印　次 /2024 年 8 月第 1 次印刷
书　　号 /ISBN 978-7-5317-6282-9　定　价 /118.00 元（全 3 册）

超级大坦克科比
|著|

My Dear Tulip

我的
郁金香小姐
(中)

北方文艺出版社

| 第99章 |　雪飘，风起，夜深

　　风吹着雪片在潮湿的空气中盘旋着，整个世界让人感到很冷，可是比这个世界更冷的是站在我面前的邱子安，他面无表情地看着我，然后问道："你是在等陈艺吗？"

　　"是，今天她加班。"

　　邱子安笑了笑，回道："她今天不会回来了，她人现在也不在电视台。"

　　我的心头有些发紧，皱眉向邱子安问道："你和我说这些是什么意思？"

　　"我只是想告诉你，很多事情陈艺并不会很直接地告诉你，因为告诉你也无济于事。"

　　我看着他，等待他继续说下去。

　　邱子安低头点上一支烟，又说道："陈艺的堂哥也是做传媒公司的，你应该知道吧？"

　　"你是说陈文？"

　　邱子安点头，回道："陈文今年做亏了好几个大项目，几个投资人纷纷撤资，上个星期又有个工人在做户外广告牌时失足摔死了。陈文现在是焦头烂额，公司就在倒闭的边缘，老婆也和他闹离婚，所以陈艺最近一直在为陈文的事情奔波。呵呵，你不是陈艺的男朋友吗？怎么，她连这些都不告诉你吗？"

　　我的心在颤抖。

　　邱子安耸了耸肩，又说道："我想，她之所以不告诉你这些，是因为你根本帮不上忙，她是在顾及你的自尊心和脸面。可是，你不觉得一个男人处处需要自己的女人维护那可怜的自尊心，反而是一种极其懦弱的表现吗？"

　　我的心像被火焚烧着，可是又无法反驳，如果我是一条正在冬眠的蛇，我的七寸已经被猎人狠狠地掐住，只能在窒息中等死。

　　"江桥，感情中男人最大的存在意义是什么？我告诉你，是我们可以用自己的身躯保护她们，为她们解决一切麻烦。如果一个男人连最基本的依靠都给不了女人，那他对这个女人而言是毫无价值的。不管你承不承认，事实就是这个样子。哦，对了，明天我就会亲自出面帮陈文解决眼前的一切麻烦，我准备给他的传媒公司投资一千万，我觉得这是我作为陈艺的前男友必须要为她做的。"

　　停了停，他接着说道："庆幸我有能力去做这些，也庆幸当初大学毕业时，我选择了创业这条路，可这恰恰成了陈艺最恨我的地方。不过，我相信经历了这件事

311

情后，她会理解我当年的选择，毕竟我也只是希望物质丰厚一些，能在这个世界为她和我多找一些安全感，我并没有错！"

我喘息着，在喘息中听着这些如刀子般割在我心上的话。邱子安用一种冰冷的眼神看着我，他不需要再多说什么，也不能再说，因为我已经不敢保证自己的情绪会不会在下一刻失控，然后与他在这条巷子里打起来。

可是，我又凭什么打架，仅凭心中的怒火吗？怒火是没有用的，只能证明我的无能，无能到用这种野蛮的方式去证明自己极其无能。

邱子安转身向巷子的外面走去，他的目的已经达成，我就像一条丧家犬站在这雪花飘飘的夜里，已然不敢期待陈艺回来。

…………

回到自己的住处，我站在桌旁，桌上是我刚刚做好的晚饭，还在冒着热气。

我吸了一支烟后拨通了陈艺的电话，一连拨了两次陈艺才接通，我低沉着声音问道："你还在电视台吗？"

"嗯，今天可能要很晚才会回去，晚上有同事请吃饭。"

"你早上说要吃可乐鸡翅，我已经做好了。"

"同事也是临时请吃饭，我不太好拒绝。"

我笑了笑，回道："没事儿，那就回来当作夜宵吃好了。"

"嗯，那我就先挂电话了。"

"等等。"

"怎么了？"

这次，我沉默了很久很久，才向陈艺问道："你……还有其他事情和我说吗？"

电话那头的陈艺也是一阵沉默，她反问道："为什么用这么严肃的语气问我？"

"我在问你有没有其他事情要和我说。"

"没有。"

"嗯，那你先去忙吧。"

陈艺没有再多说话，她说了声"再见"后便挂掉了电话，而我听着那"嘟嘟"的挂断音，心好像被放在火中烧一样，我痛得无法呼吸，那种无法克制的自卑感就像一座大山砸在我卑贱的躯体上，让我粉身碎骨。

我的情绪终于失控了，抬手重重掀翻了身旁的餐桌，可乐鸡翅在地上翻滚着，冒着热气的稀饭四处散落，墙上、地上到处都是。

我痛苦到崩溃，呜咽着一拳砸在了冰冷的墙面上，钻心的痛缓解了我内心的疼痛，感觉不到温度的血液就这么顺着我的手指往地面滴落。

我的心理防线彻底崩溃，像个死人一样靠着墙角坐着，看着眼前狼狈的一切。

为什么我会活得这么窝囊？为什么我没有一个完整的家庭？为什么我的世界就像一个永远看不到光明的黑洞？

一切归于平静，我终于闭上了疲惫的眼睛，让那无助的泪水从干燥的脸上滑落。

…………

我离开了自己的住处，踩着厚厚的积雪走出了巷子，又在另一条巷子里找到一间酒吧。我从钱包里抽出仅有的三百块钱拍在了桌上,这些钱能买多少酒我就喝多少,此刻能拯救我的只有酒精。

我不计痛苦地喝着,我什么都不想再看,什么也不想再听,我只求一醉,醉到让我忘记这个下着雪的夜晚。

不知道多少瓶酒下肚之后,一个熟悉的身影出现在我的面前。她身上背着的还是那个我今天下午就见过的琴盒,是肖艾,不久前自己一个人去吃火锅的肖艾。此刻的情景我似曾相识,似乎在扬州也有这么一个夜晚,只不过那天喝酒的人是肖艾。

她只知道我有喝酒的心情,却看不出我的悲喜,以至于笑着对我说道:"刚好想找个酒吧喝点酒,没想到又遇见你了,我们好像很容易在酒吧碰见。"

我看着她,又打开一瓶酒,几口便将里面的酒喝了个干干净净。此刻,我不想说话,只想喝酒,喝到认不出这个世界的真面目。

肖艾也没有再说话,坐在了隔壁的桌子旁,要了很少量的酒。

我的腿开始发软,我知道酒已经喝到位了,跌跌撞撞地向酒吧外走去。

我已经意识不到不久之前还在的肖艾是去是留,就这么一脚紧一脚松地踩着地上的积雪向自己住的那条巷子走去,跌倒在地也没有什么痛感。于是,我相信这场酒喝得真好,它几乎杀死了身体里所有给我制造痛苦的细胞。

我的腿越来越软,全凭本能反应摸索着可以让自己扶住的东西。不知道走到哪里时,终于感觉有什么东西支撑住了我,可是我看不清,只是微弱地察觉到她在引着我前进,直到进入心情咖啡那条巷子,不远处就是我的家。

霓虹灯化成一个个光圈在我的面前跳跃着,我看不清眼前的一切,但我知道身边的店铺是心情咖啡,因为整条巷子里,只有它的店铺招牌上镶嵌着霓虹灯。

我停下了脚步,在让人迷乱的光圈中想起了那个向陈艺表白的深夜,也是在这里,也是类似的心情,一切的一切就像是对过去的重演。

我又仿佛看到了一个画面,一片狼藉的屋里有个男人对着向日葵一直抽烟,而后开始愤怒,愤怒地砸掉房间里的一切东西,随后痛苦地在地上打起滚儿来,最后颓然地坐在地上,看着墙上破碎的向日葵,流下泪来。

那是我,又好像不是我,我越来越窒息,我被那些正在飞快生长的向日葵托了起来,那随时可能失重的感觉让我感到恐慌。而我最爱的人就在我的身下痛苦不安地张望着,我拼了命地想拉住她。

我呓语着:"不要离开我,不要离开我,我也不想自己这么无能,我想为你做的事情有很多很多,你要相信我,相信我,相信我……"

在我薄弱的意识中,我的手不安地伸进了她的衣服里,与肌肤接触的温热让我无比贪恋,我和她靠得更近了,我的嘴里传来了阵阵让人感到迷幻的香甜滋味,于是我更加无度地索取着……

我解开了更多的衣扣……

雪飘,风起,夜深,那一株巨大的向日葵却在我神游的意识里飞快地生长着,它托着我看到了更多的风景,在这变换的风景里,一个女人贯穿始终。她扎起马尾辫,抱着吉他,随着强烈的节奏扫着弦;她坐在长着杂草的院墙上,举起啤酒和黄昏干杯；她一甩手，一片瓦砾便在平滑的河面上开启了一场充满跳跃的旅行；她哭泣，整个世界就在下雨；她笑起来，阳光便化作向日葵的种子撒满地面。

她到底是谁，又是什么时候开始在我心中最隐秘的地方呼风唤雨？

在一场不辨是非的思考中，我渐渐看清了那个倒在地上淡蓝色的琴盒，它就像一场风暴涌进了我内心深处最羞涩的角落。

|第100章| 一条最孤独的鱼

当我看清楚地上那个淡蓝色的琴盒后，我的头皮开始发麻，可是那昏昏沉沉的感觉依然让我处在辨不清是非的状态中，只是让自己那双有些罪恶的手离开了她的身体。我的身体有些虚，酒的后劲不断在我的体内翻涌着，我跌坐在了雪地上，闭眼喘息着。

当我再次睁开眼时，眼前的身影愈发模糊，只是隐约看见她捡起了那个淡蓝色的琴盒，然后转身向我无法触及的巷口走去。

我的世界忽然变得一片苍凉，没有了开放的向日葵，也没有了不管不顾的骚动。归于平静后的身体开始麻木、眩晕，我死死地趴在雪地上，将滚烫的脸深埋在积雪里。在冰与火的交融中，世界时而真实，时而虚幻，无数个在我生命中出现过的脸孔，带着他们让我印象最深刻的话语和表情，在我的精神世界里碎碎念。

我的意识越来越薄弱，终于在冰天雪地里昏睡了过去。

也许过了一会儿，也许过了很久，那熟悉的声音在我耳边响起，由微弱到焦虑："江桥，你醒醒，你怎么睡在这儿了？"

我终于再次睁开眼，没来得及说上一句话，那种想吐的感觉便铺天盖地般袭来，我半跪在地上呕吐着，仿佛掏空了自己的身体，却吐不出一点儿食物，吐的尽是酒和胃液，溅了自己一身，也溅了陈艺一身。

陈艺将我从雪地上扶了起来，我也因为呕吐而清醒了一些，但仍闭眼喘息着，以此来缓解身体的痛苦，随后大脑里又陆续出现了几个无法拼凑完整的片段，这些片段都是在酒醉前和酒醉后的片刻发生的。

我无法正视陈艺的眼睛，只是看着还在闪烁的霓虹灯回道："喝多了。"

陈艺没有和我多言，从自己的手提包里拿出了咖啡店的钥匙，将我扶进了店里，给我泡了一杯解酒的茶后，又拿着簸箕和扫帚去清理了我的呕吐物。我这才隔着橱窗看着她的背影，我仿佛看见我们在一起的数十年光阴，都依附在这些纯白色的雪花上，每一片雪花都在告诉我，陈艺是个好女人，也是我内心深处最爱的女人。

清理掉那些呕吐物之后，陈艺将扫帚和簸箕归放整齐，轻声向我问道："现在好些了吗？"

"好些了，就是头有点重。"

陈艺没有问我为什么喝这么多酒，或者她心中已经了解。她搀扶着我，就像带着一个总是会惹出麻烦的孩子走出了咖啡店，又走向我的小院。而我明明还有醉意，却不敢像往常那样发酒疯。

陈艺示意我开门，我猛然想起屋子里那被我掀翻的桌子，还有散落一地的稀饭和鸡翅，便下意识地挡在门口对她说道："已经很晚了，你早点儿回去休息吧。"

"开门。"

"我……自己没问题的。"

"开门。"

陈艺就这么将一件我不愿意去做的事情重复了两遍，第二遍时，我明显感觉到了她语气里的情绪，所以我不敢看她的脸色。

我从自己的口袋里找到了钥匙，将自残受伤的右手藏在了袖子里，然后很别扭地用左手开了门，陈艺在下一刻便推开门走了进去，她的背影里充满了忍耐。

她的脚步止于门口，我与她并肩站着，我们以同样的姿势看着我在几个小时前砸掉的一切东西，我早有心理准备，于是不动声色。

陈艺嘴唇轻颤，眼泪从她的脸颊落了下来，打湿了她那被风吹乱的头发。这一刻，我好似能够感觉到，她的每一次呼吸都充满了疲乏的痛。尽管这个院子里只站着我们两个人，但是她的可怜和无奈已经远远超出了两个人的范畴，也许整条巷子，整条郁金香路上，她也是最可怜的那个女人。因为她不会像我这样，心情不好了就砸东西，痛苦了就去喝酒，从小到大，她擅长的便是忍耐，忍耐，再忍耐。

她用手背擦掉了自己的眼泪，然后默默地走到了那张被掀翻的桌子前，将它扶起，又弯下腰将那些油腻的鸡翅一个个捡起来。

这一刻，我在她的身上看到了一种无依无靠的孤独。我有些窒息，我配不上她，这种配不上已经不仅限于肉体，甚至我的孤独在她的孤独面前都显得是那么无病呻吟。我就这么僵硬着身体看着她站起，蹲下，站起，又蹲下，原本空空的垃圾篓里也渐渐塞满了破碎的东西。

鲜血从她的指间滴落，是破碎的玻璃碗划伤了她，我这才反应过来，赶忙去自己的房间找到了消毒水和创可贴，然后蹲在她面前说道："我给你清洗伤口。"

"没关系。"她推开了我的手，继续执拗地用手去捡那些碎片。我这才知道，她不是没有脾气，只是不愿意对我发脾气，就像邱子安说的那样，她处处顾及着我，处处忍让着我。

我怕她再次被划伤，便捏住玻璃碗碎片最锋利的那一边，一用力便将碎片从她的手中抽了出来。可自己的食指处传来了被割裂的痛，于是我的手在这个下着雪的夜晚，旧伤未愈又添新伤，就像我的心一样。

陈艺托住了我的手，言语中充满心痛，问道："你的手怎么了？怎么伤成这个样子？"

我又想起那因为屈辱而暴躁的一刻，可是我没有力气解释。我不想告诉陈艺，因为邱子安来找过我，我就拿家里的东西撒气，拿自己的身体出气。而邱子安就是这么一个让我烦躁的人，我被他用言行羞辱，却无法对任何人说。因为只要我一开口，我和邱子安之间高下立判。每次面对他,我都不是一个有手段、有方法的人,最后只能将窝囊气憋在心里。

究其根源,是我活在这个世界上太没有底气,如果邱子安愿意拿一千万去救陈文的公司,我反手就拿出两千万,那还会有现在这极其虐心的一幕吗?

我将自己的手从陈艺的手中抽出,用最平静的语气说道:"你对我发火吧,求求你对我发火吧!看到你现在这个样子,我心慌,真的心慌。"

陈艺又握住了我的手,我的血粘在了她的手上,就好像血浓于水。这一刻,我们之间的亲情似乎已经超越了爱情,她哽咽着对我说道:"我不要对你发火,如果我是这个世界上一条最孤独的鱼,那你就是一条被这个世界遗弃的河流。我在这条河流里生长,虽然这条河流从来没有能力带我去更远的地方,可是他为我挡住了夏天最热的太阳,冬天最冷的霜雪,所以我不想伤害他,我看到他已经尽力了。我知道,这条河流一定会有干涸的一天,但我也不怕,我愿意和他一起在这个世界里孤独地死去,因为有这几十年的鱼水之欢就已经足够了!"

我的心在发颤,我闭起了眼睛,仰起了头,下一刻便用那一只尽是伤疤的手将陈艺紧紧拥在了怀里,我痛哭流涕,陈艺也随着我哭了起来,我们第一次在现实的压迫下,抱头痛哭,而身后就是那一望无尽的地方,除了大雪纷飞,还有我们的孤独和寂寞,似乎很冷,似乎又有一点儿温度。

…………

夜深了,陈艺没有离去,她睡在我床边的沙发上,窗外被落雪映得很亮,她侧身面对着我,用很轻的声音对我说道:"江桥,你要是待会儿想喝水、想吃东西就叫我。"

"其实我能照顾好自己的。"

"这个时候我不陪着你,谁陪着你,不要再说这样的话了。"

我点了点头,并不确定她能不能看见。沉默了许久,才向她问道:"你有没有想过,如果有一天我们真的分手了,是因为什么?我是说如果,毕竟未来的事情谁都说不准。"

夜晚会让人变得理性很多,陈艺并没有因为我的假设而产生强烈的心理波动,她带着些伤感回道:"如果真的有那么一天,一定不是因为不爱了,而是因为太累了。我会爱你一辈子的,我的心里永远会有一个属于你的位置,即便我们这一辈子没有缘分做夫妻。"

"我也不想忘记你,如果真的有这么一天,我就带着奶奶离开南京,永远也不会再回来了,就像江继友那样。"

陈艺低泣着,虽然不是痛彻心扉,却伤感到不能自已,分手这个话题对于我们而言实在是太过沉重了。

"江桥,你听我说,如果有一天必须分手,我们一定要咬牙再给对方最后一次机会,因为一旦分手,我们会成为那种连朋友都没法做的陌生人,那种做陌生人的感觉,至少对我来说太痛苦了!"

我痛苦地吞咽着口水,不愿意去想那两个人死撑的画面。过了许久,我才低声回道:"如果真的有那天,就不要再挣扎了,因为那时候,恐怕连南京这座城市都已经容不下我们。我不想你这么跟着我受苦,我是真心这么想的,因为你原本是一条可以游进大海的鱼,不用这么孤独的。"

"如果南京容不下我们,我就跟你走,你去哪里,我去哪里。"

我侧过身子,害怕陈艺看见我没忍住的眼泪。

她又轻声对我说道:"如果这辈子我只能任性一次,也就是这一次了。你要是敢狠心抛弃我,我会立刻把自己嫁出去,不再给你一点儿希望。"

"嗯,我懂。"我不敢说太多,怕陈艺听出我的哽咽声。

不知道过了多久,窗外传来了公鸡的打鸣声,这也是巷子里的一个特色,因为家家有独立的小院,养鸡的邻居有很多。

天真的快亮了,我们也该休息了。

第101章 我向你道歉

次日,等我醒来时,陈艺已经离开了,她依然要为她的工作而奋斗。即便醒来,我也不愿意立即起床,意识清醒地看着屋顶的天花板,想着昨晚经历的事情。

沙发上,陈艺已经将昨晚她睡过的那床羽绒被叠得很整齐,枕头上有一根长发,我这才克服了不愿意离开被子的懒惰,起身将那根黑色的长发从枕头上拿起,放在手中看着。记忆里,陈艺似乎很多年没有染过头发了,一直将头发护理得很好,她就是那种在生活细节里几乎不会有瑕疵的女人,这是我作为一个认识了她二十多年的男人给予她最客观的评价。

可这种零瑕疵恰恰是我此刻的压力,当我们真的成为情侣后,这种对比让我自惭形秽。

我从床头拿出了过年时奶奶给我的红包,很小心地将那根头发放了进去,我想保存起来,假如有一天我一定要离开南京,我什么都可以不带走,唯独这个不会丢下。我永远也不想忘记陈艺,我更希望无论走多远,自己身边都有她的印记。

只是这个清醒后的早晨仍有遗憾,我没有亲手给陈艺做一顿早餐,而我现在唯一能做的便是无微不至地照顾她的生活。

离开自己的住处,我去了心情咖啡,开始了自己一天的工作。下午时,店里来了一个西装革履的年轻客人,点名要找咖啡店的老板,我接待了他。

一番自我介绍后,我了解了他的来意,原来他是在网上看到了那段我为金秋的婚庆公司制作的视频。最近他一直考虑向自己恋爱了两年的女朋友求婚,所以想在咖啡店来一场具有特别意义的求婚仪式,他很喜欢我们店里那面用一百多种语言表达"我爱你"的求爱墙。

这是第一个主动找来的客户,我非常重视,当即表示会帮他策划一场让他和女友难忘的求婚仪式，而后又将他带到了金秋的婚庆公司。他表示，如果在心情咖啡求婚成功，便会立即筹备婚礼，金秋的婚庆公司当然是承办的首选了。

客户和金秋大概聊了一下意向，他自己本身是个职业经理人，他的女朋友则是一位歌剧演员，两人的经济条件都不错，婚礼的预算会达到五十万，对金秋而言也是个大客户了。

…………

送走了客户后，我和金秋两个烟民各自点上一支烟，聊了起来。

金秋心情不错，笑着对我说道："江桥，官司我们和李子珊打了，虽然很冒险，但我有强烈的预感，这次我们会有意外的收获。我告诉你，起初我以为，作为婚庆公司，和客户打官司会被其他婚庆公司趁机落井下石，结果有一半以上的同行公开发表声明表示力挺我们。我想，这些年大家都在高端客户身上吃过很多亏，也希望行业内有一个强有力的声音，去为整个行业和市场争取合理的利益。"

我点了点头，起初我建议金秋和李子珊打官司时，也一直是以乐观的心态去判断这件事情的。因为这些年我一直在这个行业里摸爬滚打，明白在高端客户身上吃过亏的婚庆公司可不是一两家，但因为和金秋有一样的顾虑，大家都选择了忍气吞声。这个时候有人代表行业和那些不讲理的客户打一场官司，实际上是一种迫切的需求，这件事情即便金秋不做，早晚也会有其他人做的，因为哪里有压迫，哪里就有反抗。

"江桥，我不得不承认，经验是个很重要的东西，对于婚庆行业的现状，你比我理解得更为深刻，所以你才有底气建议我和李子珊打官司。"

我笑了笑，回道："其实在这件事情上你个人的魄力发挥的作用更大，为什么这么多年来大家宁愿吃亏也不愿意和大客户打官司？究其根源就是缺少了魄力。你金秋做事真的是挺狠的！要是你爸老金处理这件事情，就算我把嘴皮子磨烂了，他百分之百还是会选择忍气吞声！"

金秋回了我一个笑容，又对我说道："对了，自从那段视频的微博被陈艺和袁真转发了之后，又陆续被其他用户转发了五千多次，甚至连微信的朋友圈都有转发。大家都没怎么把打官司的事情放在心上，反而因为那些我们曾经办过的婚礼产生了强烈的共鸣，以至于最近有不少人打电话来公司和我们预约，希望将自己的婚礼交给我们公司来执行。这是一次很成功的情感营销，我也准备借此调整公司的战略，今年甚至明年都不会太激进地去主攻高端婚礼市场了，我要趁着这波热潮，好好了解本地的婚庆服务行业。"

停了停，她很诚恳地看着我，再次说道："江桥，这件事情真的让我收获很多。我觉得有时候高学历真的不一定能代表什么，人的经历和逻辑思维才会真正指导人做出最正确的判断，我为我之前的行为向你道歉。"

我吸了一口烟，看着金秋。也许这个女人可怕的地方并不是她身上的那股狠劲，而是她的韧性、她的眼界。她会很主动地收集各种信息，分析后去改变自己身上的缺点，而这才是一个经商者最难能可贵的特质，她并没有我想象中那么恃才傲物。

我摇了摇头，回道："你不用和我道歉，实际上你也给了我一次机会，让我可以更全面地去看看这个世界，反正我早晚都要离开婚庆公司的。"

"嗯，我相信你会有一番作为的，学历什么的都去他的吧！"

"这话我爱听。"

说完这些，我和金秋相视一笑。她的笑容，让我感觉我们渐渐回到了她去国外留学前的相处状态中，也许我们还会像以前一样，聊聊彼此心里不愿意与这个世界分享的看法和心情。

…………

从金秋的公司离开后，我又回到了郁金香路，在路口的菜市场买了些菜，准备今天晚上好好给陈艺做一顿饭，以弥补昨天晚上因自己的不冷静而毁掉的晚餐。

拎着菜篮，我走在了有着许多雪堆的街道上，习惯性地一边走一边张望，我确实很喜欢夜晚来临前的郁金香路，因为灯光会包裹着行人，营造出一片太平盛世的景象，会让人觉得这并不是一个处在城市边缘的街区，而作为居民的我们也从来没有被这座城市遗忘。

前方聚集着一大群人，似乎有人在进行街头表演，这在郁金香路上是极其少见的，所以我决定凑这个热闹，拎着菜篮挤进了人群中。

我第一眼就看到了肖艾，此刻的她，正穿着一件白色的薄款羽绒服，坐在一架黑色的电子琴旁，而她身边站着的全是袁真所在乐队的成员，却没有袁真本人，他们和肖艾一起组建了一支临时的街头乐队。我知道他们是来给肖艾的桥乐坊捧场的。

我又四处看了看，现场聚集了很多人，以青年男性为主，他们的目光全部聚集在肖艾的身上，显然被她惊艳到了。肖艾就是这样的姑娘，她的身上好像有着天然的磁场。

我的目光也随着众人落在她的身上，也许是因为雪后的天气过于寒冷，她趁演出还没有开始，从包里拿出一条黑色的围巾围在脖子上，衬得她的皮肤更加白皙了。耳朵上两枚造型别致的蓝色耳钉，让她看上去有些冷艳，今天的她是化了些淡妆的。

肖艾在众人的注视中，从钢琴架下面拿起了一个保温杯，喝了一口热水，轻了轻嗓子，对围观的众人说道："大家晚上好，我叫肖艾，在这条郁金香路上开了一个琴行，以培训和卖乐器为主，如果大家有想让自己的孩子接触音乐的，就来我们桥乐坊学习吧，我会好好教的。"

漂亮的姑娘惹人爱，她只是简单地说了这么一句，还没有开始正式表演，已经有很多人为她鼓掌吆喝了。

这时，一阵淡淡的洗发水香味随风吹来，我很熟悉，便下意识地转头看了看，发现陈艺正戴着口罩和白色的帽子站在我身边，今天她竟然提前下班了。在我的记忆中，最近一个星期她从来没有在晚上八点之前回来过，而现在不过才五点。

我的情绪顿时有了很微妙的变化，我很排斥陈艺和肖艾这两个女人出现在同一个场合。我知道自己昨晚对肖艾做了不该做的事情，当她们以如此近的距离站在一起时，便是对我最沉重的审判，虽然此刻肖艾还不知道我和陈艺的存在。

就在我准备带着陈艺离去的时候，她却看着肖艾向我问道："她们学校有义演的活动吗？"

"不是，她在这边开了个琴行，是在做宣传。"

听我说完后，陈艺的目光便定格在了乐队身后桥乐坊的广告牌上，随后又问道："她怎么把琴行开到这边了？"

"这边的房租成本肯定比她住的那边低很多，主要是周边的学校和居民也不少，是个做培训的好地方。"我如实回道。郁金香路确实是一个很有性价比的开培训机构的地方，很多嗅觉灵敏的培训机构今年都在这边设了分部。

陈艺没有再多问，她坚持在现场听了一首歌之后，才与我一起离开。肖艾自始至终都没有发现我们的存在，可我的心情并没有轻松下来，我愧对这两个女人，我一点儿也不好受，但我必须当作什么事情都没有发生过，因为我太恐惧失去。

| 第 102 章 | 决裂

朦朦胧胧的夜色中，我与陈艺走进了那条幽深的巷子，她在心情咖啡的门口停下了脚步，对我说道："江桥，你先回去做饭吧，我去店里坐一会儿。"

我有些诧异地看着她，问道："怎么了？"

"有点工作上的事情没做完，你先回去吧，饭做好了给我打个电话。"

我没有多想，因为很久之前陈艺就有在咖啡店里办公的习惯，于是我点了点头，便独自拎着菜篮回到了自己的住处。

我开始忙碌了起来，足足花了一个多小时，才将做好的菜和汤端到了餐桌上。我将手洗干净之后，便给陈艺打了一个电话，告诉她可以回来吃饭了。

我从客厅走到了院子里，却被语音提示对方的手机已经关机，我仍没有想太多，只当作她手机没了电，继而关好小院的门，向心情咖啡走去。

雪后的天气极其寒冷，这条巷子也未能幸免，青石板铺成的小路上每隔几米便会有一堆未消融的积雪，那些下班归来的街坊都因此而缩手缩脚，冷空气以肆虐的姿态无孔不入地渗透着这座城市，刀子一样的寒风吹起了冰碴，空气中充满了潮湿的味道。

推开咖啡店的门，空调拼命吹来的暖气让我一时不能适应，我在冷热交替的空气中起了一身的鸡皮疙瘩，我顾不上这些，快速向店里扫视着，可是根本没有陈艺的身影。一阵不安的感觉，比冷暖空气的交替来得更加凶猛，让我愣在原地。

片刻之后，我终于克制住内心的不安，喊来了店长，向她问道："陈艺是什么时候离开咖啡店的？"

店长回道："她进来后待了一会儿就走了。"

我紧张地追问道："她有什么特别的举动吗？"

店长回忆了一下，回道："她走的时候脸色好像非常不好。对了，她进来后就问我店里的监控视频存在电脑的哪个文件夹里，然后就坐在电脑前看着，我觉得挺奇怪的，店里最近也没少什么东西啊！"

我的头皮开始发麻，下意识地向装在门外的那个监控探头看去，昨天晚上在咖啡店门口发生的一切都逃不过它的捕捉。而陈艺一定是察觉到了些什么，才会一走了之。

我随即在电脑旁坐下，点鼠标的手都是颤抖的。下一刻，昨晚那些在霓虹灯下发生的画面在我的视线中出现。我毫无防备，而时间已经开始倒流，真实的场景以一种最不容置疑的方式告诉我，昨天晚上到底发生了些什么，尽管当时我自己的意识非常模糊，事后记起的也仅仅是一些破碎的片段。

监控画面中，肖艾搀扶着我，两人跌跌撞撞在心情咖啡的门口停下了脚步，肖艾一直在我的耳边说着什么，可是我一步也不愿意走。我的表情充满了挣扎的痛苦，真实的画面里根本没有我幻想出的向日葵，我忽然非常用力地将肖艾按在墙角，蓝色的琴盒在她的挣扎中掉落……

画面开始变得更加不堪，我吻住了挣扎中的肖艾，渐渐的，她停止了挣扎，而我的手也伸进了她的衣服里，很久，很久。

画面不够清晰，直到她转身离开，走到离监控最近的地方，我才看见她脸上还没来得及被风吹干的泪水，她的头发和衣服都很乱，而我就像一只死狗躺在了雪地里，一动不动。

没有向日葵，根本没有向日葵。不久前，一切就是这么真实地呈现在陈艺眼前。一阵恶寒从头到脚在我体内膨胀着，我知道一切都完了，上天最公平，它毫无保留地将背叛告诉了那个最不该被背叛的女人，而我终究要为那无耻的行为付出代价。

我关掉了监控视频，然后将其删除。另一股力量却拼命地驱散着我心中的羞耻，让我必须要找到陈艺。她如此真心待我，我却用这么禽兽不如的行为回应了她，此刻，她一定是这个世界上最痛苦的女人。

…………

夜色中，我走遍了整条郁金香路也未能找到陈艺的身影，而她的车也没有停在巷子外的那片空地上，她离开了。我知道，她不会带着这样极度痛苦的心情回到她爸妈身边寻求安慰，可是也不知道她到底会去哪里，因为南京城实在是太大了，大到可以让一个不想与我见面的人，毫无痕迹地将自己藏匿起来。

我焦虑到快疯了，以这样的心情又找了两条街，可依然没有她的车子，她的身影。我所在意的一切，就好像凭空从我的世界里蒸发了一样，只剩下一具麻木的躯体，麻木地呼吸着，麻木地寻找着。

这座城市越发空洞了起来，来来往往的车辆和人群在我的视线里统统变成了与光线一样模糊的存在。我的呼吸很困难，我的思维越来越迟钝，所有该找的地方，甚至是我们一起上过学的几所学校我都找过了，可陈艺依然没有给我留下一丝可以找到她的线索。我真的不知道在这天寒地冻的世界里，她会把自己藏在什么地方独自悲伤。

她真的不害怕这些本不该由她承担的悲伤掉进这无边的夜色中，让她悲伤到无可救药吗？这一切都应该是我这个做错了事情的男人去承担，而她已经做得足够好了。

出租车已经载着我驶过了整个雨花台区，我从口袋里拿出了钱包，我实在没有能力在这座好似没有边际的城市里找到一个不想让我找到的女人。可是一刹那，我的目光落在了自己的身份证上，我看到了自己的名字——江桥，一座沟通长江两岸的桥，陈艺不止一次这么理解过我的名字。

　　她会不会在那里？在那里可以不必看见我，却能更真实地恨着我。

　…………

　　江边的夜晚更加寒冷，寒风在江面上吹起了汹涌的波浪，那些在黑暗中驶来的货轮，好似随时会在江上消失，带着里面的人去一个未知的世界。只有那座在江面上矗立了长达半个世纪的长江大桥还在象征着真实，告诉这个世界，灯火未曾熄灭过，车来车往也从来没有停止过。这个世界总是有无数人踩着它的身躯，迎着桥身两边的路灯，去往离家最近的那一条路。

　　我看见了陈艺，她依然戴着白色的帽子，站在护栏旁，我悬着的心落了下来。而另一种恐惧又在第一时间充斥了我的内心，我不知道自己该以什么样的姿态站在她的身边。

　　似乎是寒风顶着我来到了陈艺的身边，我艰难地咽了咽口水，鼓起勇气对她说道："对不起，我让你失望了！"

　　她没有回应我，目光一直停留在黑暗中最难看见的远方，她也没有流泪，我仿佛看见一颗已经死了的心。

　　不知道过了多久，她才对我说道："当你昨晚和我聊起分手这个话题时，我就已经感觉到你的心态发生了变化。我知道邱子安找过你，他不会和你说什么友好的话，可这些都不该成为你胡作非为的理由。或许，你并没有真的爱过我。这些年，你只是把我当成了身边一个不能缺少的依靠。因为爱情不该这么肤浅，更不该让你这么下流。"

　　我的心在抽搐，闭上眼睛想到的全是自己给她带来的痛苦和麻烦。我知道，她甚至为了我和她的父母濒临决裂，我就是她命中的灾星。

　　我笑了笑，不让自己带着一丝负担，回道："你说得没错，我做过什么我自己最清楚，这个时候再谈爱或不爱已经没有意义了。"

　　陈艺转身看着我，一直强忍的泪水终于掉了下来，她的脸色苍白，嘴唇已经被江边的风吹得很干，她的心中正承受着不能忍受的痛苦，而我感同身受。

　　她哭到不能自己："江桥……我真的很想很想再给你一次机会，因为，我们之间……我们之间有过很美好的承诺……可是，再美好的承诺也抵不过肉体和灵魂的背叛……抵不过你内心的不爱，所以我不想再这么痛苦下去了！我很累，每天都活在不知道要怎么去面对明天的疲惫中……我真的忍得很辛苦……"

　　我在她的痛哭声中低头不语，只等她将那个代表着解脱的"分手"说出口。而那之后，她将改变方向走上一条光明的路，我则继续堕落在没有选择的独木桥上。

　　"江桥……我们分手吧。"

　　我的心已经被撕碎，也许从一开始我就知道会有现在这个结果，可真的要面对时，痛苦却是如此不能承受。我想抓住她，可是已经在她的话语里听到了绝望，看到了那些让她处在崩溃边缘的辛苦。如果我真的爱她，就应该保持清醒给她一条能活下去的出路。我早就听说，这个世界根本没有谁离开了谁就活不下去，只不过分手的时候会痛一下而已。

即便没有我，陈艺也有足够的条件找到比我好千百倍的男人，我给她的伤，一定会有另一个值得她去爱的男人为她治愈的。

我面无表情地回道："好啊，我一直在等你对我说这一句话。我爱过你，可是我也可以在爱着你的同时去爱别的女人。陈艺，你知道吗？你这辈子最失败的地方，就是看不清一个和你在一起生活了二十多年的男人。"

陈艺面色惨白："江桥，你真的很可怕、很无耻，你不配说爱过我！"

…………

眼前绵延的长江大桥好似在为陈艺送行，而我们那数十年的过去就像一株蒲公英，在风中七零八落。我们终于决裂了，终于要划清界限了。哈哈，这真的太好了！如果不是那条该死的郁金香路，将我们的命运生拉硬扯在一起，我们的出生背景、我们的社会关系，都不会让我们产生一丝交集，更不要说谈一场恋爱了。

我们本来就不该成为一个世界的人，就像一场雪不会属于夏天。

第103章 我们一起做事业

我行尸走肉般回到了自己的住处，我已经完全没有心情吃饭，就这么呆坐在餐桌前，看着一个多小时前做好的晚餐。在做这些晚餐时，我曾想象陈艺一定很喜欢我特意为她做的平桥豆腐羹，而现在与我相对的只有冰冷的墙壁，撕裂的痛苦一直折磨着我，我快要崩溃了。

我没有吃饭，没有洗漱，就这么躺在被夜色深埋的床上，可是在静得没有一点儿杂声的环境中，我的感官变得极其敏感，陈艺昨晚留下的淡淡气息仿佛还在。

是真的还在，那床她盖过的羽绒被上还留有精油爽肤水的香味，我敏感的神经就这么被刺激着，只觉得那不能承受的痛苦快要撕裂自己的躯体。我们昨晚的那些对话就好似钢针扎进了我的心里，一切竟然来得如此之快，而我只能反复告诉自己不要难过，因为放手也是一种成全。

回顾与陈艺认识的这么多年，我最期待的便是看到她快乐的样子，小时候每当她学习感到枯燥时，哪怕是离郁金香路再远的培训班，我也有本事找到，然后将她"偷"出去，陪她玩半天。在学校里，她在老师那里受了委屈，不管这个老师有多严厉、有多凶，我都有勇气站起来为她和老师争辩……

如今，我们以爱情的名义在一起了，可是她笑起来的次数越来越少，人也越来越疲惫，越来越力不从心。作为她最亲密的伴侣，我又怎能感觉不到她为了这份存在巨大差距的爱情撑得有多辛苦？而我们的爱情最初开始的目的也不是让她和自己的亲人决裂。所以很多时候，我也忍痛问自己：这份爱情到底还能死撑多久，而现在的陈艺又是不是我希望看到的那个陈艺？

我有了答案，即便没有我在酒后做错的事情，我们之间也很难有一个结果。因为爱情中的冲动绝对不是支撑爱情的基础，也没有一个人能真正敌得过现实的残酷。何况我只是这个社会里货真价实的小人物，更加没有与现实叫板的资格，我所能做的都已经在那座长江大桥上做完了。

我终于笑了，笑着哭了。我真的很爱陈艺，可从古至今又有多少人可以超越现实的差距？哪怕是梁山伯和祝英台也只能在艺术手法的处理下而化蝶，这看上去浪漫却更是一种警示。我和陈艺今天的痛苦，早在千百年前就已经被演绎，千百年后也依然会重演。

夜里，即便想明白了这些，我依然没有能够好过一些，一直抱着那床陈艺盖过的被子，痛苦地哽咽着。我似乎已经看不到爱情的希望。

…………

与陈艺分手后的这两天，我一直活在昏天暗地中，我没有去咖啡店，也没有离开过这条巷子，饿了就吃泡面，累了就躺在床上不分昼夜地睡着，醒来时便点上烟对着墙壁发呆。

这些天，我甚至不敢打开微信，因为我害怕朋友圈里会传来陈艺结婚的消息。我希望分手后的她可以冷静一些，而不是用一份冲动的婚姻来报复我的背叛。

我真的背叛了吗？我自己也说不清，至少分手的这两天我从来没有想过去找肖艾，更没有想过将这个消息告诉她，然后从她那里得到些什么。我只能在孤独中思念陈艺，在孤独中将自己弄得生不如死。

第三天的傍晚，我终于离开了自己住的地方，像个病人似的走在了郁金香路上。可再次以开放的姿态面对着这条路上的夜色时，我依然失落到不知所措，我原本只是想出来吃一碗馄饨，忽然又没有了吃东西的欲望，就这么坐在便利店的长椅上，点了一支烟，看着这荒谬的世界、荒谬的人们。

看着看着，路上每一个路过的长发女人，只要身材苗条，我都会把她们的背影错认为陈艺。也许她还会回来拿一点儿东西，我这么在大脑里想着，可是这已经是我们分手后的第三天，她要拿什么东西也早该拿走了，于是无知的我又盯着面前那棵秃了的梧桐树失神地看了好一会儿。

我有点儿想离开南京了，我想去深圳，去找江继友，看看他这些年到底在做些什么。

如果有可能在那边生活，我就将这边的老房子卖掉，带着奶奶去那边生活。至于心情咖啡，就和当初的余娅一样，偶尔回来看看便够了。

低着头，避开迎面吹来的冷风，我一连抽了两支烟。一个小时前才开机的手机在此刻响了起来，我机械似的从口袋里拿出手机，这个电话是金秋打来的，她是约我谈公事的。

…………

晚上七点的时候，金秋来到了心情咖啡，我们坐在靠近窗户的地方聊了起来。

她看着那面求爱墙，笑了笑对我说道："用一百多种语言表达'我爱你'，一定很花心思、很费精力吧？"

我精神萎靡地回道："主要是有情绪在里面，这才是我做这件事情的动力。"

金秋心照不宣地点了点头。我在打造这面求爱墙的时候，也真的不止一次想过要在这里向陈艺求婚，所以我才有如此大的动力去找语言方面的资料，又一笔一画地将这些充满爱意的表达在墙上勾勒了出来，即便不眠不休数日也没有觉得累，而如今已经物是人非了。

我们的爱情就是这么呼啸而来，呼啸而去。

"对了，上次那个客户的求婚方案你做出来了吗？"

我摇了摇头，回道："我现在这个状态不适合做这份方案，我肯定没什么灵感，还是请你们公司的婚礼策划帮忙做吧。"

金秋察觉出我的异样，语气关切地问道："你怎么了？感觉精神状态很不对啊！"

我看着金秋，没有言语，而聪明如她已经看穿了一切，她递给我一支烟，说道："如果我没有猜错的话，你应该是和陈艺分手了吧？"

我从她手中接过烟，点燃后许久才回道："分了，情理之中，意料之外，对吗？"

"作为旁观者，我确实是这么认为的。从小学到走上工作岗位，陈艺的名声谁不知道？她永远是别人眼中的焦点，而你……"

"我却太平凡！"我说着深深吸了一口烟，我不必挣扎，因为我和陈艺之间的差距在别人的眼中实在是太明显。

出乎意料，金秋摇了摇头，她回道："我不是这个意思。"停了停，她又说道，"不聊这些让你感到不开心的事情了，说说你以后的打算吧。"

"我想先去深圳看看，如果那边有机会的话，我就卖掉南京这边的房子，带着奶奶一起过去。"

"江桥，我劝你赶紧打消这个念头。"

我看着金秋认真的表情，疑惑道："怎么了？"

"如果你自己去深圳，我还可以理解，毕竟男孩子志在四方，但是你要带着奶奶去，就很不像话了。奶奶她可是土生土长的南京人，你能保证她适应得了深圳的生活吗？何况她的腿脚不便，到了那边一定会成为你不小的负担，她自己肯定也会自责，而陌生的环境会让她更加感到压抑！"

"可是我也不能把她一个人留在南京！"

"所以啊，你江桥和别人不一样，你根本不具备去外地重新开始的条件，你身上的束缚实在是太多了！"

我心中满是无奈，却沉默不语，我已经不想再宣泄什么，因为这些年我一直都是这么生活的。

金秋给了我伤感的空间，她许久没有说话，只是点上了一支女士烟，直到快要吸完时，才又对我说道："江桥，我今天来找你的目的，是很诚恳地邀请你回公司。你不要急着拒绝我，先听听我的条件。

"我们公司之前一直没有市场部去系统地分析市场走向，再根据走向制定相应的市场策略,所以我觉得当务之急并不是依靠投资去主攻高端市场,而是先完善公司的结构,这才是重中之重。我会在近期成立市场部,我希望你能担任市场部的经理,因为你已经向我证明了,相较于策划工作,你做市场的能力更强。我给你开出的保底月薪是一万二,加上各项奖金,年收入至少不低于十八万,而且给你充分的自由去做自己的咖啡店,你看怎么样?"

她突如其来的邀请让我愣住了。

金秋依然用很诚恳的语气对我说道:"江桥,我们一起做事业吧,你的经验和才能,加上我的管理,我们是一定可以在南京这座城市做出成绩的,这点我坚信。一个男人,何必让感情成为自己的羁绊呢?而且你真的还很年轻,正是该全力拼搏的年纪,希望你能给自己一个正确的定位,接受我真诚的邀请。"

我许久才回道:"我和你说实话,你态度上的转变让我有点缓不过神。"

"不,江桥,我之前已经向你提出过邀请了,只是你没有接受。我也很认真地和你道过歉,我确实错误地判断了你。我们都看到了,你在这次化解公司的危机中起到了多么重要的作用,而客户对你的认可已经很直观地呈现了你这几年对公司的贡献,以及你未来的潜力,所以我很期待和你一起做事业。"

|第104章| 觉得自己恶心

夜色中,我将金秋送到了巷子的外面,今天我们已经聊得够多了。临别时,她又对我说道:"江桥,回公司的事情你再好好考虑一下,有想法了就给我打电话。"

我点了点头,潜意识里并不想说太多的话。我有些恍惚,不知道自己这些日子到底做了些什么,而下一步该怎么走,我大脑里也没有一个清晰的脉络,我所有的情绪和理性都已经被刚刚结束的那段爱情给掏空了。

金秋准备离开,我赶忙又喊住了她。

她有些诧异地看着我,问道:"怎么,这么快就做好决定了?"

我摇了摇头,回道:"不是,只是想请你帮一个忙,我现在需要一笔钱。"

"多少钱?"

我在心里算了算,这段时间陈艺在我身上直接花掉的钱已经有九万块钱,既然已经分手,我没有理由欠着这笔钱不还。我问:"九万块钱,你这边方便吗?"

"没什么不方便的。"停了停,她又对我说道,"这笔钱,你是借来还给陈艺的吧?"

"是,分手了还是做到两不相欠最好。"

金秋笑了笑,回道:"物质上做到两不相欠很容易,可是感情上呢?不知道陈艺现在又是什么心情。"

我无法想象陈艺现在是什么状态,所以我没有回应,只是回头看了看身后那条弄堂，一些说不清楚的情绪又在心里弥漫着。我知道，想走出和陈艺的这段感情，对我而言实在是太难了。

金秋又对我说道："留个卡号给我吧，明天下班之前我把这笔钱打到你的账户上。"

我说了声"谢谢"，然后将自己的银行卡号报给了她，随后她便离开了郁金香路。夜色中又只剩下了我一个人，茫然地看着眼前那些来来往往却并不熟悉的陌生人。

…………

我又一次走在了这条街道上，终于有了饥饿感，想去吃一碗小馄饨，于是我加快了脚步，向路尽头那个集中了很多小吃摊的广场走去。

此刻已经过了吃饭点，大排档的餐桌下散落了很多啤酒瓶，证明在不久前有不少人曾在这里吃喝过，因为广场的旁边就有一个还没有竣工的工地，工人都喜欢在结束一天的忙碌之后来这里喝几杯。那些啤酒瓶有一大半应该是他们留下的，也留下了他们的知足常乐，他们求的仅仅是温饱。

恍然中，我看到了那个熟悉的身影，她还是背着那个蓝色的琴盒，我却觉得有些陌生，因为我们已经有好几天没见面了。

我又想起了那个夜晚对她做过的事情，心中充满深深的愧疚，可是不知道要怎么开口和她道歉，我有点想避免这次尴尬的见面，却又不可避免地与之相对了。

我的眼神有些闪躲，带着刻意挤出来的笑容说道："来吃东西的吗？"

她没有理会我，径自向我身边的那个馄饨摊走去，她要了一份小碗的馄饨，然后坐在一张不大的餐桌旁等待着。

我放弃了吃馄饨，而是要了一碗炒面，坐在一个与她相隔比较远的位置上等待着。

片刻之后，她的馄饨和我的炒面相继被送了过来，我们保持着很微妙的距离，各自吃了起来，我吃东西的速度当然比她要快很多，我吃完的时候，她的馄饨才吃了一半。

我先将自己那份炒面的钱付了，又准备替肖艾将那碗馄饨的钱也付了，却不想这个行为触怒了她，她隔着桌子便将馄饨连碗带汤砸到了我的身上，这次我没有能够躲过，没等反应过来，汤汁已经顺着我的裤脚滴落到地上。

老板被这突如其来的变故吓到了，以至于愣在原地，没有第一时间从我手上接过那张五块钱。

我看着面色冰冷的肖艾，心中一声轻叹，我能理解她的举动，那场不计后果的酒醉，不仅伤害了陈艺，也伤害了她。

我将钱放在了小摊的钱柜上，笑了笑对老板说道："没事儿，我们是朋友，就是有点儿矛盾。"

老板这才回过神，苦着脸对我说道："我们做的是小本买卖，这碗被打碎了，你可不能不赔。"

我又从钱包里拿出十块钱递给了老板，他赶忙从我手中接过，这个举动也意味着这个插曲的结束。下一刻，夜晚便又平静了下来，可世界并没有因此把平和留给我们，寒风吹来的声音在我耳边变得格外清晰。

肖艾提起琴盒绕过那张简陋的餐桌向不远处的街道走去，我跟上了她的脚步，继而挡在她的面前，看着表情冷漠的她说道："我不知道该怎么和你道歉，但是那天晚上真的很抱歉！我酒喝多了，在不清醒的状态下做了不尊重你的事情，但我真的不是故意的，请你务必相信我！"

肖艾看着我，泪水在眼眶里打转，她几次想尝试开口，可是最后都没有能够说出话来，她又一次推开了我，向对街走去。

她越是这样，我心中对她的愧疚感便越重，我近乎本能地跟上了她的脚步，尽管我并不知道要和她说些什么，甚至辨不清这种跟随是为了让她好过些，还是让自己好过些。

车来车往中，肖艾不管不顾地走着，两边驶来的车子呼啸而过，来不及避让，眼看其中一辆车就要撞上她，刺耳的急刹车声响起。

我的神经变得极其敏锐，第一时间护住了她，自己却被车子的后视镜刮了一下，倒在了灌木丛中。

司机面色紧张地下了车，询问我有没有受伤。我从灌木丛中站了起来，因为冬天的衣服穿得比较厚，灌木丛又分散了一部分力，所以我并没有受伤。再加上是肖艾过马路时没有看车，我根本没有理由去追究人家什么，便示意他赶紧开车离开，不要影响后面的车子通行。

车辆恢复通行，我和肖艾站在人行通道上相对着，她面色复杂地看着我，终于在低泣中对我说道："我求你不要再跟着我了，我现在看到你，就觉得自己是个很恶心、很肮脏的女人，你真的不要再折磨我了！"

"我不是故意的，我当时已经快断片儿了，看到的只是向日葵，就是向日葵……"

"向日葵？你是在和我说笑吗？"

"我没有说笑，这真的是我当时的状态！"

"你当时的状态？那你干吗还要缠着我道歉？你根本不知道自己做了什么！你的世界里只有你说的什么狗屁向日葵！"

尽管难以启齿，我还是说出了真相："我后来看了那天晚上的监控视频。"

一阵让人窒息的沉默之后，肖艾才对我说道："不要再和我道歉了，也不用和我道歉，如果那天晚上我真的用尽全力反抗，你对我也做不了什么。我是个贱女人，我知道你爱的不是我，你好好对陈艺吧，因为那天晚上你嘴里自始至终喊的都是陈艺的名字。"

说完这些之后，肖艾没有再给我跟上的机会，她拦下了一辆出租车，下一刻便消失在了我的视线中。我的世界里忽然只剩下了灯火的闪烁和自己呼吸的声音，一些不知道产生于哪里的痛感，瞬间吞噬了我。

…………

次日下午，金秋将我开口和她借的九万块钱打到了我的卡上，我带着这笔钱去了乔野的宾馆，找到了秦苗。

我将那个装着九万块钱现金的文件袋放在吧台上，对正在看着电影的秦苗说道："麻烦你办一件事情，这笔钱你帮我转交给陈艺吧。"

秦苗没有看我，嗑着瓜子回道："谁欠的钱谁还，我不多事儿。"

我又对正在打电话的乔野说道："帮哥们儿一个忙，行吧？"

乔野一样没有看我，抬手将那个文件袋从吧台扔到了门口。

尴尬已经不足以形容我此刻的心情，心里也明白为什么乔野夫妇会这么对我。我从地上捡起了那个文件袋，没有再多说什么，转而离开了宾馆。

我在一阵踌躇之后，用仅存的一点儿勇气给陈艺发了一条信息："能出来见个面吗？我有点儿东西想还给你。"

这条信息像石头沉进大海般没有得到回应，于是这九万块钱就好像成了一个烫手的山芋，让我坐立难安。我知道，这次陈艺是真的彻彻底底将我恨上了，她认为已经没有必要再和我见上一面，而我家门口更加不是她现在回家的必经之路。我真的找不到任何理由再去纠缠她了，也更加不敢期待一场偶遇会将我们再次牵连到一起。

夜色来临时，我揣着那九万块钱再次回到了自己的住处。尽管天寒地冻，我仍旧这么坐在门口的台阶上，没有抽烟，只是抱着那个文件袋向那个给我制造了无数惊喜的转角张望着，听着每一阵路过的脚步声。

|第105章| 分手之后

夜色中，街坊邻居们已经从我身边走过了好几波，巷子里也渐渐不再有脚步声，我知道陈艺会再回这里只是我的一场梦，也许这笔钱我应该再想想用其他办法还给她。

晃神中，一只黄色的小土狗来到了我的身边，在我腿上一通乱蹭。我没心情理它，一巴掌将它打到了一边，它又往我身上蹭，我又是一巴掌，虽然并没有怎么用力，但已经威慑住它。它终于不敢往我身上靠，但也没有走开，只是坐在一个杂物堆旁看着我。

这无疑是一只流浪狗，在它简单的意识里，已经认准了在这天寒地冻的夜晚只有我能给它一些吃的，所以它连自尊也不要了，也或者它只是单纯地有点儿喜欢我。

我忽然觉得我和这只流浪狗是有共同点的，它为了狗粮等待着，而我也缺少精神食粮，所以此刻的我才会这么孤独。

我终于转身回到了自己的屋子里，用微波炉给它热了一瓶牛奶，又拿出了香肠。心里想着，待会儿出去的时候如果那只狗还在，就给它吃，如果它不在，我就留着自己吃。

带着牛奶和香肠来到了屋外，那只小土狗还在杂物堆旁坐着，我唤了一声，它便忘记了我刚刚对它的不友好，几乎是蹿到了我的身边，然后喝了我给它准备的牛奶，有滋有味地吃起了香肠。

人与狗的关系就是这么简单，等它吃完了后，我们便成了朋友，我抱着它坐在台阶上，等待着一个也许永远也不会来的女人。

巷子里又传来了一阵脚步声，我下意识地张望着，但随着脚步声越来越清晰，我便失望了，因为这不是陈艺走路的节奏。果然，从那个转角走来的是乔野这个刚刚对我很不友好的朋友。他不记得当初他和秦苗要死要活时，是怎么死皮赖脸地住在我家的，而现在我搞不定麻烦时，他就是这么对我的。

…………

乔野来到我的面前，他的手上提着两个容量很大的水瓶，对我说道："我那边的烧水器坏了，来你这边烧点水。"

我回道："我这儿也没烧水的东西，只有饮水机。"

"没事儿，用电饭锅烧，你那个电饭锅大。"乔野说着便很不客气地拎着水瓶进了厨房。

片刻之后，乔野从小院里走了出来，然后在我的身边坐了下来，看着我手中抱着的小黄狗问道："你什么时候养的狗？"

"刚捡的。"

乔野从我手中将狗抱了过去，端详了一阵之后说道："哟，还是一只柯基，这狗可不便宜。"

"不是土狗吗？"

"不是，这么一只小狗得好几千，英国王室就爱养这小东西。"

我没言语，只是从烟盒里摸出一支烟点上，乔野顺手想从我的烟盒里拿烟，被我一巴掌打开了，我皱眉对他说道："我的烟不给你抽。"

乔野骂道："你这孙子怎么这么不知好歹呢？刚刚秦苗在我旁边，我要帮你把钱还给陈艺，她非和我吵架不可。不是我说你，你怎么就能和陈艺分手了呢，是她配不上你还是怎么着啊？"

"是她提出来的分手。"

乔野有点不太相信地看着我，半晌才回道："不能吧，要是她主动和你提的分手，也不至于这么伤心欲绝。前两天，秦苗都和她在一起，听秦苗说，她整个人就和丢了魂似的，不是哭就是喝酒，家也没有回，住在酒店里。开始我还不相信，陈艺多好一姑娘，不至于这么作践自己，后来才知道你们分手了。唉，这事儿闹的！"

我低下了头，原来分手的这几天，陈艺并没有比我好过到哪里去，甚至更糟糕，她已经被这场鲜血淋漓的分手逼得有家不能回。我相信当初她离开家坚决搬回郁金香路时，她一定和自己的父母说过类似"我们永远也不会分开"的话，可如今，我们却真的分手了，她依然死撑着为自己说过的话负责，无颜面对自己的父母，所以才一个人住进了酒店里。

她真的很傻！她的父母巴不得我们分开，如今我们不在一起了，他们又怎么会真的计较陈艺曾经说过的那些自信满满的话。所以陈艺大可不必这么死撑着，她应该选择回到父母身边，向他们低个头，一切便会回到曾经的轨道上。到时，她依然是那个集万千宠爱于一身的陈艺。

见我有些恍惚，身边的乔野趁机从我的烟盒里抽出一支烟点上，又向我问道："你和陈艺是因为什么分手的？"

"是我做错了事情。"

"劈腿了？"

我愣了一下才回道："算是吧。"

"哟，难怪陈艺不能忍，你小子肯定是和南艺那个丫头片子有一腿。我以前就觉得你俩眉来眼去了，不过那丫头比陈艺年轻，比陈艺更放得开，别说是你，就是我乔野也没见过长得那么好看的姑娘。你忍不住偷腥，作为男人，我能理解你。"

我看着乔野，半晌才回道："女人不是这么对比的。"

"那应该怎么比？"

我还是用同样的表情看着乔野，可这次不知道该怎么开口。

乔野一只手弹烟灰，一只手拍着我的肩膀说道："只是犯了点儿小错，女人都心软，去哄哄吧，陈艺会原谅你的。毕竟是一份从小到大的感情，如果她真不把你江桥放在心上，她能这么作践自己吗？你说，我们都是打小就和陈艺认识的，她到底是个什么样的女人，我们比谁都清楚，不是真的深爱，她会是现在这个样子吗？对了，她以前上大学的时候不是有个男朋友叫什么邱子安吗？听秦苗说，那时候她基本上是不动声色地就把分手这件事解决了。"

乔野的这些话让我心中百感交集，我终于回道："我和陈艺之间已经不是她心软了就能回头的事情了，长痛不如短痛，就这样吧。"我说着深深吸了一口烟。

"别这么厌，陈艺现在就住在曙光国际大酒店的909房间，你心中的爷们劲要是还没死，你就去找她。我要没猜错的话，这会儿她不是在房间里喝酒，就是哭。除非你江桥非要把她往那个前男友身边推。"

我的大脑非常乱，但是又有一种情绪在逼着我冷静，这时乔野在电饭锅里烧的水开了。他将那只流浪狗还到我的手上，然后去屋里装水，再次走到我身边时，他停了下来，从口袋里摸出一把车钥匙递给我说道："你那九万块钱不是要还给陈艺吗？去吧，开我的车去，趁现在她还没有对你完全死心。"

我做不了决定，以至于整个人都很茫然，乔野转身准备离开，向前走了几步后，又转身从我腿上抱走了那只流浪狗，说道："宾馆没生意，无聊得很，这只狗就给我养了吧。"

…………

乔野已经离开了好一会儿，我一手拿着那把他留下的车钥匙，一手抱着那个装着九万块钱的文件袋，犹豫不定，越来越深的夜色却逼着我做决定，我终于一咬牙，随即从已经被自己坐出温度的台阶上站了起来，迎着夜色向弄堂的外面走去。

开着乔野的那辆宝马X6，我再次穿行在这座楼群时而密集、时而稀疏的城市里。城市里唯一不变的是那闪烁的灯火，它没有温度，却照亮了这个世界。

终于，我来到了陈艺住的那家酒店，将车停好之后，我并没有立即进去，而是站在车旁边点上了一支烟。就这一支烟的工夫，我接到了赵牧的电话，自从他上次回到北京后，我们便疏于联系，而他上次给我打电话，已经是一个月之前了。

我接通了赵牧的电话，他的情绪似乎有点儿不太好，低沉着声音对我说道："桥哥，我不想待在北京了，我想回南京发展。"

我有些惊讶地问道:"怎么突然做了这么大的决定?"

"桥哥,你不要问太多了,我知道做这个决定之前应该先和你商量的,可是……"

我和赵牧从小一起长大,知道他是一个有分寸的人,他的每一个决定肯定都是经过深思熟虑的,所以我不想逼问他。深吸了一口烟之后,我回道:"还是和以前一样,哥无条件支持你的每一个决定,如果在外面觉得累了,就回南京吧。"

赵牧的声音有些哽咽:"桥哥……"

我笑了笑,试图让他的心情别太沉重,又问道:"准备什么时候回南京?"

"明天。"

"嗯,哥去接你,到时候提前给我打个电话。"

…………

结束了和赵牧的电话,我收拾好心情,向酒店里面走去,可是站在陈艺的房间门口时,我的心跳又不可避免地变得急促了起来,甚至有那么一刹那想离开这里,因为真的不知道要怎么面对。

|第106章| 你真的是个混蛋

我做了一个深呼吸,终于按响了陈艺房间的门铃,我的心跳在持续增速,可是房间里面并没有传来回应,酒店走廊里有一种让人感到压抑的安静,我没有放弃,再次按响了门铃,可依然没有得到回应。

这时,一个穿着制服的保安来到了我的身边,他告诉我,这个房间的客人在一个多小时前出去了,我向保安表示了感谢,然后又是一阵茫然,不知道是该在这里继续守着陈艺回来,还是离开。

我坐在安全通道的楼梯口一连抽了两支烟,看了看时间,已经是夜里的九点半。身体里的饥饿感越来越强烈,我决定暂时离开这里,去酒店对面的面馆吃点儿东西。

我独自乘电梯来到了一楼,刚要走出酒店,一辆上海牌照的保时捷卡宴便在酒店的长廊上停了下来,我又一次看到了那张熟悉却让我感到厌烦的面孔,是邱子安。

邱子安先从车里走了出来,他的手中抱着一束紫色的玫瑰,快步走到副驾驶室打开了车门,他很绅士地护着陈艺从车里走出来,然后和陈艺说着些什么。

陈艺双手插在自己的衣服口袋里,有些失神地看着酒店广场上那个小型的景观喷泉,围绕着喷泉的彩灯将她脚下的地面映射成了彩色,她习惯性地将自己的长发别在了耳后,然后才看着邱子安说了些什么。

邱子安将手中的玫瑰递给了她,她摇了摇头,表示不想要。

邱子安温柔地笑了笑,随后将那束花又放回到了自己的车里,而这时的陈艺换了个站姿,已经是背身对着我,我一点儿也看不清她现在的样子。

邱子安又一次打开车门，从车里拿出一张纸巾递给了陈艺，我这才知道她又哭了，而且哭得很伤心。

我的心一阵揪痛，没有等我走出去面对这一切时，邱子安已经将陈艺搂在了怀里，一直在她的耳边轻声安慰着。

我的世界就这么静止了，我闭上眼睛，甚至连呼吸都已经丧失，我的感官里只剩下冬天的寒冷，那些微弱的光线透过玻璃大门在我眼前转来转去。

似乎有一分钟，也许只有三十秒，等我再次睁开眼时，那辆黑色的保时捷卡宴已经启动，随后便离开了酒店，而陈艺依旧站在冷风中，她表情有些恍惚。

我终于拎着那个装了九万块钱的文件袋，就像拎着这么多年欠陈艺的人情一样，随着一拨刚刚从电梯里走出来的人向门外走去。

我就这么站在了陈艺的面前，我不知道该怎么开口说第一句话，只能看着她。

她的面色苍白，嘴唇有些干裂，就像一朵在冬季凋零的花朵，距离再次盛开的春天遥遥无期。

我像个演员似的挤出一丝社交才会用到的笑容，对她开了口："我刚刚上去找你了，你没在，没想到下来却碰上了，挺巧的，呵呵。"

陈艺强忍着的眼泪终于掉了下来，可是一步也不肯向我走近，也不擦掉眼泪，就这么紧咬嘴唇，怨恨地看着我。

我何尝不想在这个时候痛哭一场，可是已经没有了这个资格，只是低头将那个装着九万块钱的文件袋递到了她的面前，故作轻松地说道："这是之前欠你的九万块钱，你拿去吧。"

陈艺终于开了口："这么多钱你是和谁借的？"

潜意识里，我想告诉她是和金秋借的，可是在快要说出口的一刹那，我改口了，我点上一支烟，眯着眼睛深吸了一口之后，回道："是和肖艾借的。"

陈艺的肩膀在颤抖，质问道："江桥，我真的很想问问你，有一天你会为今天做的和说的一切感到后悔吗？我到底做错了什么，让你这么伤害我？"

"我没有觉得自己伤害了你。"

她的声音已经在痛苦中沙哑了："你真的是个彻头彻尾的混蛋！"

我看着陈艺，没有再说什么，只是拉住她的手，将那个她不肯接过的文件袋强行塞到她的手上，转身准备离开。

我实在没有能力再面对陈艺了，我怕自己下一秒就会崩溃。

我真的知足了，因为这辈子我已经和她成为过情侣。我也明白了，我们这辈子只能走到这里，我不可以继续带着自己的贫穷和无能为力在她的世界里刮风下雨，她应该去拥抱属于她自己的阳光，而今天将是我在她的世界里下的最后一场雨，对于她而言，再痛一痛也就过去了。

远处的钟楼，敲响了夜间十点的钟声，一直阴晦的天空终于飘起了小雨，我开着乔野的车，迎着雨水向酒店的外面驶去，却在转弯时遭遇了双向的堵车，我心急如焚地等待着。

…………

车子终于冲破连成线的雨水，带着我穿行在这座时而熟悉又时而陌生的城市里，一条亟待改造的马路上还有压路机在作业，发动机发出沉重的轰鸣；酒吧街正是营业的好时段，一些重金属音乐混合着雨水的声音，击碎了我的哀伤；天桥下，流浪者点上一支烟，悲戚地看着这座自己永远没有立足之地的城市。

似乎，这个夜里谁也不敢轻易地和南京说晚安，而带着痛苦的失眠必将成为我在这个雨夜里的宿命，我不该这么贸然地去找陈艺，可我就是控制不住自己，我想知道她的近况，想看看她的样子。

听着车窗外越来越猛烈的雨声，我知道，这一刻的自己真的已经崩溃了，索性以癫狂的状态崩溃到底，不再给自己一点儿希望。

我重重踩下刹车，停下车子，决然地从自己的口袋中拿出了手机，找到了陈艺父亲的手机号码，继而给他发了一条信息，将自己与陈艺已经分手的事实告诉了他，希望他能去酒店接回陈艺，不要再让陈艺这么漂泊在这座生养她的城市里。

我知道，当这条信息发出去之后，我便彻底毁掉了我和陈艺之间的一切。可是我不后悔，因为我已经将这个世界看得太透彻，我不愿再做梦，更不愿意抱着侥幸心理深陷在幻想的沼泽中难以自拔。

…………

离开车子的一刹那，我便疯狂地奔跑在郁金香路上，我妄想将一切缠绕着自己的痛苦丢弃在这风雨交加的夜里，更想用奔跑逃避这个世界给我的一切伤害，我越跑越快，越跑越快。

不知道跑了多久，我终于停下了那不知道会将我带进天堂还是地狱的脚步。我弯下腰，双手放在自己的膝盖上喘息着，这场大雨却浇不灭我肺部传来的灼痛，我的痛苦挣扎在真实和虚幻之间，被冷风吹来的雨水却越来越真实，我终于体力不支，跪倒在风雨中，失声痛哭。

| 第 107 章 | 我的转变

风雨还在继续，整个世界陷入了冰冷的潮湿中，我终于失魂落魄地回到了自己的住处，脱掉了被雨水淋湿的衣服，行尸走肉般躺在床上，再一次游走在真实和虚幻之间，越来越觉得疲倦。

我的意识渐渐模糊，我仿佛看见了小时候郁金香路上的杂货店和梧桐树，陈艺总是会在杂货店里多买一支冰棍，然后站在梧桐树的下面向我招手。

烈日下的知了声总是让我们烦躁，可冰棍的清凉又会让我们感觉很惬意，我们甚至会交换不同口味的冰棍吃，她从来不会嫌弃上面沾着我的口水，我更加不会嫌弃她。

记忆中的那些夏天，她总是扎着马尾辫，穿着白色的花边裙，笑容很干净。

如今，杂货店已经变成了有电梯的超市，梧桐树被挖掘机连根铲倒，陈艺也在时间的流逝中蜕变成这座城市知名的女主持人；而我也在社会的锤炼中懂得了人与人之间相处时的束缚，我配不上陈艺就是配不上，没有什么值得狡辩的。

这一夜，我就这么在回忆那些支撑着我活了许久的童年画面中睡了过去，我没有再做梦，一觉睡到了清晨。

…………

次日，阳光慷慨地洒满整条巷子，我不好意思再这么萎靡下去，早早便起了床，给那些花花草草做了防寒措施，大约八点，我回到屋里穿上羽绒服，又很正式地给自己做了一顿早饭。

坐在走廊里吃早饭时，小院的门被推开，金秋拎着黑色的手提包站在了我的面前，她看着桌上的早餐，笑着说道："江桥，你还有兴致自己做早饭吃，看样子心情很不错嘛！"

"人是铁饭是钢，何必和自己较劲呢。对了，昨天我将那九万块钱还给陈艺了，这事儿我得感谢你。"

"如果还掉这笔钱真的能让你轻松下来，那你是应该感谢我的。"

"轻松，怎么不轻松！"

金秋看着我意味深长地笑了笑，然后将自己的手提包放在石凳上，对我说道："既然你这么感谢我，那就请我吃个早饭吧，昨天忙了一夜，到现在还是空腹！"

"没问题。"我说着给金秋盛了一碗稀饭，又给她弄了一小碟酱菜，让她就着馒头吃。

金秋一边点头认可我自己腌制的酱菜，一边对我说道："客户的求婚策划案我已经写好了，也得到了客户的认可，所以想来和你沟通一下。"

"你亲自写的求婚策划案？"

金秋点头确认，然后回道："是的，反正我对这个事情是很感兴趣的。你知道吗，孙总和阮文鑫虽然才谈了两年恋爱，但他们在大学时就已经认识了。阮文鑫是南艺的学生，孙总则是河海大学的学生，我这次的策划方案便是围绕他们最难忘的校园生活展开的。我会找一个南艺的学生、一个河海大学的学生，分别在两所学校取景，让他们扮演学生时代的孙总和阮文鑫，然后以微电影的形式重现他们大学时代的那些美好的瞬间。求婚方案我已经给孙总看过了，他表示很期待！"

我点了点头，想起孙总的求婚对象确实是一个歌剧演员，那毕业于南艺的可能性还是很大的。不过我也没有太往心里去，毕竟这些年除了南艺，其他学校的客户我也一样服务过很多位，因此说我和南艺有特殊的缘分也比较牵强。

金秋又对我说道："策划案我已经做好，执行的部分就交给你去做了，毕竟这是我们两个人之间的合作，大家都出一点力才公平嘛！"

"你的意思是，让我去南艺和河海大学找能扮演孙总和阮文鑫学生时代的人？"

金秋点头，很认真地说道："对，公司的业务最近迎来了井喷式增长，大家都非常忙，所以这件事情还是你来吧，反正这也是你擅长的，对了……"金秋说着从手提包里拿出两万块钱放在我的手边说道，"这是孙总给的活动经费，我觉得应该够了,微电影不求多专业,人物的感情才是重点。"

我将那两万块钱接了过来,然后点头回道:"我明白你的意思,这件事情我会办好的。"

"嗯,既然你同意大家通过协作来完成这笔业务,那就在这份合同上签个字吧。"金秋说着将一份事先拟好的关于三方合作的合同递给了我,合同上金秋和孙总已经分别签了字。

看着我也在这份合同上签了字,金秋这才如释重负地笑了笑。

我知道,她作为婚庆公司的总经理,对求婚这样的小单子是没有多少兴趣的,她真正在意的是孙总后面的婚礼业务,而我作为下游去做做这样的小单子也不错,因为能赚些小钱,比如这次的微电影,我有信心将制作成本控制在一万五千块钱以内,剩余的五千块钱当然就是我个人的盈利了。

金秋又将孙总提供给她的故事素材发到了我的手机上,让我以此去写微电影的剧本,这对我来说也不是什么难事,便一并应了下来。

金秋的心情不错,亲自剥了一个熟鸡蛋递到我的手上说道:"天气冷,你多吃点热的。"

"这可是我家,你有点儿喧宾夺主了!"

金秋不在意地笑了笑,回道:"我可不这么认为,我觉得这是对合作伙伴的关爱。对了,我让你回公司上班的事情,你考虑得怎么样了?"

我看着金秋,许久之后摇了摇头,说道:"我不想再回职场工作了。"

"我很有诚意的,给的条件也不差,如果拒绝的话,我挺为你感到可惜的。"

我点上一支烟,闭上眼睛一连吸了好几口之后,才回道:"最近发生的许多事情对我触动都挺大的,工作毕竟只是打工,我想自己做一番事业。也许条件成熟了,我会从事婚庆这个行业,到时候我们就是竞争对手了。如果我有了这样的想法还去你的公司工作,然后带走你的资源,我觉得这是非常不厚道的事情。大家毕竟还是朋友,不是吗?"

金秋不可思议地看着我,许久才开口说道:"看样子,和陈艺分手,对你的影响真是挺大的,一个男人的成熟,一定源于经历了重大的挫折,你这次是真的受伤了。可当初陈艺那么希望你能独立做一家婚庆公司,你却因为各种原因拒绝了,分手后才醒悟,先不说你们感情上谁辜负了谁,但就这件事情而言,你将她辜负得挺深的!"

"你怎么知道陈艺希望我做一家婚庆公司?"

金秋稍稍一愣,转而很自然地回道:"是我妈和我聊了这件事情。"

我依然疑惑:"我好像也没和你妈说过这件事情吧?"

"你肯定说过,要不然我怎么会知道呢?"

关于这件事情的记忆我确实已经很模糊,继而也没有多想。这时,金秋又对我说道:"既然你自己有成立婚庆公司的打算,我就不劝你回公司了,不过朋友归朋友,丑话我还是得说在前面,如果你动了我们公司的奶酪,我一定不会手下留情的。"

"我也是这么想的。"

…………

金秋离开后，我独自在院子里坐了很久，愣愣地看着头顶上的蓝天白云，我不知道这个时候有了开婚庆公司的打算是不是太迟，但我真的已经错过了陈艺。

假如我的运气够好，将来能够做出一番事业，那个时候的我又会不会后悔曾经做过的所有选择？

不管后不后悔，我的世界里都已经没有了那个让我刻骨铭心的女人了。作为男人，我很明白，在她最脆弱的时候，身边有个邱子安无微不至地照顾着她，她终究会在时间的流逝中沦陷。毕竟我们已经分手，毕竟分手后她还要重新生活，而嫁给邱子安也是一个很不错的选择。至少邱子安是得到过她父母认可的，至少邱子安真的有能力为她甚至是她的整个家庭保驾护航，而女人这辈子图的不就是这样的安稳吗？

下午，我便去南艺找到了已经很久不见的于馨，我知道她和肖艾一样是学音乐表演专业的，有一定的歌剧基础，加上人也长得甜美，所以她是微电影女主角的不二人选。

我们在南艺附近的一家小咖啡馆里见了面，她颇为感慨地对我说道："江桥哥，我们可有好一阵子没有见面了。"

"嗯，得有几个月了，你最近忙吗？"

"不忙啊，学校最近停课了，很多学生都已经离开学校，为毕业后的工作努力了。对了，肖艾不也自己开了个琴行吗？我都好久没见她回过学校了。"

听于馨说起肖艾，我的心情又一次不可避免地产生了波动，但仍不动声色地端起茶杯喝了一口，并不准备深入和于馨聊肖艾的话题。虽然心里也很想从她嘴里了解肖艾的近况，可是和陈艺一样，肖艾也是那个夜晚被我伤害过的女人，而我又不能为这种伤害负责，所以逃避便成了我唯一的选择。

手机在我的口袋里震动了起来，我正好借此摆脱无话可说的尴尬，赶忙将手机拿了出来，是赵牧发来的信息，他大约还有一个小时便可以到南京火车站，我当即便回复，会准时去接他。

我的心情在此刻稍稍轻松了一些，人生就是这样子，一些亲近的人离开了，不必太感伤，因为另一些亲近的人一定会回来，就像陈艺和赵牧，各自在我的世界里走走留留。

第108章 惊讶

天色已经渐渐昏暗，我终于切入正题，对于馨说道："这次来找你，是有个求婚策划案需要你作为演职人员加入。我们的客户准备以微电影的形式重现当初他和女朋友在大学时的温馨画面，客户的女朋友是一个歌剧演员，也是你们南艺毕业的。所以我想了想，由你来演比较合适，你的体型和她还是有很高相似度的。"

于馨面露喜色地对我说道:"江桥哥,你真的太好了,有什么好事情都惦记着我,临近毕业,我真的特别缺钱!"

我笑了笑,回道:"你先别急着夸我,这次的报酬只有两千块钱,因为最多只拍摄三天,内容不是非常多。"

"两千块钱也不错啦,可以解决我两个月的房租问题了。你真是我生命中的贵人,每次我缺钱的时候你就及时出现。"

我笑了笑,心中却是一阵苦涩,如今也就只剩下于馨这个丫头还觉得我江桥有那么一点儿讨喜了,我甚至有些怀念刚认识肖艾的那个初秋,我们很单纯地相处着、闹着,谁也没有想过会将关系搞成现在这样,以至于连做朋友都成了一件很费力的事情。

于馨在我的沉默中又说道:"江桥哥,我现在给肖艾打电话,晚上咱们就一起吃顿饭吧,都好久没聚了。顺便感谢你,我请客。"

我一愣,赶忙回道:"不用了,我待会儿还要去火车站接一个朋友,你们聚吧。"

于馨有些疑惑地看着我。

我有些尴尬,抬起手,看了看时间之后对她说道:"这两天我就把微电影的剧本写出来,到时候我再和你联系。时间差不多了,今天就聊到这儿吧。"

于馨并不让我走,似乎非要请我吃顿饭,她很执着地说道:"待会儿带着你的朋友一起吃饭好了,反正人多还热闹些。"

我特别害怕面对肖艾,尽管于馨如此热情,我还是拒绝道:"真的不用这么麻烦了,改天再聚吧。"

我一边说着,一边向咖啡店的外面走去,直到呼吸到室外相对清新一些的空气,才感觉自己刚刚一直紧绷的神经渐渐松懈了下来。

我这辈子做得最错的事情,便是在那个夜晚侵犯了肖艾。我有时会想起袁真那孤独却凌厉的眼神,如果他知道自己的女朋友曾经被其他男人那么对待过,他会是什么心情呢?

有时候,人真的不能完全站在自己的角度,认为犯下的都是一些可以被原谅的小错误,实际上这些错误带给其他人的痛苦却是极其巨大的。

…………

夜晚来临前,我在火车站接到了赵牧,他只是离开了几个月,容貌上的改变却让我感到惊讶。他瘦了,瘦了很多,整个人看上去是那么憔悴,眼睛里流露出的都是消极的目光。

我和以前一样,第一时间从他手上接过了那个沉重的双肩包,没等我先开口,他就看着我说道:"桥哥,你瘦了不少,是不是这段时间太累了?"

我这才意识到自己在这几天里根本没有好好吃过饭,最难熬的还是那几度崩溃的情绪,所以我会瘦是必然的。我笑了笑,回道:"是挺累的,你也瘦了不少,是受了什么打击吗?"

"回去再说吧,我想和你好好聊聊。"

我点了点头,随即搭住赵牧的肩向火车站的出站口走去。往来的人潮中,我们就像两个什么也没有得到的孩子,一直低头往前面走着,继而拒绝与这个世界沟通。

可城市的灯光又在无形的空气中闪烁着，好似要告诉那些曾灰心失望的人，其实这个世界一直是这么精彩纷呈，因此我们没有必要去逃避那些不安的渴望，即便此刻黄色的皮肤上刻着黑色的悲伤。

…………

回到我住的小院，我和赵牧各自买了一个煎饼果子坐在台阶上，可是他没什么胃口，只有我在吃。片刻之后，我终于停了下来，问道："现在能告诉哥，为什么不愿意在北京待着了吗？"

赵牧点了点头，可是过了许久才回道："桥哥，这个世界真的和我想象的太不一样了。最近我一直在一家大型私企工作，可是因为与副总在经营上有一些意见不合就被打压。最后公司所有的高层都在批评我，当初看重我的总经理也选择维护那个副总，可我真的是站在公司的立场上去提出自己的意见的。国外曾经就有类似的项目，因为犯了我们公司现在的错误，而导致整个项目亏损，所以我没有做错！"

"客观上你虽然没有错，主观上你却选错了立场，你现在还没有到达可以质疑高层的位置，你能明白我的意思吗？"

"我怎么会不明白呢？在这个世界上，大家都在喊着人人平等，可到处都是等级森严，哪怕我是对的，可是因为没有话语权，也一样会被位高权重的人颠倒黑白。有时候我也会质疑，这么多年的寒窗苦读，到底有没有学会做人的圆滑重要呢？现在我有答案了，寒窗苦读到极致，换来的也仅仅是个学者的身份；可是做人的圆滑，却会带来不可想象的收益，而人一定是先为温饱活着，之后才是尊严！"

我看着赵牧有些说不出话，他这番感悟真的会撕开弱势群体的灵魂，然后将伤口血淋淋地扒出来。

沉默了许久之后，我才对他说道："我知道你在那边受了委屈，可是你的性格哥最了解，这绝对不是你回南京的主要原因，因为你不是一个不懂隐忍，会轻易放弃的人。"

赵牧脸上的痛苦之色愈发强烈，他闭上眼睛低沉着声音对我说道："桥哥，我爱上了一个女人，可是她不爱我，她拒绝了我的表白。"

我很惊讶，以至于许久之后才回过神问道："是谁？"

赵牧一声叹息，然后带着痛苦的笑容回道："是肖艾。自从上次国庆假期回南京，见过她的第一面起，我就已经很难忘记她了。后来我回了北京，我们断断续续地有联系，我才发觉自己真的很喜欢她，她是这么多年来唯一一个让我动了心的女人。"

我惊讶到无以复加，赵牧喜欢的女人竟然是肖艾，难道他不知道肖艾已经有了男朋友？

我开口说道："这……这挺让我感到意外的，你是什么时候和她表白的？"

"一个星期前，她说她对我没有感觉。"

"那她没有告诉你，她已经有男朋友了吗？"

赵牧看着我，脸上又一次现出痛苦的表情，许久才回道："没有，她没有说。她是不是真的有男朋友了？"

尽管知道很残忍，但我还是点头回道："嗯，她的男朋友叫袁真，是个在音乐圈小有名气的摇滚歌手,算是郎才女貌吧。赵牧,哥劝你,有些不该去爱的人,还是趁早放弃,她真的已经有男朋友了!"

赵牧的情绪变得激动:"不,我不会放弃的,在爱情上我是个偏执的人,更是个不会轻易对女人动心的男人,所以一旦爱上我死都不会放弃,只要她一天没有结婚,我就还有机会。"

"你有没有想过,就算她现在没有和袁真在一起,她也是金鼎置业肖总的女儿,一份物质差距太大的爱情是很难给人快乐的!"

"我不愿意去想这些,就算是肖总,当年也是白手起家的,那我赵牧为什么不可以在奋斗后提升自己?只有懦弱的人才会把差距挂在嘴边,然后去亵渎爱情!"

我不知道自己该不该批评赵牧的无知无畏,但此刻的我确实脸红了,因为我成了赵牧口中那个用差距去亵渎爱情的懦夫。

赵牧看着我,用极其坚定的语气又说道:"桥哥,这就是我回南京发展的主要目的。人活这一辈子真正需要争取的事情也就那么几件,所以我不想轻易放弃,我相信只要自己够努力,南京这座城市一定会给我机会的。"

我点了点头,没有回应太多,只是有些烦闷地点上了一支烟,然后在朦胧的烟雾中好似看到了两个极端,我和赵牧分站一边,他带着清华大学研究生的光环闪耀着,而我在高中未能毕业的自卑中越来越黯然,我能够和现实叫板的资本似乎并不多。

这时,我的手机又响了起来,是于馨打来的电话。之前我已经很肯定地拒绝了她一起吃饭的提议,我以为她打这个电话是要和我聊拍摄微电影的一些问题。

不承想我接通电话后,她情绪高涨地对我说道:"江桥哥,我已经把肖艾约出来了,这会儿就在郁金香路上的梧桐饭店里,你现在应该已经接到朋友了吧?要是接到的话就赶紧一起过来吧,我们准备点菜了。"

于馨的盛情邀请让我有些不知所措,许久才问道:"你告诉肖艾要约我了吗?"

"我为什么要特意告诉肖艾约你了?这次我还请了很多其他同学,很热闹的,你赶紧过来吧,算上你的朋友,正好一整桌。"

这句话说完于馨便挂掉了电话,我在她的盛情邀请中很是矛盾,毕竟她已经将朋友都带到了郁金香路,也是为了方便我少赶路,如果还不去的话,也就显得太矫情了。

我终于对赵牧说道:"你手上的煎饼果子就不要吃了,于馨刚刚打电话让我们去梧桐饭店,肖艾也在!"

第109章 斩不断的情分

夜色中,我和赵牧一起向巷子的外面走去,而于馨她们此刻所在的梧桐饭店就在巷子东面三百多米远的地方,之前我和秦苗、乔野以及陈艺也去吃过一次,直到此刻我仍记得当时的心情。很多有陈艺参与的事情就好像在昨天发生的一样,让我产生怀念，让我不愿意承认，其实她已经在我的世界里走远。

身边的赵牧也是沉默不语，这种沉默让我想起他第一次与肖艾见面时那羞涩内敛的样子。我这才察觉，原来那个时候他的心中就已经埋下了爱的种子，而现在这粒种子终于发芽了，至于能不能长成一棵大树，还要看造化和缘分。

几分钟后，我们来到了那家门前真的长着梧桐树的梧桐饭店，我没有看见肖艾的那辆奔驰车，只看见一辆红色的折叠单车，这应该就是肖艾现在的交通工具。我记得，她曾经骑过这辆单车找过我，她好像真的告别了千金小姐的生活。

这丫头就是这么倔，宁愿自己吃苦，也不愿意向肖总低个头。

进了饭店，我并没有立即进包厢，我向站在收银台的老板娘问道："靠门口的那个包间点好菜了吗？"

老板娘翻了翻单子回道："点了。"

"我先把单买了，一共多少钱？"

"六百八十六，零头抹掉，你给六百八十块钱好了。"

我点了点头，随即从钱包里掏出七百块钱递给了老板娘，和赵牧一起推开了包间的门，面对着几乎一整桌的男男女女，包括坐在墙角位置、脸上没什么笑容的肖艾，她的身边还是摆放着那个蓝色的琴盒，从她最近带着琴盒的频率来看，她并不是一时兴起去做琴行，也是花了不少精力的，因为从前的她根本不会随身带任何乐器，就像个不务正业的少女。

之前，于馨已经和赵牧一起吃过饭，所以也并不意外赵牧的到来。她站起来，看着我向众人介绍道："这是我江桥哥，他很照顾我的。"

众学生纷纷向我问好，唯独与我最熟识的肖艾很安静地坐在那里，她真的改变了许多。

于馨又将赵牧也介绍给了她的这些同学，赵牧简单地和他们打了招呼，目光便停留在了肖艾的身上，他试图和肖艾说些什么，可肖艾已经拿起手机看着，将自己隔绝在众人营造出的热闹氛围外。

我和赵牧坐在了肖艾的对面，虽然这帮艺术学院的同学颜值都很高，肖艾依旧是这群人中的焦点，大家都在找着话题和她说话，她只是简单地应付着，大部分时间都心不在焉地看着玻璃窗外的那两棵梧桐树，却没有人知道她心中真正在意的是什么。

一阵间歇性的沉默之后，于馨终于向她问道："你最近在忙什么呢，都好久没见你去学校了？"

"没忙什么。"

"琴行的生意怎么样？"

"带了十几个学生，晚上比较忙。"

于馨点了点头，一时间也没有再找到可以和肖艾聊下去的话题，转而又去和身边的另一个女同学聊了起来。

我一直将注意力放在肖艾的身上，我们终于有了一次眼神上的交集，我却闪躲了，然后端起茶杯喝了一口，也转头看了看窗外的梧桐树和街上的车来车往。

似乎，我们都是游离在这场聚会之外的散人。

短暂的失神中，服务员已经将菜陆续送上了桌，几个男同学也很豪爽地打开了白酒，代表于馨向我敬酒。尽管知道他们起哄的成分居多，我也不想拒绝，接下了他们轮番的敬酒，甚至还帮不善喝酒的赵牧也挡了几杯。

我的心情有点坏，到底坏在哪里却又说不上来。

这时，一直没怎么说话的赵牧终于举起酒杯向对面的肖艾说道："今天又见到你了，我挺高兴的，能敬你一杯酒吗？"

"不好意思，我不想喝酒。"

赵牧顿时很尴尬，现场的人察觉出一些端倪，继而纷纷将好奇的目光投向了肖艾，于馨赶忙举起酒杯对众人说道："感谢大家今天这么给面子来参加我的聚会，我敬大家一杯吧，希望毕业后，还会有这样的机会能够和大家小聚。"

于馨说着便喝掉了杯子里的白酒，众人这才放过了赵牧和肖艾，各自端起酒杯陪于馨喝了一杯。

这个尴尬解除之后，赵牧没有再说话，肖艾也在吃到一半的时候背起了自己的琴盒，对众人说道："我有点事情先走了，有时间再聚。"

于馨拉住了她，问道："怎么了啊，待会儿还想约你一起去唱歌呢。"

"我身体有点不舒服，你们玩吧。"

因为熟知肖艾的性格，于馨便不再勉强，然后看着众人说道："在座的男生谁能发扬一下风格，把肖艾送回去？"

有两个男生都自告奋勇要护送肖艾，但肖艾只说了一句"不用"，便转身向包间的外面走去。

很快，我便透过玻璃窗看到她解开了那辆折叠单车的锁，然后推着单车独自向郁金香路的北面走去。她的身影在路灯下显得很单薄，片刻便在我的视线里渐行渐远。

我心中滋味莫名，我知道在这张桌子上肖艾最不想面对的人便是我，其次是赵牧。而身体不舒服只是她离开的一个借口，我和赵牧确实不该来的，因为真的很破坏她和同学之间的聚会气氛。

心中一声轻叹，我又端起酒杯喝了一口。

这时，于馨小声在我耳边说道："江桥哥，你去看看肖艾吧，刚刚你们还没来的时候，她就说自己的胃有点儿不舒服了。"

"为什么是我去？"

于馨反问道："不是你去，又该是谁去？"

我无言以对，因为于馨对我和肖艾的认知还停留在几个月前，那个时候的肖艾确实还没有和袁真在一起，赵牧也没有向她表明心迹，所以我们相处起来是毫无顾忌的，现在却有了太多的不便和束缚。

于馨又催促道："快去啊，要不然待会儿追不上了。"

我终于点了点头，并未隐瞒赵牧，对他说道："我去看看肖艾，她可能需要帮忙。"

"我和你一起去。"

我点头，于馨却制止了赵牧，说道："江桥哥和肖艾最熟，他一个人去就可以了，人多了肖艾肯定会嫌烦的，我和她做了这么久的同学，她的脾气我最了解。"

赵牧欲言又止，我拍了拍他的肩，示意有消息就给他打电话后，便从椅子上拿起了自己的夹克，向外面追去。

…………

路灯下，我沿着肖艾刚刚离开的方向追去，大约追了一站路，终于发现了她那辆停在路边的单车，而她自己则捂着小腹坐在花池旁，那个我永远也不会忘记的蓝色琴盒就在她的右手边放着。

她低着头，并没有在第一时间发现我的到来，我用尽量不刺激她的语气说道："你是胃不舒服吗？"

她终于抬起头看着我，也许是因为病痛将她折磨得很脆弱，此刻的她没有了之前对我的那种极度排斥。她点了点头，脸上的表情却更加痛苦了。

我又问道："今天中午吃饭了吗？"

"不要问了，我不想说话。"

她根本不能照顾好自己的样子让我一声叹息，又不忍心不管，便将自己的外套脱了下来，然后将她拉了起来，把外套给她垫在下面坐，我估计她的胃痛就是饮食不规律和受寒导致的。

我又对她说道："把袖子往上挽一挽。"

"做什么？"

"我帮你揉揉内关穴，可以缓解胃痛的。待会儿再给你买点胃药，你喝点儿热牛奶应该就会没事了。"

肖艾看着我犹豫了一下，最终还是将自己的手臂交给了我，我轻轻挽起她的袖子，找到位于手腕正中的内关穴，便轻轻帮她揉了起来。

我们没有再说话，所以风从我们身边吹过的声音一直很清晰。尽管整条路上还有熙熙攘攘的行人走过，可整个世界仿佛只有我们是真实存在的。这一刻，我将她的模样看得很清楚，那从她手腕处传来的温度，似乎已经化为清澈的泉水带着热度在我的心里流淌着。

又是一阵冷风吹来，肖艾从花池旁站了起来，然后将刚刚我给她垫的外套拿了起来，轻声对我说道："你把衣服穿上吧，不要着凉了。"

我愣了一下，以至于没有在第一时间做出回应，她又为我将外套披在了身上，然后抽回自己的手臂说道："我好多了。"

我点了点头，看着她却不知道接下来该说点什么，便又将目光转移到她身旁的琴盒上，片刻之后才终于问道："你现在是搬到这边住了吗？"

"嗯，就住在琴行的楼上。"

"那蛮方便的。其实，你现在的改变真的让我挺惊讶的。"

"有什么好惊讶的，不过是自力更生而已。这些你不是在十几年前就已经做了吗？"

我笑了笑，回道："我和你不一样，我是被现实逼的，你却是自己选择的。面对生活，你应该是个比我更大胆的人！"

肖艾没有言语，我们仿佛又陷入了之前那解不开的死局中。
　　我终于又对她说道："我这就去给你买点胃药和吃的东西，你把地址留给我，待会儿我给你送过去。"
　　"不想麻烦你，我自己去就行了。"
　　"药店在路那边呢，得折回去走好远，还是我帮你去买吧，反正我也没什么事情。"
　　肖艾沉默了很久，才看着我回道："事到如今你还对我这么好，就不怕陈艺会难过吗？"
　　我的心好似被什么利器狠狠刺了一下，我下意识地咽了咽口水，然后挤出一丝苦涩的笑容回道："都是过去式了，现在的江桥很自由。你先回去休息吧，如果还没有将我的联系方式删除的话，那待会儿将住址发到我的手机上就行了。"
　　肖艾目光复杂地看着我，许久才点了点头，然后推着自己的单车，继续走在了那条她还没有走完的路上，而我也转身往相反的方向走去。
　　…………
　　夜色像黑幕一样笼罩了这个世界里的一切，替肖艾买好胃药和晚饭的我就走在其中，然后思考着，自己在出生后，是怎么接受生活着的世界里有白天和黑夜这个事实的，而我们又为什么需要空气才能活着。爱情和财富似乎比空气来得更加重要，却不是每个人都能够有幸拥有。
　　我的注意力就这么被自己那浩瀚无边的想象力转移了，我终于不再难过，也不想再悲伤，我只想在这个夜晚去思考一些关于生存环境和生命起源的大问题，然后照顾好肖艾，就像对待自己的妹妹那样。
　　我发誓，如果我是清醒的，就算是死，也不会去侵犯她的身体。我后悔了，真的后悔了！
　　这时，手机又一次在我的口袋里响了起来，我以为是肖艾要告诉我她家的住址，可把手机从口袋里拿出的那一刻，我却彻底怔住了，这个电话是陈艺打来的。
　　我下意识地停下了脚步，那无数的情绪挡也挡不住地在我心中翻涌着，我极力让自己保持镇定，接听了电话。
　　陈艺的声音满是紧张，她几乎是哭着对我说道："江桥，我害怕，我好像撞到人了！"
　　我愣住了，心中也是一阵极度的紧张，然后便听到了电话那边有人在"砰砰"敲着车窗。
　　"江桥，你快来，你快来！"
　　在陈艺六神无主的时候，我必须让自己先冷静下来，我向她问道："我怎么听到有人在敲车窗？"
　　"敲车窗的人和那个被我撞到的人是一起的。"
　　"陈艺，你听我说，你先不要紧张，车门一定要锁好，千万不能开，然后看看自己的行车记录仪，确认一下对方是碰瓷，还是真的被你撞上了。"
　　"嗯，我听你的。"陈艺总算冷静了一些，可她那边一直传来急促的"砰砰"声。
　　我又急切地说道："确认以后，先打电话报警，然后再拨打保险公司的客服电话。我现在就赶过去，你在哪一条街？"

"我在宏远大道的金兰路。"

得到这个信息后，我便赶紧伸手拦了一辆出租车。在我的印象中，这条路有四个车道，很宽敞，而且晚上车辆根本就不多，陈艺撞到人的可能性并不大，所以她很有可能是遇到碰瓷的了。我必须尽快赶过去，要不然她是肯定要吃亏的。

出租车载着我飞快地往宏远大道驶去，尽管车速已经足够快，我依然心急如焚。我想象着，此刻的陈艺一定很惊恐，所以她才会下意识地给我这个已经分手的男友打了电话。这些年，她总是这么依赖着我，所以危急时刻就成了我们之间斩不断的情分，而我也绝对是敢为她挨刀的男人。在我的思维里，只要她能够安全，一切无所畏惧。

车子已经彻底驶离了郁金香路，我的手机再一次在手中震动了起来，我低下头看了看，是肖艾给我发来的信息，她将自己的住址告诉了我。我这才察觉，自己手中还拎着给她买的胃药和晚饭，但此刻真的已经顾不上这些，我又一次催促司机加快车速，心急如焚的我实在是一秒也等不了了！

|第110章| 超越生死的情分

十分钟后，出租车将我带到了宏远大道的金兰路。我焦急地张望着，终于在一个丁字路口看到了陈艺那辆红色的奥迪A4，车子的左前轮旁躺着一个穿着黑色衣服的中年男人，他正抱腿呻吟着，另一个穿着灰色羽绒服的男人则指着车窗骂骂咧咧。

没等车子停稳，我便打开车门下了车，跑到那个穿灰色羽绒服的男人身边，第一时间推开了他，皱着眉问道："什么情况？躺地上的是你朋友吗？"

穿灰色衣服的男人将我上下打量了一遍，回道："我们是一起的，刚刚过马路的时候被这辆车给撞了，我这朋友被撞得不轻，这事儿你能管吗？不能管就别在这儿瞎凑热闹。"

"你朋友被撞了，你不打电话报警，叫救护车，你指着车子瞎叫唤什么？"

灰衣服男人表情顿时变得很不善，推了我一把说道："你是谁啊？找碴儿找我头上来了！"

我反手扭住他的胳膊，一把便将他按在了陈艺的车子上，不客气地回道："现在可是法治社会，要是我朋友真的撞了人，该怎么赔怎么赔，要是你俩存心碰瓷，就先把眼睛擦亮点，不是谁的瓷都能碰的。"

这时，陈艺按下了车窗，很紧张地对我说道："江桥，不要动手打架，我已经看了行车记录仪，是他自己蹭在我车上的，待会儿等警察来处理吧。"

躺在地上的男人听陈艺说车上有行车记录仪且又报了警，赶忙从地上站了起来，转身便向对面的一条小路跑去。而那个被我按住的人则剧烈地挣扎着，我不想轻易放过这样的人渣，便死死将他按住，不给他逃跑的机会。

陈艺打开车门，站在我身边拉着我的手臂，焦急地说道："江桥，你放开他，让他走吧，你自己别受伤！"

女人似乎有天生的第六感，陈艺的话音刚落，那个被我按住的男人便从口袋里掏出一把五寸长的匕首，一转身便凶狠地向我的手臂上划来，我已经来不及躲了。

陈艺一声尖叫，以一种本能用力地推开了我，匕首却扎扎实实从她的左手臂划过，鲜血顿时染红了她的衣服，我看着她痛苦的表情，整个人好似石化了一般，行凶者趁机甩开了我，向那条小路玩命地跑去。

我终于回过神，一句话也不多说，将陈艺扶进了她的车里，然后向离这里最近的一个医院驶去。

…………

夜色已深，我站在医院的过道里焦急地等待着，万幸是冬天，衣服穿得比较厚，陈艺的伤口不是很深。饶是如此，她也需要接受缝针的手术，我的心好似随着陈艺的痛而一阵阵绞痛。这样的伤口以后会陪着她一辈子,生来完美的陈艺会接受这个事实吗？

她现在一定很难过！

我又想起了肖艾，时间已经过去了一个多小时，直到现在我还没有给她打个电话说明情况，她该不会又认为我江桥戏弄了她吧？

我点了一支烟，眯着眼睛一连吸了好几口之后，终于拨通了肖艾的电话。

许久之后，她才接通，却没有开口说话，但是这种沉默已经充分说明了她此刻的心情。

我先开了口："对不起，陈艺开车的时候遇到碰瓷的了，我去处理的时候和流氓发生了点争执，陈艺替我挨了一刀，现在正在医院里缝针，我得陪着她，所以……"

一阵极长的沉默之后，肖艾终于开了口："你不用和我解释这么多的，好好陪陈艺吧，希望她没什么事。"

"嗯。"我应了一声，也陷入了沉默中，许久才又说道，"你的胃药我让赵牧送过去吧，还有晚饭。"

"不用了，没什么胃口。"

"胃还疼吗？"

"不疼了。"

说完这句后，肖艾便没有再给我说话的机会，她很果断地挂掉了电话，可我听着那"嘟嘟"的挂断音，心中很不是滋味，先不说那些理由，我确实又成了言而无信的男人。

她的性格我是多少有一些了解的，她不是没胃口，胃也可能还在疼着，但是在失望情绪的驱使下，她已经不指望我还能为她做些什么。

一声叹息，我再次拿出手机拨通了赵牧的电话，他第一时间便接通了，向我问道："桥哥，你后来追到肖艾了吗？"

"你陈艺姐刚刚出了点儿事儿，我给肖艾买的药和晚饭也没能给她送过去，待会儿我把她的住址发给你，你买点胃药和晚饭给她送去吧。"

"我马上就去。"

结束了通话，我便将刚刚肖艾发给我的住址转发给了赵牧，心中却没能因此松口气，因为我的自作主张可能会惹来肖艾的不满，但我还是希望她能把自己的身体当回事。

…………

大约又过了二十分钟，陈艺终于处理好伤口从手术室里走了出来，我紧张地迎了上去，问道："感觉怎么样，疼吗？"

陈艺摇了摇头，回道："我没事儿，你不用担心。"

一阵沉默后，我才低声说道："我又给你惹麻烦了，该挨这一刀的人是我。"

"是我给你打的电话，怎么会是你给我惹麻烦呢？其实，是我自己开车分神，走错了车道，才给了那两个人碰瓷的机会，事情错在我。"

我下意识地问了一句："开车怎么能分神呢？"

陈艺看着我，却没有言语。

我心中顿时明白，我们的分手给她造成了太多情绪上的困扰，所以她才会分神。不仅是她，我这些天也一直魂不守舍，而这种糟糕无比的状态真的是我们分手的目的吗？

我一直认为，分手是一种放弃错误行为的选择，可如今的我们真的又将路走对了吗？我们所受的伤害已经不仅仅在精神上，现在连陈艺的肉体都受到了伤害，这些都是分手间接造成的。

收起心中这些杂乱的想法，我看着陈艺说道："我送你回去吧。"

"嗯。"

"丹凤街那边的新家？"

"不去那边，在这附近找个酒店住下就行了。"

"可是你的手不方便，自己一个人住酒店会有很多麻烦的。"

"你不要管那么多了，我现在这个样子回去，没法儿向我爸妈交代。就住酒店吧，这些讨厌的事情总会过去的。"

我终于点了点头，心中的愧疚感愈发加重。

在这危急关头，陈艺舍弃了自己的安危护住我，这颠覆了我的认知，我和陈艺之间到底是一种什么样的情分，而这种超越生死的情分和爱情又有多少关联？

| 第111章 |　**活得太用力**

离开医院，我开着陈艺的车行驶在冰冷的街头。而那千年不变的灯火，用没有温度的光线射穿了人的寂寞，也放大了我们活着的无奈。那些俗世里的灰尘，只要有风，便会落在我们人生中因为疏忽而产生的缝隙里，继而让我们看不清这个世界，

摸不到人与人之间该有的真诚。于是我们都被世俗的枷锁束缚着，误解，争斗，最后两败俱伤。

转眼，车子停在了一个有红绿灯的路口，红灯的时间很长，导致前面密密麻麻停着很多车，我挂了空挡，拉起了电子手刹等待着。

我无法去看身边的陈艺，只是看着车窗外那随着车子流动的灯光，陷入了失神的状态中。我忘记了自己此刻正在面对的环境，却忘不掉面对锋利刀刃时，陈艺推开我的样子。

在我的认知中，陈艺并不是这么勇敢的女人，她却为我做了太多该做或不该做的事情，这辈子我还能用什么去偿还？

"江桥，绿灯了。"陈艺轻轻地推了推我。

我抬起头看了看，前方的车子已经开出了十几米，后面车子的鸣笛声响成了一片，我的生命好似再次被挤压，赶忙加了一脚油门追上前面的车子，后面的车子转眼又追了上来，而灯又一次变红了，让我在静止和动态的灯光中找不到存在的状态。

…………

酒店的房间里，陈艺穿着单薄的短袖T恤坐在床上，那缠住伤口的纱布隐隐还能够看到血迹，我坐在她对面的沙发上，那壶里快要沸腾的水，发出了这个房间里唯一的声音。

我调高了空调的温度，又拿出一床厚的毛毯披在了陈艺的身上。

"江桥，这个世界上会有那么一种东西，只要吃一口，就能忘记过去的一切吗？"

我不知道她为什么会忽然说出这些话，只能迟疑地看着她，许久才回道："不知道，如果有的话，我一定愿意吃一口。"

陈艺点了点头："我知道，这些年你都过得不怎么快乐。其实何止是你，我们活得都很辛苦，辛苦地回忆着，辛苦到没有力气再去憧憬未来。如果有那么个东西，我也愿意吃一口，让人生重来一次。"

我勉强笑了笑，然后陷入了比夜晚更深的沉默中。

"时间不早了，你回去吧。"

"等水开了，我给你泡点安神的花茶。"

我的话音刚落，快烧壶便自动断了电，而里面的水也到达了沸点。

我尽量让自己平静下来，在这个夜晚为陈艺做了最后一件还能去做的事情，我将那杯安神的花茶端到了她的面前，她还没有从我的手中接过，我已经为她的明天担忧了起来，她伤了手臂，却不敢回家，那么谁来照顾她？

我终于对她说道："明天早上我给你做点儿吃的东西送过来吧。"

"不用了，忙你自己的事情去吧，我没有问题的。"

"其实从离开婚庆公司后，我一直在瞎忙，挺可笑的！"

陈艺有些疲惫地看着我，许久才回道："有成果或者是瞎忙，都是你自己的事情，没有必要和别人倾诉的，因为这个世界上不是每个人都愿意去理解你、安慰你。"

"我……我明白的。"

陈艺点了点头，沉默许久之后，再次让我离开。

夜色已深，我没有了任何可以留下的理由，终于带着心中那解不开的死结离开了酒店，然后独自等待着一辆可以载着自己离开这里的交通工具。

…………

回到住处，赵牧正在另一个房间收拾着，我点上一支烟倚在门口，一边吸着，一边向他问道："你去找肖艾了吗？"

赵牧的声音有些低沉："去了，可是她不在，打她电话，手机也没有开机。"

我有些意外，愣了一下才回道："她就是神神道道的。"

"她不是神神道道的，难道你没有看出来她的心情不怎么好吗？"

"是，最近在她身上发了不少的事情，情绪有点儿起伏是很正常的，你也别往心里去。"

"我不会往心里去的，她现在这么对我，我早就有心理准备。"赵牧放下了手中套好的被子，叹了一口气，又说道，"男人和女人之间的有些事情如果说得太透，真的会连朋友都做不了，所以我觉得她是在逃避我。"

我点了点头，没有继续说下去，因为这个话题对我来说有点儿敏感，而赵牧也确实有很多事情还不知道。

"桥哥，你说陈艺姐出了点儿事儿，她还好吗？"

"她？她挺好的，没什么大问题。"

这又是一个让我感到不自在的话题，我吸了一口烟之后，便将话题转移，又对赵牧说道："对了，你暂时也有时间，我找点事情让你轻松一下吧。"

赵牧有点疑惑地看着我问道："什么事情？"

"最近我和金秋合作了一个求婚策划案，我们准备用微电影的形式，在求婚现场重现客户和女朋友在大学时的一些记忆深刻的画面。女主角我已经决定用于馨，男主角本来准备到河海大学去找的，不过时间恐怕来不及了，你要是有兴趣就你来吧，我发现你和客户在气质体型上还真有点儿吻合，他也是属于比较沉稳、有书生气的类型。"

"我没有这个经验啊！"

"要的就是没有经验，你能做到真情流露就够了，于馨有表演基础，她会带着你的。"

赵牧没有再继续顾虑，点了点头，回道："好吧，希望能沾点客户的喜气。"

…………

接下来的时间，我开始为微电影的事情忙碌着。在造型师的设计下，赵牧保留了学生时代那恰到好处的青涩，而骨子里的沉稳又让他非常接近孙总本人。虽然一开始不太适应，但是在于馨的引导下，他也渐入佳境，我们只用了三天时间便完成了拍摄和后期制作的所有环节。

夜晚来临前，我到一家专业从事广告片拍摄的传媒公司拿到了时长五分二十秒的片子。之所以精确到五分二十秒，是希望将"我爱你"这三个字永远定格在这部微电影里。自从离开婚庆公司后，我已经很少有机会这么投入地去做一件事情了。也许，我也想通过这部微电影弥补一些遗憾。

我拨通了金秋的电话，她在片刻后接通，我对她说道："片子我已经从广告公司拿到了，需要我现在送到你们公司给你看看效果吗？"

"我已经在回家的路上了，你直接送到我家来吧，我妈今天做了不少菜，你正好陪我爸喝几杯。"

想起自己已经很久没有见过老金，还怪想念的，我便应了下来，下一刻便打车向老金的家驶去。

…………

老金一家住在离郁金香路并不算远的雨花南路，小区是去年才建成使用的，环境非常好，也比较高档。这些年开婚庆公司，老金多少还是赚了些钱的，至少比我们这些拿固定工资的人要强上太多，我是从来不敢奢望在南京这座城市住这样的房子。

站在门口，我按了门铃，开门的是老金，他一见面就搭住我的肩膀，说道："你个拧巴货，终于来看我了啊！"

老金为老不尊，我也嬉皮笑脸地与他勾肩搭背，走进屋内后，四处环顾着向老金问道："金秋呢？"

"她下去给咱爷儿俩买酒了。听说，你俩最近正一起做一个单子？"

"算是吧，我这边做求婚的策划，她那边做婚礼的单子。"

"好，好。"

我没有将老金嘴里念叨的"好"太放在心上，但我知道他一直为金秋将我从公司辞退的事情耿耿于怀，所以当知道我们还有业务上的合作后，心中多少也有一点儿安慰。

这时，罗素梅将一盘冻豆腐红烧肉端到了桌上，然后又关心了我最近的生活，而我看着那冒着热气的盘子，鼻子一阵阵发酸。

我又想起了很多年前，自己的母亲在冬天时将豆腐放在院子里冻的画面。那种冻豆腐和肉一起煮的味道，是家的味道，让我在十几年后的今日仍难以忘怀。在我的记忆里，我已经太久没有吃过这道菜了。

这味道，让我一阵阵恍惚，但是心中更加明白，老金和罗素梅终究不是我的父母，他们只是在我成长的道路上充当过父母的角色，让我不曾在无依无靠的生活中堕入歧途。

…………

金秋没有回来前，我和老金坐在沙发上一边抽烟，一边聊天，也许是被那道冻豆腐红烧肉的味道触动，我又向老金问起了自己母亲的一些事情。

"叔，我妈离开南京后到底去了哪里，有过消息吗？"

老金看着我，深深吸了一口烟，然后又掸掉烟灰，这才开口回道："这些年，你那混账爹一直待在深圳，恐怕就是想找她，可这么多年也没什么消息，弄不好她是去国外了。"

"去了国外？"

老金点了点头，又说道："我也只是这么猜的，你爸和你妈还没有结婚之前，你外公和你外婆曾经来过南京一次，我见过他们一面，老两口看上去不是普通人。那时候，他们应该是想带你妈回深圳的，但是你妈死活不肯走。所以你妈和你爸离婚后，最有可能回的还是深圳，可这么多年她都没有和娘家联系过，很多东西都不好说了。"

老金的表达依然不是那么清晰，可我还是听懂个大概，我又下意识地想起了那座废弃的纺织厂，想起了母亲给我零钱去买东西吃的画面。刹那间，我的心就像泡在曾经滚烫的开水里，无能为力地感受着温度一点点消失。

我还想向老金问些什么，却又无从问起，就这么看着从手指间冒起的烟雾，一阵茫然。

这时，金秋拎着一瓶红酒和一瓶白酒回来了，她脚上穿着一双居家的拖鞋，身上是一件红色的羽绒背心。没了职场锐气的她，让我更加觉得自己就是这间屋子里的一分子，屋子里有我的亲人和好吃的菜，也让我忽然很想赖在这里不走。

…………

等待晚饭的间隙，我和金秋坐在沙发上看微电影的效果。看的过程中，我下意识地从烟盒里抽出一支烟递给她，她却压低声音，紧张地对我说道："别给我递烟，我爸妈还不知道我抽烟。"

"金秋也会怕？"

"废话，在这间屋子里，金秋就是那南京老头、老太的姑娘，也就是你从来没有把我当过女人。"

我感慨道："谁让你那么要强！"

金秋没有理会我，将注意力又放在了正在播放的微电影上，而我也趁着这个空隙看了看她。其实金秋遗传了罗素梅的优秀基因，怎么看都是个才貌双全的姑娘，可我就是有点儿怵她，打心底不敢将她当作一个妙龄女人去看待。也许，金秋只会在自己的父母和喜欢的男人面前展现温柔的一面。

我笑了笑，随后便转移了自己的注意力，又在微信朋友圈里发了一条动态："后天在心情咖啡会有一场求婚仪式，感兴趣的朋友都来捧场，酒水全部免费。"

很巧合的是，几乎在我发出消息的同时，肖艾也发了一条动态。

她说："因为不确定会不会有下辈子，所以这辈子才会活得这么用力！"

也许，这是她此刻的心情，但我更在意的是，一定会看到这条朋友圈动态的她，后天会不会也去凑个热闹呢？

还有陈艺，我们都活得这么累，如果那天她也愿意来，我们以旁观者的角度看看别人是怎么幸福的，又会不会有一些新的感悟呢？

第112章 追逐影子的人

晚餐快要开始的时候，我和金秋看完了微电影，金秋对微电影呈现出来的效果和感情还是比较满意的，只是提出了几个在后期制作上产生的小问题，不过都很好解决，完全有时间赶在后天求婚仪式开始前达到她想要的那种效果。

"金秋，江桥，你俩别忙活了，赶紧过来吃饭吧。"

说话间，罗素梅已经将饭菜全部端上了桌子，自己也在忙碌之后解开了身上的围裙，而爱好喝酒的老金已经将我和他的杯子里倒满了金秋刚刚买回来的白酒，看样子今天晚上他酒兴很盛，一定要和我喝出个高下。

不知道为什么，这种随时会在一个家庭里出现的画面，却让我倍感温馨，我的心中随之涌起一阵暖流，仿佛我的世界里有太多的裂痕，所以才会如此容易感动。

如果阳光会透过裂痕照进我的生活，我一定会勤奋地做个追逐自己影子的人，然后牢牢记住那些在我身上用一针一线替我缝补裂痕的人。

餐桌旁，我和金秋坐在一起，老金和罗素梅则坐在我们对面，我和老金谁也不服谁，隔着老远就举起杯子一饮而尽，也不夹菜吃，下一刻便又续上了一杯。金秋和罗素梅懒得理我们，她们一边吃饭，一边聊着家常和公司里的一些事务，俨然比我和老金靠谱多了。

酒喝多了，话也多了，老金又饮下一杯白酒之后，对我说道："江桥啊，记得那会儿和你爸一起在部队的时候，我们可不止一次说过，假如以后我们生的是一男一女，就做亲家。我老金虽然没什么文化，但也不古板，如果你和金秋有那方面的意思，我作为家长是不会反对的。"

老金在饭桌上突然说起了曾经和江继友的约定，让我和金秋措手不及，我们都有些尴尬地看着对方，一时不知道该怎么回应。

金秋终于带着些不满回道："爸，你酒喝多了吧，现在都什么年代了？你还和我们来指腹为婚的那一套！这么多年了，我要是能和江桥在一起，那早就在一起了，还用得着你来瞎操心！"

我看着金秋，不管老金说的是不是醉话，但我还是觉得金秋说出了我心中所想，因为我们从生活方式到人生履历相差得实在是太多了。我也知道，她手上时常点起的那支烟与自己无关，在国外留学时，她应该有一段刻骨铭心的过去，而我们只是将对方当作了生命中一个不可或缺的朋友，我们可以聊理想，聊整个世界，却唯独不会聊起爱情。

我们之间没有禁忌，也没有爱情，这些我和金秋比谁都明白。老金这几句醉话太荒谬了，我和金秋怎么可能因为一个指腹为婚的承诺而结婚呢？

这时，罗素梅起身从老金的面前拿过了酒杯，将里面没喝完的白酒直接倒进了厨房的洗碗池，面色不悦地说道："不该你操心的事情不要操心，吃饭。"

老金嘀咕了几句，随后也没有再说什么，桌上陡然严肃起来的气氛，却更加让人觉得老金刚刚说的那些话并不是醉话，只是他一直没有找到时机说起而已。

…………

晚饭结束后，我又陪老金喝了一杯茶。准备告别时，罗素梅从卧室里拿出了一个方便袋递到我手上，说道："最近天气冷了，我给你买了一条围巾，纯羊毛的，很保暖的。"

我从她手中接过，然后将里面的围巾拿了出来，罗素梅又很细心地替我围在脖子上，感觉大小正合适之后才满意地点了点头。

我心中又涌起一阵暖流，这些年罗素梅和老金给我的关爱真的非常多，他们几乎已经取代了我的父母在我人生中应该发挥的作用。

我想如果我和金秋之间真的有类似爱情的感情存在，我入赘到他们家也挺不错的。

我被自己这个突如其来的念头吓了一跳，我觉得自己是太害怕孤独了，就我这样一个吃百家饭长大的男人，即便入赘，也是高攀了这个家庭。何况金秋真的对我没有一丝爱情上的想法，我自己也一样。

…………

系上罗素梅给我买的围巾，我独自走在寒冬的夜里，又想起了陈艺，此时距离她手臂受伤已经有好几天了，也不知道她过得怎么样。

我试过给她发信息、打电话，可是她都没有给予我回应。而她的这种沉默让我心中非常难过，可是没有办法改变什么，因为我们之间那少得可怜的牵连，全是靠突发事件维系的，离开了突发事件，我们依然是一对分手后便不能做朋友的情侣。

是的，我们是分手了，可荒谬的到底是我们，还是这个世界呢？

我在夜色中叹息。

至少，在这个寒冷的冬天，我是给不出答案的。

…………

"江桥，等等我，我送你回去。"

我回头看去，在我身后说话的是金秋，她的手上拿着车钥匙，脖子上系着和我一样的围巾，不过我的是紫色，她的是红色，都是罗素梅买的。

我停下了脚步，笑了笑回道："不用了，我自己走回去，正好吃完饭想散散步，反正又不远。"

金秋看了看自己的运动手表，回道："我今天才走了一千五百多步，显然还不达标，你要是不嫌弃的话，我陪你走一段吧。"

我半开玩笑半认真地说道："除了当时你把我从公司开除了，基本上我是不嫌弃你的。"

金秋拍打着我的后背，说道："这件事情我都已经和你道过歉了，你还这么损我，有意思吗？"

"这个世界这么无聊，你就不要剥夺我损人的乐趣了，我怕我活不下去。"

金秋哀怨地看了我一眼，随后在我之前，迎着夜色向小区的外面走去。我笑了笑，赶忙追上了她的脚步。

…………

路上的空气很冷，以至于闪着星光的夜空看上去很凄凉，我和金秋点着烟走在人迹寥寥的街头，许久之后她才对我说道："江桥，你会将我爸刚刚说的话放在心上吗？"

我不想说太多，只是摇了摇头，表示不会。

"我也不会放在心上的，我们之间还是做朋友最合适，我可不敢想象你成为我老公的样子，咱俩太熟悉了！"金秋说着笑了笑，然后又吸了一口烟。

　　我一阵黯然，心中又不可避免地想起了陈艺，要论熟悉，我们要比任何人都熟悉，可这也不是分手的理由。仔细想来，人和人之间如果不想在一起，理由还是可以有很多的，比如金秋的"太熟悉了"，比如我给陈艺的"背叛"，比如我无意识地侵犯了肖艾，却从来没有觉得自己真的爱过她。

　　一段路之后，金秋又抬手看了看手中的表，对我说道："已经快五千步了，运动量正好达标，我就不多陪你了，还有一段回头路要走呢！"

　　我笑了笑，问道："你什么事情都要算得这么精确，不累吗？"

　　"怎么不累，可我更喜欢掌握自己的生活！"

　　"这个解释不错。"

　　金秋也笑了笑，随后向我挥了挥手，留下一句"后天见"，便转身往相反的方向走去。等她走了很远后，我才猛然想起，她正在走的这条路，就是我们刚刚走过的路。

　　…………

　　回到家中，赵牧的房间已经没有了灯光。最近他一直在忙着找工作，我也帮不上什么忙，所以我们碰面的机会非常少，基本上我从咖啡店或者外面回来时，他都已经休息了。

　　我坐在小院里点上了一支烟，然后又习惯性地拿起手机看着，我的微信朋友圈里依旧热闹，曾经每天都会发一条动态总结生活的陈艺却没了动静。

　　我很担心她，便又厚着脸皮给她发了一条消息，希望她能告诉我，她现在是怎么生活的，那受伤的手臂还疼不疼，有没有影响到她现在的工作。

　　等了很久，陈艺也没有回复我，我忍受不住冬天的寒冷，便在洗漱之后躺在了床上，可那等待并没有停止。

　　我又从枕头的下面拿出了那个装着陈艺发丝的红包，然后将发丝从里面取了出来，放在手上呆愣地看着，忽然鼻子就开始发酸，眼泪也掉了下来。

　　我的世界里仿佛再也没有了那个会将自己拍的照片第一时间发给我，我说好看后，她才会发朋友圈的女人。

　　尽管眼泪还在掉，可我并不认为自己是在哭，只是因为情难自禁地想起了一些关于过去的美好，心情起了波澜而已。

　　我又骂了自己，如果知道是此刻这个结果，当初是否要贪恋那一点儿爱情的滋味，弄得大家现在都摆出一副老死不相往来的姿态。

　　想起这些，我真的哭了。一直以来，我只希望自己做一个去追逐影子的人，不光追逐自己的，还包括陈艺的。

　　我就是喜欢站在她背后默默地关爱着她，而不是真枪实弹地去和她谈一场根本没有胜算的恋爱。

　　这个夜晚，我将烟吸得没了滋味。

　　我真的很想她，就在这个充满冬天味道的房间里。

| 第113章 |　有情才能相守

　　窗外的寒风像一把锋利的匕首，刺痛了我想念一个人的心情，我无法继续在床上躺着。我点上烟，疲乏地坐在床边吸着，而屋里沉默的花草随着流动的空气，抚摸着我脆弱的内心。我不愿意就这么遥远地想着此刻并不知道在哪里的陈艺，我想接近她。
　　我穿上了自己那件黑色的夹克，带着半盒没有抽完的烟走出了巷子，站在街头等待着出租车，却不敢去看远方，因为那里有太多的灯火和在灯火里伤心的人。
　　终于，一辆从路北驶来的出租车在我的面前停了下来，里面的司机操着浓重的南京方言问我要去哪里，我迟疑着，不知道要怎么回答，司机骂了一句"有毛病"之后，又驾车离去，很快便驶进了远处那看上去充满忧伤的灯火中，而我依然不知道要去哪里才能找到我深爱着的陈艺。
　　一支烟的时间过去，又一辆出租车在我的身边停下，这次没等司机开口，我便报出了陈艺之前住的那个酒店的名字，我想赌一赌，就赌陈艺的固执。她不会回家的，也不会去投靠任何人，她只会默默地安抚着自己的伤痛。
　　出租车载着我驶离了雨花台区，来到了更加繁华的秦淮区，我迎风等待着，我不想去前台确认陈艺到底在不在。我告诉自己，等酒店的门口没有那么频繁的车来车往时，我便回去。
　　也许，世界之大，并没有人能够懂我此刻矛盾的心情，我想见到陈艺，可又害怕见到她，害怕被她察觉其实事到如今我依然深爱着她。否则，我为什么会如此逃不了、忘不掉，一定要来这里找她呢？
　　…………
　　灯光下，一个从远处走来的身影越来越清晰，我真的赌对了，陈艺不仅还在这个酒店里住着，而且我还很幸运地碰见了她。只是她的精神并不好，一直低头向我这边走着，我们越来越近，我的气息也越来越不顺畅，我似乎还没有做好面对她的准备。
　　我有些局促地看着在自己面前停下脚步的她，她却面无表情地与我相对着，我随之感受到了她那并不明显的恨意。
　　她终于向我问道："你来这里做什么？"
　　我掐灭手中的烟，低着头回道："给你发了消息，你一直没有回，有点儿担心，所以过来看看。"
　　陈艺没有回答，似乎她也给不了不回我消息的理由。
　　我又看着她，她却已经背对着我，好像我就是这个世界上她最不愿意面对的人，于是我又想起了冬天来临前，我和她在扬州发生的点点滴滴。那时候，我们的拥抱是那么真实，她也是那么义无反顾地将自己的后半生交给了我，我却没有守住她给予我的真心，以至于将彼此变成了一对最熟悉的陌生人。
　　我随着她沉默了很久之后，终于向她问道："你手臂上的伤好些了吗？"
　　"嗯。"

她的冷淡让我痛苦地咽了咽口水，却没有让我产生离去的想法。我看着她单薄的身体和脚上那双随意趿着的棉拖鞋，瞬间有一种想狠狠抱住她的冲动，因为我能感觉到她那已经丢失了情绪的生活状态，否则一个曾经活得如此精致的女人怎么会这么不在意自己的装扮呢，甚至连每天总结生活的朋友圈动态也不愿意再发了。

我有些恍惚，忽然不太懂，自己到底是出于什么目的将眼前的这个女人伤害得那么深，而我又从中得到了什么。

陈艺也许是感受到了我的心情，她终于又对我说道："你其实不用担心我，我已经和台里请了假，这些天不用工作，什么也不用想，累了就睡，醒了就在这附近散散步，我好久都没有这么自由地休息过了。"

"我明白的。"

我的话好似刺激了陈艺，她忽然转身看着我，目光中充满了质问："你明白什么，你能告诉我吗？"

我语塞，支支吾吾了半响也没能说出一句完整的话，目光却舍不得从她的身上离开，我怕她又背过身，将冷漠的背影留给我。

陈艺的脸上充满了失望。许久，她才噙着泪水对我说道："你江桥就是一个今朝有酒今朝醉的男人，你说你什么都明白，我却觉得你是这个世界上活得最马虎、最自私的男人，因为你根本不懂女人想要什么，又总是将伤害当作成全，自以为给了我一份无懈可击的礼物。可是你知道吗？有情才能相守，你给我的这些只会让我更加恨你，恨到至死也不想原谅你！"

我低头不语，心中又泛起一阵无能为力的痛楚，可当我终于想到如何辩解时，她却已经将我丢弃在夜色中，独自走向了酒店里最辉煌的地方，而我的身后依旧是人海茫茫和一片闪亮的灯光。

我无奈地苦笑，闭上眼睛低语着："有情才能相守，相守才会有家。"

可我终究只是一阵不知出处的风，吹走了沙，也吹散了家，只留下了孤独与自己常伴。

…………

这个夜晚，除了被训斥，我没有从陈艺那里得到些什么，可我不后悔自己这么不顾一切地来找她，因为我真的看到她的身体没什么大碍了。一瞬间，我又很多心地疑惑着，她受伤的心是否也恢复了呢？

这个问题让人伤神，于是我又试图转移注意力，站在酒店的门口，再次从口袋里拿出了手机，关注起自己昨天发的那条关于求婚仪式的朋友圈动态。

大家听说酒水免费，参与的热情非常高，纷纷在下面留言，承诺会去捧场，可是唯独没有陈艺和肖艾的回应，她们似乎都在努力地与我的世界撇清关系，哪怕是我精心策划，代表着实现幸福的求婚仪式，她们也都不愿意去在意了。

…………

夜色已深，我拖着疲乏的躯体再次回到了住了二十多年的老房子，我竟然在家门口见到了那个刚刚还在我脑海里掠过的身影，她的身上仍背着那个蓝色的琴盒，看样子似乎刚结束了演出。

直到面对她时，我才惊觉，这于我而言是个多么复杂的夜晚，我在见到肖艾之前已经分别因为不同的理由见过了金秋和陈艺。

这次我主动和自己正面对着的肖艾开了口，我向她问道："你怎么来了？"

肖艾的表情比刚刚陈艺的表情还要冷，她皱着眉对我说道："你能不能管管你的兄弟，我已经很明确地向他表达了，我们之间没有可能。希望他不要再缠着我，更不要在酒吧喝醉了酒给我发莫名其妙的信息！"

我一直以为赵牧已经回来休息了，没想到肖艾却给我带来了他在酒吧喝醉的消息，我更震惊从来没有恋爱过的赵牧竟然对肖艾用情如此之深。

我向她问道："他给你发什么信息了？"

肖艾把手机递给了我。

"虽然关于爱情这件事情，你知道，我也知道，可我还是很难过，我们之间难道真的没有缘分吗？肖艾，就现在，我愿意用一场大醉，换你一个笑容，一个不那么厌烦我的笑容，好吗？我在暮雨酒吧等你，不见不散！"

赵牧发给肖艾的这条消息，让我又想起了自己面对陈艺时的心情，以至于沉默了许久之后才回道："他并不是莫名其妙，只是真的对你动情了。可惜，你爱的人不是他，那所有的痛苦也只能他去承受了。"

"是，我爱的人不是他，我不理解他的痛苦，就像一些人不理解我的痛苦一样。你去酒吧把他接回来吧！你告诉他，无论他做些什么，我们之间都没有任何的可能性，因为女人的心很小，能装下的只是那个最早走进心里的人。"

我点头不语。

肖艾好似讲完了所有想说的话，又看了我一眼之后便转身往巷子外面走去，我也跟上了她的脚步。但我们的目的地不相同，我要去酒吧接回已经酒醉的赵牧，而她是必须要离开这里的，因为这里有两个一直给她带来困扰和麻烦的男人。

…………

我找到赵牧时，他已经醉到没了意识，我帮他买了单后，便扶起他向通往弄堂的那条路走去。

感受着他的重量，我不禁替他担忧了起来，我不希望他寒窗苦读了这么多年的成果毁在一份并不可能实现的爱情上，他应该好好发挥自己的学识，在这个充满压力和无奈的社会里做出一番事业，这样才不枉我和已经死去的赵楚对他的期待。

我和赵楚都不是什么有大能耐的人，所以活该我们在这个世界里煎熬，而赵牧真的不一样，他的人生格局绝对不应该只有现在这么小，可我带着兄长的身份又该怎么引导他呢？

我是否还有资格告诉他，其实爱情并不是我们生活中的全部？

就像我爱着陈艺，却用谎言击溃了我们之间的一切，然后将那些看似牢不可破的诺言全部变成废话，讽刺着我的当下。

我有些压抑，不禁又想起了明天将要帮客户实施的求婚计划，如果这个计划能够成功的话，是否可以给我那快要干涸的人生注入一点儿生命之源或者一点儿启示呢？

我真的已经受够了自己现在这浑浑噩噩的状态。

第114章　她没有和袁真在一起

赵牧酒醉的这一夜，我几乎没怎么睡，一直在他身边守着，因为他除了酒醉还有些低烧。我给他煮了些姜茶，但是最后全被他给吐了。

实际上相对于我的累，这一夜为赵牧而言更是沉痛的！在他活过的二十多年中，从来没有把自己弄得这么颓废消极过，所以等他清醒后，再回忆起今夜的所作所为，一定会有刻骨铭心的感觉，因为他无可救药地爱上了一个其实并不爱自己的女人。

这一夜，等赵牧开始有退烧的迹象，我才回到自己的房间，感觉只睡了一小会儿，设定的闹钟便响了起来。天窗之上已经可以看到一片朝霞，那仿佛停止了许久的世界又开始在黎明中运作了起来，随后巷子里便传来了小贩卖豆腐脑的声音。

我用冷水洗了一把脸，让自己尽快清醒过来，然后又去了赵牧的房间，给他量了一下体温，庆幸他已经恢复正常，我那悬着的心这才终于放了下来。

站在窗户边，拉开房间的窗帘，那早晨最好的阳光便倾泻进房间，仿佛在一瞬间便清理掉了我心中的阴霾，我这才有心情在大脑里整理今天求婚仪式上需要注意的事项。

这六年里，我的确策划过很多场婚礼，可求婚仪式是第一次做。相较于婚礼的确定性，求婚仪式就显得有些不确定了，因为谁也不知道被求婚的女方会不会答应男方的求婚。

我有些紧张，我当然希望人生中策划的第一场求婚仪式能够有个圆满的结果，这样不仅客户开心，金秋也能顺理成章地拿到后面婚礼策划的单子，而我们的合作基于这个前提，才算获得成功。

…………

来到咖啡店，我便开始安排金秋派过来的几个工作人员布置现场，我们将一架钢琴搬到了那面求爱墙的后面，又用代表着纯洁的白色气球完美点缀了全场。我相信当夜晚再次来临时，整个咖啡店绝对能营造出浪漫的气氛。

中午时分，我和工作人员包括于馨一起吃工作餐，于馨离我最近，她关切地向我问道："江桥哥，你的精神状态怎么看上去这么差啊？"

"昨天赵牧喝醉了，又有点儿发烧，我照顾了他一夜，基本上没怎么睡。"

于馨的语气有点惊讶："不会吧，我记得他前些天还和我说过，他很少喝酒的。"

我不太好将赵牧单恋肖艾的隐私告诉于馨，便轻描淡写地回道："可能是因为他最近有点不顺吧，男人郁闷的时候，不是抽烟就是喝酒，要不就是打游戏，总不能憋着。"

于馨似乎对赵牧的事情很感兴趣，又追问道："怎么不顺利了？我一直觉得他是个很意气风发的男人，又是清华大学毕业的研究生。能给一个内心强大的人造成困扰的事情并不多吧？"

"不要盲目地去高估一个人，我们活着吃的都是五谷杂粮，谁都有解决不了的麻烦，对吧？"

于馨叹息，在沉默了一会儿之后，又向我问道："对了，江桥哥，这次你为什么让我在客户的求婚仪式上弹钢琴啊，肖艾可比我专业多了。"停了停，于馨再次用开玩笑的语气对我说道，"我弹钢琴可是要酬劳的，肖艾显然不会和你计较这些，你还可以闷声发一点儿小财呢！"

我看着于馨，许久才回道："我和她都是在这个世界上全力奔跑的人，跑着跑着，两人就跑偏了，她向左，我向右，总之玩不到一起去了。"

于馨白了我一眼，说道："你就说你俩闹掰了呗，干吗说得这么酸溜溜！"

"你就当我是一个怀春的少年，陷入了哀伤吧。"

于馨用快要崩溃的语气抱怨道："还来……"

我笑了笑，笑自己终于用酸溜溜的假正经在于馨这里找到了一些乐趣。实际上，我没有必要说得这么深沉，我和肖艾就是闹掰了，是我犯了错，才改变了我们的生活。如果没有那个该死的夜晚，我和陈艺也许没这么快分手，与肖艾至少还能做个偶尔吵闹的朋友，可现在呢？

我不甘心，其实那个夜晚被现实伤害的人，除了陈艺和肖艾，还有我江桥，我因此失去了太多。

我将没有吃完的快餐盒放在了一边，点上一支烟，一连吸了好几口，才又对于馨说道："你可能还不知道吧，肖艾已经和袁真在一起了。作为一个识趣的男人，我多少是要和她保持些距离的，我们不好再像曾经那样，曾经的我们太胡闹了，呵呵。"

于馨盯着我看了许久，问道："肖艾和袁真在一起了？我怎么不知道？"

我很肯定地回道："确实在一起了，几个月前的事情了。"

"这么大的事儿肖艾都不和我说，也太不把我当姐妹了吧。"

不仅于馨意外，我也意外。如果说肖艾在学校里还有朋友的话，于馨一定算一个。可事实是连于馨都不知道她正在和袁真恋爱的事情，我有些想不通，难道她的身边真的不需要一个可以分享心事的朋友吗？

大家都很关心她，可是她将自己彻底封闭了起来。

这时，于馨也放下了手中的筷子，正色对我说道："你这消息准确吗？我所知道的是，自从袁真上次为了肖艾去婚礼上闹事，还打伤人后，他在国内的地下音乐圈名声就变得很坏，很多演出主办方都拒绝再和他签演出合同。后来他就带着一个小团队去日本参加了一个音乐节，一直没有回来，我估计是被日本的某个公司看中了，应该留在日本发展了。所以，如果他真的和肖艾在恋爱，他没有理由不回国啊，反正肖艾她爸有的是钱，只要他和肖艾在一起，是继续玩音乐或者是做点正儿八经的事业都可以，因为肖总会支持他的。"

"你这样理解袁真是不对的，他有他的自尊和才华，根本不屑去借肖总的势。"

"好吧，就算你在这点上说得有道理，可如果袁真真的是肖艾的男朋友，肖艾怎么会允许他去日本发展呢？据我所知，肖艾在结束南京的学业后是要去德国留学深造的，按照这个逻辑，那袁真去的是德国才对啊，两个人在一起才是爱情，一个在日本，一个在德国又算什么？"

于馨的话，让我第一次对肖艾和袁真的爱情产生了质疑，似乎前段时间肖艾为了自己的琴行做街头表演时，袁真并没有出现为她捧场，原来是已经去了日本发展。

我记得，肖艾曾经对我说过，袁真愿意为她放弃音乐上的一切，如果这个说法是真的，那无论从哪个角度来看，袁真也不应该去日本发展。

可是，这些和我有什么关系呢？我作为旁观者又为什么要替肖艾想那么多？

…………

吃过午饭后，大家更加忙碌了起来。我作为求婚仪式的策划，将那些前来捧场的顾客都进行了仔细的安排，我让他们就像正常在店里消费一样，不要让今天的女主角看出异常。因为我们要为这场求婚仪式制造出足够多的惊喜，而惊喜也是这场仪式上一个重要的主题。

时间走得很快，傍晚到来时，我和工作人员一起用蓝色的布遮住了那面用一百多种语言表达爱意的求爱墙，于馨也已经坐在了求爱墙后面的钢琴旁，用琴声营造着舒缓的气氛。

我看了看时间，开始示意服务员为在场的朋友和顾客们送上免费的咖啡和酒水，大家按照事先预演的那样，或安静地看杂志，或小声地聊着天。

这时，金秋也来到了现场，她与我站在一起，点头认可道："江桥，我觉得你做策划的功力还在，这时间节点都卡得太准了。即便客户求婚失败，我觉得在活动层面来说，你也已经成功了。"

"呸呸，别说不吉利的话，求婚不可能失败的。我觉得一个男人能为一个女人做到这个程度，即便这个女人再铁石心肠，也该感动了。何况据我所知，这场求婚仪式的女主角阮文鑫对孙总是有真感情的，所以不可能失败！"

金秋用一种可以洞穿我的目光看着我，说道："你之所以替孙总找了这么多不会失败的理由，其实是害怕自己人生中策划的第一场求婚仪式会失败吧？"

"错，我是怕求婚失败后影响你们公司接婚礼的单子，听说孙总可是准备了五十万的预算办这场婚礼的！"

金秋爽朗地一笑，然后回道："这么快就把我当成自己人了吗？"

"又错，是一条船上的人。"

"这有区别吗？"

谈话中，我的对讲机响了，是一直在巷口守着的工作人员传来了孙总带着阮文鑫前来的消息。我的神经立刻紧绷了起来，随即便通知各个岗位做好准备，而一场我和金秋共同策划的求婚仪式终于要拉开序幕了。

就在这无比紧张的时刻，我听着于馨弹奏的钢琴声，竟然又一次想起了肖艾。我曾经想过，她也许会来看看，可求婚仪式就要开始了，仍没有看到她的身影。

还有陈艺，经历了昨晚，我更加不敢对她抱有任何期待。在我们的爱情死了之后，她已经不再关注任何和我有关的事情，一个人带着肉体和精神上的双重痛苦，独自蜷缩在酒店的房间里。

第 115 章 城市的奴隶

孙总已经带着阮文鑫来到了咖啡店的门口，我最后一次给现场的朋友和顾客们发出指示后，也将容易暴露的对讲机放进了吧台的抽屉里，然后便不动声色地恢复咖啡店老板的身份，做着一款自己最拿手的蛋糕。

在这场设计好的求婚仪式中，我所扮演的是一个冷漠的咖啡店老板，所以孙总带着阮文鑫进入咖啡店时，我便很敬业地收起了脸上全部的表情。

"请问你们这里最招牌的咖啡是什么？"

我甚至没有抬头看一眼正对着我说话的孙总，很是冷淡地回道："我今天没有做咖啡的心情，你们点其他东西喝吧。"

阮文鑫看着我，目光中有惊讶，但更多的是不满。即便是见多识广的她，可能也没有见过我这么开门做生意的，她对我说道："可我们现在很有喝咖啡的心情，你真的不能满足吗？"

我这才抬头看了看对面的阮文鑫，她是一位貌美且很有气质的女人，而这种气质一定是长期从事艺术领域的表演工作才会有。她很从容地看着我，尽管心中有不满，但说话的方式依然很得体。

我的态度依然很冷淡："我的咖啡店就叫作'心情咖啡'，所谓心情绝对不是一个噱头，如果你不能接受我现在的心情，你可以换一家咖啡店消费。"

阮文鑫终于皱眉看着身边的孙总，应该是在责备他把自己带进了这个莫名其妙的咖啡店，遇见了一个这么矫情的老板。

是的，我就是在矫情，我没有做咖啡的心情，更不会做咖啡，却有心情撮合他们成为一对患难与共的夫妻。

孙总带着歉意小声地对阮文鑫说道："朋友推荐来的，说这家咖啡店的气氛不错，既然老板今天不想做咖啡，我们就点一些其他东西吧！"

在外人面前，阮文鑫很给孙总面子，她没有再与我纠缠咖啡的事情，随后要了一份花茶，自己先找了一个空位坐了下来。而我和孙总利用这个空隙用眼神交流了一下，以此肯定对方的演技。

当然，那些在咖啡店里消费的顾客和朋友的演技也不差，大家关注了刚刚的小插曲之后，转眼又沉浸在自己的小世界里，或看书，或聊天。

…………

大约五分钟过去，咖啡店里的灯逐渐熄灭，取而代之的是有着桂花香的香薰蜡烛。当烛火跳动，香气开始飘散时，现场的气氛顿时变得浪漫了起来，尤其是那些用来点缀的白色气球，在空调暖风的吹拂下，好似一颗颗被采摘下来的星辰，如此近距离地在怡人的香气中飘动着。

捧场的顾客们开始向吧台的方向集中，而那块最浪漫的地方便留给了今天的男女主角，现场很安静，只有人与人的呼吸伴随着轻柔的钢琴声起伏着。

我的经验告诉我，气氛到了，我随即打了一个响指，工作人员立刻会意，开始将那段记录着许多美好片段的微电影投影在了白墙上。

　　因为亲自参与了微电影的创作，我的感受甚至比孙总和阮文鑫这对当事人来得更加深刻。我下意识地从烟盒里抽出一支烟，想点燃，却想起自己在为别人作嫁衣，不好用一支烟的气味破坏了这满屋的芬芳，于是就这么把烟捏在手上，静静地将自己的情绪扔了出去。

　　这突如其来的改变先是让阮文鑫感到惊讶，很快她便意识到自己是今天的女主角，她用双手捂住了自己的嘴，下一刻，泪水便在跳动的烛光中落了下来。她被我们精心设计的场景感动了。而这部很短的微电影，确实记录了他们曾经最美好的时光，在那段时光里，她和孙总充满了对未来的展望和对爱情的期待。

　　我有些失神，也有些痛楚，这些恰恰是我在人生中从未经历过的。在那段灰色的岁月里，我真的希望也有那么一个女人，可以与我牵着手，踩着彩色的风，去驱散现实世界里的诸多乌云。我真的不喜欢每天在看不到希望的劳碌中，只能面对着院落里那些也许并没有感情的植物寻找活着的存在感。那种把植物当作朋友和爱人的感受，看似是一种安慰，却恰恰最摧毁人，因为我的身边真的没有一个可以说话的人。

　　我又不可避免地想起了陈艺，如果感情是风沙，孙总和阮文鑫代表的是风沙的缠绵，而我却是一阵吹走细沙的野风，我和陈艺真的被现实这把锋利的刀切割得太分明了。

　　求爱墙的下面，孙总半跪在阮文鑫的面前，我这才回过神，赶忙带着两个天使装扮的孩子来到他们的身边。我看着被孩子捧在手上的求婚戒指，对阮文鑫说道："今天我确实没有做咖啡的心情，因为我太激动了，这是我人生中做的第一场求婚策划。但最花心思的一定不是我和这些工作人员，而是在你面前的这个男人，所有的浪漫都是假的，只有他的付出才是真的，所以……"

　　孙总从孩子的手上接过了求婚戒指，接过我的话，目光深情且诚挚地说道："所以嫁给我吧，我爱你……I Love you……あいしてる（日语，我爱你）……"

　　当孙总面对着求爱墙用一百多种语言对阮文鑫说出"我爱你"时，我深深地震惊了，因为他现在的这个举动是在我们策划之外的。而记住一百多种语言，需要怎样的毅力才能做到？

　　一阵微弱的鼓掌声从咖啡店的窗外传来，我下意识地随众人转头看去。

　　我看见了肖艾，她站在橱窗外面，穿着干净利落，并没有随身携带那个蓝色的琴盒。橱窗上依然有前几次她用眼线笔在上面写下的话，她喜欢用这种有点儿小浪漫的方式与我沟通，所以我一直没有让服务员擦去，尽管那些痕迹已经被风雨侵蚀得很模糊，可我还记得当时的她写了些什么。

　　这个夜晚，更关注这场求婚仪式的是肖艾，而陈艺从头至尾都没有出现。

　　众人被肖艾的掌声提醒，也纷纷为孙总鼓掌加油。我的视线却没有离开肖艾，因为我看见她很孤独地趴在玻璃窗上看着，她已经被孙总和阮文鑫的爱情感动，一直掉眼泪，却没有停止用鼓掌的方式认可这段爱情。

　　这个倔强的姑娘也许看着镜子里的自己不会哭，却在面对别人的幸福时变得这么感性。

这场求婚仪式最后的结果于我而言并不那么重要了，因为结果已经写在每个人的脸上，尤其是金秋，她在孙总和阮文鑫的这场婚礼中为公司收获了一份预算五十万的项目，但她此刻给予这对新人的祝福也很真实，而工作人员手中的摄像机已经记录下这一切。

　　我推开了咖啡店的门走到了肖艾的身边，没有看她的面容，只是看着她身上穿着的那件白色的呢绒外套，问道："外面这么冷，为什么不进去坐坐？"

　　"有些东西，在外面看到的也许比在里面看到的更加真实。"

　　"这么好的一个夜晚，说话的方式能简单点吗？"

　　"呵呵……"

　　肖艾没有再用言语回应我，她踮起脚，目光穿过拥挤的人群，依然向孙总和阮文鑫那边张望着，我却在低头的那一瞬间，发现她红色的鞋带松了。

　　我半跪在地上，轻轻地帮她将鞋带系成了一个蝴蝶结。

　　在这个举动之前，我没有想过后果，也许在我的潜意识里，这只是个举手之劳。也或者，她的孤独和与我相似的身世，总会让我本能地去宠着她，而无论是在与陈艺恋爱之前，或是在与陈艺恋爱之后，这种想给予肖艾关爱的感觉从来没有消失过，我却一直没有将这份关爱等同于爱情，因为我爱陈艺是任凭天荒地老也改变不了的事实，我不觉得自己会爱上第二个女人。

　　我站了起来，却发现肖艾一直含着眼泪看着我。

　　我笑了笑，问道："怎么了，还被里面那对幸福的男女感动着呢？"

　　"你管不着！"

　　"好好，我是管不着，我只是看着你哭，自己就想笑，哈哈哈！"

　　"你怎么不去死，冷血动物！"肖艾的情绪忽然失控，看着我呜咽了起来。

　　我有些局促地看着在自己面前哭得梨花带雨的肖艾，半响才转移话题，带着讨好的笑容对她说道："你知道吧，办成了孙总的求婚仪式，我前后一共赚了一万块钱，抵得上以前一个多月的薪水了！"

　　"就这么点儿钱，有什么好得意的？"

　　见她的注意力被我成功转移，我终于正色回道："我当然要得意，这么多年，我一直在打工，却买不起房子，不敢自由恋爱，更不敢大声说话。但是有了这一万块钱就不一样了，因为这是我脱离打工生涯后赚到的第一笔钱，它给了我很多做事业的决心，有深刻的决心才能改变，我要做这座城市的建设者！"

|第116章| 喜调

　　在我不计后果地和肖艾说出要"做这座城市的建设者"时，她并没有觉得我是在吹嘘，也没有表现得很认可，只是对我说道："三年的时间应该够你完成转变了吧,希望我从国外留学回来的时候,会看到一个不一样的江桥。"

我知道肖艾会在结束南京的学业后去德国,可是当她亲口和我说起时,我心中还是有了一种异样的感觉,沉默了许久之后才问道:"去德国的具体日期定好了吗?"

"快了,等出国的手续全部办好了就走。"

我下意识地咽了咽口水,这才点了点头,然后看着巷子里最老的那棵梧桐树,笑了笑问道:"等你再回来的时候,那棵梧桐树应该又开始掉树叶了吧?"

"不知道。"

她忽然冷淡的语气让我不知道该怎么继续对话,于是点上了一支烟,情绪复杂地吸了起来。

"我走了。"

"你冷吗?"

我们在同一时间开口,然后又同时沉默,站在冰冷的夜色中对望着,她没有真的离开,我也没有脱下自己的外套给她取暖。与我们之间的气氛相反的是咖啡店里不断弥漫的喜悦,我脚下踩着的青石板看上去却是那么寒凉。

我终于又对她说道:"我送送你吧。"

她点了点头,随后我与她一起往巷子的外面走去。我已经记不得这是我们第多少次以并肩的姿态走过这里了,却记得上一次我们这么走着的时候,这座城市还是秋天。

是的,我不想再记起那个下着雪的夜晚,所以我情愿将我们并肩走着的记忆停留在秋天,如果没有那个夜晚,我们之间根本不会像现在这么有距离感。

快要走出巷子的时候,我才试探着向她问道:"很久没有听到袁真的消息了,你们最近还好吗?"

肖艾停下了脚步,她心中似乎有一些不能开口说出的情绪,许久之后才回道:"他去日本了,以后应该会留在日本发展,做专业的音乐制作人。"

"他不是个歌手吗,怎么会做制作人呢?"

"他的性格不适合做抛头露面的歌手,还是制作人比较适合他。"

她的回答并没有给我最想知道的答案,于是我在一阵沉默之后又问道:"你去德国,他留在日本发展,这样的异地恋会不会很累?"

肖艾没有回答我,只是自顾自地向马路对面走去,我赶忙跟上她的脚步,她却突然停了下来,然后站在一盏路灯的下面与我对视着,我有些惶恐,这个夜晚,我真的有点问得太多了。

"你先告诉我,你和陈艺分手了,现在是什么心情?"

"我的心情?呵呵,挺好的啊,现在我更能集中注意力做自己喜欢的事业了,今天的求婚仪式就是一个开始,我相信有了第一个成功的案例,以后的业务会更好做。我都想好了,等过了今年,我就自己做一家婚庆公司,除了婚庆,也接类似今天这样的求婚策划,我的咖啡店就是最好的求婚场所……"

我好似要掩盖什么似的喋喋不休，肖艾终于将我打断，有些不耐烦地说道："我只是问你现在是什么心情，你有必要说这么多我一点儿也不感兴趣的话吗？"

我愣住了，这才发觉我总是不自觉地去表达自己，却又不知道为什么会这么做，我好像很害怕失去可以继续和肖艾说下去的话题，也更害怕去想起已经和陈艺结束的那段过去。其实，我很难过，所以总是会在夜晚最孤独的时候，看着陈艺留下的那根发丝发呆。

在我的沉默中，肖艾靠在了背后那盏路灯的灯柱上，她双手环抱着自己的身体，看上去很缺乏安全感，许久才在昏黄的灯光下低声对我说道："其实我从来没有和袁真在一起过，我对他只有感激，可这种感激并不能用爱情去偿还，你懂吗？"

我惊讶地张着嘴，没想到于馨真的比我更了解肖艾和袁真之间的关系。

肖艾自嘲地笑了笑，又对我说道："你现在一定很好奇我为什么会这么做，对吧？"

我机械地点了点，实际上心中已经隐约有了答案。

"我说和袁真在一起只是为了让自己绝望，我的自尊和骄傲不允许我爱上一个并不爱我的男人，我的家教更不允许我去做一个插足别人感情的第三者，所以我没有其他选择，我只能让自己绝望，也许绝望后才会有新的希望，可惜……"

我夹着烟的指尖有些颤抖，可是仍抬起手狠狠地吸了一口。无论如何，我都不敢相信肖艾喜欢的人是自己。因为从见她的第一面开始，我就觉得她不是一个普通的姑娘，我们之间是如此默契，在打打闹闹中，我们发现彼此的命运竟然是如此相似。我们的命运似乎自此纠缠在一起，密不可分。

"江桥，你看见对面那座废弃的纺织厂了吗？从你第一次带我进去时，我就爱上了那个地方，那天晚上我做了一个梦。"

"什么梦？"

"是个很奇怪的梦，说出来你也许会嘲笑我。"

"如果一个梦也要被嘲笑的话，那我不知道被嘲笑多少次了。"

肖艾点了点头，她似乎陷入了回忆，许久才对我说道："那天晚上我回去后，做了这么一个梦，梦里，我见到你的妈妈，还有你不喜欢的爸爸，我们……我们结婚了，婚车就是那辆卡车，你的爸爸是司机，纺织厂就是我们举办婚礼的地方。别人都说梦里不会有阳光，可是在梦里那天的阳光那么好，纺织厂里也是那么干净，每个人都在为我们鼓掌祝福。婚礼上的音乐是我最喜欢的《喜调》，对了，《喜调》是窦唯在译乐队时期的作品。我妈妈也从台北回来了，她弹着钢琴为我们祝福。可是，江桥，梦都是反的，我怎么可能嫁给你呢？我的未来在德国，而你恐怕连自己妈妈的样子都已经记不得了。所以这个梦根本就是个笑话，对吧？"

肖艾梦中的场景，仿佛真实地呈现在了我的面前，一阵从未有过的暖流在我的身体里欢畅地流淌着。在那个梦里，我的妻子竟然是肖艾！一个总是给我惊喜，永远也不会让我感到闷的女人，她就像一个折翼的天使掉进我的生活里，在阳光下依然那么明艳动人，而我就是她的另一只翅膀，让她可以继续以欢喜的姿态在生活里自由地闯荡。

可是，她说了，这根本只是一场如同笑话的梦。

忽然醒悟的我，有点痛，痛得那么真实。

第117章 放马过来

我站在灯光的中心，整座城市却好似忽然变成了一座天昏地暗的失落之城，渺小的我身在其中，根本得不到自己所期望的一切，只剩下微弱的喘息还在支撑着我暗淡无光的生命。

我越缩越小，面前的肖艾却越来越高大，我在恐慌中明白，是我将身体的欲望狠狠地扒了出来，然后扔给了她，希望她会完美地承载我的欲望。可她也只是将对我的欲望寄托在了一场梦境中，所以我们之间的虚幻要远远多于真实。

也许，我们想追求的只是一种不被冷落的感觉，而不是爱情本身。

我终于离开了街灯给我制造的那些幻象，对神情同样恍惚的肖艾说道："这么多年了，那座纺织厂从来没有改变过，里面杂草丛生，满眼都是20世纪遗留下来的废弃物，就算我们有心将它当作一座城池，也只是一座失望之城罢了。"

冷风吹得肖艾脖间的围巾在飘动，也好似吹走了她的安全感。她一直看着对面那座其实并不算远却有点黑暗的纺织厂，许久后低下了头，没有再说话。我又点上了一支烟，沉默地吸了起来。

我又看见了肖艾那辆被锁在巷口的折叠单车，我有些累，便坐在了车子的后座上，只是吸着烟，不知再说些什么。

"江桥，你给我下来。"

"为什么啊？"

"你自己低头看看，车胎都快被你坐瘪了，你是猪投胎的吗？"

我赶忙低头一看，明显型号与我高大身材不符的车子真的已经不堪重负，我赶忙离开了车子，然后有些尴尬地对她说道："你其实可以多打一点儿气的。"

"我没有想过你会坐在上面，这么多气对我来说正好，骑起来很舒服。"

"嗯，对了，你琴行现在做得怎么样了？"

"有不少学生了。"

听她这么说，我终于笑了笑，回道："你有本事，走到哪里都有饭吃的。不过你能有毅力做好这件事情，我真的挺吃惊的。"

"这句话你已经和我说过很多遍了，是你从来没有将我放在心上，还是打心眼里就觉得我肖艾是个只会挥霍却没有生活能力的女人？"

我有些意外，又回忆起自己似乎真的不止一次和肖艾这么说过，可是这种对她的看法也不能明确地说是高估或者低估，只是在我的潜意识里，她其实没有必要这么做，毕竟她是肖总的女儿，在南京，谁不知道肖总的名声和财富。

这时，肖艾的目光又转向了那座废弃的纺织厂，她似乎是在对我说，又似乎在自言自语："如果在那里盖一栋简单的房子，再种上一点儿花草，是不是就能脱离这座城市的束缚呢？有时候，我真觉得这座城市是那么不可一世，我们受了伤，却束手无策。"

"是，城市是人活着的载体，就算我们摧毁了这里所有的高楼，还会有后来人再次建设，因此它是生生不息的，更不怕人为的伤害。而我们相较于它就太渺小了，也没有谁会为我们修复精神里被伤害的地方，我们的肉体能承载的也仅仅是自己的灵魂，所以我们要对自己好一点儿。"

在我说完这句话后，我和肖艾同时陷入了沉默，许久之后她才推开了我，然后跨上了自己的单车，甚至连一句"再见"也没有多说，便在链条与齿轮发出的摩擦声中，向那片灯火最明亮的地方骑去。我最怕在夜晚看见这样的地方，因为奢靡和贫瘠在灯火的映衬下泾渭分明。

当肖艾彻底在我的视线中消失后，我独自站在废弃的纺织厂门口向里面张望着。我也在想，如果在里面建上一栋木屋，种上一点儿花草，是否真的能摆脱这座城市的灯火和束缚了呢？

那恐怕只是将自己关进另一座牢笼中罢了，因为纺织厂里已经没有了水电供应，不具备人类生存的条件。即便灵魂偏爱这里，肉体也无法在这里生存下去，所以这映射的仅仅是幻想和现实的矛盾冲突而已。

…………

我再次回到了咖啡店里，孙总和阮文鑫已经离开，只剩下几个顾客和金秋还在喝着啤酒，我在金秋的对面坐了下来。

她一边看着刚刚和孙总签下的婚礼代理合同，一边对我说道："江桥，你还真是个多情种。"

"这话怎么说？"

"我刚刚看见你给肖总的女儿系鞋带了，你可别告诉我，这是你无意识的动作。"

我愣了一下回道："我如果告诉你我真的没有想太多，你信吗？"

金秋笑了笑，回道："你先别问我信不信，但我要告诉你，对女人而言，你刚刚的行为，系的不是鞋带，而是一颗少女怀春的心，女人是没办法抵抗这些的。"停了停她又补充道，"当然，前提是这个女人已经对这个男人有好感了。"

我又点上一支烟，躲开了金秋看着我的眼神，因为我也意识到自己刚刚的行为有些不妥，可是那一刹那，唤起了我心中某些难以言喻的情绪，所以才会下意识地帮肖艾系了鞋带。

见我不说话，金秋也没有再为难我，她将正在看的合同摆在了我的面前，说道："孙总对求婚仪式很满意，当即和我签下了五十万预算的婚礼代理合同，你说我要怎么感谢你呢？"

"朋友之间，请我吃一顿饭就好了。"

金秋摇了摇头，回道："江桥，这个时候我不想和你谈什么朋友关系，我们正在进行合理的利益分配。这样吧，我的婚庆公司确实在你之前的危机公关中获得了很大收益，这一段时间公司的业务量一直呈直线增长的态势，所以我打算一次性支付你五十万以买断这次的公关创意，以后因为这次公关创意给我们公司带来的收益都将与你无关，至于这五十万你要怎么分配我就不干预了。"

我从来不知道五十万放在自己的口袋里是什么感觉，所以我有些恍惚，不知做何回应。

金秋点上了一支烟，略微思考了一下对我说道："关于如何分配，我给你一点儿建议吧，这五十万其中的三十万给陈艺，因为是她的微博传播了我们公司的公关视频，而且她还请了圈子里的很多朋友一起转发，这些都是她欠下的人情。据我所知，现在一些微博上的大V都是明码标价的，如果陈艺根据市场价支付这笔大V的转发费用，也就算不上欠人情了，连带着你也不用欠陈艺的人情。摆平了这些麻烦的人情，这件事情的本质就是一次成功的微博营销。"

我点了点头。

金秋又说道："那这笔钱我是转账到你银行卡上，还是直接给你支票呢？"

我想了想回道："直接给我支票吧。"

"嗯，明天早上你去公司和我签一份合同，这笔钱我会立即让财务结算给你的。"

"没问题。"

金秋停了停，片刻后又问道："剩下的二十万应该够你做一些自己想做的事情了吧？是打算先买一辆车提升一下个人价值，还是开个婚庆公司，成为我金秋的竞争对手呢？"

我没有当金秋在和我说笑，半晌才回道："其实你没有必要支付给我这笔报酬的，因为我做这件事情的初衷，只是希望你放袁真一马，所以我们之间并没有实质的利益关系。如果我真的因此成立了婚庆公司，你的业务肯定会受到影响。"

金秋的表情变得严肃："江桥，我虽然什么事情都喜欢计算得很精确，但这绝对不代表我就是个没有良心的商人。至于你说会影响我的业务，我觉得更是离谱，如果你江桥能带走的那点儿业务量会影响到我的经营，那我还有什么脸面在这个行业里混？所以，你尽管放马过来好了。"

我笑了笑，又吸了一口烟，心中想起的是那即将得到的五十万和其中要给陈艺的三十万。金秋在谈完我们之间的利益分配后便离开了咖啡店，于是我又独自面对着这个世界里的一切，无人可以诉说此刻的心情。

…………

夜色已深，我也离开了咖啡店，走在回家的巷子里。快到家门口时又停下了脚步，心中充满失落，因为在看到我家院落的同时，陈艺曾经住过的那间老屋也会出现在我的视线中。可这个我最希望陈艺出现的晚上，她终究也没有出现，我担心她还是将自己困在酒店里，心灵和身体上的伤口难以愈合。

我终于又给她发了一条短信："明天中午我们见一面吧，我有一笔钱要给你。"

发完这条信息后，我便没了回家的心情，一个人坐在陈艺家门口的台阶上，我想等她回复了这条信息再回去，不想将那等不到的失落带上床铺，又将自己弄得无心睡眠。

第118章　不全是为了肖艾

我的嗓子有些痛，所以等待陈艺回复信息时我一直没有再抽烟，只是好几次将自己的衣服披紧，以抵御冬夜里那无孔不入的寒风。

我跺着脚，又一次将手机从口袋里拿了出来，可是依然没有等到陈艺的回复。而此刻才晚上九点半，我不相信陈艺会睡这么早，那么唯一的解释便是，她不想回我江桥的信息。

我仰起头，对着因为受巷子局限而视线并不宽广的天空一声叹息，却在闭上眼睛的一刹那，又偏执地不想离开。实际上，坐在陈艺家门口，或者回自己的屋子里等待回信，并没有太多区别，那该缠着我的失落根本不会因为场景的不同而少一分。

难以忍受的寒冷中，我想再抽一支烟，可将烟盒从口袋里拿出来时，才发现里面已经没有烟可以抽，于是我又陷入了买烟与不买烟的纠结中。

这些年，我的坏情绪多半靠烟拯救，所以最后我还是放弃了怕麻烦的心理，决定去巷子外的便利店里买包烟。倒不一定要抽很多，如果能拯救我失落的心情，一支便足矣。

我的腿已经有些发麻，站起来缓了许久之后，才沿着青石板路往巷子的外面走去，我期待着快点看到那相对开阔的马路和路过的车辆，因为这条巷子实在是太安静了。

我来到了便利店，不仅买了烟，还买了一盒火柴，然后坐在长椅上吸起了烟，等待的心情却一直没有停止过。

烟雾的弥散中，一辆熟悉的A4忽然从我的面前驶过，我的心跳不能抑制地加速，下意识地从长椅上站了起来，目光一直追随着车子行驶的方向，终于确认了那就是陈艺的车子。

我捏着手中没有抽完的烟，往巷口的地方奔跑而去，我不希望陈艺只是路过这里，我真的希望她是特意回来见我一面，因为在我的世界里，她已经太久没有主动出现过了。

我的心在狂喜，尽管我被车子远远地甩在了身后，可车子最终还是停在了巷口旁边的那片空地上。下一刻，我便看到陈艺从车上走了下来，她真的是特意回来找我的！

若是从前，我一定会大声喊住她，可如今看着她陌生的背影和在风中飘逸的长发，我竟然哽住了。

我停在原地做了一个深呼吸，这才追上了她的身影，直到快要接近她的时候，才在她背后喊了一声："陈艺，等等。"

她并没立即回头，停顿了一下之后才转身与我面对面站着，没有什么表情地看着我，一点儿也不像特意回来找我的样子。

我迟疑了一下，终于向她问道："你看到我之前给你发的信息了吗？"

"没看手机。"

她没有丝毫感情的样子让我心中一阵钝痛，我回头看了看那条我们曾经一起嬉闹过许多年的巷子，更加说不出话了，只是低头咽着口水，缓解着内心的痛苦。

陈艺的语气轻柔了一些，主动问道："你给我发信息做什么？"

"你上次请微博上很多大V帮金秋的公司转发了那条公关视频，现在金秋公司的业务量因为这些转发而节节攀升，她想有偿报答大家的慷慨相助，所以给了我五十万。这笔钱你拿去分给那些圈子里的朋友吧，这人情挺大的，金秋的意思是能用钱解决的人情就不要欠着了。"

陈艺目光如炬，又问道："这到底是你的意思，还是金秋的意思？"

我心中有点苦涩，这确实是金秋的意思，我却自作主张地想将这五十万全部给陈艺，因为之前有一笔装修心情咖啡的钱，她一直不肯要，所以我想借这个机会一并还给她，从此做到两不相欠。

我终于很平静地向陈艺回道："是金秋的意思，我发誓。"

陈艺点了点头，似乎默认了会收下这笔钱，然后独自往巷子里走去，就这段短短几百米的路，她也不愿意与我一起走了。

我跟上了她的脚步，情绪很低落地对她说道："明天早上，那边的财务会给我这笔钱，我是当面给你，还是打到你的卡上？"

"没有必要见面，你打我卡上就好了，建设银行那张卡。"

"嗯。"

…………

转眼间，我们一前一后来到了我家的门口，我不得不停下了追随她的脚步，然后看着她回了曾经住过的那间老房子。可是，我记得她已经将床上用品都带走了，今天晚上她根本不可能住在这里，那么她此次回来恐怕只是拿一些东西。

看着她的背影走进了院子里，我终于不敢再期待些什么，也转身打开院门，进了自家的院子里。

我忽然很想知道她到底回来拿些什么，但因为她不待见我，我又不好很直接地站在门口看着，便趴在门缝上一边等待，一边很关切地往外探视着。

大约过了五分钟，陈艺从院子里走了出来，她锁好了门，手中则抱着一个我不太看得清的东西，似乎用很厚实的棉布包裹着，这让我更加好奇里面到底是什么东西。

我用力趴在门缝上，不小心将木门弄出了一阵咯吱作响的声音，我下意识地想后退，却发现陈艺根本没有在意这个动静。她目不斜视地向我这边走来，随着我们越来越近，我屏住呼吸，看着她手上抱着的那团东西。

终于在她最靠近我的时候,我从棉布的缝隙中看到了花盆的纹路。

我不会记错的,陈艺手中抱着的正是那盆我送给她的郁金香。这盆花本来该在她新家里的,可因为我们谈恋爱,她在自己回来的同时,也将这盆花带了回来。而现在她又要带走这盆花了,似乎就算这个世界和我都远离了她,这盆花仍是她的贴身之物。

我粗重地喘息着,坐在冰冷的地面上回味着自己刚刚费尽心思探知到的那一幕真相。我的心情在一丝难以察觉的欢愉中被刺痛着,我觉得陈艺只是在用冷漠惩罚我,她有难言之隐,否则她为什么要在来来去去中带着这盆郁金香呢?

这一刻,我的血液仿佛在体内跳动着,激发我去忘记现实世界里那些该死的束缚和禁忌。我只想不顾一切地抱住她,轻抚她受伤的手臂,安慰她内心的伤痛。

可是,另一个声音立即喝止了我,我不能冲动地毁掉之前苦心经营的一切,即便我们有可能回到爱情的轨道上,那未来的日子呢?如果我还是没有能力经营好,现在的痛苦只会再重复一遍。

不,那时候只会比现在更加痛苦,因为我们之间有了更多深刻的记忆,我们无法割舍,却又必须割舍,而我真的已经受够了这种无力阻止的折磨。

挣扎之后,我有些虚脱地倚在门上,甚至连抽一支烟的心情都没有了,只是将双手重重从自己的脸上抹过,听着陈艺的脚步声越来越远。空气里似乎还有她隐约留下的芬芳气息。

这一瞬间的心动,终于让我冲破了内心那固执的枷锁,我打开门不顾一切地奔跑着,脱离宿命的轨迹奔跑着。

可这一切似乎已经来得太迟,在我到达巷口的时候,只能隐约看到陈艺的车子停在下一个路口的红绿灯前,转眼绿灯来临,车子便转向驶往了我视线之外的远方。

我靠在停车场边上的那面墙上剧烈地喘息着。短暂的爆发后,我又一次在现实中一败涂地,即便我脱离了宿命的轨迹奔跑着,可尽头依然还是那个尽头,满眼都是荒凉。

可是,这个夜晚,到底是陈艺走得太快,还是我江桥奔跑得太慢?

我一直在痛苦地思考着,直到抬头看见对面那座几十年从未变过模样的纺织厂,才停止了这种根本不会有答案的思考。

我知道,如果没有这座纺织厂占据我童年所有的记忆,我江桥或许也可以成为一个积极乐观的人,可是那座纺织厂已然是内心深处的一个秘密世界,而在这个秘密世界里尽是母子离别的痛楚,之后再也没有人走进过这个秘密世界里,只有我站在那辆报废的卡车旁孤独地守望着,却时常忘记自己到底在等些什么。

…………

我在夜色中又点燃了一支烟,避开闪转的灯光默默地吸着,直到赵牧下了出租车来到我身旁,我这才强行收起了抑郁的情绪,笑了笑向他问道:"今天晚上你去哪儿了?孙总的求婚仪式都没有参加。"

"请高中的同学吃了顿饭。桥哥,我想去金鼎置业工作,我这个同学现在就是金鼎置业的一个部门经理,明天他会安排我和肖总见一面。"

我有些惊讶地看着赵牧，我没有想到他竟然打算去肖艾父亲的集团工作。

赵牧似乎看出了我的疑虑，他又说道："桥哥，我去肖总的集团工作并不全是为了肖艾。我和同学了解了一下，金鼎置业今年在房地产项目上做得很失败，所以集团有意向试水环保开发的新项目，而商业环保正是我最擅长的，所以我觉得这对我来说是一个很好的机会。"

赵牧这么一解释，我倒真的觉得是自己想太多了，毕竟肖艾会在年后去德国，说赵牧完全为了肖艾去金鼎置业工作，倒真是看低了他。他有自己的人生规划和抱负，只是金鼎置业正好有条件给他提供这个机会罢了，正在谋求转型的金鼎置业恰恰也很渴求他这样的人才，所以抛开了其他因素来看，这是一桩共赢的好事。

第119章 我错了

深夜，我和赵牧一起回到了老屋子，路上我们没有太多的交流，但这并不能证明我们之间生疏了，只是最近的我们都活得不太有方向感，以至于被那些无所适从弄得畏首畏尾。我们的沉默，只是为了思考出更好的生活方式，而人不就是为了生活而活着的吗？

回到家，我和赵牧各自洗漱。这时，乔野这个不速之客拎着一瓶白酒和不少食材来了，说是要和我们吃火锅、喝白酒。对此，我和赵牧都很无奈，这么多年了，乔野还是摆脱不了他心血来潮的公子哥脾气。

其实，我真的挺羡慕他这种生活方式的，他就是这么一个人，今天晚上不开心，明天早上就可以把这些不开心带到最美的三亚，或者更远的地方，朋友圈里也能看到他在海中潜水、在高级场所里泡温泉喝红酒的照片。这绝对不能简单地定义为炫富，我反倒更愿意认为这是一种随意潇洒的生活态度。

支起了小圆桌，我、乔野、赵牧围着火锅坐了下来，屋外已经一片静谧，直到锅里的汤开始沸腾，只有我们三个人的世界才有了动静。随后乔野打开了他带来的那瓶名为"老村长"的白酒。

我笑了笑向他问道："这酒是八块五一瓶吧？"

"成箱买的，八块钱一瓶。"乔野说着便给我倒上了一杯，然后又问赵牧喝不喝。

赵牧摇了摇头，表示自己喝不了白酒，又对乔野说道："咱们这些朋友中，就属你过得最奢侈，怎么现在开始喝这种酒了？"

乔野端起酒杯喝了一口，用一脸享受的表情回道："活着，什么样的生活都要体会一遍才有意思！你们都知道的，我虽然家里有钱，但我这人真不花心，所以我的乐趣就比别人少了一些。为了不活得那么无聊，我必须主动去了解生活！"停了停，乔野的语气又有些低沉，说道，"其实，我真的活得挺无聊的，怎么折腾都无聊！"

说完，乔野一口便将一整杯白酒都喝了下去，他脸上的表情非常痛苦，不知道是被烈酒给刺激的，还是内心那憋不住的苦闷又发作了。

我知道，他还是忘不了苏菡，或者说是余娅。虽然他现在和秦苗已经不像最初那样闹离婚了，虽然他也想和秦苗再办一场婚礼，以弥补这些年对秦苗的亏欠，可这些怎能抹掉他对苏菡的爱？所以他还是会在特定的时间，爆发特定的痛苦，然后又来折腾我，比如现在。

我真的觉得乔野有病，因为我即便痛苦，也从来没有想过弄瓶二锅头在深夜里折腾他，他却搞来了"老村长"折腾我，我发誓，今天晚上这酒我一口也不喝。

乔野又给自己倒了满满一杯白酒，看着我一口没动的酒，不满地说道："你杯子里的酒留着刷牙洗脸呢？你倒是喝啊！"

"不想喝酒，这会儿只想吃火锅。"

乔野突然来了脾气，抬手将杯子里的酒倒进了火锅，然后连杯子也一起砸了进去，火锅顿时溅出了满桌的汤汁。他又冲我吼道："你装什么装，喝点酒怎么了，陪我喝点酒怎么了？怎么了？啊！"

赵牧吓了一跳，我却没有什么表情，我更加肯定这人是想余娅了，每当这个时候，他就像一个有间歇性狂躁症的病人，看谁都不顺眼。

我从火锅里将杯子捞了出来，然后面无表情地夹着里面被酒弄出一股怪味的菜吃着，我不想和他计较。

此刻，我也在想一个女人，可我比乔野高明的是，我知道任何极端的撒泼都不能真正缓解那想念的痛苦，而喝酒更会误事，所以在痛苦中保持平静才是最好的选择。

乔野见我没什么反应，那愤怒的气焰顿时便熄了下去，他有些痛苦地捂住了自己的额头，哽咽着说道："对不起，兄弟，今天是她的生日，以前我们在一起的时候，她每一年的生日我都陪她过的。过去这么多年了，她就像人间蒸发了一样，我真的太想她了！太想她了！"

乔野的话让我更加无法对他发火，因为这种任凭时光流去也从未改变过的深情，狠狠冲击了我内心深处那已经麻木不仁的地方。可是，我又该怎么告诉他，就在不久前，他所深爱的苏菡，其实与他只有一个转身的距离呢？

我深深叹息，却不知道该对乔野说些什么，即便我不忍心看着他这么痛苦，可也绝对不会将苏菡在丽江的消息告诉他，因为这关乎我对她的承诺，也关乎秦苗未来的幸福。

我心存侥幸，也许明年这个时候，已经与秦苗重办了婚礼的乔野，就不会像现在这么痛苦了，因为人总是要改变的，而时间也终究会让我们淡忘一切。

乔野用手背抹掉了流下来的泪水，又拍着赵牧的肩说道："赵牧，我为什么和江桥是这么好的兄弟？因为他是这个世界上为数不多能容忍我的人，他就是个老好人。所以，这辈子我乔野绝对与江桥有难同当，有福同享。还有你赵牧，无论你对不起谁，都绝对不能对不起江桥。当年，无论我们怎么劝他不要退学，但他还是把学给退了，后来才知道他这么做是为了打工供你上大学，就冲这份情，刀子插在你身上，你把刀子弄折了，这份感情也不能折，听见没？"

我不喜欢别人提起我对赵牧的付出，于是在赵牧没有说话前，便先对乔野说道："别说闲话了，咱们去巷口的蛋糕房看看有没有关门，我俩和你一起给苏菡过生日，咱们把蛋糕吃上，行吧？"

乔野点点头，而后我和赵牧便陪他一起去巷口的蛋糕房里买了一个蛋糕，并写上了苏菡的名字。

…………

这个夜晚，乔野喝得很醉，他没有回宾馆，留在了我的住处，与我睡在一起。我却莫名地感到心虚，于是将那份与余娅（实际上署名是苏菡）的咖啡店转让合同从抽屉里翻了出来，压在一盆花的下面，我知道乔野有可能会翻抽屉，但绝对不会动我的花盆，所以藏在那下面才会万无一失。

因为昨晚和金秋约好了去公司，我吃过早饭便早早离开了住处。

来回大约花了一个小时的时间，我又将从金秋那里领到的五十万，转到了陈艺的建设银行账户里。

至此，我终于觉得自己了却了一桩心事，至少我在物质上不欠陈艺了，而我们之间也渐渐有了一种落下帷幕的平静。也许以后还会有什么突发的事件将我们牵连在一起，但突发代表着偶然，既然是偶然，那发生的概率自然很小。

我又回到了郁金香路，路过肖艾的琴行，偶然看到了桥乐坊的广告牌。我敢肯定，这些广告牌之前绝对是没有的，我忽然很想上去看看，看看肖艾工作的地方。

此刻差不多已经是吃饭的时间，我从楼下买了两份快餐，随即进了通往琴行的那个楼道。

顺着指示牌，我在三楼找到了肖艾的琴行，但我并没有立即进去，而是站在窗户边，探身看了看，发现肖艾真的在里面，她正俯身教一个小女孩弹钢琴，很耐心地纠正着小女孩指法上的错误。

我很少看到她这么有耐心的样子，不自觉多看了几眼，而这时她也直起了身子，我们便隔着窗户四目相对了。我对她笑了笑，然后提起手中那个装着两份快餐的方便袋，询问是否方便进去。

肖艾向我摆了摆手，示意学生们正在学习，要我在外面等她，而后她便轻轻推开教室的门来到了外面。

我看着她，与在南艺时那副对谁都爱理不理的样子还真是有了天壤之别，至少今天她的穿着就很平易近人，粉红色的棉外套搭配白色的运动裤。

我对她说道："顺道路过，给你买了份快餐，胃不好千万别饿着。"

肖艾看向我手中提着的方便袋，问道："蛋包饭？你怎么知道我喜欢吃这个？"

"见你吃过……"我说着便将其中的一份递给了她，又说道，"趁热吃吧。"

"这会儿不行，我还得教学生呢。"

"那你这儿有微波炉吗？待会儿热着吃也行。"

"没有。"

我想了想又提议道:"那这样吧,反正心情咖啡离你这边也不远,待会儿你就去咖啡店吃好了,到时候我让服务员给你热一热。"

"为了请我吃一份快餐你还真是执着!"

我很严肃地回道:"不是执着,是不想浪费,你要是嫌麻烦的话,那两份我都自己吃好了,反正我饭量大。"

肖艾瞥了我一眼,以一种调侃的语气对我说道:"为了让你不显得像一头永远也吃不饱的猪,我就勉强去你那破咖啡店吃吧。"

我笑了笑,也不想和她斗嘴,示意不打扰她教课后,便带着两份快餐离开了琴行。

…………

走在路上,我的心情莫名轻松了些,这种轻松让我觉得是时间渐渐治愈了失恋所带来的苦痛,于是我更加希望时间能够走快一点儿,也许我真的会适应没有陈艺的生活。

回到咖啡店,我在等待肖艾的过程中和店长聊起了最近的经营状况。实际上,在公关视频发布后,受益的不仅仅是金秋的婚庆公司,咖啡店的生意也被带动,所以上个月咖啡店的营业额就已经突破了五万元的大关,而刨除日常成本,作为店主的我也有了将近一万五千元的收入,再加上策划孙总求婚仪式所获得的酬劳,这个月我破天荒地赚了两万多块钱。

我有些沾沾自喜,觉得生活给我的压力总算不那么大了,待来年婚庆公司再开起来,也许我真的可以有信心去展望一下自己的未来,我真的很希望能够摆脱现在这个带着沉重物质压力的生活状态,我更希望有朝一日能够有条件将奶奶从敬老院里接出来,这些年我和江继友最亏欠的人就是她。

说话间,我忽然看到金秋和陈艺一起站在了咖啡店的门外,两人的脸色看上去都不是那么好,金秋先向我招了招手,示意我到外面说话。

来不及惊讶,我的心咯噔一下,当金秋和陈艺一起出现时,我便知道她们来找我是为了什么事情,我自作主张给陈艺的五十万,此刻绝对已经成了一个大麻烦。

我希望陈艺能够平静看待这件事情,那么我自己首先要平静,于是收起心中的惶恐,不动声色地推开了咖啡店的玻璃门,从容地问道:"你俩找我有事儿吗?"

陈艺没有开口,金秋便冷言问道:"江桥,你是什么意思?你和我解释解释那五十万是怎么回事儿。"

我模糊着回道:"我……我按照你的建议给陈艺了啊。"

陈艺面色复杂地看着我,终于将话接了过来,她质问道:"为什么要多给我二十万?你是想用这种方式补偿些什么吗?江桥,你不配!因为你在侮辱我们之前的感情。"

陈艺的话让我连呼吸都感到刺痛,更害怕这种被她定义为侮辱的误会。我试图解释:"我不是想补偿什么,只是之前你给咖啡店出了一笔装修费,现在正好有这个钱,我就顺便还给你了。"

陈艺的面色越来越冷:"是吗?装修费只花了八万,需要你用二十万来补偿?你说说看,剩下的十二万到底是什么意思,分手费吗?"

我无言以对。

在我给不出说法的这个令人窒息的瞬间，肖艾也从前面那个转角处向这边走来，而陈艺在同一时间看见了她。

刹那间，陈艺的表情由冰冷转为痛苦，她第一次在我面前失去了理智，她崩溃痛哭，拿起自己的手提包狠狠砸向了我，一遍又一遍，直到之前手臂受伤的地方有鲜血染红了她的衣衫。

她那还没有痊愈的伤口，在激烈的动作下又裂开了，我痛苦到不能自已，下一刻便紧紧抱住她，哽咽着乞求道："陈艺，我求你别这样，是我错了，我错了……你打死我，我也认了，但你不要这么伤害自己，行吗？行吗？"

| 第120章 | 暴风雨来临前

被我用拥抱束缚住的陈艺并没有停止挣扎，可她终究只是一个女人，在我绝对力量的控制下，她没法挣脱，她挣扎的力道越来越弱，呼吸却越来越急促。

也许是因为我们挨得太近，我们那不尽相同的痛苦也就毫无缝隙地融合了，我仿佛看到了陈艺心中所有的痛苦，她恨我的怯懦，怨我的背叛，怒我的不争。可是她又那么同情我，同情我的身世，舍不得我们从童年就开始积累的情分，所以才有了她此刻的崩溃。

我常常在想，如果不是命运和我们开了一个这么大的玩笑，让我出现在陈艺的生命里，那她现在又会过着什么样的生活呢？

我又不敢想得太深入，因为会痛心。如果没有我，她至少不必像现在这样一个人住在酒店里，有家不能回。而她明明是一个那么恋家、家庭观念很重的女人，我已经将她拖累到身心俱疲，她还在用一往情深支撑着。

我不懂她，真的不懂她，我以为我们分手后，她会兑现承诺将自己立即嫁出去。可现在的她更孤独了，孤独地生活着，孤独地恨着我，孤独地面对着荧幕外千万道在她身上聚焦的目光。

她可是知名的主持人啊，温柔又漂亮，家世背景更没的说，她真的不应该是现在这个样子。

我的视线中除了怀抱里的陈艺再也没有了其他，我看着她凌乱的头发，凌乱的衣衫，听着她痛苦的呜咽声。

天是灰的，空气里充满潮湿的味道，还有她身上的芬芳。我不想再放开她，只想这么抱着她，一直到天荒到老，一直到这个世界没有所谓贫穷富贵的差距。

金秋尝试拉开我紧拥着陈艺的手臂，她语气紧张地对我说道："江桥，你赶紧放手，你这么勒着她，她伤口上的血流得更快，快放手！"

我这才看见血已经将陈艺的白色外套染红了一片，而在我怀里的她已经有些虚脱，她的额头布满了密密麻麻的细汗，我的头皮有些发麻，赶忙松开了她，在恐慌中不知所措。

"你还愣着干吗，赶紧送陈艺去医院啊！你俩可真能折腾，有误会说开了就好，何必这样呢！"

我抱起了陈艺，已经没有多余的注意力再去理会金秋的责备，我必须要用最快的速度将陈艺送到最近的医院，此刻她撕开的不仅仅是自己的伤口，还有我的忏悔。

巷子很小，当我抱起陈艺的时候，便没有多余的空间，我不得不在肖艾站立的地方停下了脚步。肖艾静静地看着我，然后轻轻地侧了身子，给我和陈艺让路，就像很久前在这个巷子里，陈艺也曾为我和她让路一样。

我来不及和她说一声"抱歉"，便侧过身抱着陈艺拼命地往巷子口跑去。我和肖艾之间的距离越拉越大。

…………

在医院里，我搀扶着陈艺，一直随行的金秋向她问道："要通知你的家人吗？"

陈艺摇了摇头，只是说了一句"帮我给秦苗打个电话"后，便推开我独自进了手术室。我的目光一直没有从她身上离开过，我有些失神，不知道该怎么面对待会儿处理完伤口的她，还有我那擅作主张给她的二十万。

金秋给秦苗打了电话后，终于开口向我问道："为什么要对陈艺说那么多的谎？那笔钱明明是从我这里借的，你却说和肖总的女儿借的。"

"我就是想让她恨得彻底一点儿。我们在一起，她太痛苦了！"

"那你呢，也很痛苦吗？"

我一阵沉默之后才回道："我在意的并不是自己的痛苦。金秋，你比我们所有人都要聪明，你难道真的看不出来摆在我和陈艺前面的是一条根本走不通的路吗？"

"那你们当初又是为了什么在一起的呢？难道就是为了这条走不通的路吗？"

"不是，所以我说自己错了，我错误地估计了自己的能力，更错误地将这个世界看得太友好。实际上，该来的是一定会来的，我们的努力太渺小。"

金秋一声轻叹，随后问道："那你现在是什么打算呢？我是说你和陈艺之间，继续这么放任不管吗？"

"难道还有更好的办法吗？"

金秋摇头："没有，世界很现实，你和陈艺之间有着太明显的差距，而你和陈艺都没有能够真正缩小差距的能力。如果可以，我倒真的希望你们能私奔到某个地方，可这不是梦话吗？世界就这么大，到底私奔到哪儿去，才能没有那些世俗的眼光呢？"

"所以你认为我没有做错，是吗？"

"我不知道。"

如果连金秋都无法为我的做法判定对错，那么我现在所做的一切根本就无关对错，我应该坚定地执行自己最初的想法，而半路摇摆，只会把这份感情弄得更加不清不楚。

我咬了咬牙，才对金秋说道："陈艺就麻烦你照看着吧，我先回去了。"

377

"回去吧，不过你得好好想想，那二十万要怎么处理。另外我要劝你，不要总是站在自己的角度去思考问题，你以为苹果很好吃，你就拼命地塞给自己在意的人，可是她不一定喜欢吃苹果的，也许在她眼里芒果更不错，你给的苹果吃了太倒牙。"

我轻轻叹息后，才抬头看着金秋说道："我明白，这二十万就是我给陈艺的苹果。可现在的我能拿出的也就只有这个了，我没有能力给她喜欢的芒果。"

"那就索性芒果和苹果都别给，你要知道，陈艺这样的女人并不会真的从你身上去索取什么，她所做的一切，只是外界给她的压力太大了。"

"是。"

金秋没有再言语，我带着一些难以说出口的情绪向电梯口走去。电梯门打开时，恰巧碰见了前来探望的秦苗，她先是和我了解了陈艺的伤情，然后又问道："昨天晚上乔野是去你那儿了吧？"

"嗯，他找我喝了一点儿酒。"

"昨天晚上打他手机一直关机，去你那儿我就放心了。对了，你回头转告他，今天晚上我爸请市政府的朋友吃饭，让他务必参加。"

"知道了。"

…………

走出医院的大门，我将手机从口袋里拿出来准备看一看时间，却发现有乔野二十多个未接来电，全部是在这十分钟之内打的，这让我心中一阵不安，难道他发现了我藏在花盆下的那份合同？

我不太相信，因为他绝对不是一个会对花草感兴趣的人。

第121章 她在丽江

乔野并没有放弃给我打电话，手机屏幕又一次显示着他的来电，我在心惊胆战中接通了，电话那头顿时传来了乔野在完全失控状态下的嘶吼："江桥，你立刻出现在我的面前！我恨不得杀了你！"

我尽量平静地问道："怎么了？"

"你赶紧告诉我，苏菡到底在哪里！赶紧的！"

"我不知道你在和我说什么，什么苏菡？"

"你少和我装！我看见那份转让合同了，身份证复印件上清清楚楚地写着苏菡的名字。你要是再和我装孙子，我现在就一把火点了你家的破房子！老子说到做到！"

"有话好好说，别像个流氓似的又要杀人又要放火的！"

"给你十分钟时间，十分钟后我要是看不见你回来，你就别怪我杀人放火，因为我被你的不诚实给逼疯了！我疯了！"

乔野对我说完这些便挂掉了电话，他连篇的疯话真的给了我极大的威慑力。这人从小就任性，杀人他可能不敢，放把火的豹子胆还是有的。

我有些焦头烂额，伸手拦了一辆出租车后，便开始为了乔野限定的十分钟，玩命地催促着司机。

我很累，真的很累，却又累得那么多余，那么可笑，我甚至有些怀念当初只是简单工作的日子，虽然经常累到无法喘息，可至少是清静的，那时候没有肖艾给的困惑，没有陈艺给的无奈，更没有乔野死活逼着我给他一个苏菡。

…………

我与时间赛跑着，却仍没有在十分钟内赶回家。大约晚了五分钟，我站在门口一脚踹开了门，只见院子里的赵牧和乔野正在纠缠着，乔野一手拿着打火机，另一只手拎着一桶汽油准备往外泼。

我的嗓子像被火灼烧着，我弯下腰，一边用咽口水的方式缓解着痛苦，一边捂住胸口对乔野说道："有话……有话好好说……你是怎么找到……找到那份合同的？我怕被你发现，还特意藏在了花盆的下面。"

乔野抬手就将汽油桶砸向了我，我赶忙侧身躲过，汽油顿时从桶里"哗哗"地流了出来，转眼便覆盖了花池旁一块不小的地方。我的魂都快吓掉了，一个箭步冲到乔野面前，与赵牧合力将他手中的打火机给夺了过来，这才在心惊肉跳中结束了这场乔野蓄意制造出来的闹剧。

赵牧充满歉意地对我说道："桥哥，我刚刚看今天的天气不错，就想将你房间里的那些花搬到外面晒晒太阳，可是没有想到下面还藏着这么个东西。这事儿怨我！"

赵牧的话让我不知道该哭还是该笑，这些本不该发生的事情就这么在冥冥中发生了。也许，就算我和余娅刻意去隐瞒，但是有些缘分不能轻易了结。就算没有今天的偶然，以后也会有另一个偶然让乔野知道他一直费尽心思想知道的这个真相。毕竟在一个月前，他和苏菡只有一个转身的距离，这难道不是一种缘分未尽的象征吗？

乔野狠狠地瞪着我，声音沙哑地对我说道："江桥，你要还是个人的话，你现在就告诉我，苏菡她到底在哪里，我要去找她！我必须去找她！"

"她不想见你……你体谅我一下，行吗？如果不是苏菡本人的意愿，我干吗要瞒着你？每次看到你提起她，我心理压力也很大的！"

"我不想体谅你！我就是想见她，现在，立刻，马上！"乔野瞪着眼，捏紧拳头冲我吼道。

"我不说。"

"你到底说不说？"

我咬着牙又撒了个谎，回道："乔野，你真的别想着从我这儿打听她了，签这份合同之前我确实知道她在哪儿，可是现在这么久过去了，可能她早就不在国内了。一个人有心躲着你，你是找不到她的，这点你自己冷静下来想想就明白了，否则这么多年苏菡为什么一直没有出现过？"

乔野已经处于失控的状态，他完全听不进去我的话，还是用那种威胁的语气冲我吼道："我不想听你说这些废话，你今天要是不给我个结果，我就死在你这儿，做鬼都缠着你。"

"乔野，你冷静点，你这么逼我真的没什么用。这么多年过去了，很多事情都已经回不了头了。你想想秦苗，行吗？你这么干真的会毁了一切的！"

"江桥，你自己懦弱，别以为所有人都和你一样懦弱，我非要找到苏菡不可，我要她明明白白地告诉我，当初为什么要不辞而别，不管这个结果多么难承受，我也要知道。我不想这么稀里糊涂地活着，我的世界里从来没有那么多幻想，那么多思考，我就是一个简单到必须要把所有事情都拍在桌子上看个明明白白的人！"

乔野的话让我无比压抑，我在他强硬的逼问下难以喘息。

乔野又问道："我再问你最后一遍，你到底说不说？"

"没什么好说的，我也不知道苏菡到底在哪儿。"

"好，江桥你嘴够硬，你不是说不知道吗？我现在只要你告诉我，当初这份合同苏菡是从哪里寄过来的就行了，我自己去找。"

我有些语塞，语塞是因为我确实在嘴硬，我虽然不知道苏菡在丽江的具体地址，可我的确有她的联系方式。据我所知，丽江也并不是很大，想找到一个开酒吧的女人其实不难。

就在这时，已经完全失去耐心的乔野，伸手便扯掉了自己的羽绒外套，坐在了花池旁那块洒满汽油的地方，又拿出一个打火机，面无表情地对我说道："江桥，你要是看轻了自己兄弟的决心，你就继续嘴硬，有种别后悔！"

我的头皮发麻，身边的赵牧也惊恐地劝道："桥哥，你要是知道的话，就别瞒着了，这么多年的朋友了，他是什么性格你还不知道吗？"

来不及做过多的心理建设，我摊开双手紧张地说道："别闹……我说，我说……"

乔野冷漠地看着我。

我一声重叹，许久之后才克制住心中对苏菡的负罪感，低沉着声音说道："其实，心情咖啡的老板娘余娅就是曾经的苏菡，我也是今年才在偶然中知道的。我不知道余娅为什么要在南京开一个咖啡店，但她来南京的次数确实很少，可那天她还是在你开的宾馆外看到了你，你背身对着她，她很恐惧，转身就走了。然后她就将心情咖啡转给了我，之后再也没有来过南京，并要我承诺不将这些告诉你。乔野，今天发生的这一切对我来说真的是一场灾难。"

乔野语气粗暴地打断了我："说，苏菡到底在哪里？我要听重点！"

我沉默了很久，终于抬起头看着他回道："苏菡现在人在丽江，开了一间心情酒吧，具体位置我不知道，但是想找的话，肯定能找到的。"

乔野剧烈地喘息着，他猛地从地上站了起来，像个疯子似的抬手就狠狠给了我一拳，拳头没有停止，他一边打一边痛哭着骂道："江桥，你这个自以为是的混蛋！你把自己的兄弟坑得多苦，你知道吗？见不到苏菡的这几年，我每天都活在地狱里，活在崩溃的边缘，却要对着秦苗强颜欢笑！"

我被乔野打到头昏眼花，可是又仿佛在这种猛烈的眩晕中看明白了很多事情，我看到自己面对这个世界时的懦弱,看到了与陈艺靠近时的无能为力,也看到了自己伸向肖艾的那双罪恶的手,却幻想着所谓的向日葵在迎着风热烈地盛开。

我的情绪找不到宣泄的出口,便也野蛮地和乔野扭打在一起,直到两个人都挂了彩,都没了力气,躺在地上抱头痛哭。

这一刻,我们不该被嘲笑,因为我们只是两个在现实世界里得不到爱情的可怜男人,无助地宣泄着情绪。我们被这个世界上的是是非非和约定俗成绑架得很辛苦。

乔野站了起来,他对我说道:"江桥,我知道苏菡不想见我,只有你才能把她约出来,所以我希望你能和我一起去丽江。这次算我求你了,我不想怀着这么大的希望,到了丽江后却换来更惨烈的绝望!"

"去丽江?"我在心里默念了一句。

一种在是是非非中产生的疲惫感好似在一瞬间便吞噬了我,我又一次产生了想离开南京这座城市的强烈冲动。我记得很久前,苏菡曾经对我说过,她会亲手给我泡一壶茶,我们可以对着距古城并不遥远的玉龙雪山聊聊天。

这种轻松不该只存在于我的幻想中,是时候去亲身体会一遍了。在那里,只有苏菡沏的茶和如画的风景,而这里只有摆不平的麻烦和让我痛心不已的陈艺,我真的该给自己找一个能够避风的港口,哪怕只是暂时的,至少也有那么几天可以让我冷静下来想想关于未来的出路,就和曾经在扬州一样。

只是,这一次我不再希望会有任何一个人去找我,实际上也根本不会再有这个可能。因为大家都很辛苦,都很迷茫,都很需要一点儿可以自我思考的空间。

我终于对乔野说道:"订明天早上的机票吧,我刚刚在医院碰见秦苗了,她说你老丈人今天请了市政府的朋友,让你晚上务必一起吃个饭。我希望你去找一个女人的同时,也不要对另一个女人太残忍,好吧?"

第122章 女王

当我将秦苗对我的嘱咐转告给乔野时,他并没展现任何多余的情绪,瞬间便摇头回道:"你让我哪来的心情去参加那些虚情假意的应酬?我只想快点见到苏菡,我们现在就去机场,也许还能赶得上下午去丽江的航班。"

"今天肯定是来不及了,我记得南京飞丽江的航班是下午两点十五分,现在已经快一点了,肯定没有余票了。"

乔野对我的解释很不满,他瞪着我,继而吼道:"没有飞丽江的航班,我们就先飞昆明,再从昆明转机去丽江,行不行?江桥,我和秦苗在一起几年,就和苏菡分开了几年,这个时候我好不容易有了苏菡的消息,你竟然还让我为了秦苗留在南京一夜,我和她就差这一夜吗?"停了停,他又低沉着声音说道,"但我和苏菡却欠了彼此三年,三年有多少个日夜你算过吗?我真心觉得你们这类人所谓的理智实在是太可怕了，可怕到没有人性，可怕到冷血！"

尽管知道乔野说的这些都是歪理，我还是哑口无言。

这时，乔野已经开始用自己的手机订了飞机票，他先是订好了自己的那一张，又询问起我的身份证号，而我也不想再劝什么，反正自他从我这里逼问出苏菡的下落后，秦苗受伤害就已经是必然的了。

我不知道这次的丽江之行，乔野和苏菡之间会发生些什么。但可以肯定的是，秦苗也许真的该做好和乔野离婚的准备了，因为二十多岁的乔野依然没有长大，他依旧像一个激进的斗士，激情澎湃地与这个世界战斗着，他从来不是个明辨是非对错的人，他在意的只有自己活着的感受。

可他又是一面镜子，这面镜子不会呈现我的相貌，却会照出我心里那些想做却从来不敢去做的事情。

…………

片刻后，乔野也订好了我的机票，随即关掉了自己的手机，我们将会搭乘下午两点五十五分飞往昆明的航班。

时间还有一些，乔野先回宾馆收拾行李，我也要收拾下衣物，因为丽江的天气和南京实在是相差太多了。

拎着行李箱，我站在院落的门口，从口袋里拿出了手机，随后找到那个近来几乎没有拨打过的号码，我想提前通知苏菡，我要去丽江了，如果她在的话，也许今天晚上我们就能再次见面。

在拨出去之前，我仍在犹豫着要不要和她实话实说，可是拨打后的结果让我感到意外，因为苏菡曾经留给我的这个号码已经停机了。

我揣测着这背后代表的意义，苏菡是否已经预料到会有这么一天，她连我也不信任了，所以离开了丽江，又一次开启了新的生活。但又觉得这个可能性不太大，毕竟她在丽江已经有了很成功的事业，这不是说放弃就能放弃的，至少她那家规模不小的酒吧，是很难在淡季转让出去的，因此我认为苏菡现在无法离开丽江。

带着一些没能想明白的疑惑，我告别了赵牧，来到了巷子口，乔野已经坐在他的那辆宝马 X6 里等着我了。对于我们而言，时间还是比较紧迫的。

我将自己的行李放在了车子的后备厢里，这时我的手机再次响了起来，是秦苗给我打来的电话。顿时，负罪感便本能地在我心中产生了，我没有立即接通，而是对车里的乔野说道："秦苗打来的电话，你接还是我接？"

"我要是想接就不会关机了，我们谁都别接。"

我非常认真地回道："乔野，真别这么干，就算是说谎，你也得说一个，你这么关机不接电话，秦苗担心的可就是你的安危了，至少让她知道你现在还在浪费着空气，背着她做禽兽不如的事情。"

"别和我废话，这事儿怎么就禽兽不如了？你怎么不说当初我爸妈为了一己之私对我做出了禽兽不如的事情？是，我承认，我对不起秦苗，可是这事儿错的根源不在我。"

乔野充满怨气，好似让话题又回到了起点上。我不知道，了解了真相的秦苗，会不会在乔野给她的再结一次婚的承诺里痛不欲生。

其实所有人，甚至包括秦苗自己也都知道，在乔野的心里，她这个结发妻子是比不上苏菡分毫的。但是如果让乔野知道，当初苏菡是带着二百万分手费离开的南京，他心中的天平是否会发生倾斜呢？

我终于接了秦苗的电话，电话那头的她急切地向我问道："江桥，你见到乔野了吗？"

因为负罪感，我的声音有些低沉："嗯。"

"他怎么回事儿，手机一直不开机？你和他说了晚上和我爸一起吃饭的事儿了吗？这场宴会真的挺重要的！"

我沉吟了半晌才回道："秦苗，你听我说，我和乔野准备去外地办点事情，是关于开客栈的，正好我也去学习开咖啡店的经验。"

女人天生敏感，察觉出异样的秦苗，语气有些冰冷地问道："怎么这么突然，之前也没听你们计划过这件事？"

"乔野他不就是喜欢心血来潮吗，你又不是不知道。"

秦苗充满压迫感地质问道："他是不是心血来潮我不管，但是为什么要关手机？他到底能不能给我一点儿安全感？我和他是夫妻，不是猫和老鼠，好吗？"

我不知道要怎么接她的话。

"江桥，我不为难你，你让乔野接电话，我知道他现在肯定在你身边。"

秦苗说出这句话的时候，乔野又焦虑地抬手看了看手表，继而向我催促道："赶紧上车，路上要是一堵，咱俩就来不及领登机牌了。"

我捂住话筒，压低声音回道："秦苗让你接电话，我觉得这事儿你还是给她一个说法吧。"

乔野打开车门，从车上跳了下来，一句多余的话也没有，直接从我手中抢过电话，当即便挂断了我与秦苗的通话，接着将手机关机，扔进后车座，又打开车门，示意我上去。

我一声叹息："我觉得你不要做这么绝，你这样让秦苗怎么想？"

"在听到苏菡下落的那一刻，我就根本管不了那么多了。江桥，你现在只要记住一点，就是我快疯了，如果今天晚上还见不到苏菡，我真的会疯掉！"

…………

乔野用一种极其野蛮的方式断了他和秦苗解释的唯一机会。可这件事情真的还有什么解释的必要吗？反正所有的痛苦都已经是注定的了，不过时间早晚而已。

在乔野的野蛮驾驶下，车子转眼就开到了肖艾的琴行，我的注意力这才回到了自己的身上，我仿佛看见了一个郁郁寡欢的身影，面对着一个个充满活力的孩子，告诉他们什么样的坐姿和指法会弹出更加流畅的音乐。可那些被弹奏出的音符里，却充满了她的失落和惆怅。直到现在，她也许还没有心情去吃个午饭。

在我的心里，无论是先想起陈艺还是肖艾，而后一定会再想起另外一个，甚至我自己都不清楚，原本不相干的两个女人，是怎么在我心中做到密不可分的。

此刻，我更担心的是陈艺，我担心她的伤势，这也是我排斥今天去丽江的一个重要原因，而因为乔野的冲动，我甚至没有机会在离开前给金秋打个电话，询问陈艺在医院治疗的情况。这让我的心在沉重中有些堵得慌，可车子已经没有了掉头的可能，于是我又自我安慰着，如果情况真的很不好，一直在医院陪着的金秋早就会给我电话了，秦苗也在她身边，可是刚刚没有说起什么，所以应该不会有什么大碍。

这么一想，我终于稍稍放心。下一刻，便什么也不愿意再去多想，我放空了自己，然后看着后视镜里的桥乐坊越来越远。

…………

快到下午两点的时候，我和乔野终于到达了机场。将车子停在地下停车场后，两人便拎着行李向通往航站楼的电梯走去。这时，我终于有了一种快要离开南京的感觉，而主角是我和乔野，分别代表了两个极端。

我是一条善良的狗，乔野是一头愤怒的驴，我们带着不一样的目的，去往更远的南方，可是无论走到哪里，我们的女王一直都在，她们或守望，或愤怒，或惆怅，或在一无所知中迎接着一个人的靠近。当然，被迎接的这个人不是我，而是乔野。

在我和乔野离开的脚步声中，一阵急促的发动机声忽然从入口处传来。下一刻，先于乔野回头的我便看到了秦苗的那辆保时捷帕拉梅拉，她竟然追到了机场。

她就是乔野在南京的女王，她不让乔野这头愤怒的驴在她面前藏有任何秘密，可是乔野必须带着这个秘密去见他在南方的女王。

秦苗将车子横在我们面前，她从车里走了下来，表情冷峻，此刻留给我们领登机牌的时间越来越少了。我可以肯定，如果她一定要阻止的话，乔野绝对会用最极端的方式推开她，因为他此刻所有的渴望里，有的只是四季如春的丽江和那个被他惦记着的南方女王。

第 123 章　到达丽江

秦苗与乔野在地下停车场对峙着，她语气冰冷地向乔野问道："你这是要去什么地方？为什么关机？为什么不接我的电话？"

"我没有必要什么都向你交代。"乔野说着便推开了秦苗，留给我们登机的时间并不充裕，延误了这个航班，即便我们能乘坐更晚的航班到昆明，也已经赶不上从昆明飞往丽江的飞机。

明显在隐忍的秦苗终于在一瞬间失控，她从后面拉住了乔野的行李箱，大声说道："你今天必须给我个交代，要不然你哪儿也去不了！"

乔野不胜其烦，他又一次推开了秦苗，吼道："你要交代，对吧？那你给我听清楚了，我现在去丽江，我要去找苏菡，如果你能了解我现在是什么心情的话，就不要再纠缠我。"

听到"苏菡"这个名字，秦苗的世界里好似响了一声惊雷，她剧烈地喘息着，转而向我问道:"江桥,乔野他说的是真的吗?"

事已至此,已经没有什么好隐瞒的了,我点了点头。

秦苗也痛苦地点了点头,她的眼中含泪,哽咽着对迫不及待要离去的乔野说道:"我就知道会有这么一天,只是没有想到会来得这么快。乔野,这是你这么多年以来的心结,我不想阻拦你,但是我只想问你一句,你还记得我们作为客户帮江桥录制那段视频时,你对我说过些什么吗?"

乔野终于正视秦苗,他的脸上有了痛苦之色,许久才回道:"我记得……但这些话都是有前提的。虽然你对我很好,可这个世界上不会再有一个女人能够取代苏菡在我心目中的地位。"

秦苗哭着苦笑道:"是,我明白,所以这个世界上再也没有哪个女人比我活得更加悲哀了。乔野,我第一次有这么强烈的渴望,渴望结束我们这段有名无实的婚姻,可是我们离不了婚,因为我们两家是世交,双方的父母也是这座城市里有头有脸的人,我们的婚姻就是他们的名声,更关系到你家族的事业。我很不甘心,我只是一个女人,为什么承受这些责任的是我,却不是你这个永远也长不大的男人?我真的不甘心!"

此刻作为旁观者,我能看到秦苗此时内心的痛苦,却无从安慰,因为她想要的恰恰是乔野死活也给不了的。乔野沉默着,在沉默中依旧蠢蠢欲动地想靠近通往航站楼的电梯。

乔野终于对秦苗说道:"我只是想让自己好过一点儿,我没有错,错的是给我们安排这段婚姻的人。"

"我们的父母是有错,可是这么多年他们也因为这个错误,一直在纵容着你的任性!你自己难道感觉不到吗?从来没有谁真正阻止你,哪怕你丢下公司,丢下家族的生意,去开那可笑的宾馆,大家也都忍了。其实爸妈,包括我在内,每一个人都很爱你、在意你,可是你死揪着这唯一的错误惩罚了我们这么多年,所以你不想和我要孩子,从来不把公司的事情放在心上……"

乔野的情绪变得激动了起来,他怒道:"够了,所有的错都是我乔野一个人犯的,行了吧?我现在不想再听你和我说这些。江桥,我们走,没时间说废话了!"

乔野说完这些便将秦苗抛在身后快步向电梯口走去,我看了看表,离最后领登机牌的时间只剩下了六分钟,一声叹息之后,也匆忙追上了乔野的脚步。

在上电梯前,我又不太放心地回头看了一眼秦苗,她没有再追过来。我从来没有见过一个女人哭得如此让人心痛,她没有哭出声音,涕泗滂沱,泪如雨下。

她又一次放任乔野将悲伤留给了自己,却没有办法摆脱这段对她极其不公平的婚姻。

…………

不久之后,我和乔野所乘坐的飞机以十足的动力穿过了云层,我随之看到了可能是这个世界上最美的风景,我不想再思考什么,可还是本能地思考了起来。

乔野和秦苗这一对,应该是门当户对了吧,可为什么在结婚之后也没有能够收获大家都觉得应该会有的幸福呢?

我无法忘记秦苗哭泣的样子，却仍不敢猜想她现在的情绪。我又转头看了看身边的乔野，他并没有什么表情，只是托着自己的下巴，透过飞机上那扇小小的窗户失神地往云层之下的地面看着。

　　此刻，在我们的视线里，南京这座高楼林立的城市是模糊的，可我仿佛还是看到了一个开着保时捷的女人，失魂落魄地穿行在这座城市之间，她没有流泪，因为泪水已经在停车场里流完了，而黑夜终将伴随着一定会在这座城市亮起的霓虹，悄无声息地吞没她。

　　我对身边的乔野说道："我觉得你真的不该这么对秦苗，三年了，足够改变很多东西，也许苏菡已经不是当初的苏菡，我根本不看好你再和苏菡发生点儿什么。"

　　乔野的声音有些低沉，有些沙哑："江桥，不要再和我讨论这些了，我真的很累，很有负罪感，一切都等和苏菡见了面后再说吧。不管她现在变成什么样子，我对她的感情都不会改变，因为这三年我几乎把所有闲下来的时间都用来想她了。"

　　我忽然很想告诉他，当年苏菡是带着二百万分手费离开的，可话到嘴边我还是咽了回去，因为我认同苏菡当年的做法，也更加明白，在苏菡的心里，并不希望乔野知道这件事，她还想保留住当初的那些美好。

　　从某种意义上来说，苏菡在处理这件事情时有些自私。但这恰恰可以证明，她还爱着乔野，否则为什么要拼命保留住当年的那些美好呢？原本她可以在离开南京前将这个真相告诉乔野的。

　　也或者，她和乔野父母达成了契约，双方都不愿意让乔野知道这个真相，毕竟用金钱生生拆散了一份爱情，对谁而言都不是一件光彩的事情。

　　这时，飞机开始平稳飞行，眼前的一切都被厚厚的云层覆盖，我又对乔野说道："去机场之前，我给苏菡打了电话，但是已经停机了，所以你得提前做好心理准备，我们就算到了丽江也不一定能找到苏菡。"

　　乔野转头看着我，他咽了咽口水，紧张地问道："你确定不是在和我开玩笑？还是你压根就不想我和苏菡见面，所以就编了这些谎话？"

　　"我发誓，真没有，你答应兄弟，如果这次在丽江没能找到苏菡，你从此就断了这个念想吧。回去之后好好和秦苗过日子，这些年你真的已经够任性了，就算秦苗她是你老婆，也没有义务这么包容和迁就你的。"

　　乔野没有回应我，他闭上了眼睛，可喉结一直在滚动着。其实他也在挣扎，只是那想见到苏菡的心情已经让他丢掉了一大部分理智，也掩盖了一切。

　　…………

　　加上从昆明转机到丽江的时间，这次的行程其实非常漫长，飞机快要在丽江的机场降落时，已经是晚上的八点三十分。丽江古城一直被各种色彩的灯光包裹着，我越看越迷茫，也不知道苏菡的那家心情酒吧到底开在哪个角落。

　　我仿佛可以预见，这个夜于我和乔野而言是无眠的，那么秦苗呢？

　　她应该也不会安然入眠，她可能会和陈艺在一起，哭诉着乔野这些年极其混账的所作所为。或许，陈艺也会感同身受，控诉我所犯下的罪过。

　　五分钟后，飞机平稳地降落在了丽江三义机场，我和乔野拖着行李箱下了飞机。

没有人为我们接机，这让我们看上去更像是两个不速之客。丽江夜晚的气温比我们想象中要低了很多，我的心情因此低落，甚至没有和身边的乔野商量到底是坐专线还是打车，只是麻木地呼吸着这座城市有些冰冷的空气，然后胡乱地揣测着苏菡的心情酒吧到底在丽江的哪个角落。

乔野已经拦下了一辆出租车，却在司机问他要去哪里时茫然了，原来他比我更不了解丽江。

我对司机说道："师傅，麻烦送我们去大研古镇。"

…………

此时已经是夜晚，去往古城的人却络绎不绝，似乎每一个人都想在这个号称"艳遇之都"的地方找到点儿什么。我在打开车门的一刹那，便听见了那些和风铃捆绑在一起的竹片被风吹出了"沙沙"的声音，空气里隐约弥漫着荷尔蒙的味道。眼前这座古城就像一个温柔的姑娘，她以俯瞰的姿态张开了自己的怀抱，拥抱着每一个来到这里的游客，而景区里面，那些寻欢作乐的灯光一直没有停止闪烁过。

我终于相信，为什么曾经的余娅会说，她酒吧的生意打理不过来，因为来这里找快乐的人实在是太多了。而此时还是淡季，可以想象旺季时会是个什么样的客流量！

我和乔野随着人群走进了古城内，我不想盲目地寻找，便向里面一个卖手工纪念品的年轻老板打听了心情酒吧。我觉得古城虽大，但对于常年在这里生活的人而言，知道一个酒吧的方位并不是一件很难的事情。

打听的结果并没有让我失望，年轻的老板告诉我，心情酒吧就在四方街附近，我们到那里后就能看见。

我呼出了一口气，心中感慨，这场分别三年后的相见终于要到来了吗？

第124章 给她五天时间

即便知道心情酒吧开在四方街附近，可是第一次来到大研古镇的我和乔野还是迷失在了蜿蜒曲折的街道上，我的心情并没有乔野来得那么急切，我更享受这个似乎用一万种颜色涂画成的迷幻世界。酒吧和音乐依旧是这个迷幻世界里的主题，有人在人工搭建的舞台上肆意张扬地跳着，也有人抱着一把吉他神情落寞地唱着他们心中最孤独的歌。

是的，丽江就是这么一个地方，似乎每一个人都站在它的心脏上急切地表达着自己，又似乎我们都活在它的背面，根本碰触不到生活的真谛，只能在这里极端地消费、极端地好奇、极端地伤心。

我走着走着便将身边的乔野推到了另一边，说道："别和哥们儿靠得太近。"

乔野疑惑地看着我。

"别人身边都是如花似玉的女朋友，我身边走着的却是你，心累！"

乔野暴跳如雷。

我停下了脚步，然后在街边的长椅上坐了下来，点上一支烟后，说道："歇会儿。"

"你犯什么病呢？这么多路都走下来了，还差这几步吗？"

我当即顺着乔野的思路回道："你和苏菡都分开这么多年了，还差这一时半会儿吗？"

乔野想撇下我自行离开，我又喊住了他："你告诉我，待会儿你见到苏菡的时候，你想怎么做？是继续将从南京带来的冲动发泄在她身上吗？"

乔野停下脚步，转身与我对视着，他的表情有些茫然，而这种茫然恰恰证明，在这之前他根本没有想过要用什么样的情绪去面对苏菡，他现在所做的一切都不是经过深思熟虑的。

我又对他说道："我不知道你在离开地下停车场之前，有没有回头看一眼秦苗，她的哭让我良心不安，我感觉自己陪着你做了一件很混账的事情，因为我知道苏菡她真的不想再和你见面，而秦苗用生命里的全部等待着你乔野能够给她一个正常的家庭。"

乔野低着头，许久才回道："江桥，无论是苏菡还是秦苗，其实都是我心里过不去的障碍，我也想让自己消停一点儿，可是人的意志是很难控制的，所以这个世界上才会有那么多放纵的人。苏菡对我而言，就是一个罂粟一样的女人，我根本控制不住自己，也不清楚在想起她时，大脑里会产生多少多巴胺。"

我深吸了一口烟，说道："其实你不用以这么科学的方式解释给我听的，我能理解你的所作所为，只是希望你能克制一点儿，无论待会儿能不能见到苏菡。"

…………

我和乔野终于来到了四方街，也找到了位于街西的心情酒吧，我依然和乔野并肩站着，他有点紧张，清醒的我却不清楚他到底在紧张什么。也许他是害怕千里迢迢赶来却见不到苏菡，也许是害怕见到以后，一切已经物是人非；也许这种紧张包含了更加复杂的心情，总之我看到他的肩膀在微微颤抖着。

我们拖着行李箱走了进去，和所有的酒吧一样，这里有调酒师、驻唱歌手、一群正在消费的顾客，还有炫目的灯光，我却觉得有些反感，因为相比于南京的心情咖啡，丽江的这家心情酒吧完全就是为了讨好顾客而存在的，这里太商业化了。

酒保拿来了酒水单开始招呼我和乔野，我很平静地接过来，要了几瓶啤酒之后，便向他打听道："小哥，你们酒吧的老板娘在吗？请你告诉她，就说有远方的朋友来看她了。"

酒保打量着我和乔野，随即摇头回道："两位来得真不凑巧，我们老板娘出国了，估计今年都不会回来了。"

乔野无法接受这个事实，他惊道："你说苏菡她出国了？"

"嗯，老板娘在出国前特意找了一个职业经理人打理酒吧，之后就很少回来了，我印象中只回来了一次，也就待了两天而已。"

乔野近乎崩溃，但是他仍不想放弃，又问道："她去哪个国家了？"

"这个我真不知道。"

"那你们酒吧总有能联系上她的人吧？"

乔野的过分激动让酒保有些警觉地看着我们，我随之又要了一瓶价值不菲的洋酒，然后解释了自己和苏菡的关系，并告诉他，我就是南京心情咖啡现在的老板，他这才放下戒备，将唯一可能联系到苏菡的酒吧经理找了过来。

可是经理也没有给我们带来希望。即便是他，也只是在用邮件和苏菡保持着日常工作上的联系，他也不知道苏菡现在到底在哪个国家，只表示可以将我们的来意转告给苏菡。

我更加能够肯定，苏菡早已预料到会有这么一天，所以她才离开了丽江，就像当初离开南京一样，只是她又很需要心情酒吧的盈利，所以才维持着经营，但这又能怎样呢？

我和乔野千里迢迢赶来，终究还是扑了一场空。我早就和乔野说过，一个存心躲着他的女人，是不可能让他找到的。

片刻的沉默之后，乔野终于对那个唯一能够联系上苏菡的经理说道："你帮我转告苏菡，就说我乔野在丽江等她，我会给她五天的时间，如果她不回来，就不要怪我做出极端的事情。还有，这么多年，乔野一直没变过，一直在等她的消息。"

酒吧经理看着乔野，显然被他的冷言冷语惊到了，此刻没有人敢认为乔野是在开玩笑。他就是这么一个将"任性"两个字写在脸上的男人，这不是夸大其词，每次乔野和我们站在一起时，听过他名声却没见过他的人，总是会在第一眼便能认出他。因为他的身上一直有一种别人模仿不了的气质，我把他的这种气质定义为又野又横，这种气质驱使他做事不计后果。

乔野说完这些后便拖着行李箱离开了酒吧，我又轻声在那个酒吧经理的耳边说道："我叫江桥，你也帮我带一句话给苏菡，我希望她能回来见乔野一面，把这些年的是是非非说清楚，因为乔野比她想象中要执拗得多，她这么一直躲着，伤害的是一群人，包括她自己。"

…………

离开酒吧，我和乔野简单吃了点东西后，便来到了一家开设在观景台上的酒吧，我们要了一打啤酒，没怎么说闲话，便将诸多的情绪放在了有些凉的酒液里。

我有些累，仰靠在藤编的椅子上，失神地看着那些挂在屋檐上的竹片和随风摇曳的灯笼，世界也仿佛随之变得开阔了起来。整座丽江古城就在我俯身可以看到的地方，有一丝秀气，又有一点儿委婉的壮阔。

相较于古城的中心，这个置于高处的酒吧显然要安静了很多，所以很多喜欢安静的情侣都坐在这里吹着夜晚的风窃窃私语，唯独我和乔野这两个孤独的男人将沉默演绎了一遍又一遍。

许久之后，我将此刻能够看到的风景用手机镜头记录了下来，然后将这些只有风景的照片发到了自己的微信朋友圈，我没有强调此刻的自己很孤独，只说丽江是一个到处弥漫着荷尔蒙的城市。

我将手机扔在了一边，在吹来的清风中向对面的乔野举起了啤酒瓶，我们碰了一下，便各自喝掉了一瓶啤酒。

说实话，在这样的地方是很难藏住心事的，我终于对一直沉默的乔野说道："这么好的风，这么美的景，这么销魂的夜，我真不想对面坐着的是你，你能给点儿笑脸吗？"

乔野皮笑肉不笑地看着我，半响回道："我知道你心里在想什么，这个时候如果坐在你对面的是陈艺这个美女主持人，你江桥才是人生赢家。"

我心中一动，仿佛看到陈艺此刻就坐在我的对面，虽然我喝着啤酒，她喝着咖啡，可我们情投意合。

也许是幻想太美，我忍不住点上了一支烟，我想把这里弄得更迷幻，这样陈艺的样子便会更真实。可一瞬间我的视线又穿过了烟雾，定格在斜对面那套演唱设备上，我又无法控制地想起了肖艾。如果这个时候她在的话，一定会在那里手抱吉他唱一首我喜欢的歌，惊艳的却一定是此刻坐在这里的每一个人，因为整个丽江都不会再有一个比她更美的姑娘，何况她还有着惊人的音乐才华。

我又拿起啤酒瓶，独自喝了一口，无处安放自己那有些不安分的目光。于是那古朴的建筑、棱角分明的屋檐和在远方若隐若现的山脉，以及闪烁的灯火都尽数出现在了我的视线中，最后变成了一幅绝美的画卷安慰着我的孤独和想念某人的心情。

我有些失神。

这时，一个女人在一直空着的演唱设备旁坐了下来，她的手中抱着吉他，我瞬间惊醒，然后失落地发现，我面对着的只是一个自己从来没有见过的女人。

我向来喜欢将头发打理得很整齐的女人，可眼前这个留着披肩长发的女人还是吸引了我的目光，因为她的气质太特殊了。此刻，她的手中捏着半支没有抽完的烟，身边的方凳上还摆放着一杯啤酒，当然这也是她喝的。

她没有开口说话，用夹着烟的手端起杯子喝了一口啤酒。在她仰起头的时候，我才发现，她的脖子上是有文身的，具体是什么我看不太清，但已然了解，这个女人的身上一定有着许多的故事，她心中更是充满了寻常人无法理解的信仰。

当然，这也有可能是我的错觉，而这种错觉源于我将丽江这个地方设想得太过复杂。

她用修长的手指理了理被风吹乱的鬓发，而后终于开了口，她的嗓音很有磁性："大家晚上好，欢迎来到我老公开的这家冰火酒吧，我叫CC，希望能用我的歌声陪伴大家度过一个愉快的夜晚。"

众人鼓掌期待。

这个叫CC的女人随后翻看起了乐谱，对我们说道："下面给大家带来的是一首我朋友原创的歌曲《空城旧梦》。"她说着又夹起烟深深吸了一口，眯着眼睛有些失神地眺望着景观台下的灯火，许久才说道："他是一个很有才华的音乐人，希望大家喜欢。"

掌声再次响起，一个好奇的顾客扯着嗓子问道："你那朋友叫什么名字？网上能搜到他的歌吗？"

CC笑了笑，并没有给予回答，继而便拨动了吉他的弦，弹出了歌曲的前奏。

我再次拿起手机，在网上搜索着《空城旧梦》这首歌，却没有任何记录，原来这首歌真的出自一个并不出名的歌手，也或者这个歌手已经很有名气，但他只是将这首歌送给了这个叫 CC 的女人。

就在我准备放下手机的时候，一个电话突然打了进来，我的呼吸变得急促，在这个郁郁寡欢的夜晚，陈艺竟然主动和我联系了，尽管我知道她多半是为了秦苗和乔野的事情，可是依然给了我很大的惊喜。

是的，就是惊喜，只要不牵扯我们那没有答案、没有未来的爱情，我愿意与她聊起这个世界里的一切。

第 125 章　也许我们会在丽江见面

我拿起手机站起身，站在了观景台的最南边。这里已经不属于酒吧的范围，所以并没有遮风挡雨的屋檐，却给了我最宽阔的视野，我几乎可以将整座丽江古城收进眼底，那些闪烁着的灯火就好似一个个哀怨的人，向我倾诉着数百年的寂寞。

我伏在护栏上，面对着身下的万千灯火，接通了陈艺打来的电话，我习惯性地不说话，只是抬起手吸了一口烟，等待着陈艺开口。

"你现在人在丽江吗？"

"嗯。"

一阵短暂的沉默之后，陈艺又问道："乔野见到苏菡了吗？"

我听得出陈艺的语气有些冰冷，作为秦苗最好的闺蜜，在这件事情上她当然恨死了乔野。我稍稍平复了情绪之后，终于回道："没有，苏菡去国外了，不过乔野让能联系到她的人转告她，他会在丽江等她五天。"

陈艺天生心思细腻，她抓住重点问道："如果五天后等不到呢？以乔野的性格恐怕又要控制不住自己，做一些出格的事情了吧。"

"我会劝他的。"

"你劝他？你要是能劝住他，你们现在就不会在丽江了。"

陈艺直白地将话说到了点子上，让我不知道该怎么接下一句话，于是又抬手吸了一口烟。这时那个叫 CC 的酒吧老板娘也唱完了那首《空城旧梦》，她简单地感谢了顾客们的掌声后，又开始唱起了下一首歌。

这次，她唱了一首《你属于我》（You Belong To Me）。这首歌曲调很舒缓，配合着她那磁性的嗓音，渐渐缓解了我面对陈艺时产生的不自在，我转移了话题向她问道："你手臂上的伤没什么问题吧？"

"我没事，我给你打电话的目的，只是想谈谈秦苗和乔野的事情。你知道的，这个时候只有我们这些朋友还能在他们中间说上话。站在我的角度来看，我不觉得秦苗在这件事情里做错了什么，她是个受害者，乔野太混蛋了！"

"他也觉得自己是混蛋，可是该做的、不该做的，他都做了。其实，在这件事情上，没有一个人是受益者，他们都挺受伤的，包括苏菡。"

一阵沉吟之后，陈艺才向我问道："如果我没有猜错的话，其实苏菡就是余娅吧？"

我有些惊讶，这是一个我从来没有和任何人说过的秘密，我不知道陈艺是怎么推测出来的，而陈艺好似已经洞穿了我的疑惑，又说道："江桥，除了我上大学的时候，我们在一条巷子里生活了二十多年，你的人际圈我比谁都清楚，甚至哪些狐朋狗友愿意陪你喝几杯酒我也清楚，所以要在你并不复杂的关系网里推测出余娅就是苏菡并不难。"

听陈艺说起我们在一条巷子里生活了二十多年，就好像被一双轻柔的手触碰了我内心最柔软的地方，我的鼻子有些发酸。这辈子，她真的会随便找个男人嫁了吗？而我也要在快三十岁的时候娶一个自己并不爱的女人吗？

也许终于有一天，我们又在那条老巷子里见了面，她已经嫁给了别人，成为两个孩子的母亲，而我的手上也拎着奶粉和尿不湿，我没有像从前那样喊她陈艺，只是笑着称呼她为三十岁的女人，她也不再叫我江桥，却告诉我这个牌子的奶粉并不是很好……

我有些心痛，因为在这被设想出来的画面中，我还看到了在那条老巷子里，我十八岁时曾无数次站在门口假装不经意地遇见她，而她也在某个傍晚送了我一条她偷偷织的围巾。

在那个最纯真的年纪，我们是真的爱过彼此的。

轻轻呼出一口气，我用手揉了揉有些模糊的眼睛，终于回道："是，余娅就是当初的那个苏菡，正是因为怕乔野知道真相，她才将心情咖啡转给了我，之后再也没有回南京。"

"这么说，苏菡在主观上对乔野已经没有了什么想法，一切都是乔野的一厢情愿？"

"有没有想法，除了苏菡自己，谁也不能确定，但是苏菡躲着他是真的。"

"江桥，我后面两天有一点儿工作任务，等我处理好之后就飞丽江。你答应我，我们作为乔野和秦苗最好的朋友，帮助他们挽救这段婚姻，好吗？我们不能在一起的无奈，不要再发生在乔野和秦苗这一对从小就认识的夫妻身上了。"

我沉默了，因为我在思考陈艺到底想表达什么，这是她第一次用"无奈"这个词去形容我们不能在一起的结局，她似乎也认命了。

"答应我，好吗？"

我咽了咽口水，声音有些哽咽："你不用对我说这些，我也希望乔野能够回去和秦苗好好生活，今天我一直都是这么劝他的。我觉得他现在只是还不懂，实际上有一个一起长大的女人在身边，才是最长情的陪伴。"

电话那边忽然很安静，这种安静让陈艺的低泣声变得格外清晰，她笑着对我说道："说这些干吗呢，反正有些事情从我们生下来的时候就已经注定了。我这辈子有一个幸福的家庭，有一份被很多人羡慕的职业，身边还有几个知心的闺蜜，我已经很知足了。只是想起你总是一个人生活，我就很心疼。"

我低下了头，任山顶的风吹得自己的头隐隐作痛，我和陈艺都在激情冷却后的今天，认识到了命运带给我们的禁锢。我们本来就不是一个世界的人，只是曾经的我们选择忽略这个事实，可既然是事实，就终究要去正视，无论是先醒来的我，还是现在才醒来的陈艺。

其实，那个喝醉酒的夜晚，只是我们分手的一个导火索，或者是外因，而内因才是决定一切的关键。

试想，如果不是我被邱子安刺激，又怎么会跑去买醉，又怎么会有那个糟糕透顶的夜晚？

…………

结束了和陈艺的通话，我便回到了酒吧设在外面的观景餐桌，却没有告诉乔野陈艺会在两天之后过来。我打开了一瓶啤酒，一饮而尽。乔野也没有意识到我情绪上的变化，一直叼着烟看着身下那片灯火最少的远方。他和我一样，也看透了这个世界一切虚假的繁荣，等待的只是那个在灯火阑珊处的女人。

酒吧的老板娘已经停止了歌唱，一个年纪略微比我们大一些的男人温柔地为她披上了一件羽绒服，又略带责备地替她收起了摆在手边的烟和啤酒，而这种责备我们都看得明白，完全是出于心底的那份关爱。

老板娘CC笑了笑，她将吉他交给了老板，老板有些抱歉地对我们说道："不好意思了各位，我老婆最近身体不太好，下面由我来替她为大家唱歌吧，希望大家能够记住这个在丽江的美妙夜晚。"

CC亲吻了老板的脸颊，然后挥手向我们告别，我看到她幸福的背影还是想起了那个她提起的音乐人，那是否是她曾经深爱过的人呢？

应该是的，因为我在一刹那敏锐地捕捉到了她心碎的眼神，可这于她而言似乎也并不那么重要了，因为那个心碎只是一瞬间，而刚刚酒吧老板给她的温柔让她笑了很久。

我忽然很羡慕他们的生活方式，我觉得在丽江这个地方，不缺烟，不缺酒，不缺吉他，不缺一个与自己相爱的人，是一件极其幸运的事情，这是多少人一辈子都修不来的福分。

我举起啤酒瓶，准备和乔野喝一口，他这才回过神，与我碰杯，等我们各自将手中的啤酒喝完时，我终于对他说道："乔野，你有没有想过，在丽江这个充满诱惑和可能的地方，苏菡是不是早已有了其他男人。我们说点儿实际的，基本上没有人能忍受这么多年的寂寞，何况苏菡是个会让很多男人心动的女人，这么长的时间，她一定会接受某个追求者的……"

"你放屁！"

"你别再自欺欺人了，女人有时候比男人更害怕寂寞……"

乔野神情落寞，他似乎在我的引导下想起了一些他极其不愿意去面对的画面。他狠狠地喝掉了一瓶啤酒，喘息着与我对视，下一刻便将酒瓶砸在了地上，然后头也不回地离开了这里。也许，他是想静静，也许是讨厌我的胡言乱语，但我并不想在意他现在的感受，反正我说的是一个90%会发生的事情。

…………

乔野因为反感我对苏菡的妄自揣测，没有和我住在同一个客栈，我当然也懒得去打听他的下落，因为这些天他是肯定不会离开丽江的，我反倒很享受此刻只有自己一个人的轻松独处。

我要了一壶热茶，坐在客栈的阳台上，平静地看着在客栈边上流过的溪水，在我的对面还有一个转动的水车，反射着在视线中出现的一切光线，让我仿佛置身于一个妖娆的世界，品着一壶清淡的茶，这真的是一种很奇妙的体验。

我吸了一支烟，再次将手机从口袋里拿了出来，我看见很多人在我的微信朋友圈里留了言，他们都调侃我单身太久，所以才来丽江找艳遇。

我无奈地笑了笑，这才发觉其实很多人还不知道我曾经和陈艺恋爱过，但这并不是我的遗憾，因为我只想与自己分享那段和陈艺在一起的过去。就像眼前这杯用古树茶叶泡出来的茶，一个人品，才能静下心品出它在岁月洗礼后留下的那份最纯真的味道。

"江桥，你知道什么样的人可以永远没有压力地在丽江活下去吗？"

我有些惊讶，肖艾竟然在这个深夜主动给我发来了信息，她和我之间好像有一种与生俱来的默契，上一刻我也想起了她，想起了她那把可以在丽江畅通无阻的吉他。我想，只要她愿意来这里，每一家酒吧都会欢迎她去喝一杯酒、唱一首歌。

我回道："肯定是你这样的人。"

她没有给我答案，只是回道："我在考上大学的那一年，曾经在丽江待了一个月，可我不觉得那里是个好地方。"

我发现自己已经很久没有和肖艾以这样平静的心态闲聊了，便问道："为什么这么说？"

"因为那次我忘记带吉他了。"

我笑了笑，却忽然不知道该回点儿什么。半响才想起，今天中午时我让她去心情咖啡吃那份我给她买的蛋包饭，最后却将她一个人丢在了巷子里，便带着歉意给她发了一条语音信息："今天中午的事情我挺惭愧的，你后来去吃那份蛋包饭了吗？"

"吃了，为什么不吃？"

"那就好。"

"江桥，也许我们会在丽江见面，也许不会。"

我吃了一惊："你要来丽江吗？"

"是，但我不会刻意地去找你，丽江古城那么大，如果还能够偶遇的话，你一定会对我说些什么的，对吗？"

"我会请你喝一杯酒，听你唱一首歌。"

"随便你吧，反正我也没有指望真的会遇见你。"

我看着手机上这一段与肖艾的对话，陷入了失神，我仿佛看到了一种相依为命的温暖正在向自己靠近，却要我以百分之百的精力去寻找。

是的，如果我真的想找，哪怕丽江古城再大，我也能够找到她，一切只是取决于我的内心。

我又想起了自己和陈艺那段已经在精神深处放弃的、让我们疼痛无比的爱情。

而肖艾也根本没有和袁真一起，所以我们现在都是自由之身，我们看上去似乎有无限的可能。

可是我爱过她吗？她又是否真的爱过我？

我无法给出准确的答案。有时候我也会怀疑，肖艾并不爱我，只是她过于依赖我，将这种依赖误以为是爱情。

实际上，我又何尝不依赖着她，否则我不会常常在脆弱和孤独的时候想起她，但因为爱着陈艺，我才比肖艾更清醒地认识到，这种依赖其实并不是爱情，只是将对方当成了自己在这个世界里的一个影子，害怕对方难过，害怕会少了对方，可是一旦没有了阳光，我们也能接受影子必然会离去的事实。

第126章 丽江相会

此时已经是深夜十二点，我无心睡眠，趴在阳台的护栏上抽了几支烟，又自言自语了几句，然后换了个姿势，背靠在护栏上，闭着眼睛听着不知道从哪里传来的那首《加州旅馆》，却不觉得是一种打扰，只感觉夜更加安静了，安静到必须躺在床上，哪怕并不睡去。

我睁开眼将手中的烟掐灭，却发现乔野正在对面客栈的阳台上站着，他也抽着烟，也入神地听着从某家酒吧里传来的歌声。

我在地上捡了一根树枝，扔向了他，说道："嗨，明天准备去哪儿走走？天气好的话，去玉龙雪山吧。"

乔野没看我，一直保持着侧身相对的姿态对我说道："没精神和你说话。"

我有心逗他玩，于是又捡了个树枝扔向他，说道："要不过来喝点儿东西？"

"毛病……"

"别和哥们怄气，好吧？你和苏菡分开后就结了婚，那苏菡为什么不能在丽江再找一个男朋友？"

乔野看着我，许久才回道："是，怎么做都是她的自由，就像陈艺在大学的时候交往了一个叫邱子安的男朋友，你又劈腿了一个叫肖艾的姑娘。这世界从来就不是一个正经世界，你们也是一群不正经的王八蛋，只要摆平了心里那点儿无病呻吟的寂寞，你们什么不道德的事儿都敢干出来！"

我被这段话怄得想吐血，随即也骂道："别在我面前装圣人，这几年你玩酒吧、泡夜店，我就不信你没干过不要脸的事情，你这根老油条，和哥装什么纯洁的小冰棍呢！"

"江桥，哥就算是根老油条，那也是被油给千锤百炼出来的铮铮汉子，你充其量就是一个劈腿劈进粪坑里的蛆，我呸！"

"混蛋呸我！"

"我呸混蛋！你就是一臭混蛋，我呸！"

我被乔野弄得有点儿火大，我只是和他提议明天去哪儿走走，他不但将我贬得一文不值，还用这种很粗鄙的行为侮辱我，这让我很不开心，我想翻过去和他打一架，但又觉得和他这种没有自知之明又拎不清的人计较不起来，所以放弃了打他的冲动，直接对他吐了一口口水，这才解恨。

乔野还在那里骂骂咧咧，我却渐渐冷静了下来，其实我俩都不是什么好东西。如果我们的故事会被某个吃饱了撑着的人编写成一本书，那我和乔野一定会被读者骂得狗血喷头。可是如果有谁愿意真正站在我们的角度，设身处地去想想那些让我们感到痛苦和无奈的境遇，或许也会同情我们是可怜之人，虽然我们也有可恨之处。

我不止一次想过，如果我有一个完整且富有的家庭，受过良好的教育，恐怕不用我和陈艺彼此暗恋这么久，我们的家庭早就替我安排好这段门当户对的婚姻了。

再反观乔野呢，如果他不背负着富二代的名声，成为他爸妈摆布的棋子，他和苏菌来到丽江开个酒吧也很不错。很多人说婚姻是两个家庭的事情，这由不得我不信，因为我身边最好的兄弟包括我自己都在这么演绎着，我们甚至还没有来得及挣扎，便已经做了别人眼中的懦夫。

…………

躺在床上，我并没有办法用睡眠去享受来到丽江后的第一个夜晚，我就这么瞪眼看着头顶那木质的天花板，想着乔野刚刚骂我的那些话，在他那里我似乎已经坐实了劈腿的恶名，我自己也深知自己犯下的过错。

我觉得自己这段时间过得非常混乱，而来到丽江的目的并不只是陪乔野找到苏菌，我想放空自己的情感世界，让一切从零开始，我也并不觉得这个阶段的自己有多么需要爱情。

这么一想，我又将注意力放在了自己那还没有完全开启的事业上。是时候思考明年该怎么去做好自己的婚庆公司了，还有心情咖啡，我希望找到一种更好的盈利模式。除了赚钱，我更希望它能成为自己和一些人心中的信仰——爱情其实是很可以很纯洁的，是可以撇开那些物质的衡量独立成长的，虽然我在这点上是一个彻头彻尾的失败者，但我还没有心灰意冷。

我渐渐有了倦意，片刻之后便睡了过去。我又做了梦，可是梦里没有陈艺也没有肖艾，只有丽江的歌舞和自己手中如梦如幻的烟，我在梦中很平静、很冷漠，又有那么一点儿窃喜，我觉得这就是我要的丽江，人来人往，喜笑颜开，每个人都是欲望的天使，每个人又是消遣的恶魔。

…………

次日，我一直待在客栈里，上午一直在睡，下午泡了一壶茶和客栈老板聊起了种花养草的心得。我当然想了肖艾会来丽江的这件事情，可是我没有逼着自己一定要和她来一场偶遇，尽管这想起来很美好，但我更不想坐实了乔野口中的劈腿，我觉得自己从来没有在精神上背叛过陈艺。丽江谁都能来，谁也都能离开，即便我们没能相遇，对肖艾而言，也是一场放松的旅行，这半年以来，她和我一样没有真正开心过。

白天过去了，晚上我又去了冰火酒吧，听老板娘CC唱了几首歌，我真的好喜欢她的歌声。相比于肖艾，她虽然没有那么专业，但声音里饱含的沧桑感，却让人更加迷恋，我不需要去刻意了解她，她的歌声已经倾诉了一个饱含失去和得到的故事。

老板娘CC是个很慷慨的女人，我只买了一瓶啤酒，她又送了我一杯鸡尾酒，她说相逢即是缘分，一杯鸡尾酒没什么。其实，我知道她是在同情我，因为在这个冰冷的夜晚，喝啤酒的只有我一个，我喜欢喝啤酒，更因为啤酒是这里最便宜的饮品，哪怕冷点儿也无所谓。

是的，我一直都是这么小气，哪怕是难得出来旅游一次，我也没有大手大脚地花钱，中午吃的只是一碗汤面，住的客栈是在团购网订的，一百二十块钱一晚，要不是很喜欢老板娘的歌声，我可能也不会花五十块钱买这一瓶啤酒，反正在丽江这个地方，随便置身在哪里，于我而言都是一种漂泊。

…………

转眼便是两天过去，陈艺也如约从南京乘坐了直飞丽江的航班，她大概会在傍晚五点的时候到，但让我意外的是，秦苗并没有跟她一起来，而不来的原因很不明确，尽管我追问了陈艺，但她什么也没有对我说。对此，我只能理解为，秦苗的心被乔野伤透了，她没有办法说服自己再次面对乔野这个绝情的男人。

下午四点的时候，我便坐专线大巴去了机场，飞机大约晚点了十五分钟，我在五点十五分的时候接到了陈艺，她没有带很多行李，只有一个很小的箱子，这说明她不会在这里待很久。她只是来找乔野要个说法，她不希望看到秦苗伤心，不想看到这份维持了将近三年的婚姻破碎。

我从她的手中接过了行李箱，然后看着她的头发，尽管和从前一样干净整齐，却已经是短发，这种短发并不显俏皮，反而很端庄。这也许是她与生俱来的气质所决定的，但我仍觉得有些失落，因为这些年，我已经习惯了她长发的样子，不管她是扎起辫子，或是披着头发，都是那么亲切美丽，现在却给我一些距离感。我不敢去想，她剪短了头发是不是一种心死后的放弃，我宁愿这是她的工作需要。

陈艺戴着墨镜，我不确定她是否也在看着我，直到她开口向我问道："干吗这么看着我？"

"你头发剪短了，我有点不习惯。"

她终于摘掉了墨镜，看着我说道："我也舍不得剪掉留了这么多年的头发，可人总是要改变，去尝试一点儿新鲜的事物。我觉得剪短了头发，也就剪掉了烦恼，或许这是一个新的开始呢！"

我下意识地摸了摸自己只有手指长的短发，然后自嘲着回道："如果我也像你这么想，此时站在你面前的应该就是一个和尚了，这么看来，剪掉头发还真是一种人生的改变，从红尘俗事到六根清净！"

"我还真想看看你剪成光头的样子。"

我笑了笑，这似乎是自我们分手以后第一次以开玩笑的口吻说话，之前的我们都太压抑了，可这是我们能做回朋友的一个预兆吗？

我不确定，我只记得陈艺曾撕心裂肺地对我说过，我们一定是那种分手了之后便永远不能再做回朋友的情侣。

或者，在这不堪忍受的痛苦中，她终于选择性地遗忘，忘记我们曾经在一起过，忘记自己曾是我江桥的女朋友。

如果真的是这样，那么我接受，因为再没有比这更好的结局。

…………

我带着陈艺进了景区，但心情已然有了变化，我只觉得我们那短暂在一起的时光是一场梦，而我江桥还是和从前一样，会对她发脾气，又会默默地深爱着她，关注着她的一举一动，一颦一笑。

夜色已经来临，古城里又亮起了各种各样的灯火，颜色不一，却无一例外地撩动着人的心弦。一路上，我和陈艺已经遇见太多对在街头长椅上相互偎依的情侣了，我下意识地在这个时候靠近了陈艺，用手拉住了她蓝色外套后面的那根束腰的带子。

只是这一个动作，路过的游客便向我投来了羡慕的目光，我受之有愧，因为此刻的陈艺并不是我的女朋友，可她又在人来人往的嘈杂中美得那么突出，美到可以满足任何一个男人那或多或少的虚荣心。

越往上，路越难走，陈艺停下了脚步，然后看着自己脚上穿着的那双红色高跟鞋……

"我去帮你买一双布鞋吧，上面的路挺不好走的。"

"我箱子里有一双平底鞋，你扶住我，我换一下吧。"

我点了点头，陈艺随后从自己的箱子里面拿出了一双白色的平底鞋，她扶住了我的肩膀，然后脱下了自己的高跟鞋，却终究没有能够站稳，趔趄了一下，眼看就要跌倒，我赶忙伸手抱住了她。

我发誓，这绝对区别于电视剧里的狗血套路，因为我们已经不是需要"偶然"去制造激情的男人和女人了，我们曾经相爱过，一起生活过，可是在我抱着她的这一刹那，我还是有了一种抱住全世界的感觉，我不想松开她，我一直看着她的脸，我们的呼吸都快融合到一起了。

这个意料之外的拥抱，似乎冲破了一切虚妄、掩饰和伪装，因为我又一次真切地看到了陈艺溢出的泪水，她用没有受伤的右手紧紧地掐住了我的手臂，在只有我们的夜色中，在迷离的夜色中。

|第127章| 少女时的心思

融入夜色中的丽江古城，全面陷入了灯火之中，一群背着包的游客从我和陈艺身边走过，好奇地看着我们。我终于将她扶了起来，她下意识地理了理自己的衣角，然后又扶住我的肩膀，换上了平底鞋。

高跟鞋不太方便放回箱子里，陈艺便将那双红色的高跟鞋递给了我，等我从她手中接过时，一切又恢复了平静。我们的身边没有了往来的游客，灯火依旧通明，一对情侣就在那最亮的灯火旁亲吻着，世界在我们的视线里以最和谐的姿态美好着。

我有些忘记了刚刚的情绪，忘记了陈艺曾含着眼泪看着我，只觉得丽江这个地方会让人变得感性，让我和陈艺都有那么一刻难以把持。但回过神来，我还是我，她还是她，一切都很真实。

换上平底鞋的陈艺很自在地在我身边走着，我们商量了一下，便找了一个可以观景的酒楼，两人坐在户外的阳台上点了一些吃的，陈艺请的客，她还帮我要了一壶上好的古树红茶。

她对我还是那么好，只要我和她在一起，她永远都会将最好的东西给予我，却不那么在意自己，她只给自己要了一壶很普通的凉茶。

因为是淡季，酒楼里的人很少，整个二楼的阳台上只有我和陈艺这一桌。我们享受着没有拥挤感的同时，也有了更多的空间可以聊一些比较轻松的话题。

"江桥，我听金秋说，明年你打算自己做一家婚庆公司？"

我喝了一口茶，回道："嗯，最近一直在想这件事，婚庆公司的运营流程我很清楚，不过在经营定位上还没有太好的思路，我希望做一家与众不同的婚庆公司。"

"慢慢来，反正还有很多的时间。"陈艺一边说一边从自己的手提包里拿出了一张银行卡，她放在我的面前说道，"这是你上次给我的五十万，你拿回去吧。其实那些微博的大V都是我在娱乐圈比较要好的朋友，大家不会真的在意一条微博转发产生的经济效益，我如果将这笔钱给他们，反倒与他们生疏了。"

我坚决地摇了摇头，回道："陈艺，不是我和你谦让，这笔钱我真的不能要，于情于理你都该收着。我们是成年人，都有成熟的判断力，你说那些大V不在乎，但我不这么认为，每个大V的每条微博，消费的可都是自己的粉丝效应，而且他们的微博大多是由自己的经纪公司控制的，帮助我们转发这条明显带有商业目的的微博，实际上是承了很大人情的。我觉得这样的人情用钱去偿还最好，我不希望你为了我欠着别人的，你明白我的意思吗？"

陈艺看着我，许久才说道："我不怕欠别人的情，我一直最怕的是你不够努力。不过现在也和我没什么关系了，你的心我操不了太多，你其实是个很偏执的男人。"

"我生活的环境由不得我不偏执，而且这笔钱的归属和我的偏执真的没有什么关系。娱乐圈的人重名利，嘴上不说，心里恐怕也会对你有看法的，这些你应该比我更清楚。我真的很害怕你为了我去牺牲自己，这样只会让我更自卑，更让我觉得自己是你的负累。一想到自己是这样的男人，我觉得去死也不是一件可怕的事情，因为我一直在消费着自己爱的女人。"

我下意识地说起了陈艺是自己爱的女人，她看着我，又撇过头看向了阳台之外的远方。我看不清她的表情，只能感觉出她的情绪飘得很远，也带走了我们之间很多东西。

许久之后，她才回过头注视着我说道："江桥，邱子安他又向我求婚了……"

我的心好似被一把扳手拧紧，然后被敲碎！我窒息了，闭上了眼睛，逼着自己做出一副并不太痛心的样子。分手时，我曾想过，只要她过得幸福，我没有什么是不能接受的。

我点上了一支烟，深吸了一口之后，才忍着难以克制的痛，笑着向她问道："陈艺，有一个问题我一直在逃避，但是现在我很想问问你，因为我知道这次你恐怕答应了邱子安的求婚。"

"你问吧。"

我的喉结上下滚动，声音有些发颤："你爱邱子安吗？或者说曾经有没有爱过？"

陈艺看着我，她没有表情，眼睛里却溢出泪水。我们的心情在此刻是相通的，我们都在承受着放弃的痛，我们已经相识二十多年了，彼此爱过却没有一个好的结果。

"江桥，你知道女人这辈子最需要的是什么吗？"

"二十五岁之前是爱情。"

"是，你做了这么多年的婚庆策划，恐怕没有人比你更了解婚姻和爱情的区别。在我们这个年纪，身边的朋友有人因为不小心有了孩子而结婚；有人是父母之命；有人觉得自己年纪大了；有人因为在前一段感情里受了伤害；有人觉得对方的条件还不错……我们很久都没有再听过结婚是因为很爱一个人，想永远和他在一起这个最美好的理由了。"

我心中有些郁闷，以至于沉默不语，我忽然很讨厌这个爱情变成稀缺物的世界。

陈艺又哽咽着说道："十九岁那年，我独自去北京上大学，每天都在想着你，一个星期给你写一封信，等你有了手机后，我每天无法控制地给你发信息、打电话，那时候我还无法确定这是不是爱情，可我真的好想你，想你在身边。原本你是有机会上大学的，考一个北京的学校对你而言并不难，可是你放弃了。我不怪你，但是很失落，真的很失落！直到我遇到了邱子安，一个各方面都很出众的男人，他向我表白了，那时候我才知道自己对你的感情是喜欢，是爱，因为我并没有对他的表白很动心……"

陈艺说到这里停了下来，时隔许久之后，她的情绪也没有平复下来，她看着我，又转头看向远处的山脉继续说道："那时候，我能确认自己对你的感觉，却不能确认你对我的感情，虽然你对我很好，可是你对每个人都很好，不是吗？我曾经想过，你愁上大学的学费，愁生活费，但只要我们一起在北京上大学，这些都不是问题，因为我们可以一起找兼职，生活总是会有办法的，但是你为了赵牧放弃了。我觉得自己在你心中也许并没有和赵牧的兄弟情来得重要，我知道，这种对比很没有道理，可女人不就是这个样子吗，希望自己爱的人对自己最好。这些就是我在少女时期所有的小心思，那时的我把你当成了除学业以外的全部。"

"被我拒绝后，邱子安并没有放弃对我的追求。那时候，不管是什么天气，他都会买好我喜欢吃的早餐站在女生宿舍的门口等着我，他没有放弃过，一直这么坚持着，我的心渐渐被融化了。于是我们恋爱了，并有过一段很快乐的时光。其实，邱子安是个很成熟、很有智慧的男人，他很清楚自己要什么，在什么阶段该做什么事情。大学毕业后，他选择留在北京创业，作为他的女朋友，如果我合格的话，我应该留在北京陪着他，陪他度过创业最艰难的时期。可是我非但没有这么做，反而把去留的难题扔给了他，自己毅然决然地回到了南京，那时候他承受着什么样的痛苦，我比谁都清楚。"

陈艺在掉泪，我静静地看着，等待她继续说下去，她很久没有和我这样敞开心扉说说话了，此刻她好似将我带进了她内心深处最隐秘的地方，让我看到了一番别样的风景。我从来不知道她在大学时期是怎么生活的，又是带着什么样的心态再次回到南京的。

"我该留在北京的，即便要回南京，也可以等个一两年，先陪他熬过创业初期最艰难的那段日子。可是我更惦记你，因为在我上大学的这四年，我们见面的日子实在是太少太少了。我担心你过得不好，担心你受了委屈，还总是在电话里喜滋滋地和我说着话，所以，我在结束学业后的第二天就买了回南京的火车票，我一路上都在幻想着再过几个小时后的夜晚，我就可以见到你，让你带着我去吃路边摊，去看一场电影。

"可是，我真的很对不起子安，因为在他最爱我的日子里，我想得最多的却是你。所以，这些年我一直在躲着他，我并不是恨他选择了留在北京创业，而是对他有负罪感，但他并没有在意这些。几年后，他创业成功了，再次找到了我，他不计前嫌，甚至愿意为了我将事业的重心转移到上海和南京一带，我很震撼，对他的愧疚感也更深，可这终究不是爱情，不是吗？最后，我终于和你在一起了，就像飞蛾扑火一样！那被火烧到遍体鳞伤的痛苦，我现在真的尝到了。"

此刻，我无法直视陈艺的眼睛，只能给自己点上了一支烟。转眼，山上的风吹走了从我手中升起的烟雾，吹乱了她的头发，这个世界仿佛都是纷乱的、抽象的，我好似白活了这些年。

我终于低着头，说道："这个世界上有种恩情是不能不报的。自从赵楚死后，赵牧就是我的责任，而且他又那么有才华，如果我不供他读下去，我没有任何颜面站在墓碑前去面对我在这个世界上最好的兄弟！在这个世界上，我活得和孤儿差不多，我绝对不能失信于另一个孤儿。尽管这种承诺在你们这些活在正常世界里的人眼里，是可笑的，是可以背弃的，但我做不到。哪怕是放弃去北京和你一起上大学的机会，我也要兑现给赵楚的承诺！"

说到这里，我苦涩一笑，深深吸了一口烟，又闭着眼睛说道："你知道吗？在你离开南京前的那个夜晚，我一个人坐在你家门口，坐了一夜。就在那个夜晚，我学会了抽烟，知道了想抓却抓不住的痛苦是什么滋味。我想，很多事情，在那个夜晚就已经被注定了，我爱着你，可是终究不能拥有你，因为我们的世界相隔甚远，我只能默默地看着你，看着你快乐，看着你的每一点成长，这于我而言就是最大的满足。在你上大一的那年，我好不容易有了一天的假期，我买了早上去北京、傍晚回南京的火车票，可等到了你们学校，才打听到你下午有课，我没有打扰你，就站在教室外的窗户边看了你几眼，又匆忙地赶去了火车站，站了一夜回到南京。现在回忆起来，我一点儿都不觉得自己很傻，因为只是花了一个日夜，我便看到了想念了半年的你,我觉得很满足,那是我青春岁月里最浓墨重彩的一笔……"

陈艺看着我,泣不成声:"江桥,你不要说了……我害怕想起这样的画面,想起你一个人从南京到北京的孤独……而我……已经给不了你什么了……我答应了邱子安的求婚,我就要结婚了……定居上海……"

第128章 不留

世界忽然安静了下来,陈艺的哭泣声就像利刃刺透了我的心脏,她是来和我永别的,将她最后能给我的一切赠予了我,这种赠予已经无关爱情,只等待一阵风吹走所有的快乐、悲伤和一切黏在灵魂中的虚假,再吹来一生的了无牵挂。

我快要扭曲了!不,是世界在我的视线里扭曲了!我看见了一张泛黄的照片,在扭曲中剥落了背景,抽离了时间,模糊了脸孔。我渐渐没有了快乐,我麻木地看着,看着这个灯火闪亮却一片苍白的世界。

我终于掐灭了手中那有些灼人的烟蒂,我看着陈艺,我们谁也开不了口说一句话,于是我们的沉默变成了一种意境。在这种意境里,时间作出了一幅什么也没有却又惨不忍睹的画。

我又点上了一支烟,然后离开了餐桌,趴在阳台的护栏上,远望着身下美丽的世界,原来忘记了痛苦和快乐,丽江的夜晚竟然是这么美。

远处又隐约传来了歌声,我却无法判断是从哪家酒吧里传来的,只能尽力地听着歌词,也许这样就不会想太多世俗里的烦恼和忧愁。

"我把风情给了你,日子给了他;我把笑容给了你,宽容给了他;我把思念给了你,时间给了他;我把眼泪给了你。我把照片给了你,日历给了他;我把颜色给了你,风景给了他;我把距离给了你,无言给了他;我把烟花给了你,节日给了他;我把电影票给了你,我把座位给了他;我把烛光给了你,晚餐给了他;我把歌点给了你,麦克风递给他;声音给了你,画面给了他;我把情节给了你,结局给了他;我把水晶鞋给了你,十二点给了他;我把心给了你,身体给了他;情愿什么也不留下,再也没有什么牵挂……"

听着听着,我就笑了。我在想,一个女人如果将她能拿得出手的所有东西,都像歌词里唱的那样给了别人,那她自己还剩下什么,难道真的只留下了无牵挂吗?

想着想着,我又哭了,我不知道对应现实中的陈艺,我和邱子安到底谁是歌词里的那个他,谁又是那个你。

哭着哭着,我仿佛看到了那个唱歌的人,她的歌声竟然那么像肖艾,有些冷,有些空灵,有些孤独。

我这才察觉,或许此刻肖艾也在这座丽江古城,而在我的世界里,她和陈艺到底谁是歌词中的你,谁又是歌词里的她呢?

我累了,因为世界太复杂,复杂到我竟然分辨不出你、我、他(她),这太可笑了!

陈艺从背后抱住了我,我感觉到了她轻柔的气息,她的发丝被风吹进了我的口中,有些刺人,也有一丝芳香。

我深吸了一口烟,低声问道:"这是告别的仪式吗?"

"不,我只是想抱一会儿,这么多年,我们从来没有一起出来旅游过,这是我们唯一一次……"

"也是最后一次。"

陈艺似乎闭上了眼睛,轻声在我耳边说道:"什么也不要说了,让时间在这里静止吧。"

我却没有再闭眼,一直努力地看着远方,感受着风吹来。夜清凉,可时间并没有静止,陈艺的拥抱越来越紧,我越来越难以舍弃。

…………

夜色已深,酒楼的服务员收走了我和陈艺基本没有动过的饭菜,她又和另外几个服务员拿来了丽江特有的东巴纸和笔让陈艺为她们签名。

我们就这么被拉回到了现实中,我这才想起还没有为陈艺订客栈,也没有找到乔野这个在丽江四处流浪的人,我和陈艺约定过,要让他放弃对苏蓠的幻想,回到婚姻生活中。

我和陈艺保持着足够的距离离开了酒楼,我们回到了我一直住的那家客栈。我帮她订了一间大床房,她没有等乔野回来,只是说今天很累,便洗漱休息了。而我却没有睡的心情,我不知道该将自己此时的心情安放在哪里。我想去吹吹风,随便哪儿都行。

我所住的客栈已经处在丽江古城的高处,但丽江仍有比这里更高的地方,再往上走二百米,便是一处免费公开的观景台,这个观景台是古城里为数不多能够看到玉龙雪山的地方。

向上走的二百米路程中,我在一家酒吧里看到了正在喝酒的乔野,我想去和他喝几杯,可是我的腿没有受我的控制,我只是站在门口看着他喝得烂醉如泥,看着现实这把锋利的匕首将他割得很痛苦,可这种痛苦又是他自找的。他原本可以和秦苗好好生活,他却看不到秦苗的好,可在我们这些旁观者的眼里,哪有女人能胜过秦苗呢?她家世好、学历高、识大体,人还漂亮得和明星似的,可偏偏乔野爱的就是苏蓠。

这一刻,我真的看清了很多东西,我对这个世界的欲望越来越低,仿佛自己活着只是为了还在敬老院里忍受孤独的奶奶,等待我那十七年未见的母亲。我停止了幻想爱情,因为我爱的人,将会在不久的将来嫁给别人,嫁给一个令我江桥无地自容的男人,可我并不觉得自己没有他活得努力,只是我身上的枷锁太沉重了。

我奔跑着离开了这里,一口气跑到了观景台,弯下腰气喘吁吁,我的嗓子很难受,我的身体也很疲乏,可是世界忽然开阔了,我真的看见了远方的玉龙雪山,它在月光下是如此皎洁透明,仿佛这就是一座不该属于这个世界的山脉,它的存在好像让这个世界看上去更加污秽。不管我们是坐飞机,还是坐火车,却从来不能真正地逃脱，我们只是在绕着圈，最后回到的还是那个原点，可在那个原点处，我们早已经被俗世的火焰炙烤得面目全非。

一个蓝色的琴盒，仿佛流动的清水出现在我视线边缘的台阶下，我看到了一个有些孤寂又有些熟悉的背影，她的身边摆了一些零食和一杯还热着的奶茶。

这似乎是一场宿命中的相遇，充满偶然，又充满必然！

这个观景台是到丽江古城必须要来看看的地方，而今晚的月色如此之好，所以我们就有了无限大的概率在这里见上一面。事实是，我们真的见面了，没有刻意的寻找，没有撕心裂肺的牵挂，就好像是一次水到渠成的会面。

她好似也在这一刻感应到了什么，她回过了头——肖艾！

她一点儿也不意外我的到来，笑了笑向我问道："你是来看月亮的吗？今天的月色不错，连那么远的玉龙雪山都能看到。"

我站在了她的身边，看着方便袋里的东西也向她问道："这是你的晚饭吗？"

"不然咧？"

我没有说话，却发现在琴盒的下面还有一桶泡面，她用琴盒盖着防止热气跑掉，如果这是她的晚餐，那也太随便、太不隆重了！

"我只给自己订了来回的机票，没有再带多余的钱，这些东西都是我用唱歌的钱换来的。"她说着用手指了指不远处，又说道，"我一个小时前就是坐在那里唱歌的，几个游客给了我点儿钱。"

我点了点头，原来刚刚那首歌真的是她唱的，虽然我并不知道歌名。

她又看着我，说道："你看上去魂不守舍的，怎么了，是丽江人民亏待你了吗，还是很羡慕我有不用带钱也能在丽江生活下去的技能？"

我看着她，不知道要怎么去诉说内心的伤悲。许久之后，我才对她说道："陈艺也在丽江，她要结婚了……"

话没有说完，我的声音已经哽咽，我再一次将刚刚的痛苦重复了一遍，依然那么撕心裂肺！

第129章 妈妈

在我说起陈艺就要结婚的事实后，我无法表达内心的痛苦，就这么麻木地站着，目光停留在一块很方正的石头上，一片月光落在上面，就连长在上面的杂草都有了影子。

肖艾微微起身，然后很费力地从自己的大衣口袋里掏出一包烟，扔给我说道："抽支烟。"

我接住，是云南这边产的玉溪烟（软境界），很贵，但里面只剩下了十几支烟，于是我向她问道："你哪来的这种烟？"

"我刚刚唱歌的时候,一个游客要给我钱,我看他手上的烟不错,所以没要钱,就要了这小半包烟。我想如果我们有机会见面的话,我是愿意送给你抽的。"

我心中有些许的感动,又看着她身上那件倚在墙角沾了不少白灰的大衣,笑了笑说道:"你还真是在流浪!"

"难道在南京的时候就不是流浪了吗?"

我想起了她在南京的生活,没人管、没人问,虽然不愁金钱,却也和流浪差不多。可我不愿意对着她说出这个事实,因为她会难过,如果一个人有家的话,谁也不想在这个世界上流浪。

她摆弄着手上的吉他,满不在乎地说道:"反正在南京是流浪,在丽江也是流浪,我反倒觉得丽江更自由,反正这儿也没有人认识我,我想坐在地上唱歌就坐在地上,在南京我可是有偶像包袱的!"

她看似不在乎又一本正经的样子,让我有点想笑,许久之后我终于看着她说道:"你有点儿可爱,你知道吗?"

她抬头看着我,不再摆弄手上的吉他,却没有说什么,一会儿之后拿开琴盒,把那桶泡好的方便面拿了出来,然后自顾自地吃了起来。

我点上烟,在她身边坐了下来。我们都很安静,她吃晚餐,我看着月光皎洁的世界,想象着远方会不会盛开一朵最灿烂的花朵,这样世界也就显得不那么苍白了,而明天自然会有一个好天气,阳光充足,空气清新,风不冷不热。

一支烟快要吸完的时候,我又不可避免地被晚上的寒冷拉回了现实中,我再次想起了陈艺即将结婚的事实。尽管我说了出来,肖艾却并没有安慰我,但我已然没有刚刚那么痛苦,因为我早已经料到了这个结局。

可是当烟完全吸完时,我的心又是一阵剧痛,这么多年我和陈艺就像风和炊烟,只有她才能将我的生活带到更远更美的地方。她却在此刻放手了,以后我必须独自面对生活,从此再也感受不到她的温柔。

我想回去了,如果陈艺还没有休息的话,我想再和她坐在客栈的阳台上喝点热茶、聊会儿天。

可我们还能聊些什么呢?

我又续上了一支烟,神情落寞地看着远处一家客栈门口挂着的竹片和风铃,听着它们传来的声音。这个观景台上的夜实在是太安静了,安静到哪怕只是一丝风吹草动也能被我的感官捕捉到。

…………

肖艾起身将吃完的方便面扔进了不远处的垃圾箱里,等她回来再次坐下时,我也顺手帮她掸了掸大衣后面那一块蹭到白灰的地方,于是她又变得干净了,干净的头发,干净的面容,干净的衣服,像一株在月光下生长的花,纯净大方。

"江桥,你会吹口哨吗?"

"当然会。"

"会吹口哨的男人都不要脸,你肯定没少在大街上对着美女吹口哨吧?"

如果她问我会不会吹口哨只是为了骂我不要脸,那我还真是哭笑不得。

她又说道："今天晚上住宿睡觉的钱还没有赚到,所以我还得唱下去,待会儿我想唱的歌,在副歌开始前有一段口哨,很简单的,你只要记住拍子就可以了。"

"不用去赚钱!其实,我可以请你睡觉的。"

肖艾看着我,我这才意识到不妥,赶忙改口:"口误,口误,我可以请你住宿,现在是淡季,客栈的房费基本都不贵!"

"老流氓!"

我被她骂得有些尴尬,又抬手吸了一口烟,不觉一阵干咳。和她相比,我确实老了那么几岁,再结合我刚刚的言行,"老流氓"的称谓还真是实至名归。

她似乎压根就没打算让我替她付房费,下一刻便用吉他弹出了一段很温暖、很舒心的节奏,然后对我说道:"在我唱到'你的孩子一直很乖'时,你就开始吹口哨,等我用手指敲击琴板的时候你就停止,整首歌就只吹这一小段,所以很简单。"

"哦,好!"

看着我心不在焉的样子,肖艾又不放心地追问道:"你确定听明白了吗?"

"等你唱到'你的孩子一直很乖'时,我就吹口哨;等你用手指敲击琴板时,我就停止。"

"孺子可教。"

肖艾说着便结束了歌曲的前奏,开始唱了起来:"还有什么能够盛开,你知道我一直很乖。我们的过去是一片稻田,还有什么值得期待。mama don't let me down(妈妈,别让我失望),mama go with the wind(妈妈,随风而逝)。蒲公英和炊烟都在等你,你的孩子一直很乖……"

关于唱歌,我是个不折不扣的外行,不过这首歌的旋律是如此简单,所以在肖艾唱到"你的孩子一直很乖"时,我便吹起了口哨,而且都吹在了调子上。

我很伤感,因为这首歌就好像是为我和肖艾量身定做的。我的妈妈已经离开十七年了,我很想她,可我并没有迷失。我一直循规蹈矩地在这个世界上活着,最大的乐趣也仅仅是养花种草,我从不迷恋夜店,不迷恋这个世界里以丧失良心为前提而换来的捷径。我只是一个有点儿喜欢抱怨的婚礼策划师,我辛苦赚来的每一分钱都花得很克制,我一直很乖。

而肖艾和我一样,她的妈妈离开后,她也没有迷失。现在的她自力更生,开了一家属于自己的琴行,负担起了自己的生活,她很乖,也很棒。

也许是因为歌曲太简单,也许是我们都走心了,所以仅仅通过一次磨合,我们便能熟练地演绎这首歌曲,这也是我觉得肖艾演唱得最为动情的一首歌。

听她唱完这首歌后,我问道:"蛮好听的,这首歌叫什么名字啊?"

她有些伤感地回道:"歌的名字就叫《妈妈》,是南京音乐圈一个小有名气的独立音乐人创作的,现场版的更好听。"

我下意识地追问道:"是袁真吗?"

她只是摇了摇头,却没有作答,我知道此刻的她并不想说太多话,她还沉浸在这首歌的伤感中。我也一样,情不自禁地想起了远在南京的那座纺织厂,想起了我曾在那里收获了多少希望,又承受了多少失落。

不知道过了多久，肖艾终于转身看着一直在她身边坐着的我。月光下，她的神情是那么落寞。

我也一直看着她干净的短发和白皙的皮肤，她是个娇俏有仙气的姑娘，尽管这一点我已经反复表达过很多遍，但在眼下，我还是忍不住在心里赞美着她的美丽是上帝的慷慨之作，唯一能和其媲美的也就只有我在南京莫愁咖啡见过的那个怀孕的女人。

她看了我一会儿之后，终于向我问道："江桥，你看我这么爱玩，又不靠谱，以后会是一个好妈妈吗？"

"会，你不会再让你的孩子重复你现在的痛苦，因为你知道有多痛！"

"这么看来，以后你也会是个好爸爸，对吗？"

我点了点头，我更不想让我以后的孩子承受我直到现在仍没能摆脱的痛苦。

此刻我们并没有明确表示，我们会成为同一个孩子的爸妈，但我还是在自己设想出来的画面中笑了笑，肖艾也是微微一笑，然后起身拉着我的胳膊说道："快起来，我们去唱歌，今天晚上我可不想赚不到住客栈的钱。"

…………

找到一个人流相对密集的地方，我和肖艾站在一棵柳树的下面，将她那顶红色的针织帽放在了地上，等待着会有一些慷慨的游客，打赏一些她今天晚上住客栈的钱。

漂亮又有才的姑娘天生吸引人，肖艾还没有开始歌唱，身边已经聚集了好多围观的人，那舒缓且有些温暖的前奏一出来，已经有慷慨的人往那顶针织帽里扔了十块钱，或许这个慷慨的人懂吉他，所以他的慷慨并不是冲着肖艾的美丽，而是冲着她的吉他技艺。

"还有什么能够盛开，你知道我一直很乖。我们的过去是一片稻田，还有什么值得期待。mama don't let me down，mama go with the wind。蒲公英和炊烟都在等你，你的孩子一直很乖……"

我并没有什么表演经验，可是当肖艾唱到"你的孩子一直很乖"时，我便本能地帮她吹起了口哨，并看着演唱的她，希望能一直完美地跟上她的节奏。

此刻，灯光在流转，微风吹动着树叶，两个像孤儿一样的男女，面对着从世界各地赶到丽江游玩的旅人们，唱着心里最想唱的歌。

不管未来如何，我一定会深深记住这个夜晚，在这个郁郁寡欢的世界里，要记住这样一个夜晚和这样一位有点任性、有点可爱、有点伤感的美丽姑娘，其实并不难。

| 第130章 | **分开的借口**

一首歌演唱完之后，我和肖艾收到了大约一百块钱的打赏。意犹未尽的旅人们鼓着掌，希望肖艾能够再为他们唱一首歌。肖艾却表示，她的搭档，也就是我，会

唱的歌不多，只能跟在她后面吹口哨，但是她只想和我一起表演，所以我们会去另外一个地方继续唱这首歌。"

肖艾这么说了，也确实这么做了，她没有太在意游客们的热情，背起琴盒，让我拿着装钱的针织帽，又去往了下一个有人流的地方。如果我们运气够好的话，只要将这首歌再唱一遍，便能凑足她今天晚上住宿的钱。

当这首《妈妈》被我们演绎了第二遍时，我和肖艾便凑到了二百多块钱，这让我有些羡慕她的音乐才华。要知道二百多块钱可是我工作时一天的工资，而她仅仅用了两首歌的时间便得到了这些。

肖艾并不贪心，她一边将吉他装进琴盒里，一边对我说道："住宿的钱够了，还能吃点儿夜宵呢，一起吧。"

"这个点还吃夜宵，你不怕长胖吗？"

"我老妈一直教育我心宽体胖，所以胖就胖呗！"

我又将她打量了一遍，笑了笑回道："可你也一直没胖起来嘛，这是不是可以证明你的心其实并不宽？"

肖艾将那个蓝色的琴盒背在了身上，一声叹息道："一个女人每天要练舞蹈，她就是想胖也胖不起来。对了，你知道，凌晨四点钟的南京是什么样子吗？"

我注视着肖艾，半晌后问道："这句话我怎么这么熟悉？哦，我想起来了，这句话是科比说过的吧？地点是洛杉矶，被你偷换成南京了。"

肖艾没有否认。

我感叹："以前还真没发现你喜欢篮球。"

肖艾与我对视着，她表情很认真地回道："我不是喜欢篮球，只是喜欢踏实勤奋的男人。女人也一样，勤奋是保持身材的基础，踏实则是一种气质，两者都具备了，那在我眼里就是一个有魅力的人！"

"这种说法挺新鲜的，不过你是个勤奋的人吗？真没觉得你能和这个词沾上边儿！"

肖艾似乎很在意我说她不勤奋，她面色不悦地从自己的口袋里拿出了一台卡片相机，然后找到一个相册对我说道："看见没，这就是凌晨四五点的南京。"

我很仔细地看着，拍摄这些照片的日期都很连贯，只是偶尔有一些中断。她的确没有我想象中那么爱玩，而这个世界上也没有绝对的天才，肖艾现在所表现出来的才华，都是靠长期不懈的训练换来的。我曾经在她的微信朋友圈看到过嗓子部位针灸的照片，所以她是个勤奋的姑娘，只是我之前没有太在意罢了。

我终于回道："凌晨四五点的南京真黑！"

见我相信了她的勤奋，她这才将相机又收回到了口袋里，说道："这些照片是在冬天拍的，如果是夏天的话，正好是朝阳升起来的时候，站在我们学校的操场上看，还是挺美的！"

"嗯，所以，不同的季节有不同的景色，那你是喜欢冬天还是夏天呢？"

"当然是夏天，冬天太让人崩溃了，起床只能靠爆发力，那种痛苦你懂得的。"

我笑着点了点头，她就是这样一个姑娘，不会圆滑地去说冬天和夏天各自的好处，只是简单纯粹地爱着一个季节，毕竟夏天的她可以穿白色的裙子，亭亭玉立。

相对于冬天来说，一身轻装的她，翻起院墙来也更加得心应手。

我收起笑容，转而又自嘲地笑了笑，我竟然很主动地帮她想了这么多喜欢夏天的理由。想来，我也是喜欢夏天的吧，因为可以喝着冰镇啤酒，再搭配着南京特产的盐水鸭，简直是一种享受！

....

一路聊着季节的优劣，我和肖艾来到了一家面馆，她准备吃一碗水饺，而我则想吃一碗牛肉面。

肖艾让我找个位置等待，自己则去了收银台，她和服务员点了单之后，便在大衣口袋里掏着，终于掏出了一把零碎的钱，不少钢镚也因此掉在了地上，滚进了收银台的下面，她又蹲在地上将钢镚从里面全部扒了出来。

不知道为何，这一幕让我心中莫名感到难过，也似乎重新认识了眼前的这个女人。

是的，我不想再称呼她为姑娘，因为她长大了，也成熟了，她是一个会过日子的女人，尽管她的父亲肖总是南京富甲一方的大开发商，可是她并没有因此而骄纵、奢侈，在我的记忆中，她一直过着平凡的生活。

似乎又想起了什么，她再次从那把零钱里抽出十块钱递给了收银员，问道："你们这儿牛肉可以加量的吧？"

"嗯，五块钱加一份。"

"麻烦给我加两份。"

等收银员从肖艾的手中接过了十块钱，她才又将那沓零钱放进了自己的大衣口袋里，然后向我走来。我故意紧张兮兮地对她说道："完了！你花十块钱给我加了两份牛肉，待会儿自己住宿的钱可就没有保障了，虽然现在是淡季，可今天也是周末啊，客栈基本上都会涨一点儿房费的。"

"没事，你先吃饱，吃饱了才有精神将那些难过的事情扛过去，希望你今天晚上不要失眠。"

我苦笑，随后便将目光转移到了橱窗外，对面就是一个卖东巴纸的小店，那里灯光微弱，古色古香。我在这种意境中好似看见了过去，在这个过去里有我的童年，也有我一直爱着的女人。我有些欣喜，又在欣喜中失落，因为那个女人带着我的童年记忆，将离我而去了。

可我依然那么怀念，她背着书包在学校门口等待我放学的样子，更怀念她坐在我单车的后面，替我披紧衣服，不让冷风吹进我的胸口。我们骑行在夕阳下、小河边，歇息在郁金香路上的梧桐树旁，一切是那么亲切温暖。

恍惚中，一碗冒着热气的面被服务员端到了我的面前，肖艾用筷子在我面前敲了敲，我这才回过神，心里想着，在我怀念那段时光的同时，眼前的肖艾和她为我点的这碗面是否也该被记住呢？

我已经没有精力把这个夜晚的得失想得太清楚，只知道自己吃完这碗面后该回去休息了，至于明天是怎样，明天再思考。

....

吃完夜宵，我和肖艾并肩散步到古街的尽头，她在我之前停下了脚步，对我说道："我要去找客栈了，你也回去休息吧。"

"嗯。"

稍稍停了停，我又说道："如果明天吃饭和住宿的钱没有着落的话，就给我发信息，我可以支援你一点儿。"

"如果我告诉你，我这次出来连手机也没有带，你会相信吗？"

我有些惊讶地看着她，然后摇头回道："我不相信你敢这么任性，不带手机是一件很危险的事情，尤其是出门在外。"

"我不这么认为，我不想带着太多的恶意去揣测这个世界。过去并没有手机，一切联系都靠书信，往来之间就是一个月，所以大家都爱得很诚恳，因为一辈子只够爱一个人。手机是个多差劲的东西，信息一发，就是一段虚情假意的告白，真的特别没意思！"

此刻她理想主义的浪漫和我现实主义的谨慎产生了极大的冲突，我担心她遇到危险却没有一个能和外界联系的东西，于是不给她一点儿反抗的余地，将她拉进了附近一间卖手机的店里，给她买了一部功能很简单的手机，又买了张电话卡，然后充了五十块钱的话费。

她没有拒绝这个手机，一边把玩着，一边往反向的古街走去，她还是和从前一样，一句告别的话也没有，更不对我说"晚安"，这让我很没有底气再去期待和她之间的下一次见面。

…………

独自回到客栈，我意外地发现陈艺还没有睡，她穿着一件长款的羽绒服站在阳台的扶手旁，她的心事有些重，就像她羽绒服的颜色，黑白相间，有条纹也有方格。

我站在她的身旁，问道："怎么还没有休息？"

"刚刚睡了一会儿，现在睡不着了，就出来透透气。"

我点头，心中憋着千言万语却找不到一个开口的方式，以至于胸口有点发闷，我急促地呼吸着。

我和陈艺之间不该是这个样子的，我们曾经是那么快乐！我们一起吃饭、逛街、聊天，彼此亲密无间地渗透着对方的生活，甚至某个周末下雨的早晨，我们很默契地在朋友圈发了一样的感慨，然后她来到我家，和我窝在沙发上玩了一整天的电动游戏。

可是回不去了，回不去了，真的回不去了……

我看着她，大脑里全是这样的念头！

她问道："你刚刚去哪儿了？"

"随便走了走。"

此刻，她似乎和我是一样的心情，她的呼吸也不那么平稳，短短几秒之内，她将手插进了口袋里，又拿了出来，然后又插进了口袋里，却没有能够开口说些什么。

我知道，在我回忆那些过去时，她也一样回忆着，似乎在这些回忆中，我们只是找了一些借口便分手了，以至于时至此刻我们仍犹豫着，仍不知所措地痛苦着。

"陈艺，现在回忆起来，你觉得我们真的谈过恋爱吗？如果不是有那么多的顾虑，我们在高中那个情窦初开的年纪，或许就该在一起了。呵呵，在现在这个时代，高中时期谈一场恋爱，也不算什么大逆不道吧？"

女人天生脆弱，在我将一个事实血淋淋地扒开时，陈艺哭了。

此刻，我不得不承认，有些消极的情绪在我们情窦初开的年纪就已经萌芽了。也许，在那个时候，她的家人就已经有意识地阻止她和我联系，向她灌输我们不该在一起的念头，但那个时候的陈艺还没有察觉出对我的感情，所以她并不那么在意这种告诫，等我们都成熟了，必须要去面对很多现实，这种告诫就变得锋利了起来，让陈艺不得不去正视。

我理解她，她一直活在难以克服的压力中，而她已经够努力了。

"江桥，我们之间最坏的结果，你有想过吗？"

"想过，就是现在这样。你准备什么时候回南京？"

"后天。"

我用尽最后一点儿勇气问道："打算什么时候和邱子安结婚？"

陈艺的情绪有崩溃的迹象，她的呼吸越来越急促，然后紧闭双眼，摆了摆手示意我不要问。

她此刻的痛苦，让我的情绪也接近崩溃，我很想将她拥在怀里，用最后残存的力量告诉她，在我的心里，根本舍不得就这么放手，可我又更加害怕去面对那一个个无情的事实。我知道，只要陈艺再回到我的身边，她要反抗的便是整个世界，她真的还有这样的力气吗？

夜晚总是这么深刻地刺激着人心中的脆弱，激发着无尽的欲望，我快要失控了，我不想失去深爱的她，不想眼睁睁地看着她为别人穿上婚纱，我的心在破碎。

这是我最后和她独处的机会，错失了便再无回头的可能，我将自己的拳头捏得咯吱作响，我骂自己懦弱无能，恨自己不能像乔野那样将世俗里的障碍当作是狗屁。

我终于向陈艺问道："你能告诉我，你是希望乔野和真爱的苏菡在一起，还是为了家庭责任回到秦苗身边呢？"

陈艺看着我，她迟迟没有作答，而这种犹豫恰恰证明她理解了我这么问的意思，我屏息等待着，等待她给我一个信号和结果。

时间仿佛在此刻静止了，一些未来可能会出现的画面夹杂着过去不能抹杀的画面，在我的大脑里交替着闪现，我在一瞬间失去了思考的能力，只感觉自己的心脏移到咽喉的位置，正剧烈地跳动着。

|第131章| 创业大赛

时间一直在流逝，可是陈艺依然没有给我答复。我并不反感她的迟疑，因为当爱情变成一场豪赌，就已经很伤人了，我更不应该在这个时候逼着她做选择，她此刻的痛苦一点儿也不比我来得少。

我终于强颜笑道："当一份爱情变成了一场赌博，它就已经失去了最真的意义，我不该再勉强你做出选择，因为你在这之前已经有了选择。"

陈艺擦掉眼泪，哽咽着向我问道："你呢，以后有什么打算？"

我依然笑着："你是问感情还是事业，或者家庭？"

"你都可以说说，我愿意听。"

我有些虚脱地坐回到阳台的藤椅上，随后点上了一支烟，我想喝一点儿啤酒，还想这个夜晚能够多一点儿颜色，尽管眼前的这座丽江古城已经够绚烂了，可是无法在此刻给一个人些许的安全感，我好似一直处在失重的状态中，飘摇、坠落……

我将手上只吸了一半的烟按灭在烟灰缸里，才对陈艺说道："其实咖啡店最近的经营还不错，加上前段时间我给客户策划的求婚仪式，一个月的纯盈利也达到了两万多元。这是一个好的开始，明年我准备开一家婚庆公司，也可能以工作室的形式开始，这个我已经和你说过了。"

稍稍沉默了片刻之后，我又说道："至于感情，我这样的人也不奢望能在三十岁之前把婚结了，就更不用谈什么家庭了，所以现阶段还是以事业为重吧。我已经落后别人太多了！"

陈艺点了点头，然后在我身边的一张藤椅上坐了下来，我这才发现她脚上穿着的是客栈里的拖鞋，而丽江的夜晚清冷，我便劝她回房间去，结束这个伤感的夜晚。

这时，客栈的楼下传来了一阵呕吐声，我趴在护栏上看了看，才发现是在酒吧里喝得烂醉如泥的乔野，他用手支撑着墙壁用力地呕吐着，感觉都快吐出血来了。

我赶忙跑了下去，骂了他几句后，便将他背到了对面的客栈，陈艺也随我走了进去，她依旧是那么贴心，她给乔野泡了解酒的茶，又用热毛巾替乔野擦了脸。

可乔野已经喝得认不清人，他紧紧握住陈艺的手，嘴里却含糊不清地喊着苏菡的名字，然后又说了不少类似"如果她不回丽江，便去砸了心情酒吧"的狠话，他一边说，一边哭。他还说，其实他也不想去砸什么酒吧，就是想见她一面，把有些话说清楚。

我一把拉开了他死抓着陈艺不肯放的手，然后将自己的手塞给他，说道："别号了，哥们的手给你，你先凑合着拉。"

乔野打掉了我的手，表情很痛苦，又有要呕吐的迹象。陈艺赶忙拿来了一个方便袋接住了他的呕吐物。而这个夜晚，乔野对我和陈艺的折磨远没有结束，他是个喝高了必耍酒疯的男人，呕吐之后有些力气，又开始砸客栈里的东西，弄得客栈老板要给他退房，让他去别的地方住。

我和陈艺又是赔钱，又是赔不是，乔野这才在一阵折腾之后昏睡了过去。

我终于松了一口气，陈艺有些疲惫地看着像死狗一样躺着的乔野，许久才说道："为什么秦苗会对这样一个男人爱到死心塌地呢？还是婚姻能够维系一切，现在的秦苗已经认命了，她和乔野之间并不需要爱情？"

陈艺的疑惑也是我的疑惑，我和她一样不明白乔野和秦苗之间的真相，只是隐约感觉到他们这段婚姻对我们而言有指向的作用。但仅仅是指向，已经挽救不了我和陈艺之间的感情。

············

陈艺离开后，我在乔野隔壁的一张床上躺了下来，我有义务留在这里照顾他。而我不远千里地跟到丽江来也是对的，否则今天晚上的乔野就将流落街头，虽然天大地大，但是不会有人愿意管他。

乔野酒醉的鼾声和屋子里刺鼻的味道让我难以入眠，我就这么枕在自己的双臂上，一直想着今天晚上自己和陈艺说过的每一句话，将刚失恋时的痛苦又重复了一遍，我的心情一直很低落，却找不到发泄的出口。

大概深夜十一点半时，我的手机响了起来，我有点麻木地看了看来电号码，原来是金秋打来的。

我点上一支可以缓解焦虑心情的烟，这才接通了电话，向金秋问道："怎么这么晚了还给我打电话，有什么急事吗？"

"很晚吗？我才刚下班。"

我有点意外，又问道："最近公司的业务很忙吗？"

"不是很忙，是太忙了！这不快年底了吗，可是结婚高峰期。江桥，我和你说句心里话，这个时候我真的希望你有一家婚庆公司，我情愿分一半的业务给你做，我们公司快负荷不了了，特别是现场执行，简直稀缺到让我有亲自上阵的冲动！"

我笑了笑，回道："不是我看低你，现场执行的活儿，你真做不了！"

"这个我真承认。对了，你现在人在丽江吗？"

"嗯，怎么了？"

"下个月有一个由市委宣传部牵头举办的优秀青年企业家评选活动，另外还会举办创业大赛，目的是给有志青年提供创业的舞台和基金。"

我下意识地问道："靠谱吗，不会是形式大于内容吧？"

"毕竟是官方举办的，我觉得还是挺靠谱的。"

我有些心动，随即又问道："这样的创业大赛一般会倾向于有先进性技术和产业开发价值的项目，我们这种传统服务行业的机会不是很大吧？"

金秋语气很认真地回道："据说，这次比赛举办的规模比较大，所以各行各业都有机会，就看你有没有能力找准切入点说服大赛的评委。退一步讲，就算最后没能拿到创业基金，私下多结识一点儿商圈的朋友和投资人也没有什么坏处嘛！"

"嗯，你也会参加吗？"

金秋笑了笑："我当然不用参加这样的创业大赛，我和你的江湖地位可不一样，我已经收到优秀青年企业家提名的通知函了。"

我更加惊讶了，随即问道："你才接手公司多长时间啊，就有这样的提名了？"

"这有什么好奇怪的，我身上有话题度啊。你忘了前段时间我代表公司和李子珊打的官司了吗？这事儿在圈子里产生的影响可不小，也给婚庆行业的同行们出了一口恶气，所以大家都将手中的推荐票投给了我，我也没办法，倒不如平心静气地接受了！"

她这么一解释，我倒真的觉得她拿到这个提名是实至名归了，她真的凭借自己过硬的法律知识和临场的超常发挥打赢了一场胜算并不大的官司,她是有过人才能的。当然公司现在经营得也很不错,所以没什么好意外的。

她又对我说道:"如果你同意参加这次创业大赛,我这边就先帮你报个名,至于创业大赛的规则和风向,等你回南京后亲自了解吧。"

"嗯,那谢谢了!"

"不用客气,好好加油吧,期待你能在比赛时拿出一份有分量的创业计划书,然后顺利启动你的创业项目。"

"人生的机会并不多,这一次,我一定会全力以赴的!"

…………

在丽江,人是无所事事的,不习惯赖床的我一早就漫步在古街上,随便吃了一点儿早餐后,又买了两份早餐,准备带回去给陈艺和乔野。

如果不出意外的话,我相信陈艺今天会和乔野有一次交流,这也是她来到丽江最主要的目的,她希望能够替秦苗挽回婚姻。她说,她不想乔野和秦苗这对从小就认识的夫妻,用这种方式让婚姻生活走到尽头,她会因此而觉得非常遗憾。

我也是这么想的,在真爱和习惯之间,我倾向于让乔野选择习惯,可是我和陈艺之间有过真爱,更有从小一起长大的习惯,但我们为什么不能生活在一起?

这样的疑问让此刻的我无比心痛,我有些恍神。

"你的豆浆……"

服务员的话忽然在我耳边响起,我这才回过神,赶忙从自己的钱包里找出零钱递给她,又从她的手中接过了豆浆。我准备回自己住的客栈,我要将这些早餐送给陈艺,因为以后我不会再有机会这么做了,她也没有机会再尝到我为她买的早餐。

此刻还是清晨,大部分的店铺还没有开始营业,街上的行人也不多,阳光却很慷慨地洒满了每一个角落,我就在这肆意挥洒的阳光中再次偶遇了肖艾,她正坐在另一家早餐店吃着东西,我昨天给她买的那部手机就在她的左手边放着,琴盒摆在她的右手边。

我此刻才觉得她足够安全,因为吉他是她在这里谋生的工具,手机则可以让她保持和外界的联系,现在她两者都具备了,当然比昨天更安全。

她发现了我,我怕手中的早餐变凉,只是向她挥了挥手,便向开在高处的客栈走去。在丽江,我更喜欢晚上和她偶遇,因为此刻我心里充满了对陈艺的不舍。

| 第132章 | **你们会后悔的**

这个早晨,我和肖艾不经意间的相遇,就像一阵黄昏的风吹过满地的青草。我消极,她生机无限,而明天的阳光依然是公平的,她继续生长,我也不会熄灭,所以何必要说再见。

转眼，她便消失在我的视线中，我走了大约五百步后，便回到了客栈。陈艺也已经起了床，她站在客栈的阳台上，手中捧着一个透明的玻璃杯，里面是冒着热气的清茶，她看上去很清闲，就和今天早上的风一样，不争，不怒，不拨动人的心弦。

　　站在楼下的空地里，我又想起了她曾无数次走在我身边的样子。我们曾一起做过很多事情，我不会忘记在十八岁时，一个下着小雨的早晨，我骑着单车，她坐在后座上，为我打着伞，我们驶过大街小巷，只为了看一看中山路上那些在秋天里落叶的梧桐树。

　　那天，我们在一个馄饨摊，听着落雨的声音，吃着馄饨，看着满地的梧桐叶，就好像体验了人生最美的风景。以至于傍晚分别时，我们谁也没有舍得说再见。

　　是的，我也不喜欢说再见，因为人不是雨，雨水一定会有再来的一天，而人与人的告别一不小心便成了永别，即便我们曾信誓旦旦地说过再见。

　　我因此觉得"再见"是这个世界上最虚伪的词、最假的承诺，所以我不愿意和自己想再见的人说再见。

　　我拎着早餐来到了陈艺的身边，对她说道："趁热吃吧，看看丽江的馄饨和我们南京的有什么不一样。"

　　陈艺点了点头，她从我的手中接过了筷子，我为她打开了快餐盒，她的一天就在这个放下负担的早餐中开始了。

…………

　　我又去了乔野住的那间客栈，他还没有醒，我便将买的早饭放在了他床头，客栈的服务台有微波炉，他醒了之后热一热就行了。

　　陈艺已经吃掉了那碗分量很足的馄饨，她一边将快餐盒扔进垃圾桶，一边向我问道："乔野醒了吗？"

　　"还没，昨天醉得不轻，没那么快醒的。"

　　"趁他没醒，我们四处走走吧，今天的天气真不错！"陈艺说着拎起了自己的手提包，而我走在她的身后，替她拿着遗忘的墨镜和一顶可以遮挡紫外线的帽子。

　　丽江这个地方，无论冬天还是夏天，紫外线都是那么强烈，所以爱美的姑娘来到这里一般都会戴一顶漂亮的帽子、一副墨镜，陈艺也不例外。

　　走出了客栈，我将帽子和墨镜递给了陈艺，她却表示不戴，我才知道她不是将这两件东西遗忘了，而是因为只有离开了墨镜和帽子，我们看到的风景才会是一样的。

　　一路上，我都和陈艺并肩走着，我们没有说太多话，走得也不算快。片刻之后，陈艺进了一家茶叶店，她买了一斤价值不菲的古树红茶，并将其中的一半分给了我，另一半让老板寄到了南京。我知道她爸喜欢喝云南的茶，这另一半当然是送给她爸的。

　　买茶叶只是一件很小的事情，可我还是有一些感悟。我总是强调自己和陈艺从小一起长大的感情，可是她爸妈含辛茹苦地培养了她二十多年，他们之间有血浓于水的亲情，所以在陈艺的心中，他们理应有着更重的分量，那么和被她爸妈认可的邱子安结婚，便是皆大欢喜。

　　我一直这么劝慰着自己，试图减轻心中的痛苦。这时，陈艺说要带我去路边的茶楼歇一会儿。

....

我们依旧在一个很清静的角落坐下，陈艺要了一壶普洱茶，她在我之前端起了茶杯，虽然此刻我们的交流并不多，但是我明显能够感觉到她今天的心情要好于昨天。

我也喝了一小杯茶，开口对她说道："金秋给我们的那五十万，就按照她的建议来分配吧，三十万你拿去还那些大V的人情，二十万我留着，我想给自己买辆车。"

我第一次主动和陈艺说起那五十万，她有些惊讶，听我说要用那二十万买一辆车她更加惊讶，她问道："你接下来不是要做婚庆公司吗？怎么想起来拿这笔钱去买车了？"

"我也不知道，就是忽然想起我和赵楚说过，等我们买了自己的车，就加满油打开天窗，从南京的城南开到城北，再从城东开到城西。这么多年过去了，我依然还是个穷光蛋，可我真的很想实现这个梦想，不是说我一定需要一辆车来证明什么，我只是想告诉自己，在那些看不到希望的日子里，我们最奢望的现在也可以实现了，那未来一定会更好的，对吗？"

陈艺没有反对我用这种方式花掉这二十万，她点头回道："这么做能让你感到快乐的话，你就尽情地去做吧！如果真的有另一个世界，赵楚也一定会很高兴的！那段日子虽然我没有陪你们一起度过，但我知道你们有多难，尤其是赵楚，至今想起他瘦弱的样子，我心里还是很难受！"

我沉默不语，痛苦地想象着，如果赵楚还活着，他坐在兄弟买的新车里面，会是什么样的心情。直到现在，我一想起他为了供我和赵牧上学，选择去做钣金学徒，我仍自责不已。

许久之后，陈艺终于又轻声向我问道："江桥，你想过自己以后到底要过什么样的生活吗？"

"想过。"我低声回道，然后又抬起头看着头顶万里无云的天空说道，"我曾经也有过做大款的梦，我梦想自己有一辆奔驰越野车，在市郊有一套三层楼的别墅。但是这并不代表我贪图物质生活，我只是……只是不想别人看我江桥时，永远是那种轻蔑的目光；我更不想有一天我要娶自己所爱的人时，没有积蓄，只有一间巴掌大的房子。其实，这些年我是有危机感的，不过能力有限，我只能在这个年纪做到现在这个程度了，想实现阶层跨越，对我而言，太难了。"

"这是你第一次和我说这些。"

"这种因为自己无能而抱怨的话，我不想在你面前说。你知道为什么从前你每次不顺着我的心意，我就冲着你大声说话，冲着你吼吗？那是因为我活得真的很没有底气，我只能可悲又幼稚地用这种方式在你面前获得一些存在感。"

陈艺看着我，眼神中有一丝温柔，却终究没有回应我什么，而我们的敞开心扉也似乎来得太迟了。我有点不太懂，为什么我们恋爱的时候，从来没有过这么交心的谈话？

....

喝完茶后已经是中午了，我和陈艺站在茶楼外面的古街上，她给乔野打了个电话，让他出来和我们一起吃中饭，这是她待在丽江的最后一天，她必须要找乔野开诚布公地谈一谈了。

大约十一点的时候，我们和乔野在一家酒楼碰了面，找到位置坐下来后，乔野便点上了一支烟，然后没精打采地用手挠着自己的脸。

陈艺也不急着切入正题，反而是先和我聊了一下丽江的风土人情，最后乔野终于憋不住了，对陈艺说道："你先别顾着和江桥说话了，你来丽江是秦苗指使的吧？如果是的话，那我告诉你没戏，我一时半会儿肯定不会回南京的，我就在丽江等着！"

陈艺喝了一口茶，不慌不忙地回道："我来丽江和苗苗没有什么关系，我就是想亲眼看看一个人能堕落到什么程度。"

"你说我在堕落？"

"难道不是吗？这些年，你从来看不见秦苗为你做了些什么，你问问自己，你真的活得很心安理得吗？"

乔野一点儿也不在意地回道："我当然活得心安理得，因为我从来没有对不起别人，都是他们对不起我！你去问问秦苗，我们结婚前，我有没有告诉她，我这辈子都不会爱上她的，她自己硬是要往我的生活里闯，我有什么办法？"

陈艺的语气有些不悦："那你还真是言而有信，这些年你和谁都能亲近，唯独把秦苗当外人。"

"你的说法不对，你根本不了解我和秦苗结婚时有多绝望，我现在做的一切只是迎着绝望逆流而上，我要为自己想要的生活再争取一次，否则我一辈子都不会快乐。"

"那你有没有想过自己这么做，秦苗会不会快乐？"

乔野想也不想地回道："我又不爱她，我为什么管她快乐不快乐？陈艺，你不会真的以为婚姻大过天吧？我告诉你，婚姻要是真的这么管用，我就不至于痛苦了这么多年！在我眼里，婚姻就是爱情的坟墓，它毁了我的一切，毁了我的一生！"

乔野越说越激动，他将餐桌拍得噼啪作响，这种行为更证明了他是个难以沟通的直性子，哪怕他交谈的对象是陈艺这个并没有什么侵略性的女人。

我终于看不下去了，接过乔野的话说道："没有人阻止得了你，可是你能保证苏菡也是这么想的吗？如果她也这么想，她就不会这么刻意地躲着你乔野了。作为你的兄弟，我真的挺为你感到可悲的，因为你一直像傻子一样把爱情当成了生活，可你忘不掉的苏菡却把生活当成了爱情。她心里已经没有你了，她最爱的是生活，你看不出她已经是丽江最成功的酒吧老板了吗？而你却只是在南京开了一家破宾馆，暗无天日！"

说完这些，我已经做好了乔野要大发雷霆的准备，我觉得这番话刺痛了他心中最脆弱的地方，但我只能这么做，我必须先置他于死地，而后他才能破茧重生。

我想象中的暴怒并没有来，乔野看了看我，又看了看陈艺，冷笑道："你俩就别跑来劝我了，你们说的那些话我都懂，可是一点儿用也没有。陈艺，你和江桥分手了是吧？江桥，你对南艺的那个丫头有鬼心思，也没错吧？"

417

我和陈艺都没有说话，我们都不知道乔野此刻说起这些安的是什么心。

乔野又说道："好吧，我把话再说明白点儿。陈艺，书香门第的大小姐，爸妈都是管文化教育的国家干部，他们压根就看不上江桥，这是你们矛盾的基础。江桥活在这种矛盾中一定很痛苦，所以没事儿就会从南艺那个丫头身上找点安慰。现在好了，你们分手了！陈艺嘛，一个不愁嫁的女人，身边比江桥优秀百倍的男人多的是！江桥呢，继续从那个丫头身上找安慰、找存在感。你们看上去相安无事，一片和谐。可是，我乔野今天就把丑话放在这儿了——陈艺，有种你就找个江桥以外的男人嫁了，江桥你也继续把自己包装成一个成人之美的伪圣人，然后你俩就一起后悔去吧，因为在这个世界上再也找不到一个陪了江桥二十多年的陈艺，也找不到一个陪了陈艺二十多年的江桥。你俩才是彻头彻尾的悲剧！还好意思来劝我乔野，我比你们谁都活得明白！"

乔野说完这些便愤恨地将手中的烟按灭在我们眼前的烟灰缸里，然后头也不回地离开了酒楼，餐桌旁只剩下我和陈艺，还有死一般的寂静。

这时，服务员终于将我们点的第一道菜端到了桌子上，可是这依然没能打破我们之间的沉默，只有我拿起筷子吃着，陈艺一直心事重重地看着窗外的世界。

我不确定此刻的她在想些什么，但可以确定我们没能成功地劝住乔野，他还是我行我素地等待着苏菡回来，而现在能让他死心的恐怕也就只有苏菡了，可是苏菡会让他死心吗？

我无法确定这本来就很难被确定的事情，我想我该静静等待，因为乔野和苏菡之间一定会有一个结果的。只可惜，明天就要离去的陈艺恐怕看不到这个结果。

| 第133章 | 鞠躬敬礼

此时已经是正午，酒楼又来了一些吃饭的游客。直到服务员将我们点的第三道菜端上了桌，陈艺也一直没有拿起筷子，她的心情仿佛在乔野离开的一刹那就忽然低落了下去。

实际上，我也没有吃饭的心情，因为乔野留下来的那些话句句诛心，我只是强迫自己不去将这些话往深的层面想，我仿佛在最近的闷闷不乐中丢掉了对未来的预见性，我有些自暴自弃，有些随波逐流。

于是，我的筷子又伸向了刚刚端上来的菜，可是无论如何也吃不出滋味，最后也放下了筷子，随着陈艺的目光看向了玻璃窗外的世界，依旧是那么明亮、清静、无风无雨。

最后陈艺只是喝了一些米汤，便算是吃了中饭。我提议下午去玉龙雪山下的蓝月谷走走，但是被拒绝了，她说来丽江不是度假的，不想花费太多的精力在游玩上，这次回到南京后，还有一个跨年的大型直播晚会等着她主持，她想养精蓄锐。

是的，来丽江并不需要游玩太多的地方，整个下午的时光，用来喝一壶热茶，然后坐在高处的阳台上看看古城的风貌也是一个不错的选择。

可我又错了，这个下午陈艺一直将自己关在客栈的房间里，她没有再出来过。而我独自坐在阳台上喝了几壶茶，上了几次卫生间，整个下午的时光就这么被轻易地浪费掉了。

傍晚来临时，我站在陈艺的房门口，心中又是不舍，又是焦虑，我知道明天中午她就将乘坐飞机回到南京。实际上明天她吃个早午饭就得赶往机场了，所以满打满算我们真正相处的时间也不会超过五个小时。

我终于敲了敲房门，对里面的她说道："已经快六点了，起来去吃点东西吧。"

"你自己去吃吧，我现在还不饿。"

"那我等你吧，待会儿你想吃饭的时候，喊我就是了。"

"楼下就有餐馆，我想吃的时候自己下去就行了。"

听着陈艺有些冷漠的语气，我心中一阵难受，似乎她连最后的几个小时也不愿意给我了，我低头苦笑，最终说了一声"行吧"，便离开了客栈，可是要去哪里却不太清楚。

…………

我在古城外面的小卖部买了一包烟，然后又去了苏菡开的那家"心情酒吧"，却被经理告知，邮件发出去之后并没有得到苏菡的回应，于是我又厚着脸皮请经理发了一封，再次说明了事情的严重性，希望她能尽快回来和乔野见个面。

我没在心情酒吧消费，因为我讨厌这里的喧闹，讨厌一瓶很普通的啤酒被卖到五十块钱。于是我又一次出了古城，花了五十块钱在超市买了十几罐啤酒，在这个难过的夜晚，啤酒便是最好的慰藉，我愿意找个人不多的地方喝醉。

不，我已经不敢喝醉，只要喝到能够昏昏沉沉地睡一觉就够了。

我又来到了那个可以看见玉龙雪山的观景台，靠着护栏，迎着夜晚的冷风，看着山下闪烁着的万千灯火。

我喝掉了一罐啤酒，又打开了一罐啤酒，却没有喝进口中，觉得这一刻眼中那恍惚闪烁的世界都是我的，又觉得自己在逃亡，而我从来都没有家。

我被两种极端的想法困扰着，又本能地畏惧着远方的灯火，我不是瞎子，我在那些闪动的灯火中仿佛看见了冬天夜晚的萧瑟，看见了一棵树为了苦等不来的春天而抽搐；看见了被前些天的雨水冲刷得很干净的凉亭；看见一个拉二胡的盲人活得比谁都开心，却演奏着最悲伤的调子。

我笑了，我仰起头喝掉了半罐啤酒，又低下头，将另外半罐浇在了自己的头上，我想让自己清醒一些，我愿意在酒醉的眩晕中，看清这个世界的万千无奈。而清醒的自己才是最麻木的，麻木到陈艺拒绝了与我一起吃晚饭，我也无动于衷。

这么看来，麻木和清醒又有何区别呢？反正我都已经难过到说不出话来，只能微弱地感觉到那些被我倒在脑袋上的啤酒，一点点顺着头发往地上滴落着。

我见有个孩子告诉他的妈妈："妈妈，那里有个疯子，他把酒往自己的头上倒，我害怕！"

"不要怕,那人没疯,他只是很伤心!"

我从烟盒里拿出一支烟点上,靠着护栏坐了下来。我没有再抬头,所以不知道那对母子有没有走开。我困在自己的情绪中有些乏了,哪里也不想去,甚至想就这么坐着,然后熬过这个夜晚,等待明天的太阳。

…………

直到我的身边再没有脚步声响起,我终于抬起了头,眼前是空荡荡的一片,观景台上已经没有了游客,也许待会儿还会有,但此刻确实很清静,我没有再见到昨晚在这里出现的肖艾。

也许,只有我自己把这里当作了会和她见面的地方,而她并不这么想。

我该走了,去下一个地方,有谁或者没有谁都无所谓,我不会真的坐在这里等待着明天早晨的阳光,因为我不想再被别人当成疯子了。

下山的路上,我避开了人流密集的主街道,走在了一条两边以客栈为主的小道上,快要走到尽头时,我竟然偶遇了肖艾。

有时候,人生就是这个样子,当我放弃今晚和她见面的想法后,她竟然就在离我不远的地方。

我停下了脚步,与她隔了一座桥的距离,可我还是能够看清楚她穿着红白相间的运动服,脚上则是一双索尼康的慢跑鞋,那头短发也被她很随意地扎成了一个辫子。可我看不见她的面容,她正背对着我,在一家手工艺品店里买着什么东西,吉他就在她的身边放着。

我摸了摸口袋,昨天她给我的那包玉溪烟还在,但我没舍得抽,因为我算过,一支烟就值五块钱,而比钱更重要的是她和游客要这包烟给我抽的心意,所以今天抽的都是自己买的烟。这时,我终于从里面抽出一支点上,然后向她走去。

原来,她正在给我昨天送给她的那个手机买挂件,她在和一位上了年纪的店老板讨价还价。

也许是闻到了烟味,她忽然回头看着我,脸上有一丝惊喜,转瞬又恢复了正常,对我说道:"怎么哪儿都能遇见你?你是丽江古城里的城管吗,没事儿就在街上乱转悠!"

我觉得她扎的那个辫子实在是很有喜感,忍不住用手捏了捏,继而对她说道:"遇见又不是一个人的事情,你怎么不说你自己是城管。"

"别提那些讨厌的城管了,今天被他们撵了好几次了!还威胁要没收我的吉他,凭什么啊?我不拿吉他砸他们就算便宜他们了!"

我盯着她看了一会儿,回道:"看不出来你还挺横!可这儿真不是南京,咱还是把嚣张的气焰收一收吧。"

"说的是,我先买东西。"她说着又转而对那个上了年纪的店老板说道,"大爷,我知道您的手艺好,可是这个挂件卖二百块钱也太贵了吧,您便宜点卖给我行不行?"

店老板一边抽烟,一边摇头,满脸都是不愿意。

砍价是我的强项,我让肖艾站在一边,自己直面店老板说道:"大爷,东西我们真的很喜欢，二百块钱我也觉得特别值，可您也听见了，这姑娘就是流浪到丽江的，都被城管撵了一天了，哪有那么多钱买这个挂件。听您口音，您是丽江本地人吧，这门市房肯定也是您自己家的，就这不动产随便放在哪儿您都是千万富翁，所以您肯定不是图钱，您就是希望别人能欣赏认可您的手艺，那我们是相当认同啊！"

我说着用手推了推身边的肖艾，又说道："快，我们给大爷的工艺品鞠躬敬礼，表达敬意！"

我说着便伸手敬礼，然后又拉着肖艾一起，店老板被我的奇葩行为弄得一愣一愣的，半晌将肖艾看中的那个手机挂件扔给了我，说道："拿去吧，我在丽江开了这么多年的店，第一次碰见这么个活宝，你俩可别再对着大爷鞠躬了，不知道的还以为在拜遗像呢！"

我喜滋滋地接过了挂件，一本正经地对店老板说道："呸呸呸，别说不吉利的话，我看您就是长命百岁的面相。您不光面相好，还幽默、慷慨，您这样的大爷提升的可是整个丽江的形象。如果丽江再拍旅游宣传片的话，我第一个推荐您，您是丽江好大爷！"

我一边说着，一边把玩着那个挂件，原来真的是手工雕刻的古桥，只有大拇指的长度，所以雕刻的难度很大，难怪会卖二百块钱。

我准备掏钱给大爷，大爷却是个性情中人，他执意要将这个小桥送给我和肖艾，这也验证了我的判断，在丽江古城有房产的他，在乎的也不是这么一点儿小钱，雕刻对他而言只是一个晚年消遣时光的爱好，遇见我这样会拍马屁的人也就送了。

我将挂件递给了同样喜形于色的肖艾，大爷忽然在我们毫无心理准备的情况下对她说道："姑娘，这小伙子虽然穷是穷了点儿，可是跟他过日子有乐趣！就像大爷我，年轻的时候比他还不着调，可你们大妈就是愿意陪着我种花养草，做小买卖。这辈子，我们虽然没发什么大财，可整个丽江城敢说比我们活得快活的还真没几个。大爷我任性，别人的房子都用来做大买卖了，但我的这个小铺子不为赚钱，只为了做点自己喜欢的事情。所以东西就送给你们了，以后你们有了孩子，还愿意来丽江走走，大爷再给你们的孩子雕个生肖挂件，说话算数！"

肖艾红了脸，我则猛吸着烟，两人在沉默中一起离开了店铺，在快要看不见大爷和他的铺子时，肖艾忽然回头给大爷鞠了一躬，然后小跑着去了巷子深处。我也回头鞠躬致谢，并不是为了大爷的慷慨，也不是为了他的"乱点鸳鸯谱"，我只是尊敬他的生活态度，羡慕他的生活方式，而我也很喜欢种花养草。

…………

出了这个有流水和小桥的巷子，我竟然没有找到肖艾，她早已经跑得不见了影子，仿佛这次的见面只是为了让我去搞定一个喜欢被拍马屁的大爷，然后忽悠来一个她喜欢的挂件。

其实，这也没什么，我反而觉得这样的见面和分开，更符合偶遇的定义，我唯一担心的是她还没有赚够今晚住宿的钱，但我还是相信她会有办法的，因为在丽江这个地方，她的才华足以让她活下去。

我忽然有点喜欢丽江这个地方了，无关风景和所谓"艳遇之都"的名声，我只是喜欢在这里发生的一些事情。

我想在我的心里，并不是多么渴望开上奔驰越野车，也不渴望在市郊有一栋三层楼的别墅，这些欲望的产生只是因为受够了别人轻蔑的眼光。假如某一天我有了无视一切的境界，那我期待的生活一定和那些充满铜臭味的东西无关。我向往的就是一杯清茶的时光、一束花草带来的乐趣，还有一位愿意接受我一切的姑娘。我们喜欢的是世界的辽阔、山水的浩瀚，而那些奴役人的金钱和名利，是我们可以随意踩在脚下不用低头去看的渣滓。

忽然，一阵风吹来了烤肉的味道，我这才有了饥饿的感觉，瞬间又回到了现实中，我意识到刚刚想的那些只是一个过于美好的梦。这个世界上根本不会有那么一个陪伴着我的姑娘，而吃一顿饭，抽一支烟，甚至是在这景区里上个卫生间依然需要靠金钱来解决。

在这个世界上，没有一个人是可以靠境界活着的，所以我的奋斗仍不能停止，我要带着赵楚留下的遗愿，活出个样。

|第134章| 我退掉了飞机票

时间已经是晚上的九点，但丽江古城并不会在夜晚沉寂，所有的酒吧都在用灯光和音乐驱赶着旅人心中的寂寞。这一刻，没有无知和聪慧，也没有好人和坏人，只有会不会享受的人。我看见无数的人用金钱换了各种各样的酒，又用酒消愁。

这就是丽江，歌舞升平，醉生梦死。

在这里，疯狂的人会更疯狂，寂寞的人会更寂寞，而我是后者，我无法将自己扔在人群中，穿过夜色去窥视这里的灯红酒绿，我只希望遇见更多像店老板那样的人，我喜欢他做的工艺品，喜欢他的生活态度，也喜欢他对我说的那些话。

我讨厌这里化了妆的女人东张西望，讨厌那闪动的光线照出了无数个心怀鬼胎的男人，他们不要爱情，要的只是一个晚上的激情。

我不知道和这些人相比，我和陈艺到底是简单还是复杂。这二十多年来，我们要的只是一份可以白头到老的爱情，我从来没有觊觎过她的身体，哪怕我们曾经在夜里相对，哪怕我有无数次的机会可以占有她，但我仍将最纯洁的目光给了她，她是我心中神圣不可侵犯的郁金香，除非我们有了婚姻的契约，否则她的神圣不会在我的精神世界里剥落。

我又点燃了已经记不清是今晚的第几支烟，我无法想象陈艺和别人同床共枕的画面，我心痛、肺痛、肝痛，哪儿都痛！因为她是我心中最圣洁的花朵。

…………

回到客栈，我又敲了陈艺的房门，却没有得到回应，她可能是去吃饭了，今天一整天她几乎没有怎么吃东西。

我用她送给我的茶叶泡了一壶上好的茶，坐在阳台的桌子旁，开始了这个有些熬人的夜晚。我回房间找了一支圆珠笔，从口袋里拿出了刚刚买的东巴纸。

我开始回忆陈艺小时候的样子，于是我的笔下立刻便有了一个背着书包、扎着马尾辫走在梧桐树下的女孩；我又想起了她第一次学骑单车的样子，我努力地扶稳她，我们在郁金香路上来来回回穿梭；还有她第一次展现主持才华，我代表初一二班的师生给她献上了最美的花，她笑得很腼腆……

我下笔的速度越来越快，许多记忆便一点点被我用这种方式呈现了出来，等我停下笔时，我竟然有些气喘。原来，那么久远的事情我一直都没有遗忘，而那些没有被我画出来的，在我的记忆里更加深刻！我永远不会忘记冬天的夜里，下了节目的她，系着蓝色围巾走在老巷子里的样子，而我喜欢一边坐在台阶上吸烟，一边等着她的脚步声，尤其是下雪时，那种心情更加难忘，仿佛我活着的意义只是为了等到她。

我再次拿起笔，将这幅画面也画了下来，我又点上了一支烟，然后闭起眼睛仰头吸着，之后我在纸上写了"我爱你"这三个字。

是的，这辈子我爱过的女人只有陈艺，我并不相信乔野说什么我对肖艾动过鬼心思，我只是因为和她有着相同的命运，才会如此怜惜她，这种怜惜远远超过了朋友的情谊，但我仍可以确定，那并不是爱情。时至今日，我只幻想过陈艺穿着婚纱站在我身边的样子，我亲手为她戴上婚戒，那才算是这个世界上最快乐的事情。

于是，这最美的想象也成了我在东巴纸上画出的最后一幅画，"我爱你"三个字就在这幅画的上面，非常醒目。

我的目光不再离开，就这么看着自己心中最隐秘的想法和最亲切的怀念统统变成了可以看见的图画，但我心中的遗憾并没有因此而减少。

我将这些记录着过去的纸统统撕了下来，然后折成了纸飞机，顺着风的方向扔了出去，看着它们越飘越远，我也就渐渐地认命了，因为有些人是自己亲手放弃的，不是不爱，只是太爱！

楼下，一个穿着白色羽绒服的背影弯下了身子，她从地上捡起了一个没有飘远的纸飞机，等她转身的一刹那，我才确认了是陈艺！我有点慌了神，我没有想到她竟然会对地上的一个纸飞机感兴趣。这些纸飞机的命运，应该掌握在清洁工的手上，也许要不了明天它们就会被统统清理掉，现在却吸引了陈艺的注意力。

我快步下楼，然后站在了陈艺的面前，可是晚了一步，她已经拆开了那些纸飞机，我不知所措地站在她的面前。

她终于开了口："你折的？"

"对，是我折的。"

陈艺低头看了看被她握在手中的东巴纸，她又问道："上面的人也是你画的？"

"一时兴起画的。"

陈艺点了点头，她将东巴纸塞进了自己的羽绒服口袋里，继续往风吹过的方向走去，不一会儿她就捡了好几个纸飞机，我在心里默数着，除了一个掉在树枝上，一个落在另外一间客栈的屋顶上，其他的都被她给捡齐了。

陈艺没有再急着将那些纸飞机拆开，而是都塞进了自己的口袋里，然后将手中的快餐盒递给了我，示意这是给我买的夜宵。

我有些僵硬地从她手中接过，而下一刻她便往客栈走去，我们甚至没有再说一句话，她就进了自己的房间。我彻底蒙了，我绝对相信她是这个世界上唯一能看懂我画了些什么的人，而等她看了之后会是什么心情呢？

…………

夜色更深了，乔野终于回到了客栈，今天的他没有喝酒，很清醒地坐在阳台上抽着烟，等一支烟快要吸完时，终于隔空向我问道："江桥，今天是第几天了？"

"第四天。"

"你说，明天苏菡她会回来吗？"

我略微想了想，回道："如果她看到邮件，我觉得她应该会回来的，当然也不排除她最近不看邮件，所以我觉得你心态还是放好一点儿，别动不动就做一些伤人伤己的傻事儿。"

乔野没有接我的话，他忽然从椅子下抽出了一根棒球棍，又对我说道："明天晚上八点，我要是还见不到她的话，我就去砸了她的酒吧，说到做到！"

"疯了吧你，你这是毁坏私人财物，要负法律责任的！"

乔野不为所动地回道："那你告诉我，如果她存心躲着我，我还有什么办法能让她见我一面？只要她能回来，我不在乎再去一次派出所，人都是被逼疯的！"

这一刻，我不知道该说乔野幼稚，还是该夸赞他有破釜沉舟的决心，我被他弄得很矛盾，以至于半晌才回道："假设她真是存心躲着你，你干吗还要处心积虑地见这个面呢？你这么做，伤害的不仅是秦苗，也包括苏菡。"

"江桥，我也真佩服你，到这个时候你还不死心地劝我。你站在我的立场上告诉我，我来丽江的目的是什么，这些年我又是怎么过的？"

"乔野，我并不是不理解你，可有些话，我真的不知道该怎么和你说出口。也许你想象中的苏菡和现实中的苏菡并不一样，我觉得一个人只是用自己的幻想去爱着另一个人，是挺可悲的。"

"可悲？我们这些人谁不可悲？是你，还是陈艺？或者秦苗，还有南艺的那个丫头？"

我又想起纠缠在我们这些人之间的是是非非，有些无言以对，继而也点上了一支烟。我不想再劝乔野了，因为我连自己的事情都摆不平，又有什么资格去充当他的向导。

我有预感，苏菡一定会回来的，只是希望她能早些回来，因为乔野这个硬骨头真的会在冲动中干出砸酒吧这样的蠢事儿来。这里不比南京，善后会非常麻烦。

…………

回到自己住的房间，洗漱后我便躺在了床上。我没有做任何事情的心情，习惯性地对着天花板发呆，时不时回过神，心里想的依然全部是陈艺，我不知道她看了我的涂鸦后会是什么心情，我害怕自己的心迹败露会给她产生困扰……

我实在无法入眠，只得拿着手机站在了窗边，拉开了窗帘。

今晚的月色是如此之好，甚至能看见对面酒吧上挂着的门牌。我想，这样的明亮一定会让懵懂和糊涂的人想明白很多事情，于是我又努力地想着，我想找到一些启示和答案。

我的脚已经有些发麻，可我依然在自己的世界里糊涂着，有些转不过弯。

手机忽然在我的手中震动了起来，我收到了一条短信，记忆中，除了广告，已经很久没有人给我发这样的短信了。

我下意识地想起了肖艾，因为我给她买的那部手机不是智能手机，装不了聊天软件，那么这条短信百分之百是她发来的了。

我拿起看了看，瞬间陷入了呆滞的状态中，原来这条信息是陈艺发来的，她说："江桥，我已经将明天的飞机票退掉了，我暂时不想离开丽江！"

我又从呆滞的状态中醒了过来，一件百分之百可以确定的事情，竟然也会出现偏差，而这并不是让我最惊讶的，陈艺忽然不想离开的决定才真正刺激了我那敏感的神经！

在这样的震惊中，我不禁自问，这个世界上除了生与死，还有什么事情是绝对的呢？

| 第 135 章 | 在丽江的最后一夜

情绪来回波动了几次之后，我准备给陈艺回复短信，可是反复删掉了自己打出来的字。我陷入了茫然，我竟然连回复一条短信的能力都没有了！我又从烟盒里抽出一支烟，想点上，最后却也没有点上，我的意识有点支配不了自己的行为。

我想明白了，之所以这么木讷，是因为我还不能判断出陈艺做出这个决定对自己而言到底意味着什么。

我终于回复了陈艺，只有一个简单的"哦"字，之后她没有再回复。我的情绪渐渐平静了下来。许久之后，点燃了一直捏在自己手中的那支烟。

我失眠了，我没有想到陈艺暂时不回南京。我想了许多，人也像一片风中的树叶，一会儿坐在椅子上，一会儿躺在床上，摇摆不定。

半夜，我索性将这几天积攒下来的脏衣服都洗了，将衣服晾在了阳台的衣架上，我看见陈艺的房间里还有光亮，她的背影就映在白色的窗帘上。

在水滴声中，我仿佛看见陈艺安静地坐在沙发上，面前摆着一杯还冒着热气的白开水，她托着下巴，正蹙眉想着一些心事。

这时，我的手机又在口袋里震动了起来，我下意识地以为是陈艺，因为我亲眼看见她此刻还没有休息，大半夜除了她不会再有别人给我发短信了。

我将手机从口袋里拿了出来。这一次，给我发来信息的人竟然是肖艾，我又判断错了，就像不久前我将陈艺的信息误以为是肖艾发来的一样。

"江桥，观景台的月色现在特别美，你要来看看吗？如果你还没有睡的话。"

我有些惊讶，当即回道："这都半夜了……我还真没睡，你一个人跑去观景台干吗？多危险！"

"别问那么多，你来不来？"

"十分钟后到。"

…………

我回房间穿上了一件厚实的衣服，离开了客栈，路上没有行人，整个丽江都好像陷入了沉睡中，只剩一些客栈门口的灯笼还散发着微弱的光。风吹得人很冷，我估计温度可能已经接近零下了。

我在十分钟之内来到了观景台，隐约看见了肖艾，她就坐在一盏路灯的旁边，将一件厚实的羽绒服盖在了自己的身上，吉他和行李箱都在她的身边放着。我意识到这个夜晚她根本就没有去住客栈，她可能在我们分开后就一直在观景台待着了。

我来到了她的身边，她对我笑了笑。

我语气中带着责备："你还笑得出来？"

"遇到一个和我一样失眠的可怜人，我为什么笑不出来？哦，不对！你是失眠，我是压根就没打算睡。"

我依旧板着脸孔，问道："你能告诉我，你这是什么套路吗？难道丽江这么多客栈都容不下你，非要跑这儿来过夜！"

因为坐在地上，肖艾一直仰头看着我，半晌回道："我明天要回南京了，飞机上那么无聊，不如把醒着的时间留给在丽江的最后一个夜晚，我觉得挺值的，可以看到这么好的月色！不像我上次来，一连下了好几天的雨。"

"你是没有赚到住客栈的钱吧？"

"我赚到了！"肖艾说着从口袋里掏出了一把零钱给我看，里面有十块的、五块的，天知道这一把钱到底够不够去客栈住一夜。

我没有言语，心中有些反感她的胆大妄为，毕竟是一个女人，怎么可以孤身一人在这种地方过夜，可她一直就是这个样子，我们第一次见面时，她就是翻院墙进我家院子的，这似乎已经成了她改不掉的坏习惯！

她又示意我在她旁边坐下来，我盯着她无畏的脸庞看了一会儿，终于在一声轻叹后也坐在了她垫在地上的那件棉衣上。

她又从口袋里拿出了那部我送给她的手机，对我说道："你其实不用担心我的，我把你的号码设置了快速拨号，只要按一个拨号键就能打通你的电话了，所以只要有这部手机在，我就挺有安全感的！"

我从她的手中拿过了那部手机，然后又很仔细地看着上面的挂件，这是一座造型很别致的古桥，甚至能看清上面的阶梯，虽然整个挂件只有一根拇指那么长。

肖艾从我手中将手机抢了回去，然后又塞进了自己的衣服口袋里，她不再说话，只是将身体的重量交给了后面的护栏，然后抬头看着天上的月亮。

可我辨不清是月光让她更加清秀，还是她让那轮遥远的月亮更有光辉。

"江桥，你有没有觉得这个世界上很多事情就像是被设计过的？"

"这话怎么说？"

肖艾终于转头看着我，半响回道："其实来丽江之前，我也不知道自己到底该不该来，因为我开了自己的琴行，有了学生，我就得对他们负责，我不能像从前那么任性，对不对？"

"这是肯定的。"

肖艾点了点头，又说道："可是那天，学生家长纷纷打电话和我请假，这些孩子都是一个学校的，学校组织在元旦前去哈尔滨旅游看冰雕，所以我忽然就多出了五天的时间。是这样的偶然让我有勇气做了要来丽江的决定，不过明天得回去了，因为晚上有课，但是这些天让我有一种不虚此行的感觉，也让我很有信心面对回到南京后的生活。"

她忽然表现出来的乐观让我感到非常诧异，我根本不知道她的这种信心来自哪里，她都是一个要去德国留学深造的人了，这个时候还谈南京的生活，感觉没什么意义。

"你怎么不说话了？"

我摇了摇头，回道："我只是在羡慕你突然爆发的信心，而我这个烂泥扶不上墙的人还活在孤独里无病呻吟着。"

"那我的信心分你一半好了！"

我终于笑了笑，有些慵懒地将双臂放在自己的脑后，然后靠在护栏上感叹道："如果人的意识真的能分享就好了，那样我们就会少很多的误解和痛苦。对了，你明天是几点的飞机？"

肖艾想了想，回道："我们都说错了，不是明天的飞机，实际上是今天的飞机，因为现在已经是凌晨三点了！"

我笑了笑道："对，那你是今天几点的飞机？"

"下午一点的，中午十二点之前就得到机场了。"

"我送你。"

肖艾并没有在意我会不会送她，她又向我问道："你呢，准备什么时候回南京？"

"就这两三天吧，我也不能在这里待太久。咖啡店里还有一个客户等我回去帮他做求婚策划呢，是个不小的单子！"

肖艾点了点头，她没有再说话，她将裹在身上的那件羽绒服又紧了紧，之后便闭上了眼睛，我听见了她均匀的呼吸声，她靠在我的肩头睡着了，睡得很踏实，尽管她的睫毛上还有夜晚的露水，她却将这个全开放的观景台当作了自己最安全的家。

我想她应该是喜欢我的吧，她相信我是这个世界上最能保护好她的人，所以她才会在此刻睡得如此安心。

我也困了，可我不能丢下她，我终于背起了她的吉他，然后将她轻轻从地面抱了起来，送往了离观景台最近的一家客栈。之后，我又回到了观景台，因为她的行李我没能在刚刚一起带走。

我拖着她的行李箱，在快要离开观景台时停下了脚步，我看着夜空中的月亮，月色还是如此之好，让我不禁也想起了回到南京后的生活。

427

是的，尽管丽江很美，但我还是想回南京了，因为这不是我的家乡，在这里我始终是漂泊不定的。

我觉得有些在此刻踌躇不定的事情，也许在回到南京后自然会有一个明确的答案。

|第136章| 砸了酒吧

我将肖艾的行李箱也送进了她住的客栈，然后又回到了自己住的那间客栈。这时，陈艺的房间里也不再有光亮，她终于休息了，但我在躺上床之后，仍设想了很多她在这个夜晚的心情。我带着痛苦问自己，她回到南京后，会不会用最短的时间和邱子安举行婚礼呢？

我忽然便失去了所有的安全感，彻底失眠了，直到窗外有了一抹亮色，才终于睡了过去。

等我醒来时，已经是上午十点，我想起肖艾会乘坐下午一点的航班离开丽江，也没有了继续睡下去的心思。我用手重重拍了拍自己的脸，稍稍清醒后，便离开了床铺，我的一天就在洗漱中开始了。

我买了一些吃的东西，便匆匆去了肖艾住的那家客栈。等我到的时候，肖艾正在收拾自己的行李，而从古城到可以乘坐机场大巴的地方还有一段挺远的距离，所以这个时候该出发了。

我将早餐往她面前递了递，问道："要吃点东西吗？"

"你自己吃吧，我吃过了。"

"你什么时候起来的？"

"八点半，然后在客栈的对面吃了一碗汤面，还有一个豆沙包。"

我笑了笑，她很少像现在这样有耐心，主动将自己吃了什么告诉我，她的心情看上去似乎不错。我又用开玩笑的语气对她说道："还是睡在客栈里面舒服吧，要不然你现在哪能有这么好的精神，不感冒就算不错了！"

肖艾停下了手中的动作，对我说道："哦，你其实是想和我要昨天晚上住宿的钱吧，直接说就好了，干吗这么拐弯抹角的？"她一边说一边从口袋里将昨天晚上就已经给我看过的那把零钱统统掏了出来，然后很大方地说了一句："拿去。"

我从她手中接过钱，出于好奇数了数，发现连一百块钱都没有，我哭笑不得地对她说道："你还是拿回去吧，晚上到了南京，还得花钱叫出租车，我不稀罕你这点钱。"

肖艾从我手中将钱又拿了回去，说道："这话从你嘴里说出来怎么这么怪啊？"

"因为我从来没在你面前装过大款，我现在那不可直视的光芒已经闪到你了！"

肖艾瞪了我一眼，回道："难道打肿脸充胖子也会散发光芒吗？真新鲜！"

我尴尬地笑了笑，随后在沙发上坐了下来，吃着自己买的那份早餐，而肖艾则趁着这个时间将自己那把心爱的吉他擦了擦。

我看着她的背影，觉得此时的她和邻家姑娘没有什么区别，至少挺朴素的，这让我可以心安理得地将她当成和自己一个层次的朋友，我差不多已经忘记她开着一辆价值百万的车出没在我生活中的样子了。

....

离开客栈，我和肖艾一起乘坐了去往机场的专线大巴，我们在中午十二点的时候赶到了机场，我又帮她领了登机牌，她办完托运手续后却没有在第一时间过安检，她就站在我的身边，也不说话。

我对她说道："赶紧去过安检吧。"

"一点的飞机，还早。"

见她不愿意离开，我也索性就在她的身边陪着，反正回去以后也是无所事事。沉默了一会儿之后，我终于找了个话题对她说道："你知道吗？我还真不是和你装大款。这次回去以后，我就准备给自己买一辆车，要不了多久，我江桥在南京也算是一个有房有车的成功人士了！"

"买什么车，自行车吗？好像是没见你骑过自行车，要不我那辆自行车卖给你吧，正好最近缺钱。"

"你别挤对我，成吗？我要买的是汽车，要不你那辆奔驰车卖给我吧，我不介意是二手的。"

"你确定要我卖给你吗？那辆车我可是打算以后留给自己做婚车用的。"

"呃……"

肖艾看着我，继而一脸不屑地骂道："厌包，连一句开玩笑的话都不敢回。"

我很诚恳地回道："我是挺厌的！"

"你好像还挺享受？"

肖艾这句话的声音很大，以至于身边的旅客都将目光投向了我，我纵使脸皮再厚，这个时候也招架不住了。我尴尬地咳嗽了两声，然后一脚踢翻了肖艾摆在地上的手提包，等她弯下腰去扶正时，便趁机一溜烟向机场的外面跑去，一边跑，一边回头说道："等我买了车，带你去兜风啊，加满油开着天窗，从南京的城北开到城南，再从城东开到城西……"

有人骂我是我土包子，只是买一辆车有什么好嘚瑟的，我当即也在心里回骂了他一句，因为他不懂我买的是多年前的梦想。那时候，我和赵楚坐在秦淮河的岸边就是这么计划的，但让我感到诧异不解的是，为什么在梦想实现的美好画面中，我想到的是肖艾，却不是赵牧这个兄弟？

我想象着，我打开了全部的车窗，她就坐在我的身边，和暖的风吹动了她的头发和那条纯白色的围巾，而宽阔的道路两边开满了色彩各异的花朵，柳树也开始抽芽。她在我实现的梦想中，为我带来了充满生机的春天。

....

我回到客栈已经是下午的一点半了。这个时候，肖艾的航班也应该起飞了，可这样的离别并没有引起多少触动，也许这和我两天之后也将回到南京有关。但我不知道下一次将她送往飞向德国的航班时，是否还会是现在这种心情。

429

这个下午，我没有和陈艺见面，而是回自己的房间里补了一觉。不知道过了多久，我被一阵急促的敲门声给惊醒了，我晕乎乎地看了看窗外，发现天已经黑了，表明至少已经是傍晚了。我问道："谁啊？"

陈艺焦急的声音随即传来："江桥，你快出来，乔野把苏菡的酒吧给砸了，现在人已经被带到派出所了！"

我心头一惊，当即从床头摸出手机看了看时间，此时不过才六点半，乔野竟然不按套路出牌，提前砸了苏菡的酒吧，我们说好晚上八点的！如果这个时候苏菡本人不能出面的话，这事儿就真的闹大了。

我赶忙穿好了衣服，打开了房间门，此时陈艺已经急得面色通红，看着我的表情充满无助和气愤，我相信她在这之前应该是劝过乔野的，但是没劝住。而这事儿我也要负责任，我在知道乔野的脾气和动机之后，这个下午就不该睡觉。

我冷静地对陈艺说道："我们现在先去苏菡的酒吧，看看乔野砸了多少东西，再看看酒吧的经理是什么态度。如果这事儿最后苏菡不能出面解决，咱们就要做好替他赔偿的准备了。"

陈艺看着我，她的情绪渐渐平复了下来，然后拉住欲离去的我，表情严肃地说道："江桥，我想了想，咱们不能让乔野继续任性下去。这笔钱我是不会替他出的，你也不许出，我们要让他长长记性，否则他就是一个永远也长不大的孩子。这些年因为他的臭脾气，秦苗跟在他后面吃的苦头已经够多了！"

我停下了已经迈出去的步子，与陈艺对视着，细细一想，也觉得乔野这个人太无法无天了，他要是不能改掉这个性格，以后遭殃的不仅仅是他自己，还有他身边亲近的人。

我对陈艺说道："先去看看什么情况，剩下的事情咱们再商量。"

…………

来到心情酒吧，我顿时被里面的一片狼藉给吓到了。此刻，酒吧里已经没有了顾客，地上满是酒瓶的碎渣，木制的吧台也被砸得面目全非，上面积满了流动的酒液和灯泡的碎碴儿，我意识到乔野真的闯了大祸，如果没有人愿意替他解决的话，那么他在丽江的日子将会非常不好过。

我来到了之前打过交道的酒吧经理面前，他情绪非常不好，冲我吼道："你那朋友是神经病吧，一棍子下去砸了几十瓶洋酒，今天晚上也不能营业了，酒吧的损失最少十万！这钱谁来赔偿？"

"不好意思，这事儿是我朋友不对，但我真的得告诉你，还是赶紧联系你们老板，这事儿现在只有她能给咱们一个解决办法，我们都是局外人，在这儿干着急是没有用的。"

经理气到双肩发颤，半响对我说道："我告诉你，我要不是知道你和我们老板是朋友，你现在是绝对没有机会站在我面前说话的。这件事情的影响实在是太恶劣了！刚刚已经有顾客和管理部门投诉了，弄不好是要被媒体曝光的，我们潜在的损失无法预估！"

我叹息，一时也不知道该说些什么。在经理眼中这是一件很严重的事情，可是在乔野眼里，这也就是区区一家酒吧而已，他自己是不会把这件事情看得太严重的，反正这些年一直有秦苗在他身后为他的各种冲动买单。

我对怒气难消的经理说道："我实话和你说了吧，刚刚砸酒吧的人是你们老板的前男友，你们老板当初就是为了逃避这段感情才来到丽江的，我不敢保证这次他们还会不会发生感情上的纠葛，但我可以很肯定地告诉你，不管今天你们酒吧有多大的损失，你们老板娘都不会追究他的责任。所以我现在很诚恳地请求你，如果还有其他方式能够联系到苏菡的话，赶紧把这里发生的事情告诉她，她是时候回来见乔野一面了！"

经理半信半疑地看着我，许久才无奈地回道："我现在唯一能和我们老板娘联系上的方式，真的只有发邮件这一种。我之前都按照你说的给她发了邮件，我可以肯定她看过邮件了，但是没有回复。"

"现在乔野把事情闹得这么大，由不得她不回复了，你再给她发一封邮件吧……"

我的话音刚落，门外便传来了一个我非常熟悉的声音："不用发了，我两天前就已经从国外回到丽江了。"

我和陈艺，包括酒吧经理，下意识地转头看向了声音传来的方向，而余娅，不，是苏菡，就这么出现在了我们的视线中。她的面色有些憔悴，眼神里尽是挣扎，这几天她也一定活在见与不见的矛盾和痛苦中。

我第一次如此仔细地看着她，难怪乔野会对她用情至深，她的身上有一种说不出来的气质，似温柔，又似野性；她的眼神会让人不自觉地与她交心，她本人却又充满了未知的神秘。她真的是一个让男人很难抗拒的女人，她的气质已经超越了美貌本身！

这时，陈艺迎着苏菡走了过去，她的语气非常冰冷："我该叫你余娅还是苏菡呢？"

"陈艺，我们必须要用这种态度相对吗？我知道你和秦苗有着亲姐妹一样的关系，可我们至少曾经也是朋友。这些年，我活得不见得比秦苗快活到哪里去。"

陈艺是个聪明的女人，她并没有在此刻将矛盾的焦点聚集到秦苗身上，她回道："感情的事情，我们这些外人不好评判对错。我在意的是，你躲了乔野这么多年，导致三个人都很痛苦，而主动权一直在你手上，可你这么多年一直在逃避，我真的不知道你是怎么想的！"

苏菡沉默，然后在沉默中看着一片狼藉的酒吧，眼泪就这么掉了下来。而知道一些内情的我，此刻心中也不好过。苏菡这些年的做法虽然有些自私，但她也有自己的苦衷，直到现在她仍对自己当年收下了那两百万耿耿于怀。

我终于站在了她们中间，对苏菡说道："这个时候先不要争论什么对错了，先去派出所把乔野接出来吧。"

苏菡用手指擦掉了眼泪，点了点头，然后向酒吧经理交代了几句之后，便在我们之前向外面走去。而我在她沉默的背影中，好像看到了一种难以言明的痛苦。

我不知道她带着这样的痛苦与乔野见面后，乔野又会是什么心情。

第137章　我们都变了心吗？

苏菡开着车，我坐在副驾驶的位置，陈艺则坐在后面。一路上我们的交流并不多，却各怀心思，尤其是苏菡，她看上去很恍惚，在一个路口，她甚至差一点儿闯了红灯。

我知道她在害怕什么，那两百万虽然使她成为丽江最成功的酒吧老板之一，但也是她心头挥之不去的阴影，她觉得自己对不起乔野这些年的一往情深。

当初，她本可以在南京和乔野一起面对家庭的压力，可最后她选择了向生活妥协，她一定以为时间可以冲淡一切，却没有想到，这些年的乔野越来越偏执，越来越抗拒他自己和秦苗这段源于父母之命的婚姻。

经过了大约十五分钟的行驶，我们终于来到了古城附近的一个派出所，我和陈艺相继解开了安全带，苏菡却趴在了方向盘上，我们听不见她的哭声，却能看见她的肩膀在颤抖，她在压制着自己的情感，如果不是迫不得已，她仍不愿意与乔野见面。

我将打开的车门又关了起来，然后拍了拍她的肩，轻声说道："有些事情总要面对的，我也希望你能给乔野一个说法，这些年他过得挺惨的。"

苏菡终于哭出了声音，许久才平复了下来，哽咽着对我说道："江桥，我还是没有办法面对他，这个世界上不会有人比我更了解他，见面后他一定会失控的，我却给不了他任何东西，包括所谓的结果和说法。"

"不，我不觉得你有多了解他，否则就不会出现今天这个局面。你曾经也以为他会淡忘和你的这段感情，可现在他还是找到丽江来了。"

苏菡有些疲惫地靠在了车椅上，她闭上了眼睛，我和陈艺都下了车，然后将最安静的环境给了她。我们都知道，此时的她正在心里做着最艰难的抉择。

在离车子大约五米远的地方，我和陈艺相对站着，我习惯性地在等待中给自己点上一支烟，而陈艺也没有因此离我太远，二手烟随着风飘向了她。

我很自觉地转过了身子，让烟雾往另一个方向飘散。

"江桥……"

我没转身，用一个第二声调的"嗯"回应了她。

"你转过身来，我有话和你说。"

我并没有太过留恋手中那支只吸了几口的烟，我将其扔在地上踩灭，然后回身向陈艺问道："你要和我说什么？"

陈艺并没有立即开口，就像我习惯抽烟，她也习惯性地将自己那被风吹乱的头发整齐地别在了耳后。她就是这样一个女人，不喜欢乱，喜欢整洁，在我们相识的二十多年中，我从来没有在她的身上发现过污点。

她在往来车辆那不断闪动的光线中终于开了口："江桥，肖艾这几天也一直在丽江，对吗？"

我心中下意识一紧，转瞬又恢复了正常，继而点头回道："是，今天中午我送她去了机场，她已经回南京了。"

"我看到了。"

我沉默，又想点上一支烟缓解心中的不适，可最后还是忍住了，只是转移目光看向了车水马龙。在那些闪烁的灯光中，我好像看到了另一个陌生的自己在和陈艺怄气、对峙，却又将这种怄气和对峙当成了对她的成全。

陈艺表情复杂地看着我，许久才又对我说道："我想听你亲口对我说一句真心话，你对肖艾到底是什么感情？"

我与陈艺对视着，此刻这个场景似乎曾在哪里见过，尤其是我的心情，我确定曾经经历过，却又无法说出个具体的时间、地点。也许，这只是我在潜意识里模拟过的场景。

我终于回道："我对你说心里话，她就像是我的一面镜子，站在她面前就好像看着过去、现在、未来的自己。我知道她是肖总的女儿，才华横溢，是橱窗里最美的模特，这些足够让所有的男人动心。可是，我一直把她当作一个可以亲近和依赖的人，她也一样很依赖我，因为我们的命运太相似了。但这不是爱情，因为我的心里还有……"

说到这里我不敢再说下去了，因为我怕在这感性的时刻，说出不该说的话，我心里清楚，陈艺才是这个世界上给我依赖最多的女人，每次我在老金的公司累到快要放弃时，只要看着她的照片，就觉得有一只最美的蝴蝶在自己的身边飞舞着，世界也并不那么让人感到绝望。

陈艺看着我，她在我们分手后，第一次以平和的语气问了我们之间最不能碰触的那个问题："我想听听那天在咖啡店外发生的前因后果，这是我第一次有勇气想知道答案，也是最后一次，所以我要听真话……"

我沉默了许久，才回道："我想先抽支烟。"

陈艺点了点头。

我又点了一支烟，在快要吸完时，终于将口中的烟全部吐掉，我想告诉陈艺，当天邱子安因为她表哥陈文的事情找过我，让我觉得自己是个无能的男人，所以我喝了很多酒，然后将送自己回家的肖艾当成了她。

可是，陈艺已经知道邱子安在那天找过我，所以她并不认为邱子安给我的刺激是我可以喝酒放纵的理由，而她现在也和邱子安有了婚姻的承诺，所以我觉得邱子安在她心中有着很重的分量，也许并不比我低。

就在我犹豫的时候，陈艺从自己的口袋里拿出了一张被折叠过的东巴纸。她打开纸，上面是我画的画，画中的她穿着婚纱，旁边还有我闭着眼睛写下的"我爱你"三个字。昨天晚上，她真的捡到了这张我最不想让她看到的画！

"江桥，我不怀疑你曾经爱过我，可是这种爱情还在吗？一个女人可以忍受男人暂时的贫穷，但绝对不能忍受在爱情中三心二意，我觉得你现在真的很矛盾，可能连你自己都已经搞不清楚到底要什么。中午时，我看见你送肖艾离开，你一直在笑着和她说些什么……"

陈艺的表情充满痛苦，许久才又说道："我们之间不知道在什么时候却丢掉了这种感觉，我也一样很迷茫，难道是我们都已经变心了，却一直固执地以为还爱着对方？你能给我一个确切的答案吗？我真的好痛苦，我害怕自己在这个时候做错选择，就像秦苗一样痛苦一生！"

433

陈艺提出的疑问让我的大脑一阵阵发蒙。

这时，原本在车里的苏菡终于打开了车门，她向我们这边走了过来，我又看了看陈艺，她没有太多表情，却能看出她的痛苦。

苏菡开口对我们说道："我刚刚已经打电话和派出所的朋友交代过，不追究乔野的责任，他应该马上就能出来了。"

我和陈艺都点了点头，我们终于得以喘息，下一刻便转移了自己的注意力，等待着乔野，而在这过程中最紧张的人是苏菡，她不安地攥紧自己的双手。

时间一分一秒地过去了，比我们神经绷得更紧的苏菡，面色忽然变得极其惶恐和不安。我下意识地抬头看去，果然看见乔野正站在派出所门口的那盏路灯下张望着，尽管他还没有发现我们，而他苦等了三年的苏菡此刻就站在我和陈艺的身边。

第138章 像从前一样

该相见的终究要相见，我冲张望着的乔野挥了挥手，然后大声喊了句"这边"，乔野当即便看向了我们正站着的地方，继而也不管信号灯，越过马路的护栏，避开车流就向这边跑了过来。

他喘息着站在了苏菡的面前，而苏菡的眼泪早已经抑制不住地流了下来。此刻，所有的行人，包括我和陈艺，都成了这座城市里可有可无的摆设，乔野就好像一个在沙漠里快要渴死的旅行者，找到了一汪清澈的泉水，他就这么直直地看着苏菡，却没有进一步的行动。

乔野这出人意料的举动让我感到非常诧异，苏菡的情绪却已经崩溃，她面对着三年未见的乔野，泣不成声。

这种相对，苦的是苏菡，尴尬的是我和陈艺两个外人，我终于开口说道："咱们别在这里站着了，先找个地方喝点东西吧。"

…………

路上，我开着车，陈艺坐在副驾驶上，而苏菡和乔野则坐在后面。乔野依旧什么话也没有说，他的沉默让我感到有些不安，我担心他在怨恨苏菡这么多年的避而不见，以至于让他吃了这么多的苦头。

将车子停在古城外面，我们步行去往乔野住的那家客栈。直到此时，乔野依旧没有开口说一句话，但是他的目光也一直没有从苏菡身上离开过。

客栈二楼的客厅里，没有了大街上的喧嚣，一直不语的乔野终于开口了："我们三年没有见面了，我不想去管这三年你是怎么过的、经历了什么，我就只问你一句，还爱不爱？还能不能爱？"

"乔野……"

"爱不爱，还能不能爱？"

434

"你这样让我感到窒息,我们都平静一下好吗?"

"我不需要平静,因为我知道自己千里迢迢从南京赶到丽江是为了什么。所以,我要你回答我的问题,现在,立刻,我一秒都不想再多等。"

我终于知道乔野刚刚为什么一句话都不说,他要的是在这个最安静的地方,得到一个最清楚的答案。

苏菡依旧沉默不语,此刻不仅是她感到窒息,连我这个局外人都有这样的感觉。乔野就是这么一个简单到有些粗暴的人,他不会委婉,不会变通,他要的就是一个最直白的答案。也或者是这三年的痛苦,让他无比在意这个答复,所以他才这么急切地逼着苏菡给出一个现在根本给不了的答案。

乔野看了看我和陈艺,一句废话也不再多说,猛地打开了自己的房门,然后将苏菡拉了进去,又一脚将房门踹得关了起来,接着便听到了苏菡惊慌失措的声音:"乔野,你要干吗,你让自己冷静一下好吗,你这样我真的很害怕!"

我和陈艺也慌了神,我在门外敲着客栈的房门,提醒他不要做出伤害苏菡的事情。

就在我和陈艺无比焦急的时候,房间里渐渐传来了苏菡重重的喘息声,还有床铺晃动的声音,我和陈艺都是成年人,我们知道此刻里面正在发生什么……

陈艺在我之前转身向楼下走去,我也在回过神之后跟上了她的脚步。

我知道已经没有必要再去找什么答案,因为乔野已经用这种最直接的方式要到了答案,在乔野这个充满野性和自信的男人面前,苏菡是没有抵抗能力的。

…………

对面客栈的阳台上,我和陈艺面对面地站在护栏旁,在这样的气氛中,我出奇地不想抽烟,只是在沉默了一阵之后,对她说道:"也许,我们明天该回南京了……"

"你订机票吧。"

我点了点头,然后拿出手机在网站上订了明天从丽江回到南京的机票。

这次的丽江之行,随着乔野和苏菡的见面而尘埃落定了,虽然只是区区五天,我却觉得过了好几年,因为我的心情已经在大起大落中浮沉了好几次。我想,也许以后我还会再来丽江,但那时陪伴着我的一定要是自己最爱的女人,而不是像现在这么慌张,这么迷茫。我想好好和自己的爱人在这里喝一杯清闲的茶。可我知道,这样的憧憬可能一辈子都不会实现了!

我对陈艺说道:"机票已经订好了,明天下午一点的飞机。"

陈艺看着我,许久之后笑了笑对我说道:"江桥,明天我们就要回南京了,再一起逛逛吧,就像几年前我们一起在郁金香路上散步、吃路边摊一样,好吗?"

我以开玩笑的口吻说道:"那时候,我们走在郁金香路上都是勾肩搭背的,有时候你还会挽着我的胳膊,现在还可以这样吗?如果不可以的话,我也记不得当时是一种什么样的感觉了。"

陈艺没有再与我对视,她转身看着遥远的山脉,轻声回道:"这个晚上,你想怎样就怎样。"

…………

换上了厚实的衣服，我和陈艺再次走在了丽江的夜色中，我没有谈及刚刚乔野和苏菡见面后的一切，我在意的只是还能不能像从前那样牵住陈艺的手。可是在我犹豫了好几次之后，也没敢去触及她的指尖，只感觉自己的手在冒着细汗，我的呼吸有点急促。

就在我迟迟无法下定决心的时候，那温热柔软的感觉顿时暖了我的心，是陈艺拉住了我的手，我感觉到她的手上也有些汗，可这一刻，她比我更怀念当时的感觉。

我的心在剧烈地跳动，这是曾经从来没有过的，我不知道这样的身体反应意味着什么，可是我真的很贪恋这种感觉，我更恐惧这是我们最后一次这样走在一起。

"江桥，你的手怎么这么凉？"

"我是寒性体质。"

"是吗？难怪一到冬天，你都是搭着我的肩膀，就不肯与我牵着手了，可我真的不介意将自己身上的热量分一点儿给你。"

我看着她笑了笑，终于让自己的心情平静了下来，然后将握着她的手又紧了紧。我没有设计路线，我就想这么轻松地带着她走一走，而在丽江的最后一个夜晚也必须是美好的，我要放在心里牢牢记一辈子。

我们牵着手走了很远一段路，陈艺将我带进一个卖民族服装的店里，即便是在挑选着衣服，她也没有松开牵着我的手，只是用另一只手拨开挂着的衣服看了看，直到确定要买下一件时，才终于松开了我们牵着的手。

她去试衣间换上了这件衣服，然后站在镜子前向我问道："江桥，好看吗？"

我看着她高挑的身材，美丽的背影，想也不想地回道："当然好看，你穿什么都好看，咱们把这件衣服买下来吧。"我说着便向老板问道，"老板，这套衣服我们要了，多少钱？"

"一千六百八十六块钱。"

老板说完可能已经做好了被砍价的准备，可是我根本没有这么做，我从钱包里数出这些钱给了他，而陈艺也很少有地没有抢着去付账，她心里也希望今晚我送这一套衣服给她。

离开服装店，陈艺并没有脱下这套很有民族风格的衣服，我们和刚才一样牵着手走在古街上。我真真切切地感觉到这个夜晚是属于我们的，因为我们对彼此敞开了心扉，或许是任性，或许是不舍，但我都已经顾不上了，我要的就是这一个夜晚，至于回到南京后是什么样子，我已经不愿意再去考虑了。

| 第139章 | 为了爱情活一次

买完衣服，我和陈艺又在路边的小吃摊吃了一些丽江的特色小吃。虽然夜色已深，但围绕在我们身边的一切都很轻，而我的世界里也没有了让自己恨之入骨的寂

寞和孤独。我们什么也不多说，一直将自己喜欢吃的东西分享给对方，在这种无私的分享里，我又想起了许多过去的时光。

我端起了杯子，在这寒冷的夜晚喝了一杯自己最喜欢的啤酒，我想将这个夜晚打造得完美一点儿，所以必须要有酒，有陈艺，有那些可以被我们拿来亲切怀念的时光。

一向不喜欢喝酒的陈艺也往自己原本喝饮料的玻璃杯里倒上了一杯啤酒，然后也随我喝了一口，我看着她笑了笑，她也抿嘴对我笑了笑。

我吃得有点多，便仰躺在椅子上点了一支烟，然后听着对面酒吧一个驻唱歌手唱着一首叫《热河》的歌曲。

我悠闲地吐出了口中的烟雾，向身边的陈艺问道："热河路，不就是咱们南京的一条路吗？"

"嗯，在这里听见关于南京的民谣还是挺亲切的。"

我点头，继续听着这首歌的歌词，又很认真地问道："歌词里说，没有人在热河路谈恋爱，有什么依据吗？"

陈艺笑着摇了摇头，回道："我觉得这是玩文字游戏，应该没有什么特别的含义吧。前几天开车路过那里，还看见好几对小情侣在一个卖煎饼的摊位旁等着买东西吃，特别亲近。"

是啊，这个世界没什么地方是不可以谈恋爱的，只有不想谈恋爱的人。于是，我没有再去深入揣摩什么，又端起酒杯喝了一口啤酒。

…………

已经是夜里的十一点半，我和陈艺散步到了客栈附近的观景台，今晚的月色还是如此之好，我们一起趴在护栏上看着身下洒满月光的古城，我感觉属于我们的这个夜晚就快要结束了。

我终于转过身对陈艺说道："乔野这次肯定不会回南京了，我想秦苗在这之前应该已经做好心理准备了吧？"

"她太傻了！"

我看着陈艺，她的表情里满是对秦苗的同情，许久她才说道："她当然有心理准备，可直到现在她还将这一切瞒着乔野的父母，只是说乔野去国外旅游了，自己却替乔野收拾着在南京留下的烂摊子。"

我心里有一种说不出的滋味，可是身为局外人又实在没有能力去改变什么。我觉得自己有点对不起秦苗，虽然主因不在我身上，但这次乔野不管不顾地来到丽江找苏菡，我也确实起到了推波助澜的作用，只希望秦苗不要恨我的这个无心之失才好。

沉默中，陈艺又对我说道："江桥，有件事情我不太明白。"

"什么事情？"

"苏菡在丽江的酒吧，我们都看到了，按照景区中心的租金，再加上酒吧的规模，我觉得至少不会低于三百万的投资。可我听说，苏菡的家境很普通，所以她在丽江能开这样的酒吧，显得不是很合理。"

陈艺的心思就是这么细腻，可我真心拿苏菡当朋友，而且当初她告诉我实情，是一种信任，在她自己不愿意明说的前提下，我没有权利多说什么，哪怕面对的人是陈艺。

　　于是，我轻描淡写地回道："可能她是有贵人相助吧，你知道苏菡的为人处世是很好的，而且酒吧也不一定开始就是这个规模，我估计是这些年积累出来的。"

　　陈艺看着我欲言又止，最终在叹息后选择了沉默，但我并不认为她能猜出乔野的父母给过苏菡一笔钱，她只是怀疑苏菡在丽江有了别的男人，所以才有能力开这样一家大型酒吧，她还在为秦苗这个姐妹抱着侥幸心理。可我知道，苏菡变心的可能性并不大，否则为什么还要在南京开一个不在乎盈利的心情咖啡？

....

　　夜色越来越深，我和陈艺终于回到了我们住的客栈，她房间的热水供应出了点问题，于是在我的房间洗漱之后才回了自己的房间。我有那么一刹那想留下她，可最终也没有开这个口，因为有些事情如果我对她做了，即便她是心甘情愿的，我也会觉得自己禽兽不如。

　　我知道，这个夜晚自己会无心睡眠，所以也没有洗漱，只是带着烟和一罐啤酒坐在了阳台的竹椅上，心里想着许多乱七八糟的事情，直到那座荒废的纺织厂出现在我的脑海中，我才平静下来。这些年，我虽然怨恨母亲，可每次想起她站在车间的窗户边向我伸出双手时，我的内心还是会安定下来。她就像一把彩色的雨伞，给了我颜色，也撑起了我的世界。

　　皎洁的月光下，我从口袋里拿出了手机，找到了一张纺织厂的旧照，一边看着，一边喝了几口啤酒。

　　我又想起了江继友，当年他和我的母亲离婚后，将家里所有的照片全部毁了，所以根本没有给我留下什么可以纪念的东西。而经过十几年的变迁，母亲的样子也已经在我的大脑里变得很模糊，除非她还站在纺织厂的车间里，向窗外的我伸出手，否则即便她站在我的面前，我恐怕也已经认不出她。

　　我喝掉了罐子里的啤酒，然后一阵苦笑。我竟然连自己母亲的样子都已经记不得了，这些年我到底是不是真的在想她？

　　我想她，每次走在街上，都会将一些相似的背影和容貌误以为是她，久而久之才混淆了、模糊了。

　　这时，我记起前两天自己在朋友圈里分享了《妈妈》这首歌，我忽然很想再听一听，于是我拿出手机打开了微信。

　　微信里有一条肖艾发来的消息，我打开看了看，原来是她用一款唱歌软件将这首歌录了下来，又在歌曲的下面写了"送给江桥"这四个字，这种恰到好处让我很意外。

　　我笑了笑，随即将歌曲打开，让我感到惊喜的是，这首歌是以MV（音乐短片）的形式播放的，而MV的背景，就是那座纺织厂。

　　夕阳下，肖艾就坐在二号车间门口的台阶上，对着耳麦轻柔地唱着，她的歌声要比原唱好听多了，所以我很快便沉浸在了她的歌声中。

MV的最后，她在未完的曲调声中对我说道："江桥，是不是很意外啊，我又翻院墙了，不过这次不怎么顺利，我的裤脚都被撕了，你看……"

　　说到这里，她将手机的镜头往下移了移，那白色休闲裤的裤脚处果然被撕出了一个不小的口子。

　　我笑了笑，对着手机自言自语："有能耐再说自己是仙女，踩着云飞进去啊！"

　　"江桥，你现在肯定很不要脸地在嘲笑我，是不是？但是我不会和你生气的，因为你的领地已经被我大肖艾给占领了，所以让你嘲笑一下，算是给你一个小小的补偿。"

　　说到这里，肖艾又对着镜头吹了一个口哨，以宣示主权，然后便结束了这首歌的录制，可对着已经暗下去的屏幕，我仍有点回不过神，因为她鬓角的发丝在夕阳下被一阵风吹得是那么飘逸，仿佛丽江的空气里都弥漫着洗发水的清香……

　　我将心中的郁闷统统吐了出去，然后闭上眼睛笑了笑，但愿她爬出去时，上帝保佑她别再将另一个裤脚也给撕了！

　　撕了也不错，正好对称！

　　…………

　　就在我沉浸在那轻松的情绪中时，客栈的对面传来了苏菡的声音，她轻声对我说道："江桥，我能和你聊一会儿吗？"

　　我当即点了点头，准备去她那边，而她也在同一时间下了楼，我们在两家客栈前面的小路上碰了面，我问道："乔野呢？"

　　"他睡了，去我开的客栈聊吧，那边有我留的古树茶叶，如果你不怕今晚失眠的话，请你喝个够。"

　　"没事儿，反正明天在飞机上可以睡。来丽江不能喝到你泡的茶才是遗憾！"

　　苏菡勉强笑了笑，我有点吃惊，因为没想到她在这边还有一个客栈。看样子，她这几年在丽江发展得确实不错。

　　苏菡的客栈开在一条比较安静的古街上，并且有一个很大的院落，在她沏茶的时候，我不禁问道："你这客栈看上去挺大的，一共有多少间客房啊？"

　　"三十六间，这个客栈定位比较高端，就算是淡季，标间的收费也在三百块钱以上的。"

　　我有些惊讶，许久感叹道："离开南京的这几年，你是正儿八经做了实事的。"

　　苏菡自嘲地笑了笑，回道："没有那二百万，我什么也做不了，但我来丽江不是个错误的选择，我在这里得到了很多。"

　　我点了点头，在丽江这个地方，有这样规模的酒吧和客栈，那苏菡现在的身家至少也有上千万了，她将当初的那二百万都花在了刀刃上，做了一些很正确的投资。

　　我从苏菡的手中接过一只做工很精致的茶杯，品了一口茶后，便向她问道："乔野应该不想再回南京了吧？"

　　苏菡点了点头，她的表情有些复杂，显然还没有从人生的跌宕中缓过神来，许久才对我说道："江桥，有些事情真的是注定的吗？这些年，我不是不想乔野，我只是害怕见到他后又要忍受一次分别的痛苦,更害怕他知道当初我离开的真相。我爱他,也对不起他!"

"既然已经这样了,剩下的事情就顺其自然吧。"

当我对苏菡说出这句话后,又想到了秦苗伤心欲绝的样子,我有一种负罪感,这种负罪感让我不敢给苏菡太多的建议,我知道乔野回不去了。

一阵沉默之后,苏菡终于对我说道:"如果乔野这次真的下定决心留在我身边,我不想再委曲求全了,也不想再承受当初的痛苦,我想和乔野出国。"

对于她的这个决定,我感到不可思议。

苏菡避开了我的眼神,许久之后才又对我说道:"三年前,少不更事的乔野说过要带我私奔,可我们能私奔到哪儿去呢?他一个从小被宠坏的少爷,能跟在我后面吃苦吗?所以我拒绝了他,选择了那二百万。如今不一样了,卖掉丽江这边的客栈和酒吧,我们会有一笔足够保障生活的钱。这段时间,我一直在国外,其实是为了在那边的华人街开酒吧、做旅馆,现在已经差不多完工了,很快就可以投入营业,所以我和乔野也有了在一起的条件。我知道自己这么做是不道德的,可这么多年我没有再爱上过其他男人,而乔野也这么疯狂地惦记着我,那我还有什么好顾虑的呢?我想为了爱情活一次!"

苏菡喝了一口茶,然后陷入了一段极其长的沉默中。

她终于又对我说道:"江桥,如果你和陈艺是真心相爱,就不要再走我和乔野的老路了。你是个很踏实也很有想法的男人,如果你愿意好好去利用身边的资源,未来何尝不能做一番事业。你和陈艺之间现在最大的矛盾也就是身份上的差距,这不是不可弥补的,所以千万不要在还可以弥补时,将这段感情变成世界上最遗憾的错过,知道吗?"

我低着头,许久才抬头勉强笑道:"她已经答应了另一个男人的求婚,我们的路可能已经走到尽头了。"

苏菡却没有表现出我想象中的惊讶,她点上一支烟,吸了一口之后,对我说道:"江桥,你可能不太懂女人,她如果真的下定决心嫁给你之外的男人,就不会再和你有一点儿交集。其实,她舍不得你,希望你能留下她。"

"不,她来丽江是为了劝乔野回南京的。"

"是吗,那秦苗为什么没有和她一起?她那么一个聪明的女人,不会在秦苗都已经绝望的情况下,独自来丽江做一件根本没有一点儿把握的事情。所以她是为了你,你要相信我,几年前我在咖啡店看到你们彼此的爱意,是绝对没有掺一点儿假的。你们都爱得很深,只要你真的想挽留,陈艺就敢为了你悔婚。如果你还瞻前顾后,犹豫不决,她连最后的勇气也就都没有了,因为女人最怕的就是一厢情愿,得不到有力的回应。"

苏菡的一席话,让我的心脏又剧烈地跳动了起来,我感觉自己被扔在了一个难以抉择却必须要做出决断的十字路口。我忽然想起了陈艺来到丽江后的种种言行,我能隐隐感觉到她的挣扎,却始终无法鼓起勇气去做些什么,我一直将自己的成全当作是给她的幸福。

难道我们真的走上了乔野和苏菡的老路？而陈艺对邱子安又到底是什么感情？我怕最后不是陈艺在一厢情愿，而是我用一厢情愿去增加她的负担。

这一刻，我的大脑非常乱。

第140章　厌恨这样的告别

在我大脑一片混乱的时候，对面的苏菡没有打扰我，在一阵极长时间的沉默之后，我终于对她说道："我和陈艺从小就生活在一起，我们之间的距离也就不过那条巷子里的两堵围墙而已。那时候，只要我们在一起，都是快乐的。我可以带着她到处疯，她会把自己的零食分给我；再长大一些，她会买两张电影票，请我去看电影，我骑着单车载着她，我们共吃一桶爆米花、喝一瓶饮料……我想，人生中应该没有比这些更美好的记忆了吧！可是，自从我们恋爱以来，一切就都变了，她的父亲找到我，告诉我这个社会有多现实；她的追求者也来告诉我，我活得有多无能。陈艺为了我的自尊，处处小心地维护着，我能够感觉到她这样有多累……"

说到这里，我叹息着，苏菡知道我的话还没有说完，只是在用这个间歇平复着情绪，所以她没有插话，依旧耐心地等待着我继续说下去。

我盯着院落里那棵长在古井旁的桂花树失神了好一会儿，终于又说道："回想我们恋爱后的日子，虽然时间不长，却尽是各种委屈、痛苦、恐慌、小心翼翼、挣扎，即便有那么一点儿快乐和温馨都像是上天施舍的。苏菡，你能告诉我，爱情真的是这样的吗？一定要两个人这么玩命地去争取，这么如履薄冰地去呵护，到头来面前却还是刀山火海，只能提心吊胆地活着……"

苏菡感同身受地看着我，许久才回道："你说的这些我又何尝没有经历过，可是为什么不咬着牙，等待柳暗花明呢？"

"也许我和陈艺都不是活得特别有信心的那类人吧，所以我们拿不起也放不下。不过，时间总会给我们答案的，无论最后是什么结果，我都认了！苏菡，你知道吗？我有一个奶奶，却只能在养老院生活；我还有一个亲生父亲，流落到深圳，至今下落不明；我的母亲听说是个好女人，可这么多年她对我不管不顾，我也不愿意再去相信她的好。我要做的事情太多太多了，如果本该快乐的爱情还要带给我这么多的痛苦，我怕自己会崩溃，会垮掉，这些年我真的活得太累了。我只是个难成气候的小人物，而你说的柳暗花明，只有在真正成功的那一刻才会到来，这个世界上像你这么幸运的人并不多。"

苏菡叹息："你和陈艺现在面对的这一切，恐怕比我们当年的境遇还要糟糕！"

我的思绪有些涣散，我没有再说话，也没有喝茶，依旧失神地盯着古井旁的那棵桂花树，许久之后我终于转移了话题，向苏菡问道："你和乔野有具体的打算吗？"

苏菡摇头："我现在也很迷茫，我劝乔野回南京把事情说清楚，可是他不愿意。

他说回了南京一切就都复杂了,他和秦苗的婚姻不同于普通家庭,离婚有些不切实际。"

"乔野说得没错,可是你愿意这么没名没分地跟着他吗?"

苏菡看着我,许久也没有作答。这一刻,她的眼神和之前的陈艺是那么相似,我看到了她心里的矛盾和复杂。很多时候,我们是不愿意做出选择的,形势却一点儿也不允许人迟疑。

我也想过,如果邱子安没有向陈艺求婚,我和陈艺就这么相安无事,平静地过一段日子不也挺好的吗?可这个世界上就是有这么多不达目的誓不罢休的人。

…………

次日,我在手机的闹铃声中醒了过来,洗漱之后已经是上午十点半,而陈艺早已经将东西都收拾妥当,然后又来到我的房间,替我整理行李。再过两个小时,我们将坐上回南京的航班,我心中竟然有些不舍,我知道以后将少有机会再来丽江,而就算来,也已经没有了陈艺的陪伴。

陈艺将我最后一件衣服叠好放进箱子后,问道:"还有什么东西没装的吗?我一起给你收拾了。"

"就卫生间里还有一个剃须刀。"

陈艺去卫生间里找到剃须刀,很细心地用方便袋包了起来,放进我的行李箱后,便坐在床上等待着正在擦皮鞋的我。让我感到意外的是,她竟然没有与我说起乔野和秦苗的事情,她看上去很平静,平静到好像只是结束了一场普通的旅行。

上午十一点,我们坐上了去往机场的专线大巴,十一点半到达机场,领好登机牌,托运了行李。距离登机还有将近一个小时,我们紧挨着彼此坐在机场的候机区休息着。

我有些无聊,便将自己的钥匙扣套在手指上转动着,中途掉了好几次,都是陈艺帮我捡了起来,然后又从自己的手提包里拿出糕点给我吃。在别人眼中,我们就是一对情侣,男的爱玩,女的温柔细心,甚至连我自己也有了这样的错觉。以至于有那么一刹那,我搂住了她,然后用手指拨弄着她的发梢消遣着等待的时间,而陈艺也没有反感这样的亲密接触,她一直靠在我的肩上玩着自己的手机。

醒悟过来的我,一阵心酸,如果我们能够抛却南京的那些烦恼,就这么留在丽江该有多好,假以时日,我们一定能够找回曾经的轻松和快乐!

我有点难过,放开了被自己搂着的陈艺,然后闭起眼睛靠在了椅背上,强迫自己什么都不再去想。

一会儿之后,陈艺拍了拍我的手臂,等我睁开眼,她对我说道:"江桥,你要买车子的话,记得给我打个电话,南京很多4S店我都有朋友,应该会便宜不少。"

"嗯,我想好了买什么车就给你电话。"

陈艺点了点头,稍稍沉默后才对我说道:"那笔钱我回去以后就转到你的卡上。"

"按照我们说好的,二十万就够了。"

"嗯,我知道。"

陈艺说完后对我笑了笑,然后看着眼前的人来人往陷入了短暂的失神中。她挽紧了我的胳膊，又靠在我的肩上，有些疲乏地闭上了眼睛。

我脱下自己的外套，披在了她的身上，等待登机的时间就这么一分一秒地流逝着。
…………

因为飞机经停昆明，到达南京时，已经是下午五点半。我提着陈艺的行李箱和她一起站在航站楼的出口处，我们面对着的是这个城市熟悉的灯火，还有熟悉的南京话，而我们也该告别了。

我将行李递到了陈艺的手上，问道："你准备回哪儿？"

"去丹凤街那边的家，我妈已经煮好晚饭了。"

"嗯，那不顺路，咱们各自打车吧。"

"你先走吧，我看着你走。"

我心中一阵痛，随之着她嚷道："你干吗啊？弄得跟生离死别似的，南京就这么大，以后不见面了吗？一起走！"

我一边说一边拖着陈艺向出租车候客的地方走去，陈艺不知道从哪里来的力气，她死死地抓住了一根灯柱，一步也不肯向前走。

我松开了她，她看着我低泣，两行泪水染湿了她灰色的口罩。我的心在滴血，狠狠将自己的行李扔在了地上，我想像从前那样吼她，我讨厌她的不听话！可是，我莫名地哽住了，我的鼻子发酸，眼泪控制不住地要落下来。

我转过了身体，仰起头不让自己在这个时候哭出来，我捡起了地上的行李，快步向停在不远处的出租车走去。我把她丢下了，头也没有回，等我走到机场外，才发现南京的天气是这么冷，天空还飘着丝丝细雨。

我从来没有像此时这么决然，我对打开车窗的司机报出了"郁金香路"，随后将自己的行李统统扔进了车子的后备厢里，我就这么一声不吭地坐上了出租车。

司机按下计价器后，车子缓慢地启动，我终于鼓起勇气看向后视镜，陈艺的身影立在寒风中，越来越模糊，公路桥上的灯火却越来越清晰，我真的听见了寒风吹来的声音，也听见自己的心在脆弱的身体里一点点被撕裂的声音。

我厌恨这样的告别，因为太用力了，而我无力承受。

| 第141章 | **冤家对头**

出租车快速地行驶在高架桥上，高楼、吊车、压路机、灯光、雨水构成了我视线中的这座城市，我在麻木的情绪中有些恍惚，还不能适应两座城市的转换。此刻，我的记忆仍停留在丽江的蓝天白云中，我还想坐在那古色古香的客栈阳台上，泡一壶茶，看一座城。

车子进入一条隧道后，又遭遇了下班高峰期的堵车，焦虑的司机打开车窗，点上了一支烟，而我看着那封闭、狭长的隧道才终于相信自己确实回到南京了。这里有我的一切，我所有的痛苦都是在这里发生的，爱我的人、我爱的人，也一直生活在它的变迁中，我是永远也不可能真正离开这座城市的，我依然将在这里承受着它的高房价、高消费，还有世事的曲折。

经过一个多小时的行驶，出租车终于将我送回了久违的郁金香路，我付了车费，提着行李站在巷子口。

我此刻的心情非常复杂，因为我在刚刚的路上看到了肖艾的桥乐坊，也看到了被乔野扔下不管的宾馆。我甚至还看到了秦苗那辆保时捷停在路边，可我没敢多看一眼，因为我的心里对秦苗有着很强烈的负罪感，我不知道该怎么和她交代乔野的事情，只能寄希望于陈艺会和她沟通。

独自站了一会儿，我才想起自己的手机直到现在还没有开机，于是我一边往巷子里走，一边打开了手机。

我收到了两条信息，一条是金秋的未接来电提示，还有一条是赵牧给我发的信息，他问我什么时候回南京。

我先回复了赵牧的信息，然后又拨打了金秋的电话，她很快便接通了，我情绪有些低落地对她说道："我刚刚下飞机，手机一直没有开，你给我打电话有事吗？"

"你回来了啊？"

"嗯。"

"我刚好下班，正好去接你。今天晚上到我家吃饭，我爸刚刚还和我念叨着没有陪他喝酒的人呢！"

"我已经到家了。"

"到家了更顺路，你就在巷口等我吧，我大概二十分钟后到。"

不等金秋说完，我便听见了汽车启动的声音，而后她挂掉了电话，我有些发愣，直到想起老金因为没人陪他喝酒而苦恼的表情后，才摇头笑了笑。如果说在这座城市里，还有一个地方能让我感受到那么一点点家庭温暖的话，也就只能是老金家了。

…………

回到久违的小院，放置好行李后，我便找出一把雨伞，出了巷子，在巷口等待着金秋的到来。

金秋是个很有时间观念的人，她很准时地出现在了我的面前。不过此时的她，开着的车已经不是老金的那辆本田，而是一辆很能彰显个性的纪念版牧马人，但我并不意外，我知道是她有越野情结的。

我收起伞，打开车门，坐在了副驾驶上，她开动车子后，笑着向我问道："这次在丽江玩得开心吗？"

我托住脸看着车窗外的落雨，有些心不在焉地回道："还行。"

金秋看了看我，似乎看出了我心情不佳，之后也没有再问什么，将注意力放在了应付下班高峰期那复杂的路况上。片刻后，车子驶到了郁金香路尽头的红绿灯路口，金秋将车停了下来，而前面密密麻麻地停着许多辆同样在等信号灯的车辆。

我的坐姿没有改变过，视线也一直停留在车窗外那个报刊亭上。我没想刻意地去看什么，只是习惯性地发呆。

这时，我又在不经意间看到了那个背着蓝色琴盒的身影，她打了一把白色的花边雨伞，我因此看不见她的脸，但我已经对她的一些特征了如指掌。我知道，这个独自走在人行道上的人就是肖艾。原来，她已经结束了一天的授课。我终于挤出一丝微笑，想象着这个夜晚，到底谁会安然入睡，谁又会被世事烦扰得失眠呢？

我按下了车窗，想喊她一下，可是她已经顺着人潮接近了下一条街道，我赶忙抓住最后的机会用手机拍下了她的背影，然后用微信发给了她，以示自己和她打过招呼了。此刻我之所以这么主动，是因为想起她特意为我唱的那一首《妈妈》，我却没有回复，这种冷落实际上是很不礼貌的，可昨天还身在丽江的我确实没有什么聊天的心情。

…………

晚饭前，我随金秋来到了老金家，金秋将我挡在身后，她打开了房门，然后对正在屋里看电视的老金说道："爸，看我把谁给带来了。"

老金下意识地往金秋身后看了看，我比金秋高半头，老金一眼便看到了我，然后亮着他的大嗓门说道："哟，江桥来啦，正愁没人喝酒，赶紧来屋里坐。"他又对正在厨房里忙碌的罗素梅喊道，"素梅，江桥来了，再给我们爷儿俩多做两个下酒的菜！"

我心中顿时便涌起一阵暖意，而换好鞋的金秋又像个妹妹似的从鞋架上给我拿了一双拖鞋，然后在不经意间喊了我一声"哥"，示意我将拖鞋换上。

此刻，我好似活在梦中，看着窗外闪烁的万家灯火，第一次觉得这些灯火是有温度的。

…………

晚饭开始，我们四个人围桌而坐，桌上全是我喜欢吃的菜，杯子里被老金倒满了我喜欢喝的黄酒。我们家长里短地聊了许多，但我一点儿也不觉得乏味，甚至主动告诉了他们我要买车的事情，老金第一个给予了支持，又表示如果看中哪款车而钱不够的话，尽管和他开口。

酒足饭饱后，我坐在沙发上陪老金聊着天，金秋给我们端来了热茶，然后也在我的身边坐下，对我说道："江桥，关于马上就要举行的创业大赛，你有什么好的想法了吗？"

我实话实说："还没有，最近一直没顾得上这件事，不过后面会将主要精力都放在这上面的。"

金秋一副意料之中的表情，然后又对我说道："关于创业大赛的计划书，我给你一点儿建议。我觉得不需要去刻意地迎合评委的喜好，主要是做出自己的特点。我和你说过，这次的创业大赛有很多投资人在关注，就算拿不到大赛的创业基金，但不代表没有机会从那些投资人手中弄一笔天使投资，所以计划书一定要充分表达出创业项目的前景，这些是投资人最看重的。"

我点了点头，回道："我明白你的意思。"

这时，金秋又起身从自己的手提包里拿出了一个U盘，递给我说道："这个U盘里面存了很多经典的创业案例，都是我从国外收集到的，是非常宝贵的资料，我已经给你翻译成了中文,有些重点的地方也做了标注,你花点时间看一看,对你参加这次的创业大赛一定会有帮助的。"

我从金秋的手中接过U盘,心中是说不出的感谢,她是这个世界上为数不多希望我能上进的人。我觉得自己是时候放下她当初将我清理出公司的不满了,而我在离开公司后,也确实看到了不一样的风景和前途。

这时,身边的老金又突然说了一句:"江桥,金秋,我看你们俩就甭研究那什么创业大赛了。现在公司的业务这么忙,江桥你再回公司帮金秋的忙最好,我早就表过态了,我不反对你们交往,以后你俩要是能结婚,不还得一起打理公司吗?现在走那么多的弯路做什么?"

老金旧事重提,让我和金秋的脸上都露出了尴尬之色,我很感谢老金的不嫌弃,也知道这样的不嫌弃有多难得,可我和金秋从来没有往这方面想过,所以老金明显操的是闲心。

在老金面前,我也正经不起来,索性顺着他的话问道:"金总,我要真和你们家金秋好上了,到底是她嫁到我家,还是我入赘到你们家啊?"

老金想也不想地回道:"当然是入赘到我们家,第一个孩子跟我们姓金,第二个孩子姓江,你们结婚的房子,我们老两口来置办,不用你们操心!"

看老金计划得这么远,我忍不住笑出了声来,却不想身边的金秋狠狠地踩了我一脚,怒道:"江桥,你个王八蛋,你这么逗我爸玩有意思吗?谁要嫁给你了?"

我被她这一脚踩得疼痛难忍,当即抱着脚惨叫道:"你以为我会娶你,让你天天有机会对我家暴吗?不是铁打的,谁敢娶你这个悍妇!脚都快被你给踩肿了!"

"你还敢调侃我!"金秋说着又掐住我胳膊上的肉狠狠一扭,我一边惨叫,一边顺势还了她一脚。当然我脚上的力道还是很有数的,因为我只是在逼她松开我,不是为了打败她。

老金和罗素梅似乎已经习惯了我们之间的打闹,只是说了一句"冤家对头",之后也没再管我俩。其实,我和金秋在几年前确实是这么相处的,只是没想到如今已经成熟的我们,在面对婚姻这个话题时,又将过去的相处模式重新演绎了一遍。在这之前,我真的误以为一切都回不去了,但人的秉性确实是刻进骨子里的,比如金秋的强悍。

…………

这个夜晚,我没有麻烦金秋送我回去,我想散步回到自己的小院,然后再借这难得的清静去想明白一些事情。路上我收到了肖艾回复的微信,她说在便利店等我,要请我吃一根热的玉米。

我这才想起,她已经暂住在郁金香路上,勉强算是这里的居民,所以我们的距离很近。如果我们想要在那个便利店里碰头,十分钟就够了。

| 第 142 章 | 卖奢侈品

  我撑着伞走在没有边际的夜色中，而城市的灯火依旧在摇晃，经过地面的积水折射后，整个世界都好像变成了彩色的，这影响了我的心情，于是连雨水落在伞上的滴答声也成了歌唱。
  弯下身子，系紧鞋带，我在潮湿的路上奔跑了起来，我想将那些烦恼远远地甩在身后，我更想放肆地看一看我正在生活着的这座城市。我觉得奔跑就是自己最有力的武器，当我跑起来时，我是能够打败这座城市的，因为小的时候我曾一次次地幻想着，如果我跑得足够快，就能像飞机一样飞向天空。当我飞翔在天空时，谁还看得上那些高楼大厦，谁还稀罕那所谓的家。
  不知道跑了多久，我终于在郁金香路的路口停下了脚步，靠在路边的灯柱上气喘吁吁，我就这么在奔跑的疲惫中放空了自己。我记不起傍晚时和陈艺在机场分别的那一幕，也幻想不出自己离开后，来机场接陈艺的人或许就是邱子安。
  气息顺畅之后，我又撑起了伞，在淅淅沥沥的小雨中，继续向几百米之外的便利店走去，我和肖艾约定了在那里见面，不知道她在那里等了多久。
  片刻之后，我终于看到了便利店门口闪烁着的霓虹招牌，而肖艾就站在下面，她的左手拿着那把花边雨伞，右手则拎着一个方便袋，里面装着一根玉米。
  我站在她的面前，她有些不开心地对我说道："怎么这么久，玉米都凉了。"
  "我没坐车，是一路走回来的。"
  肖艾叹气："忘记你年纪大了，是要勤锻炼的，走路好，走路好！"
  我瞪着眼睛回道："如果你不是三岁，就不要嘲笑我年纪大了。我告诉你，男人三十岁的时候风华正茂，所以千万不要将比我小几岁当作什么优势！"
  "我就是三岁，唱一首儿歌给你听……"
  肖艾是受过专业声乐训练的，所以唱儿歌也毫不违和，她扬扬自得地在我耳边唱了一首属于我们那个年代的儿歌，我拿她没有一点儿办法，只能接受了被她说老的事实。
  我想，像她这样的姑娘，勤锻炼又会保养，就算到四十岁也不会很显老，而劳心劳力的我，恐怕四十岁时就已经很苍老了！
  就在我暗自郁闷的时候，肖艾又转身进了便利店，和里面的售货员说着些什么，她又做了一个"拜托"的手势，最后才从店里拿出来一根滚烫的玉米，她交到我的手上说道："赶紧趁热吃吧，别再凉了。"
  我故意没有接过来，问道："玉米凉了咱们就再买个热的，干吗这么委屈地去求售货员，人家明显不乐意换！"
  "你不是和我说过，浪费粮食是一件很可耻的事情吗？"
  我很是不解地反问道："我有说过吗？"
  肖艾很认真地点了点头，然后又将热乎的玉米递给了我，自己则在便利店门口的长椅上坐了下来，我却有点不自在，因为我不太喜欢自己吃东西的时候被别人看着，而她一直托着下巴在盯着我。

我终于抱怨道："你再这么看着我，我就抽烟了。"

"不许抽烟。"

"可你这么看着我，我忍不住想耍个酷！"

"我没看你，我看的是你身后的那根墙柱，还有墙柱旁边的那只猫。"

我下意识地回头看了看，还真的有一只花猫蜷缩在墙柱的下面，于是我克服了心里的不自在，也蹲在那只猫的旁边吃了起来。这样，我就不用太在意肖艾看的到底是我，还是那只猫了。

我边吃边对肖艾说道："这个玉米的口味不错，挺黏的，你是经常过来买吗？"

"是啊，这是我在郁金香路上发现的最好吃的东西，没有之一，所以每天教完课我都会来买一根。"

"是吗，没想到你现在过上了这种小生活。"

肖艾有些不解地问道："什么意思？"

"我的意思就是生活变得简单了，所以才有精力去迷恋某一样东西，比如我喜欢的花草，你现在喜欢吃的玉米，都代表着我们的生活很简单。我想，在这之前，你肯定不会特意去吃喜欢的东西吧，就算有，也不会每天都买，最后形成一种习惯。"

肖艾终于笑了笑，回道："照你这么说，我还是比较喜欢这种小生活的，每天似乎都很充实，充实过后又优游自得，好像每一次的愉悦都很有画面感。我想，我永远也不会忘记在这条路上一边走着一边吃点零食的画面。"

"呵呵，现在都不去酒吧玩啦？"

"酒吧那破地方有什么好去的，有这精力还不如回家躺在床上，戴着耳机听一首歌呢！"

我笑了笑，当即拆穿道："我看你是生活困难，已经负担不起在酒吧的消费了吧！你老实说，现在身上还有多少钱？我保证不会笑话你的！"

肖艾眯着眼睛看着我："怎么，想在我身上找优越感吗？"

"说说看嘛，也给我一点儿农奴翻身当地主的快感！"

肖艾有些泄气，半晌回道："没钱，自己出来做事情才发现赚钱那么难，真不知道我爸那么多钱是怎么赚的！唉，我感觉自己现在过得好失败。"

"那你就向你爸低个头，什么问题都能解决了。"

"我不，我才不会把懦弱给他看。再说了，我挺喜欢现在这种自食其力的生活，我干吗要改变？"

我盯着她看了许久，才回道："你刚刚还说觉得自己失败，这会儿又说喜欢现在的生活，我发现你够矛盾的啊！"

"矛盾吗？我说自己失败，是因为觉得连你都能在我的身上找优越感了，但这和我喜不喜欢现在的生活有关系吗？"

我尴尬地笑了笑，然后又吃起了手中的玉米，而肖艾则有些忧愁地托着下巴，好似在想着什么。半晌，她将自己手提包里的东西都倒了出来，装进了方便袋里，然后递给我说道："江桥，你那咖啡店平常肯定有不少小资去光顾吧，你替我把这个包给卖了吧，才买了几个月，是今年的最新款。"

　　我看了看她的这个手提包，牌子是GUCCI（古驰），但因为我对奢侈品没有什么研究，所以并不知道具体的价格。我对她说道："你要是暂时真的很缺钱，我可以借你一点儿的，你这么一卖东西，我想起电视剧里面的那些落魄小姐了。"

　　"借你钱不用还吗？"

　　我愣了一下，她又对我说道："我家里面还有很多包包和首饰，要不我在你的咖啡店弄个专柜，把这些东西都便宜处理掉吧。"

　　我为她的想法感到惊讶，继而回道："你也不用为了在我身上找回优越感就这么做吧？钱是换到了，可你那点家底也就都卖没了，还都是贱卖！"

　　肖艾看着我，她的表情很坚决，半响对我说道："你忘了，我年后就要去德国留学了吗？卖掉这些，也能凑到一笔留学费用了。"

　　我想也不想地回道："那你卖车不是更好吗？反正你去国外也没人开了。或者，你交给我，我帮你租给金秋的婚庆公司，每个月最少也能赚个万把来块钱，要是旺季的话，两三万都不在话下。"

　　肖艾不以为意地回道："其实，车子我早就还给我爸了，后来被李子珊要去送给了她的妹妹。"

　　我有一点儿失落，倒不是因为那辆带给我不少记忆的车子易主了，而是想起肖艾在不久后将要去往德国的事实，我有些为她担心，在那个陌生的国家，她真的能够生活好吗？

　　我心里这么想，嘴上却没有说出来，我将吃完的玉米放在了一边，然后有些惆怅地点上了一支烟，而肖艾也没有再说话，她还是托着下巴低着头，似乎在看着我脚上的鞋，又好像是看着蹲在我脚边一直没有离去的那只猫。

　　就这么过了片刻，一辆出租车在我们不远处的路边停了下来，赵牧从车里走了出来，他来到了我和肖艾的面前，先是对我说道："桥哥，你回来怎么不提前告诉我一声啊，我今天晚上就不陪公司的人吃饭了。"

　　我笑了笑，问道："金鼎置业的工作已经落实下来了吗？"

　　赵牧点了点头，然后又看着坐在长椅上的肖艾，一阵沉默之后才低声说道："好久不见了。"

　　肖艾并没有给予他眼神上的回应，只是回道："是吗？"下一刻，她便将自己的手提包递给了我，示意我替她放在咖啡店里卖，然后便借故离开了。

　　…………

　　我和赵牧往巷子里走着，他终于向我问道："桥哥，肖艾她找你做什么？"

　　"也不是专程找我的，她就是想把自己的包放在咖啡店里寄卖。"

　　赵牧点了点头，他没有再多问。等我们进了屋子后，他将一个很精致的鞋盒递给了我，说道："桥哥，谢谢你照顾了我这么多年，我知道我们之间不应该用物质来表达，但在我工作落实下来后，还是想买点东西送给你。"

　　我有点不太高兴，回道："你才刚参加工作，这么破费干吗？现在赚钱都挺难的，以后别这样了，咱们兄弟之间用不着这些。"

赵牧有些内疚地看着我。我知道，这些年他一直因为自己耽误我的学业而自责着，但是因为我不允许他在我面前提起这些，所以他一直将这种自责闷在了心里。

不知道为什么，看着此刻沉默的他，我又想起了赵楚，于是我也陷入了自责中。我总觉得当初的自己太拖累赵楚，如果不是为了我那一份多出的生活费，赵楚或许不用那么辛苦。他曾在理发店里做了一个月学徒，可之后因为学徒工资太低而放弃了，所以赵楚在学做钣金工的过程中遇见这样的意外，我多少也有一点儿责任。

我有些痛苦，从自己的钱包里拿出了一张卡递给赵牧，说道："这里面有一万块钱，你刚刚落实了工作，多给自己置办几套像样的衣服吧，还有同事之间的关系也要处理好，有机会多请同事们吃吃饭。"

"桥哥，我不能再要你的钱了。"

我将卡强行塞到了他的手上，赵牧却说什么也不肯要。最后，我让他等以后有钱了再还给我，他才收下了这张卡。

…………

洗漱之后，一个人躺在床上，心中又不免感到空虚和寂寞。我想起的还是陈艺，我很想知道，我们在机场分别后，她又经历了些什么，此刻是否也躺在床上，像我想着她这般想着我。

我点上烟，有些痛苦地笑了笑，彼此想念又有什么意义呢？

我终于掐灭了手中的烟，下一刻便找来了自己的电脑，将金秋给我的U盘插了上去，然后逼着自己忘记感情中的琐碎，学习对自己有用的知识。

我又看见了肖艾托付给我的那个手提包，我这才想起，自己刚刚忘记问她要卖个什么样的价格，于是我拿起手机给她发了一条信息，问道："那个手提包，你准备卖多少钱？"

"当时差不多是三万块钱买的，你看着卖吧。"

"哦，那明天你记得把购物小票送到咖啡店，我刚刚在网上关注了一下行情，这东西折价还是很厉害的，我估计能卖到一万块钱就很不错了！"

"我不确定能不能找到小票了。"

"尽量找找看，要是没小票的话，折价就更厉害了。"

"那我明天找找看。"

"嗯。"

聊完这些，我和肖艾各自说了一声"晚安"之后，便结束了这个夜晚的全部交谈。我也终于关掉了电脑，想让自己进入睡眠状态，尽管脑海中还有一大堆乱七八糟的想法，可是仍觉得回到南京的生活才最贴近现实，因为这里有交易，也有为了事业而做的努力，还有各种人情往来，而丽江到处是浪漫，是悲欢离合。

我想，在这个夜里最为舒心快乐的人，非乔野莫属，可秦苗呢？她对这些天发生的事情又知晓到了什么程度？

| 第143章 |　　人算不如天算

下了一夜小雨的南京，在次日的早晨又飘起了小雪，我像往常那样坐在小院屋檐下的台阶上，一边吃着自己煮的白米粥，一边与那些戴着手套和帽子的街坊打招呼。

这种忙碌前的清闲让我觉得自己又进入了之前熟悉的小生活中，在这种小生活里是没有爱情的，有的只是平凡却不失美好的衣食起居，就像昨天晚上肖艾请我吃的那根热玉米，我认为这就是一种很美妙的安排。

人不必太贪心，既然有这样的小生活，那么夜晚忍受一个人的寂寞和孤独也是很正常的。对于结婚，我也没有很强烈的紧迫感，因为我的家庭状况如此，曾经很多街坊都认为我娶老婆是件很困难的事情，我自己也有这样的心理准备，所以晚婚我也能接受。

这时，在屋内吃过早饭的赵牧拎着自己的公文包，西装笔挺地站在了门口，对我说道："桥哥，我去上班了啊。"

"嗯。"

赵牧准备离去，我又喊住了他，对他说道："我在金秋那儿赚了一笔钱，这个星期准备去4S店买一辆二十万以内的车，你觉得什么车型好？"

赵牧愣了一下，买一辆车曾经是我们兄弟三人的梦想，虽然家用轿车在近几年已经很普及，但当真的要买时，他的心中也不免会感慨万千，因为当初的兄弟三人，如今只剩下了我们两个。

赵牧终于回道："标致的508吧，性价比挺高的。"

我点了点头，赵牧说了一句"晚上有饭局不回来吃饭"之后，便离开了小院，我又独自在门口坐了一会儿，车子我是一定会买的，之所以征求赵牧的意见，实际上是想给他用。

我工作的地方就是咖啡店，也不太用得上车，他上班的金鼎置业却与这里相隔好一段距离，再加上公司里职员间相互攀比之风很普遍，有一辆车也算有一点儿面子，何况他还是清华大学的研究生，所以他比我更需要一辆车。

是的，我们的出身和人生履历注定我们容易自卑，所以能为赵牧争取的，我一定会不留余力。

…………

来到咖啡店，我发现玻璃窗上已经贴满了雪花和圣诞老人的贴纸，门口也摆了一棵圣诞树，店长和几个店员都戴上了圣诞帽，我这才意识到圣诞节要来了。

这个早晨，我开了一个很简单的会议，主要是感谢店长和店员在这段时间的贡献。虽然我身在丽江，但店铺还是被他们打理得井井有条，想来这也是前任老板苏菡的贡献，她给了我一个很优秀的小团队。

我又想起了乔野，人生中忽然少了这么一个会咋呼、会给我惹麻烦的朋友，竟然是如此寂寞。可我知道他不会回来了，他的心早已经飞到了国外和苏菡双宿双栖。

我将从丽江买回来的礼物分给了大家，自己泡了一壶热茶，然后坐在了一个靠近玻璃窗的座位上，继续研究着金秋给我准备的经典创业案例。我认为磨刀不误砍柴工，所以也不急于要立即写一份自己的创业计划书，可能这和我性子慢有关系。我觉得自己是一个很会忍耐的人，在最好动、最该奔放行事的年纪做了六年的婚庆策划，这是很需要定力的工作。

　　快要中午的时候，我收到了一条银行发来的信息，我的个人账户里多出了二十万，这是陈艺转给我的。我心中莫名伤感，我知道在分配完金秋给的五十万后，我们之间的联系将会越来越少。

　　我点上了一支烟，很快便克制住了这种伤感的情绪，又将精力放在了正在研究的经典创业案例上。

　　正在投入中，耳边传来了一阵敲击玻璃窗的声音，我转头看了看，是肖艾气喘吁吁地站在咖啡店的外面，她正推着那辆红色的单车，两个手把各绑着一个很大的袋子，示意我出去帮她的忙。

　　看着她的脸被冻得泛红，我赶忙走了出去，当即便拎着她的两个袋子进了咖啡店，她锁好车后也随我走了进去，然后站在空调出风口一阵哆嗦，可怜得很。

　　她一边搓着手，一边对我说道："江桥，我把能卖的东西都带来了，还有好些一次都没有用过，应该可以卖个好价格吧？"

　　我打开了她的袋子，大致翻看了一遍，回道："这个不好说，我回头腾一个酒柜出来，就放你这些东西。放的位置显眼一点，可能会好卖些。"

　　"你就不能给我一点儿信心吗，我这都是贱卖，可比原价低了好几倍！"

　　"试试看吧，我觉得那些从来没用过的应该会有人买。"我说着便让服务员将吧台后面的一个酒柜腾了出来，然后将那些奢侈品一件件放了上去。我略微估计了一下，这些东西全部加起来的原价得有上百万，只要能卖出三分之一的价格，我觉得就已经很不错了，毕竟奢侈品这东西不是房子，一点儿也不保值。

　　肖艾有些泄气地看着我，我问道："你哪来这么多的奢侈品？都够去商场开一个小专柜了！"

　　肖艾回道："我爸和我妈离婚后，为了哄我开心，整天就知道拿钱弥补我，他的钱不花白不花，所以就买了这么多东西。"

　　"哦，那这些东西你怎么没还给你爸啊？"

　　"你是想笑我没气节吗？"

　　我有心逗一逗她，便回道："差不多是这个意思，你当初要是将这些奢侈品全放在车子里一起还给你爸，我一定会为你竖个大拇指的！"

　　肖艾看着我，面色渐渐变了，她一声不吭地从地上拎起那两个袋子，然后将那些已经摆上酒柜的奢侈品又统统放了回去，对我说道："我现在就去还给他。"

　　我没想到她会当真，赶忙拉住了她，连连说道："没有，没有，我就是开了一个玩笑，我知道你现在挺难的，这个时候我要是真希望你还掉这些东西，不是典型的落井下石吗？"

　　肖艾完全不理会我，甩开了我拉住她的手，然后拎着两个袋子又出了咖啡店，将其放回到车上,便转身推着单车往巷子外走去,我跟在她后面喊破了嗓子也没有用。

我又追到了巷子口,她却已经骑上了单车,在风雪中很费力地蹬向远处。我哭笑不得,然后给了自己一个嘴巴子,我这不是典型的没事找事吗!

她本就是一个骄傲的姑娘,下定决心卖这些东西,已经是放下尊严了。现在倒好,我这么一刺激,真让她回到了解放前,以后难不成要我养着她吗?但出国留学的费用可不是小数目。

我又给了自己一个嘴巴子,埋怨自己不够了解她的性格。但细细想了一番之后,又很快释然了,毕竟肖总不会真的不管她留学的费用,只是这对父女之间,相互消气还需要那么一点点的时间而已。

…………

因为计划着要去买车,次日我起了个早,准备先去了解一下价格。如果价格合适,我想今天就将车子买下来。关于买车这件事情,我并不想麻烦陈艺,就算有熟人关系,最多也就便宜小几千块钱,根本不值得她去欠个人情,我们之间在做过最痛苦的抉择之后,更不应该再有类似的牵连。

我想过,早晚有一天她会嫁给邱子安,我们也将因此分隔两地。那时的她,将完全顾不上我的生活,倒不如现在就去适应她不在的日子。

我叹息,将手中的烟熄灭,便跟随众人坐上了去往汽车城的公交车。郁金香路是这趟车的第二站,此时车上并没有什么人,我选择了最后一个靠窗的位子坐了下来,然后拿出手机习惯性地浏览着最近的一些时政要闻。

大约一站路之后,我的手机忽然在手上震动了起来,我有些吃惊,这个电话竟然是陈艺打来的。我的心里有一种不太好的预感,因为不是大事情,她绝对不会这么早给我打电话的。

难道是要告诉我,她要结婚了?

我的心重重一沉,在长呼一口气之后才戴上耳机,接通了这个电话,强作镇定地说了一句"早上好"。

陈艺的声音有些低沉:"江桥,秦苗怀孕了。"

"啊?这……这不太可能吧,乔野一直没想和她有孩子,应该会做避孕措施的吧?"

陈艺轻声一叹:"前段时间他们的关系有所缓和,秦苗迫于双方父母的压力,就想趁着这个机会和乔野要个孩子,所以她在避孕套上做了一点儿手脚,没想到真的怀上了!这本来是个好事情,也许有了孩子之后,乔野能够收收心,可谁也没想到,竟然变成现在这个解不开的死局!"

我也蒙了,这真是人算不如天算,如果不是那份合同意外被乔野发现,也许秦苗怀孕真的是可以让乔野收心的转机,现在却弄巧成拙!

我已经不太敢去想,秦苗该何去何从,乔野和苏菡又该何去何从。

453

第144章　一条奇怪的微信

结束了和陈艺的通话,我也没有了去买车的心情,在最近的一个站下了车后,便又打车回到了郁金香路。陈艺已经在巷子口等我,身上穿着的是一件我曾经很喜欢的黑白格毛呢大衣。

我们四目相对,却一时不知道该说些什么,我示意她去咖啡店里坐一坐。

她摇了摇头对我说道:"就在这里说吧,你现在能联系到乔野吗?给他打个电话,把秦苗怀孕的事情告诉他,不管他怎么选择,但这件事情他必须要知道。"

我点了点头,当即从口袋里拿出了手机,在准备拨打前,向陈艺问道:"秦苗现在是怎么想的呢?"

"她肯定会把孩子生下来的,因为这符合两家的利益,也是双方父母一直想看到的。但如果孩子从生下来就没有父爱,会是一件很可悲的事情。"

我看着陈艺,心中有一阵说不出的苦楚。没有父爱的悲哀,这个世界上恐怕没有人比我体会得更加深刻了。我终于点了点头,然后拨通了乔野的手机,却被告知对方已经关机。

我又拨打了乔野另外一个号码,秦苗和陈艺可能都不知道这个号码,结果仍是关机。我心中顿时升起一阵不太好的感觉,我对陈艺说道:"两个电话都关机了,我现在也没有办法联系上他。"

陈艺皱了皱眉,顿时便下了决心,她说道:"那我马上就和秦苗再去一趟丽江,乔野必须要负责任,不能让他这么混账下去。"

"你不是还要主持元旦的直播晚会吗?现在去还来得及赶回来做准备吗?"

"我这辈子就秦苗一个最交心的朋友,现在顾不上那么多了,我会通知台里换人的。"

看陈艺说得如此坚决,我也没有再多说什么。但我忽然发现自己对她不够了解,我一直认为她有着一种识大体,但也自我的性格,可她对秦苗的用心,恰恰证明她对朋友是可以牺牲自我的。

我又在想,我这个从小和她一起长大的青梅竹马,在她心中又到底是什么地位呢?如果有一天我身陷险境,她是否也会这般不管不顾?

其实,我已经有了答案,因为陈艺真的替我挡过歹徒的刀子,直到现在,她手臂上的伤都还没有痊愈。也许,是我一直用一种狭隘的、缺乏安全感的眼光看待她。

我终于回道:"那你赶紧和秦苗订机票吧!我记得乔野是带着护照去丽江的,弄不好他现在已经和苏菡出国了,要不然也不会两个手机都处于关机状态。"

"不太可能,苏菡就算要带着乔野出国,也得先转让她在丽江的酒吧和客栈吧?"

"转让客栈和酒吧不是一件很急的事情,都有职业经理人在打理。他们现在最想要的是不被打扰的生活,先去国外避一避是最好的选择。"

陈艺的脸上出现了忧色,但这种假设也没有改变她要陪秦苗去丽江的决定。她当即便用手机订好了机票,然后对我说道:"我们走了以后,你继续给乔野打电话。

如果他开机的话,你立即把情况告诉他,然后再打电话通知我。"

"我知道,从现在开始,我每过一个小时就给他打一次电话。"

陈艺点了点头,随即便驾车离开了,我在她的背影中看到了一种与时间赛跑的焦急。我想她也应该没有想到,自己会在如此短的时间又再次去往丽江。

…………

陈艺离开后,我保持着一个小时给乔野打一次电话的频率,可是他始终没有接。而我也又一次去了汽车城,却已经丢掉了即将买车的那种兴奋,只是了解了一下价格,并没有做出购买的决定。

中午,我在4S店附近的一个快餐店点了一份快餐,心中还在为秦苗担忧着。但此刻她们多半还在飞机上,一时半会儿也联系不上,便准备给陈艺发一条微信,让她在落地后给我打个电话报平安。

我意外地发现,陈艺那许久没有再更新的朋友圈,竟然在一个小时前有了一条新的动态。没有照片,只有一句简洁的文字。而发这条动态的地点就是禄口机场,这应该是她在等待起飞时发的。

她问:"爱是什么?"

我失神了很久,没有在她的动态下面点赞,而是在思考之后回复道:"爱是一粒孤单的种子。"

在我看来,爱情确实就是一粒孤单的种子,有些会萌芽开花,也有一些深埋于地下,永远也不会有看见阳光的机会。可不管最后是什么结果,相爱的两个人都曾像一粒种子那样努力过,为的是破土而出,看到这个世界的芬芳和阳光。

…………

离开了汽车城,我又回到了心情咖啡,忧心忡忡地等到了傍晚,也就是陈艺和秦苗下飞机的时间,陈艺按照事先的约定给我打电话报了平安,可也给我带来了一个很不好的消息,我的猜测并没有错,乔野和苏菡已经于今天早晨离开了丽江,更糟糕的是,没人知道他们要去哪个国家。

秦苗现在的情绪已经崩溃!

我只能建议陈艺再次去找那个唯一能够联系上苏菡的酒吧经理,让他帮忙将秦苗怀孕的事情告诉苏菡,希望她能转告乔野,让乔野正视自己身上的责任。

可这种希望又是渺茫的,即便苏菡了解到这种状况,她真的会做到那么无私吗?她又能在得到乔野后,再忍受一次失去的痛苦吗?而乔野到底能不能肩负起这个责任,谁也说不准,因为很难用道德和责任去束缚这个男人,他忠于的永远只是他自己内心的感受。

夜晚就这么来临了,我仍坐在咖啡店里忙碌着,我以为肖艾会来,可是自从她带着那些奢侈品负气离去后,便没有再回来。

我合上了电脑,准备去厨房自己动手做些蛋糕,可是微信里忽然弹出了一个添加好友的提示。这个陌生的微信号没有头像,用户名也不是文字,只有一个类似蝴蝶的图案,但我必须要加他(她),因为他(她)在验证信息里说出了我叫江桥。

我非常疑惑地接受了对方的添加请求,然后发微信问道:"你是哪位朋友?"

我没有再去厨房，一直等待着他（她）的回复，大约五分钟，对方终于回了微信，我在读第一遍时就已经傻眼了！

"江桥，不要好奇我是谁，我只是想告诉你，邱子安是个小人，他的心机很重。我这么说是有依据的，因为陈艺表哥陈文的传媒公司就是他在背后搞垮的，陈文的合伙人撤资，也是他在背后搞的小动作。后来他又以拯救公司的名义向陈文的公司投了一笔钱。其实，他已经是陈文公司现在的实际掌控人，又借助陈文公司以前打下的基础，在这段时间拿下了几个大项目。他并不是诚心想帮助陈文，更多的是出于他自己的商业目的，再借此搞垮你和陈艺的感情。他真的很可怕，是个不折不扣的商人！"

第145章 命也

我反复将这条不知道是何人发来的微信看了好几遍之后，终于点上了一支烟，思量着内容的可信度。等一支烟快要吸完时，我才回道："我不想知道太多，我就两个问题。第一，你说的这些有证据吗？我要的不是依据，是证据；第二，这条信息你为什么发给我，你希望我做些什么？"

大约二十分钟后，对方才回复道："我没有证据，这种事情也拿不出所谓的证据，我只是觉得应该告诉你。你可以放在心里好好想想，然后去做些什么。当然，你也可以当作从来没有看过这条微信。"

"你到底是谁？"

半个小时过去了，对方也没有再回复，我知道他不会回了，他之所以用这种方式和我联系，就是不想让我知道他是谁。

我将手机又放回到了桌子上，内心开始权衡。我知道对方是想借我之口将这件事情告诉陈艺，可这个人为什么不直接告诉陈艺呢？这是我想不明白的地方，而告诉陈艺后又会产生什么样的结果，更是我不得不去考虑的，毕竟这只是一面之词，甚至对方是谁我都弄不清楚。弄不好陈艺会以为我在挑拨她和邱子安的关系，但如果这是真的的话，陈艺又该不该嫁给这个唯利是图的商人呢？

已经在手中烧完的烟，烫到了我的手，我这才猛然惊醒，赶忙将烟蒂按灭在烟灰缸里。我做了决定，这件事我想先求证，再决定要不要告诉陈艺。我得学聪明一点儿，不能在这个时候莽撞行事，我想找陈艺的表哥陈文先聊一聊，他应该比谁都清楚内情。

我当即便给陈文打了电话，我表示想请他吃个饭，其他的一概没提。陈文回复今天晚上没空，明后天可能会有时间，到时候再联系。

毕竟这是一件需要试探的事情，我没有表现得太过急切，与陈文说了再电话联系后，便结束了通话。

…………

收到这条微信之后，我没有在咖啡店里坐太久，而是去附近的购物广场买了一些比较保暖的床上用品。我想给奶奶送过去，因为最近气温下降得厉害，我想她能睡得舒服一点儿。还有她的电热毯也已经用了很久，也该换换了，于是我又买了一套适合老年人用的电热毯。

我打车来到了郊区的养老院，奶奶还在做手工活赚些贴补。

我将买的东西都放在了她的床上，拿走了她手中正在修剪的鞋帮之后，对她说道："奶奶，我给你买了一床厚实的羽绒被，你明天晒一下就可以用了。还有电热毯，我现在帮你换了，你之前那个有点老化，用起来不安全。"

却不想奶奶回道："桥，别换，奶奶的电热毯刚换过没多久。"

我有些惊讶，她自己是肯定舍不得换的，于是问道："是不是最近有谁来看过你啊？"

奶奶喜笑颜开，她让我坐在她的身边，然后从抽屉里拿出一个功能很简单的MP3，对我说道："你上次带来的那个小丫头，最近有时间都会来看奶奶。上个星期她刚来过，给奶奶带了这个，她说里面都是她唱的歌，让我闷了就听听。那个电热毯也是她带来的。江桥啊，你让她别破费了，我看这丫头也怪可怜的，每次走的时候都在外面等公交车，也舍不得打个车，外面冷得很，真怕她受凉生病！"

我当然知道奶奶口中的丫头是肖艾，但我还是有些吃惊，她上个星期来养老院，应该是在去丽江之前，我终于问道："奶奶，她来这边看你，你怎么都不和我说啊？"

"她不让我和你说，还威胁奶奶，要是和你说了，下次就不来看我了。奶奶呢，就顺其自然，你不问我就不说，你问了电热毯的事，那我就得告诉你了。"奶奶说到这爽朗地笑着，她又说道，"不过奶奶心里还是想告诉你的，因为你们年轻人的这些心思，奶奶都明白得很，所以没有条件，创造条件也得告诉你。"

我心中涌出一阵莫名的滋味。

奶奶又拉住我的手，问道："桥，你告诉奶奶，你和那个丫头处对象了吗？我觉得那丫头不错，懂事，活泼，又长得俏，比你妈年轻的时候还要好看！"

奶奶说到这里忽然停了下来，她没有再说下去。她在无意识中拿肖艾和我妈做了对比，证明她心中是认可这个媳妇的。可是这些年我妈音讯全无，是我们无法言说的痛。

我强颜欢笑，回道："奶奶，你别多想了，我们要是真处对象了，她干吗不让你告诉我她来看你了啊，毕竟是光明正大的事情！"

"我看人家姑娘对你有想法，就看你这傻小子开不开窍了！"

我有一种无言以对的感觉，心中再次想起了陈艺，想来连奶奶都已经放弃了对她的幻想。奶奶一把年纪，世事比我们看得更透，所以她也知道我和陈艺门不当户不对，这对我们而言是必须要正视的现实。不过，她还不太了解肖艾。

我正准备解释的时候，门忽然被推开了，肖艾也不看屋里有谁，开心地对奶奶说道："奶奶，我今天晚上没课，所以又来看你啦……"

猛然间，她发现了我也在，表情先是一阵惊恐，继而满脸尴尬，最后红了脸，说道："江桥，还真是冤家路窄啊，昨天你可把我气坏了！"

我给她搬了一张凳子，笑着回道："我知道你见到我会尴尬，但没必要借昨天的事儿来掩饰尴尬，毕竟我们之间从来没有隔夜仇，你不会真的记恨我的……"

"别自作多情了，我现在恨不能一脚把你踹到黄浦江去。"

"哟，你的脚像迫击炮一样有力嘛，踹，快踹，到上海的车票都省了。黄浦江的景色多美啊，这会儿要是能在那儿抽支烟，想想就觉得是神仙待遇！"

"看你那小人得志的样儿！"肖艾一边说，一边坐在了我给她搬的那张板凳上，刚刚的尴尬也就被我们用这种斗嘴的方式化解了。

肖艾除了不提我江桥，其他什么都愿意和奶奶说，所以在她来了之后，我一句话也插不上了，于是很识趣地去了外面，有些无聊地等了半个小时。

我们都没有吃晚饭，奶奶给我们下了点面条，我又去外面买了几个茶叶蛋，就这么简单地解决了今天的晚饭。之后，又陪奶奶聊了一会儿，我们便离开了敬老院。

…………

此时，已经没有了回市区的公交车，我们艰难地等待着路过的出租车。等待过程中，我很诚恳地对肖艾说道："其实，我真的挺感谢你来看奶奶的，她一个人待在养老院，还要做手工活补贴生活，挺枯燥的，你给她带来了不少快乐，我看得出来。"

"别说这些。我第一次来就感觉奶奶真的很可怜，所以经常惦记着，真不是为了你。倒是你，为什么不经常来？以前工作忙还可以理解，但现在呢？挺清闲的吧。"

"我真的很害怕见面后，又要分别的感觉，我面对她的时候，心中有太多的自责，其实我心里很记挂她。"

肖艾看着我，问道："你为什么活得这么悲摧？"

"命也！"

肖艾没有再说什么，她只是站在我身边，踮脚向另一个方向看去，见实在没有往来的出租车，终于对我说道："江桥，我们走回去呗，就当散步了。"

"你要是不怕累，我当然没问题。"

"我不怕。"

…………

肖艾可以让自己变得不依赖于肖总的经济支持，但好动的习惯一直没有改变。这一路，她一直用脚踢着路上的石子，也不怎么和我说话。我有些闷，便主动找了个话题向她问道："最近有什么好玩的事情能分享一下吗？"

她停下了脚步，不太高兴地反问道："你是嫌我在你身边闷吗？"

"路那么长，说点话不是挺好的吗？"

"我怎么没嫌路长？你不说话，我怎么也没有嫌闷？"

她突然的孩子气让我有点招架不住，于是很识趣地选择了闭嘴，而她又将注意力放在了地面的石子上，一路走走踢踢，直到自己的手机响了起来后，才停了下来。

她看了看号码，随后表情有些厌烦地接通了电话，似乎对方还没开口，她便说道："我说过，对你们艺安传媒没有兴趣，对国内的娱乐圈更没有兴趣，我明年就会出国，请你不要再给我打电话了。"

肖艾根本不给对方说话的机会，自己说完后便挂掉了电话。我已经明白了是怎么回事，艺安传媒就是邱子安的公司，那刚刚打电话的肯定是高索，我们在袁真举行演唱会时曾经见过一面，当时他就力邀肖艾加入他的公司，没想到直到现在还没有放弃。

第146章 该不该说

　　结束了和高索的通话，肖艾便将手机放回了自己的口袋里，就好像什么事情都没有发生一般，又开始一边走，一边用脚踢着地上的石子。我跟上了她的脚步。回去的路我们才走了一小半，时间却已经在悄然间流逝了快一个小时。
　　我加快脚步，走在了肖艾的前面，然后拦住她问道："那些包，你不会真的拿去还给肖总了吧？"
　　"还了。"
　　"就推着你那破自行车去还的？"
　　"不然呢？"
　　我点了点头，觉得自己坑了她，于是又怂恿道："你还是去把那些包包拿回来吧，那天我就是没经大脑的口不择言，我真没想把你现在的生活搞得这么寒碜。"
　　肖艾呛了我一句："反复无常的小人。"
　　"我怎么感觉自己这么冤呢，那真的就是一句玩笑话！"
　　肖艾没有理会我，她还沉浸在自己的游戏中，似乎一点儿也不关心自己未来的生活。如果这个姑娘还有缺点的话，我觉得那就是太缺少对未来的危机感。
　　我们继续向前方走着，这一次我们走了很久，也没有再停下来过。直到快到郁金香路，我看见五月天要在南京举行演唱会的巨型广告牌时，才又一次停下了脚步。
　　我看到了一些青春的记忆，记得上高中时的自己是那么喜欢五月天的那首《你不是真正的快乐》。现在想起这首歌的旋律，仍觉得好像是昨天听到的一样，可我早已经对这些流行音乐丢掉了兴趣。
　　我点上了一支烟，盯着广告牌看了一会儿，肖艾站在我的身边，问道："你喜欢这个乐队？"
　　我摇了摇头，许久才回道："谈不上喜欢，只是喜欢过他们的一首歌，很久前的事情了。"
　　"《突然好想你》？"
　　"不是。"
　　"《倔强》？"
　　"都不是。"
　　"《温柔》？"
　　"别猜了。"

肖艾却并不放弃，她又一口气说了许多歌名，却唯独不说那首歌，我怀疑她是故意的，因为这首歌是五月天传唱度最高的歌曲之一。

肖艾见我不再回应，也抬头看着那块巨型广告牌，许久之后才对我说道："我在台北的时候看过他们的演唱会，那天最不喜欢流行音乐的妈妈也陪着我。她还带我去拜了妈祖庙，我们还去了淡水的渔人码头。那天的夕阳真的好美，妈妈请我在岸边的酒吧里喝了啤酒，那是在她离婚后，我第一次去看她……"说到这里，肖艾停了下来，许久才又失落地说道，"后来，我再也没有去过。"

"为什么？"

"因为妈妈的新家庭不欢迎我，我不想让妈妈为难，所以少去为好。"

我看着肖艾，这个世界上竟然还有不喜欢她、不欢迎她的人。我觉得她其实是个很讨人喜欢的姑娘，可是人一旦有了不同的立场之后，也就顾不上这些了，可见立场是一个多么无情的东西。

我不想她太难过，便转移了话题，说道："你也算半个台北女人了，怎么没在你身上看到温柔的气质呢？"

"我不温柔吗？"

我憋着笑，回道："你说你温柔，那你学着台北姑娘和我说话看看。"

肖艾没有给我好脸色："不会，想听自己去找个台北姑娘。听说，在新街口金鹰百货旁边开奶茶店的两个老板娘就是台北姑娘，你去买几杯奶茶，她们就和你说话了。"

"我得多傻，才会去干这样的事儿！"

肖艾看了我一眼，没有再说话，她在巨型广告牌下面的花池旁坐了下来，这一路我们是走得挺累的，于是我也在她身边坐了下来。

许久之后，我看着明显有心事的她问道："你在想什么呢？"

"我在想什么时候再去一次台北。"

"台北好玩吗？"

"有好玩的地方，当然也有不好玩的地方，看你带着什么心情去了。台北的士林夜市有很多好吃的东西，九份山城的夜景很美，是《千与千寻》的取景地；南滨公园可以吹海风、看夜景、吃海鲜，浪漫极了！"

"台北有丽江好玩吗？"

"你很无聊耶，这有什么好对比的，完全就是两种不同的风格！"

肖艾竟然用了"耶"这个语气助词，她和她的妈妈生活了那么久，我还真不信她不会台湾腔，这不就露馅了吗？但我很给面子，没有拆穿，只是笑着回道："真羡慕你去过这么多地方。"

"有什么好羡慕的，不是去演出，就是自己一个人，从来没觉得有多开心。每次独自对着大海和夕阳，我就觉得自己不是这个地球上的人，因为人是群体性动物，哪有我这么孤单的呢？"

我看着她的侧脸，冷清的灯光映着她，让她看上去有些孤寂，这种孤寂源于她的内心。我仿佛看见这么一幅画面：她在海边有一间卖香火的小店，店的对面就是一座妈祖庙，那里香火不断，却从来没有人和香火店里的她说话，她的世界里只有无数的香火，燃烧着她的孤苦。

我终于对她说道："如果有那么一天，我愿意陪你去台北走走，我们去拜妈祖庙，去九份山城看夜景，在南滨公园喝点啤酒，感觉也很好！"

肖艾的脸上明显有动容之色，却踢了我一脚，斥责道："你说话能不能别这么粗鲁，假如去了台北，你代表的可就是大陆人民的形象！"

我挨了她不轻也不重的一脚，却笑着回道："这么说，你是愿意和我一起去台北了？"

"为什么不愿意？但时候还没到。"

"怎样才算时候到？"

肖艾盯着我看了许久，却没有给我个明确的回复，她只是说自己困了要回去休息，然后便在我之前绕过路口，率先走在了郁金香路上。这个夜晚，对我们而言似乎已经结束了。

…………

回到自己的住处，我照例在洗漱之后躺在床上发呆，我最担心的当然还是陈艺和秦苗，既然苏菡和乔野已经出了国，那她们明天肯定会回南京的。

我点上烟，感到劳神，继而不愿意在这件自己根本帮不上什么忙的事情上再想太多，我该休息了，我要为即将开始的创业大赛养足精神，调整好状态。

次日，我早早便起了床，没想到赵牧比我起得更早，他已经去公司了。我为他感到高兴，因为越忙碌，代表公司的高层对他越重视，他的才干是不需要怀疑的，只要被重用，他一定会有一番大作为。

我去了咖啡店，在开始工作前，又给陈艺的表哥陈文打了个电话，问他今天晚上有没有时间聚一聚，我很想搞清楚昨天那条微信的真实性。

这次，陈文终于给了我一个准确的答复，他说今天晚上没什么事情，可以聚一聚。

…………

时间很快来到晚上，我和许久不见的陈文约在了酒吧街附近的一家餐馆。如果我没有记错的话，我和陈文已经好几年没有这样聚过了，但实际上我们也是从小一起长大的伙伴，他在我十岁那年才随着家人搬离了郁金香路。

陈文略大我和陈艺几岁，陈家的基因好，陈文的相貌看上去非常俊朗，整个人的气质也很不错，不过今天看上去有点颓废。

陈文在我的对面坐了下来，他给自己倒了一杯热茶之后，便对我说道："江桥，你可好几年没请我吃过饭了，今天肯定是打我什么主意吧？"

我和陈文的关系并不像和陈艺其他亲人那么差，我笑了笑回道："这几年想约你出来吃个饭太难了，你现在可是成功人士，还能记得我们这些小时候跟在你屁股后面混的小弟吗？"

陈文当即便自嘲地笑了笑道："我算什么成功人士啊？现在就是一个打杂跑腿的！"

"打杂跑腿？这是什么意思？"

陈文叹气，他没有立即回答，而是先和服务员要了几瓶啤酒，我也趁这个空隙点了几个下酒菜。

终于，陈文在喝了一口啤酒之后，对我说道："商场上的事情太复杂，不是一两句能够说得清楚的。我就是觉得有点窝囊，好好一个传媒公司，在南京业内也算是响当当的，就这么在我手上给毁了！唉！资本市场还是钱说了算，胳膊真是拗不过大腿！"

陈文的话虽然隐晦，但我心中已经有些明了，于是又试探着问道："文哥，别这么说。我听说北京的邱子安可是给你公司投了一大笔钱，之前那些危机，应该都已经解决了吧？"

陈文看着我，将整杯啤酒一饮而尽，然后摆了摆手对我说道："别提这事儿了，我现在是寄人篱下，有些事情说太多了不好，虽然我心里不舒服，可公司的大局还是要顾的。"

话听到这里，我已经不质疑那条微信的真实性，陈文的传媒公司确实被邱子安用商业手段吞并了，至此成为他商业布局中的一环。可陈艺知道这些吗？就算不知道，又该不该借我的口告诉她？

我端起啤酒也喝掉了一整杯，也有点茫然，毕竟站在商业的角度来说，邱子安虽然手段不太干净，但也合理合法，没有必要去过度解读。可是如果陈艺和邱子安有婚约，那陈文也算是邱子安的准亲戚，他这么干似乎就太不厚道了，他没有考虑陈艺的感受。

我再次试探着对陈文说道："陈艺是你妹妹，有什么压力多和她沟通沟通，就算帮不上什么大忙，至少也能给你一点儿建议。"

"还说什么啊？公司能保住就不错了，这事儿就这样吧，以后有的是机会……"说到这里，陈文停了下来，他又疑惑地看着我问道，"江桥，我怎么感觉你话里有话啊？你是不是听到什么风声了？"

我终于实话实说："嗯，是听了那么一点儿，听说邱子安用了一些手段吞并了你的公司。"

"你从哪儿听来的？这个事情的具体情况，我们公司内部都没几个人清楚。"

我不知道该怎么和陈文解释，便随便找了个说辞带过了，然后又向他问道："这个事情你怎么没和陈艺说？毕竟邱子安在这件事情上办得这么不地道。"

陈文苦笑："我能说吗？邱子安是小艺的未婚夫，我只是她的堂哥，这事儿她要是向着邱子安，传到邱子安的耳朵里，我这日子更不好过。就算告诉她，她向着我，又能改变什么？倒不如维持现在这个状态，大家都别撕破脸皮，公司未来的发展才是最重要的。"

陈文的顾虑我明白，站在他的角度，不告诉陈艺是一个明智的选择，可是我呢，我又该不该说？而陈艺知道后又会是什么态度呢？

462

| 第 147 章 |　　你到底是谁

　　片刻之后，两瓶啤酒便下了肚，酒精是催化情绪的好东西，我们的话题也从陈文的事业，聊到了我的感情生活。陈文与我碰了一下酒杯之后，说道："江桥，你和小艺两个人有感情，这个我一点儿也不怀疑。但就算小艺当初为了你从家里搬出去，我也没觉得你们会在一起。当然这不是你的错，更不是小艺的错。就像我，当初传媒公司开得顺风顺水时，家庭关系都很好，可是真到落难的时候，连自己老婆也落井下石要离婚，我们难道曾经就没有爱过吗？真的，我对这段婚姻生活挺失望的，可现在也想明白了，选择更好的是人的天性，毕竟谁都不想过垃圾一样的生活，是不？"

　　我忽然为陈文感到可悲，他受到了很大的创伤，他的醒悟里面包含了太多的痛苦和无奈。

　　陈文又说道："说真的，我不恨邱子安，现代商业社会里，能成功的都是他这样的人。对于小艺来说，他是个不错的选择，毕竟作为男人，他有今天的成就，却没有在感情上胡作非为，这点就挺难得的。只要他是真心对小艺的，我这么一个公司又算什么呢？其实，现在这样也挺好的，不用像从前那样劳心劳神，每年还有一笔年终分红，一辈子也衣食无忧了。呵呵，挺好的！这不挺好的吗？"

　　我叹息道："你就是太善良了！"

　　陈文又举起杯子喝了一口，回道："我不是太善良了，是能力有限，可以选择的余地不多。江桥，你要肯听我这个过来人的一句劝，就别相信什么狗屁爱情。女人最需要的不是爱情，她们要的是能让自己少操心、少受累的生活。爱情是大不过生活的，不要因为陈艺没和你在一起就痛苦不振。她这样的女人有能力也该去选择最好的生活，而你总有一天会遇到一个适合你的女人，她的收入和条件，注定她会理解你的世界，了解你的痛苦，但这些对陈艺而言很难。"

　　我盯着餐厅的天花板看了许久，才举起啤酒杯对陈文说道："文哥，别说了，让我对这个世界留点念想吧。"

　　陈文点头，然后和我碰了碰杯子，将杯子里的酒一饮而尽。我在一阵冰冷刺骨的寒意中觉得自己真是可悲，哪怕邱子安算计了陈文，但在陈文心里还是认为邱子安比我更适合陈艺。

　　不知道从什么时候开始，这个世界开始不那么在意对错，大家看到的只有利弊。也许就像陈文说的那样，没有谁错了，只是社会环境影响了我们的价值观。

　　可我还是会等待着，等待心中想要的那一片风景。我坚信，在这个世界上一定会有个女人在黎明前的海边等待着我！

……………

　　夜色中，我独自走在回家的路上，又来到了乔野曾经开的那家苏茵宾馆，我看到了一种物是人非的哀伤，因为宾馆的门上已经贴了转让电话，乔野这一去，竟然真的不会再回来了。

乔野是个暴徒，是个莽夫，可是他的存在又让我相信这个世界上真的有不顾一切的爱情。我闭上眼睛苦涩地笑了笑，而我的口袋里已经没有了烟。

睁开眼时，巷口停了一辆玛莎拉蒂，随后邱子安便从车上走了下来，他很绅士地拉开了车子的后门，陈艺和秦苗先后从车上走了下来，原来去机场接她们的人是邱子安。

邱子安拖着陈艺和秦苗的行李向我这边走来，我们不可避免地相遇了。

我对邱子安有恨，不想对他有所谓的风度，所以我选择了视而不见。我此刻最关心的当然是秦苗，于是带着歉意向她问道："你还好吗？乔野的事情，我想对你说声抱歉。"

秦苗的泪水止不住地流了下来，她闭起了眼睛，痛苦到双手时而握紧，时而僵硬地松开，嘴里反复念叨着："我的孩子没有爸爸，没有完整的家庭了……"

我知道秦苗会很伤心，但是没有想到她的精神状态已经到了崩溃的地步，我有些不知所措。

陈艺搂住了秦苗，邱子安也在这个时候轻声地安慰着。我好像成了他们世界之外的人，我从来没有像现在这么尴尬过，尽管我面对的是相识多年的陈艺和秦苗，可我仍在此刻感到无地自容。

我怀疑秦苗此刻已经将对乔野的恨意转移到了我的身上，因为是我的疏忽才让乔野有机会与苏蕊见面的。我不敢再久留，可是在我往巷口走的时候，我被秦苗的皮包给狠狠砸中了。我回过头，秦苗看着我的眼神我今生都不会忘记，那种恨意让我感到心悸，我的脑袋隐隐作痛。

…………

我狠狠地离开了那个是非之地，向自己住的那条巷子奔跑着，心中弥漫着的不安感，让我想将自己闷在被子里狠狠地睡一觉，我好像成了全世界的麻烦。

我跑得太剧烈了，没到巷子口就已经有了力竭的感觉，我的脚步越来越重，靠在一棵树上喘息着。在我的喘息声中，眼前的一切都变得非常模糊，我好像已经离开了这个世界，我看见那熟悉的灯光离我越来越远。

我问自己，我的痛苦到底是因为秦苗的恨意，还是因为受不了陈艺和邱子安在一起呢？

我终于意识到一切都变了，陈艺在回南京前，联系的是邱子安而不是我江桥，我们的距离已经彻底拉开了。

这一幕，我早就已经有了心理准备，可是真的面对时，依然是那么痛苦，我们曾经一起憧憬过的路，终究还是被我们用最遗憾的方式走到了尽头。

我仰起头笑着，一遍遍地告诉自己，疼痛是一定会有的，而时间一定会慢慢抚平我内心的伤痛，我不想再见陈艺了，也不想再听到关于她的任何消息，我要将自己封闭起来一段时间，直到我真的不爱她了。

世界渐渐在我的视线中又清晰了起来，而远方第三盏路灯下就是那个我经常去买烟的杂货铺。这么多年，我在那里花掉了很多的烟钱，因此它总是在我难过的时候给我许多意想不到的亲切感。

我该在这个夜晚去买一包烟的。

....

便利店里，我掏出口袋里全部的零钱，买了两包这些年一直抽的红南京，我一边低头拆着烟盒上的薄膜，一边向便利店的门口走去。

在我准备拉开门的时候，门却已经被外面的人打开了，我们差点撞在一起，幸好她的脚步收得比我快。

我万万没想到，即便没有事先的约定，我和肖艾也能在这条路上偶遇。但我不会为这种偶遇感到惊讶，因为我每天都会来买烟，她也会来买玉米吃，我们本就有很多机会见面的。但今天是她来到郁金香路后，我们第一次在这里偶遇。想来，这也不能牵强地算作缘分，因为这是几百次的错过换来的一次偶遇。

我侧身给她让了路，她看了看我，见我没有打招呼，也没有和我说什么，我撑住了快要闭合的门，随后向便利店的外面走去，我们在瞬间相遇，也在瞬间分别。

回到了家中，我甚至连洗漱的心情都没有，脱掉鞋子和身上累赘的衣服便钻进了被子里，我的世界在没有开灯的房间里一片黑暗。

不知道过了多久，我听见了门被打开的声音，我知道是赵牧回来了，屋子里不再安静，我听见了他来回走动的声音。大约一个小时后，他的房间才没有了光亮。夜深了，可我还是无法入眠，被子在我的辗转反侧中没有一丝热气。

我索性从床上坐了起来，给自己点了一支烟，希望能借此平复一些此刻烦乱的心情。

这时，手机微微震动了一下，我知道是微信消息的提示，我机械地从柜子上拿起了手机，然后打开了微信，竟然又是那个人发来的，他（她）的用户名是一个蝴蝶形状的图案。

"江桥，我告诉你的那些信息，你应该已经求证过了吧？呵呵，但我更想知道你有没有告诉陈艺。"

"没有，我不知道用什么方式告诉她，我觉得这样的真相对她的意义并不大。"

"是吗？你连一次选择的机会都不给陈艺，又怎么知道这样的真相是不是她在意的？我觉得你挺自以为是的！"

我盯着这条微信看了许久也没有回复，我觉得他（她）说得有道理，可我的心里还是有一点儿障碍。

这时，对方又发了一条微信："既然你这么不干脆，那这件事情我来帮你做吧，我现在就和陈艺聊聊。"

我皱了皱眉，回道："你到底是谁啊？为什么会有我和陈艺的联系方式？"

对方不再回复，我的手机再次陷入了沉寂，而我在这千头万绪中更加找不到出口，我担心这种看似好意的告知其实是一种算计。

可是，对方现在又要主动找陈艺，那么这件事情便与我没了关系，也就谈不上什么算计了。但我的疑惑恰恰在这里，如果不是算计，那他（她）这么做的目的到底是什么？

第148章　臭不要脸的

窗外似乎下起了雨，我更加丢掉了睡眠的欲望，一直在想那个人和陈艺交谈的结果，我在猜测着他（她）的告知会不会对陈艺和邱子安的关系产生实质性的影响。

夜色越来越深，我终于在迷迷糊糊中睡了过去。我又做梦了，我梦见陈艺和邱子安毫无任何阻碍地结婚了，而我也参加了这场豪华的婚礼。我终于看见了陈艺穿着婚纱的样子，我心痛到窒息，然后醉倒在了自己的梦中。

…………

圣诞过后，迎来了元旦，每到年底，4S店为了冲一冲销量，普遍都会做一些力度较大的促销活动，而我也受邀去参加了试驾活动。

我最终买了一辆标致508，这是我人生中的第一辆车，但买的过程是那么平静，我没有太多的情绪，只是交了钱，提了车，然后一个人开着新车回了家。而从金秋那里得到的二十万，仅仅剩下了一万多块钱，我又没什么存款了。

只是买了一辆车，我的生活便又有了一种紧迫感，我必须要努力赚钱了。

在过去的一个星期中，我将自己写好的创业方案递交给了创业大赛的组委会，如果我可以进入下一轮的话，会在过年前收到通知。进入第二轮后，将会根据自己的方案面对评委进行演讲，而这些评委中就有金秋说的投资人，她希望我能从他们那里拿到一笔天使投资。

可是，我自己的信心并不是很足，倒不是方案有多大的问题，主要是我自己还没有能够搭建一个实践方案的平台，这导致整个方案缺少说服力，投资人更希望看到实际的东西，而不是概念。

对于创业大赛的结果，我的心态还算平和，拿不到投资几乎是一定的，但我可以收获一些经验，也借此见一见世面。所以我的目标是进入第二轮，获得一次演讲的机会。

我将新车停在了巷子外的一片空地上，想约几个朋友一起吃顿饭，可当拿起手机时，才发现那些朋友要么关系已经生疏，要么就是离开了南京这座城市。原来身边可以与我分享这种喜悦的人已经不多，而赵牧今天还要为了金鼎置业的新项目加班，他在晚上十点之前是不会回来的。

点上一支烟，站在车子旁茫然了一会儿，终于想起在丽江时，曾经和肖艾说过，我会开着新车，带她在南京城兜兜风。那么，是时候兑现这个承诺了。

我从口袋里拿出了手机，找到了肖艾的号码。这个号码是我在丽江时为她办的，当时只充了五十块钱的话费，不知道她有没有用完，而那个功能简单到只能打电话发信息的手机她会不会带在身边。

拨通的提示音响了几声之后，肖艾接通了电话，她向我问道："你打电话给我做什么？"

"今天晚上跨年，你是怎么安排的？"

"还在给学生上课，待会儿小伟师哥接我去扬州过元旦。"

我没有想到季小伟会接她去扬州，心中不免有些失望，但想想自袁真远走日本后，与她亲近的人也就只剩下了季小伟，所以季小伟接她过节也是应该的。或许，在扬州她才会找到一些家的感觉，就像我喜欢老金家一样，我们都太孤独了。

见我不说话，肖艾又问道："你有事情吗？"

我回过神，赶忙回道："没有没有，就是关心一下你准备怎么过跨年夜。其实去扬州也挺好的，让小伟多陪你玩玩吧，我知道你最近挺累的。"

"你说那么多做什么？"

我有些语塞，而下一刻，她便毫无征兆地挂掉了电话，这种突如其来又让我怔住了，独自站在巷子口茫然了好一会儿。许久，才苦笑着将手机放回了自己的口袋里。

我再次打开车门，将一些购车的票据从车里拿了出来，然后便往巷子里走去。

…………

我又路过了心情咖啡，因为跨年，此刻咖啡店里很冷清，只有店长一个人在，我心里说不出的感激，她为这家咖啡店花的精力比任何人都要多。

我推开店门走了进去，对店长说道："咖啡店没什么生意，今天就早点关门休息吧，你也回家陪家人好好过个跨年夜。"

店长看着我，许久都没有说话，我隐隐感觉有些不对劲，便又关切地问道："脸色怎么这么差，是身体不舒服吗？"

"老板，我没有不舒服。"店长低下了头，一阵沉默之后才又轻声说道，"我想申请辞职，这是我的辞职信，希望老板你能批准。"

我心中顿时一惊，没有从她手中接过辞职信，问道："为什么突然要辞职，是对现在的待遇不满意吗？有什么难处我们可以沟通解决的。"

店长摇了摇头，哽咽着对我说道："老板，我也不想辞职，因为从余娅姐开这家咖啡店的第一个月，我就已经在这里工作了，是余娅姐一点点把我给带起来的，我对这家咖啡店真的有着很深的感情。可是，最近有一个大型连锁咖啡品牌在南京的总经理找到了我，他希望我能去他们那边担任店长，并且还会有一次出国培训的机会，这让我很难拒绝。"

我看着她，等待她继续说下去。

店长避开了我的目光，她的表情更加歉疚了："老板，我知道你以后的重心也不在咖啡店上，你一直想做和婚庆有关的事业，所以心情咖啡的规模未来也不会再扩大。而我已经二十六岁，是时候重新规划自己未来的道路了，所以希望你能谅解，我想选择一个更专业的平台。"

我心中一阵焦虑，因为这个店长是苏菡亲自培养的，店面的管理，甚至是咖啡师的工作都是她在做。她这么一走，店里日常的运营肯定会受到很大影响。可是我也不能耽误人家去选择更好的平台，别说我现在没有扩大咖啡店的打算，就算有，短期内也不会形成什么气候，人家凭什么为了我放弃更大、更好的平台？

这是我自接手心情咖啡后，第一次感到如此棘手，我感觉到自己在管理能力上的欠缺，我没有给员工足够的安全感，也没有给他们一份清晰的职业规划。我从店长的手上接过了辞职信，问道："准备什么时候去那边报到？"

467

"对方要求是一个星期内,我会站好最后一班岗的,希望老板你不要怪我。"

我轻轻拍了拍她的肩,然后笑着摇头,示意自己不会怪她,我将买车剩下的一万多块钱都给了她,对她说道:"这是你这个月的工资,我替余娅感谢你这么多年对咖啡店的贡献,希望你到了新的平台能有更大的作为,我很看好你的。"

店长从我的手中接过了银行卡,她含泪点了点头,然后又环顾着咖啡店。我为了不给她太大的心理负担,要求她给我调了一杯心情咖啡后,便让她先回去休息了。此刻,偌大的咖啡店里只剩下了我一个人,以及一杯正在冒着热气的咖啡。

我叹息着点上了烟,心中莫名有了危机感。第一次遭遇员工危机的我根本没有应对的办法,因为此时正值年底,招聘新店长的难度相对较大,而新店长来了之后能不能发挥老店长的作用也是一个问题。除此之外,我还要招聘一个咖啡师,他们需要多长时间能够和店铺磨合好,我心里更加没有底。

我终于尝到了做老板的苦恼,于是在一支烟熄灭后,又点上了一支烟,却拿眼下的困境毫无办法。

…………

夜晚渐渐来临,主城区禁放烟花爆竹的条例在郁金香路上并不管用,所以逢年过节有燃放爆竹习惯的老街坊们又聚集在那片空地点起了烟火,我断断续续地听到了炸裂的声音,那些闪烁的光就这么映在咖啡店的橱窗上,让身处昏暗中的我变得格外孤独。

这些年,我最害怕的便是逢年过节。那些爆竹撕裂的是空气,是我的神经,是渴望家庭的心情!

我失神地看着橱窗外,直到对面李婶家的小孙子毛豆出现在我的视线中,我才终于从椅子上站了起来,然后来到了咖啡店外。

我挡在了毛豆的面前,逗趣道:"毛豆,你手上的糖是谁给你买的?"

"我奶奶买的。"

"给叔一块尝尝,行不?"

毛豆撅着屁股冲我嚷道:"不给,一个都不给。"

"我前天有没有给你巧克力吃?做人要厚道!"

"不给,不给,就不给!"

"毛豆,要不咱们这样,叔给你变个魔术。你给我一块糖,叔能给你变出两块糖,你信不信?"

"你骗人!"

"那你给叔一块,叔变给你看。"

毛豆将信将疑地将手中的一块糖给了我,我从他手中接过,然后撕开了外包装,将一块奶糖掰成了两半,说:"看见没,这不就成两块糖了吗?"又飞快地将糖块扔进了自己的嘴里。

毛豆急得要和我拼命,我却自得其乐地笑着。

"臭不要脸的!"

身后突然传来了骂我的声音,我下意识地回过头,竟然是之前说要和季小伟去扬州跨年的肖艾，她将我刚刚丑陋的行为全部看在了眼里，然后在新年来临前狠狠赏了我一句"臭不要脸的！"

第149章 跨年1

毛豆还在拽着我的裤子和我拼命，我的目光却放在了肖艾的身上。我将毛豆拎到了咖啡店旁边的墙角处，然后向肖艾问道："你不是说和季小伟去扬州过元旦吗，怎么还没走？"

"我要是去了扬州，怎么还能看到你这么不要脸的行为！你连小孩的糖都抢！"

"我这是智取，你懂什么？"我一边回应肖艾，一边忙着搞定还在哭闹的毛豆，毛豆揪住我的毛衣，双腿盘住我，不停地嚷着要我把糖给吐出来。

我为了让毛豆死心，赶忙嚼掉了嘴里的奶糖，然后伸出舌头给他看，示意已经吐不出来了，不想肖艾一脸嫌弃地看着我，连连说："恶心！"

毛豆越哭越绝望，肖艾赶忙从自己的包里拿了一块巧克力递给毛豆，这才搞定了这个爱哭的小子。但临走前他还是狠狠地踢了我一脚，然后向那片燃放着烟花的空地跑去，他的爷爷正在那里放烟花。

我和肖艾并肩站着，烟火的光就这么被咖啡店的玻璃橱窗映着，一切似梦似幻。我有了一种很不真实的感觉，为什么她总是在我感到最无助、最孤独的时候出现？难道她真的是上天给我的补偿吗？

如果是，那我们的相遇是一首多么美妙的诗，字里行间尽是她的天真烂漫，融化了我的孤独惆怅。

肖艾终于看着我开了口："你给我打电话是为了让我陪你跨年吧？"

我摇了摇头，从口袋里拿出崭新的车钥匙，回道："不是，我买了车，还记得我在丽江对你说过的话吗？"

"你说，等你买了车，就加满油，然后打开天窗从南京的城东开到城西，再从城南开到城北。"

我点头道："嗯，你愿意做我的第一个乘客吗？我的车不是豪车，和你以前那辆比要差远了！"

肖艾看着我，回道："我没想过要坐什么豪车，开心就好。"

…………

巷子口，我将肖艾那辆折叠自行车放进了后备厢，她比我想象中要不客气得多，已经打开车门坐在了副驾驶的位置上，然后打开了车载播放器，恰巧播放的就是一首王菲的《乘客》，肖艾盯着我看了半晌问道："江桥，你为了让我坐你的车，是不是蓄谋已久了啊？竟然是王菲的歌，第一首就是《乘客》！"

"没有啊，这张车载CD是4S店送的。"

469

"你确定？"

我终于笑了笑，回道："确定，但我特意从几百张碟里选了这一张。欢迎你成为我的第一个乘客，系好安全带，我们要出发了！"我一边说一边将天窗打开，顿时那肆意的风便吹进了车里，虽然有些冷，但给了我一种很自由的快感。

几分钟后，我将车子开进了加油站，想给车子加满油，直到现在车里用的油还是4S店送的，只有八十块钱的量，无法支撑我跑完整个南京城的安全感。

我对加油站的工作人员说了一声"加满"，便从车子的储物格里拿出了自己的钱包，打开的一刹那尽是尴尬，因为里面只剩下了一些零钱，我这才想起自己之前在4S店买了一台行车记录仪，花光了里面的大钞。

我看着肖艾，小声地问道："你有三百块钱吗？借我三百块钱。"

肖艾往我的钱包里看了看，我更加尴尬了，我甚至连那张唯一有钱的银行卡都已经给了店长，现在其实和身无分文差不了多少。

"我也没有钱。"

看着肖艾一本正经的样子，我有点绝望，却不想肖艾拿出自己的钱包很鄙视地看了我一眼，又说道："江桥，想想你自己的行为，你就一点儿都不觉得可耻吗？刚刚先是骗小孩的糖吃，现在又骗我的钱加油。今年的最后一天够把你钉在人生的耻辱柱上了！"

"第一次见到骂人还能这么不给活路的，我已经够丢人了！"

"我还有更难听的，怕你崩溃，都藏在口袋里没拿出来骂你。"肖艾一边说一边打开了自己的钱包。我趁机看了一下，里面也就几张百元大钞，还有一些硬币。现在的她过得并不富裕，这些钱都是她辛苦赚来的。

肖艾从里面抽出三百块钱递给了工作人员，我却一阵莫名的心疼，我并不希望她像现在这么生活着，可是她不愿意向肖总低头，她就是这么顽强和倔强。更让我不解的是肖总的想法，他就这么由着肖艾在外面吃苦受罪吗？毕竟从上次的婚礼事件到现在已经好几个月过去了。

…………

我再次启动了车子，今晚城市的灯火格外闪亮，似乎连那些冰冷的高楼都有了情感，它们的外墙上挂满了新年的祝福语，巨大的LED显示屏正在播放着过去一年这座城市所取得的成就，许多路人在驻足眺望着。期待和憧憬成了这座城市最美的音符，到处充满了没有停止过的欢声笑语。

我的车速很快，所有美好的画面转眼便成了身后的风景，在我此刻的世界里。没有孤独，没有世事的烦扰，只有速度为我带来的酣畅淋漓的快感。而身边的肖艾似乎比我更会享受这个时刻，她一边吃着零食，一边用手机的镜头记录着这个城市在一年行将结束前所发生的一切。

车子终于来到了一个路口，从四面汇聚而来的车辆让道路渐渐变得拥堵，我随着前方的车停了下来，然后拉起了手刹，高度集中的精神在一瞬间便松懈了。

肖艾也放下了手机，她带着一丝好奇向我问道："江桥，你的车技是怎么练出来的，都快赶上那些开出租车的了，一点儿都看不出来你是个新手！"

我趁着堵车的空隙点上了一支烟，回道："呵，我十八岁那年考了驾照，十九岁的时候就开始替公司开工程车，我已经有七八年的驾龄了，至少也有十几万公里的驾驶经验了，你不能因为我之前没车，就以为我是一个新手，天真！"

"好吧，我闭嘴。"肖艾装模作样地用崇拜的眼神看着我。

我被她看得有些不自在，于是转移了话题："对了，刚刚加油的钱，我回去以后给你。"

"我和你要了吗？"

我摇了摇头，回道："我是怕你后面几天没钱吃饭。"

"得过且过呗，想那么多做什么。"

她这么回答，我不免替她感到忧愁，眼看着元旦过后就是农历的新年，她好像一点儿也不为自己去德国留学的费用犯愁，不知道她是心里已经有底，还是盲目乐观。

我问道："你确定明年要去德国留学吗？"

"当然确定，留学的手续已经办得差不多了。再过几年，我一定要成为社会认可的艺术家，让我的妈妈知道我从来没有放弃对艺术的追求。"

我看着她，在她脸上看到了一种少有的无比渴望的神色。其实，我有一些不能理解艺术家和明星之间的区别，毕竟我不是圈子里的人，甚至我都不知道她对艺术的追求是源于内心真正的渴望，还是仅仅为了给她的妈妈一个交代。

沉默了一会儿之后，肖艾忽然一手拉住我的胳膊，一手指着车窗外的巨型显示屏，对我说道："江桥，快看，是陈艺主持的跨年晚会。"

我顺着她手指的方向看去。下一刻，穿着白色礼服的陈艺便出现在了我的视线中，我那快死的心好似又颤动了一下。我很久没有在电视里见过陈艺了，她仿佛天生就属于舞台，尽管她不是这场跨年晚会的第一女主持，但是没有人能掩盖她的光芒，她沉着冷静地驾驭着这场大型的晚会，我在她的脸上看不到一丝做大型直播时会有的压力和紧张，她将自己独特的主持风格轻松地融入了这场有六个主持人的晚会中。

我有一种错觉，仿佛我们之前所有发生的纠缠都是假的，我们本来就是两个世界的人，又何来纠缠？而此刻被无数观众瞩目的她，又怎会记得她的生命中曾经有过一个怯懦到近乎可怜的江桥呢？

我笑了笑，终于挂上了行进挡，跟随车流向前行进。

"江桥，你知道吗？陈艺宣布要加入一档号称史上最残酷的冒险真人秀，不仅要穿越热带雨林，还会有跳伞、攀岩、过悬崖、潜水这样的极限挑战。这些还都是小儿科，我听说节目组为了有独特的看点，达到最逼真的丛林生存效果，还会要求参加的明星去生吃一些恶心的动物，这条我觉得是很难克服的！"

我满是惊讶，随即问道："陈艺是节目的主持人？"

肖艾不可思议地反问道："你真的不知道吗？陈艺的微博都宣布这个消息了，她是作为队员加入这个节目的。一个星期后，应该就会去国外取景拍摄了。"

我无法相信这个消息的真实性，陈艺虽然算不上娇生惯养，但从小也是在父母的精心呵护下长大的,她怎么会去参加一个这么残酷的真人秀呢?而且一向追求安稳的她,又怎么会喜欢这个主打冒险的节目?生吃动物就更不敢想象了,因为从小到大,她一直是一个非常爱干净的女人。

我终于回道:"我还是不相信,她就快要和邱子安结婚了,怎么会在这个时候选择参加这样的节目?这难道不会耽误婚期吗?"

肖艾放弃用言语说服我,她将自己的手机递到我面前,我下一秒便在陈艺的微博里看到了这个消息。原来,在我没有关注她的这些日子中,她竟然做了这样一个无比需要勇气的决定。

我这才猛然想起,刚刚看到她那只受过伤的手臂上一直缠着一块蓝色的纱巾。我们的距离其实并不遥远,她也没有我想象中那么脆弱,她在不久前曾结结实实地为我挨了一刀,疤痕至今仍在!

第150章 跨年2

我将车子开回了郁金香路上,但是我和肖艾都没有下车,我有点沉默,她也没有说话,一直在摆弄着自己的手机。另一部我在丽江送给她的手机则在她的裤子口袋里,我们从丽江大爷那里忽悠来的小桥挂件很是醒目。

肖艾终于将自己的手机放在了车子的中控台上,继而向我问道:"江桥,你最近真的没有关注陈艺吗?"

我有些疲惫地点了点头,却不想多说什么。因为我已经屏蔽了陈艺的朋友圈动态,连专门为了陈艺下载的微博也被我给卸载了。我以为这样就不会再听到关于陈艺的消息,可是她和别人不一样,我还是会被动地接收到她的消息,除非她不再做公众人物。

我放倒了座椅,然后枕着自己的双臂躺了下来,我透过天窗仰望着今夜的星空和远方的烟火,许久之后对身边无事可做的肖艾说道:"给我唱一首歌吧,要应景的!"

"我是你的点唱机吗?"

"现在你为我唱首歌,以后我愿意为你赴汤蹈火。"

肖艾看着我,问道:"我不太懂你的意思。"

"我的意思就是,以后在这个世界上有我江桥一口饭吃,就不会让你饿着。"

肖艾用一种复杂的目光看着我,许久也没有开口,而她的手机也在这一片安静中响了起来,她从口袋里拿了出来,然后看了看来电号码。

她并没有避开我,告诉我是她爸给她打来的电话。她和肖总说话的语气不太好,很直接地问道:"打电话给我干吗?"

因为车内极其安静,我隐约能听到肖总的回答,他回道:"明天是元旦,你中午记得回家吃饭。"

在一阵沉默后，肖艾语气很是讥讽地回道："你是在和我开玩笑吗？那是你的家，不是我的家，我的家早就被你弄散了。以后只要是和李子珊这个女人搭上边的事情，请你不要给我打电话。"

肖总叹气："小艾……爸爸很累，就是想见见你，别再和爸爸置气了，行吗？"

肖艾不为所动，语气依旧是那么激烈："你要是想见我，在哪儿不能见？为什么非要去李子珊那儿，想起这个女人，我就觉得恶心！"

"小艾……你听爸爸说，爸爸老了，很多事情越来越感觉到力不从心，有些事情错了就不能回头，也挽回不了。你阿姨毕竟也给爸爸生了个儿子，爸爸现在最大的愿望就是你能原谅爸爸的错误，一家人能在一起像个正常的家庭过日子。"

"爸，你听着，我就算对家庭有渴望，也不是渴望你和李子珊的家庭。如果可以选择的话，我宁愿去台北和妈妈一起生活。我今天有点累，不想和你说了，你自己注意身体。"

肖艾说完这些便没有再给肖总一丝说话的机会，很决然地挂掉了电话，然后便陷入了一种明显带着哀伤的沉默中。

她原本有一个世界上最幸福的家庭，可就像肖总说的那样，做错的事情便再也回不了头。肖艾的母亲已经在台北有了新的家庭，无论如何，肖艾的亲生父母也不会再有走到一起的可能性。

我因为肖艾的失落而失落，我打开了车子两边的窗户，然后点上了一支烟，等快要抽完时才对肖艾说道："我前几天听赵牧说，金鼎置业现在的情况非常不好，资金链存在断裂的风险，下半年银行也基本拒绝再给集团贷款，所以你爸现在的压力非常大，一直靠人脉资金支撑着。你懂人脉资金是什么意思吗？如果没有新的盈利项目，这种人脉资金很快就会被消耗完的！"

肖艾不以为意地回道："你就不用替他担心了，前些年他买了那么多地皮，实在撑不下去还有地皮可以卖，只是未来少赚一点儿钱而已，就看他自己怎么选择了，金鼎置业不会这么容易倒掉的。"

"你太乐观了！"

肖艾情绪激动地打断了我："江桥，如果你一定要和我说这些的话，那我马上走，我今晚没去扬州，不是为了听你说这些的！"

我摆了摆手，示意自己不会再说，肖艾这才平静了下来，但也没有继续在车里坐着，她下了车，双手插在自己的衣服口袋里，有些茫然地看着还在闪动着烟火的远方。

片刻之后，我下车对她说道："那边的便利店还开着，我请你吃玉米吧。"

"我还想吃点别的。"

我点头，自己也感觉到了饥饿。直到现在，我们都还没有吃晚饭，而距离今年结束只剩下了一个多小时，我们刚刚都太注重精神上的宣泄，却忽略了给肉体补充一些能量。

…………

便利店门口的长椅上，我和肖艾并排坐着，我吃着炒米粉，她吃着小馄饨，我们就这么把这里当成了吃饭的地方。我觉得今天晚上的风虽然很冷，却吹得人很舒服，我好像走上了一条新的路。

"江桥，虾皮你吃吗？我不喜欢吃。"

"那给我吃吧。"

我说着将碗递给了肖艾，肖艾将碗里的虾皮都挑了出来，我们又继续低头吃着，一切是那么安静，又是那么惬意。我甚至忘记了咖啡店正在遭遇员工危机，忘记了对创业大赛的期待，也忘记了前些日子那撕心裂肺的痛苦，我在平静中等待着明年的到来。

肖艾的手机又一次响了起来，她将手中的碗递给了我，然后接通了电话。因为这一次是在户外，我没能再听清楚电话里对方在说些什么，只听到肖艾"嗯"了两声，然后她便挂掉了电话。

她看着我，许久才说道："江桥，刚刚是小伟师哥给我打的电话，他说……袁真从日本回来了，他们正在机场高速上，一会儿就能到新街口了。"

"那你去吧，我送你。"

"你怎么办？有地儿去吗？"

我笑了笑，回道："你就别管我了，自己玩得开心一点儿，我有地方去。"

肖艾看着我欲言又止，最终也没有说出口。她只是点了点头，我却知道她想说什么，她是希望我能和袁真、季小伟一起聚一聚，可是又明白我和袁真注定成不了朋友，所以放弃了。

…………

我开着车，一路将肖艾送到了新街口，大约是我们先到的，所以肖艾没有急着下车，她对我说道："袁真这次回来也就待三天，他是为了参加乐队贝斯手的婚礼。"

我看了看她，笑着问道："为什么和我说这些呢？你们这么多年的师兄妹感情，回来聚一聚是很正常的。"

肖艾低着头没有说话。

我又问道："对了，袁真在日本事业发展得还好吗？"

肖艾终于摇了摇头，回道："不算太好，现在原创市场普遍不太景气，他现在也就是在幕后做一些制作上的事情，他在等待好机会。我想，以后他会留在日本发展吧。"

"他那么有才华，我相信他没有问题的，只是被市场认可需要一点儿时间。"

"嗯。"

肖艾应了一声，她又陷入了沉默中，我能感觉到她正被一些愧疚的情绪困扰着。如果袁真不是为了她而冲动，即便没有在国内大红大紫，至少也会是地下的摇滚之王。可惜现在地下的音乐市场都不敢和他签演出合约了，他到国外发展也是一个迫不得已的选择。

我对肖艾说道："以后你有机会就拉他一把吧……"说到这里，我又半开玩笑半认真地说道，"我总觉得，你未来会成为一个炙手可热的流行天后！"

肖艾与我对视着，回道："你就别恶心我了，行吗？我这辈子是绝对不会去做流行音乐的。还有，天后就这么不值钱吗？难道谁都可以对着这个称号做梦？"

"毕竟你天赋异禀，说不定会成为乐坛的下一个邓丽君呢！哈哈哈哈！"

肖艾有些嫌弃地看了我一眼，回道："真不知道你在傻乐什么。"

说话间，我便看到了季小伟一行人。季小伟依旧是少了女人就不能活，他搂着一个穿着时尚、身材高挑的女人，这应该是他在南京的女朋友。而袁真则有点孤独地在他们身边走着，他没有背吉他，头发也比我上次见到他的时候要明显长了很多。

他忽然停下了脚步，迎着城市的灯火张望着，肖艾也发现了他，拿起了自己的手提包，准备下车。

我对她说道："我挺累的，就不去和他们打招呼了，你玩得开心一点儿。"

肖艾心照不宣地点了点头，随后打开车门，走过人来人往的街道，一点点向袁真靠近。而我也在下一刻将车子掉了头，行驶在回去的路上。车里循环播放着那首《乘客》。

"我是这部车 / 第一个乘客 / 我不是不快乐 / 天空血红色 / 星星灰银色 / 你的爱人呢……"

天空迸发出了绚烂的烟火，新年嘹亮的钟声响起，巨型显示屏中，陈艺和其他五位主持人一边鼓掌，一边说着新年贺词。我将车停在了钟楼下，人群沸腾的声音淹没了我，车里的音乐一直没有停止。

"我是这部车 / 第一个乘客 / 我不是不快乐 / 天空血红色 / 星星灰银色 / 你的爱人呢？"

我点上烟，闭着眼睛将烟雾全部吐出，我的新年就这么在歌声中到来了，我没有不快乐，也没有很快乐。

|第151章| 还恩情

新的一年已经到来，我终于启动车子离开了人山人海的鼓楼。我并不知道自己的下一站在哪里，我只想在回去前将车子里的油用完，我把车子开出来的那一刻就已经这么想了。

听着车里的调频广播，我一点儿也不觉得孤独，因为我喜欢女主播的声音，还有她精心为听众挑选的歌曲。

时间转眼便过去了半个小时，油箱又下去了一格油。

路过长江大桥时，我的手机响了起来，让我感到意外的是，电话是金秋打来的，而此刻已经是凌晨的十二点半了。

她对我说道："江桥，新年快乐！"

"新年快乐！"

她似乎没有太要紧的事情和我说，闲聊似的问道："你跨年是怎么过的？"

"开着车四处兜风，马上快用掉一箱油了。"

金秋对于我的行为似乎有点无语，半响才回道："你要么是太无聊了，要么就是有姑娘陪着你。"

"我就是太无聊了。"

我不知道这么回答算不算是撒谎，可肖艾确实没有陪着我等到新年来临的那一刻，我确实很无聊。

我又向金秋问道："你呢，今天晚上是怎么过的？"

"我啊？留学时的几个同学正好来南京旅游，陪他们一起吃了个饭，又四处逛了逛，刚刚才回来。"

"哦，那玩得开心吗？"

"当然开心，在国外的时候我们几个人的关系就特别好，各自回国后还有机会聚一聚，挺难得的。"金秋说着停了停，又说道，"对了，我给你打电话是要告诉你，明天是元旦，我和你去敬老院接上奶奶，一起去我家吃个饭吧。"

我问道："这是你的意思，还是你爸妈的意思啊？"

"是我们一家人的意思。明天我先陪我妈去菜场买菜，然后去找你，你也起早一点儿，听见没？"

"行啊，到时候电话联系好了。"

"嗯，时间不早了，那我就先休息了，你也早点回去休息。"

我应了金秋一声，随后各自说了一声"晚安"便挂掉了电话，而我的心中又涌起了一丝暖意，于我而言，老金家确实像是一个可以暂时休憩的港湾。这些年，但凡有重要的节日，老金夫妇都会让我带着奶奶去他们家过节。

…………

油箱里的油渐渐见底，我也终于回到了郁金香路。我将车停在巷子口的那片空地上，却在准备下车的那一瞬间忽然想起了肖艾，我不知道她有没有回来，是否需要我去接她。

犹豫了一下之后，我还是拿出手机找到了肖艾的号码，然后拨了出去，可让我诧异的是，接通的提示音只响了两声便被她给挂断了。

我又打了一遍，这次她挂得更快，我有些郁闷地放下了手机，然后点上了一支烟。我猜测她可能玩得正在兴头上，继而便放弃了继续打给她的想法，计划等手中的这支烟抽完便回去睡觉。

就在这时，车窗忽然被敲响，我下意识地转头看去，肖艾就站在车外微笑，她的头上还戴着一个会闪光的头饰，有点可爱。

我打开车门下了车，她似乎喝了一点儿酒，脸上有点红晕，意识看上去却很清醒，她对我说道："你刚刚给我打电话的时候，我正好走到便利店那边，所以就没有接你的电话。"

我看着她点了点头。

"你这么晚给我打电话做什么？"

我与她对视着，许久之后反问道："我记得你住在路东，这么晚还往便利店这边走又是为了什么？你可别和我说，你是想吃玉米。"

"难不成是为了找你吗？"肖艾说着便从自己的皮包里拿出一根玉米，在我面前晃了晃又说道，"对，我就是绕路来买玉米的。我觉得这是我每天必须要做的事情，幸好这是个二十四小时营业的便利店，要不然就买不到了！"

我用羡慕的目光看着肖艾，因为她有买玉米这么好的借口，我却必须要回答为什么这么晚会给她电话。

我想来想去也没有买玉米这么充分的理由，于是实话回道："就是有点担心你，但其实也没什么好担心的，毕竟你和袁真、季小伟在一起，他们俩都人高马大的，谁还敢对你图谋不轨吗？"

肖艾与我对视着，路灯的光映在她白皙的脸上，显得她更加温柔了，我有些惶恐，她却扬了扬嘴角，然后拿下了头上的那个会闪光的头饰，对我说道："好看吗？是小伟师哥送给我的。"

"好看。"

"好看那就送给你了。"肖艾说着便将头饰戴到了我的头上，她一边戴一边笑，似乎正在做一件可以让她高兴一整个晚上的事情。

我当然不愿意戴这样的东西，我将头饰又拿了下来，但也没有还给她，就这么握在自己的手中。而她也没有太在意我的排斥，继而坐在了车子旁边的花池上，吃着那根还在冒着热气的玉米，她的心情看上去很不错。

"江桥，你还记得不久前对我说过什么吗？"

我不解地看着她，因为去年的最后一个夜晚，我对她说过太多的话了，我不知道她问的是哪一句。

见我不说话，肖艾又说道："你说，如果我愿意为你唱一首应景的歌，你就愿意为我赴汤蹈火，这句话还算不算数？"

"算啊，我对你说过的话都算数。"

"好，那我就为你唱一首应景的歌……"

我终于有底气打断她，问道："其实你根本就不是去便利店买玉米的，你是想来和我说这件事情，对不对？"

肖艾看着我，许久后才回道："对，一首歌换来一个人的赴汤蹈火，这个便宜我为什么不要？"

"那你唱吧，我听着。"

肖艾依然看着我，也不知道是在酝酿情绪，还是在为我的好说话而感到惊讶。这时，我赶忙对似乎要开口的她说道："等等，我先点支烟。"

我说着便将烟叼在口中点燃，我想以最好的状态去听她在新年伊始为我唱的歌，虽然我们认识快半年了，她更是个以歌唱为事业的女人，可是她真正为我唱过的歌却并不多。

有时候，我真希望能去 KTV 一次听她唱个够，可惜一直没有这样的机会，她似乎很排斥在 KTV 和酒吧这样的地方唱歌。

"高架桥过去了，路口还有好多个，这旅途不曲折，一转眼就到了，坐你开的车，听你听的歌，我们好快乐，第一盏路灯开了，你在想什么，歌声好快乐……"

安静的夜色中，她用轻柔的声音为我唱了这首已经听过无数遍的《乘客》，虽然没有伴奏，却更像是在唱我们的心情，因为歌里提到的事情，我们在新年到来前的最后一个夜晚都做过了，没有一首歌比这首更加应景。

我的心情被她唱得起伏不定，她却平静地看着我。

这截然不同的反应，恰恰证明她比我更加理解这首歌的意境。这一刻，我是崇拜她的，可是我却不愿意用眼神将崇拜的信号传递给她，我又眯起眼睛吸了两口烟，随后将目光投向了远处的高架桥上，那里已经没有了车来车往，以至于每一盏路灯都是那么清晰可见，它们散发的光已经取代了汽车的灯光，成为这个夜晚唯一的闪亮。

"江桥，我走了。"

"嗯。"

肖艾点了点头，随即便转身往她自己住的方向走去，我这才看着她的背影，又看了看她送给我的那个会闪光的头饰。我发现我们每一次的见面似乎都很用力，告别却如此轻而易举。

我掐灭手中的烟，终于笑了笑，但愿我们都会忘记世事带来的快乐或不快乐，在今晚有一个无梦的睡眠。

…………

早晨，我在鞭炮声中清醒，比我早起的赵牧煮了粥，又从巷口的小吃摊上买来了一些包子和油条，我们坐在屋檐下的石桌旁吃着。

快要吃完的时候，我将车钥匙从口袋里掏了出来，然后放在他的面前说道："我暂时用不到车，你先拿去用吧。"

赵牧有些意外地回道："桥哥，你不要什么好的东西都先给我用，你这样我心里会更过意不去的。"

"你可别这么说。虽然我们没有血缘关系，可是感情不比别人家的亲兄弟差。赵楚不在了，我就是你的大哥，我相信如果现在是赵楚给你这辆车，你一定不会拒绝的。"

赵牧还是不肯将车钥匙接过去，我又往他面前递了递，笑着说道："我们之间真的不要太见外了，我倒希望车买回来了，你能主动和我借着开，这样才像兄弟嘛！在小事上互相占点便宜，大事上互相帮衬着，是吧？"

赵牧依然没有从我手中接过钥匙，他也笑了笑说道："桥哥，真的用不着，公司现在已经计划给我配车了，另外还分了一套两居室的公寓给我住，后天我就准备搬过去了。"

我拿着车钥匙的手悬在半空，继而感到有些尴尬。我这才意识到自己和赵牧的差距，他是作为核心成员加入金鼎置业新开发的项目中的，待遇又怎么可能会差？

虽然他目前的工作经历有限，但毕竟是清华大学的研究生，享受了全国顶尖的教育资源。早在他参加工作之前就已经有科研单位力邀他加入，只不过他自己因为不喜欢那种工作方式而选择了放弃。他已经是人中翘楚，缺的只不过是一个机遇罢了。

我将车钥匙收了回去，说了几句鼓励的话之后，两人便结束了这顿早餐。赵牧照例去了公司，而我去了咖啡店，内心又被店长即将要跳槽的危机困扰着。

我最怕的倒不是店铺少了一个合格的管理者，而是担心顾客会不适应新咖啡师调的咖啡。我知道来这里消费的顾客至少有三分之一是冲着店长来的，说这个店长是咖啡店的命脉并不是夸张之言，否则那么大的品牌咖啡为什么会来这小小的咖啡店挖她？

她的身上不仅有做管理者的潜质，还有难以替代的商业价值。

…………

快要中午时，我离开了咖啡店，站在巷子口等着金秋，我们约好今天要接上奶奶一起去她家吃饭的。可能是因为堵车，金秋并没有在约定的时间赶来，我便打算自己先开车去把奶奶接到这边，然后再与金秋会合。

正要离开时，我发现肖艾骑着单车从她琴行的方向驶了过来，很快便来到了我的面前，单脚撑着地，向我问道："你这是去做什么？"

"今天不是元旦吗，金秋让我带着奶奶去她们家吃个饭。"

肖艾面露思索之色，恍然说道："哦，我想起来了，金秋就是那个和李子珊打赢官司的女超人吧？"

我点了点头，然后向她问道："你是特意过来找我的，还是路过啊？"

"我是特意过来找你的，我在十分钟之前给你打了电话，但你没接。"

我拿出手机看了看，还真有肖艾的未接电话，不过因为自己在咖啡店里调了静音，所以漏接了，我问道："你找我有事情吗？"

肖艾的面色当即变得认真了起来，她在一阵沉吟后，终于对我说道："昨天晚上，有件事情我还没有做决定，所以就没有和你说。"

"什么事情？"

"我决定和袁真去日本待一段时间，他接下了一部电影的全部音乐制作，这是一个日本同行因为非常欣赏他的音乐才华才为他争取到的。电影里面有一个女性角色，需要精通各种乐器，同时这个角色需要和音乐制作人有极好的默契，才能达到最好的演出效果。没有比我更适合这个角色的人选了，我想替袁真抓住这次的机会，希望他能借这部电影在音乐圈翻身。"

我半响没有言语，片刻后才问道："是袁真邀请你的吗？"

肖艾摇头："不是他，是小伟师哥私下告诉我的。江桥，我不想欠着袁真，他对我的恩情，我必须偿还，否则我这一辈子都没有办法坦然地面对他。"

我点了点头，也许我可以理解她的心情，但还是在一阵沉默之后问道："大概要待多久呢？"

"至少要一个月吧，反正是不能在国内过年了。"

"那你的琴行怎么办？"

"只能先关了。"

"你这算进娱乐圈了吗？"

"不一样，为了袁真做出牺牲是值得的。"

我欲言又止，但最终还是选择了沉默。因为我说过，我可以理解她的心情和选择。虽然我们不是一个阶层的人，但她在很多地方与我是相似的。她并不是一个喜欢索取的女人，她会在心里将付出和回报理得很清楚，虽然表面上她是个爱玩爱闹、大大咧咧的女孩。

|第152章| 勤联系

　　我和肖艾站在刺眼的阳光下，车子和行人不间断地从我们身边路过，这让我们显得更加沉默。我终于笑了笑对她说道："如果是自己觉得对的事情，那就放手去做吧。如果因为顾虑太多而导致遗憾，会很痛苦的！"
　　"看你说得这么有感触，难道你人生中有很多遗憾吗？"
　　"是挺多的，而且都是不能弥补的遗憾。"
　　"你是说赵楚？"
　　我点了点头，心中有些难过。实际上，我人生中的遗憾又何止赵楚！我和陈艺那一段短暂的过去，又何尝不是我心中难以释怀的遗憾。可如今的我们甚至连对方的生活都不再关心，而有些事情也早就在我们的生命中注定，除非我们一辈子将关于爱情的念想埋在心里，否则我们一定会有形同陌路的一天。
　　陈艺要去参加残酷的生存类节目了，而我依旧在这座偌大的城市里如履薄冰地等待着那一丝丝渺茫的机会。我想做好咖啡店，可咖啡店此刻面临严重的人才流失，这让人很心慌，也很难过，我觉得自己愧对了苏菡的托付。
　　我又抬头看了看中午正好的阳光，它在寒冷的冬天为这座城市带来了春天的温暖，这让我不愿意再消极地去想事业上的事情，于是终于笑了笑向肖艾问道："等你从日本回来后，也就又该去德国了吧？"
　　肖艾点头。
　　"那今天的分别，差不多和永别也没什么区别了！"
　　"勤联系，关系就不会淡了。"
　　"勤联系？"
　　肖艾看着我，许久后问道："你是在质疑什么吗？"
　　"没有啊，只是所谓的勤联系在相隔万里之后，还是很难做到的。因为你会有新的朋友圈，有新的目标要努力，国内的一些人和事情渐渐就顾不上了。就像我和金秋，在她出国留学前，我们是特别要好的朋友。在她刚刚出国的那个月，我们也常联系，可是渐渐就没了联系的动力。有一次我给她发了一封邮件，她可能因为忙没有回复，后来我们就有将近半年没再联系，渐渐便再也不联系了。"
　　肖艾不言语，因为她明白我说的这些，都是有了距离后必然会产生的，别说我们只是朋友，就算是热恋中的情侣也大多抵不过异国他乡的考验，继而成为陌生人。

三年，足够我们的生活环境发生天翻地覆的变化了。

说话间，我终于看到金秋的那辆牧马人从便利店的方向向我们这边驶来。她打开车窗示意我上车，我看着肖艾，总感觉有一些话还没有说，却又不知道到底想对她说什么，这导致我的心情有一种说不出的不痛快。

肖艾已经跨上了自己的单车，她似乎已经和我说完了该说的话，下一刻便将背影留给了我，骑着单车向来时的路上驶去。

我又用力地看了她一眼，恐怕这将是我今年见她的最后一面了，至于未来还有没有机会见到，我说不准。

是的，肖艾就要和袁真一起去日本了。那时，我们之间的距离将不仅仅是这座城市的高楼和马路，还有浩瀚无边的海洋和异国的时差。

渐渐地，她在我的视线中越来越模糊，我在分别的惆怅中，好似有了一种错觉，这条街上所有的树木和屋檐都有了灵魂，它们留住了肖艾离去前的神态，悄悄地放在了我记忆里最空白的地方，我终于因此有了一种轻快的感觉。

我第一次觉得离别并不那么可怕，而她似乎又忘记了和我说再见。

…………

我上了金秋的车子，她迎着阳光穿行在城市的街道中，转过一个路口，阳光射了过来，她一边戴上墨镜，一边感慨道："今天的天气也太好了，好久没有在南京见过这么蓝的天了！"

"新的一年，新的气象，呵呵。"

我说着也眯起眼睛看了看碧蓝的天空，总觉得这一年的冬天并不那么让人尽兴，早早便下完了几场雪，而春天已经蠢蠢欲动地在它的身后等待着，我仿佛看到了百花即将盛开的美景，我那养了许多花草的小院子也该复苏了！

我向金秋问道："你去过日本吗？"

"去过。"

"好玩吗？"

"春观夜樱，夏看碧海，秋见红叶，冬踏落雪，这个季节去北海道最好。我觉得日本是一个比较适合旅游的国家。"

"哦。"我应了一声，想起了东京的樱花、北海道的雪和冲绳的海，而一个活泼的身影放下了世俗的负担自由地穿行其间，一切轻得仿佛没有了重量。

是的，等肖艾还了袁真这些年的恩情，她应该会比现在更加快乐，更加自由，然后大胆地去追逐自己在音乐上的梦想，那还有什么比这更开心的事情呢？

我替她感到开心。

"江桥，你怎么突然问起我有没有去过日本？"

"如果日本真的像你说的那么好玩，我觉得她在那里也不会过得太差的，我希望她能快乐一点儿。"

"你说的那个她是谁啊？"

"一个很要好的朋友，她要去日本了。"

金秋终于转头看向我，她笑了笑，没有再追问下去。我也转头看向了车窗外。

阳光还是这么直直地照射着这个世界，我的想念就是我的愁，它暴露在冬末的空气中有点飘忽，又有些惹眼。

…………

这是金秋回国后，第一次来敬老院看奶奶，她将买的一些礼品放下后便和奶奶寒暄了起来。

每当这个时候，我都是那个最无事可做的人。我不知道为什么，从最早的陈艺，到后来的肖艾，再到此刻的金秋，每当她们和奶奶聊起天，我似乎都插不上嘴。

来到老金的家门口，我一直扶着腿脚不太方便的奶奶，而金秋则掏出钥匙打开了房门。我第一眼看见的便是客厅里那摆满酒菜的餐桌，老金则跷着二郎腿坐在餐桌旁看着报纸，听见动静后，便放下报纸迎着我和奶奶走来。

他替我扶住了奶奶，笑着说道："老太太，气色看上去不错嘛，比上一次见面还有精神！"

奶奶一边笑，一边连连说道："托你的福，托你的福……"

进了屋子后，奶奶在沙发上坐了下来，罗素梅也从特地厨房走了出来和奶奶打了个招呼，表示待会儿就能吃午饭。

…………

片刻之后，五人便围着餐桌坐了下来，一开始聊的都是些家长里短，渐渐又聊到了我和金秋订过娃娃亲这件事情上，话题的发起人自然是老金。

其实，我知道热衷于撮合我和金秋的只有老金，罗素梅是持保留意见的，她一直没有很明确地表过态。这更让我费解了，为什么老金要三番五次地提起这件事情？如果说起初我还能以为他是在开玩笑，但今天奶奶也在场，他不至于把这个玩笑开到奶奶的面前。

老金仰头喝掉一杯白酒之后，又说道："老太太，咱们见面的机会不多，今天趁着两个孩子都在这儿，我就再把这个事情拿出来提一提。我和江桥他爸是战友，我俩可是有着过命的交情。当年我们一起在兰州，我因为大意掉进冰窟窿里，是老江拼了命把我给救上来的，这个情我一直记着。我和老江私下确实替两个孩子订过娃娃亲，但我也不是木头脑子，江桥这孩子如果不靠谱的话，我也不能因为这个承诺耽误我们家金秋一辈子。这些年，江桥他一直跟我在婚庆行当里面打拼，这孩子的品性我是看得清清楚楚，我老金是认可这个女婿的。之所以以前不提，是因为两个孩子的年纪还没到，金秋也一直在国外，现在条件都成熟了，我也就想把这个事情拿出来议一议。我唯一的要求就是，江桥得入赘到我们老金家，不知道老太太你能不能替江桥做这个主？"

奶奶看着我，我看着金秋，金秋则面色阴晴不定地看着老金，气氛一瞬间变得有些尴尬，因为除了老金，我和金秋压根就没有那方面的想法。

奶奶终于开了口，她对老金说道："小金啊，你能不嫌弃我们家江桥的出身，就冲这个情我也想替江桥做这个主，但婚姻这个事情还是得尊重孩子自己的意愿。"

老金摇了摇头，回道："老太太，你说这话我就不太同意了。当年老江和杨瑾算是情投意合吧，到最后还不是没把日子过好。我一直认为婚姻是两个家庭的事情，如果父母这关不把好的话，这婚姻也很难说是靠谱的！"

奶奶看着我，她似乎又想起了这些年的种种，不禁两眼泛红，但即便如此她也没有表态。她可能是不想让自己唯一的孙子入赘到别人家里，也或者她心里还有其他想法。而我有些恍惚，因为这么多年以来，第一次听到有人再提起母亲的姓名，我甚至已经快忘记她叫杨瑾了。

老金的一厢情愿，终于激怒了罗素梅，她没给老金好脸色。老金最终选择了沉默，一连喝了两杯白酒，饭桌上的气氛变得不是太好。

对此，我认为这是老金在离开婚庆行业后闲出来的毛病，我和金秋的婚姻大事不需要他操心，因为我们心里早已经各自有了主张，我们是不可能做夫妻的。

……

吃过饭，我和金秋将奶奶送回了敬老院。回去的路上我们都有点沉默，最后先开口的人是她，她对我说道："今天我爸又在饭桌上说起这件事情，弄得大家都挺尴尬的，我替他向你说声抱歉。"

我笑了笑："其实你爸人挺好的，社会上像他这么真实的人也不多了。谁都知道我配不上你，哪怕是入赘到你们家，也是我占了大便宜！"

金秋放慢了车速，她转头看着我，半晌才回道："这件事情我也不知道该怎么说。"

"那就不说吧，我们自己做个明白人就好了。"

金秋点了点头，片刻之后她又向我问道："江桥，你有想过，未来有一天你妈会回来找你吗？"

我看着车窗外，一声轻叹之后，用无所谓的语气回道："小的时候做梦都在想，可这么多年她也没有回来过，所以我也就不想再做这个梦了。随她去吧，她能当世界上没有我这个儿子，那我还有什么看不开的呢？"

"我听得出来，你对她有恨。"

"我更恨江继友！"

"也许，他们都有什么难言的苦衷呢？"

我不屑地笑了笑，随即什么话也不想说，我闭上眼睛仰靠在椅背上，等待金秋将我送回到郁金香路。

…………

下午，我在咖啡店里忙碌着，中间听到店员议论，乔野之前开的那家苏菡宾馆已经被秦苗以几乎白送的方式卖了出去，我知道秦苗是因为恨乔野和苏菡才会这么做的。

她也恨我。我尝试过给她打电话，但是她一次也没有接，后来我就再也打不通她的电话了，我知道她多半是将我放进了通讯录黑名单里。我很遗憾地失去了这个朋友，就像失去了陈艺一样，一点儿挽回的余地都没有了。

夜幕渐渐来临，咖啡店里来了一些熟客，他们在这里消费的几年中和店长建立了很深厚的感情。他们已经知道了店长要离职的消息，所以是特意过来送别的。

我的心情有些低落，总觉得自己没有经营好苏菡几乎是送给我的这家咖啡店。我又转念一想，既然苏菡已经和乔野复合，那这家为了纪念的咖啡店还有它存在的意义吗？

点上烟，我竟然第一次产生了要转让这家咖啡店的想法，因为没了店长，这家咖啡店能不能活下去是个大问题，而准备投入婚庆行业的我，是否还有足够的精力去兼顾这家咖啡店呢？

　　思虑了一会儿，我暂时搁置了要转让的想法，因为在这之前，我必须要先征求苏菡的意见。再者，转让咖啡店是最坏的结果，或许有能够替代店长的新人，而现在还远没有走到要转让的那一步。

…………

　　我站在咖啡店的外面，再一次被寂寞和孤独困扰着，我总觉得中午和肖艾的分别来得太轻易了，我似乎还有什么话没有对她说。她马上要去日本，之后又将去德国留学，我们见面的机会几乎没有了。

　　今晚，我到底要不要将她约出来聊一聊呢？

| 第153章 | 有些情，必须欠

　　在我陷入要不要约肖艾的犹豫中后，我整个人便开始不那么自在了起来，我拿着手机从咖啡店的这头走到那头，又从那头走到了这头。而手机在我手中随着步伐的节奏起起伏伏，我却始终没能将那个号码拨出去。

　　我又往巷子口走去，我想，如果运气好的话，能碰到来便利店买玉米的肖艾，而这种充满偶然性的遇见，要比刻意的邀约来得更舒服，所以我想去看看，顺便再买一包烟。

　　站在便利店的门口，我一阵左看右看，总以为她会穿着厚厚的棉衣沿着路灯走来。可除了街上的车来车往和店面闪烁的霓虹灯，我根本没有看到那个熟悉的身影。

　　我有点沮丧，终于低垂着头进了便利店买了一包烟，我没有离开，而是从烟盒里抽出一支烟，迎着有些冻人的寒风吸了起来。

　　在我的对面，那只把墙柱当作家的流浪猫还在，但它没有我那么踌躇不安，一直很平静地看着我，叫也不叫一声。

　　我讨厌动物比我淡定，于是又进便利店买了一根烤肠引诱它，它在一瞬间便丢掉了高冷，摇着尾巴向我走来。我随即将烤肠扔给了它，一边吸烟，一边蹲着和它说话，嘲笑它的意志不够坚定。

　　猫已经吃完了一根烤肠，可是我要等的人还没来，我又转身去便利店买了一根烤肠和玉米，烤肠还是给了那只被我诱惑的猫，玉米则自己吃了起来。我想探究一下这里的玉米到底好吃在哪里，为什么我在这里生活了二十多年，却从来没有像肖艾这么迷恋过？

　　我就这么靠和一只流浪猫成为酒肉朋友，不知不觉地消耗掉了半个小时，我实在没有理由再在便利店的门口待下去了，因为里面的店员一直用怪异的目光看着我。

在她的眼里，我一直在对着一只无家可归的猫碎碎念。

我终于起了身，隔着橱窗冲里面的店员笑了笑，继而离开了这里，心里却打定主意，待会儿再来买一支牙膏。我记得家里的牙膏好像快要用完了。

………………

这个夜晚，我来来回回地去便利店买了牙膏、洗发水、卫生纸、毛巾……每次都不会空手而归，可是要等的人一直没有来，而我似乎真的没有什么东西可以买了，于是又缠着店员聊起了天。

时间已经来到晚上的九点，我终于相信此时的肖艾或许已经离开了南京，我没有了和店员继续聊下去的欲望，最后买了一个打火机便准备离开。

推开便利店的门，我还是不死心地向她会出现的那个方位看了看，我隐约看见那红色的单车穿过夜晚的雾气向这边缓慢地接近。她没有穿着我想象中的棉衣，而是穿着一件蓝色的羽绒马甲，脚上是一双看上去很朋克的马丁靴，就像一个全身上下满是灵气的摇滚少女。我可以确定，如果她骑的是机车，那就更像摇滚少女了，因为她的身后还背着一把吉他。

她来到我的面前，单脚撑着地，感叹道："太巧了吧！"

我被寒风吹得有点冷，下意识地掖了掖衣领，然后摆弄着手中的打火机，回道："过来买个打火机，没火用了。你呢，来买玉米吃？"

"不是，我是来找你的。"

我有些惊讶地看着她，问道："你找我，给我打电话就好了啊，假如在这儿碰不到我呢？"

"你傻啊，你的咖啡店就在巷子里，这儿碰不到你，我就去咖啡店啊，要是咖啡店没有，我还可以去你家啊，打电话多没意思。"

我有些犯愣，半晌才明白，在这个夜晚刻意等着一场偶遇的人是我，却不是她。

我终于向她问道："你找我有事吗？"

肖艾与我一阵对视之后，从单车上跨了下来，对我说道："我想和你借一万块钱。我要和袁真去日本了，琴行的孩子也就不能教了，所以学费我得退给人家。"

我半开玩笑半认真地说道："我可是个很穷的人，借给你，我自己就没钱了，你就不怕欠我的情吗？"

"不怕，有些人的情必须欠着。"

看着她不苟言笑的样子，我最终没有选择回应，但已经决定借这笔钱给她，虽然借过之后，我自己将彻底一穷二白。

………………

取款机的旁边，肖艾倚墙站着，我将卡里仅有的一万块钱拿给了她，她从我的手中接过，然后对我说道："江桥，等我去了日本之后，你记得每天问一问我，有没有钱还给你。听见没？"

我下意识地回道："我不喜欢催债，你什么时候方便，就什么时候还吧。"

肖艾全神贯注地看着我，似乎有话要说，但最终只是扬了扬手中的钱离开了。

我追上了她的脚步，然后与她一起过了马路。她没有再说闲话，已经坐在了自己的单车上,并将羽绒马甲的拉链往上拉了拉,一副就要走的模样。而我才恍然明白她刚刚让我每天和她要钱的含义,她希望我们不会因为距离而生分,也就是她之前说过的勤联系。

我赶忙拉住了她,她回过头看着我,问道:"干吗?"

"你和我借钱的事儿,我会放在心里惦记着的。"

"会惦记就好。"肖艾说着便将自己背的那把吉他从肩上拿了下来,然后递到我手上说道,"这把吉他是妈妈送给我的二十岁礼物,也是我最喜欢的礼物,现在送给你了。"

我有些愕然,因为这礼物太贵重了!

我刚准备开口说话,肖艾却忽然指着我说道:"你闭嘴,不许说你不会弹。还有,这吉他没有琴盒,你的手那么巧,就亲自帮它做一个吧,别让它落了灰尘。琴就和人一样,琴盒才是可以休息的家。"

我看着她严肃认真的样子,却感觉有什么东西在自己的心里融化了。许久之后,我终于对她说道:"琴盒我能做,但是做出来肯定不精致,配不上一把这么好的吉他。"

"你做的琴盒能挡灰尘吗?"

"能。"

"能防雨吗?"

"也能。"

"那还需要什么呢?我的吉他不是要拿去卖的,更不是摆设,能有个琴盒护住它就可以了!"

"好吧。"

肖艾看了我一眼,随后又像往常那样,一句话也不说,便骑着自己的单车行驶在了她来时的那条路上。

我抱着她留下的那把吉他,在琴弦那充满律动的声音中有些回不过神。随着车流,肖艾渐渐消失在了我的视线中。我这才知道,这次她是真的走了,但我忘记再用力地去看她一眼。

…………

我将那把吉他背在了自己的身上,又去便利店里买了一袋方便面,为了等肖艾,晚饭到现在还没有解决。

在我将钱递给收银员时,我心血来潮地向她问道:"刚刚和我在一起的那个姑娘,是不是没事儿也喜欢往你们店里面跑?"

店员摇了摇头,回道:"她只是每天会来买玉米吃,不像你这样来来回回地能跑上十几次,你就不能一次买完吗?看你开门关门,我都有点头晕!"

我有点尴尬地回道:"我就是精力有点旺盛,但这是年轻人的优势,对不?"

店员给我留了些面子,没有再挤对我今天十分反常的行为。我又对她说道:"以后她是不会再来买玉米了。但是不论多晚,你都给我留一根玉米,因为我不打算离开南京。"

…………

回到自己的住处，我将肖艾留给我的那把吉他放在了衣柜里，然后像往常一样点上一支烟躺在床上吸了起来，心中却不愿意去想太多的事情。因为自从买了车，提前支付了离职店长的工资，今天又借钱给肖艾之后，我再次成了一个名副其实的穷光蛋。这的确是一件令人消极的事，所以我一直将注意力放在了自己正在吸的烟上面，然后告诉自己，现在的生活其实还不错，至少有烟抽，有房子住，还收获了一把自己根本不会弹的吉他。

一阵失神之后，我的手机又轻微地振动了起来，我掐灭手中的烟，拿起手机，竟然又是那个神秘人给我发来的微信。

他（她）说："江桥，事实证明陈艺还是很在意邱子安做的那些事情，所以她临时决定加入一档需要到国外取景的真人秀节目。我想，她和邱子安的婚期应该会被无限期后延了吧。呵呵，可是这件事情为什么需要我去告诉陈艺，而不是你呢？到底是你不了解她，还是你对自己没有信心？或者，你只是觉得自己爱她，可实际上并没有爱过她？那她可真够可怜的！"

我被这些突如其来的问题弄得有些头晕，心中又是一阵绞痛，我对陈艺的爱，怎么可能是虚情假意呢？但我不够了解她是事实，因为我无论如何也没有想到，她会放弃婚礼，去参加这么一档无比需要勇气的生存类真人秀。

在这之前，我以为即便我将这些告诉她，也不会影响到她和邱子安的婚礼，因为邱子安能够给她我可能永远也无法给她的东西。

第154章 受挫

神秘人给我发微信，似乎只是为了撩拨我的情绪，在我给他（她）回复了消息之后，他（她）又没有了音讯，我气得想将他（她）放进黑名单，可最终还是没有这么做，因为他（她）真的给我带来过一个很重要的消息，只是我自己最后没有用正确的方式去处理。

次日的早晨，我先于赵牧之前起了床，我做了早饭，而他也在片刻后起了床，收拾着自己的行李，我知道他要搬到金鼎置业给他配的公寓里去住了。

我们坐在一起吃着早餐，我嘱咐他工作之余要注意休息，毕竟身体才是革命的本钱。自从他加入金鼎置业以来，几乎每天都是加班到深夜才会回来。

聊着聊着，他又向我打听起了肖艾的消息，他问道："桥哥，肖艾最近有和你联系过吗？她最近都在忙什么？"

"她啊？听说，袁真在日本接了一部电影的音乐制作，肖艾就过去帮忙了，今天应该就走了吧。"

赵牧的面色就像秋天的树叶失去了光泽，他沉默了许久之后，才又问道："她说了要去多久吗？"

"一个多月，应该不会回来过年了。"

赵牧低着头，自嘲地笑了笑，语气很是失落地说道："现在，我连她的面都见不到，她却愿意为了另一个男人去日本待这么久。想来，这就是人和人之间的差距吧。"

我不知道该回应什么，于是选择了沉默，在沉默中试图转移这个话题。而这时赵牧又向我问道："桥哥，她是不是一直都很喜欢那个叫袁真的人？"

我摇了摇头，回道："我不清楚，但他们之间的感情确实比较特殊，袁真也值得她这么去做。"

赵牧点了点头，没有再多言。他就是这样，无论是对人还是对物，都会在大脑里有一个很清晰的判断，所以他不会像个不成熟的少年问太多，更不会捶胸顿足地去宣泄自己的情绪，这是我觉得他最让人省心的地方。

…………

离开住处，去咖啡店坐了一会儿之后，我便去了附近的一个建材市场，买了两块木板，准备给肖艾留下的那把吉他做一个琴盒，这是我答应她的事情。我相信她从日本回来后，一定会问我有没有安置好她的吉他，到时候我得让她挑不出一点儿毛病。

回去的路上，我再次路过那家便利店，想起昨天晚上在这里发生的点点滴滴，我下意识地停下了脚步，就这么站在橱窗外看着。我仿佛还能记得昨天的心情，可此刻的肖艾恐怕已经坐上了去往日本的飞机，我们之间的距离也渐渐由一座城市变成了两个国家，最后彻底被大海隔离在两边。

我因此有些惆怅。

便利店里的店员正在织着毛衣，她面前的电视机正在播放着本地的新闻，我在新闻上看到了金秋。意气风发的她接受着记者的采访，她似乎参加了最近炒得特别热的"南京最美创业女性"的评选。

我又歪着头看了看，为了配合节目效果，金秋正开着她的那辆牧马人在空旷的道路上奔驰着，窗外的风撩动着她的头发，墨镜下是一张自信美丽的脸。这让我看到她就有一种信心，她似乎永远也不会失败。

她怎么会败呢？她可是顶着比赵牧还高的学历光环，掌管着一家蒸蒸日上的婚庆公司，更和李子珊打赢了一场根本毫无胜算的官司，她的字典里压根就不该有"失败"这个词。

我有些羡慕她，也崇拜她，她做到了很多看似不可能完成的事情。比如那次在学校的辩论大赛上，她一个人将对方的四个人辩到哑口无言，这需要的不仅仅是气场，还有口才和睿智！

我觉得这次"南京最美创业女性"的冠军非她莫属，因为她是个能够打硬仗的女人。

…………

回到咖啡店，我又开始为招聘店长和咖啡师的事情苦恼了起来，我几乎已经在所有的主流招聘网站上发布了招聘信息，可是因为到了年底，离职率不高，过去的几天里根本就没有人来应聘，甚至连打电话表示有兴趣的人也没有。

店长眼看就要走，不得已，我只好又提高了薪资待遇，希望能在近几天内解决这个棘手的问题。

中午时分，金秋忽然来了咖啡店，我一边让店长给她调咖啡，一边向她问道："今天怎么有空来我这里喝咖啡了？"

金秋向店长摆了摆手，示意自己不喝咖啡，之后便将我拉到了靠近窗户的位置。她表情严肃地对我说道："江桥，关于创业大赛的第一轮评选，我已经托人打听了，你的创业计划书在第一轮就被评委给毙掉了！"

我有些吃惊地看着她，心中满是受挫的感觉，半响才问道："你的意思是，我连第二轮和投资人演讲的机会都没有了？"

"没有了。"

金秋有些恨铁不成钢地看着我，她又说道："你的那份创业计划书我看了，在项目可行性的论证上做得实在是太差了，根本没有一个合理的逻辑，在表述上也是一团糟，评委是不可能给你过的！"

我心中堵得慌，我觉得自己在那份创业计划书上是尽了力的，我第一次感觉到因为学历不够而带来的局限性。这个世界就是如此真实，你有多少才华，一试便知。

我点上一支烟，也不说话。

金秋仿佛看穿了我的心思，她又说道："你不要因此而质疑自己，我曾经看过你做的婚庆策划，逻辑思维很严谨，虽然这和创业策划有一定的区别，但在本质上还是一样的。我觉得你最近的心态出问题了！就好比上次的微博营销，我的婚庆公司牢牢地抓住机会，有了一个质的飞跃。你的咖啡店几乎也有同样的机会，可是客户想在你的咖啡店办求婚仪式时，你人在哪里？在丽江！客户的耐心是会流失的，你应该能感觉到，微博营销的热度过去之后，咖啡店的生意也不如从前了吧？因为你没有做到趁热打铁，这很可惜！"

我沉默了许久，才回道："去丽江是因为特殊情况。"

金秋的表情更严厉了："我可以肯定，以后你的人生中还会有无数个特殊情况，到时候你还这么选择吗？你就是这样，总把人情看得比自己的事业重，却忽略了商场有多现实，机会有多宝贵。现在好了，它迎头就给了你一棍子！"

我终于抬头看着金秋，问道："如果这次的创业大赛，我顺利地通过了第一轮，你还会这么数落我吗，数落我不务正业？"

"江桥，我不是数落你，我只是希望你能吸取这次的教训。事业不是你这么做的，你要分得清轻重。我建议你有空去看看财经杂志对邱子安的采访，了解一下他当初是怎么创业的。"

我心中莫名烦躁，随即点上了一支烟，我不想再听到邱子安这个名字，更不喜欢别人用他和我做对比。我就是没有他的能力，没有他上进，没有他的手段，可这个世界又是谁规定，每个男人都必须要成为他那样的男人？如果有这个规定，那整个人类社会不都千篇一律了吗？

金秋叹息，我急促地喘息，金秋终于又对我说道："我知道说多了你会反感，可我真的希望你能借这件事情好好地反思一下自己。在我看来，这个世界上只有两种男人，一种是有能力的，一种是没有能力却还为自己找各种借口的。能力这东西不是与生俱来的，只是看你有没有改变的勇气。否则，你注定只是生活里的垃圾，永远活在别人唾弃的目光中，因为这个世界并不那么相信善良，只相信价值和创造力！"

……………

金秋说完这些后便离开了，我则像丢了魂似的呆坐着，我有了巨大的危机感，更辜负了金秋之前对我的信任和期待，我竟然连创业大赛的第一轮都没有过。

我一遍遍地问着自己，这段时间到底做了些什么，眼看着咖啡店也陷入了难以保全的危机中，我的未来又该何去何从。或者，我江桥根本就不适合创业，我注定只能跟着老金这样的老板打一辈子的工。

黄昏在我的恍恍惚惚中到来了，我才发现这座城市已经没有了我亲爱的人，我知道陈艺今天去了国外，于是我又一次倒在了无处可去的恐惧中，我特别想找个人说说话。

我带着烟走在了郁金香路上，路过了那座废弃的纺织厂，又想起了我的母亲，那个叫杨瑾的女人。

她的无情让我早已经适应了一个人默默去承受所有的痛苦和失落，所以我并不是一个喜欢倾诉的人。我忽然觉得自己又没那么痛苦了，因为这种无人可以说话的痛苦，我从八岁时就已经开始承受。

此刻，我需要的仅仅是一支烟、二两酒和深刻的自我反省，而不是某某某。

|第155章| 我的信仰在哪里

夜色渐渐来临，我的世界却在陆续亮起的街灯中变得简单了起来。我又翻进了那座废弃的纺织厂，就坐在二号车间的台阶上，不远的对面是那辆报废的解放卡车。我隐隐还能记得江继友开着这辆车去接我放学的画面，虽然陈旧，但那些来自同学羡慕的眼光依然是那么真实。

我也曾因为这辆卡车和当时会驾驶机动车的江继友而被别人羡慕过。

想起这些，我又仰头喝了一口酒，没有下酒菜，只有无数说不出的痛苦，我紧闭着眼睛，剧烈地喘息着，也只有在这片仅仅我会注意到的荒地上，我才敢如此放肆地呼吸。

我终于睁开眼，看着头顶的天空，我在城市灯光渲染出的红色中有些眩晕，我又逆着光看到了许多过去的画面。那时候的江桥还有信仰，因为有一个和我一样年纪的女孩关心着我、心疼着我。

我记得，她背着书包将我从游戏机厅里揪出来的样子，她没有像大人一样批评我，还请我吃了一块钱三张的葱油饼。

我不会忘记，自己和校外的混混打架，脑袋被板砖拍出了豁口，她骑着自行车一边哭一边将我送去医院的心疼和紧张。我暗暗发过誓，长大后就要娶一个她这样的女人，再一起生一个像她一样的女儿，我一点儿也不介意我的生命中全是她的影子，因为她就是我活着的信仰。

我的手指有些颤抖，可愤怒的火焰还在燃烧，我又猛喝了一口白酒。如果我愿意，我可以回忆出一千件这样的事情；如果我愿意，我的一辈子可以完全靠这样的回忆活着。

到底是什么谋杀了我们的曾经？又是什么让我无法喜欢现在的生活？

我有点想念过去的日子了，可我更该在现在的生活中自强不息，因为我要面对的是未来，而不是那些总让我怀念着的过去。

可我就是会在喝醉的时候想起她，我喜欢这种想她的感觉，也为我们终究不能在一起而痛心，因为她曾是这个世界上对我最好的女人。

我终于握住酒瓶，平躺在二号车间的草地上，我发现我弄丢了自己的信仰。曾经，我只想为她活。可现在她已经从我的生命中走远了，我又在为了什么而活？

金秋骂得没错，我就是一个不会创造价值的垃圾，我连自己的信仰都没有办法守住，还用怯懦和无能将自己的世界搞得一片乌烟瘴气。

被烦恼困扰着的夜晚是多么难熬，我将酒瓶留在了废弃的纺织厂里，带着还有半包没抽的烟坐在了陈艺家院子前的台阶上。黑夜里，我仿佛还能听到陈艺那熟悉的脚步声。

我终于在自己幻想出的脚步声中有些累了，一阵寒风吹来，时间就好像回到了十多年前，她就坐在我的自行车后面，替我披紧了衣服，不厌其烦地告诉我，今天老师留的作业回去不要忘记写。

我用最后的意识笑了笑，渐渐在这阵叮咛的温暖中昏睡了过去。

…………

次日，我带着头痛起了床，我依稀记得昨晚是一个邻居将我从陈艺家门口叫醒的，然后又送我回了家。我受了点风寒，所以身体状况并不是特别好，一直在咳嗽。

给自己买了早饭，只是勉强吃了一些，我便去了咖啡店。我依然在为缺少店长的事而忧愁，而当务之急则是招聘一个可以替代的咖啡师。因为管理上的事情我可以兼顾一些，咖啡师却是不可或缺的。

我开始主动打电话和一些前段时间有求职需求的咖啡师们联系，可一个上午下来，那些咖啡师要不已经有了工作，要不自己开了咖啡店，再不就去了其他城市，我一点儿收获都没有。

一筹莫展中，我终于想起了季小伟，他的咖啡店在扬州做得不错，他应该结识不少的咖啡师，我希望他能给我介绍一位，或者从他店里暂时借一位过来也行，总之我要顶住过年来临前的这段时间。

我给季小伟打了电话，他说自己就在南京陪着女朋友，让我去夫子庙那边的一家茶楼找他。

我当即便开车去了夫子庙那边，然后在季小伟说的那间茶楼找到了他。此刻他正和一群南京的朋友聊着天，我一时也不好开口和他说事情，便一直耐着性子等待着。

一个多小时过去，季小伟那群玩音乐的朋友才离开，他终于笑了笑向我问道："说吧，找我是为了什么事儿？"

我赶忙回道："我的咖啡店遇到一点麻烦，暂时缺一个咖啡师。我就想和你打听打听，有没有合适的咖啡师可以介绍的。"

"哟，怎么在这当口儿缺咖啡师啊？你知道的，到了年尾，大家为了年终奖都不会轻易跳槽的。"

我无奈地回道："是啊，可这事儿不就被我给摊上了吗！这不没招了，才请你帮忙的吗？"

季小伟想了想说道："就冲上次肖艾和袁真欠你的人情，这事儿我一定尽力！我先打电话问问。"

我点头，季小伟开始拨打电话，可是一连十几个电话打出去都被对方回绝了，我又表示可以补发跳槽的年终奖，但仍没有咖啡师动心。

又拨打了一个电话之后，季小伟对我说道："江桥，还真有一个咖啡师，因为他女朋友在南京，倒是有意向来南京发展。"

"水平怎么样？"

"业内拿过不少奖的，是个技术过硬的咖啡师，不过因为涉及跳槽，再加上对你咖啡店的经营能力和生存能力有顾虑，所以对方要求你一次性支付他两年除奖金以外的全部工资，共计十六万。"

我有点傻眼，我现在要到哪里去弄这笔钱？不管是对我个人还是对咖啡店而言，这都是一笔承受范围外的巨款。

季小伟好似看出了我的为难，他对我说道："这事儿也不能怪人家这么干，毕竟现在咖啡店倒闭的概率太大，谁也不能拿自己的职业前途开玩笑，何况还是这种水平比较高的咖啡师。江桥，要不这样吧，你让陈艺出面做个担保，写个担保书，陈艺是公众人物，这事儿只要能让她说话，对方应该就没什么顾虑了。"

"你来做担保不行吗？"

季小伟摇头回道："我和这咖啡师不熟，也是托人打听到的。还有这事儿，我倒觉得你去找陈艺比找我更合适，她微博的粉丝基数那么大，随便发个微博，总能找到靠谱的咖啡师，对吧？"

我看着季小伟，一时不知道该说些什么。我和陈艺虽然从小一起长大，感情深厚，可此时已经和陌生人差不了太多，而且陈艺此刻也不在国内了，她帮不了我什么，也没有必要帮我解决麻烦。

一阵沉默，我终于对季小伟说道："你把那个咖啡师的联系方式给我，我再想想办法吧。"

"行。"

季小伟说着便给我报了个号码，我当即陷入了沉思中，想着能和谁借这笔钱。我首先想到了老金，可是考虑到金秋刚买车，之前又给了我和陈艺五十万，再加上过年期间要发放各种员工福利和工资，他们有多少可用资金还真不好说，所以我不想给她增加额外的负担。

秦苗是个好人选，十六万对她来说恐怕也就像我借出去一百六十块钱那么轻松，可是她现在已经恨透了我，更何况我经营的还是苏菡留下的心情咖啡，她会帮这个忙才真是见鬼！

我心中烦躁，忽略了季小伟，自顾自地点上了一支烟，我感觉自己被孤立了，可仍固执地不愿意去相信是自己做错了什么。

季小伟也从自己的口袋里摸出一支烟点燃，他忽然问道："江桥，肖艾和袁真去日本了，你知道吧？"

"我知道，肖艾和我说了。"

季小伟笑了笑，回道："肖艾和袁真去日本这事儿是我一手促成的，我说过他们一定会在一起，这次去日本就是最好的机会。你也是肖艾的朋友，肯定替她高兴吧？他们俩郎才女貌，而且都愿意为了对方奋不顾身，如果可以在一起，这个世界就太美好了！"

我盯着季小伟看了半晌，才说道："是。"

…………

离开新街口，回到咖啡店，我便感到头重脚轻，我知道自己发烧了，便去药店买了一些退烧药。这个时候我反倒不会再抱怨什么，我习惯了这样的逆境，我虽然不是一个有能力又上进的男人，但身上的韧性也不是一般人可以比的。我渐渐从白天的烦躁中脱离了出来，我变得越来越冷静，无论面前有多大的困难，我都会将这个咖啡店继续经营下去。

从药店回去的路上，我竟然遇到了老金，他似乎是特意来找我的，我下意识地喊了一声："金总。"

"我都从公司退出来了，你就别'金总''金总'地喊了，叫叔。"说着他又往我手上拎着的方便袋看了看，问道，"怎么还买退烧药了？"

"有点发烧。"

老金是个当过兵、经历过生死的汉子，发烧这点小毛病他也不会太放在心上，只是示意我找个地方说话。

在我家的院子里，我和老金围着石桌，面对面地坐着，他没有和我说太多闲话，直接向我问道："江桥，知道你金叔为什么想你入赘到我们家吗？"

我不解地看着他，半晌才回道："不晓得。"

老金喝了一口我给他倒的热水，说道："金秋这丫头性子太烈，天生就是做事业的命，她不能找一个和她一样的男人过日子。叔看中你，是因为你踏实、勤奋，一个家里面一定得有一个顾家的，这样才像是过日子。另外，我也有一点儿私心，你入赘到我们家，我和你阿姨都会把你当亲生儿子去对待的。你也别急着和我说你跟金秋没感情，感情这东西是可以慢慢培养的嘛，只要你不嫌弃金秋的脾气就行。至于赚钱的活儿就留给金秋，反正她也喜欢做这个事情。"

我笑了笑："金叔，你计划得这么详细真的好吗？还有，你其实主要是图我入赘吧，毕竟这年头独生子女多，肯入赘的小伙子太少了！"

"你放屁！"

我看着老金，等待他继续解释，可是他说不出个所以然来了，就这么瞪眼看着我，半晌才又说道："我就这么一点儿私心，过分吗？以后你和金秋有了孩子，第二个跟你们家姓江，我绝对说话算数！"

我不知道该如何回应，陷入了沉默中。我可以肯定，如果我和金秋结婚，绝对不会为了生存发愁，可是一份没有爱情的婚姻，又能算婚姻吗？我相信金秋也是这么想的。

见我不说话，老金拍了拍我的肩，又说道："生病了就好好休息，待会儿我让金秋给你买点吃的东西送过来。还有，你那咖啡店就别开了，小打小闹的没多大意思。你要是觉得叔的话有道理，就回公司帮金秋，她这段时间可是累坏了！"

说完这些，老金就在我的愕然中离开了，可我也没有因为他的擅作主张而反感。

其实，当年知道我要退学后，他劝过我，并表示只要我有能力考上大学，他会供我读下去，可是因为赵楚的离世和对赵牧的责任，我早就没有了继续上学的心思，所以拒绝了他。而在我退学后，他就把我带进了婚庆公司，虽然苦活累活没少干，但我也因此没有变成一个不学无术的问题少年。

我怀疑那时候他就已经把我当他的女婿了，所以从来也不会不好意思使唤我去干那些脏活累活，尽管我因此埋怨过他，也骂过他。

我笑了笑，如果江继友这一生还有收获的话，那就是老金这个兄弟了。不过，我真的不能做他的女婿，因为我不想丢掉信仰，成为一个只知贪图安逸的人。

我的人生才刚刚开始，我江桥绝对不会倒在这些挫折之中的，我想知道自己的信仰到底在哪里！

|第156章| 不转咖啡店

昨晚受了冻的后遗症开始显现，自老金离开后，我不仅有些发烧，甚至连喉咙都如卡了鱼刺一般疼痛。吃了消炎药后，我又开始不停地喝白开水，而天色就这么渐渐暗了下去。

我半躺在床上，找了一张王菲早期的碟放进了唱片机里，我将声音开得很大，只感觉自己在那迷幻的音乐声中消失了。我没有痛苦，也没有快乐，更没有肉体，但我活在阳光中，雨水里，我不喜欢执着，也不轻易放弃。

手机的屏幕闪烁了很久，我才拿起看了看，是金秋打来的。刚接通，就传来她劈头盖脸的一顿训斥。原来，此刻她就在我家门口，敲了半天门，可是我将音乐声开得太大，根本没有听见，她就这么在外面被晾了半天。

我披上一件羽绒服，赶忙去给金秋开了门，为了让她不再训斥我，我夸大了自己生病的程度，一连对着她咳嗽了好几声，又哼哼唧唧着。

金秋瞪了我一眼，不满地说道："江桥，咱们能不这么没完没了地演吗？你生病就好好养病，干吗在家把音响开得像打仗似的？"

我干笑，又是一阵咳嗽，这次却是真的，脸都咳红了，总算有了生病的样子。

…………

进了屋子之后，金秋这个从来不做家务的女人，帮我收拾了一下乱糟糟的桌子，然后又将烟灰缸里攒的烟头倒进了垃圾篓里，这才打开了给我买的外卖，有白米粥，还有一份我喜欢吃的糕点和几个还在冒着热气的煮鸡蛋。

"赶紧吃吧。"

"我不想下床，你给我端过来。"

金秋白了我一眼，不满地问道："你是想造反做皇帝吗？"

"陛下，我不想谋朝篡位，但我现在是个病号，你就不能体恤一下吗？想我江桥也为你们家婚庆公司做牛做马五年多，陛下你连给旧臣端碗饭的恩泽都不给吗？"

金秋一副受不了我的表情，摆手示意我不要再说之后，便将米粥端到了我的面前，我对着她又是一阵咳嗽，口水都咳出来了。我觉得自己对付金秋是挺有一套的，我相信还没有一个男人能在她身上享受到我此时的待遇。

我就着豆酱喝了几口米粥之后，忽然想起一件自己今天还没有做的事情，便又放下手中的饭碗对金秋说道："陛下，能麻烦你去巷子外面的便利店给我买一根玉米吗？我现在特别想吃，我觉得它能治好我的病！"

"江桥，你还来劲了，是吧？"

我一脸痛苦，眼看着一阵撕心裂肺的咳嗽就要来，金秋恨不能搬起板凳砸我一顿。我又眯起眼睛冲她笑着，关于耍无赖这样的事情，在她面前我是信手拈来，大不了挨她一顿揍，再说她现在好意思揍我一个病号吗？所以在稳操胜券的局势下，我有些得意忘形。

我又对不愿意动一步的金秋说道："你能听我一句劝吗？"

"有屁就放！"

我嬉皮笑脸地看着被我弄得要发火的金秋，半晌才回道："知道你爸为什么一个劲儿地想把你许配给我吗？因为在你爸眼里，你就不是个过日子的女人，所以他想找一个能照顾你、迁就你的男人，他错误地以为我就是那个特别合适的人选。唉！做女儿的，让自己的老爸操这样的心，不是不孝吗？所以啊，我想改造你，让你先从跑腿这样的小事情开始做起，总有一天你会成为一个内外兼修的完美女人，你爸也就放心了。但是你们父女俩不用太感谢我，因为我愿意为你做这些事情，省得你爸老是让你嫁给我！"

金秋的面色阴晴不定，她一把扯下了我从来没有拆下来过的蚊帐，然后怒道："江桥，你去死吧！你放心，我就算嫁给一头猪，伺候一辈子，都不会嫁给你的。"

我拼命地扯开遮在我身上的蚊帐，大喊大叫道："去，去，赶紧找头猪嫁了，我保准送你一套冬暖夏凉的猪窝当嫁妆！"

"败类！"

金秋的话音刚落,一阵被尖锐物打中的疼痛顿时传来,随后我就听到了她摔门而去的声音,我就这么把她给逼急了。我不以为耻,反以为荣,因为打败这样一个女人实在是太有成就感了,哪怕仅仅是这种摆不上台面的口舌之争。

…………

我从床上爬了起来,将被金秋扯烂的蚊帐放进了柜子里,然后便穿上了羽绒服,准备亲自去便利店买一根玉米。除了肖艾,现在的我也觉得这玉米的味道不错,因为每次吃的时候,都会想起她站在便利店门口的模样,好似这漫长的冬夜都因为她手中的玉米而有了丝丝的温度。

出了巷子口,我意外发现金秋的车还停在空地上。她就坐在车里吸着烟,车窗只开了一半,以至于路灯洒下的光一半落在车身上,一半映在她的脸上,这让她看上去很是孤独,不知道她在想什么心事,还是在想念某个人。

我来到车边,弯腰看着她,她将只吸了一半的烟按灭在烟灰缸里,然后将车窗按到底,压住自己的性子对我说道:"江桥,你也真够有能耐的,把我气得连正事儿都忘记说了!"

"那你息怒,现在说不迟吧?"

金秋哭笑不得地看着我,半晌才说道:"我之前去你的咖啡店里坐了一下,店里的情况我都了解了,我建议你在咖啡店还有价值的时候,考虑一下转让的事情……"

我打断了金秋,回道:"这个咖啡店我必须经营下去,我不能辜负了朋友的托付。"

金秋的神色越来越严肃,她又说道:"江桥,作为一个经营者,一定要对自己身处的商业环境做出最敏锐的判断。如果咖啡店现在正常有序地经营,那没有问题,可现在作为核心的店长要离职,那你就要重新评估它的价值和未来的前景。最为重要的是,你明年准备从事婚庆行业,这样一家存在隐患的咖啡店,必然会分散你很多的注意力,你却没有一个成熟的团队来帮你分担,到时候那些麻烦会让你两头都难以兼顾的,这一点你必须要提前看到,我不想看到你因小失大!"

"我会等咖啡店稳定后,再从事婚庆行业,总之这个店我一定要保住。"

"你为什么就这么轴呢?后面的浪已经打了过来,如果你不扔掉包袱,走快点,你真的会被大浪给拍死的!我个人判断,明年婚庆行业将会迎来一个触底反弹,如果你错过了,机会也就不在了!"

"我心意已定,你就不要劝我了,我不想做一个半途而废的人,更不想做一个投机主义者,我相信事情是脚踏实地做出来的。"

金秋眼神复杂地看着我,许久之后才满是无奈地回道:"江桥,你……你怎么就不明白呢?你现在开着这家咖啡店,你让秦苗怎么想?她肯定觉得苏菡和乔野的事情就是你在背后煽风点火的。你说咖啡店是苏菡托付给你的,你不能放弃,难道秦苗就不是你的朋友?你非要这么存心膈应她吗?"

我有点愕然,问道:"你怎么知道这些事情?"

"都是一个朋友圈子,早就传开了,谁不知道啊。江桥,我真的希望你好好想想,以后不管你做什么事情,秦苗都是个帮衬,这样的朋友在你的人脉圈里是不多的,你又何必做让她下不来台的事情呢？大家抬头不见低头见的！"

我终于明白了，原来金秋绕了这么大一个圈子，是不想我失去秦苗这个能在我事业上真正使上力的朋友，她的本意是为我好，我却莫名反感，为什么友情一定要用这种方式来维持？

在苏菡和乔野的事情上，我问心无愧，更没有做错，或者说大家都没有做错，错的只是事情本身，那我凭什么要委曲求全？

我不屑地笑道："如果秦苗对我连最基本的信任都没有，那我更没有必要做这样的事情讨好她，咖啡店我不转。"

"江桥，你到底能不能睁开你骄傲的眼睛，好好看看这个世界？"

"不能。"

金秋摇了摇头，她什么也没有再说，下一刻便关上车窗，驱车驶离了郁金香路。而我站在原地，心中感到一阵愤怒，一阵无力。

但我不后悔，我就是不想做这个世界的傀儡，戴着虚伪的面具，踩着被设计出来的步伐，走着一场又一场被无情之人观赏的秀。

…………

去便利店买了两根玉米，我回到了自己的住处。在我吃这些玉米的时候，我又想起了已经远在日本的肖艾，我答应过她，会将她借我钱的事情放在心里惦记着，于是我在她离开后，第一次给她发了消息："我的钱你准备什么时候还？"

肖艾没有立即回复我的信息，对此我早有心理准备，就这么一边吃着玉米，一边等待着。可等待的过程尽是孤独，因为身边可以说话的人越来越少了。或许，除了奶奶，肖艾是这个世界上唯一还愿意搭理我的女人。

我吃掉了一根玉米，将另一根放进了冰箱里，准备留着明天早上吃，我又去柜子里拿出了肖艾留给我的那把吉他，可是因为生病，今天没有办法为它做琴盒了。

抚摸着琴弦，我依稀想起当初在袁真的演唱会上，肖艾就是用的这把吉他，在丽江也是用的这把吉他，所以这应该是她的随身之物。当我抱着吉他时，我又因此觉得她其实就在我的身边，我们只是不想说话，才有了此时此刻的沉默。

静坐了一会儿之后，肖艾终于回复了我的消息，她说："现在没钱，等等再说，行吗？"

"行啊，在日本玩得开心吗？"

"玩什么啊！今天就去剧组见制片人和导演了，他们觉得我很符合角色的定位，所以我要参演这部电影了。"

"那你拿到出场费记得还我钱，我在南京的日子不好过。"

"我是友情演出，没有出场费的。"

"不信，你是想赖账不还吧，只有大牌才会友情演出，你这种小咖不至于！"

"我就是想赖着不还（坏笑的表情），你先在南京苦着，等我回来请你大吃大喝，让你过最奢侈的生活！"

我笑了笑，也没在意自己的喉咙还在隐隐作痛，下意识从手边的烟盒里抽出一支烟点燃，等反应过来赶忙按灭，然后又对着手机屏幕一阵傻笑，却不知道要回些什么。

半响才接着她的话，问道："那你什么时候回来？"

"不知道，看拍摄进度，应该会在年后了吧。"

我也不嫌这样问来问去的对话无聊，又问道："你都没有演戏经验，能驾驭得了角色吗？"

她似乎也不嫌无聊，耐心地回道："你忘记我是学音乐表演的吗？音乐表演就包括音乐剧表演，我没有演电影的经验，但是我有舞台经验和演戏经验。"

我在想着下一个问题，可能想得有点久，肖艾又反过来问我："今天去便利店转悠了吗？"

"没……没啊，我除了买烟，基本不去的。"

"呵呵，我相信你。"

我终于回到床上，然后半躺着，却没有再急着给肖艾发消息，我在想着自己的一些心事，还有下午季小伟对我说过的话。

他说，如果肖艾可以和袁真在一起，那这个世界就太美好了。我回了一句"是"，有些事情我心如明镜，却始终不明白自己对肖艾到底是什么感情。

此刻，我并不认为自己已经从与陈艺的刻骨铭心中走了出来，因为我还是会在酒后想起她，然后又是一阵撕裂的痛。而肖艾的出现只是缓解了我的这种痛苦，她是一个会给我带来很多快乐的女人。

可是，设想袁真借着近水楼台的机会和她在一起了，我心里也会非常失落。

我迷茫了，我是不是一个可以同时爱着两个女人的男人？而这是否意味着我会被一帮圣人批判为多情花心？

我笑了，我在乎那群人干吗？我跟着自己的心走就对了，它总有一天会给我指引出一个正确的方向，就像我不会为了和秦苗曾经的友情而委曲求全一样。

|第157章| 我们是兄弟

月亮的光换了个角度，透过天窗散落到桌上那椭圆形的花盆上，然后在我的目光中形成了一小撮美景，我盯着看了许久，才想起自己还在和肖艾用微信聊着天，而现在没有回复的人是我。

也许是因为许久没有回复，肖艾又给我发了一条消息："你在忙什么啊？是不是还在和别人聊天？"

我将月光落在花盆上的画面用手机镜头拍摄下来，然后发给了肖艾："就对着这盆花发呆，其实什么也没有做。你呢，在干什么？"

肖艾也给我发了一张照片，照片中她穿着健身服，在落地镜前面摆出了一个一字马的造型，然后又给我发了一条消息："我在练功，怕几年后生疏了，就不能把腿放在你的肩上威慑住你了。"

我笑了笑，原来她还记着我曾经去南艺找她，她将自己的腿放在我肩上，然后逼我写保证书的那件事情。此刻回忆起来却已经觉得很遥远，仿佛我们已经是一对经历了很多的老朋友。

我不甘落后，也从柜子里找出拳击手套，摆了个击打的造型，给自己拍了一张很凶猛的照片，然后给她发了过去，企图让她打消能够威慑住我的念头。其实，我对她一直抱着好男不跟女斗的想法，否则我能把她扛在身上，让她动都动不了。

这个夜晚，我们就这么陷入了无聊的攀比中，她竟然找了一把日本武士刀，拍了照片发给了我，我觉得她有恐吓的嫌疑，可是我已经没有更厉害的武器可以镇压她，最后只能甘拜下风。

她得意了一会儿之后，表示自己要睡觉，我们说了"晚安"，便结束了这充满喜剧意味的交流，而我的世界终于由沉重渐渐变得轻松。我也累了，没脱毛衣，只是拉上被子，就这么睡了过去。而那双刚刚用来耀武扬威的拳击手套就在我的枕边放着，我睡得很香。

············

次日，天气很好，我坐在小院里吃早餐，空气里仿佛有泥土和草的味道。这个冬天只有在刚开始的时候下过几场雪，冬末的时候就已经有了春天的气息。今天早晨的气温接近零上十摄氏度，中午更是将高达十五摄氏度。

吃过早饭，我便给季小伟介绍的那个咖啡师打了电话，但是无论我怎么保证，对方都要求我一次性支付他两年的基本工资共计十六万，可这个要求实在超出了我的能力范围，我完全没有办法拿出这笔钱。

无计可施中，我终于想起了一个同学，他的父亲是我们这边农行的行长，我希望他能帮这个忙，帮我贷款二十万用于支付咖啡师的工资，剩余四万将作为咖啡店下一阶段的流动资金。

可是同学为难地告诉我，现在无抵押的个人贷款非常难，让我再想想其他办法。对此，我也能理解，毕竟我们已经很久没有联系，感情早就生疏了，而且我江桥这些年也确实混得不怎么样，朋友不愿意冒险帮忙是人之常情。

整个上午，我就这么坐在咖啡店里犯着愁，我多希望这个时候能够联系到苏菡。心情咖啡是她的心血，如果她知道咖啡店陷入困境，一定不会袖手旁观的，而她也有这个能力，可惜我联系不到她，她和乔野就这么消失在了所有人的视线中。

我不知道乔野是怎么想的，又是否知道秦苗已经怀上了他的孩子。其实，我真的很同情秦苗，也想向她表示自己的歉意，因为我确实有疏忽，可是她已经不给我这个机会，她主观地认为苏菡和乔野的复合是因为我在背后出谋划策。

我疲惫地仰躺在沙发上，将双手重重从自己的脸上抹过，心中泛起一阵孤立无援的痛苦。

············

下午，店长已经整理好了自己在店里的所有东西，她来到我的面前，带着歉意对我说道："老板，我明天必须要去那边报到，所以我得走了。谢谢你这么长时间以来的关照和理解。"

我勉强笑道："你的能力很强，希望到连锁咖啡店会有更大的作为，我这边确实不能给你提供更好的舞台，所以你也不用太有歉意。"

店长点了点头，又不太放心地向我问道："老板，你这边接替我的人选找好了吗？"

"正在接洽，应该很快就可以谈妥了，放心吧。"

店长依旧用抱歉的眼神看着我，她没有离开，我又向她问道："还有什么事情吗？"

店长回头看了看身后的两个店员，他们随即也来到了我的面前，支支吾吾地对我说道："老板，我们跟店长在一起工作快两年，她走了我们也不想待在这里了，我们想跟店长到新的咖啡店工作。"

我的心中产生一种难以形容的压抑，这个局面在我的意料之外却又在情理之中，就像我不能阻止店长往高处走一样，我也不能阻止他们去追求更好的工作环境。看来咖啡店陷入瘫痪中已经是必然的了，我不知道该怎么拯救。

我看着他们许久，终于乏力地摆了摆手，说道："跟你们店长走吧，一个星期后来店里领这个月的薪水。"

"老板，对不起。"

"没事，走吧，现在就走吧。"

…………

不知道枯坐了多久，我终于在咖啡店的门外张贴了一张暂时歇业的告示，然后关上门，拉上了所有的窗帘。我独自坐在曾经热闹过的咖啡店里，对面的墙上还张贴着上次成功为客户办完求婚仪式的海报，可此刻整个店里只剩下了我，还有在指尖燃烧着的香烟。

屋子里越来越昏暗，我的世界也随着光线的消失陷入了一种无法摆脱的惆怅中，我的未来就好像一条灭了渔火的小船，在江面上漂漂荡荡找不到方向。

我的手机已经半天没有响过了，我好像偏离了现实世界的轨道，渐渐有了一种溺水的感觉，却没有一根可以让我抓住的浮木。

不知道过了多久，咖啡店的窗户终于被外面的人敲响，我迷迷糊糊地看过去，竟是赵牧在敲窗户，他前一天就已经搬到公司给他配的公寓中住了，不知道他现在回来是为了什么。

我打开了咖啡店的门，两人面对面地坐在沙发上，此刻我不想抽烟，给他和自己都倒了一杯白开水，然后有些木讷地看着橱窗外那盏老旧的路灯。

"桥哥，我刚刚在外面看到告示了，咖啡店怎么暂时停止营业了？"

我无力地回道："店长和店员都跳槽了，暂时还没有找到合适的，所以就先歇业了。"

"歇不得啊，过年是个重要的节点，同行都在做各种活动，保证年底的业绩。你如果歇业的话，更跟不上别人的脚步了，而且咖啡店很容易就会被竞争者取代，顾客的维护是很重要的！"

"你说的这些我都明白，可是现在实在是没什么办法。"

赵牧沉默了一会儿之后问道："桥哥，你今天找孙刚帮忙贷款，就是为了咖啡店吧？"

我疑惑地看着他，不知道他是怎么知道这个消息的。

这时，赵牧从包里拿出一张银行卡，对我说道："孙刚给我打电话了，他说他没帮你办贷款的事儿，你好像挺不高兴的，所以他让我劝劝你，再代他向你表达一下歉意，大家都是这么多年的老朋友了，他不希望因为这个事情弄得不愉快。"

"他想多了，我没有不高兴，这个事情我能理解他。"

赵牧点了点头，然后将手中的银行卡放到我的面前说道："桥哥，这张卡里面有十万块钱，你先拿去用吧。"

"你哪里来的这笔钱？"

赵牧笑了笑，说道："之前有一个人一直和我联系，想买我家的老房子，可是我想留个念想就没卖。今天听孙刚说了你的困难之后，我就找到了那个人，下午和他签了转让合同，他先预支了我一部分，等后面的钱全部到位了，我再给你十万。"

"房子你多少钱卖的？"

"三十二万。"

我心中一阵焦急，对赵牧说道："你怎么这么便宜就卖了？如果以后这里拆迁的话，一百万他也买不到！"

赵牧笑了笑，回道："拆迁这种事谁说得准呢？你现在这么困难，这笔钱我一定要帮你想办法。而且我也看开了，人应该向前看，爸爸妈妈和哥哥如果知道你的困难，他们也会支持我这个决定的，因为没有你，就没有我的今天。所以老房子卖就卖了吧，就当是一个新的开始！"

"你糊涂！事情远没有你想得么糟，实在没有办法，我还可以卖车，你怎么能把房子卖掉呢？"

赵牧看着我，许久后才低声回道："桥哥，我们在这个世界上是患难与共的兄弟，如果看到你有难我却不帮，我过不了自己这一关！你供我上了大学，才培养出了今天的我，那我就一定会是你最坚实的后盾，所以这些是我一定要做的！"

我心中涌起一阵说不出的感动，可仍觉得房子卖得太吃亏了，如今的郁金香路和几年前的郁金香路已经大不一样了，我估计买赵牧房子的人就是图这里会有拆迁的可能。于是我又对赵牧说道："房子真的卖得太亏了！趁着没过户，交点违约金把房子拿回来吧，这个钱我自己想办法！"

赵牧摇了摇头，他表情痛苦地回道："我们在这个世界上吃的亏还少吗？真的不少了！我早就把这些吃亏当成是自己奋斗的动力，总有一天我会拿回自己丢掉的一切！桥哥，我该开始新的生活了，这条郁金香路也该从我的生命中消失了，我不想再活在过去那些痛苦的回忆中。"

说到这里，赵牧终于笑了笑，他拍了拍我的肩，又说道："今天晚上还要加班，我先回公司了，以后有什么难处一定要和我说，我不想我们兄弟之间这么生分！"

我随着赵牧走到了咖啡店的外面，心中有一阵莫名的滋味，我为赵牧今天为我做的一切而感动，可是也为他的改变而伤感。这条郁金香路陪伴了我们这多年，只是卖掉房子，它怎么会从我们的生命中消失呢？

或者，只有我自己这么认为，而赵牧真的可以做到忘记这里的一切，因为他的未来一定不在这里。

|第158章| 一切很好

转眼，咖啡店已经歇业了三天，虽然赵牧给了我十万之后又在两天后送来了十万，可是之前我联系的咖啡师变卦了。他说，因为我没有给他肯定的答复，他和南京的另外一家咖啡店签了三年的合约，也就是说，我现在有钱也雇不到他了。

世事瞬息万变，由不得人有一丝的犹豫，我依然陷在员工流失的困境中。第四天，我终于打开了咖啡店的门，自己充当咖啡师和服务员，为的只是给那些不挑剔的顾客提供一个放松的场所，因为有些顾客倒不是真的想喝咖啡，他们喜欢的是这里的安静，而我能调出来的几种简易咖啡就能满足他们的需求。

人就是这么被逼出来的，我一边通过各个渠道招聘咖啡师，一边疯狂地学习着调咖啡的技术。而之前离职的店长也会在每天晚上抽出一两个小时来店里教我做咖啡，几天下来我也能有模有样地做出几款花式咖啡了。

又是一个傍晚，本该是咖啡店消费的高峰期，可是因为店长的离职和几天的歇业整顿，咖啡店的生意大不如前。此刻，扩大了经营面积的咖啡店里只有几个顾客在消费，而我则一个人在吧台上不停地尝试着做店里的招牌"心情咖啡"，却始终做不出店长能做出来的味道，就更别提达到苏菡的水平了。

我有些泄气，于是点上烟一个人站在咖啡店的门口吸着。

片刻之后，房东吴婶家的二儿子推着自行车从巷子的转角处走来。我看着他，下意识地想起了在国外的陈艺，二子能进入电视台工作就是陈艺一手操办的。当初咖啡店扩大经营面积要占用吴婶家的小院，为了卖吴婶一个人情，能让咖啡店顺利扩大，陈艺才做了这件对她而言非常为难的事情。

二子在我面前停下了脚步，他摘下手套，递给我一支烟，问道："江桥，店里最近的生意怎么样？"

"还行吧。"

二子往空空荡荡的咖啡店里看了看，说道："你小子就是喜欢嘴硬，我妈可是你店的房东，她啥事儿不清楚啊！"

"你这么明知故问有劲吗？"我有些不悦，弹了弹烟灰，然后眯上眼睛看着即将落下的夕阳，我最近不是太喜欢夜晚就要来了，因为思念总会在这个时候泛滥成灾。

二子笑了笑，他不抽烟，于是将那包用来招待人的中华烟放回到口袋里，看着正在抽烟的我说道："其实我就是帮陈艺打听打听。"

我有些不解，他又从我嘴上将叼着的烟抽了出来，用一种很关切的语气说道："烟就少抽吧，对身体好。"

我无语地看着他，回道："这么关心我的身体，刚刚就别给我烟抽啊。"

二子脾气好，很会来事儿，尽管我的语气不太好，他还是笑眯眯地说道："烟是我给你抽的，叮嘱你少抽烟的是陈艺。"他说着从公文包里拿出一只装着胶囊的瓶子递给我，又说道："德国原装的草本清肺胶囊，你收好。"

"你哪来的这个东西？"

二子将瓶子塞到我的手上，回道："陈艺不让我说，是她托朋友从德国带回来的。"

我的手好似在无形中有了一丝温度，我已经很久没有再去刻意地关注陈艺，而她还在默默地牵挂着我，因为二子有心让我知道这些，所以什么都说了。

我低头看着手中的瓶子说不出话来。

"对了，江桥，我妈说了，如果咖啡店有困难，明年的房租可以缓缓再交，不急的。"

我终于抬头看了看他，问道："这也是你妈承了陈艺的人情，才给我这个人情的吧？"

二子没有正面回答，他的手搭在我的肩上，颇为感慨地说道："江桥，你说咱们这条巷子里一起长大的孩子也不是一个两个，为什么陈艺就和你最亲呢？"

我不语，但脑海里想起的都是这些年和陈艺之间的种种，我又陷入了一种难言的忧伤中。

二子又说道："陈艺是个多好的女人啊，从小就漂亮还品学兼优。长大了更漂亮，追求她的人从初中到高中够组一个加强连了吧？可是她还真没和谁传过什么绯闻。我们那时候，不早恋都不叫青春，她这样的姑娘实在是太难得了！再看看她在我们电视台的这些年，别的出了名的主持人都忙着混圈子、抱大腿，可是她依旧规规矩矩，几年里从来没见她和哪个富家公子或成功人士交往过，这份坚持不是谁都能做到的，尤其是在她这个位置。"

我依旧不说话，心中却认同二子说的一切，走上社会参加工作的陈艺因为自身的工作性质，遇到的诱惑要比一般女人多太多，可这些年她的感情一片空白，而邱子安也只是她大学时的男友。

想了很久，我握紧了手中的清肺胶囊，终于向二子问道："她最近还好吗？"

"生不如死呗！她参加的那个破节目，简直就是在玩人，以后播出你就知道了！对了，为了参加这个节目，她和邱子安还闹得很不开心，因为她之前和艺安传媒签过一档综艺节目，却为了参加这个生存节目而中途放弃了那档节目。如果邱子安的艺安传媒想告她，她可是要赔偿巨额违约金的！"

我沉默了许久之后，回道："邱子安不会这么干的。"

二子笑了笑没有多说什么，然后主动结束了我们之间的闲聊，他说在巷子外做煎饼的吴婶正忙得很，他得赶紧过去帮忙。他离开后，我又独自在咖啡店外站了很久，思考着要不要和陈艺说一声感谢。

…………

夜晚就这么来临了，我在十点钟的时候关掉了咖啡店的门，然后去了金鼎置业给赵牧配的公寓，恰巧赵牧也刚下班。如他之前所说，集团也确实给他配了车，虽然车很普通，但代步用足够了。

下了车的赵牧迎着我走来，他的心情看上去很不错，老远便喊了我一声"桥哥"。

我搭住他的肩，说道："我过来看看你。"

"那上去坐坐。"

我摇了摇头，回道："时间挺晚了，你早点休息，我说完事儿就走。"

赵牧有点疑惑地看着我，问道："什么事情？"

我从口袋里拿出当初他给我的银行卡，然后递到他的手上说道："这钱你拿回去吧，咖啡店暂时用不上了。"

赵牧却不肯收回："你收着吧，以后可能会用得上呢，我暂时也没有用得着钱的地方。"

"用不上就先存起来，人身上有点钱，才活得踏实。"我想了想又说道，"你现在把郁金香路那边的老房子卖掉了，要不然自己就在市区买一套房子吧，还点贷款对你来说压力也不大。"

"集团配的房子挺不错的，暂时真的不用。"

"那就当投资，总有一天用得上的。"我说着便将银行卡强行塞回到了赵牧的手上，继而转移话题问道，"对了，金鼎置业的资金压力缓解了吗？"

赵牧点了点头，心情很是不错地回道："嗯，肖总在这座城市的影响力还是很大的，最近我们正在筹备的新项目得到了银行的认可，很快就会有一笔巨额的商业贷款下来了，据说可以缓解集团明年一整年的资金压力！"

我心中莫名松了一口气，当然这是为了肖艾，只要肖总和金鼎置业没有深陷商业危机的泥潭，肖艾就还是那个在物质上毫无忧虑的千金小姐。

我想之前可能是我多虑了，金鼎置业在这座城市屹立多年，怎么会轻易地倒在地产行业的寒冬中呢？要知道，肖总曾经有一段时间可是被民间称为首富的人物，他的影响力不是我们这些普通人可以看清楚的。

我夸赞着问道："给银行信心的新项目就是你参与开发的吧？难怪集团这么器重你！"

赵牧回道："桥哥，你太高估我了，我也就是在这个项目里做一些技术上的事情，集团真正看重的高层，住的可都是豪宅，开的是豪车！"

"在你这个年纪，能参与到金鼎置业核心项目的开发，也已经很厉害了！"

赵牧笑了笑，随后陷入了沉默中，片刻之后才向我问道："桥哥，肖艾最近有消息吗？"

"我也没怎么和她联系，她最近应该挺忙的吧。"

我说的是实话，这些天我确实没有和肖艾联系，我们都在忙着各自的事情，有时候我在咖啡店尝试调咖啡，忙到后半夜，也就不想再打扰她了。想必她也一样，看她的朋友圈，似乎最近拍了好几场夜戏。

不过，这种忙碌让我产生了一切很好的念头，虽然咖啡店的员工危机还没有解除，可是我自己因为没日没夜地学习，调咖啡的水平不断提高。如果我真的学会了调咖啡这门手艺，以后再有类似的危机出现，也就不至于像现在这么被动了。肖艾也不错，她说等还掉了袁真的人情，她就会很轻松，现在她正一步步地向着她想要的轻松靠近。

赵牧更好，只要金鼎置业屹立不倒，他的前途就将不可限量。

在这么多的好中，我又忽然想起了陈艺，可惜她不是太好，因为我能想象到，她此刻正在那号称变态的生存节目中吃着什么样的苦头，她是个爱干净，没有经历过风浪的女人。

|第159章| 轰然倒塌

离开赵牧的公寓，我独自开车回到了住处，洗漱之后平静地躺在了床上。而肖艾送给我的那把吉他就在床边的柜子上放着，直到现在我还没能为它做好琴盒，我最近实在是太忙了。

我又穿好衣服离开了床铺，找到之前所准备的工具，继续给琴盒绘制着彩色的图案，我觉得在琴盒上加上一些彩绘会美观一点儿。思来想去，我还是决定在上面绘制一幅有海洋和灯塔的图案，因为吉他的面板是蓝色的，如果琴盒也是这个色调会很搭配。

我将笔刷含在嘴里，然后用手机拍下了已经绘制好的大海发给了肖艾，我想问问她是否喜欢。

片刻之后，肖艾便回复了我的信息，她不太肯定地问道："这是你给吉他做的琴盒吗？"

"嗯，基本上都是我自己动的手，只有比较难的部分请了木工师傅，现在只差在上面绘制图案了。"

"哦。你在上面绘制大海有特别的含义吗？"

"没有，就是觉得大海的颜色和吉他的颜色比较搭配。"

"嗯，那你记得画上几只海鸥，我喜欢飞翔的感觉。"

"没问题啊。"

"你还要记得画一片海滩，因为我怕飞累了，没地儿休息！"

"好吧，我记着呢。"

这次等待肖艾回复的时间略长，我索性又在琴盒上画了起来，等我画出一只成形的海鸥后，她才终于回复："你在海边再画个小屋子吧，屋子的旁边种两棵梧桐树，树的下面是个小花园，里面的花要比你家小院里的还要多。屋子的后面再画个果园好了，我喜欢吃草莓和苹果……"

我倍感无语："你能不能别异想天开？这琴盒就巴掌大的地儿，你想怎么画就怎么画？"

"那就把后面的果园去掉，换成游泳池吧，游泳池可以小一点儿！"

肖艾这特有的不在意让我哭笑不得,但我还真辨不清她是在逗我玩,还是真的希望我这么画。

我终于回道:"早知道你有这么多事儿,我一开始就给你画个哆啦A梦,你有要求直接和他提就得了!"

"江桥,你在嫌我烦,是不是?"

"不敢!对了,我的钱你准备什么时候还,我快断粮了!"

"现在还不了,我真没钱。"

"你要是回来的时候还想见到活着的我就赶紧还钱。"

"你少和我虚张声势!"

我笑了笑,觉得是时候和她聊一聊肖总的话题了,毕竟她在南京也就剩下肖总这么一个最亲的人,父女之间不能一辈子这么僵着。父亲对儿女的爱多半是深沉无言的。当然,江继友是个例外,因为他从来没有对我和奶奶的生活负过一点点的责任,而肖总不一样。

"我知道你肯定特不爱听我劝你,可是我还是想劝劝你。差不多就和肖总和解吧,虽然他在婚姻上做过错事,可是在生活上,他对你这个女儿还是很上心的,一码归一码,你觉得呢?"

肖艾当即给我发了一条语音消息,她的语气很冲:"江桥,你是收了他什么好处吗?有必要这么反复和我说,还是你认为我就是一个没有判断能力的女人?"

我不喜欢她这么说我,当即也用语音回了过去:"你不是没有判断能力,只是太自我了,我劝你修复和肖总的关系,又不是说一定让你在经济上依赖于他,你有必要这么排斥吗?"

"我一想起他和李子珊在一起就恶心!除非他和李子珊离婚,否则我这一辈子都不想认他这个父亲!"

我叹息,也不知道该回些什么,这似乎就是肖艾最不能容忍的事情。想想也理解,因为李子珊这个女人实在是不道德,她对肖艾母亲所做的一切,真是人神共愤,否则肖总也不会在知道真相后,在婚礼上就给了她几记耳光。其实,肖总也后悔,只是李子珊给他生了儿子,他已经没有办法再做选择了。

许久之后,肖艾又回了一条消息,她的语气软了些:"对不起,江桥!我刚刚不该那么说你,我只是太恨李子珊了!这边电影的拍摄进度赶得比较快,所以我的戏份在年前基本会拍完,等我回去后,我会单独请我爸吃顿饭的。其实,我也知道他后悔了,可是很多事情已经回不去了,这是最让人难过的地方。"

"我理解你的心情,真心希望你能早点释怀!对了,告诉你一个好消息,赵牧他们做的新项目得到了银行的认可,近期就会给金鼎置业一笔巨额贷款,听说可以缓解集团明年一整年的资金压力!"

"我对这些不感兴趣。我困了,你也早点休息吧。"

肖艾言语中的冷淡,恰恰让我感觉到了她的无力,我又是一声叹息,给她回了一句"晚安"之后,便又开始在琴盒上画起了她想要的在起风的海面上自由飞翔的海鸥。

…………

夜已深，我打了个哈欠，终于收起工具和快要完成制作的琴盒，回到了床上，却无法立即入眠。我将陈艺托二子带给我的那瓶清肺胶囊握在手中反复地看着，又想起了我们这些年的情分，然后一遍遍地问着自己，到底是因为什么而克制着自己不去关心她呢？

其实，我的心里是想她的，昨天晚上我又梦见了她，梦中我们没有太多的痛苦。我就像从前那样搭住她的肩，陪她在郁金香路上散步，然后被她爸妈看见了，抓住我们狠狠批评了一顿，说我们都已经长大，不能像从前那样肆无忌惮地亲密接触。我和陈艺嘴上应付着，可是等他们离开后，两人便绷不住"扑哧"笑了出来，而后又勾肩搭背地走在了路上。

我拿起手机，找到陈艺的微信，犹豫再三后，终于在心脏剧烈的跳动中给她发了一条消息："你让二子带给我的清肺胶囊我已经收到了，谢谢你。"

等待回复的过程中，我的心情一直很紧张，但她只是平和地回道："不用谢，自己注意身体。"

或许是受了她的感染，我渐渐平静了下来，又给她发了一条消息："嗯，听说你正在录制野外求生的节目，你也要注意安全，别让关心你的朋友们太担心！"

"谢谢，我会注意的。"

我看着这条消息，心中弥漫着一阵物是人非的感伤。我不清楚我们从何时起那么喜欢和对方说"谢谢"，"谢谢"这个词用在我们身上并不是一种礼貌，相反很突兀，却是我先对她说"谢谢"的。

此情此景，让我似乎已经忘记了我们恋爱时的感觉，一切就像是我的一场梦，可如果有可能，我还愿意再做一次这样的梦，但是不要再醒来。

…………

过年的气氛越来越浓了，郁金香路上已经有一些小贩在道路的两边支上小摊，卖起了对联和年货，大家似乎都进入了过年假期到来前的最后一阵忙碌中。

这段时间我也没有闲着，竟然在咖啡店没有咖啡师和服务员的情况下硬撑了下来。我现在调咖啡的手艺已经基本能够满足客户的需求，虽然每天的营业额和之前的没法比，但还是能够做到收支平衡，这给了我一丝希望。

这天早上，已经回暖了很久的冬末，竟然飘起了鹅毛大雪，等我起床时，屋外已经堆了很厚的积雪，这让巷子里的孩子们很是兴奋。

我端了一盆热水在走廊洗着脸，等再抬头擦干脸上的水渍时，发现雪竟然又下大了一些，我不知为什么忽然想起了窦娥临刑前的六月飞雪。

我自嘲地笑了笑，最近的自己似乎活得太没有安全感了，总是会想起一些消极的东西。实际上，这场雪恰恰是年末收到的最好礼物，因为这意味着明年将会是个丰收年。

我相信包括我在内的所有人都不会想到，前天气温已经攀升到将近零上二十摄氏度的冬末，竟然还会下雪。

我搓了搓手，在地上滚出一个雪球，向院子外正在堆雪人的毛豆扔去。我还记着他上次不肯给我糖吃，还和我打架的事情。

毛豆伸手便揉出一个更大的雪球向我砸来，我有心和这熊孩子斗一斗，便走出院外用脚踢烂了他的雪人，随即毛豆又哭又喊地和我扭打在了一起。

我一边用手架着他，不让他拳打脚踢，一边哈哈笑着。

闹了一阵后，手机在我的口袋里响了起来，我将毛豆拎到墙角的地方彻底控制住后，才接通了这个电话，是金秋打来的。

她的语气中满是震惊："江桥，金鼎置业要地震了！肖总昨天晚上被带走接受调查，罪名是涉嫌巨额行贿，听说还有偷税漏税、违法用地等嫌疑。这些罪名如果都被证实，那将会面临很严重的刑事处罚。"

在纷纷扬扬的大雪和毛豆吵闹的声音中，我无法相信自己的耳朵，许久才回道："不可能吧，前些日子我还听赵牧说，金鼎置业拿到了一笔巨额的银行贷款……总之，我没有办法相信！"

"由不得你不信，明天可能就会有新闻报道了，到时候将会在商界引起一场震动。我怀疑，一定是肖总身边的人而且是很亲近的人把他给举报了！因为此前一点儿风声和征兆都没有！"

|第160章| 她还能依赖谁

结束了和金秋的通话，我依然不敢相信肖总被带走调查这件事，我的呼吸有点沉重，而之前与我打闹的毛豆趁机踢了我一脚，跑回了自己家的院子里，趴在门口探着脑袋面色得意地望着我。

漫天的雪花总会有那么几片落进我的领口里，我感觉到了一阵彻骨的寒意，我不知道此时远在日本的肖艾有没有听到这个消息，如果已经听到又会是什么心情？

我关上了小院的门，点上一支烟，踩着厚厚的积雪往咖啡店走去。

我知道，这个上午，除了打扫一下咖啡店的卫生，尝试调几杯花式咖啡，我没有其他的事情可以做。可是我没有心情享受这样的清闲，再三犹豫之后，也没有下定决心将肖总被调查的事情告诉肖艾，因为怕她会无法接受。

果不其然，到了中午的时候，虽然还没有媒体报道，但是来咖啡店消费的白领们，已经纷纷议论起了肖总的事情。实际上，我们都清楚，以肖总的社会影响力，被带走调查，基本上所有的罪名都会被证实的，这件事情不会再有什么转机。只是，一个为这座城市造了无数房子的商界传奇，落得这样一个下场，实在是让人唏嘘！

雪渐渐停止，我收拾了顾客留下来的碗碟后，坐在橱窗旁边吃起了刚刚去巷口买来的快餐。

我一边吃，一边想了很多。我只是个小人物，在肖总的事件中，什么作用也起不了，可我希望肖艾不要太伤心的心情却是那么迫切。她和李子珊的关系那么糟糕，肖总倒台后，她在这座城市还能依赖谁？

窗外忽然传来一阵鞭炮声，我下意识地向外面看去，看见了对面李婶家屋檐下挂着的腊肉和刚刚蒸出来的包子馒头，才想起今天已经是小年夜了，象征着团圆的农历新年还有不到一个星期就要到来。

　　下午，我又看到一些常年在外地生活的邻居陆续回到了这个被他们称为"根"的巷子，年味也随着这种回归而越来越浓。

　　我接到了奶奶打来的电话，她问我有没有买好年货，什么时候接她回家过年。她还问我，为什么肖艾这段时间都没有再去看过她。

　　前面的问题很好回答，后面的问题原本也不算问题，因为肖艾只是去了日本，可这个答案现在像一根刺，刺着我的心，最后我也没有将肖艾家的变故告诉奶奶，我不想她太担心。

　　…………

　　咖啡店的下午实在是太清闲，导致精力无处分散的我一直在想着肖总的事情，最后还是咬着牙决定给肖艾打一个电话。

　　电话拨通后，我屏息等待着，肖艾在片刻之后接听了，她的语气带着一点儿小欢快："江桥，你给我打电话做什么？"

　　我的喉结下意识地滚动着，然后咽了咽口水。我判断出此刻的肖艾还没有得到肖总被带走调查的消息，毕竟她和金鼎置业一点儿联系也没有，所以乱作一团的集团内部谁也没有想起将这个消息告诉她。而可能知道一些内情的季小伟，出于与我一样保护肖艾的目的，恐怕也不会立刻告诉她。但我可以肯定，过了这个下午，即便肖艾的消息渠道再闭塞，她也会知道的，因为肖总被调查的事情正在大面积地传播着，而她在南京还有许多关系并不亲密的同学，他们会说的。

　　给了自己足够的勇气之后，我终于准备开口，却不想电话那头的肖艾又笑着对我说道："既然你这么巧给我打了电话，那傍晚的时候你就到机场接我吧，我已经准备登机了，大概五点到禄口机场。"

　　我愣了一下，只得将已到嘴边的话统统都咽了回去，然后回了一句"嗯"，而肖艾也在下一刻挂掉了电话。

　　…………

　　我点了一支烟，抽了一半，手机便在桌子上震动了起来，这个电话是赵牧打来的，我立刻接通，他的心情与我一样急切，直接对我说道："桥哥，金鼎置业出事了，肖总已经被带走了……"

　　"我知道，你们集团现在是什么情况？"

　　"外界现在一定以为集团内部已经乱成一团，其实没有……"赵牧说到这里停了一下，片刻之后才又说道，"金鼎置业的生死存亡关系着自身和下游公司上万人的生计，所以政府在处理这件事情时也一定是有考量的，我估计会冻结一部分涉案财产，保留集团正常的经营资金，新的集团领导人应该会从董事会里重新选取。但是肖总个人面临牢狱之灾是肯定的，因为证据很充分。"

　　我深深地吸了一口烟，一声叹息后，回道："我估计也是这样。"

　　"嗯，桥哥，肖艾她知道了吗？"

"应该还没有,不过她已经上了回国的飞机,五点就能到南京了,待会儿我去机场接她。"

"我和你一起去。"

"你今天不是要上班吗?"

"顾不上这些了!"

…………

天色渐渐昏暗,雪已经停了很久,巷子里到处都是下班后清理积雪的街坊。我也顾不上咖啡店里还有顾客,向他们表示了歉意之后,便关了咖啡店的门,然后戴上帽子和围巾往巷口走去。

我和赵牧在巷子外碰了面,我招呼他上了我的车,随后便向机场的方向驶去。

一直到出了郁金香路,我才对他说道:"我听金秋说,这次肖总被调查,很可能是集团内部的人举报的,现在有风声传出来是谁了吗?"

赵牧摇了摇头,回道:"不会这么快的,但最后谁是这个事件最大的受益者,应该就可以确定是谁。金鼎置业内部比较复杂,跟着肖总打江山的元老级人物有好几个,他们都有可能。不过,这么机密的证据,即便是董事会里的人也不会轻易拿到吧?"

我思虑了一会儿之后,又问道:"肖总的老婆李子珊,会参与集团日常的管理吗?"

"她是股东之一,但不参与集团的管理。桥哥,你是在怀疑她?"

"这个女人很有心机!"想了想我又自我否定,说道,"不过她没有动机,肖总倒了对她可一点儿好处也没有,对她和肖总的儿子更没有好处!"

赵牧点了点头,随即闭上眼睛靠在车椅上,这件对金鼎置业而言足以掀起惊涛骇浪的事情,对他个人的影响也很大,因为他所参与的新项目将变得前途未卜,而借此从银行拿到商业贷款的可能性也变得微乎其微。

…………

半小时后,我们终于到达了禄口机场。我和赵牧停好车,一起来到了国际航班的出站口等待着肖艾。

在我们到达十分钟后,又碰到了季小伟,他面色沉重,和我预料的一样,他也已经得知了肖总的事情,还没有告诉肖艾。所以此刻,我们的心情是一样的。

我们站在了一起,他先向我问道:"你也是来接肖艾的吗?"

我点了点头,向他问道:"肖总的事情,你应该还没有和肖艾说吧?"

"没有。"季小伟的眉头紧皱,沉默了许久之后,才又说道,"我这个师妹,虽然这些年和肖总有很大的隔阂,可心里是很在乎肖总这个父亲的,如果让她知道肖总将面临牢狱之灾,她的情绪弄不好会崩溃。唉!这丫头也真是挺可怜的,肖总倒了,老师又远走台北,整个家庭碎得不能再碎,以后她还能依赖谁?"

季小伟的话让我心中一阵酸涩,我倒是愿意对她好,赵牧当然也愿意,可这些终究不是亲情,而亲情是这个世界上最不可替代的东西。

沉默了一阵之后,我又开口向季小伟问道:"肖艾的妈妈知道这件事情了吗?"

季小伟低沉着声音回道："嗯，我已经通知老师了，她放心不下肖艾，明天就会从台北赶过来。"

我点了点头，略微松了一口气，如果肖艾的妈妈能够暂时回南京陪着肖艾，那至少也是个安慰。可是这个一直活在我们耳闻中、颇具传奇色彩的女人，终究是要回台北的，到时候失去肖总的痛，还是要肖艾独自承受，我真的担心她会崩溃。

第161章 等待

机场广播提醒从日本起飞的航班已经落地，让前来接机的人做好准备。我心头下意识一紧，而身边季小伟和赵牧的脸色也都很难看，我们就要和肖艾见面了。

片刻之后，肖艾推着行李车从出站口走了出来，她对南京骤降的气温似乎没有太多的准备，所以她只穿了一件很单薄的红色针织外套。

她来到我们面前，搓了搓自己的手，然后目光依次从我们身上扫过，随后有些不悦地向我问道："我让你来接我，嘱咐你带其他人了吗？你就不能尊重我一点儿？"

我看了看赵牧，赵牧与我和季小伟不同，他是个很果断的人，在我和季小伟都犹犹豫豫开不了口的时候，他向前走了一步，低声对肖艾说道："我知道你很反感我，可是这阻止不了我担心你。可能你还不知道，你爸爸他出事了。昨天晚上，他因涉嫌行贿和违法使用土地等罪名被带走调查了。如果这些罪名被证实，肖总会面临很严重的刑事处罚！"

肖艾和我刚刚听到这个消息时的反应一样，她追问道："你说什么？你再说一遍？"

赵牧沉默了，肖艾又看着我和季小伟，我俩只得点了点头，向肖艾证实了赵牧所说无误。

肖艾的呼吸急促，面色也在一瞬间变得很难看，她的手握紧了行李车的把手，松开，又握紧，这样的肢体语言已经证明她无法接受这个事实。季小伟确实比我更了解她，她对肖总这个父亲是又恨又爱，所以此刻的她很痛苦！可是，她又强忍着没有让自己落下泪来，只是沉默着站了很久，尽管我们都在她的身边陪着她，可她看上去还是那么孤独无助。

…………

离开机场时，肖艾选择了乘坐季小伟的车。她没有回郁金香路，而是让季小伟送她去了金鼎置业的南京总部。我知道她是去找那些与肖总一起创业的叔叔辈董事和高层，他们会知道一些公众无法知道的内情。

我和赵牧回到了郁金香路，赵牧在离去前对我说道："桥哥，我知道肖艾很反感我，平常我可以不打扰她，可这个时候我真的很为她担心。所以她如果有什么需要帮忙，你一定要转告我，我会尽自己最大努力帮她的。"

"我理解你的意思，你也不用太为她担心了。不出意外，金鼎置业将会在接下来的时间迎来重组和变革，你自己也努力在那里站稳脚跟，或许以后真的需要你帮忙！"

赵牧点了点头，随后也没有说太多，他走向了自己的车子，然后在夜色中离开了郁金香路。我却在原地站了很久，我觉得此刻去哪里都不对。

我拿出手机给肖艾发了一条微信："我让便利店的营业员给你留一根玉米，如果你今晚回郁金香路的话，就去拿吧。"

消息发出去许久，也没有得到肖艾的回复，我并没有太失望，因为此刻她哪里还有心情惦记着吃玉米这样的事情，而我这么做，也并不是多此一举，我希望她能因此而稍微好过一些。

…………

回到了咖啡店，我还不想休息，我想在这里等等肖艾，也许今晚她会回郁金香路，我希望自己能有机会对她说几句安慰的话。

时间已经是晚上的九点半，待在咖啡店的我一直重复抽烟和向窗外张望这两件事情，可那总是在不经意间出现的身影始终没有出现。于是我又站在了咖啡店的门口，我感觉自己的心情越来越迫切，尽管这种迫切根本起不了什么作用。

巷子里有脚步声传来，我下意识地往前走了一步，然后张望着，可是来人并不是肖艾，而是一个手中拿着一把蓝色雨伞的陌生男人，他在我面前停下了脚步，然后问道："你好，请问你是这家咖啡店的老板吗？"

"对，你有什么事情吗？"

男人并没有立即回答，他换了一个角度，向咖啡店里看了片刻后才对我说道："我叫谢忧，之前一直是做咖啡师的。听说你这家咖啡店准备转让，因为之前对你们这家咖啡店有过耳闻，所以今天特意过来看看，我有接手的想法！"

我不解地看着他，回道："谁告诉你咖啡店要转让的？店里缺个咖啡师倒是真的。"

"我是和朋友一起吃饭的时候听说的，你不转吗？"

"你可能是听岔了，我不转。"

这个叫谢忧的男人点了点头，又向我问道："咖啡店现在的生意怎么样？"

我实话回道："前段时间生意还不错，最近因为咖啡师跳槽，生意差了很多。"

"嗯，你这边的环境还不错，就是巷子有点深，一般特意来这边消费的顾客，都是消费习惯比较好的，所以给他们提供好喝的咖啡，是能不能经营好的重要因素……"停了停他又感慨道，"你这里可不比那些商务型的咖啡馆，顾客嘴刁，咖啡不好喝，或者变了味，他们就不愿意来消费了！"

我此时的注意力并不在这上面，尽管他说到了点子上，但还是心不在焉地回道："是这样的。"

谢忧又说道："其实，对于这个咖啡店的经营我个人有很多想法，毕竟我是个有六年工作经验的咖啡师，对顾客的需求可以说是了如指掌。最近我一直想单独开家咖啡店，可惜没有找到类似你这样的场所，如果你哪天有转让打算的话，可以给我打电话，我们再聊聊。"

"我不会转的。"

"互相留个联系方式吧，人的想法总是会变的。"

我看着他，不想再被他打扰，于是接过了他递给我的名片，但心中根本没有转让的打算，即便要转让，我也要事先得到苏菡的同意。

…………

我关掉了咖啡店的门，再次去了开在巷口的那家二十四小时营业的便利店，我打开门后便向营业员问道："她来过了吗？"

营业员在织着毛衣，她没有抬头："还没有。"

"哦，那先给我拿包烟吧。"

营业员从烟柜里拿出一包红南京递给了我，我从她手中接过的同时，也从口袋里拿出了手机。我想给肖艾打个电话，我怀疑她到现在恐怕都还没有吃什么东西，这么下去身体会垮掉的。而此刻我能为她做的，也就只是这些微不足道的关心了。

我拿着手机推开便利店的门走了出去，然后站在那张熟悉的长椅旁眺望着。

我又看见了远方闪烁的灯火，看见积雪在散发着热度的灯罩上一点点融化，风趁机将这个世界吹得很冷，可是时不时在眼前爆裂的烟火，又给了人一丝温暖的希望。这种连风景都如此复杂的夜晚，也只有在临近过年时才会有，因为平常根本不会有这么多的机会看到素未谋面的人在未知的角落燃放起的烟火。

就快过年了，难道不该开心点吗？

我点上一支烟，终于在闪烁不定的烟火中拨打了肖艾的电话，我听见了两个声音，一个是电话里传来的，还有一个是苹果手机特有的铃声，后者越来越清晰。

我转头看去，肖艾还是穿着那件单薄的红色针织外套，我看着忧伤的她，一时忘记挂掉电话，于是手机就这么在她的手上反复响着。

"你终于来了，我在这边等你很久了。"

肖艾挂掉了我的电话，她没有回答我，就这么不言不语地站在我的身边。我看得出来，她一点儿想说话的心情都没有。

我就这么陪她站着，许久之后，她终于向我问道："玉米呢？"

"我进去拿。"

我说着便推开便利店的门，取出了那根预订多时的玉米，将它交到了肖艾的手上，她一声不吭地吃着。

"还想吃什么吗，我去帮你买，我知道你还没有吃晚饭。"

肖艾摇了摇头，回道："不用了，我回去休息了。"

"你现在这个状态我有点不放心。"

"我没事，你不用替我担心。"

我点头，又向她问道："以后的生活你想好怎么过了吗？"

肖艾的神色充满茫然。

"那今天晚上要怎么过，这总想好了吧？"

"我不想睡觉，也睡不着，我不知道要怎么过。"

我对她说道："去我那儿坐坐吧，如果你一夜不想睡，我可以陪你聊一夜。如果你不想聊天，咱们就这么干坐着也行，但前提是你得吃点东西，行吗？"

……………

我将肖艾带回了自己的住处，给她烧了热水，让她暖一暖自己的脚，然后又去给她煮了一碗热面。

可惜，屋子里的空调坏了，我怕她冷，又找到了奶奶留下的火炉，放了些柴火之后点燃。两人就这么围着火炉坐着，谁也没有说话。积水从屋檐滴落的声音和柴火燃烧的声音交织在一起，就好像肖艾现在的心情，吃着一碗热面，却掉落在寒冷的冰水中煎熬着。

这个夜晚，我能给她的安慰十分有限，我真的希望她妈妈能快点到来，好替她拿一些主意，给她一些依靠。

如果有可能，我更希望她妈妈能将她带到台北去生活，或者资助她去德国留学，因为南京对她而言，已经没有什么值得牵挂的了。

|第162章| 鹿港小镇

柴火在火炉里燃烧着，屋子里渐渐有了丝丝热气和木炭的味道。我又去房间里给肖艾拿了一件厚实的棉衣，让她披上，她那件红色的针织毛衣实在是太单薄了。

等她快要吃完那碗热面之后，我终于开口问道："你今天去金鼎置业，有听到肖总新的消息吗？"

肖艾点了点头，她用手臂抱住自己的双腿，炉火将她的面容映得忽明忽暗，许久后她才回道："他今天下午已经被移送到了公安机关的经侦大队，他承认了向官员行贿的事实，接下来要调查的就是经济犯罪了。"

我一声叹息，连肖总自己都承认了行贿的事实，那基本就不会再有什么转机了。此刻，我因为心情沉重而点上了一支烟，然后深深为肖艾的未来担忧着。

我们就这么坐了许久，直到火炉的木炭渐渐没有了温度，我才终于对她说道："你到我的房间去睡吧，我睡赵牧之前住的房间。"

肖艾摇了摇头，她坐着的姿势甚至都没有变过。我知道此刻每一次的变动都会让她感到痛苦，她需要的是安全感，而不是睡眠。

"外面冷，我床上有电热毯，你去床上躺着吧。我不走，就坐在沙发上陪着你，行吗？"

……………

卧室里，我坐在沙发上，肖艾穿着毛衣坐在床上，有限的空间里静到能听见彼此的呼吸声。我们第一次有这么充足的时间相对，也是第一次面对着彼此却不知道要说些什么。

"你冷吗？我再给你抱一床被子。"

肖艾摇了摇头。此刻，除了需要我在她身边，她仿佛丧失了对一切的需求，我知道她在克制着自己的情绪，我却希望她能痛快地哭一场，这个时候她不必太坚强。

　　我拉上窗帘，又起身打开了屋子里所有的灯。渐渐地，卧室看不到屋外的一点儿黑暗，可肖艾的愁容也更加清晰地呈现在了我的目光中。

　　不知道过了多久，她终于转头看着我，低声问道："江桥，你会唱歌吗？"

　　"吹口哨算吗？"

　　肖艾摇了摇头，回道："不算，你给我唱一首《鹿港小镇》好吗？"

　　"你怎么知道我会唱这首歌？"

　　"我不知道。如果你会唱最好。我的吉他呢，你拿来，我给你伴奏。"

　　我应了一声，便从柜子里拿出了那把被我小心保管的吉他，然后递到了肖艾的手上。看到吉他的这一刻，她的眼角终于有了泪光的闪动。她轻轻拨动了琴弦，一段熟悉的前奏便响了起来，我却有些木讷，不知道该怎么唱。

　　"江桥，等我用手指敲击吉他面板时，你就开始唱，我把声调起低一点儿。"

　　"哦。"

　　我一边等待着，一边在大脑里回忆着这首《鹿港小镇》的歌词。这时，肖艾终于轻声敲击了琴板，我赶忙跟着节奏低声唱了起来："假如你先生来自鹿港小镇，请问你是否看见我的爹娘。我家就住在妈祖庙的后面，卖着香火的那家小杂货店。假如你先生来自鹿港小镇，请问你是否看见我的爱人。想当年我离家时她已一十八，有一颗善良的心和一卷长发。台北不是我的家，我的家乡没有霓虹灯。鹿港的街道鹿港的渔村，妈祖庙里烧香的人们……"

　　这是我第一次给肖艾唱歌，我不知道自己唱得好不好，但唱得很努力。而一直帮我伴奏的肖艾，在听到"台北不是我的家"时，泪水仿佛决堤般流了下来。

　　她终于弹不下去了，将吉他紧紧抱在怀里，然后仰起头哭到连喘息都变得困难。

　　在她的哭声中，我仿佛看到了一段旧时光，在这段旧时光里，有她和她的父母，他们过得很幸福、很充实。

　　我没有劝慰她不要哭，只是抽出一张纸巾递给了她，此刻她需要这样的释放，而我更不介意她将脆弱的一面用这种撕心裂肺的方式摆在我的面前，虽然这会让我为她的痛而痛。

　　我不知道此刻已经是几点，更不知道屋外的世界是什么样子，但寒冷是真实的，因为杯子里的水已经彻底凉了下来。

　　肖艾终于不再哭泣，但是她没有擦掉眼泪，脸上挂着泪痕对我说道："江桥，你愿意听听我爸和我妈的爱情故事吗？"

　　"嗯，我很想听。"

　　肖艾点了点头，她的脸上露出回忆之色，许久才对我说道："二十多年前，我妈妈是被学校派到南京交流学习的大学生，她和我爸爸的相识很简单，两人一见钟情。那是个春天的晚上，他们在玄武湖邂逅了。我爸爸弹着吉他，唱着那个时代最流行的罗大佑的《鹿港小镇》，她一直很耐心地听我爸爸唱完。但她没有想到我爸爸唱完这首歌后，就缠着她，问她信不信一见钟情。"

　　肖艾说到这里，嘴角微微扬了扬，而我也在她的描述中，想象出了那幅画面。

　　我对结果充满好奇，当即便向肖艾问道："后来呢？"

　　"有时候缘分就是这么简单，而音乐是一座很好的桥梁。当时大陆的音乐发展相对滞后，还没有开始经商的爸爸可以说是内地最早的摇滚音乐人。虽然我妈妈没有相信他一见钟情的鬼话，但也和他保持了联系，两人偶尔聊聊音乐，聊聊人生，后来渐渐就有了爱情。"

　　肖艾叹息，许久之后又说道："他们不该在一起的，因为当时的台北和大陆间的往来还没有像现在这么开放，所以我的外公外婆坚决不让我妈妈嫁到大陆来。可是我妈妈放不下这份感情，还是很任性地选择嫁到了南京，很快便和我爸爸有了我。江桥，你能想这幅画面有多幸福吗？小时候的我弹着钢琴，爸爸弹着吉他，妈妈是位女中音歌唱家，我们一家一起演绎着这首意义非凡的《鹿港小镇》。"

　　"很幸福！"

　　肖艾闭上眼睛，泪水便流了下来，她哽咽着说道："在我三岁那年，妈妈带着我回到台北去看外公外婆，可是他们在爸爸和妈妈结婚后相继去世了。亲戚们说，外公是因为重度抑郁而去世的，外婆在外公走了后没多久也生病去世了。是妈妈任性的选择伤害了他们，所以这也是妈妈离婚后一定要回台北的原因，她是在赎自己年轻时犯下的罪！"

　　我看着肖艾，自己也陷入了一种难以诉说的哀伤中，我不知道她的父母之间竟然有这么一段如此深刻的过去。

　　看着她悲痛的脸，我不知道为什么又想起了自己深爱着的陈艺，她们似乎是两个极端，一个注定风雨飘摇，一个注定生活在温室里，我却辨不清，此生遇见这两个截然不同的女人是一种幸运，还是一场劫？

　　在我的沉默中，肖艾终于擦掉了自己的眼泪，她看着我笑道："江桥，这个世界上一定是有因果报应的吧？我爸背叛了为他付出了那么多的妈妈，所以他现在真的有报应了。可是，为什么罪魁祸首李子珊却活得这么好呢？她为什么没有得到报应？她还在那么不要脸地争夺着爸爸在集团的那部分股份……"

　　"为什么，为什么老天爷不能一视同仁？"

　　肖艾的情绪失控，她的手将被子撕扯得吱吱作响。

　　我轻轻搂住她的肩，在她耳边轻声说道："相信我，一切都会好的！你会好的，你妈妈也会好，你爸爸也一定会洗心革面的！"

　　"可是，江桥，无论时间怎么变，我的家也不会再回来了，我妈妈在台北已经有了新的家庭，她不会再回南京生活了！"

　　我沉吟了许久，终于向她问道："假如，以后你妈妈将你带到台北留在她身边生活，你愿意吗？"

　　肖艾难以置信地看着我，她摇了摇头："妈妈的新家庭不会接受我的。"

　　"假如接受呢？"

　　肖艾的气息渐渐急促，她的面色变得极其复杂，许久之后点了点头说道："如果能和妈妈一起生活，即使是放弃去德国留学我也愿意。我想去台北，我很想陪在她的身边。"

我的心情有些低沉，可我不愿意承认是因为肖艾渴望去台北而低沉。我终于笑了笑，安慰着她："以后肖总不能再照顾你了，你妈妈的想法一定会改变的。肖艾，我真的挺羡慕你的。肖总出事后，你妈妈第一时间就赶来看你，这证明她心中很爱你。可是，我江桥从来没有这样的幸福。呵呵，当年赵楚去世后，我就像活在地狱里，可是她依然没有出现，连一个安慰的拥抱都没有！"

肖艾看着我，轻轻地抱住了我，然后用我刚刚安慰她的话，安慰着我："江桥，一切都会好的，你妈妈也一定会回到你的身边。忍一忍，所有的痛苦都会过去！"

我闭上眼睛，也轻轻地抱住了她，她被泪水染湿的发丝落进了我的嘴里，咸涩的滋味中，我们就像两个被世界遗弃的孤儿彼此取暖，彼此安慰着。

可是，这个世界上真的有一个叫鹿港的小镇吗？

第163章　做我的酒伴

安慰的拥抱过后，我松开了肖艾。这个时候，我必须在她之前收起痛苦的情绪，我不应该将自己心中潜藏已久的负能量爆发出来。我笑了笑，然后问道："你觉得我是一个阳光型的男人吗？"

"不，你的心里有很多说不出来的苦！"

"你不了解我！其实，我是个很阳光的男人，我的院子里种了很多花草，墙壁上有我手绘的向日葵，我还喜欢提前把生活规划得滴水不漏。这不，我已经把过年的腊肉和香肠还有鞭炮都准备好了。假如，你今年留在南京，我们就一起吃年夜饭吧，我亲自做给你吃，饺子也是必不可少的！"

肖艾看着我，终于笑了笑，却没有明确去憧憬我所描述出的除夕夜是什么样子，她只是将被子披紧了一些，然后抱着吉他失神地看着白色的墙壁。

我搬了一把椅子在她的身边坐了下来，之后没有再说话，就这么坐了一夜。清晨，我终于趴在床边睡了过去。

我做了一个梦，梦见肖艾放下了南京的一切，跟随她的母亲去了台北生活，那里有鹿港小镇，有妈祖庙，有各种海景和海产，她嫁给了一个年轻的音乐教授，生了一男一女两个孩子，而我们就此别过，今生再也没有见过。

阳光透过窗户照在我的脸上，我迷迷糊糊醒来，发现肖艾已经离开了我的屋子，我的身上盖着一床她之前盖过的被子，我们的体温在这床被子上微妙地交融了。

…………

这个早晨，我没有去咖啡店，而是在巷口外的集市上买了对联和一些打扫卫生的工具，整个上午我都在家里收拾着，而这也是我近几年来最清闲的一个年前，以前在老金的婚庆公司工作，几乎都要忙到年三十的。

中午时，我将米放进电饭锅里煮，然后点上一支烟静坐在小院门口的台阶上，心中想得最多的当然还是肖艾，可我并不想在这个时候打扰她，因为我知道，此刻的她已经和自己久违的母亲见了面，我这个外人不适合和她们在一起。

米饭大约煮到一半的时候，金秋挎着黑色的皮包从转角处走来。她的步伐依旧是那么自信有力，而最近她也是有够春风得意的，不仅被媒体评为"南京最美创业女性"，还获得了官方的"优秀青年企业家"称号。我能预见，被这些光环笼罩着，明年她想做什么事情都会容易一些，因为不缺愿意给她投资的人。

金秋也不说明来意，她在我的身边坐了下来，然后从我手中的烟盒里抽出一支烟给自己点上。

我问道："年前结婚的人不少，怎么有空过来找我了？"

"忙得头昏，想来你这儿清静一会儿。"

我下意识地四处看了看，相对于那喧闹和快节奏的都市，这里还真是一个清静的地方，哪怕此刻是下班时段，也偶尔才有邻居走过。所以有时候点上一支烟，在小院的门口坐上一会儿，真的会让人静下心来忘记一些烦愁。

我点了点头，和金秋各自抽着烟，找着各自的清静。

一支烟快要吸完的时候，金秋终于开口问道："今年过年准备怎么过？"

我吸了一口烟，心不在焉地回道："就这么过呗，还能怎么过。"

金秋看着我，无奈地笑了笑道："我倒真的挺羡慕你能活得这么麻木。唉！今年是我回国后的第一年，就得忙到除夕夜，真累！"

"婚庆行业就是这样，没办法的。"

金秋撇了撇嘴，然后从包里拿出一个请帖对我说道："今天晚上有一个酒会，参加的都是在南京比较有名的企业家，你也去见见世面吧……"停了停，金秋又说道，"去做我的酒伴。"

我翻开镶着金边的请帖看着，自嘲地笑了笑，回道："你不怕我给你丢脸吗？我连套像样的衣服都没有！"

"我可不信你没有像样的衣服，这几年陈艺没少给你买吧？"

我想起陈艺确实给我买过衣服，但也不像金秋想得那么奢侈，因为我向来活得朴素，倒是肖艾曾经在夫子庙的商场给我买过几套价值不菲的衣服。那时候的她，还没有和肖总闹翻，挥金如土，而我则刚离开老金的公司，过得落魄，可就这么短短几个月，一切都变了，现在的肖艾活得比我还要失落。

"江桥，去不去你给句话。"

"去。"

"好，那我晚上来接你。"金秋说完便按灭了手中的烟头，也不等我留她吃午饭，便一边接着电话，一边匆匆往巷子外走去。

…………

下午，我一个人坐在咖啡店里想着明年的计划，我估计还得花很长时间在这家咖啡店上，因为店里经过这次的重创，一时半会儿也稳定不下来。

我终于有了一丝危机感，因为自己又老了一岁，却还没有做出一点正儿八经的事情出来，身边的同龄人都已经纷纷成家立业了。

快要傍晚的时候，肖艾的同学于馨来到了我的咖啡店，她带来了一些肖艾留在宿舍里的东西，她说她们马上就都要搬出去住了，一些生活用品留在宿舍里不太安全。她特别嘱咐，箱子里还有一块肖艾已经不怎么戴的手表，价值三万多块，让我别弄丢了。

我大致看了看箱子里的东西，确实有不少值钱的，我不太理解地向她问道："你怎么不自己还给肖艾？"

于馨有些无奈地回道："她的手机今天一直没有开机，送你这儿错不了。她可以不找我们这些同学，却不会不找你的。对了，肖总的事情我们都听说了，请你帮我们转达希望她坚强的心情。"

"嗯，我会的。你呢，下半学期就没有课了，工作找好了吗？"

"嗯，我已经被省演艺集团录用了，以后算是专业的歌唱演员。后面再慢慢等机会呗，反正还年轻！"

"那还不错，算是份体面的工作。"

于馨自嘲地笑了笑，然后回道："我们的天赋和肖艾相比差太远了！只要她愿意，立刻就会有娱乐公司签她，包装她做明星的。她是我们南艺近几年为数不多有机会在娱乐圈大有作为的学生，所有老师和同学都是这么认为的。"

我不太懂这些艺术生对娱乐圈的向往和渴求，所以只是附和着点了点头，并没有说太多。

于馨又对我说道："江桥哥，这次肖艾家里发生这么大的变故，她会改变当初的想法进娱乐圈吗？昨天还有传媒公司的人找我打听她的消息呢！"

我摇了摇头，回道："以我对她的了解，她不是一个会向生活妥协的人。这件事情过后，她会有自己的选择，但一定不是进娱乐圈。"

于馨点了点头，认同了我的说法。一阵沉默之后，她又对我说道："对了，江桥哥，你能把赵牧的联系方式给我吗，我想请他吃顿饭。"

"你没有他的联系方式吗？"

"我有他以前在北京的电话号码，最近他北京的电话号码好像不用了。"

我将赵牧在南京的号码告诉了她，然后笑了笑问道："怎么想起来请他吃饭了？"

"前段时间，我有个亲戚想在南京买房子，是他找同学帮的忙，给我们优惠了将近两个点，所以请他和他的同学吃顿饭是理所应当的。"

我做了一个明白的表情，然后请于馨喝了一杯咖啡，她也没有久待，在夜晚来临前便离开了咖啡店。

…………

晚上七点，我提前关掉了咖啡店的门，准备和金秋一起去即将在维景国际大酒店举行的高端商务酒会，我是想跟在金秋的后面见见世面，人不能总是活在自己那小小的一方世界里。

我和金秋去得不算太早，停车场里已经停满了各式各样的豪车，它们在射灯的映照下尽显奢靡之风。我不禁又想起了面临牢狱之灾的肖总,他曾是南京商界叱咤风云的代表性人物,而此刻即将开始的酒会,谁还会想起他呢,想起他那辉煌和犯错共存的一生?

我忽然不想再去看车窗外那些豪车,我对人生有点迷茫,我不知道怎样的生活才是快乐,才算有意义。

金秋终于找到了自己的车位,而我在不经意间,竟然发现对面停着的正是秦苗的那辆保时捷。但我也不惊讶,乔野随苏菡出走了很久,这样的酒会也只能由秦苗代他来参加了。

我又看了看身边的金秋,想来她也不是真的缺少一个酒伴,而是希望我能借这个机会与秦苗冰释前嫌,她一直认为秦苗是我人生中不可或缺的朋友。

我有些哭笑不得,不知道该感谢她,还是该埋怨她。但我知道,待会儿和秦苗见面后,一定会很尴尬,只能祈祷时间会淡化一些她对我的恨。

…………

临下车前,我拿出手机给今天一直没有联系过的肖艾发了一条消息,没有什么特别的目的,只是告诉她自己来参加酒会了,怕她去我住的地方找我,我却不在。

|第164章| 因为我会忘了你

下了车,我与金秋并肩向酒店里走去,然后在服务员的引导下进了举行酒会的大厅。我站在门口放眼望去,竟然没有一个自己熟悉的人,只有那摆放得很整齐的酒塔略微给了我一些亲切感。

说实话,第一次参加这样的场合,我有些应付不来,我不知道要怎样去和这些身份显赫的人寒暄,他们身上多少都有一些我并不喜欢的傲慢气质。

金秋和我不一样,不用她去和别人搭讪,便已经有人举着酒杯来找她,我不得不因此而佩服她,只不过才回国半年,她似乎已经有了自己的人脉圈。

前来参加酒会的还有一些外国人,金秋一样可以很流利地用多国语言和他们进行沟通,她好像就是为了这样的场合而生的。在这里,她和谁都能够相谈甚欢。

我有些无聊,便站在一个不太会被别人注意的角落里,要了一个果盘和其他吃的东西,我想把自己的肚子先填饱,至于交际的事情,待会儿再说。

片刻后,金秋来到我的身边,她看看那被食物装得很满的餐盘,有些无语地说道:"江桥,你胃口看上去不错嘛。"

"对啊,不能浪费,你们这帮人就是太会装了!"

"你能不能不要这么与众不同?"

"你要是觉得我丢脸,就赶紧装不认识我,要不就说我是你司机。"

金秋懒得听我胡扯,她四处看了看,问道:"你看到秦苗了吗?"

"还真没看到，人太多了。"

说话间，穿着白色礼服的秦苗便端着酒杯向我和金秋这边走来，我的心一紧，下意识以为她是来找我兴师问罪的，但想想自己确实没有做错什么，便又放平了心态，注视着她。

秦苗果然无视了我的存在，她和金秋碰了碰酒杯，便聊了起来。金秋找了个合适的时机，带着合作目的对她说道："有个项目，我还真的挺想和你聊一聊的。"

"什么项目？"

金秋言简意赅地回道："明年我准备将婚庆和蜜月旅行结合起来做，大数据表明，南京的新婚夫妇比较喜欢到三亚蜜月旅行，所以我想在三亚做一个试点，投资建一座至少四星级标准的，以蜜月为主题的酒店。这个事情由我来牵头，南京几个大型的婚庆公司都会参与，所以我觉得客源不是问题。不知道你在三亚那边有没有资源，能否把这个事情操作起来？"

秦苗略微想了想，回道："资源是有的，但是得过去谈，我估计拿一块地的问题不大。"

金秋面露喜色，她和秦苗又碰了杯之后，说道："那太好了，你看哪天有时间，我们抽空详谈这件事，我真的很希望你能参与到这个项目中来，我保证这将会是一个很有商业前景的项目。"

"嗯，就明天吧。今年的地产行业不景气，我们建筑集团受到的影响不小，也确实想找一些新的项目做。"

金秋伸手握住了秦苗的手，我因此而有些感慨，原来合作是这么谈的，其实远没有我想得那么复杂，如果大家各自有需求便很好谈，但前提是，你要给自己机会，主动去接触，而这就是金秋的交际手段，她应该早就打听到秦苗有在三亚拿地的能力，所以才会力邀秦苗也加入这个项目。

事情谈好之后，金秋借故离去，于是我和秦苗这对很久前就认识，最近却闹得不太愉快的发小就这么尴尬地四目相对着。

我晃动着手中的酒杯，看着秦苗却不知道要说什么，我怕自己一开口道歉，就会被她一顿臭骂。谁知这么一分神，导致晃动的力度太大，一不小心便将红酒泼了出来，弄了秦苗一身。

"我是和你有仇吗？"

"难不成还有恩吗？"

秦苗脸都气绿了，抬手就想用她手中的红酒泼我，我赶忙按住她的手，说道："你别生气，我真不是故意的。其实今天有机会和你见面，我特别想和你说一声对不起，希望你别再恨我了，有些事情真的不是你想的那样。"

秦苗根本不理会我言语间的诚恳，她冷冷地回道："是吗？江桥，做人一定要有底线，更不能去践踏朋友的底线。我现在不想去探究你当初到底对乔野说了什么。如果你还把我秦苗当朋友，你就把那家咖啡店给关了，我可以给你钱，因为那家咖啡店我想起来就恶心！"

我真真切切地在秦苗的眼中看到了愤怒和恶心，她对苏菡的恨是不共戴天的，可因此牵扯到那家咖啡店，我就觉得有些过分了，但我也不想用拒绝去伤害她，所以我选择了沉默。

秦苗眼中含泪，她哽咽着对我说道："江桥，你知道他们有多过分吗？乔野已经知道我有孕在身，可他还是不愿意回到我的身边……我是瞎了眼，才会嫁给这样一个没有责任心的男人！"

我惊愕："这……"

"你也不用假惺惺地安慰我，你本质上和乔野是一个德行，陈艺不选择你是对的，总有一天你们会付出代价，因为你们都是玩弄女人感情的禽兽！"

秦苗忽然提起陈艺，让我心中一阵窒息。此刻的她，对我的偏见太深了。我和乔野不一样，虽然我不再和陈艺在一起，但我也不会因为孤独和寂寞忘记这段刻骨铭心的爱情，而迫不及待地开始另一段爱情。

现在的我，不想谈恋爱，也不渴望爱情。除非等陈艺真的嫁人了，我也许才会真的死了这颗爱了她十多年的心。

秦苗说完这些后便离开了，我久久回不过神，直到金秋来找我，直到酒会结束，我才发现这个夜晚自己竟然毫无收获，而且又一次把秦苗给得罪了。

…………

离开酒店，我自己打车回到了郁金香路，在便利店的门口下了车，因为我看到了孤身一人的肖艾，她就迎着风坐在那张长椅上，她的手中还握着两根玉米，似乎在等我。

我站在她的面前，她单手托着下巴看着我，没有喜怒哀乐，只有等待的平静。她将其中一根玉米递给我。

我接过来，向她问道："你一直在等我吗？"

"嗯，玉米快吃吧，要凉了。"

我点了点头，心中却不是滋味，因为她越平静，代表越痛苦。有时候，她真的不善于发泄情绪。

我咬了一口玉米，她也低头吃着，我又问起了自己最关心的事情："你今天见到你妈妈了吗？"

"见到了，我们在一起待了一天，她明天就回台北。"

肖艾的答复让我充满了惊讶，我没有想到她妈妈会走得如此匆忙。我觉得，即便她在肖总的事情上帮不了忙，也应该多陪肖艾待上一段时间。

肖艾好似看懂了我的疑惑，她又说道："妈妈对爸爸已经没有情分了，在南京也没有她牵挂的人，所以不会待太久。"

"那你呢，她就放心把你一个人留在南京吗？"

肖艾摇了摇头，然后用一种复杂的眼神看着我，许久后才回道："江桥，你昨天说对了，妈妈这次回南京，就是希望我能和她去台北生活。她会先资助我去德国留学，学成后就留在她的身边。她之所以这么急着回台北，就是因为得到了我的答复，先回那边为我打理了。"

我的心一阵阵抽痛，肖艾一直注视着我。

我强颜笑道:"挺好的,这样挺好的。那就忘了南京不开心的一切吧,台北会是你新的开始!"

寒风一阵阵吹过,吹得肖艾的眼角湿润,她也笑了笑,回道:"是啊,怎么会不好呢?我早就受够了这里的生活,也因此知道了妈妈这些年根本没有放下我,她是爱我的,就像一个正常的母亲爱着自己的女儿。江桥,过了这个年,我就去台北了,你自己在南京也好好生活,然后忘记我这个朋友吧。"

我的喉咙好似被堵住了,许久才问道:"为什么要忘记你?现在通信这么发达,我们随时可以联系的啊!"

"因为我会忘记你。"

风吹得我好冷,我披紧了衣服,许久后才低声回道:"你还欠我一万块钱,去日本时,你说过我们要勤联系的。"

"那不一样,妈妈走过的路我不能再走错。你的一万块钱,我会在走之前还给你的。江桥,分隔两地后我们还能做朋友吗?不能。去日本我会回来,去德国我也会回来,可是这次就永远也不会再回来了,你明白吗?"

我低着头,求救似的从口袋里抽出一支烟点上,然后不停地告诉自己,我该祝福肖艾,因为此刻没有比留在她妈妈身边更正确的选择了,而我之前也是这么想的。

可是真的要分别时,才发现自己的心是那么痛,我的生命中再也不会有那个把腿放在我的肩上逼我写保证书,大大咧咧坐在我家院墙上看风景的美丽女人。

是的,我不想再称呼她为丫头,她在我心目中就是一个女人,一个被世事摆布得有些可怜的女人。

|第165章| 在我这里过年

夜晚的风还在继续吹着,肖艾脖间的围巾一直在飘飘荡荡,我的愁绪似乎也被吹走了一些,就这么看着她笑了笑,然后又给自己点上了一支烟。我心中已经知道要怎么度过这个夜晚了,我该为她高兴的,因为台北才是她最好的归宿。

我又想起了那个在丽江的夜晚,我们一起合作唱了《妈妈》这首歌,歌声已经表达了她对母亲的思念之情,现在她终于如愿了。而南京这座城市自始至终能够给她的不多,虽然她曾在这里过着富裕的生活,可是精神世界是匮乏的,否则她怎么会抛弃繁华,混进一条斑驳的老巷子里,与我游戏人生呢?

我终于对她说道:"我支持你去台北,希望你在那里能够过得幸福。"

说到这里我便停止了,我不想告诉她,我昨晚梦见她了。在我的梦里,她在台北嫁给了一个年轻的音乐教授,还生了一男一女两个可爱的孩子。

又是一阵风吹来,我眯起眼睛深吸了一口烟,却在烟雾的朦胧中看清了一些未来,那里有我的遗憾,成全的却是肖艾的幸福。

肖艾没有理会我对她的期许,她将双手插在自己的口袋里,然后看着街对面闪动的灯火,鬓角的头发被风吹乱,她也没有管。

　　"对了,今天下午,于馨把你留在宿舍的生活用品送到我这儿了,你待会儿拿回去吧。"

　　肖艾看着我,许久才低声回道:"都是一些用不上的东西,你随便处理吧。"

　　"别胡说,里面还有一块名表。"

　　肖艾笑了笑,有些心不在焉地回道:"不管是表,还是其他什么东西,都是过去遗留下来的,你既然那么期许我过上新的生活,又何必把这些旧物件塞给我呢?"

　　"真的什么都不带走吗?"

　　"回忆都不想带走,何况这些可有可无的东西。"

　　我又吸了一口烟,随后陷入了沉默中,虽然她过完年才走,可是我已经因为一些话语而提前感受到了离别的味道,于是我用力地看着她,大脑里回想着她的一颦一笑和一些曾经让我难堪的无理取闹。

　　肖艾在我的注视中拿起了手提包,言语平静地对我说道:"我走了,你还有什么要说的吗?"

　　"我……"

　　肖艾掖了掖自己的衣服,与我对视着,她的神情比我更加专注,以至于她的身姿在摇晃的灯影中也是那么坚定。

　　我终究没有开口,肖艾也终于转身向路边走去,她似乎并不准备住在郁金香路,因为她在张望着等待往来的出租车,她要和这条路告别了。

　　车子来了,我痛彻心扉,终于克制不住自己,对着她的背影大声喊道:"肖艾,在我这里过年吧,我们一起贴对联,做年夜饭,好吗?"

　　她停住了,转身看着我,许久之后才笑了笑,回道:"好啊,我明天来找你。"

　　车子渐渐驶向了路口,直到在我的视线中消失,我才点了点头,自言自语着:"嗯,我等你,你早点来,记得心情好一点儿,打扮得漂亮一点儿!"

　　…………

　　回去的路上,我路过咖啡店,从里面带走了于馨留下来的那个箱子。回到住处后,我便开始整理着箱子里的东西,既然肖艾不想要了,那些东西我就妥善地安置好。不说是留个念想,但也是一份寄托,因为它们都是肖艾在大学时期最常用的东西。

　　箱子里有发夹,有乐谱,有没吃完的软糖,还有一副价值不菲的森海塞尔耳机,这是好东西,我用得上,便将其单独拿了出来。

　　这真的是个百宝箱,继耳机之后,我又找到了一台单反相机,当我决定把这台单反相机也留下来时,我觉得自己可以不和肖艾讨要那一万块钱了,因为我得到的东西的价值已经远远超过了一万块钱。可是,这样的便宜没有能够让我快乐起来,我看着这些似乎留有她气息的东西,越来越忧伤!

　　她带走了她的未来,却把最痛的过去留给了我,我真的是个自以为是的傻子!

　　我有些乏力地躺在床上,不想抽烟,不想喝水,不想和外界联系,直到手机响了起来,才有些发蒙地拿起看了看,却只是一条垃圾消息。

我终于给自己点上了一支烟，然后找到了许久前肖艾给我发来的那个MV。我又点开看了看，那天傍晚，她在纺织厂里为我唱了这首《妈妈》，还很嚣张地说，以后那个地方就是她的领地。可是世事无常，她要离开这里了，甚至在丽江发生的一切，都将成为她要丢掉的记忆。

这很好，很好。

…………

这个夜晚，我又做了一个梦，梦见我们告别了。告别后，我的耳边便是停不下来的鞭炮声，整条郁金香路都是万民同乐的盛景，我孤独地走在人群中，给自己买了灯笼，买了炸炮，还买了好吃的年糕，可我终究没能开心起来，就这么坐在便利店的门口，迎着黄昏的夕阳，放一个炸炮，吃一口年糕。

醒来时，迎接我的真的是那些不绝于耳的鞭炮声，年味是越来越浓了，我准备今天将家里的卫生好好搞一搞，明天去养老院接回奶奶。关于新年，我是有一丝期待的，因为奶奶会给我压岁钱，虽然不多，却让我觉得自己在这个世界上是有亲人的，她虽然苍老，虽然没有什么经济能力，却是爱着我的。

就在我洗脸的时候，穿着一身红色羽绒服的肖艾悄悄地走进了院子里，却没有像以前那样捉弄我，而是站在蜡梅的旁边看着，然后拿出手机，将其拍了下来。我有点想问她，会不会把这张照片带走，最后却忍住了。因为这会显得我很在意她的离去。

"江桥，今天有什么安排？"

我一边用毛巾擦掉脸上的水，一边回道："家里的煤气罐没气了，待会儿吃过早饭先去充个气，然后再去菜场买点菜，留着过年吃。"

"哦，你煮早饭了吗？"

"稀饭，还有隔壁吴婶送的包子，包子是她自己家蒸的，皮薄馅大，你要尝尝吗？"

…………

这个早晨，肖艾和我一样，配着咸菜，坐在门口的台阶上吃着稀饭和包子，她的心情似乎比昨天要好了些，每一个和我打招呼的街坊，她都会问我叫什么名字，也会和街坊们挥一挥手，算是打了招呼。

渐渐地，不再有街坊走过，肖艾也放下了手中的碗，然后拿出手机，用远景模式拍着这条巷子。她一边拍，一边问道："江桥，你在这里住了这么多年，是不是和那些街坊一样开心？"

我反问道："你哪儿看出来他们开心了？"

"城市里的人那么冷漠，谁会和谁主动打招呼啊，这里能让大家这么热情，所以住在这里的人应该都挺开心的吧？"

我也说不出她的逻辑有什么不对的地方，半晌之后，笑了笑回道："如果对物质没什么追求，那住在这里是挺开心的。你知道吧？我曾经想过攒一笔钱，把老屋子装修一下，然后娶个媳妇生活在这里。早上我们去巷子口买豆浆油条，晚上吃丰盛点，去旁边的菜市场买些菜，自己回来做。关于工作，在老金的婚庆公司混着就

525

好了，一个月不需要太多工资，一万块钱出头就够啦！"

说到这里，我仿佛已经过上了想象中的生活，于是眯着眼睛笑了笑，然后将手中半个没有吃掉的包子塞进了嘴里。

"那你现在还这么想吗？"

我看着肖艾，摇头回道："不这么想了，男人嘛，还是得有一颗事业心，开着豪车，住着别墅也不错。其实，我是个挺好面子的人，不想比别人混得差！"

"是吗？我爸混得挺好的，可是有了我妈这么好的女人，他还嫌不够……"

说到这里，肖艾没有再说下去，但我隐约知道她想表达什么，肖总这个男人的一错再错已经改变了她的价值观和爱情观，她和代表着主流思想的女人们不一样，反正有钱人的生活她也过够了。

那么，去台北生活不是更好吗？不会太富，也不会太穷，嫁个音乐教授，过着幸福的小生活。

…………

吃完早饭，我从厨房里搬出了空的煤气罐。我不想开车，因为新车图个吉利，最好还是不要在过年的时候装运煤气罐这样的东西。

我推出自行车，将煤气罐捆绑在后座上，肖艾却非要和我一起去，她坐在了车子的前杠上。当我跨上车子时，我的鼻子竟传来一阵结结实实的酸涩，我梦寐以求的不就是这样的生活吗？

她的发落在我的肩上，寒风一阵阵吹着，车子不稳地晃荡，可两个人的心是贴近的，所以笑容一直挂在我们脸上，铃铛的声音清脆，集市里的吆喝声赶走了孤独。

"江桥，看路！"

"江桥，你好好骑，别晃了，吓人！"

"江桥，你骑快点！再这么慢下去都快明年了！"

"江桥，换我骑吧，我的技术不比你差。"

一路都是这样的话语，骑车的依然是我，依然很慢，只是中途将自己的外套脱了下来，将她裹得更加严实，确保她风雨不侵。

| 第166章 | **离别前**

中午的阳光格外灿烂，肖艾站在供应站的门口等着我，我付了钱，然后将充好的煤气罐又绑回到了自行车上，我来到了肖艾的面前，示意她上车。

她却不肯再坐了，想来也是，自行车的前面只有一条单杠，坐着能舒服吗？

我就这么推着自行车与她一起走在了回去的路上，不在乎快慢，也不在乎时间是怎么从阳光的缝隙间溜走的，一路伴随我们的是清新的空气，天也很蓝。

"江桥，你充气都要自己来的吗，不是有专门送的人？"

我笑了笑，回道："你不懂，那些人充的气基本都不会很足的，自己来心里踏实一点儿。"

"生活有必要这么斤斤计较吗？"

"当然，斤斤计较也是生活的乐趣。你看啊，我们出生的时候，不能选择相貌、身高、家庭，如果还剥夺我们和生活斤斤计较、讨价还价的乐趣，那得活得多被动啊！"

"你的歪理可真多！"

"我只是在用一种别人不理解的方式享受着生活。"

肖艾看了看我，继续往前面走着。我放慢了脚步走在了她的身后，灿烂的阳光落在了她的身上，她却不像以前那么阳光。若是从前，她一定会用脚去踢地上那些未消融的积雪，或许，这也是她享受生活的一种方式。如此看来，我们是一类人，我们都善于创造、挖掘生活里的快乐。

她是花火，我是潮湿的雨水；她炙热，我阴郁。但我们都保持着对这个世界的渴望。

…………

将车子锁在菜市场的门口，我又带着肖艾去买过年要吃的冷菜，蔬菜也可以买一些了，反正天冷，也不会那么快变质。

因为是年前，菜市场里很繁忙，以至于跟在我身后的肖艾，几次都快被挤丢了。我便让她拉住我的衣服，她这才顺利地和我站在了一个卖冷菜的摊子前。

我挑挑拣拣，选了一堆后，便交给了老板。老板算了一下，一共一百九十二块钱，就在我准备付钱的时候，肖艾却拦住了我，她笑了笑对老板说道："老板，快过年了，你给我们一个吉利的数字呗，一百八十八块钱，好不好？也祝您明年要发发！"

"这姑娘真会讲话，成了，就一百八十八给你们。"老板一边说，一边笑着找给了我们十二块钱。

肖艾替我接过了零钱，然后取出还价后得到的四块钱对我说道："江桥，这四块钱的意外之财，我们留着去买东西吃吧。"

我笑了笑，回道："正好够买两根玉米。"

"那晚上买。"

…………

我和肖艾一路聊着天回到了巷子里，过了咖啡店前面的那个转角，我和肖艾都停下了脚步。袁真就在我家门口站着，他穿着黑色的夹克，表情一如既往的冷，一如既往的桀骜。地上被他扔了好几根烟头，全部陷在雪中。

他的忽然出现让我感到很惊讶，转念一想却又在情理中，肖艾的家庭出了这么大的变故，他不可能不回来的。

肖艾看了看我，然后迎着袁真走去，我有些好奇，袁真为什么会直接来到我这里找她，又为什么认定肖艾会和我在一起？

"师哥，你怎么找到这里来了？"

袁真扔掉了手中的烟头，脸上终于有了一丝温柔，他回道："打你电话没人接，

527

小伟告诉我你应该和江桥在一起,我就找来了。"

肖艾回头看了看我,我也推着自行车来到了两人的身边,说道:"中午了,就在我这儿一起吃顿饭吧。"

"不用了。"袁真回了一声,转而又对肖艾说道,"晚上有时间吗,我想和你聊聊。"

"师哥,我知道你想带我去日本发展。可是,我已经决定和妈妈去台北生活了。"

袁真的脸上有了一丝吃惊之色,他问道:"是你自己决定去的,还是老师要带你走的?"

"是妈妈要带我走的。"

袁真低头一声轻叹,沉默了许久之后,又抬起头对肖艾说道:"那晚上一起吃顿饭,就算我给你钱行吧。"

"嗯,晚上你给我打电话吧。"

袁真没有多说,而孤独似乎是刻在他骨子里的东西。下一刻,他便带着沉默从我们身边走开了,而我始终无法对这个男人产生敌意,因为他太骄傲了,骄傲到所有话都敢开来说,骄傲到不屑向这个充满名利的世界低头。

…………

吃过午饭,我和肖艾休息了一会儿,便一起收拾屋子。一番忙碌之后,这间老屋子迎来了一年之中最为干净的一天,而我们却变得很脏,尤其是肖艾,原本干净的羽绒服上粘了好多蜘蛛网。

黄昏就这么来了,我在厨房里左右手各一把菜刀剁着肉馅,肖艾则静悄悄地坐在小院里的石桌旁,等我忙完出来时,她已手捧一杯热茶,坐在了院墙上。

我记得她说过,坐在这里会看到这个巷子最美的风景。我笑了笑,用围裙擦掉了手中的油腻后,也踩着柴堆上了院墙,然后在她的身边坐了下来。

我没有抽烟,就这么平静地坐着,与她一起抬头看着天边的晚霞,耳边是零零散散响起的鞭炮声,空气中也满是过年的味道。

我终于向她问道:"前几年,你都是在南京过的年吗?"

肖艾没有看着我,她一边回忆,一边对我说道:"去年是在韩国,前年是在毛里求斯,大前年是在普罗旺斯……"

"为什么不在南京过呢?"

肖艾转头看着我,我才发现自己问出了一个多么愚蠢的问题,她怎么可能留在南京与李子珊那个让她深恶痛绝的女人一起过年呢?她之所以要去国外,也不过是求个眼不见心不烦。

她倒没有因为这个问题的愚蠢而生气,笑了笑对我说道:"我要早点认识你,就在你家过年了。这个巷子里面最有小时候过年的味道,外面的城市太冷漠!"

我也笑了笑:"今年一起过,也不迟。"

"嗯。"她点了点头,随后又入神地看着布满晚霞的天空,直到她的手机在口袋里响了起来。

这个电话是袁真打给她的,她接完电话后,便伸出手对我说道:"江桥,我去找袁真了,你的车子给我用一下。"

我从口袋里将车钥匙掏给了她,看着她从院墙上跳了下去。我心中的难过忽然就这么淡了一些,因为去台北之前,她要告别的不只是我一个,而袁真和她之间的情谊更久更深。

…………

肖艾离开后,夜晚仿佛在一瞬间就来了,我独自坐在院墙上,以享受的心情给自己点了一支烟,这是整个下午我抽的第一支烟,我被冷风吹得格外清醒,似乎看透了世事,看透了聚散离合。

巷子里又传来了一阵自信有力的脚步声。下一刻,金秋便拎着一个方便袋出现在了我的面前,她看着坐在院墙上抽烟的我,说道:"江桥,你坐在院墙上做什么?是不是又觉得这个世界对不起你了?"

"孙子才有这样的想法……"我说着便从院墙上跳了下去,身体却没有肖艾的柔韧,一个趔趄差点坐在地上,而手中的烟也好死不活地戳在了自己外套的口袋上,一股焦味随之传来。

我吓得赶忙将外套脱了下来,然后扔在地上,用脚踩灭了衣服上的火星,嘴里嘀咕着骂了一句。

金秋幸灾乐祸地看着我。

"看什么看,这是好兆头,来年红红火火!"

"那你倒是让它烧啊,踩灭了干吗?"

我不理会金秋的挤对,从地上捡起那件被烧出一个洞的外套又穿在了自己的身上,转移了话题向金秋问道:"你来找我做什么?"

"我爸前几天和朋友一起去打猎,打了几只野兔,送两只给你,留着过年吃。"

我喜滋滋地从金秋手中接过了方便袋,因为野兔肉真的好吃。我又去小院摘了几把自己种的大蒜给了金秋,让她带回去。可惜我不养鸡鸭,要不然也会送几只给她的,因为这些年我从老金家得到的照顾实在太多了,自己却没什么能送得出手的东西。

"我不要,味儿太大了,弄得车里都是。"

"放后备厢,过年蔬菜都贵,花那冤枉钱做什么!"我一边说,一边将捆好的蒜塞到了金秋的手上。

金秋提着大蒜,又向我问道:"江桥,咖啡店转让的事想好了吗?"

我不耐烦地回道:"不转。"

"听我一句劝,赶紧转了吧,这家咖啡店开不长,何必浪费自己宝贵的时间呢?对了,我有一个想法,明年我想把婚礼执行这块分离出去,外包给其他公司做,你有没有兴趣?"

我瞥了金秋一眼,回道:"你的如意算盘打得可真好,谁不知道执行部分是最累的,到时候你们上游的公司在成本上管控得严,我可什么钱都赚不到!"

金秋有些不高兴:"江桥,你潜意识里就认为我金秋肯定会坑你。我想和你合作,只是想降低你的创业风险,毕竟能有稳定的业务量做支撑。而我这边把最烦琐的执行外包出去，也有更多的精力去发展新的项目，这明明就是一件双赢的事情，你怎么就没有一点儿合作意识呢？"

"呵呵，我格局小的缺点在你爸眼里可是优点！我适合做个居家男人。"

"你少拿这个梗恶心我。"

金秋又被我给气到了，她将我送给她们家的大蒜扔在了地上，随即便往巷子外走去，我看着她的背影有些得意地笑了。我觉得金秋可以用她的智慧去欺负这个世界，但被这个世界欺负着的我，却敢欺负她，这是多么大的乐趣！

…………

夜色渐渐降临，鞭炮的声音也开始密集了起来。因为肖艾去赴袁真的约，我也没有把晚餐弄得太丰盛，只是将中午剩下的饭炒了炒，然后坐在院门口的台阶上吃着。不知道从什么开始，我喜欢以这种方式去看巷子里往来的人们。

这个晚上，赵牧也回来了，他给我带来了一些进口的水果。听他说这是公司给他们发的年终福利，我也因此判断出，肖总出事并没有影响金鼎置业的日常经营，只要在明年弄到一笔商业贷款，保住手上的几个项目，金鼎置业复兴还是有希望的。

"桥哥，今年除夕夜我就不回来了，明天我要和调研组去新加坡调研几个项目，现在留给集团的时间不多了。"

"嗯，工作为重。对了，集团现在的运营还好吗？"

赵牧回道："董事会决定亏本转让几个正在做的项目，再卖几块攒着的地皮。另外，明年集团会大规模裁员，人员和项目缩水之后，应该还是能够维持住经营的。"

我点了点头，心中也不知道该悲还是该喜，不过金鼎置业能保住也确实是不幸中的万幸，毕竟这是肖总一辈子的心血。

这一次，赵牧没有和我聊起肖艾，他坐了一会儿之后便离开了。而我又无所事事了起来，我似乎已经习惯了有肖艾在我身边的时光。她不在，我就容易变得无聊。

这不是什么好预兆，因为她就要去台北了，我们之间的联系会在过完年后戛然而止，所以我不得不咬着牙去适应，而人的痛苦也就源于此。

有些人，是注定不能挽留的，因为离开后，她会有更好的生活。而我已经习惯了这种无力感，之前，我在陈艺的身上已经体会过了。

快要十点的时候，手机响了起来，是肖艾打来的电话，她的语气有些迷糊："江桥，你来新街口这边接我一下，我和袁真都喝多了，你帮他订个酒店。"

"嗯，你呢？也要订酒店吗？"

"我不用。"

我应了一声，肖艾已经挂掉了电话。这个夜晚她和袁真都喝多了，我仿佛看到了他们在一起时的情形：两个在世俗里流浪的人，把告别的力气全部扔进了酒杯里。他们谁都不差，充满才华，可是在离别的痛苦面前，他们也没有比我这个平凡人更高级。

醉，是一种代价，也是一种释放！

第167章　可是我不爱你

结束了和肖艾的通话，我便打车往新街口那边赶去，肖艾用微信定位将她和袁真的具体位置发给了我。

路上有点堵车，我用了半个多小时才到达了目的地，我看见了晕晕忽忽靠在灯柱上的袁真，肖艾在旁边搀扶着他，但她的脚步也有些飘，双颊布满红晕，显然也喝了不少的酒。

我来到他们的面前，伸手替肖艾扶住了袁真，他显然已经喝到断片儿了，我不想让这原本就微妙的气氛变得更尴尬，便笑着对肖艾说道："看样子，袁真的酒量不如你嘛，好歹你还能闪着两个大眼睛看着我！"

"他喝的白酒，我喝的红酒，我一杯，他一杯，你懂了吗？"

我向袁真看了看，发自肺腑地称赞道："哥们儿，海量！"然后又责备肖艾，"你也不劝他节制点，酒这东西喝多了伤身！"

肖艾沉默了一会儿，目光有些涣散地看着那些在自己身边往来的人，这才回道："他说了，伤身就伤身，总比伤心好。我也是这么想的，这么多年的同门情谊，以后却没有什么机会说再见了。"

我注视着她，在我的印象中，她好像从来没有和我说过"再见"，我对此一直好奇，曾一度以为，她讨厌以这种方式作为离别时的寄语。

我没有选择在肖艾酒醉时解开这个疑惑。下一刻，便背起了已经没有行动能力的袁真，混在人群中，缓慢地向刚刚订好的酒店走去。而肖艾就走在我的身后，一直拉着我的衣服，生怕被那密集的人流挤散。

酒店就在附近，拿到房卡之后，我们一起乘电梯来到了事先订好的房间。我有些累，便坐在沙发上点了一支烟休息着，而肖艾则接了一些热水，细心地帮袁真擦着脸。

袁真的表情越来越痛苦，他像溺水的人一把抓住了肖艾的手，迷迷糊糊、断断续续地说道："师妹……你要走了，我的……我的心就像喝了毒酒一样难受……这个世界的一切对我来说，就像垃圾一样，可我还是要靠着这些垃圾生活……我知道，在你心里，我也和这个世界里的垃圾一样，可是你也不想失去我……对不对？我活得很孤独，也不懂这个世界里的柴米油盐，但……我爱你！你走了，我的生活就成了垃圾！"

这番突如其来的酒话，让我下意识地看向了袁真，我看到了他的痛苦和渴望，就像茫茫大雪，辽阔而凄凉。

肖艾的眼中泛着泪光，她的声音很轻，却在安静的房间里如此清晰："可是，我不爱你……师哥，去看看这个世界吧，尝试着去爱它……就算天寒地冻，可是它仍有美好的一面，而这种美好不是我一个人能取代的，只不过你现在还没有发现而已……"

我深吸了一口烟，然后沉默着离开了房间，因为此刻是属于他们的。

再过几天，我也会像一阵力竭的风与肖艾这株流浪的蒲公英告别，我的能力只够送她到这里了，我注定和袁真一样，前赴后继地消失在她的生活中。

我暗暗告诉自己，离别那天，我一定不要像袁真现在这么痛苦！
…………
　　一支烟在手上快要燃完时，肖艾从酒店的房间里走了出来，她轻轻带上了门，我们仿佛有一种默契，谁都没有开口说话，只是看着彼此。
　　直到推着餐车的服务员从我们的身边走过，我才低声向她问道："袁真一个人留在酒店里，行吗？"
　　"他以前乐队的兄弟待会儿会过来。"
　　"那就好……"停了停，我又问道："你去哪儿，我送你。"
　　肖艾从口袋里掏出了四枚硬币。我已然明白，这个夜晚我们还有约定的事情没有做完，我们要去郁金香路买玉米吃，而这四块钱是她和小摊贩讨价还价后争取来的，寄托着我们对夜晚的全部希望。
…………
　　还是那家熟悉的便利店，灯光温暖，长椅之外的世界充满了烟火的绚烂。我和肖艾并肩坐在长椅上，手中拿着的是温度仍在的玉米。可今晚肖艾只买了一根，我们各吃一半，至于剩下的两块钱，可以留着明天再买一根。
　　该说的话似乎都已经说完，我们就这么坐着。这个时间点，若是放在从前，郁金香路上已经人烟寥寥，可因为是过年，仍有不少附近的居民携家带口在街上买着年货，那欢声笑语在不知不觉中便感染了我，我习惯性地眯眼看着。
　　终于，肖艾用手抠着我衣服上那被烟头烫坏的洞，问道："被烟烫的吗？"
　　"嗯。"
　　"原来你比我还要毛毛躁躁！"
　　我笑了笑，下意识抽出烟，准备点上一支，可一向不反感我抽烟的肖艾，这次却制止了我，示意她现在不想闻烟味。
　　我这才惊觉，她不是多么喜欢我抽烟的样子，只是在让自己喜欢我喜欢的东西。我将烟又放回到了自己的口袋里，陷入了沉默中，可也不会因为这种沉默感到无聊，因为我和肖艾在一起的时间已经可以以小时为单位进入倒计时了。
　　"江桥，你认真爱过一个女人吗？"
　　这是远处的烟火第三次绽放时，身边的肖艾向我问出的问题。我愣了一会儿，终于转头看着她，她心不在焉地用手剥着没有吃完的玉米粒。
　　我认为她不是一个喜欢听假话的女人，于是在一阵沉默之后，回道："陈艺就是我认真爱过的女人，我成年以前的生活都是她的影子。曾经，我为了能见在北京上学的她一面，来回坐了一天一夜的火车，最后只是站在教室外看了她几眼，因为我只有一天的假期。"
　　肖艾的手停止了剥玉米粒，我也随之停止了诉说，但心中又想起了陈艺，她是我这一辈子都难以忘怀的女人。
　　"怎么不说了，我想听听你到底有多爱她。"
　　"没什么可说的了，我和她终究不是一个世界里的人，我们早就在一条路上，却往两个方向越走越远了！"我有些无能为力地看着远方的烟火，一阵阵风让我感到窒息，我不愿意在这个时候想起过去，于是低着头苦涩地笑了笑，然后翻来覆去地把玩着手中的烟。

许久之后，肖艾终于回道："我知道陈艺是你这辈子最爱的女人，之后再出现的女人，无论多么优秀，多么爱你，对你而言也只是一个可悲的替代品！"

我没有言语，因为这个话题总是会让我变得抑郁，让我找不到未来的方向。

肖艾就这么在我身边坐了一会儿，然后拿走了我手中的玉米，连她的那半根一起扔进了垃圾箱后，转身向路边走去。她要走了，但我知道她明天还会来，所以我没有挽留她，虽然我觉得还有一些话并没有对她说。

…………

我错了，在除夕夜来临的前两天，肖艾没有再来找过我。这两天里，我给她打过电话，她只是说自己不在南京，便挂掉了电话。我又发微信问她会不会回来过年，她也没有回复。

我因此有了危机感，我觉得两天前的夜晚，恐怕是自己见她的最后一面，可是她答应过我，在去台北之前会把欠我的一万块钱还给我，她不会言而无信的。

这么一想，我终于有了一些信心。

奶奶在昨天晚上已经被我接了回来。此刻，她坐在院落里洗着晚上要吃的菜，我则在院外用刚煮好的糨糊贴着对联，时不时会往巷子口张望着，我期待看到那个熟悉的身影穿着红色的衣服，就像这过年的气氛一样红红火火，给我带来好心情。

"桥，赵牧这孩子回来过除夕吗？"

"他今年不回，集团派他去国外考察项目了。"

奶奶一边摘掉泛黄的菜叶，一边感叹道："赵牧这孩子就是有出息，他爸爸妈妈泉下有知也会高兴的……"说到这里，她又说道，"呵呵，我孙子也不差，要不然怎么会有那么多小姑娘喜欢去养老院看奶奶呢？奶奶其实明白着呢，她们牵挂的不是奶奶，是你。"

老一辈人总是会盲目地看高自己的子孙，我无奈地笑了笑，回道："奶奶，你好好洗菜，其实往你那儿去的也没几个，我们充其量就是比较好的朋友，没你想得那么亲近！"

"你还真别说，金秋这丫头前些天还去养老院看了我。不过陈艺那丫头倒是好些日子没去过了。"

我打断话题："奶奶，你就别老惦记着谁去看了你，谁没去看你了。"

"可得放在心里惦记着，奶奶活着就这么一点儿念想了！"

我心中伤感，虽然我刚刚没有让奶奶说下去，但是我知道，她下一个要说的就是肖艾，她可能不来这边过年了。我又想到了另一个可能，那一万块钱她可以让别人转交给我，或者打到我的银行账户上，不一定要当面还的。

我就这么陷入了患得患失中。

…………

对联贴到一半的时候，巷子的转角处渐渐传来一阵熟悉的脚步声，我对声音极其敏感，当即就分辨出是肖艾，而且她穿了高跟鞋，否则我不会这么远就听到的。

我心底一丝喜悦，她终究还是来了，没有放我的鸽子。

和我想象的一样，她穿着长款的红色羽绒服，脚上是一双红色的高跟鞋，她还推着自行车，车上载了很多年货。我敢肯定，整条巷子的过年气氛加起来，也没有她一个人浓厚，尤其她头上戴着的那顶针织帽，上面的图案竟然是几个卡通造型的孩子在放鞭炮。

我没有很刻意地去迎接她，但目光一直没有从她的身上挪开。

"江桥，奶奶呢？我给她买了拜年的礼物！"

"我在，我在！"听到动静的奶奶一边回应着，一边拿起了身边的拐杖向小院外走来，那笑容在她布满皱纹的脸上显得格外用力，却是发自内心的。

奶奶握住了肖艾的手，问了一句"手怎么这么冷"后，便将肖艾的手放进了自己的棉衣里面，然后又轻轻地理了理肖艾那有些乱了的头发，就好像打量着自己的孙女一般亲切。

这时，巷子里又传来另一阵熟悉的脚步声，我的心跳顿时便加快了速度，但是我不相信陈艺会在这个时候回到这里，回到这条巷子。

我不自觉地握紧了自己的手，目光紧紧地盯着那个转角处，肖艾也随着我的目光看去。

依据十几年得到的经验没有错，许久未见的陈艺，穿着红色棉衣从那个转角走了过来，她的手中也拿着一些对联。我这才想起，她们家的老屋子也该在今天换上新的对联。于是，我们仿佛在一场惊心动魄中相遇了。

我就这么看着她，尽管她化了淡妆，但我还是能够隐约看到她脖子上有一块并不明显的伤口，这是她去参加那档残酷的生存节目的最好证明，这段时间她确实过着我不能想象的生活。

陈艺终于轻轻地走到了我们的面前，她没有看我，也没有看肖艾，只是笑了笑对奶奶说道："奶奶，好久不见！祝你新年快乐，身体健康。"

肖艾的手还被奶奶放在自己的衣服里，奶奶并没有因为陈艺的到来而松开，但是肖艾自己将手抽了出来，然后注视着陈艺。

这时，奶奶从自己的口袋里掏出一只红包，递给了陈艺后，说道："别嫌奶奶的红包小，奶奶也祝你明年事事顺心，事事如意。"

陈艺说了声"谢谢"，然后接过了红包。她终于看向了我，我的心跳因为她的目光而在不停地增速，即便她面无表情，我也仿佛看得见她的喜怒哀乐。

| 第168章 | 亡命天涯

陈艺走到我的面前，我的目光却只是停留在她手中的对联上，她身上熟悉的气息却一直刺激着我敏感的神经，似花丛中的芬芳，似青草地里的清爽。

我终于挤出一些笑容对她说道："新年快乐！听说你去参加一个户外的挑战节目了，我很欣赏你的勇气。"

陈艺平静地一笑："我们是一起在这个巷子里长大的，你和我说话有必要这么客套吗？"

"没有客套，是真心的。我一直以为你是……"

我忽然就说不下去了，下意识地咽了咽口水，然后点上一支烟掩饰着自己的不自在。

"以为我是什么？"

我抬起头看着陈艺追问的目光，又下意识地回头看了看奶奶和肖艾，她们并没有把注意力放在我和陈艺的谈话上。尤其是肖艾，她已经进了院子里，坐在石凳上，用手把玩着地上的菜叶。

鞭炮声在不远处的空地上响起，我吸了一口烟，终于回道："我一直以为你是一个追求安逸和舒服的女人，所以你能去参加那个节目，我真的是挺佩服的。"

陈艺目光复杂地看着我，许久后开口说道："江桥，你知道吗？你就像一支孤独的笔，写了很多自己的心思，但那张被你涂涂画画的纸，你宁愿握在手上发霉，也不愿意给别人看，哪怕是你最亲的人！"

我低着头，回道："是，因为我自卑。"

"你靠双手和勤劳养活了赵牧和自己，你为什么自卑？"

我倚在墙上，深吸了一口烟，低声回道："所以我面对赵牧的时候不会自卑。陈艺，你不明白吗？其实谁都会自卑，包括你，自卑是人的天性，只是你很少遇到比自己更优秀的人，对不对？"

陈艺轻声一叹，她没有回答我，只是说道："你还有多余的糨糊吗？我去贴对联。"

"有。"我说着赶忙将地上没有用完的糨糊递到了陈艺的手上。

陈艺接过后准备离开，却在走了几步后，又对我说道："江桥，心情咖啡能转就转掉吧，不要让秦苗太难过，她还怀着乔野的孩子。也许你体会不到她的心情，但是苏菡留在南京的东西真的会让她寝食不安。"

我惊愕地看着陈艺，看着她走远，也看见了我们之间的距离。她变了，连说话的语气和方式都变了，她有了很明显的立场和讨厌的事情。

…………

这个早晨，陈艺在那边，我在这边，我们做着同样的事情，但是她后来居上，很快便在我之前贴完了门前的春联，她将装糨糊的碗还给了我之后，便离开了郁金香路。

除夕本该忙碌的，可是因为我提前很久做了准备，所以在下午刚刚到来时，我便做完了所有该做的事情，于是清闲地泡了一壶茶坐在石桌旁喝着。在强烈的阳光下我一直眯着眼睛，就像一支不问世事的铅笔，独自书写着自己的心事。

在我的沉寂中，毛豆像个刚从河里捞上来的虾子，在门外活蹦乱跳，然后将一个点燃的炸炮扔进了院子里，企图挑衅我。

穿着马丁靴的我，一脚便踩住了炸炮，毛豆被我的举动吓到了，捂住耳朵惊恐地看着我，他高估了炸炮的威力，以为能对我产生很大的杀伤力，结果却只是在我脚下屁一般响了一声。

我哈哈大笑，毛豆又不死心地扔了一个炸炮进来，这次我直接捡起还在燃着的炸炮扔向了院外，毛豆被我的强悍吓得屁滚尿流，转眼便躲进了自己家的小院里，再也不敢出来喏瑟了。

这一幕被肖艾看在了眼里，若是放在从前，她一定会因为我总是和一个孩子斤斤计较的行为而骂我一句"臭不要脸的"，但此刻她没有骂，只是表情失落地抱着一个热水杯，在手中转来转去。

我为她感到难过，在这本该阖家欢乐的日子里，肖总却还在接受调查，她又怎么能开心得起来？

我故意迈着霸王步来到了她的面前，拿走了她手上的水杯，用戏剧的腔调说道："陪寡人出去走走。"

"别无聊了，不想动。"

"呔！你这小女子不知好歹，寡人以万金之躯邀你共赏大好山河的绮丽风光，你竟然还敢拒绝！"

肖艾无语地看着我，回道："江桥，文学造诣不够就别显摆了，行吗？别扯几句古文，又说几句白话，不伦不类的！"

我不知羞耻地笑了，肖艾终于也笑了出来，下一刻我便将她从石凳上拉了起来，我宁愿做个小丑，也要她开心，尤其是在今天这么一个阖家欢乐的日子里。

…………

我和肖艾出了巷子，我一口气在便利店买了好几盒炸炮，又买了两个打火机，并将其中的一只给了肖艾。

我开始在这条街上兴风作浪，一边走一边将手中点燃的炸炮往四面八方扔去，结果被年长的街坊一顿臭骂，骂我"二五郎当""小炮子"。肖艾终于在这些骂声中笑了起来，可能也觉得我真够讨厌的，挨骂是大快人心。

街边还堆着一些未融化的积雪，我将肖艾拉到了自己的身边，低声对她说道："待会儿我玩个震天炮给你看看，你有皮筋吗？"

肖艾其实是个玩心很重的人，只是这些天的坏心情束缚了她的天性，此刻被我这么一带也渐渐忘记了俗世里的沉重，她将自己扎辫子用的皮筋取了下来，然后交给了我。

我用这根粉红色的皮筋捆住了整整两盒的炸炮，然后又将雪堆刨出一个大洞，将拳头粗的一捆炸炮扔进去后，对肖艾说道："待会儿我把炸炮点燃后，你就用脚把雪填进洞里，我们大概有五秒钟的时间，一定要配合默契，然后使出吃奶的劲拔腿就跑，要不然咱俩可就遭殃了！"

"江桥，我真的没有想到你竟然能这么无聊！"

我拿出打火机跃跃欲试，又对肖艾说道："我就是一个草包，又不会弹琴又不会唱歌的，要是再不会找点乐子，我不得活活无聊死！"

"你不用解释了，我很欣赏你的无聊！赶紧点火，我已经准备好了！"

"痛快！"我一边称赞，一边将炸炮上的引子点燃，引子顿时发出一阵闪亮的火花。

肖艾是个生手，明显紧张，以至于那一脚用力太猛，也不知道有没有把洞填上，积雪却开始乱飞，弄得我头上、嘴上全是。

我顾不上许多，拉着她的手跟跟跄跄地往前面跑，只听见身后一声巨响，路人和街边的摊贩们便惊叫了起来！

我下意识地回头看去，那些被炸飞的雪花落进了馄饨摊的汤锅里，落在了行人的头发上，场面壮观又滑稽，于是那不绝于耳的骂声在我和肖艾的身后传来，我们又被受害人骂成了"二五郎当"和"小炮子"。我却在这种骂声中有了一种亡命天涯的兴奋感，而在我们飞奔的脚下，丢弃的是委屈、愤怒和无助。

我们从街头跑到了街尾，然后一起俯身喘息着，我忍不住大笑，太痛快了，当我听见炸炮的巨响时，这一年的抑郁便也随之爆裂，剩下的尽是那酣畅淋漓的快感！

肖艾终于在喘息中埋怨道："你还笑得出来？知不知道自己闯祸了，你把人家馄饨摊的那一锅馄饨都毁了！"

"哈哈，咱俩是团伙作案，我是主谋，你就是从犯，谁都逃不掉！"

片刻之后，肖艾终于向我问道："江桥，刚刚带着我跑的时候，你有没有一种亡命天涯的感觉？"

我瞪大了眼睛看着肖艾，她竟然与我有这样的默契，我就是在那阵亡命天涯的兴奋感中，拉着她越跑越快、越跑越快的。

我点了点头。

肖艾重重地呼吸着，她直起了身子，笑了笑对我说道："可是我都没有一点儿害怕的感觉，我只想跟上你的脚步，跑得和你一样快！"

…………

再次路过那个馄饨摊，我和肖艾这两个犯了错的人，言语真诚地忏悔着，内心却在窃笑，因为真的很久都没有这么爽过了！

肖艾从自己的手提包里拿出了一沓百元钞票，她从里面抽出了一张递给了卖馄饨的王叔，说道："叔叔，刚刚是我们没有管好自己的手，这一百块钱够赔您那一锅馄饨吗？"

王叔也是老巷子里的居民，从小看着我长大，他拿着漏勺做了一副要揍我的样子，说道："江桥，你也老大不小的了，别整天跟小孩似的犯浑！我看你身边这姑娘就不错，赶紧娶回家过日子，你们家老太太也就安心了！"

我看着肖艾手中拿着的那一沓钱没有言语，心中却又是一阵莫名的伤感，因为我知道那是她用来还我的钱。她是确定要离开南京的，她不会嫁给我，我也不会娶她。而这所谓的嫁娶，也只不过是外人眼中的美好愿景罢了，我们都不必太放在心上。

回去的路上，肖艾又坚持买了许多彩灯和灯笼，她要在新年来临前，在我住的小院里张灯结彩。我为此感到期待，我第一次真真切切有了过年的感觉，我终于不用再羡慕左邻右舍。这个夜晚，我家就是这个巷子里最漂亮、最喜庆的地方！

…………

回到住处，我用剩余的炸炮和毛豆展开了一场无聊的战争，而肖艾则用心地将那些买来的彩灯挂在树上和屋檐下。

　　我终于没有浪费掉一个炸炮，收拾了毛豆。回到院子里，我洗了手，便开始帮肖艾挂那些彩灯。一番忙碌之后，院子里真的有了一番新气象，我和肖艾颇有成就感地看着小院，我们一致认为，只要接上电源，这里就会变成一个世外桃源。

　　我去自己的工具箱里找到了一个移动插座，但是我没有主动插上电源，而是将这个宝贵的机会让给了肖艾。

　　肖艾轻轻地将插头插进了插座里，顿时，那些闪亮的光在我们的视线中编织出了一幅梦幻的图画，图画里有温情、有亲情、有友情，它让整个世界都升华了。

　　这个时候，天空中又迸发出一团炽热的火焰，视线范围内的一切都变成了彩色的，以至于空气中那火焰的味道都是跳跃着的，我仿佛看见充满活力的春天在向我们走来。

　　身边的肖艾也踮脚看着，当她踮起脚时，竟然和我差不多高，我因此而相信，我看到的风景，她一个也没有错过。

　　"江桥，新的一年就要来了，你有什么特别的愿望吗？"

　　我心中一动，如果在这样的情境下说出一个来年的愿望，该是一件多么美妙的事情，可惜我好似什么愿望都没有。发一笔横财这样的愿望不仅不切实际，说出来也煞风景，所以我在想了半响之后，又反问道："你先说说，你有什么特别的愿望没有？"

　　肖艾一直看着天空的焰火，她终于浅笑着回道："有啊，我当然有。我希望自己在台北能够生活得快乐。也许，我会找一份教师的工作，和妈妈一起把自己的一生奉献给音乐教育事业。我还希望在那里找到一个懂我、爱我、包容我的好男人嫁了，虽然人生因此会变得简单了些，可是我相信，我的男人一定是一个很懂浪漫的人，他总会给我制造一些小浪漫，不让我的人生感到无聊！呵呵，大概就是这样子咯！"

　　我从口袋里摸出一支烟点上，也笑了笑回道："其实我也有，我希望自己在南京能够生活得快乐。也许，我会坚持着将咖啡店开下去，把自己的一生奉献给餐饮事业。我还希望明年会在这里找到一个懂我、爱我、理解我的好女人，虽然人生因此会变得简单了些，可是我相信，我的女人一定是一个有一手好厨艺的姑娘，她总会给我做一些好吃的，不让我的人生感到乏味！呵呵，大概也就是这个样子呗！"

　　肖艾看着我，我也看着肖艾，我看见了若即若离，也看见了难舍难分，却不得不离。

第169章　再见

　　烟火的味道和食物的香气交织而来，孩子们拎着灯笼在巷子里跑来跑去，一切的一切都显示着我们正在经历一年中最值得期待的一个夜晚。

我终于在肖艾之前挪开了对视着的目光，我将手插进自己的大衣口袋里，笑了笑说道："我们的愿望都不错，那就加把劲，争取各自实现吧。"

肖艾没有回应我，她也和我一样将手插进了自己的衣服口袋里，然后在石凳上坐了下来，看着流光一样的彩灯，这让她看上去满腹心事，我却一如既往地不知道她在想些什么。

年夜饭开始了，因为天气比较寒冷，我特意弄了个火锅。我和肖艾、奶奶，三人围着石桌坐下，锅里沸腾着的热气很快便驱走了室外的寒气，再看着燃烧的炭火，还真有点红红火火的意思。

就在我们准备动筷子，享受这一天的成果时，奶奶忽然制止了我和肖艾。她从口袋里拿出两个红包，分别递给我和肖艾说道："这红包，你们两个孩子一人一个，奶奶祝你们来年事事顺心，工作顺利。"

我已经习惯了奶奶给我红包，很自然地从她手中接过，却觉得比以往的厚实了许多，便扒开封口看了看，里面足足有一千块钱，让我有些惊讶。

奶奶又将另一个红包往肖艾的面前递了递，肖艾却看着我，终于也从奶奶的手中接过。

我向奶奶问道："奶奶，你干吗给我这么多压岁钱啊？"

奶奶将手放在我的胳膊上，笑了笑回道："今年和往年不一样，多点好，多点好。"

我心中一阵酸涩，算上给肖艾的红包，奶奶拿出了至少两千块钱，这两千块钱需要腿脚不便的奶奶花多少个日夜才能赚来？

奶奶又对肖艾说道："丫头，明年你还来这边过年，奶奶给你一个更大的红包！"

肖艾低着头，许久之后她才回道："奶奶，过完这个年，我就要跟着妈妈去台北生活了。以后很少回南京了。"

奶奶的脸色顿时变得很失望，她用皱巴巴的手握住了肖艾的手，带着最后一丝侥幸问道："你一个南京丫头去台北做什么，那里习俗和我们这边不一样，你能习惯吗？"

肖艾的眼神中充满了歉疚，她在许久之后才点了点头，回道："妈妈是台北人，我也算半个台北人，时间久了会习惯的。"

奶奶勉强挤出了一丝笑容，回道："那也不错，跟在自己妈妈身边就有了依靠，不像我们家江桥，无依无靠的。"

我当然知道奶奶的心意，很不高兴肖艾在这个本该快乐的晚上和奶奶说起她要离开的事情。我的声调不自觉提得很高，对肖艾说道："你没事儿吧，这个时候说这些做什么？"

肖艾转头看着我，按照她以前的脾气，下一刻便会和我翻脸，而我也在这句话说出口之后，就后悔了。可是奶奶失落的样子真让我很难过，我的心中有一股情绪无法被释放出来。

可是，肖艾没有和我翻脸，她眼中含泪看着我，许久才回道："对不起，是我的错，我不该说这个事情。奶奶，江桥，吃饭吧。"

肖艾一边说，一边拿起自己的筷子给奶奶夹了一块排骨，可眼中的泪水分明更多了。

我感到窒息，终于在此刻感受到了离别的痛。我一动不动地坐在石凳上，而肖艾又在这个时候给我夹了一些青菜，让我专心吃饭。

…………

吃完饭，收拾完碗筷，奶奶独自坐在电视机前看着春节联欢晚会，我知道她是为了将宝贵的时间留给我，肖艾却和我们道别了，随后便拎着自己的手提包向屋外走去。

"江桥，你还愣着干吗，赶紧出去送送啊。"

我这才回过了神，然后往屋外跑去。一直到过了咖啡店的转角处才追上了她，她也停下了脚步，想起什么似的从自己的手提包里拿出了那沓钱，递到我的面前说道："这是欠你的一万块钱，是时候还给你了。"

我想伸手接过来，可是又觉得这笔钱太重，我不想要了，半响才回道："我在于馨送来的你那些东西里找到了一台单反相机，一副两千多块钱的耳机。对了，还有一块女式名表，就算我和你买了这些东西吧，其实我是占便宜了！"

"你就那么喜欢和我算得很清楚吗？"

我反问道："如果你不是，干吗还这一万块钱？"

"你和我要了，但我没和你要那些东西。"

我被她说得有些语塞，就这么木讷地看着她那严肃的脸庞，我终于回道："也是，我们之间是算不清楚的。你上次送给我的那把吉他就值好几万了，国内是买不到的！"

肖艾看着我，冷冷地说道："我不允许你拿钱来衡量那把吉他。"

"我不是这个意思。"

肖艾没再和我多说，她将那一万块钱塞进了我的大衣口袋里，然后掖了掖自己的衣领，又往巷子外走去，而我也跟上了她的脚步。

我们先后走出了巷子，我惊讶地发现，此时张灯结彩的郁金香路，就好像一幅不久前才完成的油画，孩子们是这幅油画中最快乐的元素，他们三五成群地在彩灯的下面穿梭着、嬉闹着。

我下意识地停下了脚步，而肖艾也几乎在同一时间站住了，她和我一样举目眺望着这条在除夕夜焕然一新的郁金香路。于是，在我前面的她也成了油画里的人物，亭亭玉立，花容月貌。

我往前走了一步，与她并肩站在了一起，沉默了一会儿之后，终于低声对她说道："刚刚吃饭的时候，我对你的态度有点差，对不起！"

"该说对不起的人是我。"

"是我，我曾经答应过不凶你的，是我言而无信。"

肖艾转身看着我，她的神色复杂，似乎又想起了自己让我写保证书的画面，许久之后才说道："你喜欢凶就凶，反正我都会忘记的。"

"好。"

街道上，又有一排彩灯亮起，所有人的表情都变得更加清晰可见，而我也仿佛透过他们的身体看见了他们欢乐的心情，可是为什么我和肖艾成了这条路上唯二情绪不高的人呢？

这都怨那该死的离别，也或者是因为患得患失的我们都在这个夜晚说了不该说的话。

....

过了马路，肖艾又向前面走去，我一直追随着她的脚步，却不知道自己为什么要跟着她。而她也没有排斥，但始终不让我追上她的脚步，与我保持着一定的距离。可我们的身影又先后倒映在路边的车子上，和绽放的烟火一起成了一道转瞬即逝的风景。

过了人多的路段，我们走到了那座废弃的纺织厂门口，她终于停下了脚步，我也停下了，却没有打算进去看看。如果说，此刻的郁金香路是一幅浓墨重彩的油画，那这座纺织厂便像一个黑洞，站在外面也看不见里面的任何东西，甚至连一草一木也看不到，这真的会让人感到心慌。

肖艾脱下了自己那件长款的羽绒服外套，交到了我的手上，她似乎又准备翻铁门了。

"江桥，你来不来？"

我又向纺织厂里看了一眼，回道："你来我就来。"

得到我的答复，肖艾便准备攀爬那锈迹斑斑的铁门，我挡在了她的身前，蹲在地上对她说道："踩着我的肩上去，能轻松一点儿。"

"那你呢，你踩谁？"

"我没事儿，我有俯首甘为孺子牛的觉悟。"

"我不要踩你，我自己会爬。"肖艾说着便双手抓住铁门，踩着空隙间的支点向上爬去。

我又站了起来，问道："你是不舍得踩我吗？"

"随便你怎么认为。"

"哈哈，我奶奶说了，女人踩着男人，会让男人走霉运，你一定是为我着想，才没舍得踩。"

"你废话可真多，还来不来了？"

"来，来。"我应了一声，也爬上了另一扇铁门，而肖艾的那件羽绒服被我像披风一样地系在了脖子上，丝毫没有影响到我的攀爬。

....

进了院子，走了一会儿之后，我的眼睛渐渐适应了这里的黑暗，那废弃的纺织厂和老卡车便出现在了我的视线中，它们没有被过年的氛围影响，还和从前一样沉寂，让这里显得是一个从来都没有悲喜的地方。

我将肖艾的羽绒服又披回到她的身上，然后坐在了二号车间门口的台阶上，那一阵熟悉的情绪顿时包裹了我。我知道，过了今晚，我再次来到这里时，就要多怀念一个人了，尽管此刻她还在我的身边。

我点上了一支烟，排遣着心中的苦闷，肖艾也在我的身边坐了下来。

我终于向她问道："准备什么时候走？"

"明天中午十二点到台北的飞机。"

"这么快！你妈妈来了吗？"

"来了，现在就住在酒店里。"

我有些讶异："那她一个人过除夕夜不是挺孤单的？你把她带到我家来一起过好了。"

"呵呵，这样合适吗？我该怎么向她介绍你呢？"

我看着肖艾，半晌之后低下了头，最终也没有说什么。

肖艾终于笑了笑对我说道："你不要想太多了，是我妈她不太喜欢见外人，反正以后我们也会生活在一起了，不差这一天。"

我深吸了一口烟，然后点了点头。

一阵沉默之后，肖艾终于拉着我的胳膊说道："江桥，教我抽烟吧，抽完了这支烟，我们就在这里说再见。"

"再见？我们从来没有说过再见！"我的心抽了一下。

"不说再见，是因为还会再见。说了再见，就变成了一种等待和期许，我们之间已经没有了这样的等待和期许。"

"原来你是这么理解'再见'的！"

肖艾低着头没有看我，许久之后又执着地说道："教我抽烟吧。"

我用尽全部的力气挤出一点儿笑容，回道："还是别了吧，抽烟是有瘾的，一旦染上了就很难再戒掉！"

肖艾竖起两根手指，很认真地回道："我发誓，这是我人生中的第一支烟，也是最后一支。"

她坚决的样子，让我无法拒绝，我终于从烟盒里抽出一支烟递给了她，她伸手接过，夹在修长的手指间，送进了自己的嘴里。

她看着我，然后从我的手中拿过了打火机，点上了她人生中的第一支烟。

她笨拙地吸了一口，然后一阵咳嗽，我赶忙替她拍着后背，责备她是个急性子，说好我教她的，而且烟也不是她这么抽的。

我让她小口吸，她却又吸了一大口，这次连眼泪都呛了出来，我想替她将烟掐灭，可是她死活也不肯给我，她用手死死地掐住了我的手臂，然后呜咽着。

我在疼痛中短暂地失神，好似在那忽明忽暗的烟头中，看到了一段超越生死的缠绵，她在第一次的痛苦中挣扎着，却又享受着那一丝丝隐隐约约的欢愉。

我好似明白了，她为什么要在离开时和我要一支烟抽，还抽得如此放肆。

…………

时间在流逝，天空中的焰火却一直没有停止，肖艾终于掐灭了手中的那一支烟，下一刻便拿起了自己的手提包往铁门的方向走去，真正的告别就在我还没有完全做好心理准备时来临了。

我仰起头，双手重重从自己的脸上抹过，我就这么看着她，等她翻过铁门时，我才从地上站了起来，她没有立即离去，就站在铁门外看着我。

我也爬上了铁门，她望着我笑了笑，眼中的泪水在路灯的映射下清晰可见。她将手缩进袖子里，然后挥了挥，轻声对我说道："江桥，明天你就不用送我了，再见！"

我的心像被拧住的毛巾，又干又涩，终于爬到铁门的顶端，冲她点了点头，然后用力地看着她离去的背影，却死活也喊不出那声"再见"。

肖艾站在路灯旁，拦下了一辆路过的出租车，这时有一束烟火在天空绽放，所有的灿烂倒映在忽明忽暗的车窗上，我多想最后看清楚她的样子，可车子已经在一片灯火中越来越远。

　　我仰起头，闭上眼，咽下了所有要说的话，逼回了快要淌下来的眼泪，然后在不绝于耳的鞭炮声中，感受到她离开南京后再也没有人和我说话的悲伤。

　　我嘀咕着："再见，肖艾！"

　　"再见，我生命中最美丽的姑娘！"

　　"愿你在台北一切安好！"

第170章　希望还来得及

　　整条郁金香路，依然是一片欢乐的海洋，我独自坐在铁门上，看似比所有人都要高，可心情却是最低落的那个，我的身上还被弄上了很多锈迹，就像一个被岁月所腐蚀的人，意外从过去穿越到了现在，却不知道下一步路该怎么走。

　　我终于从铁门上跳了下来，融入了这片欢乐的海洋中，我无所事事地往回去的路上走着，穿过马路，又站在了那家便利店的门口，这才想起今天的玉米还没有买，而这已经成为我生活中的一个习惯。

　　我推开了便利店的门，店员正在收拾东西，她对我说道："你要买什么东西就赶紧挑吧，我马上就要关门了，得赶回家和家人一起吃个年夜饭。"

　　我点了点头，今天应该是这个便利店唯一不二十四小时营业的一天，我对店员说道："我就要一根玉米。"

　　店员抬头看着我，然后笑了笑道："是你啊，新年快乐！"

　　"新年快乐！"

　　店员从锅里拿出最后一根玉米递给了我，说道："已经有点凉了，今天这根就算我请你吃的吧。对了，从明年开始，我们店的玉米要涨价了，以后是四块钱一根。"

　　"这么贵。"

　　"呵呵，现在连车站边上的小贩都已经卖到五块一根了，四块不贵啦。"

　　我这才从店员的手中接过了那根已经冷了的玉米，就和我的心一样，体会着的是物是人非、时过境迁后的凄凉。我终于感觉到自己的世界又在飞速变化了，吃的、喝的和身边的人，都在变！

　　我最终也没有白要这根玉米，我执着地付给了店员两块钱。随后，郁金香路上玉米只卖两块钱的优惠便成了历史，而我是最后的见证者。以后我不会再来买四块钱一根的玉米，连烟都不想在这里买了！

　　…………

　　回到家，院子里的彩灯还在忽明忽暗地闪烁着，这些彩灯都是肖艾亲手挂上去的，我不免有些睹物思人，就这么坐在石凳上有些失神地看着。

发现我回来的奶奶从屋里拄着拐杖走了出来，然后坐在了我的身边，过了好一会儿才向我问道："丫头走了？"

"走了。"

"以后都不回来了？"

我抬头看着奶奶，她的脸上还有期待，她以为刚刚那段时间肖艾会改变主意，我不想说出这残忍的事实，可是又不得不说破，终于回道："不回来了，奶奶，其实去台北对她而言是最好的选择，你可能还不知道最近在她身上发生的一些事情。"

奶奶有些不太明白地看着我，我点上一支烟之后，便将肖总被抓，肖艾后母如何歹毒，她在南京无依无靠的事实告诉了奶奶。

奶奶听后一声叹息，然后又看着正在低头抽烟的我，低声说道："这也是个命苦的丫头。江桥，你听奶奶的，以后好好做点事业，在外面买个大房子，男人要成器，不能一辈子都窝在这条巷子里！"

我点了点头："嗯，我知道。"

"奶奶年纪大了，熬不了夜，就不陪你守岁了！"

…………

我将奶奶扶进屋子里，自己拿回了那瓶肖艾刚刚没有喝完的红酒，独自坐在院子里，喝一口红酒，吃一口那已经发凉的玉米。我渐渐有些眩晕，那些闪烁的彩灯幻化成了无数个循环的太阳，我在阳光中喜怒哀乐，眯眼找寻着情况不明的明天。

我又看见自己的样子映在了玻璃杯上，忍不住自嘲地笑了笑，妈妈给了我身体，希望我健康成长，可是我为什么越活越忧伤？

酒不醉人，我却渴望酒醉，我的意识开始涣散，就这么仰靠在石桌上，没有目的地望着天空中那些闪动的烟火，我的思绪渐渐分裂了，一半在分别中感伤，一半在等待中展望。

这二十几年，我江桥生离死别都经历过了，我什么也不怕，更不会比谁混得差！

我迷迷糊糊地笑着，手机又在我的手中响了起来，我将手机举在头上看着，是一条陈艺发来的微信，她说："江桥，今天早上奶奶给我了一个一千块钱的红包，我也没有给她送拜年的礼品，挺没有礼貌的。我给你转两千块钱，你替我给奶奶买些东西吧。"

下一刻，我便收到了陈艺用微信转来的两千块钱，她就是这样一个女人，从来不舍奶奶在她身上多花钱，总会找各种借口给予奶奶更多，而奶奶也没有在她和肖艾之间厚此薄彼，给的都是一千块钱的红包。

我最终也没有接收陈艺转来的这两千块钱，只是对她说了一声"没事，不用这么麻烦"，便将手机扔在了一边。而零点的钟声就要敲响了，只听见院子外面的鞭炮声越来越密集。

不知道是谁先在巷子里吼了一声"新年快乐"，随后附和声便此起彼伏，新的一年真的就这么到来了，我完全没有了情绪，只是拿起瓶子，喝掉了里面最后一口红酒。

…………

回到房间，我将奶奶给的压岁钱放在了自己的枕头下，然后用微信回复起了大家刚刚发来的新年祝福，其中给我发红包的，我也礼尚往来地回了红包。

我的目光又定格在了陈艺刚刚回复的消息上，她和我说了"新年快乐"，依然执着地要我收下那两千块钱。

我拗不过她，便收下了这两千块钱，然后又一口气给她发了五个二百块钱的红包，她倒没推辞，过了一会儿之后便收下了红包，但也没有再和我说话，我的微信渐渐不再热闹，陷入了沉寂中。

屋外的鞭炮声还没有停止，我无心睡眠，便从柜子里拿出了肖艾送给我的那把很罕见的蓝色吉他，可我不会弹，只是用手按住琴弦，听着琴弦发出一阵低吟。

我的心情忽然产生了一阵剧烈的波动，陷入了要不要去机场送一送肖艾的纠结中。我们虽然还没有共患难，却有许多难忘的时光，于情于理我都应该去的，但她又说了让我不必去送她，那么我还能以什么理由去呢？

纠结中，一些画面又在我眩晕的大脑中浮现。

天气不错的下午，她坐在斑驳的院墙上晃着双腿；飘着雨的傍晚，她将一根冒着热气的玉米递给了我；丽江的夜里，她弹着吉他，我们一起唱着一首简单的歌。

我终于有些动摇了，我从口袋里掏出一枚硬币。我告诉自己，如果落下后是有字的那一面，我就去送送她；如果是有花的那一面，我就静静地待在小院里，祝福她一切顺利。

硬币被我高高地抛了起来，然后又按在自己的手背上，在没有揭晓答案前，我的心跳有些快，做了一个深呼吸之后，才渐渐移开了遮住硬币的手。

有些事情或许是命中注定的，扔硬币的结果彻底浇灭了我要去送她的决心，我有些疲乏地倚在了床上，然后狠狠将硬币砸在了地上，我的心中充满失落，但在冷静后，也选择了尊重这个结果。

我困了，然后不带一丝期待地进入了睡眠中。也许是因为喝了酒，这一整夜，我连一个梦都没有做，但这也不代表我的睡眠质量有多高。醒来后，大脑依然昏昏沉沉地想休息，所以我怀疑自己是做了梦的，只是忘记了而已。

…………

新年第一天的早晨，下起了淅淅沥沥的小雨，我披着羽绒服半躺在床上，而这阵不期而至的雨也给了我不想出去拜年的理由。实际上我也没有什么好拜的，江继友是家中的独子，除了奶奶，我根本没有什么亲戚长辈，正因为如此我更加恨江继友，他这么不负责任地走了，我和奶奶在这座城市风雨飘摇，无依无靠。

奶奶已经起了床，她熬了红枣汤，然后送到了我的房间里，她体会得到我现在的心情，只是交代了让我起床后上香放鞭炮，之后便离开了我的房间。

我听着落雨的声音，然后喝掉了碗里的汤。我没有在被窝里待太久，穿上衣服洗漱之后，便敬了香火，又带着鞭炮向巷尾不远处的一片空地走去。

看着一串串爆竹在空中炸裂，我的心情也起起伏伏，我不反感过年，却讨厌这场雨，但不知道为什么，从小到大，每年大年初一的天气都似乎不太好，这种坏天气真的很毁心情，尤其是身边没有人陪伴的时候。

恍恍惚惚中，时间已经是上午的十点半，天空还在下着雨。

如果是平常，巷子里会非常安静，可因为是大年初一，巷子里一直有人走动，他们互道"新年快乐"。

我抬起手看了看表，此刻的肖艾应该已经往机场赶去，如果再多坐十分钟，我就再也没有送她的机会了。

我在这种挣扎中充满了痛苦，而那些我们在一起的点点滴滴又伴随着痛苦在我的脑海里盘旋着，我再一次处在了不能自我控制的边缘。

又是一阵代表着中午快要到来的爆竹声从屋外传来，我终于放下了一切思想包袱，对正在看电视的奶奶说了一声"中午可能不回来吃饭"后，便向院外狂奔而去，还没有跑到巷口，我的手已经从口袋里掏出了车钥匙。

我又奔跑着去了那家便利店，再一次做了一个言而无信的人，我花四块钱买了一根玉米，我想送给她吃，只希望还来得及！

| 第 171 章 | 愿一切顺利

雨水噼里啪啦地打在车窗上，雨刷器卖力地为我清扫出了可以看见远方的光亮，在一个红绿灯的路口，我给肖艾发了一条信息："等等我，我在去机场的路上，你先别过安检。"

绿灯一到，我便在所有车子之前冲过了停止线，然后在超速的边缘向机场的方向开去。我计算过，如果我能够在十一点半之前赶到机场，还是有机会和她见一面的，但愿她还没有关机，看到了我给她发的消息。

因为是大年初一，街上开车去拜年的人很多，导致某些路段非常堵，我在上机场高速之前，又被堵在了一条只有双向四车道的小路上。

我心中焦急，又给肖艾拨打了电话，可是结果让我感到绝望，她已经关机了，也意味着她不会看到我刚刚给她发的那条消息，我现在唯一能做的便是与时间赛跑。

我太傻了！如果她真的不要我去送，为什么还要告诉我她是十二点的飞机呢？为什么我就不理解，她虽然与众不同，但也会口是心非呢？

想明白了这些，我想在她上飞机之前见到她的渴望便更强烈了，我瞅准了机会，趁后车还没有开过来时，麻利地变了一个道，凭借对地理位置的熟悉，驶进了一条巷子里。

这次的运气不错，长约三百米的巷子里少有车往来，出了这条巷子便驶入了另一条六车道的马路上，虽然要因此绕好一段路，但也告别了拥堵。

....

十一点时，我终于驶上了机场高速，车速上去以后，我的心也提到了嗓子眼儿，我生怕自己与肖艾错过的时间仅仅是那么几分钟，所以我拼命般想多争取出几分钟，以避免那可能会出现的遗憾。

十一点二十分，我赶到了机场，将车子停在停车场后，便开始向去往港澳台方向的安检口狂奔而去，我希望还能见她一面，我祈祷今天飞港澳台的人特别多，那样她就会在安检口多排一会儿队。

连续的奔跑让我的嗓子像被火灼了一样难受，我的双手支撑在膝盖上，一边痛苦地咽着口水，一边在急促的呼吸中看向那群正在排队等待安检的人。

我没有看见肖艾，心中是一阵说不出的失落和窒息，我终究还是来晚了一步，此刻的肖艾可能已经过了安检去往了候机大厅。

我不死心，想去找机场的服务人员，希望他们能用广播通知肖艾，我不想和她依依不舍地道别，只想将手中那根还有热度的玉米送给她，然后告诉她郁金香路上已经买不到两块钱一根的玉米了，我有幸买到了最后一根两块钱的玉米，而今天的这一根则是涨到四块钱后的第一根，我们完美地做到了承上启下。

就在我准备转身向服务台跑去时，忽然有一个熟悉的身影从地上站了起来，随后她脱掉了外套，走向了安检口。

是她，没错，就是她！

刚刚我之所以没有看到她，是因为她正蹲在地上捡着东西，而在她前面过安检的是一个气质极其好的中年女人，她看上去也就四十岁左右的样子，在肖艾离开安检机穿上外套的时候，她在肖艾的身边说了几句话，她应该是肖艾的母亲，她比实际年龄要年轻了太多。

我不顾一切地大声喊着："肖艾，等等，等等！"

所有人的目光都聚集到了我的身上，肖艾也探身往我这边看了看，我们的目光穿过人与人之间的缝隙，终于交织在了一起。

我冲到了她的身边，伸手将玉米往她那边递去，笑着说道："总觉得还有那么一点儿事情没有做完，原来是忘了在你临走时，送你一根郁金香路上的玉米！"

肖艾看着我，身后的执勤人员不断提醒她不要占用其他乘客过安检的通道，我们能对话的时间因此变得极其宝贵，而肖艾的母亲也停下了脚步，看着我们。

肖艾说了一声"抱歉"之后便侧过身子，尽量给其他人让出走动的地方，她踮起脚从我的手上接过了玉米："谢谢。"

"不用客气，祝你在台北一切顺利！"

地勤人员又示意肖艾要不出去和我说话，然后再排队过一次安检，要不就赶紧去候机大厅。

肖艾似乎也怕这样的离别，她最终选择了过安检，甚至来不及说一句"再见"，只是点了点头，便再次走过了安检机，然后随她的妈妈向候机大厅走去，几步之后她又回头看了看我，之后再也没有停下脚步。

我仰起头笑了笑，心中已然没有了遗憾，只是不知道匆匆告别的肖艾，此刻又是什么心情，会不会在一个我看不见的地方掉眼泪呢，或者只是平静地在上飞机之前吃掉那根玉米？

想起那根千辛万苦送给她的玉米,我的心中又有了一些遗憾,我终究没有能够亲口告诉她,玉米已经涨到四块钱一根了!

独自站在护栏旁,我注视着那架载着肖艾飞往台北的飞机冲进了云层里,发动机巨大的轰鸣声却还在空气里传播着。

我孤独地点上了手中的那支香烟,呼啸而过的风和淅淅沥沥的雨水让我有些狼狈,但我始终也没有表现得太难过,只是将自己的衣服披紧了一些,然后在落雨纷纷中独自站了一个小时。

直到确定她是真的走了,不会再回来了!

…………

回到家,奶奶似乎去隔壁串门了,没有吃午饭的我,便将昨天晚上剩下的年夜饭热了热。吃过饭,我又撑着伞,将昨天晚上肖艾挂在院子里的那些彩灯全部摘了下来,收进了箱子里,我希望有这么一天,还能用它们为小院增添温馨气氛。

锁上门,我便去了咖啡店,我想把时间利用起来,练一练自己调咖啡的手法,即便年初不能立即招聘到合适的咖啡师,自己也能担起重任,将咖啡店运营起来。

快要傍晚时,窗外的雨越下越大,被风这么一吹,便穿过雨棚打在了玻璃窗上,那些肖艾曾经在窗上写下的字便更加模糊了。

我再次撑起那把雨伞,走到咖啡店外,用身体和雨伞挡住了不断打过来的雨水,我只能这么做,因为暂时还没有更好的办法可以保护住这些她留下来的文字,只好这么等待着风雨停下来。

天色渐渐昏暗,雨水终于小了些。我回到店里找了一块废弃的油布,然后用钉子固定在了窗外,这才真正保住了那些字。我笑了笑,拿着锤子和雨伞进了依然没有顾客光临的咖啡店。

我点上烟,就这么坐在吧台的椅子上失神地吸着,我只想时间走得快一些,这样我就能早点回去休息,而睡眠中是没有痛苦和孤独的,就算有,也不会比此时多。

我打了个哈欠,准备调完今天晚上的最后一杯咖啡,便关上店门回去休息。

咖啡店的门终于被人推开,我有些意外,因为来人是陈艺,她的手中提着大大小小好几个礼品盒。

我放下了手中的咖啡,问道:"你怎么来了?"

"今天晚上在叔叔家吃饭,顺便给奶奶买了些拜年的东西,看见你在咖啡店我就进来了。"

"哦。"我应了一声,想起陈艺的确有一个叔叔住在郁金香路,却不在这条老巷子里。

陈艺放下了手中的东西,然后搬了一把椅子在我的对面坐了下来,似乎想和我聊会儿天,她四处看了看问道:"肖艾呢,她不是和你一起过年的吗?"

"走了,今天中午跟她妈妈去台北了。"

陈艺只是稍微惊讶了一下,便恢复了常态。想来,她也知道去台北生活对现在的肖艾而言是最好的选择。她沉默片刻后,又问道:"只是暂时去那边吗?"

我摇了摇头,回道:"不是,以后就留在她妈妈身边了。"

这次陈艺是真的惊讶了，她想说些什么，却又什么都没说，只是将目光停留在了我手中这杯还没有调好的咖啡上。
　　我也趁势转移了话题，对她说道："我在试着调'心情咖啡'，可是怎么也调不出余娅当时调出来的味道。"
　　陈艺有些不解地看着我："为什么一定要调出她的味道呢？她有她的心情，你有你的心情，你调出来的就是属于你的'心情咖啡'，不一定口味就比她的差。"
　　我与陈艺对视着，忽然有一种恍然大悟的感觉，我经营了这么久的心情咖啡，竟然不懂它存在的真正意义，一直在拼命地模仿，难怪最后会离心离德，导致店长为了更好的前途远走高飞，顾客们因为失去了那种自由的感觉而疏远了这里，而我的刻意模仿本身就是一种禁锢。
　　我陷入了沉思中。
　　陈艺没有打扰我，她端起了那杯我还没有完全调出来的咖啡喝了一口，然后咂了咂嘴，说道："我在你的这杯咖啡里喝出了慌乱、迷茫和不知所措的味道。严格来说，这不是一杯会让我愿意花钱消费的咖啡。"
　　"我也没准备和你要钱啊。"
　　陈艺笑了笑，然后一口喝掉了那杯她并不怎么喜欢的咖啡，我在她的这个举动中看到了改变，她比以前直接了许多，以前她只会慢慢品咖啡，不会这么一口闷。
　　各自沉默了一会儿，我们又随便聊了起来。这次，我问道："今年过年有什么安排？"
　　"我有差不多半个月的假期，准备带着我爸妈去三亚走走，那边的天气不错，南京这段时间太阴冷，我爸的风湿病又犯了。"
　　陈艺是个孝女，我发自内心地对她竖了竖大拇指，我羡慕她的家庭，因为和睦又富裕，只要我江桥不在里面横插一脚，陈艺和她父母之间几乎是没有矛盾的。看到了这些，我觉得自己已经渐渐释怀了我们之间那一段短暂却刻骨的爱情。
　　…………
　　时光匆匆，转眼已经是年后的元宵节，我身边的人和事又发生了很多的变化。首先，奶奶回了养老院；赵牧结束了国外项目的考察又回到了南京，我们一起吃了顿饭；咖啡店的生意比年前更差了，甚至有一天，我连一笔生意都没有做成，但是我不会放弃。
　　唯一没有变的是肖总，他还在接受着调查，而每次听到关于他的消息，我都会不自觉地想起肖艾，牵挂她在台北的生活。可就和事先约定的那样，我们断了彼此的联系，她所有的号码，甚至是微信号都停用了。
　　又是一个黄昏，我坐在咖啡店的门口抽着烟，于馨来到了咖啡店，她在我的身边坐了下来，闲聊了一会儿之后，从口袋里拿出两张票递给我，说道："江桥哥，后天是'南京最美创业女性'评选的颁奖仪式，我代表演艺集团受邀成为晚会上的演出嘉宾，你后天有时间的话就去看看吧。"
　　我从她的手中接过了票，有些不解地问道："你给我两张票做什么？"
　　于馨有些不好意思地笑了笑，回道："还有一张请你帮我给赵牧吧。"

我盯着她看，她有些脸红，我因此察觉到一些苗头，这丫头向来热情，善于人际交往，能让她脸红的事情，想必是真正触动她的内心了，我因此觉得她对赵牧那个小子有意思。

开了她几句玩笑，我答应了会帮她把票给赵牧。

临走时，她又想起什么似的向我问道："江桥哥，你最近过得怎么样，会特别想念某个人吗？"

"干吗问我这个？"

"唉！肖艾走了这么多天，一点儿音讯也没有，作为在一起学习生活了这么久的同学，我是挺想她的，不知道作为朋友的你会不会想？"

"不想，一点儿也不想。"

"真的？"

"嗯，真的。"

"好吧，那你当我没问。我走了，记得明天一定要把票给赵牧啊！"于馨说着站起了身。

我点了点头，随后目送着她离开了这条巷子，可是当她消失在我的视线中时，我又想起了肖艾，想起了她曾经很夸张地将腿放在我肩膀上的样子。

希望在台北，她也不要疏于练功，然后能一直这么年轻有活力，这总归是好的！

我仰起头，看着头顶的蓝天白云，仿佛看见她也坐在台北一个公园的草地上，也这么抬头看着我们面对的同一片天空。

我终于笑了笑，然后点上一支烟，深深吸了一口。

第172章 男闺蜜和女哥们

元宵节过后，过年的氛围也渐渐散去，周边的很多公司陆续开工，咖啡店的生意也因此回暖了些，但和去年店长没有跳槽前相比仍差了很多，而过去的这一个多月，咖啡店是亏本经营的，这是自我接手以来第一次亏损。

这糟糕的局势，让我必须要做一次成功的营销活动了，于是这一天我一直闷头待在咖啡店里想着活动的内容。

时间在不察觉中来到了晚上九点，我抬头扫视了一下咖啡店，已经没有了顾客，便准备关门去外面吃点宵夜。

路上，我恰巧遇到了下班路过郁金香路的金秋，她将车停在路边，打开车窗向我问道："江桥，你这么晚还在路上晃荡着干吗呢？"

"吃点宵夜。"

金秋听我这么一说，便打开车门下了车，然后对我说道："那一起吧，我忙了一天，还没顾得上吃晚饭呢。"

"好啊，你提的，你请客呗！"

"小气样！"

"请不请，给句话。"

金秋瞪着眼，回道："江桥，你还真是个奇葩！整个南京，恐怕也就只有你会算计着让女人请客，我真为南京的男同胞感到丢人！"

"你能不能别在性别上做文章，你怎么不说我这是劫富济贫呢？"

"一顿饭就能让你劫富济贫了吗？"

"嗯，吃穷你，信不信？"

金秋似乎很愿意和我较这样的劲，她拿出自己的钱包，对我说道："里面大概有三千多块钱的现金，有能耐你一顿夜宵就把这些钱给吃完。"

我不屑地看了金秋一眼："你是当我没见过世面吗？天目湖一条有编号的鱼头就值这个数了，咱们现在就去凯萨酒店吃去！"

"行啊，我倒要看看你到底有什么神通，现金吃完了，我卡里还有。"

"就喜欢你这么豪爽的样子！"

…………

一路上，尽管我信誓旦旦地要带金秋去凯萨酒店消费，可最终也没有去，我只是将她带到了路边一个还没有停止营业的馄饨店，我要了一碗水饺，她要了一碗小馄饨，便算是今天晚上的夜宵了。

我胃口很好，金秋却一心二用，她一边用勺子舀着汤喝，一边处理着可能是今天积压下来的文件，这中间我们很少交流，就像是两个陌生人在拼桌吃着这顿夜宵。

金秋的手机又响了起来，她拿起看了看，随后便皱眉挂断了，但对方似乎依旧不肯死心，又执着地打了过来。

金秋的表情无比厌烦，她对我说道："江桥，今天我可是给了你腐败的机会，是你自己放弃的，现在我有麻烦了，你能不能念着我前面的爽快，帮我解决这个麻烦？"

"什么麻烦？"

"一个特讨厌的男人，只是有过几次合作，非要追求我，甩都甩不掉！"

我用纸巾擦了擦嘴，说了一声"明白"，便从金秋的手上接过了手机，然后接通电话，轻车熟路地说道："喂，哪位？"

对方明显愣了一下，回道："这不是金秋的号码吗？我是打错电话了？"

"没有，她正在卫生间洗澡呢，你找她有什么事儿吗？"我一边问，一边装模作样地喊道，"你快点洗，我都等你半个钟头了！"

对方又是一阵迟疑，半晌才回道："没事儿，没事儿，就是一些合作上的事情，明天等她上班了再聊。"

我将电话扔给了金秋，笑了笑："搞定了，一个没什么战斗力的渣渣！"

金秋用一种怪异的眼光看着我，她说道："江桥，你这次有点过分了啊，你刚刚和他说什么了？"

我没太在意地回道："说你在洗澡。"

"你呢？"

551

"我在等你啊！"

金秋的语气不悦："你说我们在开房？"

"哈哈，不然咧！我告诉你，对付这种人就得下猛药，要不然他不会知难而退的。再说了，反正他也不认识我，我爱怎么说就怎么说。"

"那你有没有想过，他认识我？"

我将嘴里吃着的水饺猛咽了下去，然后呆傻地看着金秋，赶忙竖起双手说道："我发誓，我不是故意的，我就惦记着能替你彻底解决这个麻烦。再说了，我也没明说咱们在开房啊，谁邪恶谁才会这么想！"

"你还说我邪恶？"

看着金秋快要崩溃的样子，我终于正色道："金秋，我觉得你还是自己正儿八经地找一个男朋友吧，以后不就一劳永逸了吗，帮你这个忙真的挺危险的！"

"你开什么玩笑！三十岁之前我是绝对不会考虑爱情和婚姻的，人生这么宝贵，时间如果浪费在这些上面，简直是犯罪！"

我盯着金秋看了好一会儿。

金秋有些不自在地问道："你用这种眼神看着我做什么？"

"我记得，你上大学那会儿没少让我装你的男朋友吧？"

金秋没有否认，点了点头。

"我那时候也是这么劝你的，你说二十五岁之前不考虑谈恋爱的事情，现在怎么又往后推迟了五年？你是在国外受什么刺激了吗？"

金秋的脸上有一丝痛色，转瞬便恢复了正常，她不耐烦地回道："你别管那么多，做好我的男闺蜜就行了，包管你吃香的喝辣的。"

"别逗了，你那语气，我怎么听都像在怂恿我和你同流合污！不过有你这么一个女哥们儿还是不错，我这人就是喜欢吃香的喝辣的，哈哈！"

"是，我上大学那会儿就已经把你的秉性给看透了。"

我耸了耸肩，然后又有滋有味地吃起了碗里的水饺，而这也是我自肖艾离开后最轻松的一个夜晚，因为有金秋陪我说说话，虽然无关紧要，但总比一个人孤独要好上太多。最近，我最怕的便是那些独自躺在床上的时间，因为心中有太多的渴望，却什么也做不了，这些渴望便化成了折磨我的痛苦和无尽的孤独。

看来，我还是要主动地去多接触一些人。

夜宵吃完时，金秋从包里拿出一张票，对我说道："明天是'南京最美创业女性'的颁奖仪式，你去看看吧，多见点世面没什么坏处。"

记忆中，这是金秋第二次主动要我去拓宽自己的人脉圈了，不过昨天于馨已经以演职人员的身份给了我两张票，于是我回道："昨天已经有个朋友给了我两张票。"

金秋稍显意外，但仍将票放在了我的面前，说道："这张和我那张是连座的，用我这张。颁完奖，我们去看电影。好吗，我的男闺蜜？"

"去呗，你买电影票，我请你吃爆米花，我的女哥们。"

和金秋告别后，我独自向住处走去，路上想起金秋对我以男闺蜜相称便觉得有些好笑，不过这也意味着我们之间的关系，彻彻底底地回到了她没有出国留学前的状态。虽然那时候还没有男闺蜜这么一说，但我确实做着男闺蜜的事情，我们一起聊天、逛街、吃饭、看电影，唯独不谈爱情。

我们之间当然不会有爱情，如果要有的话，早就有了，何必等到现在。而我也不是金秋的菜，我知道她喜欢的是可以在事业上征服她的男人，我却只是一个格局很小的普通男人，至少现在是这样的。

…………

洗漱之后，我像往常一样躺在床上，左手捏着烟，右手放在自己脑后，心中牵挂着的还是那个叫肖艾的女人，不知道此刻的她有没有从肖总被调查的阴影中走出来，和她母亲那边的新家人又是否相处得愉快？

时间就这么一分一秒流逝，恍然中，手机在床头柜上震动了起来，我拿起看了看，是于馨发来的微信消息，倒不是提醒我明天带着赵牧去参加颁奖典礼，而是很莫名其妙地问我要一张这两天拍的照片。

我不解地问道："你干吗要我的照片，我是你男神吗？"

"哈哈，江桥哥，你就别和我开玩笑了。我这不是看你单身吗，想帮你在我们演艺集团物色个姑娘。你就感谢我吧，我们这里可全都是一等一的美女！"

"你这是什么套路？谁告诉你我想找女朋友了？"

"这不是因为肖艾已经不在南京了吗。"

"小姑娘家的别胡说八道！说得我好像和肖艾有一段似的！"

"就许你开我的玩笑，不许我开你的玩笑啊？也太不公平了！"

我不知道怎么回复，索性把注意力放回到了正在抽的香烟上，于馨又给我发来了一条语音消息，她很郑重其事地问道："江桥哥，真不用我给你介绍女朋友吗？"

"不用，我还是比较喜欢安安静静地做你的男神。待会儿给你发张自拍照，你拿去慢慢欣赏！"

这是一句十足的玩笑话，没想到于馨却当真了，她非缠着我拍一张自拍照发给她。我被她缠得没办法，只好很敷衍地对着自己拍了一张照片，然后发给了她。我意外地发现，立在床边的那把肖艾送给我的蓝色吉他也进了镜头。

我终于意识到于馨最近的举动有些奇怪，她似乎有点热心过头了，竟然想起来要给我介绍女朋友，难道我江桥是一个很需要女朋友的男人吗？

我都孤独了整整二十六年了！

| 第173章 | 铿锵玫瑰

次日，我依旧埋头待在咖啡店里，终于制订出新的经营计划。首先，我要丰富店铺的经营内容，提升经营格调。我准备找一些驻场演出的人员，不会很喧闹，只表演钢琴和小提琴等高雅乐器。

另外，店里的客源不稳定，为了让顾客有黏性，采用会员制经营是最好的办法，虽然这么做会破坏原先的经营氛围，但在生死存亡的关键时刻也顾不了这么多了。

还有微信这个平台也要利用上，我要做一个关于店铺的公众号，定期发布一些年轻人喜欢的消息和店铺的活动消息，这样也就算规范化经营了。有时候人必须要做出这样的妥协，因为社会会无情地淘汰掉一个不肯改变的人。

确定了计划，下午我便找到了比较专业的微信公众号推手，我们约定在三天之内完成公众号的创建以及内容的填充。之后我又去广告公司下了五百张会员卡的订单，这两个项目便已经花掉了我六千多块钱，这导致我身上的钱所剩无几。而咖啡店这几天的盈利收入也很少，我陷入了很严重的资金危机中，但我必须咬牙坚持着，只希望能尽快渡过这个难关。

办完了这些事情后，我便给赵牧打了电话，将于馨邀请他去看颁奖晚会的事情转告了他，赵牧起初推辞，但在我的不断鼓动下，他最终还是答应去赴这个约。

…………

黄昏来临时，我和赵牧在金鼎置业办公大楼对面的报刊亭旁见了面。我吸着烟，心中感慨万千地看着眼前这个庞然大物。它似乎倒下了，却又这么结实地站着，它的每一扇玻璃窗都是那么干净，可窗户的后面却充斥着钩心斗角，虽然龌龊不堪，但也承担着数万人的生计。这让我有点看不懂这个世界。

赵牧语气有些失落地向我问道："桥哥，肖艾自从去了台北后有和你联系过吗？"

我下意识地深吸了一口烟，才回道："没有，其实她去台北挺好的，你觉得呢？"

赵牧笑了笑，他说道："只可惜我不是她心里认可的男人，否则我一定会留下她，然后改变她对这座城市的看法。我觉得事在人为，一味逃避只会让生活变本加厉地压榨你，我不想做这样的人，可这个世界也有让我感到无能为力的人。"

赵牧没有说下去，但我知道他口中那个让他无能为力的人是肖艾。我在一阵沉默之后，终于回道："这个世界上没有十全十美的生活，学会适当放弃才会活得快乐一些。"

"有些事情是可以放弃的，但有些人绝对不能轻易放弃，因为一旦失去了她，余生都不会快乐。"

我掐灭了手中的烟，不想和赵牧在这个毫无意义的话题里反复纠结，便搭住他的肩笑了笑说道："不谈这些眼前根本摸不着的事情了，咱们还是先把肚子填饱最实际。走吧，哥请你吃火锅，吃完了还有重头戏。"

黄昏的夕阳下，我搭住赵牧的肩，一起向不远处的火锅店走去，我们走得轻松，可如果生活是一块吸满水的海绵，我们的双腿早已经在上面踩出了无数个沉重的脚印。我们刚刚说过的每一句话都不是废话，也没有对错，只是代表着一个人生活的态度。

…………

"南京最美创业女性"的颁奖晚会在本地一家五星级酒店举行，来到会场看到宣传海报，我才知道今天晚上主持这场晚会的人是陈艺，这让我心中有一种说不清楚的滋味。金秋可以给我这场晚会的票，于馨也可以给，唯独陈艺只字不提。

这样也好，至少证明我们对待过去有着一样的态度，我们都在避免和对方产生交集，尤其是在这种公开场合。

这是一场特殊的颁奖晚会，代表着积极向上的创业精神，所以现场的灯光非常明亮，我看到了许多代表南京最高创业水平的女性，她们衣着闪耀，神采奕奕，言行举止中都透露着创业家的自信和风采。

我第一次真真切切地感受到了自己的渺小和人脉圈的单薄，如果真有心在商界做一番事业，绝对不是我现在这个样子。

赵牧找到自己的位置坐了下来，这段时间的工作经历让他褪去了身上的青涩，很快便与自己身边的一个外国记者用英文流利地交谈了起来。

今天的金秋穿着一身黑色的晚礼服，她的手中拿着一个奢侈品牌的限量版钱包，标准的成功女性配置。再加上她与生俱来的强大气场和美貌，很快就成为场上的焦点。尽管颁奖仪式还没有正式开始，已经有不少人看着她，聊着关于她的事迹了。

金秋和熟悉的人打了招呼后，便整理好自己的裙子，在靠前的位置坐了下来。今天的她绝对是这场晚会的主角，因为她是无可争议的最美创业女性。

金秋在人群中发现了我，笑着向我招了招手，我也回应了她一个笑容。

我是个不喜交际的人，但不怯场，见到通道被拥挤的人群挡住，一把按住座椅的椅背跳到了金秋那边，这个举动引来了很多白眼，但我还是若无其事地在她身边坐了下来，然后抱怨着会场的温度太高，到处弥漫着各种香水和女人的气息。

…………

晚上七点半，晚会正式开始，一袭白色礼服的陈艺和本地另一位很有影响力的主持人登了场，我下意识地看着她。

我们虽然一起长大，但是我很少有机会在现场看到她主持，但我也没有因此觉得更加亲近，反而有一种疏远的感觉，因为我们不可能在这种场合有任何言语上的交流，甚至连眼神的交集也不会有。但我觉得这才是真正的陈艺，一个美丽睿智的女人，为舞台而生。

颁了几个奖项之后，于馨和另一个女歌手合唱了一首《铿锵玫瑰》。她的声线虽然没有肖艾那么空灵，但是高亢的嗓音却将高音部分驾驭得很好，她也是个职业素养很高的专业女歌手，而这首歌也唱出了女创业家们的心声和情怀，赢得了现场很多的掌声。

我也随着众人鼓掌，感叹这真是绽放女性光芒的舞台。一刹那，我觉得于馨也不再是那个缠着我为她介绍演出机会的懵懂女孩了，她的勤奋和过硬的专业知识，一定会让她在这个行业有一席之地的。

我又下意识地回头看了看赵牧，他也在为舞台上的于馨鼓掌加油，可眼神中依旧是笃定和沉稳，并没有我那种恨不能将手拍肿了的热情。

我们的确不是一类人，我过于性情，他天生沉稳。

…………

两个小时过去，晚会终于迎来了重头戏，陈艺开始宣读"南京最美创业女性"第一名的颁奖词，她介绍道："她是一位留学归来的高学历博士，回国后在短短半年的时间内，勇于为行业发声，引领行业潮流，打破行业桎梏，成为新一代女性创业的楷模。让我们用最热情的掌声祝贺美貌与智慧并肩的玫瑰，金秋！她是今天晚上最美的创业女性！"

说完这些，陈艺带头鼓掌，金秋也从容地站起身，双手合十向那些祝贺她的人表示感谢，然后迈着有力的步伐向颁奖台走去，她在第一时间与陈艺贴面拥抱，陈艺小声地在她耳边说着祝贺的话，到场的媒体也纷纷在这个时候将镜头对准了这两位在各自的领域闪闪发光的女性。

我心中有一股热血在涌动，她们激情如火，从容大方，那么我一个男人还有什么理由不努力、不奋斗呢？在这股热血的驱使下，我的掌声更加热烈了，我渐渐理解了金秋的良苦用心，她希望我不要输给这些女人，我该在短暂的人生中激情如火，总有一天我会拥有比她们更加闪亮的舞台。

金秋从副市长的手中接过了代表着最高荣誉的奖杯，她将奖杯托在手中，穿过众多的目光给了我一个激励的眼神，这才看了看奖杯说道："此刻，我觉得手上的奖杯很重，但不觉得自己是这次活动的胜利者，因为人生的每一个阶段都是暂时的，在座的姐妹们也都很优秀，下一个阶段或许就不是我站在这里了！另外，我觉得最美创业女性的评选绝对不是女性之间的互相攀比，而是代表着新时代女性的独立和自主，所以这个荣誉是属于所有创业女性的，希望未来的日子能与大家共勉，为社会创造更多的价值！最后，感谢举办方，感谢领导，感谢同行，感谢所有姐妹，我会继续加油的！"

金秋就是这么一个从容、得体、逻辑严谨的女人，她是天生的领导者，短短几句话便引起台下所有女人的共鸣，将今晚最热烈的掌声献给了她。而我在这雷动的掌声中，仿佛看见了几年前在辩论会上舌战群儒的她。

我佩服她，尊敬她，信任她！

…………

颁奖晚会终于迎来了结束的时刻，金秋捧着奖杯来到我的身边，笑了笑对我说道："怎么样，参加完这个颁奖晚会有什么感觉？"

"挺震撼的，原来玫瑰不仅可以柔情似水，也可以激情如火！"

"呵呵，可主导这个社会的还是你们男人！"

"加油吧，铿锵玫瑰，你就是一个为了挑战而生的女人。"

金秋笑着，然后拍了拍我的肩回道："先不聊这些压在我身上的重任，咱们之前说好去看电影的，这事儿你还认吗，我的男闺蜜？"

"认啊，等我十分钟，我去找于馨聊点事情。"

"嗯，我正好去后台换衣服。"

…………

我在会场里找到了已经换好服装的于馨，我对她说道："给我十分钟时间，我和你聊点事情。"

"江桥哥，只能给你五分钟，赵牧在外面等我一起去吃夜宵呢，我可不能让他等太久！"

"……"

"还有四分钟了！"

我哭笑不得，但也能理解，因为我也曾爱过一个人，害怕她等我，什么事情都站在她的角度去考虑，于是我点了点头，挑重点说道："我想和你说咖啡店的事情。我希望你能帮忙找一些演奏水平比较高的朋友到我的咖啡店驻场演出，咖啡店现在挺困难的，迫切需要丰富经营内容。"

"好啊，你的忙我一定尽全力帮！"

"嗯，赶紧去找赵牧吧，别让他等太久。"

于馨准备离开，却又忽然停下了脚步对我说道："江桥哥，如果肖艾还在南京，你还用为这些事情犯愁吗？我们这些同学中，谁也没有她的气质和音乐天赋，如果她能去驻场演出，就是最好的广告。"

我心中涌起一阵难言的伤感，却没有用任何言语去表达，只是对于馨挥了挥手，示意她赶紧去找赵牧。

于馨在下一刻转身离去了，我看着退场的人群有些恍惚。我又想起了肖艾，想象着她还在我的身边，我做咖啡师和甜品师，她白天做孩子们的老师，晚上为我驻场演出，我们将咖啡店经营得红红火火。

我低头笑了笑，这无法实现的美丽画面，恰恰是我伤感的源头，有些人走了就是走了，不会再回来了。

…………

"江桥，你雕像似的站这儿，想什么呢？"

金秋的出现，终于将我从伤感的情绪中抽了出来，我看了看她，拿出手机说道："今儿个高兴，电影票我买，喝的我买，爆米花也是我买。"

金秋挤对道："江桥，你这突然爆发的土豪气息，简直让我不敢直视！"

"哈哈，爆米花大份，饮料大罐，管你吃饱喝足，再让你看看我们普通人是怎么奢侈的。"

"真奢侈，你那爆米花都是钻石切工吧？可别闪了我的眼睛，回头电影都看不成了！"

"那咱们低调点？"

金秋捎了捎我的胳膊，没好气地说道："你再这么臭贫下去，咱们连十点半的夜场都赶不上了。"

我呼出一口气，想忘了今天晚上的所有震撼和遗憾，下一刻便拉着金秋往出口处走去。而陈艺也从另一个门走了出来，我们打了个照面，却没有说"你好"，便各自往自己想到达的方向走去。

第174章 雌雄大盗

走出酒店，我和金秋并肩而行，我们的脚步都不算快，因为难得遇到了一个月朗星稀的夜晚，阵阵风吹来都透着一丝春天的暖意，让人不禁向往着可以喝啤酒、吃烧烤的夏天。而这个冬天似乎太久了，以至于我最近的身体和灵魂都有点发僵。

金秋也不急着开车，她拿出一支女士烟给自己点上，然后靠在车门上吸着，我则在想着咖啡店的事情，我已经在顾客黏性不够的问题上吃过亏，所以在思考着有没有什么活动能够增加顾客的忠实度，而以前的经营策略又是不是需要全部推倒重建？

"想什么呢？"

"咖啡店经营的事情。"

金秋开门见山："你那家咖啡店已经病入膏肓了！首先，郁金香路上的商圈很小，基本上有需求的顾客，多少都曾经在你们咖啡店消费过，现在他们不去消费了，证明咖啡店已经过气。而郁金香路又属于比较偏的街区，人员流动性相对小，市场活力欠缺，你所有的营销活动只能围绕这些老顾客去做，他们既然已经觉得你的咖啡店满足不了他们的需求，就很难再重新接受。我觉得这比开发新客户要难太多了，而且你根本没有新客户可以开发！"

金秋的分析一针见血，可我心中还是不想放弃，我总是会想起那些年自己和陈艺在这家咖啡店里进进出出的画面。疲惫时，在那里喝一瓶啤酒，走着神坐一会儿，就会有很舒服的感觉；还有肖艾在玻璃窗上留下的字迹，我现在都已经能背下来了。我因此固执地认为，这条巷子里绝对不能少了心情咖啡。

我原本还想和金秋借一些钱，维持住咖啡店的经营，可是她坚决不支持的态度，扼杀了我借钱的想法。我只能告诉自己，天无绝人之路，再熬一熬就会好了。

…………

电影院里，我和金秋坐在比较靠后的位置，因为是晚场电影，所以人并不是很多。我们一边看着电影，一边聊着天。

我吃爆米花的方式和金秋不一样，她是一粒一粒地吃，我是一把一把地抓，很快就让一桶爆米花见了底，金秋看了我一眼，打掉我的手，不满地说道："把爪子拿开，有你这么吃东西的吗？"

我没理会，假装回头看东西，金秋也下意识地随着我回过头，我又趁机抓了一大把，然后塞进了嘴里。金秋怒了，骂道："江桥，你要不要脸，就你这样，还好意思说请我吃东西！东西都被谁吃了？"

我嬉皮笑脸地回道："你是南京最美创业女性、优秀青年创业家，好意思和我一个无业游民斤斤计较？还是为了一桶爆米花！真不怕掉价。"

金秋看着我，那表情恨不能将装爆米花的桶扣在我的头上。

这时，坐在我们前排的一对情侣在忘情地拥吻着，我计上心头，用安抚的语气说道："别和哥们儿来气了，我这就给你再弄一桶，你慢慢吃。"

我一边说，一边猫着腰，神不知鬼不觉地将前排那对情侣还没有动过的爆米花给拿了过来，然后理了理衣服，若无其事地坐回到了金秋的身旁，又将偷来的爆米花递给了她。

金秋压低了声音，说道："你这么干真的好吗？"

我表情很夸张地回道："我是代表正义向他们收点罚款，师出有名，怎么就不好了？你说说看，电影院是个讲公德的地方吧，可你看看他们在干什么？后面的观众还看不看电影了啊？"

金秋哭笑不得地看着我，半晌才回道："你说得这么有理有据，我要不吃，显得我这个人特别没有正义感！"

我跷起了二郎腿，也不看金秋，而是一本正经地说道："吃吧，吃没了，我再去弄。反正这个世界上最不缺的就是没公德心的人，我辛苦点，就当为和谐社会添砖加瓦了！"

金秋没有理会我的胡说八道，继而抱着偷来的爆米花吃了起来，我又凑到她的耳边，小声问道："跟着我混，有没有雌雄大盗的感觉？"

金秋嫌我烦，依旧没有搭理我，于是我趁她不注意又狠狠从桶里抓了一大把爆米花，然后塞进了嘴里。而这时，在前面深情拥吻的那对情侣终于发现自己的爆米花不见了，于是回头看着我和金秋。

金秋心理素质过硬，我也不差，两人以平静的姿态一边吃着，一边看着有些无聊的电影，仿佛这个世界与我们无关，电影也与我们无关，他们的怀疑更与我们无关。

…………

晚场电影看完，已经是深夜的十一点半。在我的记忆中，除了夏天，我已经很久没有在这么晚还晃荡在这座城市的中心了。让我感到惊讶的是，即便已经是深夜，这座城市还是那么闪亮，那么充满诱惑。我看见很多和我们一起出来的情侣或走向停车场，或在路边等着往来的出租车，也有那么几对情到深处的情侣，眨眼间便一头扎进了电影院对面的酒店，即将享受这个夜晚带来的销魂。

今晚一直没有抽烟的我，终于给自己点上了一支烟。此刻，我的心中是有遗憾的，我和陈艺有过那么一段短暂的爱情，可是我们竟然连一场电影都没有一起看过，这算不算是遗憾呢？

我自我否定般地摇了摇头，这个世界上并没有所谓的遗憾，只是变化太快，我们来不及转变和适应罢了。

金秋开来了自己的车，她示意要送我回去，我却拒绝了，我还是喜欢在夜深人静的时候，独自走走。孤独和安静都是夜晚赐予我的礼物，我会因此觉得那些已经远离的人都还在身边，她们陪我欢声笑语，陪我看淡世事。

我忽然很想给远在台北的肖艾写一封匿名信，可是我却不知道她现在的地址，就像每天都要坐的地铁，在最需要的时候错过了两分钟，这种感觉真的很难过。

…………

次日，咖啡店里依旧冷清，我独自守着空荡的店铺。

因为只有两个客人光顾，所以有些无聊的我，便在纸上写写画画，一会儿画一株向日葵，一会儿又在向日葵的旁边画了一朵郁金香，越来越多的花便呈现在了原本空白的纸上，虽不敢说栩栩如生，但也有模有样。

咖啡店的门被推开，来人是于馨，我顿时精神一振，迫不及待地向她问道："我让你介绍朋友来这边驻场演出的事情，你办得怎么样了？"

于馨站在吧台旁，四处看了看后回道："咖啡店的生意，现在都差成这个样子了？"

"嗯，店长的离职对咖啡店的影响太大了，我自己调咖啡的水平也不行，所以嘴刁的顾客都不怎么来了！"

"江桥哥，我说一句话你可别生气啊！就咖啡店现在这个样子，你找一些驻场的人来制造气氛也没什么用，你知道的，表演只能锦上添花，不可能雪中送炭。"

"我也有其他想法的，慢慢来。"

于馨点了点头，回道："我联系了一些以前的同学，他们愿意偶尔来玩玩，不收费，自带乐器。不过，你这儿还缺一架钢琴吧？这东西可不是能随身携带的。"

"我去买。"

"稍微有点档次的钢琴可都是要上万的！"

我很坚决地回道："该花的钱必须花。"

"好吧。"

我给于馨调了一杯花式咖啡，让她试试我的手艺，然后又和她聊了起来，她对我说道："对了，江桥哥，上次我给肖艾送来的那些东西，她拿走了吗？"

"没有，她说不要，都留在我这儿了。"

"哎哟，那太好了，她的那块手表我喜欢很久了，你卖给我吧。"

"你要喜欢就送给你好了。"

于馨表情很认真地回道："江桥哥，你觉得我是一个喜欢占小便宜的人吗？"

"我觉得你是个挺独立自主的姑娘。"

"你这么认为就对了。"于馨说着便从自己的包里拿出了一万块钱，然后放在我的面前说道，"我占点便宜，一万块钱买这块表了。我知道肖艾自从买了以后，其实也没戴过几次，就和新的一样。"

我带着疑惑向她问道："你都随身带这么多现金的吗，还是早有预谋要买这块表？不对啊，你又不知道肖艾到底有没有拿走这些东西。"

"你想多啦，这一万块钱是我刚和一个演出公司结算的演出费，知道肖艾的东西留给你了，我正好就赶巧买了呗。呵呵，这是不是说明，这块手表注定是属于我的啊？"

我看着于馨，半晌回道："不是，我总觉得天上掉一馅饼，就莫名其妙地砸在我身上了。我现在还真是挺缺钱的，我确定你这是雪中送炭！"

于馨笑了笑，说道："那你就收着吧，明天把手表给我。"

我点了点头，随即收下了于馨的一万块钱。我万万没有想到，即便这一生和肖艾很难再有交集，但是她仍以这种不可思议的方式帮了我的忙，这让我觉得她一直没有走远。

560

我终于向于馨问道:"肖艾去台北以后有和你联系过吗?"

"我前两天才问了你这个问题,你现在又反过来问我了?"

"假如她昨天和你联系了呢?"

"哪有那么多假如,我倒是真给她发过好几条微信消息,可是她从来没有回过。所以我估计那个微信她已经不用了……"说到这里于馨笑了笑,又问道,"你告诉我,你是不是想她啦?"

"没有特别想,就是想给她写一封信。"

"想写就写呗!"

"可我往哪儿寄啊?"

"先留着,等哪天她和你联系,给你地址了,你再一起寄给她。"

我叹息道:"唉!过去没有飞机,但车马自由,人与人的交往全靠书信。你知道的,过去人基本有了家后,就不再四处漂泊了,哪像现在人,动不动就是什么南京啊、台北啊的,很没定性!弄得别人有信都不知道该往哪儿寄。"

于馨白了我一眼,说道:"你是在暗指谁啊?"

"我没有暗指,就是泛指。"

于馨又给了我一个白眼,然后对我说道:"你这就是闲出来的毛病,我可没时间陪你了,明天晚上我来找你拿手表。"

说完于馨便离开了咖啡店。我又从吧台的抽屉里找到了一张白纸,开始给肖艾写起了信,可是想了半天也不知道该写一些什么,然后又觉得不该这么做,因为我并没有自己想象中那么孤独,所以根本不需要用写信来打发时间。

我又将自己的注意力放在了店铺的经营上,于馨给的这一万块钱让我得以喘息,当即便编辑出了一个微信活动,然后来到仅有的两个顾客面前说道:"两位,这条朋友圈你们能帮我转发一下吗?只要发出后,这条朋友圈下面点赞的人数超过五十位,我们店可以免费送一套咖啡器具。当然,主要目的还是想请你们帮帮忙,因为最近咖啡店的生意很不好,需要这样的宣传。"

其中一位客人笑了笑,道:"你找我们就对了,我们的朋友圈里,很多都是咖啡爱好者,闲来没事就会聊聊咖啡文化,这样的广告如果做得好,还是很容易吸引特定消费群体的。不过,老板,我也得提一点儿意见,你们咖啡店自从原来的店长走了之后,这咖啡的口味实在是不敢恭维。这个活动如果做起来了,却没有好的咖啡师做支撑,那会是一件很可惜的事情!另外,我建议你可以把这家咖啡店打造成南京真正懂咖啡的人的聚集地,据我所知,南京还真没有咖啡文化做得特别好的咖啡店,这是一个不错的经营方向,你觉得呢?"

我沉思了片刻,终于很诚恳地回道:"对,这是一个很好的经营方向,不过关于咖啡文化,我自身的积累并不够,我需要先充实自己,尊重咖啡文化,了解咖啡文化,才能为咖啡文化爱好者打造一个专业的交流平台!"

"是这个意思,作为消费者,我们很需要这样一个平台,你加我们微信吧,然后把广告消息发给我们,我们帮你转发。"

"那太感谢了!"

顾客笑了笑，回道："老板，你不用和我们太客气，我们对这个咖啡店也很有感情，在这里消费都两年多了，一直很喜欢这里的清静。这里独特的地理位置，很容易打造出一个有灵魂的咖啡店，你也不要着急，慢慢来，生意会好的。"

我向两位顾客表达了自己真诚的感谢，随即回到吧台，从收银柜里拿出了那一万块钱。

肖艾就好像是我的福星！这一万块钱，我将用来买一批比较专业的咖啡器具，然后回馈给那些喜欢咖啡文化的顾客。多年的策划经验给了我强烈的预感，如果我能针对这些特定的咖啡文化爱好者做好营销活动，咖啡店一定能够起死回生。

我的热血在沸腾，因为自己迷茫了这么久后，终于有了明确的经营思路。

|第175章| 结婚

因为明确了经营思路，这个夜晚我在咖啡店一直忙到半夜，我开始恶补咖啡文化，准备近期就在咖啡店里举办一个关于咖啡文化爱好者的沟通交流活动。策划活动是我的强项，仅仅一个晚上我便制订了很周密的活动计划。

店铺打烊，我站在幽静的巷子里结结实实地伸了个懒腰，然后尽情地呼吸着夜晚清新的空气。当我抬起头时，整个世界都仿佛在我的视线中缩小了，我相信不管是在南京或是台北，天上的月亮都是这个模样，这个世界其实是没有距离的，只要两颗心靠在一起，抬头看着天空，便也是一种相见，而星辰和月亮就是最好的寄托。

次日，又是一个气温接近零上二十摄氏度的艳阳天，我刚起床便接到了罗素梅的电话，她说家里的洗衣机坏了，让我帮着送到家用电器修理店铺。

实际上，我当初在婚庆公司工作时，经常替老金家做一些类似的体力活儿，不过自从离开后，他们就很少叫我做这些琐事了，所以这让我有点意外。

早上咖啡店基本没什么生意，吃了早饭之后，我便开车去了老金家。罗素梅很热情地给我煎了两个鸡蛋，尽管我已经吃过饭了。

小事情里见真情，老金一家是把我当家人的，年轻力壮的我当然也不介意为他们家干一些体力活儿。

我端着碗，站在阳台上，一边吃一边向正在逗鸟玩的老金问道："金秋呢，这么早就去上班了啊？"

"她就是忙，天天我们还没起床，她人都去公司了。"

我由衷感叹道："她确实太拼了"

老金忧心忡忡地回道："可不是吗，我和你阿姨劝了她多少次了，就是不肯听。要按照我说，婚庆公司有现在这个规模就够了，摊子摆得越大，人是越劳神啊！"

"你要是对她就这么点期望，当初还干吗费尽心思把她送到国外去留学啊？"

老金有点语塞地看着我。

我笑了笑，然后将碗里的半个鸡蛋一口吃了下去，放下碗后，便去卫生间搬起洗衣机，向屋外走去。

　　别说，老金一家还真没有人能干这个事情。

　　…………

　　花了一个上午的时间，我又开车将修好的洗衣机送回到了老金的家里，罗素梅买了不少我喜欢吃的菜，留我在她家吃午饭，我当然是求之不得。

　　等午饭的空隙，我又将金秋房间里那个已经坏了有一段时间的灯泡给换掉了，又修好了洗漱池旁有些轻微漏水的管道，这才点上一支烟，坐在客厅的沙发上休息着。

　　老金坐在我的对面，也给自己点上了一支烟，他感叹道："我从工作岗位上退下来也有好几个月了，还是不太习惯闲在家里的生活，你阿姨也是，总感觉这日子过得使不上劲！"

　　老金话里的意思我没太往深处去想，便回道："你和老板娘也辛苦了半辈子了，现在好不容易闲下来，就全国各地走走，人的眼界开阔了，心也就大了！"

　　老金看着我，语气不太高兴地说道："别'老板娘''老板娘'地喊，弄得我老金像个坏老板，退休了还指派你江桥来家里干这干那的！"

　　这突然转变的态度让我有点摸不着头脑，半晌才回道："我这不是喊习惯了吗？"

　　"我和你爸可是生死之交，你阿姨也不是外人，我们这都退休了，以后就别弄得这么生分了。"

　　这也不是一件需要抬杠的事情，我便顺着老金回道："叔，知道了。"然后又扯着嗓子对还在厨房里面忙碌的罗素梅喊道，"婶，我肚子饿得不行了，您给煮快点！"

　　"快了，再等一刻钟，你先陪你叔聊会天儿。"

　　我应了一声，又冲老金笑了笑。在这间屋子里，我确实从来没有拿自己当过外人，虽然老金和罗素梅都是有一定社会地位的人，但面对他们的时候，我却从来没有那种不自在的感觉。

　　我又因此想到了陈艺的父母，每次和他们一起吃饭，我都会因为和他们没有共同语言而沉默，甚至酒喝多一点儿也会被训斥，久而久之也就不去他们家吃饭了。在我的眼中，他们始终是两个充满威严的长辈，这种情绪有时也会延伸到陈艺的身上，让我觉得自卑，让我不敢对她有非分之想。

　　我低着头，又深吸了一口烟，苦涩地一笑，我和陈艺走到今天这一步，绝对不是偶然。我们之间隔着一座高架桥的距离，而通往高架的阶梯早已经被世俗里的贫富贵贱给腐蚀了。我们只能一个在充满坑洞的地面，一个在缭绕着灯光的桥上。

　　而永远也上不去桥的我，又怎么舍得陈艺从那么高的地方跳下来呢？

　　也许，只看到表面的人会质疑我对陈艺的爱意，可只有我自己知道，我永远也不会忘记陈艺，忘记爱恋着她的这么多年。

　　想起这些，我心如刀绞。

　　…………

老金掐灭了手中的烟，给我倒了一杯茶，又语重心长地对我说道："江桥啊，叔还是想和你聊一聊那件事。我是这么想的，以后你和金秋结婚了，就把你奶奶接过来一起住，反正你婶和我都有时间照顾老人家，到时候咱们换一套大一点的房子。对你江桥来说，还有比这更好的生活方式吗？"

　　老金的话让我心中莫名一动，这些年我亏欠奶奶实在是太多了，江继友可以不孝，但我江桥不能不孝！可是，这完美到无可挑剔的选择背后，却是一种无法用言语去形容的伤感，让我觉得自己就是生活中的一件衣服，只是被别人的手裁剪出来的，我不能自主选择，也没有自由。

　　在我的沉默中，老金又语重心长地说道："江桥，你要学会选择生活，不要总是让生活选择你，娶我们家金秋，真的不委屈你！"

　　我抬头看着老金，他现在的样子和以往有些不同，粗人一个的他，竟然能说出这么细腻的道理！这些年，我倒真是小看他对生活的理解了，也或者我们爷儿俩从来没有真正交心地谈过。

　　我终于回道："能娶金秋是我攒了几辈子的福气，可是她太要强了，我们真的不是能在一起过日子的人。"

　　老金顿时又恢复了以往的粗鄙，破口骂道："你这个兔崽子，马上奔三十去的人了，话要放在后面说，不放在前面说的道理还要人教吗？我老金低声下气地要把这么个宝贝姑娘嫁给你，你还跟我在这儿扭扭捏捏，简直和你老子一个德行！"

　　我没什么脾气地应了一声："骂得好……"停了停，又补充道，"我是说你骂江继友骂得好，他活该被骂！"

　　老金被我气得面红耳赤，半晌才又问道："你少和我胡说八道，这事儿你好好想想……"

　　"叔，结婚是两个人的事情，就算我想入赘到你们家，也得金秋愿意嫁吧，你老这么盯着我一个人做工作，这不是缺心眼吗，还是因为我是软柿子好捏啊？"

　　"谁告诉你我没做金秋的工作了？难不成还让我闺女去倒追你吗？"

　　我叹息道："唉！我们的世界你是真不懂啊！"

　　老金阴晴不定地看了我一会儿，忽然也不急了，语气很是平静地对我说道："江桥，感情都是处出来的，就算你不为自己着想，也多替老太太想想。这么多年，她一个人不靠家、不靠亲地在养老院过，心里是什么滋味，你真的知道吗？就算我和你婶有心替她养老，也得有个名正言顺的理由，是不？"

　　我心中又是一动，竟有些渴望这段被安排的婚姻。这些年，我真的害怕见到奶奶，因为我知道她在养老院生活是一种什么样的心情。

　　老金又趁热打铁："做事情讲究一个天时、地利、人和，要是放在从前，我也不敢说把老太太接过来住的大话，可是现在金秋接手了公司，还发展得这么好，我和你婶才有精力和时间照顾老太太。另外，你和金秋结了婚，她身边也有一个帮衬，我们也实在是舍不得她自己一个人扛那么大的公司。你说，这事儿如果成了不是皆大欢喜吗？你自己摸着良心说，要不是我们两家是世交，一般家庭谁能接受一个腿脚不便的老太太？"

沉默了足足有五分钟，我终于对老金说道："叔，你让我好好想想吧。"

"嗯，想好了就告诉叔和婶，咱们找个合适的日子把这门亲事给办了！"

"结婚、结婚、结婚"……我的大脑里反反复复地冒着这个词。曾经，我一度觉得它离我很远，可此刻又是如此近。如果我愿意，只要金秋再点一个头，我们很快就将成为这世俗世界里的一对结发夫妻。

…………

这时，屋门被打开了，穿着一身职业装的金秋出现在了我和老金的面前，我仔细地打量着她，这个未来可能会成为我江桥妻子的女人。

她竟是如此好看，虽然这种好看掩盖不了她性格上的锋芒，但这种锋芒从另一面看，也是一种人格魅力。

我的心有了一丝丝动摇，我不想奶奶在养老院里生活了，我想要一个家。就和此刻远在台北的肖艾一样，她有了自己的家，或许很快就会嫁给一个爱她的优秀男人，而我比她更快，因为在外力的推动下，一个理想家庭的轮廓已经呈现在了我的脑海里。

…………

吃过饭，尽管金秋表示她很忙，但老金还是要我们去楼下走走，我和金秋拗不过他，就这么相对无言地走在了小区那条林荫小道上。

走到一个供居民休息的亭子旁，金秋停下脚步向我问道："江桥，我爸又和你提咱俩结婚的事情了吧？"

"嗯。"

金秋敏锐地注视着我，又过了片刻才说道："我怎么感觉，你这次不是很排斥？"

我与金秋对视着，可最后还是先转移了目光，然后回道："因为他说了我很认同的理由。"

金秋的表情有些无奈，她点上一支女士烟，便陷入了沉默中。

她终于在烟快要吸完时，对我说道："江桥，如果你也觉得我们可以结婚，我会嫁给你，但是以后你一定会后悔的。我可以用我的一切保证！"

我惊讶地看着她。

金秋又笑了笑，然后很诚恳地对我说道："江桥，一定不要答应他们结婚的事情，好吗？"

"如果你不愿意，我绝对不会勉强的。不过，你要和你爸开诚布公地说说自己真实的想法，要不然他老这么盯着咱们，也不是一件好事。"

"没有用的！"

我看着金秋，她的眼神里仿佛藏着许多我不知道的事情。

"江桥，你现在有正在交往的女朋友吗？"

我摇了摇头，因为确实没有。

"那我们假装交往吧，我被我爸弄得快受不了了，这已经严重影响到了我现在的工作状态！我们可以先应付着，但我保证不干涉你的私生活，你喜欢哪个女人，你可以放心大胆地去追求，行吗？"

一阵犹豫之后，我终于点了点头，我和金秋都有自己的无奈和向往，相比于那些在逢年过节时租男女朋友回家应付家长的人来说，我们这么做，实在不算什么。

可就像金秋说的那样，如果我愿意娶她，她一定会嫁。此刻我心里的想法也一样，如果她愿意嫁，我也会娶。

可是我们始终都跨不出这一步，我更辨不清，如果我们真的结婚了，到底是生活的赢家，还是会输得一败涂地。

…………

这个下午，我一个人闷在咖啡店里，翻来覆去地想着陈艺和肖艾，却不知道自己为什么要在这个时候想起她们。

黄昏如期而至，昨天给我建议的两位忠实客户，又带了另外几个人来咖啡店里消费。片刻之后，于馨也带着小提琴来到了咖啡店。

我在悠扬的琴声中有些恍惚，刚刚过去的那个中午，到底只是一场梦，还是真实发生过的事情呢？我竟然清晰地看到了一段看上去完美无缺的婚姻。

我又苦涩地笑了笑，如果让陈艺知道，我差那么一点点就会和金秋结婚，她将是什么心情？会不会祝福我呢？

还有肖艾呢？

第176章　人情冷暖

夜晚来临前的咖啡店，零零散散地坐着五六位顾客，人气虽然很低，但也不至于让于馨的表演感到尴尬，她拉着小提琴，轻柔地演绎着那首堪称流行经典的《因为爱情》。

我入神地听着，心中不禁又想起了一些画面，这些画面很真实，因为就是几年前发生过的。

那天下着雪，我陪陈艺去商场购物，准备回去时，商场的巨型显示屏上播放的就是这首歌的MV，我和陈艺都停下了脚步，然后站在落雪中看了许久。

就是这么一件平凡的小事，此刻却主导着我的情绪，我转动着还有温度的玻璃杯，看着窗外沉默了很久。

于馨收工了，她将小提琴放回到琴盒里，几位顾客很礼貌地将掌声送给了她，我也送给了她一杯热的卡布奇诺。

"辛苦了！"

"不辛苦，反正最近也没什么演出，挺清闲的，就当来玩玩呗。"

我从钱包里抽出二百块钱递给于馨，说道："市场价，一个小时一百块钱，两个小时二百块钱。"

于馨笑了笑，回道："市场价针对的可是那些没有正式工作的自由音乐人，我现在出去跑一个场子，省内是三千块钱的演出费，省外六千，你得按照这个标准给。"

我有点咋舌，激动地说道："做人不要太心黑！"

"哈哈，我可没有心黑，是你这个人太爱计较了。我上次来就和你说了，不管是我，还是以后带朋友来玩，都是友情演出，不收费的。你非要拿这二百块钱来寒碜人，有意思吗？"

我被于馨说得有点尴尬，于是，那递不出去的二百块钱，在我手上好像成了烫手的山芋。

于馨从我手中抽出钱，然后又装回到了我的钱包里，对我说道："好啦，你咖啡店现在这么困难，每天能不能赚到二百块钱还不好说呢。再说，以前你和肖艾也帮了我那么多的忙，人情不都是互相往来的吗，这样其实挺好的。"

我看着于馨，不知道我和肖艾帮她的忙是否有必然的联系。

还没等我想明白，于馨便伸出手对我说道："江桥哥，肖艾的那块手表呢，你答应今天带给我的。"

"带了。"我说着便从自己的口袋里拿出了那块小巧精致的手表，递给了于馨。

她喜滋滋地接过，放在手上反复地打量着，看样子是发自内心地喜欢这块手表。

我笑着对她说道："奢侈品对女人的吸引力我还真不能够理解。"

于馨将手表放进了自己的皮包里，表情特别认真地看着我，半响才回道："没有办法，进了这个圈子，经常有机会参加一些高端的社交场合，没有这些东西包装自己，真的会被别人笑话的。"

"那个圈子有那么势利吗？"

于馨用力地点了点头，又叹息道："是啊，我们这些出生在普通家庭的姑娘硬挤进那个圈子，心里其实还是挺自卑的。不过有时候为了生活，只能硬着头皮做一些自己不喜欢的事情啦！"

我看着于馨，这才发觉，原来她也不是多么喜欢肖艾那块手表，她真正渴求的是自己能够有尊严地融入那个圈子。

于馨在沉默中喝完了我给她调的咖啡，她的目光停在了肖艾曾经用眼线笔写出来的字迹上，虽然有些已经被雨水淋得很模糊，但仍有一些保存得很完整，她问道："江桥哥，这些字是肖艾写的吗？感觉和她的字迹很像！"

我点了点头，也随着于馨的目光看去，心中不禁又想起了肖艾。

在我心中，她是一个有点孤独的女人，所以最近想起她时，都是想象她一个人坐在海边，看着夕阳渐渐下落。当然，这只是我的想象，现实中真不知道她过着什么样的生活，偶尔会不会想起在南京的一切。

我点上一支烟，眯着眼睛向咖啡店的外面看去，她仿佛就站在窗外，骑着她红色的单车，在向我挥手微笑，我因此感到亲切。

我知道这只是错觉，但我真的有些想她了。

于馨不知道是有心捉弄，还是有其他什么想法，她又将自己的小提琴拿了起来，然后拉出了那首歌名为《怎样》的旋律。

我强大的想象力又开始在那婉转的旋律中运转了起来，仿佛肖艾就在我的耳边附和旋律唱着："我这里天快要黑了，那里呢？我这里天气凉凉的，那里呢？我这里一切都变了，我变得懂事了，我又开始写日记了，而那你呢……"

听着听着，我差点掉下眼泪来，赶忙憋了回去，然后又对于馨说道："你走，赶紧走，别在我这儿捣乱！"

于馨大笑，手上的动作却没有停止，以至于有些走调。可是在我的想象中，这首歌肖艾依旧唱得那么婉转动听，让我的心都酥了。

…………

于馨走了，我独自坐在吧台吸着烟，忽然觉得自己是一个很垃圾的男人，如果有一天我真的和金秋结婚了，却因为这么一首应景的歌而如此深刻地怀念肖艾，那我岂不是朝三暮四？

可是直到现在，我仍不愿意承认自己和肖艾发生的一切是基于爱情而产生的，我们只是同病相怜，把孤独作为彼此沟通的纽带，才会相处得这么认真。

心情渐渐平复后，我终于带着自己做好的策划案来到了昨天那两位顾客身边。询问之后，他们也对我的活动比较感兴趣，我便细致地讲解给他们听，当即得到他们的认可。他们表示会将这次的活动推荐给自己身边的咖啡爱好者，并请那些人帮忙一起传播，从而保证活动的效果。

次日，我便用于馨买表的那一万块钱，买了许多活动用品，剩下的三千块钱则去附近的琴行租了一架钢琴，本来琴行是没有租赁这项服务的，但架不住我的软磨硬泡，老板才同意以三千块钱一年的价格将钢琴租给了我。这一万块钱的效用被我发挥到了极限。

…………

又过了两日，我终于打听到了南京本地一个职业水平非常高的咖啡师最近有意向跳槽，我深知自己能吸引他的筹码不多，便准备带着咖啡店的股份去和他谈，并告诉他会将这家心情咖啡打造成南京最有咖啡文化的标志性店铺，希望能以情怀和咖啡店的股份打动他。

这个过程很艰难，我前后一共跑了不下十次，才渐渐说服了对方，并承诺除了咖啡店的股份之外，每月还将支付他不低于一万块钱的月薪。为了表示诚意，我准备一次性先支付他一个季度的工资，共计五万块钱，虽然这已经远远超出了我的能力之外，但为了迫切需求的人才，我还是准备孤注一掷。

这个夜晚，我厚着脸皮去了金秋已经搬迁的新公司，我准备和她借十万块钱，因为除了支付咖啡师的工资，还有今年的房租需要交。等了大约半个小时，她终于从办公楼里走了出来，面色充满了高强度工作之后的疲惫。

我迎着她走去，面带笑容说道："上了一天班肯定特累吧？我请你吃饭去，想吃什么你尽管点。"

金秋狐疑地看了我一眼之后，回道："你先说事情，要不然这饭我吃得不踏实。"

我知道金秋是坚决反对我开咖啡店的，于是回避着说道："我最近手头有点紧……那个，你能借我……十万块钱吗？"

金秋是何等精明的女人，她当即便说道："你借钱肯定是为了咖啡店的事情吧？"

"你别往这上面想，要是你拿我当哥们儿的话，这十万块钱就当是江湖救急，行吗？"

金秋的面色有些冷，她在一阵沉默之后，回道："借你钱没有问题，但如果你是为了去发展咖啡店，那我绝对不能借。因为我不想看到你不务正业，还得罪了朋友。"

我心中一阵没来由的火气，我的声调变高："这么多年了，我什么时候问你金秋借过一分钱，如果不是到了逼不得已的地步，我能和你开这个口吗？男人和女人借钱，本身就已经是一件很没面子的事情！"

金秋和陈艺绝对不是一类人，她毫不留情面地反击道："是啊，尤其这个男人还四肢健全，他有什么理由和一个女人借钱呢？"

"你……"

金秋又寸步不让地说道："江桥，我已经和你说过很多次，做人一定要有分寸，你自己不在乎秦苗的感受就算了，现在我和秦苗正在合作开发三亚的酒店项目，如果我借钱给你去开那家早就不该存在的咖啡店，传到秦苗的耳朵里，你不是陷我于不义吗？"

"呵呵，我就不信秦苗会为了这点小事停止和你的合作，这又不是过家家，你别这么冠冕堂皇行不行？"

金秋的面色越来越难看，她没有面红耳赤地与我吵，声音却越来越低沉："你对人性到底了解多少，就敢把话说得这么肯定？这个事情当然不会影响合作，但是我们两人之间肯定会因此产生隔阂，最大的投资方和合作方心存嫌隙，你知道这在合作中意味着什么吗？我绝对不会冒这个风险的。"

我粗重地喘息着，因为我发现自己在秦苗面前什么都不算，所有人都只在意秦苗的感受，却没有人愿意管我对那家咖啡店的感情。一家小小的咖啡店折射出的是残酷的人性，人情冷暖也不过如此。

金秋看着我，她的脸上有了一丝不忍之色，终于又对我说道："江桥，你听我说，你不该在这家咖啡店上浪费时间，你有更好的选择……"

我粗暴地打断："我不听，我不听！"

说完我便转身向路边走去，可是心中愤怒的火焰无法熄灭，我转过身对一直注视着我的金秋说道："你听着，这家咖啡店，我江桥就算倾家荡产，也会继续开下去的！"

…………

黄昏的夕阳下，我将车子停在路边，独自走在郊区外一片工业园区的道路上，并不算宽敞的路边停满了正在装卸货物的卡车，我走在其间感到压抑。

心情咖啡只是一个无辜的载体，但是在趋利避害的人性折射下，连它也被强行赋予了对错，这让我无法理解，更无法接受。

我终于在一辆卡车旁停下了脚步，我想起了赵牧，原本他那里倒是有一笔卖房的钱，可因为我那次没有要，他将这笔钱统统拿去做投资了，一时也收不回来。

那还有谁可以帮我？

我点上烟，心中弥漫着一阵无能为力的感伤，这个世界上能借我十万块钱的人都已经远离了我的生活，我终于看向了停在路边的那辆车。

我的心一阵绞痛，我舍不得卖它，它的身上承载着我和赵楚年少时所有的梦想，我不能让这个梦想破灭在残酷的现实中，我终于又想到了陈艺。

在最无助的时候，我总是会习惯性地想起了她，我该找她借这笔钱吗？她是否又会趋利避害地选择秦苗，而忽略我的感受？

我心中莫名恐惧。

天空渐渐昏暗，一群不知名的鸟儿从我的头顶飞过，它们好像是从南方飞回来的，那成群结队的样子让我更加孤独，我不知道自己是什么时候在这个世界里落单的，所有人都听见了我的控诉声，却没有一个人愿意过问，他们只遵从自己的立场。

我的眼前，没有门，也没有路，只有人性的虚妄和利弊的权衡。

我握紧拳头，暗暗发誓，就算我孤独地站在这个世界的边缘，也要将这家咖啡店开下去。

我坐在路边，仰头看着没有边际的灰暗色天空，再次想起了那个在台北的女人，她是否和他们一样不支持我呢？

她不会，她一定不会！因为她和我一样孤独，她的世界只剩下音乐和对家的期待。可在我的眼中那是最丰富的，因为音乐会治愈，家会萌芽、会开花。

我吐出口中的烟，让它们随着风直奔天空而去，我终于低头给陈艺发了一条消息，我鼓起勇气去和她借这十万块钱。如果她给我的也是绝望，那我将毫不犹豫地卖掉车，毫不犹豫！

第177章　你的坚持算什么

我没有在消息里直接和陈艺说明要借钱，只是问她晚上有没有时间，我想请她吃顿饭。她回复说，今天晚上有节目要录，大概十点才会下班。

我说，我等她，就在郁金香路的那家梧桐饭店见面。

离约定的时间还有几个小时，我回到了咖啡店。出于对我的信任，咖啡师冯唐虽然还没有拿到那笔说好提前支付的工资，但已经在店里就职。

冯唐在业内是小有名气的咖啡师，不是我这种三脚猫功夫可以比的，在他来后的第三天，咖啡店的人气便有显著回升，曾经流失的老顾客，也陆陆续续地回来消费了。

我来到冯唐的面前，带着歉意说道："哥们儿，得和你说声抱歉，答应你的工资我暂时还没有准备好，你再给我三天时间，一定没问题的。"

冯唐倒没有太放在心上，他一边做着咖啡，一边笑着回道："我是这家咖啡店的股东之一了，在咖啡店最困难的时候，做一点儿小牺牲没问题的……"说到这里，他的表情变得严肃，手上的动作也停止了，又对我说道，"其实最打动我加盟这家咖啡店的原因，是你提出来的经营理念。这个世界上太多人只是把咖啡当作附庸风雅的工具，真正爱咖啡的人并不多，而这边的环境倒是真不错，是个能让人静下来品咖啡的地方。"

我心中真真切切地感动，我庆幸能够遇到一个有信仰的人，他给了我将咖啡店做下去的信心。所以说人一定要执着，如果我因为他一开始的拒绝便选择放弃，那么咖啡店存活的希望将会越来越渺茫，而我江桥也会成为一个半途而废的人，被自己唾弃。

我终于回道："冯唐兄弟，你放心，这家咖啡店我一定会按照原先的策略经营下去，让它成为南京咖啡爱好者心中的净土。"

"你得和我保证！"

我向冯唐伸出了拳头，冯唐也伸出拳头与我碰在了一起，我们虽然刚认识，但因为志同道合，已经有了一切尽在不言中的默契。

…………

我又来到热心顾客蒋伟一的身边，最近他也一直在帮咖啡店出谋划策，我将冯唐刚刚调好的意式咖啡端给了他，他接过品尝了一口，然后闭着眼睛感叹道："这才是咖啡应该有的味道啊！你之前调的那叫什么？"

对这种善意的调侃，我一笑置之，蒋伟一又说道："江桥啊，我真没有想到，你能说服冯唐加盟你的咖啡店，他是个在业内很有水平的咖啡师。他来了，你才有底气主打咖啡文化，这是一个好的开始！"

我非常认同地点了点头，随即又说道："既然目标消费群体已经锁定，下一步我准备实行会员制经营的模式，你认为这个会员需要设定什么样的门槛呢？"

蒋伟一是一家公司的市场部总监，对做市场很有心得，他略微思考了一下后回道："你这家咖啡店已经有了一定的积累，硬件上还是不错的，所以我觉得可以把会员的门槛设高一点儿，这个门槛我是指充值的金额。你想啊，对咖啡文化感兴趣的，大部分都是经济收入很突出的人，如果是一般工薪阶层，哪还有多余的精力去研究咖啡这种被赋予情调的东西？所以啊，会员的充值标准，如果只是一两千就没什么意思了，也体现不出咖啡文化的价值，还给目标消费群体不上档次的感觉，是吧？"

"嗯，这点我们是不谋而合，你觉得充值的数额定在什么层次比较合理呢？"

"我觉得是六千块钱，理由有三个。首先，主打咖啡文化后，这个店铺的咖啡用材和器具都要全面升级，这是一笔不小的费用，所以你需要这笔会费；二来，这样的金额会让顾客主动产生忠实度，毕竟谁的钱也不是大风刮来的，六千块钱说多不多，说少也不少了；第三，这是店铺升级必须要走出的一步，六千块钱的最低充值标准在南京是没有的，这本身就具有很强的话题效应，因为大家都会好奇，为什么这个咖啡店有底气这么干，但是能不能利用好这个话题效应就看你的能力了。至于将咖啡店做到什么程度才有资格打出咖啡文化的口号，冯唐会告诉你的。"

我思虑着，然后点了点头，回道："蒋总，非常感谢你的点拨，遇见你是我的幸运。"

蒋伟一拍了拍我的肩笑道："这年头，做点事情不容易，尤其是一些年轻人创业心态浮躁，稍不顺利就放弃了。我在你身上看到了坚持的品格，这是我很欣赏的。创业嘛，只要你肯坚持，总会遇到一两个志同道合愿意帮助你的人，对吧？"

我笑了笑，觉得自己的运气还不错，也庆幸自己的坚持和主动接触让我结识了蒋伟一，并获得了冯唐的信任。

这时，蒋伟一又从自己的钱包里拿出一张银行卡对我说道："我也拿出点实际行动来，咖啡店的第一个会员我预订了。"他说着又对自己带来的几个朋友笑道，"哥儿几个，咱们都支持一下心情咖啡，提前预订个会员的名额吧，以后咖啡店的名声打出去，我们几个也算是元老级的会员了，这想想就是一件让人荣幸的事情，所以最好都别错过了！"

蒋伟一在这群人中似乎很有威望，他的提议顿时得到了众人的响应，有人直接给了现金，有人刷了卡……总之，这个晚上我意外收获了一群陌生人的信任，并得到了可解燃眉之急的三万六千块钱。我的信心因此变得很足，觉得自己真的是幸运的，而那近乎执拗的坚持也是值得的。

时间渐渐靠近我和陈艺约定的十点，我的心中莫名有一些紧张，好在于馨一直在用钢琴弹着舒缓的曲调，这才让我不至于太焦虑。而直到此时，我还没有想好要怎么和陈艺开这个口，我甚至怀疑自己做了一个错误的决定，我不该动和她借钱的念头。

蒋伟一已经带着朋友离开了，咖啡店里基本没了顾客，于馨也结束了今天的演出，她来到了吧台，我给她冲了一杯牛奶，准备和她聊一会儿。

不知道为什么，和她聊天时，总感觉肖艾就在自己的身边还没有走远，虽然她已经离开一个月，还音讯全无！

我对于馨说道："这些天挺感谢你的，有了你的演出，咖啡店里的氛围要比以前好太多了！"

于馨笑了笑，回道："你就不要和我说感谢的话啦，看着咖啡店的生意一天天变好，我也很有成就感的……"她停了停，又说道，"如果让肖艾知道咖啡店终于等来了机会，她也一定会为你感到高兴的吧？"

我看着于馨，总觉得她这么没头没脑地提起肖艾的行为有点古怪，于是满是疑惑地说道："于馨，你是不是和肖艾还有联系？"

于馨语气激动："江桥哥，你这么说是什么意思？谁要是和肖艾有联系，谁就是小狗！我还怀疑是你太想她，才这么疑神疑鬼的呢！"

"我没有。"

"那你发誓，你要是特别想她，你就是小狗。"

"别闹，这样的发誓没什么意义。"

"切！"

于馨嗤之以鼻的模样让我感到尴尬，继而转移话题对她说道："我约了个朋友见面，时间马上就要到了，我先把你送回住的地方吧。"

"不用，今天天气这么好，我自己散步回去，反正也不远。"

我和于馨一起走出了巷子，梧桐饭店在郁金香路的东面，我又陪于馨走了一段路，然后在饭店的门口停下了脚步，而陈艺也很准时地开车来到了这里，她打开了车门，就在我不远处的地方站着。

于馨问道："和你约会的朋友是陈艺啊？"

我点了点头，于馨看了我一眼，连一句道别的话也没有说，似乎带着怨气，转身便走。

对此，我也没有多想，因为我觉得自己最近的神经绷得太紧，总是会过度解读别人的行为举止，实际上倒真没有我看到的那么复杂。

…………

小小的梧桐饭店里，我和陈艺坐在靠窗户的地方，一人要了一碗豆腐脑。陈艺一边搅拌着，一边说道："这么多年了，没想到梧桐饭店还开在这条路上。你还记得，我们上学时，每次晚自习回来，都会在这里喝一碗豆腐脑吗？"

"当然记得，尤其是夏天，我们都喜欢坐在外面吃，那感觉就像拥有了整个夏天。"

"嗯。"

陈艺应了一声，用勺子舀起豆腐脑吃了起来。她的表情中有些怀念，因为她已经离开郁金香路太久了，不像我，想吃的时候，随时都可以来上一碗。

吃了一半，她终于向我问道："说吧，约我出来做什么？"

我看着她，她的嘴角不小心沾了些豆腐脑，我示意她擦掉，她试了两次却没有找到准确的位置。于是我做出了一个仿佛是潜意识里的动作，我伸手帮她擦掉了，与她的皮肤接触的一刹那，我有触电的感觉，因为我们保持着遥远的距离已经太久了。

陈艺看着我。

我的目光越过她的肩，看着门外已经开始发芽的梧桐树，心中却无论如何也说不出要和她借钱的事情了。我责备自己有点冲动，我不该在分手后还如此依赖她，我是和自己保证过的，不再和她有任何形式的关联，最多只做见面打个招呼的朋友。

我终于对她说道："没什么，就是郁金香路上的梧桐树又发芽了，喊你回来看看。"

陈艺转过了头，看向身后的梧桐树，我则点上一支烟，判断着自己这个理由找得够不够好，够不够名正言顺。

"是吗？那你真是有心了，要不然我还以为自己一直活在冬天里呢！"

我有点语塞，于是深吸了一口烟，掩饰着无话可说的尴尬。

陈艺回过头，问道："江桥，咖啡店经营得还顺利吗？"

我的心中陡然一松，随即回道："很好啊，咖啡店很好，很快你就会看到一个不一样的心情咖啡，因为我找到经营方向了！"

"你这么死撑着不累吗？这家咖啡店真的值得你放弃金秋对你发出的合作邀请吗？"

我的语气有些不悦："我已经和你解释过很多遍了，你怎么就不明白呢？"

"我不是不明白，而是太明白了。你从小就是个很有逆反心理的人，你太想在怀疑你的人面前证明你是对的了！"

"我没有……"我说着从自己的包里拿出了今天蒋伟一和他那些朋友提前支付

的会员费，重重摆在陈艺的面前，说道，"你看到了吗？除了你们在反对，很多人都希望我能将这家咖啡店开下去。这个世界并不是每一个人都看重利益的，有时候人真的需要一点儿情怀和信仰！"

陈艺有些意外，她问道："怎么回事？"

我努力让自己的情绪平复下来，然后将蒋伟一鼎力支持的事情告诉了她。

听完之后，陈艺的情绪并没有明显的波动，她低声向我问道："江桥，你对这个社会真的了解够深吗？如果蒋伟一真心诚意地想帮你，看好咖啡店的前景，他为什么不向咖啡店注资，他可是一个做市场的高手啊，而且还是一个自己这么喜欢的项目。"

我不语，只觉得陈艺的话在颠覆着什么。

陈艺又说道："蒋伟一，我是有所耳闻的，他是一个做市场做成精的人，他这么支持你，只是在观望。你信不信，等你的咖啡店真的做出成绩了，他会向你提出入股要求的，而以你的性格肯定会大方地答应，这就是他的目的，不承担任何风险，却能实现自己在商业上的想法。而你根本没有和资本打交道的经验，那时一旦有其他资本进来，你很快就会被这些商场高手所架空的！"

"陈艺，你不要让我觉得陌生行吗？人性没有你想得那么险恶。"

"是吗？"

看着陈艺那复杂的表情，我又想起了邱子安巧取豪夺了陈文传媒公司的那件事情，逐利是商人的本性，可我还是无法接受陈艺的这番话，也许她只是太不希望我继续经营这家咖啡店了。

陈艺又说道："江桥，你在这个社会闯荡这么多年，按道理也该看懂世事了，可你还是这么理想化，辨不清谁是真正为你好的人。"

"我怎么就看不懂世事了？"

陈艺的脸上出现抉择的痛苦，她在一番极长时间的沉默之后，终于对我说道："这件事情我本不该告诉你的，可是……可是我真的很怕你走错！你知道吗？之前心情咖啡的店长被品牌咖啡店挖走，并不是因为她多么优秀，而是因为秦苗和那个咖啡品牌江苏地区的总经理是朋友，没有秦苗，那个品牌也不可能把咖啡店开在市中心那么好的地理位置上……"

我好似被五雷轰了顶，秦苗可是我曾经最好的朋友之一！

"江桥，你明白我为什么一定要劝你放弃咖啡店了吗？因为它就是秦苗心中的一根刺啊，不拔掉，她寝食难安，而你的坚持有什么意义？"

| 第178章 | 破釜沉舟后

店长被品牌咖啡店挖走的真相让我感到难过，我掐灭手中的烟，又点上了一支，我觉得自己就是一个活在宿命中的人。

心情咖啡是苏菡近乎白送给我的，于是这就顺理成章地成了秦苗心中的刺，恨不能除之而后快，这难道不是宿命吗？

是宿命，是我的宿命，也是心情咖啡的宿命。

我用那只没有捏着烟的手，重重抹着自己的脸，那已经许久没有刮过的胡子让我感到扎手。这些天我为了心情咖啡忙碌到已经无暇顾及打理私人生活，可即便如此，在现实的滚滚洪流中我还是如此无力。

拿开自己的手，我看见了自己映衬在玻璃窗上的影子，很无力、很苦恼、很真实的一个无名小卒，却在用全部挑战着规则，坚持着心中那最后一丝美好。

我终于对陈艺说道："坚持到现在，我已经回不了头了，咖啡店我一定会开下去的。"

"你为什么就这么固执呢？我真的很希望你能站在秦苗的立场去想这件事情，你也是她十几年的朋友了，尽管我们都知道，乔野和苏菡的事情你很无辜，可秦苗不会这么去想。她现在有孕在身，人生又受到了这么大的打击，为什么你还要站在一个本没必要存在的对立面去刺激她的情绪呢？"

"我绝对没有要站在她的对立面，我已经和她解释过很多遍，乔野和苏菡的复合是偶然中的必然，我从来没有为他们的复合做任何事，可她就是不肯信，我对她已经没有办法了！"

陈艺看着我，她的表情充满了左右为难的痛苦，许久后才回道："你这么固执地死守着苏菡留下的这家咖啡店，你让秦苗怎么去相信你？其实，人性说复杂也简单，有时候所有的矛盾就是因为不肯退让造成的。如果我是你，我一定会转让这家咖啡店，来选择避嫌。"

"你是你，我是我，我们就不是一个世界的人，对人对事当然会有不一样的选择。"

"不是一个世界的人？"

陈艺看着我，她的呼吸越来越重，泪水在她的眼眶里打转，却不肯流下来。

我觉得好讽刺，我们在一起生活了这么多年，今天我却脱口说出这种话，伤人伤己！

我又吸了一口烟，不再说话，目光却停在玻璃窗外的梧桐树上，若干年前，我和陈艺就是站在它的下面乘凉，分享着一根冰棍的甜蜜，那种不分你我的感觉至今还是我心头的一道美景，不染一粒俗世的尘埃。

陈艺终于移开了视线，她神色颓然地坐了一会儿之后，便拿起了自己的手提包准备离开。我心中难受，不想大家这么不欢而散，便又喊住了她："豆腐脑还没付钱，你请我吃行吗？"

陈艺点了点头，然后从自己的钱包里找出几枚硬币递给了老板娘，再没做什么停留，转身向门外走去。于她而言，这个夜晚已经结束了，可对我来说才刚刚开始，因为我的事情还没有办完。

…………

回到心情咖啡，冯唐正在清理着咖啡残渣，我搬了一把椅子在他的对面坐了下来，然后很诚恳地问道："咱们咖啡店以咖啡文化作为主要卖点的策略已经确定了下来，店里进行升级改造是肯定的，你觉得需要多少预算能够达到我们想要的效果呢？"

冯唐想了想，回道："咖啡店自身的硬件条件还不错，主要的改造费用，产生在咖啡豆等原材料，还有咖啡器具的升级上。另外，我想在咖啡店做一个大型的展示柜，用来陈列一些品种比较珍稀的咖啡豆。一来，可以营造出高端的格调；二来，这些咖啡豆是可以对外出售的，以增加店铺的收入。我粗略算了一下，初期改造的费用不能少于十五万，后期肯定还要追加的，因为改造这东西不可能一步做到位，它是一个循序渐进的过程。"

我点了点头，心中庆幸能够邀请冯唐来加盟，他对咖啡这个行业的理解要比我深刻太多了，如果是我自己做这件事情，连那些品种珍稀的咖啡豆的进货渠道恐怕都找不到，更别提玩出花样了。所以，创业时，有一个真正懂行的人参与进来是一件多么重要的事情。

这时，我将今天收到的现金统统拿了出来，递给冯唐，说道："这里有两万四千块钱，你先收着，剩下的工资我这几天就补给你。"

冯唐推开了我的手，面色认真地回道："拿回去吧，我工资的事情不急。当务之急是赶紧让咖啡店进入正常的经营轨道。其实，你我做这件事情都有压力，我们现在最需要的是信心，钱上面的事情就都不要看得太重了。"

我看着冯唐，真真切切感觉到这是一个可以一起创业的兄弟，他一开始虽然没有立即答应加盟咖啡店，但是在信任我之后，他便开始牺牲自己的利益，为了共同的目标而努力着，他是一个可以在事业上成为知己的人。

关上店门，我和冯唐坐在咖啡店的门口，两人各自点上一支烟，又针对咖啡店未来的发展推心置腹地聊了聊。

冯唐开玩笑说，如果我们的咖啡店以后可以在咖啡行业立足，他一定会记得这个晚上的。因为成功之后，往往会特别爱回忆曾经那些难熬的日子，显然现在就是。

…………

回到自己的住处，我无心睡眠，因为明天就是我卖掉那辆标致508的日子，虽然这毁掉的是我和赵楚年少时的梦想，但这个时候我必须要拿出破釜沉舟的魄力，我觉得自己在开咖啡店这件事情上，已经没有退路可以走了。

我的情绪绷得有点紧，准备看会儿电视，分散一下自己的注意力。我想起陈艺参加的那档极限生存挑战的节目在昨天迎来了首播，我想看看回放。

我倒了一杯白开水，躺在床上，然后在娱乐频道里找到了那档节目，标题就和陈艺有关，她在第一期节目里便被那惊险的挑战环节吓得失声痛哭。

我带着强烈的好奇心点了播放，里面有一段对参与节目明星的专访。采访到陈艺时，主持人问她："我们都知道，你在银幕上呈现出的主持风格是优雅端庄的，为什么会来参加这个有损形象的节目呢？你一定知道，在这个节目里，化妆是根本不允许的，甚至连洗澡的机会都很少有，节目基本上都是在环境最恶劣的丛林里录制的。"

陈艺笑了笑回道："因为我对不化妆的自己也很有信心啊，我相信参加过这个节目，我整容的传闻也就可以不攻自破了。"

主持人也笑了笑，她当然知道这是陈艺为了调节气氛说出的玩笑话，于是等待着陈艺继续说下去。

陈艺看着镜头，此刻好像在看着我，她的面色有些失落，然后带着自嘲的笑容又说道："我出生在一个知识分子家庭，在别人眼中，就像花朵开在环境最好的温室里，我也应该感到庆幸。可是，在某些人眼中，我吃不了苦，患不了难，更无法抵御生活里的风险。我不喜欢这种误解，所以接到节目组的邀请，我毫不犹豫地答应了。我想，我可能不是这个节目组里最勇敢的参与者，但一定是最想改变的那个人，因为我不想被别人一口否定，我们不是身处同一个世界的人！"

陈艺的这番话让主持人感到惊讶，却很有节目效果，于是主持人追问道："不知道你说的那个'他'是谁呢？我想，'他'一定在你的生命中占据着很重要的位置。"

陈艺稍稍沉默，然后轻描淡写地回道："那个'他'不是特指，而是泛指，你可能曲解我的意思了。"

主持人尴尬地笑了笑，随即便结束了这段采访，而节目也正式开始。第一期节目是在国外的一个热带雨林开始的。领队要求队员依次从直升机上跳进冰冷的湖水里，接着游到对岸。

陈艺要求第一个尝试，这出乎所有人的意料，有男嘉宾出于保护的目的，劝其选择在后面跳，可以学习一些经验。但陈艺选择了坚持，她在领队说出动作要领后，闭上眼做了一个深呼吸，便从直升机上跳了下去，虽然这已经是一个多月以前的事情，可这个画面还是让我的心揪痛了一下，捏着烟的手，僵硬地悬在半空。

陈艺受伤了，她的嘴角溢出了血，慢镜头回放可以看到，是在巨大冲击力的作用下，衣服上的硬物磕到嘴角所致，但陈艺并没有太在意，她用手背擦掉了血迹，站在岸边等待着下一位队友。

直到一个需要用手拿死老鼠的环节，她才彻底崩溃，吓得失声痛哭，我知道她这辈子最难克服的便是老鼠带给她的恐惧。

我终于看不下去了，下一刻便关掉了电视机，也掐灭了自己手上的烟，我不可避免地陷入了无限的思虑中。

如果陈艺在接受采访时说的那个人就是我的话，那么，我今天毫无顾忌地在她面前说起我们不是一个世界的人时，她是什么心情？而她在节目中付出的那些血和泪又有什么意义？

我自责到心痛，是我偏执地用一堵墙隔离了自己与她的世界，我没有真正静下心去了解过她，总是在她的光环下找着各种借口躲避，而这种躲避就是一把利刃，在她柔弱的身上划出了无数道深深浅浅的伤疤！

我想给她打个电话说些什么，可最终还是选择了放弃，我没有脸再和她说话，至少这个夜晚没有，我是个自私的混蛋，不折不扣的混蛋！

…………

次日，一觉醒来，因为缺少睡眠而感到头痛，我昏昏沉沉地洗了脸，刷了牙，没有吃早饭的心情，一早便开着那辆标致508去了二手车市场。

车是准新车，一点儿剐蹭的痕迹都没有，但和新车价相比，我还是损失了将近2万块钱，最后拿到了十六万的卖车款，回到了咖啡店。

尽管冯唐一再拒绝，但我还是执意将一个季度的工资给了他，我觉得这是做人基本的诚信，在有能力实现的情况下必须要兑现诺言。

后面的一个星期，我和冯唐顶住了一切压力，完成了咖啡店在第一阶段的改造。

我对那个展示着许多稀缺咖啡豆的陈列柜尤其满意，这独一无二的设计恰到好处地表现出了我们咖啡店的经营特色和做咖啡文化的决心。我因此计划，等完成原始积累后，就组织一次去埃塞俄比亚的旅游活动，因为咖啡树就是在那里的卡发省被发现的。而旅游食宿的费用都将由店铺承担，也算是给会员们的第一个回馈，让他们觉得花费六千块钱办理会员卡是物有所值的。

完成改造后，咖啡店的经营压力逐渐变小，两个星期的时间里，已经办了二十张会员卡。这十二万的资金，给了咖啡店充足的运作空间。我和于馨签订了长期的演出协议，每晚支付她三百块钱的演出费，让她用音乐艺术为高端客户们营造出最好的消费氛围。

又是一个黄昏，我站在外面抽烟消遣，看着渐渐走上正轨的咖啡店，心中涌出一阵难以形容的情绪。我站在秦苗，甚至是金秋和陈艺的对立面，将咖啡店硬生生从死亡的边缘救了回来。

我不知道这是该悲还是该喜，但自己付出的努力却是真实的，我熬过了一段很惨痛的日子，我不知道未来会是什么样子，但眼下我可以短暂地松口气了，然后再寻找下一阶段的工作状态。

…………

夜晚快要来临时，前段时间因为借钱而闹得很不愉快的金秋给我打了电话，说今天是老金的生日，让我去吃饭。

我没有拒绝，也做好了心理准备。我和金秋有过约定，以情侣的身份面对老金夫妇。

但是，我和金秋也确实没有情侣间的感觉，否则为什么在闹了矛盾后这么久，也没有和对方联系过呢。我们心里都不是特别牵挂对方，这是铁一般的事实。我们这么做，只是为了应付老金，尤其是金秋，她已经被老金三番五次提起结婚的事情搞到要崩溃了！

| 第179章 | 哎哟

我去开在梧桐饭店旁的理发店剪了个很精神的发型，又特意让发型师用发蜡帮我打理了一下，凑到镜子前面左看看、右看看，觉得相当满意之后，才付了十块钱。

我又去便利店旁边的蛋糕店订了一个尺寸很大的蛋糕，然后站在便利店和蛋糕房中间的屋檐下等待着。一阵晚风吹来，我好似闻到了玉米的味道。

我回头张望，玻璃窗上一片纯净，我在这片纯净中又看到了去年那个冬天，肖艾气喘吁吁地跑来，手拿玉米站在门口等待的样子。

这个画面在我心中实在是太亲切了，我下意识地笑了笑，然后从口袋里拿出钱包，从里面找出四枚硬币，准备进去买一根玉米。因为年后的涨价，我已经很久没有买过玉米了。

实际上，我是一个喜欢给自己找借口的人，自从肖艾离开后，我不仅不买玉米，连烟也不在这家便利店里买了。想来，我只是不喜欢这里没有了肖艾的气息，变成了一个只会让人怀念的地方，玉米和烟却还是从前的味道，一直没有变过。

刚刚煮好的玉米，在我的手上散发着让人难以忍受的高温，可是我不愿撒手，用双手搓了一会儿之后，便咬了一口，却没能吃出四块钱的味道，它还是和两块钱时一样，有点黏，有点甜。

不知道那天我千辛万苦给肖艾送到机场的那根玉米，她最后是怎么处理的。我希望她是到了台北以后才吃掉，这样就能串联起南京和台北两座城市的缘分。而我也会因此觉得自己是有东西在台北的，我们并没有分离得太远。

唉！我是有点想她了，总觉得身边少了这么一个爱折腾的女人，生活过得没滋没味，像一潭死水。

…………

路灯亮起后的片刻，金秋终于来了，就像一阵凌厉的风，她打开了车窗示意我上车，我却因为她今天化了妆而感到意外。

金秋这个女人，平常即便是化妆，也很简单，今天却不一样，我因此觉得她有点性感，尤其她的嘴唇，是一抹艳红，让她看上去神秘又热情。

我对她说道："等一下，我给你爸订了个大蛋糕，马上就好了。"

"咱们俩买一个就行了，我已经订了。"

我这才反应过来，我和金秋可是说好在老金面前演一出情侣的戏，省得他老没完没了地絮叨这事儿，既然是情侣，干吗还要买两个蛋糕？

订好的蛋糕，我暂时留在了蛋糕房里，上了金秋的车，我向她问道："如果我没记错的话，今天是咱爸五十岁的生日吧？"

金秋重踩一脚刹车，瞪着我说道："你要不要脸，什么咱爸咱爸的。"

"我以为你会夸我一下呢！毕竟我这么快就进入情侣的状态中了，但没想到你反应这么激烈！唉！所以咱俩总是吵架，也不是没有原因的，咱俩太没有默契了，就好像我是一个动物，你却是块木头！"

我以为金秋会生气，她却忽然平静地问道："你喜欢和我吵架吗？"

我表情夸张地回道："我太喜欢了，有种棋逢对手的感觉！"

"好啊，那就吵一辈子吧。"

…………

来到老金过生日的酒店，我被那五星级的规模弄得有点犯怵，拉住身边正在解安全带的金秋问道:"我怎么感觉你爸这生日的排场有点大啊?"

金秋没太放在心上,她回道:"能有多大,也就是七大姑八大姨什么的。"

我松了一口气,说道:"那也没多少桌。"

"嗯。"

金秋走在前面,我拎着蛋糕走在后面,我们都还没有做情侣的觉悟,甚至前段日子还因为咖啡店的事情吵过一架,互相不愉快了很久。这让我有了一种赶鸭子上架的紧迫感,天知道待会儿我们在老金面前会把这出戏演成什么样子。

老金的生日宴设在酒店的六楼,这个酒店我倒是挺熟悉的,因为曾经很多客户都是在这里办的婚礼。于是我又对金秋说道:"我记得这个酒店的六楼是专门用来办大型酒席的吧?"

"是吗?"

我很肯定地点了点头,金秋的脸上也露出一丝疑惑,我俩一前一后走出了电梯,而早已等候多时的服务员领着我们向大厅走去。

视线渐渐开阔,我被眼前的景象惊得一拍大腿:"哎哟!"

我咋呼的声音很大,以至于在门口的人都向我和金秋这边看来,而金秋也被这浩大的排场弄得有点犯晕!

此刻,那一千多平方米的大厅里,足足摆了一百桌的酒席,什么人都有,这些年老金和罗素梅在人脉圈里结识的朋友几乎都到齐了。

还没等我心情平复下来,主持这场生日宴会的司仪便拿着话筒对我和金秋说道:"金秋小姐,江桥先生,请就座。"

我和金秋对视了一眼,两人都还在发蒙,我压低声音,说道:"我有点尿急,能先去个洗手间吗?"

"你做了这么多年婚庆,什么场面没见过,能不能不尿?"

我语无伦次:"我不是尿,我就是有点牙疼!"

金秋很无语地回道:"你刚刚不是内急吗,怎么又牙疼了?"

我哼哼唧唧:"我不光牙疼,还肝疼、心疼、肺疼,哪儿都疼!"

这场面实在是让我和金秋骑虎难下,尽管我废话说了一大堆,但最后还是硬着头皮走进了大厅里,路过司仪身边时,他又看着我手上拎着的蛋糕说道:"江桥先生,金秋小姐,你们只带了一个生日蛋糕,我们是不是可以理解为这是你们共同的心意和礼物呢?"

这个司仪曾经和我合作过很多场婚礼,是个熟人,我瞪了他一眼,骂道:"别起哄!"

司仪冲我坏笑,我整理了一下情绪,没有理会,随后与金秋迈着四平八稳的步子向老金坐着的那张桌子走去。

落座后,金秋先说道:"爸,祝您生日快乐,永葆青春,这是给您的礼物。"

老金喜笑颜开地从金秋手中接过了那个造型很精致的礼品盒,夸赞金秋懂事孝顺,然后又看向我。

我将蛋糕放在了桌子上,说道:"叔,这是我送您的礼物,比金秋的那个还要大，待会儿您少喝酒，多吃蛋糕！"

众人夸赞道："老金啊，你这准女婿可真不怯场，说话也挺风趣的，看你们家金秋多慧眼识珠！"

我冲说话的人笑了笑，心里想道：又一个站着说话不腰疼的，我腿都调成了振动模式，就差吓尿了！

老金亲昵地拍着我的肩，笑着向那个人回道："这小子不到二十岁就跟在我身后搞婚庆了，大小场面也见了不少，所以为人处世还是挺不错的。"

我干巴巴地笑着，又看了一眼金秋，她捧着一杯热茶，自顾自地喝着，虽然没有什么表情，估计也为这样的场合感到苦恼。这突如其来的大场面，让我怀疑这是老金事先设计好的，他想借这个机会把我和金秋的事情给定下来。

老狐狸，绝对的老狐狸，恐怕他早就拆穿我和金秋的伎俩，索性将计就计，用这么大的场面，逼着我们来个假戏真做！

果然，在酒席举行到一半的时候，司仪开始煽动宾客，要求我和金秋上台表演个节目助兴。

我和金秋实在是架不住那一大群人的起哄，终于走上了舞台，用耳语商量着表演一个什么样的节目，可司仪又不急了，对我们说道："江桥先生，金秋小姐，今天是金老板五十岁的生日，你们有没有更特别的礼物要送给他呢？我觉得有！"

我和金秋假装情侣，只限于在老金面前，没有想到老金技高一筹，活生生地弄了这样的大场面。我当然不想承认，更不想在以后惹来更大的麻烦，可是又不知道该怎么应付，于是场面有点僵。

我故意憋着气，等脸涨红后，结结巴巴地对金秋说道："不行，酒劲上来了，我想吐，难受！"

金秋秒懂，对众人做了一个"抱歉"的手势，赶忙扶着我向大厅外走去。

…………

卫生间的门口，我点着烟，金秋靠墙站着，我们都有点无奈，这缓兵之计终究不能解决根本问题。

我深吸了一口烟，终于向金秋问道："其实有一个问题我憋在心里一直挺疑惑的，为什么你爸那么热衷于撮合我们在一起？就算我江桥入赘到你们家，别人也肯定觉得是我占了便宜，因为我各方面条件确实都挺差劲的，你却那么优秀！"

金秋沉默了很久，终于回道："你不要问那么多了，只要我们明白，我们之间没有男女间的爱情，就没有人可以逼我们在一起。"

"这倒是！"

"嗯，你先回去吧，剩下的交给我来应付！"

"你确定你一个人应付得来？"

金秋点了点头，我也害怕那种大庭广众下产生的压力，于是便丢下金秋独自离去了。这虽然有点不讲义气，却是一个非常正确的选择，因为有些事情是架不住别人的嘴去传播的。

…………

回到郁金香路，我从蛋糕店里领回了事先订好的那个蛋糕，然后晃晃悠悠向自己的住处走去。刚刚在老金的宴席上我虽然没有喝醉，但这会儿酒劲真的上来了。

我隐约看到一个人坐在我家的门口，随着我越走越近，她的样子也渐渐清晰。是陈艺，她的侧脸在月光的映衬下显得有些惆怅。就像很多年前的夜晚，我独自坐在她家门口一样。

我来到她的身边，看着她。

她也看着我，片刻后问道："你喝酒了？"

"嗯，今天是金秋她爸五十岁生日，我去参加宴席了。你来找我有事情吗？"

陈艺摇了摇头，回道："这两天比较闲，就想回来看看，刚刚在你的咖啡店坐了一会儿。"

我笑了笑问道："咖啡店现在的样子还不错吧？"

陈艺避开了我的问题，她目光有些涣散地看着对面那堵青色的围墙，老旧的路灯被一阵风吹动，灯光忽明忽暗地映在了她的脸上，这让她看上去心事重重。

她终于看着我："江桥，我用我们二十多年的感情恳请你，抽身离开心情咖啡，好吗？"

温暖的风一阵阵吹来，我却感到窒息。难道这家咖啡店已经如此重要了吗，需要她用二十多年的感情来恳求我？还是说，这二十多年的感情在她的心里本身就没什么重量？

我不言语，只想抽烟。

"江桥，给自己一条路，也给别人一条路走吧。其实，你和秦苗就是在怄气，你让着她一点儿，等她把这口气理顺了，也就不会那么偏激了。"

我苦笑着："呵呵，我可没有她那么大的手笔，拿咖啡店作为怄气的对象。她高兴了就给我一条活路，不高兴了就整我。在我眼里，这咖啡店就是一个承诺，一份生计，一份期待。现在这家咖啡店已经不是我一个人在付出，我绝对不会因为秦苗的个人喜恶而放弃的！"

"为什么你们两个都是这么偏激的人？为什么我用二十多年的感情恳求你，你还是给我这样一个答复？为什么？"

陈艺忍着不哭的样子让我心中一阵绞痛，我猛吸着烟，那些烟雾就像迷雾蒙住了太多的真相和情绪。

我声音沙哑地回道："我也想问问你，为什么这一年来，我们之间相处时，再也没有了轻松，没有了过去的欢声笑语？所有的快乐，只能靠回忆那些越走越远的过去获取？你说啊，这又是为什么？为什么？"

我喘息着，半年多积攒下来的情绪，好似在这一瞬间得到了释放。

我和陈艺错就错在开始了那段根本不会有结果的爱情，从那之后，我们就没有发自内心地笑过。那所有对未来的期待，竟然没有过去的那些点点滴滴来得真实可靠。

基于此，我们还能快乐得起来吗？我们都只是迷失在爱情中的可怜人罢了！

第180章　这是报复吗？

面对我的质问，陈艺用沉默回应着，实际上我们都有答案，只是固执地不愿意去正视罢了。除非我们之间被过滤得没有了一点儿爱情，否则痛苦将永远折磨着我们。

我在陈艺的身边坐了下来，然后拆开了那个原本准备送给老金的蛋糕，我对她说道："吃点吧，你吃上面的水果，我吃下面的蛋糕。"

陈艺看着我，眼神中流露出一丝无能为力的疲惫，我又何尝不疲惫，可我仍希望这个夜晚不要那么伤感。

下一刻，我便将蛋糕上面的水果挑了出来，装在小盘子里递给了陈艺，自己也切了一块蛋糕吃着。我喜欢这个味道，因为是甜的，陈艺的水果想必也是甜的。

我对她说道："我知道咖啡店的事情让你夹在我和秦苗之间很为难，可是你也不必用二十多年的感情来恳求我。你知道吗？这份感情在我心中实在是太重要了，重要到一定不是用在这件事情上的！"

一阵沉默之后，陈艺终于回道："其实你心里的想法我都能明白，也知道你这段时间为咖啡店付出了多少。我再去劝劝秦苗吧，即便大家以后不能再做朋友，也至少不要做仇人！"

我点头，然后又笑着对她说道："吃水果，希望你和水果一样甜。"

陈艺终于回应了我一个笑容："你也吃蛋糕，希望你和这块蛋糕一样，虽然看上去没有水果这么华丽，但也会给人温饱的希望。"

我看着陈艺，终于鼓起勇气，像小时候那样摸了摸她的辫子，然后抬起头看着天上的月亮，看着它轻柔地将月光洒进这条老巷子里的每一个角落，看着春天的花草树木在悄无声息地萌芽、生长。

…………

次日一早，我便去了咖啡店。我现在和冯唐的分工很明确，他负责做咖啡，我负责做甜品。

这么分工之后，咖啡店也比以前显得更加专业，基本能满足顾客们的日常需求。

另外，我们的咖啡文化在这个阶段也比较低调，只是靠口碑在缓慢地传播着。之所以低调，是因为我们也在摸着石头过河，不愿意浮夸地说心情咖啡是南京最具咖啡文化的咖啡店。即便如此，我们还是会时不时地售出一张价值六千元的咖啡卡。

为一个在咖啡店吃早餐的顾客调好咖啡后，冯唐也和我聊了起来，他心情很是不错地对我说道："江桥，咖啡店最近的发展势头很好，这真的给了我不少做好咖啡文化的信心！我觉得等过了今年夏天，咱们就把咖啡文化的招牌一鼓作气地打出去吧！那个时候，我们的信心也会相对足很多！"

"嗯，对咖啡文化的拿捏，你肯定比我清楚，所以这个进度还是由你把控吧。"

冯唐点头，然后又示意我出去抽支烟，这更加证明他的心情不错，因为他和我不一样，我心情郁闷时才会特别渴望烟，他却和大部分人相反。想来，这也是他作为咖啡师的一种特立独行的性格吧。

他吸了一口烟，向我问道："关于咱们这个咖啡店，你有什么长期的打算吗？"

我点头回道："嗯，最近我一直在考虑这件事。如果心情咖啡真的可以在南京打出咖啡文化的招牌，那咱们的店铺就有了可复制性，我们可以把自己的经营理念和特色带到其他城市去。也许，我们可以做中国的星巴克呢！"

"哈哈，你还真敢想，但是我喜欢你的态度，只要你对自己现在做的事情充满信心和想法，我就有胆量陪着你干下去。"

"没问题，咖啡行业的新力量，一定是从这条巷子里产生的。"

…………

这一整天我都待在咖啡店里做甜品，今天的生意还不错，除了固定的会员，也陆续有一些曾经的散客回到店里消费。在晚上消费高峰期到来前，我们已经有了一千多块钱的营业额。

于馨在傍晚六点半准时来到了咖啡店，不过最近她和我的交流有些变少了，基本结束了自己的工作，便会离开咖啡店。

七点，咖啡店迎来了消费高峰期，看着基本坐满的座位，我的心中充满了踏实的感觉，我觉得自己这几个月来的努力没有白费，如果不是因为秦苗将这家咖啡店当作眼中刺肉中钉，我相信陈艺也会为我人生中的这个进步感到高兴的。

对于她来说，只要我江桥能在这个社会里正儿八经地做出一点儿事业，不管是开咖啡店，或是做自己擅长的婚庆行业，都是一样的。

我计划着，等熬过了这段时间，我再去买一辆车，然后将自己和赵楚的梦想延续下去。

八点多时，又有两个从来没有在店里消费过的顾客慕名而来，冯唐带着他们参观了咖啡店，又进行了一系列的介绍，他们最终也各自办了一张会员卡，我们又因此收获了一万两千块钱的流动资金。

我不禁佩服起了蒋伟一这个人，因为定价看上去很简单，实际上却需要非常丰富的市场经验做支撑，而六千块钱的价格定得恰到好处，既缓解了店铺的资金压力，也在心理上诱导顾客认可了我们咖啡店的档次。

当然，最重要的还是冯唐这个咖啡师，他真的具备行业水平之上的职业技能，所以才能真正让顾客在心理上产生认同感。

…………

最近，蒋伟一所在的公司比较忙，他一般来得比较晚，今天是在晚上九点到的。

他要了一杯咖啡，然后又示意我和他聊一会儿，他大概了解了咖啡店的经营情况之后，对我说道："江桥兄弟，我最近在银行的一笔定期存款到期了，现在利率这么低，所以我想拿出来做点投资。你知道的，我也是咖啡文化的爱好者，我觉得兄弟们能因为共同爱好走在一起是缘分，一起做点事情更是难得，所以我有意向投资这个店，不知道你是什么看法呢？"

我有些惊愕，因为不久前陈艺已经预言蒋伟一会提出投资咖啡店的要求。

见我不答复，蒋伟一表情诚恳地说道："兄弟，如果你觉得为难的话，你可以大胆地说出来，没关系的。"

　　我真的无法拒绝蒋伟一，稍稍沉默了一下之后，便回道："蒋哥，我当然欢迎你投资这间咖啡店。这样吧，按照这个势头发展下去，很快就要筹备第二家咖啡店。到时候，我们以公司的形式经营，你在那个时候入股会不会更好呢？"

　　"这个没有问题啊，我也很赞成以公司的形式来运营，因为更规范，更能提升发展效率。"说到这里，蒋伟一又以开玩笑的语气说道，"就怕到时候，你会把我这个投资意向人给忘了！"

　　"不会的，我以人格向你承诺，只要到那时你还有投资兴趣的话，我绝对举双手欢迎。"

　　蒋伟一向我伸出了手，我也握住了他的手，我们就算针对咖啡店入股的事情定下了口头承诺，我不愿意将人性想得太复杂，而咖啡店的发展也离不开资本，只要我自己小心控制并合理利用资本，应该是没有问题的。

　　…………

　　十点，于馨结束了今天的工作，她依然没有多说什么，整理好自己的乐器之后就准备离开。我喊住了她。

　　"怎么了，有事吗？"

　　我将一杯刚刚冲好的牛奶递给了她，笑着说道："没什么，就是想把上个星期的演出费给你结了。上个星期你一共演了四场，一共是一千二百块钱。你点一点。"

　　于馨从我手中接过了钱，也没点便放进了自己的钱包里，牛奶也不喝，转身就准备离开。

　　我眼疾手快地拉住她，问道："你最近是不是对我有情绪啊？我也没怎么着你吧，郁闷！"

　　于馨看着我，冷声回道："没哪个女人喜欢朝三暮四的男人！"

　　我有点摸不着头脑，半响后才又问道："你不会喜欢我吧？"

　　"切，放心吧，你绝对不是我喜欢的男人！呵呵，你和陈艺不是分手了吗，怎么三更半夜还约会啊？"

　　我这才猛然想起，那天晚上我和陈艺在梧桐饭店见面时于馨那反常的样子。我当然不会自作多情地认为她喜欢我，那么唯一的可能就是她在为肖艾打抱不平。

　　我觉得有点好笑。首先，那天因为陈艺有节目要录，我们才定在晚上十点之后见面；再者，我们聊的也是一些和感情没什么关系的话题；更重要的是，肖艾已经远走台北，以后也不会再回到南京，这种打抱不平又有什么意义，甚至我们之间也没有很明确地表示过要在一起。

　　于馨有点生气："你还笑得出来？"

　　"你误会了，那天因为陈艺有节目我们才会那么晚见面。其实那天，我也只是想和她借一点儿钱，维持咖啡店的经营……"说到这里我停了停，然后耸了耸肩又苦笑道，"不过，最后也没能开口……"

　　于馨半信半疑地看着我。

　　"没什么好怀疑的，事情确实就是这个样子。"

"好吧，暂且相信你。对了，也祝贺你让咖啡店起死回生，挺为你感到开心的！"

"你这祝福也来得忒迟了吧？"

"一点儿也不迟，我得回去了，明天还要去北京演出。"

"嗯，路上注意安全，自己也要注意身体，别太累了！"

于馨点了点头便离开了，我看着她的背影哭笑不得，她这气可生得真够莫名其妙的！

…………

咖啡店打烊，我穿过小巷，准备去郁金香路买一包烟。最近我的烟瘾有些大，尤其是晚上一个人时，总要抽这么几支烟才能克制住内心的寂寞和孤独。

我也已经二十六岁了，可至今还没有与某个女人同床共枕过，所以有时候也会羡慕乔野。

想起乔野，我又有点恼怒，这个畜生为了自己逍遥快活，却让秦苗这么恨上了我，我简直是比窦娥还要冤！

他最好就这么和苏菡浪迹天涯，如果他敢回南京，站在我面前，我要不拍他一板砖，我就不叫江桥。

我点上一支烟，眯眼吸着，我又看到了金秋那辆从远处疾驰而来的牧马人，她似乎也刚刚才下班，只是路过这里。

果然，没有发现我的她，开着车子从我身边径直驶过。我这才想起要问她，昨天我离开老金的生日宴席后，她是怎么处理的。

我随即给她打了电话，她接通了，问道："打电话给我干吗？"

"就是关心一下，昨天晚上你是怎么应付的。还有，你爸他没生气吧？"

"他那么好面子一个人，怎么可能不生气？你啊，最近就别来我家了。"

"你爸这人就是气性重。不过，我以前还真是小看他了，他看上去是个草包，可做起事情来还真是老谋深算，不给人留退路。昨天那百来桌的宴席，就是他故意给咱俩下的套吧？"

金秋没兴趣听我在电话里絮叨，转而对我说道："咱们先不说这个。你不打电话给我，待会儿我回家也要打给你。我要和你说的还是把婚礼执行部分外包出去的事情。如果你怕亏损，咱们可以换一种分红模式，反正我承诺你作为我们公司的下游能够赚到一笔可观的钱，你看怎样？"

我很有底气地拒绝道："金秋，以后别再和我提合作的事情了。我的咖啡店现在渐渐上了轨道，就行业前景来说，不会比做婚庆差，而且这是我自己的事业，比依附着别人做事情要有动力多了。"

金秋沉默之后，一声叹息，她低声回道："人各有志，我也不想再勉强你了，如果有一天你想通了的话，自己来公司找我。但是我不保证到那个时候还能把这块业务保留着等你来做。"

"不会有那么一天的……"

我的话还没有说完，金秋便挂掉了电话，而我也有点反感她总是给我泼冷水的行为，我江桥是靠自己努力赚钱的，凭什么要妥协？

…………

次日，我稍稍睡了一个懒觉，差不多早上九点的时候，我被一阵急促的敲门声给弄醒了。

打开院门，新招聘的服务员如世界末日来临般地对我说道："老板，出大事了！出大事了！咖啡店被消防执法大队给查封了，说我们是在违法经营！冯唐一个人也应付不来，你快去看看吧！"

| 第 181 章 | 你是疯了吗？

服务员带来的这个消息，让我难以置信，在我接手苏菡这间咖啡店时，是有消防安全许可证的，其他证件也很齐全，甚至是新招聘的服务员，我都特地要他提供了健康证明，怎么就涉嫌违法经营了呢？

我想起了秦苗，随即气得发颤，可我仍想知道，消防执法大队在我证件齐全的前提下，凭什么查封了我的咖啡店。

我快步走向咖啡店，在快要到时，果然看见一群人围在咖啡店的门口，其中有执法的，也有围观的街坊，而冯唐就站在这群人的中间努力地解释着，可他的解释看上去并没有什么用。

我挤进了人群的中央，对其中的一个执法人员说道："我是这家咖啡店的老板，我想了解一下，你们为什么要查封我的咖啡店，我们是有消防安全许可证的。"

其中一个人板着脸对我说道："我不管你们之前有没有消防安全许可证，但是你们重新进行了一次装修，没有到消防机构报备。我们现在检查下来，这家店铺存在很大的消防安全隐患。你们的后厨占用了防火间距，线路布置也不符合我们要求的标准。另外，我不知道你们这个消防证当时是怎么审批下来的，这样的巷子就不应该有做餐饮的店面，因为巷子太窄，不利于疏散，消防车也开不进来。还有，你们咖啡店后期扩大过一次经营面积，占用了后面住户的住宅地，也涉嫌违规，当然这不归我们消防管，我之所以提出来，就是要告诉你，做好关店的准备。另外等着我们的处罚通知，两天之内就会下达。"

我心中郁结着一口气出不来，但又无法反驳，因为自己的经营经验不足，确实没在二次装修时，到消防机构去报备。至于说巷子窄不利于消防工作的开展，这个问题确实存在，可怎么现在才被提出来？

我对执法人员说道："连整改的机会都没有吗？据我所知，一些古镇景区的巷子间距也很小，而且还是木质结构的房子，消防的难度肯定比这边更大……"

执法人员打断了我："你这边的消防警备能和人家景区相比吗？我劝你别抱什么幻想了，你这个店铺在消防安全这块，在我这儿是绝对过不了的，你找谁都没有用。"

…………

执法人员离开了，围观的街坊们在你一言我一语之后也相继离开，我的心忽然就从云端跌到了谷底。我又想起那天晚上，自己和冯唐坐在咖啡店门口展望未来的画面。

只是几句话，一个处罚决定，我付出了无数个日夜所追逐的梦就这么破碎了！

我不甘心，我的牙咬得咯吱作响，却又不知道该怎么办。

如果咖啡店真的不能开在这个巷子里，那还能开到哪里去？而且我已经没有能力去承受新店巨额的租赁费和装修费，那些前期在我们咖啡店花费不少金额办理会员卡的顾客，又该怎么给予补偿？我大致算了一下，因为已经花费不少钱在咖啡店的改造上，流动资金已经不够去退还顾客们交的会费。

阳光越来越好，我和冯唐一直没有离开过，就这么在咖啡店的门口站着，他一筹莫展，我心如刀割。

"江桥，这事儿你有头绪解决吗？"

我无奈地摇了摇头，因为我知道这件事情是谁在背后设计的。和她相比，我什么都不是，可我始终不能相信，她竟然会把事情做得这么绝，我江桥就这么毫无反抗之力地被她推进了火坑里，甚至连善后的能力都没有！

我有点呆滞，大脑也空了，只听见谁家的水龙头没有关严实，水一点点滴落，滴答滴答……

秦苗！

我向自己的家狂奔而去，找出了一把菜刀别在衣服里，然后借了冯唐的车向秦苗所在的建筑公司狂奔而去。

…………

乔野家的建筑公司，一个号称低于十八层楼不建的特大型建筑公司，我和门卫熟识，抽出一支烟给他，打了个招呼之后，便将车子开了进去。

乘着电梯来到了秦苗日常办公的八楼，我平静地向她办公室走去，然后用手指轻轻敲了敲门，得到她的回应之后，我便走了进去。

没想到的是，陈艺也在，她惊讶地向我问道："江桥，你怎么来了？"

我看着陈艺，却没有回答，一步步向秦苗走去，猛地从背后抽出了那把菜刀。

秦苗和陈艺都被我这突如其来的行为吓得尖叫，我将菜刀狠狠地剁在了办公桌上，然后冷声对秦苗说道："呵呵，你还知道怕啊？可是你把别人往绝路上逼的时候，有没有想过他是什么感受，又承受着怎样的恐惧？"

秦苗还没有回过神，她惊恐地看着我。

我狠狠地瞪着她，又说道："你不是恨我吗？刀就放在你面前，你就算对我千刀万剐，我眉头都不会皱一下。但是你别在我背后耍阴招，我生平最看不起这样的人，卑鄙、龌龊、恶心！"

几个保安闻声赶来，看见办公桌上的菜刀，二话不说便将我按在了地上，然后又报了警。我却感觉无所谓，如果我今天不能把这口恶气撒出去，那以后的日子没法过，我能被秦苗这无耻的行径给恶心死！

我又冲秦苗骂道："你不是横吗？你不是只手遮天吗？我江桥反正就贱命一条，你有种就弄死我！弄不死我，这事儿我和你没完，我天天在你公司门口堵着，谁都别想过得顺心！"

率先恢复理智的陈艺来到情绪失控的我面前，质问道："江桥，你疯了吗？你知道自己在做什么吗？"

我一边挣扎，一边吼道："我什么都不想知道！我只知道我的咖啡店完了，我也完了，这一切都是拜她秦苗所赐！我没有想到她竟然是一个这么无耻的女人！"

陈艺低下身子，言语紧张地向趴在地上的我问道："什么咖啡店完了？什么你完了？你把话说清楚一点儿！"

我又吼道："今天一早，消防那边就去巷子里把咖啡店给查封了，这不是她干的好事儿还有谁？陈艺，你也睁开眼睛好好看看，你这个从小玩到大的闺蜜是什么德行！我江桥这辈子就没有见过像她这样背后捅刀子的小人！"

"什么，咖啡店被查封了？"

陈艺的语气充满了震惊，我却不想再回答什么，更加剧烈地挣扎了起来，我不喜欢被别人这么控制着，这让我感到无比屈辱！

陈艺再三求情，保安终于松开了我，我立即从地上站了起来，依然用最狠的目光瞪着秦苗，我觉得她此刻的眼泪都是虚伪的。除江继友之外，我从来没有如此恨过一个人。

"江桥，这里面是不是有什么误会？我刚刚还和苗苗聊起咖啡店的事情，她也觉得自己之前的做法有点不讲道理，又怎么会做出这样的事情呢？"

我冷笑："只有你才相信她的鬼话！她说这些，更加证明她想刻意地掩饰。我就想问问，除了她，谁还有动机对咖啡店下这么狠的手？"

陈艺看着泪如雨下的秦苗，终于陷入了沉默中。而下一刻，我便被民警连同着那把被视为作案工具的菜刀给一并带走了。

…………

我以寻衅滋事的罪名被关在派出所里反省。我挑衅了秦苗，并没有实际的犯罪行为，所以情节比较轻微，但仍要缴纳罚款，并拘留十二个小时。

我感觉自己对一切都无所谓了，反正再坏也坏不到哪儿去，甚至就想这么在派出所里待着，因为我没有脸去面对那些因为咖啡店而一次次信任和帮助我的人，还有那些办理了会员卡的顾客。如果他们发现自己缴了这么多会费的咖啡店忽然就被查封了，他们又会是什么心情？

夜里九点，我拘留的时间到了，在外面等我的人不是陈艺，也不是冯唐，而是于馨，她的身边停着一辆蓝色的宝马Z4，也不知道是谁的车。

我向她走去，点着烟不想立即离去，烟雾的弥散中，我觉得这个世界有点冷。不，不是这个世界冷，是人的心太冷！

"江桥哥，走吧。"

我看着于馨，问道："去哪儿？"

"你想去哪儿，我就送你去哪儿。"

我痛苦地咽着口水，终于向于馨问起了一个自己最不想面对的问题："咖啡店的会员们，现在是什么反应？"

"有些会员还没有得知消息，但听说消息的都去了店里，要求退还之前充值的会费，要不然就告我们欺诈经营。冯唐哥实在没有办法就退了一部分，一共退了十二万六千块，现在账面上已经没有流动资金了。如果明天再有会员来闹，就真的没办法了！"

我重重地呼出一口气，然后又深吸了一口烟。即便我破釜沉舟似的卖掉了那辆标致508，可最后换来的仍是这个结果，我什么都没有了，还欠了那么多的钱，这突如其来的打击，让我一时根本无法接受。

此刻，那种看不到希望的绝望让我感到深深的恐惧！

…………

于馨开着车，将我送到了埋葬赵楚的墓园，虽然是深夜，我却没有一丝恐惧。

这个时段无法进入墓园，我只是站在护栏的外面向里面看着，我看得见赵楚的墓碑，他瘦弱却总是笑着的样子便浮现在了我的脑海中。我心里酸涩，眼泪含在眼圈里，我多想在这个时候和他说几句心里话，可是他和我之间有着永远也无法逾越的距离。

我还是没能忍住那愤怒的眼泪，我靠在护栏上，哽咽着说道："我的兄弟，我又来看你了！深更半夜！因为我过得不好，也看不懂这个世界。我只是想凭自己的努力，踏实地做一点儿事情，为什么就这么难呢？就像当初的你一样，为了我和赵牧的生活，毅然决然地选择了钣金这个工种，想必你当时的心情，也和我做咖啡店时是一样的吧，仅仅是想凭自己的勤奋和不怕吃苦的精神养活你的两个兄弟，可是上天却给了你这样一个结果……"

我的牙齿在打战，已经泣不成声。

"兄弟……我难过！你能告诉我，我的出路在哪里吗？"

我闭上眼睛，乏力地仰靠在护栏上，我已经说不出一句话来，我的愤怒和委屈就这么被黑暗吞噬，让我变成了一具没有情绪和灵魂的行尸走肉。

于馨来到我的身边，轻声对我说道："江桥哥，我知道你现在很难过，可是你依然要面对明天。我相信你不是一个会被轻易打倒的人，因为你从小就生活在比别人要困难很多倍的环境里。所以你发泄完了，一定会重新振作的，对不对？"

我不言语，也不想睁开眼睛去看这个一片漆黑的世界。

"江桥哥，我们回去吧，这里真的怪吓人的！"

"我想再坐一会儿，你先走吧。"

"走吧，也许回去后，世界根本就没有你想得那么糟糕，你会发现还有人关心着你，你并不是自己一个人在默默地承受着这一切。"

我终于睁开眼看着眼前的于馨，我知道她只是在安慰我，我并没有因此而产生什么期待，可我确实得离开了，因为我发泄过了，也在赵楚面前忏悔了没有能够守住我们梦想的无能，我没有理由继续软弱。

…………

那辆于馨借来的宝马Z4，载着我飞快地回到了郁金香路，她将我送到了路口，我独自走过小巷，黯然地在咖啡店门口站了一会儿，那种伤痛就像一把把利刃扎在了我的心头，让我窒息。

我不敢在这里待上太久，转身继续向那个可以看见小院的转角处走去。

月光下，青石板铺成的小路有些发亮，我在不经意间向小院的门口看去，一个女孩穿着红色的高跟鞋，蓝色的棉袄，就坐在门口的台阶上。

听到我的脚步声，她回过了头，千真万确是我许久未见的肖艾！她看着我笑了笑，一瞬间，仿佛百花争相开在巷子里、墙壁上、屋檐间。

第182章 你是为了我回来的？

我没有立即迎着肖艾走去，我产生了一种身处梦境的怀疑，毕竟她已经那么久没有了消息，却恰巧在这个时候出现，让我觉得不那么真实。可在这种患得患失的怀疑中，我的心跳却越来越快，因为我甚至能看清她那枚造型很精致的耳钉有多少种颜色，这绝对不是梦境！

我迎着巷子里的风来到她的面前，她的脸上还保持着刚看见我时那种很随意的笑容，她向我问道："又进派出所啦？"

巷子里很静，能听见她的回声。

我假装不太在意地看向别处，然后应了一声："嗯，关了十二个小时。"

"那个地方到底有什么吸引你的？让你跑得那么勤！"

"你挤对我。"

"不挤对你，难道还要给你歌功颂德啊？或者给你点奖励？"

"我反正不拒绝，如果你要给的话。"

肖艾捡起地上的一块石子，砸在我的脚面上，似笑非笑地回道："不给，怕你骄傲，也怕你分不清好坏，继续犯傻，干蠢事儿！"

我不言语，又想起秦苗的所作所为，脸色瞬间阴沉。是，肖艾的忽然出现让我感到高兴，可这并不代表自己就能忘了那正身处绝境中的痛苦，我有点不太敢去设想明天会遭遇的种种麻烦。

肖艾给我让出了一点儿位置，示意我在她身边坐下。

我点头，然后点上一支烟在她的身边坐了下来。下一刻，肖艾便抽掉了我手中的烟，一半埋怨，一半关切地说道："别让人觉得你离了烟就不能活，先吃点东西吧，这是我在台北给你买的。"

"这是什么？"

"割包，台北的特色小吃，没吃过吧？"

我点了点头，然后从肖艾的手中接过，居然还有温度，这让我感到疑惑，便又问道："怎么还是热的？"

"我刚刚去便利店借用了微波炉，吃吧，别看着我了，没下毒！"肖艾说完便托着下巴看着我，她的睫毛很长，眼睛很清澈，就像小时候看过的漫画里面的人物，却又比漫画来得真实，因为如此近的距离下，我甚至能感觉到她的呼吸。

591

这一整天，我都没有吃过东西，我实在是太饿了，几口就吃掉了一个割包，肖艾又从餐盒里给我拿了一个，然后将自己的保温杯递给了我，她示意我别噎着，而杯子里面是可以清肝火的凉茶。

我的肝火是挺大的，要不然今天怎么会带着菜刀去找秦苗，还因此把自己送进了派出所。

开始吃第三个割包时，我终于向肖艾问道："你怎么突然从台北回来了？"

"你猜。"

我转头看着肖艾，她正把玩着一块从地上捡来的石子，有些漫不经心的样子。

于是，我也不想猜了，直接转移了话题又问道："你和你妈妈在一起生活还习惯吗？"

"我没和她住在一起啊，我自己租房子住的，就在世新大学的旁边。"

我有些惊讶："啊？为什么没和你妈妈住在一起？"

"住在那边方便嘛，可以教一些大学生学乐器，正好赚一点儿生活费。反正离我妈那边也挺近的，就几站路。"

我脱口而出："那还不如留在南京呢！"

"呵呵，我没觉得台北哪儿不好，我反正挺喜欢那边的生活，至少每个星期都有机会陪我妈逛逛街、吃吃饭什么的。"

我笑了笑，回道："那你就当我是胡说八道吧。对了，你干吗不找一份正经的工作啊？我记得你说过要做音乐教师的。"

"你以为学校是你家开的啊，说找就能找到？不过，我妈妈已经帮我打点好了，只要我能考到那边认可的教师资格证，应该就可以去一所公立的中学教学。"

"哦，那你还要去德国留学吗，肖老师？"

肖艾也并不在意我的调侃，她回道："先在台北陪妈妈一两年，留学的事情以后再说吧……"说到这里肖艾停了一下，随即皱眉反问道，"你问么多做什么？"

"没什么。"我笑了笑，随后低下了头，因为我已经确定了肖艾只是暂时回来，她终究还是要走的。

我忽然不想再探究她是因为什么回来的，只想在这个还能和她说话的夜晚，多说一些话，多问一些她在台北的经历，然后带着点心痛和不舍再一次接受她的离开。

是的，我没有指望谁来拯救我的痛苦，也没有谁能拯救。反正这些年我也已经习惯了这种孤立无援的生活。

肖艾也随着我沉默了一会儿，之后才又向我问道："你呢，你这段时间过得怎么样？"

"我啊？呵呵，我还是老样子呗，活在烦恼里，也看得见希望，反正是挺充实的！"

"我都知道你被逮进派出所的事儿了，你还和我装！"肖艾有些不满地瞪着我。

我却轻描淡写地回道："我说错了吗？今天飘在天上潇洒着，明天也能踩在悬崖的边缘跳个舞，这生活多丰富精彩啊！"

肖艾的神色恢复了正常，她看向别处说道："看样子你还挺享受，早知道我就不回来了。"

我愣了半天，才问道："你是为了我回来的？是不是你自从上次离开南京后，就一直和于馨有联系？"

"江桥，你不觉得自己的反应弧有点长吗？"

"你再多说点，我有点蒙！"

"不说了，说完了。"

我有些无奈地看着她，她却表现得无动于衷，于是我又转移了视线看着头顶那有些清冷的天空，随之想起一些很久前的事情和情绪，心情渐渐安定了下来。

或许，这种安定是因为有她在身边，我一直能感觉到她身上带着甜丝丝的气息，于是我贪婪地希望这个夜晚不会结束，她也不会走，我们就这样穿过时间的洪流，等醒过来时，世界已经彻底变了样子，而我们也老了。

这终究只是我美好的一厢情愿，片刻之后她就起身对我说道："我先走了，去于馨那儿住。"

我有些木讷地点了点头。

她随之拿起自己的袋子，然后向前面走了几步，又回头问道："江桥，你明天准备做什么？"

"找秦苗算账。"

"还有呢？"

"这件事情就够我做一天的了。如果你晚上有时间的话，我请你吃饭吧。"

肖艾半开玩笑半认真地回道："还是我请你吃吧，毕竟找人算账是一个体力活儿，就算我犒劳你了，祝你旗开得胜！"

肖艾言语里的轻松，让我那紧绷着的神经也轻松了下来，我不再像之前那样紧张地把即将要面对的一切当成是生死攸关的危机，我只想找秦苗算账，然后为咖啡店赢得一丝生机。

她就这么走了，风吹散了她最后留下的香甜气息，我的世界也随之灰暗了下去，独自坐了好一会儿后，才想起责怪自己不懂礼尚往来。今晚，肖艾又是请我吃割包，又是给我喝她的凉茶，可我连一根她喜欢吃的玉米都忘记请了，甚至连她有没有吃饭也未曾关心！

想来，我也真够自私的，自私地活在自己的痛苦里，自私地不去探究她到底是带着什么心情回来的。

第183章 一群可怕的女人

这个只有一个人的晚上，我独自躺在床上思量着，最让我头疼的还不是咖啡店被强制取消了经营资格这件事情，而是从哪里弄到一笔资金退还二十万左右的会员费。

秦苗实在是太狠了，她以这种方式弄垮了咖啡店，连最后转让的可能性都没有了。因为只要在这条巷子里，咖啡店便因为消防问题而无法经营，所以我投资了一大笔钱而进行的装修改造，等于全部打了水漂。

我怀着不能抑制的恨意掐灭了手中的烟头，我不能让秦苗这样在我的头上作威作福，咖啡店必须要经营下去。

次日一早，起床后，我去菜市场买了一把菜刀，目的不是威胁秦苗，而是家里确实缺了一把，因为昨天那把已经被派出所当作作案工具给没收了。

我将菜刀放进了车子的后备厢里，便启动车子向秦苗的建筑公司驶去，我开的是冯唐的车，里面播放着一首我不知道是谁唱的歌，但歌词"两只喜鹊在打架"，我却听得很清。

我恨不能忽略秦苗的性别和她好好打上一架，谁赢了听谁的。

…………

来到乔野家的建筑公司，门卫将我视为恐怖分子，死活也不肯让我再进去。我将冯唐的那辆迈瑞宝停在了墙角处，等着秦苗的到来，反正我知道她开的是什么车，只要她敢来，她就别想进公司的门，除非从我身上压过去。

等了一个多小时，差不多快十点时，秦苗的那辆保时捷终于从街道的另一边缓慢驶了过来。我掐灭了手中的烟头，就站在大门口堵她。

秦苗车子的引擎盖几乎顶住了我的身体，却连车窗也没有开，反而猛按着喇叭逼我让开。这不把我放在眼里的行为，狠狠刺激了我，也让矛盾进一步升级，我恨不能从后备厢里拿出菜刀剁在她车子的引擎盖上，以威慑她，让她别那么目中无人。

可最终我也没那么干，因为赔不起。

心里的愤怒无处发泄，我一巴掌重重拍在她的车上，指着车里的秦苗吼着叫她下车。

秦苗完全不理会我，她甚至打开了车里的音乐，消磨着与我对峙的时间。

我愤怒到无法克制，这就是秦苗的态度，冷漠、嚣张、下作、卑鄙……

两个保安见我的情绪越来越难以控制，便强行架住了我，然后示意秦苗赶紧将车开进院子里。我无法挣脱，便冲着秦苗的车子吐口水，心中的憋屈却越来越重，我本不想闹事的，我只想要个说法，可秦苗竟然把我当成了一堆垃圾选择了视而不见！

不知道从哪里又蹿出来两个保安，来势汹汹地将我彻底控制住，让我动弹不得，而其中一个似乎准备打电话报警。

我又怒又急，身体里憋着的劲顿时发挥到极致，瞬间甩开了抱住我的保安，然后夺过手机，骂道："老子这是合法诉求！你信不信，我要不是克制，就她那辆破车，我早放火烧了！还有你们这帮为虎作伥的，最好别和我来劲！"

被我夺了手机的保安，脾气也上来了，开始对我有推搡动作，我顺势往地上一坐，然后冲围观的人喊道："大家看看，大家都来看看，这就是一个大公司的做派！有手机的赶紧拿出来，把他们的嚣张跋扈都给拍下来，我还不信这青天白日就没人给我一个公道！是不是我们老百姓就活该被这帮为富不仁的恶霸欺负！"

群众的舆论顿时开始倾向我,他们指着保安和秦苗还没有开远的车子指指点点。我索性躺在了地上,反正我活了这么多年,见过的闹事儿的,基本都是这么干的。

"江桥,你够了!"

我迎着阳光眯眼看着,确认了站在我面前的是秦苗后,便从地上一跃而起,指着她鼻子,语气很愤怒地吼道:"秦苗,我和你近日无仇往日无怨的,你怎么就能干出这样的事情!你和魔鬼有什么区别?我告诉你,你最好别把我给逼急了!"

"把你逼急了怎么样?"

"把我逼急了,你甭想过一天好日子,反正我有的是时间和你耗着。"

秦苗冷笑着点头,她回道:"好,我就想问问你,你这么和我闹是为了什么,又想达成什么样的目的?"

我怒极反笑:"你问我想达成什么样的目的?我告诉你,凡事要讲道理,你自己想想对咖啡店做的事情,真的不感到惭愧和羞耻吗?我现在就一个要求,我想咖啡店继续经营下去,你怎么把它搞垮的,你就再怎么把它还原!否则这个事情咱俩一辈子没完!"

"我不知道你在说什么。"

"呵,不知道我在说什么?好,那我问你,咖啡店的店长和几个店员,是不是你动用关系给挖走的?"

秦苗愣了愣,显然她不知道陈艺会将这件事情告诉了我。

我带着鄙夷的笑容又说道:"你不说话就是承认了,对吧?那我就再和你算算第二笔账。昨天咖啡店忽然就被消防给查封了,就算我们有疏忽,也不至于连整改的机会都不给吧?这事儿除了你秦苗,我不相信还有谁能做得这么不给人活路!"

秦苗的面色极其难看,她说道:"江桥,你说的第一件事情确实是我做的,我只是想让你知难而退,但从来没有想过要把你逼上绝路。你说的什么被消防查封的事情,我一点儿也不知情!"

"难道非要把证据亮出来,你才承认吗?"

"好啊,你有证据你就拿出来,要真是我干的,我愿意赔偿你十倍的损失。如果没有,你就不要再和我闹了,我丢不起这个人!"

这回是我愣住了,我认定这件事情是秦苗所为,完全是出于惯性思维,哪里有什么证据。话又说回来,如果我要真的有证据,也不至于在这撒泼了。

但我还是说道:"这件事情只要脑子没病,都能想到是你做的吧!我就问问你,除了你把那家咖啡店视为眼中钉肉中刺,还能有谁?秦苗,你要是敢作敢当,我还敬你三分,否则我会更加看不起你的!"

"你纯粹就是来和我胡搅蛮缠的,没有做过的事情,我秦苗是绝对不会认的!你有本事,就把天给我闹翻了看看。"

秦苗说着就要离开,我怒火攻心,牢牢抓住了她的手腕,一把将她给扯了回来,怒道:"你一句和你没关系就想把自己给撇清了?你知道我快被你逼得无路可走了吗?现在咖啡店门口堵着的全是来要钱的会员,本来好好一家咖啡店,就因为你的私欲,全都毁了!连带着我的梦想都被你给毁了!我真想知道,你的良心是不是被狗给吃了？还是你仗着自己有俩臭钱，欺负起我们这些人就特有成就感？"

"江桥你这个人渣，你放开我！"秦苗剧烈地挣扎着。

保安又将我围了起来，可我死活都不肯松开秦苗的手，如果这件事情她不肯收手，咖啡店就一点儿希望都没有了！

这时，又一辆车在围观人群的旁边停了下来，我顾不上看，下一刻金秋便出现在了我和秦苗的身边，她这绝对不是偶然路过，应该是来和秦苗洽谈在三亚合作的酒店项目。

"江桥，别闹了！要不是秦苗护住你，这会儿你早进派出所了。"

"我不在乎，昨天她就把我送进去了！"

金秋放轻了语气，说道："冷静点，冷静点，秦苗是孕妇，你别这么和她拉拉扯扯，很危险的。你的事儿我来和你谈，保证给你一个满意的答复，好吗？"

我这才想起秦苗有孕在身，我赶紧松开了她，金秋也趁势将秦苗扶进了院子里，然后示意秦苗去办公室，剩下的事情交给她来解决。

…………

我不是一个不讲理的人，秦苗走后，我没有因为金秋把这个事情揽在自己身上而翻脸和她闹，围观的人误以为事件平息也纷纷离去，现场只剩下我和金秋，还有几个在传达室里观望的保安。

这中间，我又接到了来自冯唐的电话。他告诉我，有几个会员刚刚在咖啡店闹事，被他给劝走了，但那些会员表示如果三天之内我凑不齐退还的钱，他们就会以欺诈经营的罪名向派出所报案，因为涉及的金额比较大，一旦定罪，情节是非常严重的，所以冯唐让我无论如何也要尽快解决这件事。

结束了通话，一直站在我身边的金秋说道："江桥，咖啡店的事情我已经大致了解了，我个人感觉和秦苗无关！"

"你当然会说和她无关，谁不知道你们现在是一条船上的人。"

"你相信我的感觉，如果秦苗真的是一个这么极端的女人，我又怎么敢选择和她合作这么大的项目？"

我什么也听不进去，当即讥讽道："你没听过人以群分，物以类聚吗，你金秋要是真狠起来，也不比秦苗差到哪儿去，你们是一群可怕的女人！"

金秋明显在克制着自己的情绪，却也被我噎得无话可说，就这么用一种复杂的目光看着我。

我抬头看着在自己面前耸然矗立的建筑大楼，只感觉自己渺小得就像一只随时都能被踩死的蝼蚁！我的心底不自觉产生了一阵恶寒，我甚至能预感到，我闹得越大，最后倒霉的反而是我自己，可此刻我还有其他什么更好的选择吗？

我渐渐冷静了下来，我的心却好像被撕出了一个很大的伤口，我找不到能够让其愈合的药，任其越来越疼，越来越疼，疼到我看见了一个梦幻的世界。在那个世界里，没有压榨，没有阴谋，也没有争斗，更用不上菜刀，只有光明磊落和坦坦荡荡。

我点上一支烟，快要吸完时，终于对金秋说道："你待会儿会上去见秦苗吧？麻烦你转告她，给咖啡店一条活路，如果她不给……"

"如果她不给，你会怎样？"

我低头沉默，我还能怎样？实际上除了和她瞎闹，我什么也做不了！

我没有言语，心中却已经有了答案，如果她不给，我就无路可走，甚至凑不齐那笔退还的钱，我还有牢狱之灾！

我渐渐感到疲惫，在疲惫中好似听到了召唤的钟声，然后沉默着向自己开来的车走去，只希望天上能下一场钞票雨，好让我忘记那因为金钱而带来的无尽烦恼！

…………

回到咖啡店，我独自坐在已经被贴上封条的门口。此刻，郁闷和无助已经不能形容我的心情，我第一次感到深深的恐惧，也有揪心的惋惜，为什么好好的一个咖啡店就变成了现在这个样子呢？

在这个时候，烟总是我不离不弃的朋友，我仰靠在曾经寄托了我无数期待的木门上，猛吸了一口烟，然后又重重地吐出，我似乎没有什么办法了。

正午的阳光直直地照射着我，我终于在散落的阳光下做了一个让自己无比痛心的决定。如果在三天之后，我还没能凑齐一笔退还会员费的钱，那只能卖掉老屋子了！

我一个人枯坐在老屋子的院里，身边是那些已经萌芽的花草，它们为这个屋子带来了春天的生机，可是我越来越痛苦。

如果有一天，奶奶问起我，我该怎么向她交代？

老房子可是我们家最后一点家底儿了，甚至已经过世多年的爷爷也曾经在这里住过，这种已经融进生命里的感情又怎么能轻易割舍掉呢？

想起这些，我更加憎恨在背后将咖啡店送上绝路的人，他不仅葬送了咖啡店，也改写了我人生的剧本。我江桥在这个社会上摸爬滚打了六年，终于因为经营心情咖啡而看到人生的一丝曙光，现在却又因为它而毁了，甚至连自己住了二十多年的老房子也将保不住，我怎么能甘心？

第184章 被感动了

这个下午我去了银行，也找了一些现在混得还不错的朋友。最终，银行很直接地拒绝了我的贷款请求，他们认为我不具备还款能力；而那些过得不错的朋友，只有一个人借给了我三万块钱，其他都以公司现在的业务不景气为理由而拒绝了。

黄昏好像是被春风吹来的，我站在便利店门口眯眼看着，看见了车来车往，也看见了摊贩们支起了小吃摊，很快空气里便满是食用油的香味，刚放学的孩子围着这些小吃摊叽叽喳喳。一辆工程车驶来，路上扬起了尘土。似乎好久没有下过雨了，挂在高楼后面的夕阳美得让人心颤，让人恍恍惚惚。

我呼出一口气，在长椅上坐了下来，什么也不愿意再想，因为越想越心慌，我的能力只能让我借到三万块钱。

恍惚中，我看见了一辆保时捷帕拉梅拉，是顶级配置，价值三百多万，全南京也没有几辆。我猛地从长椅上站了起来，却发现并不是秦苗的车，只是同款同色而已。

我又坐回到长椅上，心中一阵莫名的滋味。世界就是这个样子，有人花三百万只是为了一个代步的工具，而有人却为了二十万的欠款愁断了肠子。

这一刻，我对贫富的差距和社会的规则有了比以往更加深刻的认识。我江桥还能拿什么去和秦苗谈条件，我现在剩下的只有贱命一条！

路灯跳动了一下，便全部亮了起来，夜晚就这么来了，郁金香路上又热闹了起来，到处可见穿着薄外套的路人。此刻，吹来的风都带着一丝暖意，而今天应该是年后温度最高的一天了，春天真的来了。

我低下头，摸出一支烟点燃，然后又用手擦掉了皮鞋上的污点，我没有再抬起头，就这么看着凹凸不平的地面，人却是木讷呆滞的。

"江桥，想什么呢？"

我抬起头，肖艾就站在我的面前，她穿了一件白色的衬衫和蓝色的外套，简洁又干净，空气里隐约传来她的气息，有些香甜，有些迷人。

我顺手将还没吸完的烟掐灭，然后扔进了身边的垃圾箱里，笑了笑回道："没想什么，就是觉得这会儿的空气不错，想坐一会儿。"

肖艾在我的身边坐下，她将披着的头发用皮筋扎了起来，然后随着我的目光看向那些在路灯下川流不息的车辆。风从她的身边吹过，她的头发也没有散乱，这让她看上去很坚定，要比这流光溢彩的世界还要美丽几分。

片刻后，她看着我问道："今天你去找秦苗，她怎么说？"

"别提了，要多灰头土脸有多灰头土脸，还被一帮混蛋以为我是混蛋！好像他们多厉害、多有手段似的，等同样的事情摊到他们自己身上就不装了！"

肖艾安慰着沮丧的我："你别理那些人，我觉得你没有做错，遇见这样的事情总要为自己出一口气的。就算最后没有能够得到想要的结果，但至少也吐出一些恶气了吧！"

"所以你认为我还是有收获的？"

"必须的！"

我笑了笑，心情也好了些，随即让肖艾等等我，自己转身进便利店里买了一根刚刚煮好的玉米，递给她说道："我觉得你开导人还是挺在行的！请你吃根玉米，算是感谢。"

肖艾却没有在第一时间接过我递给她的玉米，她从钱包里捏出两枚硬币，笑道："看，我们买年货时砍价砍下来的，我还留着呢！算安慰你，我也请你吃玉米！"

她起身要走，我拉住了她的外套，说道："现在两块钱买不到玉米了，过完年就已经涨到四块钱一根了。"

肖艾有点不相信："涨价了？"

"嗯，店员说，连车站外面都卖五块钱一根了，这里涨到四块钱其实是挺合理的。"

肖艾翻着钱包看了看，语气郁闷地回道："只剩几张台币了！"

我将她拉了回来，说道："我不吃，我就想和你聊会儿天。"

肖艾没有再坚持，却要我把她那根玉米掰成两半，然后我们一人一半。她一边吃，一边对我说道："这个世界上就没有过不去的坎，该吃吃，该喝喝，人在落魄时，千万别和自己作对。对吧，江桥？"

我笑了笑，被她此刻表现出的轻松感染了。于是我们以有福同享的理念吃起了同一根玉米。

"肖艾，我能问你一个问题吗？"

她没有停下来，很轻松地回道："你问呗。"

我稍稍酝酿了一下情绪，然后向她问道："我们刚刚认识的时候，你过着整个南京都不会有多少人能享受到的物质生活，要什么有什么。现在，突然没有了这些，你能适应吗？会因为这种特别极端的对比而失落吗？"

肖艾看着我，我也看着她，她的表情先是平静，然后笑着回道："有什么好失落的，我反而觉得现在的生活挺不错的！首先，自己循规蹈矩地生活，踏踏实实地赚一点儿小钱；然后，没事儿还可以陪妈妈逛逛街聊聊天，听她说生活的道理；最重要的是，自己现在心里有了期待，很清楚地知道自己要什么，所以一点儿也不恐慌。你知道吗？我们刚刚认识那会，应该是我人生中最空虚的日子了，除了将自己训练到没有了力气，就是去酒吧喝酒，我根本不知道明天要怎么过，该怎么过！"

我充满好奇："是吗，那到底是什么样的期待，改变了你的想法和生活呢？"

肖艾不说话，只是把玩着刚刚那两枚不够买玉米的硬币。

我也没有追问，因为每个人都会有一些不愿意与别人分享的秘密，就好比我，也有不愿意说的秘密。

…………

片刻后，一辆奔驰 GLC 在路边停了下来，季小伟按下车窗，言语中满是见面后的喜悦："师妹，没想到你真回来了，一开始我还不相信，以为你在和我开玩笑呢！"

"你的玩笑有什么好开的！找个地方停车吧，待会儿请我们吃饭。"

我看着季小伟，他的车子又换了，看样子他要比去年时过得更好。他是一个没有精神烦恼也没有物质烦恼的人，这总是让我自惭形秽，也让我不敢想起自己才二十六岁，一个本该激情澎湃的年纪。

在季小伟之后，于馨也来了，随行的还有她的几个同学，他们全部开着好车，似乎家境都还不错。

一阵寒暄之后，肖艾便建议众人就在郁金香路上的梧桐饭店随便吃点。这些人，包括季小伟都很给肖艾面子，也没有嫌弃梧桐饭店的简陋，一边聊着天，一边向梧桐饭店走去。

此时的梧桐饭店在装修上做了一些改变，门头上面镶起了光线会流动的彩灯，里面的风格有点偏欧美，甚至连门外都支起了几顶凉棚，四周围着白色的栅栏，还真像国外乡镇上那种很有格调的小饭店。

进去以后，我更加直观地感受到了梧桐饭店的变化。里面不再卖豆腐脑，取而代之的是一些饮品。我有点难以适应，只记得十几天前还和陈艺来这里喝过豆腐脑。

…………

599

今天晚上的气温很高，众人一商量便决定在外面吃，老板娘很高兴，因为我们是第一批坐在外面吃的顾客，她说会给我们打个折，然后凑个吉利的数字，算是好彩头。

我又特地问了她豆腐脑的事情，才知道，豆腐脑也不是不卖了，只是不放在店里卖，而是单独支了个小摊在卖。

我心里终于好受了一些，这里总算还没有改变得太彻底。

吃饭过程中，大多是肖艾的同学在和她叙旧，要不就是问她在台北生活的情况，我插不上嘴，也没有心情聊，只是独自喝着闷酒，但没敢让自己喝多。

吃了一个多小时，晚饭结束。季小伟单独将我喊到了饭店对面的人行道上，他递给了我一支烟，然后问道："兄弟，听说咖啡店不打算开了，里面的一些设备和桌椅就转让给我吧，我用得上。"

我不傻，顿时明白肖艾为什么会将季小伟从扬州叫到了南京，还和我一起吃了这顿饭。

我回道："我现在是挺难的，不过你那边如果没有这个需求，就不要勉强了，这是一件对你来说挺吃亏的事情！"

"没事儿，真谈不上什么吃亏。我这儿正准备筹备新店呢，你这边也都是新买的桌椅和设备，给我用正好，我是求之不得！"

季小伟越是表现得不在意，我越是知道这是承了肖艾的情。

我心中一时五味杂陈，下意识地往肖艾那边看去，她正在和几个同学聊着天，我看见其中一个人从包里掏出一个文件袋给了她。

季小伟拍了拍我的肩，然后催促道："别愣着了，赶紧带我去店里看看吧，咱们争取今天就把转让的价格算出来。"

"今天不行，店铺被贴了封条，我得向消防那边申请一下。"

季小伟稍稍思虑之后，又说道："咱们是熟人，谈不上谁坑谁，你那边能用得上的做甜品、做咖啡的设备，还有桌椅我都要，你直接给我一个价，行吧？等你那边请示好了，我就让人过来搬走。"

我细细在心里算了一下，后期买的这些桌椅和设备一共花了十六万，虽然和新的差不多，但也不能照全新的价格卖，便回道："店铺升级之后买的设备和桌椅一共花了十六万多一点儿，给你算个八折，就十三万吧。"

季小伟没有在价格上做一点儿计较，当即便回道："行，你留个账号给我，明天我就把这笔钱打到你的账户上。"

"那谢谢了！"我将自己的银行卡账号给了季小伟，他用手机记了下来，然后像了却一桩心事般冲我笑了笑。

…………

一起吃饭的人陆续离去，我和肖艾面对面站在梧桐饭店的门口，她的手中拿着我刚刚看到过的文件袋。她对我说道："江桥，我明天就要回台北了，你在南京要好好的，知道吗？"

我的心像被抽了一下，问道："怎么这么急？"

"嗯，后天有考试，是考教师资格证的。"

我沉默，她也沉默。

纵有千言万语憋在心里，却很难说出口。不知道过了多久，我才对她说道："其实我知道，你虽然去了台北，可一直让于馨照顾着我。她也不是特别需要你的那块手表，只是因为那时候的咖啡店很困难，我连进货的钱都没有了！"

肖艾笑了笑："互相帮助嘛，就像你当初帮我一样。"

"谢谢你。"

"不用这么客气，谁都需要一个不计付出、不计回报的朋友。"

"我们算吗？"

肖艾反问："这还用怀疑吗？"

我们又陷入了沉默中，肖艾也趁这个空隙将手中的文件袋递到了我的手上，她说道："这里面有六万块钱，你先拿去救急吧！"停了停，她又补充道，"我知道你这个人很好面子，但现在不是好面子的时候，一切都等过了这次的难关之后再说。"

我低下头，又抬头看着身边已经发芽的梧桐树，我想告诉肖艾，我并不是好面子，只是不知道要拿什么来回报。

自始至终我能给予她的，也仅仅是生活中一些细微的照顾，可是她都已经去台北了，分隔两地，我还能再照顾她什么？

肖艾将文件袋塞到了我的手上，她又对我说道："时间不早了，我得走了。"

我条件反射似的拉住了她："等等。"

肖艾的表情有些疑惑："怎么了？"

我回道："其实，我今天也和朋友借到了三万块钱，用不了这么多的。"

"那就留着吧，咖啡店的事情结束之后，你总还要做点其他事情的。哪怕是在生活上，也要有开销的。"肖艾说完笑了笑，然后推开了我的手。

我就这么站在原地，除了"谢谢"也不知道该说些什么。

肖艾看着我，终于冲我挥了挥手，然后向路边走去，她伸手拦下了一辆出租车，在路灯散落的光线下，渐渐消失在了我的视线中。

我的眼泪不受控制地掉落，因为被感动了，真的被感动了，她对我是那么好，给了我现在她所能做到的一切。可她自己在台北也生活得很拮据，甚至要租房，还要靠教别人学琴赚取微薄的生活费。

第185章 《私奔》的力量

好似与生死赛跑一般，我在最后期限快要到来的夜晚，在肖艾的帮助下，终于获得了一笔能够偿还会员们会费的资金。我的人生好似在这一刻经历了重启，让我有了再次去选择的权利。

我迈着有些疲乏的脚步向老屋子走去，心中更加感谢肖艾千里迢迢从台北赶回来为我做的一切。如果不是她，我恐怕连在南京的这个家都保不住了。

我缓慢走到了巷子的深处，然后在咖啡店的门口停下了脚步，如果不是那扎眼的封条，咖啡店的布置和陈列还会和前些天一样，甚至吧台上养着的那两条金鱼仍活着，它们在水箱里游来游去，好像在告诉我，它们除了温饱，一点儿烦恼也没有。

我笑了笑，然后在墙上抹上了些白色的石灰，在木门的玻璃上按上了自己的手印，我该和这里告别了，而这条老巷子里以后也不会再有心情咖啡。

我心情平静，这种平静是在经历了极端的痛苦后换来的，它价值连城，让我有心情享受着这个夜晚的空气、星光和温柔的暖风。

我还爱着这个世界，爱着每一刻都会发生的喜怒哀乐！

…………

来到自己家的门口，陈艺就在台阶的旁边站着，她的手上拎着一个在我印象中已经用了很久的手提包，她烫了卷发，穿着单薄的职业装。这让她看上去像一个成熟的女人，虽然她和我一样也才二十六岁，距离而立之年还有好几年。

我来到她的面前，轻松地笑了笑问道："你是来找我的吗？"

"你今天又去秦苗的公司闹了？"

我反问："不和她闹，我和谁闹？"

陈艺低声对我说道："江桥，你可能误会秦苗了。这两天我一直在找关系打听，到底是谁做了这件事情。其实，有可能不全是人为的，也和最近的政策有关。如果你关注新闻，应该知道香格里拉古城被烧毁的消息，所以南京最近也在这方面进行了规模很大的整顿，咱们这条老巷子确实不太适合做餐饮，因为消防安全隐患太大了！"

"那为什么会这么巧？正赶在咖啡店要起势的时候，给我来这么一出？"

"被人举报了，这个人对一些政策性的东西吃得很透，但不是秦苗……"

我打断了陈艺："她是做建筑行业的，要谈对政策的理解和把握，谁有她在行？除非你有直接证据，证明不是她做了这件事情，否则她在我心里就洗不清嫌疑。"

陈艺的面色无奈又有心痛："我是真的很想给你一个可以让所有人都信服的答案，可是我现在没有能力给。那就等时间来给答案吧，它是这个世界上最能辨别出是非的东西，包括人性，包括爱情的真伪！"

我没有回应陈艺的话，却相信她的话，因为时间已经在我们之间验证了太多的东西。我们从年少时离开了彼此就会死的感情，渐渐到了今天这种说不清的状态，渐行渐远已经是不争的事实。

沉默了一会儿之后，陈艺放下了自己手中的包，对我说道："咖啡店现在的情况我都知道。这些年我帮家里买房子，自己买车，其实也没能存下多少钱。这包里一共有五十万，全是现金，你直接拿去还给那些会员就行了，剩下的钱你就去做一些自己喜欢的事情吧。但是不要再开咖啡店了，这是你和秦苗之间都挥之不去的阴影。我只希望大家还能像从前那样，一份十几年甚至更长时间的感情，对谁而言都应该珍惜。"

我看着那个摆在地上的包，心中五味杂陈，我问道："这段时间你夹在我和秦苗之间，很为难吧？"

　　这句话戳中了陈艺心中最委屈的地方，她的眼里立即便有了泪水在打转。她哽咽着回道："不知道从什么时候开始，我做什么事情都不对。我去劝秦苗，她责怪我被爱情冲昏了头，无底线、无原则地偏袒你。我来劝你，你又觉得我不顾及你的感受，践踏你的梦想，甚至觉得我在你和秦苗之间，只选择那个对自己有利的人。可我真的只是希望，你们不要一错再错，所以我告诉你秦苗曾经用了不正确的方式挖走了咖啡店的店长和店员，希望你能让一让秦苗……可是，这却成了你判断咖啡店被查封原因的最重要依据，觉得一定是秦苗做的。而秦苗那边又怨恨我把这些告诉了你……我真的好累，你们都曾是我生命中最亲近的人，可现在都离我越来越远，我的痛苦却不知道该告诉谁。江桥，我到底做错了什么？还是我真的很愚蠢，无论怎么努力，都换不到一个自己想要的局面，永远活在所有人的误解中！"

　　无论平时陈艺多么光鲜亮丽，可在夜晚，在我面前，她终究只是一个需要被保护的女人，她靠在墙壁上，越哭越难过。

　　从小到大，我最不愿意见到的事便是她哭，而她也并不是一个会用这种激烈方式去表达自己情绪的人，这一次她是真的痛了。

　　我总是以自己的角度、自己的感知片面地看这个世界。如果有人将我的内心感受当成是一个层次分明、结构完整的故事，那么他（她）会看见我的全部。可是，却没有人看见陈艺是怎么度过每一个夜晚、每一个白天的。

　　就好比她去参加那个残酷的极限生存挑战节目，她的身上伤痕累累，住在那荒郊野外的帐篷里，她又是什么心情，又会想着谁呢？

　　这些除了她自己，没有人知晓，也没有人去探知！

　　我为她心痛，也为自己的偏执而自责。早在她用二十多年的感情恳求我时，我就该像此刻这般站在她的角度去换位思考了。可我竟然没有把她的伤痛当回事，还反过来责备她太看轻了这二十多年的感情。

　　我将她伤害得太深了！一次又一次。

　　我一点点靠近她，搭住她的肩，轻声说道："其实每个人的骨子里都有恶劣的一面！事到如今，再去判断这件事情的对错已经没有什么意义，但我答应你，今生今世我都不会再去从事和咖啡有关的任何职业。我放弃了，真的放弃了！因为我想明白了，我的梦想不应该凌驾于和你的感情之上！人生没有多少个二十年！"

　　陈艺抱住了我，越抱越紧，她的泪水染湿了单薄的衬衫，留下一片温热。这感觉就好像某一年春天的早晨，她坐在我自行车的后面，不小心将杯子里的热水洒在我的身上，我没有不舒服，却觉得很温暖，因为我们靠得实在是太近了。

　　许久，陈艺离开了我的怀抱，我知道她要和我告别了，可是我不能接受她给我的这笔钱，我知道五十万对现在的她意味着什么，更何况在这之前，我已经在另一个女人的帮助下得到了一笔足够解决麻烦的钱。

　　我将那只手提包交还到她的手上，说道："这些钱你拿回去吧，我能解决咖啡店的事情。"

陈艺看着我。

"拿回去吧,这些钱也都是你辛苦挣来的。等你哪天再上什么真人秀,一集的片酬几百万,就算你不给我钱,我也想从你那儿搜刮一点儿,就当是共同富裕了,但现在真不行!"我说着拉过她的手,将包还给了她。

……

陈艺离开了,我的心却还在刚刚的激荡中收不回来,我强烈地感觉到从低谷里爬上来的自己需要一些正能量。我想在这座城市里走一走,然后将这些年积攒的负面情绪统统扔在吹拂而过的晚风中。

这个夜晚,我坐了公交车,也坐了地铁,但大部分时间都是在行走,我又来到了莫愁湖旁边的一条街道上。街道很宽,也很繁华,我的视线里尽是往来的车辆和人群,而街道的两边有酒店,有饭店,也有服装店,这给了人很多安全感,因为这条街是可以提供温饱和住宿的。

往前走了一百多米,一个广场上停着一辆音乐大篷车,在车身最醒目的地方写着"文艺之路二十六城巡演"几个大字,这是为了宣传某个商业项目而开启的巡演。

我来得正是时候,演出似乎进入了高潮,两个穿着夹克,看上去很有力量的男人正在舞台中央交流着什么。瞬间,那热烈的前奏便被多种乐器给演奏了出来,是一首震撼人心的《私奔》。

"把青春献给身后那座辉煌的都市,为了这个美梦我们付出着代价,把爱情留给我身边最真心的姑娘,你陪我歌唱,你陪我流浪,陪我两败俱伤。一直到现在,才突然明白我梦寐以求是真爱和自由。想带上你私奔,奔向最遥远城镇。想带上你私奔,去做最幸福的人。在熟悉的异乡,我将自己一年年流放。穿过鲜花,走过荆棘,只为自由之地。在欲望的城市,你就是我最后的信仰,洁白如一道喜乐的光芒将我心照亮……带上你私奔,带上你私奔……"

我在这首歌中听到了撕心裂肺的渴望,也听见了可以把这个世界点燃的正能量,这个世界真的太美了,真爱和自由让人向往。

这一刻,我敢大胆地想象,只要是两个真心相爱的男女,就算跌跌撞撞地私奔到最遥远的城镇,抛弃了一切物质的繁华,可结果仍是值得的。因为那座最遥远的城镇,浓缩着自由和流浪,那是踩着荆棘才能到达的,谁敢说它不好,说它荒凉?

它绝对不荒凉,因为人性里最美的花朵,已经开满了那个地方。

两位歌手就这么抱着吉他,用全部的情感演绎着,《私奔》从他们的口中唱出来,特别有力量,我随之产生了一种共鸣。我想起了肖艾,想起了她千里迢迢从台北赶回到南京的勇气。

我赶忙拿出了自己的手机,将那铿锵有力的歌声和涌动疯狂的人群统统拍摄进了镜头里,我要留下来做纪念,让我在未来也能有这样的勇气去不顾一切地爱上一个女人。

……

这个夜晚,于我而言真的是太值得了,我心中的阴霾,被这首《私奔》的力量驱散。我想与另一个人分享这段视频,我知道她与于馨住在一起,虽然我没有她新的联系方式，但是我可以让于馨转发给她。

在这种能量的激励下，我变得细心又大胆，我想留下肖艾，为什么她一定要去台北做老师呢？南京才是她最亲切的家乡，她应该用"私奔"的勇气，推翻过去的一切，就将南京当作那座"最遥远的城镇"。

在这座城镇里，她不必害怕一切，因为我会对她好的，就像她对我好一样。

做了一个深呼吸，我将视频发给了于馨，然后又附上了一段文字："麻烦转给肖艾看，再帮我转告她，我想找她聊聊，见面聊。我在郁金香路上的便利店等她，要她务必去！"

将手机放回到自己的口袋里，我向可以打到车的另一条街道狂奔而去。我觉得肖艾会给我一次见面的机会，因为我们之间是有感情的。虽然直到现在，我还不能确定这到底是一种什么样的感情。

…………

车子载着我飞快地向郁金香路驶去，我看着后退的灯火，心中更深刻地理解了"私奔"的含义。所谓私奔，并不是真的私奔。它代表的是一种解放的勇气和自由。就像现在的我，虽然并没有太充分的理由留下肖艾，可我就是敢这么做。

如果她愿意留在南京，我们可以合作开一个琴行，她负责教学，我负责宣传和企划，我们可以凭着各自的天赋和经验将这个事业做得很好。

片刻之后，于馨给我回复了消息。她说，肖艾愿意与我见面。她还问我，是不是要向肖艾表白。我没有回复，但我很激动。因为有些情绪从她上次离开南京时就有了，只是一直没有被刺激出来，那时的我不懂得怎么挽留她，也不知道留下她后要做些什么，但此时此刻不一样了！

第186章　你怎么那么可怜

春天的夜晚很轻，风顺着车子行驶的方向吹去，仿佛只是一瞬间，我便从莫愁湖回到了郁金香路。

此时，路灯只剩下半边还亮着，这是郁金香路的特色，过了晚上十一点就会灭掉一些路灯省电，却不影响我看清这里的风吹草动。

我站在便利店的门口，点上一支烟，耐心地等待着，我知道肖艾会来，或早或晚，但一定是在这个夜晚。

我站着等累了，又在长椅上坐了下来，然后下意识地往肖艾会出现的那个方向看了看，心中疑虑着她为什么还不来，这么晚了也不会堵车了啊？

一个小时就这么过去了，我索性躺在了长椅上，看着在天空闪动的繁星，乱七八糟地想了很多，甚至觉得自己就是其中的一颗星星，因为遥远所以冷漠地看着地球上所发生的一切喜怒哀乐。

我笑了笑，瞬间觉得自己有了一种高高在上的荣誉感，然后换了个角度又向天空的另一边看去。

…………

肖艾来到我的身边，她低头看着我，我那高高在上的荣誉感立刻破碎了，她才像是天空上的月亮，闪烁着灵动的光芒。

我从长椅上站了起来，她好像化妆了，又好像没有，但明显换了一套衣服。

我对她说道："等了你一个多小时。"

"我已经睡了，谁知道你会突然约我。既然你约得这么正式，那我总要化个妆，选一套得体的衣服吧。"

我细细打量着她，终于找到一点儿化妆的痕迹，于是笑了笑对她说道："这么大方就承认自己化妆了吗？"

"有什么不能承认的？虽然我天生丽质，但化了妆会更漂亮。对了，还记得我们很久前在莫愁路上看到的那个女人吗？"

我回忆着，因为对那个女人的美貌记忆深刻，顿时便想了起来，然后点头回道："记得，那天她好像是在一个叫什么莫愁的咖啡店里喝咖啡。对了，她似乎怀孕了。"

"嗯。"

我不解地问道："怎么突然提起那个女人了？"

肖艾不语，我盯着她看了一会儿，她今天的打扮明显比以前要成熟了一些，我才猛然想起自己曾在她面前称赞过那个女人，并与她做了对比，认为她还不够成熟，原来她一直记得这件事。

想明白了她的心思，我笑了笑，又说道："这么久过去了，你还和那个女人较劲呢？"

"她是挺漂亮的，但是我可不会和她较劲，我只是不喜欢某些人拿我去和另外的女人做对比，因为每个女人都有自己的个性，都是独一无二的。我希望自己喜欢的男人也能独一无二地喜欢着自己，心里不能有一点儿杂念。"

我看着她，她的眼神非常坚定，这让我感觉到，刚刚她的那番话是永远也不能被改变的，那代表着她对待爱情的原则。

我明白她的意思，也知道她在针对什么，但我对自己不是太有信心，因为我不是一个很纯粹的男人，而若是有一点儿不纯粹，对肖艾这样的女人而言都是亵渎。

我陷入了沉默中。

肖艾却在这时向我问道："说吧，你这么晚约我出来是为了什么？我还特地化了个妆，我觉得你要说的肯定是一件很正式的事情，因为你很少主动约我。"

"我……"

"你什么？"

我憋足了劲看着她，终于涨红着脸回道："我就是希望你能留在南京……"说到这里我停了下来，因为说不出理由，或者说我的理由连自己都说服不了。

"为什么希望我留在南京？我在这里连家都没有了，你养我吗？"

"其实，混成现在这个样子，我连自己都没有信心养活了！"

"哦，那你的意思就是，我留在南京养着你，你跟在我后面吃软饭？"

"你就别胡说八道了，我一个手脚不缺的男人干吗要你养？"

"你又不养我，也不需要我养，那你干吗要我留在南京呢？难不成只是为了每天和你四目相对，大眼瞪小眼吗？那我可做不到！如果是这样，还不如回台北呢，因为对比之下，我还是比较喜欢有时间就陪着我妈逛逛街、聊聊音乐的生活。"

肖艾面色鄙夷地看着我，我决定暂时忘记感情里的那些麻烦，也想给自己一点儿时间，于是我岔开话题："咖啡店现在开不下去了，所以我想做点别的事情。我觉得我们可以合作开一个琴行，你负责教学，我负责做营销企划，大家在一起干一番事业。其他我不敢保证，但你的温饱和住宿问题，我砸锅卖铁都会帮你解决的。想想，你在台北还要自己解决食宿，那对比之下，南京不是更好吗？"

肖艾没有想到我会提出和她一起干事业的要求，以至于面色复杂地看着我，我的心跳在她的目光中越来越快。我发誓，这应该是我对她提出的最大胆的要求了，因为她如果答应的话，改变的甚至可以说是我们的一生。

她问道："江桥，你觉得我会答应你吗？就冲你向我许诺的温饱和有个地方住。"

我有点泄气地回道："你就当我是脑子一时发烧说的话吧。"

"是的，你绝对是头脑一热才对我说了这些话，我不喜欢这种状态的你，我要的也不是什么温饱和有地方住带来的安全感，所以我不会答应你。"

我没有言语，在心中默默品尝着被拒绝的滋味。我觉得自己有点可笑，就像一个不会武功的人偶然得到一本武林秘籍，就妄想称霸天下。我又怎么可能仅凭一首《私奔》给自己带来的勇气，就能使肖艾为了我而改变未来的生活呢？

肖艾这个女人虽然比我小几岁，却聪明得很，她在不动声色间已经把所有的话说开了，也让我明白，我们之间到底隔着什么样的障碍。

她介意我和陈艺的那段过去，而我根本不可能在这么短的时间内从上一段感情里走出来。那么，一个不纯粹的江桥，又怎么重要得过她在台北的母亲呢？所以她不愿意留下是再正常不过的选择了！

我心里难过，却也无话可说。肖艾没有离开，就这么在无边的夜色中陪我站着。

"江桥，你怎么这么可怜啊？"

我抬头看着她："啊，什么？"

肖艾叹息，过了许久才回道："台北我是一定要回的，你让我想想吧，再回到南京生活，对我而言真的太需要勇气了，也不知道该给妈妈一个什么样的理由。她为了我能够进公立学校教学的事情，第一次放弃原则去求了自己曾经的老师，我不能让她失望！"

我不知道这些，更加愧疚地说道："是我的要求太过分了！"

"你的要求不过分，只是迟了一些。你知道吗，在没有回到南京的前几天，我很认真地规划了自己未来的生活，我已经接受了留在台北的事实。"

我依旧看着她，说不出话来，而她看着我的眼神有那么一丝不舍，也有那么一点儿恨意。

"没有其他事情的话，我走了。"

肖艾转身要走，我心中涌起一阵不能自已的失落，下意识地一把拉住了她的衣服："等等。"

她又回头看着我，面无表情。

"留个联系方式吧，等我把咖啡店的事情处理完了，我去台北找你。"

一晚上没怎么笑的肖艾，终于笑了笑："好啊，你去吧。"

"地址和联系方式给我。"

"地址可以给你，联系方式不想给，你还敢去吗？"

"敢去，大不了我就在你给的地址等你。说不定你出来买东西吃的时候，我就可以趁机逮住你了。"

"是吗？那就祝你好运，手伸出来。"

我将手伸到了肖艾的面前，她从手提包里拿出了一支眼线笔，然后在我手上留下了她在台北的住址，之后再也没有说什么，一直沿着路灯延伸的方向往郁金香路的西面走去，我一直目送着她离开。

我仿佛在她的背影里看到了台北的黄昏和在黄昏中支起的各种特色小吃摊，我们就坐在那些小吃摊的帐篷下聊着人生，聊着要开一个什么样的琴行，而在这之后的不久，我们便一起坐上了飞往南京的航班。

…………

肖艾已经走了很久，我仍在便利店的门口站着，回味着今天所发生的一切。这让我有点乏力，但自己的人生在今天重启了，我仿佛隔着黑暗残留的壁垒看到了一些明天的轮廓，在那个若隐若现的轮廓里，江桥是敢于付出、敢于追求的。

| 第 187 章 | 人造爱情

这一夜，我反复听着一首自己喜欢的歌，然后在一种很自然的状态中陷入了睡眠，直到次日一阵鸟鸣声将我唤醒。

我披着外套坐在床上，看着两只在窗台上叽叽喳喳的麻雀，阳光以最好的角度落在花盆上，花盆里的植物正在萌芽，我盯着看了一会儿，又用竹竿顶开了头顶的天窗，充满春天味道的空气立即随风流进了屋子里，这让我清醒了些。

暖春在四季的轮回中又来了，然后将这个早晨打包成最美的礼物送给我，送给了这座城市里的万千市民。

上午九点半的时候，我的账户上多了十三万，这是季小伟支付的买咖啡店设备和桌椅的钱，我去银行取了现金，然后逐一给那些会员打了电话，在快要中午时，终于偿还掉了全部的欠款。

这也意味着，我咖啡店老板的生涯结束了，南京从此也没有了一个叫作心情咖啡的地方。

中午时分，我煮了饭，炖了块豆腐，将豆腐盖在自己的饭碗里，端着饭碗来到了心情咖啡，我想以这样的方式与它告别。虽然我知道它并没有真正的灵魂，可我还是想做些什么。我希望若干年后回忆起它，还记得这么一个中午，我坐在它的门口吃了一碗豆腐盖浇饭。

阳光有些刺眼，我放下手中的筷子和碗，靠在木门上点了一支烟，然后闭眼吸着。我心如止水，至少在这一刻是这样的。而在我的脑海里有这么一幅画面，我站在一座废弃的城池旁，手拿猎枪，抽着劣质的香烟，从清晨到黄昏。

…………

一阵有力的脚步声由远及近，我即便不睁眼也知道来人是金秋，因为她的步伐里有一种只有我能听出来的声音。

她来到我的面前，我顺势掐灭手中的烟，然后看着她，她则看着我身边摆着的那个油腻腻的饭碗，她向我问道："吃过午饭了啊？"

"自己做的豆腐盖浇饭。"

"怎么端到这儿来吃了？"

"坐在这儿吃得舒服。"

金秋往我身后贴着封条的木门看了看，我又对她说道："你来得正好，有个小事儿想请你帮忙。"

"嗯？"

"你在消防那边有认识的人吗？咖啡店我不开了，里面的设备和桌椅都卖给了朋友，所以得和那边申请一下把封条给揭了。"

"这个我能办，我打个电话说明一下情况。"金秋说着便从包里拿出了手机，一阵翻找后拨通了一个电话，她说了一些类似于请吃饭表示感谢的话后，便挂掉了电话，然后对我说道，"封条可以揭掉了。"

…………

揭开封条的时候，我的手指有点发颤，只是几天没有进咖啡店，里面的有些橱柜就好像陈旧了，我就这么站在吧台旁边看着，心中迟迟下不了决心让季小伟过来搬走桌椅和设备，我想用力地再看上几眼。

金秋一直站在我的身旁，我没有抽烟，她倒是点上一支女士烟抽了起来。她没什么面部表情，本来这家咖啡店的生死存亡和她就没有什么利益关系，她的无动于衷情有可原。

时间就这么一分一秒地过去，我终于强行克制住心中的不舍，继而给季小伟打了个电话，告诉他可以来搬走这些设备和桌椅了。

咖啡店里，在那个靠近窗户的位置，我和金秋面对面地坐着，她对我说道："今天晚上到我家吃饭吧。我看得出来，你一个人也没有什么心情给自己做一点儿好吃的。想吃什么就打电话和我妈说，让她下午去买。"

"别在我最落魄的时候同情我。"

609

"你要认为这是同情，那我挺无语的！"

我转过头一连吸了两口气，也不说话。

金秋无语地看着我，半响之后又说道："江桥，我知道这家咖啡店在你心中有着很重的分量，可是你也不能因此就恨上这么多人吧。过去封建社会，就算是株连九族，也还有法外开恩的时候呢！"

"您别把我比作皇上，我就是一只虾米、一个小人物。"

"是你逼着我这么比喻的，因为很多事情你都不会换个角度去想，就比如我让你到我家吃饭这件事情，你只会想着别人是在同情你，却不会认为这是一种关心。我还真就不信，你不知道我爸妈这些年是用什么心待你的。"

我看着金秋，觉得"精明"两个字就写在她的脸上，便回道："你爸妈用真心待我，这我没理由怀疑。可你，我就不敢说了。有时候觉得你对我挺好，是把我们这么多年的感情放在心上的；可有时候，也真觉得，你在需要的时候会毫不犹豫地站在我后面给我一刀子。因为商场上的名利让你们这类人变得太残酷了！"

金秋的面色变得很难看，她问道："你是有被迫害妄想症吗？"

"难道在咖啡店的事情上我没被迫害吗？你摸着良心讲，如果不是被人捅了刀子，我江桥能不能在咖啡行业做出点成绩来？"

金秋变得不耐烦："那你找迫害你的人去，少和我抱怨。"

"切！我去你公司和你抱怨了吗？还不是你自己找过来的。不过一码归一码，你帮我解决了封条这事儿，我还是得感谢你的。所以晚上给你个面子去你家吃饭，让你妈多煮点好吃的，还有你爸那瓶茅台酒也别存着了，拿出来招待我。"

"江桥，你能要点脸吗？"

"不能，谁让你刚刚说我是皇上来着，我去你家吃饭那是你的光荣。"

"上下五千年，还真没见过你这么不要脸的皇上！"

…………

金秋离开后的一个小时，季小伟带着搬家公司的人来到了我的店铺，然后将我后期买的那些设备和桌椅统统搬到了巷子外的卡车上，而我也就这么眼睁睁看着心情咖啡变得越来越空，最后只剩下一个吧台和几个有些陈旧的柜子。

咖啡店的外面，我和季小伟肩并肩站着，我向他问道："今天是你送肖艾去机场的吗？"

"嗯，从机场回来我就直接来你这边了。"

我下意识地往天空看了看，我知道此时的肖艾已经身在一个离我很遥远的地方，可我不会忘记等忙完了咖啡店的事情后去台北找她的约定。希望这一天能够早点到来，因为想起在一个完全陌生的地方与熟悉的她见面，我的身体里就好像涌起了一阵暖流。

我带着感激对季小伟说道："这次的事情多亏你帮忙了，要不然咖啡店弄成这个局面，我真不知道该怎么收场！"

季小伟拍着我的肩，笑了笑回道："不用说谢谢。袁真那件事情，我一直想找个机会还你的人情，现在总算还清了，以后咱们就两不相欠。"

我看着季小伟，他虽笑着，但这番话完全不是出于朋友的立场，他也没有把我当作朋友。想来是因为肖艾对我太好了，而他一心认为肖艾该和袁真在一起，所以他对我的态度才渐渐有了转变。

我倒不反感他，因为他对袁真来说，是个至情至性的好兄弟，为人也很坦诚，至少有些话会放在明面上说，不会在背后酝酿阴谋而让人措手不及。想来，这也和他玩摇滚乐的经历有关，他们这类人是有傲骨的。

我点了点头，随即递给季小伟一支烟，没有再说什么，季小伟接过我的烟后便和最后一批搬货物的工人一起离开了巷子。

一切就这么恢复了平静，连风都好像以一种静悄悄的姿态从我身边吹过。

我站了许久之后，趁着心情咖啡的招牌还在，拍了一张店铺的外景照，留作纪念。以后有机会再碰见苏菡，也算给她一个留念。

我觉得有点对不起她，可是关于心情咖啡我真的努力了，但也没能留住它，希望苏菡不要因此觉得所托非人。

我来到玻璃窗前，又拍了一张照片，之后便亲手擦掉了肖艾曾经用眼线笔写下的那些对我说的话。

我是这么想的，与其总有一天这些会被别人擦掉，倒不如自己来。可这心里仍抑制不住地产生了些许的难过和失落。

再透过玻璃窗看去，那些和陈艺一起，我喝啤酒，她喝咖啡的画面也历历在目，可是这又能怎样呢？这个世界任何一样东西都是有终点的，与其因为失去而痛苦，倒不如放在心中怀念。

也许来生，在世界的另一个角落，另一条巷子里的另一间心情咖啡依然会上演着每一个动作都和前生一致的画面，而主角依旧是我们。

…………

黄昏正好来临时，我从储物的棚子里推出了那辆很久没有骑过的自行车，打了气之后，便由这条巷子向老金家出发。

夕阳的光，慷慨地洒在了每一棵梧桐树刚刚抽出的嫩芽上，暖人的春风迎面吹来，吹动了我咖啡色的夹克，楼群的影子飞快往我身后倒退着。

不经意间，我好像回到了六年前，刚刚在老金公司工作的那些日子。那时，我留着一头长发，喜欢戴一副赵楚送给我的廉价墨镜，骑着自行车自由地穿行在这条不长不短的郁金香路上，却从来不会思考自己的未来在何方。

我又在一个店铺的玻璃窗上看见了自己现在的身影，随之想起了这段时间经历的黑与白。而我的人生也在这段黑与白中被刷新了。我赔掉了一辆标致508和一家咖啡店，还欠下了将近十万块钱的债务，我似乎输掉了自己在这个阶段所能输掉的一切，可是也赢得了一次重新开始的机会。所以我没有因此太悲观，只要我足够努力，一定会再有一辆车，一份让自己立足的事业，一个陪我老去的可爱女人。

来到老金家，为我开门的是老金，下一刻厨房里便飘来了一阵红烧排骨的味道，而罗素梅就站在厨房的灯火下忙碌着。

我四处看了看，向老金问道："叔，金秋还没回来吗？"

"刚刚打电话说要加会班，咱爷儿俩一边喝酒一边等她。"

我盯着老金看了一阵，确信他没有计较我上次从他生日宴会上逃走的事情后，这才咧嘴冲他笑了笑。下一刻，目光便扫在了那面挂着很多照片的墙上。

在那些密集的照片里，我找到了年轻时青涩的自己，那是我第一次独立执行一场婚礼，我戴着那副很喜欢的墨镜，站在夏日的阳光下，手拿对讲机紧张地对婚礼的每一个环节进行把控。

婚礼很成功，那晚老金带我去喝了一场大酒，然后又将我带到理发店剪掉了那头长发。他告诉我，以后我就是一个能独当一面的小伙子了，一定要有成熟的职场形象。

我的眼角有些发烧，这才发觉，我为婚庆这个行业付出了太多的努力和青春，而这个行业也回馈了我无数段难忘的回忆，我在这个行业里变得坚韧，变得不怕风吹雨打。

我又看见了自己爬到舞台最高的地方挂彩灯的照片，照片中的我一边抽烟，一边做着鬼脸，裤裆上还有好几张打牌输掉后被贴上的字条，下面那些年纪比我大许多的同事笑得前俯后仰。

我强忍着没有在这些温暖的回忆里流下眼泪，只是默默地点上一支烟，然后笑着耸了耸肩。

不知道什么时候，老金将手放在了我的肩膀上，低声对我说道："女怕嫁错郎，男怕入错行。江桥，玩够了就回来做婚庆吧，我们都知道你对这个行业有感情，也好好帮金秋一把。公司这段时间看上去发展得很好，可也有不少客户反馈在婚礼执行上有问题。金秋现在身边缺的就是一个能把公司当作自己事业去做的人。你们会是事业上的好搭档、生活里的好夫妻，这是我们这些父辈对你们两人最大的期望！"

我心中一阵颤动，在遭遇人生最大的挫折之后，我更加怀念婚庆行业带给我的一切。可是，我答应过肖艾要去台北找她的，我也憧憬着我们一起开琴行的美丽画面。

如果我再做回婚庆行业，那我还有什么理由去找她？甚至在老金的期望里，我和金秋是要成为夫妻的，即便我和金秋都没有成为夫妻的想法，别人也一定会误会，而这种误会对肖艾而言难道就不是一种亵渎吗？

在我的沉默中，罗素梅将饭菜陆续端到了餐桌上，老金也没有逼着我现在给他答复，他从酒柜里拿出了自己那瓶珍藏了很多年的茅台酒。在这瓶好酒和家常菜的刺激下，我又一次有了家的感觉。

每次在这间屋子里，我都不会感觉自己是一个无依无靠的人，这里有我的"父母"，还有一个看上去和我不对付，却也能陪我看电影、聊人生的女人。他们都不嫌弃我江桥的出身贫寒，可唯一遗憾的是，真的少了一些爱情的味道，而我也接受不了一份人造爱情。

第188章 准女朋友

窗外的天色渐渐暗了下去，我和老金面对面坐在餐桌的两边，他给我倒了满满一杯白酒，而罗素梅并没有参与，她就坐在不远处的沙发上，一边看电视，一边等着金秋回来。

喝酒的过程中，老金以怀念的口吻和我聊了许多我们曾经在婚庆公司做过的婚礼，他的语言组织能力一向不强，我却在他的讲述中又仿佛身临其境般地经历了那些难忘的婚礼。我永远是其中最忙碌的人，我在那一场场婚礼中做过策划，做过司机，也为那些因为家境不好而请不起司仪的小夫妻客串过司仪，甚至还做过伴郎。

酒精催动人的情绪，我在那排山倒海的怀念中差点想哭，对老金说道："金叔，我一直都以为你是个糙老爷们，没想到你还会和人打感情牌，你真像个老狐狸。"

"你个小崽子，少和我贫……"

老金只骂了个开头便被我表情夸张地打断："你看，你还骂人，这绝对是被我说中了！金叔，趁着喝了点酒，我也和你说几句心里话。我觉得吧，你有时候和金秋欠缺沟通，你不知道她心里真正想要什么，也不知道她在国外的这几年是怎么过的，所以你根本不知道她真正想要的是什么。有时候看上去是为了她好的事情，其实是她的负担哪！"

"你这话是什么意思？"

"叔啊，所以我说你和金秋缺少沟通，这样的事儿你干吗老追着我问呢？我建议你哪天也像咱们现在这样和金秋喝两杯，只要情绪到了，说不定她就什么都和你说了，你从我这儿找突破口真没戏！"

老金气得够呛，好酒也不给我喝了，只是板着脸叫我吃饭。我冲他笑了笑，随之松了一口气。而我又一次坚持了自己的想法，虽然老金给我设计的生活完美到无可挑剔，可我不想让那个女人失望，她一定在等着我，我也想见她。

…………

这个夜晚，我和金秋并没有能够碰上面，在我和老金饭吃到一半的时候，她打电话回来说要临时去三亚一趟。

在罗素梅接电话的时候，我明显看到她的表情里充满了对金秋的心疼。实际上，作为朋友，我也心疼她。在我所有认识的女人中，她是最精明、最睿智的，可也是活得最累的。我有她的微信，但是她的朋友圈里，除了公司管理心得，从来没有任何关于生活事件的记录，她的生活质量其实是很低的。

离开老金家前，我给金秋发了条微信："事业虽然很重要，但也不要太累了。"

金秋没有立即回复，想必正在飞往三亚的飞机上。

回到自己的住处，我独自坐在小院里，用手机查询去台北需要办什么样的手续，以及那边的食宿攻略，因为肖艾只留给了我一个并不是很具体的地址，我已经做好了在那里长时间找她的准备，她值得我为她做很多事情。

我江桥半生孤苦，她是生命中为数不多对我好的人。

陈艺也是，我从来不怀疑她对我的好，可不知道为什么总有一种不能控制的力量将我们撕扯得越来越远，她就像一把我握不住的沙。

曾几何时，她是一望无际的沙滩，我就站在她最柔软的地方，迎着朝阳，看向波澜壮阔的大海，以为永远也不会失去这片沙滩，因为她给的关爱实在是太多了。可时间渐渐摧毁了我们之间的一切，最后她成了我手中的一把沙，再也握不住了。

起初我很失落，很痛苦，可现在也渐渐习惯，我不知道这种习惯是不是和肖艾的出现有关，但我现在确实坦然了很多，也没有了当初的切肤之痛。想必陈艺也是，因为时间是可以治愈一切的良药。

我将陈艺那根被我封存在信封里的长发又抽了出来，轻轻放在手上，看了许久之后，想丢弃在风中。可是在张开手的一刹那，那种切肤之痛又真实地折磨着我的神经，我知道这种潜意识骗不了人。我最爱的女人还是陈艺，所以那天没有表白肖艾是对的，而这一点，肖艾比我更加清楚，所以她走了。

…………

点上一支烟，心情慢慢平复，又过了片刻之后，小院的门被推开，来人是冯唐。我充满歉意地看看他，因为我不能兑现自己给他的承诺了。

冯唐将一个很鼓的文件袋摆放在了石桌上，然后在我身边坐了下来，他对我说道："兄弟，这是你给我的工资，收回去吧。"

我有点诧异："咱们合同上写得很明白，在任何情况下你都不用退还这笔钱的。你拿回去吧，我江桥虽然没什么大才能，但也是个敢做敢当的人，咖啡店的事情我已经很过意不去了！"

冯唐摇了摇头，回道："有些事情是人力不可抗拒的，我们只是运气差了些，这不能算作完完全全的失败，至少我们曾经摸到过成功。"

我心中感慨万千，仍记得某一天办了十张会员卡的辉煌，那天收银机里都塞满了现金，这种衡量成功的标准虽然有点俗，但也很真实。尤其是那些钱堆在一起时，会给人感官很大的刺激，而那仅仅是一天的收入。

"兄弟，这个钱多少能帮你一点儿。我知道这次咖啡店的损失很大，我把你当朋友，就不能做这种落井下石的事情。再说，我也没什么损失，你就收回去吧。"冯唐又拿起那个文件袋硬塞到了我的手上。

我不再推辞，但在心中记住了冯唐的这份人情，我向他问道："你以后有什么打算？"

冯唐对我说道："蒋伟一准备将咖啡文化这个主题继续做下去，他邀请我去做首席咖啡师，并给我一定比例的股份。他已经在筹备做这个事情了，听说初期投资就将达到三百万，不是小打小闹。"

"他？"

"江桥，我觉得他应该会邀请你入股的，毕竟你才是咖啡文化这个主题的发起人，而且你们也挺志同道合的。"

我心中升起一阵不太好的疑虑，我记得蒋伟一曾经和我说过要入股心情咖啡的事情，我虽然承诺会在公司化运营后接受他的入股，但会不会公司化运营，毕竟不是计划之内的事情。蒋伟一会不会是那个有动机搞垮心情咖啡的人？

我陷入了沉默中，不愿意相信一个曾经给过我们那么多帮助的老大哥会是背后捅刀子的人，也惶恐自己可能误会了秦苗。

见我不说话，冯唐又说道："江桥，你是不是怀疑蒋伟一是搞垮心情咖啡的幕后黑手？"

我没有否认自己的想法，继而向冯唐反问道："你觉得呢？"

"这个……不太好说。如果是真的就太让人难以接受了。不过心情咖啡倒了，主打咖啡文化的经营模式又表现出了这么好的发展势头，他作为发起人之一想将这个项目继续做下去也算合情合理。"

我点了点头，又是一阵沉默之后，对冯唐说道："兄弟，请你帮个忙。"

"你尽管说。"

"我因为咖啡店的事情，和之前的一个朋友闹得非常不愉快，这个事情你是知道的，所以我不想这么糊涂着。我希望你加入蒋伟一的公司之后能帮我搞清楚咖啡店被算计的事情是不是和蒋伟一有关，如果真的是他，我必须要还我朋友一个清白，我之前已经挺对不起她了！"

"放心吧，这是你的怀疑，也是我的怀疑，我会尽力弄清楚的。"

"嗯，我相信你。"

冯唐郑重地点了点头，他对我说道："江桥，你有没有想过，换个店面继续把咖啡文化这个主题做下去？只要你愿意做，我冯唐还和你一起！"

我没有立即回答，而是起身走到了院子的外面，看着心情咖啡的方向，冯唐也随我走到了外面，在我的身旁站着。

我终于对他说道："不做了，咖啡行业以后就当作我生命中的一段回忆吧。"

"仅此而已？"

"嗯，仅此而已！"

"理由呢？"

我又点上一支烟，眯着眼睛吸了一口，这才回道："我答应过一个女人不再从事这个行业了。自打我从朋友手中接手了心情咖啡，她受了很多委屈。还有我现在的经济能力也确实不允许再开一家咖啡店，如果蒋伟一不是背后整垮咖啡店的人，我希望他能将咖啡文化这个主题发扬光大！"

"嗯，那你以后有什么打算呢？"

"休整一段时间，等办完通行证，去台北接回一个女人，然后可能做一点儿和培训有关的事情吧。"

冯唐好奇地问道："女朋友？"

我摇了摇头："还不是……"

冯唐拍着我的肩，笑着说道："那就代表以后会是咯！"

我愣住了，一时也没反应过来，原来在那不会骗人的潜意识里，我竟然把肖艾当成是自己的准女朋友了。

我被自己的想法吓到了，如果肖艾真的成为我的女朋友，那是一种什么样的感觉呢？

我不太敢去想，但是集美貌和才华于一身的她，确实可以满足男人一切的虚荣心。可我是一个很虚荣的男人吗？又是否花心？明明还爱着陈艺，却又幻想着和肖艾在一起，也或者这是一段感情向另一段感情过渡时必定会有的过程？

…………

冯唐也离开了，我独自站在院外，看见风撕裂了夜晚里的一个个片段，化成万家灯火，而那一抹蓝色的忧郁就藏在闪烁的灯火中，最后轻轻落在了我的肩上。

|第189章| 去台北

次日，晴朗了好些天的天空飘起了小雨，气温也降到零上十五摄氏度。于是，我又穿上了许久没有穿过的毛衣，我不知道该做些什么了，脑子里想起的总是前段时间为了心情咖啡而忙碌的场景。

我用平板电脑登上了同城网站，发布了一条转让消息，除了被季小伟买走的新设备和新桌椅，咖啡店里还有一些遗留下来的东西，虽然卖不上什么好价钱了，但好歹也是一笔收入。

快要中午时，我扛着木梯去了店里，亲手将上面的招牌卸了下来，一些卖不掉的东西，又统统搬回了自己的小院。

在我第四次往来于小院和咖啡店之间时，我意外地发现了秦苗，她穿着一件长款羽绒服，就站在一片狼藉的咖啡店门口。

我站在不远处的地方看着伞下的她，她的小腹微微有些隆起，身材也明显发福，是个准妈妈的样子。

她在掉眼泪，我在一声轻叹后走到了她的身边，随着她的目光看向那已经不能称为店铺的店铺。

"以后这个世界上再也没有一个叫心情咖啡的地方了，你满意了吗？"

秦苗转过身看着我，她没有立即应我的话，而是从口袋里拿出一包纸巾递给我说道："把脸上的雨水擦一擦吧。"

我接过，心中对她的恨意也不像前些天那么强烈，仿佛一切都已经被这个早晨的雨水给浇灭了，等待着我们的是一个全新的开始。

在一阵沉默之后，秦苗对我说道："江桥，我是特意来看这家咖啡店的，可是看着它现在破败的样子。我也并没有如想象中那样可以松一口气。我依旧是这个世界上最最失败的女人！"

"我被你坑得要死要活，你现在才和我说这些，不觉得迟了吗？"

秦苗用纸巾擦了擦眼泪，她注视着我回道："挖走咖啡店店长的事情，是我在丧失了理智的情况下做出的。那段时间,只要一想起自己和肚子里的孩子,我就自卑到抬不起头,更愤怒到睡不着觉。我的情绪找不到出口,就迁怒于苏菡留下的这家咖啡店,这是我的不对,我愿意承认,也会向你道歉!可是,咖啡店被消防勒令停止经营的事情真的与我无关。"

我与秦苗对视着,企图在她的眼睛里找到说谎的证据,在我的心中,她依然是那个最有动机的人。

秦苗又说道:"如果真是我做的,我有什么不敢承认的?你又能拿我怎么样?"

我有点气愤:"你最牛,行了吧!"

"我不是来和你吵架的,更不是来看你笑话的……"

我打断了她:"那你是来做什么的?"

秦苗又开始掉眼泪:"我只是想请你帮个忙。如果乔野某一天联系你,请你帮我转告他,就说秦苗还在想他等他。希望有一天他想南京了,就回来看看,我会带着孩子去接他的。"

说到这里,秦苗泣不成声,我心中不免同情。对于一个女人而言,要把无尽的屈辱和恨意转化成一种等待的爱,这是一件多么难的事情。可秦苗做到了,她的人生除了乔野之外别无选择,而这就是联姻的可悲之处。

也或者,她已经将乔野爱到了骨子里,并没有我想得那么复杂,她只是想为肚子里的孩子找回在外面流浪的爸爸。

我忽然觉得乔野真不是个东西,比当年的江继友还要过分!

即便咖啡店的事情真的是秦苗做的,我也不愿意再恨她了,至少这一刻不愿意。

我放轻了声音对她说道:"也许你不愿意相信,可是在我心里从来没有希望乔野和苏菡在一起,更没有在你和苏菡之间厚此薄彼地偏向于谁。在丽江的那些天,我劝过乔野很多次,可是他都不肯听。他对你们这段被父母安排的婚姻实在是已经到了深恶痛绝的地步,对苏菡也有旧情,这两种因素叠加在一起之后,已经不是单纯的人力能够阻止他的了。也希望你不要再恨我!"

"嗯,这件事就此揭过吧,如果你愿意的话。"

我点了点头,前些日子要与她生死相搏的愤怒也渐渐释然了,而我们之间也确实只是误会大于仇恨。

秦苗不再哭泣,她又低头看了看自己微微隆起的小腹,抬起头闭上眼睛,做了一个深呼吸,许久之后又对我说道:"江桥,你和陈艺都是我和乔野从小一起相处到大的朋友。尤其是陈艺,我们都是独生女,感情甚至比很多亲姐妹都要深厚。可这段时间我让她受了很多的气,也操碎了心。今天中午,我请你们两个人吃饭,算作赔礼道歉了,希望我们以后还能回到从前那样。"

…………

这个下着雨的中午,秦苗开车带我来到了电视台,我们一起去找了正在录制节目的陈艺,耐心地站在大楼的长廊里等到了十二点。

走出演播大厅的陈艺看到我们有些意外,她不相信我会和秦苗走在一起。

秦苗拉着她的手,哽咽着说道:"小艺,对不起。这段时间我对你发了很多脾气,我一直在无理取闹,你却一直陪着我、忍让我、开导我。有你这样的姐妹是我上辈子修来的福气,我应该珍惜这样的感情。今天,带着江桥来找你,就是希望请你们吃顿饭,然后再和你们道个歉,这些日子是我给你们添麻烦了!"

陈艺看着秦苗,又看了看我,眼睛里的泪水在打转,我知道她这些天所承受的委屈,于她而言,这一刻真的等太久了!

她紧紧地抱住了秦苗,哭泣着说道:"苗苗,不要和我说对不起,你只要知道,我很珍惜你我之间的姐妹情就足够了!我知道没有人比你更痛苦,我真的很为你心疼,所以无论你怎么对我,我都能接受。你不用自责,只要你和江桥还能像以前那么相处着,对我来说就是最大的安慰!"

我和秦苗对视了一眼,谁也不想让陈艺难过,双双点了点头,而那些本不该有的矛盾,就这么在我们之间被化解了。

…………

吃过午饭,我充当司机陪陈艺和秦苗去商场买了东西,两人的购买力惊人,转眼我的手上便提着许多大包小包。而她们也没有忘记回馈我这个苦力,一人送了我一条价值不菲的领带。这给了我一种错觉,好像一切都回到了很久之前,那时候肖艾还没有出现。

秦苗先行开车离开,我和陈艺站在商场的门口,雨还在淅淅沥沥地下着,顺着屋檐打湿了地面。

陈艺用手接住了几滴雨水,在我之前发出了感叹,她笑道:"很久没有像今天这么开心过了,明天一定是个雨过天晴的好天气!"

"嗯,我看天气预报了,明天是晴天。"

陈艺点了点头,又仰望着正在落雨的天空,我则摸出一支烟点上,看着她的侧脸,那枚银色的耳钉映衬着她白皙的皮肤闪闪发亮。

她终于转头看着我,沉默许久之后才向我问道:"你以后有什么打算?"

"反正不会开咖啡店了。"

"不开也好。其实你的能力并不差,只要你找对项目全身心投入,一定能成功的!"

我点头,又深吸了一口烟,陈艺很细心地替我理了理刚刚开车时坐皱了的衣服,又向我问道:"近期会去哪儿散散心吗?"

我转移了自己一直看着她的目光,沉吟了一阵后才回道:"会去台北待一段时间,正在等通行证。"

我不知道陈艺是什么表情,只听见她小声地问道:"是去找肖艾吗?"

"嗯。"

陈艺没有再说话,而我用吸烟掩饰着一些情绪。

过了许久,陈艺拉着我的手臂,让我看着她,她笑着对我说道:"江桥,其实关于肖艾,你可以和我说的,没有必要顾忌什么。我知道你喜欢的人已经不是我,这没有什么!因为大部分的人都不会从一而终,我是可以祝你幸福的,只要你真的幸福,我会是这个世界上最为你感到高兴的那个人,真的!"

陈艺笑着,眼底泛出了泪光。

我低头，又抬头，却始终没有正视她，最后只是回道："谢谢，我和你也是一样的心情，只要你是真的幸福，我也会是这个世界上最为你感到高兴的那个人。"

"嗯，那就提前祝你台北之行顺利了！"

"谢谢。"

陈艺闭上眼，让含着的眼泪落下，她笑着对我挥了挥手，便走出了商场的走廊，然后走在了像柳絮一样飘落的雨水中，雨水很快就染湿了她白色的衬衫，她就站在街道旁等待着往来的出租车。

她又回头看了我一眼，我心痛到窒息。这幅画面，就像多年以前我骑着自行车回头看着后面的她一样，她有时低头吃着东西，有时回应我一个笑容，而不变的是她的衣服，永远那么干净，带着一点点洗衣液的清香。

过去和现在渐渐在我的视线中重叠，陈艺的身影就这么淡去，另一个女人的身影却越来越清晰。

我要去台北了，去看101大楼，看西门町的夜景，吃阿宗面线，然后找到她。

|第190章| 最为期待的事情

我已经办好了去台北的所有手续，这个下午我收拾了这次行程需要的所有行李。思虑了一阵之后，我将肖艾送给自己的那把蓝色吉他也打包了，它成了我这次行程中的一部分。

夜色好像是冲过来的，如此猛烈，我赶忙打开了院子里唯一的灯，然后从冰箱里找了一罐啤酒，就这么坐在石桌旁，听着栖息在树上的鸟儿叽叽喳喳，好像一阵阵歌唱。

我敢说，这个世界上没有哪个地方比我的小院更有情调了，这里有动物，有花草，还有一个多才多艺的男人。

我真的很多才多艺，因为屋外墙壁上的彩绘都是我一笔一笔画上去的，我还会一点儿木工活儿，花坛的那些欧式栅栏也是我做出来的，并刷上了白色的漆，很是美观。

我一直认为，如果一个女人对物质的追求没有那么强烈，那么嫁给我江桥，生活在这个鸟语花香的小院里，也是一种很不错的生活。

不过，在铺天盖地的主流价值观面前，我所认为的美好是微不足道的。所以我没有女朋友，却更加多才多艺了，我现在还学会了煮各种咖啡，虽然不能和冯唐这样的专业人士相比，但也足够在外行人面前假装成大师了。

我仰起头，将罐子里的啤酒一滴不剩地倒进了自己的嘴里，然后陷入了茫然中，以至于那过去的二十分钟里，只想了从现在到明天登机还有多长时间这件事情。

…………

院子的门被推开，来人是许久没有见过的赵牧，我知道他这段时间非常忙，所以也一直没有打扰他。

赵牧将手中的一个礼品袋放在了石桌上，对我说道："桥哥，这是我上次去法国给你带的红酒，前段时间一直没空送过来，明天难得休息，正好过来看看你。"

我笑了笑，感叹道："最近出国的机会很多吗？"

"嗯，国外有些建筑理念确实值得我们借鉴和学习，尤其是在能源的利用上。"

因为知识的局限，我无法在这个专业问题上和赵牧聊上太多，却打心眼里为他感到高兴，因为他是金鼎置业花重金培养的技术型人才，只要金鼎置业能复苏，他的前途就是不可估量的。

我又转身回到屋子里拿了两罐啤酒，将其中的一罐递给赵牧，他虽然不太能喝酒，但一罐啤酒还是没有问题的。酒确实是个好东西，它会缓解一些因为暂时找不到共同话题而带来的尴尬。

闲聊了一会儿之后，两人陷入了短暂的沉默中，于是我举起啤酒罐示意赵牧喝酒，赵牧这次喝得比较急，他几口便喝掉了罐子里剩余的啤酒，然后对我说道："桥哥，前些天于馨和我表白了，她说……我是她喜欢的那种类型。"

我并不惊讶，因为我早就知道于馨对赵牧有好感，心中也高兴赵牧能和我说这些比较隐私的情感问题，这说明我们的关系并没有因为各自的忙碌而疏远。

我笑了笑，问道："嗯，那你是怎么答复她的呢？"

"你能想到的，她虽然很好，甚至比一般女孩要好上很多，可是我对她没有男女之间的感情。我喜欢的女人是肖艾，虽然我知道我的希望很渺茫，尤其是在她去了台北之后。"

赵牧的话让我心中一阵烦乱，他是隔在我和肖艾之间的一堵墙，我总有一天要正视这个问题，我甚至因此觉得自己这次去台北并不是一个最好的时机，可心中又有一种力量驱使着自己，无论有什么样的阻碍都要去一次。

我不知道怎么回答赵牧，因为无论是劝他和于馨在一起，或是放弃一份希望渺茫的爱情，都显得我很自私。

在我沉默的时候，赵牧又对我说道："桥哥，我想好了，五月份的时候我有机会到台北出差，到时候我无论如何也要再见她一面。反正我和她都正年轻，谈婚论嫁为时尚早，我还是有机会等到她的，你说呢？"

我看着赵牧，他眼神里的坚定让我心中滋味莫名。许久之后，我终于回道："如果有一天肖艾是真心喜欢你，我会为你感到高兴的……"

"我不在乎她是不是真心喜欢我，我要的只是她能和我在一起，我不需要把爱情弄得太复杂。对我而言，她是我爱的女人；对她而言，我是她能依靠的男人，这就足够了！反正这个世界上也不是每一段婚姻都是基于两情相悦而产生的。当然，我心里还是希望她能爱上我，哪怕只有很少的一点儿也好。"

这是赵牧第一次向我表达他的婚姻观，虽然与我的婚姻观有着天壤之别，但我也不会强行和他争辩，因为我做了六年婚庆，基于什么样目的而结婚的情侣都见得太多了，唯独基于两情相悦的少之又少。

我喝掉了手中的啤酒，之后便转移了话题，而赵牧在又喝了一罐啤酒之后，离开了我的住处。

我看着桌上摆着的空酒罐，无奈地苦笑，爱情这件事情真不是三言两语能够评判的。就像于馨喜欢赵牧，这种喜欢其实是很难得的，因为于馨是个漂亮，多才多艺，且善于处理人际关系的姑娘，如果她和赵牧是一对，那一定会成为赵牧在生活和事业中的好帮手。可赵牧喜欢的是肖艾，让自己充满了得不到的烦恼，旁观者会为他的选择感到遗憾，他自己却觉得是一种享受。

我又何尝不是这样，甚至比赵牧更糊涂，所以感情的事情不宜多思考，就这么让它随着心意发展下去最好，反正总有一部分人会在爱情里受伤，也有一部分人收获了幸福，这是永远都不会改变的铁律。

············

我搭乘的是上午九点半飞往台北的航班，我起了个大早，带着行李来到了心情咖啡，从已经有了灰尘的书架上找到一本关于台北旅游的杂志，坐在靠窗户的位置看了起来。

这应该是我最后一次坐在这里了，因为等我离开这个巷子的时候，就会把钥匙交还给房东吴婶，而咖啡店里的东西也基本已经清理完，只剩下一个书柜和靠窗户位置的桌椅。吴婶说，以后会将咖啡店改成一个小套间给他的儿子住，所以这些就送给她了。

今天是周末，毛豆这孩子不去上学，一大早便开始在巷子里兴风作浪，他拿着一把仿真手枪站在玻璃窗外冲着我比画着，并顽皮地喊我"长江二桥"。

就在我准备出去收拾他的时候，他却拔腿就跑，我以为他是被我给吓住了，不想下一刻他爸就从咖啡店的门口走过，原来他怕的不是我，而是他爸。

我摇头笑了笑，随即又想起了肖艾这个女人，想起了她和我一起过年的点点滴滴，尤其是我拿着炸炮和毛豆单挑，她在院子里挂彩灯的画面。

那天，我把毛豆炸得直喊"我服了"，而她站在彩灯下笑得很开心，她一直是一个能和我玩到一起去的女人。

有时候，我也会想，她在台北的这些日子是否还有这样的快乐呢？反正我在南京再也没有体会过，所以更加期待在台北见到她的那一刻，让她请我吃台北的美食，再带我去看看宝岛的美景。

············

七点半，我怀着沉重的心情锁上了咖啡店的门，然后将钥匙还给了在巷子外面做煎饼的吴婶。而当吴婶准备从我手中接过钥匙时，我的手下意识地握紧，又赶忙松开，等手上空无一物时，我的心也仿佛在一瞬间被抽空了，以至于正午那直射的阳光照在我身上，我却感觉下了一场大雨，将我从头淋到脚。

我有些恍惚，甚至记不得自己是怎么接手咖啡店，又是怎么失去的。

"江桥，你拎着这么大一个行李箱，是准备去哪儿玩吗？"

我这才回过神看着吴婶，答道："准备去台北一趟，也不算是玩。"

吴婶鼓励我："咖啡店开不下去了也没什么，反正你还年轻，以后有的是机会做好多事！"

"嗯。"

吴婶又感慨道："你这孩子，要比你爸靠谱多了。唉！这么多年也不知道他去了哪里，可怜你们祖孙俩了，还有你那个妈妈，也是音讯全无，怎么着都是自己的亲骨肉，真想不通他们是怎么想的！"

尽管吴婶是为我鸣不平，可我还是有一种抬不起头的感觉，我比吴婶更加想不通他们是怎么想的。其实，在我过得不好的时候，我并不奢望父母可以帮自己解决一切麻烦，可真的很想身边有个嘘寒问暖的亲人，而不是像现在这样，所有的痛苦和无助，只能自己硬着头皮嚼碎，然后咽进肚子里。

最终我也没有将抱怨放在嘴上，只是笑了笑和吴婶道别后，便向公交站台走去。

…………

八点半，我到达了机场，然后领了登机牌，站在航站楼的落地窗前，看着陆续起飞的飞机，我仿佛感觉到了台北的黄昏就在我的眼前，而我能不能在到达台北后的第一个夜晚就见到肖艾呢？

这是我现在最为期待的事情！

|第191章| 台北的夜晚

飞机准时起飞，当机身开始抬头，靠窗而坐的我便开始往下探视着，我渐渐看清了南京城的全貌，我为它辽阔的规模感到震惊。而我曾经在这里发生的一切喜怒哀乐，在这一刻都变得不值一提，因为在这座巨大的城市中，每一刻都上演着生离死别，我却还有条件去做自己想做的事，找自己想找的人，这已经足够幸运了！

带着这样的心情，我更加珍惜这次的台北之行。我会在黄昏的时候到达台北，想必正是那座城市最热闹的时候，到处都充满了下班后的轻松。

飞机开始平稳飞行，我的视线也离开了地面的城市，我闭上眼想休息一会儿，却满脑子都是会在什么场景下偶遇肖艾。我希望是在学校的门口，就像我曾经喜欢在黄昏时去南艺找她一样，她会热情地招待我，让我消除对这座城市的陌生感。

快要六点的时候，我所乘坐的飞机降落在了台北桃园机场，我拿到自己的行李之后便随着人群向航站楼的出站口走去。

此刻，我所面对的是一个完全陌生的环境，这里大多数人都讲着我不太能够听得懂的闽南话，这让初来乍到的我感到有些不适应。

肖艾所在的世新大学离桃园机场有一段很远的路程，我在权衡之后还是选择搭乘公交车，虽然要中转好几站，但也确实是最经济划算的方式，而且还可以顺便领略一下这座城市的风光。

…………

夜色降临，迎来下班高峰期的公交车里也渐渐拥挤了起来，我因为带着一个很大的行李箱和琴盒，极为不方便，所以一直在分心照看着，又出于对这座城市的好奇，大部分时间都在看着车窗外的人流和闪烁的霓虹。

在这里，骑踏板摩托的人很多，尤其是姑娘，她们打扮得花枝招展，在街上驶过时，更让我多看了几眼，甚至觉得肖艾就混在她们其中。虽然这里离世新大学还有很远的一段路程，但我真想马上见到肖艾，因为尽管这里给了我很多新奇的感觉，但是孤身漂泊的感觉终究是不好的。

又是一站路，乘客有上有下，车厢里较刚刚更加拥挤，我一边护住自己的行李，一边看向车窗外。台北与大陆的大都市还是有很大不同的，这里除了101大楼，并没有太多出类拔萃的高楼，这可能和它处于地震带有关，不适合建超高的建筑，但也给人一种蛮舒服的感觉，不会有太多的压迫感。我终于感到舒服了一些，而那些沿着路边摆着的小摊更给了我很多亲切感，这种感觉就和郁金香路差不多，却又繁华了不少。

我记住了这条街的名字，打算找到肖艾后，让她陪我来逛逛。我有点走神，车厢又是一阵晃动，因为过于拥挤我没有察觉到异样，就这么一直盯着车窗外看着。

车子靠站停下，又是一站路过去，我的心情更加迫切了起来，因为我真的以为到了世新大学就能找到肖艾。那里相对偏僻一些，她又长得那么漂亮，只要拿着手机里她的照片，去问问附近的摊贩，总会有她消息的，我不禁为自己的小聪明而沾沾自喜。

这时，身边的一个中年男人对我说道："小伙子吼，你的钱包和手机刚刚被小偷给摸走了，你一点儿都没感觉吗？"

我心头一阵紧张，赶忙向自己的口袋摸去，里面却根本没有手机和钱包，随后那身在异乡的无力感便包裹了我，我有点慌乱，甚至不知道这边的报警方式。再说，对于这些流窜作案的惯偷，除非当场抓个现行，否则根本没什么作用。

我苦着脸问道："阿叔，你刚刚怎么不提醒我啊？"

中年男人摆了摆手，示意这个事情不好说。

可以预见，我这次的台北之行，完全不会像陈艺祝福的那样一切顺利。

…………

车子终于到达终点站，我拎着行李和琴盒下了车，这里比我想象中要偏僻多了，我更加茫然了起来，我连手机和银行卡都弄丢了，还能跟谁联系，让其给我打一点儿救命的钱过来？

不幸中的万幸是，下了飞机之后，我多留了一个心眼，将自己的身份证件和来台旅游的手续都放进了琴盒里，并且还放了一千块钱的人民币。

折腾到现在，已经是晚上八点半了，我又拖着行李箱往相对繁华的一个街区走去，找到一家旅行社，然后将这救命的一千块钱统统兑换成了新台币。

这么来回一折腾，等我到达肖艾给的那个并不完整的地址时，已经是九点半了。

我找到一家条件很简陋，类似于民居的旅社，老板是一个染着黄头发，有点发胖，眼睛还很小的小伙子，最为亮眼的还是他脖子上挂着的那根有手指粗的金项链，而这也是我选择入住这间旅社的原因，因为老板给了我信心的保障，他自己就是一副混混模样，应该能罩住我这个异乡人。

胖小伙从我的手中接过了证件，看了一眼之后，语气突然变得很热情："你是南京来的吼！我姐姐就在苏州的观前街那边开了个奶茶店，离你们南京应该是蛮近的吼。"

我赶忙套近乎："近，太近了，我没事儿就喜欢去苏州那边玩儿，观前街是个好地方，说不定我都买过你姐姐的奶茶。"

他比想象中要热情，对我说道："我叫周文德，你喊我阿德就好啦，既然大家这么有缘，房费我给你算便宜点，就按照青年旅社的价格，五百新台币一晚上。"

"靠谱！"

…………

我预付了三个晚上的房费，然后拎着行李和琴盒进了阿德给我安排的房间。房间和想象中差不多，只有一张床和一台电视机，卫生间小得离谱，毕竟是这个价格住下来的，也没什么好抱怨的。

安顿好了自己之后，我便去了世新大学，只可惜手机丢了，没法展示照片了，只能靠着记忆将肖艾的相貌描述给附近的摊贩听。可是走了两条街，也没有获得什么有价值的消息，这让我恐慌又沮丧，甚至开始怀疑肖艾是不是真的在这里。

如果在的话，为什么我却感觉自己离她越来越远，而我现在待的这个地方，只有台北这陌生又厚重的夜色与我亲密地接触着？

我有些走累了，便找了一家小吃店，没敢太奢侈，只要了一碗卤肉饭，然后一边吃，一边思考着可以找到肖艾的方法。

找于馨是最靠谱的，毕竟她是唯一有办法联系到肖艾的人。可是，且不说我的手机已经丢了，就算手机还在，我也想忍一忍，因为我和肖艾那浪漫的约定，我们希望在这里偶遇。而目标范围锁定到这么精确，偶遇的概率也是很大的，所以我要耐住性子，把在台北的日子当作一场生存挑战。

我并不畏惧这样的挑战，反正再坏的生活也都经历过了。

我就这么心不在焉地吃着，虽然不畏惧什么，但并不代表自己不孤独，尤其这世新大学还是一所传媒大学，所以那些三三两两从我面前走过的学生情侣都是高颜值，这让独自漂泊在异乡的我更寂寞了。

我确实是一个很倒霉的人，从南京到台北，我充满了期待和幻想，可此刻只有台北的夜色陪伴着我。我弄丢的不仅仅是钱包和手机，还有自己的好心情。

如果我是个运气够好的人，说不定今晚就会遇见出来吃夜宵的肖艾，我又给自己打气。

…………

夜色更深了，站在世新大学门口的我，点上了来到台北之后的第一支香烟。我一会儿向学生们走来的方向张望着，一会儿抬头看看天空，心中反复想起的是那首曾经和肖艾聊起的《鹿港小镇》。

"台北不是我的家，我的家乡没有霓虹灯……"这首歌唱出了我此时此刻的心情，台北也不是我的家，但我没有那么愤怒，因为这里有我要等的女人，我一点儿也不在意这里有没有霓虹灯。

那么，就平静下来，好好享受来到台北的第一个夜晚吧！也许，此刻的肖艾只和我相隔了一条街的距离。我们共同呼吸一片空气，看同一片星空，而遇见她也只是时间问题而已。

第192章 寻找肖艾

回到阿德旅社已经是深夜的十一点，旅社似乎只有阿德一个人，他依旧待在前台，玩着一款游戏。因为我对台北这边的风土人情不是太了解，便准备和他聊一会儿。

阿德也是个烟民，对大陆的烟比较感兴趣，于是我将半包没有抽完的红南京送给了他，他咧着嘴，一副高兴的模样。他告诉我，他在苏州卖奶茶的姐姐每次回来时都会带一些大陆的烟送给他，所以他觉得南京香烟很亲切。

阿德点上了一支南京香烟，我则抽着他的长寿烟，先和他聊了一些这边的风土人情，他话锋一转问起了我来台北的目的："阿桥，你来台北是旅游的吼？"

我回道："别提了，我是来找人的，第一天就差点把自己搞丢了。你们台北的小偷，技术还真不错，神不知鬼不觉地就把我的钱包和手机给摸走了！"

阿德摸了摸自己脖子上的金项链，安慰道："别闷闷不乐的啦，台北不还有我这样的热心老板吗，房钱给你省了好多。"

我称赞道："台北好市民！"

阿德眯着两只小眼睛笑着，又从烟盒里抽出一支南京烟点上。

忽然，他的手机响了起来，我以为他要接电话，谁知道他看也没看，便匆匆往楼上跑去，我被他这怪异的举动弄得有些摸不着头脑，赶忙也随他上了楼。

一个有些隐蔽的阳台上，架着一台单筒望远镜，阿德撅着屁股，神情专注地往世新大学的方向看去。

"阿德，你这是在干吗？"

他含糊着回道："看女神！"

我迎着夜色，用肉眼向远方眺望着，隐隐约约地看到了一栋宿舍楼，但转瞬便明白了，刚刚的手机铃声并不是来电，而是提醒阿德的闹钟。

果然，阿德对我说道："阿桥，你知道吼，我的女神一个星期会洗三次衣服，分别是星期三、星期五、星期日，今天正好是星期日，这个时候她就站在阳台上晾衣服的啦！嘿嘿，看见了！"

阿德有些猥琐，我心中立即对他有了新的判断，哪有正常的男人会偷窥女人晾衣服的！

他又招呼我："你来看看，是不是很漂亮的啦！"

"阿德，现在是属于你的时间，不要轻易地和别人分享，要不得等到下个星期三了。"

"有时候，她一个星期只洗两次！"

"那完了，要是运气不好的话，还得等到下个星期五。"

阿德应了一声，也认为机会难得，继而不再和我说话，将全部注意力放在了望远镜的风景里，我则在旁边的一张竹椅上坐了下来，也往世新大学的方向看着。

其实，我在此刻也有想念着的女人，但我和阿德有所区别，他直接用视觉去进攻了，而我只能用意念去设想着她正在做些什么，所以我没有阿德幸福，至少现在没有。

…………

望远镜带给阿德的幸福持续了大约十分钟，十分钟后，他在我的身边坐了下来，体型庞大的他差点把我从竹椅上给挤下去。

我又递给阿德一支烟，他点上烟，身体却一直挤着我，使得我的胳膊肘都快贴着小腹了，但我还是很顽强地点上一支烟，以极其别扭的姿势吸了起来。

我喜欢台北的夜晚，有一点儿文艺层面上的悲伤，又有一点儿人性中的孤独，就如同我和此刻的阿德一样，我们的心里都住着一个暂时得不到的姑娘，所以一定要点上一支烟，它燃烧掉的不仅仅是一些乱七八糟的情绪，还有那赤裸裸的欲望。

阿德给我让出了一点儿位置，他也在这样的夜色中感到忧伤，于是和我说起了一些掏心掏肺的话，他吸了一口烟对我说道："阿桥吼，其实这些年我活得挺自卑，我爸妈在我小的时候就离婚了，我和我爸在一起生活。不过，我爸在前几年得胰腺癌去世了，只留下了这家旅社。我没什么本事，也容易被别人看不起咧，所以就文身、染发、戴金链子，看上去挺狠的，其实是因为怕被别人欺负。"

我又一次打量着他，乍一看还真像是个地痞混混，可仔细听他说话，却发现他的性格很温柔，言语间根本没有什么攻击性。他虽然怯懦，但也是个聪明人，至少知道伪装自己。

我感同身受地拍了拍他的肩，回道："其实我的家庭和你差不多！所以我挺懂你心情的。"

"是吼？"

我点头，然后转移了话题，对他说道："聊聊你喜欢的那个姑娘吧。"

阿德眯着眼睛深吸了一口烟，许久之后才对我说道："她叫林子晴，是世新大学大三的学生。"

"你是怎么认识她的？"

"去年，她们系有一个活动，来校外找赞助，然后就找到我了。她说，只要我赞助一万新台币，就可以在她们的活动上帮我的旅社打广告。"

我点头，关于大学生找校外的商户赞助活动，在大陆也很普遍，我又问道："第一眼就喜欢上她了？"

"对哦，她笑起来时的两个酒窝！看着她，整个人感觉心情都很好！从那以后我就开始打听她的消息了。唉！只可惜我们就是两个世界的人，她的家庭条件很好的，爸爸是医院的院长，妈妈在交通运输部门工作。"

"那她知道你喜欢她吗？"

阿德连连摇头："我哪敢表白的吼！"

我看着自卑到抬不起头的阿德，好像看到了不久前的自己。如果我和陈艺不是有从小在一起长大的缘分，那我恐怕就是现在的阿德，连和陈艺说句话的勇气都不一定有，毕竟我只是一个婚庆公司的小职员，她却是一个在全国都小有名气的美女主持人，所以这是我的幸运，不过我和阿德终究是殊途同归，最后我也没有能够和陈艺走到一起。

我只是拍了拍阿德的肩，没有接着说下去，然后与阿德以一样的频率吸了一口烟，又同病相怜般地吐出。

沉默地坐了一会儿之后，我才又说道："阿德，你能帮我一个忙吗？"

"什么忙咧？"

"我身上还有三千多新台币，你帮我全部换成十块钱的硬币，行吗？"

"你要这么多硬币干吗？"

"我想尽快找到一个女人，要不然我在台北就混不下去了。"

阿德惊讶地看着我，又问道："这个当然没问题吼，但是这和你找人有什么关系咧？"

"这个你就别好奇了。对了，你要是想约林子晴出来吃顿饭，或者写封情书给她，我都可以给你跑腿的！"

阿德惊恐地看着我，回道："算了，我还是比较喜欢暗恋的感觉。"

我调侃道："嗯，你还喜欢拿望远镜看她换衣服。"

阿德赶忙争辩："是洗衣服吼！"

我哈哈一笑，掐灭了烟头，向自己住的那个小房间走去。

…………

次日，我一早便起了床，阿德比我起得更早，正坐在前台吃着泡面，玩着手机。我来到他的身边，没等我问，他便拿出了一个袋子，递给我说道："给你兑了三千五百块的硬币。"

我拿出钱包数了数，自己却只剩下三千二百块新台币，我表示只要三千二百块新台币的时候，阿德却没有太在意。他表示我再给他两包南京香烟就可以了。

换好钱后，我将这些硬币全部放进了自己的腰包里，然后又和阿德借笔写了一个牌子别在腰包上。

我来到了世新大学的门口，坐在了一个比较显眼的地方，将腰包和牌子一起放在了地上。

牌子上写着："我想找一个叫肖艾的姑娘，她就住在世新大学的附近，如果谁愿意帮我打听她的消息，我愿意请他（她）吃一个汉堡，钱币就在腰包里，请自取！"

此时，正是学生上课的时间，那陆续走过的学生们很快就带着好奇心将我围了起来，他们纷纷问我是不是真的，还有人为我拍照录视频。

我当即做了一个请的手势，示意只要他们愿意，就可以从里面拿走吃一个汉堡的钱。

其实，谁也不在乎这一个汉堡的钱，但这样的方式最大限度地引起了学生们的

627

关注，尤其这是一所传媒大学，学生们普遍对这种具有新闻性的小事件比较敏感，所以我才选择了这个方法，这比我自己大海捞针要强上太多了。

终于，有一个男生从我的腰包里拿走了几个硬币，然后对我说道："我吃一个你的汉堡，然后我会把你找人的视频发在我们学校的论坛上。如果她在这边，很快就会有消息的！"

我赶忙道谢，又将肖艾的外貌特征，以及来自南京的消息告诉了他。

很快，又有第二个人从我的腰包里拿走了钱币。她说会发动身边的同学在社交软件上转发我的寻人消息。

快到上午九点时，腰包里已经没有钱了，我就这么坐在学校的门口干等着。我坚信，如果肖艾真的住在世新大学附近，那么这种撒网式的寻人方法，一定会打听到她的消息。如果我足够幸运的话，也许待会儿就能见到她。

刺眼的阳光下，我点上一支从阿德那里弄来的长寿烟，平心静气地靠在身后的灯柱上等待着。

尽管这次的台北之行于我而言像一场关于生存的冒险，可也让我丢掉了许多在南京遗留下来的烦恼，至于身上的钱能不能挨到明天，我已经懒得考虑了。

我只希望肖艾能够快点出现，不要让我这孤注一掷后的冒险，变成一场最后连温饱都解决不了的遗憾！

第193章 相遇的早晨

我耐心地在这里待了很久，时间很快便来到中午，那些学生都比较讲信用，特地跑出来告诉我还没有肖艾的消息，甚至没有人听说过有肖艾这个人，我好似被一盆冰水从头淋到脚。

我清楚地记得，肖艾曾告诉过我，她在这里教乐器补贴自己的生活费，如果真的是这样，怎么可能没有一个学生知道一些关于她的讯息呢？

我百思不得其解，甚至开始怀疑她给了我虚假消息，可又想不明白她这么做的理由，她成了谜一样的存在，让我捉摸不透。可越是这样，我想找到她的心情就愈发迫切。

又是一个半天过去，我独自坐在灯柱的下面，有点疲乏，有点失望，有点无奈，更有点饥饿。

摸了摸口袋，已经身无分文，我一阵自嘲式的苦笑。因为在来台北之前，我从来没有设想过自己会陷入这样的惨境，我甚至连回南京的机票钱都没有了，却感觉和肖艾相隔了天涯海角的距离。

我舔了舔干涩的嘴唇，张望着视线所能看到的一切。我觉得很孤独，这里除了天空，一切都是那么陌生，我忽然有些怀念在郁金香路上如鱼得水的日子了，而我正在寻找的她，总是会在不经意间手拿一根玉米，站在便利店的门口等着我。

············

夜深了，我才回到阿德旅社，阿德像个木头似的坐在前台，手边摆着的是一盒只吃了一半的快餐，还有一瓶开了盖却没有喝几口的矿泉水。

我饿得有点发晕，便向阿德问道："阿德，你的厨艺怎么样？"

"不要问一个天天吃快餐和泡面的人厨艺怎么样。"

我装模作样地咳了两声，然后回道："你这整天吃泡面和快餐也不是个事儿，难怪这么虚胖！其实我的厨艺倒是不错，你这儿有菜啊米啊什么的吗？要不我给你做点儿可口的？"

阿德看着我，半响之后回道："前段时间，倒是有个乡下的阿公送了我一点大米，菜和油盐酱醋就没有了。"

我实在是饿得够呛，于是又厚着脸皮说道："要不你去便利店买点鸡蛋，我给你弄个炒鸡蛋得了，就是没蒜！"

我把自己给说乐了，怎么会没蒜呢？这会儿我不一直在装蒜吗！

我这人就是好面子，也不好意思让阿德请我吃顿饭，于是便美其名曰给阿德做饭。

阿德想了想，终于回道："有蒜吼，我们旅社隔壁家的阿伯就会自己种一些蔬菜，咱们去借点好了。"阿德一边说，一边从吧台走了出来。

············

跟着阿德摸黑来到一片面积并不大的菜田，阿德伸手就摘了一把蒜苗，我又怂恿他摘了一把青菜，可这黑灯瞎火中，怎么看也不像是借，倒像是两个没什么本事的男人为了温饱在偷东西。

还是那个小阳台，阿德那台用来看林子晴晾衣服的望远镜就在我们的身后架着，一张老式的四方桌上，放着一盘蒜苗炒鸡蛋和青菜蛋汤，还有几罐啤酒，我和阿德面对面地坐着。

"兄弟，你的手艺超赞耶！"阿德一边吃一边向我竖起了大拇指。

我生怕他吃得太多，赶忙提醒道："你慢慢吃，别噎着。"

阿德在吃饭时有听音乐的习惯，阳台上正好有一台很古老的卡带机，正放着老鹰乐队的那首传奇金曲《加州旅馆》。

我更加确信阿德是个孤独且悲伤的人，所以才有这么多别人不太能理解的举动，就好比我在院子里种花养草一样。脱离主流社会的我们，真的很喜欢给自己创造出一个秘密的空间，我们在这个秘密空间里痛苦地享受，犹豫地堕落，只为等待一个喜欢的姑娘。

"阿桥吼，你找到自己想要找的那个女孩了吗？"

我拿起啤酒罐和阿德碰了一个，猛喝了一大口之后才叹息着回道："没有，还搭进去百来个汉堡！"

阿德不可思议地看着我。

我愈发郁闷，举起啤酒罐又和阿德碰杯，然后顺势夹起一块最大的鸡蛋塞进了嘴里。

反正我是又熬过一个夜晚了，明天依然有找到肖艾的希望，而现在只能先这么盲目乐观了。

…………

饭将将吃完时，楼下传来了一个女生的声音，估计是来住宿的。阿德应了一声，便匆匆下了楼。

我收拾了一下桌子上的碗筷，也跟着阿德下了楼，但让我意外的是，来人并不是想象中的一对情侣，而是两个女人。此刻的阿德面色通红，浑身不自在的样子。

我打量着那个女人，她穿着白色的长裙，头发垂肩，说话时有两个小酒窝，是个很不错的美女，我顿时联想到她就是阿德朝思暮想的林子晴。

她对阿德说道："阿德，这是我的好姐妹，小美。你帮她开一个卫生条件好一些的标间吧，她会在这边住一段日子。"

"哦，好，好……"

我打量着那个叫小美的姑娘，她面色有些苍白，眼中含泪，而身边的林子晴一直搀扶着她。我因此怀疑她是刚做完手术后不久，来这里养病的。

阿德帮那个叫小美的女孩登记个人消息，林子晴从钱包里拿出一些台币递给他说道："这是小美的房费，先住十天。"

阿德结结巴巴地回道："不用，不用了，大家是朋友吼！"

林子晴硬要塞给他："那怎么能行呢，你开个旅馆不容易的。"

阿德不知道哪里来的力量，死活也不肯要林子晴付的房费，我看着这幕却感觉有点心酸，因为阿德喜欢这个女人，但能为这个女人做一点儿事情的机会并不多，所以他很珍惜这样的机会。可惜林子晴并不懂。

我走到两人身边，然后对林子晴说道："同学，阿德把你当朋友，你就不要见外了。既然是朋友，那就用朋友的方式解决，你请阿德吃顿饭不就好了嘛。再说，他也不在乎这点钱，那都不够买他那大金链子上的一个扣！"

林子晴看着素未谋面的我，我又向阿德问道："阿德，你觉得是不是这样比较好？"

"是吼，是吼！"

林子晴笑了笑，然后接受了我的提议，又问我是不是阿德的朋友，阿德连连点头，认可了我的朋友身份。

我又开始自恋，觉得自己实在是太聪明了，不仅帮阿德获得了一次约会的机会，自己也能蹭着吃一顿饭，肯定还是顿大餐！

林子晴离开了，阿德将小美安排在了自己旅社里最好的一个房间，又是给她送热水，又是要去给她买夜宵，但这绝对不能说明他是一个热情的人，只是爱屋及乌罢了。

…………

夜色更深了，阿德还沉浸在刚刚和林子晴见面的喜悦中，我也无心睡眠，便又开始和他聊了起来："阿德，你说林子晴把她的好姐妹安排在你的旅社，这是一种信任呢，还是出于好感呢？"

"你想多了吼！因为大家还算是朋友啦，而且这个旅社是我自己家的房子，比别人家要便宜一些的。"

"我可不信。你不是说她家庭条件还不错吗，怎么会在乎一点儿住宿的钱？"

阿德的表情不仅严肃而且认真，他回道："你不了解她的啦！她其实是一个很独立的女孩，而且家教很好的，不会乱花一分钱。"

说着，他又自嘲般地笑了笑："我的家庭不好，长得也难看，她怎么会看上我的吼！"

"那可不一定，偶像剧不都是这么演的吗？"

阿德撇了撇嘴，也没有回应我的话，他又陷入了幻想中，估计全部和林子晴有关，他的确是个用情很深且喜欢幻想却不爱行动的人。

…………

在并不宽敞的房间里，我枕着自己的双臂躺在床上，这是我来到台北的第二天，我丢了银行卡也丢了手机，等于和南京那座城市彻底失去了联系。

我不知道在这两天里会不会有人联系我，又是否会因为我的失联而担忧，如果真的有这么一个人的话，那也应该是陈艺了。

可自从我们分手之后，常常一个多月不联系，所以她在这两天联系我的可能性几乎是不存在的。

我又想起了肖艾，心中顿时涌起了一阵希望渺茫的痛感。

世新大学这一片的地域并不繁华，如果她真的在这边，为什么我会找不到她呢？而且还有那么多的学生在帮我找着。

我就这么在胡思乱想中睡了过去，然后做了一个自己并不愿意去面对的梦。在这个梦里，我没能找到肖艾，最后回南京了。而这之后，我们再也没有见过面。

…………

早晨，我以一种迫切的心情起了床，没好意思再骗阿德一顿早饭，忍着饥饿，又一次来到了世新大学的门口，我在等待那些吃了汉堡的学生能够带给自己哪怕一点点关于她的消息。

学生们还是比较热心的，他们给我带来的却是一个个失望，这里根本没有出现过一个叫作肖艾的女人，他们纷纷问我是不是记错了地方。

我怎么可能记错地方呢？千真万确，她给我的就是这个地址，而且她也同意我来台北找她，可是现在这个局面又算什么？

我因为没有吃早饭，再加上心中上火，以至于一阵阵胃痛。

我靠在那根已经陪伴了我很久的灯柱上，绝望地闭上了眼睛。谁说梦都是反的，我在台北这座城市真的找不到肖艾，我就像一个可笑的傻子，只是为了一个对方可能并不在意的承诺，冲动地来到了台北。

呵呵，反正我江桥就是这副不长记性的德行，我也曾为了见陈艺一面，从南京到北京，来回坐了几十个小时的火车。

我早该习惯这该死的感觉了！

不知道什么时候，我的耳边传来了一阵惊叹，大家似乎在议论一个女人，我终于在那快不能忍受的胃痛中睁开了眼。

她就在我的对面，骑着一辆踏板摩托，戴着一个半遮式的头盔，阳光洋洋洒洒地落在她的黑发上。

是肖艾，真的是肖艾！

此刻，我没有看时间的工具，但我可以肯定，早晨的时光还没有离我们而去，所以这是一个相遇的早晨，写意、惊喜、充满偶然……

可是，我又让她见到了我最落魄的样子——都快沦落成乞丐了！

|第194章| 如意如意

早晨的阳光刺眼地照射着世新大学周围的一切，视线范围内的所有都充满了生命力，可这美好的一切都不及我见到肖艾的心情。我好像是重生了，我至少要让她请我吃一顿大餐，让她带着我在这个给了我很多不好回忆的台北走一走，然后让我对这座城市的印象改观。

肖艾摘掉了头盔，就在街的另一边与我对视着，她的眼神中充满了不可思议，这让我觉得自己花了几千台币送给那些学生的汉堡并没有起到应有的作用，因为我们是偶遇的。

肖艾将头盔放在自己的踏板摩托上，迎着直直照射的阳光向我走来，那明显比在南京时要长了许多的头发落在她的肩上，就像瀑布一样洋洋洒洒。

她是一个美丽且潇洒的女人，我很喜欢她此刻的打扮，白色的衬衫，蓝色的牛仔外套，咖啡色的马丁靴，不那么规矩，却充满自由的味道。

我就靠在灯柱旁坐着，她站在我的面前，居高临下地看着我，一阵风在阳光下吹来，带来了她身上淡淡的香气。

"你怎么来了？"

我苦着脸，回道："不是说好我处理完咖啡店的事情后就来台北找你的吗，我可一直是个很守信用的人！"

肖艾四处看了看，然后又问道："来几天了？"

"我现在不想回答你那么多问题，我更想看到你能因为见到我，看上去很开心的样子！"

"那要怎样才算见到你很开心？"

"一个拥抱是不能少的吧，你要是知道我这一路有多曲折，你得抱着我哭！"

肖艾一脸嫌弃地看着我，回道："我有那么心疼你吗？"

我忍着没吃早饭的胃痛，从地上站了起来，不管肖艾是否心疼我，但我还是想离她近一点儿。因为来到台北的这几天，我真的感觉太孤立无援了，我在这里没有熟人，更没有朋友，连喜欢的夜晚都是那么陌生，那么不亲切。

肖艾有点口是心非，嘴上说着不心疼我，可还是给了我一个拥抱。我看着她那枚蓝色的耳钉，有点恍惚，也有些窃喜。我的胃也不那么痛了，我又看见了很多站在对街的学生向我们投来了惊讶的目光，他们似乎认识肖艾，所以为肖艾和我如此亲密而感到不可思议。

　　"江桥，你的后背怎么湿了？"

　　"流的汗。"

　　"有那么热吗？"

　　我故作轻松地回道："可能是不太适应台北这边的天气。"

　　肖艾离开了我的怀抱，看着我，发现我的面色也不太好，她又问道："你是不是身体不舒服？"

　　"没什么大问题，就是早上没吃早饭，有点胃疼。"

　　…………

　　阳光比我们刚刚见面时还要好，肖艾和我坐在药店对街的长椅上，我们的身后是一棵还没有开花的桂树，她的手上捧着一杯刚刚从药店里要来的开水。

　　"水不烫了，你快点吃药吧。"肖艾一边说，一边将自己的保温杯和刚刚买的胃药一起递给了我。

　　我从她的手中接过，吃掉了那些药丸后，便一直看着街上的车来车往，但已经没那么恍惚，甚至能留意到每一辆从视线中驶过的摩托是什么颜色的。

　　我很久都没有这样的心情了，我希望时间能够慢一些，所以我不想和她说太多的话，只要她在我的身边这么坐着就足够了，这就是喜欢一个人的感觉吗？

　　我不太能确定，我能确定的是她对我很好，虽然她嘴上从来不愿意承认，但这就是她的性格，有点迷人，有点让人惊喜。

　　沉默着坐了一会儿之后，我终于开口向她问道："你真的是在世新大学附近教人学乐器的吗？我找你找得都快吐血了！"

　　"真的啊，这有什么好怀疑的。"

　　"那我怎么找不到你，我敢说，我找你的方法，往前推一百年，往后再推一百年，都不会有人能想到，因为真的太绝了！"

　　肖艾呛了我一句："都快把自己逼上绝路了，是挺绝的！"

　　我有点尴尬，赶忙拿起肖艾的保温杯又喝了一口热水，以此掩饰着。

　　见我不说话，肖艾又问道："那你说说看，你是怎么找我的？"

　　我赶忙将自己的方法说了出来，然后看着她。

　　肖艾不语。

　　我又拍了拍她的手，问道："说真的，你觉得我这个方法怎么样，有没有潜力成为教科书般的案例？"

　　一阵温暖的风轻柔着吹来，就像我们之间说的那些玩笑话，无伤大雅，也不必认真，却能让彼此的心情都轻松下来，或许这就是我们合拍的地方。

　　肖艾轻蔑地看了我一眼，回道："你就别自我膨胀了，我倒是真没想到你会把自己的奇葩从南京带到了台北！有时候我真的也是挺佩服你的，你怎么就能厚得起脸皮做这些别人想都想不到的事情呢？"

我笑着，虽然被她这么嘲讽了，心里却完全没什么压力，因为我就是这么一个脸皮厚的人，只是不知道为什么，在爱情上的自尊心却特别强，我不愿委曲求全，更不愿意成为对方的负担。

我想起了陈艺，一个和我朝夕相处了许多年的女人，一个和我谈过恋爱的女人。

我逼着自己忘记这种突如其来的联想，继而又对身边的肖艾说道："我就想不明白了，如果你真的在世新大学这边教学生乐器，为什么那些学生帮我发了那么多的朋友圈和帖子，却没有人知道你的消息？"

"你真是傻到可以，这里的学生没人知道谁叫肖艾，只知道有个新来的美女叫阮如意。"

我目瞪口呆地看着她，半响后才感慨道："原来你改名啦！苏菡的那一套你真是学得有模有样，在她叫余娅的时候，谁能把她和苏菡联系起来！"

"什么啊？阮如意是我的小名，我妈姓阮。"

我愣愣地看着她，然后又咋呼道："你还真是挺会审时度势的嘛，在南京一个名字，在台北又一个名字。也是，毕竟你现在和你妈在一起。"

肖艾面色不悦地看着我，说道："不喜欢别人和我开这样的玩笑！"

"好吧，我闭嘴。"

…………

世新大学去往阿德旅馆的林荫小路上，我和肖艾并肩走着，我推着她的那辆踏板摩托，她则显得很安静，也没有像在南京时走路总要找点东西来消遣。她是有变化的，我却弄不清楚这种变化发生在她来台北之前，还是之后。

"如意……"

"怎么啦？"

我不回答，继续往前面走着，走了几棵树的距离之后，又喊道："如意……"

肖艾停下了脚步，皱眉回道："你烦不烦，干吗老叫我的名字？"

我一边笑，一边回道："哈哈，我就是想喊，如意，如意，随我心意，快快显灵！"

肖艾结结实实地踢了我一脚，我下意识地一松手，那推着的踏板摩托也就遭了殃，顿时倒在地上，磕坏了前面的挡板。

我赶忙竖起自己的手，做出一副事不关己的样子，说道："是你踢我的啊，我这完全是因为条件反射。"

肖艾蹲在地上，心疼地看着自己的这辆摩托，很不爽地说道："江桥，我攒了一个月的钱，才买了这辆摩托车，你一见面就把它摔成这样，它要是有意识，肯定骂你是个王八蛋！"

"我真的挺无辜的，如意！"

"你还喊！"

"如意如意，随我心意，快快显灵！赶紧把这辆踏板摩托恢复成出厂的样子吧！"我说着又在肖艾的身边比比画画，就像是在对着什么宝贝施法。

肖艾被我气得够呛，却又拿我的无聊没有什么办法。我确实是挺喜欢这个名字的，因为我觉得很亲切，就像一个邻家姑娘在与我相对，我因此而记不得那些笼罩在她身上的光环。

是的，她真的是一个有光环的女人，这种光环会让很多男人望而却步。

…………

肖艾不肯再让我推着她的那辆小踏板了，也不愿意理睬我了，于是我又在她身边"如意如意"地喊着，却始终没有说起让她和我回南京的事情。因为我没有一点儿把握她会回去，所以不想太早承受那种被拒绝的失落，尽管我早有心理准备。

快要到阿德旅社时，她终于向我问道："这次准备在台北待多久？"

我沉默了一阵后才回道："我其实挺想看看海，可惜台北没有，等你请我在海边吃个海鲜什么的，我就算走，也没有什么遗憾了。"

"好啊，就如你意，明天带你去花莲看海。"

我点上烟，吸了一口后，才"嗯"了一声，觉得自己在此刻也变成了一个口是心非的男人，我是想看海不错，可是真的会因为看到海就不遗憾了吗？

不，我依然有遗憾，因为我想带她走，回到我们的故乡，然后让一切回到从前。她就坐在我家的院墙上看着黄昏的风景，我坐在小院里喝着啤酒，看着她……

我和肖艾站在阿德旅馆的门口，她再次向我问道："这就是你住的地方吗？"

我点头。

"那我明天中午之前来找你。"

"行啊。"

肖艾看着我，没有再多说什么，而阿德就趴在吧台上探视着我们，却不出来打招呼，他见到漂亮的姑娘似乎就有点胆怯和认生，这让我更加相信他戴的金链子和身上的文身都是唬人的摆设。

肖艾骑着自己的踏板车离开了，我看着她的背影，就像看着一个来自远方的朋友。我们的见面并不如我设想中的那样，而造成这种感觉的原因，可能是因为我太过于保守了，没有表达出自己心中最真实的想法。

我的肚子又饿了，我想吃海鲜，于是心中更加期待明天去花莲看海的行程，我给自己鼓劲，如果到那时夕阳很好，潮水澎湃，恰巧肖艾又和我坐得很近，那我一定会很大胆地邀请她和我回南京。

我发誓，只要我设想的这幅画面在明天全都变成事实，那我就什么都敢和她说！

因为气氛实在太好了！

第195章 清水断崖

肖艾离开后，我在阿德旅社的门口站了好一会儿才走了进去，阿德不动声色地坐在吧台后面的办公椅上，他手边两个方形的音响里正播放着一首王菲的《梦中人》，节奏很欢快，听不清歌词。

"阿桥，你要找的姑娘就是她吼？"

我停下了脚步，有一点儿惊讶地向他问道："你们认识吗？"

"我认识她，她肯定不认识我。"

我更加好奇了："她在世新大学这片很出名吗？"

阿德重重地点了点头，然后冲我竖起了大拇指，回道："她可是太有名了吼，现在好多学生找她学乐器，都要提前预约呢，不过都是以男学生为主啦！"

我比较感兴趣，便又追问道："你和我说说这是怎么一回事。"

阿德回道："你还不知道吧，世新大学最近的周年庆上，她担任表演嘉宾啦，一个人演奏了六种乐器，技惊四座，人又长得这么漂亮，大家当然都喜欢她的啦，尤其是男学生们，都把她当自己心中的女神了。"

说到这里，阿德耸了耸肩，又说道："不过她这个人有点高冷，除了和她学乐器的同学，别人和她说话她都不理。没想到她会是你的朋友，看上去还对你很好咧！"

阿德的话，又让我想起了当初还在南京艺术学院上学的肖艾，我以为她变了，其实一直未变，而她身上自带的光环也更加没有一丝一毫的减退。所以，哪怕漂洋过海来到台北，有了一个阮如意的小名，她还是那个有些孤傲，却对我有点好的肖艾。

…………

夜色如约而至，我坐在阿德旅社那个唯一有点情调的阳台上抽着烟，另一只手则抱着肖艾送给我的那把蓝色的吉他，用干净的布擦拭着。

阿德给我弄来了一个果盘，然后便用那台高倍望远镜看着远方的女生宿舍，他还在执着地等待着林子晴，尽管今天并不是林子晴洗衣服的日子。

月光下，我在阿德那肥硕的背影里看到了一种很高级的孤独，他在这份孤独中，不伤心，也不难过，只是深深地暗恋着那个叫作林子晴的女学生，享受着那些可以用望远镜看到她的夜晚，而这对于他来说便足够了。

我趁着自己头脑清醒，进行了一番反思。我曾经也这么爱着那个叫作陈艺的女人，虽然我没有望远镜这样具有科技感的东西，但我也曾无数次坐在心情咖啡等待着她的路过，想来那是我人生中最为快乐的日子。

现在心情咖啡没了，而与我有关系的女人，也由陈艺变成了肖艾。世事一直在变，唯独感觉不曾变过，我们就这么因为这些如神来之笔的感觉，或忧伤，或窃喜，或暗自怀念。

原来，我和陈艺都是错的人，做了错的事情，唯独那些高级的感情是对的，它让我们深刻地爱过，也撕心裂肺地痛过！

我按灭了手中的香烟，更加认真地擦拭起了那把蓝色的吉他。

片刻后，阿德凑了过来，他对我和肖艾的过去很感兴趣，我也即兴给他讲了和肖艾认识的经历，并强调我和肖艾之间并没有什么超越朋友之外的感情。

阿德盯着我看了许久，才说道："阿桥，我觉得你和如意之间一定还隔着一个女人，这个女人是你一辈子都不敢忘记的，所以有如意这么完美的姑娘，为你做了这么多的事情，你都不敢承认她是自己的女朋友。容我说句难听的，其实你这次来台北没什么意义的啦，她不会和你回去的！"

我一阵苦笑，下意识地又想抽支烟，却忍住了，只是捏了捏自己的下巴，也用台北腔回道："阿德，说话能不能给兄弟留点余地吼！我其实很脆弱的啦！"

阿德表情严肃地摇了摇头，然后又将"她不会和你回去"的话重复了一遍。

在夜色中有点忧伤的我，不愿意与阿德将感情的事情聊得太过于深入，于是又转移话题聊起了肖艾的小名。阿德告诉我，这边的家庭一般都会给自己的子女取一个很吉祥的小名，所以如意这样的名字没什么好大惊小怪的。

我笑了笑，其实我也没有大惊小怪，只是对"如意"这个名字有点上瘾，巴不得在她的面前喊上一千遍、一万遍，然后我们大家都称心如意才好。

夜色更深了，阿德从我手中接过了肖艾的那把吉他，他叼着南京香烟，手指一拨琴弦，一段《小镇姑娘》的前奏便被演绎了出来，接着，他用充满磁性嗓音唱了起来。

原来这个看上去什么都不行的阿德还有这样的才艺，只是不知道，他有没有将这样的才艺展示给林子晴看过。

我希望有一天他可以勇敢地在林子晴面前展示自己的歌喉。

…………

黑夜白天在循环，我晕头晕脑地从床上坐了起来，然后关掉了床边的夜灯，太阳就在窗外的山脉旁边挂着，我在想象着它在中午时分热烈散发光芒的样子，而按照昨晚的约定，肖艾会在这个时候来阿德旅社找我。

似乎是一种很刻意的安排，肖艾竟然和阿德朝思暮想的林子晴几乎在同一时间来到了阿德旅社。林子晴是为了兑现自己请阿德吃饭的承诺，而肖艾则是为了兑现陪我去花莲看海的承诺。

世新大学附近的一个餐馆里，我和阿德坐在一边，肖艾则和林子晴坐在一边，在我们面前摆着的是几盘小菜，还有几瓶这边特产的啤酒。

我有心撮合阿德和林子晴，便第一个举起啤酒说道："有人说，前世五百次的回眸，才能换来今生一次擦肩而过，咱们能坐在一张桌子上吃饭是多大的缘分，所以大家互相留个联系方式吧，以后就是朋友了。"

林子晴并没有拒绝，她将自己的手机号码给了阿德，肖艾也很给面子地与阿德以及林子晴互相交换了手机号码，唯独我没有手机，因为我的手机早在刚来台北的那天就被小偷给顺走了。

我很认真地将几个人的手机号码抄在了餐巾纸上，然后放进自己的口袋里。

我将杯子里的啤酒一饮而尽，心中想起的是，在手机丢了的这段时间里，有没有人会因为联系不到我而着急。

我觉得不会，因为我在自己的朋友圈中其实挺没有存在感的，大家似乎更愿意用物质去衡量一个人。在我的那些朋友中，有人开着凯迪拉克、奔驰、宝马，也有家境好的，刚结婚就住进了父母为其准备的别墅里。所以每次同学聚会，都是这些人最聊得来，而混得不怎么好的我，总是习惯待在角落里抽烟或者喝酒。

谁会在意我江桥呢？

…………

在台北去往花莲的火车上，青山和蓝天组成的风景在车窗外一闪而过，我探身看着，于是与坐在车窗旁的肖艾几乎脸贴着脸。

我有些激动，也有些紧张，因为我很明白，花莲这一站结束后，我便没有理由再待在台北了，因为我是土生土长的南京人，我需要回到那里创业，建立自己的家庭。而台北再美，也只是我人生中的一站，它的意义不会大过丽江这个我曾经去过的地方。

肖艾的手机就摆在座椅前面的桌面上，上面挂着的还是那个古桥造型的挂件，她保护得很好，一点儿污渍也没有。

旅途中，我们谁都没有说话，而在我的记忆里，我们在一起时从来没有过这么长时间的沉默。这让我有了一种错觉，仿佛坐在我身边的并不是她肖艾或者如意，只是一个充满陌生感的女人，可她的举手投足之间又充满了我熟悉的记忆。

…………

我和肖艾迎着黄昏来临前的太阳，站在清水断崖的风景线上，这里的日照很强烈，所以我们都戴着墨镜，那夹着海水味道的暖风一阵阵从我们身边吹过，吹动了她的披肩，也吹动了我的头发。

黄昏来临前的那一刻，她终于在潮水澎湃而来的声音中对我说道："江桥，站在清水断崖这里，会看到最好的海景，对着青山和大海，你告诉我，这次从台北回南京，你还会有什么遗憾吗？"

我转头看着她，墨镜的掩饰下，我看不到她全部的表情，但她的皮肤真的很白皙，她的侧脸也很好看，我愈发想带她离开这个也许并不属于她的地方，可总是少了一个激发自己把这些说出口的点。

"哗……哗……哗……"潮水在我们脚下的礁石旁澎湃着，海风仿佛吹走了夕阳，天色渐渐暗了下去，我看见了远处的灯火下，许多游客坐在大排档里享受着海鲜的美味，这让远离人群的我们显得有些孤独。

我的气息有些急促，下意识地往她身边又靠了一步，这才点上一支烟，笑着回道："你能坐下和我说话吗？"

肖艾看了我一眼，然后在我的身边坐了下来，我也在下一刻，坐在了有点潮湿的礁岩上。视线随着坐下而变得极其不开阔，那些在远方吃喝玩乐的游客也从我的视线中消失了，世界孤独到只剩下了我和肖艾。

情绪仿佛在一瞬间就释放了，我伸出了经常被肖艾称为爪子的手，将她搂到了自己的怀里，我不那么想说话，也记不得俗世中的那些让人恼怒的衣食住行和生老病死，我只感觉自己带着肖艾彻底消融在了眼前这无边的大海里，而大海延伸的尽头，再穿过平原和山脉，就是我们的另一个家乡，南京。

那里有郁金香路，也有老巷子，有甜腻的玉米，还有拥挤的城市地铁。

此刻，它们一定都很想念身处异乡的我和肖艾。

第196章 放下过去

潮水在我和肖艾的身边起起伏伏，渔火和灯火在遥远的地方闪亮着，而在这宽阔的大海界面上，没有束缚，也没有堡垒，一切看上去是那么自由，以至于我和肖艾谁也不想过于急切地去要一个结果。

黄昏彻底离开了，一轮明月越过山头就在我们的斜前方挂着，而在这个没有了城市气息的地方，渐渐只剩下了两种颜色，一种是黑夜的黑，一种是灯火倒映在海面上的颜色，我看着眼前的这一切，舒服地点上了一支烟。

不知道什么时候，肖艾从自己的手提包里拿出了两罐啤酒，她将其中一罐递给了我，我顿时感觉自己的人生得到了升华，因为我的面前就是无边的大海，手中夹着最爱的香烟，怀里抱着自己最想见到的女人，她还送给了我一罐啤酒，那我还有什么不满足的呢？

我仰起头，肆意地喝了一口啤酒后，笑着向身边的肖艾问道："你能和我分享一下现在的心情吗？"

"你先说。"

"开心，舒服，想死在这里！"

我说完自己心中的感受之后，便看着肖艾，然后充满期待地等待着她能和我分享着自己此刻的心情，可结果却出乎我的意料，她从自己的口袋里拿出了手机，然后递到了我的手上。

我带着疑惑从她的手中接过，手机上是微信的界面，于馨和肖艾的聊天记录在潮水的哗哗声中，清晰地出现在了我的视线中。

"肖艾，江桥在台北吗？"

"在，怎么了？"

"赶紧让他给陈艺回个电话吧，这些天陈艺一直联系不上他，然后找到我的单位，精神都快崩溃了，请我向你打听他的消息。"

"嗯，我会告诉他的。"

于馨过了有二十分钟才又发来了一条消息："你能告诉我，你对江桥到底是什么感觉吗？如果是爱情的话，就不要再藏着掖着的了，把事情清楚明白地说开，对你，对江桥，甚至是对陈艺，都是一种可以将伤害减小到最低程度的方式。"

肖艾在足足一个小时之后才回道："在这件事情上，我和陈艺都不是关键，关键是江桥他是怎么想的。其实，我一点儿也不排斥陈艺，因为江桥从小孤苦，她是屈指可数愿意用真心对待江桥的女人。"

"你能告诉我，你为什么会喜欢江桥吗？我真的不知道他身上到底有什么能够吸引你的，让你一个这么骄傲的女人，心甘情愿地为他做了那么多。"

肖艾没有回复于馨的这个问题，对话就终止在这里。我重重地呼出一口气，将手机越握越紧，我的情绪在此刻产生了强烈的波动，因为很多我不知道的事情和情绪，就这么从第三方的口中说了出来。

原来，陈艺是这么在乎我，而我从来没有想过到达台北后，给她报一个平安。在我的意识里，自己就是一个没有根的男人，无论漂泊到哪里，都不会有人关心、有人在意，所以手机丢了这么多天，自己反倒觉得是一种清净。

我将手机还给了肖艾，她盯着我看了许久后，终于问道："你现在还想知道我是什么心情吗？"

我没有言语，肖艾将自己的手机又交到了我的手上，说道："陈艺的号码你应该是记得的吧，赶紧给她打个电话吧，别让她太担心。"

············

在远离肖艾几十米远的另一处礁岩上，我拨打了陈艺的电话，拨通提示响了两声之后，她便接通，言语间充满期待和紧张地问道："你是江桥吗？"

"嗯，我已经到台北好几天了，之前手机和钱包都弄丢了，所以不知道你在为我担心，对不起！"

"你不用和我说'对不起'，我的担心和你的安全比起来根本算不上什么，知道你一切都好，我就放心了。"

她笑了笑，又问道："怎么样，在台北玩得还开心吗？"

我用一种轻松的语调回道："谈不上开不开心，反正没受什么罪。"

"那你现在是和肖艾在一起？"

"嗯。"

电话那头的陈艺一阵沉默，许久之后才对我说道："那行，我就不打扰了。玩累了记得早点回来，然后找一点儿正经的事情做一做，你也该成家立业了。"

"我知道。"

陈艺没有再回话，她挂断了电话，我却为这种充满客套的对话感到难受，但我们之间确实已经没有太多的话可以聊，因为在我们分手的一刹那，就已经丢掉了双方对于未来的全部计划和期待，那还有什么可以闲聊的？

············

我没有立即回到肖艾的身边，而是一个人静静地吸了一支香烟，在潮涨潮落中想着一些心事。

肖艾来到了我身边，坐了下来，我们看着大海的角度又因此有了改变，我们的视线里多出了一座灯塔，它就立在海面上，指引着往来的船只。

"江桥，我特别想问你一个问题，如果你和陈艺当初没有分手，你觉得现在会过上什么样的生活呢？"

我久久给不了答案，因为果断放弃的自己，从来没有仔细假设过如果没有分手这件事情。

"如果你答不出来，那我就作为旁观者给你答案吧。"

我错愕地看着肖艾，等待她继续说下去。

肖艾闭上眼睛，仰起头，她在一阵沉默之后，才对我说道："陈艺是南京甚至全国都已经很有名气的女主持，不管你江桥将你们婚后的生活想得多么凄惨，但陈艺有足够的经济能力养活一个家庭却是不争的事实。她有人脉，有各种传媒资源，而你不但不笨，还很有想法，并且勤奋认真，有她在你的身旁监督着、帮衬着，你怎么会混得差呢？所以大家认可你，也只是时间问题罢了。"

我依旧不说话，但这不代表我否定了肖艾的这番设想。

"江桥，我知道你这次来台北是为了让我和你回南京，去从事音乐培训的事业，但我可以很明确地告诉你，我不会和你回去的。"

我心中充满失落，却已经接受了她的选择，因为这毕竟是连阿德这个陌生人都能看出来的结果。我勉强笑了笑，对肖艾说道："这次来台北，我本来就没有抱太多希望，就当是咖啡店倒闭后，出来旅游散散心吧。呵呵，眼前这片大海，真的让我有不虚此行的感觉。"

肖艾点了点头，然后从礁岩上站了起来，她双手插在自己的外套口袋里，眺望着已经与夜色融合的大海，我一点儿也看不清楚她的表情，更加不知道此刻的她在想些什么。

"你能借我一点儿回去的路费吗？"

肖艾终于转头看着我，她回道："我现在身上也没什么钱，但你这么聪明，肯定可以想办法筹到一笔回去的钱，是不是？"

…………

肖艾又将我送回到了阿德旅社，我心情有点烦闷，因为所有的一切都被阿德给说中了。

原本那么好的氛围下，我可以对肖艾说出自己心中所有的想法，可当知道陈艺在满世界找我，为我的安危感到担忧时，我的情绪立刻便起了变化。

阿德说得没有错，这个世界上的确有一个我永远也不敢忘记的女人横在我和肖艾之间，而肖艾的心情我当然也可以理解，因为回南京对她而言是一种推翻一切的选择，我却欠她一个保证。

还是阿德旅社那个有点格调的小阳台上，我坐在躺椅上发呆，阿德则对着他的望远镜，向世新大学的女生宿舍看着。

"阿桥吼，今天在海边，你和肖艾表白了吗？"

我摇头叹息，回道："说真的，当时情绪都已经到了，差的就是一句话，可心里就是有一道过不去的坎儿，最后也没能说出口。所以最后，肖艾让我自己回南京了。"

"你大老远地跑到台北，却得到这么一个结果，心里难过吗？"

"难过，怎么不难过！可是人生难过的事情这么多，没必要每一件都放在心里想来想去，有时候笑一笑就过去了。"

阿德很认同地点了点头，毕竟我们都是活在边缘的人，心理承受能力要比一般人强上许多。我仍记得，当初千里迢迢地跑去北京见陈艺，别说一句承诺了，连话都没有说上。虽然心里失落到无以复加，但最后也只是在上火车之前吸了一支烟，便将所有情绪憋在了心里，等待着她毕业回到南京的那一天。

阿德又对我说道："阿桥吼，这几天我一直都很好奇，到底是个什么样的女人，会成为你和肖艾之间的心结呢？她一定很不平凡吧？"

长夜漫漫，我也不介意和阿德这个分开后可能一辈子也不会再见面的朋友，聊一聊我和陈艺之间的那段过去。

接下来的半个小时里，我一边喝着啤酒，一边将自己与陈艺从童年到成年的所有值得回忆的片段都说给了阿德听。最后，他感同身受地叹了一口气，看上去无限唏嘘，因为他也和我一样爱上了一个与自己差距太明显的女人，所以他能理解我内心的种种无奈和痛苦。

阿德从我送给他的南京香烟里抽出一支点上，然后对我说道："阿桥吼，开过车的人应该都知道，倒挡只有一个，前进挡却有好几个，这说明人还是要往前走的，需要往后看的事情并不多。所以我觉得你还是忘记过去那些事情好啦，因为你总有一天要娶另一个女人。陈艺就随她去吧，她的个人条件那么好，随便选择个活法，都会比你要过得好咧！"

我眯着眼睛猛喝了一口啤酒，然后什么也没有说，夜幕下的黑色却在狠狠地敲打着我。

…………

躺在床上，我无心睡眠，我当然知道肖艾不肯借钱让我回到南京的真实想法，她的内心也不希望我这么轰轰烈烈地来了，最后却孤单惆怅地离开，她还在等着我。

快要午夜的时候，我终于从床上坐了起来，然后穿上拖鞋向一楼的吧台跑去，我借来了阿德的电话，给肖艾发了一条短信："还记得我们在丽江的时候，曾经合力在街头唱歌，给你赚住宿的钱吗？"

"记得。"

"你是不是要还这个人情，也要用同样的方式帮我凑一笔回南京的路费？"

这次，肖艾过了很久才回复了消息："可以。"

得到肖艾的这个答复后，我重重呼出一口气，然后将手机还给了阿德，笑着对他说道："阿德，你会弹吉他，对吗？"

"嗯，有问题吼？"

"明天给你一个机会，让你在林子晴面前也展现一下你自己的才艺，用望远镜偷窥这样的事情毕竟太没有水平了，没有哪个女人会喜欢的。"

阿德不解地看着我，我拍了拍他的肩，说了句"明天你就知道了"后，便上了楼。我想养足精神，然后迎接明天的到来。而在这一瞬间，我仿佛又回到了那些在丽江的日子，那里有肖艾的歌声，有我的茫然，还有笼罩着我们几个的轻飘飘的夜晚。

超级大坦克科比
|著|

My Dear Tulip

我的
郁金香小姐

（下）

藝出版社

| 第197章 | 牵手

次日，我迎来了一个天气非常好的早晨。拉开窗帘，进入视线的便是蔚蓝的天空和在远方延伸着的山脉。我一点儿多余的睡意都没有，很快便从床上坐了起来，然后将肖艾送给我的那把吉他从柜子里拿了出来，又擦拭了一遍，直到看不见一点儿灰尘，才点上烟，把它当作一个人说起了话来。

我拉扯它的弦，问道："还记得你原来的主人有多久没有用你唱过歌了吗？一定很久了，但是不用太想念，因为待会儿你就又有机会了。不过你得珍惜，以后可没这样的机会喽，你必须和我回南京，她却不会回去了。"

我将吉他又装回了那个自己做的，有点简陋的琴盒里，随即下了楼。

一楼的吧台旁，阿德正吃着泡面，我来到他的面前，说道："阿德，给林子晴打个电话吧，邀请她参加我们待会儿的活动。"

林子晴的名字刚从我的嘴里说出来，阿德便开始紧张了起来，他向我问道："你这么神神秘秘的，是什么活动，昨天晚上都不告诉我。"

我笑了笑，回道："我的钱包在来台北的第一个晚上就被偷了，可我得回南京啊，回去就得有路费，所以我打算去世新大学的门口做路演，筹点回去的钱。"

"就你吼？我看悬呢！现在路演的钱可不是那么好赚的，而且世新大学里会乐器的同学可太多了，这个才艺打动不了他们的啦。"

"我当然不行啊，所以才让你喊林子晴啊，她在世新大学不是很有号召力的吗。你呢，也借着帮我忙，有个名正言顺的理由约她出来，我觉得她一定会同意的。"

"真的？"

我很肯定地点了点头，但阿德还是不肯相信我能靠一场路演赚到回去的路费。直到我告诉他肖艾也会来后，他才好像有了信心保障般地从吧台里面走了出来，红着脸给林子晴打了一个电话。

结果如我所料，林子晴答应了他的请求，阿德心中一阵狂喜。

…………

在等待肖艾和林子晴到来的过程中，我和阿德弄了一个牌子，文字很简单，就是一个大陆人满怀期待地来到了台北，却没有回去的路费，希望大家将爱心汇集起来，积少成多，最后帮忙凑够这笔返乡的钱。

林子晴上午似乎没有课，她在肖艾之前来到了阿德旅社，简单和我们打了招呼之后，便拎着早饭去二楼看她的小姐妹阿美去了。

大约过了一刻钟，肖艾也骑着那辆我之前见过的踏板摩托停在了阿德旅社的门口。她迎着早晨正好的阳光拿下了头盔，仿佛是个平凡到不能再平凡的姑娘，却又美貌过人。而知道她过往经历的我，也晓得她更喜欢的是现在，而不是那个在南京可以挥霍无度却内心空虚的从前。

"给你买的早餐。"

我从肖艾的手中接过打包盒，是一碗我喜欢吃的小馄饨，但看起来和南京的做法又有一点儿不同。我当即便尝了一口，外面的面皮更筋道，里面的馅儿也大了很多，这让我不禁点头称赞。肖艾笑了笑，也随我坐在了旅社门口的台阶上。她告诉我，这个馄饨其实是比较正宗的福建沙县做法。

我知道自己和她在一起的时间并不多了，所以便主动找话题和她聊了起来。我问道："我们认识也挺久了，你觉得我江桥是个什么样的人呢？"

肖艾似乎在内心早就对我这个男人有了评价，所以她几乎没怎么思考便回道："你啊？你就是一个娱乐自己，幽默大家，内心却严肃得要命的男人。"说到这里，她停了下来，然后看着我笑了笑，又说道，"其实这样也没有什么不好的，因为我觉得传统的男人是有情怀的，不会因为喜欢争名夺利而显得很庸俗！"

我与她对视着，也弄不清她的这番评价到底是在夸我，还是借机贬我，但也没有太过于放在心里纠结，转而向她问道："那你觉得传统女人是什么样子的呢？"

"传统女人是有性情的烈女，单纯因为爱情而跟着一个男人。"

不知道为什么，听到肖艾说起传统女人的标准，我心中一阵莫名感动。这样的女人在这浮躁且充满诱惑的世界里，是多么值得一个男人用自己的全部去追求。

肖艾拉了拉我的手臂，表情很认真地向我问道："江桥，你觉得我是个什么样的女人呢？"

和肖艾一样，我也几乎没有思考，便回道："如果和你接触不深，一定会以为你是个爱玩、不懂生活辛苦的典型'白富美'。可真正了解后，才觉得你其实也是个很严肃的女人，可这种严肃的价值观，会导致你不合群，显得过于骄傲。"

我没有再多说什么，心中却有点难过，这种难过是由心中的失落引起的。我一遍遍地问着自己，为什么明明知道她是一个这么好的女人，自己却始终没有勇气跨出这一步呢？

正在思考这个问题时，林子晴和阿德从旅馆里走了出来，他们并肩站在我和肖艾的面前，而阿德手上拿着的是肖艾送给我的那把吉他。他将吉他交到了肖艾的手上，说道："江桥对这把吉他可珍惜了，每天都会见到他拿出来擦一擦。"

肖艾从阿德的手中接过琴盒，打开后将吉他从里面拿了出来，修长的手指放在琴弦上，凝视了许久。

这把吉他，是她去日本之前送给我的。我知道这是她自父母离婚后身边最为珍惜的东西，当初我不明白她是带着什么心情送给我的，但现在已经明白了。

如果我曾经伤害过哪个女人，她便是一个，因为我内心的严肃和执着，总是让我无法坦然，无法放开手脚，给予她多一点儿的关怀。

我低下头呼出一口气，然后又闭上了眼睛，我明白自己已经错过了那些最好的时光。

....

世新大学的门口，我和肖艾站在一起，阿德和林子晴帮我们立起了求助牌，然后林子晴便开始打电话，似乎在通知自己的同学过来帮忙，给我们造势。

不知道是什么事情影响了肖艾的情绪，她一直不怎么说话，只是抱着自己的那把吉他，一遍又一遍地调着音，却总是调不出满意的状态。

我看着她有点急躁的样子，心中莫名不是滋味，却又不知道该说些什么，于是坐在她身后的路沿上，用一种消极的目光看着她的背影。

此刻正是学生上课的高峰期，渐渐有人围拢了过来，很多男生拿出自己的手机，镜头似乎对准着肖艾，而肖艾并没有理会这种有些不礼貌的行为，她依旧低头给吉他调着音。

终于调出她满意的音后，她连一句开场白也没有，便开始唱了起来。可是她明显不在状态，竟然忘词了，有一个地方的节奏也没有能够跟上，所以一首歌，她只唱了一半便停止了。

围观的学生也为肖艾的这种状态感到惊讶，但还是有几个人拿出了一些零碎的钱放进了我们事先准备好的罐子里。

这时，人群中有人冲着我指指点点，大声说道："原来你要找的人就是阮老师，你们一定是情侣吧，要不然怎么会从大陆找到台北呢？"

肖艾在这个地方本身就是学生瞩目的焦点，有人这么一说，顿时勾起了所有人的好奇心，然后将这个话题无限放大，更有大胆的学生跑到肖艾身边求证。但肖艾始终一言不发，在沉默中用手指拨动着琴弦，而我这个外行人都听得出来，她的演奏根本没有任何旋律可言，更像是一种情绪的发泄。

我礼貌地让那些好奇的学生不要打扰肖艾，他们却又转而向我求证。我也没有给予正面回答，但目光一直没有离开过肖艾，我总觉得她的沉默和不在状态是在压制着自己心中的某些情绪。

在我的注视中，肖艾终于开口对在场的所有人说道："此刻，我特别想唱一首歌，但是又担心会不应景。这是一首很老的歌，小的时候一直听妈妈唱，旋律早就烂熟于心，但始终不明白歌词到底在表达什么。不过，人的心境是会发生变化的，很多你曾经不理解的东西，现在却变成了刻骨铭心的存在，让人思考，让人向往。"

肖艾说完这些，便看着身边的我。

我先是回避了她的目光，过了一会儿又转而注视着她，轻声说道："我想听。"

肖艾点了点头，拨动了吉他的弦，一曲熟悉的旋律便在阳光下随着风散开了，我依稀记得这是一首在很多年以前传遍大街小巷的歌曲。

"因为爱着你的爱，因为梦着你的梦，所以悲伤着你的悲伤，幸福着你的幸福。因为路过你的路，因为苦过你的苦，所以快乐着你的快乐，追逐着你的追逐。因为誓言不敢听，因为承诺不敢信，所以放心着你的沉默，去说服明天的命运。没有风雨躲得过，没有坎坷不必走，所以安心地牵你的手，不去想该不该回头。也许牵了手的手,前生不一定好走;也许有了伴的路,今生还要更忙碌。所以牵了手的手,来生还要一起走,所以有了伴的路,没有岁月可回头……"

唱到一半的时候,肖艾的眼睛里便含着泪水了。我不知道这种突如其来的伤感是源于她对自己母亲那段感情的遗憾,还是源于自己心中那份真实的无奈和可望而不可即,但我被真真实实地感动了,因为这一首被岁月洗礼过的老歌,正在表达着她最简单的爱情观。

我真的被触动了,这种朴素的爱情观与我是多么不谋而合,那我为什么还要无视眼前这片最温暖的泉水,转而在茫茫人海中苦苦寻找呢?

在歌曲到达尾声的时候,我拉住了肖艾的手,转身面对着她,郑重其事地说道:"如果我没有记错的话,这首歌应该叫《牵手》吧。曾经,在郁金香路上的纺织厂里,我妈妈也喜欢在工作闲下来时,用卡带机听听歌,这首歌是她听得最多的。当时,我也听不明白,但是我现在懂了,不管贫穷,不管生老病死,我们都牵着对方的手走过,有这种信念支撑着我们的人生,爱情也只不过是小菜一碟!当你的生命与一个本来毫无关系的人牵连在一起,你把你的命运交给他,他把他的命运交给你,这个世界上没有比这个更奇妙的情感了吧?"

肖艾看着我,眼中含着泪水,此刻的她和我一样,都被这个朴素的道理感动着。

我握紧了她的手,用前半生积累下来的全部勇气,在所有人注视的目光中对她说道:"和我一起回南京吧,郁金香路和老巷子虽然简陋,但也容得下两个不怎么开心的人!"

肖艾的目光中有感动,有犹豫,有动摇。时间的流逝中,众人发出的喧哗声越来越大,温暖的阳光,轻柔的微风,却仿佛替我们驱散了这阵吵闹,让我们的世界里只有彼此,以及牵了手就不管前面路好不好走的简单道理!

第198章 你出尔反尔

我不确定此刻是否已经过了上课的时间,但围观的学生仍有很多。在这些围观的人当中,就数阿德的表情最为夸张,虽然他一直希望我和肖艾的关系能往前再走一步,但是当我真的这么做了的时候,他看着我的眼神却好像在看一个胆大妄为到不知天高地厚的人。

等待肖艾回复的间隙,我心跳得非常厉害,我将她的手握得更紧了,自己却闭上了眼睛,感受着阳光的强烈和风的温柔。

肖艾从我的手中抽回了自己的手,我心中顿时涌起一阵空乏的抽痛,我觉得她已经给我答案了,她还是不愿意和我回南京。因为一首歌而迸发出的感性,终究改变不了我们之间由来已久的复杂。她不愿意回南京的理由实在太多了,而我让她回南京的理由却少得可怜。

气氛变得尴尬了起来，阿德拿过了肖艾的吉他，准备自弹自唱一首他擅长的《小镇姑娘》，将我从眼下的尴尬中解救出来。

我睁开眼，先是一阵苦笑，然后看着表情复杂的肖艾说道："我能接受你给的这个结果，没什么，台北自有台北的好处，你不肯回南京是对的。"

肖艾看着我，不言不语，渐渐面无表情。

我的喉结在下意识地蠕动着，手指数次想从烟盒里抽出一支烟，但最终都放弃了。我一时无语，转移了目光看着正在唱《小镇姑娘》的阿德。

此刻，阿德应该是幸福的，因为他在林子晴的面前露了一手。他的那副好嗓子，收获了林子晴惊喜的目光。相比于用高倍望远镜窥视林子晴晾晒衣服，这是他从来都没有过的大收获，而这也是我一定要他来的目的，因为一个男人一定要在心爱的女人面前展现出自己擅长的东西，这总比一无是处要好上太多。

我用手抹了一把脸，一手的冷汗，这让我愈发清醒，我终于对肖艾说道："距离上次在丽江也已经过去好几个月了吧，可有些片段，有些细节，甚至天的风吹向何方，我都能记得很清楚。这次来到台北，也留下点美好回忆吧，我们再试试合作那首《妈妈》，口哨声该在哪段插进去，我一直都没有忘。"

"唱完之后呢？"

"我看着你走，然后我自己回南京。"

"好啊。"

我在肖艾斩钉截铁的话语里看不到一点儿希望，而这时的阿德也已经唱完了他最擅长的那首《小镇姑娘》，他将吉他又还到了肖艾的手上。

林子晴似乎想还之前阿德没有收小美房费的人情，她一个人便往我们那用来筹钱的罐子里放了一万块新台币。在她的带动下，又有不少同学慷慨解囊，我回去的路费就这么凑齐了。也许，肖艾答应与我合唱的《妈妈》将成为我和台北的告别曲，远在南京的郁金香路和熟悉的便利店，废弃的纺织厂，幽静的老巷子，似乎都在快速地向我靠近，我和台北的交集也就到此为止了。

肖艾没有一丝留恋地拨动了吉他的弦，这次，她的状态很好，虽然唱歌的时候没有用什么专业的技巧，但很打动人，而我因为想让最后这段回忆变得完美，也努力将口哨声吹得响亮又清脆。我不确定自己到底有没有跟住肖艾的节奏，但我真的尽力了，就像这次来台北找她的决心一样。

当最后一个音符消散，我重重呼出一口气，然后双手合十，向那些帮助了我的学生表示感谢。我告诉他们，这些钱已经够买一张回去的机票了，学生们又同情地看了我几眼之后，便成群结队地向学校里面走去。

这时，与我相对的只剩下了肖艾，林子晴和阿德在很远的地方站着，体贴地将最后的空间留给了我们。

看着视线里和台北有关的一切，我心中不可阻挡地产生了一种悲壮感，我的激情和青春仿佛就在这里落幕了。回到南京后的自己，依然会每天孤独地走在老巷子里，为自己的事业辛勤地奔波着。一切就像咸菜一样，滋味是有了，却过犹不及，因为我已经受够了孤独所带来的一切。

我从肖艾的手中拿过了吉他，小心地装进了琴盒里，又将地上的零钱数了数，也塞进了衣服口袋里。

我再次来到肖艾的面前，用洒脱的语气说道："骑上你的小踏板走吧，我看着你走。"

肖艾站在原地并没有离开，她忽然从我的口袋里将所有的钱都掏了出来，说道："这些钱是够你的路费了，可我的路费呢？"

我有点错愕："你……你说什么？"

"我问你，我回南京的路费怎么办？"

我看着肖艾，好像只是一瞬间，便天上地下走了一遍，以至于恍惚着回不过神，盯着肖艾一连眨了好几次眼睛，表情夸张地指着她说道："你……你出尔反尔！"

"对，我就是出尔反尔，我要跟你回南京，行不行？"

我无法用言语表明此刻的心情，只是将回去的路上有肖艾陪伴的情形设想了一遍又一遍，我在地狱天堂转换的狂喜中对她说道："那我们继续唱啊，唱到你和我的路费都够了为止。"

"人都走光了还唱什么？最受不了你整天一副大义凛然的样子！你是得了'洒脱病'吧，还说什么看着我的背影走，矫情又自私！"

我惊讶于肖艾的创造力，从她口中说出的"洒脱病"我是闻所未闻，可尽管被她这么数落着，我心中还是很高兴，而这种高兴是我经历了数次的绝望后才换来的，程度可想而知。

…………

世新大学旁边的一间小咖啡馆里，我和肖艾相对而坐，我将今天得到的钱全部放在了她的面前，对她说道："我觉得，你如果将自己的那辆小踏板卖了，再加上这些钱，应该够我们俩回去的路费了。"

"你怎么不说把吉他也卖了呢？"

"这我可舍不得！"

肖艾端起咖啡喝了一口，并没有回应我，只是将自己的目光放在了窗户外那条算不上宽阔的林间小道上。她似乎有点心事，许久后才对我说道："江桥，这次回南京，并不是旅游，或者去处理什么事情，而是要留在那里生活，所以我必须要和妈妈见一面，然后将自己的态度和她说清楚。如果你愿意等我，就留下等我几天，如果等不及的话你就先回去，我办完了这边的事情，就过去。"

我这才想起，肖艾之前告诉过我，为了她能留在台北教学，她的母亲第一次求了自己的老师。现在肖艾要回南京了，可以说是牵一发而动全身，很多之前决定的事情都会因此而推翻。

一阵沉默之后，我回道："如果你愿意带我去见你的妈妈，我可以和你一起去。"

肖艾摇了摇头，说道："我不愿意。"

"为什么？"

"因为你去见了她，她说什么也不会让我回到南京的。"

我在肖艾的这句话中读到了很多潜在的意思，继而心中有一丝愧疚。

肖艾似乎察觉到了我的情绪，她又对我说道："我回南京也不是全因为你，爸爸的案子马上就要宣判了，虽然这些年我对他的恨多过于爱，但是在他人生最低谷的时候，我也不能不闻不问。我留在南京，对他而言至少也是个安慰，虽然帮不了他什么！"

　　我点了点头，继而又一次陷入了沉默中，似乎很多事情就是从肖总出事后开始发生质变的。尽管在日常生活中，我和肖总是永远不可能产生交集的两个人，但是我的生活确实被他影响了，甚至赵牧也是，我们的命运仿佛与金鼎置业这个正在经历风浪洗礼的集团捆绑在了一起。

　　现在，肖艾终于又要回到南京了，不知道一直苦苦追求她的赵牧会是什么心情。而我呢？我又该怎么和赵牧解释这一切？

　　胡思乱想中，肖艾忽然向我问道："江桥，你是个害怕孤独的人吗？"

　　我愣了一下，回道："嘴上说不怕，心里其实挺害怕的。"

　　"你做过最孤独的事情是什么？"

　　每次有人提起"孤独"这个词，我就下意识地想抽烟，我摸出一支烟点上，深深吸了一口之后才对肖艾说道："还记得郁金香路上有个老王馄饨摊吗？"

　　"嗯。"

　　"我以前还在婚庆公司上班的时候，经常早饭晚饭都吃馄饨。老王这个人什么都好，就是喜欢多嘴，每隔一段时间就会问我有没有女朋友。呵呵，我从小就一个人生活，连亲人都没有，还谈什么女朋友啊！可因为自尊心作祟，有一段时间，我开始买两份馄饨，一份放辣油，一份不放。就这么持续了好几个星期，老王倒是以为我有女朋友了，可每次提着这两份馄饨走过老巷子的时候，我都孤独得难受，因为我的手上虽然提着两份口味不一样的馄饨，吃馄饨的却始终只有我自己。有一年的情人节，老王还是给我盛了两碗馄饨，他问我还是一份放辣油，一份不放吗，我点了点头，可是，看着那些捧着鲜花走在路上的姑娘，我忽然就不想再装了。我赶忙对他说，算了，两份都不要辣油。"

　　说到这里，我低头笑了笑，然后又说道："那天，我觉得自己的孤独把整条郁金香路都淹没了，那些情侣就在我的孤独中走来走去，一个比一个嚣张，一个比一个幸福。"

　　肖艾安静地看着我，然后也随着我笑了笑，说道："你是个重度孤独症患者，一直以为我身上有可以缓解孤独的药，所以哪怕是灰头土脸，也要来台北找我，是不是？"

　　"嗯，尤其是在咖啡店倒闭后，我的孤独症就越来越重了。我是不是一个很自私的男人？"

　　"不仅自私，还很偏执。南京有那么多的姑娘，为什么就觉得我身上有你想要的解药呢？其实，我是个比你还要孤独的人，很长一段时间，我去酒吧都会点两种不同品类的酒，然后放在桌子的两边，自己和自己喝！"

　　我看着肖艾，此时此刻，她的眼神中似乎还残留着那时的孤独。我们似乎孤独到没有对手，所以我必须来台北找她，她也一样，需要从我这里找到解药，因为我们注定是天生一对。

肖艾托着下巴陪我坐了一会儿,又拿起了自己的车钥匙,只说了一句"在阿德旅社等我"之后便离开了。

我看着她的背影,却与刚刚的心情完全不同,因为我已经得到了她一定会陪我回南京的承诺。我们还在这承诺没有说出来之前牵了手,可我的内心仍然没敢将她当成自己的女朋友,因此并没有对她说出什么"我喜欢你"之类的话,她也一样。

我不知道这种不挑明对我们而言到底是有利的,还是有害的,我只知道自己的心中还弥漫着一种只争朝夕的喜悦。我的心情很久没有这么好过了,上一次这么好,还是在陈艺成为我女朋友的那一天,而这种喜悦就和春夏秋冬的轮回一样,一定会有,也一定会消失,所以放在心里珍惜着就对了。

原来,一个男人,一生是可以爱上两个女人的!虽然我曾经不这么认为。

|第199章| 再见,台北

肖艾离开后,我付了喝咖啡的钱,随后便回到了阿德旅社。我之前和阿德只订了三天的房,现在因为要等肖艾,所以还得再续几天。

走进旅社,阿德正趴在桌子上玩着手机,似乎在和谁聊着天。我用手指敲了敲桌面,引起他的注意后,对他说道:"我可能还要在台北再待上个一两天,房费我先续一天的,后面要住的话,继续补。"

阿德抬起头看着我,回道:"阿桥,不用和我这么客气的啦,房间你就住着吧,付了房费,你回南京的钱还够吗?"

"不够我再想办法,你是靠这个旅社过日子的,这样的便宜我可不能占你的。"

阿德使劲推开了我将钱递给他的手,表情严肃地对我说道:"你要把我当朋友,就不要这么俗气了。以后有机会我一定会去大陆的,到时候你也把我当朋友招待就好了啦!"

我点了点头,没有继续坚持,因为阿德说得很对,如果有一天他会去南京,还记得联系我这个朋友,我一定会热情招待他的。

阿德的心情很好,他拿着手机,给我看他和林子晴的聊天记录,他们已经确定了下一次一起吃饭的时间,而这个进展速度,让阿德很感谢我。他说,如果不是我来台北,给他创造机会,他恐怕下辈子都没有机会和林子晴约会。

我拍了拍他的肩以示鼓励,然后独自回到了自己在二楼的房间,我将行李简单收拾了一下,以便随时回南京。

…………

已经记不清这是自己来到台北后的第几个黄昏了,我站在二楼的小阳台上吸着烟,看往夕阳落山的那个方向。我的心绪在阵阵吹过的暖风中出奇得平静,甚至想到了自己在老巷子里的那些街坊邻居,还有郁金香路上每一个寻常的清晨和黄昏。

重重吐出口中的烟，我转身背对着栏杆。真的很久没有这么享受过生活了，我在这里没有手机，仿佛与世隔绝，也就没有了俗世为我编织的各种烦恼。

楼道里传来一阵脚步声，随后，阿德拎着一只方便袋出现在了我的面前，他抹了抹脸上的汗，笑着对我说道："阿桥，这是我买的莲雾，你带回去吃吧。"

我并没有从阿德的手中接过袋子，只是看着他脖子上的大金链子和裸露在手臂上的文身，心中随之有些不是滋味。这个外表看上去嚣张无比的台湾男人，其实贫穷又自卑，却很热心肠，虽然我们只是相处了几天，但那即将要分别的情绪，还是让我觉得伤感。

我回到房间，将这次自己带来的南京香烟全部拿了出来，然后对他说道："这些烟你拿去抽吧，但是要尽量少抽一些，泡面也少吃，更不要熬夜玩游戏……"

阿德从我手中接过了香烟，对我笑道："我明白，我现在这种状态可不会讨女人喜欢的，所以我决定改变自己。阿桥，我打算下个星期就开始改造阿德旅社，做成情侣主题的。二楼的小阳台，就做成一个咖啡馆和微型书店，等你下次再来台北的时候，你会感到惊喜的啦！"

我搭住阿德的肩，问道："这些都是林子晴给你的建议吧？"

"嗯，她还会往里面投一点儿钱呢，成为阿德旅社的第二股东。"

阿德说完充满幻想和期待地笑着，我不能从他这种积极向上的笑容里判断出他和林子晴的未来是什么样子，但他们已经成为异性朋友是不争的事实，所以我希望阿德能够继续努力，哪怕最后不能获得林子晴的芳心，也至少没有什么遗憾了。

"阿桥，你的那把吉他呢，能借我再唱几首歌吗？"

我点头，把吉他递给了阿德。

黄昏下的天空，大片大片的火烧云，阿德弹着肖艾的吉他，唱着那首《我们好像在哪儿见过》，而刚刚放学的林子晴恰巧就捧着书本站在楼下。她好像是来找阿美的，却站在旅社的霓虹招牌下，听阿德唱完了一整首歌。

…………

夜晚将将来临时，阿德在楼下喊着我的名字，我站在窗户口看了看，竟发现肖艾拖着一只红色行李箱正站在旅社的外面。我赶忙下了楼，来到她的身边，一边接过她的行李，一边向她问道："你已经把自己要回南京的想法和阿姨说过了吗？"

"嗯，你的身份证号码给我，我订机票，现在坐捷运去机场，还来得及。"

我一直以为肖艾至少需要一两天的时间才能解决她在台北的一些事情，没想到我们分开仅仅半天，她便来找我了。

我赶忙又回到楼上取来了自己的行李，然后与坐在吧台的阿德道别，阿德起身随我来到了旅社的门口，他看了看肖艾，压低了声音对我说道："阿桥，阮老师真要和你回南京了吼？"

我点头。

阿德向我竖起了大拇指，感叹道："她真的是个敢爱敢恨的姑娘，你要好好对她啦，要不然谁都不会原谅你的！"

我看向站在不远处的肖艾，又下意识地想起了去年初秋我们刚见面时的情景。

那个晚上有点燥热,她穿得很清凉,我们不曾在哪儿见过,我只把她当作不速之客。现在,我却追着这个不速之客千里万里地来到了台北,想来这就是人和人之间的缘分。

我收回自己看着肖艾的目光,然后笑着对阿德说道:"我会好好对她的,你和林子晴也加把油,希望有一天能听到你和她的好消息。好了,我的兄弟,我回南京了,保重!"

说完这些,我拍了拍阿德的肩,然后便转身向一直等着我的肖艾走去。我搭住她的肩,往阿德旅社对面那条通往外面的马路走去。

"阿桥……"

我和肖艾一起回过了头,阿德手中拿着一盒南京香烟冲我晃了晃,然后又摘掉了脖子上的大金链子,扔进了身边的垃圾箱,大声对我说道:"谢谢你和阮老帅给了我重新选择生活的勇气,我会努力去追求子晴的,也希望你们幸福!"

我和肖艾对视了一眼,然后一起向阿德挥了挥手,再次与他告别。我也祝福他,虽然他和林子晴之间看起来并不太可能,可大千世界并不缺奇妙的缘分,就如同我和肖艾一样。

我不太愿意再回头去看阿德为我们送别的身影,因为我知道这样的分别可能就是一辈子,所以每一次回头都是一次伤感。

…………

我和肖艾乘坐捷运来到了台北的桃园机场,我去办行李托运,肖艾去领登机牌。就在我们准备过安检的时候,曾经在南京和我有过一面之缘的肖艾妈妈也赶到了机场。我的第一感觉就是窘迫,而肖艾也充满了意外,她没有想到妈妈会追到机场为她送行。

"如意……"

"妈,你怎么来了?"

肖艾的妈妈看了看站在两米之外的我,然后回道:"我还是有点不放心,所以过来看看你。"她说着便拉住了肖艾的手,表情里充满了无法割舍的痛苦,还有自责。

"妈,你不用为我担心的,我在南京生活了二十多年,有朋友,也有同学,比在台北要熟悉多了。"

肖艾妈妈握住肖艾的手又紧了一些,声音渐渐哽咽:"袁真已经去日本发展,小伟又在扬州定居,你回南京,妈妈真的很不放心……"

肖艾用笑容安慰着妈妈,轻声回道:"妈,没问题的,我已经不是小孩子了,无论是在台北或是在南京,我都会试着去享受生活。"

肖艾说到这里便停下了,她看了看我,又对她妈妈说道:"真的不用为我担心,就算袁真和小伟师哥都不在南京,可那里还有一对我更好的人,我不会受委屈的。"

我并不是一个情商特别低的人,我来到了肖艾妈妈的身边,喊了一声"阿姨",但没有承诺太多,因为我觉得自己已经有了实际行动,如果我没有决心照顾好肖艾,又怎么会千里迢迢地赶到台北带她回去呢?

肖艾的妈妈终于点了点头,然后轻声对肖艾说道:"你答应妈妈的事情,一定要做到,知道吗?"

"我会做到的！"

机场的广播已经在催促，肖艾松开了她妈妈的手，向安检的地方走去。这让她看上去很洒脱，可是她眼睛里已经噙满了泪水。她和我不一样，我离开台北只是与一座城市道别，而她要割舍的还有亲情。

尽管肖艾已经过了安检，可是她的妈妈还是不肯离开，一直站在原地看着。这让我觉得自己有点残忍，如果没有我这次的台北之行，她们母女依然可以在闲暇时逛逛街，而肖艾也终究有一天会在某所学校成为一名真正教书育人的老师，然后过上一种稳定的生活……肖艾却放弃了这一切。

在她们母女越来越远的距离中，我感觉到了自己身上的责任有多重。

…………

飞机在一阵冲刺后，抬头飞上了天空，靠近窗口的我又一次看见了台北的夜景。我思绪万千，然后默默在心里与这个给自己留下深刻记忆的城市说了"再见"。而身边的肖艾自始至终都显得很平静，她只是看着一本飞机上提供的旅游杂志。

直到看不见外面的一切，我终于拉下了遮阳板，带着一丝疑惑向她问道："你答应你妈妈的是什么事情？听她特意强调，一定不是小事吧？"

肖艾表情严肃地看着我，弄得我心里一阵紧张，她笑着说道："还真不是你以为的这样，我妈就是叮嘱我，到了南京以后也要刻苦训练，这么多年积累下来的表演功底不能丢。还有，身材也不能走样，保持住现在的气质！"

我盯着肖艾，回道："别开玩笑了，我真的挺想知道的！"

肖艾说了一句"没开玩笑"之后，便戴上了眼罩，也不知道她是真睡还是为了摆脱我的追问而假寐。

我无奈地摇了摇头，然后将自己的外套脱下来，盖在她的身上，又替她理了理有些凌乱的鬓发，继而便陷入了一种想入非非的状态中。南京，在飞机的轰鸣中，离我们越来越近，越来越近。

| 第200章 | 家里还好吗？

两个多小时的飞行，乘务长在广播里通知着我们，飞机即将在南京禄口机场降落。

城市之间的快速转换，让我的心情也随之起起伏伏，我仿佛看见了藏在这座城市里的爱恨情仇，还有那些在夜晚衍生出的孤独，而所有的一切并没有因为我的离开而有一丝一毫的改变，车水马龙依旧以无限延伸的姿态，在绚烂的灯火下如血液般在整座城市里流动着。

一直在睡觉的肖艾终于摘掉了眼罩，探身透过窗户向身下的世界看去。她并没有我那么多的感慨，只是感叹了一句："南京的夜晚还是这么美！"

飞机平稳降落，走出航站楼，站在高架桥的下面，一道月光穿过建筑间的缝隙，落在我们的脚下，显得很轻，我们的手上却拖着沉重的行李。

此刻已是深夜十一点，我问肖艾："今天晚上你打算住哪儿？"

"于馨知道我今天回来，我去她那边住。"

"行，那我打车，先送你去那边，然后再一起吃个夜宵。"

…………

于馨的房子离她工作的地方非常近，她穿着拖鞋和睡衣站在小区的外面等着我们，与肖艾刚一见面，便给了她一个热情的拥抱，诉说着这些天是如何想念她的。

我又往两人的面前走了一步，于馨一点儿也不掩饰地问道："江桥，肖艾，你们真的在一起了啊？"

我回避道："你先别急着问东问西的，我们现在很饿，打算一起去吃个夜宵，你要去吗？"

于馨连连摇头："夜宵就算了，你以为谁都和肖艾一样，怎么吃都苗条。"说完又转而对肖艾说道，"你们先去吃东西，待会儿等你回来，我们再慢慢聊，这是我家的钥匙，你拿着。"

肖艾接过于馨的钥匙，随后便与我一起向还能吃到东西的另一个街区走去，这段路程中，我们都有点沉默，却又冲着对方笑了几次，也许我们只是有点累了，却很喜欢这座城市的气息和熟悉的夜晚。

在一家还没有停止营业的面馆门前，我和肖艾面对面地坐在摆放在户外的桌子旁，而另一边的大排档里还有不少正在吃着烧烤喝着啤酒的青年，虽然有些吵闹，却与这夜色融合得很和谐，以至于毫无置身于深夜里的孤寂感，仿佛从台北回到南京只是一瞬间的事情，而黄昏也不过刚刚才离去。

我提议："要不我们也喝点啤酒，吃点烧烤吧。"

"我身上只剩台币了，怎么喝？"

我灵机一动，回道："不是可以微信转账的吗？"

"你可真不怕麻烦！"

"一点儿也不麻烦。喝呗，正好和你聊点事情。"

…………

要了一盘炒文蛤，又烤了一些蔬菜和肉串，我和肖艾坐在面摊上吃着烧烤，我倒满一杯啤酒，举到肖艾的面前，笑着说道："欢迎回到南京！"

肖艾与我碰了杯，然后问道："你觉得我开心吗？"

"应该是五味杂陈吧，不过我觉得你对南京这座城市的感情，不是其他地方能比的，哪怕是台北也不行！"

"没有你想的那么五味杂陈，我觉得自己挺开心的，一回来你就请我吃烧烤，我特别喜欢这种有市井味道的生活。来，喝酒！"

肖艾仰起头喝掉了整整一杯啤酒，我却觉得她有点"人来疯"，也或者南京这座城市真的给了她好心情，让她连吃烧烤都充满乐趣。

一瓶啤酒喝了下去，刚刚在飞机上沉默寡言的她，话也渐渐多了起来。她告诉我，以前和袁真一起去参加音乐节时，吃烧烤喝啤酒是那些地下音乐人最喜欢的聚会方式，也常常将她的情绪感染得一塌糊涂，她总是大声陪他们一起说着不受这个世界欢迎的话。

看着她不停说话的样子，我才真的相信，相比于台北，她更喜欢南京这座城市。她在这里经历的实在是太多了。南京就像初恋情人，台北却像是相亲认识的未婚夫，始终少了与南京在一起时的激情和自由。

我也仰起头喝掉了一整杯啤酒，爽快地咂了咂嘴之后，对肖艾说道："今天晚上可以胡吃海喝，可明天咱们就要好好想想，怎么在这里谋生活，要不然我们都得歇菜！"

"我好办啊，我可以去省演艺集团上班。我还在南艺上学时，团长就邀请我加入了。"

我充满惊讶："去省演艺集团上班，不就等于说，你加入了自己最不喜欢的演艺圈？"

肖艾面露不屑之色："你不了解我们这个行业就不要乱说。江苏省演艺集团可是培养艺术家的摇篮，全团有二十七位艺术家享受国家的特殊津贴呢。和你所认为的演艺圈完全就是两码事情，团长可说了，只要我愿意加入，立马就会安排我去参加国际级的音乐表演。"

我有点泄气，虽然我是将肖艾从台北劝回来了，可与我设想的完全不是一回事。我仍不死心地问道："你觉得咱们可不可以一起做点事情呢？我认为，接下来对我们俩而言都是一个新的节点，尤其是工作这样的大事情，肯定是要作为重中之重去认真考虑的。"

"我不想和你一起做事情。"

我更加泄气了，皱着眉问道："为什么啊？"

"怕到时候做得一塌糊涂，没人养着你这个落魄的男人，我要是到演艺集团上班，至少每个月还有基本工资拿着呢，演出费用另算，养家糊口还是挺小菜一碟的。"

我看着肖艾，她似笑非笑地与我对视着，以至于我也辨不清她是和我开玩笑，还是在说一件很认真的事情。尽管如此，我的内心还是涌出了一阵感动，我觉得，无论未来创业的日子有多艰辛，我的背后都是有依靠的。

吃完了烧烤，我们又开始吃面，可只吃到一半，肖艾便说吃不下去了，抱着浪费可耻的基本原则，我吃掉了她剩下的面。然后我们便在这条街上分别了，我回郁金香路的老巷子，她去了于馨那里，而关于明天的事情，明天再说。

…………

每一次远行之后，回到老巷子都会是一番新的感受，我特意停在曾经的心情咖啡门口站了一会儿，看着里面空荡荡的样子，回首自己拼命创业的那段日子，就好像是做了一场容易醒来的梦，而关于未来该何去何从，我还是有些茫然的。

一路向自己的老屋子走去，到家门口时，意外发现，斜对面陈艺以前住的房子里竟然有光亮，这让我忍不住走了过去，趴在两扇木门的缝隙间往里面看了一眼。光亮是从陈艺的房间传来的，她没有拉窗帘，我看见她正坐在窗户边默记着主持台本。

之前，她一直因为我去台北后的杳无音讯而担心，现在我回来了，她又在这边住着，我没有理由不和她说一声。想了想，我敲响了院门。

"谁啊？"

"我，江桥……"

简单的对话，在相对封闭的巷子里产生了回声，这让夜晚显得更加安静了，所有不经意间传来的声音都像是一种窃窃私语，而那微弱的灯光和闪烁的星光，完美地融合在了一起，将视线范围内的一切渲染得格外轻柔。

"咯吱"一声，陈艺推开了木门，她的身上披着一件红色的外套，面容里充满了高强度工作后的疲惫。

我疑惑地问道："你怎么又回来住了？"

"最近接到一个三大卫视联动直播的大型晚会主持任务，压力挺大的，和我爸妈住在一起也清静不下来，所以就搬到这边来住一段时间了。"

"原来是这样啊！"

陈艺点了点头，又转而向我问道："你刚回来吗？"

"嗯，之前让你担心了！"

"知道我会担心，以后出远门就多留点心眼，那几天联系不上你，我都快急死了！"

"我要知道你会找我，一定会想办法给你打个电话报平安的。"

陈艺目光复杂地看了我一眼，并没有再纠结于这件事情，转而问道："肖艾和你一起回来了吗？"

"回了，她在于馨那边住着呢。"

陈艺转移了看着我的目光，她倚着门框，然后将脚上的拖鞋放在门槛上蹭了蹭，似乎沾上了什么脏东西。之后，好像是在不经意间又向我问道："你们以后有什么打算呢？"

我没有从肖艾那里得到一起做音乐培训的答复，所以也只能模糊地回道："走一步看一步呗，我可能还是会找个商业项目做一做。"

"嗯，有什么需要我帮忙的千万不要客气，知道吗？"

我只是笑了笑，没有多说什么。

"时间不早了，你坐了这么久的飞机，就早点儿休息吧。"

"嗯，你也早点儿休息。"

就在我准备离开的时候，陈艺又想起什么似的对我说道："江桥，大家很久没有聚过了，明天咱们一起吃顿饭聚一聚吧，你叫上肖艾，还有赵牧，我喊上秦苗和金秋，你看行吗？"

我犹豫了一下，总感觉有点应付不来，但最终还是点了点头。我告诉自己不要想太多，更不要把自己当作主角，明天大家只是在一起吃顿饭这么简单，毕竟都是一座城市里关系很要好的朋友。

…………

回到久违的家，洗漱之后的第一件事情，便是找来了一部自己曾经用过的手机，充上电，连上网，登上了微信。不出意外，收到了好多条信息，其中有陈艺的，也有金秋的，还有冯唐的，但最让我意外的是乔野那个已经废弃的微信号也堂而皇之地出现在了未读消息中，他的确给我发了一条微信。

"江桥，我现在和苏菡在国外，一切都很顺利，家里还好吗？"

我心中顿时燃起一阵愤怒的火焰，因为他的离开，秦苗把我恨得彻彻底底，这个臭不要脸的，竟然还告诉我自己在外面一切顺利！更奇葩的是，他还敢问起家里好不好，秦苗都快被他这个王八蛋折磨得不成人样了。

|第201章| 没那么简单

我拿着手机看了半天，总觉得三言两语地骂过去不太解恨，因为乔野真的很过分，他这一身骄横自私的毛病，就是被他那有钱的爹妈给从小惯出来的，他在做每一件事情之前很少会站在别人的立场思前想后。如果有上辈子，此人多半是被老天给踢下界的神仙，保留了一颗做神仙的心，却长在凡人的躯体里，折腾，作怪，最后伤了身边的人。

我最终也没有骂乔野，因为我痛恨他连累自己已经是很久之前的事情了，既然在心里一直把他当作兄弟，那么这样的连累我能承受。相比于此，我更有义务将他可能不知道的一些情况告诉他，然后提醒他凭着自己的良心再好好做一次选择。

我给他回了信息："乔野，听说你在外面一切顺利，我下意识地骂了你一句'臭不要脸的'，我想你一定不会介意的，因为我会解释给你听，为什么要这么骂你。去年，秦苗去丽江找你，是怀着你的孩子去的，可是你已经和苏菡出了国，连个面也没有见到。后来，她让酒吧的经理将这些转告给苏菡，希望苏菡能够再转告给你，但我不知道苏菡最后有没有尊重你的知情权。其实，大家活着都挺累的，现在我把这一切都告诉你了，你是选择心里的欲望，还是责任，都随便你，但作为朋友还是希望你能有一个漂亮的选择。"

发完这条信息，我又折回到客厅，从冰箱里找出了一瓶啤酒，坐在小院的石凳上喝着。月光落在我的身上不动声色，我却在不停地揣测着，苏菡到底有没有将秦苗怀孕的事情告诉乔野。我不希望苏菡是个自私的女人，而我认识的苏菡也不该是这样一个女人。

那么，知道这一切却不愿意回来的乔野，可不就是臭不要脸吗？所以我并没有骂错，这人就是不懂怎么在感情的漩涡里全身而退。

一罐啤酒喝完，我才回到房间，拿起手机看了看，乔野并没有回复，可能是因为有时差，暂时还没有看到。而我经过长途跋涉，早已经疲乏得要命，于是躺在床上倒头就睡，什么也没有再想，甚至连梦都没有做一个。

....

次日的早晨，阳光灿烂，整座城市被蓝天白云笼罩着，一点儿也不比台北逊色。

我习惯性地早醒，却并没有立即起床，就这么靠在枕头上陷入了冥想之中。总之，继续创业也好，工作也罢，我要尽快在事业上找到一个明确的方向。

八点的时候，我起床洗漱，又给自己煮了一点儿糯米粥，然后坐在小院门口的台阶上吃着。在我斜四十五度的方向，陈艺也坐在台阶上，正在默记着暂时还没有搞定的主持台本。我下意识地看了一眼，足足有十多张，虽然我是外行，但还是能够从台本的厚度上判断出陈艺应该是这次大型直播活动的第一女主持。

我为她感到高兴，因为她的事业一直处于上升阶段，虽然目前还没有达到国内一线女主持的高度，但也相差不远了。

看着她投入的样子，恍惚间好像回到了她还没有搬走的那些日子，每当台里有大型活动，她都是坐在台阶上默记着主持台本，那认真的样子，好像整个世界都被她抛诸脑后。

我敲了敲手中的碗，引起她的注意后，问道："我煮了糯米粥，要不要来一点儿？"

陈艺对我笑了笑，将台本卷起来放进了自己的外套口袋里。她走到我身边，说了一句"我自己盛"后，便向屋内走去。

我家的碗筷放在哪里她很清楚，只一小会儿，她便端着和我一样的碗从小院里走了出来。

我给她让了个位置，然后将自己就着稀饭吃的豆腐乳放在了两人之间。

"这是什么口味的豆腐乳？"

"挺辣的，就着稀饭吃，特别带劲儿。"我一边说，一边将豆腐乳递给了陈艺。

陈艺摆了摆手，拒绝道："最近老熬夜，再吃辣的肯定会上火。你看我脸上都长痘痘了。"

陈艺将自己的头发拨开，我果然在她的右脸看到了一颗痘痘，可这并不影响她的美貌，她的皮肤还是那么白皙。她本就是个漂亮姑娘，尽管此时的她未施粉黛却依然很美。而她身上传来的淡淡香味依然让我舒服，让我安宁。

特别是在这个没有负担的早晨。

…………

早饭快要吃完时，肖艾从前方的转角处走了过来，她背着一只双肩包，还戴了一顶遮阳帽，这让她显得更年轻了。她来到我和陈艺的面前，看了看我们各自捧在手上的饭碗，说道："早上好，吃饭呢？"

"煮的糯米粥，你吃过了吗？"

肖艾还没有回答，陈艺便放下碗，然后起身说道："你们聊吧，今天早上有个挺重要的会议，我得去台里了。"

我看了陈艺一眼，就这么一眨眼的工夫，她便已经回屋子里拿了手提包，走在了肖艾刚刚来的路上，很快就消失在了我的视线中。我这才想起，还没有来得及告诉她，乔野昨天晚上给我发信息关心家里的事情。

肖艾蹲在地上看着我，一会儿后才向我说道："江桥同志，我特别想问问你此时此刻内心的感受。你其实没有必要特意在你和陈艺中间放一瓶豆腐乳的，这样刻意，一点儿都不像街坊邻居。"

我怔怔地看着她，一时竟然接不上话，只是尝试将豆腐乳放在自己的脚面上，几次都没能成功摆稳当后，终于回道："不放在两人中间，难道放脚上啊？你看，都摆不稳！"

　　肖艾将自己的遮阳帽摘了下来，扣在我的头上，说道："别作怪了，好好吃你的饭吧。"

　　…………

　　上午，肖艾陪我去银行重新补办了银行卡，又去移动运营厅补办了一张手机卡。可当这些之前丢失的东西全部办好之后，我并没有失而复得的喜悦感，我感觉自己与这复杂的社会又重新接轨了，而在这个忙碌的城市里，我必须带着紧迫感尽快给自己找到一个可以谋生的事情做。

　　下午，肖艾又让我陪她去见省演艺集团一位姓李的团长，我这才相信她昨天说的话并不是在开玩笑，她真没打算和我一起做音乐培训。

　　我们和李团长在一间茶楼见了面，他很激动，老远便向肖艾伸出了热情的手。还没有喝上茶，就表示给他个机会买单，而这种超乎寻常的热情也让我相信，肖艾加入演艺集团已经是板上钉钉的事情了。

　　一个小包间里，李团长对肖艾说道："如意啊，之前你说去台北，我以为你留在你妈妈身边就不会回来了，没想到咱们还有机会坐在这里谈一谈你加入集团的事情，这对我个人和集团来说，可都是意外之喜啊！"

　　听见李团长称呼肖艾的小名，我就知道他们可能在很久之前就已经认识了，而且关系还比较近。果然，肖艾回道："李叔，你可不要和我说什么意外之喜，这样我会有压力的。对于我来说，加入集团也是一次学习提高的机会。"

　　"在你李叔面前，你就不要谦虚了，我可是看着你长大的。你妈妈前十几年把一大半心血都放在你身上了，你的专业知识和表演天赋，我绝对信得过！对了，最近团里有两个去丹麦参加一个大型国际音乐节的名额，其中一个名额，我就在这里许诺给你了。"

　　"谢谢李叔，我会珍惜这次演出机会的。"

　　李团长喝了一口茶，又用特别期待的语气对肖艾说道："如意啊，我这里已经拟了一份为期三年的合约，你要是觉得没问题，咱们现在就签了吧。"

　　我心中下意识地一喜，如果肖艾签下了这份合同，就意味着她将至少留在南京三年，却不想她毫不犹豫地回道："李叔，这份三年的合同我签不了，我也不想做集团体制里的演员，我有自己的想法。"

　　李团长当即面露难色，拿着合同的手就这么尴尬地悬在半空，很久后才说道："你这丫头可别让李叔失望！这几年我在团长这个位置上的压力实在是太大了，集团虽然每年都会从你们艺术学院招聘不少学生，可是天赋终究有限，所以一直没能培养出在业内有影响力的艺术家。上面的演出公司已经对我的领导能力有了看法，但这人才难寻，我也是实在没有办法嘛！"

　　我看了看已经明显有秃顶迹象的李团长，心中不免同情，在其位谋其政，工作不是那么好做的，也难怪他会对肖艾的加入表现出超乎寻常的渴求。

肖艾没有一丝动摇的迹象，她依旧很坚决地回道："李叔，如果你想用合同约束我，那我就得重新考虑一下这份工作了！"

　　"丫头，你能不能理解一下你李叔，我和你妈妈都几十年的交情了，我也有心在自己职权范围内尽可能地栽培你，可是你这不签合同的，大把的演出机会和培训资源用在你身上，其他人也会有意见的嘛！"

　　"我可以不争这些资源的！"

　　李团长急得直挠头，可死活也说不动肖艾这倔姑娘，最后只能在唉声叹气中妥协了。

　　…………

　　走出茶楼，天色已经有些昏暗，我和肖艾并肩站在路灯下。我一直用很费解的眼神看着她，因为她对工作的选择让我越来越不懂了。我总觉得她有一些不愿意对我说的心思，而她这次回到南京的理由也不会如我设想中的那么简单。

　　路灯就这么在我的晃神中亮起，我猛然想起今天晚上和陈艺、秦苗、金秋她们约着一起吃饭的事情，而此刻离约定的时间已经越来越近了。

|第202章| 戏剧性的聚会

　　我抬起手看了看表，然后对身边的肖艾说道："今天有几个老朋友约着聚一聚，咱们一起去吧。"

　　"老朋友？都有谁啊？"

　　"去就知道了，你要是喜欢热闹的话，我可以打电话把以前在婚庆公司工作的同事全部约出来。"

　　肖艾充满警惕地看着我，然后问道："你弄出这么大的动静，是有什么企图吗？"

　　我开着玩笑回道："对，我就是想把聚会弄得像集市一样，然后再明码标价把你给卖喽！"

　　"无聊。"

　　"那你敢不敢去？"

　　肖艾充满不屑地看着我，回道："你就算要明码标价把我给卖了，我也没什么不敢的，因为我这人向来就无所畏惧。"

　　我并没有对肖艾的无所畏惧产生怀疑，因为她确实是个不一般的姑娘。我一直觉得，如果人生是一个剧本的话，那她就是活在剧本之外的人，你永远不知道她的内心深处藏着什么样的想法，虽然她也和我们一样有痛苦、有快乐。

　　回到老巷子，我换了一件相对正式的衣服，然后又将乱糟糟的头发洗了一下，而肖艾就在院子里等着我。她对那些熬过了冬天已经全部复苏的花花草草非常感兴趣，所以时不时将它们搬到有光的地方，拿着手机一顿拍。

等我将自己拾掇好，距离约会的时间只剩下半个小时，不喜欢迟到的我，顿时变得急迫起来，不停催促着肖艾别摆弄那些花草，赶紧和我走。

肖艾却在我堆放杂物的杂物棚边停下了脚步，心血来潮地对我说道："江桥，骑自行车去吧。"

"远着呢，咱们得去维景国际大酒店那边，还是打车吧。"

"五星级的酒店？只是约着吃个饭而已。"

"谁还没有一两个喜欢摆谱的朋友啊，反正又不是咱们请客，正好趁机奢侈一把，不是挺爽的吗？"我说着又将肖艾往外面拉。

她却一步也不肯走，看着我那辆有点旧的自行车，很坚持地说道："骑车去。"

我拗不过她，只得将自行车从杂物棚里给推了出来，然后自顾自地嘀咕着："骑自行车去五星级饭店吃饭，也够牛的！"

…………

此时，下班的高峰期还没有过，交通压力一直很大的南京城又开始堵得惨不忍睹。坐在车子后面的肖艾很扬扬自得，不停告诉我，又一辆奔驰，又一辆玛莎拉蒂，被堵在车流里一动不动。等我承认骑自行车是一个环保且正确的选择后，她又笑得很开心。城市的灯火和人流制造出的喧嚣在这一刻成了我们的陪衬，让两个原本很孤独的人倍感温暖，那些被无数人所追求的灯红酒绿就在我们的身后，慢慢变得黯淡无光。

我们就用这种特殊的方式来到了维景国际大酒店，我将车子停在了一棵梧桐树的下面，然后看向不远处的露天停车场。我能记得陈艺和秦苗的车牌号，所以她们有没有到，我扫一眼就能知道。

寻找中，一辆白色的宝马750LI在很靠近我和肖艾的左前方停了下来，随后便出现了让我目瞪口呆的一幕，先后从车上走下来的人竟然是赵牧和李子珊！

我确实在中午时给赵牧打电话说过晚上一起吃饭的事情，可李子珊也来了，这让我无法理解。

赵牧看见站在我身边的肖艾，吃惊程度不亚于我看见他和李子珊在一起，以至于没有第一时间向我们这边走来，倒是李子珊在他之前来到了我们的面前。她皮笑肉不笑地对肖艾说道："什么时候回来的，怎么都不给我打个电话？不管你认不认，在我心里咱们始终是一家人，就算你爸出事了，这个关系也还是要维系的。"

肖艾表情冷漠地看着李子珊，回道："如果有镜子，我一定得让你看看，你现在的样子有多恶心！少在我面前假惺惺的，我不吃你这一套。"

李子珊用涂抹着红色指甲油的手指理了理自己被风吹乱的头发，一副痛心疾首的样子，肖艾看着她的表情却始终没有变，直到李子珊识趣地离开。

我向之后到来的赵牧问道："你怎么和她在一起？"

赵牧却看着肖艾，许久才转头看着我回道："下班的时候遇到李总，正好她也来这边参加一个商务酒会，就顺路把我带过来了。"

赵牧这么解释之后，我便没有太追究，但是我能看出来已经执掌金鼎置业半壁江山的李子珊对他十分器重，因为老板的车不是谁都能随便坐的，尤其是李子珊这个只看重利益、毫无人情味的女人。

赵牧走到肖艾面前，他扶了扶自己的眼镜，笑了笑说道："真没有想到你会从台北回来，我之前还和桥哥说，等有到台北出差任务的时候去看你呢！"

"是吗？"

赵牧点头，但肖艾的消极回答让他接不上话，他站了一会儿之后，又和我聊了起来，却始终没有问肖艾从台北回来和我有没有关系，只是说了一些自己在工作上的事情。

片刻之后，许久不见的金秋和秦苗也相继到来，两人相谈甚欢，看样子在三亚的酒店项目合作得很愉快。而陈艺似乎临时有工作任务，已经过了我们约定的时间却还没有出现。

见面之后，金秋的语气充满责备："江桥，你这段时间去哪儿了？给你发了好几条信息都没有回！"

这个问题，让一直心事重重的赵牧看了我一眼，我不可能在大庭广众之下说起这件在我们之间有点敏感的事情，便模糊着回道："在外面办了一点儿事情，手机被偷了。你找我有事情吗？"

"我找你的事情咱们有空再单独聊，先进去吃饭吧，陈艺刚刚给我打过电话，说是临时有紧急会议要参加，恐怕是来不了了。"

我有点意外，原本提议聚会的陈艺竟然成了唯一的缺席者，如此看来，这场即兴组织的聚会还真是有点戏剧性。

就在我们准备进酒店的时候，秦苗却说再等等，因为还有计划之外的人要来。

等了不到一支烟的工夫，果然又有一辆兰德酷路泽向我们这边驶来，然后我便看到了邱子安这个曾经给我带来无尽麻烦、现在已经渐渐在我脑海中淡去的男人。

秦苗对我们说道："邱子安是我邀请的。"转而又对身边的金秋说道，"邱子安在演艺圈是非常有能量的，以后有高端项目，需要请什么样的明星参与宣传，找他就可以了。我想你们会有合作的机会，待会儿引荐你们认识。"

金秋向秦苗表达了谢意，我却因为这个不速之客，更加觉得这场聚会充满了戏剧性，以至于感到非常不自在。

在邱子安没有下车之前，我从口袋里拿出手机，排遣着心中的不自在，却意外发现，乔野竟然在大约半个小时前，回复了昨天深夜我给他发的那条信息。

我屏息，因为我也不确定，苏菡到底有没有将秦苗已经怀孕的消息转告给他。

|第203章| 她笑得那么甜

维景国际大酒店的广场前，一行人就这么站着，而邱子安停好车后便向我们这边走来，在同一时间我也打开了乔野隔了一天才回复的信息。

"你说秦苗怀孕了？这怎么可能？苏菡根本就没有和我说过这件事情。而且那

662

段时间我和秦苗住在一起，每次我都做了避孕措施，她怎么可能怀孕了呢？肯定是你们这帮人为了把我弄回去，合起伙给我放的烟幕弹！我不信！"

乔野这一段话里，又是问号又是感叹号，这已经表明了他听到这个消息后的心情有多复杂。他万万也不会想到秦苗当初为了用怀孕将他绑在自己身边，不止一次在避孕套上动过手脚，所以怀孕是千真万确的。

我看了看秦苗，此时她的小腹已经明显有了隆起的迹象，身材也不如以前那么匀称苗条，如果要让乔野相信，也不过就是一张照片的事情。

我并没有急着给乔野回复信息，而是将手机又放回了自己的口袋里，而刚刚才到的邱子安正在逐一和在场的众人打着招呼，其中与金秋说话的时间最长，最后两人又非常投机地握了握手。

尽管我很反感邱子安这个人，但是他的格局确实不是一般人可以相比的。在他的谈笑自若中，一点儿也看不出因为我的在场而带给他的不自在，这是一种忍耐着的虚伪，也是一种气度，而我做不到。在我的眼中，黑白永远是那么分明。

邱子安来到我和肖艾的面前，他先是意外地看着肖艾，然后又笑着对她说道："上个月，我特意让高索去台北请求你再慎重考虑加入我们传媒公司，开出的条件已经优厚到不是一个新人能够拒绝的，带着这样的诚意，你却连见面的机会都没有给。这恐怕是我自开始创业后碰到的最有心无力的事情了。我想，这对你而言也是一种损失吧？因为我始终觉得娱乐圈是一个可以让有才华的人实现名利双收的好地方。"

"不好意思，我不是一个有合作意识的人，更没有兴趣接受到韩国培训一年的条件，因为这不符合我对人生的规划，这么解释你能明白吗？"

邱子安依旧笑着，回道："我完全可以明白，可残酷的生存环境会逼着一个人做出改变的。如果有一天，你否定了自己此刻的想法，欢迎随时来找我！但我希望这一天不会太久，因为即便你的个人天赋再好，错过了加入娱乐圈的最佳年纪，我们也很难进行商业化包装的。"

肖艾看了邱子安一眼，一副"和你没什么可谈"的表情，而邱子安这番带着逼迫意味的提醒，也是基于肖艾现在的处境，因为她赖以依靠的父亲已经不能再给她曾经那种可以挥霍无度的生活了，但他不知道，肖艾那刻在骨子里的骄傲从来不曾有一丝一毫的减少。

从肖艾那里吃了瘪，一点儿也没有影响邱子安的心情，他主动和站在肖艾身边的我打了个招呼，然后向众人表示今天晚上由他做东，又很客气地引着我们向酒店走去。

我和肖艾走在一行人的最后，她拉住了我，然后变戏法似的从自己的手提包里拿出了一个礼品盒，笑着对我说道："送你一个礼物。"

"怎么突然送我礼物？"

"你快打开看看嘛！"

我在她的催促中打开了盒子，里面是一根纯白色的领带，和我身上的衣服很搭。

她将领带取出，然后翻起了我的衣领，很认真地替我系上了领带。经她这么一拾掇，我仿佛也成了一个有身价的男人，能更从容地去面对眼前这座气势恢宏的五星级酒店。我却不知道这根领带是她在什么时候买的，又为什么挑在这个时候送给我。

我有点想牵她的手了，可是压在心里的负担太重，于是我拼命压制住这阵冲动，只是帮她理了理有些被晚风吹乱的鬓发，而这恰到好处的温柔让她有些脸红，我的心也跳得更加厉害了。

…………

常年在商圈里腥风血雨的人不会放弃任何一个交际的场合，所以这场原本被定性为朋友叙旧的聚会，很快就变成了一场商务会谈。特别是金秋、邱子安和秦苗三人，他们从娱乐产业聊到建筑行业，话题就一直没有断过。

吃饭的间隙中，我去了一趟洗手间，又再次从口袋里拿出了手机，回复了乔野的信息："你和秦苗在一起过了这么多年，你也从来没有给过她什么安全感，她为了把你留在自己的身边，就在避孕套上做了点手脚，孩子现在已经好几个月了，但我不知道苏菡到底是出于什么心理，没有将这些转告给你。"

我没有指望乔野会立即回复，刚准备收起手机时，手机却立马弹出了一条消息："她卑鄙！"

这没头没尾的三个字让我完全摸不着头脑，半晌才发信息问道："你是骂苏菡，还是骂秦苗？"

远在国外的乔野忽然又沉寂了，我等了五分钟，他也没有回复信息。但我能想象到他此刻的样子，一支烟在他的手上烫出了烦恼，也烧出了痛苦。

…………

晚餐不痛不痒地在九点时结束，陈艺果真没有来，我正犹豫着要不要现在就将乔野发来消息的事情告诉秦苗时，邱子安来到了我的面前，对我说道："江桥，方便聊几句吗？"

"没什么不方便的。"

肖艾似乎没有陪我回郁金香路的打算，她对我说了一声"先走了"之后，便独自向酒店外面可以打到车的地方走去。而赵牧在第一时间追上了她的脚步，至于最后有没有和她说上话，或者送她回家，我便不知道了。

停车场的外围，我和邱子安面对面地站着，我向他问道："你要和我聊什么？"

他笑了笑，回道："我们之间谈不上有什么交情，能聊的也就是陈艺。其实，我挺羡慕你有和她从小一起长大的经历，因为天时地利都被你给占了，我哪怕做得再多，她心中的天平也是倾向你江桥的，只可惜你是块成不了钢的铁，她和你在一起的这些年，就是一个一边痛苦，一边绝望的过程！"

"你少拿这种方式评判我和陈艺！"

邱子安并没有被我这明显带有攻击性的话激怒，从见面到现在都没有抽烟的他，从口袋里拿出了一盒烟，抽出一支点上吸了一口之后，眯着眼睛对我说道："烟确实是个好东西，尤其是在生活不怎么如意的时候，它就更有存在的价值了。"

他说着又抽出一支烟递给了我，示意我不要太激动，他对我并没有什么恶意。

我从他手中接过，他替我将烟点上，之后又对我说道："在大学的时候，我为了追求她，做了一个男人所能做到的一切，可她在两年后才答应与我交往。你知道的，在这个开放的年代，情侣同居是一件再正常不过的事。可陈艺是个例外，无论我们之间有多少个我自己所认为的情不自禁的瞬间,她却一直没有让我碰过她的身体。起初,我只以为她是因为出生在知识分子家庭,家庭教育导致她在这方面很保守,后来才知道,她真正爱的人并不是我邱子安。对于一个男人而言,还有比这更可悲的事情吗?"

我吸了一口烟,等待他继续说下去。

"这段时间,我也好好反思了和她之间的这些年。也许,我并没有想象中那么爱她,我爱的只是得不到她身心的那种感觉,她真的让我感到累了!"

"你什么意思?你们不是已经有婚约了吗?"

"结了婚都能离婚,何况一份只是口头承诺的婚约?我邱子安虽然算不上什么正人君子,算计了她表哥陈文的传媒公司,可是陈文也没有恨我,因为他的能力只能做到这个程度了,我却可以让公司进一步发展。他的收益比之前翻了好几倍,还不用亲力亲为,所以陈艺她没有理由迁怒我。再说陈艺,这段时间接连主持几台大型的晚会,也是我欠了很多人情才促成的,关于她的一切我都已经尽力了,所以不管我自己做了什么决定,都可以问心无愧,该内疚的人是她!"

我陷入了沉默中,许久才问道:"你和我说这些到底是什么意思?"

"没别的意思,就是让你做个见证,我邱子安把爱情这件小事情想明白了,我和陈艺这些年反反复复的感情纠葛就到今天为止,我选择结束这段感情。我有资本选择更好的生活方式,而不是永远活在你江桥的阴影之下,我不愿意别人总是把我的名字和你这个没什么本事的男人放在一起,明白?"

没等我再说话,邱子安便按灭了手中的烟头,然后上了自己的车,从我的身边绕过后,转眼就消失在了我的视线中,却把屈辱和在措手不及中产生的惶恐全部扔给了我。

…………

独自骑着自行车行驶在回去的路上,一路的清静并没有让我平静下来,却纷纷扰扰地想了很多,我不知道陈艺现在是什么处境,也为自己现在这一事无成的状态感到羞耻。

回到家,我没有立即进屋,就这么将自行车放在了巷子里,人则坐在门口的台阶上,我觉得命运一直在玩弄人,从来没有停止过。这不仅体现在我和陈艺以及肖艾的身上,秦苗、乔野和苏蘅又何尝不是如此。

不知道这么坐了多久,巷子里最靠近我的一个转角处传来了一阵熟悉的脚步声。我确定是陈艺无疑,她虽然没有参加今天的聚会,却回到了老巷子。

她出现在了我的视线中,然后侧身走过了我停自行车的地方,这才站在我的面前,向我问道:"江桥,都快半夜了,怎么不回去睡觉,还在这儿坐着?"

我抬起头看看她,除了有些疲乏,她情绪上并没有大起大落的痕迹,这让我判断不出,邱子安在几个小时前和我说的话,有没有对她说过。

我从台阶上站了起来,与她面对面后才回道:"有点心事,睡不着。"

"怎么了?"

我欲言又止,最后从自己的口袋里拿出手机,递给她说道:"乔野给我发微信了,这是聊天记录,你看看。"

陈艺从我手中接过了手机，看着看着表情凝重了起来，半晌之后才对我说道："劝他回来吧，一个人可以对感情不负责任，但是做父亲的责任绝对不能丢。哪怕最后他一定要和苏菡在一起，但至少也要给秦苗和孩子一个合情合法的结果。"

"你的意思是，要他回来和秦苗离婚？"

"能在一起最好，不能在一起，那只能离婚了，总不能让秦苗和孩子一辈子成为别人眼中的笑柄吧？"

"你确定这是秦苗现在的想法吗？还有，假如他们离婚了，公司的事情怎么处理啊？"

"我确定这是秦苗现在的想法。另外，秦苗在乔野家的建筑公司是有股份的，所以该怎么处理就怎么处理呗！"

陈艺的话让我感到不可思议，一直苦苦坚持着的秦苗竟然真的有了离婚的想法，我又因此想到了几个小时前邱子安和我所说的一切。

这个世界上果然没有什么是不能变的，之所以曾经不愿意变，是因为局面还没有触及所不能忍受的心理极限。

陈艺一直没有离去，许久之后，才带着笑容转移了话题对我说道："你虽然一直没有正面回应，但有心的人都知道，其实肖艾已经和你在一起了，对吧？"

我看着她，一个曾经被我深爱了很久很久的女人。

我终于回道："我们在一起很快乐。"

陈艺咬着嘴唇，然后点头。笑容一直在她的脸上，她在我们的对视中又说道："那你要好好加油，千万不要忘记男人应该背负的责任，因为爱情的尽头是谈婚论嫁，到那个时候，女人都会变得现实起来的，所以有一份靠得住的事业没有错。"

"我知道。"

陈艺有些失神，许久之后，又想起来什么似的，从自己的包里拿出一份甜品递给了我："怕你光喝酒不吃饭，所以给你买了份甜品，吃完好好睡一觉，听说明天还是个好天气！"

我的手指有些颤抖，却表情镇定地从她手中接过。

这时，巷子里的风吹动了她的头发，就好像多年以前，她站在梧桐树下请我吃冰棍，她笑得是那么甜！

第204章 没有名分的情侣

陈艺的身影，伴随着巷子里有些昏黄的灯光渐渐消失在了我的视线里，她就这么轻轻关上了院子的木门。

这忽然拉开的几十步距离，就像某个晚上，我站在人潮涌动的十字路口，将生活里的悲壮全部咽进肚子里，却依然迷茫，依然绝望。

此时此刻，我多么想跟这个世界和解，它却一直和我死磕，不愿意给我一条可以走通的路。

回到自己的住处，家里一如既往的冷清，只是多了一些从心情咖啡店里搬回来的咖啡器具，还有一台收款机，废弃的桌椅若干。

我麻木地看了好一会儿，始终不敢相信，眼前的这一切就是我操劳大半年后获得的全部成果。

哪有什么成果？！我败掉了苏蔼的咖啡店，赔掉了自己的车子，还欠了肖艾好几万，唯一剩下的也就是那点可怜的理想，还在支撑着我麻木的血肉！

我苦叹，在这个社会做点事业怎么就这么难呢？而我的下一步又该怎么走？

我有点羡慕肖艾了，像她这样自身条件极好，又有真才实学的，一点儿也不用为生计发愁。

点上烟，我站在镜子面前，看着有点颓废的自己，我实在太平凡了，根本比不上今天一起吃饭的那些人，他们才是这座城市的精英。尤其是邱子安，他让我清楚地看到了男人和男人之间的差距到底可以大到什么程度。

这种想成功却总是失败的无奈，就像鞭子狠狠抽打在了我的身上，可我在这皮开肉绽的痛苦中，依然没有什么可以尽快搞定生活的办法。

…………

次日，天气真的如陈艺昨晚预测的一样好。我吃了早饭之后，便坐上了贯穿这座城市南北的302公交车，没有目的地，只是为了能够让自己紧绷着的神经松一松。

忘了这是车子到达的第几站，我终于随着人群下了车，就这么站在一个在南京非常有名气的才艺培训学校的门口，听着里面不断传来的各种琴声和孩子们歌唱的声音。

曾经自己开过琴行的肖艾，亲切称呼这些学习的孩子为琴童，尽管这已经是去年的事情，可我仍记得和那些琴童在一起时，她认真的样子，对比生活中的她简直就是判若两人。

中午正好的阳光下，我眯着眼睛从自己的口袋里拿出了手机，给肖艾发了一条信息："你去年开的琴行能赚到钱吗？"

大约等了十分钟，肖艾回复了信息："赚点生活费而已，怎么了？"

我拍了个培训学校的全景，然后用微信发给了肖艾，又发了一段文字："你一个小小的琴行就能赚够生活费，我就在想这么大的培训学校一年要赚多少钱呢？肯定特吓人吧！"

肖艾回复了我一把血淋淋的刀的表情："江桥，你真够可以的，是不是想挖坑让我往里面跳啊？我不会上当的，没人想和你一起做音乐培训，因为你不专业！"

我有点被刺激了，半响之后才给肖艾发了一个抠鼻孔的表情，然后便一个人坐在街道旁边的花池上，一会儿抽根烟，一会儿用脚踢着地上的垃圾，时间就这么被我无聊地消磨掉了。

我更加无聊了，便跑到了一个打气球的摊子边上，花了十块钱买了五发子弹，只要我能全部打中，那只和气球捆绑在一起的毛绒玩具熊就会掉下来。

一连命中了四个气球，成败就在这最后一发子弹上，我的精神立即高度紧张了起来。就在我扣动扳机的同一时间，屁股被人在后面踢了一脚，子弹"嗖"一声就打偏了，那只原本已经是囊中之物的毛绒熊还挂在木板的上面摇摇晃晃。

我怒骂一声，随即气势汹汹地转过了头，却不想站在我身后的人竟然是肖艾！

"踢了你一脚而已，有必要用这种不共戴天的眼神看着我吗？"

"你就憋着等到最后一颗子弹踢我的吧？太阴险了！"

"谁让你不务正业来着！"

"都没业，怎么务？"

我一边说，一边又给小贩两块钱，要求补一发子弹，可是小贩说没这个规则，想玩就必须买十块钱的子弹，然后再打五个气球。

我原本就是想打下这只熊送给肖艾的。此刻，她正站在我的身边，这样的欲望便更加强烈了，于是我在皮夹里一阵摸索，总算是又凑够了十块钱，肖艾却不让我玩，有点野蛮地从我手中抢过了那十块钱，然后放进了自己的皮夹里。

我有点不高兴地说道："想送只毛绒熊给你就这么难吗？"

"你这么努力，就是为了送我一只毛绒熊？"

我看了看肖艾，然后又看着那只因为长期挂在外面已经明显褪色的毛绒熊，顿时感到有点寒酸，于是底气也不那么足了，便扔掉了手中的气枪回道："你不喜欢，我就不玩了。"

"谁说我不喜欢了？再玩一遍。"

肖艾一边说，一边将刚刚从我这里没收的十块钱递还给了小贩，于是我又蹲在地上准备将那只熊打下来，这回却突然丢掉了准度，一连打偏了两发子弹。

…………

一只褪色的毛绒熊，足足花了我们一百块钱才搞定，肖艾将其抱在手中与我一起晃荡在路上，我向她问道："你怎么知道我在这里？"

"傻，你刚刚不是给我发了一张照片吗，我知道是这里，就悄悄来了。真没想到，你的无聊简直已经到了病入膏肓的地步了，那种被淘汰的游戏，三岁的小孩都不愿意玩！"

被她这么一挤对，我更加觉得自己有点衰，于是转移了话题说道："你刚刚踢我屁股那脚，可真疼！"

"我使劲了，你要不疼才怪。"

我叹息，回道："真不知道你对我撒的是哪门子的气。"

"因为你昨天没送我回去，我今天要是不打击报复，就不是我的性格。"

我停下脚步看着她，半响才阴阳怪气地回道："原来你是为了这事儿，你要不解气的话，我还可以再给你踢一脚！"

"你认识到自己做事儿不周到就行了，踢你我脚也疼的，所以一脚就够了。"

这就是我们相处的模式，从见第一面就开始吵吵闹闹的，但我们了解彼此，包容彼此。

…………

一起吃了个午饭，肖艾就这么陪我晃荡在街头。直到快要黄昏时，她才告诉我，明天就要跟团去厦门参加一个高雅艺术进校园的演唱活动，所以今天要去把头发重新做一下，要显得庄重一点。

这是我第一次陪肖艾做头发，这让我们之间更加像是一对还没有名分的情侣，而到底要不要捅破最后这一层窗户纸，我们似乎谁也没有明确的主张。

理发师一直在夸赞肖艾的发质好，又请求待会儿做完头发之后能够留下一张照片，用在理发店的宣传手册上，并表示可以打个六折。

我原本以为肖艾会拒绝，毕竟这个做法一点儿也不符合她傲娇的性格，没有想到她竟然同意了。后来才知道，她是想省一点儿钱，因为此刻的她和我一样，都得靠精打细算过接下来的日子。

即便这样，肖艾还是习惯高消费的生活，这次的染烫加护理，打完六折后仍花费了两千多块钱，这是她的压力，也更是我的压力。

我替她刷卡付款之后，两人又漫无目的地晃荡在大街小巷。此时已经是春末，那种特有的温暖让一切看上去都懒洋洋的，我终于不觉得孤独了。虽然我和走在身边的肖艾并不怎么交流，但那种相互融合的默契，已经驱散了很多流淌在血液里的消极和寒冷，让我觉得这个世界是有温柔的。

坐在街头的长椅上，被晚风吹了一会儿之后，我终于向肖艾问道："我这么无业游民似的飘来荡去，你看着心烦吗？"

肖艾将自己的腿放在了我的腿上，然后仰靠着长椅，似乎在闭上眼睛享受着黄昏时的惬意，许久才轻描淡写地对我说道："谁的人生还能不经历一次低谷啊，你那么在意做什么？就像我，加入演艺集团，没有正式编制，一个月也就一千八百块钱的工资，团里还不会安排一些演出费比较高的商演活动让我参加，所以一个月也就两千块钱左右的浮动收入了。按照你的逻辑，是不是也看我很心烦啊？"

我有点意外："不可能这么低吧，于馨和你可是一个单位的。据我所知，她一个月的收入怎么着也有一两万的，甚至两三万！"

"基本工资都是这样，团里有商演安排就另算，正常一场商演活动下来都有几千块钱的收入，所以于馨能赚这么多很正常。可因为我没有签正式合同，这种商演机会是轮不到我的，当然要优先给那些誓死效忠的员工！"

我下意识地想问她为什么不签，可是话到嘴边又咽了下去，因为她要想告诉我，早就告诉我了，她要不想告诉，我就算磨破嘴皮，她也什么都不会说。

又是一阵惬意的暖风吹来，那些困扰着我的烦乱情绪也渐渐被吹散了。我伏在肖艾的腿上，也闭上眼睛眯了一小会儿。至于工作，至于事业，至于那残酷的明天，这个时候如果还放在心里翻来覆去地想着，实在有点煞风景了。

手机铃声打破了我们之间的沉寂，我费力地把手机从口袋里拿了出来，然后看了看，这个电话是金秋打来的。

我接通了电话，金秋依旧是那种不废话的性格，她直接对我说道："江桥，你现在不忙的话，就来我公司一趟，我和你谈点事儿。"

我看了看身边的肖艾，回道："什么事儿啊，不能在电话里说吗？"

"不能。"

"行吧，那你等我一会儿。"

"大概多久？"

"走过去一个小时，打车过去十分钟。"

"正经点儿。"

"你这个人，听不出来我是想让你报销路费吗？"

电话那头的金秋一阵无语，说了一句"请你吃饭"后，便挂掉了电话，而同一时间肖艾也从我身边站了起来，向我问道："是金秋找你吗？"

"嗯，大概是让我帮他们公司做婚礼执行的业务，我去聊聊看。"

"那行，我就先回去了，明天早上六点的飞机，得早睡。"

我点了点头，肖艾便离开了自己刚刚坐过的地方，然后随着人群挤上了刚刚到来的108路公交车，但这并不是今天傍晚的最后告别，因为她又透过车窗对我笑了笑。

夜晚来临前，我收拾了自己的心情，也搭上了一辆去往金秋公司的公交车。

这似乎是今年以来最为平淡的一天了，对我而言却是一种难得的享受。在这一天里，我晃荡在南京城中，不用处理复杂的人际关系，也没有太过于担忧明天会发生的事情。相反，还和肖艾闹了一闹，最后扫清这一天积累下来的疲乏，趴在她的腿上睡了一觉。

我的人生中，还有比这更轻松的片段了吗？

即便有，也很少。

|第205章| 谈崩了

花了二十分钟时间，我来到了金秋的婚庆公司，我在这栋只有三层的办公楼下站了片刻，而眼前呈现的一切，让我不得不佩服金秋创造品牌的能力。

这栋办公楼完全是属于婚庆公司的，外面的装修非常具有视觉冲击力，融合了很多和结婚有关的喜庆元素，尤其是那面双喜造型的公司文化墙，墙上不仅记录了公司的大事件和经营理念，更有许多客户在全世界各地取景的婚纱照。粗略看了一圈，便有了一种跟随自己披着婚纱的爱人周游了全世界的快感。

而在文化墙的旁边，一棵用树脂做出的同心树，更是将结婚的氛围烘托到了顶点，再加上壁挂音箱里播放着的《我们结婚吧》，让我这个没有结婚打算的人都在这一刻有了想结婚的冲动。

办公楼的一楼，用来售卖各种婚礼用品，包括名贵烟酒和糖果；二楼是客户接待区；三楼是办公区。

我太服气了！这才是一个做高端婚礼的婚庆公司应该有的档次。我敢肯定，仅仅那棵树脂同心树的造价就不会低于二十万。这独一无二的设计和创意，那些高端客户想不喜欢都难！

从一楼到三楼，一直弥漫着让人感到很舒服的清香，弄得我连烟都不好意思抽了。就这么一路左看右看，差点一头和刚刚从一间办公室里走出来的金秋撞在一起。

我往后退了一步，向金秋感慨道："你们公司的视觉识别做得实在是太牛了，只要看一眼，就能感觉到公司领导是个真正做事业的人。我现在真的能够理解，你当时为什么要血洗我们这些老员工了！因为我们的眼界已经被长期以来的工作经验束缚，不会想到将公司经营提升到文化建设的高度。我觉得这才是公司最核心的竞争力，也是去发展其他衍生项目的基础。"

金秋笑了笑，回道："别太轻易抹杀你们曾经为公司做的贡献，很多事情就算你们有想法，也需要有资金去实现，所以公司曾经陷入那么严重的困境里，也不全都是你们的责任。"

金秋的话提示了我，我顿感疑惑，于是问道："对啊，这次公司的装修改造没有个几百万的投资是不可能达到现在这个效果的，之前也没听说过你有融资行为，你哪里来的这么多钱？"

金秋没有回答，只是推开了自己办公室的门，示意我进去说话。

…………

宽大的办公室里，我坐在沙发上，金秋给我泡了一杯咖啡，随后便坐在我的对面，与我聊了起来，她向我问道："咖啡店倒闭后有什么新的打算吗？"

"不要说成倒闭这么难听，行吗？最多只能说我对政策的尺度没有掌握好，咖啡店在经营上是没有一点儿问题的。你又不是不知道，咖啡文化差一点儿就被我们做成了咖啡圈子里的一个流行趋势！"

"一次失败而已，何必这么在意呢？"

"我不是在意，只是对自己的第一次创业进行了总结，反正咖啡店不能算是倒闭！"

金秋笑了笑，没有再和我抬杠，只是从烟盒里抽出了一支女士香烟点上，她有些疲乏地揉了揉自己的太阳穴，过了许久之后才又向我问道："我之前和你提过的事情，你考虑得怎么样了？"

"做婚礼执行一直是我所擅长的，你将这块给我来做的话，我有九成的把握能够胜任。不过我有一个条件。"

"什么条件？"

我也点上一支烟，趁着这个间隙略微思考了一下之后，回道："如果你将这块业务交给我来做的话，肯定还是挂名在你们公司，这点我不反对。但是我希望，我在操作婚礼执行这块时，能够有自主的定价权，财政上不和你们公司挂钩，项目的盈亏都由我自己来承担，这个要求你能不能接受？"

金秋用不可思议的眼神看着我，半晌后才说道："江桥，你是在和我开玩笑吗？"

"没开玩笑。"

"如果让你有自主定价权，你为了保证盈利，肯定会想方设法地去节省中间成本，到时候我们怎么向客户保证婚礼的质量？这对我们来说太危险了！"

我心中有点不快，当即便回道："既然你连最起码的信任都不愿意给我，那还一次次地找我谈什么？"

　　"我不是不信任你，我只是觉得这个合作模式非常不好！我之前已经和你承诺过了，我可以给你一个百分百盈利的合作模式，但是关于婚礼执行部分的定价权一定要归总公司，你要做的就是保证婚礼质量，维护总公司的品牌形象！"

　　我看着眼前这个不折不扣的商人，心中一阵阵悲哀，不是为她悲哀，是为我自己。说到底，她所提出的合作模式，就是让我替她成立一个没有精神、没有文化、没有创新、没有自主权的傀儡公司，说什么百分百赚钱都是胡扯。

　　我终于回道："胳膊拧不过大腿，我也不想和你叫板。这么个合作法，你还不如让我回公司上班得了，每天朝九晚五的，我更不担风险。"

　　"你要想回来，我当然欢迎。"

　　我从沙发上站了起来，言语中充满了被看轻后的愤怒："我不想！你压根就不相信我，凭什么认为我会为了自己的盈利，在中间成本上做文章，然后影响婚礼的质量？难道我在你眼里就这么自私，这么没有大局观吗？金秋，我越来越发现我们根本不是一路人，你的骨子里就充满了商人的敏感和算计……我情愿跟在老金后面混，也不想和你合作！"

　　"江桥……你！"

　　"你不要指着我！我敢对自己今天说的每一句话负责，我不怀疑你以后会是一个非常成功的企业家，却不是我江桥欣赏的人。如果连最基本的意向都不能达成一致，你觉得这样的合作有前途吗？"

　　我和金秋因为价值观上的冲突而吵架，也不是一次两次了，却没有想到这次她的反应极其强烈，她愤怒地拿起了面前的咖啡杯，连着咖啡一起砸向了我，我躲都躲不及，不仅被杯子给砸中了，还被淋了一身的咖啡。

　　她几乎吼道："江桥，要不是因为我对她有承诺，我才懒得管你的死活，更不会低声下气地一次次找你。我希望你明白，在这个圈子里比你有经验的人多了去了，别以为谁离开了你就玩不转！"

　　我被这么砸了一下，顿时脾气也上来了，完全忽略了她话中的重点，也吼道："那你玩去，我江桥今天把话给撂这儿了，我就不信我没创业的命，再苦再累，我都会干出一番事业来，不是为了证明什么，就是对自己有信心！"

　　"滚！"

　　…………

　　离开金秋的婚庆公司，我站在街道边等着回去的公交车。一阵阵晚风吹来，我的心绪也渐渐平静了下来，这才想起金秋刚刚在愤怒中对我说过的话，要不是因为自己对她有承诺，才懒得管我的死活。

　　她到底是谁？

　　这是我的疑惑，我下意识以为是陈艺，可很快便推翻了，因为陈艺如果真的要帮我，并不需要借助金秋的手，她有一百种方式可以帮我，而这在之前那段时间已经有体现。

672

那么，这个她到底是谁？

公交车在城市夜晚交织的灯光中驶来，我被一阵拥挤的人潮给推上了车，我的身子紧紧贴着车窗，刚刚那一阵好奇心也渐渐被心中的愁绪替代，因为我可以在金秋面前把话说得很硬气，可现实这座大山还得迈过去！

公交车一路走走停停，乘客们来来去去，我终于回到了郁金香路，然后又过起了一个人的生活，自己打扫、做饭，又将一包在台北时攒下的脏衣服洗了洗。

时间就这么一点点流逝，等我收拾好一切时，已经是晚上十点半了。

我习惯性地坐在小院门口的台阶上抽着烟。每当这个时候，我是不太愿意去想事情，这个夜晚却破例了，我将自己的未来设想出无数种可能性，想了一遍又一遍。

准备抽第二支烟的时候，十几米外的转角处又传来了阵阵熟悉的脚步声，是陈艺回来了。

我抬手看了看表，已经是深夜的十一点，对她而言又是极其忙碌的一天。

她在我的面前停了下来，然后看着我手中刚刚点上的香烟，问道："怎么又一个人坐在这里抽烟了，是有心事吗？"

我摇了摇头，也不怎么想说话，因为每次看见她，我都会为自己的一事无成而感到羞耻，尤其是在这样一个夜晚。

陈艺稍稍站了一会儿，又向我问道："你后来有和乔野再联系吗？"

我点头，我确实在白天的时候又给乔野发了信息，将秦苗的态度用很委婉的方式转告给了他，可是他直到现在也没有回复。

我眯着眼睛又吸了一口烟，才回道："后来他都没有回复过，也不知道他到底是怎么想的，可能还是过不了苏菡这个坎儿吧。"

"有什么过不了的？苗苗都已经同意和他离婚了。"

我看着陈艺，想想也是，和秦苗离婚不一直是乔野梦寐以求的事情吗？得到这个答复，他应该立即从国外飞回来才是。当然，也不排除，他正在挣扎着，毕竟秦苗已经怀了他的孩子，为了孩子，这个婚也不是说离就离的，因为对孩子太不公平了。

猜测中，手机忽然在我的口袋里响了起来，我拿出来看了看，是一个陌生号码，我带着疑惑接通。

电话那头是一阵沉默。

我问道："你谁啊？说话。"

"江桥，是我，乔野。我已经到禄口机场了，你过来接我一下。"

我的心中充满惊愕，以至于有点回不过神来。

"怎么了，江桥？"

我按住了手机的话筒，然后压低了声音对陈艺说道："是乔野，他给我打电话了，说就在禄口机场呢，让我过去接他。"

陈艺也被这个消息给惊到了，但我们对乔野的判断都没有错，在得知秦苗同意离婚后，他真的回来了。可即便如此，仍有很多疑问困扰着我和陈艺。

苏菡这次到底有没有和他一起回来？他在面对秦苗时，又是否真的会做出离婚的选择？

673

第206章　长江二桥

我结束了和乔野的通话,向身边的陈艺问道:"乔野回来的消息要现在告诉秦苗吗?让她和我一起去机场。"

陈艺略微思考了一下,便摇头回道:"先不要告诉苗苗,咱俩去探探乔野的底再说。"

我认同了陈艺的提议,因为乔野回来的消息对秦苗而言绝对不是什么惊喜,很可能是另一场灾难的开始,所以我和陈艺先去了解一下情况是对的。

已经是深夜,我开着陈艺的那辆A4,畅通无阻地穿行在已经没有多少车流的城市边缘。陈艺就坐在我的身边,她没有一点儿睡意,一直入神地看着车窗外如梦似幻的世界,还有暗淡疲惫的灯光。

我将车窗打开了一点儿缝隙,风发出"嘶嘶"声,狠狠吹了进来,顿时便驱散了车里的沉闷,也带走了我身上烟草的气味,还有陈艺身上的阵阵淡香。

一切仿佛归零,我却不能和这个女人再从头来一遍。我希望夜能更黑一点儿,这样我们就像灰烬,谁也不用再记住谁,而那些将我们引入歧途的罪过,也不用被一些人拿来当作茶余饭后的谈资,议论了一遍又一遍。

难道我们心中的痛苦和遗憾,还比不上一些旁观者和所谓的观众吗?

…………

几十分钟后,我和陈艺来到了禄口机场。我们在接机口看到了正在等待的乔野,他几乎没什么行李,明显比以前要胖了一些,还留了很欧美范的络腮胡,这些都是他和苏菡在一起过得很快乐的证据,但这次苏菡没有随他回来。

我和陈艺并肩走到了他的面前,可能是因为大家情绪都很复杂,一时间,谁也没有开口说第一句话。但这种沉默并不让人尴尬,只是让人感到有些唏嘘,因为人生竟然可以这么波折。感情是块糖,也是一把残酷的刀,对于乔野而言,糖给了苏菡这个初恋情人,刀口却对准了秦苗这个结发妻子。

片刻之后,我终于对乔野说道:"怎么样,南京今天的天气不比国外差吧?"

乔野抬头看了看月朗星稀的天空,半晌后才回道:"我不想回来的,可心里最后那点责任感,逼着我不得不回来。秦苗她真不是一般的女人!"

乔野的话音刚落,一直忍着的陈艺甩手就给了他一记重重的耳光。这突如其来的一下顿时扇蒙了乔野,他瞪着陈艺。

"乔野,都到这个时候了,你还说这些禽兽不如的话!假如你真的那么爱苏菡,那就不要和秦苗同居啊!如果你有这样的坚守,秦苗就算有心机,她也不会得逞,是不是?既然你和她同居了,你的心里就应该有她这个合法妻子的位置,而不是像现在这样将她放在一个这么生不如死的境地!"

按照乔野这如火的脾气,被别人这么扇了一个耳光,早就该暴跳如雷,可这次他只是瞪着陈艺,而后又转移了自己的目光,一句话也不多说。

乔野的沉默让陈艺气得发抖,他最擅长的冷暴力,的确是挺伤人的。

…………

这个夜晚我没有将乔野带到自己家去住，这倒不是我不愿意，而是陈艺不让，她不想将我的家弄成秦苗和乔野之间的战场，所以她将乔野送到了远离郁金香路的一个酒店里，然后自己花钱给他订了一个星期的房。

这么来回一折腾，我和陈艺回到老巷子时，已经是后半夜一点，可我们都不怎么有睡意，于是又站在我家门口聊起了秦苗和乔野这对麻烦夫妻的事情。

我向陈艺问道："乔野回来的事情，你准备什么时候告诉秦苗？"

"先告诉他爸妈，这么大的事情，我觉得还是让长辈介入处理最好。你也看到乔野今天的态度了，让苗苗直接面对他，我怕她情绪波动太大，会影响肚子里的孩子。"

我没有反对，反正这件事情双方的家长迟早都要介入，倒不如先通知乔野的父母，给秦苗一点儿缓冲的余地。秦苗已经怀孕好几个月了，真不太适合直面根本没什么转变的乔野，虽然她口口声声说同意离婚，但真的要把这个婚离了，也不是三言两语就能办到的事情。

他们和一般的夫妻不一样，他们之间的纠葛，牵扯到的还有一个大型建筑公司的利益和命运。

一阵无奈的沉默之后，陈艺又向我问道："江桥，你和乔野是这么多年的朋友了，你能告诉我他到底是个什么样的男人吗？"

我有些疲乏地靠在灰白的墙壁上，一声轻叹后才回道："他？他是个看过上海的繁华，喝过开封的烈酒，吃过长沙的香锅，走过苏州的石桥，游过武汉的长江，吸过北京的雾霾，看过南京的鼓楼，听过厦门的浪声……可一回头，想起的还是苏菡这个女人的男人！"

陈艺皱了皱眉："什么乱七八糟的！"

我低头吸了一口烟，没有回应陈艺，但这些都是乔野在一次喝醉了后和我说的，虽然这些地方他不一定真的都走过，却是他最真实的心情。他虽然一直吊儿郎当地过着，可骨子里还是将苏菡放在第一位，从来没有变过。

我将烟头在自己马丁靴的鞋跟上按灭，然后反过来向陈艺问道："有时候我也挺想不通的，人到底是为了幸福，还是为了地位和财富活着？乔野根本不喜欢他爸强加给他的一切，只喜欢苏菡这个女人，他们的感情却一波三折，最后也不一定能够真的在一起。等有一天乔野老了，再回头看看自己的这一生，肯定都是遗憾和不快乐吧，毕竟都和苏菡走到这一步，却被人用刀给活活割开了。"

"什么意思？你觉得乔野这次回来了，就不会走了？"

"他想走恐怕也走不掉了。陈艺，你有没有觉得我们总是会把一些事情想得特别简单，特别理所当然？然后用一颗好心办了别人并不能接受的事情……这次，秦苗可能是不会恨我了，可乔野想弄死我的心都有。"

陈艺点了点头，许久之后才回道："只要乔野和秦苗不能在这件事情上达成一致，无论我们怎么做，总会被另外一个人恨上。作为朋友，我觉得问心无愧就好。如果连我们也不管他们了，那他们不就是一个彻头彻尾活在父母阴影下的悲剧吗？"

"是这么个理。"

"嗯，人生没有必要计较太多的得失，尤其是和自己的朋友。"

我点头，然后看着夜色中的陈艺，就像一片叶子从我的心头飘落，一阵风从我们身边吹过，整条巷子里都装满了我这一刻的落寞。

我赶忙转身背对着她，可想起的还是她！

…………

次日早上，晴朗了许久的天空下起了绵绵春雨，我在七点起了床，戴上拳击手套对着一米多长的沙包猛击着，我一早就这么亢奋，不是为了锻炼身体，只是单纯为了发泄。

昨晚，我翻来覆去地睡不着，想的都是自己为什么这么没本事，以至于总是生活在一种不能自拔的压抑中，我有点恼火。

细雨中，我坐在石凳上，用毛巾擦掉了头上的汗水，望着有点沉闷的天空，一阵阵失神。

"长江二桥……二桥，二桥，二桥……"

我向门口看去，毛豆这熊孩子手中挥舞着一把玩具手枪，正趴在门框上冲着我挤眉弄眼，而在这条巷子里，也只有他会这么喊我。

"你过来，就你个小东西不二！"

"我爸说我最狡猾，肯定没有你二，长江二桥！"

"你这个小东西，我要把你吊起来，让你没事儿就来欺负我！"

毛豆拔腿就跑，可即便两条小短腿起了风似的前后迈着，仍被我几步便堵在了巷子里，我叉住他的腰将他举过头顶，准备吓吓他。

"二桥，你今天不能打我，今天是我的生日，连我奶奶都喊我小祖宗了。你敢打我，我就用陈艺姐姐买给我的枪，枪毙你！"

我将毛豆放了下来，看着他手中的玩具手枪，半信半疑地问道："这枪真是陈艺送给你的？"

"就是！以前我过生日，你们都会送我生日礼物的。可今年我过生日，陈艺姐姐送了，你这个二桥还没有送，最不喜欢你了！中午不让你到我家吃饭，让我奶奶只请陈艺姐姐。"

我恍然回道："你一大早就来撩我，原来是想要生日礼物啊？"

"不买就枪毙你！"

我一阵无语，许久才问道："想要啥？"

"坦克、飞机、大炮，能打仗的我都要！"

"今年送你坦克，明年送你飞机，你看行不？"

"真的？"

我点头："谁说假话，谁就不是男人！"

毛豆想了想，觉得这个保证够狠，这才相信了我，转而拉着我的手往巷子外的一个玩具店走去。

这一路，我在恍惚和清醒间转换着。原来，很多事情都已经变得面目全非，但仍有一些被自己忽略和遗忘的习惯，就像当初第一次发生时那么新鲜。好比给毛豆送生日礼物这件小事，陈艺仍在坚持，而我想起来时也会坚决执行，这不仅仅是一个习惯，也是一种串联，串联起了我们之间许多细碎却美好的时光。

第207章 我是为了孩子

玩具店里，毛豆在忘我地挑选着玩具，我则有些无聊地站在门外，然后从口袋里拿出了手机。我很关心肖艾去往厦门参加高雅艺术进校园活动的事情。她是早上六点的航班，按道理应该已经到了。

打开微信想给她发一条信息，却意外发现，她的朋友圈已经发了一组照片。其中有她自己戴着墨镜的自拍，也有跟于馨以及其他同事的合拍。

在我的记忆中，肖艾很少给自己拍照片，更别说那些搞怪的照片了。而这次，却有一张她躺在于馨怀里，于馨托住她的腰，像在跳探戈的照片。

她的心情看上去很好，演艺集团的人似乎对她也很不错。还有一张男同事请她们一起吃早餐的照片，她更亲切地称呼那个男同事为"陆宏波哥哥"。

我并不为这种亲切而吃醋，相反为她感到高兴，因为我觉得她在主动适应人与人之间的交往，而在她现在的圈子里，需要这样的性格才能玩得转。

我笑了笑，然后故意在她的这个动态下面留了言："代我向你的陆宏波哥哥问个好。"

肖艾在片刻后回复了一个微笑的表情，然后又给我发了很多厦门大学这个号称"全国最美大学"的风景照。

和南京阴雨绵绵的天气不一样，今天的厦门是个艳阳天，海边已经有了穿着泳衣泳裤的游人，让我们身处早春乍暖还寒之中的人无比羡慕。我隔着手机屏幕都好像能够闻到海水的味道，耳朵里也尽是海浪澎湃的声音。

我发了个流口水的表情，然后又给她发了一段语音："带泳衣了吗？听说早上游泳是最好的，可以预防心血管疾病。你去游一圈，对了，记得让于馨给你拍照啊！"

肖艾也用语音回复了我："别闹，我是来演出的，不是来秀身材的。"

我和肖艾讨价还价："那你拍一张在海边的照片怎么样？最好性感和唯美兼具。"

肖艾不回复了，我以为她是被我给弄烦了，谁知道五分钟后她真的又给我发来了一张照片。

这张照片虽然性感不够，却唯美有余，她在起风的海边，做出了一个芭蕾舞的高难度动作，那黄金比例的美，简直惊心动魄到让人窒息，而一群海鸟恰巧在她背后的海面飞过。

她真是才貌兼备的女神！

这张照片是她特地为我拍摄的，我当然也得用特殊的方式珍藏起来，于是我将其设置成了手机的桌面图片，让她随时可以在我的视线里唯美着。

这时，毛豆终于在玩具店里挑选好了玩具，却要了我的命，他选了一辆带射击功能的仿真坦克，售价足足一千元。我赶忙从他手中抢过了坦克，然后换了个要小很多的递给了售货员，尴尬地说道："我们要这个型号的，那个太逼真了，容易激发孩子的暴力心理。"

毛豆很不爽地揪住了我的裤腿，骂我抠门。

"你赶紧松开，我要生气了啊！"

"二桥，你抠门！"

"我这叫量力而行，你问问你爸舍不舍得给你买这么大的坦克，他还是个有正式工作的呢，我只是一个整天飘来荡去的无业游民！"

毛豆觉得我欺骗了他，开始用语言攻击我："谁让你不学好的，人家大人都有工作，为什么就你没有？我不管啊，我就是喜欢那个大坦克，不要这个小坦克！"

毛豆坐在地上，用腿死死夹住我，我被他弄得实在是没了办法，正准备妥协的时候，陈艺救星般地出现在了玩具店，她今天似乎没有去电视台。

"毛豆，你怎么又和江桥闹上了？"

"他说给我买坦克，我喜欢大的，他抠门舍不得买，就拿个小的骗我！我不管，我就要那个大的。"

毛豆一边说，一边情绪非常不稳定地抱着我的腿一阵猛晃，我放在口袋里的手机也就这么被他给晃了出来。

陈艺弯下身子替我捡起了手机，她下意识地往手机屏幕上看了一眼，而肖艾那张被我设置成桌面的照片也清楚地映入了她的眼帘。她默不作声，许久，才将手机还回到了我的手上，然后又笑着对毛豆说道："毛豆听话，别缠着江桥了，赶紧去挑你喜欢的那个坦克吧，陈艺姐姐帮你买。"

毛豆终于松开了我，陈艺也在同一时间从钱包里拿出了一张银行卡递给售货员，然后输入了银行卡的密码，我看着她却不知道要说些什么。

…………

回巷子的路上，毛豆捧着玩具在我和陈艺的前面上蹿下跳。我拉住了陈艺，然后从钱包里数出了一千块钱递给她，说道："我给毛豆买的礼物，不能让你花钱，要不然就没有意义了。"

"没事儿，明年你买两份礼物送给他，我就不买了。"

我没有再坚持，因为这动不动就上千的花费已经让暂时无事可做的我感觉到很吃力，我有些尴尬地摸了摸自己的鼻尖，然后回道："那行，明年我多赚一点儿，给他买两份。"

"嗯。"陈艺应了一声，我们又在沉默中往前走着，快到曾经的心情咖啡店时，她才再次向我问道："以后的路想好怎么走了吗？"

我又想起了昨天傍晚时和金秋谈崩的画面，心中一阵阵惆怅，我现在是要资金没资金，又不甘心再次回到职场，毕竟曾经离成功只有一步之遥。

我的脚步不自觉地放慢了，我底气不足地向陈艺回道："找个适合自己的项目做，真不是那么容易的，再看看……"

一路飞奔的毛豆已经没了踪影，巷子里除了雨水漫不经心地落着，就只剩下了我和陈艺之间的寂静无声。

　　…………

　　中午，我和陈艺一起在毛豆家吃饭，本以为会过个平静的下午，却不想乔野的父母找到了他住的酒店，一场家庭战争就这么以惊天动地之势爆发了。

　　等我和陈艺赶到酒店时，乔野已经被他爸揍得鼻青脸肿，连一直把乔野当作心头肉的妈妈也没有护短，而我在乔野无声的愤怒中真真切切地看到了一个豪门家庭的悲哀。

　　乔野的家庭教育方式就是这样，他妈妈极尽所能地宠爱他，他的父亲对他疏于管教，一旦乔野有叛逆的地方，便是一顿残暴的棍棒教育。可偏偏乔野就是一个揍不怕的人，反而变本加厉地去胡作非为。

　　其实，他的本性并不坏。我仍记得上初中时，为了帮助一个患了重病的同学，他带着我们一帮人去他爸的工地上偷卖了价值几万块钱的建筑器材，而这些钱最后全部交到了那个同学家长的手中，拯救了一个濒临破碎的家庭。只不过，他总是习惯用一种错的方式去做对的事情，一次又一次，却没人能理解他为什么会变得这么矛盾。

　　看着乔野被打得不成人样，我终于明白苏茵为什么这次没有跟着他回来了，他不想将苏茵推到这场家庭战争的风口浪尖上。

　　一群保安模样的人扯着乔野向一辆商务车走去，路过我和陈艺身边时，他一阵剧烈的挣扎，甩脱了扯住他的保安后，用一种五味杂陈的目光看着我和陈艺。

　　我有些自责，陈艺也避开了他的目光。

　　乔野擦掉了嘴角的血迹，却并没有什么恨意地对我们说道："你们俩不用觉得对不起我，我对你们的做法没意见，因为从我踏上飞机的那一刻，我就知道自己回来后会是什么局面了。我不是为了秦苗回来的，更不是为了这个冷血的家庭，我是为了我的孩子……"

　　乔野的话还没有说完，便被那群保安架上了车，中间又被他爸狠狠踢了一脚。

　　载着乔野的车子已经在傍晚的雨水中驶离了繁华的街头，可路上看热闹的人还没有全部散去，包括我和陈艺，我们就这么站在来时的地方，一步也没有动。

　　我双手重重从自己的脸上抹过，低声对身边的陈艺说道："如果这次回来，对乔野而言是一场赌局，那他是要输个精光了！"

　　"我不知道，可是看着他刚刚的样子，心里说不出来的难过，也好像不那么替秦苗恨他了。"

　　"他没什么可恨的，只不过是个过了几天好日子的可怜人而已。你刚刚看见了他骨子里那不被人理解的孤单了吗？"

　　陈艺点了点头。之后，我们谁也没有再多说一句话，我不知道此时此刻的陈艺是什么心情，但我的心中弥漫着一种感同身受的伤。

　　其实，我和乔野一样，只是受伤的方式和过程不一样罢了，我也是一个不和谐家庭的牺牲品，至今都不知道自己的妈妈在哪里，是否还惦记着这个被她遗弃在南京的孩子。

如果，她从我出生的那刻起就将我遗弃，对我反而是一种幸运，可惜她偏偏和我一起生活了八年，给了我一个母亲的温暖，而后就在一夜之间消失了。

我不会忘记，自己站在巷口的梧桐树下等过多少个黄昏，直到半年后，经历了无数次的绝望，才渐渐相信她不会回来了，永远也不会回来了。

第208章　情感过渡

因为阴天，路灯早早便全部亮了起来，那些挂在商场大楼上的霓虹也在很卖力地闪烁着，整座城市仿佛在一瞬间陷入了繁华中。

道路越来越拥堵。那些坐在车里的人，脾气好的，点上一支烟耐心地等待着；脾气急的，开始很狂躁地按着车喇叭，却根本没有谁去理会，最多只是甩给他一个白眼。

这就是我现在所能看到的一切，虚幻和真实交织在风雨中，最后让人难辨真假。

围观的人渐渐散去，我将陈艺拉到了一处可以躲雨的屋檐下，然后向她问道："秦苗现在知道乔野回来的消息了吗？"

"我还没有和她说，至于乔野的爸妈有没有说，我就不知道了。"

我点头，示意知道了，沉默了一会儿之后又对她说道："乔野他爸这次的行为有点过激了，他这么把乔野狠揍了一顿，乔野弄不好会迁怒于秦苗。"

"嗯，我也有这样的担心。可是，他爸这么做，也不完全是出于愤怒吧，我觉得有一部分是做给秦苗父母看的，向他们释放一个态度，乔野对秦苗做出这么不负责任的事情，不是他们纵容出来的。乔野他爸妈也有难处和顾忌，为了集团，很多时候也要看秦苗父母脸色的。"

陈艺这么一解释，我才把乔野以及其家人的处境相对看了个全面，反正这件事情错综复杂，我们作为朋友，能够参与的并不多，我和陈艺做成这样，已经有多管闲事的嫌疑了。

我心中郁结，不由自主地抽出一支烟想点上，身边的陈艺却拉住了我要点火的手，对我说道："别抽烟了，我请你去吃火锅。"

……………

一间不大装修却很有格调的火锅店里，我和陈艺要了一个小包间，两人相对而坐。窗外是一条安静的巷子，却比郁金香路的老巷子要宽敞很多，两边的梧桐树下停着各种各样的豪车。虽然是陈艺请客，我不知道这顿饭多少钱，却能看出来，这条街区的消费不低。

雨还在淅沥沥地下着，我和陈艺以一样的姿势看着窗外的古色古香，直到服务员将火锅汤送了上来。

陈艺叫住了服务员，对她说道："请帮我们拿一打啤酒。"

我向陈艺问道:"要这么多啤酒,你是打算陪我喝吗?"

"喝点呗,反正晚上也没什么事情。"

我惊讶地看着她,从前,甚至更加久远的从前,哪怕我很强烈地要求,她都很少会陪我喝酒,可今天,她竟主动提出喝酒。

我因此可以肯定,她最近的压力很大,情绪也出现了很大的问题,只是一向沉稳的她,并不喜欢将这些放在脸上。

蔬菜和肉片被陆续放进了火锅里,我也开了一罐啤酒递给了陈艺,然后又给自己开了一罐。

同样是喝酒,陈艺和肖艾还是有所区别的,陈艺将啤酒倒进了杯子里,而肖艾则和我一样,喜欢拿着罐子直接喝,这看上去虽然不那么文雅,却比较省事儿。

我刚准备和陈艺碰杯的时候,她已经举起杯子,一口气喝掉了一整杯,然后又给自己倒上了一杯,不那么舒服地喘息着。

我很确定,她这辈子没这么喝过啤酒,于是有点惊讶地看着她。

陈艺抿着嘴,等那阵让她不舒服的感觉过去之后,才笑了笑对我说道:"一直不太懂你为什么那么喜欢喝啤酒,今天这么试了一下,恐怕是一种以毒攻毒的感觉吧?"

"你这个见解是挺有意思的,反正把自己喝到晕晕忽忽的,也就没那么多精力去想那些乱七八糟的事情了。不过前提是,你得喝够数量,要不然半醉半醒更难受!"

"好啊,那我今天就喝个痛快,也试试那种感觉。"陈艺说着又往自己的杯子里倒满了啤酒,准备一饮而尽。

我按住了她的手,轻声说道:"有什么不开心的事情就和我说,我会开导你的。不要勉强自己去做一个借酒消愁的女人。"

"就因为我是陈艺,所以我连借酒消愁的资格都没有了吗?"

我叹息,可是按住她的手并没有松开,我知道这大半年以来,她身上背负的东西实在是太多了。首先,她一直以来的工作压力就很大;再者,又与我经历了一段几乎导致跟家人断绝关系的感情;而现在,和邱子安的恋情在反反复复之后也没有得到一个好的结果。我看得见,她端庄美丽的外表下,潜藏着的是一颗伤痕累累的心。

我以为陈艺会哭,反正她从小一受了委屈就会在我面前哭,我也习惯了。可此时此刻,她却没有哭,就这么有些神情恍惚地坐着。我也趁机拿走了摆在她面前的酒,因为我真的害怕看到一个情绪失控的陈艺。

天色已经全部黑了下去,尽管我一再阻拦,陈艺还是很执着地喝掉了三罐啤酒。对她而言,已经是过量饮酒了,所以她的面色潮红,需要我搀扶着才能走。

....

下了出租车,我扶着陈艺走在老巷子里。路过曾经的心情咖啡时,她停了下来,然后坐在雨篷下面的台阶上。她的精神状态很糟糕,一直对我摇着手,示意让她缓一下。

我给她让出了空间,就这么看着她伏在自己的双腿上,而从屋檐滴答落下的雨水,又敲出了一些我关于去年冬天的回忆。

我和陈艺的关系，严格来说就是在这间咖啡店前终结的。在那个下着雪的夜晚，我喝到烂醉如泥，就在咖啡店的门口对肖艾做了很糊涂的事情，而这也是陈艺对我失望的最终理由。

　　时间仿佛已经过去了很久，可当时的心情仍好似徘徊在前一刻，根本没有离去。也许直到现在，陈艺都不知道我在那个快失去意识的夜晚，脑海里想起的真的全是她。

　　我知道，时过境迁之后，想起这些已经没什么意义了，只是心中仍有那么一点儿消化不掉的郁结。于是，我又眯着眼睛点上了一支烟，就这么失神地看着在眼前不断弥散的水汽。

　　手中的烟将将要吸完的时候，手机在口袋里响了起来，口袋有点紧，我尝试几次才掏了出来，这个电话是肖艾打来的。

　　我接通了，一瞬间的迟疑后，是肖艾先开了口："我已经下飞机了，你陪我一起吃饭吧，我给你带了礼物，在夫子庙这边等你哟。"

　　肖艾的回来于我而言就好像是一个惊喜，可是转身看了看陈艺，这种喜悦便淡了一些。我不太放心将她一个人留在这里。而在过去的二十多年里，我也从来没有做过丢下她这样的事情。

　　"喂，江桥，你听得见我说话吗？"

　　"我现在不太方便过去。"

　　电话那头的肖艾沉默了，似乎有一种情绪在她心里酝酿着，我有些不安，却没有改变决定的打算。

　　"为什么不方便？"

　　这时，身后的陈艺拉住了我的衣角，我下意识地回头看着她，她声音很轻地向我问道："是肖艾吗？"

　　我点头。

　　"赶紧去吧，我没问题的，还有几步就到家了。"

　　"你确定？"

　　陈艺用力地点了点头，又催促我赶紧回肖艾的话，我轻轻呼出一口气，才对肖艾说道："我过去就是了，你等我一会儿。"

　　肖艾也没有刨根问底，她"嗯"了一声之后便挂断了电话，我知道她还是有点情绪的，这点我有心理准备。她这样的姑娘应该是很不喜欢被拒绝的，这是她骨子里的骄傲。

　　…………

　　我将陈艺送回了家里，又替她泡了一壶热茶，等她洗漱睡下后，我才匆匆往街口跑去，焦急地等着出租车。

　　等我到达夫子庙的时候，已经是夜里的十点多。我以为肖艾会和于馨一起，结果却只有她一个人，就坐在河边长廊的木椅上，穿着很单薄的衣服，一直往我过来的方向张望着。等我们的目光交集在一起时，她平静的脸上才有了一丝笑容。

　　我走到她的身边，她的脸上却忽然没了笑容，语气很不满地对我说道："喂喂喂，江桥，你见过约会的时候，女人等男人的吗？我在这里坐了这么一会儿，弄得好几个想搭讪的男人跑来问我是不是失恋了，气死我了！"

"那你是怎么回他们的？"

"一个都没理。"

看着她生气的样子，我带着歉意笑了笑，然后又向她问道："于馨呢？怎么没有和你在一起？"

"他们还在厦门，说是累，不想太赶，所以我是一个人坐飞机回来的。"

我看着她，她也看着我。

我这才知道，为什么我刚刚说不方便来找她时，她会有情绪，原来她是为了和我吃个晚饭，才连夜乘飞机从厦门赶回来的，我却差点拒绝了她。庆幸陈艺很理性，让我没有在这个夜晚错过肖艾。

…………

夫子庙的步行街上，肖艾一路走走吃吃，我则帮她提着行李，虽然天空还在下着小雨，却没有浇灭我想和她在一起多走一会儿的心情。

肖艾又在一个小吃摊前停了下来，要了一碗粥，等待的空隙，她向我问道："你今天一天都做什么了？"

我如实回道："上午呢，给我们巷子里的毛豆过了生日；下午……唉！乔野回来了，闹得是惊天动地，我到现在还没缓过神来呢！"

肖艾惊讶地看着我，问道："有多惊天动地？"

"乔野被他爸揍得跟孙子似的！事情最后怎么处理，还一点儿头绪都没有。"

说话间，小贩将肖艾要的粥递给了我们，这个话题也暂时中止。其实，我现在的处境也比乔野好不到哪里去，我要再这么混下去，连最基本的温饱都快解决不了了。

我又看了看身边的肖艾，也不知道该拿什么和她谈起未来，而她又是否真的在意我们即将要面对的未来？

我总觉得，这次从台北回来的她，身上有太多的未知和不确定。

| 第209章 | 情感纠葛

露天的帐篷下，肖艾坐在靠近小摊煮粥的炉火旁，吃粥的同时也不忘将自己的手放在锅边散出的热气上暖一暖，这个下着小雨的夜晚是有那么一点儿冷得反常。

我看着她冷到有点瑟缩的样子，不禁又想到了去年，她在袁真演唱会上，穿着皮裤和白色衬衫抱着吉他扫弦的样子，简直就是个风一样的女子。至于此刻，着实被冻得很可怜，这种介于潇洒和可怜之间的转换，让她的样子在我的脑海里越来越立体，她是个有血有肉的姑娘。

不过话又说回来，谁不是赤身裸体，带着喜怒哀乐来到这个世界上的，所以没必要因为美丑去神话或者看轻一个人，换个角度来审视这个世界，还是挺公平的。

我将自己的外套脱了下来，然后替她穿上，又替她将拉链也拉上，并坚决制止了她要将衣服还给我的念头。

如果有一个人要在这个夜晚受凉的话，那一定是我，这是一个身强体壮的男人的责任。

肖艾缩在我的衣服里，虽然没有什么言语上的表示，但我觉得她心里是有幸福感的，因为她此刻看着我的眼神中有那么一点点不易察觉的依赖。

她喝掉了最后一口粥，然后对我说道："江桥，又是一天过去了，明天还打算继续这么混日子吗？"

我看着似笑非笑的她回道："你话里有话。"

"看你怎么理解了，反正你还年轻，有的是时间挥霍。"

我下意识地用手摸了摸自己的额头，片刻之后才回道："其实在去台北之前，我一直很有想法的，可惜你不支持，还说我做音乐培训不专业，我挺受伤的！"

"难道你很专业吗？你这伤就是自找的，玻璃心！"

"你说的是，我对这件事情已经不抱什么希望了。"一声叹息后，我开始胡说八道，"实在不行的话，我就把那个废弃的纺织厂承包下来，在里面种上花花草草，以后就做个新世纪的花农。"

肖艾对我的胡说八道嗤之以鼻，她回道："忽悠谁呢，那纺织厂又不是没人想开发出来商用，可始终拿不下那块地，所以我怀疑那块地已经被某个集团或者某个人给买下来了。"

我点头，因为真的有这个可能，不过确切的情况，不是我们这些平民百姓能够得知的，反正对于我而言，那个纺织厂就这么一直废弃着还是挺好的，我不希望这个承载着我童年所有美好记忆的地方，就这么消失在现代文明的建设中。

…………

陪肖艾吃过晚饭，我们不设目的地走在了潮湿的路上。此刻，雨已经停了下来，可风还是有点大，但这是一个好的征兆，因为有风才能吹散乌云，给明天带来一个好天气。反正我很不喜欢一座城市总是阴雨绵绵，让人消极，让人找不到奋斗的力量。

一个可以避风的屋檐下，我拉住了肖艾，然后将一张银行卡从皮包里抽了出来，递到她的手上说道："上次为了咖啡店的事情，你和同学借了钱，这张卡里的钱刚好够，你拿去还了吧。"

肖艾惊讶地看着我，问道："你哪来这么多钱的？"

"你还记得我咖啡店里有一个叫冯唐的咖啡师吗？"

"嗯。"

"我曾经一次性支付给他一年的工资，后来咖啡店倒闭了，他就又主动还回来了。"

肖艾感叹："哦，这人还是挺靠谱的！"

我有点唏嘘："是啊，不仅靠谱，对咖啡文化的理解也很深，我们本来是可以联手做一番事业的，可惜天不遂人愿哪！"

"你既然这么不甘心，那就在哪儿跌倒，还在哪儿爬起来好了。"

我摇了摇头，回道："算了，我答应过陈艺不再从事和咖啡有关的任何行业，而且我之前做的咖啡文化，现在已经被蒋伟一沿用着去做了，冯唐也在他那边帮忙。我找不到更好的切入点，也没有那么多钱再去投资。你知道的，玩概念的东西，特别烧钱！"

"我要是你，我就不服气，凭什么自己辛辛苦苦做出来的成果，就这么被别人给拿去用了啊？"

我只是笑了笑，并没有回应，因为我已经解释过了。

手机又在口袋里响了起来，我想不到这么晚还有谁会给我打电话，于是带着疑惑从口袋里将手机拿了出来，接通后问道："喂，哪位？"

对方的语气很低沉："江桥，我是苏菡，你在哪里？"

因为意外，我愣了片刻才回道："我……在夫子庙这边陪朋友。你，你在哪儿？"

"心情咖啡。"

苏菡说出了自己的位置，这让我又惊又羞愧，因为我做梦也没有想到她会紧随乔野回到南京，而她之前托付给我的心情咖啡，如今也已经成为记忆里的一个符号，我辜负了她的信任！

我在一阵沉默之后，终于回道："你在那里等我，我马上就回去。"

结束了和苏菡的通话，我的表情极其凝重，然后对肖艾说道："苏菡回来了，正在老巷子里等我，我得赶紧过去。"

"我和你一起。"

…………

郁金香路的老巷子，因为走路的人少，所以比外面的路更加潮湿，有些低洼的地方已经积了水，我和肖艾小跑着跨过那些水塘，脚步声很重。

苏菡就站在雨篷的下面，她穿着米色的立领风衣，双手插在口袋里，眉宇间尽是散不去的忧愁。她的身影倒映在路灯下的积水里，有一种说不出的孤苦，就像一只落单的鸟。

我还没有开口问候，苏菡已经绷不住地哽咽着问道："江桥，乔野他还好吗？"

我当然不想让她太担心，便没有说出乔野被他揍得不成人样的事情，只是回道："被他爸妈带回家了，现在应该被关禁闭吧。"

苏菡点头，然后在沉默中掉下眼泪来。

身边的肖艾很同情她，于是对我说道："江桥，你就给乔野传个信，告诉他，苏菡来南京找他了。"

却不想苏菡对着我们摇了摇头，说道："暂时还是不要给他惹麻烦了，我知道他的家庭教育方式。其实，我也不知道自己为什么要回南京，也许，就是想离他近一点儿，不想他一个人承受我们两个人做错的一切。"

我很理解苏菡，因为真的爱过，谁会舍得另一半正在受罪，自己却远远躲起来逍遥，哪怕不能改变什么结果，至少也要选一种方式陪伴着对方。对于苏菡而言，也确实不适合在这个时候与乔野有联系,因为这无异于火上浇油,只会逼着乔野的父母做出更极端的事情。

我点头,在一阵沉默之后向她问道:"我特别想知道一件事情,当初酒吧经理有没有将秦苗怀孕的事情转告给你?"

苏菡点了点头儿,然后转移了自己的目光。

我心中说一点儿失望都没有是假的,因为这不是我曾经认识的苏菡,她不该这么自私!

苏菡仿佛感知到了我心中的失望,她低声对我说道:"我知道这么做很自私,可是,在决定重新接受乔野的那刻起,我就再也不想放手了。因为这种放手的痛,我承受不了第二次!我是个渴望家庭生活的女人,却独自在丽江漂泊了这么多年,这里面的心酸和无奈,你们懂吗?"

"我懂,可乔野终究要知道这一切,你瞒不住的!"

苏菡的情绪濒临崩溃,她泣不成声:"陷入爱情里不能自拔的女人都是愚蠢的,我知道瞒不住,可是能和他多待一天,以后回忆起来,也会多一点儿幸福,不是吗?"

我无言以对,但心中的同情已经大于对她的失望。因为我觉得乔野和她的缘分也只能到这里了。哪怕最坏的结果是秦苗真的会和乔野离婚,乔家也绝对不会接受苏菡这个儿媳妇的,乔野父母对她的恨已经入骨!

没有太多话可说的沉默中,肖艾对苏菡说道:"先去我朋友那边住下吧,她今天在厦门没回来,正好我可以陪你聊聊天。"

苏菡感激地向肖艾点了点头,接受了肖艾的提议。和我道别后,两人便一起踩着潮湿的小路往巷子外走去。

在她们相互扶持的背影中,我好像看到了肖艾的爱情观,然后又想起了陈艺,想起了她在这件事情上与肖艾那天壤之别的态度。但我无从去评判什么对错,因为她们的立场不同,她们都没有错。

············

夜深了,我才躺在床上,我又失眠了,我在消化白天发生的所有事情,仔细回想着每一个人在这些事情里的态度。我想找到一个两全其美的处理办法,可这凡人的脑袋不太够用。

点上一支烟,我又为自己的未来担忧了起来,我将身上最后一点儿钱也都给了肖艾,让她拿去还之前的债,所以创业的事情只能暂时搁置。我现在迫切需要找一份工作,先稳住生活。

这何尝不是一种无计可施后的妥协!

看看,人生就是这么现实,没有小说里的奇遇,也没有闭上眼睛就能一夜暴富的好运。

············

风吹了一夜之后,为次日的南京吹来了一个艳阳天,气温也随之飙升,所以早晨起床的我,只穿了背心加一件夹克。

我要去找工作了,却不想从事和婚庆有关的行业,虽然我不否认自己对这个行业仍有感情，但是这种感情是建立在和那些老同事一起共事的基础上，而新的环境里是肯定没有这些的。

更重要的是，老金要是知道我因为和金秋犯轴而加入了别的婚庆公司，肯定能气到吐血！

我就这么站在院落里，没什么主张，早晨正好的阳光，将我照成了一个迷茫青年……

片刻后，院子的门忽然被推开，肖艾精神气很足地出现在了我的面前，她扎了个马尾辫，很少有地穿着一身很干练的职业装，然后对我说道："走，吃早饭去，待会儿给你个惊喜。"

"什么惊喜啊？"

"一会儿你就知道了。"

"求你现在告诉我吧，我都天昏地暗这么久了，快用你的惊喜刺激我一下吧。"

肖艾并不理会，直接忽略了我的喋喋不休，一路将我拖到了巷子外的小吃摊上，然后点了两份豆浆和油条。

等待的过程中，她始终不说是什么惊喜，一直和我聊着苏菡跟乔野这对苦命的恋人。

"江桥，你和乔野不是从小就认识的吗，你什么时候去他家看看呗，现在他的任何一点儿消息，可都是苏菡的精神支柱！"

"稍微等等，他爸妈正在气头上呢！"

"你去嘛，他爸妈气的是乔野，又不是你！你买点东西带过去，嘴甜一点儿，谁还好意思给你脸色看啊！"

我看着肖艾那急切的样子，半晌才回道："看不出来，你做事还挺有方法的嘛！"

"不用你夸我，就说你去不去。"

我被逼无奈，只得回道："去，刀山火海也去。"

"什么时候去？"

"你别逼我了，我下午就去，还不成吗？"

说话间，一辆保时捷停在了附近的一块空地上，随后便看见秦苗下了车，她戴着墨镜，也不知道有没有往我和肖艾这边看。

大约又过了两分钟，便看见陈艺从巷子里走了出来，她倒是往我和肖艾这边看了一眼，但也没有打招呼，随后便上了秦苗的车。

…………

整个吃早饭的过程中，我都在猜测着，秦苗特意来接陈艺是为了什么事情，而这和乔野是否又有关系？

我没有头绪，但可以肯定的是，秦苗已经有动作了，或者说，她在这段复杂的感情纠葛中已经有了自己的决断。

这次，不用肖艾提醒，便很主动地从口袋里拿出了手机，给陈艺发了一条信息："你和秦苗干吗去了啊？"

陈艺没有立即回复，而吃完早餐的肖艾，也终于神神秘秘地带着我去往那个她要给我惊喜的地方。

687

第210章 艾桥乐坊

经历了昨天的阴雨绵绵之后，放晴的郁金香路要比以往更加活跃，这条路上既有代表着现代文明的高楼大厦，也有被大自然雕琢出来的鸟语花香。

肖艾将我带到了郁金香路的最东边，然后在一栋商用房前面的空地上停下了脚步，她向我问道："江桥，感觉这边的环境怎么样？"

我四处看了看，因为地处这条路的边缘，所以要相对安静一些，尤其让我感到舒服的是，在这栋商用房的对面开了一间很有格调的蛋糕店，它的装潢偏欧美风。店门口开始长叶子的梧桐树下摆着几张复古的餐桌，餐桌旁就是店铺的玻璃窗，那些挂在玻璃窗上的吊兰，虽然遮挡了一部分阳光，可阴郁的颓废中仍不断生长着希望。

我对肖艾说道："那个蛋糕店好像是新开的，是你要给我的惊喜吗？呵呵，做蛋糕还真是我的强项。"

"想得美，你去买块蛋糕，看看要不要给钱。"

我又往那间名为"花香"的蛋糕店看了看，然后转头向肖艾问道："那你给我的惊喜是什么？"

肖艾在自己的手提包里一阵摸索，然后拿出一把钥匙对我说道："跟我进去吧，给你的惊喜在这栋房子里，不是对面的那间蛋糕店。"

我不知道肖艾葫芦里卖的是什么药，但仍坚定地跟上了她的脚步，这种坚定源于我们之间日积月累建立的信任。尽管这栋楼看上去有那么一点儿荒凉，和对面的蛋糕店比起来简直就是一个天上一个地下。

肖艾将我带到了二楼，整个楼层大概有一百二十平方米，且没有隔断，所以看上去有那么一点儿空，只有靠窗户的位置摆了一张办公桌，办公桌的上面立着一把吉他，旁边放着一架钢琴。

肖艾拍了拍我的肩，带着一种很有成就感的笑容说道："怎么样，江桥，看出一点儿眉目了吗？"

我又将这个空空荡荡的楼层环视了一遍，当即反应了过来，充满惊喜地问道："你是要和我一起做音乐培训吗？"

肖艾没有立即回答我，她走到了靠北的那面墙，然后打开了木质的窗户。我跟随她的脚步，也来到了窗户边。探身望去，原来这栋房子的后面是一个给市民散步的小花园，里面除了花草，弯曲的小路两旁还种植了一些桂花树，宛若这条郁金香路上的一个小世外桃源。

我感慨道："我在郁金香路上生活了二十多年，从来都不知道有这么一块宝地，你是怎么找到的？"

"你的眼中只有那院子里的一亩三分地，哪里会留意去看看外面的世界？"

"呵呵，在我眼中，一花一木都是一个世界，我的小院其实挺丰富的！"

肖艾与我靠得很近，她的呼吸我都能感觉到。她又往我面前走了半步，似笑非笑地说道："江桥，我一点儿都不怀疑，如果谁每个月给你个万儿八千的退休金，你肯定就死守着你那个院子度过余生了！"

"胡说，我要做大老板。"

"摸着自己的良心再说一遍。"

她的气息实在是太真实了，我不自觉往后退了小半步，厚着脸皮笑道："其实每个月有个万儿八千的退休金拿着也是挺不错的嘛！起码买花种草，把院子翻修一遍的钱都够了。"

"是啊，然后你就不问世事，在你的小院子里得道升仙了。"

我笑了，肖艾也不再和我开玩笑，她拉着我来到了房子的中间，然后对我说道："看见没有，我准备在这个地方弄个十字隔断，琴童们学不同乐器的时候，互相之间就能少一点儿干扰了。"

"真的要和我一起做琴行啊？！"

"不然咧？"

尽管肖艾的态度已经很肯定，可我还是不太能够相信，于是再次向她问道："你之前不是嘲笑我做音乐培训不专业吗？而且你现在都已经是演艺集团的演职人员了。"

"嘲笑你，是为了显示出我女人的矜持，总不能你说什么，我就附和着你做什么吧！我又不是你买的机器。而且你这个人吧，受点挫折做事才能更上心，这点你承不承认？"

"承认，我的确是个很有韧性的男人。"

"真不要脸，什么韧性啊，说白了，就是轴！"

我被她挤对得说不出话来，就这么看着她，等她继续说下去。对于她加入演艺集团的动机，我是真的有点看不懂，毕竟一个月才那么点工资，连她护理一次头发的钱都不够。

她又解释道："至于加入演艺集团，当然不是为了挣一点儿基本工资那么简单。现在做音乐培训和我之前不一样，我可以小打小闹地赚点生活费，但对于你而言，却是一份需要百分百努力的事业，所以我想到演艺集团里积累点资历。以后你出去做企划宣传的时候，就可以很有底气地告诉那些琴童的家长，我们的肖老师不仅专业知识过硬，而且还有很多国际级的演出经历，这才像个有核心优势的音乐培训机构嘛！"

我不可思议地看着她，这还是那个在去年秋天，开着价值百万的豪车，游戏人间的姑娘吗？

她似乎看穿了我的心思，一副尽在掌控中的表情，又说道："不用为我严谨的逻辑思维感到惊讶，因为我在台北的时候就开始琢磨这件事了。"

"在台北就开始琢磨这件事了？"

我夸张的表情，让肖艾一愣，当即又回道："琢磨不代表我愿意回来，你可别胡乱设想。"

"你承认自己矜持，又不是一件非常丢人的事情。"

肖艾看着我的表情忽然变得极其严肃，她低沉地回道："江桥，我没有和你开玩笑。在你去之前，甚至是之后，我都很犹豫，我将回南京和留在台北的任何一种可能出现的结果，都假想了一遍。可就算想了这么多，回南京还是在冲动之下做出的选择。"

我看着肖艾，沉默了很久之后才说道："你这么说，我就明白了。"

"江桥，我们已经没有退路可以走了，所以都要很认真地活着。你知道吗？昨天你给我的钱，我并没有还给同学，全部用来付这个房子的租金了。至于装修的费用，我们还要再想办法。"

"嗯。"停了停，我又对她说道，"我会想办法的，这个琴行，我就算豁出一切也要经营好！"

…………

下了楼，我站在空地上，再抬头看着被肖艾租下来的那个楼层，心情与刚刚截然不同。我看见了自己身上的责任，我不想承诺太多，只想让肖艾放心地跟着我走，我们都不必回头去看各自走过的路，因为在我们脚下的都是即将要相伴着走的路，路很崎岖，却也有花草相随。

我轻轻呼出一口气，等心情略微轻松了一些以后，才笑了笑向肖艾问道："给我们的琴行起个名字吧。"

"既然是我们一起做的琴行，那就各取我们名字中的一个字吧。"

"好啊，这个提议不错，显得我们都积极参与进来了！"

肖艾略微想了想，回道："就叫肖桥乐坊。"

我当即反对："凭什么你的字放在我前面啊？！"

"就凭我的江湖地位比你高。"

看着肖艾理所应当的样子，我选择了妥协："对，你会教琴，江湖地位是比我高，但是叫'肖桥'也太别扭了吧，好似要消灭我江桥似的，多不吉利！"

肖艾看着我一阵无语，许久才用妥协的语气，问道："那你想叫什么？"

"我看就叫'艾桥乐坊'好了，名字又大气还前卫，更有一种和国际接轨的感觉，你觉得呢？"

肖艾看着我："艾桥乐坊？"

"嗯，艾桥乐坊。"

…………

确定了要和肖艾一起做琴行的事情后，我那郁结了好几天的心情突然便顺畅了起来，一路上也思考着要怎么做好这个琴行。不过在这之前，我还得想办法弄到一笔装修和买设备的钱，这个倒是真的有点伤脑筋。

片刻之后，我们回到了巷子口，原本我是打算亲自给肖艾做一顿午饭的，可是她停下脚步，看了看时间之后对我说道："我得走了，今天下午我要跟团里去日本，这是好不容易和团长争取到的演出机会，待会儿回去还有些手续要办一下。"

"去日本？"

"嗯，是去参加一个亚洲的民族音乐节，正好也顺便看看袁真师哥，我们都好久没有联系了。"

听肖艾提起袁真，我心中倒没有什么不舒服，毕竟他们有多年的师兄妹情谊，肖艾去日本演出，没有理由不见面。

就在我准备提醒她注意安全时，她又向我问道："江桥，你还记得刚刚早上答应我的事情吗？"

"去看乔野嘛，我没忘记。"

肖艾为我做了一个加油打气的手势，然后才说道："赶紧去吧，有什么新情况给我发信息。"

我点头，肖艾也没有再逗留，拦了一辆出租车后便离开了郁金香路，可我仍在原地站了片刻，消化着因为她而改变的心情。

…………

去超市买了些适合中老年人的保健品，我便去往了乔野的家。路上，我终于收到了陈艺的回信，她说："我正在陪秦苗做孕检。"

这个回答让我心中松了一口气，因为我现在特别怕看到秦苗或者乔野任意一方有极端的行为，而就像现在这么僵持着也挺好的，至少能给人一点儿喘息的机会，否则我真没什么胆子，在这个时候假借拜访之名去看乔野。

大约二十分钟后，出租车将我带到了紫金山脚下一个非常高档的别墅区。我付了车钱之后，便拎着刚刚买的那些保健品，沿着一条林荫小道向乔野家的那栋别墅走去，心里却有点犯怵。

乔野爸妈可都是老江湖，我这么突然拜访，要说他们不知道我的真正来意是不可能的。再想起乔野他爸那火暴脾气，我真的有了一种为朋友两肋插刀的感觉，因为这个任务的危险系数实在是有点高。

来到别墅门口，我没有急着按门铃，而是先探着身子向里面看了看，顿时便有了一种走狗屎运的感觉，我没有看到乔野他爸的车，要是只有乔野他妈在的话，事情就好办多了。

我理了理着装，然后按下了门铃，还是那个在乔野家已经干了好几年的高个子保姆给我开的门，我小声地问道："阿姨，我乔叔叔在家吗？"

"刚刚才带着乔野妈妈出去了。"

那无形的压力顿时从我身上散去，我呼出一口气，便直直向别墅里走去，却不想保姆阿姨死死地拉住了我，语气紧张地对我说道："江桥，你不能进去。"

"不是，阿姨，我怎么就不能进去了啊？"

"乔董事长叮嘱过了，尤其是江桥不准进家门一步。他说，你和乔野是穿同一条裤子的，肯定是憋着坏来的！"

我哭笑不得，然后尴尬地挠了挠头，又做出一副恳求的样子，回道："阿姨，你就放我进去吧，你肯定也知道乔叔下手把乔野给揍成什么德行了，乔野脾气臭，要是没一个人开导他，他肯定得被这口撒不掉的窝囊气给憋出病来！"

我一边说着，一边又想往里面闯，却不想保姆阿姨死死拉住了我，几乎央求道："江桥，你这孩子别让阿姨为难。你这么进去，乔董事长这边我真的不好交代，要扣工资的！"

我实在不好意思为难一个保姆，于是又退到了别墅的门外，却并不甘心就这么

691

离开，而保姆阿姨趁我恍惚间赶忙将门又关了起来，随后便从屋里走出来几个保安模样的人，其中的一个我还真认识，就是上次我去建筑公司找秦苗闹事的时候，将我按倒在地上的那个。

看着眼前这么大的阵势，估计和我事先想的一样，乔野是被关禁闭了。

…………

我没有死心，又绕到了别墅的后面，依稀记得乔野是住在一楼靠东的房间，便从地上捡了几颗石子，隔着院墙向玻璃窗上砸去。

陆续砸了几次之后，窗帘终于被拉开了，乔野就站在窗户的后面与我对视着。

他家的院子实在是太大了，站在院墙外的我，又不敢大声说话，只能不停用手比画着，乔野却不能会意。

我终于急了，冲他喊道："你爸打算把你关到什么时候？"

"你小声点儿，别把那几只苍蝇给招来！"

"还有我不敢待的地方？那几个保安来了，哥们儿也这么站着和你说话。"

乔野还没来得及回答，几个保安便从前面气势汹汹地绕了过来，我在心里骂了一句，随即提起地上的保健品，拔腿就往另一个方向跑去，心中也总算对乔野家的铜墙铁壁有了一个更清醒的认识。肖艾之前的想法实在是太过于乐观了！

|第211章| 借钱

灰溜溜地离开了乔野家的别墅，我站在马路旁边等待着出租车。在这个别墅区等出租车是难度很大的一件事情，除非有人打车过来，正常情况下是没有出租车会开到这里揽客的。

我饿了，想在这附近找家饭店，可这里是富人的聚集区，消费高得吓人，再想起自己现在的穷困潦倒，当即便放弃了吃饭的打算。

我不想浪费原本买给乔野爸妈的保健品，于是从里面找到一盒营养口服液，拿出一瓶喝了起来，以此抵御那越来越严重的饥饿感。

一瓶喝完，又喝了一瓶，我无聊透顶地蹲在地上左看右看，可死活就是看不到一辆往来的出租车。

片刻之后，一阵发动机的轰鸣声从路口传来，接着便看到了秦苗的那辆保时捷，车子像阵风一样从我的身边驶过，似乎猛然发现了我的存在，于是又倒了回来。

坐在副驾驶位置的陈艺按下了车窗，她满是疑惑地向我问道："江桥，你怎么在这儿？"

我看了看她身边的秦苗，然后回道："来看看她公公和婆婆的，尤其她公公，你看他把乔野给揍成什么样了，心里得多大火气才能下这么狠的手。"我一边说，一边将那些保健品全部提到车窗口，然后对车里的秦苗说道，"都是一些吃了能降

692

火的东西，我特地买给叔叔的，刚刚去也没碰着面，你帮我转交给他吧。"

秦苗转头看了我一眼，问道："江桥，你什么意思？"

我不理会秦苗的质问，从盒子里面又拿出一瓶口服液，插上吸管喝了一口，才说道："真是降火的！"

秦苗这个人精，哪里听不出来我话里的讽刺，但又和我计较不起来，于是转过了头，没什么表情地盯着车上的仪表盘，也不知道心里在想些什么。

陈艺打开车门，从车里走了出来，她似乎看出了什么端倪，小声向我问道："发生什么事了？你肯定不会无缘无故来这里的。"

在这件事情上，我一直将陈艺看成可以共同分担的对象，于是也不隐瞒，同样用很小的声音回道："苏菡昨天晚上来南京了，这事儿吧，弄得挺让人为难的，也不知道乔野这边到底是什么情况，秦苗又是怎么想的，所以我就想来探探消息，谁知道碰了一鼻子灰！"

"苏菡来南京了？"

我又点头确认，陈艺和我是一样的想法，她暂时也不想让秦苗知道这个消息，于是转而对车里的秦苗说道："苗苗，我和江桥去办点事情，就不去你那边吃饭了。"

秦苗将车子熄了火，随即也下了车，她将车钥匙递给了我说道："这边不好打车，你们开我的车子走吧。"

我求之不得地从秦苗手中接过车钥匙，然后将保健品一股脑儿地塞到了她的手上，让她替我转交给她的公公婆婆。

秦苗看着那盒已经被我拆开喝掉几瓶的营养口服液，感慨道："难怪乔野会把你当哥们儿，真是物以类聚，人以群分，你能不能靠谱点？"

…………

我开着秦苗的车，载着陈艺回到了郁金香路。两人在梧桐饭店点了三菜一汤，这是我们习惯的午饭配置，虽然这重新装修过的梧桐饭店已经变了模样，虽然其他顾客看着我们开来的价值三百万的保时捷，将我们误以为是土豪。

陈艺爱干净，她将筷子在开水里烫了很久才递给了我。我顾不上和她说话，填饱肚子后，才向她问道："乔野现在回来了，秦苗是什么想法？"

"她想和乔野离婚，可是双方的父母都坚决不同意，事情就这么僵住了。生在他们这样的家庭，这婚不是随随便便可以离的！"

我点头，因为这是意料之中的事情。沉默了一会儿之后，我又向陈艺问道："那乔野呢，乔野现在又是什么态度？"

陈艺叹息。

"怎么了？"

陈艺放下了自己手中的筷子，一脸无奈的表情，半晌之后才回道："乔野肯定想和秦苗离婚，可他的想法还是那么让人气愤。他要秦苗把孩子生下来，然后由他带到国外和苏菡一起抚养。"

听到这个消息，我感觉自己的脑子处于宕机状态，这个想法恐怕也就只有乔野能够想得出来。

我说道:"除非秦苗脑子让门给挤了,才会同意他这么干!不对,得他们全家脑子都被门挤了,才同意他这么干!"

陈艺又是一声叹息,之后便不说话了,只是端起自己的碗有些心不在焉地吃着饭。我能感觉到她的情绪,其实我和她一样,恨不能替乔野他们做出一个尽量不伤人的决定,可作为旁观者,能干预的实在是太少了。

午饭快要吃完的时候,陈艺才再次开口向我问道:"你工作的事情有着落了吗?"

我抬头看着陈艺,半响之后很是轻描淡写地回道:"准备开个琴行,房子已经租下来了,就在郁金香路上。"

陈艺也看着我,然后点了点头,终究也没有问我是和谁一起开的琴行。

…………

吃完中饭,陈艺去了电视台,为今晚即将要举行的三大卫视联合直播的大型晚会做准备,我这个小人物自然是为了艾桥乐坊的装修资金奔波着。

因为咖啡店的失败,我在朋友和以前同事中的口碑并不太好,所以大家都不太愿意借钱给我。尽管我豁出脸皮尝试找了好几个人,但整个下午做的努力全部都是无用功,我连一毛钱都没有借到。

软绵绵的黄昏就这么来了,我沮丧地跟随着下班的人潮走在拥挤的街头,然后停在了一个街头卖唱的歌手身边,将身上的零钱全部给了他。听了一首歌后,却更不知道要去哪里了。

不知道在街头晃荡了多久,我终于找了个长椅坐了下来,在我的对面就是一个GUCCI(古驰)的专卖店,里面站着一对情侣,男人出手阔绰,给漂亮的女人买了包,又买了鞋和衣服。

我忽然有点厌烦自己,将手中廉价的香烟给按灭了,然后就这么靠在椅背上,看着那轮挂在大楼之间的夕阳。

又是一阵迷茫之后,我终于从口袋里拿出了手机,然后找到了老金的号码,拨了过去。我觉得他可能是这个时候唯一还能借给我钱的人,毕竟我为婚庆公司工作了那么久,他多多少少能给我江桥一点儿面子,而且我也没怎么求他办事情,这应该是第一次。

我屏息等待着,可是老金始终没有接电话,我又打了一遍,依旧没人接听。

我感觉自己真是倒霉到家了,因为最近这一年,我似乎总是会为借不到钱而感到孤独。在我心中,这种孤独是最低级的。

我就这么毫无头绪地在街头的长椅上坐着,无聊地用脚将身边所有的杂物全部踢开之后,终于又拿出了手机,打开了微信,我想看看朋友圈里的那帮人是怎么装幸福的,我告诉自己,一定要比他们装得更幸福。

于是,我也进了GUCCI专卖店,然后趁售货员不注意的时候,偷偷摸摸地拍了几张照片,发了个朋友圈,并配了一段文字:GUCCI今年春天出的几个新款男士包真心不错,买哪个呢?唉!请原谅我的选择困难症又犯了。

这些照片发到朋友圈里,顿时就恶心了一帮人,也有几个不怎么熟悉的,真的相信了,很热心地给了我建议。

这么强行装了一下，我终于不那么烦闷了，这才有了点吃晚饭的欲望。我是个穷鬼，这没错，可我也会给自己找乐子。
　　…………
　　一家小面馆里，我要了一碗青菜面，伏在有点油腻的桌面上吃了起来，心思一半放在借钱的事情上，一半放在刚刚发出的朋友圈动态上。
　　我发现肖艾也发了一条动态，有她和袁真的合照，还有一桌子好吃的，照片的下面配有一段文字："第二次来日本，感谢袁真师哥的热情款待……很开心！"
　　我喜欢点赞的天性又在此刻爆发了出来，当即便一个赞点了下去，然后又端起面前那碗有点发胀的青菜面吃了起来，内心却很平静。
　　我一直希望肖艾的生活能够丰富一些，她现在这样的状态倒是真的很好，像一个正常的女孩儿。以前的她实在是太傲了，不合群了，哪怕面对的是袁真这个也很傲的男人，她依然选择更傲。现在这样才像是一对交情不浅的师兄妹。
　　一碗面快要凑合着吃完的时候，手机终于在口袋里响了起来，我赶忙拿出，是刚刚没有接电话的老金回过来的，我的神经当即便绷紧了。
　　艾桥乐坊能不能顺利地开起来，就看老金的一句话了，我知道他有钱。但不知道金秋有没有多嘴将那天我们在公司吵架的事情告诉他，如果告诉了他，借钱这事儿恐怕没戏，因为老金肯定会向着金秋。

|第212章| 直播事故

　　我接通了电话，下一刻便传来了老金那辨识度很高的沙哑嗓音："你这小子今天怎么想起来给我打电话了？"
　　我嬉皮笑脸地回道："关心一下你退休后的丰富生活，最近有没有去跳广场舞，找个新舞伴什么的啊？"
　　"别没大没小的，有什么事儿就赶紧说，我这儿正和几个老兄弟喝酒呢。"
　　听老金这么一说，我顿时收起了调侃的心思，可即将说起借钱的事情又让我心中产生那么一点儿紧张的感觉，这种紧张源于我将最后的希望都压在他身上了，如果他也找托词不借的话，我就实在是没什么辙了，也为自己感到悲哀，因为真的没有结识到几个莫逆之交。
　　我下意识地点上一支烟，才对老金说道："金叔，我想和你借十万块钱……"
　　"找我借十万块钱？来，先说说，你借这个钱做什么？"
　　老金那家长的语气，让我感到有点不自在，心中也盘算着要不要对他说实话，因为我知道他一直希望我能够和金秋在一起做事业，我要说实话，借钱的事儿肯定得黄。
　　我还是下不了决心欺骗老金，于是低声说道："我和朋友打算一起开一个琴行，现在房子已经租下来了，但是缺一点儿装修和前期宣传的钱。金叔，我从不轻易开口求你帮忙的，这次的事业对我来说真的挺重要的！"

我能感觉到电话那头的老金在情绪上起了变化。果然，他语气不悦地对我说道："江桥，你这混账东西，是木头疙瘩做的脑袋吗？我之前就和你好说歹说，让你去帮金秋做点事情。难道金秋会亏待你，还是我老金会亏待你？你非得去做什么琴行？"

我不言语，这些年，老金就是这么教训我的，不把我逼急了，我一般不会回嘴，更何况这个时候还指着跟他借钱，更加不能反抗。

"对了，琴行是什么玩意儿？"

我赶忙回道："就是音乐培训，也顺带卖一些乐器。金叔，这事儿真的挺靠谱的。而且，我是和你借钱，又不是不还给你，你就当江湖救急呗！"

尽管我说得真诚，可老金一点儿也不买账，他追问道："你先说说看，为什么去帮金秋一把，就跟要了你命似的。我们全家可都没有拿你当外人，你江桥不能这么干！"

本来在和金秋发生矛盾的过程中，我就非常憋屈，再加上老金这么一责怪，我也不想再隐瞒了，当即便直言不讳地说道："我就是不想和你们家金秋一起做事，因为她实在太会算计了。我那天去找过她，我提出替她做婚礼执行这块没有问题，但是得给我自主的定价权，财务上不依赖于她现在的婚庆公司。可是她竟然怀疑我会为了自己的利益，在执行上偷工减料，怎么也不接受我的要求。金叔，你就站在公正的立场上帮我评个理，如果连最基本的信任都没有，那还怎么合作？反正我江桥不做她的傀儡！"

原以为老金会偏袒金秋，没想到他在一阵沉默之后，回道："还有这么个事儿！江桥，你先别忙着找我借钱，今天晚上我就和金秋这丫头聊一聊，这么办事儿是有点欺负人。"

"金叔，算了，金秋她就是商人的思维，你说了也没有用，反正站在她的立场来看，这么要求也没有错……"

我的话还没有说完，老金便打断道："我老金不护犊子，这事儿我来和她谈，让她把婚礼执行的业务老老实实地全部承包给你做。你等我的消息！"

老金说完后便挂断了电话，我却有点反应不过来，半响才自言自语地嘀咕道："怎么就等你消息了，钱还借不借了？"

…………

结束了和老金的通话之后，我心情郁闷，付了面钱，走出面馆的一刹那，夜色仿佛更加深邃了，我也随之产生了一阵不知道该何去何从的忧伤。

我就这么一路走回了郁金香路，却又不想立即回家，于是就这么坐在便利店门口的长椅上，望着明显比市中心要冷清许多的街头，连抽烟的兴趣也丢掉了。

我又从口袋里拿出了手机，微信里有一条肖艾发来的未读消息，她称呼我为"点赞狂魔"。

我笑了笑，随即给她回复了信息："第二次去日本的感觉怎么样？"

"有吃有喝，有朋友，挺惬意的！你呢，天天待在南京又是什么感觉？一定很棒吧！"

"怎么就觉得很棒了？"

肖艾过了片刻才回复了信息："看见你发的朋友圈了，真羡慕你在奢侈品店，狠狠奢侈了一把！"

我仰起头笑了笑，然后将手机放在一边，给自己点上了一支南京香烟，我想吸完这支烟，再回复肖艾的信息。

却不想，肖艾又发来了一条信息："对了，江桥，袁真这边还有点闲钱，能抽出来给琴行做装修用。你发个账号给我，明天我去这边的银行汇给你。"

我盯着这条信息看了许久，心中有点不是滋味，说好这个琴行是我们一起合作的，现在所有的事情都是她在做，那又怎么能算是合作呢？

沉默了半晌，我终于给肖艾回复道："钱的事情我有办法，你就别操心了。"

"你借到了？"

"问题不大，你就放心吧。"

"行吧，那我就先不和袁真借了。装修的事情，等我回去咱们商量一下，就可以着手去做了。"

"你什么时候回来？"

"这次在日本的时间比较长，大概会待五天到七天，中间要转场的。"

肖艾的回答让我略微松了一口气，因为留给我筹钱的时间还算充裕，毕竟老金那边还可以再争取一下，实在不行，就哭着去找罗素梅。

…………

转身去便利店里买了一包香烟，再出来时，路边停了一辆出租车，随后便看到苏菡从车里走了出来，她似乎放弃了司机找给她的零钱。

我就这么看着她在路灯的光影中，沉默不语地向我走来。此时的她，至少已经是一个收入颇丰的女人，却不追求名牌，也不像曾经打扮得那么个性。她穿了一件很简约的长款开衫，脚上是一双普通的皮鞋。这是她的改变，以至于让我忘记曾经还有一个女人叫余娅，其实也是她。

我和她在便利店的霓虹下四目相对，我记得她是抽烟的，便拆开烟盒，抽出了一支递给她。

"不抽烟了。"

我有些意外，但也没有勉强，将那支原本打算给她的香烟放进了自己的嘴里，点燃后吸了一口，对她说道："我今天去找过乔野，他被关禁闭了，他父母不同意他和秦苗离婚，秦苗的父母也不同意，事情恐怕僵住了，你得有个心理准备。"

苏菡陷入了沉默中，我也不知道该怎么劝慰她，只能用一种同情的目光看着她，她手臂上的文身还在，却被她刻意地遮挡了起来，只有手腕上的那一小块还若隐若现。这个女人为乔野改变了太多，无论是从苏菡变成余娅，还是从余娅又变回苏菡，每一次的改变都一定伴随着刻骨铭心的痛。

便利店门口，闪动的霓虹下，她终于开口向我问道："乔野呢，乔野他现在是什么想法？"

我实在不知道怎么开口，片刻才回道："他说，要秦苗把孩子生下来，然后由他带到国外去抚养。我觉得这个想法太不切实际了！"

却不想苏菡回道："为什么不实际？我不介意抚养他和秦苗的孩子。"

"就算你不介意，但秦苗她能放手吗？他们双方的父母又能放手吗？你和乔野都是有独立人格的成年人，但是在这件事情上，我真的不知道你们是怎么想的。"

我的极度不理解并没有影响苏菡的情绪，她平静地对我说道："在孩子这件事情上，我尊重乔野的立场，他的想法其实很简单，很单纯。他说，如果这个孩子交给秦苗和他的家庭抚养，以后就是另一个乔野，任性、孤独且极度缺乏安全感，因为他的家庭从来就不像是一个家，每一个成员都是冷漠的，有的只是赚钱的欲望，尤其是他的父亲。而孩子如果由我们带到国外去抚养，我们一定会给他（她）最温暖的家庭和最好的教育。跟我们在一起，对孩子来说，是最好的归宿。"

这一刻，我只感觉自己的认知被挑战，被颠覆。

一直将手中的烟吸完，我才抬起头看着苏菡，回道："你的话听上去很有道理。可是秦苗，还有乔野的父母，一个字都不会听进去。"

"我知道。"

也不知道是苏菡的话影响了我的心情，还是因为这个夜晚过于黯淡，我心中一阵阵酸涩，我又向苏菡问道："你自己是怎么想的，以后又有什么打算？"

"你帮我转告乔野，我会一直在南京等他，等他自由了，继续过属于我们的生活。"

苏菡的态度让我感觉到了事情的棘手，因为当事人没有一个是肯退步的。那么，这种纷争一定会无限期地延续下去。

我无法想象，乔野的父母如果知道苏菡也来到南京后，又会对她做出什么事情。而此时此刻的苏菡，已经不是几年前可以单纯用钱打发的那个她了。

…………

离开便利店，我独自回到住处后，已经是深夜十二点。我无心睡眠，便躺在床上拿出了平板电脑，我想看看今天晚上陈艺主持的大型直播晚会的视频。

找录播的过程中，我意外在网上看到了一则新闻，是关于陈艺的。她在这场晚会中因为报错了观众投票的热线号码，导致了很严重的直播事故，也严重影响了晚会的质量。

我先是一阵惊愕，更是在难以置信中无法相信自己的眼睛，一向稳重的陈艺怎么可能会在直播中出现这么大的失误呢？而且她为了这场晚会准备了这么久，应该是带着最佳状态去主持的。

我赶忙放下了手中的平板电脑，披上外套下了床，来到了陈艺家的小院门口。

我一连敲了几次门，可是都没有人回应，趴在门缝往里看了看，屋子里也没有一丝光亮。

我立即为她担心了起来，这应该是她主持生涯中最大的一次挫折了，而且还是在这么大型的直播晚会上。

在她家门口站了一会儿，我还是决定给她打一个电话，但她的手机处于关机的状态中。

在一起生活了这么久，我实在是太了解她的性格了。每次受了伤，或者走进人生低谷时，她总是默默地自己承受着。此刻的她，一定在某个别人看不到的地方，也许哭泣，也许无助地走在没有边际的夜色中。

我的心因为她的痛而痛着。我一点儿也不想休息了，当即便走到巷子口，随后拦了一辆出租车，去了她在电视台附近的家。

我也不知道自己能够为此刻的她做些什么，但就是本能地想站在她的身边，陪她熬过这个失意低落的夜晚。

…………

深夜的道路很通畅，二十分钟后我便到了丹凤街。我就站在陈艺家楼下，仰头看着她住的那个楼层，也是漆黑一片。我犹豫了很久也没有勇气上去，因为那里有她的父母，他们是我在这个世界上最不愿意面对的人，而且我也不确定陈艺是否回来了。

点上烟，我就这么迎着夜色坐在楼下的长椅上，也终于体会到了当初自己去台北之后杳无音讯，陈艺满世界找我的心情。

我们可以不谈恋爱，可以对彼此说绝情的话，但是在对方过得不好的时候，我们还是那个最为彼此牵挂的人！

因为二十多年的朝夕相处，我们已经是这世上最亲密的人。

踩灭不知道是自己抽的第几支烟，我终于抬起了一直低垂着的头，我的视线里尽是虚弱的霓虹，我早已经习惯了这样的夜晚，可是又很在意因为不能彼此联系而产生的距离。

我们都是活着的人，不是那些一动不能动的楼，为什么就不能在此刻靠近一点儿呢？

我又尝试打陈艺的电话，可是一次也没有接通过。哪怕知道自己的行为很傻，更改变不了什么，但还是心甘情愿等待着。

时间伴随着黑夜一点点从我的身边流走，遥远的东方露出了一抹鱼肚白，天快亮了。

|第213章| 她的事业危机

原来，黎明来临前的南京才是最安静的，连那些喜欢过夜生活的人也在此刻陷入了睡眠中，我用有些冰冷的手重重从自己的脸上抹过，本以为自己会清醒一些，大脑却仍和糨糊一般，我实在是熬不住了！

我给陈艺发了一条短信："开机了给我个电话，担心你。"

发完这条信息，我便拖着疲乏的身子走到了小区外，随后拦了一辆出租车回到了郁金香路。

回到家，我懒得洗漱，整个人重重地倒在了床上，尽管迷迷糊糊，但还是过了很久才睡了过去。

我做梦了，梦见了陈艺，我们坐在一条很干净的河边，空气却有那么点干燥。刺眼的阳光下，她告诉我，她太累了，她现在拥有的一切都不是她想要的，然后她就离开了我，顺着河流向最远的地方奔跑而去，那只她最心爱的手提包却落下了。

梦中的画面，有那么一点儿无厘头，却触动了我的情绪，让我在梦中也无法安稳。

…………

我在睡觉之前，将手机的来电音量调到了最大，而且就放在自己的枕边。以至于手机铃声刚刚响起，我就被惊醒了。

我只是愣了一秒，便赶忙拿起了手机，电话并不是陈艺打过来的，而是金秋。

我长长吐出一口气后才接通了电话，那头当即便传来了金秋愤怒的声音："江桥，你人现在在哪儿？"

我因为刚刚睡醒，大脑有点蒙，愣了一会儿之后才回道："在家。"

"你哪儿也别去，我现在就去找你。"

我仿佛能感觉到电话那头的火药味，想问点什么的时候，金秋已经挂断了电话，而我这才清醒了些，回忆着她为什么要用这种口气和我说话。

此刻已经是中午十一点半，我这一觉睡得够长也够死，可在这么长的时间里，陈艺仍没有回电话，这让我心乱如麻。我又产生了想去找她的冲动。

院外传来一阵急促的敲门声，我精神颓废地走到屋外，打开了院门，金秋那愤怒的目光就直直地戳在我的身上，我抹了一把脸向她问道："干吗用这种眼神看着我？"

"江桥，你一个大男人，和我有了矛盾，就跑到我爸那边去诉苦，去告状，让他和我闹，你好意思吗？"

"什么啊？"

金秋咬牙切齿地看着我，然后从自己的手提包里拿出一个文件袋，重重拍在石桌上，对我说道："你要借钱，是吧？我给你，但是麻烦你以后不要再和我爸碎嘴，我现在没有精力应付你，更没有精力应付他！关于咱俩之前合作的事情，这次就算你同意将定价权交给公司，我也没有兴趣再和你合作，因为我生平就没见过你这么麻烦的男人！"

我总算听明白了，原来老金真的把我昨天说的话放在心上了，然后去公司找了金秋。老金的脾气我很清楚，他肯定把动静闹得特别大，让一向强势的金秋很下不来台，所以就有了眼前的这一幕。

我想和金秋解释，我找老金只是为了借钱开琴行，并不是要老金去为我出头，而我也早就没有了承包婚礼执行业务的想法，是老金自己把局面搞复杂了。

刚准备开口，金秋又余怒未消地对我说道："江桥，钱我现在已经给你了。你以后最好不要再出现在我的生活里，至少这段时间给我消停点。如果我爸再因为这个事情去公司和我吵闹，咱们那点儿友情也就没有必要再维持下去了。我真的很看不上这种自己没本事，还硬拖着别人下水的男人！"

"你到底在说些什么？！"

我的愤怒完全不被金秋放在眼里，她就这么瞪着我。

快要爆发的冲动已经收不回来，我重重拍着石桌，怒道："你是海归，是博士生，是女强人，光芒可以闪瞎你身边的每一个人。我江桥就是没出息，没本事。我他妈高二就辍学了，没有去你爸婚庆公司上班之前，给工厂投简历，我都会写成高中学历，我就是怕别人不要我！这些年，我为感情执着，为了工作起早贪黑，可是打工六年，拼了六年，六年的梦想破灭，我一事无成，挥洒掉的青春全部成了垃圾！但金秋，是不是这就代表你的痛苦才算痛苦，我江桥就活该被误解、被中伤！"

愤怒和痛苦交加，让我艰难地咽着口水。

金秋看着我，她的面色渐渐缓和，许久之后才收起之前攻击的态度，低声对我说道："你不用妄自菲薄，人生的事情谁也说不准，也许有一天，你江桥就能在一夜之间翻身，拥有别人穷其一生都无法想象的财富。过去和现在对你而言，只是一场黎明到来前的磨难！"

"我不需要你用这种方式安慰我。我江桥就是一个埋头做事的男人，我只想靠自己的双手去过上理想的生活，我的能力有限，所以理想和目标也没有你们这些人宏大。我要的只是丰衣足食和朋友们的尊重！"

金秋沉默，然后在沉默中离开了我的院子，我不想去看她的背影，因为她的背影里充满了距离感和冷漠。

…………

正午刺眼的阳光下，我将头埋在了冰冷的井水里，直到确定自己真的冷静下来了，我才抬起头，没有擦掉的水滴顿时便顺着脖子流进了衣服里，又是一阵冰冷的感觉。

我用毛巾擦掉了脸上的水渍，在石凳上坐了下来，然后将文件袋里面的钱全部倒了出来，竟然足足有十五万的现金，比我需要的还多了五万。

这是一笔让我感到屈辱的钱，却也是一笔我不得不收下的钱。因为我真的太需要钱了，我的人生已经没有退路可走，我必须要和肖艾经营好艾桥乐坊。虽然我们留在南京，以此为事业，可是和亡命天涯也没有什么区别，而现实生活就操着一把沾着鲜血的利刃，在我们的身后追赶着。

我将这笔钱放进了自己的抽屉里，泡了一碗方便面，坐在院子外的台阶上吃着，我还在等陈艺的电话。我已经想好了，如果手中的泡面吃完，她还没有和我联系的话，我就去她家，哪怕是面对她的父母，也要知道她现在在哪里，此刻的状态如何。

等待的过程中，我再次将手机拿了出来，在上面找着与陈艺有关的新闻。

我再次被惊住了，媒体又爆出，陈艺在艺安传媒主持的一档娱乐节目也被停播了；同时，她们台里的领导更是表示这次的直播事故完全由陈艺个人负责，官方将会无限期暂停她主持大型晚会的资格。

我终于可以确定，陈艺的事业跌入了低谷，而一直站在她身后的邱子安也没有在这个时候对她施以援手，反而停掉了她的节目。没有人可以肯定邱子安是不是真的在感情上放弃陈艺了，但在事业上，他是真的放弃了！

这样的直播事故，我认为不足以毁掉陈艺的主持生涯，只要有人肯为她做公关，她也可以借这个时间休息一下，等风头一过，这次的直播事故也就淡去了，现在局面却往最不好的方向发展着。

我一点儿也坐不住了，用最快的速度锁上了院门，然后一边将外套穿上，一边往巷子外跑去。

等待往来出租车的过程中，我的手机再次响了起来，这次终于是陈艺打来的。我的心在剧烈地跳动着，我希望她能够平和地面对自己现在的处境。

我接通了电话，当即便问道："你人在哪里？我这就过去找你，你的新闻我都看到了！"

陈艺的情绪比我想象中要稳定，她语气平静地对我说道："江桥，你不用来找我，我已经不在南京了。"

我屏息聆听着，听到了她那边传来了海浪的声音，她此时此刻真的不在南京。我想安慰她，却怎么也找不到合适的话，能保证她听了之后会舒服一点儿。

"江桥，你不用为我担心，我就是想一个人静一静，没什么问题的。我现在面对着的是大海，再过几个小时，黄昏来临，会更美的！"

"陈艺，你听我说，这个时候你应该待在南京，为自己做一些公关活动，否则真的会影响你以后的工作！"

"我现在什么也不想听，我并不是在逃避，只是真的累了。不要再打扰我了，好吗？让我自己在这里待上几天吧。"

我又心痛又心急，抢着在她挂电话之前又说道："我没有办法不担心，你告诉我，你到底在哪里，不管多远，我都保证在黄昏之前赶到。"

"好好留在南京，好好珍惜肖艾，好好做你自己的事业，我有自己的路要走，真的不需要你再为我做些什么了。"

说完这些，陈艺没有再给我说话的机会，她就这么在我的焦虑和担忧中挂断了电话，我的世界仿佛在一瞬间被冰冻了。

我不忍去想象黄昏来临时，她站在大海边伤心孤独的样子。

因为她的痛苦，是她自己的，也是我的。

可是，我到底该怎么做？

第214章 回头太难

结束了和陈艺的通话，我逼着自己尊重她的想法，让她一个人在陌生城市的海边静一静，可因为担心，我整个下午都在恍恍惚惚中度过。

傍晚快要来临时，我去了附近的一个广告用品制作公司，初步沟通了一下宣传物料的制作价格，而关于装修的事情，得等肖艾回来，我俩一起去装修公司商讨方案。

目前，我可以做的事情并不多，只能做一些零零碎碎的。

忙完了这些，夜晚也披着黑色的外衣降临在这座万家灯火点亮的城市。我随着人潮挤进了夜市，要了一碗汤面，算是今天的晚餐。

眼前川流不息的人群与明亮的灯光交织在一起，好似将我隔离在一个空气稀薄的角落里，让我有点窒息，为这个世界的是是非非伤神。

吃面时，肖艾给我发来了一条语音消息："你在干吗呢？"

"在夜市吃饭，你呢，吃过了吗？"

"今天晚上有演出，这会儿正在后台化妆呢。"

"那你好好演！对了，装修的钱我已经弄到了。"

肖艾的语气有点意外，她问道："和谁借的，是陈艺吗？"

这笔钱来得有点戏剧，好像是我在老金面前搬弄是非，金秋为了摆脱我这个麻烦，才在一怒之下给我的，这种解释不清楚的感觉，让我感到有点耻辱。

过了许久，我才回道："不是陈艺，是和别人借的。"

肖艾也没有纠结于这个"别人"是谁，她又向我问道："陈艺她还好吗？今天下午有同事给我看她的新闻了，她是不是真的被台里封杀了？"

肖艾主动提起陈艺，我的心中又是一阵五味杂陈，我也想知道此时的陈艺是什么心情，是什么处境，可是我已经没有办法联系上她。

我回道："只是一次口误，不是生活作风和思想品德上的问题，还不至于被台里封杀。不过处境不好是真的，特别是邱子安主动停掉了她在艺安传媒的一档娱乐节目，造成了外界的很多猜测，这对她本人非常不利！"

这一次，肖艾过了许久之后才回了信息："那你多安慰安慰她吧。"

我没有立即回复，我不知道这是不是肖艾的心里话。而我也安慰不了陈艺，因为我连她此刻在哪里都不知道。

肖艾仿佛能够看穿我的心思，她又发了一条文字信息："江桥，你自己是怎么想的，就大胆地去做，不用揣摩我是什么想法。在我的爱情观里，面对大是大非，千万不要给对方造成困扰，理解有时候比制造矛盾冲突更有效果。因为即便你有一万种方法可以困住男人的身体，可当他的心想离开，却只要一秒钟就够了！"

这段说长不长，说短也不短的文字里，我可以读到的内容实在是太多了。她似乎第一次把我们之间的事情，用她的爱情观去解读，这意味着我们已经是男女朋友了吗？

这段感悟，又好像是她从自己父母那段失败的婚姻里总结出来的。我觉得很精辟，不仅适用于女人，也适用于男人，因为人的心实在是太善变了。很多时候，我们都在因为爱情而讨好着对方。

时间就这么在我的思前想后中过去了十分钟，我没有及时回复肖艾，而她又给我发来了一条消息："演出要开始了，今天晚上我就不给你发信息了，提前说一声晚安。"

我这才回复道:"你说的话我都懂,祝你演出顺利,晚安!"

…………

回到郁金香路上,我又遇见了苏菡。她是来找我的,没有什么特别的事情,就是想有个人能聊聊天,她在南京并没有太多朋友。

梧桐饭店里,我要了几瓶啤酒,苏菡喝着白开水,我们虽然面对面坐着,但谁也没有立即开口说话,这种短暂的沉默,营造出一种"同是天涯沦落人"的惆怅气氛。

等苏菡的一杯白开水喝完,我才向她问道:"你现在住在哪里?"

"酒店。"

"乔野那边也不知道是什么情况,如果你打算长期留在南京,还是先租个房子吧。"

"你帮我留意着吧。"

我点了点头,随后又陷入了沉默中,实际上此刻我们没有心情去聊这种生活中的琐碎,可那些放在心里惦记着的事情,即便翻来覆去地聊,也不能改变什么,所以便造成了我们此刻无话可说的局面。

就在此刻,一直摆在桌面上的手机响了起来,我拿起看了看,是秦苗打来的。

我看了看在对面坐着的苏菡,然后离开了座位,一直走到饭店门口的梧桐树下才接通了电话,向秦苗问道:"有事儿吗?"

"你人在哪里,我去找你,咱们见面再聊。"

苏菡和秦苗碰在一起终归不是一件好事,为了让她们避开对方,我便回道:"还是我去找你吧。"

…………

这个夜晚,我就这么周旋于乔野的两个女人之间,我和秦苗在新街口的一家咖啡店见了面。我还是要了啤酒,秦苗与苏菡一样,喝的白开水。

"江桥,陈艺和你联系了吗?"

"怎么了?"

秦苗说道:"她爸妈都快急疯了!陈艺连一句口信都没留下,就离开了南京。要是平常就算了,你也知道她现在是什么情况,别人能不为她担心吗?"

秦苗的话让我感到惊讶,原来陈艺这次真的是放下一切离开南京的,而在她最亲近的人中,我也不是唯一一个不知道她下落的。

秦苗又说道:"我总觉得她心中对叔叔阿姨有怨,所以才会不辞而别。这些年,她的心里有太多不能释怀的东西,这不仅仅是家庭,还有感情上面的无奈。江桥,你如果知道她的下落,就赶紧说吧,你不愿意去找她,那我去。她现在的状态实在是太不好了!"

"白天的时候她和我联系了一次,可是怎么也不肯告诉我她在哪里,她就说想一个人静一静,让我不要打扰她。"

秦苗看着我,许久之后才叹息道:"我也真是不明白,我和陈艺到底哪里不好了,为什么总是在生活里磕磕碰碰,就没有过过一天安稳的日子。我们明明可以选择一百种比现在更好的生活方式,可偏偏就走上了这么一条最极端的死路!"

我看着秦苗,她的眼中含着不肯掉下来的泪水。我终于知道,这些年她身边最好的朋友为什么是陈艺，因为她们总是会在对方受伤时感同身受。

片刻的沉默之后，我向秦苗问道："其实我也一直想问你，你和乔野之间的事情，准备怎么处理？"

"离婚，除了离婚，我没有其他选择，因为他的心已经收不回来了，我不想再毫无底线地去挽救这段名存实亡的婚姻，我真的已经够丢人的了！"

"可是我听说，你爸妈和乔野他爸妈都坚决不同意你们离婚。"

秦苗低下头，手握住茶杯转了一圈又一圈，才低声回道："这就是我和乔野最可悲的地方，几年前我们也是这么被逼着结婚的。不同的是，那时候的我对这段婚姻还有希望，我觉得只要自己够努力，身边这个永远长不大的孩子，总有一天会被我的付出感动，可他最后还是义无反顾地回到了苏菡那里。最可悲的是，我直到现在都不知道抢走自己丈夫的女人是什么样子，更别提她的为人性格了。一切就像是在做梦，既然是梦，就总会有醒来的那么一天。"

我点了点头，秦苗的这段话足够概括她和乔野的这些年了，却解决不了他们正在面临的问题。

"江桥，你和苏菡也算是朋友，你能告诉我，她到底是个什么样的女人吗？我到底哪里没有她好？"

我欲言又止了数次，终于下定决心对她说道："曾经的苏菡能够给乔野除了钱以外所有的一切。现在，她连和乔野在一起的物质生活都有能力保障了，所以她更不想放手。你和苏菡之间并没有谁好谁坏，只是爱情有先后，苏菡在对的时间遇到了乔野，乔野已经把对她的爱情变成了一种依赖和习惯，这是最戒不掉的。"

秦苗看着我，半晌之后才回道："如果你说的是对的，那么你和陈艺之间呢？难道你对她就没有依赖和习惯？还是她对你不够依赖，不够习惯？江桥，你知道的，要说条件，你没有办法和陈艺身边的任何一个追求者相比。可是这些年，她为什么最在意的还是你？我想，就是因为你说的习惯和依赖太难戒掉。你江桥应该是这个世界上最潇洒的人了，因为二十多年的习惯和依赖，你也好像在谈笑之间就给戒掉了！听说，你已经和金鼎置业肖总的女儿走到一起了。"

我心中无数情绪在翻涌，却看着秦苗身后橱柜里的手工艺品发呆。

我终于回道："随便你怎么认为，反正事情已经走到这一步了，想回头太难！"

"有多难？还能比我和乔野之间更难挽回吗？"

…………

深夜来临前，我回到了自己的住处，我终究还是没有回答秦苗在分别前提出的那个问题，我真的很不想去面对！

躺在床上，我点上睡前的最后一支烟。

我做出了一个生平最大胆的假设，如果我的生命中没有出现肖艾，我会用什么态度去面对此时此刻的陈艺？

我一定会发了疯般地去找她，而她也不会向我隐瞒她此刻在哪里。

在这种磨难的刺激下，那些无法磨灭的感情一定会刺激我们旧情复燃。然而，这只是假设。

这个世界，一直在变的不仅仅是天气和环境，人与人之间的关系也是会改变的，而这种改变就是催生出各类情感悲剧的根源。

我还是无法坦然地睡去，漆黑一片中，我从枕头的下面摸出了手机，盯着陈艺的手机号码一阵阵失神。我知道，此刻的她一定还没睡，却无法联系到她，这种感觉让我无比难受。

我开始用手机拼命地去找一些可以鼓励人振作的心灵鸡汤，然后逐一用微信发给了陈艺，我不知道自己这么做到底能不能起到作用，可还是被一种本能驱使着。

陈艺当然没有看到这些信息，手机安静得像一块立在海浪之中的石头，那微弱的屏幕光却照出了我此刻的全部烦恼，我失眠了。

我穿上衣服，像一只好斗的公鸡，与挂在院子里的沙包展开了长达二十分钟的肉搏，直到汗水弄湿了我的上衣，直到没有一点儿多余的精力去想起生活里的一切是非，我才终于停了下来。

看着有点空的院落，我感觉自己是一个有点病态的孤独症患者，因为我总是会在这样的深夜里，做完一件事情后，不知道接下来该做什么，只有自己一个人的时间，总是会变得极其难熬。

摆放在桌子上的手机忽然发出了彩色的光，我不知道从哪里来的力量，一瞬间便从地上弹了起来，终于有人给我发来了信息，一定是陈艺！

"江桥，你明天早上给乔野送一部手机过来。"

我被这个陌生的号码弄得有点蒙，心中更是一阵阵失望，以至于半响后才回道："你谁啊？"

"一个被乔野收买的保安。"

我无语了，又回道："你不是被他给收买了吗？干吗还让我买？你买不就完了吗？"

"一分钱还没拿到呢，就想让我花钱，没门儿！对了，乔野让你别抠门，手机买好一点儿的，等他出去了，就还你钱。"

我被这个猴子派来的救兵给弄得哭笑不得，将手机扔回到桌子上，抬头看了看天空，只感觉夜色更加迷离了。

我的院子是一个天堂，风都是带着幻想吹进来的，可是院子的外面就是一张现实编织的网，网里装满了兴奋不安的欲望。

我终于有点犯困，这个夜晚于我而言就这么结束了。至于明天，还是赶紧化成一阵带着温度的风吹过来吧，别让人太绝望。

第215章 凡事有人陪

这一夜，我睡得断断续续，清晨五点，我便没有了困意，但也没有起床，就这么披着外套坐在床上，看着阳光一点点驱散了黑夜。等一阵暖风吹动了院子的花草，芬芳也就从打开的窗户飘了进来。

暮春时节，天气真是好到让人不好意思带着负面情绪生活。看着阳光慷慨地散落在院里，我好似看到了乡下每年这个时候都会盛开的油菜花，几只狗藏在这片金黄中撒欢，一群鸭扑腾着翅膀在水中游着。

我又想起了小时候，那时的郁金香路还和乡下没什么区别。天空很蓝，我们沿着夕阳落下的轨迹奔跑，累了，就躺在小河边的青草地上，一边喘息，一边迎着吹不停的暖风，望着飘浮在天空上的云彩。

要不了多久，我的母亲杨瑾就会站在巷子口喊我回家吃饭，陈艺就像是我身体的一部分，如影随形地走到我家门口，然后与我挥手道别。

也许，我在八岁那年就已经爱上她了！因为她的每一次道别，都会让我惆怅好一会儿，然后在渐渐灰暗的天色中期待明天的再次见面。

可如今，我们真的好像成了天空上的两片云彩，顾不上回头去看彼此一眼，已经被风给吹散了。

太快了，时间真的走得太快了，来不及缅怀，嗖一下就不见了影子。

闭上眼睛，海浪声像歌一样传来，来不及享受，便看到海岸线的尽头，陈艺就这么孤独地站着，扑面而来的海风吹乱了她的头发，刺眼的阳光下，她的身影越来越模糊，最后只剩下海浪声是真实的。

当我睁开眼时，所有的画面便破碎了，一切只是我的幻想，却又真实发生过，只是陈艺没有让我参与进去罢了。

…………

八点的时候，我起了床，简单在巷子外吃了个早餐后，便去了附近的一个手机卖场，花了六十八块钱买了一部整个卖场里最便宜的二手智能手机，又用自己的身份证办了一张手机卡。确定能用之后，才装进口袋里，坐着公交车去了乔野家。

下车之后，我立刻给那个被乔野收买的保安打去电话，却不想刚刚拨通他便挂断了，然后给我发了一条信息："工作时间不方便接电话，有事情发信息说。"

我暗自郁闷，第一次见到被收买的保安还这么有敬业精神的，却也无奈地给他回了短信："我是你昨天打电话联系的江桥，手机我已经弄来了，你在哪儿收货？"

"保安室门口的斜对面有一个凉亭，凉亭的后面有一个垃圾箱，你就放在垃圾箱的下面，我待会儿休息的时候过去拿。对了，凉亭上有监控，你猫着点腰，别让监控拍到你。"

我发了一个流汗的表情："一个破手机至于弄得像拍谍战片吗？"

"万无一失才好，谁知道董事长会不会到保安室调录像看！"

我被这个保安的谨慎弄得有点崩溃，半晌才又回道："那你找个没有监控的地儿不就完了吗？"

"太远的地方，没有明显的坐标和参照物，我不方便找。近的地方都有监控。为什么要选这个凉亭？就是因为这个凉亭能替你挡住上半身。我都侦察过了，你从南边绕过去，最安全！"

"这么滴水不漏，你怎么不去做特工！"

保安回复了我一个咧着嘴笑的表情，回复道："我做了两年保安，最擅长的事情就是这个，我们公司的很多监控还是我和供应商一起安装的呢，哪里是监控的死角，我最清楚。特工我是做不了，但做保安我还是很专业的。"

我没有心情和这个保安继续臭贫，回复"知道了"后，便按照他的要求将手机放在了垃圾箱的下面。

我没有立即离去，站在远处，向一栋栋豪华的别墅看去。这里住的大部分人非富即贵，可他们真的快乐吗？

至少，我看到的是被囚禁的乔野，还有一个被他收买，也许并不怎么靠谱的保安。似乎这里的每一个人都是为了演戏而生的，他们的生活就是一部戏。在这部戏里，每一个人都是一样的面孔，为了名利如履薄冰。

片刻之后，我真的看到一个保安从小区里走了出来，靠近凉亭时，他便猫着腰前进，不一会儿就将我留下的手机给带走了。

我只看清了他的身材和侧脸，原来是个年轻人，难怪会被不靠谱的乔野收买。

有这么一刹那，他的身影和我脑海中的赵楚重叠了，他们一样瘦弱，一样小小年纪就刻苦钻研生活中的漏洞，性格里还带着一点儿坚忍的幽默。

我咬着牙，眼泪仿佛是被风给吹出来的，我想赵楚了，想这个曾经为了我和赵牧而辛苦活着的男人！

…………

三天后，秦苗给我发了一条信息，她告诉我，陈艺此刻就在青岛，是自己连夜开车去的，已经独自在那边待了四天。

我问她能不能确认这个消息，她给了我很肯定的回复。她说，陈艺昨天给她的家人打了电话，算是报平安，现在她的父母都已经赶到青岛了。

我心里的一块石头终于落了下来，可心情依然沉重，因为不管陈艺走多远，她终究还是要回南京的，而在南京她不想面对的东西实在是太多太多。

这个下午，我买完烟，便恍恍惚惚地坐在便利店门口的长椅上，在心中计划着琴行未来的发展思路。

黄昏在不知不觉中到来，我舒展了一下身体，终于从长椅上站了起来，看着夕阳，心中念叨着：她也该从日本回来了吧。

往远方眺望了片刻，我才从口袋里拿出了手机。我想给她发一条信息，我对她的关心，不能仅仅停留在点赞朋友圈上。

"你今天会回来吗？如果能回来，我现在就去买点菜，给你做夜宵。"

信息发出，我将手机握在手中，然后漫无目的地望着被夕阳染成一片金黄的郁金香路。

我最爱的还是它淹没在黄昏中的样子，尤其是路两边那些刚刚长出树叶的梧桐树，风一吹来，好像在诉说着对夏天的渴望。

是的，我最爱的就是夏天，聒噪又充满热烈，生机勃勃的夏天。

一辆公交车在不远处的站台停了下来，放眼望去，一个熟悉的身影随着人群下了车。

缘分真是妙不可言，就在我期待一阵夏风吹过时，肖艾刚刚好出现了。我们之间只是一个眼神的交错，目光便开始在狂热中闪烁。

我喜欢背着吉他的她，更喜欢穿着长裙的她。

"江桥，我回来了。"

我接过了她的行李箱，笑着问道："为什么不早点告诉我，要不然我现在都已经做好晚饭了。"

"要是这样的话，就是你给我惊喜，不是我给你惊喜了。我还是觉得，两个人一起去买菜做晚饭才有意思，因为对两个人来说都是一种有参与感的惊喜。"

我欣然接受了她的说法，然后将她的行李和吉他都寄存在了便利店，我们并肩向附近的菜市场走去。

这一刻，我不愿意再去回想曾经，也不愿意规划未来，我享受的只是这种凡事都有人陪着的充实感。

"今天晚上喝点啤酒吧，庆祝你在日本的演出大获成功！"

"好啊，要是喝啤酒的话，得买一点儿凉菜。"

"鸡腿行不行？"

"不行，太油腻！"

"凉拌海带行不行？"

"哎哟，你现在先别想这么多，到了菜市场再看。"

"嗯，对了，啤酒你想喝什么牌子的？"

"……"

我全然不顾肖艾的感受，就这么在她的耳边喋喋不休着，我好像找到了治愈孤独症的药丸。

我喜欢这样细水长流的平凡生活，何必处处充满戏剧化呢？

|第216章| 缺斤少两

鱼龙混杂的菜市场，依旧是这个社会的缩影，诚恳的菜贩用汗水赚着良心钱，当然，也有不诚恳的，变着法缺斤少两。

世界就是这样，好坏虽然对立，却又彼此参照。

买西红柿时，我又碰上了无良小贩，他在电子秤上做了手脚。肖艾一个没有这方面生活阅历的姑娘当然看不出其中的猫腻，我拎在手上掂量了一下，便感觉不对劲。

我放下了西红柿，笑着说道："师傅，麻烦你把电子秤重启一下，然后把我买的东西再称一遍。"

"你……什么意思啊？"

"你重称一遍，该多少钱就多少钱。"我说着往斜对面指了指，又说道，"除非你有能耐把手脚做到公平秤上去,这袋西红柿你就是按黄金的价格算,我也认了。"

小贩面露心虚之色,赶忙又拿了两个品相很好的西红柿放进我的方便袋里,示意我不要声张。

我依旧坚持:"你再称一遍,刚刚放进去的两个也算在内,我不占你便宜,你也别占我便宜。人都是靠吃五谷杂粮活着的,站在菜市场这个地方,我觉得人人心中都得有杆秤,尤其是你们,可千万不要糟蹋了顾客的信任,好吧?"

我的语气没有什么攻击性,小贩看了我一眼,也没有极力辩驳,只是闷不吭声地重启了电子秤,然后将西红柿放在上面又称了一遍。虽然他加了两个西红柿,可是和刚刚称下来的重量差不多,这证明他之前确实是在秤上做了手脚。

我没有再计较,更没有声张,只是从钱包里找出五块八毛钱递给了小贩,然后拉着明显还有怒气的肖艾离开了。

…………

回去的路上,肖艾还在计较着刚刚差点被摊贩给蒙了的事情,她说道:"江桥,你刚刚也太便宜那个小贩了吧,像他这样缺斤少两的,就该到菜市场办公室去举报他,最好吊销他的营业执照,让他以后别去祸害其他人!"

我停下了脚步,看着余怒未消的肖艾。

她身上的正义感是我喜欢的,可是因为生活经历的不同,我们确实在有些观点上不一致,有时她能看到的只是单纯的对和错。

我低声对她说道:"你有没有想过,小贩缺斤少两可能只是为了给他的孩子多买一件衣服呢?"

肖艾愣了一下,语气明显没有刚刚那么强烈,她说道:"这也不是可以缺斤少两的理由吧?"

"对,做了缺斤少两这样的事情,他是挺没尊严,挺缺德的。可是,你想过没有,就好比你爸爸,他是做房地产的,一旦市场供需失衡,就开始拼命涨价,涨一次,对平民老百姓来说,可能就要多花费几十万的购房支出,这种涨价行为虽然符合市场经济的规则,属于合法,却不合情理。因为房子可是老百姓安身立命的根本啊!你放眼看去,高房价改变了多少人的命运?可是因为高房价披着合法的外衣,大家在无奈的同时也就认了。反观这些小贩呢,一次缺斤少两也赚不了几块钱,但大家往往会对他们不依不饶,甚至要求吊销他们的营业执照。可是,真的有这个必要做得这么绝吗?"

我的话让肖艾一阵沉默,许久之后她才对我说道:"但你的这种纵容也不对吧?毕竟这本身就是一件错的事情,无论有什么理由,它错误的本质都不会改变!"

"我没有纵容啊,我要是纵容的话,就不会要求他重新将我们的西红柿称一遍了。我只是觉得,大家讨生活不容易,把他的错误指出来就可以了,没有必要把事情做得太极端。何况他们的掠夺,无论如何也不会影响到我们的生活质量,我们又何必砸了人家的饭碗呢?你看,刚刚那个小贩,两只手上都是裂口,显然也不是什么好吃懒做的人,只是能力太有限,改变不了自己的命运罢了!"

肖艾不说话了。

我也没有继续试图改变她的观点。我只是拉着她在路边的一个长椅上坐了下来,而那座废弃的纺织厂就静静地矗立在我们的斜对面,夕阳落在院中的那些杂草上,有些苍凉,也有些悲壮。这可是二十世纪八十年代全南京都有名的纺织厂啊!现在它的身价甚至不够去造一米的城市地铁。

我努力做出一个放松的姿势,然后仰头看着被火烧过一般的天空。不止我,附近的路人中也有三两个停下了脚步,大家都觉得此时此景是人生中很难见到的,就像是电影里的特效,有点迷幻。

我摸出一支烟点上,吸了一口之后喊了肖艾的小名:"如意……"

肖艾看了我一眼,问道:"做什么?"

"跟你说一段往事呗。"

"嗯。"

我将口中的烟吐出,眯着眼睛,盯着眼前的车来车往,片刻之后才说道:"那是很多年前的事情了。赵楚不知道从哪儿弄了几只鸡,就放在我家的院子里养着。大概过了一个月,那些母鸡还真的开始下蛋了。等攒了百来个蛋后,赵楚就趁放假时,准备拿到那个菜市场去卖。去之前,他一直对我和赵牧说,这些鸡蛋大概能卖八十块钱,正好够给我和赵牧一人买一件汗衫。我和赵牧也没什么常识,还真就信了。可是百来个鸡蛋怎么可能会卖到八十块钱呢?晚上回来后,赵楚果然是垂头丧气,什么也没带回来!"

肖艾疑惑不解地看着我问道:"怎么了?"

我沉默了很久,重重叹了一口气,回道:"原来那小子在秤上做手脚了,后来被人给拆穿了,不仅卖的钱全部给退了,连鸡蛋也被菜市场的管理人员全部没收了!我不知道你高中时是怎么过的,反正我们那个时候,学生之间都挺爱攀比的,喜欢穿什么名牌。赵楚他老早就打听好了,换季打折,八十块钱可以买两件汗衫,让我和赵牧在学校也能抬起头走路。可是这小子动了歪脑筋,还差点被别人给揍一顿!"

我停了停,又说道:"晚上,我们三个人就坐在院子里生闷气,赵楚闷了一会儿之后,打开鸡窝,将那些鸡全部给宰了,炖了,吃得我们想吐。那天,他的情绪特别激动,一直说自己窝囊,以后一定要做大老板,再也不想让兄弟们受这样的气。"

说到这里,我有点想哭,嘴唇数次张张合合却再也说不下去了。赵楚是我心中永远也不能愈合的痛,他的离world改变了我对这个世界的认知。

我哽咽着对肖艾说道:"我想做大老板,特别想。这么多年,我不是没有努力过,可是总感觉在关键时候差那么一口气!也许就是我的能力有问题。"

"不是你的能力有问题,其实是你的骨子里并不想做什么大老板。你只是在为别人活着,为了歉疚而活着。"

我看着肖艾,又低下头吸着烟。

肖艾忽然搂住了我,让我靠在她的肩膀上,笑着安慰我:"别难过了,江桥,听你说了这段过去,我也不那么恨刚刚那个小贩了,真的!以后我们就一起做好艾桥乐坊,你也会成为大老板的。"

这句话带给我的感动是汹涌的,我却尝试着推开肖艾:"别让我靠在你肩膀上哭。"

"哭吧，没事儿。以后我靠在你肩膀上哭的时候，你就不敢嘲笑我了！因为你一个大男人都靠在我肩膀上哭过，哈哈！"

　　............

　　夜晚渐渐来临，我和肖艾又去便利店买了一些调料。走出店门时，肖艾突然要我给于馨打个电话，让她也来一起吃晚饭。

　　我不太理解："咱俩好不容易有一起做饭的机会，要不今天就别喊了，反正以后机会多的是。"

　　肖艾白了我一眼，回道："我就说你做音乐培训不专业吧，我们琴行马上就要开业了，不可能所有的乐器都是我一个人教。于馨呢，她的小提琴演奏水平可是我们系里数一数二的，咱们先请她吃一顿饭，也方便提邀请她加入咱们琴行做老师的事情嘛。"

　　我指着肖艾，半晌才说道："真看不出来，你还挺精通人情世故的！"

　　肖艾理了理自己的头发，似笑非笑地回道："我可是金鼎置业肖总的女儿，每天巴结我爸的人没有上百，也有几十个，人情世故这些东西我可比你们见得太多了。"

　　我接着她的话说道："只是有时候不屑去处理？"

　　"知道就好。"

　　说完这些，肖艾便往巷子口走去。我却停在原地，就这么看着她那为了我们的事业而主动放低姿态的背影，而刚刚经历的缺斤少两事件，也加快了我们在价值观上的融合，我们之间似乎并没有那么明显的差距。

　　渐渐地，我感觉到了一股巨大的推力，在这股推力的作用下，艾桥乐坊真的就要从这条郁金香路上扬帆起航了！

|第217章|　不能遗憾一生

　　回到小院，我放下买来的菜和啤酒之后，立即从口袋里拿出手机，拨通了于馨的电话。过了片刻她才接通，我明显听到她那边有点嘈杂，于是向她问道："你在哪儿呢？"

　　"明天好不容易休息，正在朋友家打麻将呢！"

　　"于馨，你堕落了！"

　　于馨爽朗地笑着，然后对我说道："哈哈，没有你说得那么严重啦，就是朋友间玩玩而已。"

　　"不知道你还喜欢打麻将呢。"

　　"生活太乏味了，尤其是晚上。酒吧消费高，我又不爱去，自己也没有个正儿八经的男朋友，所以打麻将也是个不错的选择嘛。"

　　我笑了笑，然后对她说道："别打了，来我家吃饭吧。肖艾今天下午从日本回来了，正好我们也和你商量一点儿事情。"

"什么事情啊？"

"咱们吃饭的时候聊，你赶紧过来吧。"

"好吧，不过得等会儿，我得陪人家把这几圈给打完，要不然也太不厚道了。"

"嗯，你打吧，我们先做饭。"

我说着便准备挂掉电话，却不想于馨又提议道："对了，江桥哥，今天是周末，赵牧明天应该也不工作的吧，要不喊上他一起呗。"

我犹豫了一下，最终还是接受了于馨的提议。

…………

厨房里，肖艾正在洗菜，看见我进来了，问道："给于馨打过电话了？"

"嗯。"

"她来吗？"

"得等会儿，正在和朋友打麻将呢。咱们先做饭，让她吃个现成的。"

肖艾笑着回道："聪明，这样她就吃咱们的嘴短，更不好意思拒绝了！"

我回应了肖艾一个笑容，稍稍沉默后，又对她说道："咱们把赵牧也喊过来一起吃顿饭吧，他整天忙工作，也好久都没有和他聚了。"

肖艾手上的动作当即便停了下来，然后看着我问道："是你的意思吗？"

"吃个饭而已，谁的意思都一样。"

"那你就喊呗。"肖艾接着洗菜，我却感觉到了她情绪上的变化，但我不知道，她到底是从什么时候开始对赵牧避而远之的。

赵牧喜欢她，我也对她动了情，所以这注定会成为我们三人之间的一个结，而不管我们怎么逃避，这个结终究有一天也是要解开的。

我想让肖艾开心一些，便喊道："如意……"

肖艾不理会。

"如意，如意，随我心意，快快显灵！"

肖艾不耐烦地看着我，说道："死人都被你给喊活了，别在这儿骚扰我，做你该做的事情去。"

…………

从厨房走到院子外，我又给赵牧打了个电话，他和于馨一样，也是过了很久之后才接通，语气中充满了工作后的疲惫，他问道："桥哥，给我打电话有事吗？"

"如果不忙的话回来吃个饭吧。"

电话那头的赵牧稍稍沉默之后对我说道："我正在和项目组的人讨论空气源热泵地暖的工程方案，不知道要几点才能结束呢。"

"嗯，要是早的话就过来，反正我们做饭还得有一会儿。"

"我们？除了你还有谁啊，桥哥？"

"还有于馨和肖艾。"

"知道了，我要是去得晚，你们就先吃吧。"

"一定过来吗？"

"嗯。"

赵牧给了个很肯定的答复，我听到有人在叫他处理问题，他甚至没来得及和我说一声再见，便匆匆挂掉了电话。

我回忆着刚刚那个人是怎么称呼赵牧的，好像是赵组长，这至少证明赵牧已经是这个项目其中一个环节的负责人了，而他回南京才半年而已，李子珊和整个金鼎置业对他的器重可真不是一点半点。

因为赵牧是有真才实学的，一些涉及科技且很核心的东西，也只有他这类技术型人才才能搞定。

…………

将比较难熟的菜放在煤气灶上煮着，我和肖艾便坐在院落里，一边聊天，一边等待着于馨和赵牧。

肖艾向我问道："江桥，陈艺她这些天还好吗？"

我摇了摇头，回道："我不知道，她没有和我联系。自从出了直播事故后，她就自己一个人去青岛了。"

肖艾有点不太相信地看着我，又问道："这期间你都没有去找她？"

"这几天我曾经是有想去找她的念头，可是直到昨天晚上，才从秦苗那儿听说她人在青岛，之前谁都不知道她在哪儿。"

"包括你？"

"嗯，包括我，她让我不要打扰她，她有自己的生活要过。"

当我将一切如实相告后，肖艾陷入了短暂的沉默之中，好一会儿才又说道："我以为这些天你会陪着她，看来陈艺并没有这么想。"

我从石凳上站了起来，来到花池的旁边，风将种植在院子两边的桂花树吹得沙沙作响，我在大自然的声音中彻底放空了自己。

时间真是了不起，它缠绕在我们身边，作废了太多的东西，而曾经就像一辆行驶在公路上的卡车，装满了点点滴滴，我们却只能站在两个分属不同房间的窗口看着它离去。

我和肖艾没有再交流，等待于馨的过程中，她一直在玩手机游戏，而我回到厨房做了一道辣炒文蛤。

院子的门终于被推开，于馨来了，她一边跟我们打招呼，一边用手捏起一只文蛤吃了起来，她就是这么一个比较随意的姑娘，再加上大家已经很熟了，所以她更加不拘小节了。

于馨向我问道："饭都煮好了吗？"

肖艾放下了一直把玩着的手机，随后回道："煮好了，都在厨房里放着呢，我去端出来。"

…………

三人围着小圆桌落座，为了等赵牧，也没有立即动筷子。于馨语气中带着一些羡慕向肖艾问道："这次去日本演出的感觉怎么样？"

肖艾回道："这次音乐节，有几个场次的音响效果非常不错，很有国际级的演出氛围，感觉真的挺不错的！"

于馨开着玩笑说道:"团长可真偏心,我进集团工作这么久了,一次国际级的演出都没有派我参加过,每次都是国内的一些小演出。他真不把我们这些体制内的员工放在心上。"

肖艾笑了笑,回道:"你们签的都是几年的合同,团长怕你们国外的演出参加多了,以后没了新鲜感就消极怠工,所以先压一压,让你们保持这份渴望,明年肯定会有很多机会的。"

于馨也笑了笑:"其实是你去国外演出,我还是挺服气的,毕竟你还在学校那会儿,每年都有机会被推荐到世界各地去参加演出。团长派你去,也是看中了你演出经验丰富,专业水平高,不会出纰漏。可咱们团里也不是每一个人都会这么想,听说不少人颇有微词。所以有时间你还是请大家吃个饭吧,再送点小礼物什么的哄哄。咱们这个圈子里的人你也知道,谁不把名利二字放在心里惦记着?可是只要在里面混一天,人际关系就得处理好,要是真的被孤立了,那滋味是挺不好受的!"

肖艾皱了皱眉,显然是被圈子里的那些是非弄得有点不舒服。

于馨和肖艾相处多年,比谁都知道她的脾气,于是又拉住她的手,笑着劝道:"我知道你挺烦这样的事情,那请吃饭的事儿还是我来吧,到时候你只要和我一起去露个脸就行了,剩下的事情交给我,好吧,亲爱的?"

肖艾终于点头,于馨又低声在她耳边说了句什么,这才让她笑了笑。

看着她们之间亲密的模样,我真心为肖艾感到高兴,因为于馨是用真心待她的,而且于馨这丫头情商不是一般的高,处理起复杂的人际关系可以说是游刃有余,所以有她在肖艾身边,真的会替肖艾解决很多生活中和职场上的麻烦。

我又想起了赵牧,这些年经历的种种,让我们的关系甚至比亲兄弟还要可靠,可是总有那么一点儿不如意的地方——我们竟然喜欢上了同一个女人,而这也是我无法与肖艾再往前走一步的原因之一。

我太了解赵牧的性格,他的固执和执着是难以想象的,也正是凭借这样百折不挠的品质,他才能在全国将近千万的考生中脱颖而出,最终考入了清华大学这个在中国代表着最高教育水平的学府。

我始终认为,如果这种相依为命的兄弟情最终因为绞入爱情纠葛中而受伤,那实在是让人无法承受。

于馨伸出手在我的面前晃了晃:"江桥哥,你好像有心事,从我来到现在,都没见你说过几句话!"

"我能有什么心事,你们俩说话都是凑在耳朵边说的,我哪能插得进去话,还不如趁着夜色这么好,装一会儿深沉呢。"

于馨白了我一眼,随后看了看时间,又向我问道:"赵牧怎么还没有来,马上都快八点了!"

"可能是项目研讨会议还没有结束吧。再等二十分钟看看,他要是还没到,那我们就先吃。"

"没事儿,等他来一起吃,咱们这么聊聊天也挺好的。"

715

我点头，然后看了看肖艾，她给了我一个眼神，示意我趁这个空闲和于馨谈来我们琴行教课的事情。

　　我回了肖艾一个明白的眼神，然后便拉了拉于馨的手臂说道："跟你商量个事儿呗。"

　　"嗯？什么事儿？"

　　因为琴行还没有开业，到底能不能盈利还是个未知数，所以在于馨教课的报酬上我也不能许诺太多，只能是先请她友情帮忙。

　　我麻烦丁馨已经不是一次两次，终归有点不好意思，组织了一下语言才对她说道："我和肖艾不是准备合作开一个琴行吗，这次琴行的规模肯定会比以前大很多，所以我们计划能够尽量开齐所有的乐器科目。听肖艾说，你的小提琴水平非常不错，就特别希望你能利用业余时间到我们琴行教课，你看……"

　　我说完后，连肖艾都有点紧张地看着于馨，毕竟琴行的工作和曾经到咖啡店驻场演出不一样，后者比较随意也自由，但琴行就意味着多了一份教书育人的责任，这肯定会在很大程度上增加她工作的压力，因为演艺集团的工作没有外界想象中轻松，而于馨和肖艾不一样，她还是编制内的员工。

　　于馨有点不太高兴地看着我和肖艾，回道："喂，你俩用得着这么紧张兮兮地看着我吗？你们创业，如果我不支持，那还有谁能支持，这事儿我同意！"

　　我和肖艾对视了一眼，心中顿时松了一口气，于馨的加入，让我们对经营好艾桥乐坊更加有信心了。

　　…………

　　又聊了一会儿琴行的事情，时间已经是晚上八点一刻，院门在这个时候终于被推开，西装笔挺的赵牧走了进来，出乎意料的是，他的手上还捧了一束鲜花。

　　我们的目光全部聚集在了他的身上，他穿得太正式了。

　　他来到我们面前，却只注视着肖艾，然后将手中的鲜花递到了肖艾的面前。这个举动让我和于馨的面色同时变得很难看，而肖艾在赵牧这突如其来的举动中不知所措，她也没有想到赵牧会给她送花。

　　赵牧的身体有点颤抖，他在一阵深情凝望之后终于对肖艾说道："我知道自己现在的行为会让你反感，甚至是厌恶。可是，我真的没有其他办法，因为现在想见你一面实在是太难了，我能够和你面对面的机会并不多，所以这对我来说是一个很宝贵的夜晚，我必须要珍惜。我是个很务实的人，我就是喜欢你，希望你能是那个陪伴我过一生的女人。我为此已经很努力了！这段日子，我拼命地工作，拼命地提升自己，前途是一方面，更重要的是希望给自己所爱的女人一份有物质保障的生活。肖艾，嫁给我好吗？我一定会让你做这个世界上最幸福的女人！我有能力做到，请你给我一点儿希望。"

　　赵牧说着便颤抖着从口袋里拿出了一只装着戒指的盒子！

　　院子里陷入了让人窒息的沉寂中，最先开口的是于馨，她哽咽着对赵牧说道："赵牧，你是疯了吗？肖艾对你一点儿男女之情都没有，你现在和她谈婚姻是不是也太可笑了！"

"我没有疯，我只是太清楚自己要的是一份什么样的爱情和婚姻，我绝对不能让自己遗憾一生！"

|第218章| 不要让我觉得你虚伪

肖艾起身来到了赵牧的面前，一巴掌便打掉了赵牧手中的戒指，语气充满厌恶地说道："你不要再用这种方式来纠缠我了，这样只会让我对你越来越反感！我已经不止一次和你说过，我喜欢的人不是你，你喜欢什么样的生活是你的自由，但请你不要把我也幻想进去！"

赵牧面色惨白，看着被摔在地上的戒指盒，很久之后，目光才回到了肖艾的身上，语气非常低沉地问道："那你告诉我，到底是哪个男人可以将你幻想进自己的生活里。"

我的心在疯狂地颤动着，我感觉到自己最不想面对的那一刻终究是要来了。

但肖艾不言语，也没有看着我，她知道我面对赵牧时是什么心情。

沉默了很久的于馨忽然走到了赵牧的身边，她指着我和肖艾，撕心裂肺地说道："赵牧，你真的看不出来吗？还是你一直在故意装傻？肖艾喜欢的人是江桥，她是为了和江桥在一起，才从台北回来的。我真的很想问问你，去追求一份根本不可能的爱情，你不累吗？为什么不能理智地去成全江桥和肖艾，让他们可以没有负担地在一起？"

赵牧失魂落魄地看着我，他一步步地走到我的面前，低声问道："桥哥，于馨说的这一切都是真的吗？"

我不知怎么回答，更没有办法面对赵牧，我们曾经是生死不弃的兄弟，可此刻在我们之间弥漫着的却是一阵针锋相对的火药味。

肖艾走到了我的身边，拉住了我的手，对赵牧说道："是，于馨说的是真的。我和江桥之间经历的这一切，已经足够让我产生和他在一起的想法。爱情是自由的，更没有对错，我会对自己的选择负责。"

赵牧的嘴唇痛苦地颤抖着，他审视着我，一遍又一遍，终于向我问道："我就想知道，你对陈艺姐的感情是真的吗？过去，你口口声声地告诉我，她是你爱了十多年的女人，你真的可以忘记她，重新接受另一个女人吗？"

我灵魂最深处的忌讳，就这么被人给拎了出来，然后无情地拷问着，我仿佛能够听见自己的呼吸声，越来越重，越来越重。

赵牧揪住我的领子，狠狠地摇晃着我："你倒是说话啊！不要让我觉得你虚伪！"

当赵牧对我做出"虚伪"这样的评价时，我什么话也不想再说了，因为此刻我承受的是万箭穿心的痛苦。可是，我真的做错了吗？

我甚至没有看清赵牧是怎么离开的，于馨又是在什么时候走的。总之，院子里只剩下了我和肖艾，还有一桌子根本没有动过的饭菜。

事情怎么就发展成这样了呢？

此刻，我们不是该坐在一起，喝啤酒，聊人生的吗？

今晚，这么好的光景，又到底是谁辜负的？

我有些乏力地坐回到了石凳上，抽出纸巾，擦掉了脸上的汗水，而肖艾就站在离我不远的地方，似乎也丢掉了全部的情绪。

…………

"长江二桥，二桥，二桥——"

毛豆趴在门外，拖着极长的尾音向院子里的我喊道。我转过头看着他，他像往常那样正冲着我挤眉弄眼，手中拿着的是前些天他过生日时，陈艺以我的名义送给他的坦克模型。

毛豆走进了院子里，他从肖艾的身边绕过，来到我的面前，向我问道："二桥，这几天怎么没有看见陈艺姐姐回来啊？她可是答应过我，要带我去看电影的！"

我从口袋里摸出一支烟点上，一连吸了好几口，才对毛豆说道："你陈艺姐姐最近忙，等她回来了会带你去的。"

毛豆爬到我的身上，搂住我的脖子说道："二桥，那你带我去看好不好？我可想看那个动画片了，我们班好多同学都看过了。"

"等你下个星期放假的吧。"

这时，肖艾已经从屋子里拖出了自己的行李箱，自顾自地往门外走着。我赶忙喊住了她："晚饭还没有吃呢，吃过饭再走吧。"

她却没有回头，只是说了一句"累了，不想吃"，之后便离开了我的小院。一直缠着我的毛豆不晓得刚刚到底发生了些什么，非要我现在就带他去看电影。

…………

电影院里，我和毛豆坐在靠后的位置，我一直替他拿着爆米花和可乐，却不能分享他此时此刻的快乐。我的情绪一直沉浸在刚刚发生的那些事情里。我不知道未来的日子里该怎么去面对赵牧，甚至肖艾。我能感觉到她独自拖着行李箱走的时候，心中是有委屈的。

"二桥，可乐。"

我回过神，看了毛豆一眼，将可乐递给了他。他一边喝，一边因为电影里的情节哈哈大笑，而在他无忧无虑的笑声中，我感觉自己跟这个世界有点偏离了，我身处一个该哈哈大笑的环境里，却不会笑了。

电影院的外面，天气有点沉闷，似乎一场属于春末的雷阵雨就要来了，我抱着已经睡着的毛豆，站在人潮拥挤中等待着往来的出租车。

尽管出租车并不少，可是架不住等车的人实在是太多，我一直也没有等到车，而郁金香路因为比较偏，并没有地铁经过，这个点更不会有开往那边的公交车，所以只能这么苦等着。

天空开始电闪雷鸣，毛豆也醒了，他揉了揉眼睛问道："二桥，我们到家了吗？"

"你睡傻了吧，自己抬头看看在哪儿。"

毛豆四处看了看，抱怨道："二桥，你打摆子了啊，怎么还在这里？"

"你有能耐下来打个车给我看看。"

毛豆"嘿嘿"笑着，还是赖在我身上一动不动，豆大的雨水也在这个时候落了下来，所有站在路边等待的人，纷纷退到了大楼下面的长廊里，企图避开这阵没有什么预兆就来了的雨水。

雨水"啪啦啪啦"地落着，毛豆又犯困了，梦话一般地在我耳边说道："二桥，你对我这么好，等你老了，我也带你看电影，给你买好吃的！"

我一直沉闷的心，忽然就轻轻动了一下，如果我江桥早点结婚的话，那现在也有一个至少会说话的孩子了。

我替毛豆将衣服披了披，笑了笑说道："以后你别喊我二桥，我就谢天谢地了，电影你还是留着陪你以后的媳妇儿看吧。"

毛豆思维实在是太活跃，他话锋一转又对我说道："二桥，你都这么老了，为什么还不和陈艺姐姐结婚啊？你们要是生孩子了，以后就做我的小妹妹，我爸妈都说我可皮实了，以后肯定能保护好小妹妹。"

"你不是皮实，是很不老实！求你别把主意打到我闺女身上。"

毛豆的话让我不可避免地想起了陈艺，短短一个夜晚已经有两个人提过她了。

假如人生风平浪静，没有一点儿意外，我和陈艺真的结了婚，现在到底又是什么情景呢？

这个场景，我在过去的十多年中，不止一次地想起过，却从来没有一个很统一的答案。而现在我的生命中走进了另一个叫肖艾的女人，那就更不可能有答案了。

我知道，在人生这条路上，我刚刚迈开了脚步，未来还会有很多的事情要发生，我要做的是整理好自己的心情，做自己认为对的事情。

虽然直到现在，我也没有幻想过肖艾会成为我的妻子，但想要和她在一起的心情是真实的，这一点没有因为赵牧喜欢肖艾而改变过，毕竟爱情不是交易，更不是物品，它是这个世界上最不能转让的东西。

…………

大约又等了二十分钟，毛豆的妈妈开车来电影院这边将我们接回了郁金香路，她一直和我说着抱歉的话，说毛豆给我添麻烦了。

实际上，这个夜晚我更该感谢毛豆，要不是他闹着和我去看电影，我可能还沉溺在某些情绪中难以自拔，而现在我困了，我只想好好睡一觉。

车窗外的雨有点大，朦胧中，我在便利店的门口看到了一个熟悉的身影，她的身边摆着一只白色的行李箱，不是肖艾还有谁。

我赶忙让毛豆的妈妈停了车，迎着大雨向便利店的门口跑去。因为雨太大，只是这短短一路，我的头发已经全部湿了，一直有雨水顺着我的脖子流到胸口。

这场突如其来的大雨，洗刷干净了这座城市的喧闹，整个世界仿佛被雨水分割，屋檐下是一个小世界，屋檐外是大世界，大世界悲壮，小世界孤独。

街灯的光穿过雨水落在屋檐下有点晃动，我问道："你怎么坐在这里？"

"没地儿去。"

我看着她，明显也被雨水给淋了，鬓角的发丝就这么黏在她的侧脸上，有点狼狈。

我又问道:"你不是一直都住在于馨那里的吗?"

"走到半路,才想起来没脸去。"

我愣了一下才明白,我和赵牧是从小一起长大的兄弟,她和于馨何尝不是大学就在一起的姐妹。于馨喜欢赵牧是众所周知的,现在赵牧强行向她求爱,她和于馨之间也无法坦然相对了!

我一时不知道该说些什么,就这么看着她。

"江桥,你是不是想问我,为什么不去住酒店?"

"是啊,为什么不去住酒店?"

我的话音刚落,肖艾就向我伸出了她纤细的手,说道:"给我钱,我没钱,是你把我从台北找回来的,你就要对我的衣食起居负责。"

我愣了一愣,然后从自己的口袋里拿出了钱包,向她问道:"要多少?"

"你有多少?"

我几乎没有犹豫,便如实对她说道:"身上的零钱还有一千二百六十三块,家里还有十五万是留着给琴行装修的,然后就没有其他多余的钱了。"

肖艾从我手中抽过了钱包,然后从里面拿出了所有的零钱,她转身进便利店里买了两把雨伞,将其中的一把递到我的手上,说道:"小钱我带走,大钱你保管。我走了,先找个地方住下,你回去也早点睡觉。"

说完这些,肖艾便撑开了手中的雨伞,踩着潮湿的路面向郁金香路走去,我也撑起了雨伞走到了巷子口,却又停下脚步看着她的背影。

此时此刻,我们虽然都撑着伞,却没有太多的距离感,只要她还愿意来找我,那我的心就不会一直悬着。

终于有一辆出租车冲破了雨夜的束缚,停在了肖艾的身边,她收了伞也没有再回头看我,出租车在下一刻就载着她驶向了远处的红绿灯路口。

我重重地呼出一口气,然后点了点头。我想,我明白了肖艾在这个雨夜又回来找我的原因,她希望我能对她和琴行都有足够的使命感。

一向自信的她,在面对我和赵牧的兄弟感情时,竟然也不那么自信了。

…………

回到自己的住处,我没有立即打开门,静静站在屋檐下,呼吸着因为雨下得太大而有点潮湿的空气。

一支烟还没有抽完,一阵高跟鞋的声音便从熟悉的转角处传来。我的视线里闯入了一把白色的雨伞,我不必去看清来人的容貌,因为她走路的姿势已经告诉我,她就是陈艺。

她终于回来了,而我就站在院子的外面,这仿佛是命运的安排。

她离我越来越近,我们终于在雨中相遇了。

雨水的声音没有规律地从各个角落传来,我们的情绪却被压制着。而我此刻面对的这个女人,只是今天这一天,已经有几个人在我的耳边提起过,她仿佛一直存在于我的生命中,从未远离。

…………

第219章 打闹

因为我站在台阶上，陈艺抬起头看着我，问道："怎么还没有睡呢？"

我没有看她的脸，只是看着她撑着伞的右手回道："刚刚带毛豆去看了一场电影。"说到这里，我停了下来，这才看着她的脸笑了笑，又说道，"他说你前段时间答应带他去看电影的，因为你这几天不在，他就一直缠着我。"

"我是答应过他。"

我有点接不上她的话，于是又陷入了沉默中，雨水从屋檐上落了下来，又滴在她的雨伞上，声音格外清晰。

彼此沉寂了一会儿，我又向她问道："你怎么样，还好吗？"

"还行吧，明天去台里申请年假，这几天就动身去国外旅游。"

"嗯，去多久？"

"大概去六个国家，一个多月吧。"

我点了点头，然后对她说道："玩得开心点。"

陈艺回应了我一个笑容，随后便沿着潮湿的小道向自己住的那个小院子走去，我在屋檐下站了好一会儿，这场阵雨也渐渐停了下来，巷子里变得格外安静，我听到了陈艺家传来的柜子开开合合的声音，她正在收拾东西。

我打开了院门，将今晚费心费力做出来的饭菜又热了热，然后坐在屋檐下的小方桌旁吃着。

巷子里又传来了那阵熟悉的脚步声，我知道是陈艺收拾完自己的行李后又离开了。

这一次，我没有为她送行，只是默默在心里祝愿这漫长的旅行结束后，她的心情能好那么一点儿。而在她离开的这一个多月里，我江桥也一定会有所改变的，我会成为一个琴行的小老板。

听上去还挺像那么回事儿的，呵呵。

…………

次日，我早早便起了床，给肖艾打了电话，约她一起商量下装修的方案。上午九点半，她来到了我的小院子，我给她煮了一些汤圆，自己则将昨晚剩下的饭炒了炒。

吃早饭的过程中，肖艾总是会有意无意地看着我，我被她看得有点尴尬，于是从口袋里拿出手机，播放了一首郑钧的《流星》，将自己的注意力全部放在了歌曲上，成功地消灭了因为她看着我而产生的尴尬。

她却将手机调成了静音，然后板着脸对我说道："你能不能把你嘴上沾的米粒给拿掉？"

我更加尴尬了，脑补了一下自己嘴上沾着米粒，却跟着音乐摇头晃脑的画面，饶是脸皮够厚，也不禁有点脸红。

我赶忙用手掸掉了嘴上的米粒，盯着肖艾也看了半天，然后说道："你是故意憋着看我出丑的吧？弄得我尴尬症都快犯了！"

肖艾瞥了我一眼，轻描淡写地回道："你要是个睚眦必报的人，现在就可以报复回来了。但是，我肯定不会像你刚刚那么丢脸。哈哈，本来就够丢脸了，竟然还自己又放了一首歌跟着摇头晃脑，你这就是传说中的花式丢脸吧，哈哈！"

我实在是被她挤对得有点受不了了，于是从自己的碗里抓了一把炒饭，顺手往她的脸上一抹。

这一抹，抹出了新高度，连她的头发上都沾满了米粒。我当然知道自己这个玩笑有点开大了，干脆一不做二不休，一边往后退，一边用手机将她此时此刻的样子拍了下来，嘴里还喊着："如意，你的脸是怎么了？为什么全是油腻腻的小疙瘩，是青春痘吗？哈哈哈哈！"

肖艾一边用手掸掉脸上的饭粒，一边无比抓狂地对我说道："江桥，我在你眼里是个女人吗？这么如花似玉的一张脸，你也下得了手？"

肖艾追了上来，我一边后退，一边对着她张牙舞爪，嘴里还念念有词："咱们这叫有福一同享，有丑一起出。从今天起，我就把你当作我的同志了！跟着我，吃不完的山珍海味，享不完的荣华富贵！"

这么闹了一阵后，等两人都停下来时，已经气喘吁吁。在这阵打闹后的疲乏中，我已经不太愿意去想起昨天晚上发生的那一幕，但还是要找个合适的时间和赵牧交心地聊一聊。

我们二十多年的兄弟情，不该在这件事情上搁浅。我更不愿他将我当作敌人，因为自从赵楚离开后，我便是他在这个世界上唯一的哥哥。

…………

我给肖艾打了一些水，她用我的洗面奶又洗了脸。她一边擦脸一边对我说道："咱们把做事效率提高一点，装修的事情我心里最有数，所以我去找装修公司谈。"

我有点不太放心，因为她大手大脚惯了，却不想她仿佛看穿了我的心思，对我说道："放心吧，我会把装修的预算严格控制在八万块钱以内的。"

"那我呢，我做什么？"

"我的包里有一份昨天晚上做出的每个科目的课时收费标准，还有我个人的资料，你去广告公司打印出来，然后装订成册子，以后用作宣传。"

我接受了她的提议，因为这和我事先设想得差不多，我负责琴行的策划宣传，她负责教课和日常的管理。

任务分配好之后，我们站在巷口等车，肖艾在我之前离开，我们约好晚上在便利店门口碰面。

…………

坐在公交车上，我收到了乔野发来的短信，我前些日子给他买的手机终于起了作用。他说："江桥，今天我爸去北京出差，我妈和秦苗去了上海亲戚家，家里没外人，你帮哥们儿买点酒来。"

乔野还是这副鬼样子，在他眼里，他爸妈和秦苗都是外人，只有那个被他收买的小保安是自己人。

我回道："等我办完手头的事儿就给你送过去。"

"我记得你家不是有个烧烤炉吗，你也一起弄过来，然后去超市买点肉串啥的，咱们撸个串儿。"

"我要不要再给你弄个锅炉、带几个厨子去啊？咱们再来个满汉全席。"

"低调，低调！"

我哭笑不得，心中更觉得他就是一只踩不死的蟑螂，虽然正在"地狱"里待着，却还是忘不了酒肉之欢。

…………

一整天，我都在广告公司之间奔走着，比对了很多家公司的价格之后，终于选定了一家性价比非常高的，然后将单页广告和店内的陈列广告业务全部交给了他们。

下午，我去超市买了些自己和乔野都喜欢喝的啤酒，思虑了一下，还是回家拿了烧烤炉，因为现在的乔野就和坐牢差不多，作为兄弟的我有义务为了改善他的伙食而赴汤蹈火。

将这些东西全部准备好后，我在黄昏到来前，打车去了乔野的住处，接着又给肖艾发了一条信息，将自己的行踪告诉了她，表示可能会晚一点儿回去。

片刻之后，我来到乔野家，那个瘦瘦的小保安，鬼鬼祟祟地将我领进了别墅的院子里。当乔野打开落地窗，隔着窗前那前一阵才装的护栏与我相对时，我才明白他这段日子过的是什么样的生活。

此刻的他，已经邋遢得不成个样子了，哪里还是从前那个每逢出门必定要去美发店将头发吹得很有型的乔野。

支起烧烤炉，我将肉串放在上面烤着，嘴也没有闲着，聊了一阵后，向乔野问道："你爸打算把你这么关到什么时候？"

"他说了，我一天不同意和秦苗好好过日子，一天就甭想出去，他这算非法囚禁吧？"

我将烤好的肉串装在盘子里，隔着护栏递到他的手上，说道："那你就去告他啊，跟我抱怨有个屁用，警察局又不是我家开的！"

乔野叹气："我是真憋屈，想报警吧，估计也没什么用，最多就是当家庭纠纷处理，他们几个多牛多大能耐啊！我现在一没自由，二没权利选择自己的生活。"

"你能清醒地认清自己现在所处的位置，我还是给予肯定的。"说着，我又向不远处正给我们放风的小保安喊道，"保安小哥，过来吃点儿？"

小保安紧张兮兮地回道："你往后退点儿，别被监控拍到了，要不然我得吃不了兜着走！"

我说道："咱俩除了监控还能不能有点别的话题？你是和监控干上了吗？"

"大哥，你能不能理解一下我做叛徒的心情？"

我对他做了一个 OK 的手势，随后又将注意力放在了和乔野的聊天上，他又向我问道："江桥，你和那个南艺的姑娘怎么样了？到谈婚论嫁的地步了吗？"

"谈婚论嫁？我和她没那么急着赶进度，不过准备在一起弄个琴行倒是真的！"

乔野向我招了招手，示意我走近一点儿，然后附在我耳边小声说道："缺钱吗？我在国外攒了点，将近一万五千欧元！"

我问道："怎么赚的？"

"在苏菡的酒吧打点零工，放心吧，这钱来路正得很。"

我心中一阵感动，乔野这个人虽然办事儿不靠谱，但是他在金钱上对兄弟的付出还是很主动的，我盯着他看了一会儿，然后说道："你要前些天说有这笔钱，还真是雪中送炭！不过，现在我已经解决了……你要是嫌这钱放在手上也用不掉的话，就去还给秦苗吧。"

乔野顿时像变了一个人，很是不爽地说道："我凭什么还她钱啊？又不欠她的！"

"你当初开苏菡宾馆的钱，其实就是她托陈艺转给你的，要不然你干了这么多不靠谱的事儿，宾馆也倒闭了，陈艺怎么不和你提还钱的事情？几十万呢！"

乔野用一种不可思议的眼神看着我，随即陷入了沉默中。而这件事情，在苏菡宾馆倒闭后，我便没有打算再瞒着他，只是因为他在国外联系不上，一直没有机会罢了。

至于秦苗和苏菡，作为乔野的兄弟，在发生了这么多事情后，我不愿意再很主观地去偏袒谁，我只求站在一个中立的位置，发生过什么事情如实告诉他就是了。

| 第 220 章 | 判决结果

我看着乔野，等他说话，忽然闻到一股焦味，赶忙回神将已经烤过火的肉串统统装进了盘子里，然后熄灭了炉子里的火。

我盘腿坐了下来，又开了一罐啤酒递给了乔野，他仰起头猛喝了一口之后，才终于对我说道："如果不是早些年遇见了苏菡，我不否认秦苗是个可以过一辈子的女人。但一个靠谱的男人，心里是不可能同时装下两个女人的，因为每一个都爱得那么用力的话，那重量会让人受不了！"

尽管乔野没有把矛头指向我，可我还是主动在自己心里对号入座了一番，难怪这些日子我会感到这么累，原来是两份爱情的重量叠加在我的心中，让我不堪重负。

讽刺的是，我竟然被乔野这个极不靠谱的男人定义成了不靠谱。

一阵风吹过的时间，阳光便不再那么强烈，太阳挂在半山坡，黄昏就这么来了，别墅区里安静到只剩下了树叶沙沙的声音。

肉串已经有点发凉了，但我和乔野只是喝着啤酒，又碰了一下杯之后，他向我问道："陈艺呢，她和那个叫邱子安的结婚了吗？"

"没有，他们两个应该是不可能了。"

乔野不太相信地看着我，他在国外与世隔绝了这么久，完全不知道有些事情是怎么发展成今天这个局面的。

他又向我问道："那你和陈艺又好上了？"

我赶忙否认："怎么可能？"

"也是，你都和南艺那个姑娘好上了，再回过头和陈艺来个旧情复燃，也就显得太禽兽了！"

乔野的话让我有点难以接下去，便在喝了一口啤酒后，仰头看着黄昏中的天空，我准备喝掉这罐啤酒就离开。

这时，乔野又主动对我说道："江桥，你知道我的爱情观吗？"没等我回答，他自顾自说道，"其实我和秦苗做了快三年的夫妻了，心中说一点儿感情没有也是假的。这些年，对她也有那么一两个动情的瞬间。可我一直很明确，我爱的女人是苏菡，所以认准了这一点后，我什么都不想再管了，生死都和她在一起。所以，我没有你那么多的烦恼，因为你犹豫得越久，越纠缠不清，伤害的人就越多。你看，这不秦苗也死心了吗？死心了也就意味着要脱离苦海了。有时候，宁愿让喜欢自己的女人觉得你是个王八蛋，也千万不要明明不能给她想要的一切，还做着让她会惦记着你的事情！"

说完这些，乔野从烟盒里抽出一支烟扔进了嘴里，然后用一种为人师者的眼神看着我，企图让我认可他说的这些话。

我按灭了手中的烟，将剩下的啤酒全部隔着防护栏扔给了乔野，轻描淡写地说了一句"我走了"，便带着烧烤炉向别墅外走去。

身后的乔野又向我喊道："江桥，你想办法把我给弄出去，再这么被关下去，我快得精神分裂症了！"

"能拯救你的只有你自己，别把希望寄托在哥们儿身上。"

"别走那么快，明天有时间的话，买几本看风水的书给我送过来，我看看是不是我家这儿的风水有问题，老过不上舒心日子！"

…………

和上一次一样，我蹲在别墅区的门外等着出租车，天色已经渐渐昏暗，可仍没有一辆向这边驶来的车子，倒是看到不少价值几百万的豪车在这里来来回回。

我点上一支烟，排遣着心中的无聊，然后又想起了乔野刚刚对我说的那些话。

当我静下来时，我倒是觉得，他的话还是有那么几分道理的。我是该在自己的心里做个决断了，因为在我那不算丰富的感情世界里，陈艺和肖艾只能有一个。

终于有一辆出租车从远处驶来，我站直了身子，赶忙向其招手，错过这辆车，不知道什么时候还会有出租车过来。

车子在我的身边停下，后座的车窗被打开，坐在里面的人是肖艾，她竟然找我找到这里了。

"江桥，快点上车，今天晚上我们去敬老院看奶奶，我从回来还没有去看过她呢！"

我愣了一会儿，才想起自己来乔野家时曾给她发过信息，报备了自己的行踪。

…………

去往敬老院的路上，我和肖艾聊得最多的还是琴行，肖艾从自己的包里拿出了几张设计草图，然后与我探讨着哪套方案更适合琴行。我也将自己这一天跑下来的成果告诉了她。

总体来说，今天还是比较顺利的，因为并没有遇到什么过于棘手的问题，基本上都是我们能力范围内能够解决的。

这个夜晚，我和肖艾在敬老院陪奶奶聊到将近十点。

回去时，我和肖艾依然选择了步行的方式。肖艾说，今天她要凑够三万步，然后在自己的微信运动里傲视群雄。她还说，自己喜欢那种累到一回家倒头就睡的感觉。

路上，肖艾的电话响了，是于馨打来的。

肖艾稍稍迟疑了一下后，接通了电话，她向电话那头的于馨问道："怎么了？"

我隐约能够听到电话里的于馨在说什么："肖艾，我听赵牧说，你爸爸在这个星期可能就会有判决结果……你后妈咨询了比较权威的法律界人士，估计会被判六到十年。"

听到这里，一辆卡车从我们身边驶过，以至于后面的话我没有听得太清，心中却不禁为肖总这个商场枭雄而扼腕叹息。

胡思乱想中，肖艾结束了跟于馨的通话。她的面色很难看，而后便停下了脚步，沉默许久之后，她终于对我说道："江桥，把赵牧的手机号码给我，我给他打个电话，要问一点儿事情。"

我愣了一下，心中很快便明白了她要问些什么，赶紧将赵牧的手机号码报给了她。

肖艾表情凝重地拨通了赵牧的电话，这一次，我没有很刻意地去听他们说了些什么，一直与肖艾保持了十来米的距离。

…………

结束了和赵牧的通话，肖艾的情绪明显有了变化，我出于担心，问道："你还好吗？"

肖艾一声叹息，沉默了许久之后，才终于回道："今天和未来所要发生的一切，我都有心理准备。"

即便是春末，深夜的风还是夹着些微冷的气息从我们身边吹过，我很自然地拉住了她有些微凉的手，轻声对她说道："在南京，天塌下来，我先替你顶着。六年的时间其实很快，我现在回忆起二十岁时发生的事情，就好像在昨天一样。"

"也有可能是十年。"

"十年也没有多长，转瞬即逝。"

肖艾低着头没有言语，她又向前面不远的郁金香路走去，而我看着她双手插在上衣口袋里的背影，总觉得有那么一丝的寂寥。

我想，我该重新审视她和肖总的感情了，虽然一直带着那么点恨，可是在这样的关头，那些恨，她不愿意再放在心里了。

我又因此联想到了自己，假如有一天江继友或者我的母亲杨瑾再次出现在我的生活中，我又该用什么样的心情去面对他们呢？

…………

次日，我从早上起床后就开始忙碌，我先陪着装修公司的人去我们租的房子量

726

了尺寸，下午则去卖办公器材的地方订了一批办公用品。快要傍晚时，又匆匆赶到了本地一个专门生产课桌椅的工厂买了三十多套桌椅。

一整天的忙碌，让我感到极其疲惫，想约肖艾一起吃晚饭，可拨打了两次她的手机，都是正在通话中的状态，而后我便没有再打扰。因为我知道肖总的一审判决结果就要出来了，她是闲不下来的。

果然，她在片刻之后给我回了信息，说待会儿有事情要办，今天晚上就不来郁金香路这边了。

夜幕降临，我因为疲乏，也没有自己做饭的心情，便在巷子外的小吃摊上要了一碗馄饨。

没过一会儿，一辆保时捷在路边停了下来，下了车的秦苗，先是准备往巷子里走，看到我在小摊上吃东西后，又返身向我这边走来。

秦苗似乎有不少话要说，她也搬了把小板凳在我的对面坐了下来，我向她问道："小馄饨要来一碗吗？我请你。"

原本以为她会拒绝，却不想她竟然点了点头，于是我第一次有机会和这个真正意义上的千金小姐一起吃了特别普通的馄饨。

先是闲聊了几句，秦苗忽然放下了筷子向我问道："江桥，苏菡是不是也来南京了？"

我充满警惕地看着她。

"你别用这种眼神看着我，我就是问问。如果她在南京的话，请你务必帮我约她见上一面，我们之间的事情老是这么僵着也不是个办法。现在的我，比他们更需要解脱。"

我对她说道："可就算你和苏菡见了面也没什么用吧？现在你同意离婚，乔野也同意离婚，你们之间其实已经没了矛盾冲突。现在问题的关键在你和乔野双方的家长身上，是他们不同意你们离婚，你得找他们谈！"

"已经谈了不是一次两次了，这婚我和乔野离不了。"

秦苗没有说下去，她无奈地摇了摇头。

我回道："你是想劝苏菡退出？"

"我想试一试。这么闹下去，她才是最大的受害者。不管怎么样，我是乔野的合法妻子，也有了乔野的孩子，社会舆论和道德标准都是倾向于我这边的。而她这么没名没分地跟着乔野，只是在荒废自己的青春年华。试问，她这样的一个女人还剩下多少青春可以挥霍？"

"假如苏菡根本就不在意这些呢？"

"所以我才要劝她。江桥，我希望你能帮我转达，如果她不愿意见面的话，我也不会勉强。"

"我不是不愿意帮你，我怕的是，假如苏菡同意见面了，你会控制不住自己的情绪，然后做出让大家收不了场的事情。"

"你就别杞人忧天了，我都快六个月的身孕了，还能和她舞刀弄枪吗？我真的很希望能和她好好聊一聊。"

我犹豫了一下后，回道："行吧，如果她同意见面的话，我到时候也必须在场，你不反对吧？"

"不反对。"

我拿出手机给苏菡发了一条信息，将秦苗的想法转告给了她。不一会儿，苏菡便回复了，她愿意与秦苗来一场历史性的会面。

这两个女人，互相影响着对方的命运，可这么多年，一直没有机会见过面，所以说是历史性的会面，一点儿也不过分。

…………

吃完晚餐，我回到了自己的住处，在本该洗漱睡觉的时间，我却忽然非常牵挂肖艾，于是又给她发了一条微信，问她有没有休息。

等了许久，肖艾也没有回复，于是我更加坐不住了。我再次穿上外套，随即离开了小院。

去往肖艾所住宾馆的路上，我又特意在一家粥店里买了一碗安神粥，我知道她现在的情绪一定是高度紧张和焦虑的。

到了宾馆，向前台一打听，肖艾果然还没有回来，于是我点上烟，站在宾馆的外面耐心地等待着。

一支烟将将要抽完的时候，一辆银灰色的蒙迪欧在不远处的空地上停了下来，我眯着眼睛看了看。

坐在车后面的人正是肖艾，而开车的是赵牧！

…………

我不让自己有任何情绪上的起伏，只是撇过头轻轻呼出一口气。可是，我看见了自己的影子，就缩在屋檐下的灯光里，有那么一点点落寞。

第221章 你身上的秘密太多

赵牧停下车后，肖艾便打开车子的后门从里面走了出来，赵牧也在同一时间下了车，肖艾似乎对他说了一声"谢谢"，而后便向我的身边走来。

我也迎着她走去，我们在离赵牧十来米远的地方一起停下了脚步，气氛一时有点尴尬。我心中恨不能拉住赵牧，将自己所有的想法都跟他聊一聊，可话到嘴边就是说不出来。

其实我们三个人，如果换一个时间相遇，换一种方式相识，可能就不会有现在这样的煎熬。

赵牧看了看与肖艾站在一起的我，最终选择了沉默，他又坐回到了自己的车子里。当他掉转车头，车灯刺破夜晚的厚重时，我却感觉到有点孤单。

我和赵牧就像一个鸟窝里两只被遗弃的鸟，严寒的冬天，我们抱团取暖，分享一只虫子带来的喜悦，可如今他先飞走了。

也许，我们从出生的那一刻起就注定孤独，我应该理性地去接受，而不是主观地去放大这种情绪。这对我来说，没有一点儿好处，因为充满自我的人生中，总有那么一段路会因为潮湿和过于荒凉，你必须自己走，没有另一个人愿意陪你走完。

我转身看着肖艾，将手上的安神粥递给她，说道："刚刚在路上买的，吃了有助于睡眠，你趁热吃吧。"

肖艾从我的手中接过，也没有说话。

我沉默着站了一会儿之后，又对她说道："吃完早点休息，我先回去了。"

"先别急着走。"

我停下脚步，回头看着她："还有事吗？"

她看了看手中的安神粥，对我说道："一起吃。"

…………

宾馆前面的空地上有一张长椅，长椅的旁边是一盏很老式的街灯，灯光像流水一样铺在地上。我不知道这样的设计是属于街道的一部分，还是属于这个宾馆的，但此时此景还真是有那么一点儿格调的。

一碗粥，一把勺子，肖艾先吃了一半，然后将剩下的另一半给了我，她对我说道："你要不嫌弃是我吃剩下的，你就吃吧。"

"不嫌弃。"

"那你吃吧。"肖艾一边说一边拿纸巾将自己用过的勺子擦了擦，然后递到了我的手上。

我一边吃一边问道："你爸的事情怎么说？"

"后天最后一次不对外公开审理，判决结果也会在那天出来。赵牧今天带我去见了为我爸辩护的律师。"

我有些疑惑："他怎么知道那么多的内幕？"

"他现在的很多工作都是和李子珊直接进行对接的，知道一些外人不知道的内幕很正常。为我爸辩护的律师，除了集团的几个高层，其他人都不知道是谁。"

我点了点头，关于李子珊器重赵牧，在之前已经能看出一些端倪，我又问道："那律师怎么说？"

"我爸在主观上已经认罪了，如果辩护状态好的话，可能会少几年，但不会低于六年，因为这类案件的最低量刑标准就是六年。"

我点了点头，轻声安慰道："这段时间你如果忙的话，琴行的事情就交给我来弄吧。"

"事情发展到这一步，其实我也为他做不了什么，所有的忙碌、担心、焦虑，都只是因为我是他的女儿。"

我看着肖艾，被她的话触动，我不知道，她小小年纪就将凡尘俗世里那些烦恼的根源看得太透，到底是好事还是坏事？

她又转头看着身后的宾馆对我说道："明天你帮我找个房子吧，老这么住宾馆挺浪费钱的。"

我点了点头，又对她说道："要不你就搬到我那边住吧，反正还有一间空房。"

肖艾看着我，我以为她会同意，因为在我眼中她并不是一个很墨守成规的女人，何况我们只是同住一个屋檐下，而不是同房。

不承想，她摇了摇头对我说道："我不想。"

"为什么？"

"整条巷子里都是你的街坊邻居，如果我住进去，每一个人都会以为你有了女朋友。我没什么，可是如果有一天，我们没能走到一起。只剩下你独自留在这里，你该如何承受四邻的询问和眼光？"

我不知道她为什么忽然对我说起这些，但我的心情因此低落至极，半响才对她说道："干吗和我说这些？又为什么认定我们不能走到一起？"

肖艾看着我，安慰道："我只是说如果。再说了，感情的世界里永远是合合分分，你心里其实也不会真的相信什么天长地久吧。我们的父母就是最好的例子。"

我低下头，自嘲般地笑了笑，说道："是，我江桥有几斤几两，我自己清楚得很。如果有一天你觉得我这个人没意思了，你要走，我会祝你幸福的。"

肖艾一直没有开口，她盯着挂在宾馆二楼，用劣质霓虹灯弯成的"梦幻"二字，对我说道："为什么你会认为要放手的人是我，而不是你自己呢？我其实是个很透明的女人，你身上的秘密却太多。"

"我能有什么秘密？"

肖艾又往我的身边坐了坐，她靠在了我的肩膀上，闭上眼睛轻声说道："江桥，未来的时间那么漫长，肯定不会一帆风顺的，所以无论以后发生了些什么，我们都做一个不轻易悲伤的人，好吗？"

"从我自己一个人开始生活的那天起，我就已经百毒不侵了！"

肖艾微微一笑，我也搂住了她的肩膀，于是她与我靠得更近了，我的嘴唇好像碰触到了她的脸颊，又好像没有。

…………

次日早晨，醒来时，我只感觉头脑有点昏昏沉沉。因为昨夜的睡眠质量实在是太差了，我在没有睡着之前，一直想着与肖艾的对话；睡着后又开始不停地做梦，那些零零碎碎的梦，我已经记不太清了，却消耗了我太多的精神。

重重打了一个哈欠，我从床上坐了起来，然后便开始了自己这一天的生活。

上午，我将于馨约到了郁金香路上的一个很商务的咖啡馆里，闲聊了几句后，我便切入正题，将肖艾做出来的排课表递给了她，让她看看有没有什么需要调整的。

于馨根据自己习惯的作息时间略微做了些调整，然后又将她自己的个人资料给了我一份，以后她会和肖艾一起成为琴行仅有的两个老师。

聊完工作上的事情，我们又开始闲聊了起来，她向我问道："江桥哥，你和赵牧怎么样了？"

我叹息："一时半会儿能怎样？又不是小时候打打闹闹！"

于馨自我检讨："那天怪我，要不是我提议喊上赵牧，也许就不会发生让大家都很尴尬的事情了，希望没有给你和肖艾造成太大的麻烦！"

我摇头，示意我和肖艾之间并没有受这件事情的影响，而后我又向她问道："你呢？你自己现在又是什么想法？"

　　"我？就先这样呗。其实，在这之前，我真的不知道他已经对肖艾用情这么深，江桥哥，你能告诉我赵牧他到底是一个什么样的人吗？"

　　我略微思考了一下，回道："可能和他从小的成长环境有关吧。他认定的事情，要他放弃完全是不可能的。我记得他上高中那会儿，学校规定只要能连续两次在月考中取得第一名的成绩，就会有三千块钱的奖学金。恰巧考试的前一天他发了高烧，上吐下泻，整个人都是虚脱的状态，可他还是咬牙坚持着考完了全部的科目，而且还拿到了第一名，整个学校的师生都感到不可思议。后来他就有了一个'赵钢铁'的外号。"

　　于馨陷入了沉默中，许久才说道："可是肖艾认定的事情，更不会改变，否则袁真师哥和她这么多年也不会仅仅停留在师兄妹情谊，她也没有做过袁真师哥哪怕一天的女朋友。江桥哥，我说句话，你不要生气。在外人眼里，肖艾是不是和袁真师哥最般配了？如果她愿意，可以和袁真师哥远走到日本，在那里，两个人一起玩玩音乐，物质无忧，不是神仙眷侣的生活吗？可她最后认定的还是你。所以感情这个事情是最没有道理可讲的，谁爱谁，谁不爱谁，大家都把心态放平和点，总有一天时间会给我们答案的。"

　　我点头，回道："是的，你的态度值得我们学习。"

　　…………

　　下午，我通过同城网站在郁金香路上找到了一个一室一厅一卫的房子，最后以八百块钱一个月的价格租了下来。

　　肖艾说今天晚上就可以搬过来，让我将地址发给她，我们约好在小区的门口见面。

　　我稍感踏实，我和肖艾即将为了琴行而努力，她又怎么会轻易地离开呢？

　　我该对她好一点儿，比以前要更好！如果在别人眼里，她和袁真在一起像神仙眷侣，那和我在一起就是玉帝和王母娘娘，反正更高级！

　　房子租下来后，我便立刻去超市替她买了一大堆日常用品，然后又先行将屋子的里里外外都打扫了一遍。夜晚就这么来了，我心中的阴霾却被扫空了。

　　我觉得这应该会是一个不错的夜晚，因为肖艾又将住在郁金香路上了，这里有我们喜欢的便利店和废弃的纺织厂，还有甜腻的玉米！

|第222章| 想有个自己的房子

　　打扫完屋子，我给肖艾打了一个电话，她正在乐团排练，可能要到九点才会结束。

　　我看了看时间，才傍晚六点半，连天色都还没有完全暗下去，我便又想着给肖艾准备一些没有用过的被子和毛毯，但想想又放弃了，因为女人和男人的审美始终是有差异的，我喜欢的风格，她不一定喜欢。

　　去超市买食材的路上，老金给我打来了电话，我心中顿时一紧，接也不是，不接也不是。因为此刻的老金恐怕已经知道我私下拿了金秋十五万的事情，他一直主张要我去金秋的公司帮忙，而不是自己去开那在他眼中并不怎么靠谱的琴行。

　　一阵犹豫后，我还是接通了老金的电话，然后故作平静地问道："金叔，你给我打电话有事儿吗？"

　　"你马上到我家来一趟。"

　　老金语气里的严肃让我更加有点犯怵，底气不足地回道："不想去，忙着呢！"

　　"那我去你那边。"

　　"啥事儿啊，非要见面说。"

　　老金挂掉了电话，这反常的举动让我心中顿时又咯噔了一下，因为自己做了亏心的事情，我背着老金很没志气地收了金秋的钱，尤其个把月前，还和金秋在他面前演了一出情侣的戏，这应该是他更没有办法原谅的混账事情。

　　我忽然不敢回家了，这事儿我得找金秋和我一起扛，因为所有事情都是我们商量以后的结果，如果只是我一个人背黑锅，那就实在是太冤了。

　　我赶忙拨打了金秋的电话，拨通后响了十来声她才接听，她问道："怎么了？"

　　"你在哪儿呢，天都快塌了！"

　　金秋好似早有预料，她问道："我爸找你了？"

　　"可不就是吗，你是不是什么都和你爸说了？"

　　"嗯，我也是被他逼得没办法，就什么都说了。"

　　我脑门子有点冒汗，老金是什么臭脾气我是再了解不过了，于是抓住救命稻草般地对金秋说道："那你赶紧到我家来，毕竟那些事情都是咱俩协商好的，你让我一个人背黑锅，这不合适！"

　　金秋却并不怎么着急地回道："不是我想让你一个人背黑锅，但我这会儿已经在机场，马上就要登机了，三亚那边有个立项批文需要我到现场去签字。"

　　"金秋，你摸着自己良心讲，你是不是故意躲着的？早不去晚不去，偏偏挑在今天晚上？"

　　"呵呵……江桥，你能想象吗，再过两个小时，我就会抵达三亚。看了天气预报，明天天气不错，适合潜水，一想到能和大自然亲密接触，我就没什么烦恼了！"

　　"你就是存心让我一个人背黑锅的。"

　　"别把我说得那么卑鄙，因为你也高尚不到哪儿去。咱俩有矛盾，本来可以内部解决的，你非让我爸进来横插一脚，那给你的十五万是我妥协的结果，但你至少也得付出点儿什么吧？Good Luck（祝你好运）！"

　　金秋说完后便挂掉了电话，等我再打过去的时候，她那边已经关机了，我气得差点砸掉电话，我彻底掉进她给我挖的坑里了。

　　想起老金就在来的路上，我的心中又是一阵阵发紧，我还是有点怕老金的，尤其是在自己理亏的时候。

　　…………

反正迟早要面对，我也不想做多余的挣扎，索性喝了点啤酒，希望能起到那么一点酒壮尿人胆的作用。

一瓶啤酒刚喝完，巷子里便传来了老金那铿锵有力的脚步声，很快他便站在了我的面前，对我说道："你小子能耐不小啊，你和金秋合起伙做了这么多混账事情，到底谁是主谋？"

我赶忙抵赖："肯定是金秋啊，我这高中没毕业的水平，那些馊主意必须得是博士才能想出来的。"

"你少和我扯淡！"

老金极度生气时，不是满口脏话，就是话说到一半，因为恼怒而词穷，继而整个思维陷入瘫痪中。每当这个时候，他离动手揍人也就不远了。

熟知他秉性的我，赶忙往后退了一步。

老金压制着自己的火气，向我问道："江桥，你告诉我，你到底是怎么想的？虽然说现在这个年代，长辈不应该干涉小辈的婚姻，可我们家金秋是一般的姑娘吗？我给你们安排的生活哪一点让你不称心如意了！啊？你好好和我说说看。"

我结结巴巴地回道："你都说是安排的了，既然是安排的，那肯定不怎么如意。感情这东西，它其实应该是一个挺自然的状态，是不？"

"你少放屁！让你去公司帮衬着金秋做事儿，你这疙瘩脑袋到底又是怎么想的，难道这个事情也要顺其自然吗？"

看着老金愤怒的样子，我心中渐渐不想将这件事变成自己人生中的负担，于是咬了咬牙，对他说道："金叔，你先别急着和我发火……"

我的话没说完，老金终于想到了词儿，开口骂道："江桥，你这小子真是又穷又硬，是不是以为自己什么都不怵？我就扔一句实话给你，就你这德行，在这社会上混，基本没你什么戏！"

被老金这么骂，我肺都快气炸了，可第一次发现，自己竟然回不了嘴，因为老金再怎么不堪，至少也曾经靠炒股票发家过，然后又开了一个婚庆公司，养活了好几十号人，而我呢？对自己，对别人又有什么贡献？

我郁闷地点上一支烟，就这么听着他数落，等他骂不动了，我终于掐灭了手中的烟对他说道："您骂也骂够了，我实话和您说了吧，我有女朋友了，这个琴行就是我和她一起开的……"

"什么，你有女朋友了？！"

看着老金又怒又惊的样子，这次我却没有犯怵，又一次点头确认。

老金喘着粗气，半晌指着我问道："你说说看，到底是哪家的姑娘，比我们家金秋还靠谱？"

我不愿意说，所以沉默不语。

老金恨不能踹我一脚，我下意识又往后退了一步，他再次指着我说道："江桥，你听好了，不是我老金唬你，要是你妈在南京，她同意你娶的姑娘，也只有金秋一个！"

我看着老金，好似忽然活在了乔野的痛苦中，他的婚姻就是父母之命的典型。

可是我和乔野有可比性吗？我就是一个被放养长大的孩子，父母的影响力在我的价值体系里其实是很淡薄的。

沉默了一会儿之后，我终于对老金说道："别说我妈音讯全无，就算她人站在我面前，在婚姻这事儿上，她也管不了我，我想和谁过就和谁过。"

这个夜晚，老金是结结实实地被我给气到了，可是拿我也没有办法，毕竟他不是我的父母，只是我的叔叔，肯定不能像乔野父母对乔野那样对我。所以，在老金走了后的片刻，我便安宁了，我孤家寡人一个，要是在婚姻上也要受到束缚，那不是个笑话吗？

但我还是不太懂，老金明知道没有用，干吗还把我妈拿出来说事儿？更让我不解的是，金秋这么优秀的女人，甚至从某些方面来说，她比陈艺和肖艾都要优秀很多，为什么老金会撮合我们在一起？

也许，我江桥真的是个适合过日子的男人，所以如果娶了金秋这个注定在商场戎马征战的女人，再配合她做一点儿小事，兼顾好家庭，才是老金心中最和谐的生活状态。

可是，我不这么想，金秋更不会这么想，所以这一切只源于老金自己想得太美了！

....

面对老金的过程虽然极其难受，但心中也不至于有太深的负罪感。因为，无论是在他或是在金秋的面前，我都是不折不扣的弱势群体，所以即便我没有按照他的想法去做一些事情，也不会影响到他的生活。

九点半左右，肖艾如约来到了我的小院，我们吃着简单的夜宵，一本正经地聊起了琴行。我们一致认为，在装修的这段时间就应该着手去做宣传的事情。目标当然是附近的小学和中学。

我们是刚起步的琴行，只能去开发新的生源。现阶段，如果和老牌琴行甚至是培训机构去抢生源是不太实际的，但开发新生源真的是个硬活儿，我必须在精神上做好足够的准备。

有利的一点是，肖艾和于馨都是从艺术学院毕业的，音教系的朋友有很多，一旦我们的生源达到饱和状态，可以很轻易地找到除她们之外的教课老师，而这就是我们琴行为数不多的优势之一，就看我有没有足够的能力引入更多的生源了。

当然，我还要证明给老金看，我不必做任何人的附庸，也可以独立做好自己的事业。老金这人虽然没什么坏心，但有些话从他嘴里说出来确实是挺伤自尊的。

饭后点上一支烟，我独自在小院里坐着，我又想起了赵楚，想起了那些我们共患难的岁月。为了自己，为了我们曾经的梦想，也该拼一拼了！

....

洗完碗，我便抱着被子和毛毯，将肖艾送往我帮她租的房子。临近深夜，郁金香路幽静而深远，我们的影子在路灯下拉得很长。

我跟上肖艾的脚步，向她问道："真不用去超市给你买新的被子？你们女人不都喜欢粉红色的吗？"

"我喜欢粉红色,你就买粉红色的被子,那你怎么不把地球也刷成粉红色的?"

"那是公共资源!"

肖艾回过头冲我笑了笑,说道:"其实要是能刷成粉红色的,也挺浪漫的。"

我回了她一个笑容,女人的心思有时候就是这么梦幻。

沉默了一会儿,我又对她说道:"对了,今天我和别人说我有女朋友了。"

"和谁说的?"

"我金叔,就是金秋她爸。"

肖艾故意问道:"那请问你的女朋友是谁啊?"

我笑而不语,继续跟着她的脚步,向那个离我的住处大约五百米远的小区走去。

…………

替肖艾租的房子在二十六层,站在窗户口可以看见整条郁金香路的全景。房子的格局很简单,装修也只是中等,唯一有点风格的便是放在阳台上的一张吊椅。我心中当然觉得有点委屈了肖艾,可这个阶段,也只能给她提供这样的住宿条件了。

肖艾在吊椅上坐了下来,我就站在她的对面,她四处看了看,对我说道:"从到了台北以后就一直在租房子,这种漂泊的感觉起初还觉得挺不错,可时间久了就有一种居无定所的孤独感。要是有一套自己的房子就好了。"

"你想要个什么样的房子?"

肖艾几乎没怎么想便回道:"就在这条郁金香路上,有个一室一厅的就挺不错,我觉得这个可以作为自己一个短期的梦想去实现。"

"这边的房价和市区比起来不算贵。你以前的十来个包包,就能买一套一室一厅一卫的了。"我嘴上这么说着,眼睛也在同一时间观察着肖艾的反应,其实直到现在,我仍担心她不太能适应现在的生活。

肖艾扒着自己的手指,算了算说道:"那应该就是三十万左右,对吧?"我点头。

肖艾叹气,将双手放在了自己的腿上,然后看着窗外的世界。就目前的处境来说,我俩也确实混得忒惨了点儿。

我将她从吊椅上拉了起来,然后并肩看着窗外万千的灯火说道:"我们努力经营好琴行,明年这个时候,也许我们就可以在郁金香路最繁华的地段买上一套房子了。"

"把也许改成一定,行不行?"

"行!"

肖艾看着我,冲我竖起了大拇指,看着她有点喜悦的样子,我也笑了。

虽然我不知道将梦想设定成这个样子,是有点妄自菲薄,还是狂妄自大,但这确实是我们现阶段的梦想,于是我对这个琴行的期待更重了一分,因为它承载了我们最朴素的梦想。

我希望有一天,郁金香路于肖艾而言,就像岁月积淀后,融进血液里的记忆,让她永远也不会忘记。因为这里有她的房子、她的便利店、她的琴行,还有我……

| 第 223 章 |　创业艰苦

我坐在阳台的吊椅上吸着烟，肖艾铺好了自己的床铺后，我便和她说了"晚安"，接着离开了她的住处。偌大的街头已经没有了一个行人，只有夜间作业的渣土车来来往往，扬起一阵干燥的尘土。

金属和机器的味道太浓，让我觉得今天晚上不会再有人和自己说话了。

回到家中，简单地洗漱之后，我便躺在了床上。也许是因为太过孤单，没过多久我便睡了过去。这一夜，我没有怎么做梦，一觉醒来已经是早上八点了。

今天是肖艾父亲一审最后一次不公开审理，判决结果会在中午十二点之前出来，我尝试着去想肖总此刻的心情，只是想了一会儿便不敢再想了。

因为他才是这个世界上最落魄失意的男人，原本他有一个贤惠的妻子和才貌双全的女儿，还有让整个南京无数人仰望的事业，可如今这一切都与他渐行渐远了。

不知道他这个枭雄在无数个难熬的深夜里到底有没有后悔过。

快要中午的时候，终于传来了肖总的判决结果，他被重判了八年，根据《中华人民共和国刑法》，减刑最多不能超过原刑期的一半，所以最多也只能减刑四年。

我尝试联系肖艾，她没有接我的电话，只是发来短信，希望我能让她一个人静一静。其实我也知道，在这个时候，这种方式比任何安慰都要来得可靠，而肖艾已经是一个足够坚强的姑娘，她在大多时候都表现得还算平静。

…………

下午，我终于从广告公司拿到了之前定制的宣传单，于是我也有了事情。我准备选就近的雨花外国语小学先去发放一部分传单，让有需求的学生知道在这附近的路上就有一家琴行。

黄昏来临前，我整理出了二百份宣传单，然后来到了雨花外国语小学。这时候，已经有部分家长停车在校门外等待，我把目标迅速锁定在这些有车的年轻家长身上，因为他们大多数有一定的经济能力，愿意承担孩子额外在才艺学习上的花费。

学生们渐渐散去，地上散落了一地的宣传单，映衬着我承受了很多白眼后的失落。而后，我又被保安狠狠训了一顿，说我破坏了他们学校门口的环境。

我低腰将那些散乱的宣传单全部捡了起来，然后将已经皱了的又放在腿上抹平。其实，不用保安的提醒，我也会捡起来的，因为还可以再利用一次。

…………

我就这么站在忽然安静下来的学校门口，探身向学校里面看去。我觉得，可以在学校内贴上传单，就等于一个固定的广告牌，要比这么发传单节省成本，但是麻烦在学校根本不会让我进去。

我不想顾虑那么多。如果连翻个院墙贴小广告的勇气都没有，就别把创业两个字挂在嘴上，因为创业初期注定是伴随着血和泪的。

我将没有散发完和刚刚捡起的传单统统用外套包了起来，然后绕到了学校后面的院墙，一路上都在找着监控的盲区，确定好地方后，我便将自己的外套先扔了进去，然后翻过铁栅栏进入了这个培养祖国花朵的地方。

我理了理衣服，目不斜视地在校园里走来走去，偶尔遇到人，便装作很熟的样子打个招呼，于是就这么一路蒙混过关，终于来到了一根可以贴传单的灯柱旁。我四处看了看，确定没有人经过后，便用双面胶将传单牢牢贴在了灯柱上。

我没有将每根灯柱都贴上传单，因为那样确实太过分。其实这些灯柱上并不只有我贴的小广告，还有另外一些培训班贴的，学校已经成了培训行业的必争之地，但我不知道他们是否也是用这种方法进入学校的。

呼出一口气，我看了看立在不远处视线中最后一根灯柱。等在它身上也贴上我们琴行的广告后，今天的任务就算是完成了。

不知道是不是因为天色暗了下去，我那陌生的身影便显得有那么一点儿鬼鬼祟祟，这时，某个角落里忽然传来一声大喝："你哪儿来的，是我们学校的人吗？"

我心中一紧，知道要败露，也不回头，假装没有听见，继续往前面走了几步。感觉拉开距离后，便猛地向院墙的方向跑去。

果然，身后传来了叫骂声："最烦你们这些跑到学校乱贴小广告的人了，你给我站住！"

我的速度更快了，转眼便跑到了刚刚爬进来的地方，一甩手先将外套扔了出去，下一刻人便蹿到了院墙的顶端。

其实爬院墙这件事情，需要淡定从容，否则力道和尺度把握不好，人便容易摔跤。这次，我在跳下去的时候，裤子就被栅栏上的尖锐物刮了一下，不光裤腿被撕开了，人还在踉跄之中崴了脚。

我忍住痛，跑到了附近的居民区里，后面的人总算没有追来，我这才坐在路边松了一口气，提起裤腿一看，脚踝处已经有了明显的肿胀，我嘀咕着："是不是出门前没烧高香，这样的倒霉事儿都被我给摊上了！"

我龇牙忍着痛揉了揉肿胀的地方，然后便低头看着那些长在脚下的杂草，心中说没有挫败感是假的。

其实，我也不愿意像个强盗似的入侵校园，可是想做好琴行的办法并不多，而这样的事情必须是我来做，我本以为牺牲点尊严就能办好这件小事情，可现在连身体也跟着受罪了。

我自嘲地笑了笑，不敢在事情刚开始做的时候就让自己消极绝望，可是夜晚来临前的风确实吹得有那么一丝丝凄凉，恰如我现在的处境。

将那些散乱的宣传单又重新整理了一遍，我一瘸一拐地向郁金香路走去。

…………

不知道什么时候，开设在郁金香路上的一家电器卖场组织了一场户外路演促销的活动，对面的街被他们用各种彩灯点缀得非常漂亮，到处人头攒动，空气里都是人民币的味道。

洗衣机、电视机、冰箱、空调，在那些销售人员的手中，很快便兑换成了一张张钞票。我停下了脚步，看着对街的盛况空前。

我想点一支烟，可是一阵风吹来，不仅吹灭了打火机的火焰，也吹乱了我的头发。

我身子往梧桐树的后面仰了仰，以树为遮体后，终于点上了香烟，还没来得及享受吞云吐雾的快感，脚踝处又是一阵隐隐作痛。

天色又暗了一些，整条街完全靠路灯维持着光亮，蛋糕房里最亮，里面挤满了买蛋糕的顾客。路西最暗，有人拿着吊唁的花篮一直往前走着。

恐怕这一切都是命运。

这一切也是一场游戏，因为终有散场的那一刻。

…………

"江桥，你怎么在这儿坐着呢？"

我没说话，已经感觉到了那熟悉的气息，有点香甜。我抬起头，果然是肖艾，她刚洗了头发，还有点湿漉漉的。

我没回答，反问道："你是正好路过，还是特意去我家找我的？"

"我就是想散会儿步。"

我对她笑了笑，然后从地上站了起来，刚准备说句"一起"，脚踝又是一阵钻心的疼痛传来，当即皱眉嗷嗷喊着疼。

"你怎么了？"

我下意识搭住了肖艾的肩膀，然后抬起了右脚，将进学校贴传单被撵的事情告诉了她。

看着我那被撕坏的裤腿，肖艾沉默不语，眼神却有了变化。片刻之后，她终于对我说道："把手里的烟熄了，我背你回去。"

我不太相信地看着她，问道："就你那身板，能行吗？"

"试试看。"

…………

回家的路上，肖艾真的背上了我，当然很吃力，以至于嬉闹着从我们身边跑过的孩子，都像那在城市里飞驰而过的地铁。

她的头发在晚风的吹拂下，渐渐干了，飘在了我的脸上。与她如此亲密的接触中，我有点觉得整个世界是一张虎口，而现在我脱离了危险。可是，我更不想让她累着，于是一伸腿便着了地，对她说道："没事儿，我蹦着回去，你扶着我就行了。"

肖艾也没有太坚持，毕竟我的体重摆在这儿，背着我走那么一小段是在咬牙坚持，背着我一直走到家那可就是玩命了。

我们又停在路边，与菜贩讨价还价，买了些鸡蛋和蔬菜，日子忽然在这些微小的平凡中充实了起来。

郁金香路慢慢恢复了它特有的平静，万家灯火也没那么让人感到孤独了，有的只是两个相依为命的人。虽然没说太多的话，心情却在这一瞬间有了变化。

…………

回到小院，我叫来了在巷子里玩耍的毛豆，然后哼哼唧唧地躺在了床上，而肖艾就在厨房里做着并不那么让我有信心的晚餐。

"毛豆，做男人什么最重要？"

毛豆显然不太理解我的问题。

我拉住毛豆的手，耐心教导："毛豆，我今天和你聊的是精神层面的。我觉得男人最重要的一定要有义气，不讲义气的男人是没有前途的。"

我的忽悠让毛豆似懂非懂。

我又指着自己的腿说道："你看，我的腿也摔断了，以后就不能带你去看电影了，但是你得念着我的好，是不是？"

毛豆摸着我的腿，都快哭了，他问道："二桥，你的腿怎么断了？"

"好孩子，不哭。"我装模作样地摸着毛豆的脑袋，一阵唉声叹气后，又说道，"毛豆，咱们俩可是这条巷子里最好的兄弟。做兄弟，有今生没来世，现在我有难了，作为一个讲义气的男人，你能看着不管吗？"

毛豆的情绪被我调动了起来，撅着屁股冲我吼道："不能，我回家和我奶奶要钱给你看腿！"

我一伸手，赶忙将他拉了，回道："腿的事情咱们回头再说，我还有更重要的事儿和你说。"

毛豆大义凛然地回道："只要你不死，说什么我都答应。"

我一边咳着，一边说道："你马上回家找你妈，就说你想学个吉他钢琴啥的，然后让你妈妈来找我，你看怎么样？"

毛豆终究是个孩子，善于不靠谱地联想，当即向我问道："我学钢琴，你的腿就能好了？"

我一愣，赶忙顺着他的话说道："嗯，你要是不学，以后我就是个瘸子，没人带你看电影了！"

毛豆好像瞬间想明白了里面的利害关系，只回了一句"你等着"便拿着他的玩具手枪一溜烟地跑了。

这时，肖艾终于从厨房里走了出来，一边用毛巾擦着手，一边语气充满鄙夷地对我说道："你还要脸吗？这么忽悠一个孩子！"

"教育要从娃娃抓起，再说了，咱们琴行不是刚起步吗，还是先从身边的朋友入手比较靠谱点儿。"

"你看你吧，跟人家毛豆打仗的时候，就摆出一副叔叔的臭架子；忽悠人家的时候，又开始称兄道弟。我看，你的脸皮跟咱们南京的古城墙也有得一比，不仅历史悠久，还奇厚无比！"

我现在只有一个念头，就是将这间琴行开好，不能再重蹈咖啡店的覆辙，而我的心中已经做好了打硬仗的准备。

…………

肖艾又回到厨房准备再做一个西红柿蛋汤，我依旧躺在床上思考着怎么做好琴行下一阶段的宣传策划。

手机突然响了起来，我拿起看了看，是秦苗打来的，她希望我今天晚上就能将苏菡约出来聊一聊。

我随即又给苏菡打了一个电话，把秦苗的想法转达给了她，她也同意了。

我的腿脚不便，于是就将见面的地点定在了我家，反正她们都知道我家在哪里。

有我在，秦苗就算对苏菡有着极大的恨意，也有一个人从中周旋。我不希望她们一见面就剑拔弩张。

实际上，她们只是父母包办婚姻下，两个可怜的牺牲品罢了！

第224章 见最后一面

肖艾将饭菜做好之后，又扶着我在院子里的石桌旁坐了下来，她问道："要喝点啤酒吗？"

"想喝，但是怕你做的菜没办法下酒。"

我以为这样的调侃足以让肖艾反唇相讥，却不想她摘掉围裙，回道："那我去巷子口给你买点凉菜好了。"

我愣住了，因为我和她认识的时间也不算短了，她从来没有表现过如此温柔的一面。

肖艾并没和我开玩笑，她从钱包里拿了一些零钱之后，真的向院门外的巷子走去。

....

肖艾还没有回来，毛豆就将他妈妈给拉到了我家小院，然后对我说道："二桥，我妈来了，你赶紧和她说，我想学钢琴。"

毛豆的妈妈有些苦恼，问道："江桥，到底是怎么回事？我刚到家，我们家毛豆就和打了鸡血似的非要和我闹着学钢琴，他这脑袋里整天想的就是舞刀弄枪，怎么看也不像是个有艺术细胞的孩子啊！"

面对毛豆的妈妈，我当然不能瞎忽悠，我很诚恳地对她说道："现在都强调素质教育，多让孩子学习一门才艺，以后也可以多一个选择，而且音乐这东西是很修身养性的，特别是钢琴，我反而觉得学习一些比较高雅的艺术，有利于培养孩子良好的审美观，你觉得呢？"

这时，买完凉菜回来的肖艾也站在我们的身边，她拉住毛豆的手，笑着对毛豆妈妈说道："我觉得这孩子很有弹钢琴的天赋，你看他的手指很修长，非常适合弹钢琴。"她又对毛豆说道，"毛豆，你能把手指两两分开吗？"

"是这样吗？"

没等肖艾做示范，毛豆便将自己的手指两两分开了，肖艾又让他三根手指并拢在一起，另外一根分开，他也很轻易地做到了。

肖艾这才又对他的妈妈说道："孩子很有学钢琴的天赋，他的协调感非常好，乐感应该也不会太差，真的是个好苗子！"

毛豆的妈妈将毛豆拉到了自己的身边，左看右看，然后笑着向肖艾问道："真的吗？"

肖艾很确定地点了点头。

"那行，我也早就琢磨着让他学一项才艺了，这孩子实在是太皮，希望学了钢琴能让他改改这好动的性子。对了，是你们开的琴行吗？"

我赶忙回道："嗯，正在装修，进度快的话，半个月就能正式教课了。"

"那行，等你们开业了，给我个电话，我带毛豆去报名。"毛豆的妈妈说着就要领毛豆走。

我和肖艾留她一起吃顿晚饭，她摇了摇头对我们说道："不客气了，马上要带毛豆去他姥姥家，我爸妈一个星期见不到他，就想得不行！"

我们没有再挽留，毛豆临走时又忧心忡忡地向我问道："二桥，我马上就学钢琴了，你不会变成瘸子了吧？"

毛豆妈妈不明所以地看着我，我饶是脸皮再厚也有点不好意思了，毕竟利用了孩子的天真。

当从我这里得到了不会瘸的答复后，毛豆才很放心地跟着他妈妈离开了。看着从小就被父母、爷爷奶奶、姥姥姥爷宠溺的毛豆，我又仿佛看到了自己的人生。我的孤独油然而生，再回头看了看身边的肖艾，她又何尝不是。

我们都没有见过自己的姥姥和姥爷是什么模样。

所以，我们更要珍惜眼前的这一切，我们在生活中给予对方的温暖，才是真的，因为这个世界上愿意用真心给我们温暖的人并不多！

…………

石桌旁，我和肖艾相对而坐，她是个能喝酒的女人，所以也陪我喝了起来。我们有一句没一句地聊着，我将苏菡和秦苗待会儿要在这里碰面的消息告诉了她，她说希望这两人之间的恩怨今天能有个了断。

晚饭快要吃完的时候，秦苗先到了我的小院，她四处看了看后，向我问道："她还没来吗？"

"应该也快到了吧，约好了八点半，是你提前了。"

秦苗在石凳上坐了下来，我向她问道："乔野还被他爸妈关着禁闭吗？"

"关着呢。"

作为乔野的兄弟，我心中有些不舒服，于是对秦苗说道："就是关条狗，偶尔也得拉出来放放风吧，何况乔野是这么大一个活人！不是我说，有时候他爸做事是挺绝情的！"

秦苗看着我，半晌才叹息回道："你也别愤青似的又喊又叫了，在这件事上他爸也有压力，如果我最后真的和乔野离婚了，这个损失不是他能承受的！"

我听得懂秦苗想表达什么，乔野家的集团在建筑界能够有今天的地位，原因是大家心照不宣的。肯定是秦苗的父母给乔野的家庭施加了很大的压力，于是才有了乔野他爸这么极端的做法。

我选择了闭嘴，然后有些郁闷地点上了一支烟。肖艾始终一言不发，这也正常，如果我算半个局内人的话，那她更是彻头彻尾的局外人了，毕竟她和他们都没什么交情。

…………

苏菡终于来了，她和秦苗都是第一次见到对方。这一刻，两人的表情是一致的，她们的眼睛里充斥着太多的辛酸和无奈，于对方而言，她们就是一把利刃，往彼此最脆弱的地方插了一刀又一刀。

没有多余的话，秦苗起身后，很直接地对苏菡说道："今天约你出来，没有别的目的，就是希望大家能够心平气和地将这些年的是是非非摆到桌面上谈一谈。"

苏菡看着秦苗，什么也没说，只是点了点头。我可以预见，在这场看上去没有什么恶意的交谈中，她已经处于劣势。因为，当年的她收了乔野家的二百万，最后却没有能够信守承诺。

两人一直没有坐下，苏菡往秦苗的小腹处看了看，便回避了自己的目光。

一阵沉默之后，秦苗终于用低沉的语气对苏菡说道："这小半年乔野也任性够了。你们离开中国，飘来荡去，却没有想过在南京发生了些什么，又有多少人因此心力交瘁。苏菡，我们同为可悲的女人，所以你应该比任何人都懂我的心情。当年，你收了我婆婆二百万，并且有了口头上的协议。可是，三年后你又从我身边夺走了乔野，这是你不义在先，但是我们一直没有将这二百万的事情摆在明面上和任何人说过，因为这是我们的底线，我们不想让这样的事情成为舆论的笑柄，可你的底线又在哪里呢？"

苏菡的神情有些涣散，她用沉默表达了自己心中的愧疚，而唯一支撑着她的，只是一份对爱情的渴望，这让她显得势单力薄。

秦苗又说道："现在我有了乔野的孩子，这已经是满城皆知的事情。你应该明白，只要乔野选择回南京，他就没有机会再走了。我曾经也想过和乔野离婚，成全你们，可是我们婚姻的性质不允许我这么做，哪怕我很努力了，也争取不到这份自由。更重要的是，我也不忍心看着自己的孩子一出生就面对一个破碎的家庭。苏菡，我真的要提醒你，你自己可以不义，但绝不能再陷乔野于不仁，等他再回头想明白时，他会恨你的。因为爱情并不是这个世界上最可靠的感情，人的心终究是要落叶归根的。"

苏菡低着头，等她再抬起头时，眼里已经噙满泪水，却笑着对秦苗说道："见了你，我终于知道乔野的母亲为什么喜欢的是你，而不是我了。因为你们说话的方式真的太像，太像了。你刚刚说的这些，她当年大概也是这个意思，让我无地自容，让我不得不离开。"

秦苗往苏菡面前又走了几步，她的眼神中充满了凌厉，我心中一紧，以为她被愤恨冲昏了头脑，要对苏菡动手。

谁能想到，下一刻，秦苗做出了一个让我在多年后想起时仍感到震撼的举动！

她托着自己的小腹，缓缓地蹲在了地上，然后跪在苏菡的面前，无比艰难地说道："我知道，你是一个善良的女人，只是被乔野的冲动蛊惑了。可是这一切，终究是要回归理性的，不是吗？我请求你放过乔野，放过我，放过我和他的孩子，放过两个家庭，也放过你自己，好不好？再这么纠缠下去，我们谁都不会有好结果的！"

我不知道此刻的苏菡是什么心情，但是作为旁观者的我，心跳的频率已然加快，因为苏菡已经没有了拒绝的余地。

我终于知道，乔野的父母为什么要拼命留住秦苗这个儿媳了。因为她能屈能伸，乔野家的事业在她的手上才能发扬光大，而苏菡和她相比，太软弱了！

痛苦的抉择让苏菡掉下了眼泪，她的影子也变得孤单无助。

她终于擦掉了眼泪，轻声说道："我愿意退出，从此定居在国外，永远也不再和乔野有一丝一毫的联系。但是，在我离开南京之前，请你让我再见乔野最后一面，可以吗？"

秦苗向我伸出了手，我的脚不方便，是肖艾将她从地上扶了起来，她稍稍犹豫后，向苏菡回道："我答应你，我会想办法的，但是也希望你不要辜负我的信任！"

苏菡点头，她的心似乎死了，头也不回地向院外走去。

忽然，一直没有说话的肖艾，快步走到她的身后，紧紧拉住她的手，问道："做了这个决定，你真的不会后悔吗？"

苏菡看着肖艾，许久后才摇了摇头，她声音沙哑地回道："也许，爱情真的不是这个世界上最可靠的感情，人的心终究是要落叶归根的。与其一起绝望，倒不如让大家都好过一点儿吧。"

…………

苏菡已经离开了，我这才恍然明白，自她答应与秦苗见面的那一刻起，她的心里就已经知道会得到一个什么样的结果了！

可是，触动她选择彻底放弃的原因，到底是秦苗刚刚说的那些义正词严的话，还是另有其他呢？

我迎着谜一样的夜色，陷入了沉思中。

| 第225章 | 她怀孕了

苏菡离开后，我和秦苗在院子里沉默以对。她的表情很复杂，一直看着苏菡刚刚离去的地方，似乎是胜利者的姿态，却又好像一败涂地。

她和苏菡，一个是富甲一方的千金小姐，一个是衣食无忧的中产阶级，可是也不见她们活得有多快乐，好像只有我这小院子才是与闹市隔绝的另一个世界。

很久之后，秦苗终于对我说道："谢谢你，江桥。我心里的一块石头算是放下了。"

"你放不下，你和乔野还有很长的一段路要走。如果他知道你今天和苏菡说了什么，他会不开心的。"

秦苗微微抬头，又平视着不远处的桂花树，对我说道："我还是愿意相信时间有可以改变一切的力量，今天他可以对我恨之入骨，但不代表他会恨我十年、二十年，甚至一直恨下去！"

我看着秦苗，只觉得这个女人实在是太能忍耐了。

短暂的沉默之后，我向她问道："你会兑现承诺，让苏菡和乔野见最后一面吗？"

"为什么不？"

…………

说完秦苗也离开了，院子里只剩下了我和肖艾，她情绪有些低落，问道："这段三角恋就以这样的方式落幕了吗？"

我反问道："你是不是还有那么一点儿意犹未尽的感觉？"

"你真恶心，这样的事情也拿来开玩笑！"

我轻声叹息，随后陷入了沉默中。我没有和肖艾开玩笑，我不太相信一份在三人之间纠缠了这么多年的爱情，就这样结束了。可我必须要从中吸取那么一点儿教训，我不禁开始审视起了此刻的自己，却又毫无头绪。

原来，做旁观者才是最轻松的，而自己身上那些破事儿，倒真的不是几分几秒就可以想明白的。

这个晚上，肖艾并没有留下陪我太久。刷完碗，她便离开了我的住处，我却无心睡眠，我总是会想起苏菡在不久前离去的背影，是那么孤单痛苦。

我想，我该在她离开南京前，也最后请她吃一次饭，感谢她将心情咖啡赠予我的慷慨，也为自己没有能够守住而道歉，还要祝福她未来的生活会幸福美满。

不管她曾经做过什么，但在我的眼里，她是我的朋友，好坏都是！

…………

次日一早，我并没有因为脚受了伤而睡懒觉，而是早早就起床给自己找了一根临时的拐杖，然后去了琴行。

今天上午会有装修队进去施工，因为是装修的第一天，我必须要将许多细节和他们说清楚。

肖艾今天又有了演出的任务，一早便乘飞机去往了内蒙古，到一个兵团里进行慰问演出，明天下午才会回来。

上午在琴行监工了半天，下午我便又去了附近的那所外国语小学。我思前想后，总觉得用发传单这样的方式来宣传，效率并不高，而且也不够精准。我想应该还有更好的办法，只是我刚刚进入这个行业，还不太了解罢了。

我买了一包中华香烟，随即来到了保安室的门口。当值保安三十岁刚出头，他看了看我拄着的拐杖，板着脸向我问道："昨天就看你在我们学校门口发传单，后来爬进学校贴传单的也是你吧？"

我赔着笑脸回道："混口饭吃，挺不容易的，你多见谅。"

我一边说，一边将烟塞进了他的口袋里，保安又象征性地用责怪的眼神看了我几眼，然后回道："以后可不能这么干了，学校有学校的制度，我就是一个小保安，你可别为难我！"

"那不能。"我停了一下，又笑着向他问道，"小哥，和您打听个事情，这附近的其他培训机构，都是怎么到你们学校宣传的？我看他们也贴了不少小广告，不会是和我一样翻院墙进来贴的吧？"

"一看你就是个新入行的！"

我赶忙点头，回道："你眼光真准，我就是不太明白这个行业的一些门道，所以才诚心来和您请教的嘛！"

我说着又拿出自己的烟，给保安点上了一根。他吸了一口之后，压低声音对我说道："告诉你吧，这里面的门道其实可多了。现在不是很多学校都有规定，禁止老师在外面开设私人培训班吗，但这些老师手上有学生资源啊，不用来赚点外快也太可惜了，是不？对了，这附近的软件大道上有个阳光园英语培训班，你有印象吗？"

"嗯，有印象。"

保安凑到我的耳边，声音压得更低了："这个培训班的老板，就是我们学校王老师的妹妹，王老师本人就是教英语的，带了两个年级三个班呢！所以干这行，你得在学校里有人，明白不？你光靠发什么传单没多大用！"

我恍然大悟，点了点头。

保安又说道："你是做琴行的吧，那你得和教音乐的老师私下搞好关系，只要他们和学生一推荐，那你还愁招不到学生吗？"

我再次点头，对他说道："还得麻烦您个事儿，你们保安室应该有所有老师的联系方式吧？你看能不能把你们学校音乐老师的手机号码给我。"

保安面露难色，说道："这可是人家的隐私，我不好给的。"

我心中已经会意，当即小声对他说道："改天一起吃个饭，咱们先交个朋友，麻烦你的事儿，我心里有数的。"

跟保安软磨硬泡了半个多小时，终于从他那里弄到了一份学校比较完整的老师联系名单。之所以最后要了所有老师的名单，我是有想法的，我可以拿着这些联系方式和其他培训机构进行资源交换。我相信，只要这张网铺开了，就不怕没有生源。

我依旧一瘸一拐地走在回去的路上，心中却有了一种豁然开朗的感觉，我觉得自己和保安似乎有一种特殊的缘分，因为接下来，我将会故技重施，结识许多保安"朋友"。这倒真是个不错的切入点，因为职业的特殊性，他们的消息是最灵通的，可谓见多识广。

不过，这一天于我而言也不轻松。其实，我很讨厌带着某种目的去讨好别人的行为，可是在社会上摸爬滚打了六年，我已经能够逼着自己去做很多心中原本一点儿也不想尝试的事情。

我了解这个社会的生存规则，别说是低声下气，有时候哪怕是打骂，你也得承受着。没有付出，哪有回报呢？

当然，像乔野和秦苗这种含着金汤匙出生的就另当别论了！

…………

夜晚来临前，我和苏菡见面了，我们坐在一家湘菜馆靠窗户的位置，窗外是万家灯火、车水马龙。南京这座城市以很自豪的姿态，将它最繁华的一面展示在了我们的面前。

我充满歉意地对苏菡说道："一直很想正式地和你道个歉，我没能守住心情咖啡，心中真的挺惭愧的，对不起！"

苏菡摇头笑了笑，回道："你没有必要和我说对不起，你不觉得这个店就是我和乔野感情的象征吗？我们的路已经走到尽头了，就算咖啡店不倒闭，我也会处理掉的。"

"真的决定离开了吗？"

"我没有别的选择，南京是一座让我感到自己很恶心的城市。"

我心中有点为她感到难过，因为我知道她对乔野是有真感情的，这么硬生生地切断得有多痛！而且，这已经是第二次了，只会更痛！

我又向她问道："想好去哪个国家生活了吗？"

苏菡摇了摇头，示意并没有想好。但我知道，她一定不会选择那个和乔野一起生活了小半年的国家了。她要重新选择的国家就和曾经的丽江一样，没有朋友，没有任何记忆，没有亲人，人生像被洗刷了一遍，重新开始。

气氛有点沉闷，我打开一罐啤酒递给了她，她却拒绝了，我有点意外地看着她。

她笑了笑回道："身体不舒服，今天不太方便喝酒。"

我没有勉强，只当她正是生理期，于是又喊来服务员，替她要了一壶白开水。

又吃了一会儿，苏菡的电话响了起来，她没有在第一时间接通，仿佛有些回避我似的走到了外面。这个有些反常的举动终于让我觉得有那么一点儿不对劲，因为我不觉得她有什么事情是不方便被我听到的，我自始至终也没有站在她的对立面过。

这时，来了一个服务员，她指着苏菡放在座位上的包对我说道："先生，现在是用餐高峰期，请您替朋友保管好私人财物。"

我点头，对她的提醒表示感谢，然后去苏菡的座位将手提包拿到自己这边来，包是打开的，我隐约看到里面有一张B超报告单。

我更加感觉到不对劲了，于是将其从包里拿了出来。

我惊得张开了嘴，苏菡竟然也怀孕了！

这是千真万确的，尽管我此刻完全不敢相信自己的眼睛。

| 第 226 章 | 我不爱了

食客们在我的身边来来往往，我在一片嘈杂声中将苏菡的B超图像又放进了她的皮包里，我没有吃饭的心思了，因为我为她感到犯愁。

大约过了五分钟，苏菡从外面又回到了餐厅里。她好像什么事儿都没有发生般坐了下来。我也不动声色地将她的包又递到她的面前，说道："刚刚服务员提醒，现在是用餐高峰期，让我替你保管好。"

"谢谢。"苏菡从我的手中接过包。

"苏菡，你是不是有什么事情瞒着我？"

她很诧异地看着我："为什么这么问？"

一阵沉默后，我才对她说道："我刚刚看到你包里的B超单了，你也怀了乔野的孩子，是不是？"

苏菡放下了手中的筷子，她的脸色终于起了变化，她看上去很紧张，以至于有点乱了方寸，她问道："你想怎样？"

我用最轻的声音对她说道:"放松一点儿,你现在面对的是我,不是秦苗。我就是想知道,你到底是怎么想的。还有,你是什么时候知道自己怀孕的?"

苏菡闭上眼睛靠在了椅背上,我仿佛看到了她波涛汹涌的内心,尽管她用手挡住了自己的眼睛,可我知道她哭了。

我抽出一张纸巾递给了她,她却连连对我说道:"江桥,我没有事,让我缓一缓。"

我耐心地等待着,时间就这么一分一秒地过去,而我们点的所有菜也陆续上齐了。

苏菡终于对我说道:"我知道自己怀孕是在四天前。刚刚给我电话的,是我在南京的一个医生朋友,她劝我把孩子拿掉。可是,我想生下来!"

"那乔野他知道了吗?"

"我不会告诉他的,也请你不要告诉他。我只想见他最后一面,然后安安静静地走。"

我心里不知道是什么滋味,沉默了许久之后才对她说道:"苏菡,你听我说,这个事情要从长计议,因为单亲妈妈真的不是那么好当的!你又何必让自己的人生活得像一出悲剧呢?"

苏菡痛苦地摇着头,她哽咽着对我说道:"如果是几年前,我连自己的生活质量都不能保证时,我会犹豫要不要这个孩子。现在,我没有任何理由放弃。我爱乔野,那我为什么容不下我和他的骨肉呢?说出来,也许你不会相信,正是因为有了这个孩子,我才下定决心离开南京,离开乔野,离开这些是是非非!"

"我无法理解你的逻辑。"

"江桥,你说心里话,你看好我和乔野之间这一段孽缘吗?"

我没敢立即说出口,在心里谨慎地想了很久,才摇头回道:"说实话,不看好!因为乔野不是一个有能力决定自己命运的男人,他的家庭实在是太强势了。三年前,他们有办法将你和乔野分开,以后也会有,更何况现在秦苗还怀着他的孩子。"

苏菡点头:"既然你能看明白,我也不想当局者迷。可是我仍有一点儿不甘心,我怕自己放弃这段感情后会重复以前的痛苦,也害怕自己太孤独。现在,有了这个孩子,我就什么都不怕了!江桥,做人不能太贪,我已经从他们乔家得到了太多。因为那两百万,我积累了两千万的资产,以后也许还会更多。我已经有能力决定自己的人生,也有能力给这个孩子最好的生活。所以,我还是还他们一个安宁吧!更重要的是,我知道秦苗是真的爱他,他会幸福的!"

我无语,只得叹息。

…………

吃完饭,走出餐厅,外面下起了雨,我撑着伞与苏菡并肩站着。也许,这是我们今生最后一次见面,我有点不忍立即离去,总觉得还有什么叮嘱的话没有对她说。

"江桥,乔野的狐朋狗友很多,但真正交心的恐怕也就只有你一个。他脾气臭,希望你能多担待一点儿,也帮衬着他一点儿。"

我点头,心中闷得慌,只是看着路口那不断闪烁的红绿灯,一时不知道该说些什么。

"那我们说再见吧，保重！"苏菡说完，勉强挤出一丝微笑。

"等等，苏菡。"

我将手中的伞递给了她，低声说道："我知道劝你也没有什么用，千言万语就汇成一句吧，愿你和这个没出世的孩子能够快乐幸福。还有，等他长大了，也不要和他说起任何关于南京的事情。"

"嗯，我明白你的意思，我不会再给他们的家庭带来麻烦了，我会为自己的选择负责。如果有一天，乔野问起我为什么会离开，请你告诉他，我不爱了。"

苏菡从我手中接过了伞，独自向对街的站台走去，我看着她的背影，一直没有离开。

雨水将整座城市浸泡得毫无生气，直到苏菡的身影彻底与漫天的雨水融合，我才终于撑着拐杖向那个有红绿灯的路口走去。

在这个夜晚，一个"瘸子"，一个落魄的女人，一座城市，都被雨水淹没了。

…………

初夏的雨，来得快也去得快。次日的早晨，天空又换了一副嘴脸，阳光从早晨开始便不要命般地洒在了我的院子里，花朵也因此有了精神，争奇斗艳般地开着。

吃了早饭，我又去了琴行，检查昨天一天的装修成果，然后又和工人们了解了一下装修的进度。他们表示因为房子的结构比较简单，所以工期不会太长，应该会在二十天内全部完工。

我有了紧迫感，因为我是给自己定了目标的，我希望在琴行开业后的一个星期内凑齐至少二十个学生，这样才能将学费转化成发展资金，确保琴行健康地经营下去。

下午三点左右，肖艾也结束了在内蒙古的演出回到了南京，她有点累，便在自己的住处休息了将近三个小时。而我也利用这段时间去了另外一所学校，然后又用同样的办法，搞到了一份教师的联系方式。

同时，我也从一个在电视台工作的朋友口中得到了一个消息，陈艺在电视台的节目，包括与邱子安的传媒公司所签约的一档娱乐节目，全部被一个叫韦筱雅的女主持人代替了。

这个朋友还告诉我，是陈艺的态度最终触怒了领导，认为她在发生主持事故后没有积极地去补救，太缺少职业素养，拿掉她的节目只是一个开始。

我知道，这件事情并没有表面看起来那么简单，最根本的原因还是出在邱子安身上。他不愿意为陈艺的事业保驾护航了，而这个叫韦筱雅的女主持人，就是他的传媒公司一手培养出来的。我敢肯定，换掉陈艺是他的意思。

我有些为陈艺感到担心，但又心存侥幸。我觉得，以她在业内的名气，离开本地卫视，另找一个东家并不是什么难事，就看她在旅游回来后怎么选择了。

…………

傍晚时分，我独自坐在院子里，思考着用什么样的方式去接触两位音乐老师会比较妥当一点儿。如果太冒昧，引起反感的话，后面的工作就不太好做了。

一支烟的工夫，手机在我的口袋里响了起来，我拿出看了看，是乔野打来的。我感到很意外，他竟然打来了电话。

果然，他在电话里大声对我说道："江桥，今天晚上出来陪哥们儿喝个够，我终于解放了，哈哈！"

我心中隐隐察觉到发生了些什么，但仍向他问道："怎么回事儿？"

乔野的语气难掩狂喜："我今天和苏菡见面了，我们达成了共识，她先回比利时（二人之前一起生活的国家），等我解决掉这边的事情，就到那边跟她汇合。"

听到乔野这么说，我的心中不知道是什么滋味。此刻的他，虽然重获了自由，却也被秦苗和苏菡两个女人联手蒙在了鼓里。他根本不知道，苏菡这一走，恐怕永远也不会回来了。

而苏菡，终究也没有忍心当着他的面说出决绝的话来，她还是在离去前将美好的一刻留给了乔野，但谁来做这个坏人，将这一切告诉乔野呢？

我不想，因为我讨厌看着一个人从惊喜掉入绝望的深渊。

于是，我对他说道："乔野，我今天晚上有点事情要办，你找其他人喝吧。"

"今天这么好的日子，你就别磨叽了，我买好酒去你家，马上。"

乔野没有再给我拒绝的余地，他就这么心急火燎地挂断了电话，我却有点不知道要怎么去处理这些落在我身上的是非，我怕自己说错话。

我又觉得乔野真的是个很可怜的男人，他被一群人蒙在鼓里，恐怕永远也不会知道，苏菡已经有了他的孩子。我却必须要告诉他，苏菡是因为不爱他，才选择了离开！

第227章　同甘共苦

从我开始自己一个人生活时，就始终觉得黄昏是一天中最美的光景，因为你要等的人，可能会在这个时间回来，尤其是在这样一个春暖花开的季节。

我回屋随便找了一件外套披上，然后便离开了小院。

没错，我就是要躲乔野，因为他从来不是我要在黄昏里等待的人，而苏菡已经永远离开的消息，我也不愿意从自己的嘴里说出来让他知道，我更不喜欢看着一个如此骄傲的人，被爱情弄哭，一次又一次。

在街上晃荡了一会儿，我就来到了肖艾住的那个小区，估计此刻的她还在睡觉，我便起了要弄醒她的心思。我是为了她好，因为下午睡太多会头痛的。

来到肖艾家门口，想敲门，却猛然想起，我还有一把她家的备用钥匙。出于恶作剧心理，我用钥匙打开了门，我就是想逗逗她。

我蹑手蹑脚地走过了小客厅，然后来到了肖艾的床边。

肖艾果然是个奇葩，这不冷不热的天，她竟然开着空调，也不知道她开的是冷风还是暖风。再往床上一看，原本盖床毛毯就刚刚好的气温，她却裹着被子，那开的一定是冷风了。

我想退出去，然后很正人君子地敲一次门。如果冒昧弄醒了她，她一定会臭骂我一顿，弄不好还会要回那把备用钥匙。刚准备转身离开的时候，她忽然翻了个身，被子也从她的身上滑了下去。

"我去！"

我喊了一声，信念当即动摇，只感觉双腿有点发软，赶忙将身体靠着墙，双手下意识地拉住了窗帘。"扑哧"一声，窗帘不堪重负被扯了下来，黄昏中那软绵绵的阳光便落在了她滑白嫩的后背上。

幸好，她还穿了一件很短的睡裤！我们就在狭小的空间里对视着，窗外却是天大地大，那千万灯火迎着夕阳的余晖陆续亮起。

我尽量不去看肖艾，拎了拎自己的领口，讪讪说道："呵呵，你这屋里挺……挺凉快啊！"

"恶趣味，变态！"肖艾似乎很讨厌别人侵犯她的隐私，抬手就将床头的闹钟砸向了我。

我崴了脚，本来就没好利索，这突如其来的一下，怎么也避不开了，肩膀处便结结实实地挨了一下。我顺势往地上一坐，一动也不动。不知道为什么，余光又向肖艾瞄了一眼，她已经用被子将自己捂得严严实实，然后飞快地在被子里穿上了一件T恤。

肖艾下了床，来到我的面前，冷着脸向我问道："你是怎么进来的？"

"用意念进来的，其实你现在看到的江桥，不是真的江桥，真的江桥正在家里浇花做饭呢！"

"让你跟我胡扯，臭不要脸的！"肖艾说着就要抬腿踢我崴脚的地方。

我赶忙求饶："我招，我招，还不行吗！"

肖艾的语气更严厉了："到底是怎么进来的？"

我莫名想笑，却又笑不出来，于是苦着脸回道："你这房子不是我帮你租的吗，当时房东给了我两把钥匙，一把在你这儿，还有一把我留着做备用了，就怕你丢三落四的，把钥匙忘在屋子里。现在找开锁公司那么贵，不划算。我真是为了你好！"

肖艾气急败坏，又要踢我，我却不知道她的怒火是来自我擅闯了她的房间，还是看到了她只穿着内衣的样子，或两者各占一半。

终究，她没往我崴脚的地方踢，而是踢在了大腿上。尽管她脚下留情，可我也来了脾气，我又不是故意要看她的，要不是她自己翻了个身，我退到房间外再敲门，还是坦荡荡的正人君子一个，于是也怒道："你再乘人之危试试！"

肖艾吃软不吃硬，当即又抬脚要踢我，我一边用手挡住，一边说道："你再对我动手动脚的，我就从上面跳下去，你信不？"

"跳，赶紧跳，趁着窗外风景还不错！"

我当即从地上爬了起来，然后拉开窗户，一条腿跨了上去，转头对她说道："你不要后悔，我只要现在头脑一热，这个世界上就再也没有一个叫江桥的人了，这可是二十六楼！"

我一边说，一边往地面看着，汽车都缩成了火柴盒般大小，再往远处看去，尽是绵延的山脉，山脉上的灯塔有节奏地闪烁着，像是点缀在蛋糕上的红色水果。我本来就不恐高，把这个世界看成蛋糕后就更不怕了，于是又探身向更远的地方看去。

"江桥，你疯啦！死有轻于鸿毛，说的就是你吧？"肖艾终于有点紧张地拉住了我的衣服。

"那你还踢不踢我了？"

肖艾快气疯了，她反问道："你是不是个男人？只有女人才会一哭二闹三上吊！"

我底气很足地回道："我当然是个男人，可你没完没了地踢我，我总不能也踢你一顿吧，我就是用这种方式让你知道，我是在让你，我说过永远也不和你动手的，起码我是个信守承诺的男人。"

"你还记得自己给我写过保证书的事情呢？"

"不敢忘！"

肖艾半怒半哀怨地又看了我一眼，终于对我说道："下来吧，不踢你了。"

我费力地将自己那条不利索的腿搬了下来，然后坐在了肖艾的床上，顺手关掉了还在往外喷着冷风的空调。

一番发泄过后，肖艾也懒得再和我纠缠，她去洗手间收拾起了自己。我想起刚刚她趴在床上的画面却仍有那么一点儿恍惚，直到手机在口袋里响了起来。

这个电话是乔野打来的，我知道他此刻一定在我家院子门口，可我就是不想和他见面，于是挂断他的电话，发了一条"今天真没时间喝酒"的信息后，便将手机关了机。

直到这时，我才从刚刚的画面中回过神，再次想起了苏菡昨天在雨中离去的背影。

我重重呼出一口气，然后又离开床铺站在了窗口。天色已经完全暗了下去，城市的灯火也更加显眼了，可此刻的苏菡又是以什么样的心情在面对这些灯火呢？我不知道！

又是一阵风吹了进来，整个屋子里都是女人的味道，有点香，有点甜。

卫生间里，肖艾要我将挂在阳台上的毛巾拿给她，我忽然觉得，如果没有俗世里的琐事，就这么在这里待着也挺好的，因为这里没有悲伤也没有绝望，有的只是一个刚刚洗了头发却忘记拿毛巾的姑娘。

我很喜欢她！

…………

路灯的光影下，我和肖艾并肩走着，她忽然从口袋里掏出了一个小盒子，然后递给我说道："送给你的礼物，我从内蒙古带回来的。"

"什么啊？"

"你打开看看。"

盒子里面是一枚印章，印章上刻着我的名字。我一边把玩，一边笑着对她说道："这是巴林石做的印章吧。"

"算你有点见识，你再看看印章的侧面。"

我又仔细看了看，上面果然还刻了一行小字："看什么看，赶紧给本娘娘笑一个。"

我真的笑了出来，脑海里浮现出一幅画面：肖艾一个人无聊地逛街，然后蹲在一个刻章老人的身边，让老人刻了这枚有点恶搞的印章。我这个笑点很高的人竟然真的被逗笑了。

她又对我说道："这枚印章你可别弄丢了。"

"很金贵吗？"

她摇头："不金贵，就是希望你在难过的时候，能看着它笑一笑，你再看看另一面。"

我转动着印章，看到了一个很像她的卡通头像。

一切尽在不言中，我只是点了点头，便将印章连同盒子一起放进了外套最里面的口袋，与肖艾迎着夜色，晃荡在一天中最热闹的郁金香路上。

她闲谈似的对我说道："江桥，最近的两个星期，我基本上就没有什么演出任务了，剩下的时间，我和你一起做琴行的宣传工作。"

"不用的，这都是粗活累活，我自己来就行了。"

"两个人一起创业，你干吗分得这么明确？"

"不是我分得明确，确实是有些事情……那个，它做起来很丢脸的嘛，你又不是不知道，我脚是怎么给崴了的。"

肖艾停下了脚步，笑着对我说道："估计要是我，百分之九十不会崴脚，一般涉及技巧性的东西，我肯定都比你强。"

"对，我就是你的手下败将！"

肖艾收起了开玩笑的面孔，很认真地回道："江桥，我觉得我们在一起创业，若干年后最值得回味的，不一定是取得了什么样的成绩，而是这段同甘共苦的记忆。你怎么能单方面剥夺了我享受的权利呢？"

我这才察觉自己可能错误估计了肖艾创业的决心，我沉默了片刻之后，才笑了笑对她说道："你能这么想，我真的挺开心的。在这之前，我总觉得你还没有能够完全适应现在的生活。"

"废话不多说了，一起加油，好吧？"

…………

跟肖艾分别后，已经是晚上九点，我顺着巷子来到了自己的小院门口，却不想乔野依然在台阶上坐着，他的身边放了不少空酒瓶，显然已经喝了不少，天知道是什么力量驱使着他一直这么执着地等着我。

"你怎么还没回去啊？"

乔野眯着眼睛，回道："等你，现在有空了吗？"

"就是喝个酒，你至于吗？"

"太至于了！你赶紧把门打开！今天晚上我不回去，就在你这儿住了。"

我看着乔野，心中不仅同情他，也同情自己，只要牵扯到秦苗和苏菡的事情，我这坏人就当定了，想想也是我自己活该，因为就我知道的事情最多。

第228章 有人针对你们

我在极度不情愿中打开了院子的门，乔野拎着没有喝完的啤酒先进了院子里，他脸上还洋溢着解放后的兴奋。所以，真相有时候真的是一件让人感到很痛苦的事情，而此时此刻我离乔野的痛苦最近。他要是知道苏菡是怀着他的孩子离开的，他会怎么把自己撕碎，然后又是一次灵魂上的出轨。

乔野将啤酒放在了圆桌上，我就这么看着他，哪怕十多年的朋友关系，我却开不了口和他说出一个字。

"用这种眼神看着哥们儿干吗？瘆得慌！"

"没什么，我出去买点卤菜，咱们边吃边喝。"

"别那么麻烦了，酒是给人喝的，饭菜这东西猪也可以吃。"

乔野说着便将我按在石凳上坐了下来，认识到自己是躲不掉了，我终于拉开啤酒罐上的拉环，仰起头喝了一大口，主动向乔野问道："现在你自由了，以后有什么打算呢？"

乔野吸了吸鼻子，带着一种充满展望的笑容对我说道："一个字，等，再难熬的日子，都会有熬过去的那一天，是吧？"

我在一阵沉默之后，对他说道："乔野，这次恐怕是熬不过去了。"

"你这话是什么意思？"

我又开了一罐啤酒递给他，回道："先喝酒。"

"喝尿吧你！有话就说，别磨磨蹭蹭的！"

尽管乔野说话的语气很冲，我看着这个可怜人怎么也发不出火来。其实，他自己心中怎么可能会没有一点儿感觉，否则他不会这么心急火燎地来找我，又一个人在门口等了这么久。所以他并不是想喝酒，而是想从我这里得到一个肯定的答案。因为，他知道苏菡在南京的这段日子与我走得最近，苏菡不会对他说的话，有可能会对我说。

我平复了自己的心情，终于对他说道："你打苏菡的电话，看看能不能打通。"

乔野情绪激动："从上海到布鲁塞尔，还要中转莫斯科，最快也要十八个小时。我现在打什么电话啊？"

"也是，那咱们今天晚上就好好喝酒吧，不喝高，不停！"

乔野的狂躁症一瞬间又犯了，他重重将手中的啤酒罐砸在了地上，揪住我的领口，恶狠狠对我说道："你他妈告诉我，苏菡她就在比利时等着我，至死不渝！"

我用力挣脱，顺势一巴掌打掉了他的手，毫不留情地说道："至死不渝个鬼！你个大傻子，她又把你给耍了，她现在要是在飞往布鲁塞尔的飞机上，我把眼珠子抠出来给你踩！"

乔野又想冲过来对我施暴，这次我就更不留情了，双手重重一推，踉踉跄跄的他又被后面的椅子一绊，狼狈地摔倒在了地上。

"乔野，你听好了，我再最后和你好好说一遍！你又被苏菡这个女人给耍了！

她没有回比利时,就和三年前一样,她是带着你妈给的二百万离开的,她最喜欢的肯定不是你这个傻子,而是钱!"

乔野表情极度痛苦地看着我,他的喉结不断蠕动,然后用拳重重地砸着地面,一下又一下:"我不信,如果真是你说的这样,她为什么还来南京找我?为什么今天走的时候又和我见了一面?"

我无话可说,可为了让他死心,我不得不用一种残忍的方式对他说道:"就算是和一只宠物在一起久了,多少也会有那么一点儿感情,何况是你这么大一个活人。可你真的不是苏菡心中的第一位,你要还有那么一点儿脑子,就赶紧醒醒吧,她已经受够了和你在一起,受够了你惹的那些麻烦!"

乔野费了好大的劲儿才开口向我问道:"这些都是苏菡亲口和你说的?"

沉闷的夜色中,我又想起了苏菡那天对我说过的话,她说,如果有一天乔野问起,就告诉乔野,是她不爱了,于是我很肯定地对乔野点了点头。

黑夜密不透风,空气仿佛都是凝固的,乔野跪在地上,凄惨的哭声却冲破了一切,一直往最深远的地方传去。可惜,苏菡听不到,秦苗也听不到,他的家人更听不到。

乔野走了,我的世界也安静了,我一个人坐在圆桌旁喝掉了他留下的全部啤酒,我有些伤神,因为我不知道经历了这次惨重的打击,乔野会变成什么样子。

我希望他能多爱秦苗一点儿,也做个称职的父亲,这样也就不算辜负了苏菡的忍痛割爱。

…………

次日,我刚刚起床,肖艾便来到了我的住处,她开口向我问的第一件事情便是苏菡。即便面对的是肖艾,我也没有将苏菡怀了孩子的事实告诉她,我只是避重就轻地对她说了一些。

她听完,只说了一句苏菡的电话已经打不通后,就什么也没有再说。

下午的时候,传来了一个不太好的消息,因为我们的琴行以音乐培训为主,而且我有志向将其发展壮大,再加上吸取了咖啡店的教训,我便很主动地到工商局去登记注册了,教育局也投递了审批材料。

工商那边倒是很顺利地通过了,教育局却没有给我们经营的资质。他们给出的理由是,我们的场地离居民区较近,会影响到居民的日常生活,再加上这条街以及附近的软件大道已经有了四家培训机构,超过了预先设定的数量,为了保护健康的市场秩序,所以不予审批通过。

房子我们已经交了租金,且开始装修,这个时候更换场地是完全不可能的事情,所以还得硬着头皮想办法,找关系。

其实,这个事情并不那么难办,因为陈艺的父亲便是教育局的办公室主任,在本市的整个教育系统里面还是很有分量的,可是在一些坏事情反反复复发生后,我也没有脸面跑去求他帮忙办这件事情。

整个下午,我和肖艾都有点犯愁地坐在小院子里,我们第一次认识到,创业的难处简直是无处不在。

快要黄昏时,她才对我说道:"我去想办法找人看看吧,我妈以前在南艺教书,在这个圈子里也有朋友的,不过能不能够得上,就不清楚了。"

我点了点头,对她说道:"那行,我和你一起去。"

……

天黑前,我和肖艾乘公交车来到了秦淮区一个普通的居民小区,我们在对面的超市买了两瓶高档酒。

肖艾敲了敲门,开门的是一个五十岁左右的女人,肖艾笑着对她说道:"孙阿姨,好久没来看你了,你还好吗?"

女人拉住了肖艾的手,很亲切和善地回道:"我蛮好,我蛮好……来,姑娘,进屋说话,阿姨刚刚做了一个果盘。"

"那我真是来巧了!"肖艾说着又将我以朋友的身份介绍给了这位孙阿姨。

我赶忙将手中提着的酒递给她说道:"孙阿姨,你好,第一次见面也不知道你喜欢什么,听说叔叔喜欢喝酒,就给他买了两瓶酒,希望不冒昧。"

"哎哟,来就来,还买什么东西啊?"

肖艾拉着我进了屋子,她问道:"叔叔呢,没在家吗?"

"他啊,去广州开研讨会了,要一个星期才能回来呢。"

一阵寒暄之后,肖艾终于切入正题:"阿姨,其实我这次来,是有个事情想请你帮忙的。"

"哟,你这丫头一般可不会麻烦人。快说吧,是什么事情,阿姨能帮上的忙一定帮!"

肖艾看了我一眼,然后回道:"我和朋友开了一间琴行,需要教育局那边审批,可是我们把材料送过去,那边没给批。阿姨,你在教育局应该有熟人吧,看看能不能帮我们想想办法!"

孙阿姨想了想,回道:"我倒是真有一个同学在教育局工作,和你妈也是朋友,我给她打个电话问问。但估计问题不大,毕竟这东西不像烟草证那么难办,承个人情也就给了。"

我和肖艾对视了一眼,都在对方的眼神中看到了喜悦,毕竟这个琴行寄托了我们太多的期望,无论想什么办法也要开起来。

我和肖艾耐心地等待着,孙阿姨拨打出去的电话在片刻后被对方接通,她开了免提,先是和对方寒暄了几句,然后正色说道:"敏芬,我这边有个忙想请你帮一下……"

等孙阿姨说完之后,电话那头一阵沉默,才回道:"这个忙我也想帮,毕竟我和阮苏也有这么多年的交情了。可是,这边审批不让过,真是上面的意思。我这么和你说吧,这两个孩子恐怕是被人针对了,我这边就算是得罪了上面的领导,恐怕也办不下来。所以,替我跟两个孩子说声抱歉吧,真的是爱莫能助!"

电话被挂断,我的心在一瞬间跌入谷底,我没有想到自己面对的竟然是这么坏的局面!可是,是谁在针对我们?

我下意识地想到了陈艺的父亲,但很快便推翻了,这么多年他虽然一直瞧不起我,可为人还是很有原则的,何况他也没有动机这么做,毕竟我现在已经不和陈艺在一起了。站在他的立场上，应该巴不得我和肖艾开这个琴行才对。
…………
我和肖艾沉默不语，往小区的外面走去，尤其是她，看上去闷闷不乐。
我停下脚步对她说道："咱们先不要猜测到底是谁在背后针对我们，有一个人应该能帮我们摆平这个事情，我现在就去找她。"
"谁啊？"
"秦苗。"

第229章 苦中作乐

当我和肖艾分开的时候，夜色已经降临，为了能尽快搞定这件麻烦事，我立刻打车去了秦苗家的别墅，我想再顺便看看乔野这一天是怎么过的。

车子经过将近半个小时的行驶，才来到了秦苗家坐落在紫金山脚下的那个别墅区。但这次来的心情，和前几次是天壤之别，我倒是不用鬼鬼祟祟的了，可乔野也伤透了心，弄不好我正大光明地来了，却不一定能见到他这个人。

来到门口，我没有立即进去，而是习惯性地往里面看了看，乔野他爸的大奔不在，但秦苗的保时捷在。

我终于按了门铃，还是上次那个保姆阿姨给我开了门，我向她问道："秦苗在家吧？"

"坐在客厅看电视呢。"

我又压低了声音问道："那乔野呢？"

"他把自己关在房间里一天了，不吃不喝的，你赶紧劝劝他吧。"

我叹息，前些天还是个拼了命要自由的人，今天就自我封闭了，这世事转换得也未免太快了点儿，以至于连我这个一直参与在其中的人，也来不及适应这一切。
…………

进了客厅，我在秦苗的身边坐了下来，然后看了看她的肚子，对她说道："我真的挺想知道，你现在是什么心情。"

"没什么心情，风也吹过了，浪该停了吧？我就是想等着过点好日子。"

我又问道："你今天没去公司？"

"没去，一直在家守着他，你也是来看他的吗？"秦苗说着往乔野的房间看了看。

"算是顺道来看他的吧。其实，我是有事情想请你帮个忙。"

"什么事儿？"

"一件不太好办的事儿，要不然我也不可能跑来找你。"

"你说吧。"

我看了秦苗一眼，对她说道："我和朋友一起开了家琴行，但教育局那边的手续审批不下来。今天下午我们也托关系打听了,可那边给的答复是有人针对我们,故意在手续上给我们下了绊子。"

秦苗坐直了自己的身体,皱了皱眉,问道:"还有这么个事儿?"

"可不就是吗,你能不能搞定?"

秦苗略微想了想,说道:"问题不大,可是,你不应该去找陈艺帮这个忙的吗?他爸可是那边的办公室主任,这是他一句话就能搞定的小事儿。"

我低着头,心中是百般滋味,许久之后才回道:"还去麻烦陈艺做什么呢?我这辈子欠她的实在已经够多了!"

"怎么,听你这意思,这些人情准备拖到下辈子再还了?"

"秦苗,别开玩笑了。现在我真的有走投无路的感觉,还不知道是谁在背后整我。"

"行吧,明天早上我陪你去一趟教育局,你也不用太伤神,我这边现在就给你一句准话,这事儿不管是谁在背后针对你,我都想办法帮你办成。"

我看着秦苗,心中的一块石头总算是落了地。因为我知道,在这座城市,她办不成的事情并不多。所以,这也是乔野父母情愿对苏蔺赶尽杀绝,也不同意乔野和她离婚的原因。

尽管秦苗这个人还算低调,但因为我们是她身边比较熟的朋友,所以对她家的情况还是很了解的,他们家在政府担任要职的,并不只是她父亲一个。

…………

聊完这件事,我和秦苗一起站在了乔野的房门口。我敲了敲门,对里面的他喊道:"房间里的兄弟出来吃口饭吧,何必这么跟自个儿较劲呢?"

里面的乔野一声不吭,我看了一眼身边的秦苗,她轻声对我说道:"算了,让他自己一个人静一静吧,我现在唯一能给他的,也就是这么一点儿可怜的空间了。"

"何必说得好像你亏欠了他似的?"

"我是没有亏欠他,是我的公公婆婆亏欠了他,可我心里既然把这里当成了家,我是这个家庭的一分子,那我也要为这种亏欠承担一部分责任。如果大家都只顾着计较自己的得失,那还谈什么一家人呢!"

我点了点头,终究也没有发表太多的看法,因为无论是苏蔺,还是秦苗,都应该算得上是好女人,至少她们都是用真心去对待乔野的,而我刻意地去认同谁,或者贬低谁,都非常不可取。

…………

回到自己的小院,已经快半夜,我没有想到肖艾一直坐在我家门口等待着。见我回来后,她立即站了起来,似乎很期待我去找秦苗后的结果。

果然,我们刚刚四目相对,她便向我问道:"怎么样了?"

"明天秦苗会亲自跟我去一趟教育局,有她这样的答复你就放心吧。"

肖艾的表情略微轻松了一些,然后又向我问道:"江桥,是谁在针对我们呢?就算我们这次能过了教育局的审批,以后还会有类似的事情出现,这让人心里就没有办法踏实下来。"

我看着肖艾，一时不知道该怎么回答，因为我也判断不出这个人是谁，到底针对的是肖艾还是我。

我觉得李子珊有很大可能，因为肖艾是她的一个大麻烦，她是最不希望肖艾留在南京的人。

当然，老金也有可能，他一直以来都非常不赞成我开这个琴行。

或者，还有其他意想不到的人。总之，无论是谁，这种行为都让人感到极度反感。

一阵沉默之后，我终于对肖艾说道："不管对方是谁，咱们自己得先将心态调整好，反正这个琴行我无论如何都不会放弃的。"

"我也不会放弃的。"

看着肖艾坚决的样子，我心里有了一种很踏实的感觉，继而笑着对她说道："如果有一天我们成为教育行业的明星，被邀请做访谈节目时，咱们就挑现在这一段经历说，是不是特催人泪下？"

"嗯，给人的感觉是挺不好的，但是我们可以苦中作乐。"

"所以？"

"所以，我们先吃点东西，然后散会步呗。"

…………

深夜将至，郁金香路又陷入了沉寂中，我和肖艾来到熟悉的梧桐饭店，而直到此时，我们都没有顾得上吃晚饭，所以点了两菜一汤。

吃饭的过程中，我总是会下意识地看着她，因为我很珍惜这一段时光，我从来没有尝试过与一个女人如此认真地去干事业，也因此而不再有那么浓厚的孤独感。

我第一次对这个世界里的某些人产生了很强烈的对立感，我不允许任何人破坏这段来之不易的时光，我更不想回到暗无天日的从前。

尽管直到现在，我和肖艾还保持着"恋人未满"的距离感，可我们的心因为同一个目标而紧紧靠在一起。

我不敢去设想，如果有一天，我和肖艾苦心经营的这一切轰然倒塌，或者她像苏菡那样永远离我而去，我会承受怎样的痛苦！

夜色更加深了，我和肖艾并肩走在郁金香的东路。这一路，我们都将自己存了十几年的梗编成笑话讲给对方听，所以笑声一直没有停止过。

不知不觉，我们又走到了那座废弃的纺织厂。我们很有默契地一起停下了脚步，我点上一支烟，肖艾趴在铁门上往里面张望着。

此时，已经是春末夏初，院子里杂草丛生，遮挡了我们一部分的视线，所以肖艾又踮起脚往更远的地方看去。

我知道，她是想看那辆老解放牌卡车。

我不顾脚踝的地方还有那么一点儿痛，蹲在地上对她说道："骑在我的肩上，登高望远！"

"不行，我有点不好意思。"

"其实，我也挺不好意思的，可有些事情总要尝试着去做。就像昨天，我不小心闯入了你的房间，你不觉得这就是一个很好的开头吗？"

"你还有脸提！"

我厚着脸皮笑了笑，然后又示意肖艾上来，她也不扭捏了，下一刻便坐在了我的肩上，我的脚下一发力，就站直了身子。

我不知道此刻的肖艾看到了什么样的画面，但我的内心渐渐开阔了起来，我隐隐看到了那辆停在杂草丛里的老解放卡车。

感受着肖艾的温度和重量，我的脑海里浮现出一幅画面。在这幅画面里，我看到了年轻的江继友和杨瑾，他们似乎也有那么一段苦中作乐的日子，就在这座纺织厂里。

可是，当我要看清楚这一段爱恨情仇时，他们的身影却渐渐模糊了。

纺织厂还是杂草丛生的纺织厂，郁金香路上有高楼，有沥青马路，有灯火闪烁。

唯一不变的是路边挺拔的梧桐树。

我终于迈动了自己的脚步，肖艾就这样坐在我的肩上，我们沿着辨不清属于过去还是现在的轨迹，静悄悄地往远方走去。

|第230章| 你到底惹了谁？

次日，我刚刚醒来，来不及下床洗漱便给秦苗打了电话。虽然这么做对一个孕妇而言并不那么人道，可是教育局的审批一天过不了，我就一天如鲠在喉，特别是昨天这一夜，我总是做着噩梦，梦见琴行和曾经的咖啡店遭遇了一样的结局，而直到现在，我还不能完全释怀咖啡店的倒闭，那可是我和苏菡两代老板的心血！

秦苗接通电话后，打了个哈欠，向我问道："这么早给我电话做什么？"

"昨天咱们俩约好的事儿你没忘吧？"

"现在才几点，人家单位都还没上班呢。"

想想也是，自己是有那么一点儿紧张过度了。于是在稍稍沉默后，我又对秦苗说道："这事儿放在心里就是一块大疙瘩，你现在就起来吧，我请你吃早饭，咱们吃过早饭，时间应该差不多了吧。"

"真受不了你！"

我没有停止唠叨："挂了电话就起床啊，我等你。"

秦苗打着哈欠，不耐烦地说了一声"催命鬼"后便挂掉了电话，而我也从床上一跃而起，迅速地穿衣、洗漱。等待秦苗的过程中，又将自己这几天攒下来的脏衣服洗了洗。

女人天生磨蹭，何况秦苗还是个孕妇，所以已经八点了，她仍然没有现身。

心急火燎的我，又带上自己的公文包站在巷子口等待着。

…………

今天早上的气温比较高，风也很大，所以斜对面的一块空地上除了有晨练的人，还有放风筝的。

我有些失神地看着，那些风筝渐渐与蓝天融合，阳光从树叶的缝隙间穿过，带着那么一丝丝暖意落在我的脸上，让我尝试着去享受这个早晨。

我知道，在这个世界上，活着的人都是一只风筝，无论飞得多高，生活也会像一根线操纵着你，某一天这根线断了，也就意味着你离生命的尽头不远了。所以在你飞着的时候，一定要尽可能地飞高一点儿，这样才会看到一些别人不曾看过的风景，让自己不枉此生。

一片片云被风吹来，转眼又被风吹走，就像一些人在我的生命中来了又走。看不见尽头的天空就是一台巨大的生产机器，风和雨是清洗设备，洗刷着我的过去，滋养着我的明天。

抛开那些琐碎，这个世界其实还是挺美的。

"江桥，你在发什么呆呢？"

我吓了一跳，所有脑补的画面全部破碎，转头一看，正是秦苗站在我的身边。我当即从包里拿出刚刚买的牛奶和面包递到她的手上，说道："请你吃的早饭，车子我来开，你坐车上吃。"

"你这么紧张兮兮的，不累吗？"

"不累，一点儿也不累，事情搁在心里这么烦着才累！"我一边说，一边将秦苗推上了她自己的车子。

…………

我一边开车，一边对秦苗说道："过了前面那个红绿灯有个烟酒店，你看买点什么东西合适？"

秦苗特别不在意地回道："找陈艺的爸爸，就不用买东西这么讲究了，他可是看着你长大的。"

因为激动，我当即踩了一脚刹车，将车子停在路边后，板着脸向她问道："你确定不是在和我开玩笑？"

"你现在心里想的肯定是，如果找陈艺的爸爸，我还不如自己去，干吗要通过你秦苗，对吧？"

"对，我就是这么想的。"

我被郁闷的情绪主导着，不自觉想抽一支烟，可想起秦苗是孕妇，又沮丧地将从口袋里拿出的烟盒扔在了车子的中控台上，双手重重从自己的脸上抹过。

我心里明白，我最怕面对的并不是陈艺的父亲，而是恐惧自己再承陈艺哪怕一丝一毫的人情。不知道从什么时候开始，我已经害怕想起陈艺，想起那些能把人甜死的过去，我因此很矛盾，也很痛苦。

秦苗又向我问道："自从陈艺出国旅游后，你有再和她联系过吗？"

"没有。"

"一次也没有？"

"嗯，一次也没有！"

秦苗盯着我看了一会儿，终于说道："我明白了，你开车吧，我约的是他们大领导，不是陈艺他爸。"

我启动了车子，可是又忽然想起了自己和陈艺那段短暂的爱情。我仍记得，她连夜到扬州东关街找我的情景；也记得，那天她住在我的房间里，我在床上，她睡沙发，用鱼和河流比喻我们关系的那些话。

　　回忆从前，再想起肖艾，我好像分别活在人生中的两幅地图里，而我这只被线牢牢牵住的风筝却没有来回穿越的能力。

…………

　　教育局附近的一间茶楼里，秦苗领着我和姓袁的大领导见了面。

　　秦苗面带笑容向他走去，说道："袁叔叔，好久不见，真是太想念你了。"

　　袁领导起身相迎，先是关心了秦苗的父亲，又问了秦苗的预产期，随后秦苗将我介绍给了他，便直切主题地说道："袁叔叔，你工作也挺忙的，我不耽误你时间，就和你直说了。我这个朋友开了一间琴行，需要你们教育局审批，不过不知道什么原因，这个审批你们这边没给过，你看……"

　　袁领导看了看我，脸上露出了一种会让人主动去揣测的为难，他回问道："这个审批的工作我是不经手的，是什么原因没审批通过呢？"

　　我赶忙接过话回道："说是琴行的位置离居民区比较近，而且周围已经有了四家培训机构，出于保护市场秩序的考虑，所以没有给通过。"

　　"是这么个情况啊，呃，这个事情确实是蛮难办的，因为培训市场这块有利可图，前几年却一直没有管控，导致市场非常混乱，所以政府也责成我们教育部门花大力气整顿。他们这个情况如果确实是超出了市场能够接受的标准，我这边也不太好送这个人情。丫头，还是请你理解叔叔的难处吧，现在的环境确实和以前不一样了，在这风口浪尖上，我们处理任何事情都是很谨慎的。"

　　我的心顿时凉了半截，于是看着秦苗，如果这个事情她也搞不定的话，那就真没人能够搞定了。

　　秦苗也很意外，她与我对视了一眼后，又说道："袁叔叔，凡事都有个特例。我这个朋友的父母都挺不负责任的，在他小的时候就一走了之，音讯全无。他倒是还有个奶奶，可是腿脚也有残疾，就算这样，人家也没有申请低保户，给国家添麻烦。现在，他想自己开一家琴行，赚点钱，你们却因为什么规定硬卡着不给人家办，这是不是太不近人情了？"

　　秦苗的话让我心中百般滋味，我不愿意将自己的伤口掀开来博取同情，可是，现实太残酷。总之，在这一刻我还是感谢秦苗的，因为能感觉到她是在真心诚意地帮我。

　　袁领导脸上的为难之色更加重了，半晌才回道："道理是这么个道理，可是……"

　　秦苗打断，又说道："袁叔叔，您不用找托词，我知道这个事情您一定能办。这次就算我秦苗求您心系弱势群体，把这个审批给过了，行吗？"

　　袁领导一声叹息，终于勉为其难地说道："给我一点儿时间。"

　　秦苗又追问道："袁叔叔，能不能现在就给我们一句准话？"

　　即便秦苗已经说了所能说的一切，但对方的脸上还是有为难之色，半晌后也没有给我们肯定的答复，最后只是说了一句"等消息吧"，便先行离开了茶楼，又主动买了单，连让我们请他吃早茶的机会都没有给。

············

回去的路上，秦苗开车，我则心事重重地呆坐着。秦苗很是不能理解地向我问道："江桥，你到底得罪谁了啊？不是我说自己怎样，但在南京我办不下来的事情真的不多。如果是集团和集团之间，涉及几个亿甚至是几十个亿的大工程，这么难办我也能理解……现在只是为了你琴行的一个审批也难成这样，实在是太颠覆我的三观了！"

我用手掌拍了拍自己的额头，半响才回道："我不知道，我还是先把琴行的装修停下来吧，弄不好真的会办不下来，这笔钱我真是亏不起了！"

秦苗却说道："不用停，你该怎么做还怎么做，这个事情就算是我秦苗自己的事情。如果最后实在办不下来，我弥补你全部的损失，由我出钱帮你把琴行开到其他地方去。"

我有点意外地看着秦苗，我没有想到她会为了我的事情这么出力，于是带着疑惑向她问道："为什么这么帮我？"

"我秦苗是个恩怨分明的人，如果没有你，就没有现在留在南京的乔野。其实，我真的很想维持好这个家庭！"

我看着她，能感觉到她的心情，许久后才回道："其实你不用感谢我，因为我做的这些都起不了决定性的作用，是苏菡最后的放弃成全了你！"

秦苗看了我一眼，之后便没有再说话，和我在创业中的困难重重一样，她在婚姻生活中的坎坷，也是那么一波三折。

实际上，我也不确定，怀了乔野孩子的苏菡，会不会有一天再闯进秦苗和乔野的世界。

············

尽管得到秦苗很肯定的答复，我还是去了一趟装修公司，要求他们先停工，如果之后不再继续装修，我会承担违约金，以及前期的所有材料费和人工费，我现在手上只有那么一点儿钱，真的承受不起装修全部完成，最后琴行却不能开业的损失。

中午时分，我一个人坐在郁金香路上的那个小型广场上，我对自己的人生产生了些怀疑，也陷入了迷茫中，我真的很想躺在烟盒上睡上一觉，等休息够了再来面对这个麻烦的世界。

这里终究不是一个睡觉的地方，我吸完了烟盒里的最后一支烟，愤愤地揉捏着烟盒，从身边的小摊上买了一只风筝，而娱乐的只有我自己。

我穿上线，握住线团，手持风筝奔跑。

风时而大，时而小，我尝试了几次之后才将风筝放飞到了天空之上。我没有再跟着它奔跑，而是坐在了路边，简单用手调整着放飞的角度。渐渐地，我的心就这么空了，我一直痴痴地看着在天空上飞着的风筝，完全跟这个世界脱了轨。

直到手机在我的口袋里响了起来，我才回过神。

电话是肖艾打来的，她关注这件事情的程度并不亚于我，而我因为没有得到肯定答复，一直没敢和她联系，因为怕她会失望。

我犹豫了一下之后，还是接通了电话，却没有先开口。

果然，肖艾向我问道："江桥，审批的事情办下来了吗？"

"应该没什么问题吧，那边让等通知。"

肖艾又问道："那你问到是谁在背后找我们的麻烦了吗？"

我回道："这种事情，人家怎么可能会说呢？这件事情最后还是放在就事论事的基础上解决的。"为了让自己的话更像那么回事儿，于是我又补充道，"可能需要我们在装修上做好隔音，防止影响到附近居民的生活。"

肖艾终于轻松地笑了笑，说道："那我就放心了。"

"嗯。"

…………

这个中午肖艾并没有与我碰面，听说是于馨介绍她去参加了一场商业演出，有大约两千块钱的报酬。

我心中更难过了，如果不是为了减轻我的经济压力，以她的个性怎么可能去接这样的商演。可现在的我，还能做些什么？

失神中，我的手不知不觉地松了下来，风筝就这么带着线团向郁金香路之外的远方飞去，它飞得很自由，可我知道，它离坠落也不远了。

因为失去掌控的风筝是飞不远的！

又是一阵失神，我猛然想起今天是赵楚的生日。无论多忙，我和赵牧也应该在这一天去看他的。

我重重吐出一口气后，再次从口袋里拿出手机，拨打了赵牧的电话。

第231章　酒店里的冲突

电话拨通后，过了片刻赵牧才接听，我对他说道："小牧，今天是赵楚的生日，吃过午饭，我们一起去看看他吧。"

"嗯，我今天手上的事情多，等我忙完了就回郁金香路找你。"

"行，但是不要超过五点。"

"我知道，那我先忙了。"

"嗯，忙去吧。"

我和赵牧的对话多少有点生硬，但是较之前已经要好太多，这是今天唯一能让我感到舒服些的事情。我始终认为，无论多大的风浪，也不应该拍散我和赵牧这对患难兄弟。

结束了和赵牧的通话，我便去超市买了做蛋糕的食材。在今天这个特殊的日子里，我想亲手为这个最值得自己怀念的兄弟做一个生日蛋糕。

我不知道有没有另一个世界，如果有的话，希望那里每天都有酒有肉，还有一个会心疼赵楚的姑娘，让他别像活着时那么寒酸。

想起赵楚，我又觉得自己现在面对的麻烦也算不上是麻烦了，因为赵楚连生的喜，死的痛都已经超越了，这些凡尘的琐事在生死面前，恐怕也不过一粒尘埃吧。

是的，直到如今，我还是对赵楚的离去耿耿于怀，因为命运不该对这样一个有担当的男人如此苛刻。

…………

下午三点左右，赵牧开着公司配给他的那辆蒙迪欧回到了郁金香路，我们在巷子口碰了面。我将做好的蛋糕，还有酒肉放进了车子的后备厢，两人便驱车向墓园驶去。

刺眼的阳光落在杂草丛生的地面，让这个墓园也显得比几年前要陈旧了一些。我先放下了手中提着的东西，然后动手清理起了墓碑前的杂草，赵牧则用清水清洗着墓碑上的污渍。

等一切都干净了，我和赵牧各将一束鲜花放在了墓碑前。我不愿意让气氛太过凝重，便强颜笑了笑，对赵牧说道：“跟你哥说会话吧，聊聊工作什么的。”

我让到了一边，风吹动了四周的树木，黄昏在树叶的沙沙声中来临，一起飘动的还有我们的头发，只有影子坚定不移地落在墓碑的下面，却又跃跃欲试地透露着想表达的渴望。

这一刻，我真的相信，赵楚是可以听见我们说话的，因为风在传播着希望的种子。

赵牧终于低声说道：“哥，今天是你二十六岁生日，如果你还活着，这应该是你人生中最好的年纪。我一直认为你是这个世界上最坚韧的男人，虽然那时候你连二十岁都不到，你却像个巨人站在了我们的面前，让我们不至于对这个世界太绝望，至少，我从来没有绝望过。在爸妈和你相继离开后，是桥哥负担起了我的生活，我心里很感激。如今，我已经离开学校，步入职场。我已经取得了一些成绩，但我不会安于现状而停下脚步。哥，我们都是被大海抛弃的鱼，但我们还是埋在沙土里顽强地存活了下来，所以以后一定会好的，对吗？"

夕阳下，赵牧没有再说话，他的情绪就像柳絮在随风蔓延。是的，这个世界还是会好的。

我拍着他的肩，笑了笑说道：“大海的尽头还有天空，世界这么大，总有路给我们走的，但一条路肯定不是一个人走出来的，只有相互扶持才能把路走得更宽。”

赵牧看着我，然后点了点头说道：“桥哥，我明白你的意思。”

我回应了他一个笑容，然后正对着赵楚的墓碑，我和赵楚都是酒肉之徒，所以我为他倒了一杯最烈的白酒，洒在墓碑前。

我呼出一口气，自己也倒上了一杯，仰起头便喝了个干干净净。那辛辣的滋味让我感到痛苦，却也打开了我身上的毛孔，释放掉了憋在身体里的那些苦闷。

我闭上眼睛，咽着口水，等舒服了一些后，才笑了笑说道：“兄弟，时间是一支箭，穿破一切虚妄，拖着我们前进，跟上节奏的人都过得很好，跟不上节奏的就如你我。但是我不会消极的，因为把人生解剖开来看，谁也不能摆脱起起伏伏的状态。不知道为什么，这些年每当感觉自己混不下去的时候，我就会想起你抽着三块钱的红梅香烟，说着要做老板的样子，我一点儿也不反感你这毫不掩饰的欲望，对我来说反而是一种很强大的动力。因为，没有成功前的我们都是一条心怀恐惧的鱼，只有拼命地游，才能看见生存的希望。所以，欲望对我们这类人来说一点儿也不可耻！"

我说着又给自己倒了一杯白酒，却没有立即喝下去，只是感受着呼啸的风吹走了尘埃，让这个世界变得如此清静。我忽然便不想再说那些抱怨的话了，我该拥有赵牧一样的自信，然后去追赶他的脚步，我至少要证明给自己看，我也有能力在这个世界上活得很好。

两大杯最烈的白酒下肚，我有些眩晕，也得到了酣畅淋漓的爽快。我并不那么想离开，我想多陪赵楚一会儿，而不是每次痛苦到无以复加的时候才想起来这里看他。

手机的铃声打破了这一刻的宁静，我恍惚着将手机从口袋里拿了出来，是于馨打来的。

电话刚接通，便传来了于馨焦急的声音："江桥哥，你快来紫金山庄，肖艾和活动的主办方发生了冲突，我快急死了，怎么劝也劝不住！"

我的心头顿时一紧，也来不及问缘由，赶忙对她说道："你让她先控制住情绪，我马上就到。"

"嗯，你快点，我怕她会吃亏！"

我应了一声，便挂掉电话，将事情的大致情况告诉了赵牧，两人向外面狂奔而去。上车前，我从地上捡了一块板砖，用衣服包裹着，只要有人敢对肖艾动手，我绝对会变成一个亡命之徒。

…………

车子不要命般地行驶在有些拥堵的马路上，只是一刻钟，我和赵牧便来到了紫金山庄，我拿着包裹了板砖的衣服，冲刺般地向里面跑去，赵牧紧随其后。

大厅里，我看见于馨拖着肖艾，而肖艾正指着一个戴着圆顶帽的中年男人，愤怒地用南京话骂道："你算什么东西，充其量就是一个小人。今天你要是不痛快地把我的演出费给结了，你们谁都别想好过！"

我紧张地打量着肖艾，她的身上并没有与人撕扯的痕迹，所以冲突应该还停留在争吵的层面，于是我也克制住了想揍人的冲动，与肖艾同仇敌忾般地怒视着那个中年男人。

中年男人表情愤怒地瞪着肖艾，语气充满讽刺地说道："接我的演出，你就得按我的规矩来办。今天你们几个人都得参加甲方的酒席，要不然一分钱也别想拿到！你叫肖艾是吧，听过你的名字，金鼎置业肖总家的姑娘嘛！可你爸现在已经在吃牢饭了，你要还留着以前的臭脾气和优越感，那就别出来卖唱啊！狂什么狂，一个小戏子！"

虽然我不是肖艾，但是我知道没有什么比这番话更能刺激到她那颗骄傲的心了。她挣脱了于馨，两步走到中年男人面前，抬起手就要甩他的耳光，却被中年男人一把捏住了手腕，反手要打她的耳光。

我彻底火了，一步冲到中年男人的面前，照着他的右脸就是一拳，对着他的小腹又是一脚，顿时就让他趴在了地上。

我不解恨，还要动手，却被身后的于馨给死死抱住了，而赵牧也拉住了我，我喘着粗气向趴在地上的中年男人骂道："打你是为了告诉你，做人留点分寸。你要是再敢说一句侮辱她的话，我拍碎你的狗头！"

　　中年男人并不是孤身一人，他身后的一帮人顺手操起椅子要和我动手，我知道是躲不过去了，赶忙将肖艾推给了于馨，又让赵牧带她们先走。我对那几个要动手的人吼道："事情是我一个人惹的，责任也全是我的，你们只管冲我来，要是敢对几个姑娘动手，事情就真的不好收拾了！"

　　其中一个人也向我吼道："你谁啊，你敢报个名字，我让你在南京混不下去！"

　　几人将我团团围住，我瞄准了一个体型最弱的，准备先将他往死里揍，却不想肖艾又一次挣脱了于馨，眼睛眨也不眨地挡在了我的前面，她什么话也没有说，但那不顾一切的气势，已经震撼了我，因为这是一种同生共死的无畏！

　　气氛在一瞬间紧张到了极点，但我已经没有任何畏惧，心中想着的尽是要怎么干倒面前的这几个人，不能让肖艾受一丝一毫的委屈。

　　就在这千钧一发之际，门外忽然传来了乔野的吼声："谁敢动手试试……"

　　在马丁靴踩着地面的重重声音中，乔野手拿一根甩棍，神兵天降般站在了我和肖艾的前面，下一刻秦苗也出现了。

　　看着他们来了，我狂暴的怒火才渐渐熄灭。这时，赵牧小声地在我耳边说道："我们来之前，我就给秦苗姐打了电话，幸好他们及时赶到！"

　　我听后，心中一阵后怕，因为对方显然也不是善茬。

　　那几个人似乎都知道乔少爷打架不要命的名声，所以谁也没有敢再向前走一步。

　　这时，秦苗走到中年男人面前，问道："认识我吗？"

　　中年男人顿时没了脾气，支支吾吾道："你爸是……"

　　秦苗打断道："我问你认识我吗？"

　　"你，你是苏建集团的秦苗……"

　　秦苗点了点头，回道："行了，既然你认识我，事情就好办了。我留下来和你谈，我的朋友现在能走了吗？"

　　"这个……你，你的面子我肯定要给，你看着办吧。"中年男人说着用手揉了揉自己那明显有些肿胀的嘴巴，嘴角也隐隐有血迹。

　　乔野又低声向我问道："你们没吃亏吧？"

　　"没有，你点儿掐得正好。"

　　"那你赶紧走吧，剩下的事情我来摆平。"

　　我担心肖艾的安全，也放心乔野和秦苗这对夫妻的办事能力，当即要带着肖艾等人离开，却不想肖艾来到乔野面前，对他说道："发型弄得不错的帅哥，那个奸商欠了我两千块钱的演出费不肯给，你要回来，我请你吃饭。"

　　我惊讶于这个时候肖艾还能坚持要自己的演出费，又因为她喊乔野是"发型不错的帅哥"而有点想笑，可因为场合不对，硬生生给憋了回去。

　　我记得，她第一次和乔野见面，就是这么喊乔野的。

　　一瞬间，我有了一种错觉，仿佛时间还停留在那一天，肖总没有出事，她还是那个被父亲的羽翼庇护着，有点骄傲的姑娘。

可惜，时间已经无情地带走了她的骄傲，她甚至连自己的合法权益都没有办法保护。我也因为今天的事更加了解到她们这个圈子的复杂。实际上，参加甲方的酒席只是名义上的，陪酒才是真的，以肖艾的性格，打死她也不会同意的，所以才有了这场冲突。

乔野摸了摸自己那抹了有半瓶发胶的头发，撇嘴一笑，回道："放心吧，你可以想想在哪儿请我吃饭了。"

…………

离开酒店，刚才要拼命的劲儿好似在一瞬间蒸发掉了，我的脚这才感觉到一阵剧烈的疼痛，刚刚太着急，用那只崴了还没好的脚狠狠踹了那中年男人。

我强忍着痛苦，与肖艾、于馨，还有另外一个不认识的姑娘上了赵牧的车。心中又是一阵后怕，如果不是赵牧还能冷静地给秦苗打了电话，今天我弄不好会被打到残废。

这就是我和赵牧的区别，他可以在任何情况下冷静思考最好的处理方法，而我只会凭着一腔孤勇冲动行事。要是因为我出手慢，肖艾今天真的被那个人渣扇了耳光，我一定会自责到想将自己给杀了！

因为我无法容忍，在这个世界上有人敢这么对肖艾！

第232章　做出成绩给我看

肖艾、于馨还有另外一个姑娘，三人坐在车的后面。于馨带着些歉意对肖艾说道："对不起啊，我不知道事情会弄成这个样子。我之前和胡天合作过几次，他在演出费上还是比较有信用的。其实，做我们这个行业，演出完去参加酒席也算是潜规则了，只要你学会保护自己，没人可以占到你便宜的，毕竟那些人都是有头有脸的，和社会上的三教九流不一样，他们还是比较有分寸的。"

另一个女孩子也附和着于馨，充满抱怨地说道："肖艾，你真的要学会适应了，你这么一闹，演出商会连带着把我们也拉进黑名单的。你要反过来想想，去参加酒席也是一次拓展自己人脉的机会，你又何必那么清高呢？谁还能和钱过不去！"

肖艾看了她一眼，回道："那是你的价值观，不是我的价值观。还有，你就不要多虑了，闹事的是我，不是你们。连坐那套只有封建社会才有。"

女孩子的口才显然不如肖艾，于馨也安慰着她："不要太担心了，我们是演艺集团的正式员工，一些演出公司就算不给我们面子，也要给咱们集团面子。回头我们让团长出面，请他们吃顿饭，这个事情也就揭过去了。"

女孩子陷入了沉默中。

我回头看了看她，却并没有因为她对肖艾说的那番话而反感她，毕竟她没有肖艾那曾经显赫的家庭，也没有于馨的八面玲珑，并不出类拔萃的她没有安全感是很正常的，所以她更珍惜这样的机会，哪怕需要自己做出一点儿牺牲。

…………

我和肖艾在郁金香路下了车，赵牧又将于馨和那个女孩送往她们在演艺集团附近的住处。

便利店门口的长椅上，肖艾一言不发地坐着。我知道，在别人面前她很坚强，可是单独与我相对时，她那些憋着的情绪便又涌了出来。

试问，她又怎么能受得了别人说她的父亲坐牢，说她在卖唱，生活的反转，命运的无情，在她的身上表现得淋漓尽致。

肖艾一直没有看我，她的眼里隐隐有泪光在闪动，那闪动的霓虹落在她的身上，映出的是她在经历了人生起起伏伏后的失落，尽管大多数时候她表现得并不在意，可在这件事情的刺激下，她又怎么能继续欺骗自己，让自己做到无动于衷呢？

我对她说道："我知道你现在的心情很难过，我也不是很擅长安慰人，我只想让你明白，人活在这个世界上被别人评价，甚至是带着恶意的评价，都是不可避免的。我们管不住别人的嘴，却有能力让自己活得开心点，毕竟人是有主观能动性的，虽然不能创造情绪，但可以改变情绪，是不是？"

肖艾看着我，她的头发被风吹得很乱，许久才向我问道："怎样才能让自己开心？"

我并没有急着回答，而是转身去便利店里买了一根皮筋，站在她的身后，替她扎了一个马尾辫。这一刻，肖艾终于控制不住了，她紧紧抱住我的腰，呜咽了起来。

我的心在她的哭声中要碎了，上天为什么要这么不公平？给了她无与伦比的容貌和才华，却再也不肯给她安定的生活。她的母亲远嫁台湾，她的父亲进了监狱，相依为命的我们却连开一间琴行也充满了波折。

这一切与我们设想的真的要偏离太远太远了。甚至，我自己也没有把握将生活这辆车拉回到正常的轨道，可为了让她放心，却要装作一切尽在掌控中的样子。

我是男人，我绝对不能在她前面倒在生活的屠刀下。

我轻轻抚摸着她的秀发，柔声对她说道："来吧，让自己快乐一点儿，你可以对我撒个谎。"

"呜呜……你太丑了！"肖艾呜咽道。

我当即回击："你也不怎么漂亮。"

"你就是一只懒猪！"

"对，你就是我旁边那只母猪。"

肖艾松开了抱着我腰的手，她抹了一把眼泪，却仍在哭着："呜呜……你还敢人身攻击我！"

我当即否定："没有啊，我就是喜欢那种凡事都有人陪着的感觉，我是猪，那你就是母猪，我要是丑，你也甭想漂亮。"

"好啊，为了公平，那你也对我撒个谎。"

我看着在霓虹灯下有些不太真实的她，准确来说，是她的容貌漂亮得太不真实，可我却找不到比漂亮更能贴切形容她的词语，所以这才有了不真实的感觉。

我时常有一种冲动，我希望自己能和她超越这个世界的一切，容貌，名利，金钱，地位……

我笑了笑，终于对她说道："你可以对我撒谎，但我不想对你撒谎。"

"那你说句实话听听，挑点让我高兴的说。"

我憋了许久，也无法将心中真实的想法说出口，因为感觉有些虚伪矫情。于是，我转移了话题："你很久没有买过衣服了吧，我陪你去买衣服。"

…………

就在我和肖艾准备离开郁金香路时，一辆宝马 X6 停在了我们的身边，我知道这是乔野的车，自从我们上次去丽江后，他就再也没有开过。

乔野打开车窗，手中拿着一沓钞票向肖艾晃了晃，说道："美女，你的钱，拿去点一点。"

肖艾一边接过，一边对我说道："你老说他不靠谱，我看真要人家办事儿的时候，一点儿也不含糊的嘛！"

肖艾一语双关，将我们俩都损了一下，我还没有想好怎么回应时，乔野将窗户开到了底，说道："江桥说得没错，我这人是挺不靠谱的，但是为了兄弟我愿意两肋插刀。"

肖艾又补了一刀："那你的不靠谱程度就和你的发型一样吗？"

乔野愣了一下，没完全听明白，回过神来后，低着头一阵苦笑，然后又冲着我俩故作潇洒地摆了摆手，说道："不和你们说闲话了，记着欠我一顿饭。"

乔野一脚油门，车子顿时蹿出去了几十米，然后又神经兮兮地挂了个倒挡回来了，快要靠近我们时，头伸到窗外对我喊道："江桥，让你女朋友开心点！"

这句话的余音似乎还在，乔野的车子已经跟随着一辆白色的奥迪 R8 一起蹿到了路口，看样子后面会有一场惊心动魄的飙车，但他的车和那辆 R8 相比，性能上确实是差了点儿。

乔野的车子已经不见了，我和肖艾还并肩看着他离开的地方。肖艾轻轻叹息，向我问道："江桥，痛苦到极点真的会让人变得快乐吗？你看乔野的样子，神神道道的，看上去多快乐，可是没人会比他更伤心了吧？"

"你也看出来了？"

"嗯，看着他的样子，心里挺难过的。其实，他是个比谁都活得明白的人，可是他生存的环境一再挤压着他，逼着他接受另一种不喜欢的生活方式。"停了停，她注视着我，又说道，"我突然很想问你个问题，你说生的尽头是什么呢？"

我没怎么思考，几乎是脱口而出："生的尽头当然是和一个最珍惜的人一起下葬。"

肖艾想了一会儿，然后微微一笑，便拉着我的手向公交站台走去，我说好要给她买衣服的。

…………

秦淮河附近的一个夜市，整条街人来人往，一盏盏灯，挂在每个摊位前的绳子上，虽然简单，但因为颜色纷杂，也营造出了霓虹的效果。走在这里，你根本不会感到孤独，只会感到饥饿，这里有炒饭、砂锅、凉面、烧烤……各种诱人的味道缭绕在你的身边。而那些卖衣服的小摊就夹杂其中，让无聊的人可以一边吃饭，一边就把衣服给买了。

我和肖艾就是这么干的。

我一边吃着炒面，一边向身边卖衣服的姑娘问道："那条白色长裙怎么卖的？"

姑娘当即回道："你真有眼光，这条裙子是我这批货里款式和质量最好的了，你女朋友穿起来一定很好看！"

"多少钱啊？"

姑娘看着我，又看了看肖艾，说道："三百二十块钱，真的不赚你们钱。"

肖艾接过话："那你还得使劲儿夸他，不把他夸晕了，夸傻了，正常人这三百二十块钱可真是掏不出来。"

姑娘不禁脸一红，随即问道："那你们觉得多少钱合适？"

肖艾笑了笑，回道："等我们吃完饭接着聊，你也顺便想想到底多少钱卖合适。"

说着，我和肖艾接着吃炒面，直到此时，那些在酒店里惹来的恼人情绪才从我们的身上消退。所以，这就是我们在一起的好处，当我们在一起时，就会变成生活的高手，主动地用各种方法去消灭那些负面的情绪，比如此时此刻。

…………

饭吃到一半，肖艾又跑去买喝的东西，我的手机在这时响了起来。我从口袋里拿出一看，是许久不联系的陈艺打来的。

时至今日，陈艺不会随便打电话给我，所以我的心里除了疑惑，也有那么一丝丝的紧张。但是我真的不知道这种莫名的紧张源自何处。

我用力按了按自己的胸口，确定能够用正常的语气和她说话后，才接通了电话："有事吗？"

电话那头的陈艺先是一阵沉默，然后用比我更加正常的语气，笑着说道："你都不问问我在外面玩得开不开心吗？什么时候跟我说话也要绷得这么紧？"

我自认为已经够自然，可脱口而出的问话出卖了我，于是也笑了笑，回道："你肯定会开心的，因为不是每个人都有机会领略世界各地风光的。"

陈艺笑了笑，随后又是一阵沉默，才对我说道："你们琴行审批的事情，苗苗都和我说了。你明天去找我爸吧，我给他打电话了，这个事情他应该是能办的，到时候你只要按照他的要求去做就可以了。"

我有些震惊，我没有想到这么难办的事情，远在国外的陈艺却给了我这个答复。我相信，此时的她，应该已经从她爸爸那里得到了什么承诺，所以才会这么对我说。

可是不知道为什么，我心里并没有因此而获得一丝丝轻松，我对她说道："我知道这件事情有多难办，你这么帮我，我的心里真的……我真的不知道该怎么说……"

"你什么都不用说，我只是希望你能过得好一点儿，少一些麻烦。这是我从小就有的愿望，也可能是一种习惯吧。如果你真的觉得过意不去，那就做出成绩给我看。"

"我……"我想说点什么，可是在许多种情绪的驱使下，我的喉咙被哽住了，最后只是低声对她说道，"我知道，我会努力做出成绩的。"

"嗯，那我就不多说了，刚刚在这边认识了一个外国的朋友，要请我喝酒呢。你事情办成了给我发条信息就好。"

我努力地想说些什么，可是没等我说出来，陈艺那边已经挂掉了电话。

这一刻，风好似是夹杂着冷暖同时吹来的，我迟迟没有放下手中的电话，直到肖艾手拿两瓶可乐回来了。

我的心情又在一瞬间转换。曾经，陈艺是真实，肖艾是虚幻；而这一刻，肖艾是真实，陈艺却变成了虚幻，这应该是生命中最奇妙的一种改变。我面对着这种改变，却说不出单纯的好或坏。

肖艾挤在人群中走得很慢，我趁着这个间隙，对身边那个卖衣服的姑娘说道："那条裙子你给我包起来吧。"

"三百二十元可以吗？"

"嗯。"

"那要给你的女朋友试一下吗，可能尺码会不合适。"

"不用，你快点装起来吧。"

姑娘动作麻利地将衣服包了起来，我也从钱包里数出了三百二十块钱，但姑娘坚决不肯收二十块钱的零头。

我想，我的脑子是坏掉了，因为我也不知道自己为什么要花这个价钱买了这条裙子。也许是因为自己做什么事情都不成功，穷得一塌糊涂，于是，也想学着有钱人任性一次。

|第233章| 陈艺父亲给的办法

我将裙子提在手上，这时，肖艾也跟随着人群挤到了我的身边，而那个摆摊的姑娘不知道出于什么原因，也在这一刻收了摊儿。可能她觉得今晚赚我这么一笔就够了，没有必要再在这里熬着了。

肖艾将一瓶冰镇过的可乐递给了我，然后往我手上拎着的手提袋看了看，问道："你买的什么东西啊？"

"刚刚那条白色的裙子，我觉得你穿着一定会很好看。"

"多少钱买的？"

我愣了一下才回道："三百块，二十块钱零头没要。"

肖艾顿时便不高兴了起来，她语气有点重地对我说道："三百块钱！如果摆地摊的钱这么好赚,那我们还开琴行做什么?直接每个月跑到杭州进一批货,晚上拿到这儿来卖就好了啊!"

"我看你挺喜欢的。"

"我不喜欢。"

我没有再说话,只是拧开可乐的瓶子喝了起来,但并不后悔自己花了三百块钱买了这条根本不值这个价的裙子。但想起今天肖艾为了演出费跟演出商争吵时的计较,心里终于有了那么一点点心疼,因为钱真不是那么好赚的。

虽然肖艾一次演出倒是能赚几千块钱,可正常一个月也不会有几次,而且最为重要的是,这样的演出牺牲的是她的骄傲,破坏的是她的原则。

"你怎么不说话了?"

我提起袋子又看了看里面纯白色的裙子,终于笑了笑回道:"你要不喜欢的话,那我留着自己穿好了。"

肖艾还在生气,她说道:"那你倒是穿啊,现在就穿。"

我一言不发地将裙子从手提袋里拿了出来,然后准备往自己身上套,但实在没勇气在众目睽睽之下穿裙子,只好有点沮丧地放下了手中的裙子,对她说道:"还是你穿,显得比较美。"

肖艾看着我的眼神终于软了一些,她回道:"以后别再乱花钱了,现在赚点钱多不容易。我这么辛苦地学了将近二十年的音乐,参加一场商演,也就两千块钱的收入。光付出体力劳动都不够,还要陪着那帮王八蛋喝酒,这个世界多现实!"

我与她对视着,半响后才问道:"我就特别想知道,你以前买一只包都要好几万的时候,你心里又是怎么想的?"

肖艾回道:"从我妈离开后我才形成了这么畸形的消费观。我妈还在南京的时候,她的家教是很严的。请你不要把我的家庭想象成暴发户家庭,我妈妈是受过良好教育的高级知识分子。"

我点了点头,难怪她会在两种不同的生活里游刃有余地转换着,也难怪她会有这么高的情商。

总体来说,她比我活得更乐观,更会"算计"。而我因为从小缺少教育,所以在三观上是有那么一点儿问题的。

我看着她,终于笑了笑,又说道:"三百块钱买一条裙子的事情确实是我的错,但我觉得咱们可以翻篇了,因为明天天气不错,裙子穿在你身上,它的价值绝对不是小小三百块钱能体现出来的。"

"就你最矫情!"

肖艾最后瞪了我一眼,便从我的手中拿过了裙子,叠整齐后又放进了手提袋里,她总算是收下了这件礼物。

但我没有想到,她竟然会嫌我买贵了,这使我都快忘记她有钱时候的样子了。

这个夜晚,我们在郁金香路上分别,我一直目送着她进了小区。阵阵晚风中,我仿佛看见生活化成了一个有血有肉的人在疯狂地向我们咆哮着,却又有那么一把伞在为我们遮挡,告诉我们这不是痛苦,是享受。

是的，无论未来如何，我都会记得这段同甘共苦，相依为命的岁月。因为在这段岁月中，我是拼了命的，而她比我更勇敢。

…………

次日，我早早便去了陈艺在丹凤街的那个家，琴行审批的事情走到这一步，再加上陈艺昨天晚上特意给我打了电话，所以最终还是要找她爸帮这个忙。

七点的时候，陈艺她爸穿着运动装从楼里走了出来，他一直有晨练的习惯。

我平复了一下情绪，向他走去，却怎么也无法礼貌性地笑出来，只是低声对他说道："陈叔，陈艺昨天给我打了电话，让我今天来找你的。"

他对我的态度始终冷淡，也不看我，只是回道："你琴行的事情我知道，现在最大的问题是周围的培训机构已经超出了原先我们教育局计划好的数额，这是硬规定，不是谁说增加就能增加的。"

"那，那怎么办？我这边已经交了房租，也开始装修了，现在搬到其他地方根本是不可能的。"

陈艺的爸爸终于看了我一眼，他几乎没有任何感情色彩地对我说道："你们那个区域有一家名叫红思的英语培训机构，长期存在虚假宣传和乱收费的违规经营现象，你回头写一份检举材料给我，我会安排人去调查的。"

"陈叔，我……我不太明白您的意思。"

"不明白我的意思就回去再好好想想。"说完之后，他便撇下我向小区外走去。

我抬头看了看有些刺眼的阳光，心中有那么一丝挣扎。其实，我很明白他的意思，只有吊销一家培训机构的经营资质，才能给我和肖艾的琴行腾出位置。可是，这种你死我活的手段让我的心中不舒服。

为什么在陈艺的父亲眼里，关闭一家培训机构，就和吃饭喝水一样平常？尽管它是违规的，关闭它理所应当，但一家培训机构也承载了很多人的生计，为什么他说起来没有一丝一毫的波动？

我暗暗对自己说："是的，我会想明白这些的。"

…………

回到郁金香路，我一个人坐在便利店门口的长椅上吸了好多的烟，直到快要中午时，我才打电话通知装修公司继续施工。

我又给陈艺发了一条短信，只是向她表示了感谢，并没有说太多的细节。因为我并不想通过这种方式取得经营的资质，但已经别无他法，所以我看不起自己，更不想将这样的自己呈现给陈艺。

下午的时候，我针对离我们最近的那家名为红思的英语培训机构写了一份检举材料，然后寄往了教育局。

在做完这件事情后，我发了疯似的想喝酒，我给乔野打了电话，我觉得此时此刻，他对酒的渴望绝对不亚于我。

乔野接通了电话，对我说道："正想给你打电话，马上和我去一趟上海。"

我有些意外，便问道："怎么突然去上海？"

"那边的朋友有一辆918想转让，我去看看。"

"保时捷918，售价一千多万的918？"

电话那头的乔野大笑："没错，就是918，官方百米加速2.6秒，够牛吧？我朋友玩腻了，和我谈好价格了，八百八十万转让。"

我忽然想起昨天晚上他用那辆X6和R8飙车的场景。我因此判断，他绝对是冲动消费。我觉得有钱也不是这么作的，便对他说道："低调点好吧，你又不是不知道你老丈人是干吗的，你开这车影响不好，真的。"

乔野语气充满不耐烦地回道："我家这么大一个建筑集团，我开一辆千把万的车怎么了？你对一千万有概念吗？还不够在北京二环买一套房子。江桥，你听着，要不是暂时买不到全新的，我才不会买一辆二手的。"

我无言以对，随后便陷入了沉默中，乔野挂断了电话，但我知道，他离我这儿一定已经不远了。

…………

等待乔野的过程中，肖艾背着一只双肩包向我这边走来，看样子是去琴行查看装修进度了。果然，她对我说道："江桥，装修队又去琴行装修了，教育局那边的审批应该过了吧？"

肖艾这么一问，我又想起了自己利用整个下午写检举材料的画面，我有点难以启齿，但最后还是强颜欢笑，回道："基本搞定，应该很快就能拿到经营的资质了。"

肖艾的情绪立即变得很高涨，她拉着我的胳膊，笑道："总算办下来了，这是今天最让人开心的事情了！江桥，晚上我们喊上于馨，一起庆祝一下吧。"

"明天晚上吧，今天我要跟乔野去上海办一点儿事情。"

"什么事情啊？"

这时，乔野那辆X6已经从路口驶来，我对肖艾说道："他说要换一辆车，让我陪他去看看，如果确定买的话，我得帮他开一辆车回来。"

"他现在开的这辆车不是挺好的吗？"

我还没来得及回答，乔野的车子已经在我们身边停了下来，他招手示意我上车。

肖艾也没有再追着问乔野要换车的原因，实际上我也给不了她答案，但我通过一些小细节能感觉到，乔野又开始偏离正常的生活轨道了。

我怕肖艾晚上无聊，临上车前对她说道："我估计要明天下午才能回南京。要不今天晚上你先请于馨她们聚一聚。"

"先不了，我今天抽空去趟扬州，小伟师哥邀请我好几次了，一直都没有时间。"

"也行。"

肖艾点了点头，然后趴在车窗上对车内的乔野说道："帅哥，知道你开车猛，但是别连累我们家江桥跟你一起做亡命之徒，路上开慢一点儿，更别把自己的发型吹乱了，好吧？"

"没问题，美女，我帅得有分寸，开车更有分寸！"

肖艾浅浅一笑，随后替我打开了副驾驶的车门。

上车前，我又看了她一眼，她站在下午柔和的阳光下，整条郁金香路都被惊艳了。

第234章 大时代

南京距离上海有三百多公里的距离，车子开到一半路程时，天色已经昏暗。路上那些车都陆续亮起了前灯，整个世界好像在真实和虚幻之间不停地挣扎着。

我将车子音响的音量调小了一些，点上一支烟后，便望着桥下的长江。不知道为什么，那些点缀在船上的灯火虽然很微小，此刻在我的眼里，却成了浩瀚的风景，我好像变成了一片落叶，跟随着那些灯光在江面上漂来荡去。这时，风又吹来了夜晚那满是黯然和萧条的味道，世界堕落成了一片光线不足的巨大黑洞。

乔野放慢车速，向我竖起了两根手指，跟我要烟吸。我抽出一支烟给他点上，他眯着眼睛吸了一口，烟灰顿时被风吹得四散，落在我的衣服上，飘进了我的眼睛里。

我一边揉眼睛，一边开口骂道："你抽烟看着点。"

"你得多亮，我开车抽烟还得看着你！"

"你赶紧别抽了，真影响开车！"我说着从乔野的手上拿过了烟，按灭在了烟灰缸里。

乔野又将车速提了上去，风一般地超过了前面一辆重型卡车后，对我说道："这么闷，咱们聊会儿天吧。"

"你说。"

我已经做好他要和我说起苏菡的心理准备，却不想他向我问道："你和那个叫肖艾的姑娘准备什么时候结婚？"

"结婚？"

乔野转头看了我一眼，回道："咱俩一样大吧，可我都结婚三年了，你就算明天结婚也已经掉队了。"

"我压根就没想过结婚这个词。"

乔野又问道："你和她走到哪一步了，发生过关系了吗？"

"咱俩还是别聊了吧，跟你说话挺没劲儿的。"

"我这么问是为你好。你说，如果我三年前跟苏菡生个孩子，不也就没有现在这么多屁事儿了吗。人这种动物就是聪明过了头，该下决心的时候，却心存侥幸。唉！算了，苏菡都这么对我了，我还这么想着她做什么！"

我没有言语，之所以这样，恰恰是因为知道太多。苏菡虽然在三年前没能和他有个孩子，可现在有了，但为时已晚。在乔野父母眼中，恐怕秦苗的孩子才是正统，而苏菡的是不光彩的，所以看透了这点的苏菡才选择了离去。

我又想到了自己和肖艾，就算我有熊心豹子胆，也没有底气在这个时候跟她谈婚论嫁，因为我们现在所面对的环境，要比乔野和苏菡当年恶劣多了，至少他们没有什么金钱上的负担。

我和乔野并没有将话题再继续深入地聊下去。我们在一个服务站交换了一下，由我开车，天色已经完全暗了下来。

…………

晚上八点左右,我和乔野到达了上海。

乔野和朋友约在一家非常高档的KTV。落座后,满桌摆着的都是价值不菲的洋酒,而我也是第一次有幸见到阔少们是怎么奢侈的,我暗自算了一下,仅桌面上摆着的各种酒,就已经有十来万了。

乔野跟一个与他年纪差不多,发型也弄得很精神的男人说道:"小斌,你看哥靠谱吧,昨天晚上说买你的车,今天就来了。"

这个叫小斌的男人搂住乔野的肩,然后亲自倒了一杯洋酒递到乔野手上,他身边的另一个人也帮我倒了一杯酒,大家就算是互相认识了。

小斌一饮而尽,依旧搂住乔野的肩,对乔野说道:"咱俩一个在上海,一个在南京,都是别人嘴里的败家子儿。我就想了,上海我是基本没对手了,但要是咱俩在一座城市,那可就不好说了。说到败家子儿,别人想到的肯定先是你乔少爷,而不是我王斌。我这么多年唯一的遗憾,就是大家都不能理解,败家到一定程度,也会有高手寂寞的感觉……你肯定也是这么想的吧?哈哈……"

乔野将杯中的酒饮尽,然后笑着对周围人说道:"呵呵,还是那么爱开玩笑!"

众人附和着哄笑。

我附在乔野耳边,小声问道:"这人靠谱吗?"

乔野没有立即回答,他又端起酒杯和王斌干了一杯,这才对我说道:"挺靠谱的,人家这几年用他老子给的钱投资了娱乐行业,不仅翻了本还赚了不少……他就是故意挤对我的。"

我做了一个恍然大悟的表情,说道:"那你孙子可真能耐。被别人这么挤对了,还沉得住气。"

乔野没有回应我,他低头倒上一杯酒,然后又一饮而尽,我看着他这样,心中也真不是滋味,可奈何这个人实在是不争气,以至于我这个兄弟想替他说几句话的底气都没有。

酒喝得差不多了,王斌终于从口袋里掏出了一把车钥匙,然后扔给乔野说道:"车子你拿去,钱你什么时候给我?"

乔野似乎早有准备,他从口袋里掏出一个本子。乍一看,我以为是支票簿,转念一想,乔野怎么可能会有这么个东西。果然,乔野一边写,一边对那个王斌说道:"我给你打张九百万的欠条,多出的二十万,算今天我请兄弟们喝酒的。"

全场顿时鸦雀无声,那闪动的灯光落在每一个人脸上是那么滑稽。

我差点将嘴里的酒都喷出去。

王斌接过欠条看了看,然后又递给身边的其他人看,接着又是一阵哄笑。我心中莫名愤怒,于是在下面踢了乔野一脚,示意他赶紧结束这场闹剧,因为真的太丢人了。

乔野却不慌不忙地从口袋里拿出了手机,然后拨通了一个号码,他打开了免提,传来了秦苗的声音:"你在哪儿呢,打了你那么多电话,一个都不接!"

乔野回道:"我在上海,正在跟王斌一起喝酒。"

秦苗语气中充满质问:"你怎么跟他混在一起了?"

王斌脸色一沉,然后凑近乔野的电话说道:"弟妹,你说话我可都听着呢,这次可是你老公主动来找我的。他要买我那辆二手的918，不过这哥们太能整事儿了，竟然给我打了一张欠条。什么玩意儿啊，我王斌活这么久，也就今天长见识了！"

电话那头的秦苗一阵沉默，然后回道："刚刚是我说话太冲了，买车这事儿我秦苗认，你把车给他吧，办完过户手续我就把钱转到你的账户上。"

"行咧，这么说不就好办了，打什么欠条啊！"

秦苗没有回应，只是又问道："车什么价格？"

"八百八十万，但是你老公给我打了一张九百万的欠条，说多出的二十万是请兄弟们喝酒的。"

电话那头的秦苗久久不语。

我心中莫名感到压抑，秦苗终于回道："我都认。"

…………

酒店的标间里，我和乔野各睡一张床，他一直把玩着刚刚从王斌那里拿到的车钥匙，至少从他的表情来看，他没有因为做了这件事情而有丝毫的歉疚。

我在心中叹息，然后很认真地对他说道："乔野，别这么折磨秦苗了，行吗？她只是一个喜欢你，怀了你孩子的女人！"

乔野毫不在意地回道："我折磨她了吗？我怎么没觉得？"

"听点劝，行吗？"

乔野撇过头看着我，半晌说道："我现在这样，不就是他们希望的吗？再说了，九百万买这么大一个玩具，我觉得挺值的。王斌买的时候可是一千四百多万！"

这已经是我今天第三次面对着乔野，产生了无话可说的感觉。我索性什么也不说，下了床，拉开窗帘，看着酒店之外的世界。

这一刻，我的眼睛里看到的是这个国家最繁华的夜景，也看到了渺小到不值一提的人类在这个夜晚是以一种什么样的状态向两个极端分化的。

昨天，肖艾为了一条三百块钱的裙子动了真格，和我生气了；今天，乔野眼都不眨买了一辆九百万的超跑，却说是玩具。

我这才真正明白，这个世界有清泉流过，也有黄金遍地。我脚下的这片土地，已经在外力的推动下，不可逆转地进入了一个大时代。

在这个大时代里，虽然没有血肉横飞的战争，但财富分配不均，不亚于一场战争，而以乔野为代表的一类人，不一定就是这场战争里的最后获益者。

我想劝他，谨慎些，低调些。

最后，我还是放弃了这个念头，因为相较于劝他，我觉得努力提升自己要显得更加实在，我不渴望一出手就是几百万的挥霍，但我也希望自己手中能有个几十万的存款，让我生活得更有底气。

…………

我不想再遭受类似陈艺父亲的冷漠；我不想像一只蜗牛，把自己的独院当作天堂。我想从敬老院接回奶奶，我想和自己心爱的姑娘结婚。

还有，我想妈妈了，在这个灯火辉煌，世界仿佛在晃动的躁动时刻，我真的想她了。我不甘心她只在我的世界里停留了八年，然后静悄悄地离开，从此杳无音讯。

| 第235章 | 用音乐治愈

次日上午，我早早便起了床，去酒店的餐厅吃了早餐之后，乔野还没有起床。我不愿意把时间耽误在对自己来说无关紧要的上海，回到房间后便找到乔野那辆X6的车钥匙，在他之前开车回了南京。

十点左右的时候，我找了一个服务区休息片刻，这期间接到了乔野的电话，他告诉我，他也已经上了高速，让我开慢点，等和我碰头后，两人在路上飙一段，以解他刚拿到车的饥渴。

他可真是个神经病！我当然没有等他。

快要进入南京市区时，我远远便从后视镜里看到一辆极其惹眼的918风驰电掣般向我逼近。当乔野这辆918从我身边超过时，我只感觉自己骑的是一辆自行车。我仿佛看到他的车后面挂着成串的超速罚单，还有秦苗替他搞定这些罚单时，恼羞成怒的表情。

乔野在我之前到达郁金香路，等我也到了的时候，他已经将车停在路边，在梧桐饭店要了一碗青菜肉丝面，埋头吃着。

我走到他身边，将车钥匙扔给了他，然后也和老板娘要了一碗汤面，和他面对面地吃了起来。

我问道："你们家算上你刚买的918，已经有多少辆车了？"

"七辆还是八辆？记不清了。"乔野一边吃一边答道，又想起什么似的对我说道，"对了，你还记得咱们初中时的那个班长任萍吗？"

"记得，他爸是做废品回收的，那时候我老跑到她家去淘二手的东西，怎么突然说起她了？"

乔野放下了手中的筷子，表情难得严肃地对我说道："事情就出在她爸身上。前些天她爸收完废品回家的路上被黑车给撞了，司机逃逸。就他们家那点积蓄，这几天都花在医院里了。任萍昨天找到我，跟我借钱，这个事情我要不知道就算了，知道了我肯定得帮啊。但现在我手上真的没什么钱，这辆X6你帮我打听下，有个差不多的价钱就卖了。"

我这才抬起头看着乔野，忽然觉得自己和他相处了十几年，也不一定有多了解他。

这时，一辆公交车在对面的站台停了下来，肖艾背着一只双肩包下了车，看样子她也没在扬州待多久。

肖艾停在那辆保时捷918的旁边看了几眼，然后向乔野问道："帅哥，这是你的新车？"

"是不是和我的气质很搭？"

肖艾似笑非笑地回道："这车把你暴发户的嘴脸还是诠释得挺好的，整个南京恐怕也就只有你这一辆吧？"

"暴发户这个词用得好！"

"嗯，你担得起……就是今天的发型没有弄出特色，配不上你这辆车的张狂！"

肖艾和乔野两人就这么有一句没一句地互相"吹捧"着，中午正好的阳光下，两人自在得像神仙，我却有那么一点儿心事，我不知道琴行的审批会不会如设想中那样顺利，我现在所有的希望都是基于对陈艺的信任。

…………

乔野吃完午饭，留下那辆X6后便回家了。他说要将那辆918进行二次改装，我估计他最近的精力也就放在这个上面了。以他的个性，别人是劝不住的，但让我意外的是，他和肖艾倒是投机得像好多年的老朋友，不管肖艾怎么挤对他，他也不生气。

我和肖艾边走边聊，我问道："怎么这么快就从扬州回来了？"

"就是和小伟师哥叙个旧，又不是旅游，我要有车，昨天晚上就回来了。"

我笑了笑说道："咱们认识的人中，就属季小伟活得最逍遥自在。对了，他最近又换女朋友了吗？"

"换了，昨天带着的是他们本地电视台的一个女主持，长得还不错，就是不知道他想不想和人家结婚。"

说话间，我和肖艾走到了红思英语培训机构门口，外面停着几辆似乎是教育局和工商局的联合执法车，还有一些家长领着孩子站在外面。

这个场景，又让我想到了当初咖啡店被消防查封的那天，我的心情简直像是掉进了油锅里煎熬着，但此时此刻我只是一个旁观者。

身边什么也不知道的肖艾问道："怎么教育局和工商局的人都来了？这家培训机构是出事了吗？"

我想从口袋里摸出一支烟点上，却发现没有带烟，迟疑了片刻后才说道："可能是违规经营了吧。"

肖艾颇有感慨地回道："现在有关部门对这方面查得可真不是一般严，所以咱们把该办的证件都办齐是正确的。"

我看着肖艾，半晌才"嗯"了一声。

联合执法队的办事效率很高，就我和肖艾站着的这一会儿，已经给红思贴上了封条，那些在外面等待结果的家长顿时炸开了锅。

他们围着一个工作人员模样的姑娘，怒气冲冲地问道："你们家是开不下去了吗，那我们之前交的学费怎么办？"

姑娘带着哭腔回道："求你们不要为难我好吗，我也已经有几个月没有拿到工资了。"

"我们这是为难你吗？当时我们可都是在你这儿缴的学费，这事儿你必须认。"

说话间，有几个家长已经开始推搡这个姑娘。

这一幕，让我的内心产生了极度的负罪感，这家培训机构确实有问题，但确实连累了一些无辜的人。于是，我再也站不住了，几步走到人群中，挡在那个姑娘面前，对几个义愤填膺的家长说道："大家冷静一点行吗？这个姑娘和你们一样也是受害者，我觉得大家至少给她一点儿时间，让她先给她们老板打个电话。"

人群中比较明事理的也开始劝那些冲动的家长，姑娘终于可以从口袋里拿出手机，哭哭啼啼地拨通了一个号码。

阳光下，我的大脑在七嘴八舌中有点眩晕，我一点儿也不知道这到底是不是我要的结果，更不知道所谓的输赢是不是一定要以这种方式来实现。或者，这就是生活残酷的一面，而每一个顶着成功光环的公司或者个体，都曾有过类似的经历？

此刻，我真的想戴上一副面具，不想将一些规则看得太清楚，因为我一度是一个沉溺在种花养草中难以自拔的"阳光"青年。

…………

黄昏似乎是在我的恍惚中到来的，我坐在路边把玩着乔野那辆X6的车钥匙，肖艾就在我的身边坐着，她用一片干净的抹布擦拭着自己的那把新吉他。

一些柳絮被风吹来，我有些过敏，一连打了好几个喷嚏，就在肖艾拿出纸巾递给我的时候，我的手机也响了起来。

是陈艺打来的，我一阵激动，以至于忘记了从肖艾手中接过纸巾，起身就向另一边走去，接通了陈艺的电话。

她对我说道："江桥，我爸刚刚给我打了电话，你们琴行的审批过了，明天你就可以去教育局领经营的资质证书。"

我语气郑重地回道："谢谢。"

"你就不用和我客气了。不过，有件事情你要引起注意，你的琴行好像是被人针对了，原本这件事情我爸也是不愿意办的，但是因为秦苗一连跑了两次，大领导跟我爸两个人合计了一下，才勉强给了这个面子。"

"我知道。"

"所以，你不觉得上次咖啡店的事情和这回琴行的事情先后发生，显得很蹊跷吗？"

经陈艺这么一提醒，我的心中也隐隐有了一种不太踏实的感觉，可我还是不太情愿将这两件事情联系到一起。

…………

结束了和陈艺的通话，我又回到了肖艾的身边，她还在擦拭着那把吉他，而暮色已经降临，那大范围弥漫的昏暗，就如同我此刻局促不安的心情。

肖艾将抹布放在了身边，拨了拨吉他弦，笑着对我说道："我最近在学习编曲，弹一首歌给你听听，虽然现在乐器不全，但是如果你乐感不错的话，是能够脑补出鼓声和电子音的。"

"这怎么脑补？"

"我就可以。"肖艾说着开始调弦。我这才发觉，这把吉他和她送给我的吉他有那么一点儿不一样，这把吉他竟然有十二根弦，而正常吉他似乎只有六根弦。

肖艾调弦的手法很特别，但因为比较外行，所以我也看不出什么门道，便向她问道："这把吉他怎么有十二根弦？"

"十二弦的优势在于它能弹出比六弦更宽广的音域，有时候两把六弦的吉他一起，都不一定能够弹出比它更动听的旋律。"

不知道为什么，每次看她很认真地说起和音乐有关的专业知识时，我就觉得她有点可爱。准确说，也不是单纯的可爱，总之会让我产生一些发自内心的崇拜。

有时候，我也会想，一个在音乐上这么有天赋的女人，却关闭了所有能让外界了解她的通道，这是不是一种巨大的浪费？她应该大红大紫的。

调好音的肖艾开始拨动琴弦，我凝神听着，这段前奏似乎加了一点儿蓝调音乐的元素，让人觉得非常舒服，我那被压抑的心情就这么融化在了她的节奏中。

我终于听出了点眉目，喜出望外地回道："你改编的这首歌是《南泥湾》，对不对？"

肖艾点了点头，然后转声哼唱了起来："花篮的花儿香，听我来唱一唱，唱一呀唱。来到了南泥湾，南泥湾好地方，好地呀方，好地方来好风光，好地方来好风光，到处是庄稼，遍地是牛羊……"

在肖艾非常空灵的嗓音中，我好像回到了这首歌曲被创作出来的二十世纪四十年代。

一个夏天的黄昏，我仿佛站在遍地金黄的小麦田中，不仅风景好，身边更拥簇着战斗模范和劳动模范，那个时代自力更生、奋发图强的精神仿佛在音乐中流淌。

可是，因为肖艾对它进行了新的改编，再加上用了流行的唱法，让我好似穿梭在过去和现在，来了一场跨时代的旅行，这种被音乐洗礼的感觉，绝对不是只言片语能够形容的。

渐渐地，我明白了，是肖艾看透了我的心情，所以才用音乐为我治疗。她对我好的方式，永远像一阵春风，在我最需要的时候，悄无声息地吹来了。

我终于不愿意再带着很深的负罪感去想自己用了什么方式拿到了琴行的经营资质。此刻，我只想好好享受这音乐的治愈的时光！

|第236章| 给我签个名

郁金香路从来没有像这一刻般让人感到如此惬意，吉他声悠扬地随着晚风飘向有晚霞的地方，而我们的对面就是那家装修精美的蛋糕店。这时，路过的人也停下了脚步，纷纷把目光投向了也许比歌声更动人的肖艾身上。

原来，郁金香路也可以因为一个人，一间蛋糕店而变得如此优雅，如此具有文艺格调。这一刻，路边低矮的杂货店也变得可爱了起来。

一首歌演绎完毕，肖艾竖起了吉他，围观的人们纷纷为她鼓掌，她也不忘宣传我们的琴行，指着身后正在装修的门市，告诉他们，我们的琴行就要开业了，希望他们能够把自己的孩子送到这里学习。

人群渐渐散去，路灯也在这一刻全部亮了起来，但郁金香路并没有因此而安静下来，因为不远处又支起了各种各样的小摊。也不知道是香气吸引了这里的居民，还是随着时代变迁，这里有了越来越多的居民，给小贩们提供了足够的商机。

…………

我和肖艾向便利店的方向走去，我对她说道："教育局那边通知我明天可以去拿经营资质，这个事情我们总算是办下来了。"

肖艾如释重负地看了我一眼，随后说道："不得不承认，在这个社会，还是有人脉更好办事，如果不是请了秦苗，这件事情仅凭我们两个可能真的就办不下来了。"

我点了点头，却不想在这个话题上与肖艾聊太多，因为真相很残酷，也令我感到耻辱，可是我还能有什么办法？

我只知道为了这件事情，我和肖艾已经付出了太多，它绝对不能这么轻易地在我手中流产，而且我一直认为我和肖艾有能力经营好这家琴行，这是可以作为我的终身事业去奋斗的。

快到便利店时，肖艾停下了脚步，她将背着的吉他递给了我，从口袋里拿出手机对我说道："我妈妈曾经有不少的学生，现在已经是一些中小学的音乐教师，我给能联系上的都打个电话，看看他们能不能给我们介绍一点儿生源。"说到这里，她笑了笑，又说道，"之前证件没有办下来，我还真是有不少顾虑，现在没有后顾之忧，也该把自己的人脉资源用上了，争取在开业时，就能招够二十个学生。"

我回道："对啊，我怎么没有想到，你妈妈可是南艺音教系的老师，她教了这么多年，也算是桃李遍天下了，这些资源如果能用上，对琴行的发展还是很有利的。"

"你没有想到，是因为你骨子里就不认为我会有意识去整合这些资源。不过，也不要因此想得太乐观，我们的琴行开在郁金香路上，南京这么大，就算有了老师的推荐，又有多少学生愿意舍近求远地跑到我们这边来学习呢？"

我笑了笑，回道："所以这就要看我们的教学水平了，如果教学水平高于行业水准，还是值得学生们舍近求远的。"

"你真恶心，轻描淡写间就把所有压力都转移到我的身上了。"

我大笑，又回道："哈哈，你怎么没觉得我这是对你的盲目崇拜，就像粉丝对明星的那种狂热追捧。"

肖艾瞥了我一眼，没打算再理会我，她翻看着手机里面的通讯录，似乎准备给那些还能联系上的师哥师姐打电话，这时一辆GL8商务车在我们的身边停了下来，艺安传媒的艺人总监高索从车里走了出来。

他来到我们面前，颇为感慨地对肖艾说道："想见你一面实在是太难了！"

肖艾的态度依旧十分冷淡："你还需要我和你说多少遍？我对娱乐圈没有兴趣，对你们公司更加没有兴趣，请你不要再来骚扰我了！"

"我也不想骚扰你，但我的职业精神逼着我不能这么轻易地放弃一个好苗子，现在的娱乐圈真的太缺少像你这样的优质偶像了！真诚地希望你能理解我的心情。"

"优质偶像？我怎么觉得是你们公司的赚钱机器呢？而且我是不会配合你们去做一些没有下限的炒作和包装的，因为我觉得那是给艺术抹黑！"

高索赶忙回道："我觉得你对我有误会，我现在只是在代表我自己来和你谈。我早就针对你个人的特点有了很完整的艺人企划方案，我会顺应你的性格让你自由地去发展。其实，正是因为太多的人想红，所以整个娱乐圈充满了浮躁和铜臭的味道，太多人迷失了自己，丢失了性格。你这样的姑娘真的太少见了，大众需要你的态度，我甚至觉得你能改变娱乐圈的格局。就像王菲，你们身上都有很特立独行的气质，而且你是真有才华，不是那些野路子能够相比的。只要你同意加入娱乐圈，就算我个人出钱让你到国外再进行一次深造，我也愿意！"

肖艾终于用正眼看着高索，但许久之后她还是摇了摇头，回道："对我来说，音乐可以是谋生的手段，但绝对不是哗众取宠和卖弄自己的工具。有生之年，我不需要遍地的歌迷，只需要凭着自己的心情，唱歌给喜欢的人听。"

高索满脸遗憾，又说道："你的心态不对。"

"是你们的心态不对。"

高索无奈地苦笑，他又转而对我说道："江桥兄弟，你看你什么时候有空，给我个机会请你喝酒。"

我还没来得及回答，肖艾便看着我，说道："不许和他喝酒，这人忒坏！"

肖艾说着就将我往另一个方向拽去，我无奈地向高索耸了耸肩，高索则更加尴尬了，但还是对我做了一个再联系的手势。我因此觉得他已经在这件事情上做好了长期战争的准备。

高索已经被我们甩在了身后。我很是感慨地对肖艾说道："我感觉自己快被高索给洗脑了。总觉得身边这会儿站着的是一个能在未来改变歌坛格局的超级天后，而且这个超级天后还曾经给我洗衣做饭过，我真觉得当皇上也不过如此了！"

"臭美吧，谁给你洗衣做饭了！"

"做饭真的有吧。行了，什么都不说了，赶紧给我签个名吧。"我一边说，一边准备去便利店里买纸和笔。

肖艾伸手拉住了我，板着脸说道："你别闹……我这辈子都不会进那个圈子，不用你替我把梦做得这么远。"

"世事无常，没有什么事情是绝对的。站在纪念价值的角度去考虑，我必须要拿到你人生中的第一个签名。"

肖艾拦不住我，我去便利店买来了纸和笔，然后兴冲冲地站在了她的面前，将手中的纸和笔递给了她。

肖艾瞥了我一眼，最后还是满足了我的要求，但是她没有签在纸上，而是签在了我白色的外套上，我当即便将外套脱了下来，郑重叠好，放进了肖艾的手提包里，这又是一件被肖艾赋予了特殊意义，值得我珍藏的物件。

肖艾将笔还给了我，她站在昏黄的路灯下，双手插在外套的口袋里，情绪有些低落地看着我笑了笑。

我在她的笑容中，看到了这个夜晚的深邃。如果我把自己当作她的男朋友，当然不希望她进入鱼龙混杂的娱乐圈。但如果是她的歌迷，我真的很希望她的才华能被越来越多的人知道，因为这真的不是什么坏事，娱乐圈和艺术是可以共存的，因为娱乐圈里也有一批很有名望，但自身仍保持着独立人格的艺术家。

这个夜晚，我和肖艾马不停蹄，连续拜访了好几个正在学校里从事音乐教育工作的师哥和师姐。出于情面，大家基本表示愿意为琴行打广告，其中也有一两个比较真诚的，提醒我们在琴行开业之前，最好能够做出一套可以让学生家长心动的优惠方案和教学方案，这样他们在宣传时，配合这套方案效果应该会更好。

疲于奔波的我和肖艾回到郁金香路时，已经是深夜十点半，这才想起还没有吃饭，此时饭店都已经打烊，只剩下那个便利店还在营业。

我和肖艾一人买了一碗泡面，坐在路灯下的长椅上吃着，世界静得仿佛能够听见虫鸣。风轻轻吹来，泡面的味道似乎给空气增加了一些作料，让眼前的一切都显得不那么死板。

我将茶叶蛋的蛋壳剥掉，放进了肖艾的泡面盒里，肖艾在同一时间也剥好一个，也放进了我的泡面盒里，我们相视一笑，为我们的默契。

让她跟着自己过这样的生活，我的心中当然有愧疚，不免有感而发，问道："你长这么大应该没这么吃过泡面吧，感觉挺委屈你的。"

肖艾没有看我，她一边吃，一边回问道："你确定不是在挤对我？"

"当然不是挤对。"

"那我就告诉你，我一点儿也不觉得委屈，因为我们还吃得起茶叶蛋啊！"肖艾说着用叉子插住被她吃了一半的茶叶蛋，在我面前晃来晃去。

肖艾是个天生的段子手，给我讲了好几个跟茶叶蛋有关的段子，最为精彩的当数茶叶蛋大战切糕的故事，连她自己讲完后，也前俯后仰地笑着。

我第一次觉得，她的性格可能比她的容貌更加动人，因为她和我在一起时，将苦中作乐演绎得出神入化。这一点，是我在和陈艺那段恋爱经历中所从来没有体会过的。

也或者，现在的所有简单和快乐都是因为我们还没有正式确立关系，所以没有承担爱情负担的我们才会如此从容快乐。

…………

将肖艾送回住处，我点上烟独自晃荡在郁金香路上，快要到达巷子口的时候，我意外发现了金秋的那辆牧马人就停在有梧桐树的那块空地上。

我心里犯起了嘀咕，下意识觉得，她来找我肯定不是什么好事情，因为我在这之前已经和她吵过好几次，更厚着脸皮欠了她十五万，我最怕的就是她来和我要这笔钱。

金秋推开车门从车里走了出来，语气有点不悦地向我问道："为什么不接我电话，是故意躲着我吗？"

"天地良心，谁要是存心不接你电话，谁是孙子。"我说着赶忙将已经调成了静音的手机拿出来给她看。

金秋并没有看我的手机，反而盯着我看了一会儿，我则冲她翻了一个白眼，因为我受不了一个穿着职业装的女人用一种盛气凌人的眼神看着我。

她当然没有理会我的白眼，向我问道："琴行开得怎么样了？"

我充满警觉地回道："就这样呗，你……你可千万别跟我提还钱的事儿……"

"能把你舌头捋直了和我说话吗？"

我有点窘迫，回道："我这不是心虚吗？"

"你心虚什么？"

我猛吸了一口烟，然后回道："你突然跑过来找我，肯定不是什么好事儿，反正我现在真没钱还给你。"

金秋摇了摇头，示意不是来找我要钱的，我这才仰起头长出了一口气。我发现自己真的是穷怕了，现在只要有那么一点儿风吹草动，便会刺激到我那敏感的神经。

金秋从口袋里拿出一只U盘对我说道："这里有一份很完整的客户资料，三天内需要出婚礼草案，你这边如果能够加急帮我做出来，客户那边认可的话，我给你三千块钱的策划费。"

现阶段的我实在是太缺钱了，再加上琴行开业还要经历一段比较长的装修期，所以我几乎没怎么犹豫便从金秋的手上接过U盘，然后说道："我尽力试试。"

金秋点了点头，又说道："如果有什么需要沟通的难题，你直接和我们公司的小李对接，他可以帮你约见客户。"

我心中有些疑惑，向她问道："是公司最近的人手不够用吗，你才来找我？"

金秋看着我，半晌才摇头回道："不是，只是希望你作为男人能够替女人多分担一些。我听秦苗说了，你为了帮肖艾要演出费，打了演出方的负责人。不管你当时有没有理，发生这样的事情终归是不好的，我希望你做事能够成熟一点儿。其实我也不知道该怎么表达……"

我惊讶地看着金秋。

智商高、口才好的她，竟然在我面前表现出了逻辑上的混乱，我因此更加怀疑她有什么事情在瞒着我，而且瞒得很辛苦。

我问道："你是不是有什么事情在瞒着我？"

这一次，金秋没有一点儿迟疑地回道："没有，我所做的一切，出发点都是希望你能过得好一点儿。还有，我不喜欢我们的婚姻被家人强行捆绑在一起，我们应该有各自的幸福，你说呢？"

我又吸了一口烟，然后低下了头，我不愿意针对金秋的表态做出任何回应，因为她说得都对，可偏偏我们还是被某些力量强行地往一个未知的方向拉扯着。

这是我的烦恼，也是她的烦恼。

…………

为了在三天后顺利通过婚礼草案，拿到三千块钱，我熬了一整个通宵去研究客户的需求。

我不知道自己是在什么时候睡过去的，但等我醒来时，阳光已经洒满了整个屋子，而肖艾正坐在我的旁边，托着下巴看着我，她的右手边放着一份正在冒着热气的早餐，我的身上则披着她给我盖上的毛毯。

"醒啦。"

"嗯，怎么感觉一下子就到早上了。"

肖艾没有回应我，而是抽出一张纸巾向我递来，说道："把口水先擦擦，然后洗脸刷牙吃早餐。"

我的睡意还没有完全消退，可在迷迷糊糊的状态下，看着她的样子又觉得很真实，而昨天金秋来找我的那一幕有点像在梦里经历的。

我想，我是很清楚，自己在人生这个阶段要的是什么，排斥的又是什么。相信在这一点上肖艾要比我做得更加出色，所以她才会一次次拒绝高索，放弃成为明星。

第237章 人生中的瑰宝

我从肖艾的手上接过了纸巾，低头看了看，因为是趴着睡的，桌子上真的有一摊口水，我很不喜欢这样的丑态被肖艾看到，而她正用一种很嫌弃的目光看着我。于是，我赶忙用纸巾擦掉了桌子上的口水，然后将纸巾扔进了纸篓里。

肖艾充满怀疑地向我问道："我是给你擦嘴的，难道这个破桌子比你的嘴还重要？"

我盯着肖艾看了好一会儿，从垃圾篓里将那张用过的纸巾又捡了起来，肖艾看着我的表情更加惊恐了，她的手重重拍在我的手臂上，纸巾又掉进了垃圾篓里。

我笑着对她说道："故意恶心你的，因为我特别不喜欢别人看到我的丑态，还挤对我！"

肖艾无语了好一会儿，回道："你上辈子肯定是活在垃圾堆里的，能恶心成你这个样子，也真不是一件容易的事情。"

她嘴上说着我恶心，手却又抽出一张纸巾递给了我，然后主动转移了话题向我问道："你这一晚上都在忙什么呢？"

我双手重重从自己的脸上抹过，等稍稍清醒之后，才指着电脑对她说道："昨天金秋来找我了，给我带了一个婚礼的策划案。我这边做好后，客户要是能通过的话，会拿到三千块钱的劳务费。我昨天研究了一夜的客户需求，早上把大体的框架做出来了。"

肖艾不太相信地看着我，问道："做一个婚礼策划案会有这么多钱吗？"

"咱们赚的不是外快吗，你要在公司做的话，肯定没有这么多，而且这场婚礼有六十万的预算，拿这么多钱挺正常的。"停了停，我又说道，"其实，我蛮佩服金秋的，回来也就半年多的时间，竟然把一个濒临倒闭的婚庆公司做到了现在这个规模。听说，他们转型后主攻高端婚礼的策划机构，低于五十万婚礼预算的业务已经不接了，整个南京可没有哪家婚庆公司有这样的魄力！"

肖艾以一种复杂的目光与我对视着，她向我问道："你现在是不是挺后悔当初没有跟在金秋的身边从事婚庆行业？"

我有点愕然，因为肖艾此刻表现出来的敏感出乎了我的意料，她表面在质问，心底却似乎在害怕失去什么。

我沉默了一会儿之后，终于回道："后悔这个命题在我这里是不成立的，因为如果我愿意的话，我现在也可以去和她一起做婚庆，她不会拒绝的。准确说，是她爸老金特别希望我能和她一起做这个事业。"

也不知道是不是我还没有完全清醒的缘故，竟然多此一举地将老金也说了出来，而肖艾似乎太清醒，以至于又刻意放大了这个话题，向我问道："是不是她爸一直撮合你和她在一起？"

我不想对肖艾撒谎，可有一种力量还是驱使我并不那么诚实地回道："当然没有了！你想想看，金秋是什么样的女人，那些围绕着她的光环可以闪瞎我们这些普通人的眼睛。老金那么精明的商人，会做这样的赔本买卖吗？"末了，我又画蛇添足般地补了一句，"除非他傻了！"

是的，老金是傻了，我至今仍不明白，他这么做到底图什么？而在这件事上我始终是保持怀疑态度的，但也想不出一个所以然来，再加上我和金秋在这件事情上保持着高度的统一，所以也就没有过分将此事当成是困扰，继而去深究。

我这么一解释，反倒给自己挖了一个坑，肖艾板着脸向我问道："金秋跟着你是赔本买卖，那我呢？难道你是觉得我和金秋有了十万八千里的差距，才会每天跟你这样的人混在一起？"

这次，我真是百口莫辩了，就这么直愣愣地看着肖艾。细细想来，我刚刚那番话确实容易让肖艾产生这样的疑问。

肖艾充满鄙视地看了我一眼之后，回道："你要是现在还没有清醒的话，就不要强行解释了，你给自己挖了这么大一个坑，扑通一声掉下去，就算不摔死，也得残废了吧！"

我索性装糊涂："啊？"

肖艾叹息了一声，之后也不跟我计较了，对我说道："赶紧去洗漱，然后吃完早饭好好睡一觉。这么拼命地做方案，真让人担心你的身体。"

…………

婚礼策划案做好后，只是和客户沟通了两次，他们便认可了我的方案。三天之后，金秋也很信守承诺地给我批了一张条子，让我到财务部领了三千块钱的报酬。一切顺利得出乎意料。

在我拿到这笔钱的时候，我第一个想到的便是肖艾，因为这三天中，一直是她在为我端茶倒水。虽然暗无天日，但因为有了她的照顾，我才能这么高效地做出方案。所以，我打算用这些钱好好带她去吃一顿饭，然后再给她买一件像样的衣服，因为夏天就快来了，我不愿意她还穿着去年的那些衣服。

我们还是在便利店的门口碰了面，我将那三千块钱从口袋里拿出来，在她面前晃了晃，笑道："中午的时候金秋就和我把账给结了，为了感谢你这三天的无私奉献，我决定好好带你去吃一顿，然后再给你买一件不是地摊货的衣服。"

肖艾从我手中接过了这些钱，以一种认真的语气对我说道："这笔钱能不能让我来分配？"

我稍稍愣了一下，回道："当然可以，本来就是一笔意料之外的收入。"

肖艾当即从自己的手提包里也拿出了一些钱，然后与那三千块钱放在一起后，对我说道："这是我上次演出拿到的两千块钱，加在一起一共是五千块钱。我是这么想的，我们已经有一段时间没有去看奶奶了，咱们花一千块钱给她买些衣服和保健品，最最重要的是，我们要很有诚意地告诉奶奶，我们一起开琴行的事情。很多东西你老喜欢瞒着她，导致奶奶在心里对你的生活非常没有底，她其实很焦虑，但是又没办法告诉你。你不能老是因为对她有歉疚感就逃避和她沟通，这样很不好！剩下的钱，我们也不要乱花了，因为装修完琴行就要开业，我们肯定要在开业那天宴请我那些从事音乐教育的师哥和师姐，而且宴请的规格不能低，要不显示不出诚意，所以这也不是一笔小的开支。"

在肖艾说话的过程中，我一直注视着她，渐渐对她有了刮目相看的感觉，她认真起来的状态真的不是一般女孩能够相比的，因为她能想到的事情，每一件都显示出她高人一等的情商。

我可以想象，如果有一天她完全适应了这个社会，她对人际关系的处理，不一定就会比秦苗和金秋这两个人精来得差。我还是坚持之前对她的评价，太多的事情，她只是不屑花心思去做而已，所以才给了人乖戾和骄傲的错觉。

更让我感动的是，她是用真心去对待奶奶的，如果只是虚伪做作，不可能在这样的事情上也会想到奶奶，而且她对奶奶的关心已经细微到了心理层面，这甚至是我这个为人孙子的，都没有能够做到的。

这一刻，我真的觉得她是我人生中的一块瑰宝。而我人生里的瑰宝只有两块，不分先来后到，却都改变了我的生命轨迹，让我终生难忘！

…………

下午的风又吹了起来，吹来了一些幻象，我好似看见了在那间废弃的纺织厂里，一朵郁金香和一朵向日葵在争相开放着，而我是一片被浇了水的土地，慢慢地滋润着它们……可是，我并不是在一味付出，我那贫瘠的身躯，因为它们而有了夺目的光彩！

我有一种强烈的预感，我那平静了许久的世界，会有一场剧变，而这个剧变的产生，或许是因为琴行未来不可限量的前途，或许是因为其他。但对我来说，都是一种惊天动地的颠覆！

| 第238章 | 怀才不遇

经过为期将近二十天的装修，琴行终于有了一个能营业的样子。我最满意的当属教室里吊着的那些小蘑菇，不仅充满童趣，那金黄的颜色，也象征了一种沐浴阳光后成长的希望，符合我们琴行所要传达的教育精神。

当我将工商局、教育局颁发的证件和经营资质一起挂到墙上时，我的心中有了一种久违的感动，这种感动的产生并不是因为在琴行营业前解决了多少的困难，而是觉得它就像是自己另一种意义上的孩子，是需要我们用心去呵护的。

我和肖艾清理掉了所有的杂物，然后又用水洗刷了地面，等做好这一切后，肖艾对我说道："琴行后天就要开业了，袁真师兄特地从日本回来祝贺，我待会儿去机场接他，今天晚上就各自活动吧。"

我没有拒绝肖艾的提议，因为我和袁真并不是一路人，两个人在一起诸多不便，而且去接袁真的肯定还有季小伟，这就更加成了他们师兄妹之间的聚会，他们难得一聚，我要跟去掺和就真的没有什么意思了。

果然，片刻之后，季小伟就开着一辆宝马5系停在了我们琴行的下面，一连按了好几次车喇叭催促，肖艾擦掉手上的水迹后便匆匆下了楼。

我站在窗口看着，向季小伟挥了挥手，算是打了招呼，下一刻，车子便载着肖艾驶离了郁金香路。

夕阳还在，我那即将到来的夜晚却突然空虚了起来。

我靠墙坐在地上，给自己挤出了片刻的清闲，我点上了一支烟，仿佛这一刻就是一天中最让人想要挽留住的精华，因为我喜欢黄昏时的奄奄一息，喜欢一支烟在我口中变成烟雾后的自由。

弹了弹烟灰，我拿起了手机，给乔野打了一个电话，我想在这个还能够清闲的晚上跟他喝点酒。

…………

梧桐饭店经济实惠，已经是我们经常聚会吃饭的地方。这个夜晚来临前的黄昏，我和乔野面对面地坐在遮阳伞下，一人握着一瓶啤酒，有一句没一句地交谈着。乔野刚买的那辆918就在遮阳伞不远的地方停着，路人无一例外地都会打量一眼，然后又因为洒水车的到来而往路的那一边跑去，继而又行色匆匆，仿佛谁都不愿意停下脚步，看一看夕阳是以什么样的姿态离开这座城市去往了更遥远的地方。

整条街，就属刚刚才长出来的爬山虎散落在墙上最悠闲，还有喝着啤酒的我和乔野。

我松垮地靠在椅子上，向乔野举了举啤酒瓶，两人一仰头便又干掉了一瓶，又开一瓶时，乔野才一本正经地向我问道："江桥，咱们能聊聊那个丫头吗？"

我反问："哪个丫头啊？"

"明知故问！"

"肖艾吗？"

"可不就是她吗？"

我疑惑不解地问道："干吗要聊她？"

"我就是想知道，你是怎么将爱情从一个人身上过渡到另一个人身上的……你也晓得，我现在最大的痛苦是什么，我就是想找一段对自己来说，可能有借鉴意义的人和事情来聊一聊。"

我仰头喝了一口啤酒，失神地盯着人来人往的街头看了很久，这才点上一支烟对乔野说道："其实这是一种很微妙的感觉，很难用言语去形容。当我和秦苗、金秋、陈艺她们在一起时，她们聊到的永远是圈子，是投资，是项目，而这些就好像是一根鞭子在狠狠地抽着我，然后质问我，世界这么现实，金钱那么诱人，你干吗像一只陀螺不愿意去努力？我真讨厌这种感觉！但是，和她在一起时的感觉不一样，她不会和我谈钱的重要性，我却会发自心底地渴望金钱；她也不会告诉我，这个世界有多么现实，我却有欲望主动去探知这个世界的美好！"

我说完这些又拿起啤酒瓶喝了一大口，乔野也随我喝了一口，然后耸了耸肩，回道："这个世界上的某些人确实是让人感到挺遗憾的，自以为都是为了对方好，可对方却一点儿也不觉得是享受……人最大的痛苦，就是得不到理解。因为你不理解我，我也不理解你，世界就这么乱套了！"

我没有言语，也不愿意深入去想，因为我和乔野聊起这些只是为了消磨夜晚来临前的时光，并不是为了得到什么结果。况且，我厌恶的只是她们给我描绘出的世界，而并不针对陈艺、金秋和秦苗中的任何一个人。

甚至直到现在，我仍不清楚自己在面对陈艺时是什么感情。

各自沉默了一会儿之后，乔野又想起什么似的对我说道："对了，你知道陈艺那场直播事故可能是被人陷害的吗？"

我一时无法相信，情绪激动地问道："什么？"

"我说陈艺那场直播事故可能是被人陷害的，她在直播中拿到的手卡被人给调换了，所以才会报错了观众的参与热线。这是她亲口和秦苗说的，我也是在昨天才知道的。"

我有点无法相信，追问道："如果确有其事，陈艺怎么没有给自己辩解，然后把真相公开？"

"都说了是被人陷害的，对方会给她公开真相的机会吗？下了晚会之后，那张错误的手卡就又被换回去了，所以交回到台里的还是正确的手卡。陈艺也只是凭着自己的记忆感觉手卡有问题，但是并不能确定，因为被提醒报错号码之后，她就一直处于紧张的状态中，并没有在第一时间意识到是手卡的问题，只当作自己看漏了号码中的某一个数字。她也是在最近冷静下来后才感觉这件事有蹊跷，按照她的专业素养，是不可能出现这种低级失误的。"

"那这件事就成无头公案了？"

"除非镜头里有手卡的特写，证明当时陈艺的那张手卡确实有问题，否则这事儿陈艺真的说不清。"

"谁这么无耻啊？"

"肯定是陈艺身边的人，化妆师、助理、场记、服装，任何一个都有可能。"

"这等于没说。"

乔野摊了摊手，回道："话又说回来了，有人真的想搞她，就算有证据又能怎样，直播事故还是出在她身上，而且自从出了这次事故，她的节目就立马被停掉了，所以这明显就是一次蓄谋已久的陷害！并且针对她的人在业内肯定地位还不一般，因为陈艺可是电视台这几年花了很多资源捧出来的主持，封杀她的话，电视台也是很可惜的，但为什么电视台还是这么做了？肯定是因为背后有更大的利益啊。所以，你应该能想到是谁在背后做了这件事情。"

我脱口而出："邱子安？"

"我可没说，我觉得答案还是从陈艺嘴里说出来最靠谱，咱们说的都不算数，最多只能算揣测。"

这一刻，我心中百般滋味，如果真的是邱子安因爱生恨，那么陈艺在这个圈子里基本是混不下去了，她怎么可能会是邱子安的对手呢？即便电视台一度将她当作台柱去捧，但她的重要程度也绝对比不过与邱子安合作的战略意义。

…………

不知道什么时候，乔野那辆918的旁边又停了一辆保时捷，下车的分别是秦苗、金秋还有陈艺。

我压低声音向乔野问道："她们怎么一起来了？"

乔野惊得换了一个坐姿，也压低声音回道："我哪知道，我又没约。"

我的目光一直放在三人身上，但是她们谁也没有跟我和乔野打招呼，就在另一张离我们不远不近的桌子旁坐了下来。我这才相信，她们也将重新改造过后的梧桐饭店当成了一个聚会的地方，所以这是一场莫名其妙的相遇。

随即，我又有点愕然，这种大家明明很熟，甚至乔野和秦苗还是夫妻，但在一个饭店却互相不说话的局面实在是非常奇怪。于是，我下意识地集中了注意力，听她们在不远的地方聊些什么，而这也是陈艺自回到国内后，我第一次见到她。虽然，在秦苗和金秋之间，她还是最有气质，最漂亮的，但已经明显要比离开南京前瘦了一些。

三人中，先开口的是秦苗，她对陈艺说道："现在国家的经济整体疲软，但是娱乐行业往往会在经济危机中异军突起，这几乎是经济规律了，因为大家都需要在这种充满压力的氛围中，通过娱乐行为释放自己。所以，我会将我们集团下一阶段的投资重点放在娱乐行业。我觉得，我们真的应该合作，反正你也不打算在电视台做了，以你这些年积累的人脉，我相信开一家传媒公司是完全没有问题的。还有另外一个重要原因，我们南京的传媒行业，不能让邱子安这个外来户一家独大，他这个人做事儿真的挺让人恶心的，我替你咽不下这口气！"

陈艺没有表态，金秋又对她说道："我认同秦苗的观点，如果要做传媒公司的话，我也可以出一份力，前提是你们有意愿带着我玩儿。"

秦苗当即表态："我当然举双手欢迎啊，你对市场的把握和工商管理上的专业性，真不是我和陈艺能够相比的。如果你愿意加入，我对开传媒公司就更加有信心了，因为这会是一个资源整合的黄金案例。"

听到这里，我觉得没有必要再听下去了，因为事情其实很简单，就是一个资本大鳄，带着两个有资源会管理的人玩起了资本游戏。但我还是关心陈艺的选择，在我对她的认知里，她应该是不会接受的，因为这不符合她对自己人生的规划。

陈艺并没有急着表态，她只是对为她端来饮料的服务员说了一声"谢谢"。

这时，乔野阴阳怪气地说道："切，真看不惯那些人的嘚瑟样，真以为自己是什么资本运作的高手呢，其实就是一群虾兵蟹将！"

秦苗顿时不高兴了，隔着桌子对他说道："你要看不惯，你可以换个地方喝酒，别觉得这个世界欠了你的，看谁都让你恶心，七个不服八个不忿的！"

乔野反唇相讥："我在你家地方吃饭了？我告诉你，现在可是言论自由的社会，看见你们这帮人胡吹滥侃，我就有种怀才不遇的感觉，凭什么资本游戏都让你们给玩了？"

一刹那，我有些恍惚，这个世界到底是怎么了？竟然连乔野这种人也说自己是怀才不遇？

第239章 奇怪的夜晚

秦苗好气又好笑地看着乔野，半晌之后，她似乎也觉得和乔野这个人没什么可说的，便又转移了自己的视线，向陈艺问道："小艺，关于开传媒公司的事情，你是怎么想的？现在就给我和金秋一个答复吧。"

陈艺稍稍思虑了一下之后回道："我还是放不下自己的主持事业，其实我在国外的时候，就已经收到另外几家电视台的邀请了，给的条件还算不错。"

这时，金秋说道："我认为你签约其他电视台和自己做传媒公司一点儿也不冲突，反而是一个契机，你真的没有必要为了求稳再硬挤到体制内，反而限制了自己的自由，你可以在做公司的同时继续利用大的电视平台扩大自己的知名度，这对你来说肯定是名利双收的！"

陈艺摇头回道："如果我不签一份体制内的合同，其他挖我的电视台是不会为我支付解约费的，我还会被继续封杀在原来的电视台，没有办法脱身！"

"我倒是把这一点漏了。"金秋说着和秦苗交换了一个眼神，秦苗稍稍一权衡，又向陈艺问道："大概需要支付给原电视台多少违约金？"

"六百二十万！"

陈艺报出这个数字后，秦苗和金秋都陷入了沉默中，因为这真的不是一笔小数目，而且这是在公司成立前就必须要投入的，一个精明的投资者肯定会在这个时候好好权衡一番投资的可行性。

首先表态的是金秋，她说道："在如今一个网红都能被估值三个亿的泡沫经济下，你一个根正苗红的主持人解约所花费的六百二十万，我不觉得需要我们放在战略的高度去考虑和权衡。我先表态，只要你有意向，这笔解约费我愿意买单。"

秦苗也是个精明的女人，当即也表态："这也是我的意思，我们一起合作开传媒公司，你脱离体制以自由人的身份继续和其他电视台合作，这绝对会是一个多方共赢的选择。"

陈艺在金秋和秦苗的相继表态后终于有所动摇，但也没有立即给答复，只是回道："让我再考虑一下吧，我想给自己一点儿时间。"

路灯就在此刻亮了起来，黄昏和黑夜的转换好像只是在一阵风吹过的时间中完成的。这时，我和陈艺终于有了一次眼神上的交集。

她看着我笑了笑，我回应了她一个笑容，便转移了自己的目光，然后看着梧桐饭店招牌上的霓虹一阵失神。

她们那边开始点菜，乔野神经病似的和秦苗较上了劲儿，秦苗点什么，他也点什么，最后还非得比秦苗多点了两个菜，实际上，面对着满桌的菜，我已经没有了吃的欲望。

我没有想到，陈艺有一天也会脱离电视台的体制，这意味着她的生活从此以后也不那么稳定了，那么这个世界上到底还有什么是不能改变的呢？

说不定某一天，南京重新划分区域，郁金香路可能不叫郁金香路了。这么想想，这个世界还真是挺让人伤感的！

我和乔野喝了大概十瓶啤酒的时候，陈艺、秦苗、金秋三人终于吃完了，金秋买了单后，三人准备离开。

乔野喊住了秦苗，说道："我喝酒了，不能开车，你顺便把我带回家。"

谁知道秦苗一点儿也不搭理他，说了一句"自己打车"后，便跟随金秋和陈艺向路边走去，我忽然想起了琴行在后天开业的事情，便起身对着三人的背影喊道："你们等等。"

三人几乎在同一时间停下了脚步，回头看着我。

"后天早上九点，我的琴行开业，你们来捧个场吧。尤其是秦苗，多买几个那种特别大的花篮。金秋，你们公司不是有礼炮吗，也给我弄几门来，这边不禁烟火，咱们争取把场面弄大一点儿！"

说完，我很认真地看着她们，等待答复。

倒是陈艺先开了口，向我问道："那我呢，我要给你弄点什么来？"

"呃……"

陈艺看着我笑了笑，随后也没有多说，便引着还没有表态的金秋和秦苗继续向路边的车子走去。于是，梧桐饭店又恢复了她们没来之前的气氛，相对安静了些，却也多了一丝夜晚的惆怅。

乔野又伸手和服务员要了一打啤酒。

我打开啤酒的瓶盖，喝了一口，向乔野问道："女人们都野心勃勃，你还打算继续这么无动于衷下去吗？"

"什么意思？"

"我的意思是，你要不要找点事情做，或者回你爸的集团上班？"

乔野眯着眼睛摇了摇头，回道："我什么也不想干，我现在很享受这种怀才不遇，不被人理解的感觉，因为太高级了！"

我叹息："是的，这个世界上有两种人，一种叫凡夫俗子，另一种叫乔野。"

…………

尽管这个夜晚我很克制自己，可还是喝得有点多，我和乔野像两只麻木的猪，仰靠在梧桐饭店的椅子上，食客们已经从我们的身边来来走走了好几拨。到了最后，服务员将外面的灯都关掉，只留下我和乔野头顶上的那一盏，摆明了要赶我们走，却开不了口。此时已经是夜里的十点半，对于一个路边的小饭店而言，是该打烊了。

和乔野分开后，我并没有立即回自己的住处，只是一个人晃荡在郁金香路上，而肖艾住的那个小区就在我不断前进的步伐中越来越近。

我拿出手机拨打了她的号码，她有些迷糊地接通，向我问道："怎么了？"

"你已经睡了吗？"

"准备睡了，今天晚上喝了好多酒，头有点疼！"

"你等会儿睡，我买点牛奶和吃的东西给你送过去，你夜里肯定会饿的，对胃不好。"

"那你来吧。"肖艾迷迷糊糊地说了一句，便挂掉了电话。

我的头也是一阵眩晕，虽然喝的是啤酒，也架不住十来瓶的量，可因为担心肖艾，才逼着自己清醒。

....

我还留着肖艾家的钥匙，打开房门后，屋内却是漆黑一片，我喊了一声，并没有人回应。

我赶忙打开了屋子里的灯，四处看去，却并没有在这间本就不大的屋子里看到肖艾，这让我非常不解，因为我在十分钟前才跟她通了电话。

难道她没有回来，却因为喝多了，迷迷糊糊也不知道自己到底在哪里？

我没往坏处去想，可能是季小伟他们不知道她的住处，而将她送进了酒店，我不至于对他们也不放心。

我关上门，将吃的东西放在了桌子上，又尝试给肖艾打了个电话，但是她并没有接听。

我的酒劲也上来了，继而迷迷糊糊，也记不得这里是肖艾的住处，在床上呆坐了一会儿之后，便倒了下去。

这是一个很奇怪的夜晚，我和肖艾都没有睡在自己该睡的地方，可是我因为盖着她的被子离她更近了，而她又确实不在我的身边。

第240章 我的决定

喝了十几瓶啤酒的夜晚注定是折腾的，昏昏沉沉中我去了很多次厕所，并且都没有开灯，因为我熟悉这里，我知道卫生间就在下了床大约六步远的地方。

也许，我的心是向往这里的，所以我才会记得这里的布局，虽然我并不经常来。

记不得是第几次用了卫生间之后，我又躺回到了床上，此时我的意识已经渐渐清醒，没有像之前那样，躺在床上便陷入深度睡眠之中。

翻了一个身，我的手忽然触碰到一片柔软，我心中一惊，因为我来时这间屋子里明明是没有人的。

我想去开灯，她却像抱住枕头般地抱住了我，这让我一阵窒息，也渐渐看清楚了躺在我身边的女人就是肖艾。

这样的拥抱让人心猿意马，我就这么丢失了主张，也忘记思考这一幕到底是怎么发生的。

794

我努力地克制着，一连做了几个深呼吸之后，终于艰难地拿掉了肖艾放在我胸膛上的手臂，然后站在床边回忆着自己到底有没有对她做过什么，我记得电视剧里一些过于暧昧的情节，就是这么发生的。

我此时的惶恐，源于我担心自己真的对她做了一些不能饶恕的事情。我又想起了那个下着雪的夜晚和蓝色的琴盒，我是个犯过错的男人。

我战战兢兢地打开了灯，终于看清了肖艾此时的样子，她的身上只有贴身衣物，而床下则一地凌乱，我的汗毛都快竖起来了，于是更加不理解她到底是怎么回来的，而我刚来这里时，她又到底在哪里？

我喊着她："你醒醒……"

肖艾迷迷糊糊地睁开了眼，然后看着我，她眼神中的茫然告诉我，她还没有反应过来到底发生了什么事情。

果然，她拨弄着自己的头发，又闭上眼睛向我问道："你怎么在这儿？"

"我也特别想问你，你什么时候回来的？我之前来的时候，你屋子里根本没有人！然后……"

"然后什么？"

她懵懵懂懂的样子，让我心中产生了一阵极其乏力的感觉。半晌，才有点语无伦次地回道："我来这里之前给你打过电话的，我说给你送点牛奶和吃的东西，你说来吧，然后我就来了。结果，房间里根本就没你的影子。我今天和乔野也喝了不少酒，然后酒劲上来后我就在你床上躺下了，谁知道这三更半夜的你竟然又回来了，更不可思议的是，我们……我们还躺在同一张床上。你，你没有对我做什么龌龊的事儿吧？我现在很担心！"

肖艾还处于迷糊的状态中，但语气非常不耐烦："你在说什么啊？我一句也听不懂！你能不能把你的坏习惯改一改，别没事儿就往我这里跑，尤其是这三更半夜的！"

我只感觉脑门有点发热，原来不止男人喝完酒会撒酒疯，女人无理取闹起来也让你没有办法和她解释。

我静下心来对她说道："咱们今天晚上都喝多了，你弄不清楚自己是怎么回来的，我也不是很明白怎么就发展成现在这个样子了！反正，所有的事情都是在黑不溜秋的夜里发生的，我真不知道自己做了什么。但是看到你散落在地上的衣服就感到揪心，真的，不是为了证明我是正人君子，而是发自内心的揪心！"

肖艾这才往地上看了看，表情在一瞬间便有了变化，我能确定她这会儿是从酒醉状态中彻底清醒过来了。她拎起被子看了看，我的心也在一瞬间提到了嗓子眼，然后在心里假设着可能出现的状况。

一个男人在喝到基本断片的时候，还能对一个女人做些什么？肖艾的衣服之所以散落一地，只是她自己睡觉的一个习惯？可即便这么劝慰着自己，我的眼睛仍直勾勾地看着肖艾，等待着她给我一个可以让自己没有负罪感的答案。

因为，有时候太过珍惜一个人，你是舍不得侵犯她一丝一毫的。在我的心中，不管是陈艺或是肖艾，都属于这一类女人，她们应该被男人珍惜，无论是身体上还是精神上。

肖艾放下了被子，用一种复杂的目光看着我，我仿佛看到了自己那颗在扑通乱跳的心。
　　"你知道你自己刚刚那句话里有多少语病吗？"
　　我如释重负，赶忙向她问道："这么说，我们还很清白，什么事情都没有发生？"
　　"你没事少看一些误人子弟的狗血韩剧和脑残小说行吗？我不想你在和我相处时总是神经兮兮的，也不愿意看到你这么人模人样地站在我面前。所以，你给我出去，然后替我关上门。"
　　我不知所措地看着她，也不愿意转身离去，沉默了片刻之后，终于对她说道："买的牛奶给你热一下再走。"
　　"我不喝。"
　　"为什么不喝？"
　　"因为我在生气。"
　　"那你怎样才能不生气？"
　　肖艾躺回了被子里，将自己捂得严严实实，然后对我说道："你赶紧走，你走了我就不生气。还有，你的那把备用钥匙留下，以后不许再来了。"
　　临走之前，我又向她问道："你能告诉我，我给你打电话时，你说自己准备睡觉了。可我来了以后屋子里根本没有人，这段时间你到底在哪里？"
　　"别问我，我不知道。我比你喝得还多，连你给我打过电话的事情都记不得了。"
　　"通话记录里肯定有的。"
　　我的不依不饶让肖艾有些抓狂，她大声回道："这重要吗？反正我很清白，没有失身给你。你要再不走，我就喊了！"
　　我实在是有些哭笑不得，只得对她说道："我走就是了。不过，咱们俩以后都少喝一点儿酒吧，这东西确实是挺误事的。我要是清醒状态，肯定不会躺在你床上睡觉，你回来的时候，起码也会开灯看看有没有人，这不就没误会了吗？"
　　肖艾依旧将自己闷在被子里面，含糊不清地说道："是的，酒壮怂人胆，要不然你怎么敢爬到我的床上？请你赶紧走，要不然我喊了！"
　　…………
　　我就是这么被肖艾连恐吓带要挟给吓走的，当我独自走在凌晨三点的郁金香路上时，我的大脑清醒到连我自己都吃惊，而这个时候，我倒真觉得酒是一个好东西了，因为它总是在眩晕之后，给我带来难得的清醒。
　　我想，经历了今晚，我是不是该和肖艾把关系确定下来？
　　带着这样的疑惑，我在回到自己的住处后，一直没有能够再睡着，我幻想了很多肖艾成为我女朋友后会有的画面，而这些画面就像春天的雨水，滋润着我那已经干涸了很久的内心。
　　当窗外出现一抹曙光，我终于有了一丝倦意，睡了过去，等我醒来时，已经是中午时分。
　　时至立夏，今天的天气很热，我换上了久违的短袖，在起床时就给那些不耐热的植物浇上了水。

我希望如四季更迭一样，琴行的开业也将会是我人生中的一个新的开始，为此我会坚持不懈地去奋斗，因为我对自己生活中的需求已经很明确。

我决定，等琴行真正走向稳定后，我也认真地为自己做一次表白的策划，然后将所有能想到的美好都在那一刻送给肖艾这个带给我很多快乐和温馨的姑娘。

第241章 如意更好

用给花草浇水的方式给自己的小院赋予了夏天的气息后，我又去了已经装修完毕的琴行，将所有的窗户打开通风，我就站在风口点上了一支惬意的香烟，而那些挂在天花板上被风吹动的金色小蘑菇就像是明天的希望，也悄悄带走了我心中那些积攒已久的灰色情绪。

手机响了，我按灭烟蒂，将手机从口袋里拿了出来。让我惊喜的是，这个电话是我在台北结识的阿德打来的，我顿时想起了第一次见面时，戴着金链子，一身文身的他让我放心的样子，我更关心自我和肖艾离开台北后，他和林子晴的关系有没有一个突破性的进展。

尽管在我的潜意识里，这很难，可这个世界上确实有很多事情是不能用平凡的眼光去看待的，尤其是爱情，它的发生往往就在不经意间。

我怀着喜悦的心情接通了阿德的电话，还没开口，电话里便传来了他那比我更加喜悦的台湾腔："阿桥吼，你的琴行要开业了？"

我笑了笑问道："你怎么知道的？"

"我有关注你的朋友圈动态的啦！真不够意思，亏我在台北见证了你是怎么把如意骗回南京的，你们现在一起开了琴行，竟然都不告诉我吼！"

忙，几乎已经成为国际通用的疏于联系的借口，于是我就趁机在电话里向阿德抱怨着自己这段时间到底是怎么忙的，实际上也确实是很忙，尤其是拿不到经营资质的那段时间。

阿德安慰了我几句，然后又对我说道："阿桥，我现在已经在苏州去南京的火车上了。前些天来苏州看家姐的，回台北之前想去南京看看你！"

又是一阵风从窗口吹来，吹动了我身上干净的白色T恤，也吹来了我想招呼来自远方朋友的热切心情。阿德的突然拜访，让我想起了当初在台北看101大厦，在清水断崖与肖艾并肩遥望大海的心情，那一天海面平静又忧伤，来自远方的潮水托起夕阳的金黄，悄悄向脚下的礁石涌来，风好似吹着我们在这个世界随意地流浪。

我无法忘记，那座隔海相望的城市，带给我的一切希望。

"你怎么不说话了吼？"

我回过神，赶忙笑着回道："你到南京的哪个站？我去接你。"

"南站,大概还有一个小时就能到了。"
…………

结束了和阿德的通话,我立马又给乔野打了电话,我借来了他的那辆保时捷918,我想给阿德最高规格的接待。

开着一辆可能整座城市都绝无仅有的车,穿梭在中午躁动的大街小巷中,我以为自己会很满足,心头却涌动着一阵难以言明的空虚。因为我的世界只是一条静静流淌的河流,可这辆车子让我站在了这座城市的风口浪尖上。所有人都以为我是有钱人,他们嫉妒的眼光中透露出对我的无法原谅,让我恨不能在车的两边装上一对有力的翅膀,以飞翔的方式逃避那些像刺一般的欲望,然后轻柔地降落在南站,去迎接我最亲爱的阿德。

我坐在车子里,看见阿德随着人群走出了车站,要不是他的体型很有辨识度,我都快认不出他来了。此时的他,穿着一件整洁的蓝色衬衫,衬衫的领口系着一条红色的领带。阳光落在他的身上,好像连身后疾驰而过的汽车都变得轻盈了起来,阿德变得不一样了。

我打开了车门,将烟夹在手上向走在人群中的阿德挥了挥手,见面的喜悦让他的脚步变得更快了,以至于那条红色的领带在他的胸口来回摆动着,我相信此时的阿德是发自内心喜欢这条领带,而不是那根看上去很嚣张的大金链子。

我张开双臂给了他一个拥抱,在他的耳边说道:"欢迎来南京,兄弟。"

阿德与我一阵寒暄,然后便环视这座充满历史沉淀的城市,但是我并不知道,他对这座城市到底有没有向往。

"阿桥,如意怎么没有和你一起吼?"

"她昨天晚上喝多了,不知道有没有起来,晚上喊上她一起吃饭。"

"哦,她在南京就好。"

阿德站在那辆918旁,摸了摸车身说道:"这是你的车吼?"

我笑了笑,回道:"用两个茶叶蛋和朋友借来的。"

阿德心领神会地笑了笑:"你还是那么爱开玩笑,不过你们大陆人真有钱,和我想象中完全不是一回事儿,这车也实在是太夸张了!"

"是改革开放的春风吹得好。"

我说着打开了车门示意阿德上车,下一刻,两个没有什么本事的男人,却开着顶级跑车穿梭在这座承载着厚重历史的城市里。
…………

来到郁金香路,我将车子停在了巷子口的那片空地上,然后引着阿德向我们经常聚会的梧桐饭店走去,我想在这里先请他简单吃个午饭。

只是隔了一个夜晚,梧桐饭店便有了新的变化,那些摆放在露天的桌椅旁,已经多了一圈木制的白色栅栏,栅栏的旁边摆放着一些人工种植的花草,让这里又多了一些情趣和自然气息,而正是因为店老板花了这样的心思,所以连秦苗、金秋、陈艺也选择了在这里聊天聚会。

不是我将这间消费档次并不算高的梧桐饭店捧得太高,而是改造后的它,正好与不远处的那条老巷子相互辉映，那种闹中取静的感觉并不亚于已经倒闭的心情咖啡，而它开放式的消费环境比心情咖啡要高明了一些。

习惯性地点了三菜一汤，要了两瓶啤酒，我和阿德开始享受午饭，我举起酒杯先干为敬，问道："你的阿德旅社现在开得怎么样了？"

阿德面带喜色，回道："你和如意离开台北的一个星期后，我和子晴就开始重新装修旅社了。现在，我们的旅社是以情侣主题经营的，每个房间都有一个子晴起的名字，很别致，现在子晴也是旅社的股东之一了。"阿德满脸笑意，好似在说这个世界上最美好的事情。

我回应了他一个笑容，又问道："那你有没有和她把革命情谊再深入发展一下呢？"

阿德连连摇头，回道："我这次来就是找你叙旧的，你可不能再怂恿我去做追求她的事情了吼。说真的，我做梦都没有想过有一天能和她走得这么近，我已经很满足了。"他说着又拎起挂在脖子上的领带对我说道："看见没有，这条领带就是她送给我的，她还鼓励我，说我以后会是一个很成功的老板！"

"所以，你也不管合不合适，去哪儿都系着这条领带？"

"不适合吼？我倒觉得挺好的咧！"阿德说着又捧着那根领带仔细端详了好一会儿。

我看着他，渐渐有了一种感觉。或许，他就是海对岸的另一个江桥，只是稍微胖了些，浮夸了一些，但在本质上，我们的精神是共通的，因为我对一个叫如意的姑娘也有类似的感觉。

…………

吃饭间，我收到了一条秦苗发来的信息，她告诉我，会满足我昨天向她提出的要求，她为我明天即将开业的琴行拖来了一车花篮。不仅如此，金秋也从婚庆公司的演出部调来了八门礼炮，就是要充分满足我的虚荣心。

一开始，我只以为她是在和我开玩笑，可过了大约十分钟，真的有一辆货车在梧桐饭店对面的街道停了下来，而秦苗的保时捷就跟在货车的后面，与她一起下车的还有陈艺。

自她们下车的那一刻起，阿德就一直向那边看着，直到秦苗向我摆手示意，他才很不确定地向我问道："这两个姑娘也是你的朋友吼？"

"嗯，穿红色衣服的那个是和我从小一起长大的，那个穿白色衣服的是我朋友的老婆。"

阿德用不可思议的目光看着我，半响才说道："阿桥，你身边有这么一群朋友，你还能混得这么惨，也是一种本事吼！"

尴尬之后，我不禁反思自己，却想不出一个所以然来，直到秦苗和陈艺快要走来时，才回道："这可能是由基因决定的。"

我将阿德介绍给了陈艺和秦苗，她们热情地问候了阿德，弄得阿德这个本来就不擅长在漂亮女人面前表现自己的男人好一阵窘迫。

好在陈艺和秦苗也没有在这里待多久，她们将花篮和礼炮寄放在梧桐饭店后面的仓库后便离开了。她们说要去金秋的公司商量一些事情，我估计是成立传媒公司的事，但终究也没有去问个究竟。

············

在陈艺和秦苗离开后，阿德又主动和服务员要了两瓶啤酒，给我打开一瓶后，试探地问道："那个……刚刚那个姑娘是不是陈艺？我以前来大陆时，在酒店看过她主持的节目，可是我不太确定。"

"你前一次来大陆，是在什么时候？"

"大概三年前吧。"

我点上一支烟，不禁想起陈艺三年前刚刚进入这个圈子的样子。我仍记得，她的第一档节目是新闻类的，那时候的她是短发，不仅清纯而且干练。现在的她经历了太多，变得成熟，尤其是最近，我能感觉到她的不快乐和茫然无助，却找不到一个合适的立场去和她聊聊天。

这是我的无奈，有时候我也会想，如果没有那段短暂的恋爱经历，我们之间会不会坦然很多呢？

收起了这些乱七八糟的思绪，我终于对阿德说道："你没认错人，她就是陈艺。"

阿德盯着我看了许久，才对我说道："阿桥，你的表情告诉我，你的心里藏着事情。是不是除了如意以外，你还爱着一个叫陈艺的女人？"

我与他对视着，瞪着眼回道："你信不信我用酒灌死你？"

阿德笑了一阵，自己拿起酒瓶喝了一口，又对我说道："如意是个好姑娘，可千万别辜负了。"

我几乎是脱口而出："陈艺也不是个坏姑娘。"

阿德下意识地往陈艺刚刚离去的地方看了一眼，过了许久之后才又说道："如意更好！"

············

下午的时候，阿德陪着我去酒店订了明天琴行开业庆典的宴席，我也顺便带他在南京城逛了逛，特别是名声在外的夫子庙。

阿德第一次接触这座城市，所以一直表现得很兴奋，而我出于对他在台北时照顾的感激，连划船游秦淮河这样的事情也陪他做了。时间就这么在眨眼间来到了夜晚，阿德又一次和我说起了如意。

是的，这一整天我都没有和如意联系过，因为昨天晚上发生的事情让我有点愧疚，我也不太确定她现在是怎么看待我江桥这个人的。

我从口袋里拿出了手机，拨通了肖艾的号码，让我宽心的是，电话在拨通后的片刻她便接听了，她用肖艾式的语气向我问道："干吗？"

我听得出她的情绪，相处这么久，我已经学会化解，使用无赖式的语气对她说道："如意如意，随我心意，快快显灵！"

她果然很恼怒，回道："我警告你，不许拿我阮如意的名字开玩笑！"

"这事儿你真不能怨我，谁让你在台北的时候，把阮如意这个名字弄得这么响亮现在台北的朋友来了，我主随客便，当然也跟着他喊你如意了。"

肖艾成功地被我转移了注意力，问道："台北的朋友，谁啊？"

我将电话递到了阿德的嘴边，阿德立刻操着台湾腔一边喊着如意，一边和她打招呼。我将电话收了回来，又笑着向她问道："阿德很想念我们这两个在远方的朋友，所以特地来看我们了，是不是很意外？"

"嗯，你们现在在哪里呢？我和袁真还有小伟师哥在一起，我们去找你们吧，然后一起吃顿晚饭。"

这一次，我没有排斥，接受了肖艾的这个提议。我似乎已经很久没有和袁真见过面了，所以不知道这一次见面会是什么心情。

我又看了看身边的阿德，他和袁真可谓是两个极端，一个拼命伪装外表让自己显得强大，另一个看上去低调得可怕，骨子里却有将这个世界撕裂的勇气。这就是这个世界有趣的地方，形形色色的人，像无数条河流各自流淌，演绎出不一样的故事后，还是要以一样的姿态走向一样的结局。就像这个世界不会有那么一架永远停留在天上的飞机，一切伪装、恐惧、欣喜、慌张，都会有渐渐淡去的那一天。

而我们的故事，在这不可逆转的时间规则面前，也终究会有走向尽头的那一天，也许回头看去是一片苍凉，也许锦绣如画，也许一切只源于虚构，但一切的痛苦和快乐如此真实。

第242章　不插电音乐会

我和肖艾约着见面的地方还是在郁金香路，等我和阿德到的时候，她已经到了，袁真和季小伟一左一右站在她的身边，他们的手中都捏着烟。另外几个不太熟识却明显乐队打扮的人，正在将各种乐器摆放在梧桐饭店门口的那块空地上。

我和阿德并肩来到他们面前，肖艾见到阿德显得很高兴，亲切拥抱之后，她对阿德说道："阿德，我们准备来一场不插电的音乐会，借此宣传琴行，你也加入一起玩吧。"

阿德是有音乐功底的，弹一手好吉他，有一副好嗓子。所以他欣然接受了肖艾的提议，然后又分别和袁真、季小伟打了招呼。

季小伟扔掉了手中的烟头，他从架子鼓旁拿过一把吉他，一边调音一边对袁真说道："我还真是怀念当初咱们一起玩音乐的那段时光，那时候我们带着小师妹在各大音乐节上多风光！可自从你去日本发展后，我这把吉他基本就废了，因为再也找不到那种笑傲红尘的快感了！"

一阵感叹后，他又转而向身边的肖艾问道："师妹，有没有同感？"

肖艾有些无聊地用一根鼓槌敲击着身边的木质栅栏，回道："喜欢回忆过去的，基本上都是现在混得不怎么样的，我建议你以后可以自己组个乐队玩玩，别整天想着招蜂引蝶，最后惹了一身情债，跑来和我们怀念过去。谁愿意听你说这些啊，我们可都活得非常正能量！"

季小伟也不生气，他将手放在肖艾的头上，有些宠溺地拨弄着她的头发，肖艾却嫌烦，说了一句"把爪子拿开"后，又踢了他一脚，自始至终袁真都没有说一句话，只是沉默地抽着烟。他似乎有一种与生俱来的孤独感，哪怕他的音乐才华无疑是这群人中当仁不让的第一，但他依旧沉默。

肖艾似乎已经忘记了昨天晚上发生的那些事情，她走到我身边，说道："江桥，你玩音乐不行，但表达能力还可以，待会儿你就充当这场不插电的主持人，记得宣传我们的琴行，尤其是在人多的时候！"

"知道，我会随机应变的。"

肖艾似笑非笑地看了我一眼，感叹道："你挺有信心的嘛！"

"嗯，婚礼我都主持过，一场音乐会在我这儿不算挑战。"

说话间，一辆奔驰商务车在路边停了下来，众人的目光顿时被吸引，而先后从车上走出来的人是高索和邱子安。因为已经接触过多次，我顿时便判断出他们是冲着音乐会和肖艾来的，但不知道他们这次又带来了什么新的条件，但可以肯定的是，一定很诱人，因为连邱子安都亲自来了。

邱子安单手插兜，与身边的高索边走边聊，他的表情有些严肃，但他在气势上依旧是那么游刃有余。

他来到我和肖艾以及袁真三人的面前，微微点头示意后，便出乎意料地先开口向袁真问道："在日本发展得怎么样？"

袁真天生冷漠，所以他的回答极其简单："就那样。"

邱子安笑了笑，然后以一种可以洞察一切的语气回道："其实你在日本的一切我都有所耳闻。听说，你最近的情况并不是很好，因为得罪了你所属公司的二老板，所以你之前帮相田制作的那张专辑，现在恐怕已经更换制作人了吧？"

袁真看着邱子安，眼神中闪现出一丝异色，而我也因此判断出，邱子安得到的信息多半是真的，因为他连歌手的名字竟然都知道，那他在这件事情上一定是下了功夫的。

袁真冷漠地回道："我的事情你少管。"

邱子安笑了笑，随后说道："你的事情我还真就管得了。但我事先声明，我并没有一点儿恶意，反而是想拉你一把。"

邱子安说完后，肖艾第一个将目光投向了他，似乎在询问他要怎么去拉袁真一把。我知道，她之所以这么关切，是因为一直以来，袁真都是她心中一个难以解开的结，她欠袁真的实在是太多了，就像我欠陈艺的一样。

这时，高索接过了邱子安的话说道："我们邱总的意思已经很明确了，他可以帮袁真解除地下音乐圈对他的封杀，并且可以立即安排他参加今年的各大音乐节，增加他的曝光度。袁真的才华，我们是有目共睹的，只要解除封杀，他的人气一定可以恢复到巅峰时的状态，而且这只是我们计划中的第一步。只要他的人气得到回升，我们会立即安排他在几个一线城市进行巡演，规格都将是场馆级的，并且保证每场都会有一个知名音乐人作为嘉宾为他站台。我们的目标是将他打造成小众音乐的第一人，或者说通俗一点儿，他将是继崔健和魔岩三杰之后，摇滚圈又一个具有里程碑意义的艺术家。我相信只要对艺术有所追求的人，都无法拒绝我们的诚意，因为摇滚需要复兴！"

我第一次在袁真的脸上看到了一种极其渴望的神情，他是一个视摇滚为生命的人，可是没有强大的资源在背后做支撑，所谓"摇滚复兴"只是一句空话，所以面对邱子安给的条件，他心动了。

袁真点上了一支烟，重重吸了一口之后，终于问道："你们需要我做什么？"

邱子安摇了摇头，回道："你什么也不用做，因为我给出这些条件，想要得到的其实非常简单，我希望……你的师妹肖艾能够加入我的传媒公司，成为我们公司旗下的签约艺人，我相信这对你们来说都是有很大好处的。我个人真的很希望看到你的创作才华能够体现在她的专辑上，你能成为她的御用制作人！"

袁真陷入了沉默中，但是身边的季小伟已经急不可耐，他对肖艾说道："师妹，你是知道的，这些东西都是袁真他梦寐以求的，包括亲自操刀为你量身制作一张专辑。我这个做师哥的真心求你帮他一把，你知道他这个人不喜欢表达，可他一个人漂泊在日本的日子真的很不如意，很不好受！"

这一刻，所有人的目光都聚集到了肖艾的身上，我的心里却说不出是什么滋味。如果肖艾选择离开，我会难过，但我不会阻止她，因为我清楚选择背后的所有利害关系。

肖艾放下了手中把玩着的鼓槌，许久之后低声向季小伟回道："灯光和乐器都已经准备好了，先唱歌吧。"

季小伟看了看我，也没有逼着肖艾立刻给出答复，而我终于正视身边的邱子安。抛开人品和性格不谈，他真的是一个极其出色的公关专家，所以连肖艾这么有原则的女人，这一次也没有像从前那样立刻给他否定的答复，这一切都源于他精确地掌握了肖艾性格中的弱点，并做了周密的布局，所以他看上去就要成功了。

这是一个极其热闹的夜晚，继邱子安和高索之后，秦苗、金秋以及陈艺也来到了梧桐饭店，但我不能确定，这是偶然，还是大家都带着各自的目的，真的将这里当成了一个演绎人生的舞台。

在我的记忆中，梧桐饭店从来没有像此刻这么热闹过，而围观的人也没有将此当成一场普通的路演，因为他们从来没有见过，一个乐队的鼓手由一个长得如此好看的姑娘担任。

我接过话筒，心中已经丢失了刚刚的激昂，只是简单向围观的人群介绍了这场不插电音乐会的演出目的，然后便将舞台交给了懂音乐的他们。

邱子安和高索并没有离去，而直到面对陈艺时，邱子安才失去了刚才那游刃有余的状态，整个人看上去极其严肃，却并没有和陈艺有一句言语上的交流。这让我相信，这个世界上并没有无懈可击的人，包括邱子安，而他的弱点就是陈艺。

秦苗拉着陈艺来到了邱子安的面前，却并没有开口和邱子安说话，而是对他身边的高索说道："我最近有意向投资成立一家传媒公司，希望在娱乐业快速发展的大潮中分得一杯羹，我个人很欣赏高总监这样的人才，所以盛情邀请你加入我们即将成立的传媒公司，为了表达我的诚意……"秦苗说着从自己的包里拿出了一张支票,然后递到高索面前,接着说道,"这张支票我已经签了名,金额你尽管放心大胆地填,以后这就是你的年薪。"

高索面露尴尬之色,看了看在自己身边站着的邱子安。

邱子安的面色很难看,但转瞬又恢复了正常,笑着对秦苗说道:"秦总,玩笑开得太大,真的会让人尴尬的!"

秦苗看着身边的陈艺,问道:"小艺,你觉得这是个玩笑吗?"

陈艺与邱子安对视着,然后摇了摇头,回道:"这可不是玩笑,我已经准备和秦苗、金秋一起做传媒公司了,因为一些别有用心的人已经将我在业内逼到无路可走!"

在陈艺说出这些后,邱子安很明显地在克制着自己的情绪,所以他最终选择了沉默,然后将注意力放在了肖艾等人正在演唱的曲目上。

一首歌唱完,一向少言寡语的袁真,用充满磁性的声音对正在关注这场音乐会的所有人说道:"大家好,我叫袁真,曾经是一个音乐个体户。这些年来,音乐几乎是我生命中的全部,我希望做出好的音乐分享给大家,因为音乐是一种很开放的艺术形式。接下来的这首歌虽然不是我自己写的,却是我很喜欢的一首歌,我略微做了些改编,下面请我的小师妹为大家演唱,就是我身后这位打架子鼓的姑娘。"

袁真说着看向了身后的肖艾,肖艾点了点头,而这应该不是他们第一次合作这首歌,因为重新改编过的歌曲,是需要排练后才能演绎的。

袁真将唱歌的地方让给了肖艾,他自己则坐在了架子鼓旁,准备为其伴奏。

肖艾双手握住话筒,闭上眼睛做了一个深呼吸之后,才说道:"一首《笑红尘》送给大家!"

前奏随即响起,这首原本充满武侠风的歌曲,在袁真的改编后变成了爵士风格,这种大胆的改编,我这个外行也说不出好坏,却听出了一种游戏人间和玩世不恭的戏谑,同时也有那么一点儿苦中作乐的无奈。

"风再冷不想逃,花再美也不想要,任我飘摇!天越高心越小,不问因果有多少,独自醉倒!今天哭明天笑,不求有人能明了,一身骄傲……"

那些洒脱的歌词就这么被肖艾用一种极其慵懒的方式演绎了出来。在这种意境下,时间仿佛停止了,我听不到说话的声音,除了一个不谙世事的孩子闹着要冰棍吃。

甚至连邱子安和金秋也陷入了一种沉思的状态中,而我也有了这样的疑问:"我们活着到底要什么?而这个世界到底能给我们什么?我们需要付出的又是什么?"

为什么平庸的我们就不能活出一种今天哭明天笑,却并不求有人能明了的态度?

此刻,成为焦点的肖艾是放松的,她似乎真的忘记了那些必须要她做出选择的烦恼,而我就站在琴行的广告牌旁看着她,这一度是我们的梦想,我们也为之而深深努力过。

但是,如果她愿意做出另一种选择,我也不会成为她的阻碍,我会以一个粉丝的身份继续支持她,或者默默地关注也可以,只要她心中是快乐的,没有遗憾的!我真的都可以。

…………

夜色更深了，可是聚集到梧桐饭店门口的人越来越多，我渐渐被人群挤到外围，我也没有再挤到里面，只是平静地感受着此时的郁金香路带给我一切感官上的刺激。

第243章 金秋的提议

这场临时举办的不插电音乐会并没有持续多久，在我进行了总结性陈词之后，人群便渐渐散去了，而让这场音乐会失去了原本举办意义的人都还在，大家看似平静，却针锋相对。而在这一群人中，有的曾经是恋人，有的是兄弟，有的是青梅竹马，可是当利益关系发生改变后，一切也就随之发生改变了。这真的是一件让人感到非常遗憾的事情，但又不得不接受。

现场的乐器已经被袁真那帮玩音乐的兄弟陆续搬走，邱子安回头看了看身边的陈艺，再次走到肖艾的面前，对她说道："条件我已经给了你们，我个人真的很看重袁真的才华和你未来的可塑性……你现在正是进入娱乐圈发展的黄金年龄，正是因为我们公司有强烈的意愿要捧你，所以才会一次次加大筹码来找你谈。现在新人辈出，如果再过几年，在商言商，可能我们就不会有现在这样的热情了，而且袁真比你更加耽误不起。"

肖艾打断了他："你不要再和我说这些了，我自己会做判断。"

"好，这是我的名片，你要是想通了，随时跟我联系。"

肖艾本能地不想从邱子安的手中接过名片，可是刹那的犹豫之后，她还是接了过来。

我没有再将目光放在她和邱子安的身上，只是默默将琴行的广告牌收了起来，然后带着阿德一起向明天就要开业的琴行走去。

…………

路上，许多辆往来的汽车从我们的身边疾驰而过，直射的灯光让整个世界都仿佛在晃动。我的心也被那不知道从什么方向射来的光线给刺透了，让我什么情绪也藏不住，一直低头踩着脚下的影子，往那并不遥远，却又很遥远的琴行走去。

原来灯火可以照亮一整座城市，也可以让一个人感到无所适从，我忽然有点畏惧这错综复杂的光线！

"阿桥吼，你怎么闷闷不乐的？"

我终于笑了笑，向一直陪自己的阿德回道："这是你的错觉，我江桥敢号称地球上最强的男人，就这么一个夜晚在我眼里算什么！"

阿德抖着腮帮子笑了，然后搭住了我的肩，说道："那我就是世界上第二强的男人吼！"

"嗯，现在第一强的男人，要帮你这个第二强的男人订一间酒店，真不知道是哪家酒店这么荣幸！"

阿德笑得很憨，但又确实很享受这种兄弟间的调侃，随后我们便进了一间其实并不豪华的宾馆，我帮他订了一间大床房。

阿德来南京的第一个夜晚就这么结束了，而我将那些广告物料放回到琴行之后，这个夜晚仿佛才刚刚开始。

…………

回到自己的小院，我独自坐在门口的台阶上吸着烟，而这条隐藏得很深的巷子还是一如既往宁静，偶尔路过的街坊们，留下一句有没有吃饭的问候后，便又匆匆赶往自己那个也许很温柔的家。

直到毛豆操控着一辆能发出声音的遥控汽车出现在我的面前，巷子里似乎才有了人的气息，而那些历史的厚重感，渐渐被随风吹散。

"二桥，你又一个人坐在这里抽烟啦？"

我按灭了手中的香烟，然后向毛豆招了招手，说道："来，毛豆。"

毛豆很听话地在我身边坐了下来，他抬头看着我，似乎连他也看得出来我现在的情绪，于是我也不把他当作一个孩子，向他问道："毛豆，你有喜欢的姑娘吗？"

"有啊，我特别喜欢陈艺姐姐，我奶奶说了，等我长大了就要娶像陈艺姐姐那样的姑娘，她长得可美了，还会上电视呢！"

"毛豆，上个星期公园里的两只母猩猩也上了电视呢。"

"那我就娶母猩猩好了！"

"嗯，反正你别娶陈艺就行了。"

毛豆并不在意我拿他开涮，他又低头把玩着自己的那辆遥控汽车，而我也再次点上了一支烟，对我而言，烟的意义就和玩具之于毛豆一样，尤其是在这个充满困惑的夜晚。

"对了，二桥，我妈妈让我问你，什么时候能跟着你们学钢琴啊？"

我与毛豆对视着，再次想起自己千里迢迢去台北，怀着一起开琴行的热切盼望，将肖艾带回来的情景。而如今，我有了很深的危机感，因为我不确定，这个琴行到底能不能顺利开业。

在这之前，我曾换位思考，如果肖艾坚持自己死守琴行的信念，那袁真又会是什么心情？我想，他一样会痛苦得没办法去面对，因为这些年，他将自己所能给予的一切都给了肖艾，所以在他万般困难的时候，需要肖艾为他有所奉献。

收起这些思绪，我笑了笑对毛豆说道："等你妈把你的学费给交了，你就能跟着我们学钢琴了。"

"我妈妈会交的。对了，二桥，钢琴有遥控汽车好玩吗？"

"当然有，汽车遥控上才几个键，你想想钢琴上有几个键。"

毛豆扒着自己的手指，半晌回道："比我的手指还要多！"

"嗯。"

"那我学会了钢琴会不会长出很多手指？就像蜘蛛侠那样。"

"蜘蛛侠有很多手指吗？"

毛豆被我问住了，然后冲着我傻乐，以掩饰自己的学识浅薄，片刻之后他便打起了盹，趴在我的腿上睡了过去。

这一刻，我的心变得极其柔软，因为我已经到了成家立业的年纪，我的心中其实也渴求一份稳定，就像毛豆的家庭那样，可是那些让人感到无能为力的事实，又总是会在一个个夜晚提醒我，这一切都是奢望。

我的手放在了毛豆的头上，轻轻抚摸着他的头发。那些从巷口吹来的热风，恰到好处地代表着我想做父亲的心情。

没过多久，从外面吃饭回来的毛豆爸便从我这里将毛豆顺便带回了家，而老巷子又一次安静了下来，我还是那个有点茫然的我。

…………

回到屋子里拿了一瓶啤酒，我再次回到那个快被我坐出温度的台阶上，我并不想离去，也不想太早地休息。因为这些年，我已经习惯用这种方式让自己放松一些，也只有在这个安静的时刻，我才能感觉到自己的存在。

巷子里又传来了一阵脚步声，但这一次明显是一个女人，脚步声越来越清晰，我判断出，来人是金秋。

我喝了一口啤酒，抬头看着站在我面前的她，今天的她终于没有穿职业装，一身很显身材的A字裙，加上她姣好的面容和优雅的气质，让我觉得她也很有女人味。

我又喝了一口啤酒，平静地问道："你怎么来了？"

"来看看你这个可怜的男人。"

"我没觉得自己有多可怜。"

金秋耸了耸肩，然后对我说道："行了，不纠结这个，我来是替你解决苦恼的。"

"怎么解决？"

金秋笑了笑："这么说，你还是有苦恼的！"

我没有言语，算是默认。

金秋又说道："我可以很确定地告诉你一个消息，秦苗确实有意向投资成立一家娱乐型的传媒公司，关于袁真的事情你可以和她聊聊。我觉得，以她的人脉和影响力，要解除演出商对一个地下歌手的封杀并不是什么难事。今天我也确实在现场看到了袁真的才华，他身上应该有很大的商业价值可以挖掘，如果秦苗愿意给他机会，未必就没有去邱子安那里发展得好。如果这样的话，你现在遇到的难题不就迎刃而解了吗？"

我有了一种豁然开朗的感觉，但犹豫了一下后问道："这件事我去找秦苗说合适吗？是不是你们站在合作者的角度和她提出来会更好？"

"按说，肯定是我或者陈艺和她去提是最好。可是，由你去提有这么一个好处，肖艾会知道她在你心中的分量，而袁真也需要承你这个情，以后大家再见面也就不必因为某些事情而弄得太有距离感了，你说是不是？"

"我并不需要袁真承我的情，我只是希望肖艾不要因为这件事太为难。"

金秋笑了笑，一阵沉默之后，回道："路，我已经指给你了，至于怎么做还得看你自己。"

"为什么要这么帮我？"

金秋用一种意味深长的眼神看着我，许久之后，终于说道："首先，你能按照自己的意愿去选择生活，而后我才能。还有，如果你把贫穷作为自己最大的敌人，那我觉得并没有什么必要，因为人的头顶还有天空，谁能够真正知道天空有多广阔呢？所以，有些东西你看似没有拥有，其实已经拥有，只是你自己还没有看到而已！"

说完这些，金秋准备离开，我喊住了她，很真诚地对她说了一声"谢谢"。

是的，这个女人看似总和我作对，可是，当我真正出现问题时，为我解决的却还是她，比如开琴行的十五万就是她借的，虽然给的方式很暴力，但我终究因此受益了。

第244章 秦苗的答复

金秋给我指了一条路之后，便离开了老巷子，而此时夜色递进似的又深了一些，我的苦恼却淡了一些，现在摆在我面前的难题，只是以什么样的方式开口和秦苗说起袁真的事情。

就在我准备回到屋里结束这个夜晚时，巷子的外面又传来了一阵脚步声，这次来的人是肖艾，这让我感到意外，因为自从音乐会结束后，我便没有联系她，我在主观上想给她多一点儿的空间。

她双手别在自己的背后，轻声向我问道，"还没有睡呢？"

"就准备睡了。"

"哦。"

肖艾应了一声，然后有些心不在焉地四处看了看，似乎只想来看看我，也不愿意说起那个敏感的话题。

就这么沉默了一会儿之后，她又对我说道："我感觉你有点不开心，是不是？"

我否认。

肖艾撇了撇嘴，然后看着我，我被她看得有点不自在，便有些生硬地转移了话题："袁真呢，你们没在一起吗？"

"他和小伟去酒吧了，我不想去。"

我点头，又是一阵沉默，肖艾却在这个时候拉住了我的胳膊，对我说道："跟我出去，给你看一样好东西。"

"什么好东西？"

"去了你就知道了。"

肖艾一边说着一边将我往外面拉，整条巷子都是她催促我走快点的回声，而夜自始至终都是那么宁静。

…………

巷子的外面，我和肖艾站在那片空地的一棵梧桐树下，她指着斜前方不远的地方对我说道："江桥，你看。"

我再三确认，她指着的确实是一辆越野摩托车，我问道："送给我的？"

"嗯，今天下午，小伟师哥还有袁真一起陪我去二手车市场买的，他们试了一下，都说车况还不错，我就买下来了。以后你去哪里就不用总是骑自行车或坐公交了。"

肖艾说着从自己的口袋里拿出了一把车钥匙，在我面前晃了晃，又说道："不过车子只能在附近开开，市区里面是禁摩的，可千万别被警察叔叔给没收了！"

我从她手中接过钥匙，笑了笑说道："放心吧，南京我比你熟，哪儿能骑，哪儿不能骑，我心里倍儿清楚！"

肖艾回应了我一个笑容，问道："你要不要带我兜一圈？"

"来啊，求之不得！"

…………

戴上头盔，肖艾坐在我的身后，紧紧抱住了我的腰。黑夜就像是一堵墙，被风撕裂后，又被我们冲破，整个世界在这一刻变得极其自由，而眼前的路根本没有尽头，让我们有足够的空间去挣脱那些绑在身上的束缚，我感谢有肖艾陪伴的此时此刻，是她给了我一个没有尽头的世界。

我放慢了车速，然后在一片湖泊旁停了车，在我们的前方就是一条无限延伸的高速公路，那些在上面疾驰而过的车辆，似乎比我们更渴望自由，只是瞬间便驶向了下一个岔口，灯光却照亮了最遥远的天际。

我侧身坐在车座上，低头给自己点上了一支香烟，轻轻地吸了一口之后，对坐在路边的肖艾说道："聊聊琴行的事情吧。"

"嗯？"

开阔的环境改变了我的心情，我愿意在此刻正视一些自己本不愿意过早聊起的话题，我慢吞吞地将口中的烟雾吐出之后，低声对她说道："今天邱子安给你和袁真开出的筹码，我都听到了，所以想听听你现在的想法。"

一阵极其长的沉默之后，肖艾反问道："如果是你，你会怎么选择呢？"

我深吸了一口烟，笑着回道："选择应该是人生中最痛苦的事情了，尤其是这样的选择。我想，如果我是你，我会选择在这个时候帮袁真一把。"

"如果我这么做的话，你不就成了牺牲最多的那个人了吗？没有我，琴行就开不下去了，之前所做的努力也全都白费了！"

"所以这就是选择残忍的地方。如果你选择的是琴行，袁真的日子可能会更不好过，至少我的痛苦发生在南京，而他的痛苦却要漂洋过海带到日本。他也许并不喜欢那个地方。"

肖艾沉默了，而我也在这深沉的夜色中感受到了她的痛苦和对选择的无能为力，却又不得不做出选择。

我手中的香烟已经快要抽完，我将其在脚下踩灭后，又对肖艾说道："从你个人的意愿来说，你并不想进入娱乐圈，对不对？"

"嗯，我讨厌那个地方！"

我点头，回道："那我知道该怎么做了，先不要给邱子安答复。"

肖艾有些诧异地看着我，她并不知道金秋在不久前给我支的招。如果说，在这件事上还有那么一丝回旋的余地，那必然是秦苗即将要成立的传媒公司了，只要秦苗愿意将袁真收入麾下，那困扰着我和肖艾的这个难题也就迎刃而解了。

回去的路上，我的车速一直放得很慢，我将肖艾送到了她住的那个小区，她在分别前对我说道："江桥，琴行明天早上九点开业，我那几个从事音乐教育的师兄师姐会带学生来报名，你千万不要迟到了，提前做好准备。"

"嗯。"

肖艾又看了我一眼之后，才向自己住的那栋楼走去。等她的身影从我视线中消失的那一刻，我也拿出了自己的手机，拨通了秦苗的号码。

我想尽快将袁真的事情确定下来，这样我和肖艾才能安心地去经营琴行。原本我并不是一个太喜欢欠别人人情的人，可是现实的一再挤压，让我已经没有选择。

…………

秦苗还没有休息，她问道："这么晚给我打电话做什么？"

我回道："就是想和你聊聊你要投资传媒公司的事情。"

秦苗有些诧异，然后笑了笑问道："怎么，你是要参股吗？"

"你就别拿我开涮了，我要有能力参股，还至于这么任人摆布吗？我给你打电话就是想和你聊聊袁真的事情。"

"聊他？我和这个人可不怎么熟。"

"你先听我说，袁真这个人犯过几次事儿，导致国内的地下音乐圈对他进行了封杀，其实这个人是很有音乐才华的，这是整个南京音乐圈都承认的事实……我听说，你要成立娱乐型的传媒公司，所以建议你是不是可以考虑签下他，然后解除他的禁演令，我相信他会给你带来意想不到的价值。"

电话那头的秦苗意味深长地笑了笑，然后回道："呵呵，我不会签他的。"

"为什么？"

"你也说了，他是犯过几次事才被地下音乐圈封杀的，签下这种问题艺人，我觉得对公司的形象很不利，谁知道他以后会不会再爆个吸毒这样的丑闻出来。所以我个人不想承担这样的风险，而且我对小众歌手不是很有兴趣，我希望培养的是全民偶像，这才是娱乐行业的大趋势。"

秦苗的话让我的心凉透了，我觉得袁真的事情可能不是我一个人能办成的。

见我沉默，电话那头的秦苗又说道："我个人觉得，邱子安提出的建议其实挺不错的，你真的可以建议肖艾好好考虑一下，只要肖艾愿意加入他们的公司，即便袁真自己不抛头露面，以音乐制作人的身份参与公司的运作，也是很好的。"

"你胡说什么！"

秦苗又笑了笑，回道："看你这激动的样子，我更加确定你和我说这件事，不是为了袁真，而是为了肖艾和你自己。你怕她进了娱乐圈，以后和你更不是一个世界的人，对不对？"

我心中各种滋味在翻涌，许久之后才低沉着声音，回道："对，肖艾她自己也没有进入娱乐圈的想法，你能帮我这个忙吗？"

秦苗的回答更加斩钉截铁："我做任何事情都不会以牺牲公司和股东的利益为前提，这是一个商人最基本的觉悟。所以，这个忙我不能帮。"

在这通电话里，我自始至终也没有能够找到站得住脚的理由去说服秦苗，这让我好像被困在一条死胡同里，找不到出路。

我又一次看清了自己，在这个社会里，没钱，没人脉，活得是多么卑微！

…………

次日的早上，我和肖艾早早来到了琴行，我们将现场好好布置了一番，阿德也帮了我们的忙。

九点的时候，琴行准时开业，毛豆的妈妈带着毛豆第一个在我们这里报了名，而毛豆也成了琴行的第一个学生。之后便是肖艾那些从事音乐教育工作的师哥师姐，他们前前后后也带来了十来个孩子，而这个早晨，我们便收了将近两万块钱的学费。

可是，我和肖艾并没有因为开了一个好头而感到过分欣喜。也许，即便肖艾会因为袁真的个人前途选择放弃琴行，琴行还可以经营下去，但是也已经失去了原本的意义，我不会感到开心的。

请所有的朋友吃了午饭之后，阿德也要离开南京了，我还是开着乔野的那辆车将他送到了禄口机场，我们在短暂的相聚后，又迎来了分别的时刻。

阿德跟我拥抱，然后对我说道："阿桥，知道你以后开琴行会很忙，可是有时间，还是带着如意回台北看看吼。"

我笑了笑回道："好啊，但到时候得你和林子晴一起招待我们。我还真想看看被你们改造后的阿德旅社是什么样子。"

阿德拍了拍我的肩，说了一句"开心点兄弟"，便拿着自己的证件向安检口走去，而看着他的背影，我也明白了，哪怕是很短暂的相聚，但他的出现，也会提醒我，一定要乐观地面对生活和爱人，因为在海峡对岸，还有他和我一样在努力着。

我相信，一年半载后，我们还会有机会相遇，而那个时候的阿德依旧会像一面镜子，让我反思自己的曾经，并找到追寻未来的动力。

…………

走出机场，天气格外好，我没有立即离去，而是站在午后的阳光下，将未来的事情又好好想了一遍。我更加坚定了自己的信念，我要好好生活，好好经营琴行，即便现在所面对的一切充满了变数，那也是来之不易的。

|第245章| 你不要阻止我

这个周末的下午，肖艾和于馨各安排了三个孩子进行一对一的授课，我在傍晚的时候，给她们做了一些甜点送了过去。

当我站在窗口看着那些孩子和肖艾嬉皮笑脸,她却耐心应对时,立即被这种美好照亮,如果生活中必须要有苦涩的话,在这一刻,我愿意全盘接受,并甘之如饴。

这时,一阵皮靴踩着楼梯的声音由远及近,之后袁真便站在了我的身边。他穿着一件黑色的夹克,年纪轻轻却已经蓄了很沧桑的络腮胡,身体更是单薄得有些令人心疼,只有那夹着烟的修长手指,凸显着他在音乐上的过人天赋。

他没有看我,声音有些沙哑地说道:"我待会儿会回日本,在南京发生的这一切,就此作罢,希望你能好好对我师妹。"

我有些不解地看着他。

他深深吸了一口烟,目光一直停留在正俯身为琴童们示范的肖艾身上,许久之后才又对我说道:"你看看,她像不像一个掉入凡间的天使?这辈子,我不介意在任何人面前做一个坏人,但一定要对她好,不可以成为她的麻烦。所以,那个摇滚梦碎了也没什么,只要她能在自己喜欢的生活中笑着就够了!"

我这才明白了袁真的意思,一阵极长的沉默之后,向他问道:"你拒绝邱子安的邀请了?"

"我没有资格拒绝,他们看重的只是肖艾身上的商业价值,并不是我袁真。可是,作为商人,他们根本不知道师妹在歌唱这条路上,追求的到底是什么。所以,我不能为了自己的私利,将她推进火坑里。"

我从来没有反感过这个男人,所以内心是真切地为他担忧,便说道:"可现在的日本对你来说,是一个更大的火坑!"

他面无表情,只是抬起手,吸了一口烟,并没有给予我回应。

我忽然想起肖艾说过,他小时候曾有一段流浪的生活,在那段流浪的生活中,他睡过天桥,在饭店门口的垃圾箱里找过吃的东西,那么于他而言,还有什么算是火坑呢?

也许,他怕的根本不是恶劣的生存环境,只是自己的音乐梦想得不到实现,所以他的放弃,成全了肖艾,却也往自己最脆弱的地方狠狠插了一刀。

袁真就这么吸完了手中的一支香烟,他又透过窗户向肖艾看了看,之后便转身往楼梯口走去,而他的下一站就是他极其不愿意回去的日本。

看着他孤独的背影,我的心中极其不是滋味,而他已经拖着自己的行李箱上了一辆出租车。

夕阳的余晖落在这一刻的郁金香路上,整座城市都好像因此伤感了起来。

我无法再袖手旁观,终于用手指敲了敲玻璃窗,一直背对着我的肖艾回过了头,她冲我笑了笑,我却表情严肃地示意她出来。

…………

出了教室的肖艾很是不解地问道:"干吗用这副表情看着我?"

我轻轻叹息,回道:"袁真刚刚上了出租车,现在应该在去机场的路上,他要回日本了。"

"什么?"

"他刚刚来过,他不想成为你的麻烦,所以选择了今天下午就离开南京。"

肖艾的情绪瞬间低落，她本能地转过身，趴在走廊的窗户上向楼下望去。可是袁真已经在几分钟前离开了，再过一个小时，整座南京城都不会再有袁真这个人。

我又对肖艾说道："我昨天晚上给秦苗打了电话，说了袁真的事情，以她的能力，绝对可以解除袁真身上的禁演令，而且她准备开的是娱乐型传媒公司，我希望她能签下袁真，成为她们公司旗下的签约艺人，这样他就没有必要再回日本了。可惜，她以袁真身上劣迹斑斑为由拒绝了。"

肖艾的表情变得很冷，她回道："这样的帮助袁真消受不起，就算进了她的公司，也是浪费袁真的才华！"

"我没有恶意。"

肖艾已经急得眼中有泪，她喃喃自语："我要去找袁真，我不能让他这么离开。"

说着，她转身回到教室，拿了自己的手提包后，便匆匆向楼梯口跑去。

"等等。"

肖艾看着我："你不要阻止我。"

"我没有想过要阻止你，这是乔野那辆918的车钥匙，车子就停在巷子口的那片空地上，你开这个过去，会快一点儿。但是，路上务必要确保自己的安全。"

肖艾从我的手中接过钥匙，她又咬着自己的嘴唇看了我一眼，下一刻，便头也不回地沿着袁真刚刚离开的楼梯向外面跑去！

我只是平静地看着，看着她越走越远，然后与刚刚的袁真一样，就站在那个窗口点燃了一支香烟……

…………

下午五点，我和于馨将几个学琴的孩子交到了家长手中，而琴行这一天的营业也就这么结束了，我们并肩站在昏黄的夕阳下，慵懒的风吹起了阵阵夏天的味道，远方的露天小摊上，已经坐着一些喝啤酒、吃烧烤的建筑工人。

"江桥哥，你就这么放肖艾去追袁真师兄了吗？"

我看着于馨，问道："难道我不该这么做吗？"

"我不知道，但我知道你和赵牧真的不是一个世界的人。如果是他，他一定不会这么做的，因为肖艾对袁真师兄真的有一种很难割舍的感情，虽然谁也不能确定这到底是不是另一种爱情，但对你来说，确实是一种很大的危机，是不是？"

我抬头看着有些昏暗的天空，低声回道："我不会怀疑她，就像她从来没有质疑过我和陈艺。她其实是一个情商很高的女人，我相信她能辨清好坏和是非，也有很严肃的价值观。"

于馨轻声叹息。

我重重呼出一口气后，笑着向于馨伸出了手，然后说道："你的车借我用一下，我去找一个人。"

"去找肖艾？"

"不是，我再想想办法，看看能不能解除袁真的禁演令，就算不能加入邱子安的公司，至少也要恢复他自由音乐人的身份！"

于馨充满担心地看着我，回道："真怕你这么甘于自我牺牲，最后换回的却是肖艾选择了娱乐圈的决定。虽然作为朋友我很希望她能进入这个圈子，但是这对你的伤害也太大了。从此以后，你们会慢慢变成陌生人的，因为那个圈子里的诱惑力和腐蚀性太强！哪怕是肖艾这样的女人也很难做到独善其身。"

第246章　求人办事

于馨的话对我来说是一种铿锵有力的警示，我心中若说没有一点儿忧患意识那是假的，可此刻我能做的事情很有限。我情愿用百分百的坚定去信任肖艾。

我开着于馨那辆不知道从哪里弄来、已经跑了好几万公里的宝马Z4，一路驶向了乔野在紫金山脚下的那套别墅。虽然乔野这个人不学无术，但身在这样一个家庭，多少会有一些比较硬的人脉关系，在秦苗那里找不到突破口，我便将替袁真解除禁演令的希望寄托在了他的身上。

我和乔野在别墅区外面的值班室见了面，他看着我开的Z4紧张地问道："我那辆918呢，你孙子不会缺钱给拿去卖了吧？"

"别开玩笑了，我敢卖，也没人敢买。我这次来找你有正事儿。"

"这几年还没有人找我办过正事儿，你赶紧说。"

看着他神神道道的样子，我心中更加不托底了，可既然来了，索性死马当活马医，于是我向他问道："你身边有没有在娱乐圈比较有威望的朋友？"

"怎么啦？"

"我有个做音乐的朋友被封杀了，我就想问问你这边有没有办法能解除他身上的禁演令，让他恢复自由音乐人的身份。"

乔野一本正经地想了想，然后回道："有倒还是真有，你记得我们上次去上海见的那个王斌吗？"

不用回忆，我的脑海里瞬间浮起了那个纨绔子弟的形象，于是点了点头。

乔野又说道："他是一家大型传媒集团的第二股东，去年这家传媒集团制作了几档比较有质量的娱乐节目，很受广电总局的认可，我觉得他在这个圈子里还是比较有人脉的。"

我有些担忧地问道："你能请得动他吗？"

"那得看什么事情。其实，以前我和他的关系还是挺不错的，可自从我们家集团在深圳挖了他家集团的一个大工程后，他爸和我爸就变得很不对付，后来也影响我们的私人关系了！"

我这才明白，为什么上次乔野和他买车时，他一直在挖苦乔野，不过私人交情应该还是有的，并没有到水火不容的地步，要不然他的车也不会卖给乔野。之所以挖苦只是因为心里不服工程被撬走的事情罢了。

…………

袁真的事情不宜久拖，了解了情况之后，我和乔野便当即乘动车去往了上海，晚上八点就到了。我们和王斌在一家高档会所的餐厅里见了面。

我和乔野还没能说上几句话，他便将我们也弄上了酒席，然后差人给我们一人倒了一大杯洋酒。

乔野单手端着酒杯晃了晃，对王斌说道："兄弟，我这次从南京过来，真有点事情找你帮忙，你看咱们能不能换个清静点的地儿聊一聊？"

乔野这人没有什么社交的概念，别说他和王斌还有心结没有解开，就算是不错的朋友，也不好上来就让别人把这一群朋友干晾着，而去和他谈私人的事情。

果然，王斌借题发挥，笑着说道："你千里迢迢从南京过来找我帮忙，这个面子我肯定不能不给，可我这儿还有一帮兄弟姐妹的酒没陪上，我怕他们不高兴，要不你代我陪一陪，也算和大家交个朋友了，是不是各位？"

见王斌将乔野推进了坑里，众人立马跟着起哄，乔野是个犟脾气，输什么不输气势，当即便举着酒杯要陪着众人喝一圈。

我端着杯子嗅了嗅，是度数很高的洋酒，这一大圈陪下来，非得把乔野喝出个好歹来。我赶忙制止，带着笑容说道："各位晚上好，我是乔野的兄弟江桥，能在王少的酒席上结识大家是我和乔野的荣幸！本来，我们兄弟两人都该陪大家喝尽兴的，可他今天身体实在是不怎么舒服，这酒就由我来代他喝，希望大家体谅！"

我说着便将乔野的杯子给按了下去，然后走到桌首一个人的面前，举了举杯，便将整整一杯洋酒给喝了下去。

从我内心来说，我一点儿也不喜欢这样的讨好，可毕竟自己有事情求别人去办，作为兄弟我更不能让乔野来替我遭这个罪，所以从端上酒杯的那一刻起便已经在心里做好了喝多的准备。

我的做法并没有让王斌感到满意，一杯酒下肚后，他还在计较着我不应该代替乔野喝这个酒。

我吐出口中的辛辣之气，又对他说道："王少，今天能再次站在这里跟你喝酒，我心里真的是非常开心。这样吧，今天喝几圈酒，只要你给一句话，我绝对痛快地喝完，我觉得咱们都是乔野的朋友、兄弟，这也是一种缘分，没有必要因为酒谁喝，喝多少，破坏了这个气氛。我保证，等你下次去南京做客，我和乔野一定尽好地主之谊，陪你喝个够。"

乔野就这么被我挡住了，一圈酒下来，我的两腿止不住打晃，可王斌似乎将对乔野家挖他们家工程的不爽发泄在了我的身上，依旧不依不饶地让我喝酒。我喝到快一圈半的时候，终于扛不住，就这么两眼一黑醉倒在了酒桌上，之后发生的事情便什么都不清楚了。

…………

等我醒来时，已经是第二天的上午。

我躺在医院里，床旁边的支架上挂着吊瓶，里面的液体通过软管一点点地往我体内输送着。我头疼得好像要裂开一般，而乔野就躺在我身边的另一张病床上，还没有醒来。

我咳嗽了一声，弄出动静之后，乔野终于歪着身子看了看我，然后如释重负地感叹道："你们江家就你这么一根独苗，没喝死你，真是算我烧高香了！"

"我喝大了啊？"

"酒精中毒，差点没把哥们儿给吓尿了。你和王斌那孙子犯得着这么认真吗？"

听到酒这个字眼，我一阵阵犯恶心，缓了半晌之后，才回道："办我的事情，总不能让你跟着受罪吧。只要这事儿能办下来，我就算躺在这床上也值了。对了，王斌后来怎么说？"

"你都喝成这个德行了，这事儿他要还敢推三阻四的，我去刨了他家祖坟！"

乔野的话让我心中略微松了一口气，然后便不想再多说一句话，只是看着不断从瓶子里面流下的液体一阵阵发呆，心里却没有一丝后悔的感觉。我甚至不想让肖艾知道，我背着她做了这些。

病房的门被推开，一个有点谢顶的中年男人夹着公文包来到了我的床边。他将水果放在了床头的柜子上后，对我说道："你好，我叫何高明，是天启传媒负责外联宣传的副总。你的事情，王总已经和我说了，所以我想来和你了解一下你那个朋友的具体情况，看看能不能帮上他的忙。"

我不知道从哪里涌上了一股力气，赶忙起身想和他握手，却被他给制止了，连他也看得出来，此时的我已经虚弱得没有人形了。

我咳嗽了一声之后，对他说道："我那个朋友，一直是以独立音乐人身份在地下玩音乐的，算是小有名气。但他后来因为寻衅滋事造成了挺恶劣的影响，演出商都拒绝再和他签订演出合同，他也因为这件事被行业封杀了。所以想问问你们这边有没有办法帮他一把，他真的是个很有才华的音乐人。"

何高明略微想了想，回道："地下音乐圈并不是一个非常规范的行业，它的封杀令，肯定比不上官方来得那么严格，而且你朋友犯的并不是吸毒这样非常毁公众形象的事情，所以我认为这是一件有挽救余地的事情，但肯定要做不少公关活动的！"

我迫切地问道："比如呢？"

"这样吧，我们公司从前年开始打造了一档口碑非常好的原创类音乐选秀节目，旨在挖掘国内优秀的音乐人和作品，第一届就涌现出了类似罗本这种非常具有个性和才华的音乐人。如果你的朋友在音乐上真的非常有天赋，不妨让他来我们的节目试一试。等我找关系解除他身上的禁演令后，会以官方的名义给他发一份演出的邀请函。对了，你有他的作品吗？我想听一听。"

希望的曙光出现在我的面前，让我立刻便忘记了浑身的不适，赶忙对何高明说道："他叫袁真，各大音乐软件上面应该都可以搜索到他以前的作品。"

何高明点了点头，算是应了下来，然后又给我留下一张名片，示意有事给他打电话后，便离开了病房。而这时我才又感觉到一阵阵虚脱，心中更没有因此而完全轻松下来。

我想，如果肖艾留下了袁真，我还得和这个哥们儿好好聊一聊。不知道他这一身傲骨，会不会屈身去参加一档选秀类节目，但就目前来看，没有比这个更好的方法了。

我知道天上没有白掉的馅饼，何高明也更不会不带一点儿商业目的来做这件事情。如果我猜得没有错的话，他希望用自己公司打造的这档节目来挖掘出袁真身上的商业价值，也希望袁真的加入能给这档节目带来更多的节目效果，然后再签下袁真。

神游中，病房的外面又传来一阵急促的脚步声，而后陈艺和秦苗便一起出现在我的眼前，她们应该是来看我这个病号的。

此时此刻，我真不想见到秦苗，要不是她出于商业利益将我拒绝得太彻底，我和乔野也不至于千里迢迢地赶到上海来求王斌，并且把自己弄得这么凄惨。

第247章 再遇冯唐

病房里，那没有完全消化掉的酒精，让我难受得想死，而秦苗和陈艺就在我的身边站着，乔野则事不关己地拿着一张报纸躺在床上，装模作样地看了起来。

秦苗敲了敲床铺的边缘，说道："江桥，能用正眼看着我们吗？我们可是起了大早从南京赶过来看你的。"

"放心吧，我没喝死，我已经在考虑今天中午要吃点什么了。"

"那你能不能别这么两眼无神地盯着天花板看，我们至于让你这么讨厌吗？"

"请你把'们'字去掉，我现在看到你，就想到昨天晚上喝的那些酒。"

秦苗不太理解地问道："你这话是什么意思？"

乔野翻了翻手中的报纸，回道："想吐呗，这很难理解吗？"

秦苗的脸都气绿了，半晌怒道："江桥，我算是看出来了，你喝死在上海最好，因为你这样的人没良心！当初你和陈艺在一起时，要是也有今天这不要命的精神，至于走到现在这一步吗？"

我终于转头看向她，陈艺也以一样的目光看着她。这突如其来的质问，让我们两人都有些措手不及，或许在陈艺心中，也觉得秦苗在此时此刻说起这些已经没有任何意义。

果然是陈艺转移了话题，向我问道："你现在感觉怎么样？"

秦苗没好气地替我回道："还能阴阳怪气地跟我说这么多废话，肯定死不了，你就放心吧！不过，王斌这王八蛋也真不是个东西，尽挑这两个软柿子捏，当时我要在场，他什么浪也掀不起来。"

乔野眼一瞪，怒道："事后诸葛亮，说谁是软柿子呢？"

秦苗寸步不让地回道："那你这么能耐，倒是把江桥弄起来走几步啊！这么狗熊似的躺着算什么？"

"你不可理喻！"

乔野和秦苗就是一对天生的冤家，鸡毛蒜皮的事情也能被他们无限放大，弄出一副要舞刀弄枪的架势，完全不在意我这个病号的感受。其实，我真的很想静一静，然后将最近发生的这些事情好好放在脑子里捋一捋。

终于，陈艺对秦苗说道："江桥没什么大碍，我也就放心了。咱们走吧，待会儿还得去见几个艺人。"

秦苗恨恨看了乔野一眼之后，才随陈艺离去，而病房也随之安静了下来。可是秦苗说的那些话，我还是又放在心里想了想，为什么我在和陈艺的那段感情中，没有做到像现在这般无所畏惧呢？

是那时候的我不够爱陈艺吗？

不，我觉得这对我来说是最不公平的误解，因为那时候放手，是为了给陈艺更好的生活；而现在，我若是对肖艾放任不管，便会将她推进最不喜欢的娱乐圈，所以这是两种态度形成的最根本原因。

也许，在和陈艺的这段感情中，我确实有判断失误的地方，但是我从来没有懈怠过，也没有三心二意过。

…………

感觉自己略微舒服了一些之后，我从包里找到了手机，拨通了肖艾的号码，我要将这个消息告诉她，再由她转告给袁真。

电话拨出去之后响了很久，肖艾才接通，她语气充满疲乏地向我问道："你现在在哪儿呢，昨天晚上给你打了好几个电话，都没有接。"

"我在上海，你昨天追到袁真了吗？"

"嗯，可是我没有能留住他，他已经回日本了。"

对于这个结果，我心中并不太意外，因为在没有好的解决方案之前，袁真是不可能留在南京成为肖艾负担的。

我组织好语言，对肖艾说道："我昨天和乔野来上海，就是为了解决袁真的事情。这边的朋友已经答应我，会找关系解除他身上的禁演令，并且希望他能参加一档原创类音乐节目，正式在国内开启复出之路，但这些都要征求他本人的意见。我有点担心他放不下身段参加这种选秀类的节目。不过，这档节目是获得广电总局认可的口碑节目，之前已经挖掘出了类似罗本这样的优秀音乐人。"

我一口气将何高明的话原原本本地转述给了肖艾，我希望袁真能够回来，这样肖艾就不必觉得太内疚，而琴行也能继续经营，至少现在看来，没有比这个更好的结果了。

"真的吗？你是怎么找到这个关系的？"

"当然是真的，乔野在上海有个叫王斌的朋友，他是天启传媒的第二股东，在圈子里还是比较有影响力的，这个事情就是请他办的，所以非常靠谱，就看袁真愿不愿意回来了。"

肖艾思索片刻，回道："我再去一次日本吧，大概三天时间。"

"行，你现在就去，何高明那边也在等袁真的答复呢，如果他不愿意回来，人家做那么多公关去解除他身上的禁演令就没什么意义了。"

肖艾应了一声，然后又带着疑惑向我问道："江桥，我怎么感觉你说话的声音这么虚？"

"没事儿，可能是昨天晚上没有睡好。"说着，我便又转移话题催促道，"你赶紧去吧，有了消息第一时间和我联系。"

说完这些，我便在肖艾之前挂掉了电话，然后闭上眼睛重重吐出一口气，头却依然晕得难受，总感觉胸口堵着点什么，但又吐不出来。这次，我是真的把自己给喝伤了，只要想到酒，心中就一阵阵犯恶心，估计一时半会缓不过来。

…………

肖艾离开了南京，我因为身体不舒服，在上海又逗留了一天，刚刚开业的琴行便显得风雨飘摇，只剩下于馨这个友情帮忙的姑娘还在勉力支撑着，我因此充满了内疚感，因为事业不是我现在这么经营的，尽管我有很多理由可以解释现在的懈怠。

回到南京，我又去诊所挂了半天的水，在黄昏的时候，才一个人晃晃荡荡地走在了郁金香路上，没有胃口，也没有心情。突然，我在路口遇到了许久不见的冯唐。

我又不可避免地想起了一些事情。曾经，我们两人只差一步之遥，便可以做出一番事业，可惜最后还是功亏一篑了，但想起那些并肩奋斗过的画面，我心中仍对这个兄弟充满感激。

黄昏的夕阳下，我和他坐在梧桐饭店的外面，点了一些喝的东西。

我问道："怎么样，在蒋伟一的咖啡店做得还好吗？"

他点了点头，回道："还不错，最近咖啡店在业内还拿了一个非常有分量的奖项，算是彻底以咖啡文化这个主题打开知名度了。仅上个月，店铺就突破了五十万的营业额，这个数字已经足够跟大型的商务咖啡馆相抗衡，确实算在咖啡行业里创造了一个不小的奇迹，现在是业内公认的一匹黑马。"

我心中有那么一些失落，可咖啡店的事情毕竟已经是过去式，便笑了笑回道："他也是舍得投资，一个咖啡店就是好几百万，我倒觉得有这样的产出是他应得的。"

冯唐摇了摇头，然后满是遗憾地回道："要不是在咖啡文化这个卖点上找到信心，他也不敢这么大手笔投资的。唉！我真的挺为心情咖啡感到遗憾的，要不是那个意外，它的发展前途真的是不可限量。"

我端起茶杯喝了一口，怔怔望着远方的天空，那里有点泛黄，但也清澈，似乎根本就没有俗世里的那些是是非非，而渺小的我们总是活在它的羽翼下惹是生非。我终究是错过了人生中最好的一次崛起机会，并输了个精光，我不仅卖掉了那辆标致508，还欠下了很多的债。

冯唐似乎看穿了我此时的心情，于是他又转移了话题问道："听说你的琴行开业了，还顺利吗？"

我摇头，稍稍沉默了一会儿后才回道："遇到了很多麻烦，都费了挺大劲儿才解决。现在最大的问题应该就是生源了，这个行业其实很依赖学校的教育资源，可惜这附近的学校都没什么熟人，远处的学校倒是有熟人，可很多学生也不愿意舍近求远跑到我们这边来学琴。"

冯唐想了想，安慰道："万事开头难，你也不要太心急，这事儿我没准能帮上一点儿忙。我有一个堂妹，她是在这附近的外国语小学教音乐的，我可以帮你联系一下。"

我心头沉寂的希望之火仿佛在一瞬间又蹿了起来，赶忙从自己的公文包里拿出了之前收集的那一份外国语小学的教师联系名单，找到一个名字后，问道："你堂妹是不是叫冯媛？"

　　冯唐点头。

　　"那你现在能不能就把她约出来，我想和她聊一聊，我真的太需要这样的资源了。"

　　冯唐笑了笑，示意没有问题，随后便给他的堂妹冯媛打了一个电话，对方表示还有二十分钟才能下课，下课后就来梧桐饭店跟我们会合。

　　我无法形容自己此刻的心情，但此时夕阳的余晖像一种希望，在我的心中徐徐铺展开了。这家琴行，我和肖艾真的经历了太多的波折，我们需要这样的机遇，它来得很突然，也很宝贵！所以，人活在社会上，多认识几个朋友一点儿坏处也没有，说不定他的身上就隐藏着你很需要的惊喜。

　　…………

　　等了半个小时，一辆白色的凯迪拉克 XTS，在梧桐饭店旁边的一块空地上停了下来。

　　我见到了冯媛，她戴着薄边眼镜，穿着白色的 T 恤，一副为人师表的样子，只是第一眼，我便觉得她就是我要找的人。

　　我起身相迎，冯唐随即将我介绍给了她，我给她要了一杯柠檬水后，便迫不及待地对她说道："冯老师，见到你真的是太高兴了，之前我一直想找个机会和您聊一聊，可陌生拜访实在是太冒昧，所以这件事就一直搁置了，但没想到你竟然是冯唐的堂妹。"

　　冯媛笑了笑，回道："我哥说你是开琴行的，恕我直言，找我的培训机构实在是太多了，如果你不是我哥的朋友，咱们真的很难在这里见面。"

　　"是啊，你哥简直是我的福星。以前我开咖啡店时，就是仰仗他的。现在他又给我带来了这么一个好消息，我真的太激动了！"

　　冯媛和冯唐对视了一眼，被我这急切的表达给逗笑了，她对我说道："现在这个行业竞争非常激烈，我很理解你的心情。不过，我真的不会给学生在课外推荐什么琴行的，因为很多东西涉及金钱就变味了，我觉得挺没意思的。"

　　我有点傻眼，冯唐在我的耳边小声说道："我妹妹这个人挺骄傲的，压根就不缺钱，很讨厌培训机构拿回扣的那套潜规则。你千万别和她提回扣的事情，想点别的招儿。"

　　我心领神会，于是话锋一转，向冯媛问道："冯老师，请问您从事教育工作最大的目标是什么呢？"

　　"当然是为了音乐艺术，培养出更多优秀的孩子。"

　　我点了点头，说道："可是现在的中小学根本不会将音乐作为主要科目，又因为时间的限制，注定只能培养出学生们对音乐的兴趣，却不会在专业技能上给他们带来太多的提高，所以我们这些做课外培训的机构才有了生存的意义和空间。我认为，只有将学校的教育和培训机构的课外教育进行有机结合，才能培养和挖掘出更多有音乐天赋的孩子。冯老师之所以排斥校外的培训机构，是因为他们往往只注重收益，却忽略自身师资力量的建设，但我们的艾桥乐坊在这一点上绝对做得很好，不是一般琴行能够相比的。"

冯媛听我这么一说，认同地点了点头，她说道："是的，现在很多琴行为了牟利，就在培训老师身上节省成本，找了很多对乐理都不是很懂的半吊子来教学，这简直就是误人子弟……对了，既然你说师资力量是自己琴行的优势，那方便给我看看你们老师的资料吗？咱们可不能空口无凭！"

"当然可以。"

我说着便从手机里找出了肖艾和于馨的个人资料，又把手机递给了冯媛。我知道，如果她认可了肖艾和于馨，再出于冯唐的面子，一定会为我们琴行介绍生源的。

尽管我对肖艾和于馨很有信心，可仍有那么一丝紧张，因为做艺术的人天生骄傲，又因为有句话叫"同行相轻"。

冯媛扶了扶眼镜，她先看了于馨的资料，然后说了一句"还可以"，我的心终于踏实了一些。随后她又开始看起了肖艾的资料，表情越来越认真。

半响之后，她终于说道："肖艾，这个是真的厉害了，全是国际级的演出，拿到的各种奖项也很有含金量。"

说到这里，她似乎想起了什么，又恍然说道："我记得她！去年秋天，我们一起参加了市政府招待外宾的一个文艺会演，当时她是压轴出场的，音乐造诣真是没的说！但以她这么高的水平，怎么会在你的琴行做老师呢？"

冯唐也因为冯媛的话而产生疑问，他很是不解地看着我。

我又想起了近一年与肖艾认识后所发生的一切，心中不禁充满感慨，过了好一会儿才将肖艾母亲曾经是南艺的音乐教授，以及发生的某些事情，挑了个大概告诉了他俩。

冯媛对这番话消化了好一会儿之后，才点头对我说道："我的学生交给这种顶级水平的老师进行课外培训，我很放心，这件事我是一定会帮忙的。不，这是我的责任，我有责任为学生推荐校外优秀的培训机构，让他们在音乐这条路上能够走得更远。"

如果说这段时间我的头顶笼罩的尽是厚重的雾霾，那么此刻冯媛为我吹来的就是一阵春风，让我看见了事业上的曙光，我太想将这个好消息分享给此时远在日本的肖艾了。

我坚定地觉得，越过了人生中的这道坎，我们都会好的，包括袁真！

|第248章| 袁真的机会

聊了一些关于琴行的事情，我又请冯唐和冯媛在梧桐饭店吃了晚饭。他们离开后，我仍没有离去，只是独自坐在门口吹着惬意的晚风，没有抽烟，也没有喝啤酒，却爱上了这个独自一人的夜晚。

我难得静下心来，听着饭店里播放着的一首曲子，好像是方大同的《黑白》，而我也仿佛看见了歌词里那个"傻起来边走边唱，困起来躺在芙蓉镇上"的姑娘，于是我更加喜欢这个夜晚。

这时，于馨出现在了我的面前，她的脸上满是疲惫之色，而这两天最辛苦的确实是她，因为我和肖艾为了袁真的事情，都在经营琴行这条路上有点跑偏了。

我将车钥匙还到她的手上，问道："想喝点什么，我请你。"

"啤酒吧。"

乍听到"酒"这个字眼，我又犯恶心，半晌对她说道："你待会儿不是还要开车吗，喝点饮料好了。"

"车你拿去用吧，不想开车，太累了，等会我打车回去。"于馨说着便执意要了一瓶啤酒，然后坐在我的对面喝了起来，她又向我问道："江桥哥，袁真师兄的事情到底怎么说，他还有可能回国发展吗？"

"肖艾这次去日本就是为了这件事。如果他自己能够放下一点儿姿态，我觉得他的未来不会比以前差的，毕竟他是个有真才实学的人，对不对？"

于馨颇有感触地点了点头，她又端起酒杯喝了一口，失神地望着街上的车来车往。我看得出来，她的疲惫不仅仅来自肉体，还有精神。

她虽然是个还算有天赋的姑娘，但并没有肖艾那么惊为天人，更没有良好的家庭背景，所以摆在她面前的路，也并不是那么好走。沉默了一会儿之后，她终于对我说道："江桥哥，其实我个人是挺希望袁真师兄能够回来的。说点实际的，我们这些师妹如果想在音乐这条路上走得更远，他是一个倚仗，他真的能写出很多优秀的作品，他的才华不仅仅是大众看到的那有限的一点儿，甚至在流行音乐上他也有很高的造诣。我始终觉得，他红只是时间问题，而他的作品会捧红更多的人！"

我问道："怎么，在演艺集团待得不是很顺心吗？"

于馨摇头，回道："我不是这个意思，演艺集团还算是个不错的选择。可是，我们寒窗苦练这么多年，不就是为了有朝一日能在娱乐圈混口饭吃吗？"说到这里她停了下来，轻轻叹息之后，又说道，"我们大多数人都和肖艾不一样，我们知道生活的艰辛，所以才更渴望娱乐圈的光鲜！"

我没有言语，但是已经被于馨的话触动了，因为每一个活在这个故事里的人，都有自己的忧伤和无奈，而有些人想得到的，恰恰是其他人最厌恶的，所以这个世界上最可笑的词，恐怕就是所谓的"标准"了。

一阵沉默之后，我终于以开玩笑的口吻对于馨说道："你现在开着五十多万的宝马Z4，家里也买了房，算是奔小康了，何必让那万恶的娱乐圈如此困扰自己呢？"

于馨表情很认真地回道："江桥哥，你觉得人活着仅仅有这些就够了吗？如果你坚持这么认为，我觉得，那是因为你还没有接触到更大的圈子。曾经刚走出校门时，我也觉得，能达到现在这种程度就足够了，可是看到那些比你更优秀的人还在努力着，你真的能够心安理得地停下自己追求的脚步吗？"

我笑了笑，并没有回应于馨的话，但是她说我没有接触到更大的圈子也并不客观，因为我的身边就有秦苗和金秋这样的人，甚至前些天陪乔野去上海买车时，更是亲眼看到王斌一个晚上在KTV消费了将近二十万人民币的极度奢侈。可我总觉得这些都不足以构成我赚钱的动力，我更想带着干净的理想，站着去赚钱，比如现在的琴行，曾经的心情咖啡。

重新想了想自己在事业上的价值观后，我不再继续这个话题，转而将自己认识冯媛的事情告诉了她，如果冯媛真的可以给我们带来很多的生源，那么确实要考虑扩充琴行的教师队伍了，因为教琴很多时候是一对一授课的，一旦达到二十个学生的规模，就不是于馨和肖艾两个人能应付的了。

于馨也为琴行得到这个机会感到高兴，当即便表示会在近期为琴行再介绍一个专业知识过硬的老师，我心中也因此更加有底了，只等肖艾回来，一起将琴行往更好的方向去建设。

…………

这个夜晚，于馨是第三个与我在梧桐饭店告别的人，而我依然在这里坐着，直到等来了第四个与我相见的人。

是的，在饭店快要打烊的时候，我碰见了刚刚才离开公司的金秋，但是我不知道她是刻意来梧桐饭店吃饭的，还是碰见了我以后才停车，决定在这儿吃点夜宵。

总之，我们此刻坐在同一张桌子旁，她向我问道："江桥，袁真的事情你和秦苗说了吗？"

"说了。"

"她怎么说？"

"她说，以后袁真要是搞出吸毒这样的丑闻来，对公司的品牌形象太不利，所以她不想冒这个险，而且她要培养的是全民偶像，而不是袁真这样的小众歌手。所以，特不讲情面地把我给拒绝了！"

金秋有些意外，但这种意外若有似无地向我透露出了一丝讯息，似乎秦苗拒绝我的这些原因，并不是真的决定性因素，她还有其他想法。

金秋低头吃了一些东西后，又向我问道："那后来是怎么处理的？"

"后来我就去了上海……"

我将找王斌办事的过程简要和金秋说了一遍，至于喝酒这事儿当然是省略了，金秋听完后回道："嗯，事情能解决就好，谁办都一样。"

我点了点头，随即两人陷入了短暂的沉默中，金秋也利用这点空闲喝掉了碗里的稀饭。但这顿夜宵并没有能够改变她的疲乏，她的气色看上去很差，手指一直按在自己的太阳穴上，闭上眼睛后，整个人便好似进入眩晕的状态中。

我下意识地用手扶住了她的手臂，紧张地问道："你怎么了？"

她缓了很久，才低声回道："有点轻微贫血，可能是最近太累了。"

"你每天都加班这么久，不累才怪！我觉得你真的要注意自己的身体了，没有身体，事业做得再大又有什么意义？"

金秋拿掉了我的手，强颜笑了笑，回道："我上个月才去做了体检，除了有点贫血，身体其他各项指标都很健康，真的没什么事儿。"

我盯着金秋看了看，问道："你最近是不是在生理期啊？"

823

金秋用异样的眼光看着我，半晌回道："你是妇联主任吗？管这么多干吗？"

"你别误会，我知道女性在生理期该吃点什么做食补，尤其是你这种工作起来不要命的更得好好食补……"想了想，我又说道，"我这儿离你们公司也不算远，这样吧，我明天早上煮好了，给你送过去。"

"你是又有什么企图吗？"

"企图还真有那么一点儿，就是你借我的那十五万……"

金秋立马打断了我，说道："想不还？门都没有！"

我厚着脸皮笑了笑，然后回道："开玩笑的，省得你有无功不受禄的感觉，但我还是愿意把你当作一个可以不去计较得失而全心付出的朋友……前提是你别那么精于算计！"

金秋骂了我一声"死样"，随后看了看时间，便起身与我道别了。我盯着她离去的地方看了很久，心中不禁感叹众生百态，继于馨之后，今晚我又看到了属于另一个女人的无奈。

金秋现在所拥有的一切，正是于馨想要追求的，可是金秋也没有想象中过得那么好。那么，人所追求的终点又到底在哪里呢？还是说，人就是一种永远都不会满足的动物，人性更是经不起推敲？

…………

回到自己的住处，我又给远在日本的肖艾发了一条信息，询问她袁真对自己回国发展这件事情的看法。实际上何高明已经在找关系了，所以袁真必须要尽快给出答复。

片刻之后，肖艾回复了我的信息："我今天晚上和师哥非常认真地聊了一次，其实他回日本的最大原因，就是不想让我困在这样的选择里难过。如果有其他办法可以解除他身上的禁演令，他愿意回国继续发展，但是一定要参加那样的选秀节目吗？"

"嗯，再劝劝他吧。我说实话，何高明之所以愿意办这件事情，还是希望能在袁真的身上挖掘出商业价值。另外他还算是一个有人文情怀的人，对摇滚这个音乐种类也有特殊的偏爱，所以才愿意给这样一个机会。我希望袁真能够适当放低一些姿态，珍惜这个机会，毕竟这档主题为原创的音乐节目有它本身除了商业价值以外的理想和追求，要不然也不会吸引到那么多骄傲的音乐人去参加，对不对？"

在等待肖艾回信息的这段时间里，何高明主动给我打来了电话，我生怕有变故，赶忙接通，问道："何总，袁真的事情有新的进展了吗？"

电话那头的何高明笑了笑，回道："我要和你说的确实是一件好事情。下个月，被称为'摇滚新教父'的罗本在你们南京有一个场馆级的演唱会，我和他提到袁真这个人。其实，他们最早都是在地下玩音乐的，一个在苏州，一个在南京，彼此都有耳闻。他表示很欣赏袁真对音乐的态度和表现出来的才华，所以在南京这场演唱会，他希望能够邀请袁真去做他的表演嘉宾。怎么样，是天大的好事儿吧？"

我心中几乎狂喜，音调都不自觉高了几分："这当然是好事情，那袁真身上的禁演令呢？"

何高明又笑了笑，回道："这件事我也是托罗本帮的忙，你恐怕还不知道他和乐瑶的私交，以乐瑶在娱乐圈的地位，这件事办起来其实也不难。所以，你可以转告袁真，让他好好考虑一下这件事了。而我这边对他的要求是，以后他将不再以音乐个体户的身份出现，必须成为我们公司旗下的艺人。我们给他的定位是，希望他能和罗本一起，撑起摇滚乐坛的半壁江山。"

乐瑶的名字如雷贯耳，因为前几年她一度是娱乐圈的话题女王，自从嫁给曹今非以后，便低调了很多，但她的影响力是毋庸置疑的。我猜测，多半何高明所在的天启传媒也有乐瑶的股份，所以才能请动她出面替袁真解除禁演令。

我一连跟何高明说了好几声"谢谢"。结束通话后，心中那口郁结着的苦闷之气似乎也在一瞬间通畅了，而这时，肖艾也回复了我的信息，她说自己会尽力去劝说袁真的。

我已经等不及，索性直接给她发了语音聊天请求，然后将罗本盛情邀请袁真做其演唱会嘉宾的事情告诉了她。我真心觉得，这对袁真的复出之路而言，是开了一个结结实实的好头，毕竟罗本是一个非常有影响力，并被誉为"摇滚新教父"的知名音乐人。

果然，肖艾在听到这个消息后，也非常高兴。而后，我们在电话里聊了很多，最后又聊到了琴行，我趁机将结识了冯媛这个音乐老师的好消息也一并告诉了她。

这次的通话，我们史无前例地持续了一个多小时，我第一次觉得肖艾原来也是一个很能聊天的女人。在我们头顶阴霾了很久的天空，似乎也在裂缝中洒下了一片阳光，那墙角的向日葵，接收到阳光的强烈信号，也在怒放着。在它给予的光亮中，我觉得这几乎是我人生中最美好的一天。不仅是我，甚至肖艾和袁真也在这一天被幸运女神眷顾着。

第249章 为你做一次主

次日的早晨，南京城下了一场暴雨，郁金香路上的排水做得不是很好，所以积了不少的水。我卷着裤腿去超市买了些补血的红枣，给金秋做了一些红枣银耳汤。我准备送到她的公司去，这是我昨晚向她许诺过的，再顺便看看曾经的老同事们。

撑着雨伞，我跟随人群向郁金香路的尽头走去，而在那快要漫到脚踝处的积水里，漂着很多被风吹落的树叶，就好像我们住在这座城市里那拥挤的心情。但只是经历了一瞬间，那些树叶便随着积水流进了下水道里，于是我的心情也少了一些焦虑，多了一些悠然自得。

步行了大约二十分钟，我来到了金秋的公司，并没有急着去她的办公室，而是在一楼和几个准备去婚礼现场做执行的老同事聊了几句。

他们告诉我，由于公司去年和今年上半年的业绩很好，他们的工资待遇也得到

825

了很大的提高，并且多了很多奖金和出去旅游的机会，这些都是在老金时代从来不曾有过的，所以他们不免为我的离去感到可惜。

　　当他们询问我还会不会回公司上班的时候，我只是笑了笑，可心里多少还是有一点儿伤感的。毕竟是自己奉献了六年青春的地方，当它走在快速崛起的路上时，却已经跟我没有一丝一毫的关系了。

　　推开金秋办公室的门，她正在吃着面包和牛奶组合成的简易早餐，见我来了，她的表情显得很是诧异，但手上的动作没有停下来，似乎吃完早饭后还有什么急事儿需要处理。

　　我笑着对她说道："给你煮了红枣银耳汤，补气血的，赶紧趁热吃吧。"

　　"你今天肯定很闲！"

　　"你错了，等你喝完我就得回去，说一句闲话的工夫都没有。"我一边说，一边给她盛了一碗，然后在她办公桌对面的沙发上坐了下来，而窗外狂风怒号，似乎要跟雨水一起将这座城市重新洗刷一遍，可无论它们来得多么猛烈，也无法洗掉这座城市的厚重感，因为它几乎是中国近代史上最悲伤的城池，尤其是在这样的阴雨天，它的悲伤就像一阵长鸣的警钟。

　　空闲中，我看了看桌上的牛奶和面包，向金秋问道："你最近很少在家吃饭吗？"

　　她抬头看着我，半响才回道："我已经从家里搬出来住了，在外面自由一点儿。对了，我爸最近有再找过你吗？"

　　我摇了摇头，她看了我一眼，随后便将注意力放在了自己正在吃的红枣银耳汤上。我也点了一支烟，透过那扇视野极其开阔的落地窗，望着大风卷起了落叶，上升，下坠，又上升，对面的建筑物却是安静的，只有木制的开合式窗户和阳台上挂着的那些未晾干的衣服在随风晃动着。

　　快要吃完时，金秋忽然向我问道："江桥，你妈以前工作的纺织厂，你还记得吗？"

　　我猛然抬起头看着她，半响才回道："当然记得，怎么了？"

　　金秋用手中的筷子有节奏地敲击着桌面，她似乎在想着什么东西，以至于沉默了很久，才终于再次对我说道："我觉得在整个南京，恐怕没有哪条路的名字比郁金香路更有诗情画意了，而且郁金香路的隔壁就是花神大道，论意境也不在郁金香路之下，让人想起来，就好像亲临了婚礼中最美的鲜花大道。这个呢，是意境层面的。再说点实际的，虽然郁金香路这几年也被开发了，但整体还是属于郊区，所以地价普遍不高。如果，我要将那块纺织厂的地买下来，做一家以婚礼为主题的酒店，我觉得会很有市场前景。"

　　我用一种非常异样的眼光看着金秋。

　　金秋与我对视了一眼，又改口说道："是的，用市场前景来衡量这件事情是挺俗气的。可是你想想，如果把那块地充分开发出来，然后将酒店广场做成爱心的形状，四周种满郁金香，那对婚礼而言是不是一种最美好的勾勒？那块地方真的废弃太久了，我觉得很可惜，它应该被开发出来，赋予新的意义！"

　　我重重吸了一口烟，心中百感交集，可以设想，如果纺织厂被推倒，建成一座以婚礼为主题的新型酒店，再加上郁金香路上的梧桐饭店和那些老而不旧的杂货店，肯定会赋予这条路更多的情怀，让其在这个本是郊区的地方独树一帜，就算没有被政府特意规划过，但也足够让人心生向往了。

可是，我的心中有另一种力量在排斥这件事，因为那里是我关于童年记忆的最后一片净土，如果连那片废弃的纺织厂也被开发了，那我的童年除了母子分离的痛苦，还能剩下点儿什么？

于是，我对金秋说道："我觉得这个事情没谱儿，你也看到了，郁金香路这几年虽然不算是过度开发，但也形成了商圈，想用那块土地实现商业用途的肯定不止你一个人，可为什么到现在还闲置着？据我估计，这块地可能早就被人给买下来了，目的是等着以后升值，所以应该不会对外出售的。"

我的话并没有给金秋带来一丝的压力，她笑了笑，回道："只要这块地不被政府征来用于建设公共设施，那就肯定有办法拿下来。我可以先打听打听，这块地现在归在谁的名下，后面的事情再慢慢计划。"

我心中悲伤，可是也深知，纺织厂终究有一天会改变原先的面貌，这不是任何人可以挽留的，而是事物发展的必然规律。所以，与其被别人弄得面目全非，倒不如让金秋建一家以婚礼为主题的酒店，所以我没有再说话，只是在脑海里将那里破败的样子又想了一遍。

"江桥，你觉得我的这个计划有可行性吗？"

我不痛不痒地回道："国家都把铁路修到青藏高原了，你只是在郁金香路建一座酒店而已，只要你有足够的资本，就算在这里盖个飞机场，也有可行性。"

金秋看了我一眼，便没有将这个话题继续下去，可是这个女人的执行力强得可怕，很多事情她绝对不只是随便拿来说说的，所以不久的将来，在这条郁金香路上，或许真的会有这么一家酒店拔地而起。

…………

这个早上，我和金秋也就是聊了一顿早饭的时间，而后我便拎着保温瓶离开了她的公司。

夏天的暴雨来得快，去得也快，所以当笼罩的乌云被风吹散时，阳光的照射便改变了这座城市的温度，我脱掉了身上的薄外套，加快了往郁金香路奔跑的脚步。

八点半的时候，冯媛主动给我打了一个电话，她说要给我介绍一个学生，让我在梧桐饭店的门口等她。

没等多久，我们便见了面，她停好车后，来到了我的面前，我笑着对她说道："冯老师，真的是太感谢你了，这么把我们琴行的事情放在心上。"

她回应了我一个笑容后，说道："你先别感谢得太快，等待会儿那个孩子来了以后，我再和你说具体情况。"

我四处看了看，疑惑地问道："他没和你一起来吗？"

"没有，她不是我们学校的，是隔壁民工子弟小学的。"

听冯媛这么一说，我心中更加疑惑了，因为民工子弟小学的孩子，其家长除了正常的学业，一般不会额外在艺术科目上对他们进行广泛的培养，这倒不是我歧视民工这个群体，因为事实就是这个样子，他们大多是挣扎在这个城市边缘的弱势群体。

片刻之后，一个戴着遮阳帽，背着陈旧书包的小女孩出现在了我和冯媛的身边，冯媛拉着她的手，对我说道："这个孩子叫刘芳，爸爸妈妈都是贵州人，现在在南京打工。大概两年前，我在自己家里练琴时，她就趴在窗户边上听了一个下午。我发现她是个很有音乐天赋的孩子，然后就断断续续地教了她一些很基础的钢琴知识。可是，我在学校的工作越来越忙，再加上现在又怀孕了，以后能教她的时间也就越来越少了，可我真的不想荒废她在音乐上的天赋，所以我想将她托付给你们的琴行，你看可以吗？"

我又认真地打量着这个女孩子，直到现在，她连一句话都没有说过，只是站在冯媛的身后，满是抗拒地看着我。

我带着笑容尝试和她沟通："刘芳小朋友，冯媛老师让你到我们琴行学习钢琴，你愿意吗？"

她依旧一言不发地看着我，我有些尴尬，然后有些不解地看着冯媛。

冯媛拉着她的手，让她与自己并排站着，这才对我说道："这个孩子有自闭症，所以对不熟悉的人非常抗拒，不知道你们的老师有没有耐心跟她相处。"

想起肖艾在面对那些孩子时的耐心，我不禁很有信心地回道："放心吧，没有问题。"

冯媛笑了笑，稍稍沉默后，又对我说道："但她的父母可没有能力支付你们琴行的学费，你要是拒绝的话，我也觉得是人之常情。"

我又看着这个叫刘芳的孩子，在她抗拒的眼神中，对学琴却有着非常强烈的渴望，只是她不会表达，我有些心酸，便不愿意去计较什么所谓的学费了，当即对冯媛说道："之前不也一直是冯老师在免费教她吗，我们当然也可以……"

冯媛看着我的目光终于有了赞许之色，她点了点头，回道："谢谢，我也觉得艺术不应该完全沦为赚钱的工具，我更加认可你们的琴行了。"

"不用这么客气了，等肖艾从日本回来，我会第一时间给你打电话的，到时候你直接把小芳送到琴行就可以了。"

冯媛点了点头，然后便带着这个叫刘芳，我更愿意叫她小芳的女孩子离开了。

这时，我才对着放晴后的天空长长吐出一口气，虽然冯媛还没有在业务价值上给琴行带来一个学生，但我也不愿意因此而计较，我相信肖艾也不会计较的，因为我们在这一点上一直有很统一的价值观。

…………

不知不觉已经是傍晚，在琴行忙碌了一整天之后，我破天荒地接到了奶奶从养老院打来的电话，她说下午的时候，自己就包好了饺子，要我带上肖艾去她那里吃晚饭。

我当然没有办法带着肖艾去，只能买了一些保健品，自己一个人去了敬老院。

奶奶对肖艾不能来感到失落，但也表示理解。

独自在外面的长椅上坐了一会儿，奶奶便从公用厨房端了一碗饺子递到了我的手上，然后在我的身边坐了下来，那饱经风霜的面容在看着我时，却充满了慈祥，她将手放在我的腿上，说道："知道你不喜欢吃酱油，给你做了清汤，好吃吗？"

"好吃。"我说着便用行动证明，一口气连吃了两个。

奶奶笑了笑，怕我噎着，又让我吃慢一点儿，可我的心里总有那么一点儿不是滋味。至于原因，我已经说过很多次，我恨江继友，也在一定程度上恨杨瑾，是他们的混账，才让我和奶奶颠沛流离了这么多年。

在我快要吃完的时候，奶奶拉住了我拿筷子的手，表情满是严肃地对我说道："桥啊，能不能让奶奶为你做一次主？"

我留下碗里的最后一个饺子，虽然不解，但仍笑着问道："奶奶，你要替我做什么主啊？只要我能办到，我都听您的！"

奶奶犹豫了一下，终于低声对我说道："奶奶知道你现在什么也没有，可能连负担自己一个人的生活都感到吃力，可奶奶还是希望你能赶紧和肖艾那个丫头把婚给结了！"

我错愕地与奶奶对视着，半晌之后，又假装不在意地笑道："奶奶，你心急什么啊，我和她的事情八字都还没一撇呢！我要现在和她提结婚的事情，她肯定得吓跑了！"

奶奶拍了我一下，责怪道："胡说什么！"而后又放轻了声音对我说道，"奶奶活了这么大岁数，什么没见过，你听奶奶的没有错，省得夜长梦多，以后留下遗憾。我看得出来，她和普通的姑娘不一样，不会把你现在的成就看得太重，这点和你妈妈一样，如果你能好好和她提结婚的事情，她多半会答应的，关键是你要有这个态度！"

如果刚刚是错愕，那我现在的状态就是惊愕了，我完全不知道是什么触动了奶奶，让她忽然对我说起这些。

| 第250章 | 杨瑾的故事

在奶奶让我和肖艾结婚的要求提出后，我的大脑便处于死机的状态中，我从来不觉得这是一件需要我现在就去面对的事情。

我木讷的状态让奶奶的心里很没有底，看着我的眼神越发急切，终于按捺不住，又对我说道："你倒是给奶奶一句话啊，能不能跟肖艾那个丫头结婚？"

我憋了半晌，终于回道："奶奶，你能不能以与时俱进的眼光看待婚姻这个问题？二十世纪都已经过去十来年了，现在真的不是我爸妈那个年代，有一辆自行车，一台缝纫机，一支手电筒就能结婚。起码，我首先得有套像样的房子，不求豪华装修，也得是个中等装修吧。还有，车子要有一辆，婚礼也得在说得过去的酒店举行。这些标准，你要我现在拿什么去满足啊，而且你又不是不知道，她是肖总的女儿，就算肖总现在已经倒台，但她曾经也是南京本地最知名的地产开发商的女儿啊！"

我发泄似的话语，让奶奶陷入了沉默中，我在她的沉默里看到了一阵无能为力的自责。我深深地相信，如果她有一笔足够让我结婚的钱，无论我是否接受，她都会在此时此刻给我的,可奶奶只是一个腿脚有残疾的老太太,靠在养老院里做一些手工活儿,减轻我身上的负担,又怎么会有这笔巨额的存款呢?所以她的表情看上去更难过了,而我的心里也不是个滋味。

我放下了一直端在手上的碗,给自己点上了一支烟,心中一阵后悔,我不该把鲜血淋漓的现实用这种方式扒开来给奶奶看,我该找个别的借口,就说肖艾在这个阶段并没有结婚的打算,这样奶奶一定会好过很多,因为自从杨瑾和江继友相继离开后,贫穷就成了我们祖孙二人心中挥之不去的痛。

一支烟快要抽完时,奶奶用一种复杂的眼光看着我,许久之后才低声对我说道:"小桥,你已经成年,奶奶也该将你爸爸妈妈的那段往事和你说一说了。也许,会给你一点儿启发。"

只是一瞬间,我全身的血液便快速地上涌,继而心跳增速,这个夜晚的风是如此轻盈,仿佛在告诉我,这只是一个与曾经无异的夜晚,星星和月亮都在,也有几片厚厚的云被风吹到了天空最边际的地方,一切都很平常。

我屏住了呼吸,等待奶奶继续说下去,我相信这会是一段世俗里并不多见的感情,因为我曾经隐隐在老金那里得到过一些关于杨瑾的讯息,但是老金所知道的一定很有限,而奶奶才是知道内幕最多的那个人。

奶奶的心情似乎更加复杂,在过了很久之后,她才小声对我说道:"你爸爸和你妈妈相识在一九八八年。那一年的冬天,你爸爸和你金叔一起从部队退伍,你爸爸在部队的时候就会开车,所以退伍后被分配在了纺织厂里做运货司机。那天夜里,你爸爸开着卡车照例去送货,开到雨花南路时,发现一个姑娘倒在路边,这个姑娘就是你妈妈杨瑾。你爸爸天性正直善良,也不怕惹上麻烦,二话不说就开车将你妈送到了附近的医院,而且替她垫了医药费,然后又根据你妈妈身上的学生证,与她学校的老师取得了联系,却被误以为是肇事的司机……那时候的科技也没有现在这么发达,路上压根就没有什么监控设备,你爸也解释不清,就被带到派出所接受调查,真是受了天大的冤枉!"

我点上一支烟,重重吸了一口,等心绪安宁了一些之后,又问道:"然后呢?"

"后来,万幸你妈妈总算醒了过来,她向派出所的民警证明了你爸爸不是肇事司机,并说你爸爸是她的救命恩人。再后来,她就回了北京,但是和你爸爸一直有书信往来。"

我不太确定地问道:"回了北京?"

奶奶点了点头,回道:"嗯,你妈妈在北京上的是人民大学,她来南京是游玩的,没有想到出了这样的事情,但按我说,这就是她和你爸爸的缘分。所以,她毕业后来了南京,大约过了半年的时间便和你爸爸结了婚,来年就有了你。"

说到这里,奶奶停了下来,她表情难过,深深叹息,然后沉默了很久。而我将从老金那里得到的有限讯息和此时听到的拼凑起来,已经知道了一个大概。身为退伍军人的江继友配不上杨瑾,无论是从学识,还是从家庭背景的层面来说,他都远远配不上。

奶奶又说道:"后来你外公和你外婆来过南京一次,但是奶奶我作为家长也没有能够和他们见上面，只是听你爸爸说，你外公是深圳划了经济特区后的第一批干部，到底是个什么样的干部，你爸爸也不清楚。那时候，你妈妈已经怀了你，不可能再跟着他们走，可你妈身在那样的家庭，家教森严，她的行为是你外公绝对不能容忍的，所以他和你妈妈断绝了父女关系，而后几年就再也没有出现过。"

我提出了质疑："如果真的是这样，那江继友为什么还会和杨瑾离婚？他们的面前已经没什么困难和阻碍，只要把日子过好就行了！"

奶奶示意我不要心急，却掉下了眼泪，许久之后才对我说道："下面发生的这些事情就是奶奶要提醒你的地方，奶奶希望你不要再走你爸爸以前的老路。"

我点了点头，回道："奶奶，你慢慢说，我静下心来听。"

奶奶用手绢擦了擦眼泪，又对我说道："你妈妈来南京的第一年，就被分配到了政府里面工作。其实她上了这么好的大学，有这样的分配也是情理之中的事情，可是时间久了，你爸爸就很在意这样的差距，最后甚至影响到了他的生活，整个人都闷闷不乐。你妈妈很在意他的感受，加上又怀了你，狠了狠心就辞掉了在政府的工作，等生了你以后，索性就到咱们巷子对面的纺织厂上了班。可是啊，你妈妈这个人真的是一块金子，她为人得体，又有学识，人长得更是没话说，所以惦记她的人也多，就算你妈妈对这些人躲得远远的，可是也架不住有一些搬弄是非的人，人前人后说闲话。这些闲话传到你爸爸耳朵里可真就要了他的命！时间久了，他整个人也就变了，变得不上进，变得好喝酒、好赌博，更是在你七岁那年因为酒驾撞死了人。"

奶奶说到这里已是泣不成声，而我也依稀有那么一点儿印象。似乎在那段时间里，总是有很多人堵在我家门口大闹特闹，但没过多久，风波就平息了，可我因为当时还太小，所以并不清楚到底是怎么平息的，这依然需要奶奶给我解惑。

我轻轻拍着奶奶的后背，让她平复心情，而夜色就这么深了下去，黑暗好像在渲染着这段让人感到悲伤的过去，尽管在这段往事中，有白色的蒲公英，还有我站在她的围裙下看着炊烟，等待晚饭的画面，可依然遮不住整体环境的惨白！

奶奶终于对我说道："后来是你妈妈找了关系，借了钱，最后才给了受害人家属一个交代。可是，你爸爸又听了风言风语，认定你妈妈和别人有不正当的男女关系，托了这层关系才解决了事情。于是他变本加厉地赌博，在外面更是有了其他女人，还打你妈妈。直到把你妈妈打寒了心，打死了心，最后才用离婚跟他做了个了断。我没有阻止，因为你爸爸已经魔怔了，离婚是给你妈妈的唯一一条活路。可是，奶奶舍不得让她把你带走，奶奶担心她再嫁了人，心思不在你身上，继父也不会给你好日子过，奶奶就跪着求她，还要和她打官司。她终于同意不带你走，可是奶奶没有想到，她走了以后没多久，你爸爸也跟着走了，最后就剩下我们祖孙俩留在南京。"

我心中压抑得厉害，原来当初杨瑾是要带我走的，但奶奶执意留下了我，可她没有想到，江继友也跟着一走了之，并且这么多年来都没了音讯。

我第一次恐惧命运里那些转动的齿轮，因为它给了人太多无法承受的伤痛，而生活也不是童话，虽然江继友和杨瑾的结识像童话一般美好，可结局终究还是被现实这把刀割得鲜血淋漓，面目全非！

我心中充满不甘,说话的声音也不自觉大了很多:"如果她当初真的有带走我的心思,为什么这么多年都没有回来看过我,一次都没有?"

奶奶摇了摇头,表示不知道,只是带着内疚低声回道:"你妈妈走的那天,和我有过一次长谈。她说,也许这辈子都不会再回南京,但是在小桥结婚的那天,自己一定会回来看一看。这么多年过去了,不知道她是不是还记得这句话!"

我痛苦地咽着口水,闭上眼睛,眼泪就掉了下来。此刻的我,已经无法在上一辈的恩怨情仇中找到自我,只是本能地难过着,本能地想起去年的时候,跟肖艾在丽江唱起《妈妈》这首歌的画面。我不知道这些年的自己,到底有没有像歌里唱的那样一直很乖,但我知道,自己已经在沉重的生活中快抬不起头了。

"小桥,你和陈艺从小是青梅竹马,可是奶奶为什么没有撮合你们在一起?因为奶奶怕你走上你爸爸的老路。如果肖艾这个姑娘没有经历这样的家庭变故,奶奶心中也有顾虑。可是经过这一段时间的相处,我知道这个丫头对你是很依赖的,很多事情你也做得很好,不像你爸爸,所以奶奶认定你们是可以在一起过日子的。但是你自己也要努力,跟她互相扶持,这样你们走的就不是你爸爸和你妈妈的老路!"

第251章 被打开的纺织厂

这个夜晚,我听奶奶讲述了杨瑾和江继友那段让人唏嘘的往事,百感交集。等我独自走在回去的路上时,比以往任何时候都要孤独,我在夜色中产生了不知道该何去何从的迷茫。

回到自己的住处,我无论如何也无法入眠,就这么躺在床上辗转反侧,脑子里想起的都是关于杨瑾的画面。一切倒带般飞快地退回到我八岁的那年,她为我的试卷签上名字,帮我背上书包,温柔地笑着,嘱咐我要听老师的话。她仿佛就在我的身旁,从来没有离开过。

泪水渐渐涌出,却不知道是因为心情悲伤,还是因为眼睛太过干涩。在这个漆黑的夜里,我听着窗外的虫鸣声,心中更加孤独了。

可是,我的身边一个可以说话的人也没有,连最喜欢的啤酒,也因为忙于替袁真解决麻烦而忘记买了,唯一放在手边的烟,只会让我感到更加孤独。

不知道什么时候,手机发出了微弱的光线,有人给我发了一条微信,我不知道谁会在这个深夜还惦记着我,我也不会因为这样的惦记而觉得自己被拯救了,因为这个夜晚凝结了我十多年来的委屈和无时无刻不在滋生壮大的孤独。

信息是肖艾发来的,她告诉我自己会在明天下午到南京,袁真也会跟她一起回来,并在信息里转达了袁真对我的谢意。

我故作轻松,只是给她回复了一个戴着钢盔的骄傲表情,而后又闭上眼睛逼着自己什么都不去想,却又想得比刚刚更多了,我记起了奶奶要我和肖艾提结婚的事情。

不管江继友和杨瑾当年走的路对我而言是不是一种鞭策或警示,但这个要求对于现在的我而言,实在是有点强人所难。

我想,如果我真的会和肖艾结婚,这个世界上恐怕不会有比我们更辛酸的婚礼了,因为肖艾的爸爸还在监狱里接受着法律的制裁,我的父母至今下落不明,所以我们最需要的祝福,就这么散落在监狱里和天涯海角。唯一的安慰,是肖艾的妈妈还在我们的视线里,并保持着联系。

手机的微弱光线又在黑夜里闪烁了起来,肖艾的文字里透露着她的情绪:"你就发这么一个破表情,也不提到机场接我的事情吗?"

"会去的。"

肖艾下一刻便发来了语音请求,我没有立即接通,而是向窗外看了看,过年时肖艾挂在桂花树上的那些拳头大小的红灯笼还在,但是经历了风吹雨打后已经褪色不少。

是的,我还留着一盏灯,让我可以看清窗外那有限的世界,只属于我的世界。

我轻轻呼出一口气,感觉自己能正常说话,才接通了语音,而后笑着对电话那头的肖艾说道:"怎么还不睡呢?"

"我更想知道你为什么还不睡。"

"今天去敬老院看了奶奶,一路走回来,刚到家才一会儿。"

肖艾的语气柔了一些,问道:"奶奶最近怎样,身体还好吗?"

"嗯,今天还给我包了饺子,本来要我带你一起的,这不你去了日本吗,我就跟她说,等下次好了,反正你肯定会去的。"

肖艾似乎很热衷于去看奶奶,当即便回道:"对啊,我明天回去就可以去看她了。"她还说从日本给奶奶带了一个煮饭特别好吃的电饭锅。

可我在意的并不是这些,我只在意她明天去看奶奶,奶奶会不会当面和她提起希望她嫁给我的事情,如果她没有一点儿心理准备,岂不是会弄得很尴尬。于是,我在一阵沉默之后,对她说道:"我能问你一个问题吗?"

"嗯?"

我想了想才问道:"你想过结婚这件事情吗?"

肖艾的语气很诧异,她回道:"我大学才刚毕业,和谁结啊?"

"我奶奶说,我妈大学毕业后才一年就和江继友结婚了。"

我看不见电话那头的肖艾是什么表情,可是她刹那的沉默,让我感觉到,她根本无法理解我这些看上去很莫名其妙的话,终于她向我问道:"那他们结婚以后呢?"

"在一起过了不到八年,就没有然后了。"

肖艾明显有点接不上我的话,而我似乎也把自己送进了一个死胡同里,不知道要再说些什么,于是连这个夜晚的空气都变得不那么自在,影响我的呼吸,但是我和肖艾情愿就这么僵着,却谁也不愿意先结束这次通话。

我的心情愈发焦躁,心中忽然很渴望肖艾能为我唱首歌,也借此打破这阵让人感到不舒适的沉默,便又对她说道:"你能给我唱首歌吗?我现在特别想听。"

833

"江桥，你到底怎么了？我总感觉你心里藏着事情，从你给我发第一个表情开始，就有这样的感觉了。"

我不知道肖艾做出这样的判断，是基于女人的第六感，还是基于跟我在一起相处了这么久后对我的了解，总之她没有判断错，我在这个夜晚确实被一些事情弄得很痛苦，可是又不想跟任何人诉苦，因为我觉得自己的父母没有让我感到很光彩，尤其是江继友，这个人做了二十多年的好人，却在结婚后的七年多，变成了另一个人，他敏感、猜忌、暴力、不自信，才导致了这个家庭的破裂。

还有，虽然那个被他酒后驾驶而撞死的人与我家的故事无关，可毕竟一个家庭因为他的混账而支离破碎！我因此觉得，他这辈子也洗不清自己身上的罪过了！所以，我不想再提起这个人，尤其是和肖艾。

这一刻，我想笑一笑，竟也笑不出来了，只是低声回道："你别胡说了，我就是这几天有点累，不怎么想表达，你就不能给我点福利吗？唱一首歌，或者唱两首我也不嫌多。"

肖艾终于放弃了刨根究底的执着，向我问道："你想听什么歌？"

"《好汉歌》！"

"你要是这么不正经，我挂语音了。"

我忽然很紧张，赶忙说道："别挂！唱你想唱的就行了，只要是你唱的歌，我都爱听。"

"乌溜溜的黑眼珠和你的笑脸，怎么也难忘记你容颜的转变；轻飘飘的旧时光就这么溜走，转头回去看看时已匆匆数年；苍茫茫的天涯路是你的漂泊，寻寻觅觅常相守是我的脚步；黑漆漆的孤枕边是你的温柔，醒来时的清晨里是我的哀愁；或许明日太阳西下倦鸟已归时，你将已经踏上旧时的归途；人生难得再次寻觅相知的伴侣，生命中就难舍蓝蓝的白云天……"

我闭上眼睛静静聆听着，原来这首不管在哪个音乐软件上搜索，都显示被无数歌手翻唱过的经典歌曲，从肖艾嘴里唱出来是这样的感觉。而她似乎对罗大佑的歌曲情有独钟，这已经是除《鹿港小镇》后的第二首了，可这次她的歌声中没有时代赋予这首歌的厚重，却多了些少女的心思，总之我很喜欢。于是，在她唱完后，下意识地说了一句："以后你就唱给我一个人听，别去歌坛发展了，反正你也不喜欢娱乐圈。"

"你以为自己是皇帝啊？"

被肖艾这么挤对，我也觉得自己挺搞笑的，她的母亲倾其所有在音乐上培养了她将近二十年，我竟然这么厚颜无耻地要求她只唱给我一个人听，可有那么一刹那我确实就是这么想的。

我厚着脸皮笑了笑。

肖艾沉默了一会儿之后，又改口说道："如果有那么一个人让我感到值得这么去做的话，也不是不可以。"

我愣了好一会儿，而肖艾却一声不响地结束了这次的通话，可是我也没弄清楚，到底是因为信号不好而切断的，还是她自己挂掉的，总之，我们连句"晚安"都没有来得及说。

我将电话放回到柜子上，闭上眼睛回味着肖艾为我唱歌时带来的好心情之后，也终于因为疲乏而睡了过去。

…………

似乎只是打了一个盹，这一夜便悄悄过去了，那昨日的伤痛，在这个阳光明媚的早晨，自然而然地就淡了一些，我像往常一样起床洗漱，给自己做了早餐。

琴行除了周末，在白天时基本是不需要太操心的，因为琴童们都要在学校里上课，正常是放学后才会来琴行，可这不代表我就能闲下来，我计划用接下来一个星期的时间，将郁金香路附近所有老师的联系方式都搞到手，这样我去其他培训机构做资源互换的时候才有足够的筹码。

路过那座废弃的纺织厂时，我猛然发现金秋那辆很惹眼的牧马人就停在路边，而她自己则双手交叉放在胸口，一动不动地向里面看着，她果然是个执行力强到可怕的女人。因为距离她说要将这里改造成一座以婚礼为主题的酒店，也就刚刚才过去了一个白天和一个晚上。

我就这么站在马路对面盯着她的背影看了好一会儿，我敏锐地感受到了她要将这里推倒重建的决心，尽管我认为这是一件并不那么好办的事情，否则这块地为什么这么多年都没有被利用起来做商业开发？

我避开往来的车辆，向马路对面走去，直到并肩与金秋站着，她才猛然察觉到我的存在，先是一惊，转瞬便恢复了平静，然后点头对我说了一声"早"。

我也随她向杂草丛生的院子里看了看，然后向她问道："里面你去看过吗？"

金秋摇了摇头。

我有些疑惑："你一直是一个做事很讲计划的人，可这次连这座纺织厂是什么结构都不知道，怎么就做出了要在这里弄出一座酒店的决定？"

金秋终于用正眼看着我，然后回道："商业时代要的是效率，我现在站在这里，就是来了解的。"

"那你倒是进去啊。"我说着往金秋身上的短裙看了看，她要是这样也能从铁门上爬进去才真是活见鬼。

却不想，金秋下一刻便从包里拿出了一把已经有了锈迹的钥匙，插进了那把同样锈迹斑斑的铁锁里，随着她这么用力一扭动，那把锁在铁门上长达十几年的大锁竟然被打开了，随后金秋便将两扇门给推开了。

顿时，充满历史感的嘎吱声中，铁屑掉了一地。

我就这么怔怔看着，好像在做一场已经被时间洗刷得没有了颜色的梦，我没有想到自己还有机会亲眼看到这两扇铁门会在这样一个阳光明媚的早晨，以这种方式被打开，我的心也仿佛就这么被撕开了。我好像真的看到了一座在金秋设想中的酒店，在经历了无数个日出日落后在这里拔地而起，而纺织厂便化作历史的尘埃彻底湮灭在了这条郁金香路上。

金秋看了看我，然后向我问道："要不要一起进去看一看？"

我与她对视着，心却越跳越快，我已经习惯了翻进去，当铁门真正打开时，我却真的不知道该以什么样的心情去面对，因为那些有杨瑾和江继友的画面，好似被这两扇打开的铁门给吞噬掉了。

许久之后，我低沉着声音向她问道："你为什么会有这里的钥匙？"

金秋却只是轻描淡写地回道："不好意思，涉及商业机密，我不方便回答你，但是我已经打听到这块地方的产权归谁了。如果我觉得满意的话，接下来我就可以和对方谈谈转让的价格。"

"这么一大块地你买不起的！"

"买不起我可以贷款，贷不了款我还可以找合作，只要我想拿下这块地，总是会有办法的。"

我的心就这么一点点地沉了下去，而金秋已经像个闯入者般，在我之前毫无阻碍地走进了纺织厂内，我的脚步却沉重到有些挪不动。

要不是刺眼的阳光如此真实地照射着我，我真的以为这只是一场梦。这座已经废弃了十多年的纺织厂，怎么可能如此轻易地被金秋给打开了呢？

在我的意识里，只有我和肖艾翻过铁门，在黄昏的落日下，面对满院的杂草丛生才算是光明正大，而金秋就是野蛮的入侵者。

第252章 人生处处有惊喜

金秋已经走进了纺织厂内，我又往两扇被打开的大门上看了一眼，这才追随她也走了进去，却没有像她那样左顾右盼，因为我对这里已经非常熟悉了，我在意的不是这里的结构，而是某些留给我很多回忆的物件，比如那辆老解放卡车，我不知道它会在这番彻底的改造中面临什么样的命运。

金秋闲聊似的向我问道："这座纺织厂，对方给我的面积是二十三亩地，我倒觉得可能还不止这个数，你觉得呢？"

"这个数字是准确的，因为现在里面没有什么建筑物，所以你才会感觉很空旷。"

金秋点了点头，绕过了曾经的几个车间后，又向我问道："如果是你的话，你会怎么充分利用好这二十三亩地，打造一座以婚礼为主题的酒店呢？"

"你不觉得这个地方太大了吗？现在五星级酒店的占地标准也就才一万平方米，你要真拿下这块地，那可就是五星级酒店的投资规模了，我觉得在这个地方投资这样的酒店所要冒的风险实在是太大！而且投资数额也不是你这个阶段所能承受的。"

金秋看了看我，问道："你是在劝我打消投资的念头吗？"

"我只是不知道你从哪里来的底气做这件事情，我不相信，你把酒店的位置选在这里，秦苗她这次还敢和你玩。"

金秋瞥了我一眼，回道："我昨天早上告诉你的时候，你也没有提出这么多反对的理由。怎么，现在见我真的有能力把这扇门打开，你感到害怕啦？"

一阵沉默后，我才看着她说道："又不是我投资，我有什么好害怕的，我只是有点不忍心！"

"那你可以放一百二十个心，我不会把这个地方给糟蹋了的。另外，如果启动这个项目，秦苗还真不会参与这次的投资，但你如果把我的上层人脉圈只局限在秦苗身上，那你还真是小看我了。"

我只是看着她，没有言语。

金秋又说道："我建这座酒店，所针对的就是全南京甚至周边城市的高端消费群体，那么酒店的标准当然要按照五星级的来。如果我放弃了这么好的地方，硬要到大商圈去投资，才是真的缺乏战略眼光，毕竟投资的成本会因为那边高昂的地价翻上好几倍。而且因为是主题酒店，所以我们需要很多空间来表现这个主题，这就导致不可能用别人已经设计好的房子，那么还有比这个地方更好的选择吗？"

看着金秋胸有成竹的样子，我发现自己也并没有什么立场再去影响她。其实，我也知道她迫切需要在南京本地有这样一座别人不能轻易复刻的婚礼主题酒店来奠定其在行业领头的地位。我更理解她的战略意图，她想通过产业的延伸，彻底将与婚庆有关的营利项目纳入自己的商业帝国中，这不仅是她的野心，也是她能力的体现。

我心中有那么一点儿说不出的滋味，于是坐在那辆卡车旁点上了今天的第一支香烟。金秋又转了一圈之后，回到我的身边，我以为她要催促我离开，却不想她只是盯着那辆报废的卡车看了一阵，然后向我问道："这就是江叔叔当年开的那辆卡车吧？"

"嗯。"

"在我的记忆里，过了一九九七年之后，就很难再看到这样的卡车了。我倒觉得可以作为一个特点保留下来，如果在这旁边建上一个小型的喷泉广场，那还真是很有年代的质感，成为酒店的一个卖点。毕竟，大家都挺迷信八九十年代的爱情是很单纯美好的，符合人们在爱情观上的普遍向往。"

"哪个年代都会有感情和婚姻上的王八蛋，有什么好迷信的？"

金秋也许听出了我这句话里的情绪，便没有再将这个话题继续下去，她抬手看了看手表，便示意我离开这里。但这看似稀松平常的一个早晨，却已经在我的人生中留下了重大的意义，引领着我往另外一种生活里飞快地奔驰着。

…………

这个上午，我是做了一些事情的，我又轻车熟路地弄到了周边一所学校的老师联系名单，等于馨那边帮我们再物色一位优秀的老师后，我基本上就可以带着这些资源去和其他培训机构谈合作的事情了。

下午，我恰巧碰见了在梧桐饭店喝下午茶的冯媛，得知我要去接肖艾后，她很客气地将自己的车借给了我，并表示，放学后希望还在梧桐饭店和肖艾聊一聊小芳的事情，然后再给我们一些惊喜。

我到达机场的时候，肖艾已经下了飞机，我却没有看见随行的袁真。

她告诉我，袁真已经乘直达扬州的机场大巴去找季小伟了，两人明天去苏州见罗本，聊一聊袁真借他演唱会复出的事情。

837

在这之前，我从何高明那里得到了可靠的消息，背负在袁真身上的禁演令已经被解除了。而因为袁真一直混迹于地下音乐圈，所以并没有弄出什么娱乐头条来，这就是何高明说地下音乐圈禁演令更好解除的原因，因为不必承受太多的舆论压力。

将冯媛的车在路边停好，我拎着肖艾的行李与她一起来到梧桐饭店。

刚落座，一阵晚风便恰到好处地迎面吹来，将墙壁上的爬山虎吹得好像泛起了一阵绿色的浪，更是让肖艾闭上了眼睛，惬意地享受着。这让我在她无可挑剔的面容和飘动的短发中，再次领略到了郁金香路的魅力。

我和服务员要了两瓶啤酒，和肖艾一边喝，一边聊了起来，她笑着对我说道："经历了这次的事情，我真的要感谢邱子安呢。要不是他把我们逼上绝路，也不会让你爆发出这么大的能量。以前小伟帅哥费了那么大的劲，也没能解除袁真身上的禁演令，却不想被你给办到了。这下好了，我们可以安心开琴行了！"

我又想起前些天自己被王斌灌到酒精中毒的凄惨模样，看着手中的啤酒，顿时就是一阵条件反射似的恶心，我打了一个酒嗝，赶忙将啤酒放下，笑着对肖艾说道："运气好而已，正好乔野有一个朋友就是在这个行业里混的。"

肖艾摇了摇头，一本正经地对我说道："不，我觉得你缺的只是一个攻击型的对手，你的体内有一股洪荒之力，需要他帮你解除！"

这一次我是真的发自内心笑了，倒不是因为肖艾这句话里有什么笑点，而是我真切感觉到了她此时的轻松愉悦。我更知道，现在的这一切来得多么不容易，于是我更加期待冯媛能够给我们带来一些好消息了，因为琴行迫切需要更多的生源，借此走上正轨。

一人一瓶啤酒喝下去之后，冯媛很准时地带着小芳来到了梧桐饭店，她主动对肖艾说道："小肖老师，这应该是我们第二次见面了，深感荣幸！"

肖艾有些诧异地看着冯媛，似乎记不起这第二次见面的说法从何而来。我起身对肖艾说道："这位就是我和你提了好几次的冯媛老师，你们在去年政府举办的一次文艺会演上见过面，当时冯媛老师带着她的学生一起表演了一个合唱节目。"

肖艾也随我起了身，她看着冯媛，恍然说道："我想起来了，当时你的学生合唱的曲目是《卡布里岛》，水平很不错呢！"

冯媛点了点头，笑道："你的压轴出场才是惊艳呢！我在南京真的没有见过能把民族舞和演唱结合得像你这么完美的人，而且听江桥说，你更是精通各种乐器，是个货真价实的大才女。"

肖艾礼貌性地笑了笑，冯媛又看了她一眼，满是疑惑地说道："你的外在条件要比娱乐圈里所谓的明星好上太多了，为什么没有去娱乐圈发展呢？"

去娱乐圈发展一直是肖艾的禁忌，我以为她会不高兴，却不想她很得体地笑着回道："因为我和冯媛老师一样，是一个对艺术有追求的人啊……那个圈子还是留给更需要的人吧。"

冯媛很赞赏地点了点头，随即她将小芳拉到了我和肖艾的面前，对肖艾说道："这是个很有天赋的孩子，我只是零零碎碎地教了她一些基础，她自己甚至连架钢琴都没有，但是现在已经能够很熟练地掌握单音技术和八度技术，可塑性真的非常强……"

我现在真的腾不出多余的精力再教她了,所以希望小肖老师能够代替我继续教她。"

肖艾看着小芳,脸上满是诧异之色,但是她这个反应倒挺正常的,因为初次见面,谁也不会相信这个其貌不扬的孩子会在音乐上有这么高的天赋。

冯媛又说道:"我不知道江桥有没有告诉你,这个孩子的家庭很困难,父母都是农民工,所以她也支付不起你们琴行的学费,只能恳请你们收留她了。"

实际上,我还没有来得及将这件事情告诉肖艾,所以也有点好奇地看着她,等待她会给冯媛什么样的答复。

肖艾将小芳拉到了自己的面前,看了看她的手,又说了几个比较专业的术语,要小芳摆出弹奏的手形。

这孩子虽然有些自闭,但是在音乐上却很配合,当即便根据肖艾说出来的术语,摆出了相应的弹奏手势,肖艾点了点头后,表情很认真地对冯媛说道:"既然冯媛老师都能无偿教这个孩子这么久,我当然也愿意让她成为我的学生。我觉得,这个孩子的天赋是不能用金钱去衡量的,艺术更没有贵贱!我会好好教她的。"

冯媛充满感激地看着肖艾,而这种感激里更充满了对肖艾志趣相投的认同和欣赏,因为肖艾对艺术的理解绝不是流于表面的。放眼大千世界,像她这样拥有如此条件,却依然能够抵御住娱乐圈的诱惑和浮华的人真的是少之又少。

我觉得肖艾和冯媛会因为音乐成为一对交心的好朋友,而这也是音乐的另一种魅力。

....

席间,冯媛以茶代酒再次向我和肖艾表示了感谢之后,又对我们说道:"下面我要说的,对你们来说应该算好消息了。今天,我们学校正好有家长会,我就借这个机会向他们推荐了你们的琴行,考虑到你们现在只有两个老师,尽管很多家长都有兴趣将孩子送到你们这边学琴,但我只给了十个名额。希望你们能够借这个机会让家长认可你们。如果得到家长们的认可,我也可以更有底气将学生们介绍到你们琴行来学习,到时候只怕你们应付不来。这并不是玩笑话,也希望你们能够提前做好接纳的准备。"

我和肖艾对视了一眼,皆在对方的眼里看到了惊喜,我们历经千辛万苦将琴行开了起来,等的不就是这一刻吗?

冯媛又提醒道:"明天中午放学的时候,你们到我们学校门口,然后我带那些有需求的家长到你们琴行去报名。"

我赶忙点头,然后又向冯媛郑重表示了感谢,是她给我们的琴行带来了第一次发展的机遇。

....

天色渐渐昏暗,就在我们准备结束这顿晚餐的时候,金秋和秦苗也来到了梧桐饭店。但她们似乎已经吃过了晚饭,所以只点了一些喝的东西。最近她们高频率出现在这里,恐怕也是将这里当成了一个谈事情的好地方。

我和她们打了招呼之后,便准备和肖艾离开,我们说好今天晚上要去敬老院看奶奶的。我的内心始终有那么一丝忐忑,因为我不确定奶奶是否会和肖艾提起,希

839

望她和我结婚的事情。如果真的冒昧提了，也不知道肖艾会怎么回应。

"江桥，等等，我有点事情想和你聊一聊。"

我转过头，喊我的人正是金秋。我向肖艾看了看，她很善解人意地给了我和金秋交谈的空间，说是自己先去买些生活用品，而后便独自往便利店的方向走去。

我和金秋面对面站在梧桐树下，我点上一支烟，向她问道："你要和我聊什么？还是把纺织厂改造成酒店的事情吗？"

"当然不是，我要和你聊的是一件可能会给你一些帮助的事情。下个星期，时代影城会在市区那边开业，地理位置非常优越。我有个朋友就是那个影城的总经理，他准备将电影开始前的五分钟片头广告对外出售，我比较感兴趣，就花了六十万拿下了两年的独家代理权。五分钟广告大概能切出三十个左右的广告位置，我现在也用不了这么多，所以我打算将其中的两分钟交给你去代理，费用是两年二十四万，你有兴趣吗？"

我绝对相信金秋的投资眼光，心中一合计，如果我拿着这么优势的媒体资源去找其他培训机构合作，岂不是更有筹码？而且，现在很多家长都会带着孩子去影院看电影，这样的广告投放可谓很有针对性，只要我能合理利用这个资源，就能将利益做到最大化。

我当即想也不想地对金秋说道："我当然很感兴趣，可是，你怎么对这些小投资感兴趣了？"

"我拿下这个广告渠道，只是为了给自己的公司用，顺便做做人情送给一些朋友，这可比请客吃饭实惠多了。但是，你可不能因此怀疑这个广告渠道的传播效果。你是不知道，外界有多少广告公司想拿下这个资源，可是只要我金秋一出手，他们就完全没有机会了。"

看着金秋自信的笑容，我心中更加笃定了，再加上自己在婚庆行业摸爬滚打了这么多年，与广告这个行业打的交道也不少，所以当然知道这样的资源有多稀缺。

可是，我心中也有那么一点儿为难，因为现在的我根本就没有那么多钱去支付这部分代理费用。

金秋好似看出了我心中的顾虑，她又笑了笑说道："这笔钱你就先欠着吧，反正我也不差这二十多万，你自己先把事业做起来最重要。"

我心中有对她的感激，也有那么一点儿说不出来的滋味。虽然，她一回来就将我从婚庆公司给开了，可之后给我的恩惠也是实实在在的。

这时，金秋的手机响了起来，她在接电话之前，匆匆对我说道："好了，这个事情就这么定了吧，明天你和我一起到时代影城签订一份代理合同。你也不要因此就觉得亏欠了我什么，我们互相帮衬是应该的，因为我们两家是世交，要不是你爸爸当年在部队把我爸给救了，这个世界上也不会有我金秋这个人。更何况，我以后也可能会有需要你帮忙的地方呢！"

在这个千载难逢的机会面前，我不愿意再矫情。我接受了金秋的提议，心情也在一瞬间舒畅了起来，我相信在这么多惊喜的作用下，自己很快便会找到生活的底气。

也许，我真的可以和肖艾将关系往一个更亲密的方向发展一下了。因为这是奶奶的愿望，也是我的愿望。

第253章 赚钱了

与金秋谈妥了电影院的片头广告之后，我便往便利店的方向跑去，而肖艾早就买好了自己需要的生活用品，正坐在长椅上边吃冰棍边等我，而她的好心态就像夏日里清凉的风，吹起了我心中的甜腻，带来一阵阵舒适。

趁着夜晚刚刚来临时的凉爽，我和肖艾也没有打车，而是慢慢向敬老院走去。走过了郁金香路，又徜徉在花神大道上，我们并没有很刻意地去聊天，想起什么时才会说几句。

快要走到路的尽头时，肖艾才很随意地向我问道："刚刚金秋找你聊什么了？"

"她代理了时代影院一个五分钟的片头广告，然后将其中的两分钟让给我了。"

"白给的？"

我看着她笑了笑，回道："当然不是，这可是很稀缺的广告资源，折下来算，一分钟两年的代理费是十二万。"

"她让给了你两分钟，那不就是二十四万吗，你都快穷得衣不蔽体、食不果腹了，哪里来的这么多钱？"

"先欠着，以后有钱了再还给她，反正我要想转手卖的话，也是分分钟的事情，很多广告公司都想要的。"

肖艾停下了脚步，盯着我看了半响，问道："我怎么觉得你是白捡了一个大便宜呢？"

我很诚实地回道："这显然是一个大便宜啊！如果我能做好这两分钟的业务，两年五十万的回报收益还是会有的。你想啊，以金秋这么精明的眼光，她选的广告渠道能差吗，而且她那三分钟是留给自己公司用的，所以我就更加能够肯定这是个极具优势的广告资源，因为她不可能坑自己的。想赚五十万，你就跟着能赚五百万的人身后走，绝对错不了的！"

我喋喋不休地说了很多，展望着未来的美好前景，却不想，肖艾不咸不淡地回道："真没劲儿，你是穷怕了吗？"

我追上了她的脚步，问道："怎么就没劲儿了，现在社会是很讲究交际圈的，显然金秋就是我交际圈里的一员，有能赚钱的事儿和我分享一下，这就叫商业往来，属于正常的交际活动。"

肖艾很较劲儿地问道："既然是商业往来，那你能给金秋什么啊？不能只有来没有往吧，除非金秋是傻子，要不然就是她在其他事情上有所图，因为我觉得她可一点儿也不傻，全南京都没比她更精明的女人。"

841

"你刚刚在便利店买的不是冰棍，是醋吧？"

"谁要吃你的醋。"

肖艾走得更快了，我不得不加速度，又追上她，很认真地对她说道："这真的是一次机会。我现在最担心的是，咱们琴行教师队伍的建设跟不上，于馨说帮忙再找一个老师，也还没给回信呢，所以这事儿你也放在心里惦记着，帮忙再找三个培训老师，最好是全职的。"

…………

等我们一路走到敬老院的时候，已经是晚上的八点半，其他老人不是在闲谈，就是在看电视，而奶奶依旧还在做着手工活，这让我心中很不是滋味。

我一直希望奶奶可以在敬老院安享晚年，可是她依然困在繁重的生活里，以最原始的耗费体力的方式操劳着，所以我不愿意再放弃生活中的希望，哪怕是别人近乎白送的赠与。但这并不代表我放弃了底线，比如这次金秋给的两分钟片头广告，我会尽快发挥其最大的效用，然后把钱还给她。

见到肖艾来了，奶奶放下了手中的活，亲密地拉住了她的手，也不等她说话，便是一阵上上下下的打量，说肖艾瘦了很多，又责备我没有照顾好她。

我当然知道奶奶说这些，是为了给希望我们结婚的想法做铺垫，但她确实有点心急了。我觉得她应该先好好和肖艾聊聊生活中的琐碎，反正肖艾每次和她在一起时都会变得无话不说，也从来不会嫌她唠叨。

肖艾拿出她从日本带回来的电饭锅，便开始教奶奶怎么使用，我则有些紧张地看着两人，因为我不确定奶奶到底会在什么时候和她说起那件让我心中很没有底气的事情。

果然，说完了电饭锅的事情之后，奶奶便试探着向肖艾问道："丫头，你今年虚岁也有二十四了吧，有没有中意的对象？"

我以为肖艾会娇羞一下，不想她瞥了我一眼，反问道："奶奶，你说的是江桥吗？肯定是江桥，因为除了他会整天黏着我转，也没有别人了。"

奶奶一愣，也下意识地随着肖艾看了我一眼，以为有戏，然后又顺着肖艾的话，问道："那丫头你觉得我们家江桥怎么样？"

"他啊？"肖艾说着又转而向我问道，"江桥，你觉得自己怎么样？难得有机会让你做一个自我评价，我允许你在奶奶面前胡乱吹嘘！"

肖艾看似不经意的话，却已经向我释放了一些信号，她在这个阶段并不想考虑太多感情上的事情。这不仅她是这个想法，也是我的态度。因为经历了琴行开业和袁真回国发展的事情后，我们都有点疲惫，要我们以现在的状态去考虑结婚这么大的事情，肯定是力不从心的。我们还需要一点儿时间来恢复元气，尽管我的心里很喜欢她，也设想了很多我们结婚后的画面。

一阵沉默之后，我终于对奶奶说道："奶奶，这么多年来，我一直知道你心里最希望的事情是什么。我也很希望能改变自己个人的状态，可我以前是婚礼策划师，各种各样的感情都见过了，所以我知道什么样的感情状态和生活状态才能维持住一份长久的婚姻，所以你希望的事情再等等吧，至少我现在已经有这样的意识了，也在尽力奋斗着。"

奶奶先是看着肖艾，然后又对我说道："你自己出去散散步，我和丫头聊会天儿，这么久没见，怪想的。"

见肖艾也有心和奶奶独处一会儿，我便离开了房间，而当我独自面对今晚那片宽广的天空时，才发现月色竟然是如此之好，而我的烦恼也不少。尤其是这个阶段，真的很难说起"快乐"这个词，倒经常徘徊在绝望的边缘，却无法轻易去表达悲伤。

这个夜晚，我也不知道奶奶和肖艾聊了些什么，但是在回去的路上，肖艾的心情明显变了，她竟然问我，她是一个什么样的女人，而我一时也没能答上来，虽然我们相处快一年了，但我仍不觉得自己有多了解她，就好比今天金秋让我代理影院片头广告的事情，我以为她会感到开心，实际上她却有那么点儿不高兴。

她似乎很不喜欢我接受来自金秋或者陈艺的帮助，可是对于乔野的帮忙，她就又表现得很无所谓了。但我基本上是个一无所有的男人，我不可能单枪匹马地在这个社会里闯荡，所以我的成功除了需要自己的不懈努力，也离不开朋友的帮忙。而在我身边，有能力帮忙的也就那么屈指可数的几个人，所以仔细想想，被金秋帮助也是情理之中的事情，毕竟就像她说的那样，我们两家是世交，如果她在取得这么大的成功之后，也没有对我施以援手，那么愿意帮助我的人，还有谁呢？

…………

次日早晨，我将自己做好的早餐给肖艾送去后，便打的去了金秋的公司，等她开完了早会之后，两人又一起驱车赶往了时代影城。

金秋的办事效率很高，只花了不到五分钟的时间，便与对方签订了一份为期两年，价值六十万的代理合同，并当即以支票的形式，一次性支付了全款，继而又与我签订了一份第三方合同。

从时代影城的办公楼出来，我站在刺眼的阳光下，将这份意味着我有权限在电影开头播放广告的合同又看了一遍。金秋却将此当成一件微不足道的小事情，要我自己打车回去之后，便独自开车离去了。

十分钟后，我掏出了手机。我在老金公司的这六年，也有一些人脉资源，这些人脉不会给予我太多的帮助，但谈合作还是可以的。

我这次找的便是一个广告公司的老板，经历了一个上午的谈判，我将从金秋那里弄来的广告代理权限，以三十万的价格转手将其中的一分三十秒卖给了对方，我赚了六万，而且还保留了三十秒的广告时间。

我这么做，是有仔细考量的，因为我的主要精力在琴行上，没有太多的时间出去谈广告的业务，所以转让一部分给广告公司是最好的选择。而剩下的三十秒广告时间，已经足够我拿来进行和琴行有关的运作了。

下午三点的时候，我的银行卡里便多了一笔三十万的公司转账，我没有急着将其中的二十四万还给金秋，而是先取了六万块钱的现金，装在文件袋里去了琴行。当初，心情咖啡倒闭时，是肖艾从她同学那里给我借了一笔钱，在我意外发了一笔小财之后，是时候还掉这些钱了。

…………

来到琴行里，肖艾正在一对一地教着一个孩子，而小芳就坐在她们的身边听着。

我知道教完这些付了学费的孩子，她还要额外去教小芳，再加上还有演艺集团那边的事情，她也是非常辛苦的。但是她从来没有抱怨过，而是与我一样真真切切地将琴行当作一份事业去做，这难道不是一份也许比男女情爱关系更可靠的合作关系吗？

我耐心地站在窗边上，等她教完了一节课，又去便利店给她买了一盒冰激凌，与那六万块钱一起交到了她的手上。

她先接过沉甸甸的文件袋，向我问道："什么东西？"

"赚了一点儿小钱，你拿去还给你的同学吧。"

肖艾打开封口，看了看，更加疑惑地向我问道："现在钱都这么好赚了吗？"

我故作轻松地回道："我把金秋给的广告卖了，一共卖了三十万，自己手上还有三十秒的广告时长，所以就小赚了一笔。"

肖艾面露不可思议之色，感慨道："一转手就卖三十万，自己还留了三十秒的时长，从来没觉得你这么有生意头脑！"

"这就是资源整合后的收益，要是我之前不认识那些广告公司的老板，这件事情办起来也没有这么顺畅。但金秋还是比较厚道的，没有像我宰广告公司那样宰我一刀，她是按照原价将那两分钟转让给我的。"

肖艾却很坚持地对我说道："我还是觉得你不能欠下这个人情。对了，我有个同学会在下个月结婚，他的家境很不错，我问了一下，大概会有一百万左右的婚礼预算。原本他是准备给上海的一家婚庆公司去做的，我让他去找金秋了，我说你到那边提是江桥的朋友，会有优惠。"

我很快便理解了肖艾的做法，她有一种很独特的骄傲，并将我纳入了她骄傲的范围内。事实上，她在心里已经把我当作她的男朋友了，而我也一样，只是我们之间有点柏拉图式恋爱。

也或者，我们追求的也并不单纯是心灵上的沟通，我们只是希望通过现在的努力，让以后的路好走一些，到那个时候，我们再谈恋爱，也许会比现在享受得多。

但今天晚上，赚了一笔小钱的我，只想带着她好好去奢侈一回。

在这个想法刚刚被酝酿出来的时候，肖艾便接到了袁真的电话。此时的袁真已经到了南京，与他同行的除了何高明，还有那个叫罗本的音乐人，他们将在今天晚上开始第一次演出排练。他希望在排练后，邀请我一起吃顿饭，以感谢我这次的帮忙。

这一次，我没有推辞，而这是认识袁真以来，第一次有机会与他在一张桌子上喝酒吃饭，我当然希望这是一场朋友间的普通聚会，不要再节外生枝了。

| 第254章 | 父女争吵

收了我给的六万块钱以后，肖艾又继续回到琴房，开始了下一节课，而这时我才打车去了金秋的公司，准备将银行卡里剩余的二十四万还给她。

我来到金秋的公司，她的助理告诉我，她正在接待几个非常重要的客户，让我耐心地等待一会儿。我透过玻璃门向里面看了看，真的有两个精英模样的男人正在和她面对面地交谈着。看着金秋那自始至终都很认真的表情，我突然有点好奇这两个男人的来历，也好奇金秋和他们谈的是什么项目。

于是，我闲聊似的向金秋的助理问道："你们金总谈的是什么项目啊，感觉她挺当回事儿的！"

助理也没有将我当外人，言语中满是骄傲地对我说道："这两人都是做商业地产的，金总约他们谈的就是郁金香路上的那块地皮。如果能够谈下来的话，金总有可能在南京建成第一座以婚礼为主题的五星级酒店。"

我又往金秋的办公室里看了一眼，她眉头紧皱，明显是因为利益在和对方博弈，可是我已经有了很强烈的预感，她会将这块地皮谈下来的，或早或晚而已。

大约过了半个小时，两个男人终于从金秋的办公室里走了出来，金秋也陪同着一起。他们路过我的身边时，似乎是无意识地看了我一眼，其中一个男人更是在走了好几步之后又回头看了我一眼，这让我有点不自在，但是也没有往深处去想，因为我确实没有见过这两个人。

我觉得金秋不会介意我转让了一部分广告时间，因为在我签订的那份合同中，我作为第三方也是有权利转让这部分广告代理权限的，而这份合同是金秋亲自拟定的，所以聪明如她，是有意给我留足了运作的空间。

她送走了那两个人之后，又将我带到了她的办公室里，向我问道："怎么这么快又跑来找我了？"

我从钱包里拿出了那张银行卡，递到她的面前说道："这张卡里有二十四万，正好够付我那部分广告代理的费用。"

金秋语气充满讶异地问道："你哪里来的这笔钱？是和陈艺借的吗？如果是的话，你真的不用这么急着还给我的！"

我摇了摇头，回道："你就放宽心吧，我肯定不会干这种拆了东墙补西墙的事情。我今天上午找到了红太阳广告公司的钱总，然后以三十万的价格将其中的一分三十秒转让给他们公司了。因为我自己实在没有太多精力去谈广告业务，而且剩下的三十秒已经足够我自己用了。"

"一分三十秒，你卖了三十万？"

金秋的语气让我心里有点紧张，于是问道："是卖多了，还是卖少了？"

"这才半天，你就卖出了这么高的价格，以后麻烦你别喊我奸商了。"

我心中松了一口气。实际上，在去找钱总之前，我是做过预估的，而且路上我也打电话向其他人打听了红太阳广告的实际情况。

这是一家近两年在本土强势崛起的广告公司，业务的涉及面非常广，手中的客户资源也非常多，但是发展过快就造成了自身广告渠道不够用的负面困境。所以在了解到他们的迫切需求之后，我才有底气提出了这样的价格，而事实也符合我的判断，钱总基本没有杀价，我们只用了一个上午的时间，便达成了这次的合作。

所以，经历了这次的生意，我更加相信人脉资源的重要性。如果我不是通过熟人了解到红太阳广告的需求,也不会这么快便将广告价值翻了倍。我从此谨记做生意要胆大心细的基本原则,也确实因此而受益了。

金秋收下了我的那张银行卡,然后开玩笑似的向我问道:"还有十五万,你准备什么时候还?"

我一直将这十五万当成自己的负担,语气很严肃地对她说道:"今年过年之前,我肯定会还给你的,从此咱们就两不相欠了。"

金秋却摇了摇头,然后用比我更加严肃的语气说道:"不,江桥,我们永远也做不到两不相欠,我也不想和你两不相欠。"

"你这话是什么意思?"

金秋笑了笑回道:"我这边刚给了你时代影院的广告代理权,下午就有一个男的带着他的未婚妻来到了我们公司,说是你的朋友,他们给的婚礼预算是一百五十万,按照百分之三十的利润来说,拿下这笔业务,公司所赚到的可就是四十五万。所以怎么看也还是我金秋占了你的便宜。"

金秋的告知让我有些措手不及,我以为肖艾只是说说,他的同学也不会真的就放弃上海的婚庆公司而选择金秋这里,可事情的发展出乎了我的意料。因为肖艾的同学实在是太给她面子了,而我也因此可以不必觉得亏欠了金秋那么多,真正在事业上与她做到有往有来。

就在我准备回答时,金秋的助理没有敲门,便匆匆进了办公室,然后语气紧张地对金秋说道:"金总,我看到你爸的车了,您是不是要回避一下?"

金秋左看右看,面色变得极其不自然,她对我说道:"我来不及回避了,咱俩不要同时出现在我爸的视线中,你先到会议室躲一躲,我来应付他!"

我是真的怕老金,以至于金秋的话还没有说完,便起身以冲刺的速度向隔壁的会议室跑去,却因为太过急切,被门口的衣架给重重绊了一下,整个人连滚带爬地进了会议室之后,又火速拉上了玻璃门,然后按住自己的胸口,好似能够听到心脏快要蹦出来的声音。

果然,没一会儿,金秋的办公室里就传来了一阵咆哮式的质问:"金秋,你今天跟你老子说句痛快话,你到底想这么躲到什么时候?"

金秋的脾气也很大,语气很冲地回道:"我躲你?你难道不知道我每天工作有多忙吗?我求你别再给我添乱了,你真的让我很崩溃!"

因为隔了一堵墙,我看不见老金的动作,却清晰地听到了玻璃花瓶被砸碎的声音,老金开始用砸东西的方式来表现自己的愤怒了。如果是一般的女人,恐怕早已吓哭了,金秋却用沉默不语回应了老金。我忽然觉得她好可怜,因为她能在商界呼风唤雨,却终究搞不定自己的生活,而给她制造麻烦的竟然是她的父亲。

我随之又想起了那天她因为贫血而眩晕的样子,如果我是她,我也希望能够得到来自老金真正的关心,而不是像现在这般疯狂地砸东西发泄。

老金又骂道:"你忙,你忙个骨头!这么忙下去,你就要成老姑娘了。我今天再次向你表个态,你必须要嫁给江桥!你不能因为自己现在有了些成就,就反对我当年和老江订下的这门婚事。我们金家欠他们江家太多,包括你爸的命都是当年你江叔叔给的，我老金做出不这种背信弃义的事情，尤其是江桥这孩子混得不好，家里还有个残疾的老太太！"

老金越说越气，他的声调又高了几分："金秋，我告诉你，你少说你老子不理解你。当初你刚从国外回来，就把江桥从公司给开了，我就算心里一百个不愿意，也还是听了你的话，把这个事情忍了下来！可是，我万万没有想到，你竟然把心机耍到你老子头上了！"

"爸，你说话能不能负点责任！你要再这么闹下去，我就给妈打电话了。"

"你打给谁都不管用，这事儿你今天必须给我个说法。"

"你还要什么说法，我已经很明确地告诉你，人家江桥有女朋友了，你女儿到底有多下贱，才能在这个时候还往他身上贴？"

"这事儿你不用和我强调，他和肖明权家的那个丫头成不了！现在的社会多复杂，到最后能把他当成自家人的只有我们金家！"

这番激烈的争吵，让我心中愈发不是滋味，我真的想趁机离开，这不是不讲义气，而是怕老金发现我的存在更加火上浇油。

就在我准备离开的时候，老金又低沉着声音向金秋质问道："你和我说一句实话，你在国外留学的这些年到底发生了什么？还有，自从你回到国内，做了那么多大项目，你的这些资金又到底是通过什么渠道拿到的？"

我下意识地停下了脚步，就在我想听个真切的时候，金秋的助理搬来了一只很大的纸箱，示意我在她的身侧走，她会帮我挡着，然后赶快离开这里，别再给金秋添乱。

在助理急切的催促中，再加上怕耽误和袁真等人一起吃饭的时间，我终于迈动了脚步，然后神不知鬼不觉地从金秋那扇透明的玻璃门前走过。

其实，关于金秋所得到的一些资金动向，我比老金要清楚那么一点儿。因为，有很大一部分是来自秦苗的投资，但关于要在郁金香路投建的酒店，我就真的不知道资金的来源了。

不过，金秋的交际和运作能力是有目共睹的，即便我没有能够听到一个真切的答案，但我依然相信她可以给老金一个合理的解释，因为她说过，她的上层交际圈里的朋友，并不只有秦苗一个。

| 第255章 | 节外生枝

离开了金秋的公司，老金那些质问的话，依然像炮弹一样很有力度地在我的耳边穿梭。我有点不敢想象金秋接下来是怎么应付的，但一定很辛苦，而我也有一点疑惑，我不知道老金到底是在什么时候开始执着于要我娶金秋的，至少金秋在国外留学的那些年，他从来没有和我提起过。

847

回到郁金香路，天色已经昏暗，可即便如此，我依然等了将近半个小时，肖艾才教完了最后一个学生，结束了这一天的课程。

她带着小芳，站在琴行的门口等着我，月光穿过树枝静悄悄落在她们身上，她们不说一句话，世界也好似没有了丝毫的负担，一切都是轻盈的。

我掐灭了手中那支因为等待而点上的烟，走到了她们的面前，肖艾微笑着对沉默的小芳说道："小芳，看见对面的蛋糕店了没有，让江桥哥哥请我们吃蛋糕，好不好？"

不知道是不是音乐拉近了她们两人的距离，我第一次听到小芳说了一个"嗯"字，于是肖艾便左手拉着她，右手挽住我的胳膊，三人一起进了那家很有格调的蛋糕房。

买好了蛋糕，我和肖艾又一起将小芳送上了经过郁金香路的最后一班公交车，直到车子驶离了我们的视线，我才向身边的肖艾问道："小芳这孩子怎么样？"

"嗯，冯媛老师没有说假话，这孩子的音乐天赋非常高。因为自闭，她的注意力会比正常人要集中很多，而且她的记忆力和领悟力都很好，如果能够遇到名师，多参加一些含金量高的比赛，以后真的可以用音乐改变自己的人生。"

我笑了笑，回道："那你算名师吗？"

肖艾并没有在我面前谦虚，也没有太高调，她回道："一个半月后，星海杯全国少年儿童钢琴比赛就要开始了，到时候我就带着小芳去报名。如果她能拿到奖，那我就是通过赛事被大众所认可的名师；要是小芳没能拿奖，那我就是一般水平呗。"

说起钢琴比赛，我还是比较重视的，因为我们琴行的学生如果能在权威比赛中获奖，那对琴行而言就是最好的宣传，于是我向她问道："你觉得我们琴行的孩子获奖的可能性大吗？"

"目前还没有发现水平达到获奖级别的孩子，大多都是入门级的。我觉得这件事情你没有必要想得太乐观，因为全南京的琴行那么多，而且这个比赛更是全国性的，奖项就设置了那么几个，这概率其实小到微乎其微，除非是真正的天才，再加上后天刻苦的训练，才有希望！"

"小芳不就很有天赋吗？"

"有天赋是不假，可是她没有接受过系统的训练，只是冯媛零零碎碎地教了她一些，但越是这样，我越觉得她身上的可塑性能够激起我挑战的欲望，我希望她能在比赛中有所收获！"

琴行的分工很明确，所以关于教学上的事情，我就算问得再多，终究也只是个外行，但是我对肖艾本人的水平还是很感兴趣的，便向她问道："就钢琴这个乐器，你自己有拿过什么奖项吗？"

"你自己去网上查一下各大钢琴比赛历年的获奖名单不就知道了。"

"趁着夜色这么好炫耀一下嘛，干吗这么低调？"

我和肖艾一边说，一边走，不知不觉间便来到了那座纺织厂，可是离门口十多米远的那盏路灯并没有亮，所以这里比以往要更加暗了一些，只靠马路对面的街灯照亮。

肖艾停下了脚步，趴在铁门上往里看着，我点上一支烟站在她的身边。阵阵晚风就这么波澜不惊地从我们身边吹过,却吹起了我心里的愁绪。我沉寂了片刻之后,向肖艾问道:"假如几年后,有一座以婚礼为主题的五星级酒店从这里拔地而起,你会感到意外吗?"

"什么?"

我往她的身边靠了靠,又将刚刚的话重复了一遍,肖艾这才转头看着我,问道:"真假?"

我回道:"是真的,金秋已经在和这块地的产权所有人接触了,她确实有这样的计划。她的性格你也知道,一般只要是她想做的事情,基本就没跑了!"

肖艾沉默了一阵之后,问道:"那这块地现在归谁啊?"

"谁知道呢?反正跟我们都没什么关系。不过因为这座纺织厂废弃了太久,一度让我以为它会永远保持这个样子留在郁金香路上。当它真的要不存在的时候,我才发觉原来它在我心中也占据了很重要的位置,就像一个老朋友在生命快要走到尽头时,我陪他走完最后一程所发发的那种痛苦,我不太愿意面对!"

"这么说是挺可惜的!"肖艾说着又探身往里面看了看,而我只倚在门柱上又点上了一支烟。我已经很少一连抽两支烟了,但是此刻的心情真的有那么一点儿糟糕,却没有更好的排遣方式。

肖艾在我之前翻上了铁门,背身对我说道:"走,江桥,再进去看一看!"

"不看了,咱们不是还要去找袁真一起吃饭吗?"

"谁知道他们会排练到什么时候,我待会儿给他打个电话,让他们来郁金香路这边,我请他们撸串,他们那帮玩音乐的最爱撸串喝啤酒了!"肖艾说着已经翻了进去,锈迹弄脏了她白色的T恤,她一点儿都不在意。

我在下一刻也随她翻了进去。

…………

纺织厂里一如既往安静,尤其是在这样一个夜晚,虫鸣声是这里唯一的动静,我和肖艾的脚步声是轻柔的点缀。眼前的一切并不像想象中那么荒凉,甚至十几年前就已经铺好的水泥路上,也只是长了一些青苔。

肖艾拉着我来到了那辆报废的卡车旁边,她俯身寻找着,然后惊喜地对我说道:"江桥,你快过来看!我种的郁金香是不是要开花了?"

我凑近看了看,真的是一株含苞待放的白色郁金香,而因为在卡车的另一侧,我和金秋来的那一次并没有发现。我蹲下来打量了一阵之后,向她问道:"你是什么时候种的啊,这花挺难养的!"

肖艾拿出手机,打开闪光灯,一边找着拍摄角度,一边对我说道:"前段时间啊,不过我是从花店买的已经处理过的种球。我是没本事养好的,但以后的事情谁也说不准,说不定我也会变成一个种花小能手呢,哈哈!"

看着肖艾那开心的样子,我也笑了笑,但我还是建议她将这株郁金香移植走,因为它生长需要的光线已经被卡车挡住了很多,可肖艾最终也没有同意。她说,不光人要从一而终,花也是一样,既然它是这座纺织厂里的第一棵郁金香,那它就没有被移植的道理,它该在这里盛开,而后枯萎,就像它的花语一样,纯洁清高。

既然肖艾早就决定了这棵花的命运,我也没有再坚持,只是拿出手机也拍了一张照片当作留念。我觉得,我和肖艾都是有点恋旧的人,所以这棵特别有意义的花,哪怕仅仅是以照片的形式存在于我们的手机里,也会留存很久很久。

　　因为这棵花意外闯进了我的世界里,我的心门似乎也被打开了,于是自卡车报废后,我第一次拉开了它的车门,坐在了驾驶室的位置上。尽管车里积了很多灰尘,但此刻的我一点儿也不在意这些细节,我只想将自己的情绪扔在月光下晾一晾,然后将这里的一切都变成脑海里最亲切的记忆。

　　下一刻,肖艾也打开了副驾驶的门,在副驾驶的位置坐了下来,她用手拉了拉根本不可能拉动的方向盘,对我说道:"这车里面全是灰尘,还有霉味,但是你不能因此就觉得我坐进来是和你在共患难。我倒觉得是享受,因为在高速发展的今天,只有我们还有机会坐进这辆古董车里,这感觉好奇妙!"

　　我笑了笑,只觉得此刻的自己好像活在梦境里,因为我的身边有郁金香,有古董车,还有肖艾,空气的流动都是缓慢的,只剩下纺织厂外那些忽明忽暗,氲出光圈的路灯在悄悄地提醒我,这并不是梦。一刹那,我们的肌肤碰在一起,带来了很真实的触感,有些冰凉,有些滑腻!

　　是的,这里是我们游荡的地方,却也藏着我们最虔诚的灵魂,所以它不会真的消失。

　　…………

　　当我们再次翻门离开这座纺织厂的时候,就像两个玩累的孩子,我们又去便利店买了冰棍,坐在长椅上,一边吃,一边等待着袁真和何高明等人。我们兴致高昂地聊了很多,唯独没有聊纺织厂会被拆掉的事情。

　　大约过了半个小时,一辆银灰色的商务车在路边停了下来,而后便看到袁真从里面走了出来,他的身边还有何高明,却没有看到那个被誉为"摇滚新教父"的罗本。

　　何高明已经跟我很熟络,而袁真只是象征性地打了一声招呼,但他这次给我点了一支烟,我主动向他问道:"感觉状态怎么样?"

　　袁真只是点了点头,习惯性地不喜欢多说话,倒是他身边的何高明说道:"袁真和罗本排练的时候,我一直都在,好的音乐人真的是会相互刺激的,他们在排练时就有很多即兴的发挥,我相信到演唱会那天,他们会点燃全场的!"

　　听到这些,一直没有说话的肖艾拉住了袁真的胳膊,然后鼓励道:"加油,师哥,我相信你会越来越好的。"

　　"嗯,我已经和天启传媒签订了一份为期三年的合同,以后就留在国内发展了。"

　　肖艾问道:"主要是做制作人的工作,还是推到台前?"

　　"台前,也兼做一些制作人的工作。罗本已经跟我邀约了,我们会一起合作,给杨佑琪制作一张全新的专辑。"

　　"杨佑琪啊,挺不错的一个歌手!"

　　何高明又将话接了过来,他搭住袁真的肩说道:"这次袁真是真的碰到伯乐了,杨佑琪可是乐坛这几年被包装得最有口碑的流行歌手,要不是罗本是她的男朋友,袁真根本没有机会和这个量级的歌手合作，所以我个人对他的复出之路持很乐观的态度。但是，能不能抓住机会，也要看个人的努力，毕竟这个圈子的新陈代谢很快，能人辈出！我也借这个机会提出一点忠告，摇滚音乐人虽然要有独立的精神人格，但必要时也得适当放低姿态。我相信，大部分人还是会选择做汪峰，而不是窦唯，因为音乐做得再好，最终也要借助商业化的运作推出去。"

何高明说完这些后，肖艾便看着袁真，等着听他的表态，而此时的我和她有一样的心情，我希望经历种种磨难之后，袁真会拨掉自己身上的一点儿刺，因为最好的机会已经摆在了他的面前。

可是，袁真最终也没有说话，他只是点上一支烟，靠在路边的梧桐树上静静地吸着。

沉默的气氛中，又有一辆黑色的宝马车停在了商务车的后面。下一刻，高索便从车里走了出来，顿时引起除何高明以外所有人的警觉。

高索走到我们面前，带着很平和的笑容说道："大家没有必要把我当敌人看待，我和何总是很多年的老朋友，这次我是受到他的邀请才过来的，保证不提肖艾加入娱乐圈的事情，只是想和老朋友喝几杯酒。"

何高明点了点头，确认了高索的说法。人确实是他请来的。

在我们一起向路边的烧烤店走去时，高索向何高明问道："高明，我们艺安传媒的邱总，已经从你们一个股东的手上买下了天启传媒百分之十五的股份，近期就会正式成为你们的股东之一，这事儿你知道吗？以后邱总肯定会整合两家公司的资源，说不定咱们老兄弟还有机会一起共事呢！"

何高明笑了笑，回道："前几天是听到一点儿风声，你现在这么一说，那就等于确定了……我也觉得邱子安入股我们公司是一件好事，可以在某种程度上实现资源互补。"

"是的，所以说邱总的战略眼光还是很让我佩服的，因为影视开发这一块一直是我们公司的弱项，现在邱总入资你们公司，这个问题也就迎刃而解了。"

高索与何高明的对话就这么飘进了我们的耳朵里，我和肖艾不禁对视了一眼，我们都没有想到，绕了这么大一个圈，最后这件事情还是以这种方式被动地与邱子安产生了关联，心中更不免有些担忧袁真的前景。因为我们都不希望邱子安会以股东的身份来压袁真，更不希望邱子安会有除了借用资源以外的其他目的。

何高明好似看到了我们的担心，他放慢脚步，压低了声音对我们说道："你们为了袁真找到王总的原因我很清楚。不过，就算邱子安成为天启传媒的股东之一，你们也不用太有危机感，毕竟他也只是一个小股东，真正说得上话的还是像王总这样的大股东，所以你们尽管放宽心，只要罗本跟乐瑶在，就没有人能动得了袁真。据我对罗本的了解，这个人还是很真性情的，并不是一个怕事儿的人！"

我点了点头，也略微宽心了一些，而袁真自始至终都没有说话，我不知道他真实的想法，但愿他没有将这节外生枝的插曲放在心上，在意的只是自己的音乐。

第256章 动员拆迁

加上后来的高索，一共五人在郁金香路的一家烧烤店撸起了串。我们都喝了啤酒，而高索也信守自己的承诺，完全没有和肖艾谈娱乐圈的事情，倒是和她交流了一些音乐上的心得。实际上，作为川音曾经的教授，高索这个人是有真才实学的，而肖艾也渐渐放下了对他的防备，向他请教了一些专业上的问题，所以气氛一直很轻松，甚至我来了兴致，还和冷酷的袁真，来了一个对瓶吹。

袁真的事情就这么尘埃落定了，他将继续留在南京，成为一个在我生活里亦敌亦友的存在。

吃过饭，肖艾和袁真说要一起走走，何高明跟高索还有另外的应酬，也结伴离去，只有我独自回到了小院，享受这个宁静的夜晚。

我给自己泡了一杯香茶，换上了无袖背心，躺在藤编的摇椅上，听着一首名为《优美的低于生活》的歌，我不知道自己是在什么时候喜欢上民谣的，或许是因为袁真吧，自从我认识了他之后，我才知道了这个世界上有一种类型的歌曲叫民谣。曾经，我一直很狭隘地把民谣和民歌混为一谈，实际上民谣是一个很注重思想情感表达的音乐种类，虽然一直很小众，却有很多金曲，比如我现在听的这首。

我在音乐的节奏中渐渐放空，我将自己那糟糕的一切都还给了这首歌，仿佛看到了歌里唱的草原、天空和大街。

可惜，在音乐上，我并不是一个天才，只是一味享受着别人的成果，却不能写出一首可以表达自己的歌曲。

…………

次日的早晨，阳光透过玻璃窗刺醒了我，我睁开眼看着这个世界，很平静，也很灼热，这是一个属于初夏的早晨。

我简单洗漱之后，便将之前收集的一些老师的联系资料和与时代影城签订的广告代理合同整理到了一起，又穿上了一套得体的商务西装，开始去为琴行跑起了业务。

不知不觉，我便走到了那个曾经被我举报，现在已经被吊销经营执照的培训机构。我站在楼下看着这里人去楼空的惨状，只有那没有被完全拆卸的招牌，还透露着一点儿曾经有一个英语培训机构在这里存在的影子。

尽管这确实是一家存在违规行为的培训机构，可话说回来，在培训市场并不规范的情况下，又有几家培训机构是完全干净的呢？所以它的倒闭完全来自利益争斗的人祸，这让我心中有那么一点儿愧疚，也看低了自己，我没有想到自己会做出这样的事情，尽管别无选择！

我点上了一支烟，眯眼看着被刺眼阳光覆盖的世界，可是这份灼热驱不散人性里的黑暗，让我充满了惶恐。

我不该是这样的一个人，因为奶奶和陪伴我另一半童年的赵楚赵牧的父母从来没有这么教育过我，要我唯利是图。

这时，一个做清洁工作的阿姨在我的身边停下了脚步，她向我问道："小伙子，是不是这家搞培训的老板欠你钱没有还呢？"

我一时没有反应过来，有些木讷地看着她。

她又摇了摇头，对我说道："如果他欠你的钱不多，就别要了吧。这老板也怪可怜的，自从这培训学校被人举报了以后，就开不下去了。你是不知道，这个培训学校当初光装修和买设备就花了近百万，全是老板他老婆到处借的钱，现在出了这么个事情，不光把家里的婚房给卖了，连他老婆也跟他过不下去了，前些天才办了离婚手续。唉！好好一个家就这么散了，那个搞举报的人，真是个王八蛋，要遭报应的！"

阿姨还在喋喋不休，我却再也听不进去一个字，只说了一句"我和培训机构的老板没什么关系"之后，便逃一般地离开了这里。我的心情一片灰色，因为我看到了一个场景，培训机构的老板和他的老婆，也像我和肖艾期待琴行那般，对自己的学校充满了希望，可这一切被我出于谋求自身利益的行为给彻底毁了，并间接毁掉了他们的婚姻！

…………

谈业务的路上，我接到了肖艾的电话，说于馨带了一个学妹来到了琴行。这个学妹也是南艺音教系的，专业素质很过硬，并在学校拿到过一些奖项，所以得到了她和于馨的一致认可，并因为暂时没有工作，可以在我们琴行全职，所以我们琴行已经在真正意义上有了三个高水平的声乐老师。

这是件好事，也意味着我要更加努力地去跑业务了。

十分钟后，我来到了郁金香路上目前做得比较成功的一家英语培训机构，老板是一个四十岁左右，有些瘦，看上去很精明，自称王校长的中年男人。

他招呼我坐下，我先是和他闲聊了几句，这才切入正题对他说道："王校长，我是隔壁艾桥琴行的老板，这次来找您，就是想谈谈合作的事情。"

他顿时很抗拒地回道："来找我们谈合作的琴行可太多了，但恕我心直口快，我个人对这样的合作不感兴趣，因为体量不是一个级别的，毕竟我们是有将近五百个学生的大型培训学校，你们做琴行的才几个学生啊？跟我们谈交换生源，肯定是我们吃亏。而且，你们那个琴行我也知道，好像前一段时间才刚刚开业，能有几个学生？"

我当然知道五百个学生是他在夸大其词，但是他说的体量不是一个级别倒是事实。尽管我不太喜欢这个人，却还是耐着性子，笑着对他说道："王校长，我跟您谈的合作并不是您想的这样。我有朋友是做传媒公司的，最近从时代影城拿到了一个五分钟片头广告的代理权限，然后让了一部分给我，您知道的，马上就要到暑假了，可是咱们做培训的旺季，而且也是家长带孩子去影院看电影的高峰期，所以在这个上面投广告，绝对是非常精准的。"

他打断了我，非常关切地问道："是市中心的时代影城？"

"嗯。"

"你拿到的广告投放渠道，是一个影厅，还是全部？"

"当然是全部，这是我和他们签的合同，您可以看一看。"我说着将合同递给了他。

　　他将拿掉的眼镜又戴了起来，然后颇为认真地看着，直到确定我说的都是真的后，才将合同递还给我，说道："我对这个广告渠道还是挺感兴趣的，所以想听听你们是怎么个合作法。"

　　"很简单，在暑假的黄金期，我给你们培训机构五秒钟的广告时间，您这边不需要给一分钱广告费，只要向我们琴行输出二十个学生作为交换就可以了。我相信，在五百个学生中，输出二十个到我们琴行应该不是什么难事吧？"

　　不得不佩服这个王校长是个很有生意头脑的人，他当即回道："这个不难，到暑假的时候，我们可以打包推出一个学习英语和钢琴的优惠套餐，你只要将你们琴行意向收取的报名费用提供给我就行了，可能最后我向你们那边输出的学生将远远超过二十个！"

　　我笑了笑，回道："如果真是这样的话，我们可以保持长期友好的合作。"

　　王校长对我的态度当即变了，他与我握了握手，然后说道："暑假很快就到了，你尽快将你们那边的学琴收费标准提供给我，我让企划部用最快的时间拿出活动方案，你们琴行要是觉得没有问题，我们就可以立即签订合作合同！"

　　我点头，然后又提出了自己的要求，说道："王校长，如果我们确定合作，你们肯定将作为活动的收款方。但是您不能只给我口头上的承诺，虽然我对你们的培训机构也很有信心，可活动效果最后到底怎样谁都不能保证，但是在影院的广告，我们可是实实在在地帮您投放出去了。所以我有一点要求，在合同签订后，您作为活动主办方，必须先一次性支付给我们琴行二十个学生的报名费用，至于后面超出的，我给你们让一些利都没有问题的。"

　　王校长似乎对活动很有信心，也不在意活动开始前便垫付二十个学生的报名费用给我们，他当即便答应了下来，而我也因为有了电影院的黄金广告资源，事半功倍地谈下了合作的事情。

　　临走前，我又将自己收集到的附近学校的老师联系名单无偿提供给了王校长。其中真有两家学校是他们培训机构也没有掌握的资源，而我之所以这么大方，是因为我觉得已经将两家机构的生源在一定程度上捆绑在了一起，所以表面是送了他们一个人情，可实际也是在利用他们开发生源，因为生源的捆绑，我们也可以分享到他们的开发成果，这大大节省了自己的人力成本，又何乐而不为呢？

　　我将金秋给的广告资源做到了最大程度的开发，如果我只是拿去卖钱，也就是一锤子买卖，但是拿去和其他机构换取生源，却可以说是持续性的，带来的利益不能仅仅用金钱去衡量。

　　…………

　　忙碌了一整天后，我和肖艾也没能碰上面，因为她和于馨被袁真邀请去做罗本在南京演唱会上的和声了，所以会跟他们一起排练一个晚上。

　　又是独自一人的傍晚，我在巷口买了些卤菜，又在小院里支起了圆桌，然后喝起了啤酒。

直到此时，我一想起那个因为违规而被自己举报的培训机构，心情都很灰暗。这件让我感到羞耻的事情，我却从来没有对谁说过，但这么放在心里憋着的滋味真的很不好受，我渴望倾诉，却又无法和最亲密的肖艾说起，我怕骄傲的她会因此而看不起我。

我正在喝着闷酒，小院的门被推开了，因为忙于工作，已经许久不见的赵牧出现在了我的面前，他将一箱进口水果放在了桌子上，然后向我问道："怎么一个人喝起闷酒来了？"

我示意他坐下，一向不太喝酒的他，主动给自己倒了一杯啤酒，又向我问道："是不是琴行的压力很大？"

我喝掉了杯子里的啤酒，回道："琴行还好，做了这么多努力之后，也算是走上正轨了。"

赵牧更加疑惑："桥哥，我们做了这么多年的兄弟，你心情好不好，我一眼就能看出来，你这到底是怎么了？我好不容易有时间过来看你一次，真不想看到你是现在这个状态！"

我强颜笑了笑，可是心中更加苦闷了，我很需要一个人倾诉，而赵牧这个同甘共苦过的兄弟确实是个不错的对象。于是我在喝掉一整瓶啤酒之后，将自己为了能够拿到琴行经营资质，而去举报另一家培训机构的事情原原本本地告诉了赵牧。

可即便有了这样的倾诉，我的心里依然很内疚，我无法过自己这一关，仍感觉这是一件可以刻在自己人生耻辱柱上的事情。

赵牧低声回道："桥哥，我觉得你这件事情做得并没有错，如果进行角色互换，我相信对方也会毫不犹豫地去举报你的，你曾经的心情咖啡就是最好的例子。所以我更愿意理解为，现在的你，已经渐渐适应这个社会的生存法则了。毕竟没有人可以真正高尚地活着，而且对方也确实是一家有问题的培训机构，所以你真的没有必要再自责了！"

我看了看赵牧，然后又打开一瓶啤酒喝了起来，半响才回道："这些道理我都知道，可还是迈不过自己心里的这道坎。其实，和你说这些，就是不想闷在心里那么难受。"

"我明白你的意思。"

我点了点头，继而转移了话题向他问道："你呢，最近工作怎样？集团的元气恢复过来了吗？"

"我今天过来就是想和你聊聊工作上的事情……"说到这里，赵牧一阵沉默，他起身走到门口，盯着这条巷子看了很久之后，又对我说道，"我们集团想在这里建造一座高品质的生态科技城，现在已经把这个项目送给政府去审批了，也许要不了多久，这条老巷子两边的所有房子就会被拆迁，而我因为和这里的街坊们比较熟悉，可能会参与动员拆迁的工作中。"

我瞪大眼睛看着赵牧，我做梦也没有想到，金鼎置业竟然会将生态科技城建到这个地方。

赵牧又说道："如果这个项目真的能够通过审批，桥哥，我希望你会做第一个同意拆迁的住户，这样我就可以将你作为典型，向集团申请到足够多的拆迁补偿。等拿到这些补偿，你就可以过上安稳日子了！"

第257章 一起做钉子户

我无法想象这条老巷子拆迁后的样子，这里更是我无可替代的家，我不知道别人是以什么心态去面对这个可能会一夜暴富的机会，但我内心的失落是很真实的。

一想到我花了十几年弄出的小院，花草茂盛，每一个角落都有那么一点儿别具匠心的小情趣，我就想做个钉子户。

我对赵牧说道："等你们的项目被政府审批下来之后，你再和我说拆迁的事情吧，现在还早。"

赵牧满脸严肃地回道："如果没有足够的把握，我也不会现在就和你说起这个计划。桥哥，不是每个人都有机会做拆迁户的。你想想，如果这件事发生在七年以前，赵楚还有必要为了我们做出那样的牺牲吗？可惜，他错过了这样的机会，而你恰好赶上了，你提前将房子装修一下，院子里也有不小的空间，你可以盖出几个储物间来，争取到时候能分到三套以上的房子！"

我就这么看着赵牧，忽然什么话也不想说了，而赵牧的电话也在我们的沉默中响了起来，他接起来之后，又对我说了几句关于拆迁的话，便匆匆离开了我的住处。

我这才点上香烟，将赵牧带来的水果拆开，吃一粒樱桃，然后抽一支烟，这有点难熬的时光就这么被我给消磨掉了。

…………

次日是周末，也是琴行最忙的时候，肖艾和于馨两人早上八点就已经排了课程。我和肖艾七点半先到了琴行，她请我吃了一个加了俩鸡蛋的煎饼果子。我们就坐在蛋糕店前面的长椅上，面对着自己的琴行边吃边聊，我觉得这种感觉非常好，因为给了我一切都走上了正轨的安定感。

从我的内心来说，我并不希望小院会被拆迁，我可以凭自己的努力在市区买一套商品房，而小院保留，我想象，等以后老了再回来住住，岂不是很安逸很幸福。

不过，我没有将这件事情告诉身边的肖艾，因为我不想这么美好的一个早晨，我们的情绪却被这件事情左右。

快要吃完时，我进入正题，向身边的肖艾问道："冯媛老师昨天介绍了多少学生到咱们琴行？"

"十个啊，以我们目前的人员配置，正好能教，多了我们就吃不消了！"肖艾说着又从自己的包里拿出了一个文件袋，交到我的手上，说道："这是报名费，一共三万八千块钱。"

我从肖艾的手上接过，然后对她说道："我有一个想法，我想将这栋楼的一层也租下来，用来卖乐器，这样才算真正意义上的琴行。如果只靠单纯的培训，会让我们的营利方式很单一，也会增加生存的风险。"

肖艾想了想，回道："我一直都有这样的想法，可是我们现在手上没什么资金的。你想想看啊，一架进口的钢琴，动辄就是好几万，我们哪里能压得起这些货？"

"听过经济学里面的杠杆原理吗？"

肖艾摇了摇头，然后面露崇拜之色看着我，我当然知道她是故意的。

我有点心虚地说道："反正这事儿我还是挺有把握的，你要相信我的话，就支持我拿下一楼的房子，我保证在暑假开始前，将乐器这块的业务做起来。"

"好啊，我支持你，学费都已经在你的手上了。"

我用手轻轻抚摸着文件袋，里面这些钱可都是肖艾的血汗凝结成的，我应该好好珍惜，然后用成果回报她。

…………

八点，肖艾准时和后来的于馨一起进了琴行，开始了这一天的教学工作。而我则准备去市区看看，有没有比较有实力的乐器店愿意在我们这里免费铺上一批货。我不太确定自己手握的广告资源能够打动他们，毕竟乐器店的经营模式和培训机构是天差地别的，他们对广告依赖的程度并不是那么强烈。

但合作都是人谈出来的，所以我还是想尽力试一试，而我对自己的业务能力还是很有信心的。这一点得感谢老金，因为此能力是他常年将我扔在三教九流的客户群中锻炼出来的，我常常觉得自己是一颗很从容的子弹，往往可以精准地击中目标客户的需求。

我将肖艾给的现金存进卡里后，便站在路边等待着往来的公交车，这时，我发现陈艺正坐在梧桐饭店外面的桌椅旁吃着早餐。

我想起了老巷子要被拆迁的事情，便暂时放弃了等待公交，转而向陈艺那边走去。她对我的到来很意外，但也没有开口问什么，只是转头看着我。

我从隔壁端来了一张椅子，在她身边坐下后问道："你昨天是在这边住的吗？"

"嗯，我现在是无业游民，不想回去让我爸妈堵心。"说着她有些惆怅地笑了笑，又向我问道，"是不是从来都没有想过一心只求安稳的陈艺也会有今天？"

我不禁在大脑里想起了陈艺无比光辉的这些年，我的确没有想到，她会有现在的闲暇时光，可以从容地在梧桐饭店里吃一碗青菜面。但这到底是不是她心里所追求的，我不能确定，也不敢妄下判断，而过去就像浮光掠影，陈艺终究不是从前的那个陈艺了。可这一切到底是拜邱子安所赐，还是因为我造成的，只能等待时间来给出确切答案了。

我不置可否，继而转移了话题对她说道："有件事情，我想听听你的看法。"

"嗯？"

"我听赵牧说，金鼎置业准备在郁金香路上开发一座生态科技城，如果项目通过审批的话，咱们老巷子里的房子都得拆迁，你希望拆迁吗？"

陈艺满脸怀疑地看着我，问道："你能确定这个消息的真实性吗，为什么我们都没有听到一点儿风吹草动？"

"能确定,到目前为止,这应该还是金鼎置业的内部消息。我觉得,几套拆迁补偿房虽然很诱人,可是我更放不下这条从出生就陪着我们的老巷子,一旦它被拆迁了,这个世界上就再也不会有一个地方能带给我们一样的感觉了!"

"我和你是一样的看法,我坚决反对拆迁。这条老巷子不仅是我们记忆里的烙印,也是很多老一辈人的情怀,它不应该被拆迁!"

我点头,然后一声叹息:"话是这么说,可这条巷子里的人,恐怕只有极少数可以抵御拆迁补偿的诱惑,其实人都挺现实的。"

陈艺的态度更加坚决了,她回道:"其他人怎么想我不管,只要你不愿意拆迁,我就和你一起做个钉子户!"

想了想,她又说道:"或许,我们还能趁着项目没有被审批下来,做点其他事情补救一下。"

我赶忙问道:"怎么补救?"

"国家现在的经济非常依赖于房地产,所以为了经济的可持续发展,就没有不能被卖的土地,但有一种情况是例外的,政府会重点保护一些历史遗留下来的建筑物。咱们这条巷子的民居,最少的也有将近三十年的历史,吴婶家的房子更是民国时期的,建筑风格很有特点。如果我们把这条巷子的历史价值整理成资料送给主管房产审批的机构,是不是有机会阻止被开发?"

陈艺其实是个很聪明的女人,如果要凭我们微薄的力量来阻止老巷子被用作商业开发,这无疑是最好的办法。可是,这样我就将自己彻底置于赵牧的对立面。我更怕这个项目就是他发起的,如果因为这个原因最后被叫停,影响的可就是他在金鼎置业的前程,这是我极其不愿意见到的。

第258章 你会等我吗

我将拆迁的事情放在心里思虑了片刻之后,对陈艺说道:"这件事情等等再说吧,我想再和赵牧聊一聊,如果这个项目是他发起的,我们这么做,无疑是站在他的对立面,亲手毁掉了他好不容易争取到的机会。他和我一样出身贫苦,我知道这样的机会对他而言是多么来之不易,也意味着他从技术层面的工作向项目主导的地位进行过渡,而且他的出发点也是为了我好,我担心这么做,会伤了他的心。"

陈艺看着我半晌,带着情绪问道:"为什么你会活得这么纠结呢?就不能尊重自己内心最真实的想法吗?"

我转移了自己的视线,继而低声回道:"如果这个项目不是赵牧发起的,我也没有必要这么为难。其实,我比你还不明白,为什么很多事情给我选择的空间会这么小?"

陈艺有些疲惫,她只是说道:"那你自己慢慢去想吧,反正,我不同意拆迁,正好我最近没什么事情做，待会儿就去找懂的朋友聊聊，这条老巷子到底有没有被保留的价值。如果有的话，我会立即将相关资料整理出来送到有关部门，阻止他们立项。"

看着陈艺坚决的样子，我好像在这个世界找到了一个同类，而这个同类看上去比我更在意这条巷子里的一切，可是我不清楚她确切的动机。但有一点我是可以肯定的，陈艺属于富人阶层，她是有资格抵御拆迁补偿的诱惑去谈情怀的。情怀是富人的专属，要是我这类人说起情怀，多半会被别人笑话，可我不觉得这是我可悲的地方，因为比我更需要反省的大有人在。可这部分人，往往披着自以为聪明的外衣，对这个世界说三道四，指手画脚，实际上却在很多时候连自己也搞不定。

陈艺从钱包里拿出十块钱放在桌子上，然后便离开了梧桐饭店。而我习惯性看着她的背影，直到她在我的视线里消失不见后，我才仰起头，迎着刺眼的阳光，半眯着眼睛，无可奈何地笑了笑。

我也渴望像乔野那样活着，不必在意什么，只对自己的情绪负责。可我只是江桥，虽然我也知道，爱回忆的人并不快乐。

…………

拿起自己的文件包，整理了一下领带，我又回到了原先的站台，然后乘着公交车，在晃动中去往了好像是另一个世界的市中心。

这一整天跑下来并不那么顺利，要么是乐器店的老板不在家，要么是遇上的老板并不太信任我。倒是在路过一家美发店时，心血来潮地理了发，然后卖掉了五秒钟的广告时间，除了拿到八千块钱的广告费用，还抵了两张价值三千块钱的会员充值卡。我决定将这两张卡送给于馨和肖艾，我想她们应该会喜欢的。

是的，这就是我一天忙碌下来的成果，内心却是空虚的，尤其是黄昏的夕阳落在我的脚下时，我觉得自己只是一粒飘浮在空气中的尘埃，而我的身边尽是快要插入云霄的高楼大厦。最可悲的是，这种找不到存在感的心情，我已经在今年体会过无数次了。

我趁着肖艾和于馨还没有下课之前回到了郁金香路。等她们跟几个孩子一起从琴行出来时，我将用广告时间换来的两张卡递到她们手上，说道："给你们的福利，丝蕴美发沙龙的会员卡，每张里面有三千块钱。"

于馨和肖艾欣然从我的手中接过卡，看了看之后，肖艾向我问道："哪里弄来的？"

我笑了笑回道："用我在电影院的片头广告换的，还赚了一笔八千块钱的广告费。"

肖艾表情略显夸张地回道："我怎么觉得你像以前的倒爷，不过这张会员卡我很喜欢。"她又转而对于馨说道，"很久没有捯饬自己的头发了，咱们现在就去吧，听说那边还有推拿服务，累了一天正好放松一下。"

于馨点头同意，随即便从路边开来了自己的车。她打开了敞篷，以最放松的姿态享受着傍晚的风，肖艾也从自己的皮包里拿出了墨镜，戴上后，在副驾驶的位置坐了下来，这一刻，她们就是全南京最时尚、最青春、最潇洒、最吸引目光的姑娘。

于馨没有立即启动车子，她拿着手机似乎在和谁发着信息，肖艾也趁这个时间一边扎着头发，一边对我说道："我和于馨今天约了袁真师哥来梧桐饭店吃饭，要是我们回来晚了，你们两个酒桶就先喝酒吧，我请你们。"

我还没来得及回应，于馨便将手机放在了储物格里，随即踩了一脚油门，紧随一辆公交车离开了。

…………

我来到梧桐饭店要了几瓶啤酒之后，对着快要落下的夕阳，平静地喝了起来，看向远方。

我看见了无数的梧桐树向遥远的路口延伸着，而来来往往的人群之间，仿佛只有一片叶子的距离，很快便被霓虹的光填满了，一切都是那么充实和饱满。

一瓶啤酒下了肚，我从自己的公文包里拿出了一个本子，将今天的收支记录了下来，我憧憬着自己能够在未来多赚一点儿钱，这样自己的生活和情绪就不必被钱这个很世俗的东西支配着。

在我要打开第二瓶啤酒时，袁真那孤傲的身影迎着闪烁的霓虹从街的东面走来，而他身后背着的吉他和夹在手里的香烟，让他在人群中显得很另类。

他在靠着梧桐树的那个位置坐了下来，然后将手中快要抽完的香烟按灭在烟灰缸里，很快又从烟盒里抽出了一支，却是递给我的。

我看了看，只是一包很便宜的黄金叶香烟。我从他的手中接过，然后也打开一瓶啤酒递给了他，烟和酒在这个夜晚成了我们之间沟通的桥梁。

我深吸了一口烟，然后对他说道："这烟劲儿不小！"

"我一直抽这个烟。"

我又闲聊似的问道："一天抽几包？"

"想抽就抽，没算过。"

袁真对聊天并不在行，但他又不是那种会因为两人之间无话可说而感到尴尬的人，所以我也没有不自在，之后我俩便喝着啤酒，对着两个不同的方向发呆。

又是一瓶啤酒下了肚之后，袁真主动对我说道："听肖艾说，你正在找乐器店合作？"

"是有这事儿。"

袁真从我手边拿过本子，从上面撕下一页纸，然后写了一个账号递给我，说道："这个微信公众号有六万多人关注，其中有不少都是玩音乐的，你拿去运营吧，对你以后在线上卖乐器可能会有帮助。"

我从袁真手上接过了这张纸，心中因为这个公众号有六万多人的关注而感到惊讶，但这确实会给我售卖乐器这项业务带来极大的帮助。假如说这里面只有百分之一的人是我的潜在客户，那也有六百人，这对乐器这个商品而言，也算是不小的体量了，何况我还可以在这么庞大的粉丝基础上，开发出更多的附加价值。

我在脑海中粗略构思了运营的方式之后，这才对袁真说了一声"谢谢"，他的帮忙很有雪中送炭的意义。

夜色渐渐深了下去，肖艾和于馨还没有回来。尽管我知道女人在打扮自己这件事情上会花费很多时间，但我也确实有点坐不下去了，我准备给她打个电话。

袁真却在这个时候主动开口对我说道："我昨天和老师通了一个电话，她并不希望肖艾留在南京。"

我听到这个消息，满是惊讶，半响才回道："我知道你不是一个喜欢拐弯抹角的人，有什么你就直说吧。"

"我想说的很简单，你最好不要辜负她，更不要伤害她，否则她现在所做的一切，都只是在证明自己是一个很愚蠢的女人。作为旁观者，我真的不知道，她一直以这种坚持的心态留在南京到底累不累，又是不是真的很快乐！"

我在一阵沉默之后，才回道："我觉得她没有不快乐，她和我一样在享受着创业这个过程。"

"我不这么认为，因为对她而言，甚至是回台北生活也并不是最好的选择。她应该去国外继续留学深造的，她不该选择在这个时候停止对音乐进行更高层次的追求！"

袁真的话给了我很大压力，我想抽烟，却发现自己的烟盒里已经没有了烟，于是就这么一言不发地坐着，直到肖艾和于馨做完头发，回到了郁金香路上。而这个话题就这么因为当事人的到来被暂时搁置了，袁真在又喝了一瓶啤酒之后，便失去了继续留在这里的兴致，第一个离开了。

随后，于馨也拿起自己的手提包追上了袁真，说是要送他回去，于是饭店外面的遮阳伞下只剩下了我和肖艾。

肖艾将了将自己的刘海，轻松又愉悦地向我问道："江桥，你看看我做的这个空气刘海好不好看？"

"好看。"

肖艾双手托着下巴看着我，然后眨了眨眼，向我问道："你那电影院的片头广告还剩下多少？"

"二十秒。"

"要不你再去换几张健身卡回来吧，咱们一起去健身，怎么样？"

"你要喜欢的话，我明天就去换。"

肖艾笑得很开心，她说道："对我这么好啊！"

"只要是你觉得快乐的事情，我都会去做的。"

"哎呀，其实我是和你开玩笑的啦，那个片头广告你还是拿去做正经业务吧。不过，于馨今天夸你很精明，我还是很开心的。我也觉得你好厉害，一个片头广告，你都能玩出这么多花样，真不知道那些人怎么就愿意听你忽悠，好神奇，就像原始社会，完全不需要货币，全部都是物物交换！"

"于馨夸我，你干吗这么高兴？"

"当然高兴，我觉得经历了这么多事情之后，我们之间已经有了一荣俱荣，一损俱损的革命情谊。我就和于馨说了，幸好你是夸江桥的，要是你敢说他不好，我就和你打一架！"

"于馨没认为你脑子坏了？"

"凭什么认为我脑子坏了，我又没开玩笑。"肖艾很轻蔑地看了我一眼，然后拿起啤酒喝了一口，心情却依然是高兴的。原来，她竟然是一个这么容易满足的女人，我只是在今天送了一张美发店的充值卡给她，她就像个孩子似的和我说了这么多，这让我更加不希望她会有离开南京的那一天了。

我也端起啤酒杯喝了一大口，酝酿了许久之后，终于向她问道："自从回到南京后，看到身边的人都在进步，你却停在原地，心里有压迫感吗？"

"我停在原地没有进步？你怎么这么大胆，敢这么说我？"

我的表情不自觉变得很严肃，继而对她说道："我记得很久以前，你就对我说过，你一直希望在大学毕业后继续到国外留学深造。不知道你现在又是什么样的想法。"

肖艾用一种异样的眼光看着我，半晌后才对我说道："我喜欢这里，喜欢现在的生活，就像一个刚刚醒来的人，明知道自己还有很多事情要做，可就是还想在床上赖一会儿，因为很贪恋被子里温暖的感觉。"

我心中一阵没来由的失落，说道："没有人可以在床上赖一辈子，所以，总有一天你也会离开南京，离开这条路的。"

"江桥，不要这么主动去规划我的未来，好吗？至少我现在一点儿也没有离开这里的打算，我觉得我的生活才刚刚开始。"

看着她生气的模样，我又解释道："我没有其他意思，只是有些话憋在心里不说出来，搞得我很难受！"

"那你希望我离开吗？"

"不希望，可是，如果你觉得离开是有必要的，我也会尊重你的选择。"

"那你会等我吗？"

"会，但如果你是在很多年后回来，也许你会发现，郁金香路上所有你觉得美好的东西，都已经不存在了，没有了那座纺织厂，没有了卖玉米的便利店，甚至连我的小院也被拆了。"

肖艾注视着我，她再次拿起面前的啤酒，迎着夜晚的清凉喝了起来，她的头发被一阵大风吹得很凌乱，就像她此刻的心情。而我多么希望，我们共同面对的生活，就像身边的梧桐树一样，即便经历了风吹日晒，也依然停留在这个位置，在春天到来的时候发芽生叶。

第259章　价值观上的冲突

夜色越来越深，可是郁金香路没有因此而安静下来，几乎每一棵梧桐树下都有几个拿着蒲扇的老人在家长里短地闲聊着。这是夏天赋予郁金香路的一个特色，这里的热闹大多要在十一点后才开始消退。

我将桌上剩下的啤酒喝了个干干净净，跑了几次卫生间之后，又要了两瓶啤酒。夏天的啤酒似乎醉不了人，那缭绕在我和肖艾身边的霓虹，掩饰了我们之间许多不愿意在此刻去深入追究的苦衷。

是的，无论我们最后做了什么，选择了什么，都一定是有苦衷的，因为我们并不是会主动去攻击、去伤害他人的人，甚至连被动防御也很潦草。我们总觉得守住内心那一点儿纯洁的幻想，这个世界就会给我们最好的保护。可随着时间的推移，一切都显得不那么对劲了。其实，很多东西都已经在我们倚仗的保护中一点点坍塌，比如纺织厂会变成一座五星级酒店；比如老巷子四周的民居，也将淹没在商业的大潮中，变成一座生态科技城。

不知道什么时候，耳边又响起了王若琳版本的 I Love You（《我爱你》），经常在梧桐饭店待到深夜的人恐怕都知道，每当播放这首歌时，就意味着饭店要打烊了。而这些改变都是源于老板家那个去年从国外留学回来的女儿，我也是最近才知道为什么今年的梧桐饭店会变了模样。

这么看来，倒真的没有什么东西是会停滞不前的，甚至我们身上的细胞都在时刻进行着新陈代谢，现在的你从生物学角度来看，也已经不是几年前的你。

肖艾拿起了自己的小包，她在优雅又有一些淡淡忧伤的音乐声中对我说道："我得回去休息了，明天早上八点就得去琴行。"

"干吗把课程排得这么密集？"

"我想多腾出一点儿时间教小芳，希望她能在'星海杯'钢琴比赛上拿到奖项，要不然咱们琴行和其他琴行比，也没有什么特别的竞争力！"

看着她比我干劲更足的样子，我心中也渐渐不想再在意袁真对我说的那些话，我对肖艾说道："你这么辛苦，那我一定得做好后勤工作，明天中午想吃点什么，我给你做。"

肖艾想了想回道："清淡的多一点儿，然后再给我做一个糖醋排骨吧。"

我应了下来，而后肖艾便拎着手提包，往自己住的方向走去。她看上去有些无聊，一直很刻意用自己的脚去踩那些斜斜倒在地上的灯影，我因此觉得她也没怎么改变，她依旧是一个会因为无聊而好动的姑娘，可这些并不意味着她的内心也会单纯简单，只是有时候她不愿意将自己悲伤的一面呈现给我看罢了。

…………

回到自己的住处，刚洗完澡，门口便传来一阵急促的敲门声。我放下手中的吹风机，打开了院门，站在我面前的是看上去心急火燎的乔野，他气喘吁吁地对我说道："江桥，我刚刚做了一个梦，我梦见苏菡也怀了我的孩子。"

乔野真是个"神通广大"的人，他竟然在梦境里面看清了事情的真相，这让我有点心虚，也有点措手不及，以至于过了半晌才回道："你就是闲的……"

"我怎么就是闲的？当初苏菡离开的时候，我就觉得哪儿不对劲，可一直想不明白，现在这个梦还真的给了我提示，她离开南京一定是有苦衷的，我妈和秦茁肯定又要什么手段逼迫她了！"

"乔总，你还没过上几天安稳日子呢，我求您别作了，行吗？"

"我有怀疑的权利。"

我用不耐烦掩饰着自己的心虚："我这儿又不是法院，你和我扯什么权利。我跟你说明白了，这件事情的性质，就是一个不靠谱的人做了一个更不靠谱的梦。我觉得你真的该找点正经事情做做了，省得老是这么胡思乱想，还搞得别人也不得安宁。"

乔野默不作声，许久之后才声音沙哑地对我说道："是，我承认我就是吃饱了撑的，可是我怎么都想不明白，明明我们都说好了，她怎么又说走就走，一点儿挽留的余地也不留给我。我的心被她给伤透了，可我就是忘不了她，也不想恨她。我希望她还会回来，别让我总是倒在现实的伤痛里找不到自我！"

"现实是一块橡皮，擦掉的就是过去那些美好，所以别活在很久前的那些回忆里了，你抬头往前看看，要不了几个月你就会做爸爸，尝试换个心情活着吧。"

乔野已经有点神经质了，他站在小院的门口抽了一支烟，一言不发地离开了，而他在这深更半夜找到我，仅仅是为了这么一个梦。

我不禁又想到了已经音讯全无的苏菡，也不知道她现在过的是什么样的生活，会不会已经找了一个并不介意她过去的男人嫁了呢？

这样最好，省得她和乔野之间还有旧情复燃的空间，而生活早就经不起他们这么三番五次的折腾了。

…………

次日一早，我便去菜市场买了肖艾想吃的菜，又回巷子里接了毛豆。这是他人生中的第一节钢琴课，辅导老师就是肖艾，也不知道被连哄带骗学了钢琴的他，会不会将这门乐器当作自己人生中的一个梦想去不断追求。

这个早晨，我没有出去跑业务，而是研究起了袁真送给我的那个微信公众号，我编辑了接手后的第一条以调查为主的推送。仅仅半天时间，阅读量便达到一万，参与投票的人数接近三千，这证明六万多的粉丝，都是很活跃的真粉，并且调查的结果让我也更有信心在琴行的下面开一家乐器店。因为在袁真的这些粉丝中，有相当数量是从事和音乐有关工作的，那可以想象，他们身边也会有很多对乐器有需求的朋友，如果我提供的产品足够好，很容易便会形成一种滚雪球的效应。

我打算在乐器店开业的第一天，就在线下举行一场活动，我不光要卖乐器，还要把这个公众号做成一个乐迷们的天堂，只要这个平台上的粉丝越来越多，以后操作的空间就会越来越大。

快要中午时，我约来了房东，然后提出了要租下一楼的想法，经过一番讨价还价，我以每年三万六的价格租下了面积达二百平方米的一楼。

…………

与肖艾、于馨一起吃了午饭之后，我便又在外面跑了一整个下午，可是依然没有能够说服一些大型的乐器店免费在我们那里先铺上一批货。其中，倒是有一两家对我在电影院拿到的片头广告有那么一点儿兴趣，但是考虑到很多进口乐器价值不菲，他们便又动摇了，这让我陷进了有米无炊的困境中。

回去的路上，我一直在思考，要不要狠下心，自己去代理几个乐器品牌。这样做的好处是，可以节省很多的渠道成本，可钱始终是个问题。按照我的初步估算，要让二百平方米的乐器店显得像那么一回事，最少也得需要百万的铺货费用，这不是我现在能够承受的。

好在这并不是一件很紧迫的事情，我可以从长计议。

黄昏时，我才回到了郁金香路，路过梧桐饭店的时候，恰巧看到陈艺正在喝东西。我拎着公文包，在她的对面坐了下来，因为心里一直惦记着，便很是关切地问道：

"关于咱们这个巷子的事情,你找懂的朋友咨询了吗?"

陈艺点了点头,回道:"嗯,他们来看过了,给出的答复是,这条巷子虽然没有什么历史文物,但是规划得非常好,建筑结构也很有时代的特点。在南京,像这样的巷子,得以存留的不超过十处,但是规模都没有这边大,所以还是很有保存和旅游开发价值的。我请他们帮忙,在三天之内整理出一份可以阻止拆迁的资料,我再托人送到房管局、土管局和旅游局,希望他们都能重视起来。"

我没有想到陈艺做这件事情的效率竟然会这么高,心中不免又是一阵左摇右摆,于是再次问道:"这些部门出面干涉的可能性大吗?"

"不好说,但是我会请媒体朋友曝光,来给他们施加压力的。"

我看着陈艺,最终将想说的话又统统憋回了肚子里,而陈艺似乎也只愿意和我聊这件事情,说完这些后她便买单离开了。

可是,不知道为什么,我看着她的背影,渐渐有一种陌生的感觉。在我们认识的二十多年里,从来没有像现在这么生疏过。也许,再亲密的时光,也会有流失殆尽的一天。

…………

吃过晚饭,洗了澡,我穿着一件已经洗得快要破洞的无袖背心,一边喝茶,一边在网上查找着各种乐器的品牌资料,片刻之后,那半掩着的院门便被赵牧推开了。

他拎着公文包站在了我的面前,略微往屋子里打量了一下,便向我问道:"桥哥,我让你装修房子的事情,你着手做了吗?"

我摇了摇头,心中又是一阵非常为难的权衡,我不知道要不要将陈艺正在做的事情告诉他。还有,从我的内心来说,我也不愿意自己住了这么久的房子被拆,因为很多感觉,不是几套商品房能够换来的。

赵牧误解了我的沉默,也可能他来之前就已经做了准备,只见他从自己的包里拿出了十万块钱,然后放在我面前的石桌上,笑了笑对我说道:"我知道你刚开了琴行,手头不怎么富裕,这十万块钱你拿去装修吧,越快越好。如果等项目审批过了再装修,不仅落人口实,集团可能也不会认,你能明白我的意思吗?"

"我能明白,可是……"

赵牧打断了我,他面露憧憬之色,对我说道:"桥哥,你知道吗?这次的项目,其实就是我发起的!很荣幸,集团的高层给予了我支持和信任,整个项目计划投资四十亿,我从来没有想过,自己有能力撬动这么多资金,如果这个项目可以做成的话,足以改变我的人生,让我在金鼎置业彻底站稳脚跟,并进入核心管理层。"

我很少在一向沉稳的赵牧脸上看到如此兴奋的表情,于是心中更加不是滋味了。我点上一支烟,重重吸了一口之后,才向他问道:"为什么要把项目的地址选在这条路上?"

"因为这里没有工业污染,也没有被过度开发,适合建设高品质的小区和综合商业体,我们集团非常需要这样一个项目来摆脱之前的困境,而且郁金香路的隔壁就是软件园,整体氛围符合我们主打科技的口号,同时也聚集了很多我们楼盘目标消费群体的白领和金领,所以没有比这里更合适的地方了。"

我点了点头，又眯着眼睛吸了一口烟，才问道："我很想问你一个问题，你真的愿意看到未来有无数个推土机将这片你从小长大的地方弄得面目全非吗？我想起这个画面就觉得挺残忍的。"

我的话似乎触动了赵牧的情绪，他下意识地松了松自己的领带，然后仰起头笑了笑，回道："很残忍吗？我一点儿也不觉得。相反，会有很多人感谢我将这个项目带到这里来。毕竟，那些过去的美好并不能当饭吃，更没有办法给我们带来温饱！所以，能够住进新房，才符合这个社会的主流价值观，虽然产权只有七十年，但依然有大把的人会将这个当作谈婚论嫁的基础，而不是这些很多时候连阳光都照不进来的小瓦房！"

我一时答不上话来，但心中满是失落。

我不知道自己的价值观在什么时候与赵牧产生了如此之大的偏差，而到底要不要答应拆迁，更是一件无比难以抉择的事情。

赵牧的时间很有限，他提醒了我尽快搞定装修的事情之后，便再次离开了我的小院，而我的情绪却沉溺在他留下的十万块钱上回不过神来。

为什么人类崇尚自由，却又喜欢用一套套房子去囚禁自己的生活呢？

我百思不得其解，更弄不懂到底什么是我们真正该去追求的。我不禁在这个时候想起了肖艾，想起了自己曾经憧憬过无数遍的画面。

在这个画面里，我有一个妻子，我们每天走过这条老巷子，去巷口买豆浆油条，买柴米油盐。屋子还是这间老屋子，只是重新装修了一下，但冬天仍有暖炉，夏天有空调，每天晚上我们都有很安心的睡眠，而我们的孩子就住在隔壁房间，与我们一起享受着种花养草的乐趣。

可为什么又有那么多的人对这样的生活嗤之以鼻？

是不是大家现在的生活，更充实，更有情趣？或者疯狂追求物质的背后，人们也只能躲在最隐秘的角落，去憧憬着一座城，一片天空，一个有情趣的小院，可只能无奈地活在现实的争名夺利和虚伪做作中？

第260章 裂痕

今夜，南京城下了一场雨，直到我起床时，天空仍是阴郁的。倒是那些我养的花草在少了光线的情况下显得格外娇艳，雨水慢慢从它们的花瓣和枝叶上滴下，让我不自觉便沉浸在了这个微妙的节奏中，仿佛时光是可以虚度的。而有些时光是必须要拿来虚度的，比如此时此刻。

独自在滴水的屋檐下站了六七分钟，我才将脸盆从卫生间里捧了出来，然后在滴答滴答的落雨声中，刷牙洗脸。

当我擦掉脸上的水渍抬起头时，肖艾正站在院门口收起手中的白色雨伞。她走到我的身边，将一只白色的方便袋递给了我，里面装着玉米和一盒糕点。

我说了声"谢谢"然后从她的手中接过，她对我说道："这两天，你把学生的课都排给我吧，后天我要跟团去莫斯科演出，要五六天时间呢！"

"去莫斯科？"

"嗯，团长临时才给我的任务，他说我这段时间闲太久了，也没见我去集团上班，所以蛮有意见的。"

我笑了笑，回道："你们团长也真是对你宠爱有加嘛！明明有意见，不应该把你的演出机会给取消吗，反而还额外给了你去国外演出的机会。"

肖艾很坦诚地回道："没办法，谁让我是'关系户'呢，我妈和他的交情可不是一年两年的了。"

"就喜欢你这有恃无恐的样子。"

肖艾傲娇地笑了笑，然后突然想起什么，向我叮嘱道："我不在的这几天，你辛苦一点儿，晚上有时间就把小芳送到于馨那里，让于馨接着教她。"

"于馨这次不跟你一起去莫斯科演出吗？"

"她不去，不过也有几场在省内的演出，基本当天晚上就能赶回来。"

"那晚上还要让她教小芳钢琴是不是太不人道了，她又不是铁打的，奔波了一天也很累的。"

"'星海杯'眼看就要开始，留给小芳的时间越来越少了，累也没办法，大不了等我回来了，多带几节课，让她好好休息一下。"

"你简直是在拼命了！"

乌云笼罩着天空，似乎白天也需要灯的光线，视线范围内的一切都是厚重的，风就像正在冲锋突围的士兵，整个世界消沉与希望并存。肖艾就站在我的对面，她将自己的鬓发别在耳后，笑了笑对我说道："既然命运都已经让我们这辈子注定做不了陌生人，那在你拼命的时候，我也不想太爱惜自己。也许很多年后回忆起来，这会是人生中最美好最单纯的一段日子呢。"

我回味着她说的话，沉默不语。

她以为我暂时的沉默别有用意，又问道："是不是有点矫情了？"

"没有。"

"那我去琴行了。"

"哦，好。"

她走了几步，又转身看着我问道："你今天会去琴行吗？"

"嗯，晚点过去。"

…………

下着小雨的这一天，我依然带着自己手上目前掌握的资源在这座偌大的城市里奔波着。累了，就坐在淋不到雨的屋檐下喝点白开水；饿了，就在便利店买一碗泡面凑合着。可直到黄昏，也没有什么特别的收获。但我也不敢将手中仅剩的二十秒广告时间随便挥霍，于是在回到郁金香路的公交车上，又一次倒在了有米无炊的困惑中。

也许，赵牧是对的，没有钱，谈生活难，谈理想的生活更难。如果这个时候，我手上有百万存款，也就不用为乐器店的货源而感到这么苦恼了。

回到郁金香路，已经是傍晚七点，因为下了一天的雨，整条街道都早早沦陷在各式各样的霓虹中。

我撑着雨伞，仰头看向琴行的二楼，微弱的灯光透过不大的木制窗户映在潮湿的地面上，里面传来一阵阵钢琴的声音，隐隐约约夹杂着肖艾说话的声音，她似乎在纠正小芳在指法上的一些错误，而语气严厉得一点儿也不像平常无聊时会跟路边花花草草较劲儿的她。她是真的在这件事情上投入了百分百的精力，也许她的心里要比我更希望经营好琴行。

是的，琴行就像我们的孩子，让我们以新的认知去感受这个世界的恶意和美好，也让我们成长了很多。至少肖艾是成长了，我已经渐渐淡忘了那个曾经挥金如土的她。

我没有去打扰她们，只是去了梧桐饭店的后厨，让厨师现宰了一只草鸡，然后用了将近一个半小时，炖了一锅鸡汤，这才给肖艾和小芳送了过去。而见到她们的时候，已经是夜里的九点多钟了。三人围坐一起分享着这锅汤，外面的冷雨依然淅淅沥沥地下着，但并不影响我们觉得这是一个很美妙的夜晚。

喝到一半，肖艾对小芳说道："小芳，你不是有事情要和江桥哥哥说的吗，赶紧说给他听，别回头又忘了。"

小芳看着我，我和肖艾一起用鼓励的眼神看着她，希望她能开口多说一些话。

许久之后，小芳低下头，终于用很小的声音对我说道："江桥哥哥，我有一个同学的爸爸得了很重的病，你能帮帮他吗？老师说，没有钱看病，他爸爸会死的。"

我看着肖艾。

肖艾点了点头，说道："嗯，是有这么个事，冯媛今天也和我说了，周边学校都正在号召给这个孩子的爸爸捐钱。农民工真的是挺不容易的，也没有个医保，为了几个钱连农保都没有交。唉！只看见南京的医院是越建越多，挂号看病却越来越不容易了，要不是冯媛托他爸找了医院的关系，恐怕到现在连看病的床位都没有呢，只能眼睁睁地看着病情恶化。"

我耐心地听肖艾说着，她自从和我在一起后，似乎更理解普通人的艰辛了，我也没有太吝啬，当即便回应道："上次的片头广告除了换到两张会员卡，还有八千块钱的现金，这笔钱咱们就拿出来帮帮人家吧。"

"嗯，到时候你交给冯媛就行了。"

我点了点头，肖艾又带着疲惫的笑容对身边的小芳说道："江桥哥哥已经答应帮这个忙了，你要不要谢谢他呢？"

小芳终于抬头看着我，声音很轻地说了一声"谢谢"。我摸了摸她的头，然后与肖艾相视笑了笑。似乎这个雨夜在我们的笑容中也丢掉了忧郁，而生活在滴答的雨水声中，依然是失望与希望并存。

…………

一天后，肖艾去了莫斯科演出，而我也肩负起了傍晚来临时将小芳送到于馨那里接受培训的重任。于馨告诉我，通过肖艾这几天的高强度训练，小芳的琴艺有了突飞猛进的提高，所以她也非常期待一个月后，小芳在"星海杯"少儿钢琴比赛中的表现。

回去的路上，我接到了赵牧的电话，他的语气很冲，向我质问道："今天有本地媒体曝光了老巷子要被拆迁的事情，导致我们的项目审批也被土管局那边暂时叫停了，这些是不是你在背后做的？到目前为止，除了你，我根本没有向集团以外的人说过关于这个项目的一个字。"

我怔住了，我没有想到陈艺在背后做的事情这么快就起了作用，而且通过媒体曝光了这件事情。我相信在这之前，媒体已经跟土管局核实过这个项目是不是真的存在，否则也不会在没有事实依据的前提下随便曝光。

我下意识地不愿意让赵牧迁怒于陈艺，便回道："是我做的，我找了有关专家对老巷子的存在价值进行了评估，他们一致认为，这样的巷子在南京仅存不多了，需要被保护起来。"

电话里，赵牧笑得很冷，他问道："你能代表民意吗？我劝你不要玩火自焚，也不要把自己的兄弟往绝路上逼。这个项目，集团已经投资了不少钱，一旦被叫停，我是要被问责的。而且，我提前告诉你，是为了让你获得更多的拆迁补偿，你现在却用这种方式回报我，你就真的不怕我心寒吗？我又凭什么要为你的狗屁情怀买单？"

"赵牧，你听我说，拆迁的事情……"

"我现在没有心情听你说一个字。我只想告诉你，这个项目我是一定要做下去的，奉劝你不要螳臂当车，如果你还把我当作兄弟，就请你不要再做任何对这个项目不利的事情了！"

我还没来得及回应，赵牧便挂掉了电话，而我真真切切地感觉到了他压制着的愤怒。这种愤怒就像一团带着毒的火焰，烧掉了我们那些同甘共苦的过去，让我感觉到力不从心。

此刻的我，真的很厌恶这样的选择，可是我并不后悔自己在这件事情上保护了陈艺，因为我不愿意将她推到风口浪尖上。

第261章　群情激奋

时间已经是夜里的十点钟，我给于馨打了电话，她告诉我，今天晚上小芳就留在她那里过夜，让我不要操心。

结束了和于馨的通话，我从冰箱里找来了一些喝的东西，坐在小院的门口，透过院墙之间并不大的缝隙望着布满繁星的天空。我的烦恼终于在这个时候停止了滋生，我的意识仿佛与广阔的天空融为了一体，再吸上一口烟，我觉得自己是超脱了凡尘俗世的神仙，不必在意赵牧的感受，也不关心自己的小院到底会不会被拆迁。

自在的状态，被毛豆的忽然出现给打破了。

毛豆手持一把冲锋枪，在我的身边坐了下来，他向我问道："二桥，你又喝酒啦？"

我将身边的饮料罐给他看了看，然后说道："不是啤酒，是可乐。"

"那给我喝点。"

我将饮料罐递给了他，他一口气喝了半罐之后，又还给了我，然后便用手中的枪指着我，问道："二桥，你老实交代，有没有往可乐里下毒？"

"没有。"

"那为什么本大帅喝了会肚子疼，你是不是想造反？"毛豆说着又将冲锋枪往我的胸口抵了抵。

"把你的枪拿开。"

我的话还没说完，毛豆便倒在了我的腿上，奄奄一息地说道："啊，二桥，你杀死了我，我的江山你都拿去吧，但是我放在箱子里的玩具你一个都不许拿走。"

"江山你都给我了，为什么玩具不能给我？"

"我已经死了，请你别和鬼说话。"

我拍了拍毛豆的后背，低声说道："你先别死，陪我说会儿话。"

毛豆又"活"了过来，满脸正气地看着我，而他的浓眉大眼，好像在这一刻代表了这个世界的正义。我酝酿了一下情绪，向他问道："如果有人要把你家的房子给掀了，让你住到别的地方去，你愿意吗？"

毛豆又捡起了刚刚被自己扔掉的冲锋枪，指着巷口的地方，向我问道："谁要掀我家的房子？"

"一群会在天上飞的坏人。"

毛豆深深忧虑，沉默了很久之后，又向我问道："那我的枪能打倒他们吗？"

"不好说。"

毛豆很恐惧，他抱着我的大腿说道："二桥，我家里还有好多枪，我给你一把，我们一起保护我的家，好不好？"

看着他信以为真的样子，我好像有点明白，他为什么情愿将"江山"给我，也不愿意丢失那些玩具，因为在孩子的眼中，玩具才是和他的生命融为一体的东西。

我搭住了毛豆的肩，感受着他小小的身躯，我忽然无比怀念童年。尽管我极力在避免，可是成年后的无数选择，还是会和得失牵扯在一起，这就是我感到痛苦的根源。所以很多时候我情愿做一个孤独的人，因为孤独就意味着与这个世界切断了联系，也就没有了别人给自己制造的麻烦和选择。

毛豆又趴在我的腿上睡着了，直到他爸爸毛治结束了应酬回到巷子里才带走了他。离开前，毛治向我问道："江桥，听电视台说我们这条巷子要被拆迁的事情了吗？"

"嗯，你怎么看？"

毛治几乎想也没想，便回道："我是肯定支持拆迁的，你是不知道，自从有了毛豆之后，我们家房间就不太够用了，每次来了客人都得安排住在酒店。我们巴不得搬到外面换房子住，可南京现在的房价也太夸张了……"说到这里他停了下来，表情看上去很气愤，又说道，"不知道是哪个王八蛋，竟然说什么这边的房子不符合拆迁标准，要保护起来，这不是把我们一家人盼了这么多年的希望都给统统搞没了吗！我要知道是谁在背后作怪，非得狠狠揍他一顿，太缺德了！"

我看着毛治，强颜笑了笑，没有再将这个话茬接下去，毛治也抱着熟睡的毛豆离开了。

…………

就在我准备回屋的时候，巷子里传来了一阵熟悉的脚步声，我的心绪动了动，因为我已经很少能在这个时间，在这个地方偶遇回来的她了。

陈艺站在了我的面前，她一袭白裙，在星光下像一个超凡脱俗的仙女。我低下头系紧了自己的鞋带，却是因为不习惯在这个时间面对她。

我向她问道："怎么到现在才回来？"

"请媒体朋友们吃了个晚饭，金鼎置业在咱们这个地方的项目被暂时叫停，多亏他们的帮忙了。"

我看着她，又想起了毛治和赵牧，仿佛看到了两种意识形态的激烈碰撞。她说他没有情怀，没有人情味，唯利是图，他又说她假清高，是王八蛋，动了他的生存利益。

其实，谁都没有错，错就错在这件事情没什么选择，要拆一起拆，要不拆一起不拆，所以总有人会成为受害者，但拆一定是主流民意，所以倾向于不拆的我和陈艺无疑是以卵击石。

我强颜笑了笑，然后对陈艺说道："这段时间你还是别回来住了。"

陈艺有些诧异，她问道："我不回来住，那我住哪儿啊？"

"要不趁着最近没什么事情做，出去旅游吧。"

"我才旅游回来，暂时没有旅游的计划，而且这边离金秋的公司很近，方便我们随时见面沟通传媒公司的事情。现在她和秦苗投的资金都已经到位了，所以我也不是完全没有事情做，要经常约艺人见面谈合作的。"

"那你就搬过去和金秋一起住好了，这样更方便。"

陈艺看着我的眼神更加疑惑了，她再次问道："你到底是怎么了，感觉怪怪的！"

我在一阵沉默之后，终于抬起头看着她，酝酿了许久，才回道："关于拆迁的事情就到此为止吧，这么一曝光，被有关部门干涉之后，也挺让赵牧难做的。"

陈艺的表情立即起了变化，她声音很低沉："你现在是什么意思？"

"顺其自然，剩下的事情让赵牧和他们集团去处理，如果有关部门真想保护这个巷子，那最好；如果赵牧他们有能力将这个项目保留下来，咱们也就认了吧。"

说出这句话的时候，我的心是极其痛苦的，可是想起赵牧父母的养育之恩和我与赵楚超越生死的兄弟情，我就没有办法以这样一种姿态站在赵牧的对立面。相反，我应该为他今天所取得的成就感到骄傲。

陈艺很是坚决地回道："我已经打听到，这个项目就是赵牧提议发起的，这里是生养他的地方，他就不该这么做……既然他这么不顾我们的感情，那我为什么还要站在他的立场去为他考虑？反正我会请媒体朋友以跟踪报道的形式继续向主管土地规划的部门施加压力的。"

陈艺说完这些后，便失去了继续跟我聊下去的兴致。她转身离开了这里，而我在她的背影中也真真切切地看到了她对我的厌恶，她厌恶我那摇摆不定的立场，可我是有苦衷的，因为主导这个项目的不是别人，是赵牧。

陈艺离开后，我从口袋里拿出了手机，拨通了金秋的电话。事实上，我很少主动给金秋打电话，所以接通后她有些诧异地问道："怎么这么晚给我打电话，是不是又遇到搞不定的事情了？"

"难道我遇到搞不定的事情，都得找你抱大腿？"

"那你给我打电话干吗？"

我在一阵沉默之后，回道："你能不能以你自己的名义邀请陈艺去你那儿住一段时间，要不然你们结伴出去旅游一段时间也行，反正别让她住在郁金香路。"

金秋愣了愣，问道："怎么了，她住在郁金香路碍你和肖艾的事情了？如果是这样，那肖艾的肚量也太小了！"

"肖艾自己都去莫斯科参加表演了，得好几天呢，怎么可能是这个原因？"

金秋打破砂锅，追问道："那到底是因为什么？"

"别问了，是朋友你就直接说行不行。"

金秋很少有地对我选择了妥协，她回道："传媒公司的资金已经到位，我们准备签一个一直在韩国发展的艺人，所以这两天我会亲自去韩国一趟，时间应该不会短，我会说服陈艺跟我一起去，这下你可以放心了吗？"

"嗯。"

"你还有其他什么要和我说的吗？"

"没有了，你早点休息吧。"

金秋说了一声"晚安"，便挂断了电话。我这才想起来，我应该关心一下老金最近有没有找她的麻烦，而我们的情谊也不能仅仅限于我有困难才会想起她。于是，我生平第一次对金秋产生了一丝亏欠的感觉，也许曾经就有，只是现在积少成多，才被我察觉了出来。

反正，时至今日，我已经完全不记恨她当初将我从公司清除出去的事情了，我心里愿意把她当作一个可信赖、可交心的异性好友，就像她没有去国外留学之前一样。

…………

时间又过去两天，关于巷子要被拆迁的事情成了左邻右舍热议的话题，甚至一些比较激进的居民都已经谋划着要借一笔钱趁着项目还没有被审批下来，将自己的住处重新装修一下，以谋求更多的拆迁补偿。我在这种不太正常的氛围中如履薄冰，总觉得会发生一些什么事情。

我的预感没有错，第三天的时候，我被一阵极其愤恨的敲门声惊醒。我穿好衣服下了床，当打开门的一刹那，顿时被眼前的场景给惊住了，小院的门前竟然聚集了巷子四周几乎所有的邻居，而院门已经被泼上了通红的油漆，宣泄着他们对我的愤恨。

毛豆的爸爸毛治作为代表质问道："江桥，拆迁这事儿被叫停，是不是你在背后搞的鬼？"

我早有心理准备，我既然能在赵牧面前把这件事给扛下来，就没打算供出陈艺，于是我回道："我这不是搞鬼，我只是希望这个巷子能被保留下来，毕竟这里住过好几代的人。"

我的话引起了众怒，当即便有人用手指着我，骂道："你个有人生没人养的小兔崽子，你能代表谁啊，我们盼拆迁，盼了这么多年，这事儿是你能指手画脚的？"

所有人的情绪在一瞬间被点燃，纷纷将矛头对准了我，眼看一切就要失控，而我在这些咒骂声中，一点点迷糊，直至什么也听不见，只感觉几十年的街坊情谊在拆迁这件事情面前也不过如此。原来，我在他们心里也就只是个有人生没人养的兔崽子，我真切地感觉到了什么叫作人情冷暖。

群情更加激愤，有人重重推开我，然后冲进了院子里，不知道他们从哪里来的力量，几个人合力掀翻了我的石桌，又砸掉了那些我悉心照料的花草，可是在那些破碎的声音中，我看到的却是法不责众的宽容。

我终于无法克制心中的愤怒，快步走到砸得最凶的几个人面前，用力将他们推开，其中一个年纪稍大，我已不愿意称为长辈的中年男人一个踉跄倒在地上，他的二儿子直接操起一只花盆狠狠砸在我的头上。

我回过头，身体却已经不受控制，我感到自己使不上一丝的力气，血顺着我的头发流进了领口，染红了我的衬衫，但那些咒骂的声音一直没有停止过。

我坐倒在地上，挡在我面前的却只有毛豆，他还记得递给我一把冲锋枪，要我枪毙他们。

头晕目眩中，院门外忽然传来一阵撕心裂肺般的吼声："让开，你们都让开……"

模模糊糊中，我看见了陈艺的身影，有些重影，她挤开众人，踉踉跄跄地向我这边走来。

她蹲在地上将我搂在怀里，我头上的血染红了她白色的T恤，我从来没有见到她哭得这么撕心裂肺过，可惜我已经看不清她的面容，我的意识越来越模糊。

我累了，好想睡一觉，然后做一个美梦，告别这些利益纠纷，告别那些让我无比厌恶的价值观。

第262章　我们结婚吧

隐隐约约中，我听见了陈艺气息很不稳的声音，但此刻的她无疑已经用尽了全部的力气，她对着那些将我们挤压到没有多少空间的人，怒道："江桥他从小在这条巷子里长大，他一直过的是什么样的生活，你们难道不清楚吗？他有什么人脉去和那些曝光的媒体人打交道，他又到哪里去找那些懂建筑的人去拆开发商的台？请你们睁大眼睛看着我，这件事情从头到尾都是我陈艺做的，你们有什么愤恨都冲着我来！"

人群将我们挤压得喘不上气，所有人都冲着陈艺指指点点，可是我不愿意在这一刻去记恨任何人，因为我们都只是一群平凡人，我们会忙碌，会堕落；会思考，会冲动；会追寻，会放弃；会相信，会怀疑。

可是，除此之外，我还有那么一点儿真诚的幻想，幻想着有那么一株永远也不会停止生长的向日葵，照亮我的世界。我真的很需要这样一个地方，可我必须要和自己的小院永别了，因为我对抗不了民意。遗憾的是，我从来没有在院子里种过向日葵……

我咬着牙没有让自己完全倒下去，终于来了民警将我和陈艺从困境中解救了出来，我被送进了附近的医院。

我的头缝了几针，又被要求留院观察，因为有轻微脑震荡的迹象，而陈艺一直陪着我。从早晨到下午，我的心情并没有什么起伏，只是有点讨厌医院里的味道。

可是，当黄昏来临时的第一缕余晖落在窗帘上时，我的心情莫名烦躁了起来，我想起了院子里那些本该在黄昏下娇艳的花，现在它们却成了别人脚下的践踏之物。如果它们也有思想的话，一定会很难过，谁又来尊重它们，顾及它们生存的权利？

陈艺看着失神的我，有些关切地问道："你在想什么？"

我回过头看着她，忽然很怀念与那些花儿一样逝去的赵楚，我对陈艺说道："我想去看看赵楚，你能送我去吗？"

陈艺出乎意料地拒绝了我："你自己打车去吧，我先回家拿点东西，今天晚上在医院陪你。"

我点了点头，陈艺便将我从床上扶了起来，我们在医院的门口分别，她说拿完东西就去那边找我。

…………

我没有立即去墓园，而是先回了郁金香路。当我推开院门的一刹那，里面的一片狼藉刺激着我那已经脆弱不堪的情绪，我弯下腰将那些碎裂的瓦砾捡到了垃圾篓里，然后又用铲子清理着门上被泼的油漆，我希望这里永远是干干净净，漂漂亮亮的。

锁好门，我准备去墓园，可是这个巷子里的每一个人都没有了从前的热情，他们冷漠中的愤恨让我感觉到了一种被孤立的痛苦。

在我到达巷口的时候，一辆别克 GL8 恰巧停了下来，我看到西装革履的赵牧和一群助手从车里走了出来。我还没来得及跟他打一个照面，老巷子里的一群街坊便纷纷从那块空地上走了出来，他们将赵牧当作英雄般地围了起来，与早上我的境遇形成了鲜明的对比。

我该离开的，可我还是停下了脚步。

众人你一言我一语地和赵牧说着什么，片刻之后，赵牧终于面向众人，回道："各位街坊，你们听我说，将咱们这条巷子开发成一座科技生态城的确是我向集团提议的，这个项目也是我在负责，但是现在出现了一点儿意外情况，所以我很需要大家的力量。希望大家能在这份拆迁倡议书上签个字，我保证，只要这个项目能继续进行下去，所有在这份倡议书上签字的街坊都能在拆迁补偿中额外获得一个车位……"

赵牧的话还没有说完，人群中便立即有人响应："我第一个签！凭良心讲，咱们这条巷子跟其他地方比起来要偏僻得多，虽然喊拆喊了很多年，可是一直没有动静。要不是出了赵牧这么一个人才，不知道要等到猴年马月。做人一定要懂得感恩，所以在这个项目遇到阻力的时候，我们一定要有贡献，我们要坚决向政府倡议，这条巷子里的所有老街坊都是希望拆迁的。"

赵牧点头笑了笑，然后又鼓了鼓掌，等待其他人表态，而希望拆迁的人，仿佛又看到了希望，争先恐后地在倡议书上签下了自己的名字，生怕落后了，拿不到赵牧所承诺的那个额外的车位。之后，他们又向赵牧询问，自己家的房子被拆后，能拿到什么样的拆迁补偿，赵牧一一耐心地给予了回应。而我也明白了，赵牧的策略是希望借助民意来增加相关部门拆掉这里的决心，我相信除了所谓的民意，金鼎置业还有更深层次的公关手段，而陈艺未必是他们的对手。

一瞬间，我的目光和赵牧在人群的缝隙中终于相对了，我心中很不是滋味，转而避开他带着些许侵略的目光向路边走去。

…………

出租车向墓园行驶时，我接到了肖艾从莫斯科打来的电话，她的语气很紧张，向我问道："我刚刚听于馨说，今天你和老巷子的街坊发生冲突了，有人用花盆砸了你的头，你还好吧？"

我不想让她担心，笑了笑，轻描淡写地回道："肯定没事儿啊，这不还能接你的电话吗？"

"你一直用真心对巷子里的街坊，人缘也很好，怎么会有这么严重的冲突呢？"

我心里有点堵得慌，但事情发展到这一步，也没有什么隐瞒的必要了，于是便在一阵沉默之后，对她说道："是为了拆迁的事情。金鼎置业想在这边开发一座生态科技城，我不愿意拆迁，就和他们产生了冲突。"

肖艾的沉默显示着她的意外和震惊，许久之后她才说道："就算是拆迁，也不至于闹成这个样子的啊。"

我不愿意将其中的细节也一并告诉她，于是又强调了自己没什么事情，要她不要分心，拿出最好的状态去参加演出。但电话那头的肖艾沉默了一阵之后，下定决心似的对我说道："我现在就订回去的机票，明天早上就能到南京。"

"别这样，你的演出怎么办？"

肖艾的语气里充满了不容置疑的严肃，她说道："与你相比，演出算什么？好了，我先不说了，这里离机场挺远的，我怕赶不上晚上的航班。"

肖艾说完这些，便没有再给我说话的机会，她快速地挂掉了电话，而我乘坐的出租车也已经到了墓园。

在这个比郊区还要偏远的地方，一切归于平静，连风都是悄悄吹来的，偶尔从身边驶过的汽车也没有追求速度，甚至连鸣笛声都很少响起，所有动着的东西都有条不紊地往自己所追求的方向前进着。

我戴上帽子和墨镜，迈着沉重的步伐向墓园里走去。这次我来得很仓促，除了身上仅有的一包烟，没有带酒，也没有带一束鲜花，没办法为赵楚的墓碑前增加一些生机。

…………

站在墓碑前，我与赵楚的遗照相对着，心中一阵阵难过。我点上一支烟倒插在地上，然后又给自己也点上了一支，还没开口说话，便已经哽咽。

"我的兄弟，我又来看你了，可是这次带给你的不是什么好消息。咱们那条老巷子就要拆迁了，项目是赵牧发起的，我不知道如果你活在这些是非中，会有什么样的判断，但是我真的不想站在赵牧的对立面。如果一定要我做出选择，房子和赵牧这么多年的兄弟情谊，我还是会忍痛选择后者，毕竟对房子的感情再深，它也只是一个物件，但咱们兄弟这么多年的感情是千金也买不来的。所以你放心，我会劝陈艺别和赵牧作对。不，是我的口误，陈艺也不是想和赵牧作对，只是真的舍不得这条老巷子里的一切。"

说到这里，我又想起了小的时候，我们在这条巷子里大声地笑闹，童年的时光是那么纯净美好。我们站在巷子口，信誓旦旦说要去远方的豪言壮语。在我的心中，这里就是一个可以埋葬一切悲伤的地方。

我终于笑了笑，然后深深吸了一口烟，又说道："可是连石头都有风化的一天，我们又何必如此执着曾经的这一点儿美好呢，也许换了高楼，反而会看到更广阔的风景。所以我不会难过，想明白了这些我真的不会太难过，呵呵，怎么会难过呢？"

我低下了头，渐渐没了说话的欲望，然后默默吸着手中的香烟，可就有那么一滴不争气的眼泪掉在了我的脚下，出卖了我心底的悲伤。

…………

随着时间的推移，太阳渐渐丢失了力度，一阵晚风吹来，整个世界都被初夏傍晚的清凉笼罩了，而陈艺就在此刻来到了我的身边。

她表情复杂地看着赵楚的遗照。

难过的心情，让她也眼角湿润，她哽咽着说道："在这条巷子里一起长大的我们，就数你的命运最坎坷，结局最让人心痛。但很多事情仿佛命中注定，我们没办法去改变。这么多年过去了，我来看你的次数少之又少，不是不想来，只是害怕来到这个最让江桥悲伤、愧疚和无奈的地方。江桥他太善良，赵牧又太精明，因为你的关系，他会将一切毫无保留地给赵牧，包括自己的房子。可是赵楚，你觉得这样真的好吗？江桥，他也是一个人，他有权利活在自己的立场和欲望中，赵牧如果真的明白这一点，就不会将那生态科技城的项目引到老巷子里来。毕竟，南京这么大，在郁金香路的旁边还有花神大道，那里的投资价值也不见得就比郁金香路差。所以，我不知道赵牧是怎么想的。或者，真的是我以小人之心度了他的君子之腹，他就是想给老街坊们一个拆迁致富的机会……"

赵楚不可能给陈艺什么回应，所以这夜晚来临前的一阵沉默，像是被风从远方吹来的。

我对陈艺说道："事情闹到这个程度，已经不是我想见到的。所以，我希望你能给赵牧一条路走，也给街坊们一个交代，阻止拆迁的事情就在这里告一段落吧。"

陈艺看着我。

我吸了一支烟。

许久之后，她低声向我问道："你真的累了吗？想放弃这里了吗？"

"是。"

陈艺点了点头，她的眼泪也就这么掉了下来，她哽咽着对我说道："江桥，你知道吗？关于这条巷子，我回忆起来，第一个画面永远不是心情咖啡，不是老旧的路灯和被我们踩了无数遍的青石板路。我想起的，是我们那些难以忘记的过往和你默默为我所做的一切。我承认，在这之前我做了很多错误的选择，我不知道现在说起这些是不是还来得及，可是，当你今天倒在我的怀里，我真的很害怕失去你，就像自己的心被人摘掉了一样疼痛。我自欺欺人了很久，可是依然忘不了你，忘不了那些由你拼凑出来的细碎时光。所以，我们结婚吧，我是理智的，就让赵楚为我们见证。"

陈艺说着，指尖有些颤抖地从自己的包里拿出了一本我渴望了很多年的户口本。可即便如此，我也不敢相信，我真的可以跟眼前这个女人走入婚姻的殿堂，一切似乎已经来得太迟。

我有些窒息，无数个画面像电影片段一样在我的脑海里越走越快，我想去抓住，我的身体却支配着我看向更远的地方。

我终于与陈艺对视着。

她流泪看着我，等待我从她的手上接过户口本，她之所以在来之前要回家，就是为了拿这个。

我好想接过来，因为我曾疯狂地爱过她。可是，另外一种力量在撕扯着我，让我无法伸出自己的双手，我想起了此刻也许已经到达机场的肖艾。

第263章 给她一个名分

抬头看了看天空，我从来没有见过美得如此让人心碎的夕阳，还有像被火烧过一样的云，飘浮在半空中，今晚的夕阳如此美好，只是近黄昏。

我又想起了过往的一些画面，陈艺贯穿始终，我无法忘记她扎着马尾辫，穿着白色的小裙子等待我放学的画面，也无法忘记她坐在我的自行车后面，把这个世界看得云淡风轻，却又如此依恋着我。

一阵晚风吹起了松涛，夕阳的余晖也照在树叶上，仿佛随之晃动着。我终于将自己的目光放在了陈艺的身上。她的长发披在肩上，白色的衬衫就像轻柔的烟，她一直是我喜欢着的模样，从来没有变过。如果我有一艘船的话，她的怀抱一定是我最想停靠的码头。这些渴望都是时光雕刻在我骨子里的印记，我活着的前二十年中，等的不就是此时此刻吗？

我向陈艺伸出了手，我的手指就要触及她紧紧握在手中的户口本，可是我的心渐渐沉了下去，就像老巷子存在了比我生命更长久的时间，却依然没能躲过被拆迁的命运，一切都不是停滞不前的。也许，此时此刻的我，已经搞不清楚自己要用什么感情去面对眼前的陈艺。

结婚吗？

我悬在半空的手，就这么落了下来，继而无比痛苦地看着也许比我更痛苦的陈艺。

陈艺的手也落了下来，她转移了自己的目光，然后背身对着赵楚的墓碑。我看见了她颤抖的肩膀，她却强颜欢笑道："曾经的我们就像一个整体，做什么事情都会想到对方，我们不必去刻意靠近彼此，却已经是在一起的状态。可是，随着时间的推移，我们碰到了各种各样的人，遇到了各种各样的事情，于是我们之间变得不那么纯粹，也在冥冥之中有了许多在我们看来是始料未及的阻碍。其实，自从肖艾这个女人出现在你的世界，你千里迢迢去台北找她时，我就知道，这辈子我们之间已经画上句号了。我现在做的这一切只是无谓的挣扎，事实也验证了确实如此。"

我的心像灌了铅一样，我的大脑已经无法思考，一切反应只是出于虚弱的本能。

陈艺终于将自己的户口本放进了皮包里，我知道自己错过了人生中唯一一次可以和她结婚的机会。我用沉默拒绝了她，也认可了她所说的一切，我们的关系已经不那么纯粹了。可是我不知道，自己在什么时候将肖艾当作生命中另一个无法辜负的女人。

此刻我心如刀绞，我从来没有见她如此失落过，她很没有安全感地将双臂放在自己的胸前，风将她的头发吹得很乱。

她似乎察觉到了我的情绪，又轻声对我说道："昨天的话就应该放在昨天说，留在今天提起只能说明不合时宜。你不必有什么心理负担，遵从自己内心最真实的选择，才是一个有担当的江桥。"

我终于回道："我知道。"

陈艺点了点头，她看着我笑了笑，眼里却分明含着泪水，下一刻她便转身离开了，于是赵楚的墓碑前只剩下我形单影只。

我靠着墓碑坐了下来，又给自己点上了一支烟，吸了许久才将手机从口袋里拿了出来。我找出了一张在陈艺上大学之前，我们拍下的合照。

在这张合照里，她依偎在我的身边笑得很灿烂，而我们的身后就是院子里那些花花草草。我还记得当时的心情，有点不舍，更多的是憧憬她大学毕业后回到南京的那一天，那样我又可以在工作闲暇时陪她逛逛街，吃吃东西。

可惜，从她回来的第一天，起点就太高了，她直接了进了省台，很快台里便将她当作最有潜力的女主持人去培养，尽管我很努力地去融入她的圈子，可是结局不那么尽如人意。

我也知道，陈艺是对我有怨恨的，所以她才说出了"遵从自己内心的选择，才是一个有担当的江桥"这样的话。她觉得，我和她在一起时，并不够有担当，因为我连分手的真正动机都欺骗了她。尽管我认为那是善意的，可终究还是将她伤害得很深。

二十年的风景，就像此刻天空的云，伴随着呼啸而过的风，消散在天际，而我也该走了。

…………

我不想回医院，在夜晚来临前，我回到了自己的小院。

我老远就看到毛豆拿着一把玩具枪坐在门口的台阶上等着我。他向我奔了过来，语气里尽是劫后重生的喜悦："二桥，二桥，我都看见你的头被开瓢了，你还没死，你的金钟罩真的很厉害！"

我将毛豆抱了起来，却无法在这个时候开玩笑，只是问道："你一直坐在这儿等我吗？"

"嗯，我看看你有没有被打死，我不想你死。"

我挤出一丝笑容，毛豆又对我说道："我刚刚看见陈艺姐姐了，喊她都不理我，她回家搬走了很多东西，然后站在你家门口，哭得很伤心。"

我仿佛看到了毛豆所描述的那幅画面，也能切身体会陈艺的心情，可是不管我们之间经历过多少的快乐和疼痛，终究都已经在赵楚的墓碑前化成了过眼云烟。就像老房子终究躲不过被拆迁的命运，可是留在我心里的怀念是永远也不能磨灭的。

我终于对毛豆说道："陈艺姐姐她没有哭，只是风把沙子吹进她的眼睛里了。"

"那这沙子一定很大。"

…………

回到小院，我从柜子里拿出了赵牧之前给我装修的十万块钱，然后拨打了于馨的电话，我希望她能将这笔钱代我还给赵牧，我并不适合在这个阶段和他对话。

梧桐饭店外面的遮阳伞下，我和于馨相对而坐，只是喝了一口清茶，天空便毫无征兆地下起了阵雨，来势虽然不算凶猛，但也足够搅乱人的心情。我看见了停在路边的大巴车，它在靠站之前，先在郁金香路下了一批乘客。我一直盯着它的雨刮器，刮出了一个弧、两个弧、三个弧……好像在催眠。

于馨打了个哈欠，向我问道："江桥哥，你找我有什么事情吗？"

我从包里拿出了赵牧给我的那个甚至没有拆开看过的文件袋，交到于馨的面前，说道："这笔钱，你帮我还给赵牧，再帮我告诉他，如果老巷子一定要拆迁，我也不想做什么拆迁典型，该拿多少补偿，就拿多少补偿。"

于馨有些意外地看着我，但还是接过了文件袋，继而向我问道："你和赵牧真的因为拆迁的事情闹到这个地步了吗？"

我摇头否定："没有你想得那么严重，我们只是暂时不适合再去面对面说这些利益纠纷。"

"嗯，虽然你们一起长大，却根本不是一个世界的人，可惜我一直想不明白，是什么造就了你们截然不同的性格。"

我看了看于馨，并没有作答。我的注意力在雨水中有些涣散，以至于大巴车离开后，我就一直盯着地上的两个水洼看。它们仿佛倒映出了一整座城市，而各种各样的霓虹，点缀的就是那些藏在城市里的悲伤、愤慨、无奈、哭诉。

于馨给了我片刻的空间，之后她忽然向我问道："江桥哥，你爱肖艾吗？"

我转过头怔怔地看着她，她又示意，我可以先好好想想，再回答她。

其实，我已经不需要太多的思考时间，因为在赵楚的墓碑前，我已经很清楚地将自己的人生区分出了过去和未来。

于馨又对我说道:"江桥哥,我想没有人比你更清楚,肖艾有多希望能和你在一起,你们之间现在差的可能就是一个承诺而已。可是经历了这么多,你也该给她一个名分了!你也明白,一直以来她最介意的就是你和陈艺那段刻骨铭心的感情,但你真的该从那段感情里走出来了!"

|第264章| 爱的年轮

雨水像无数条透明的线,试图束缚这个世界的一切,而光线像一匹匹脱缰的野马往相反的方向奔跑而去。这让我视线范围内所看到的一切既真实又虚幻,真实的是人的心情,虚幻的是那些被水汽笼罩着的建筑物。

我从口袋里摸出了一支自己最喜欢的红南京,点燃了它,也像点燃了这个夜晚。于是,我的很多想法在一瞬间变得触手可及。我终于开口对一直等待着的于馨说道:"我们可能都听过一首叫作《爱情转移》的歌,可现实中将爱情从一个人转移到另一个人身上真的是那么容易吗?"

于馨向来心思细腻,尽管我言语寥寥,但她还是看出了一些端倪,她又向我问道:"你还是忘不掉陈艺吗?你们之间是不是又发生了些什么?"

我点了点头,回道:"就在大概一个小时以前,陈艺带着户口本找到了我,她希望用结婚这种方式,给我们这段二十多年的感情一个结果,我差点就从她的手中接过来。"

于馨仿佛能站在我的立场去感受我当时的心情,所以她的表情很是复杂,许久之后才对我说道:"其实将爱情从一个人身上过渡到另一个人身上真的不难,可因为你和陈艺这段感情实在是太久太久了,所以哪怕只是听到陈艺这个名字都会让你感到纠结,但你最后还是选择了放弃,这不恰恰证明现在的肖艾在你的心中占据了多么重要的位置吗?"

稍稍停了停,于馨又说道:"其实,你在肖艾心里的位置又何尝不重。她也有一个陪伴了她这么多年的袁真师哥,袁真师哥为她付出了这么多,何况她更倾慕袁真师哥在音乐上的才华,说一点儿不喜欢也是不可能的,可是你比袁真师哥更适合她对另一半的要求。想必,陈艺对你也一样!所以,这个世界上并没有坚不可破的爱情,有的只是适不适合。而爱情在我看来更像是一种试探,所以每天才会有那么多的人失恋,然后又开始另一段感情,但你能说他们和前任之间就没有爱情吗?实际上肯定是有的,可爱情是一回事,能不能长久地在一起就又是另一回事了。"

我夹着香烟看着于馨,虽然她颇有感触地说了很多,道理却很简单,而我和陈艺这段感情,放在这个简单的道理里,实际上也就是相爱却不适合。这并不是我们谁好,或者谁不好的问题,只是命运给我们的结果而已。

....

告别了于馨，我搭上路过郁金香路的末班车来到了夫子庙，这里无论是什么天气都是一派繁华景象。肖艾曾经就住在这附近。能在这里有一套普通商品房应该就是中产了，何况她住的是一套联排别墅。

我来这里的次数并不多，但几次都是在下着雨，恰如我细碎又凌乱的心情。走了一段路，我停在了一座小桥上，然后收起了雨伞，那如牛毛一样密集的小雨不痛不痒地落在我的身上，好似清洗掉了我情绪中所有的悲喜。

看着漂浮在河中起起伏伏的花船，我开始冷静地想一些事情。如果肖艾没有经历了这么大的变故，我们是否又是一条路上的人呢？

这很难说，但生活确实像一只推手，让原本不该有交集的我们一点点靠近，甚至现在连我们的事业也被捆绑在了一起。我们都将自己的明天托付给了彼此，没有太多的忧郁和惊慌，只有满满的期待。

基于这些，我才渐渐觉得她就是我命中注定的女人，我无法将她抛弃。

我不该再这么犹犹豫豫下去了，很多痛苦都是因为我的不够果断造成的。如果我在肖艾从台北回到南京前，就和她确定恋爱关系，也许就不会有陈艺今天的失望和痛苦。

沉寂了一会儿，我才抬头看向对面被霓虹渲染得很壮观的商场，我踩着潮湿的路面向它一点点靠近。

…………

商场似乎是一个社会的缩影，有人在这里做着保洁和安保的工作，有人有计划地买着一些自己喜欢的东西，而有人则没有任何负担地将各种商品的价码看成是一堆毫无意义的数字，继而进行着疯狂的扫货。

我走在人群中，左看右看，终于在一楼靠着安全通道的位置看见了几个集中在一起卖珠宝的专柜。

"先生，您是要买首饰吗？"

我点了点头，目光扫过柜台里琳琅满目的珠宝，然后回道："我想买一枚戒指，你们这里支持定制吗？我想在上面刻点东西。"

服务员带着很职业的笑容回道："可以的，您可以先挑好款式，然后支付订金，什么时候能拿到，要视您定制内容的难易程度了。如果只是刻几个字，一般隔天就能拿到。对了，您是要送给女朋友吗，我可以推荐您一款。"

我点了点头。

服务员当即便从柜台里拿出了一枚铂金戒指，对我说道："这是我们品牌今年刚出的童话系列，我手上这款代表着'爱你一生一世'，很适合年轻人。"

我只是看了一眼，并没有从她的手中接过，将目光停留在一枚黄金戒指上，这才对服务员说道："请你将这款拿出来给我看看。"

"先生，这是黄金材质的，可能不太适合年轻人，我个人还是比较推荐铂金，尤其这款，寓意真的很好。"

我没有理会，一直看着那枚刻着很多纹路，有点像树年轮造型的黄金戒指，我想到了很多年前杨瑾戴在手上的那一枚，跟这个有一些相像，于是又对服务员说道：

"我不反感黄金，你拿出来给我看看。"

服务员终于从柜台里将那枚戒指给拿了出来，然后递到了我的手边。我看了看之后，便对她说道："我就要这枚戒指。"

"好吧，先生，那您需要在上面刻些什么内容呢？"

"就刻上'爱的年轮'这四个字吧。"

服务员下意识地看了看戒指上的纹路，然后笑了笑对我说道："这个纹路真的很像树的年轮，我有点明白您为什么一定要买这枚戒指了，我感觉也很不错。"

我回应了她一个笑容，而从我的内心来说，其实并不反感黄金。因为用它作为首饰，恰恰代表着一种朴素踏实，用黄金做成的戒指，见证了那么多段幸福的爱情和婚姻。

所以我想用这枚被我命名为"爱的年轮"的戒指去向肖艾求爱。

如果她愿意跳过求爱的步骤，直接步入婚姻，那这就是一枚求婚戒指。在这个世界上，爱情其实并不复杂，无非就是放下到再选择的过程。

…………

回到医院，我又配合医生做了一次常规检查，结果显示很正常，但我仍需要在这里住一个晚上。肖艾在我临睡前发来了一条信息，告诉我她马上登机，明天早上就能回到南京。

我告诉她，我没有问题，没有必要为了我影响演出，但是她一直没有回复信息，想必已经登上了回国的飞机。

在我将手机放在柜子上的那一刻，我的世界也就这么彻底安静了，我没有纠结于和陈艺的过去，也没有憧憬与肖艾的未来，整个人就像是一根木头般躺着，直到金秋站在我的身边。

她敲了敲床铺的边缘，我才撇过头看着她，她将我打量了一阵之后，问道："又被人给揍了吗？"

我不太高兴地回道："何必幸灾乐祸！"

金秋并没有太顾及我的情绪，一句安慰的话也没有，只是问我要不要喝水。我点了点头，她便去医院的水房里打了一瓶开水，然后又用她自己带来的茶叶给我泡了一杯安神茶。

在我喝茶的时候，金秋在隔壁空着的一张床铺上坐了下来，然后对我说道："这么大的脑科病房，就你一个人脑子有问题。别说，还真有点VIP（贵宾）的感觉！"

"你这么损我有意思吗？"

金秋脱掉了自己的鞋，然后半靠在床上，双臂交叉放在胸前，闭眼对我说道："我可没精神损你，只是可怜你一直以这样的方式生活着。"

"你觉得我现在的生活方式很有问题吗？"

"是的，我一直觉得你顾虑太多，不够潇洒。可是，你有没有想过，那些你拼命想讨好的人，背地里可能正磨刀霍霍，准备给你一刀呢。你说说看，巷子里那么多人，为什么那些街坊会把矛头对准了你？肯定是你和赵牧说过什么吧。"

尽管我不想承认，但是在街坊们没有和我闹事前，我只在赵牧面前将电视台曝光的事情替陈艺扛了下来，那么只能是他将这个信息透露给了左邻右舍，然后引出了这么大的群愤。可是，我也不能因此而恨他，更不能觉得他在我的背后捅了刀子，毕竟陈艺的行为确实动了大家的利益。我既然有心要替陈艺顶包，那迟早都会有今天这个结果。

我在一阵沉默之后，才向金秋回道："这个事情本来就是我做的，我既然做了，我就敢认。"

"少来，别在我面前充硬汉，除了那些被挑唆的居民，明眼人都能看出来，项目被曝光，一定是出自陈艺之手。因为在这条巷子里，只有她在传媒行业有这样的人际关系。赵牧他这么精明的一个人，他能看不出来吗，可是他为什么还是唆使街坊们将矛头对准了你，而不是陈艺？这里面的因果关系，你最好能仔细琢磨琢磨！"

我的确不愿意将这件事想得太复杂，于是也没有正面去回应金秋的话，只是在心里想着一些心事，并且在恍惚中将这个心事想得很遥远。

我记得不久前，奶奶曾经和我说过，如果杨瑾还会出现在我的生命中，一定是在我结婚的那一天，这似乎像一个年代久远的预言，却又牵动着我心里最紧绷的那一根弦。

金秋趁这个时间闭目养神了一会儿，然后睁开眼，有点疑惑地看着我问道："你在想什么呢？"

我没有对金秋隐瞒，便侧过身子看着她，忽然向她问道："金秋，你还记得我妈妈的样子吗？"

金秋似乎被我跳跃的思维给弄蒙了，足足过了五秒才回道："没有什么印象了，她走太久了，你为什么要突然这么问我？"

我有些失落地回道："你记不得也正常，其实自从江继友把她所有的照片都扔了以后，我也渐渐忘记她的样子了。但是前阵子我去养老院看奶奶，奶奶很突然地告诉我，在我结婚的那天，她也许会回来看看我。这听上去像是一个笑话，可我还是情愿相信。因为就算我再恨她，我也希望她离开的这些年能过得很好，可这些只有等见了她的面才能知道。"

这一次，金秋沉默了更久，她没有针对我的心情发表什么见解，只是低声向我问道："你是要和谁结婚了吗？"

面对金秋的问题，我没有像从前那样闪闪躲躲，我对她说道："就在刚刚，我订了一枚戒指，准备送给肖艾。如果她愿意在这个时候嫁给我，那这枚戒指就是我的求婚戒指。我觉得，我们虽然认识的时间没有几十年那么漫长，但她是我想结婚的对象，我不想再去追求那些谈恋爱的感觉，索性就直接奔着结婚去吧。前提是，她也是这么想的。"

"是拆迁给了你结婚的信心吗？听说你的那个小院如果被拆了，至少能拿到三套以上小一百平方米的房子。"

"虽然我心里不是这么想的，但是你可以这么认为。"

金秋点了点头，然后回道："那就祝你能够过上自己想要的婚姻生活吧。我觉得,既然奶奶和你说出那样的话,那阿姨就一定会出现在你的婚礼上,因为这么多年,她很有可能以另外一种方式在关注你。"

我打断了金秋:"算了吧,她如果真的关注着我,早就应该在赵楚、赵牧他爸妈去世的时候,对我的生活负责了。告诉你,我就是从那个时候开始恨她的,更恨江继友!"

"也许,她有自己不得已的苦衷呢?"

"她所有的苦衷只能说明她是一个极度自私的人。"

金秋有些疲惫地看着我,过了许久她才说道:"算了,不说这些不开心的,你想不想吃点什么东西,我下去给你买。今天晚上我就不走了,留在这里照看你。"

| 第265章 | 交心的一夜

这一天我都没怎么好好吃过东西,此刻我真的感觉到了饥饿,于是也没有客气,对她说道:"帮我买一大碗小馄饨吧,很久没有吃过了,再给我来俩肉夹馍。"

金秋骂了我一声"猪",然后便拿着自己的手提包离开了医院,病房里也随之安静了下来,偌大的房间里,我仿佛能听到自己的呼吸声。

我离开了床铺,端着金秋刚刚给我泡的安神茶,站在了那扇并不算大的窗前,窥视着眼前这片也许比城市更遥远的夜色,我仿佛又将自己迷失在了旋转流离的霓虹中。

我不知道谁能让我停止,也不知道谁的声音能够拯救我。我又提醒自己,没有必要如此消极,因为在这个城市的若干角落里,还有很多人,他们不计后果地喝着酒,发了疯似的哭泣着,虽然我不知道他们为什么如此,但他们真的存在,并不只是在我此刻的幻想中。

我将安神茶一口喝完,然后再没有挪动过自己的脚步,一直保持着探视的姿势,望着远方的夜色。

不知道什么时候,买好东西的金秋回到了病房里,她拎着手中的方便袋在我面前晃了晃,问道:"又在想什么呢?"

我回头看着她,半晌才说道:"医院的环境不好,你回去睡吧。谢谢你给我买了这么多吃的东西,我保证都吃完。"

金秋将方便袋放在了床边的柜子上,然后回道:"你要不怕一个人待在这里无聊,那我就回去。对了,我刚刚路过这一楼的走廊,真没几个房间里有灯光,漆黑一片,还真怪瘆人的,医院这个地方阴气真重!"

金秋说着打了个寒战,我也是听得一哆嗦。要是金秋真的这么离开,我一个人待在这里过一夜也真是挺够呛的。自从上次被王斌这孙子灌酒灌到住院,我就特别怕医院这个地方。

我怔怔地看着金秋。

金秋已经脱掉了自己的鞋子，和着衣服躺在隔了好几个床位的病床上，她盖上被子，侧身看着我说道："咱们聊聊天吧，我们很久没有交心地聊聊了。"

我愣愣地看着她，不知道她这葫芦里到底卖的是什么药。

金秋双手合十，恳求道："求你别用这种又呆又蠢的眼神看着我……我说实话还不行吗！"

我收回了自己的目光，回道："坦白从宽，抗拒从严！"

"我爸妈不放心你。他们说，人家住个院都有家属朋友陪着，江桥这孩子孤苦伶仃的，金秋你就在那儿陪他一个晚上，帮他倒倒水，陪他聊聊天，别让他胡思乱想！"

金秋的话让我心里难过，却又欣慰、感动。我猜这话一定是老金说的，因为他有时候也会装模作样地说一些关心人的话。

…………

我和金秋并没有关掉灯，再加上隔了两个床位，所以也谈不上有什么暧昧的氛围，倒真像是一对没有多少机会沟通，今夜却可以交心聊聊的朋友。

我对她说道："我知道你没有嫁给我的心思，我也只是把你当作朋友，可是你爸明白这些，为什么还硬要把我们撮合在一起呢？这事儿你有没有很深入地去想过？"

"他？他的心事最简单，这年头找个信得过，还愿意入赘的男人，其实并不容易。他自己也没有个兄弟姐妹，如果我嫁给别人，金家的香火也就延续不下去了，他又是个挺封建的人。"

"那他说不想失信于江继友，也是虚情假意？"

"这倒不是。反正这么多因素集中起来，他就觉得非得让你到我家做上门女婿了。不过，他这如意算盘是打不下去了，反正我是祝福你的，无论是和陈艺在一起，还是现在的肖艾。因为站在公正的角度，我觉得她们都是很不错的女人。当然，你要选择陈艺的话，路可能会难走一些，她的家人，尤其她爸爸，真的是太难搞了。"

我沉默不语，如果不是外界给我们的枷锁，我和陈艺根本不会走到这一天，所以我一直说，我们的今天并不是谁对或是谁错造成的，而是命运给予我们的结果。

金秋换了个平躺的姿势，转移话题向我问道："最近琴行还顺利吗？"

这个话题让我轻松了很多，便笑着对她说道："琴行的事儿还真要感谢你给我代理的片头广告，正好赶上暑假学生看电影的高峰期，导致其他培训机构都把这个形式的广告当作黄金资源，所以我拿去换了很多的生源。不过，有点遗憾的是，这么好的形势下，暂时没有资金将售卖乐器这块业务做起来，而且袁真还送给了我一个有好几万粉丝的公众号。你也知道，喜欢民谣和摇滚的粉丝，很多自己也会玩吉他什么的，所以这么大的需求，真的给了我很大的信心，尤其是线上销售这一块。"

金秋一直耐心地听着，没有打断我，直到我说完后，她才回道："既然你将师资力量作为你们琴行的一个经营核心，那你们品牌建设的方向就应该围绕这个核心。所以，卖乐器这项也要走高端路线，这样才能形成统一的品牌印象，但这不是一笔小的投资。"

"嗯，我粗略估计了一下，至少得上百万的投资。"

金秋笑了笑，半开玩笑半认真地说道："那你的房子拆迁，不正解了你的燃眉之急吗，百万投资，也就是一套房子的钱，而且还有富余呢！"

"你胡说什么呢，这八字都没一撇的事情，就算要拿到房，也是几年以后的事情了，你懂不懂拆迁！"

金秋不急不缓地回道："那你就当我是在开玩笑呗……不过，我现在可以给你提供两个解决方案，你看看有没有感兴趣的。"

我当即从床上坐了起来，很是关切地问道："你快说说是什么方案！"

"看你这急吼吼的样子，怎么，是把琴行作为自己走上人生巅峰的资本了吗？"

"别开玩笑了！和你说实话，在这个阶段，真没有什么比琴行更让我操心的事情了，能不能抓住这次的机会，关系着琴行以后的发展，我当然很紧张。"

夜晚的星光穿过窗户，散落在白色的床单上，世界仿佛用它的平静在嘲笑着我的紧张。我和金秋已经很久没有这么慢条斯理地从感情聊到事业了。

金秋稍稍沉默后，终于开口对我说道："先说第一个解决方案，我可以投资一笔钱解决你的资金问题，但你要给我琴行相应的股份。"

我想了想又问道："那第二个呢？"

"怎么，第一个不行吗？是不是你觉得这个琴行是你和肖艾的心血，多了第三方会让你们觉得很别扭？"

既然我已经认为这是个交心的夜晚，那自然不必隐瞒心中真实的想法，于是向金秋点了点头。而金秋也没有介意，她又说道："以你现在的情况肯定做不了贷款，但是我可以以我们公司的名义帮你做一笔。虽然从我们公司账上拿出个一百万借给你，也非常轻松，但是我不愿意这么做。我认为贷款会给你更多的压力，让你明白资本的游戏到底该怎么玩。太轻松得到的，会让你变得松懈。怎么样，帮你做个二百万的贷款，有胆量接受吗？算上本金加利息，还款压力还是很大的！"

"为什么没有胆量接受？我敢！"

"那好，这件事就交给我来办，大概十五个工作日我会把这笔钱交给你。"

这次我没有太快回应，而是看了看身边隔了好几个床位的金秋。她就像是我在商业场上的导师，哪怕是在她刚刚上大学时，她也会有意无意地教我一些金融和营销方面比较高端的知识。而现在她更是在实战中引领着我摸爬滚打。

如果有朝一日，琴行大有作为，金秋真的是功不可没，她给了我很多间接的帮助和建议，而这就是朋友存在的价值，她的见识和智慧，会在很多层面对你产生有利的影响。

…………

聊完了这些，金秋打了个哈欠，她在睡觉之前最后向我问道："你说订了戒指要向肖艾求爱。你曾经可是个被很多客户认可的婚礼策划师。所以，我想问问你，有没有给你这次的求爱，策划一个什么浪漫的或者感人肺腑的仪式？如果有的话，我们公司的设备和工人随便你用。"

我摇了摇头，回道："曾经我真的这么想过，可是经历很多事情之后，我不这么想了。明天她回来后，我带她一起去奶奶那里吃饭。我觉得，没有什么仪式，比在奶奶面前向她求爱更有意义了！"

"有把握吗？"

我抬头向窗外看了看，窗外月光和星光交织，让天空显得有点复杂，也映衬着我此时此刻的心情。其实，我并不是很有把握，我和肖艾之间似乎还缺少点什么，可到底是什么，我也说不上来。

|第266章| 不那么乐观

这个夜晚，我和金秋聊了很久，不仅聊了自己，甚至还聊了身边的朋友，比如秦苗和乔野。金秋说她很不喜欢乔野这个人，因为眼看着秦苗的肚子越来越大，他却依然没有做父亲的觉悟，每天还是这么我行我素地活着，仿佛五指山都压不住他这只疯癫的猴子。

对此，我没什么可说的，只是又想起了远方那个叫作苏菡的女人。我不禁疑惑，她是不是已经过上了自己期待中的生活呢？平和、淡然，静静地等待着孩子出世。

最后，我不知道是金秋先困的，还是我先困的，我们说话的声音越来越小，之后就进入了梦乡，而地球就这么悄悄地转了半圈，慷慨地将黎明送给了这座城市。

即便昨天下了一天的雨，此刻被阳光覆盖的街道已经干燥到扬起了灰尘。医院对面的路两旁摆着很多水果摊，其中西瓜最受欢迎，只是站在窗口看了一会儿，已经看见有两个路人买了。而我在等待肖艾，她该到了。

金秋正在卫生间洗漱，她这人就是这样，从早晨睁眼的那一刻起，就好像进入了打仗的状态中。

············

刺眼的阳光和燥热的空气让我恍惚了一会儿，走廊里便传来了一阵很熟悉的脚步声，等我回过头时，肖艾已经出现在了病房的门口。

我看着她，她的脸上充满了长途跋涉后的疲惫，没有梳理的头发有点凌乱地落在肩上，脚下是一双白色的皮凉鞋，除了她未曾改变的美丽容貌，怎么看都像是一个普通的姑娘，我甚至都已经记不起她上一次精心打扮是什么时候了。

她来到我的身边，在我头上缠着纱布的地方轻轻摸了摸，问道："谁砸的？"

她彪悍的性格我是知道的，生怕她将已经平息的事态再掀出波澜，于是回道："说了你也不认识，反正我这人也扛揍，没事儿的。"

肖艾将我按在了床上，又追问道："真没见过你这样被别人打了还包庇的，你快说是谁砸的！"

我看着她紧皱眉头的样子，半响才含糊着回道："二子……"

"哪个二子啊？你们巷子里那么多叫二子的！"

"不是，这件事咱们能揭过去不提了吗？你要是真觉得我惨，那就抱着我哭一会儿，床头有纸巾，你站着哭、躺着哭、坐在墙角哭都成！"我说着便顺势抱住了她的腰，希望能让她息怒。

却不想肖艾的情绪有点失控，冲我嚷道："哭什么哭，我就想问问你，为什么拆迁的事情会闹得这么大，那些街坊又为什么会把矛头对准你，反正你不能白白挨了一顿打。这幸好是没事，要是真的打傻了，我可怎么办？"

此时，甚至连我也忘记了金秋还在卫生间里洗漱，以至于她忽然从里面走出来的一刹那，三人都怔住了，而我的双臂还焊在肖艾的腰上，这个行为让我显得很猥琐。

金秋在我们前面恢复了从容，她走到自己睡的那个床铺，拿起外套披上后，对肖艾说道："昨天晚上我留在医院照看江桥的，你也不在他身边，其他人也不愿意管他，他身边总得有个人照应着，你不会介意吧。"

肖艾还没有说话，我便赶忙拍着自己的床铺说道："这是我的床！"生怕她不知道我和金秋虽然在一个房间，却是隔了好几张床睡的。

肖艾看了看我，又看了看金秋，然后也没有什么情绪地回道："我有什么好介意的。"

"不介意就好，那你们慢慢聊，我先去上班了。"

金秋说着便提着自己的包离开了。

…………

医院的外面，肖艾与我并肩站在马路边上，我向她问道："你待会儿准备去哪里？"

"回团里。"

"刚回来就回团里啊？"

肖艾瞥了我一眼，回道："我节目没演完就跑回来了，你当我们团长真的是软柿子随便我捏的啊？我得去请罪，要是中午之前没能跟你会合，那就说明这次我捅大娄子了！"

"我和你一起去。"

"不要，你得好好想想给我个什么解释，既让我不生气，还得合情合理，不许胡扯乱编。"肖艾说着又往我头上受伤的地方摸了摸。

我当然明白她的意思，可心中也有那么一点儿犯难，因为她的在意，恰恰让我不好说出是为了帮陈艺顶包，才被街坊们围攻而受伤的事情；我更不好告诉她，就在昨天陈艺曾拿着户口本找过我，要和我结婚的事情。

我还没有将这些烦乱的事情想明白，肖艾已经乘坐一辆出租车离开了，而回不过神的我只感觉阳光更加强烈了。

…………

离开医院，我去了夫子庙附近的那个商场，取了那枚戒指，然后又去花木市场买了些花草，我希望在小院拆迁的最后一段日子里，也有花草与它做伴。

进入巷子后，我又碰到了赵牧。但这次只有他自己，我知道他是来做拆迁动员的。

我们在曾经的心情咖啡门口停下了脚步，他先开口对我说道："你让于馨还给我的那十万块钱我已经收到了，我也没有想到事情会闹成这个样子，我的初衷只是希望这里能被顺利拆迁，大家都能拿到合理的拆迁补偿。这本来就应该是一件皆大欢喜的事情，目光放远了看，城市化是社会发展的必然趋势，即使我们集团不开发这里，迟早也会被其他集团开发。至于这些老房子有被保护的价值，纯粹是胡说，对于我们集团来说，最多花一百万能办下来的事情，现在需要一千万，这就是社会规则！"

我看着他，心情非常复杂，过了片刻才回道："你不用和我讲这些道理，如果我同意拆迁，能给你事业减少一些麻烦，我会同意的。至于拆迁补偿，该是多少就是多少，我不想额外争取。"

赵牧看着我，许久之后才点了点头，我们在正午的阳光下擦肩而过，虽然还在这条巷子里，却已经像走在两条路上的人。

我发现，我开始厌恶他的价值观，同时，也更加厌恶自己通过举报其他培训机构让琴行顺利开业的行为，这是我人生中唯一一件让自己感到无比耻辱的事情。

走出了巷子，我将那枚即将要送给肖艾的戒指从口袋里拿了出来，放在头顶的斜前方，迎着阳光看了起来。

我看清楚了上面的纹路，一圈又一圈就像树的年轮，每一条都是那么深刻，好像一个个感人至深的故事，所以我给它起名"爱的年轮"，恰如其分。

将戒指放回到自己的口袋里，我在心里计划着，该用什么方式将它送给肖艾。

…………

午饭时间，肖艾还没有和我联系。这让我觉得她贸然回来是闯了大祸，心中不禁为她担心了起来，也觉得自己对她来说是一个麻烦。就在我准备给她打一个电话时，她恰巧跟随一群人从公交车上走了下来。

我们在熟悉的便利店门口碰了面，我有点紧张地向她问道："你们团长没把你怎么样吧？"

肖艾理了理自己的衣服，心有余悸地向我回道："我们团长说，如果可以，他一定把我流放到边疆，最少五年不准回南京，吓死我了！"

见她还能以开玩笑的方式和我说这些，我紧绷的情绪也终于稍稍松懈了一些，我对她笑了笑。

却不想，她重重拍了拍我的肩膀，严肃地看着我，说道："说好给我一个解释的呢，你为什么会被那些街坊邻居打破了头？你要再磨磨叽叽的，我就去巷子里挨家挨户地问，总有人会知道实情的。"

我与她对视了好一会儿，终于整理好自己的情绪，缓缓说道："事情就是起源于拆迁，陈艺和我一样，都很排斥拆迁，所以她就发动媒体的力量，对拆迁进行了曝光，并找了相关专家，提供了这些房子有保留价值的依据，然后就导致了金鼎置业的项目审批被叫停。所以这个行为让巷子里的街坊感到很恼火，我……"

肖艾面无表情地看着我，接着我的话说道："这时候，你英雄救美的心情就开始泛滥了，所以你帮陈艺将这个事情扛了下来，结果犯了众怒，就被二子用花盆给开瓢了，对不对？"

我点了点头。

肖艾也随着我点了点头，然后说道："这符合你一贯的性格，所以我一点儿也不感到稀奇。我更好奇的是，陈艺知道你做了这些事情后，她是什么反应。这一点，你必须要如实地告诉我，一个细节都不要落下。否则，以后通过其他渠道知道了真相，我会很难过！"

我心理压力愈发地增大，点上一支烟缓解了片刻之后，才对她说道："后来，我们一起去墓园看了赵楚。她是带着户口本去的，她希望我们可以结婚。我承认，有那么一刹那，我差点就从她的手中接过了。可是，最后我没有这么做。"

听我说了这些，肖艾的脸上终于有了表情，她转过了身体，背对着我。

这一刻，尽管阳光灿烂，我却看不透她的心思，于是下意识地将手伸进了口袋里，紧紧握住了那枚要送给她的戒指。而唯一能让自己安心的，便是我对她所说的一切都是实话，没有一点儿欺骗的成分。

我也知道，她需要多大的度量才能不去介怀这件事情，这似乎给我的求爱蒙上了一层阴影，让一切都变得不那么乐观了起来。

第267章 人有旦夕祸福

我的目光一直停留在肖艾的背影上，等我们再次相对时，对面梧桐饭店的遮阳伞下，已经三三两两地坐了一些顾客。

我一直用等待的目光看着肖艾，她却平复了情绪对我说道："我快饿死了，我们先去吃饭吧。"

我下意识地转移了目光，看着对面的梧桐饭店，然后将手从自己的口袋里拿了出来，竟发现手上已经冒出了密密麻麻的细汗，这一刻才算是松懈了下来。

过了马路，我和肖艾在梧桐饭店的遮阳伞下落座，服务员给我们送来了菜单的同时，也很贴心地送了我们两片解暑的西瓜。

我岔开双腿，以一个能让自己尽量放松下来的姿势坐着，看着肖艾问道："事情发生的前因后果我都老老实实地告诉你了，能不能告诉我你心中到底是怎么想的？"

肖艾闷了半晌之后，才对我说道："你就是一个大笆斗，以为自己能兜住很多事情，笼络很多人的心，可其实呢？你连自己都搞不定。"

我第一次听见有人用"笆斗"来形容我，却觉得挺贴切的，因为很多时候我的确像肖艾说的那样，用一颗为别人着想的心，做了很多并不讨别人喜欢的事情。

肖艾为我倒上了一杯凉开水，递给我后，说道："等今天琴行下课后，我们去1912酒吧街放松一下。袁真今天在那里有一个小型的演出专场，这是他复出后的第一场演出。我既然提前回来了，就一定要去给他捧场。"

我看着肖艾，有点不知所措，因为在我的计划里，我是想带她去看奶奶的，所以这一个上午，我都在琢磨这件事，甚至设想了如何将戒指送给她的场景。如果她愿意在奶奶面前答应我，那今后的日子，我们就一起看潮起潮落，我为她遮风挡雨，就像枝丫和绿叶，天生一对。

片刻之后，我终于向肖艾问道："袁真在酒吧的专场要演到几点？"

"至少晚上十点以后了，如果现场气氛好的话，到后半夜也不是没有可能。"

我用商量的口吻对肖艾说道："今天晚上我就不去了，我想去敬老院看奶奶，然后把老屋子要拆迁的事情告诉她。"

肖艾拉着我的手臂，也用商量的语气说道："今天我们去酒吧街，明天我早点儿下课，和你一起去敬老院看奶奶，行不行？"

我心中有自己的小算盘，我怕夜长梦多，所以一天也不想拖下去。

肖艾又摇晃着我的手臂，说道："去嘛，去嘛，看奶奶又不差这一天。"

就在我准备回答的时候，办完事情的赵牧从巷子的右边向我们走了过来，恰巧看到了肖艾和我亲密的互动。他停下了脚步，隔着一条路向我们这边看着。

肖艾也注意到了他，但是双手依然拉着我的手臂，只是看了他一眼，便又将注意力放在了要我晚上陪她去酒吧街的事情上。

直射的阳光下，我不太看得清赵牧的表情，只是看见他走向了自己的车子，而后便从另一个方向离开了郁金香路，但他的心情仿佛被留了下来，让我心中感到有那么一点儿不是滋味。

…………

与肖艾一起吃过午饭，她也没有顾得上休息，便去了琴行，准备利用半天的时间，继续对小芳进行高强度的训练以应对日益临近的"星海杯"少儿钢琴比赛。

至于今天晚上去哪里，我选择听她的，晚上七点一起去酒吧街给袁真复出后的第一个专场演出捧场。这让我有点无奈，但也只能将求爱的日子往后挪一挪了。

利用一个下午的时间，我和一些一线乐器品牌在中国的代理商取得了联系，大概了解了一下在南京取得代理资格的条件，进行筛选后，我做了初步的预算。这次连铺货带装修，差不多要二百万的资金，但因为产品的特殊性，其实只要经营得当，很容易便能回本，毕竟现在一把上档次的吉他都要卖到五位数，何况被誉为"乐器之王"的钢琴呢！

快要六点半的时候，我站在巷子口等待着还没有下课的肖艾，刚刚点上一支烟吸了没几口，便接到了金秋的电话。

电话里，她的声音充满了焦虑和痛心，她几乎哽咽着对我说道："江桥，秦苗她出事了，事情很严重！"

我的心头下意识一紧，赶忙问道："她怎么了？"

"刚刚我和她一起去参加一个酒会，我在前面开车，她的司机载着她在后面。过红绿灯路口的时候，不知道从哪里蹿出来一辆违章车，正好撞在了她的车子侧面。秦苗坐在后座也受到了波及，当场就大出血，现在已经送到医院抢救了。我怕，我怕抢救不过来，她还怀着孩子，出了那么多血……"

我的头皮一阵阵发麻，我想起了秦苗的样子，想起了自己为她和乔野策划的那一场婚礼。我的心情在这个噩耗中沉入了谷底，嗓子好像被什么硬物给堵住了，一句话也说不出来。我在意的是那与我相识十多年的朋友，还有她肚子里的另一个生命。

　　我努力让自己清醒了一些，问道："红绿灯路口，对方怎么可能会有那么快的车速呢？"

　　"不知道，肇事司机可能是喝了酒，也有可能是吸了毒。这不是重点，你赶紧来医院吧，我们一起陪着她，希望她能渡过这次的难关。"

　　我打听清楚了在哪家医院后，便结束了和金秋的通话，但心情被压抑得很难受，而肖艾也在这个时候从马路的对面走了过来。

　　我拦下一辆出租车，对肖艾说道："秦苗被车撞了，现在正在医院抢救，情况不是很乐观，我要过去看看。"

　　肖艾明显愣了一下，反应过来后，对我说道："我和你一起去。"

…………

　　出租车飞快地穿行在夜晚即将来临的城市里，我的心好像被烈火焚烧一样难受，我不愿意看见这样一条与自己有过争吵，有过欢笑，有过许多交集的生命以这种方式消失在这个世界。

　　她是一个如此有智慧、能力强、懂包容的女人，至少对乔野来说是这样的。

　　我不知道，此刻的乔野是不是已经赶到了医院，但是我仿佛已经能够看到他心急如焚的样子，而这始料未及的突发事件，到底会给这个家庭带来什么样的影响，我更加不知道。我只知道，人有旦夕祸福，谁也无法预料，明天和意外哪一个先来。

第268章　人生如风

　　因为是下班高峰期，我们乘坐的出租车遭遇了很严重的堵车，五分钟过一个路口，便又淹没在了浩浩荡荡的车流中，尽管此刻已经心急如焚，却又无计可施，最后只是无能为力地靠在车座上，发出一声叹息。渐渐亮起的灯火，以忽明忽暗的方式提醒着我，夜晚已经来临了。

　　肖艾将车窗放下了一些，微凉的风，从车子与车子的缝隙间吹了进来，终于让我舒服了一些。我将目光收了回来，却又是一阵失神。直到广播里传来一首周杰伦的《说好的幸福呢》，我才集中了自己的注意力，听着那略显孤独和悲伤的旋律。

　　这并不是一首很应景的歌曲，可某些歌词还是唱出了秦苗婚后的这些年的辛酸，她和乔野就是在什么都不确定的无奈中结婚的，而一份看上去并不太可能的感情，才是毁了她和乔野的根本。

　　直到这个时候，我这个旁观者才真的发自肺腑地想问问她，这些年真的过得幸福吗？

这时，身边的肖艾轻轻将自己的手放在了我的手上，终于开口和我说了自上车后的第一句话，她低声问道："怎么会突然发生这样的事情呢？"

我摇了摇头："我也觉得很突然，直到现在我都不能相信这是真的。前些日子，我还看见她和金秋她们在梧桐饭店吃东西聊天，今天她就在医院里，连带着肚子里的孩子也生死未卜，命运的力量真的是太可怕了！"

肖艾的情绪也被这飞来横祸给影响了，她有点茫然地看着车窗外，握住我的手却又紧了紧，似乎也在害怕这命运的力量，而这一刻，我和她一样，都深深地陷入了没有安全感的恐慌中，也默默为秦苗祈祷着，希望她能平安渡过这次难关。

我知道，她肚子里的孩子多半是保不住了，只希望她自己还有强烈的求生意识，只要能活下去，那些伤痛终究会慢慢被时间给抚平的。

…………

我们到医院的时候，已经是晚上的八点一刻，时间距离金秋给我打电话，足足过去了一个多小时，我更加忧心秦苗现在的情况。

我和肖艾挤开往来的人群，飞快地向电梯口跑去，等我们来到正在抢救秦苗的十六层时，走廊里已经站满了人。我认识的有秦苗的父母和几个近亲，还有乔野的父母，以及陈艺。

这些人中有默默掉泪的，有心急如焚的，也有像丢了灵魂的，而乔野便是最后那一类。此刻，他就站在一个角落里，脸上看不到一丝表情。不仅是他，其他人也没有注意到我和肖艾的到来。

肖艾站在金秋的身边，我挤开人群向最靠近抢救室的乔野走去。但我也只是拍了拍他的肩以示安慰，没有多说话，因为此刻说什么都是多余的。

…………

不知道等了多久，抢救室的门终于被打开，医生戴着还没有来得及处理，沾满鲜血的手套，从里面走了出来。尽管神情疲惫，但在面对秦苗父母时，也没有一丝的松懈，他的语气充满了遗憾，他对秦苗的父亲说道："秦部长，大人保住了。但是请您原谅，尽管我们已经尽了全力，孩子还是没有能保住，令千金以后也没有生育能力了。"

秦苗的父亲强行站定，秦苗的母亲跟跟跄跄，眼看就要站不住了，与她靠得最近的金秋赶忙伸手扶住了她，而乔野的父母情绪已经彻底失控，他们冲医生吼道："什么叫以后没有生育能力了？你们今天不给我个说法，我就砸了你们的医院！"

医生无能为力地看着他们，近乎低声下气地回道："乔总，真的希望你能理解我们，在那种情况下，如果我们不做这个手术，恐怕连大人也保不住。我们能理解你们的心情，可是我们真的已经尽了最大努力了！"

另一个医生又劝道："有什么事情我们到下面的办公室去谈吧，病人现在很虚弱，需要安静的环境。"

说话间，两个护士将秦苗从抢救室推了出来。氧气罩下，她的面容极度憔悴，我们来不及送上关心，她已经被转移到了重症监护室。这时，乔野终于为秦苗掉下了第一滴眼泪，但自始至终也没有像众人那样追随推着秦苗的车而去，他痛苦地将双手放在头上，又痛苦地倚着墙壁坐在地上，一蹶不振！

在这个让人痛苦的时刻，没有主角和配角之分，而我看着乱成一团的人影，渐渐想到了已经远走的苏菡。

秦苗已经没有了生育的能力，苏菡怀着的这个孩子，可能将是乔野在这个世界上唯一的骨肉，而这个秘密目前为止只有我一个人知道。但是此刻，我判断不出是否应该将这个真相告诉乔野或者他的家人。我一方面怕给苏菡惹来麻烦，另一方面也害怕乔野这一辈子都丢掉了做父亲的权利。

实际上，我心里当然是倾向乔野的。我想，我也许会找一个适当的时机告诉他这些，但现在还不是时候。至少要等秦苗的身心康复后。但我无法预判，苏菡当初没有拿掉那个孩子，执意远走，到底是幸事，还是另一场纷争的开始。

秦苗被安顿好之后，那些亲友安慰了几句后陆续离开，我和肖艾不可避免地与已经哭红了眼睛的陈艺相对，我们都停下了脚步，然后在悲痛的气氛中看着对方。

秦苗是陈艺自小一起长大的闺蜜，发生这样的事情，除了秦苗的家人，最难过的一定是她！可是，我也找不到合适的言语来安慰她，因为秦苗不能再怀孕已经成为不可逆转的事实。

我在一阵沉默之后，终于对她说道："发生这样的事情大家都很难过，但是明天还要继续。你是秦苗身边最亲近，能和她交心的人，等她醒了以后，多陪陪她，帮她走出这段痛苦的回忆。"

陈艺的眼泪止不住地掉了下来，她哽咽着回道："江桥，是不是真的有命运这个东西在支配着我们的人生？秦苗，她是那么期待成为一个母亲，每次陪着她来医院检查的都是我，我知道她心里有多期待这个孩子的降生。可是，上天却给了她这样一个结果，不仅孩子没有了，连女人最基本的生育权利也被剥夺了。我不敢想象她未来该怎么生活，她真的会崩溃的！"

在陈艺撕心裂肺说出这些话后，我们都沉默了，甚至是肖艾这个对秦苗并不熟悉的女人，眼中也有泪水溢出。这个时候，她们都站在女人的角度感同身受秦苗的遭遇，而这样的事情发生在她们任何一个人身上都是无法承受的，所以这样的痛，她们要比男人更加能够体会和理解。

…………

心情沉痛地离开了医院，我和肖艾站在马路边上等待着往来的出租车。

我给自己点上了一支香烟，有些疲惫地望着马路对面足足有七十多层高的大楼。上面的霓虹拼出一个爱心的形状后，便像瀑布一样往下掉落着，然后又拼出一颗爱心，周而复始。

一直没有说话的肖艾转过头，在烟雾和霓虹制造出的朦胧中，抬头看着我的侧脸。

回过神的我与她对视着，渐渐由对视变成了凝视，我感觉有一种情绪在我的身体里蔓延着，肖艾也一样，我从来没有见过她用如此复杂的目光看着我。

"怎么了？"

肖艾仰起头，然后闭上了眼睛，许久之后，她才回道："今天在医院看到了这些，我才发现，一个女人还有时间去谈恋爱，去憧憬婚姻生活，去享受生儿育女的权利是多么幸福。如果没有这些，即使有再多的钱又能怎样呢？"

我也仰起了头，看着那些不断在自己的视线中旋转流离的霓虹，心中也生出了很多的感悟。我似乎在此刻原谅自己哪怕侵犯了街坊的利益，也要阻止拆迁的心情。因为跟生活里一些能给予你许多感情的东西相比，金钱真的算不上什么，即便它有时候是万能的，但有时候也只是一张张没有意义的废纸，它买不回秦苗的孩子，也买不回我小院里的那些温馨时光。

在我陷入茫然的呆滞中时，肖艾伸手拦了一辆出租车，我以为她还会去袁真那里，但是她告诉司机，我们要去的地方是敬老院。

我的手仿佛在无意中又一次触碰到了口袋里的戒指，心随之一阵阵颤动，那要求爱的心情愈发强烈。我深刻地明白，经历了这样一个看透人生的夜晚，我必须要更加主动抓住就这么静静守在身边一直没有离开过的幸福。

我不愿意再辜负自己，更不愿意辜负肖艾。

第269章 最美好的情节

已经是深夜，出租车载着我和肖艾往敬老院的方向驶去，但是我不能确定此时的奶奶是否已经休息，所以我更加觉得肖艾要在这个时候去看奶奶，一定有她的用意。

出租车将我们载到目的地后便掉头离去，而通往敬老院的路也因此安静了下来，只听见马路对面的麦田里传来了一阵阵蛙叫和虫鸣声，这里已经是不折不扣的郊区，也是一个容易被人遗忘的角落。

我站在门口，用手指敲了敲传达室的玻璃门，看门的大爷重重打了一个哈欠之后，一手拿着手电，一手替我们打开了并不是电动的拉伸门。手电和拉伸门也让这里更加充满了老旧的气息，仿佛是城市之外的一方净土。

我递给了大爷一盒烟，以表达自己这么晚过来打扰的歉意，之后便与肖艾一起走进了敬老院。

此时，奶奶住的那个房间已经没有了光亮，我敲了敲门，奶奶在片刻之后手拿一把蒲扇从屋里走了出来。

她非常意外又带着那么一丝惊喜向我问道："怎么这么晚还带着丫头来看我？"

肖艾回道："奶奶，我和江桥就是突然想来看看你，没有打扰你吧？"

"说什么打扰这么见外的话，夏天多睡一会儿，少睡一会儿，没事儿的。"奶奶说着，又想起什么似的对我说道，"奶奶今天买了一个西瓜，正在冰箱里冰着呢，我去取出来给你们吃，咱们就在外面聊天。屋里，你们李奶奶已经睡了，咱们别吵到她。"

我和肖艾点了点头，便坐在离门口并不远的长椅上等着奶奶，片刻后，她便给我和肖艾一人拿来了一片西瓜，而她将西瓜递给我们时的那种自然和不客套，也只有最亲的家人才会有。

　　奶奶也不急着和我们说话，一直用手中的蒲扇替我和肖艾驱赶着蚊虫，又提醒我们吃西瓜，可是我没有一点儿吃东西的心情。于是，我将西瓜放在一边后，轻声对她说道："奶奶，今天我来找你，就是想告诉你，家里房子要拆迁的事情。"

　　奶奶看着我，那一直替我和肖艾驱赶蚊虫的蒲扇也停止了扇动。

　　我比任何人都能理解她此时的心情，因为那即将被拆迁的老屋子，是她当年和已经过世的爷爷一起，一砖一瓦盖起来的，屋子在，她对爷爷的念想就还在。

　　只是一小会儿，奶奶便又挥着手中的蒲扇，笑着向我回道："拆了好，拆了好，拆了我孙子就能正正经经地把婚给结了。"

　　听奶奶这么说，我心中莫名不是滋味，我不晓得为什么连奶奶那个年代的人，也觉得有一套商品房，才算是正正经经结婚。而关于拆迁，并不是我想得那么单纯，它真的是一种大势所趋。

　　我又转头看了看身边的肖艾，她看上去有点心事，所以手中的西瓜也没有吃几口。

　　奶奶又向我问道："桥，咱们家的房子拆了，能拿到多少拆迁补偿？"

　　我很保守地回道："至少两套房子，应该还有几十万的拆迁补偿款。"

　　奶奶点了点头，又笑了笑，笑容里饱含了却一桩心事的轻松。她似乎还想对我和肖艾说些什么，但欲言又止。

　　我的手终于伸进了自己的口袋里，想拿出那枚戒指，可在这设想了许多遍的场景真的要来临时，心中却莫名一阵紧张，这种紧张源于自己心中并不那么有底气。

　　这时，肖艾对奶奶说道："奶奶，我想好了，等我和江桥的琴行发展稳定下来后，我们就来敬老院把您接回去住。如果我们工作忙的话，我们可以雇一个保姆照顾您，您在这里生活，始终是我们心里放不下的牵挂。"

　　肖艾的话让奶奶的脸上露出喜色，但她在意的并不是肖艾说要接她回去住的事情，她拉住肖艾的手，问道："丫头，你是不是已经在和我们家小桥交往了？"

　　肖艾看着我，她的气息离我很近，就像一朵最淳朴却也最明艳的花在我的身边亭亭玉立，我的心跳在加速，因为我和肖艾直到现在都谈不上什么情侣间的交往。这段日子，我们可以走得很近，可以在夜晚将对方想念一百遍，却从来没有牵过手，她也从来没有依偎在我的身边，说一些情话。

　　肖艾用手拍了一下我的肩膀，埋怨道："别冲着我咽口水好吧，看着瘆得慌！"

　　我这才意识到此刻的自己有多紧张，我已经快将口袋里的戒指盒子捏到变形了，于是脑袋一热，将盒子从口袋里拿了出来，右手悬在半空，大脑一片空白，几乎没有办法组织语言。

　　肖艾似乎还没有察觉，她伸手拿住了被我紧紧捏住的盒子，尝试了几次却也没能从我手中拿走。

　　我当然不想就这么给她，因为我一定要在这个时候和她说些什么，而且越有感情越好，这样我们就都会牢牢记住这个夜色平静，心情却并不平静的晚上。

肖艾语气不悦地对我说道："你的手能不能别握那么紧，让我看看是什么东西！"

我的手松了一些，肖艾顺势从我的手中抽出了盒子，将其打开，于是那一枚还带着我体温的黄金戒指就这么在没有多少光线的黑暗中呈现在她的眼前。

她的表情果然起了变化，她注视着我。我在她的眼神中，仿佛看到了粼粼的波光，就像清晨的海平面，汇聚了从远方而来的江水与河水，好似我们这么久以来积攒的所有情绪，一瞬间便达到了海平面的尽头。

我还是有些说不出话来，肖艾却自己将戒指从盒子里拿了出来，然后戴在了手上，一点也没有犹豫。

她一阵左看右看之后，向我问道："是送给我的吗？"

我赶忙点了点头。

这个时候，奶奶左手握住了我的手，右手又握住了肖艾的手，然后将我们的手叠放在了一起，却带着一点儿埋怨对我们说道："你们这两个孩子，上次来还和我神神道道地说了那么多，原来早就在一起了。"说到这里，她又笑了笑，说道，"看到你们这个样子，我就放心了。其实，接不接我回去，奶奶一点儿也不在意，反正在这里也住了这么多年，换个环境倒不一定习惯，但是，江桥，你一定要好好待肖艾，要有一个男人的样子，知道吗？"

在奶奶说这些话的时候，肖艾的目光也一直停留在我的身上，她的手很温暖，这让我心中升起一阵很久都没有过的愉悦感，我们就这么在奶奶的面前确定了情侣关系。

虽然，我始终也没有能够说出什么煽情的话来，可是亲眼看到了秦苗经历的这一切，我们都已经不再追求形式上的繁华。虽然我们的年纪都不算太大，但深知平平淡淡才是真的生活理念，就如同我们的小院一样，没有奢华的装修，却能治愈我们在生活里遭遇的创伤。

我将肖艾的手握得更紧了，终于对她说道："奶奶说得很对，以后你就跟着我在南京混吧。"

"混日子吗？"

"不，是混生活！"

是的，在奶奶面前我们也说不出什么太肉麻的情话，但这又何尝不是一种返璞归真的表现呢。重要的是，历经了一年的风风雨雨，我和肖艾终于在一起了。从此，我们可以拥抱，可以亲吻，可以牵着手走遍南京的每一个角落，还有什么比这更美好的事情吗？

哦，我还忘了，我们要努力地经营好琴行这个可以保障我们生活的根本，然后在拿到拆迁房后，将奶奶接回去一起住。

至于江继友和杨瑾，是不是会再出现在我的生命中，已经不那么重要，因为我即将有自己的小家庭，不愿意再活在他们带来的阴影中。

…………

深夜，我和肖艾就这么踩着时而有时而无的灯光走在宽敞的马路上。累了，就坐在路边休息，我抽烟，她则把玩着那枚我刚刚送给她的戒指。

按灭手中的烟头，她还不想走，于是我蹲下来，对她说道："上来，我背你。"

"我最近胖了，不怕我压死你啊？"

我转头看着她，一阵打量之后，回道："哪儿胖了，一点儿没看出来？"

肖艾噘着嘴，说了一句"油嘴滑舌"之后，用双臂挽住我的颈部，脚下一发力，便趴在了我的身上。我哼唧了一声，然后起了身，感受着她的体重，就像一片青叶，顶着阳光，温暖如春。

我用力奔跑，将生活里的灰尘远远甩在了身后，她在我的耳边轻轻呵气，弄痒了我。这情节就像发生在小说里，她得逞后的笑声，就是最美好的情节，路灯、远处的房屋和麦田，都是为我们祝福的观众，而我的喘息声，是祷告，我向书写我们人生的那个人祈祷，能够让这样的快乐永远地延续下去。

我的生命中，再也不愿意遭遇秦苗的痛，苏蔺的伤感，陈艺的遗憾，乔野的疯癫，赵牧的裂痕，杨瑾和江继友的未知。

第270章 梦

爱情的确会给一个人带来很多愉悦，尽管回去的路非常遥远，我却感觉不到丝毫的疲惫，我们一直牵手走在布满灯影的马路上，偶尔驶过的汽车，将我们与这个世界串联在一起，可我们的身影又是那么独立和自由。此刻，世界再精彩，也比不过是我们手牵手的甜蜜。

晃荡了将近一个小时，我和肖艾终于回到了郁金香路，趁着梧桐饭店还没有关门，我俩简单吃了点东西，这才回到了小院。

进了屋子，我坐在床上，肖艾则坐在沙发上，手中抱着那把她送给我的吉他。她娴熟地拨了拨琴弦，然后带着些感慨对我说道："没有想到拆迁这条巷子的，竟然会是爸爸一手创立的金鼎置业。总感觉有些事情，仿佛是冥冥中注定的。"

"其实也不是什么巧合，主要是因为赵牧进了金鼎，李子珊为首的高层又比较器重他，所以才接受了他要在这里建一座生态科技城的想法，听说要投资四十个亿。"

肖艾的表情颇为不满，她脱掉自己脚上那双红色运动鞋，双腿盘坐在沙发上，对我说道："他们就是在坐享我爸辛苦打下的江山，本质上有什么贡献？尤其是李子珊！"

"为什么这么说？"

肖艾看了看我，继而转移了自己的目光，看着窗外一阵失神，许久之后也没有回答，只是对我说道："我想去看看爸爸了，你和我一起去，好吗？"

我有些惊讶地看着肖艾，倒不是我不想陪她去，因为在那个曾经叱咤商界的肖

898

总面前，我只是他和李子珊婚礼的策划师，可神奇的命运竟然让我和他的女儿走到了一起。不知道，他会用什么样的心态看待我，更不知道在失去自由的这段时间里，他是否想念过肖艾，又是否为这个没有了依靠的女儿担忧过。

我来到肖艾的身边坐下，然后将她轻轻搂住，用行动告诉她，我一定会陪她去看肖总。

沉默了一会儿之后，我在她耳边轻声说道："对了，金秋会以她们公司的名义，帮我到银行做一笔两百万的贷款，这样咱们就能把一楼的乐器店给开起来了。"

"她已经帮了你这么多，干吗还要这么帮你，这可是一笔两百万的贷款啊！"

她说着便离开了我的肩膀，连手中抱着的吉他也一并放了下来，然后用一种不太能够理解的眼神看着我。

"可能她觉得自己对不起我吧。"

肖艾一点儿也不留情，用手捶了我一下，说道："不许胡说八道，她有什么对不起你的？"

"有啊，当初她刚从国外回来，直接把我从公司给开了，我可给他爸的婚庆公司做牛做马了这么多年，她这么干多不仗义，所以现在为了让良心过得去，就力所能及地帮帮我了。"

"好一个力所能及，这一出手可就是两百万！"

我立即很严肃地向肖艾强调道："她申请的是贷款，又不是送给我的，我每年可是要还很多利息的。"

肖艾特别不屑地一笑，回道："你最后要是没有能力还，这黑锅还不是她帮你背吗？你都说了，是她借公司的名义给你贷的款，所以这笔账银行只会认她说话，而不是你。"

接下来的时间，我就这么和肖艾在这个问题里纠结着，但是在她强大的逻辑思维引导下，弄得我自己都有一种错觉，金秋是因为喜欢我，才会这么三番五次地帮助我。可事实根本不是这样，但我也没有办法说清了，以至于最后被肖艾狠狠警告，以后别整天想着靠女人，要自己想点办法，做好琴行的业务。

我觉得挺委屈的，我怎么就整天想着靠女人了？再说，这笔贷款，我无论如何也不可能让金秋替我背锅，如果我真是这样的人，当初就不会将片头广告卖掉一部分后当即还掉了欠金秋的转让费。所以一旦琴行的经营和资金收支走上正轨后，这两百万我会立即还给她。最多是欠了她一个人情，而不是像肖艾说的那样占了她的便宜。

夜色深了，肖艾在争论中又渐渐靠在了我的肩膀上，她困了，尽管刚刚还将我说得一无是处，此刻却安心地将她自己交给了我。

我轻轻将她的身体放平，然后将空调出冷风的速度调慢了一些，又替她盖上毛毯，不忍心叫醒她洗漱，因为这一天她实在是太累了，我也一样。

…………

这个夜里，我做了很多梦，我梦见了小院被好几辆推土机给铲平了，纺织厂也湮灭在时光的洪流中，取而代之的是一座无比辉煌的五星级酒店。自从有了这间酒店，整条街上便总是有豪华的婚车驶过，于是那些低矮的饭店、便利店和蛋糕房都变得不那么显眼。

我还梦见了苏菡，她和乔野的孩子在我的梦中已经五六岁了，可是这个孩子不愿意叫她妈妈，反而围着秦苗乱转。

快要早晨的时候，我又梦见了肖艾，她穿着洁白的婚纱，在烈日下扬起裙角，飞快地在沙滩上奔跑着，我踩着她的脚印一步步追逐，可是明明已经很靠近，却始终触碰不到她。

我痛苦不堪地躺在潮水里，一瞬间风云突变，杨瑾不知道是以什么方式出现的，她优雅地向我走来，当我被她抱着时，感觉自己就像是一个孩子……我有那么一点儿不想醒来，最后是窗外的电闪雷鸣叫醒了我，而此时已经是早晨。

我和肖艾相继起床，她在卫生间里洗澡，我则端着脸盆在院子里洗漱，又一起去梧桐饭店吃了个早餐。

…………

肖艾去了演艺集团后，我买了些水果，去往秦苗住的那家医院。虽然还不确定此时的她有没有醒来，但我还是想第一时间去看看她，也想弄清楚现在的乔野是个什么样的状态。虽然他从来没有真的爱过秦苗，但这件事情对他的打击也是毁灭性的。昨天晚上，我亲眼看见他是怎样带着无比绝望的心情瘫倒在地的。

下了公交车，恰巧遇到了前来探视的金秋，我们一边向电梯口走着，一边说着话，但语气都很沉痛，我们都能想象到，两个家庭是以什么样的心情度过这个夜晚的。

我向金秋问道："事故原因调查清楚了吗？"

"没有那么快，初步估计是吸了毒，但也不排除是有人在蓄意报复。这几年乔野家的生意做得这么大，侵犯了很多人的利益，这里面肯定会有极端分子。"

我点了点头，随即感慨道："如果真的是这个原因，那实在是太可怕了！"

金秋叹息，她想说些什么，恰巧电梯的门在此时打开了，她便没有开口，引着我走进了电梯。电梯升起的一刹那，天旋地转，这让我更加厌恶医院这个地方，可是它越建越多，越建越大。

…………

此时秦苗还没有苏醒，她依然在重症监护室里，她的父母和乔野的父母都在，却没有看见乔野的影子。

金秋来到他们面前，说了几句安慰的话，而我则将果篮放在了长椅上，然后向里面看了看。

我不太能够看得清她的面容，但是能感觉到她的呼吸是多么脆弱，仿佛生命的全部都在依靠那只小小的氧气面罩勉力支撑着，而她的父母一夜之间苍老了太多。

此刻，即便是善于交际的金秋也有点词穷，虽然站在他们身边，却再也说不出多余的话来，而我更加不知道要说些什么。对于秦苗，我们也是很多年的同学，感情肯定要比金秋和她来得更深，看见她现在这个样子，我的心里就像针扎似的。

人就是这样子，痛苦的时候，总会想起曾经那些快乐的日子。在那段快乐的日子里，秦苗是个小富婆，她有自己的小金库，尤其过年时，她总是会在收了压岁钱后，把我们叫到肯德基、麦当劳这样的地方胡吃海喝。

如今，她这个样子，我怎能不难受？

…………

站了一会儿，乔野拎着一只很大的方便袋从电梯里走了出来。他来到秦苗父母面前，低头说道："爸，妈，给你们买的早饭，你们吃点吧。"

秦苗爸爸脸上的肌肉都在发抖，乔野的话还没有说完，他便狠狠抽了乔野一个巴掌，怒不可遏地吼道："你这个混账东西！秦苗嫁给你的这些年有过一天的好日子吗？要不是你不思进取，一天天地混吃等死，秦苗她一个女人，怎么会挺着个大肚子也要在外面操劳奔波？又怎么会碰见这样的事情……"

这一巴掌有多愤怒，谁都能想象得到，乔野的嘴角都被打裂了，血丝一点点地渗出，但是乔野一直低着头，他的脚下是散了一地却还冒着热气的米粥，一片狼藉。

另一边，乔野的父母都没有开口说话。

这沉默又痛苦的气氛，让我和金秋都感觉不宜久留，而压在两个家庭身上的痛，也不是一时半会能够消散的，甚至真正的痛苦还不是现在，等秦苗醒来时，她身边的亲人该用什么方式告诉她这个残酷的事实？她又该用什么样的心情来承受这一切？

走出医院的大门，我和金秋并肩站在她的车旁，因为心情沉闷，我从口袋里摸出了一支烟点上。

片刻后，金秋先和我开了口，她低声感慨道："真不知道接下来的事情会怎么发展，我最担心的就是乔野的父母，他们如果为了乔家能有个后，要求乔野和秦苗离婚的话，对秦苗的伤害就更大了！"

我吸了一口烟，然后摇了摇头，回道："不会的，秦苗的家世摆在这里，他们没有胆量这么做！其实对他们而言，只要是乔野的孩子，至于是不是和秦苗所生，在这个时候已经不重要了。你也知道，有钱人处理问题的方式，和我们这些普通老百姓是肯定不一样的。"

"你这话是什么意思？"

我眯着眼睛，又深吸了一口烟，许久之后才回道："以后你就知道了。"

说出这话的时候，我不可避免地想到了苏茵，我想我一定还会见到她的，或早或晚。

第271章 过渡期

在医院跟金秋分别的时候，她告诉我，为琴行申请的两百万贷款，银行已经在走流程，快的话再有一个星期就能拿到这笔钱。她提醒我，该着手准备乐器店装修的事情了，因为相较于她们公司现在的规模，两百万只能算是小额贷款，所以拿下的概率是百分之百。

我向她表示了感谢，她只是回了句"大家是朋友，不用这么客套"后，便开着自己的车子离开了医院。我没有她这么雷厉风行，又站在医院的停车场上吸了一支烟，等确定自己的心情平静了些后才离开。

…………

回到郁金香路，我便去了曾经合作过的那家装修公司，然后带着他们的设计师去看了琴行的一楼。经过半个小时的讨论，他们初步拿出了一套口头上的设计方案，我大概能够听得明白，再加上曾经合作过，当即便回他们公司签了一份合同，并交了一万块钱的订金。

中午的时候，我接到了肖艾的电话，她说要请她们团长还有几个一起去莫斯科演出的同事吃个饭，目的是为自己提前离开的行为向他们赔罪。

这是正常的社交活动，我当然支持，于是自己一个人去了梧桐饭店吃午饭，简单地要了一碗鸡蛋面。

可我是幸福的，因为我知道，夜晚来临前，肖艾会回到我的身边，然后以女朋友的身份陪着我。

今天的梧桐饭店又玩出了新的花样，店家在遮雨棚的下面弄了一套音响效果很不错的K歌设备。我知道这是为那些包场举行生日宴会和大型聚会的客人准备的，这在很多传统的餐厅里都有，但是放在露天很少见，至少我很喜欢，并憧憬着晚上能够带肖艾来玩一玩。

一碗面吃到一半的时候，我见到了安琳，也就是饭店老板从国外留学归来的女儿。印象中还是她去国外留学前见过一面，这是她回国后第一次遇见她，但这并不让我意外，意外的是陈艺正和她在一起。

安琳带着陈艺来到了那套刚刚安装完毕的唱歌设备旁边，然后笑着对陈艺说道："亲爱的，这是我从日本买回来的顶级设备，师傅刚刚已经帮我调试好了，你来帮我试一下音响效果吧。"

陈艺的心情看上去非常不好，她的心情也不可能好，看着她疲惫的样子，我便知道她昨天很可能在医院守了秦苗一夜，但她还是向安琳点了点头，然后从安琳的手上接过了那只灰色的麦克风。

陈艺用非常专业的普通话念了一首主持人考核时会用的诗歌，安琳不住地点头，很满意音响的效果，陈艺帮完这个小忙之后，又将手中的麦克风递还给安琳，可安琳意犹未尽，她要陈艺再唱一首歌。

陈艺并不是一个懂得拒绝的人，何况这对她来说只是一件小事，所以她又收回了自己的手，然后按了按屏幕，进入了点歌的页面。

这些年，我见过陈艺主持过太多场节目，却已经很少听到她在公开场合唱歌，但这并不代表她唱歌的水平就不高，虽然不能和肖艾相比，但她小时候也接受过很专业的声乐训练，于是我下意识地集中了自己的注意力，等她时隔很久之后的金口再开。

音乐的前奏刚刚响起，我便听出这是周杰伦的《安静》，我仿佛在一瞬间回到了那个用卡带听着《米兰小铁匠》和《开不了口》的年代。在周杰伦风靡的那个年代，我从来都听不清楚他在唱些什么，却喜欢陈艺坐在我的自行车后面，用最标准的发音唱他的歌。

"只剩下钢琴陪我弹了一天，睡着的大提琴安静的旧旧的；我想你已表现得非常明白，我懂我也知道，你没有舍不得；你说你也会难过我不相信，牵着你陪着我也只是曾经；希望她是真的比我还要爱你，我才会逼自己离开。你要我说多难堪，我根本不想分开，为什么还要我用微笑来带过；我没有这种天分，包容你也接受她；不用担心得太多，我会一直好好过；你已经远远离开，我也会慢慢走开，为什么我连分开都迁就着你……我会学着放弃你，是因为我太爱你。"

陈艺就这么坐在一张圆椅上，安静地唱着这首歌，可是唱到最后一句时，她哭了，哭得很难过，却自始至终也没有看向我，这让我不愿意相信她是唱给我听的。或者她怀念的只是曾经的某个画面，在这个画面里，有周杰伦的歌，有轻轻吹来的晚风，有躺在草坪上仰望着蓝天和夕阳说说笑笑的两个人。

食客们的目光就这么聚集在陈艺的身上，陈艺不动声色地擦掉了自己的眼泪，她向身边的安琳问道："怎么样，音响效果还满意吗？"

安琳有些担忧地看着她，她却从桌子上拿起了自己的手提包，说要去医院看秦苗，但是安琳在向她约了晚饭之后，才让她离开。

就在要与我擦肩而过的瞬间，陈艺停下了脚步，她低声向我问道："要一起去医院看秦苗吗？我开了车。"

我摇了摇头，用比她更低的声音回道："我早上刚刚去过，你昨天晚上陪了她一夜吧？别太累了！"

"没事。"

陈艺应了一声，便向马路对面走去，而我碗里的面已经泡烂了。

…………

下午，我将活动合作方案带到了之前谈好的那家英语培训机构，并与王校长将合同签订了下来，他从我这里拿到了时代影城暑期档的黄金广告资源，而我也从他这里拿到了二十个学琴学生，学费共计六万六千元。

虽然距暑假还有一段时间，但是在我拿到这笔钱的时候，琴行扩大教师队伍便成了摆在我面前必须要解决的问题，所以我并不清闲。

这个下午，仿佛只是晃了一下，便匆匆过去了。等我回到郁金香路的时候，肖艾和于馨以及新加入的小范老师都在琴行，超负荷地教着那些心怀音乐梦想的孩子，而三人中就数肖艾最累，她不仅要应付演艺集团的工作，还要在完成教学工作后额外为即将参加比赛的小芳进行单独辅导。

我到达琴行时，她正一边弹着钢琴，一边唱着范玮琪的那首《最初的梦想》，为自己和小芳加油鼓劲。而我像从前那样，站在窗前一边吸烟，一边沉浸在她们营造出的音乐海洋中。

渐渐地，我也有了学吉他的冲动，并期待着有一天背着吉他和通晓几乎所有乐

903

器的肖艾，一起走南闯北，就像去年我们在丽江的街头用吉他赚取食宿费用一样。

……………

忙忙碌碌中，时间就像被风吹起的沙子，悄无声息便过去了三天。在这三天里，老巷子即将被拆迁的事情终于尘埃落定，赵牧带着他的公关团队从政府手中拿到了这个项目的开发权。但也因为陈艺这么一闹，额外增加了近千万的开发成本，毕竟赵牧许诺赠送给街坊们的那些车位，放在市场上都能卖出真金白银。据说，以李子珊为首的高层，因此迁怒于赵牧，并剥夺了他对这个项目的部分管理权。

又是一个傍晚，我和肖艾忙完了琴行的事情，买了些花和水果，再次去了秦苗住的医院，准备看看她。

此时的秦苗已经苏醒，可是她自醒后一句话也没有说，整个人就好像丢了灵魂。医生说她患上了非常严重的抑郁症，这对两个家庭而言，无疑是雪上加霜。

公交车上，我和肖艾坐在最后面的位置，她向我问道："江桥，发生了这样的事情，乔野的家人会不会要乔野和秦苗离婚？毕竟秦苗已经不能生育了，乔家又只有乔野一个儿子，如果连继承的人都没有，要那么大的家业又有什么用？"

实际上，这个问题金秋在几天前已经向我问过，我没有和金秋说得很明确。我也一度想将苏菡怀着乔野孩子离开的事情永远放在自己心里，可是发生了这样的意外，我已经有点动摇了。

但我心中仍有顾虑，如果我将这些告诉乔野，之后被乔野的家人知道，对苏菡而言无疑是一场灾难，对秦苗也是极大的不公平；可是如果不说，乔野便失去了做爸爸的权利。所以这绝对是一场挣扎在人性和伦理之间的抉择。

我担心自己再做出错误的选择，再加上肖艾是我亲密的爱人，我便不打算一个人承受这个秘密。于是在一阵极长的沉默之后，我对肖艾说道："这个世界上有很多我们未知却真实存在的事情，准确说，这件事情只有我知道，其他人都还被蒙在鼓里。苏菡也怀了乔野的孩子，正是有了这个孩子，她才下决心离开乔野，离开这些利益的纷争。可是在秦苗不能生育之后，这个孩子就成了乔家唯一的血脉，所以如果我不说出真相，就非常对不起乔野，可是说出来，我就……"

肖艾打断了我的话，她皱眉说道："如果你说出来，那你实在是愧对苏菡的信任。凭什么乔野家可以这么横行霸道，想怎样就怎样？站在苏菡的立场，如果乔家硬生生从她手中抢走这个孩子，她的下场比秦苗还要惨，毕竟秦苗还有乔野，而她还剩下什么？"

肖艾的话让我心中一阵烦乱，好在这并不是一件需要我现在就去面对的事情，我还有很多的时间可以从长计议。

见我没有说话，肖艾也没有再将这个话题继续下去，而公交车经过一段时间的行驶，终于来到了秦苗住的那间医院。她现在已经醒来，我想知道她此时到底是什么状态，虽然未必帮得上忙，但也想真诚地开导她几句，让她知道，她的身边还有很多朋友是不离不弃的。

第272章 两张彩票

　　医院里，我和肖艾拎着水果来到秦苗所住的那个楼层，今天陪伴她的只有乔野。听说，乔野这几天一直没有离去，就在秦苗的身边做着很多琐碎的事情，而这些是他以前从来都不会对秦苗做的，虽然现在看来已经有那么一点儿为时已晚，但对秦苗来说也是一种安慰。

　　乔野看见来了朋友，便将一直遮得很严的窗帘拉开了一些，那挂在西边的斜阳，将它的余晖轻轻抖落在了房间里。房间里布置了不少很考究的装饰物，让人感觉不到这是一间病房，而像是一间非常高档的酒店客房，可站在这里的人心情都是沉痛的。

　　我将水果放在了茶几上，然后牵着肖艾的手来到了秦苗的身边，她却只是看着不远处的鱼缸失神。我循着她的目光看去，鱼缸里，一条大鱼正带着一条红色的小鱼，轻巧地在石头之间游来游去。

　　我知道，秦苗在想她的孩子。

　　我走了几步，站在她和鱼缸的中间。她终于看向我，眼神中尽是不满，却没有开口说话。她又躺了下去，侧身哭泣着。

　　乔野站在窗口，一阵突然吹来的晚风吹乱了他的头发，让他看上去非常难过。可就在不久前，他和秦苗这对欢喜冤家还因为买那辆保时捷918而吵吵闹闹过，他们也不是真的吵，就像是在过家家。

　　此刻，一切就像风，吹来了，也走了，只留下一点儿夜晚来临前的味道。

　　…………

　　肖艾留在病房里，我和乔野站在过道尽头的飘窗旁，相继点上了一支烟，我吸了一口之后，向他问道："以后有什么打算？"

　　乔野将烟放进嘴里，却没有吸，他看上去很乱，许久之后，才猛吸了一口，回道："等秦苗康复出院，我就回集团上班。"

　　我在心中一阵哀叹，我为这种早知现在何必当初的选择而感到难过。其实，他和秦苗之间，只要做对了一个选择，也不至于会是现在这种局面。

　　乔野背过身，靠在栏杆上，一支烟快要吸完时，他又低沉着声音向我问道："江桥，是不是这些年，我真的做错了。如果要以这样的代价才能换回我的醒悟，是不是也太大了？"

　　我保持着刚刚的姿势，向这个城市最远的地方放眼看去，那里有无数的灯火在闪烁，仿佛能照出人心中最隐秘的地方。沉默了一会儿之后，我终于回道："这些年最可悲的事情，就是你已经在生活的习惯里爱上了秦苗，可是你自己不知道。直到她这样，你才醒悟，可是所有人都觉得已经太迟了，因为秦苗现在承受的伤害是不可逆的。"

　　乔野黯然地低下了头，他闭上眼睛一声长叹，然后将手中的烟按灭在了身边花盆的泥土里，他没有再说话，我也没有将话题继续展开，只是与他一起沉默着。

虽然，我之前的话有些难听，但也不是存心刺激乔野，我只是希望他能清醒一点儿。这个时候，他也必须清醒，因为他的身上不仅有照顾秦苗的担子，还将从秦苗的手上接过管理一个集团的责任，他没有资格再像从前那样任性地活着了。

一阵阵风吹散了我们的情绪，我以为乔野不会再说话，他却又低声说道："我认识秦苗不多不少，也快十五年了。没有结婚之前，我很讨厌她一副总是高高在上的样子，好像全世界都得围着她转。她有什么了不起的，不就她爸是个当官的吗，不就她自己长得比一般女人漂亮吗，我一度觉得她身上的优越感太重了。后来，我们就结婚了，我什么事情都想压着她一头，不愿意惯着她、宠着她，可是她并没有和我计较这些，她会记住我的生日，给我办生日派对，送我各种各样的生日礼物。我一直以为她是在讨好我，实际上她只是不想将这个家弄散了。"

乔野的声音已经哽咽："我现在想起这些真的很难过，可是现在难过又有什么用？我们的孩子都没了！"

听乔野说完这些话，我也转过身，与他肩并肩站着，伤神了好一会儿之后，才向他问道："关于孩子的事情，你爸妈现在表态了吗？"

乔野点了点头，然后回道："秦苗现在连做试管婴儿的条件都不具备，他们的想法是让我去国外，找个素质比较高的留学生生个孩子，然后带回来。所以这在他们眼里，还是一件可以用钱解决的事情。其实，我能想象，如果不是因为他们忌惮秦苗的爸爸，他们肯定会让我和秦苗离婚，他们的世界太现实了！"

"那你自己是怎么想的？"

乔野回道："我哪儿也不去，也不想借谁的肚子去生孩子，我只想留在南京陪她渡过难关。"

我看着乔野，第一次在这个男人身上看到了蜕变，灾难的确会促使一个人成长。可是我不懂，为什么人的成长不是自然而然的，而是要付出这么惨痛的代价？

我用手抹掉了窗台上的灰尘，然后看着乔野，又问道："你自己对孩子有渴望吗？"

"当然有，可我最怕的是我的孩子变成另一个乔野，那还不如不要！"

乔野的话让我再次想起了已经远走他乡的苏菡，如果她的孩子最终被带回乔家，那不就是乔野口中的另一个乔野吗？这一刻，我甚至也觉得乔家并不是这个孩子最好的归宿，至少跟着苏菡，他也可以做到衣食无忧，何必流进乔家这片波涛汹涌的大海里呢？

于是，我将那些想说的话又咽回了肚子里。

…………

回到病房，秦苗的床头摆着一只已经削好的苹果，显然是肖艾削给她的，但是她没有吃，而肖艾也只能有些沉默地坐着。她看见我回来后，便从凳子上站了起来，我知道她是想离开了。

我站在秦苗的身边，尝试和她说话，可是她就和丢了神一样，一直闭着眼睛，也不知道她是累了，还是想用这种方式逃避这个世界。

再待下去已经没有太多的意义，我叮嘱乔野照看好她后，便带着肖艾离开了医院，而迎接我们的是这座城市万千的灯火和来来往往不知道要驶向哪里的车辆。

我和肖艾并肩站着，我们看见一辆尼桑贵士停在路边，一家老小从车上下来，似乎是外婆抱着小外孙，外公跟在旁边，而小夫妻俩看着这样的情景会心一笑，手挽手引着一家人向路对面的餐厅走去。

直到他们的身影被车流淹没，我和肖艾才对视了一眼，我在她的眼神中看到了一种对生活的渴求。

是的，我和她一样，我喜欢这样的家庭生活。我觉得人生就该这样，钱不需要太多，能够满足日常生活，有些富裕就好了。最重要的是，在一起生活的人，要在精神上像一家人。所以，我从来不羡慕乔野家的家财万贯，因为我从来没有从他的家庭里看到一点儿家的温馨。

我更不懂，住在那栋豪华的别墅里，他们真的会有幸福感吗？会不会也在深夜的时候，憧憬着一家人可以一起旅游，一路上说说笑笑，彼此照顾？

或许不会，因为这样的场景，对于乔野的家庭而言，已经远远比赚一百个亿还要难。

抬头仰望着没有边际的星空，我一阵迷茫，为什么人与人的价值观会有这么大的差异呢？

…………

灯光的交织中，肖艾忽然拉住了我的手，她领着我避开了冒着尾气的汽车，来到一家卖体彩的路边小店。她随机要了两张，一张她自己留着，一张给了我。

"江桥，如果我中了五百万，会分一半给你，你要中了，也会分一半给我吗？"

我低头看了看手中的彩票，然后很无所谓地回道："雷劈中我十次，也不会中一次的，赶紧收起你的幻想吧。"

肖艾却没将我泼的冷水放在心上，她坐在彩票店门口的台阶上，单手托着下巴，用手机查找着过往的中奖号码，然后嘴里念念有词，手指也在动着，仿佛要掐指算出这一期的中奖号码。

我在她的身边坐了下来，然后搂住她的肩，用手托住她的下巴，让她看着我，这才轻声对她说道："要是中了五百万，我就全给你，让你买漂亮的包包，性感的口红。"

"我不要全部，你给我一半就好了，但我也不会买你说的那些东西。"

"那你准备用这些钱干吗？"

"当然是先买一个房子了，然后再买一辆旅行车，你做司机，带上我和我最心爱的吉他，还有奶奶，我们一起去全国各地旅游，奶奶是不是都没出过远门？"

这时，我的心中好像有一阵暖流涌过，似乎在某个遥远的年代，我曾经有过类似的感觉。那时候，江继友是一个让很多人都羡慕的司机，喜欢旅游的杨瑾，也和他说过，要买一辆桑塔纳轿车，带着我们一家人出去旅游。那时候的杨瑾虽然已经生了我，我也已经开始记事，但她身上还有那种文艺少女的情怀，她说，就算旅途再遥远，只要有阳光的地方，一家人都会感到快乐。

可惜，那时候的我太小，不懂杨瑾话里的意思，而江继友更是个敏感又自卑的糊涂蛋，他什么都不懂！

在某种情绪的催动下，我将肖艾又搂紧了一些，她细腻白皙的皮肤就在我的嘴边，我感觉到她的气息像一阵芬芳的花香，我想亲吻她。

我渐渐靠近了她，肖艾似乎察觉到了什么，猛然一回头，重重撞在了我的鼻梁骨上，我顿时一阵眩晕，眼泪直掉。

肖艾也蒙了，她将手中的彩票放进了自己的手提包里，又赶忙从里面抽出一张纸巾，一边替我擦掉鼻血，一边向我问道："江桥，你是不是最近上火了？"

我捂住鼻子，痛苦不堪地回道："我要不是上火了，敢这么色胆包天吗？"

肖艾哭笑不得地看着我，然后又摸了摸我的鼻子，随后很同情地抱住了我，可是我感觉自己又上火了，鼻血止都止不住！

她却没有察觉这些，还在念叨着刚刚买的彩票，仿佛她就是今晚人生最大的赢家。

|第273章| 演唱会

夜晚的风有点湿，暖暖地掠过铺满光影的土地，也带走了这些日子我心中不知道从哪里惹来的孤寂，可当我抬起头时，依然恍恍惚惚，也有那么一丝迷离。我就这么看着肖艾那沾着我鼻血的胸口。

肖艾一低头，也发现了自己的衣服被我弄脏了，于是有点恼怒地看着我。

我又用手往自己的鼻子上抹了一把，很委屈地对她说道："你可别用这种眼神看着我，是你抱住我，我差点没喘过气来！"

"谁想到你那么脏！"

"就你干净，你鼻子让我砸一下看看，难不成你流的不是鼻血是洗衣液，不光有芳草香，还能洗污渍？"

肖艾又低头看着自己身上那件被我弄脏的短袖T恤，我以为她要翻脸，她却向我勾了勾手指，眯着眼睛对我说道："我有偶像包袱，受不了自己的衣服那么脏，你的衬衫脱下来给我穿。"

"想得美，脱了里面就没有衣服了。"

"英雄救美的机会就在你面前，你真的不想要？"

"真新鲜，第一次听说英雄是脱出来的！"我一边说，一边将自己衬衫上的扣子又往上扣了一粒。

肖艾忽然就变野蛮了，她一手捂住自己的胸口，另一只手伸过来解我衣服上的扣子。

我抵死不从，于是两人乱成了一团。我冲着她又喊又叫，她却变本加厉，把我原本板正的衬衫扯得像一块抹布。可那些搞不清状况的路人偏偏都将鄙视的目光投向了我，明明现在被非礼的是我。

闹腾了片刻之后,那件衣服已经比抹布还要皱,穿在身上也没什么意义,反正南京这座城市也不缺"膀爷",索性我就将衬衫脱了下来,然后扔给了她。

肖艾美滋滋地将我的衣服穿在了自己的身上,她还拿出手机一阵左拍右拍,最后也不知道有没有发到微信朋友圈。

…………

此时,夜色还不算深,我和肖艾并肩走在人群中,尽管我光着膀子,倒也没有引起多大的轰动,毕竟是个男同志,再加上天气比较炎热,大家司空见惯,也许只是将我归为没素质的那一类人中,但仍有几个人对我指指点点。

于是,我凑到肖艾耳边,轻声对她说道:"看见没有,马路对面那几个姑娘都在夸我身材好,口水都快流下来了,呵呵!"

肖艾快被我给恶心死了,于是加快了自己的脚步往远处的站台跑去,幸好我的身材匀称,胸肌明显,否则不敢想象跑起来会是一幅什么样的画面!

也许是因为脸皮太厚,我一边跑,一边和围观的人解释,说自己和肖艾正在拍街头情景剧,让他们看看热闹就行了,千万别小题大做,把我当成流氓。

…………

坐在回郁金香路的出租车上,今天的大乐透也终于开奖了。肖艾神情紧张地一手拿着彩票,一手抱着手机,一个数字一个数字地比对着。看着她的神情越来越激动,我不禁也重视了起来,往她的身边凑了凑。

忽然,肖艾重重往车椅上一靠,沮丧地拨弄着自己的头发,说道:"天啦,只差一个数字,我们就能中十九万的大奖,我快疯了!"

这本来就是意外之财,所以我倒是看得挺淡,便安慰道:"能猜中这么多数字也很厉害啦,而且你都是随机买的,根本没有研究过。"

肖艾却还在纠结,半晌之后对我说道:"如果中了的话,咱们琴行不就有扩大的经费了吗!"停了停,她又说道,"就算琴行不缺钱,那拿去交房子的首付也够了啊!我不贪心,有一套自己的小公寓就够了。"

"你是挺不贪心的,可没中就是没中嘛!看淡一些,乖!其实话说回来,这些要是放在从前,也就只够你买几个包包而已,没什么大不了的。"

"哪壶不开提哪壶。"

我笑了笑,只感觉这时的她就和普通的姑娘无异,因为她美丽的外表下也藏了很多的小心思,我却一点儿也不反感,相反更加觉得她是一个有血有肉,一点儿也不做作的姑娘。

就在此刻,我明白了一个道理:在一份感情中,想要保持长久舒适的关系,靠的是共性和吸引,而不是压迫、捆绑、奉承和一味付出以及道德绑架式的自我感动。

再回首与陈艺的那一段感情,尽管心中依然遗憾,可是我已经明白,爱不爱是一回事,能不能在一起却又是另外一回事。

…………

不一会儿,出租车便带着我们回到了郁金香路。我刚一下车,便被埋伏在墙角的毛豆大骂是不穿衣服的臭流氓。

我以暴制暴，将他的上衣和短裤都给扒了，毛豆不以为耻反以为荣，拿着他的玩具枪说要枪毙我。肖艾一阵害臊，继而背过了自己的身体，不愿意看着赤身裸体的毛豆。

在和毛豆的嬉闹中，一辆非常熟悉的奔驰车停在了距离我们非常近的路边。

一开始，我还不是太能确定，可当看见从车里走出来的人是赵牧之后，我才几乎肯定这辆奔驰车就是肖艾曾经开过的那一辆。但后来肖艾赌气还给了肖总，便被李子珊要过去给她一个表妹用了，没有想到几经辗转，却到了赵牧的手上。

赵牧来到了我的身边，他没有看肖艾，只是低声对我说道："桥哥，我想和你单独聊点事情，方便吗？"

我光着膀子面对赵牧，不免有些尴尬。这个时候，肖艾来到了我的身边，她将那件被她豪夺去的衬衫披回到了我的身上，然后又细心地替我理好，这才对我说道："你们聊，我先回去了。对了，罗本和袁真筹划了很久的演唱会，明天会在奥体中心举行，我和于馨是他们的伴唱，这是票，演唱会在晚上七点半开始，你提前半个小时进场。"

我点了点头，然后从肖艾的手中将票接过。赵牧这才将目光放在了肖艾的身上，肖艾胸口处沾着我血迹的地方已经变得很淡，但依然能够看出些印记，肖艾用手捂住那块地方，随后便转身离开了。

当她从自己曾经的那辆车旁走过时，并没有表现出什么特别的情绪，甚至没有多看一眼，只是平静地向远方走去。

我仿佛在她的背影中看到了另一个她，虽然还叫肖艾，可是和一年前已经没有了太多的关联，因为她的脾气改变得太多。准确说，不是脾气，是性格。

…………

我和赵牧来到了小院，两人围着圆桌坐下后，他便从自己的公文包里抽出了一份合同，递给我说道："桥哥，今天下午，集团拿出了针对老巷子的拆迁补偿标准。根据面积，你这边只能拿到两套一百二十六平方米的房子，外加三十万的拆迁补偿款，我没有办法为你争取更多，但是两套房子给你选的都是最好的楼层，并且是门对门的。一共十层楼，你的在六楼。"

我从他的手中接过了合同，带着些疑惑问道："拆迁补偿合同怎么这么快就出来了？"

"这个项目，集团很急。所以在审批没有过的时候，我们就已经在准备拆迁补偿方案了，但合同目前也就只做了你这一份，其他街坊还要再等一等，你如果觉得没有问题的话，就现在签了吧。"

我心中有些疑惑。

赵牧又说道："关于建筑项目，最难的环节就是动员拆迁。集团现在将这个任务交给了我，我的压力还是非常大的，我需要你帮我开一个好头，毕竟人都有从众心理，所以我希望你签。"

赵牧带来的补偿条件，其实和我心中的并没有太多出入，再加上之前因为我和陈艺的抗拒，给他惹来了很大的麻烦，所以于情于理我都不应该在这件事情上再为难他。于是，我打开合同仔细看了起来，确认与赵牧说的没有出入后，便从包里拿出了签字笔，以户主的名义签了这份合同。

赵牧将签好的合同放进了包里，只是感谢了我对他工作的支持后，便没有再多说些什么，然后就离开了我的小院。

我的世界就这么安静了下来。

静静坐了片刻，我又回到屋里拿来了一瓶啤酒，独自坐在院里喝了起来，可是心情越喝越复杂。我感觉到了一种浓浓的即将要告别的惆怅。而这一次，即将与我永别的是这个住了二十多年的地方。

尽管我已经签了那份合同，可我还是希望出现那么几个钉子户，然后拖慢项目的开发进度，这样我就可以在这里多住一些时间了。

一罐啤酒喝了下去，我渐渐变得多愁善感，我翻来覆去地看着小院里的一切，直到出现了幻觉，看见了那个给了我生命又给了我痛苦的女人。

我恨她，却也无比思念她。我多么想告诉她，小院就要被拆了，如果她对这里还有那么一丝丝眷恋，就趁着最后的机会再回来看看，否则这里的一切只能用影像来怀念了。

…………

这一夜，我又做了梦，与其说梦，倒不如说是回忆，因为梦里所有画面都是曾经发生过的。所以早上醒来时，我比任何时候都要想念杨瑾，可今生如果有缘再见，我不知道还能不能再像从前那样喊她一声"妈妈"。

白天，肖艾和于馨一直在跟罗本的团队进行着演唱会开始前的排练，我也在傍晚六点时结束了手上的全部工作，简单在梧桐饭店吃了顿饭之后，便带着肖艾给的门票去了演唱会现场。

等我检票进去后，才发现肖艾给我的是VIP座位，与我临座的几乎全是罗本在各行各业的朋友，其中最大牌的当属杨佑琪和那个叫乐瑶的女明星。第一次有机会接触这样的人，我不禁多看了几眼。

这时，一男一女，男人抱着一个孩子，也向我这边走了过来，女人简直美得不像话，气质也是超凡脱俗的。

盯着没有交情的人看，是一件很不礼貌的事情，于是我将目光又放在了舞台上，等待着肖艾出场的那一刻。

女人没有急着落座，她从男人手中接过了孩子，然后停在乐瑶的面前，笑着说道："所谓，快叫乐瑶阿姨，她口袋里肯定藏着巧克力呢！"

乐瑶当即从女人的手中将孩子接了过去，亲了几口之后，又对女人说道："米总，从你去年回国，也没有机会见上几面，明天咱们就在南京好好聚一聚吧。"

女人也颇为感慨地回道："是啊，发生了这么多的事情，我早就应该和昭阳请大家吃顿饭了，可要不是罗本在南京开演唱会，我们真的没有太多的机会能够聚在一起，真的很想念那些已经离开的老朋友！"

乐瑶点了点头，脸上也出现了一些伤感的神情。虽然我只是个局外人，可此刻真的能够感觉到，在他们这一群人的身上曾经发生过很多刻骨铭心的故事。

沉默了一会儿之后，乐瑶又转而对那个男人说道："昭阳，自从方圆离世之后，就再也没有见你弹过吉他，唱过歌，今天不知道能不能破个例呢？"

这个叫昭阳的男人，只是摇了摇头，然后低声说了一句"听罗本唱就好"之后，便在离我不远的地方坐了下来。

我出于好奇，向他看了一眼，却发现他的脸上尽是说不出的痛苦，直到乐瑶将孩子交还到他的手上，他才抱着孩子笑了笑，而几个人在这番寒暄之后也停止了交流。

我和他们之间还隔了几个空位，之后来的都是熟人，其中有邱子安、高索，还有那个给了袁真机会，可以说是袁真伯乐的何高明，他们相继在那几个空位上坐了下来。

没过多久，现场的灯光便暗了下去，四周渐渐变得安静，当音乐的前奏响起来时，现场立即响起了爆炸般的欢呼声。

我知道，大家等待已久的演唱会就要开始了。

| 第274章 | 去见肖总

演唱会只是刚刚开始，现场的气氛便已经达到了一个顶点。我回头看了看那已经满座的场馆，好似在这个时候看到了一种复兴的力量，而这种力量是包括罗本和数不清的摇滚音乐人用青春换来的，所以你时常能在他们的作品里听到一种愤怒的宣泄。

可以说，每一个成名的摇滚音乐人，背后都曾经有过一段天昏地暗的颓废。有些人将这种颓废演绎成了自己的标签，也有人在这种颓废中渐渐沉沦消亡，更有极少数的人将这种颓废用音乐去消化，去雕琢，最终变成一个个震撼人心的作品，罗本和袁真就是这极少数的人。

一阵迷幻的蓝光交替闪烁后，罗本抱着吉他，站在了舞台的中央。他并没有说什么开场白，只是闭眼面对着话筒，音响里传来的是比蓝光更迷幻的口琴声，仿佛将人带进了一个未知的空间，没有边际，只有若隐若现的忧伤，一个女人紧抱双腿坐在远处的礁石上。

罗本终于开了口："《谎城》，词曲，袁真；吉他，小五；贝斯，李骁勇；键盘，胡言；口琴，陈计坤；鼓手，宁浩；伴唱，肖艾、于馨……"

这时，肖艾和于馨用非常专业的高音开始哼唱了起来，绝望的情绪在持续蔓延，可是当贝斯强有力的声音响起时，好似夹缝中看到了重生的希望，原本安静的现场又断断续续地传来了呐喊声。

"好牛的编曲！不知道出自袁真还是罗本之手。"

我听见有人说了这些，转头看了看，说话的正是身边的高索，曾经川音的音乐教授，现任邱子安传媒公司的艺人总监。

他身边的何高明笑了笑回道："是袁真和罗本一起编的曲。"

高索点了点头，颇为赞赏地说道："这是天才与天才的碰撞，难怪会听出两种截然不同的情绪，但是不混乱。"

这首《嘘城》，前半段是罗本用浅吟低唱的方式在演绎，接管后半段的袁真却是狂暴的状态，他的手每一次从吉他上扫过，那种力量都好似要扯断琴弦。

此时，所有人都看得出来，这绝对不是刻意做出的状态，而是情绪真的到了，此时此刻，他就是名副其实的"现场之王"！

在他演绎中，我仿佛能够看到他活着的痛苦和孤独，可是观众看不到这些，他们更不知道，在袁真最落魄的时候，甚至在饭店门口捡过剩菜，而这么多年来，他一直是一个人在过着灰色的日子，除了音乐，他真的已经看透了，也麻木了！

…………

在这场演唱会中，身为前辈的罗本很提携袁真，数次将袁真介绍给了自己的歌迷。袁真本身就具有一定的知名度，再加上是个很有才华和个性的音乐人，所以歌迷们很买账，一直摆着摇滚的手势，声嘶力竭地喊着口号。这场演唱会过后，袁真也将借助一档大型原创音乐节目在国内全面复出，可以预见，他一定可以和罗本一起撑起华语摇滚的半壁江山。

演唱会进行到一半的时候，现场的设备出了一点儿小问题。在技术人员紧急调试期间，坐在最前排的众人也趁着这个空隙聊了起来。

我听见邱子安向已经贵为乐坛天后的杨佑琪问道："杨小姐，我知道你在音乐上很专业，所以很想听听你对演唱会上的伴唱有什么评价。"

杨佑琪看着正在与于馨闲聊的肖艾，向邱子安反问道："你说那个穿白色衣服的？"

邱子安笑了笑，说道："你为什么不觉得是那个穿红色衣服的呢？"

杨佑琪又分别向于馨和肖艾看了一眼，才回道："穿红色衣服的女孩，给人的感觉，肯定是受过专业声乐训练的，相貌虽然不错，但是少了些辨识度，这样的资质在各大艺术类的院校其实是很普通的。但是，那个穿白色衣服的女孩就不一样了，她的外在条件放在星光熠熠的娱乐圈也是很好的，而且她的嗓音条件也很出色。"停了片刻，杨佑琪又笑了笑说道，"她的音乐素养，甚至综合条件都比我更好，可能缺的只是机会吧。"

邱子安发出一声很沮丧的叹息，之后才回道："她缺的真不是机会，而是进入娱乐圈的想法。实际上，她在音乐上的才华，并不仅仅是在舞台上表现的这些，她本人还精通各种乐器，甚至还有音乐创作的能力，可惜这个好苗子了！"

听了邱子安的话，杨佑琪表现得非常意外，又看了看肖艾，才颇为感慨地说道："我倒是挺能理解她的。因为人越有才华，就越清高……可是娱乐圈不知道从什么时候开始充满了拜金的味道和黑色交易的肮脏，让很多有追求、有理想的人失去了生存的土壤，这是艺术的损失，却促进了娱乐行业的虚假繁荣，这让人无法判断对错。"

邱子安笑了笑，并没有评价杨佑琪的这番感悟，但这也正常，毕竟他是商人，根本没法指望他有什么艺术情怀。

…………

演唱会在持续了三个小时后结束，罗本宴请所有的宾客和工作人员吃饭，肖艾并没有参加，她在后台换了衣服之后，便去场外找到了欲离去的我。我们在场馆的附近吃起了大排档，要了这个季节最受欢迎的小龙虾和啤酒。

我不知道肖艾是怎么看待这个生活方式的，对我来说是一种享受。

我喝了一杯啤酒之后，对她说道："我昨天和金鼎置业将拆迁的合同签下来了，一共能拿到两套房子和三十万的拆迁补偿款。"

"还可以。"

"嗯。"我应了一声，随后又端起杯子喝了一大口的酒，我的心情有那么一点儿复杂。拆迁虽然改变了我的生活质量，可是也生硬地改变了我这二十多年的生活习惯，我自己都不知道，到底能不能适应住在高楼的生活。我总觉得，那种高度会让自己和这个世界产生很大的距离感，而且那里也没有种花养草的地方。

肖艾好似能够感受到我的心情，她用筷子捅了捅我，说道："还是舍不得老屋子被拆吗？"

我点了点头，然后向她问道："我真的不太能够理解，这里是大家住了这么多年的地方，为什么每一个人却都发了疯似的想拆迁呢？"

"其实大家心里不一定都是想拆迁的，可是他们比你更懂得权衡利益的轻重，因为主流人群代表的是主流价值观，你以为谁都像你那么傻啊！"想了想，肖艾又说道，"你也不是傻，主要是自己一个人过惯了，这么多年陪在你身边的只有这个小院和屋子，你的街坊邻居们却有亲人，所以他们的注意力一定是放在改善生活上。毕竟这样的小院给一家人住，确实挺拥挤的，你就无所谓了。"

我点了点头。我觉得肖艾是懂我的，她分析出的答案，就是我心里一直所想，却讲不出口的。在我的心中，这个小院和屋子就像我的亲人，陪伴我走过了无数个孤独无助的夜晚。如果不是因为有它，我想，这些年我在这座城市会混得更惨，至少会增加一笔租房的费用，但因为有了它的存在，我才活得像个正常人，因为还有个叫作家的地方。

想明白这些，我终于笑了笑，然后向肖艾问道："那你呢，对我的小院和屋子有感情吗？"

肖艾一副遐想状，她回应了我一个笑容后，说道："有啊，当然有……我最喜欢的就是在黄昏的时候，坐在长着杂草的院墙上，一边喝啤酒，一边看着云被风吹过，那里好像有一种我从来都没有体会过的自由。"

"听你这么一说，我又伤感了！"

"我更伤感，起码它都陪了你二十多年了，可我好像只在里面住过一个晚上。"

我在一阵沉默后，看着肖艾提议道："那你搬过去住好了，反正也住不了多久了。"

肖艾抬头与我对视着，半晌后很直接地回道："你是在骗我和你同居吗？如果是，那你就是个臭流氓！"

我赶忙辩解："我说的是普通的同居，毕竟有两个房间，中间还隔着个客厅，你住你的，我住我的，我是很纯洁的。"

肖艾用一种很鄙视的眼神看着我。

我被她看得很不自在，于是又端起手中的杯子，将剩余的啤酒统统喝了下去。肖艾并不打算放过我，她似乎找到了我的软肋，吃一个龙虾，骂我一声臭流氓，偏偏我们点的还是大份的，里面装着大大小小好几十只龙虾。

　　就在我快要受不了的时候，她的表情却变得严肃了起来，随后放下了手中的筷子，转移了话题："江桥，你觉得袁真师哥今天在演唱会上的表现怎么样？"

　　"挺好的，我听见高索他们议论了，他们都看好他会在摇滚这个音乐类型中取得成就，而且说他二十五岁之前写出来的作品就已经很有深度了。"

　　肖艾点了点头，如释重负地笑了笑，说道："这些年，我最放心不下的就是他了，如今看着他迎来了自己事业上最好的发展机遇，我真的觉得很开心。江桥，我们也要不甘落后，把琴行做好，未来一定会很美好的，对不对？"

　　"是啊，其实和他们相比，我们也不差。琴行不是比以前刚开业的时候要好很多了吗，等下面的乐器店再开张，琴行就算真正步入正轨了，一年有个百来万的收入，我反正是觉得挺轻松的，毕竟我们的投资也不小。"

　　肖艾笑了笑，回道："有这么多的收入我觉得就很好了，最幸福的应该就是这样的中产阶级，不必为创业苦恼，也不用为守业而提心吊胆。"

　　"我深表认同！"

　　肖艾轻轻呼出一口气，然后对我说道："江桥，明天下午你陪我去看看爸爸吧。"

　　可能是因为还没有做好足够的心理准备，所以我有点紧张，于是又向肖艾确认道："确定是明天了吗？"

　　"嗯，你去不去？"

　　"去，也该去了！"

　　说完这些后，我便有点失神，以至于一直机械地转着啤酒罐。我觉得，肖艾带我去看肖总，应该是有用意的，但这个用意并没有攻击性，相反是对我的一种信任和托付，在她的心里，是想和我在一起过日子的。

　　也许，等琴行走上正轨后，我们还会去一次台北，得到她的母亲认可后，我们也就真的往婚姻这个目的地越走越近了。到那时，她是愿意相夫教子，还是想在艺术这条路上有更高的追求，我都会无条件地支持她！

|第275章| 有人怀疑你的能力

　　回到郁金香路，我和肖艾在巷子口分别。尽管回到住的地方已经是深夜，我也没有立即睡去，我找来了扫帚将小院的里里外外都打扫了一遍，我希望在最后相伴的这段日子里，这里是没有灰尘的。

　　忙了半个小时后，我从冰箱里拿了一瓶矿泉水，坐在石凳上一边休息一边喝。对于我来说，人生最享受的，就是这睡前片刻的放松。这个时候的我，基本不会有太多烦恼,有的只是马上就可以休息的松懈。

不算太亮的灯光下,我从口袋里将手机拿了出来,然后给乔野发了一条信息:"秦苗的心情好点儿了吗?"

片刻之后,乔野回了信息:"这一整天就只说了一句话,不,不是一句话,是一个字。"

"什么字?"

"花盆被护士不小心从壁挂上碰了下来,她一惊,就'啊'了一声。"

若是放在从前,我可能会觉得搞笑,但此刻只是安慰道:"这是好事,至少说明她还能够接收到外界的刺激,可能就是心里这道坎还过不去。"

想了想,我又补充发了一条:"时间会解决一切的。"

这一次,乔野隔了很久才回复:"直到现在她还不知道自己以后不能再怀孕的事情,如果知道了,她百分百会崩溃的!"

我的心情非常沉重,闭上眼睛叹息一声,轻轻将手机放在了石桌上,然后起身站在了自己时常用来锻炼的单杠下面,不停地做着引体向上。我希望精疲力尽后,就不再去想这些让人感到遗憾和伤感的事情。

大概做了二十个时,手机在桌子上震动了起来,我不得不停下来,接通了电话,是乔野打来的。

他向我问道:"江桥,你知道有什么汤是补气血的吗?"

"猪肝汤和乌鸡汤都不错。"

"那行,明天早上我买好食材去你那儿,你教我怎么熬。"

"教你熬汤没有问题,但是我早上八点就得出去办事儿了,你能赶来吗?"

乔野很肯定地回道:"那我六点就过去,肯定不耽误你的事情。"

我应了一声,随后便挂断了电话。

这时,没人说话的世界好似变得更安静了,可我的心中莫名有那么一点儿伤感,为什么人总要等到失去之后才知道珍惜呢?

如果乔野在结婚后就能和秦苗好好过日子,现在他们的孩子恐怕也能喊我叔叔了,可就是这么一念之差,造成了如今这个无法弥补的遗憾。细细想来,也难怪秦苗会如此崩溃。

如果我可以选择一种能力,那我一定要选择预知未来,这样我就可以告诉身边所有在意的人,让他们不要再做出错误的决定,让这个世界太平安稳。

我像是一个痴人,在做一个痴梦,如果人都不犯错误了,这个世界恐怕会更可怕。

…………

次日早晨,我五点便起了床,洗漱之后,穿上运动服在早晨清新的空气中围着郁金香路跑了一圈。回来时恰巧遇见乔野,但是他开的已经不是那辆全南京也没有几辆的保时捷918,他只是开了一辆对他来说很普通的奥迪A6,手上拎着一只还有水迹的方便袋。我十分意外,因为没有想到他真的能在早晨六点就赶过来。

他来到我的身边,我问道:"那辆918怎么不开了?"

"会给秦苗添堵的东西我都处理掉了。"他说着将手中的方便袋在我面前提了提，又问道:"买的现宰的乌骨鸡,要炖多久?"

"一个小时到一个半小时,重要的是掌握好火候,这样才能把鸡肉里的营养炖到鸡汤里。"

乔野又从口袋里拿出了一个笔记本,然后对我说道:"跑你这儿一次也挺麻烦的,你把煮汤的要点都告诉我,我记下来,以后就可以自己做了。"

我点了点头,从乔野的手中接过,然后将自己煮鸡汤的心得和要点都记在了本子上。可是我想得过于简单,乔野这个完全没有生活技能的人,连高压锅都不会用。于是,我将使用高压锅的方法,又用图解的方式一起画给了他,并告诉他,如果要鸡汤的口味更好,最好是用砂锅。

他很认真地听着,然后将"用砂锅能炖出更好口味"这一条也记了下来。

…………

花了一个多小时的时间,我和乔野终于将鸡汤炖好。我和他要了一些装在保温饭盒里,准备送给肖艾喝,最近她在集团和琴行之间来回操劳,气色也不是很好。

八点的时候,我提着鸡汤来到了肖艾住的那个小区。此时,她已经起了床,正在健身广场上做着压腿的训练。

我来到她的面前,将手中的保温饭盒递给了她,她一边摘掉吸汗的头巾,一边向我问道:"什么啊?"

"刚刚和乔野一起熬的乌骨鸡汤,很补气血的,你趁热喝吧。"

"这么好!"肖艾将头巾放在地上,然后从我手中接过了保温饭盒。我们一起盘坐在健身广场对面的草坪上,来回奔跑的孩子仿佛给这个早晨带来了活力,阳光则像颗粒一样掉落在我们的身边,我们很久都没有经历过这样的早晨了。

肖艾一边喝着,一边对我说道:"江桥,琴行的老师,我们这边倒还能找一个,可还是不太够用,毕竟我和于馨还有演艺集团的工作,所以你赶紧想想其他办法吧,已经有三个学生被压了两节课了,再这么下去,家长真会有意见的。"

我点了点头,回道:"这事儿我一直在心里惦记着呢,我准备今天就在人才网发布一个招聘信息。"

肖艾又忧心忡忡地提醒道:"最好再快一点儿,人才网招聘效率不高的,你看看最近是不是有招聘会,咱们直接到招聘会上去招。"

"明天是周末,正常会有的,那我现在就赶紧过去申请一个招聘位置,可能还来得及。"

"那你赶紧去吧。"

经肖艾这么一提醒,我也感觉到了压迫感,当即便准备提包离去,争取在招聘会开始前,申请到一个位置。

这时,肖艾又喊住了我,她对我说道:"江桥,记着今天下午跟我一起去看爸爸。"

我一边走,一边转头回道:"放心吧,这事儿我比你看得还重,不会忘记的!"

…………

这个上午,我在本地最大的人才网,发布了一条紧急的招聘信息,然后又和主办招聘会的单位申请了一个明天在会场的招聘位置,等忙完了这些已经是中午了。

我匆匆忙忙地回到郁金香路，然后去商店买了些保健品。虽然我也不确定探监的时候能不能带这些，可是我将肖总当成了长辈，他曾经做过什么与我无关，在我眼中，他就是肖艾的父亲，是需要我去重视的人。

去琴行的路上，我接到了金秋的电话，她说在梧桐饭店等我，此刻我就在附近，走了几步便看见金秋穿着黑色的职业装，坐在靠梧桐树的那个位置，正小口喝着解暑消渴的酸梅汤。

我在她的面前坐下，她从包里拿出一张银行卡，直切主题："银行那边的贷款已经申请下来了，但是拿到钱还得需要一个星期。考虑到琴行这边的实际情况，我个人先垫资将这笔钱给你周转，你收下吧。"

这笔钱解了我的燃眉之急，实际上，我已经谈妥了两家乐器品牌，但是因为缺少资金，所以还没有谈到具体签约的细节，而有了这笔钱后，我就可以正式谈判了。金秋确实是个心思很细腻的女人，她明白我在这个阶段最需要的是什么，所以才提前给了我这笔钱。

我说了声"谢谢"，然后从她的手中接过了这张银行卡，而她又从包里拿出了一份合同递到了我的面前，说道："这是还款合同，里面还款利率和年限都写得很清楚，你要是觉得有信心能在规定时间里还掉这笔钱，你就签了吧。"

我从金秋的手中接过合同，非常仔细地看了起来，还款利率是正常的商业贷款利率，但是还款年限只有两年。这给了我很大的压力，因为实体乐器店是需要不断铺货的，即便能盈利，也有一部分钱要押在铺货上，所以在两年内还清两百万，其实是一件很有难度的事情。

金秋看着我，然后笑了笑，问道："怎么，对琴行未来的发展不够有信心吗？我却对你很有信心呢。在我看来，如果两年之内没有能力连本带利地赚回来，可算不上是一个合格的投资者和经营者，你江桥显然不属于这类人。"

人生需要冒险，我坚定地对金秋说道："既然你都对我这么有信心，我又何必畏首畏尾的呢？这个合同我签！"

金秋点了点头，她将一支签字笔递给了我，而后说道："希望你能好好利用这笔钱，至少要向那些怀疑过你的人证明，你江桥也是有能力的，只需要给你一个杠杆，你就可以有一番作为。"

"为什么和我说这些？"

金秋一点儿也不留情面地回道："我说这些是因为确实有人在怀疑你的能力。"

"是谁在怀疑我？"

"我没有特指谁在怀疑你，反正你要重视自我提升，这总归不是什么坏事。"稍稍停了停，她又对我说道，"对了，今天上午我已经和纺织厂那块土地现在的产权人达成了交易意向，我们会在下个星期一完成签约。也许，要不了多久，我就能实现自己在短期内的梦想了。这条郁金香路上会建成一个以婚礼为主题的五星级酒店。"

我想说的话有很多，可最后不知道为什么，一句话也没有能够说出口，我只是点了点头，阳光却忽然换了一个角度，刺向我的眼睛。

在我转过身体的一刹那，便看到路的那边，肖艾穿着一条白色的长裙正向路这边走来，我们的目光透过阳光交织在一起，她给了我离去的信号。

我的心情在一瞬间便有了变化，这种变化源于我现在的身份，但我还没有完全做好面对肖总的心理准备。我有一种强烈的预感，这一切并不仅仅是见一面那么简单，甚至会发生一些远远超出我预料的事情。

第276章 不是他亲生的

我从桌子下面将刚刚买的那些保健品拎了出来，对金秋说道："我准备和肖艾去看一下肖总，就先走了。"

"你要去看肖总？"

我点了点头，回道："其实早就应该去了，就算肖艾对他有怨恨，可毕竟也是她的父亲。我倒觉得是我的疏忽，一直等到肖艾提醒，才想起来要和她去见见肖总，实际上我最有责任解开她和肖总之间的心结。"

金秋深表认同，她又对我说道："嗯，肖总一定会出狱的，其实也没有几年，等他出来后，肯定会和你们建立紧密的联系，而且他这样的商界枭雄……"

金秋说到这里突然停了下来，我察觉出她的异样，随即问道："怎么了，有什么不方便说的吗？"

"也不是不方便说，只是在圈子里听到一些闲言碎语。"

"什么闲言碎语？"

金秋稍稍沉默后，回道："既然是闲言碎语，那肯定就是没有被验证过的。大概是说，肖总接受调查是被自己人给坑了，但奇怪的是，肖总似乎有意将这些罪名都扛了下来。他在调查取证的后期，完全没有给自己做任何有力的辩护，更没有提供有价值的线索，你能明白我的意思吗？"

我点了点头，回道："我当然明白，可这毕竟只是坊间传闻，所以我觉得没有必要去过度解读。"

"你能这样想是最好，但站在你和肖艾的立场，难道不希望这个传闻是真的吗？"

我想也没想地回道："当然希望是真的，可是肖总这么做的动机是什么呢？"

"到了肖总这个级别，他们的很多行为不是我们能随便揣测的，但我真的感觉有很多蹊跷的地方，最起码整个金鼎置业除了肖总，再没有任何人受到牵连，这点就不太合理。因为经济类案件从某种程度来说，它是有一定共性的。"

金秋的话让我有些愕然，想再问些什么的时候，她却催促我离去。原来是肖艾已经打好了车，正在马路对面等着我。我不得不暂时放下心中的疑惑，快步向肖艾那边走去，心中的疑虑却更重了，似乎金秋给我指的是一条根本就没有明确方向的路。当然，她基于主观的分析也不一定正确，毕竟肖总的案子是一个专搞经侦的国

919

家级调查组一手操办的,他们的经验和专业性肯定是在金秋之上的,所以出现误判的可能性并不大。

…………

出租车里,我和肖艾坐在后排,两人都很沉默。

去往江宁监狱的路上,有很多路段都种了梧桐树,那时不时就会出现的树荫带来了清凉,而戴着墨镜的肖艾在飞驰而过的树荫中情绪不明……

她打开车窗,一直看着车窗外,直到司机提醒她车里开了空调,她也没有关闭窗户,她似乎很厌恶车里密闭的空间。最后是司机选择了尊重客户,他关掉了空调,然后将全部的车窗打开,甚至车顶的天窗。

我沉默了一会儿之后,终于向她问道:"你怎么了?看上去心情很不好。"

肖艾没有回头看我,在意的似乎仍是车窗外树与树之间的距离,她过了许久之后才回道:"我没有心情不好,只是有点难过,我想起爸爸为这座城市的城建做了这么大的贡献,现在却要在阴暗的监狱里度过好几年,这种感觉真的非常不好。可错了就是错了,不是吗?他曾经享受过财富所能带给他的一切,如今却连自由也没有了,不知道他会是怎样的心情。"

我劝道:"他是个经历过这么多风雨的人,心理承受能力肯定比普通人要强太多,我觉得他会安心接受改造的。"

"但愿吧。"

…………

车子经过将近半个小时的行驶,终于载着我和肖艾来到了江宁监狱,我们走完探视的流程后,在狱警的带领下与肖总见了面。这是我在差不多时隔一年之后,再次有机会见到他,竟是在这样的场景下,令人唏嘘。

肖艾一直没有坐下,注视着他走到我们面前,却隔着一排铁制的栅栏,明明很近却拉出了让人感到压抑的距离。

我看着肖总,一年前他还意气风发,看上去是个四十岁刚出头的中年男人。可现在,他的身体状态完全变了,头发白了一半,人也消瘦了很多。看来我在来之前还是过于乐观了,哪怕这是个曾经站在金字塔顶端的男人,在面对这样的变故时,也会挣扎在生存与崩溃的边缘。

他将手伸向了肖艾,肖艾的表情非常复杂,但最后她还是将自己的手递给了他,他用双手紧紧握住,问道:"在外面还好吗,有没有受委屈?"

肖艾摇了摇头,狱警示意他们不要有身体接触,可是在肖艾要抽回自己的手时,肖总却更加用力地握住了她,直到狱警第二次警告,他才松开,表情里尽是失落、惆怅。

肖艾坐了下来,一阵沉默之后,她开口问道:"这里的环境这么差,还能适应吗?"

肖总答非所问,他回道:"总会有出去的那一天,爸爸现在最放心不下的就是你,这些年是爸爸对不起你,爸爸做错了太多的事情。"

"我虽然恨你,可是更恨李子珊。现在我不愿意恨你了,只希望你在这里好好接受改造,我会在外面等你的。"

肖总微微低了低头，却并不自然，也许这么多年来，这是他第一次低头，而且还是和自己的女儿。

他在沉默。

这时，肖艾轻轻拉了拉我的衣角，我下意识地向前走了一步，心中有那么一点儿紧张，但仍保持平静地说道："肖叔叔，我叫江桥，是肖艾的男朋友，不知道您对我是否还有印象。"

肖总注视着我，也许想起了一年前我们见过的那一面，他点了点头，回道："有印象，你是婚庆公司的那个婚礼策划，没有想到我女儿和你在一起了。"

因为不了解他，所以我能说的并不多，只是回道："是，我和肖艾就是在去年那个时候认识的，我们很投缘，我也很喜欢她，所以我们在一起了。"

也许是因为时间有限，肖总并没有追问我的身世和家庭情况，甚至没有针对我们的爱情发表任何见解，他只是在又看了我一眼之后，说道："小伙子，我想和我女儿单独聊一聊，你能回避一下吗？"

我看了肖艾一眼，随后点了点头，便向室外走去。

我无法适应室内室外的温差，再加上被强烈的阳光一刺激，我感觉到一阵心悸，随即拧开手中的矿泉水瓶盖，猛喝了一大口。

等自己的心跳恢复正常后，我的心绪也渐渐平静，然后思考起了肖总到底有什么话是忌讳在我面前说起的。

…………

大约又过了十分钟，肖艾也从探监室里走了出来，她的情绪依旧很低迷，我一步步紧随着她离开了这个让人感到压抑的地方。

等车的过程中，她低声对我说道："江桥，你知道我爸刚刚为什么要和我握手吗？"

"可能是因为太想念你了吧。"

肖艾摇了摇头，过了许久之后才回道："不是，他给了我一张字条。"

我震惊地看着她，问道："他是有什么用意吗？"

肖艾戴上墨镜，抬头看着无比刺眼的阳光，她的侧脸写满了难以言明的愤怒和惆怅，她的声音更低了："他怀疑，我那个弟弟不是他亲生的。"

我无比惊愕地看着肖艾，久久说不出话来，而肖艾已经在路边拦下了一辆出租车，似乎想尽快离开这个地方。我甚至都来不及弄清楚她现在的心情，便和她一起上了车。这一路蜿蜒曲折，阳光将路边的湖水照成了青绿色。

…………

一路无话，回到郁金香路后，肖艾便去了琴行，午饭也没有吃，便叫来了小芳，没有时间概念地从中午教到黄昏。时间仿佛在她们的琴声中变成了握不住的沙，只是眨眼间便过去了三个星期，场景却没有更换，但我的手上多了一瓶冰镇酸梅汤。

是的，这确确实实已经是三个星期后。

此时，琴行对面的马路旁多了很多卖西瓜的小摊，炎热的夏天来了，而琴行下面的乐器店也在这三个星期内完成了装修，从明天开始，我从上海和日本订的那批货便会陆续到达。

至于老巷子拆迁的事情，进度缓慢，因为那些拿到车位补偿的街坊邻居并不满足，他们正变着法地与赵牧谈判，想从他那里获得更多的拆迁利益。

赵牧因此大为恼火，他错误地低估了人性的贪婪，因为前些日子这些街坊还为了能够拆迁而与他同仇敌忾地站在一起，可现在项目真的要往前继续推进时，他们却为了自身的利益又统统翻脸了。所以直到现在，与赵牧签了拆迁合同的只有寥寥几家，而整个老巷子有将近百户人家。

就在赵牧工作受阻时，我和肖艾的琴行却发展得出奇顺利，我们不仅顺利地又招聘到了两位水平很高的音乐老师，而且学生人数较琴行刚开业时也翻了好几倍。

我和肖艾，甚至所有参与琴行工作的人，都非常看好琴行未来的发展前景，因为在南京这座城市，我们正在快速形成并传播着自己的教育优势。

肖艾说，如果被寄予厚望的小芳能够在"星海杯"少儿钢琴比赛中获得大奖，琴行的声誉会传播得更快更响，到时候我们考虑的就不再是生源这么初级的东西，而是该着手建设品牌了。

第277章　阮苏

又是一个雷雨过后，有点阴郁的傍晚，我接到了乔野的电话，他说秦苗已经出院了，要我务必帮他在梧桐饭店订一张桌子，他说秦苗喜欢吃那里的豆腐脑。

我和负责运货的物流公司清点完乐器的数量之后，便匆匆回到了郁金香路，然后在梧桐饭店的外面订了一张桌子，又特意叮嘱老板娘给我们留几碗豆腐脑，这才去琴行。

肖艾最近一直在超负荷工作，所以我希望她今天能适当放松一下。这些天，我每每看到她因为过度与乐器接触而磨出的茧子，心里就很不是滋味。可是，我也知道她不单纯只是工作，而是将某种情绪发泄在了工作中。她似乎不那么爱笑了，一直用最严厉的方式，将自己这么多年学来的乐器技巧，拔苗助长似的教给小芳，我却不知道小芳能不能快速地消化掉。

站在琴行的窗外，我往里面探视着，肖艾一直皱眉站在小芳的身后，直到小芳弹出了让她满意的节奏，她的眉头才渐渐舒展开来，却没有让小芳休息片刻，又低下身子在小芳的耳边说着一些弹奏时的要领，然后再次要求小芳重新弹奏一遍。

我轻轻推开门走了进去，来到她的身边，轻声在她耳边说道："今天就练到这里吧，待会儿和我一起去梧桐饭店吃饭，秦苗她出院了，说是想来这边吃豆腐脑。"

肖艾想也没想便拒绝道："不去！'星海杯'还有不到一个星期就要举行，'星海杯'过后，今年就没有什么特别有含金量的钢琴比赛了，所以我必须争分夺秒！"

我又试图在小芳的身上找到突破口，于是对她说道："小芳，想不想出去吃冰沙？"

小芳摇了摇头。

我以为她是害怕肖艾，于是加大了诱惑的筹码，又说道："吃完冰沙，我们再去烧烤店撸串，好不好？"

我的话还没有说完，肖艾便不耐烦地打断道："你以为谁都和你一样喜欢撸串？你赶紧走开，行不行？尽给我添乱！"

小芳也看了我一眼，说道："你赶紧走开，我要练琴了！"

我一阵苦笑，肖艾烦透了我，又将我往琴行外面推，我踉跄着，不满地嘀咕着："一个施虐狂，一个受虐狂。有能耐，你们就在这儿过夜，我现在就去给你俩弄张床来，让你们称心如意。"

我的喋喋不休让肖艾更烦了，当我在她耳边问她是不是来大姨妈了才会如此暴躁时，她一脚将我踹到了门外，然后重重关上了教室的门，无论我在外面说些什么，她也不搭理了。

我没有生气，只是更加心疼她。因为，我知道她在一年前过的是什么样的生活，而现在过的又是什么样的生活。我时常有一种错觉，好似自己遇到的根本就是两个截然不同的人，只是都叫肖艾罢了。

…………

撑着雨伞独自来到梧桐饭店，门口已经停了好几辆车，其中有金秋的牧马人，乔野的A6，还有陈艺的A4。他们正围着一张圆桌坐着，挂在屋檐下那忽明忽暗的彩灯映衬着他们的表情，好似每一次眨眼，都会错过他们某一瞬间的心情，只有雨水是不间断的，虽然让人感到心烦，却也给这炎炎夏日带来了丝丝清凉……

我想喝啤酒，还想吃小龙虾。

我在金秋的身边坐下，陈艺在我的对面，她的右手边是穿着毛衣的秦苗，她看上去还是很虚弱，那碗她喜欢吃的豆腐脑，只吃了一小口，乔野又去给她倒了一杯白开水。

时间改变了人与人之间关系，除了乔野变了，我和陈艺也变了。我们没有说话，更谈不上问候，只是在摇晃的灯光中看了彼此一眼。

我让服务员拿来了一份菜单，交给了身边的金秋后，又向服务员问道："你们这边小龙虾还和以前一样，卖的是实价吧？"

"嗯，现在是吃小龙虾的旺季，我们卖一百八一盘，大概三十只。"

"挺贵的！以前没有这么贵，去年夏天才九十一盘。"

服务员笑了笑，回答："去年的物价也没有今年这么高啊。还有，今年我们的厨师也换了，是从盱眙来的金牌厨师，小龙虾也都是洪泽湖里的好货，干净卫生。你看，很多人都点了小龙虾，口味不错的！"

我有点厌倦了这个世界什么都在改变，但想吃小龙虾喝啤酒的心情不变，于是很大方地对服务员说道，"十三香和蒜泥的给我们各来两份……"转而又对众人说道，"今天我请客，大家都吃得开心点，尤其是秦苗，你想吃什么尽管点，今天晚上我绝对不抠门，向餐巾纸保证。"

除了秦苗，其他人都笑了笑，然后金秋对我说道："这一顿恐怕一千块钱都下不来……你现在和肖艾赚的都是血汗钱，我劝你别这么奢侈。请客吃饭这种事情，还是让咱们几个人中，最不缺钱的人来。"

提起肖艾，我忽然就变得吝啬了起来，当即从金秋手中抽过了菜单，扔在了乔野的面前，说了一声"你来"。众人因此狠狠鄙视了我，可秦苗始终没有什么情绪，她只是很没有安全感地将毛衣领口拉到了下巴的位置，没有人知道此刻在她的心中，想到底是什么。

....

啤酒、龙虾和各式各样的菜放满了我们面前的桌子，为了能让秦苗融入我们，即便是不经常喝酒的陈艺也喝了很多，桌上的气氛在我们刻意的营造下一直很好。我们谁都没有说起孩子的事情，可秦苗对我们说的话依然只有那么寥寥数语。她只是问了我这里的房子是不是要拆迁后，便没有再开口说过话。

喝着喝着，我和乔野就较上了劲儿，两人跟服务员要了更大的杯子后，嘴里孙子爷爷地喊着，咕咚几口便喝掉了一大杯。还嫌不过瘾的我们又站了起来，嘴里说着不太着调的话。

我知道乔野之所以这么做，是希望秦苗还会像从前那样管管他，让他觉得曾经的秦苗还没有走远，可是秦苗沉溺在自己的情绪里根本走不出来，而这个夜晚最让人伤感的莫过于此。

饭吃到一半的时候，桌上已经摆满了空的酒瓶，堆满了红色的龙虾壳，就像我们肆意的青春，可以一片狼藉，也可以酣畅淋漓。

不知道什么时候，路边又停了一辆吉普自由客，从车上下来的是袁真，他那么骄傲冷清的人，却又匆匆跑到副驾驶那边，打开了副驾驶的门，替里面的人撑起了一把雨伞。

我不禁感到好奇，探身向他那边看着，却在看清楚来人后，心跳一阵增速，因为那个撑着雨伞向我这边走来的人，正是肖艾的妈妈阮苏。

察觉到两人的到来，金秋、陈艺等人也停下了筷子注视着。我下意识从椅子上站了起来，然后对站在我面前的阮苏说道："阿姨，您怎么来了？"

阮苏往一片狼藉的桌上看了看，才回道："我来看看如意，也顺便看看你。"

我莫名感到窘迫，愣了一阵之后，说道："阿姨，您吃过饭了没有，给您和袁真加双筷子。"

袁真摇了摇头对我说道："不用了，我就是负责送老师过来，乐队那边还有点事情，马上就走。"

阮苏又对我说道："如意呢，怎么没有和你在一起？"

"她还在琴行。"

"带我去看看。"

我赶忙放下了手中的筷子，点了点头，而阮苏已经在我之前走到了人行道等待着，她似乎并不喜欢眼前看到的这一切。

....

雨还在淅淅沥沥下着，我和阮苏并肩向琴行走去，有些老旧的路上时不时会有积水，而潮湿的风将远处路边摊上散发的油烟味一点点地卷了过来，整条街道却依然是那么萧条，萧条到好似每一个在忙碌的人都是艰辛和寂寞的。

走了将近十分钟，我和阮苏终于来到了琴行，在我准备上楼的时候，她却停下了脚步，在伞下仰望着用霓虹做成招牌。

我低声对她说道："阿姨，这就是我们的琴行，肖艾这会儿还在二楼教学生。"

阮苏点了点头，随后上了二楼，我一直跟在她的身后，她却在教室的窗口又停下了脚步。

她向里面看着，我也随着她的目光看去。

此时的肖艾和小芳正背对着我们，她们低头吃着泡面，而肖艾一刻也不让小芳清闲，哪怕吃面的时候，也在小芳的耳边说着她们那首参赛曲目在弹奏时的要点。

小芳能明白的就点头，不能明白的就沉默不语，肖艾又会换另外一种方式对她再讲一遍。这一刻，我仿佛在她的背影中看到了心力交瘁。

这时，阮苏终于开了口，她皱眉对我说道："你就是这么照顾我女儿的？"

我心中一颤，却因为紧张，不知道该怎么和她解释。其实，解释也没有用，因为有时候人更愿意相信的是自己的眼睛，而不是那些苍白的话。

见我不语，阮苏又对我说道："等如意教完了那个孩子，你让她到维京大酒店806房间找我。"

说完这些，阮苏便转身离去，我想再对她说些什么，可自己都能闻到自己那满嘴的酒气，所以还能说些什么？

…………

在阮苏走后，我打开了琴行的门，再次站在了肖艾的面前，愁眉苦脸地看着她……她则一脸烦躁地看着我，然后一口将泡面里剩余的热汤喝完，问道："你怎么又来了？"

我说道："你妈来了……"

"胡说什么呢，她来怎么不给我打电话？"肖艾一边说，一边从自己的口袋里拿出了手机，表情顿时就变了，想必被她调了静音的手机上一定有很多个未接来电。

肖艾急忙起身，然后一阵左看右看，问道："我妈人呢？"

"她走了，说是让你到维京大酒店的806房间找她，你赶紧去吧，她好像有点情绪。"

肖艾是个很聪明的女人，她低头往自己吃完的泡面盒子上看了看，又看着满身酒气的我，顿时便明白了，她抱怨着对我说道："你这人不该说话的时候口若悬河，该说话的时候数你最笨，你赶紧和我一起去。"

肖艾说着，又让小芳乖乖在琴行等于馨来接她，然后便拉着我的手向楼道口跑去。这种急切让我明白，阮苏是她在这个世界上非常在意的人，所以她希望我能在阮苏的心里有个好印象。

可偏偏有些事与愿违！

| 第278章 | 去留学

  与肖艾走出琴行，从傍晚就开始下的雨渐渐停了下来，乌云也被风吹散，地上的积水里倒映着路灯的光，可是世界并没有因此而安静，街上又多了很多出来散步的人，仿佛迫不及待享受雨水带来的清凉。
  一段路走下来，我们也没有能够遇到没有载客的出租车。此时，我们已经走到了梧桐饭店，乔野他们还在，但桌子上又多了一个男人，我略微回忆了一下，便想起前些日子曾在金秋的公司见过他，而纺织厂的土地使用权转让，金秋就是和他谈的。
  他出现在这里，我并不意外，因为纺织厂的土地已经被金秋拿了下来，他们应该还有后续的合作，但这种高级的商业游戏我没有兴趣关注。此刻的我，更在意肖艾的妈妈会怎么看我，所以没有再过去和他们打招呼，一直紧跟肖艾的脚步向更容易拦到车的那个十字路口走去。
  等车的过程中，我终于按捺不住，向肖艾问道："你妈怎么突然来南京了？"
  "不知道，可能是回来看我爸的。自从我爸出事后，她一直没有和他见过面，上次回南京也没有。"
  "她对你爸还有感情吗？"
  肖艾看了我一眼，随即反问道："你觉得她还需要有什么样的感情？都已经各自有家庭了，之所以回来看他，肯定是为了我，也有可能……"
  "什么可能？"
  肖艾沉默了好一会儿之后，才回道："现在胡乱猜测也没有什么意义，先去看看她吧，也许只是单纯地回来看看我呢。"
  说话间，一辆没有载客的出租车终于在我们面前停了下来，我引着肖艾上了车。很快，车子便在夜色中载着我和肖艾往维京大酒店的方向驶去。
  …………
  片刻之后，我们便到了。原本在这个时间，酒店已经很冷清了，可此刻在中心广场的喷泉旁边聚集了很多人，被围着的是一对年轻男女，男人穿着很标致的西服，姑娘穿着白色的婚纱。
  在人群的旁边还停着许多辆一般是工薪阶层开的车，甚至还有好几辆电动车。
  我和肖艾都有点疑惑，所以也没有立即进去，而是站在离人群不远的路灯下看着。
  "张柳，刘潇，明天你们就要在这里举行婚礼了，开心吗？"
  叫张柳的姑娘有些腼腆，男人也不太好意思，埋怨着这群朋友在这么晚将他们带到这个地方来，朋友们却并不罢休，非要他们表达此时此刻的心情。
  这么闹腾了一阵之后，不善言辞的男人看了看身边的新娘终于开了口，他动情地说道："来南京已经快八年了。二十六岁那年，我在夫子庙的百货公司第一次见到小柳，那时我因为粗心大意将钱包落在了她们柜台。我永远也不会忘记她挤开人群追到我的画面，也许从那一刻开始，我的心里就已经埋下了爱情的种子，因为这是一种很特别的缘分,可我只是一个从安徽来的乡下小伙子,在这座城市做着最普通的工作,虽然努力,但个人条件确实差了些。和小柳恋爱的时候,我没有车更没有房,也不能带她去很远的地方旅行。小柳却说,不用在意别人的眼光,只要两个人真心在一起,路边摊也能吃出乐趣,相拥着看一场城市边缘的烟火,会比去远方旅行来得更浪漫……"

男人有些哽咽,众人静静等待,谁也没有干扰,所以那真诚浪漫的气氛一直都在。

男人双手合十,对眼前的一切报以感谢,他接着说道:"遇见这样一个好姑娘,会让男人变得特别勤奋!如今,我已经三十岁了,虽然没有取得很大的成就,但今年终于在这座城市贷款买了一套房,还有一辆可以遮风避雨的车,我们的人生才刚刚开始,以后我们还会有自己的孩子,看着他成长,看着他比我们过得更好、更开心,就算最后逃不过生老病死这个规律,但也没有遗憾了。因为凡事都有一个人相依相陪,所以在我们六十岁、七十岁、八十岁时,再回忆起这段走过的路,可以很踏实地说,我们没有辜负人生中最美好的时光……"

男人温柔地拥住了身边的姑娘,在她耳边轻声说道:"小柳,明天我们就要结婚了,希望我们能将现在的心情一直延续下去,无论贫穷还是富贵……"

这时,围观的那些朋友,不知道是被这样的画面感染,还是早有计划,很快便有人用歌唱填补了温情之后那情绪上短暂的空白。

"他将是你的新郎,从今以后他就是你一生的伴,他的一切都将和你紧密相关,福和祸都要同当;她将是你的新娘,她是别人用心托付在你手上,你要用你一生加倍照顾对待,苦或喜都要同享。一定是特别的缘分,才可以一路走来变成了一家人!他多爱你几分,你多还他几分,找幸福的可能。从此不再是一个人,要处处时时想着念的都是我们,你付出了几分,爱就圆满了几分。"

唱歌的人越来越多,他们或围绕新郎、新娘,或坐在车里打开车窗,或一前一后坐在电动车上,为这对新人祝福着。

原来,温情远比愤怒更有力量,置身事外的我在歌声中仰望这座没有边际的城市,灯光和星光是祝福的烟火,一阵大风吹来,没能驱散烟火,却繁衍了更多,幸福如期而至,渐渐汇聚成一条波光粼粼的河流,带着美好的祝愿流向城市的每一个角落。

"刘潇,张柳,明天我们还在维京大酒店等着,祝你们新婚快乐!"

新郎拿掉眼镜,擦了擦因为感动而掉下的眼泪,他和新娘挥手与朋友们告别,一起告别的还有这个夜晚,但缘分不会告别,无论是朋友间的缘分,还是夫妻间的缘分。

看着渐渐冷清的酒店广场,若不是新郎和新娘还在,我真会误以为这是一场不期而遇的梦,可不管是梦,还是真实发生过的,我都很喜欢平凡世界里的这群平凡的人。

…………

我看了看身边的肖艾,我觉得她的内心不会平静,虽然这对男女的身上并没有太多我们的影子,但对幸福的渴望是每一个人的本能,更何况我和肖艾一路走来经历了不少风雨。

就在我想和她说话的时候，她却向新郎新娘走去，告诉他们，刚刚她也唱了那首歌为他们祝福。

这对新人愣了一下之后，向她表示了感谢，于是我也走到他们身边，将肖艾的话重复了一遍，同样也得到了他们的感谢和祝福。

…………

这段小插曲结束之后，我和肖艾一起来到了酒店的806房间。肖艾按了门铃，得到阮苏的回应之后，她又喊了一声"妈"，而阮苏也在同一时间打开了房间的门。她对我的到来并不那么满意，这让我有点尴尬，觉得自己是一个不速之客，最后我被肖艾给拽了进去。

阮苏坐在沙发上，我和肖艾像犯了错似的在她面前站着，但她是个很有素养且脾气很好的女人，尽管心里不快，却还是让我坐下了，然后又让肖艾给我倒了一杯热水。

肖艾很在意阮苏对我的看法，还没等阮苏开口说话，她便抢着说道："妈，今天江桥是喊我一起去吃饭的，可马上'星海杯'就要举行了，我很希望自己的学生能够在这次的比赛中有所作为，我觉得你一定比任何人更能体会我的心情，因为我们都是从事教育工作的。"

阮苏看着肖艾，片刻后回道："我这次来南京找你，主要目的也不是看你过着什么样的生活。妈妈已经替你在伯克利音乐学院交了三年的学费，主修音乐商业企业管理，下个月你就动身去美国吧。"

"妈，你没有和我开玩笑吧，你哪里来的这么多钱！"

"我把台北的老宅子给卖了。妈妈这辈子就你一个女儿，所以在你身上，妈妈愿意付出一切。我之所以送你去伯克利，而不是德国的学校，是因为那里有妈妈的熟人，你到那里之后会有个照应，我也能放心一些。"

"妈，你怎么能把外公外婆留下的老宅子给卖了呢？而且我暂时根本没有出国留学的打算！"

阮苏不为所动，依旧语气平静地回道："原因我已经和你解释过了，至于要你现在就出国留学，我也是有考量的。因为你现在的年纪也已经不小了，再出国留学三年，回来时也接近而立之年，如果这么拖下去，妈妈担心你以后会来不及规划自己的人生。"

肖艾的情绪显得有些激动，她的声调也高了很多："我不想离开南京，妈，你把那笔学费要回来吧，你这么做我真的承受不起！"

阮苏叹气，但还是很坚决地摇了摇头，回道："这笔钱是不可能要回来的，你必须要去留学。"

"妈，你这样不给我一点儿选择的余地，我真的感到很难过，你应该提前和我商量一下的。"

"如果我提前和你商量，那我还有选择吗？让你去国外留学，就是我必须破釜沉舟去做的事情，现在离出国还有一个月的时间，你好好整理一下心情，提前做准备吧。"

肖艾一言不发地看着阮苏，阮苏却以自己累了为由，对我们下了逐客令。而自始至终没有言语的我，心中却难过得要窒息，即便这次做选择的人是肖艾，我厌恶这一刻也不能风平浪静的生活！

…………

离开酒店，我和肖艾像两只没了方向的小船，漂荡在城市的海洋里。一直走了很久，我才低声向她问道："去伯克利音乐学院留学的费用，一年是多少？"

肖艾低着头回道："食宿在内，一年是六万美金。"

我被这笔天文数字弄得心烦意乱，如果肖艾不去的话，这笔钱就和打了水漂没有什么区别。我一直以为阮苏是个温柔的女人，可没有想到她做起事情来，也是这么得快准狠。

可冷静下来想一想，这也是情理之中的，如果她不这么做，而是很民主地和肖艾商量，那出国留学的事情肯定会被搁浅，而这绝对不是她愿意看到的。

走着走着，肖艾便坐在了路边的花池旁，她发泄似的拨乱了自己的头发，然后又无助地看着眼前那一栋栋沉默伫立的高楼。我能理解她此刻的心情，因为我也曾经历过类似的境遇。

点上一支烟，我在她的身边坐下，心中忽然更加畏惧那些潜伏在人生中的选择。也许，此刻的我比肖艾更加迷茫，因为我不知道该自私地挽留她，还是该为了她的前途和梦想考量，不顾自己内心的感受，圣人一般地劝她出国留学。

| 第279章 |　　**想想，再想想**

我在肖艾的身边陪她坐了将近二十分钟，她还是刚刚那个姿势，一直用双手托着下巴，烦躁了就开始拨弄自己的头发。可此刻的我也无法弄清楚自己的立场，我无法设想没有了肖艾的琴行会发展成什么样子。首先，我在精神上就少了一个支柱，而琴行在没有了肖艾后，师资水平也会下降一大截，甚至会影响其他老师的教学情绪，至少于馨肯定会重新衡量是否值得在琴行耗费这么多的业余时间。我一直觉得，她的热情来源于和肖艾一起做这件事情。

烦乱中，我又点上了一支烟，而这个时候，肖艾终于转过头看着我，向我问道："你为什么一句话都不说？"

"不知道要说些什么。"

肖艾从我的手指间将只吸了一口的香烟抽了出来，放在地上按灭后，才又对我说道："如果我去留学，琴行你打算怎么办？"

我一阵沉吟："说实话，没有一点儿头绪，可是……"

"你不要和我说可是，我就是想知道你内心真实的想法。因为我去留学，并不是一个星期、一个月，是整整三年的时间。三年，你知道是什么概念吗？我们从认识到现在也不过才一年的时间,所以三年的时间足够改变我们之间的一切,甚至我妈也说了,等我回来的时候,我们都已经是往三十岁去的人了。到那时,我们连青春都没有了!"

我没有与她对视,她却强行扭过了我的头,让我迎着她的目光。

看着她那亲切又美丽的面容,无数画面又在我的脑海里涌现了出来。

我不知道从什么时候开始,已经习惯了有她在身边的生活,所以才有勇气去面对老屋子即将被拆迁的事实,甚至纺织厂要被改建成酒店,尽管心里难过,也能做到一笑置之。这都是因为自己的身边有她,我才不会恐惧那么多刻在我生命中的重要记忆和物件,陆续从我真实的世界里消失。

"江桥,你快说话……"

我盯着她看了好一会儿之后,才回道:"不是还有一个月的时间吗?我觉得你和我都应该充分利用这段时间,将很多事情想明白,想透了!"

肖艾很少有地叹着气。我知道,那三年一百多万的学费,就是压在她心头的负担,更何况这还是阮苏卖了台北的祖宅才得到的,如果她就这么辜负了,阮苏一定会失望至极的!

很久之后,肖艾才又对我说道:"江桥,你知道吗?关于未来,我在这段时间想了很多。我幻想着,等过了暑假这个学习乐器的高峰期,我们就抽出时间去国外走一走,不用太远,泰国的普吉岛就很不错,我曾经在两年前去过一次。那时候还没有认识你,我就憧憬着有一天可以和自己喜欢的男人再来一次。我们喝椰子汁、晒太阳、去海里冲浪潜水,总之做什么都好。因为我们认识这么久,一直都过得很辛苦,从来没有放松过。可是,明明这些画面已经近在咫尺,为什么做起来就这么难呢?"

我心里不是滋味,于是从地上将那支被她按灭了的烟捡了起来,然后又放在嘴里点上。我抬起了右臂,她便靠在了我的肩头,我轻轻搂住了她,就像搂着一团最美的云彩,我害怕眼前的这一切终究只是过眼云烟。

我轻声在她的耳边说道:"也许,我们都生活在一座禁闭的城池里,在这里,有人拉着手风琴,有人寻找阳光,有人看着炊烟幻想美食。大家看上去都很忙碌,用自己的方式去寻找快乐,可是从来没有一个人想过要打开这座禁闭之城的城门。因为我们活在这个环境里,都已经麻木了,对于我们来说,挑战是一件很可怕的事情。或者,生活在这座城池里的人天生胆小,每一个人都害怕打开了那扇门之后,外面的世界令人恐惧,所以情愿就这么得过且过。"

肖艾抱紧了我的腰,用比我还轻的声音说道:"我不想你把这个世界看得这么透彻,也不想你将这些离经叛道的道理说给我听,我害怕自己听懂了这些后,会比你更孤独,那样就没有人安慰你的孤独了。"

"你怎么变得这么肉麻?"

"我没有肉麻,我说的都是真的。所以,我不想离开南京,不想你的身边没有人陪着,也不愿意自己到了国外后,要孤独地去适应另外一个完全不了解的世界。"

"我也不想你去,我们的琴行会慢慢变好的。还有,等拿到拆迁补偿的房子和补偿款,日子就会变得比现在好过很多的!"

肖艾似乎有点累了,她没有回应我的话,只是往我的怀里又靠了靠,然后闭上了眼睛。风将我们的头发吹得很乱,夜色变得更加深邃了。

…………

将肖艾送回了家,我也回到了自己的住处。我一点儿也不喜欢这样一个夜晚,不仅闷热,还有烦人的蚊虫在耳边嗡嗡作响……昨天刚买的蚊香片毫无作用。

我睡不着觉,便给乔野打了一个电话,想和这个一点儿也不靠谱的兄弟聊一聊。随便聊什么都行,反正别让自己静下来胡思乱想就行。

乔野接通了电话,他似乎在喝着什么东西,以至于有点口齿不清地问道:"怎么这么晚给我打电话,什么情况?"

"心里装着事儿,想和你聊一聊。"

乔野自嘲地回道:"你和我这么一个拎不清的人聊心事,不是适得其反吗?"

"没指望你能给我什么建议,就是不想闷在心里难受。对了,秦苗她休息了吗,别打扰到你们。"

"刚刚才躺床上,没事儿,我到客厅和你聊。"说着,电话里便传来了清脆的响声,是乔野用打火机点燃香烟的声音。

这段时间,他也过得不轻松,也不可能轻松。因为直到现在,他们全家人还都瞒着秦苗她以后不能再怀孕这个事实。这种心理压力其实是非常大的,但这颗深水炸弹迟早都会有被引爆的那一天。

"我已经到客厅了,有什么心事你就说吧。"

我酝酿了一下情绪,吐出那些郁结在心中的闷气之后,终于对他说道:"今天肖艾的妈妈来南京找她,不是为了别的,就是要她去伯克利音乐学院留学三年……"

乔野的音调突然拔高:"什么?她都跟你一起把琴行做成现在这个样子了,怎么可能在这个时候跑到国外去留学,那不是把你往死里坑吗!"

"看你这话说的!她现在确实非常为难,因为她妈妈没给她留一点儿选择的空间。她妈妈已经替她交了留学三年的学费和食宿费用,合成人民币得有一百多万!更要命的是,这笔钱是她妈卖了台北那边的祖宅得到的,你说她有可能拒绝吗?"

果然,乔野叹道:"这事儿她妈做得是挺绝的!可正因为她是这种态度,你们才更要反抗!"

我有些疑惑,追问道:"这话怎么说?"

"很好理解,她妈为什么会把事情做这么绝?目的绝不仅仅是要肖艾去国外留学,还有一部分原因就是要拆散你和肖艾。因为结合你之前说的,我能判断出她希望肖艾留在台北,留在她身边。但因为肖艾不管不顾地和你来了南京,就导致她变得非常忧虑,否则怎么可能会做出这么极端的事情。所以,让肖艾去国外只是她的第一步,一旦肖艾同意了,接下来她谋划的事情,肯定就是怎么让你俩分手。毕竟国外不是国内,相隔这么远,随便一个小误会,都是埋在两个人之间的炸弹,因为面对面沟通的渠道被切断了。这点你可以参考我和苏菡。"

乔野的分析就算不全然对,但也有那么几分道理,这引起了我心中强烈的忧患意识。我也给自己点上了一支烟,然后闷声吸着,心里却没有特别好的主张。

乔野又说道："江桥，这事儿你得好好琢磨，人的现实性和受教育程度可一点儿关系也没有。作为兄弟，我也不怕你嫌我说话难听。你说，谁家父母愿意将自己的女儿嫁到你这样的家庭啊？何况肖艾的条件那么好，只要她说声愿意，从南京到台北，想娶她的男人都能组成个团了！"

乔野的话确实难听，也让我心中很不舒服，却是不争的事实。

这些年，也不是没有人给我介绍过对象，可是每每听到我的家庭状况后，姑娘们的父母都无一例外地退缩了。我这个人等于无父无母，仅有的奶奶，腿脚上还有残疾，任哪个姑娘嫁给我，都扛不起这样的负担。若不是我和肖艾有一种特殊的缘分，恐怕今生连见一面的机会都不会有，更何谈一起迎着风雨，走到今时今日呢？

一阵沉默之后，我终于向他问道："那你觉得我现在应该怎么做？我们走到今天太不容易了，我没有办法下决心放她走！"

"这事儿你请教我就对了！你这人最大的毛病，就是思想负担太重，凡事都放不开，要我说，肖艾她妈既然能把事情做得这么绝，你和肖艾也可以以其人之道还治其人之身，只要你们是真心想在一起，要不要离开南京这件事情，你们比她有办法。"

我第一次对乔野说的话产生了想洗耳恭听的尊重，于是很迫切地问道："我们有什么办法？"

乔野一阵沉吟，随后向我问道："她什么时候去美国？"

"大概还有一个月的时间吧。"

"得，那这事儿就太好办了。"

他的卖关子让我非常着急，恨不能扒开他的脑子看看他到底在想些什么。

终于，他又开口说道："你怎么就不开窍呢？你说你和肖艾，一个生龙活虎，一个风华正茂，你算好她的排卵期，一个月的时间想怀上孩子也没什么难度吧？到时候，再来个奉子成婚，谁还敢不开眼地阻止你们？"

我的心有点乱，因为我从来没有敢这么胆大包天地想过。在这个阶段，要肖艾给我生孩子，这是一个什么概念？

乔野果然还是那么不靠谱！

就在我准备拒绝的时候，他的声音却更加严肃了："江桥，你想一想，如果当时我和苏菡有这种决心和觉悟，那还会发生现在这么多的悲剧吗？不会，这一切都不会发生！所以，我和苏菡的老路你们不要再重复了，否则你的人生和乔野一样，有一个永远也得不到的苏菡，还有一个一辈子也还不清债的秦苗。"

联想到乔野在这几年里经历的一切，我有了一种不寒而栗的感觉，同样的痛苦，实际上我已经在陈艺的身上体会过了一遍，却并没有给陈艺换回想象中的幸福。暂且抛开乔野的旧路不说，难道我还要将自己的老路再走一遍吗？

可是，除了乔野给的这个方法，难道就没有其他更好的方法？

就在我纠结的时候，电话那头的乔野又说道："江桥，你不要再犹豫了，因为绝对没有比这个更奏效的办法。如果肖艾真的爱你，在感情面临生死存亡的关键时刻，她会愿意为你做出一切牺牲的，相信我！"

我做了一个深呼吸，对于被逼到绝境的我和肖艾而言，这不失为最后一个不是办法的办法，可这件事情不能是我一厢情愿地去做，需要肖艾也有这样的想法和胆量。

我不是人渣，我会对她负责，我会娶她的。

假如我们真的这么做了，只是勇敢地将婚姻生活提前了几年，这并不是一种错误，可要真的这么做了，那一百多万的学费又该怎么办？

我的思绪很乱，我觉得自己想得太多，因为每一件事情在现在看来，都不是我有足够能力去解决的，我需要像大海一样澎湃的勇气。可此刻，我连正常的呼吸都感觉到困难。

我要想想，再想想。

第280章 不正经的早晨

结束了和乔野的通话，注定这是一个无眠的夜晚。哪怕我很刻意地喝了一杯安神茶，可是躺在床上的那一刻，还是清醒地感觉到了抉择带来的苦闷。可叹，我只是一个被生活压迫着的人，我能追赶的只是自己身后的影子，却掌控不住未来。

我夹着烟翻了一个身，只感觉自己又憋出了内伤，我不知道要怎么和肖艾说起奉子成婚的事情，这听上去很荒谬，毕竟除那次酒醉，我们连亲吻都没有过，何况还有精神层面的障碍。

也许是因为躺在床上就已经是深夜，我好像只是纠结了两个来回，窗外便有光亮传来，拿起手机看了看，已经是清晨的四点半。这就是夏天，白天远远比黑夜长，如果今天是个晴天，五点半的时候就会有阳光从窗口照进来。

眯着眼睛躺了一会儿，我仍没有睡觉的欲望，便起来洗了个凉水澡，穿上拖鞋，准备去早市买点食材，我想正儿八经地给自己和肖艾做一顿早餐。

出了巷子口，路灯还没有熄灭，街上冷清得只有打扫卫生的环卫工人，我有些怀疑，菜市场是否已经开市了。实际上，这二十多年来，我从来没有这么早去过菜市场。

又往前面走了一段路，便看见一个身影绕过路边的障碍向我这边跑来，因为光线暗，直到她快要靠近我的时候，才发现是肖艾。

此时的她，穿着一身白色的运动服，尽管早晨的凉风一阵阵吹来，但她的脸上还是有很多汗水。她正在晨跑，我要去买菜，可我们还是这么巧合地碰面了。

她原地小跑了几步，调整好气息之后，向我问道："怎么这么早？"

"看你这满头大汗的样子，我感觉你比我还要早！"

肖艾从自己的口袋里拿出一张纸巾，擦掉了脸上的汗水，然后坐在了路边的长椅上，她没表现出什么情绪，一阵波澜不惊的风吹过，让她看上去状态很好。

我也在长椅上坐了下来，有点木讷地看着还没有开门的馄饨店，心中想起的却是昨晚乔野给我出的主意，可是我该怎么和肖艾提呢？

我想买一盒避孕套暗示她，可即便这么隐晦，也感觉自己很猥琐、很下流。

"说啊，你为什么起这么早？"

我看着和我说话的肖艾，半晌才回道："这一夜，我压根就没有睡。"

"可怜！"肖艾叹了一声。

"那你呢，为什么比我起得还早？"

"我也没有怎么睡，做了个噩梦，就醒了。"

"那你比我更可怜！"

说完这些，我们用一种心照不宣的目光看着对方，却又不愿意聊起那个让我们感到心烦的话题。

坐了一会儿，肖艾终于开口对我说道："江桥，你相信'屋漏偏逢连夜雨'这句话吗？"

"信啊，这世界上的好词儿一般都不怎么灵验，坏词儿一说一个准，有什么事情你就说吧，我有心理准备！"

我嘴上这么说着，心里却压抑得要死，我很怕她说起，她这一夜思考的结果，就是决定要去伯克利音乐学院留学深造。于是看着她的表情都变得紧张了起来，眼睛眨也不眨。我就是这么一个会被言行举止出卖内心的人。

"昨天夜里，于馨和我通电话了，她收到一家电视台的邀请，将去参加一档音乐选秀节目。她说，这是她进入娱乐圈最好的机会，她不想放弃。所以，琴行的工作，她要暂时放下了。如果能取得好成绩，我倒觉得不是暂时放下，是永远！"

我下意识地点了点头，心中松了一口气，因为肖艾说的并不是她自己的决定。可一瞬间，那压抑的感觉便又来了，因为于馨真的是琴行不可或缺的老师，她不仅能教小提琴，甚至在肖艾有事情不在的时候，还能将钢琴这个科目也顶下来。但之于一个对自己人生很有规划的姑娘来说，琴行的工作终究只是玩票，所以她是一定会走的。只是对于我来说，走得实在是有点不是时候。

一段长长的沉默之后，我终于对肖艾说道："于馨来琴行帮忙，本来就是出于咱们之间的友情，就算琴行面临再大的困难，也不能耽误她的前途。"

"我也是这么想的。"

一夜未眠，再加上听到这么个消息，我不免有点头痛，可还是在心里强行思考着要怎么处理这一波又一波的危机。

我告诉自己，这个世界上没有任何一个创业过程是一帆风顺的，不同的危机随时随地都有可能发生。我应该具备创业者的觉悟，管理者的应变，继续将琴行做下去。琴行也必须要做下去，因为相对肖艾出国留学那一百多万的费用，琴行贷款得到的两百万也不是可以随便挥霍的。

肖艾又往我身边靠了靠，然后拉住我的手臂，说道："江桥，要是一个月后我也走了，琴行你要怎么办？"

我想了想回道："鉴于教职人员流失得这么严重，只能采用极端一点儿的方法，到你们南艺的音教系来一场对口的招聘会了。在教师队伍的建设上，我是不怕花钱的。"

肖艾满是忧虑地看着我，她松开了我的手臂，然后说道："你这根本就不是办法！这么和你说吧，在音教系，天赋过人，专业知识扎实的，一般会到一些比较好的学校做老师；一些外形条件不错的呢，可能会去混娱乐圈。就像于馨，你也看到了，演艺集团怎么说也是国营单位，可现在有机会了还是要去娱乐圈发展；剩下的那一小部分，要不就是被淘汰了，要不就是沦落到各个教学质量一般的琴行暂时做老师，但他们显然达不到你对老师要求的标准。否则，也不会我们琴行开出了这么高的工资，到现在连我和于馨在内也就才四个老师，而且还都是熟人。最大的问题，就是因为培训机构的老师并不是一份稳定的工作。中国人的求职心理大多还是渴望安稳的，即便要冒险，也是娱乐圈这种可以一夜暴富，日进斗金的地方。"

"你在制造恐怖气氛，音教系的学生不到琴行做老师，那干吗选择音教这个专业？"

肖艾有点不开心地看着我，回道："你根本没好好听我说话，我都和你说了，最后选择到琴行工作的人，都是专业素质并不扎实的那类人，他们是被淘汰的，你懂吗？你当然可以选择他们，但是琴行高教学质量的经营核心，还能继续下去吗？而且，一旦他们在琴行教久了，掌握了一部分生源，很有可能就会自立门户，毕竟开一个小培训班，成本是很低的。这些你都考虑过没有？"

"你还在制造恐怖气氛！"

肖艾有些生气了，她不耐烦地回道："不想和你说了，开琴行你就是个门外汉！"

肖艾说完后，真的就陷入了沉默中，而我也记不起来自己这么早出来，是为了买食材做饭的，就这么在她的身边坐着，直到有洒水车从我们身边驶过，我才下意识般地护住了同样有些失神的她。

下一刻，第一辆路过郁金香路的公交车也在对面停了下来，预示着忙碌的一天就要开始了，这让我变得躁动，我又想起了乔野昨天晚上给我出的主意。

我捏紧拳头，松开，又捏紧，终于对肖艾说道："我能问你个问题吗？"

"最好是着调的问题。"

我莫名感到心虚，但还是咬了咬牙，问道："你上次来大姨妈是什么时候？"

肖艾看着我的眼神顿时起了变化，随即反问道："这就是你着调的问题？"

我赶忙辩解："我……我那个，这个……"

肖艾看着我的眼神更加气愤，我窘迫到恨不能跟着刚刚启动的公交车向郁金香路尽头的那个路口狂奔而去。我这是怎么了？为什么不知道做好铺垫之后再问。

不断上升的窘迫感，让我开始语无伦次："我……你，要是来了……我就提醒你不要沾凉水，不要吃辛辣的东西……还有，不要熬夜……对了，我再帮你煮点补气血的东西。"

说完这些，我用这些年积攒下来的全部演技，试图让自己显得四平八稳，可更加心虚了，谁会相信大清早突然问这个，只是为了提醒。再说了，肖艾活到这么大，她难道连这些常识都不懂？

935

显然我在撒谎，是的，我就是在撒谎，我想以她的生理期推断出她能怀孕的日期，然后胆大包天地实施乔野给我出的主意。

我想我是疯了，因为我也没有确定自己到底要不要这么做，可已经和肖艾说出了这些。此时此刻，谁来救救我！

这时，肖艾放在臂套里的手机忽然响了起来，她看了我一眼之后，终于转移了自己的注意力，然后从臂套里拿出了手机。

这个电话应该是阮苏打来的，她犹豫了一番之后才接通，主动开口问道："妈，你今天去看爸爸吗？"

我听不见电话那头的阮苏在说些什么，片刻之后又听肖艾说道："我当然愿意陪你去看爸爸，可是，你要我下午和你一起回台北，这怎么可能？你又不是不知道我在琴行还有很多学生，我和他们之间是有契约的，我没有办法丢掉这份契约精神，你也不是这么教育我的。"

肖艾说着往离我更远的地方走去，以至于我渐渐连她在说些什么也听不清楚了。

足足过了十分钟，她才又回到我身边，匆匆说了几句之后便离开了，她说要回去洗个澡，然后陪阮苏去监狱看她爸爸。

…………

在她离开后，整条郁金香路好像忽然就忙碌了起来，小贩们支起了早餐摊，系着红领巾的小学生不探讨课本上的知识，只聊着那怪异的动漫世界，风奋力吹动花草树木。只是转眼间，一切就成了过往，可我坐着的长椅上却有了我的体温，世界时而真实，时而虚幻。

直到毛豆从远处跑来，然后跳到我的身上，我才相信，这个早晨和梦没有什么关系，它是真实存在的。

"二桥，给你喝牛奶。"

我从他的手上接过，却一点儿也不想喝这瓶被他喝过的牛奶。我将牛奶握在手上转了一会儿之后，向他问道："毛豆，这个世界上为什么会有你？"

"充话费送的呗！"

我愣了愣，然后又问道："移动，联通，还是电信？"

"中国移不动送的。"

"毛豆，我也想有个儿子了，你带我去充话费吧。"

毛豆捧腹大笑："哈哈，二桥，你真是个二百五！你想要孩子的话，和肖老师睡在一起就会有啦！充话费会送个大头鬼，送你两瓶色拉油还差不多！"

阳光渐渐有了力度，刚刚还吹着的风也停止了，原来连毛豆这个孩子都知道男女之间的事情。可是，怎么落在我身上，实施起来却是如此艰难？

我有点生自己的闷气。

于是，我终于从口袋里拿出了手机，然后给肖艾发了一条长长的消息："亲爱的肖艾，在你走后的不久，我遇到了毛豆这个孩子。他让我喝他的牛奶，可我嫌弃是他喝过的，所以就没有喝。但如果是你喝过的我就不会拒绝了，原因你懂的。毛豆这孩子，自从跟在你后面学钢琴后，就好像变得不那么正经了。我说了，也许你都不会相信，他竟然知道男人和女人想要生孩子，就得睡在一起。这是一个多么让人难以启齿的想法，我为他感到羞愧，但愿这些不是你教他的！好吧，我承认我的大脑有点乱。可是，我真的想你给我生个孩子，不是为了男欢女爱，就是不想你离开南京。此时此刻，我的心情真的很焦虑，有些想法表达得可能不那么完美，希望你能见谅！"

我的手指颤抖着，终于将这条生平以来最大胆的信息发送给了肖艾。我看着趴在椅子上玩着自己手指的毛豆，心中略微安稳了一些，因为有这个熊孩子帮我背了黑锅。

我想好了，如果肖艾找我问责，我就说，都是毛豆教我的。

第281章 我要回台北了

坐了片刻，郁金香路上往来的车辆越来越多，整个世界都开始复苏了，毛豆这个孩子在蹦跶了一阵之后，趴在我腿上睡起了回笼觉。

我拍了拍他的肩，活活将他弄醒了，然后向他问道："毛豆，是谁告诉你，男人和女人要睡在一起才会生小孩的？"

"你啊，是你告诉我的。"

原本我打算让他给我背黑锅，这会儿他却将这个事情赖到了我的头上，我怎么能不上火？于是跟他说话的声音都大了几分："你放屁，我都不知道男人和女人睡在一起才能生孩子，怎么可能教你？"

尽管我表现得很愤怒，可毛豆根本不怕我，他扯着嗓子回道："是你是你就是你！你那次喝多了酒，坐在门口告诉我的。我不相信，我说我是石头缝里蹦出来的，你就说是我爸和我妈睡一起才有我的。我还是不相信，你就发酒疯要打我，我那么害怕，后来就相信了。你都忘啦？"毛豆说着扯住我的耳朵，用吃奶的劲又吼道，"二桥，你都忘啦？"

我被毛豆搞得一阵迷茫，可听他说得有鼻子有眼，我不由得相信了，因为很多时候，我确实是一个不太正经的人，尤其是酒后，什么话都敢乱说。

我将毛豆推到了一边，然后将手机又拿起来看了看，肖艾没有回复，而时间已经过去快二十分钟了，这对我来说是一种莫大的折磨。

其实我没指望她会答应，我只是怕自己不说，会在她离开后感到遗憾。

我又想到了老屋子即将拆迁的事情，到时候我将在这条路上颠沛流离地生活。如果身边没有了她，我该怎么去打败那些熟悉的孤独，又将在端起酒杯时，以怎样的心情想起身在异国他乡的她？

就在这一刻，我忽然连吃早饭的心情都丢掉了，我从来没有发现，自己竟然会如此害怕失去，所以才会听信了乔野的主意，胆大包天地给她发了这样一条信息。

…………

毛豆和我闹腾了一阵之后，被他爸送去学校了，于是我在阳光下能看到的，只剩下了自己的心情。

起身在郁金香路走了一个来回，已经迎来了第一个上班的高峰期，他们大多是这座城市里忙碌的体力工人，接下来是那些坐办公室的白领。

可我还是在这个时间段遇到了每天必然会从郁金香路经过去公司上班的金秋，她应该是这个城市里为数不多会以如此方式工作的老板。

她也发现了我，然后将车停在了路边，得知我也没有吃饭后，索性拉着我一起去了巷子口的小吃摊，要了两份锅贴和两杯豆浆。

吃早饭的过程中，我有点心不在焉，金秋也没有说太多话，一直看着可能是昨天积压下来的文件。

我忽然想起她是学法律的，便向她咨询道："我有个朋友，她妈妈帮她在伯克利音乐学院交了三年的学费。如果这个朋友有变故不想去了，这笔学费钱还能退回来吗？"

金秋放下了筷子，用一种很怪异的目光看着我，然后非常不满地回道："你直接和我说肖艾不就完了吗？有必要绕这样的弯子？"

"我没想绕弯子，你要是知道的话，就赶紧告诉我吧。"

金秋略微沉默了一下之后，回道："这个要看每个学校的政策了，据我了解，一般还是可以要回部分费用的，但是具体还要看双方所签合同上面的条款。但是，我得给你打个预防针，美国人是非常注重按规则办事的，如果真的有这样一份遭遇意外情况也不退还学费的合同，你就不要试图和他们讲什么人情，结果只能按照合同上面的条款来执行，因为很有可能你的报名，已经影响到了他们的招生名额。我这么说你能听明白吗？"

我点了点头，心中已然有数，如果肖艾的妈妈真的不想在这件事情上给我们转圜的余地，那么她签的一定会是一份没有挽回余地的合同。

我陡然感觉压力更大了，心中不免又烦乱了起来。

金秋似乎也被这件事情影响，她没有再做自己的事情，而是向我问道："肖艾她妈妈是不赞同你们在一起吗？这个时候让肖艾出国，你们的琴行又该怎么办？很多学生可都是冲着肖艾那辉煌的获奖经历去的。"

我叹息，早饭也不吃了，从烟盒里抽出一支烟，眯着眼睛吸了起来，烦恼却不能随着烟雾一起吐出。

金秋见我不说话，也没有再给我太多意见，她吃掉了自己的早餐，然后收起文件，最后对我说道："江桥，尽管我知道你现在很困难，但是我不得不提醒你，二百万的贷款已经帮你做下来了，这可是商业贷款，你可不能有一丝一毫的懈怠。"

我看着她，愣了一会儿才回道："我知道。"

"那我就先去上班了。"

就在金秋欲转身离去的时候，我忽然很想听听她对这件事情的看法，她一定不会给出和乔野一样的主意，却也许是我这个阶段最需要的。于是，我喊住了她："等等。"

"怎么了？"

我稍稍酝酿之后才回道："你觉得我应该怎么处理这件事情呢？我现在很迷茫，

也很没有头绪,所以我想听听第三方的意见。"

"江桥,感情上的事情不要听别人的意见,因为爱不爱,有多少爱,只有当事人自己心里最清楚。如果真的爱到一定程度,即便做出并不那么理性的事情,我觉得也是人生的另一种精彩。反正,这个世界上有一万种活法,只要不触犯法律和底线,完全可以遵从自己的内心去选择,去生活。"

我在心里琢磨着,她的这番话和乔野的简单粗暴相比,似乎讲的也是同一个道理。

"好了,江桥,我这边约了几个工程师和设计师,要谈将纺织厂改造成酒店的事情,所以真的得去公司了。"

我在心里从来没有把金秋当作外人,再加上她刚刚对我说了那番话,于是在她第二次欲离去的时候,又喊住了她,说道:"除了和她结婚、生子,没有其他办法了。这件事情,她妈妈根本没有给我们留一点儿余地,她就是不想我们在一起!"

"什么?你要和她结婚生孩子!"

我猛吸了一口烟,然后看着她,我不知道她为什么会有这么激烈的反应。她又向我走了过来,说道:"江桥,你千万不能这么做,你这样做只能给你惹来更大的麻烦,你明白吗?"

我有些愕然地看着她,感觉自己刚刚好像误解了她的意思,以至于半晌才回道:"我不太明白,为什么不能这么做?"

"因为你负不了这个责任,听我的话,千万不要这么做。"

原本我对奉子成婚这样的事情就不是特别有底气,金秋这么一说,我心中便更加觉得不妥,这无关于是否有主见,而是因为这件事情实在是太过重大,何况我鼓起勇气给肖艾发的那条信息,直到现在也没有得到她的答复。我意识到肖艾也不一定赞成这样的做法。

············

金秋离开后,我去了琴行,碰见了于馨,这是她去参加选秀节目后,在琴行教的最后一节课。我从自己的皮包里数出了八千四百块钱,是她这段时间的工资。

耐心地等待了大约二十分钟,于馨从教室里走了出来,在关门前,她又往里面看了一眼。我知道她对这些相处了一个多月的孩子是不舍的,可是这样的不舍在事业面前却是必须要割舍的。

她来到我的面前,面色有些歉疚,然后低声对我说道:"江桥哥,我要去参加选秀的事情,肖艾已经和你说了吧?"

"嗯,去吧,不要有什么心理负担,好好参加比赛,现场需要亲友团就给我打电话,我和肖艾一定会去给你捧场的。"我说着将刚刚数好的钱递给了她。

她却摇了摇头,对我说道:"这段时间就当是友情帮忙吧,现在琴行哪里都要花钱,尤其是招聘这块,没有高薪是很难招到高水平老师的。"

我将钱硬塞给了她,然后转移了话题:"我想去你们南艺做一个专场的招聘会,你里面应该有熟人,看看能不能帮忙提供一个场地。"

于馨想了想,回道:"我认识管理后勤的庞主任,我现在就给他打个电话吧,你什么时候过去招聘?"

"时间不能拖了，就今天下午。"
…………

与于馨分开后，我便去了附近的广告公司，定做了一个招聘广告展架，等待拿货的过程中，我接到了肖艾的电话，心情莫名紧张了起来，毕竟我在早上的时候给她发了那样一条信息。我不知道她的心里到底是怎么想的，如果她已经动了去国外留学的念头，这种一厢情愿就会是她的负担，也会让我显得很可笑。

接通电话后，我没有立即开口，她也一样，气氛沉默到近乎尴尬。终于，她向我问道："你早上给我发信息了？"

"嗯。"我应了一声。就在我以为她要说关于信息的事情时，她却话锋一转说道："江桥，今天下午我就会和我妈回台北了。"

她的话还没有说完，我的心顿时就一阵钝痛，我不知道促使她做了这个决定的原因是不是我发的那条信息，但此刻的我真的好像丢了魂魄一样。

"为什么要走得这么突然，你做这个决定的时候想过我的感受吗？"

此刻的我是愤怒的，即便肖艾觉得我那条信息很过分，但也不能在这个下午就猝不及防地回台北去。且不说琴行会因为于馨和她的相继离去而陷入巨大的危机中，就我个人的情感来说，我也一万个不能接受，我害怕这个看上去不经意的早晨，就是见她的最后一面！

| 第282章 | 我想她

我的语气带着少有的质问，肖艾陷入沉默，我在她的沉默中非常焦虑，可是也没有再逼着和她要答案。

冷静下来后，我能理解她的难处，也理解这些年她和阮苏的感情。她不该站在阮苏的对立面，因为阮苏是一个称职的母亲，即便远走台北，但是她的心一直牵挂在肖艾的身上。仅凭这点，肖艾就该尊重她，珍惜这段母女情。

我有点失落，因为同样是母亲，杨瑾却从来没有对我做过这些。

就在我想开口和她说声抱歉时，电话那边我又听到阮苏与她说话的声音。她应了一声，又压低了声音对我说道："我晚上再给你打电话，你不要胡思乱想。"

"嗯，等你电话。"

我总感觉自己还有什么话没有对她说，可是到底要说什么，自己也弄不清楚，而肖艾在我的沉默中挂掉了电话。

我陷入了失神的状态中。

"先生，您定做的展架已经出图了，您看看是否满意？"

我猛然回过神，然后看着那个站在我身边等待回复的广告公司客服。她被我看得有些不自在，于是将刚刚的话又重复了一遍。

940

我并不是存心要冒犯她的，所以在说了对不起之后，赶忙将目光转移到她递来的图样上，然后说了一句"没问题"。
　　…………
　　下午的时候，我独自带着招聘展架来到了南艺。在庞主任的安排下，我在音教系的那栋教学楼下，摆了一张桌子，然后开始了招聘。可是我对音乐的了解终究有限，所以只能让感兴趣的同学留下了联系方式，再请冯媛抽出一些空闲帮我把关。
　　这个下午的时间太难熬了。当黄昏来临，学生们陆续离场，我也没有立即离去，只是点上了香烟，然后在肖艾曾经练舞蹈的那栋教学楼下站了很久，情绪莫名。
　　不知道什么时候，学校里的路灯成排亮起，从我身边走过的学生换了一拨又一拨，我有点麻木地从口袋里拿出了手机，可是打开屏幕的一刹那，心中又充满了失望。我不指望肖艾会在这个时候给我打来电话，但至少要有一条信息，随便说些什么，我的心情也会安定下来。可是，她并没有发，我们好像突然失去了联系。
　　天色快要暗下来的时候，我终于抱着展架走出了南艺，中间我接到了一些学生家长打来的电话，他们问我为什么今天肖艾和于馨都没有教学安排，我只能回复，她们有一点儿私事，等处理完这些私事，就会回来将落下的课补上。
　　因为之前积累的口碑，家长们也没有太计较。可是，这个极其有压迫感的夜晚，让我又想起了咖啡店倒闭后的心情，瞬间，那无助迷茫的心情又一次吞没了我。
　　回到郁金香路，我一步也不想多走，就这么坐在便利店的门口，回想着自己这些年所走过的路，越想越觉得窝囊。
　　似乎努力便会有回报这样的话，在我这里就是一个谎言。无论是心情咖啡，还是现在的艾桥乐坊，我都投入了全部的精力去做，甚至是在公司上班，做婚礼策划的那段日子，也是兢兢业业，可得到的回报远远没有付出的多。
　　我真的有点害怕了，害怕琴行熬不过这一劫，害怕金秋为我做的那二百万商业贷款，最后会变成一把杀了我的刀！
　　…………
　　只是一支烟的工夫，对面梧桐饭店的里里外外便已经坐满了食客。啤酒、小龙虾和快乐的心情，都变成了持续不断的喧哗，然后被晚风吹进了我的耳朵里，那孤独的感觉便再也掩饰不住了。
　　我去便利店里买了两瓶啤酒，还有一碗泡面，一边喝着啤酒，一边等待泡面。可是当泡面熟悉的气味随着风吹来时，我的鼻子真的一阵阵酸楚，却又哭不出来，最后只是望着远处闪转迷离的霓虹一阵无奈地苦笑。
　　"江桥，你怎么一个人坐在这里？"
　　我抬头看了看，站在我身边的人是金秋，我下意识地将泡面往自己的身后挪了挪，然后笑着回道："外面凉快，出来坐坐。你呢，刚下班吗？"
　　金秋点了点头，然后在我的身边坐了下来。
　　我四处看了看，又问道："你的车呢，怎么没有开啊？"
　　"想散散步，这一天在办公室里坐太久了。对了，你和肖艾的事情怎么说？她是铁了心要去国外留学了吗？"

我轻轻一声叹息，然后低声回道："不知道……她今天下午回台北了，说是晚上给我电话，应该会说些什么吧。"

金秋看着我的眼神有些同情，似乎想说一些安慰我的话，但也没有能够说出口。忽然，她从我的身后将那盒已经泡烂的方便面给端了出来，然后眉头微皱，对我说道："干吗啊，对面就是饭店，你需要吃这个没有营养的东西吗？"

"我不就是图个方便吗？"我说着想从金秋的手中将泡面拿回来，金秋却顺手将其扔进了身边的垃圾箱，对我说道："走，去梧桐饭店吃饭，我请你吃小龙虾，咱们再喝点啤酒，你自己的心态千万不能在这个时候出问题。那两百万的贷款你也不要觉得是什么负担，因为在资本游戏里，它真的不是什么能吓死人的数字。只要你自己没有放弃，总会有办法解决的，我倒真觉得这样的压力不是什么坏事，因为它会逼着你在这条有很多不确定因素的路上不断成长！"

不知道为什么，作为朋友的金秋，总是会在很多时候，莫名给我一种安全感。我重重吐出一口气，闭上眼睛冷静了一会儿之后，心里渐渐舒服了一些。我终于对着金秋笑了笑，说道："行，咱们去吃小龙虾，今天我要放开了喝，你随意，但是千万别觉得我是一个酒鬼！"

"要说酒鬼，咱们一起做酒鬼，今天你喝多少，我喝多少，绝对不耍赖！"

我对她做了一个OK的手势，就在我准备和她一起去梧桐饭店的时候，那沉寂了许久的电话，终于在我的口袋里响了起来，我条件反射似的将其拿了出来。

是我翘首以盼的电话，肖艾并没有失信于我，她真的在夜晚刚刚来临的时候和我联系了！

可是，我不知道她会和我说些什么，我希望她去台北只是暂时的，因为我真的很想她。

| 第283章 | 我想你

金秋停下了脚步，站在便利店前面的梧桐树下等着我，我努力平复了自己的心情之后，接通了电话，然后用平静到无懈可击的语气向她问道："到台北了吗？"

"嗯，七点的时候下的飞机，你吃晚饭了吗？"

"正好遇到了金秋，我们刚准备去梧桐饭店吃饭。"

"是吗？"

"嗯。"

一段没有任何意义的对话，我们都陷入了沉默中，这种沉默让人感到心慌。于是，我更加迫切地想从她那里得到一个答案，可是也害怕得到的答案并不是自己心里想要的。

这时，她在我之前开了口，向我问道："琴行怎么样了？"

"没什么问题，今天下午我去南艺招聘了，报名的学生不少，等冯媛有空的时候，让她帮忙挑选一下，总会有那么一两个出类拔萃的。"

"可是我刚刚下飞机，就有家长给我打了电话，问我和于馨为什么今天都没有在琴行开课，他们难道没有给你打电话吗？"

"打了，我说以后会有机会补上的。你一定会回来的，对吗？"

一阵沉默后，肖艾才回道："在这之前你难道不想问问，我为什么会突然和妈妈回台北吗？"

"我不认为这是一个需要问的问题，因为你妈妈从来也没有赞成我们在一起过。我知道，我并不是一个能给人安全感的男人，可是我比任何人都想给你安全感，我也在努力着。但时间总是我最大的敌人，很多事情我来不及做，就好像已经结束了。"

电话那头的肖艾再次沉默，过了许久之后，轻声说道："我从来没有觉得你没有安全感，你是这个世界上最能让我感到安心的男人。"

她的声音已经哽咽："江桥，我想你……很想很想。"

我的鼻子酸了，眼睛一闭，灼热的感觉就这么毫无征兆地传来。我转过了自己的身体，不让梧桐树下的金秋看见我哭了，更不想让这个世界看到我此时此刻的情绪。

风从我身边吹了一遍又一遍之后，我低声回道："我也非常想念你……"

"是，你给我发的那条信息，已经说明了一切。"

这是肖艾第一次回应那条信息，虽然态度并不明朗，可足以证明她看到了那条在我看来也许并不正经的信息。

在我的沉默中，肖艾又轻声说道："等我好吗？我一定会回南京的。你可以告诉那些家长，肖老师回去后，会用加倍的时间去教他们的孩子，不增收任何费用。"

我知道肖艾不会看到，可还是用力地点了点头，我煎熬了这一天，等的就是她这个答复。现在她给了，我的心也就放下了，至于会不会出国留学，我只会将其当作以后的事情，放在以后再说。

这次，我们依然没说再见，我仿佛能够看见电话那头的肖艾轻轻挂断了电话，然后看着她并不熟悉的天空，眼角湿润。而那些摆在我们面前的障碍，在不断滋长着，那痛苦的泪水并不能将其毁灭，我们只能更加坚定，将牺牲和奉献放在心头铭记着。

…………

穿过马路，我和金秋来到梧桐饭店，此刻并没有空位，两人便站在树下等待着。我抽烟，她也抽烟，她女强人的气场是刻在骨子里的，她吸的每一支烟，解的都是生活里的忧愁。

"刚刚给你打电话的是肖艾？"

"是，她说她会回来。"

金秋点了点头："那就好。我也觉得她舍不得走，毕竟一份这样的感情不是说断就能断的。"

我眯着眼睛，将那在口中闷了很久的烟雾吐出，然后回道："我们都是认真的，你知道吗，她是一个在感情上那么不善于表达的人，刚刚却哽咽着对我说，她想我，我的心在那一刻好像要融化了一样。"

金秋只是笑了笑，没有言语上的回应，她又往坐满人的桌子那边看了看，随后脸上现出一丝不耐烦的表情，因为服务员说等五分钟就会有空桌，而现在我们已经抽掉了两支烟。向来把时间看得极其重要的她，很反感这种不守时。

就在我想劝她少安毋躁时，我的手机又在口袋里响了起来，是奶奶房间里的那台固定电话。奶奶是很少主动给我电话的，我估计她又在惦记我和肖艾了。

我接通了电话，她果然向我问道："桥，吃饭了没？"

"正准备吃。"

"是和肖艾那丫头一起吗？"

"没有，她有点事情回台北了。"

奶奶关切地问道："什么事情啊？"

"我也不是太清楚，说是很快就会回来。"

"哦，那就好。你们最近相处得还好吗？"

"放心吧，好着呢，还有琴行都挺好的。"

奶奶听我说得这么肯定，也就把心放了下来，然后对我说道："桥啊，你最近有空来敬老院的话，给奶奶带点胃药过来，你上次买的那盒快吃完了。"

奶奶的胃一直不是很好，但也只是间歇性的小胃病，我应了一声，向她问道："还是以前那个牌子的胃药吗？"

"就是那个，挺管用的。"

"那行，我明天早上就给你送过去。"

…………

结束了和奶奶的通话，梧桐饭店终于空出了一个两人的座位，我和金秋相继在桌旁坐了下来。我们点了一个大份的小龙虾，要了四瓶啤酒。

我考虑到这两天比较忙，再加上也没有车，回来时挺不方便的，便对金秋说道："我回头买几盒胃药，你明天早上要是有空的话，帮我送到敬老院给奶奶吧。"

"嗯，小事情。怎么了，奶奶的胃不舒服吗？"

"老胃病了。"

金秋却没有当作一件小事情，她表情严肃地对我说道："江桥，老年人的身体不比年轻人，有时间还是带奶奶去做个全面的体检吧。就像我爸妈，我现在都要求他们每年必须做一次体检。"

"敬老院每年都会组织的。"

"你有没有生活常识？不花钱的体检除了一些小病，能检查出什么来。"

我没有在这件事情上与金秋争执，我点了点头。对于我们这些贫困家庭来说，倒是真的没有什么体检意识，可考虑到奶奶上了岁数，是该将她的健康重视起来了。

…………

这个夜晚，我和金秋两人一边聊天，一边喝酒，她给了琴行很多比较有建设性的意见。我的心情在与她的聊天中踏实了很多，然后渐渐克服了咖啡店倒闭时在我心里留下的阴影。

我该相信自己，也该相信那么多钱投资下去后的结果。琴行的明天一定会好的，而肖艾即便要远走他国，也一定会配合我，将可以替代她的老师安排好。

还有她付出了很多心血的小芳，想必也会在"星海杯"钢琴比赛中获得优异的成绩。而现在所遭遇的这一切，也仅仅只是生活开的一个玩笑，我没有必要太焦虑。

因为，我更该相信肖艾，她不会这么轻易地丢下我的。

第284章 她回来了

夜色已深，我和金秋的面前放了十来个啤酒瓶，我们各喝了一半。我本身是个酒桶，这点酒对我来说，算不上什么负担，却已经超过了金秋所能承受的范围，所以在买过单之后，她连路都走路不稳了。

我扶住了她的手臂，将她带到了对面的站台，然后等待着往来的出租车。此刻，她的意识还算清醒，她在等待的过程中给自己点上了一支烟，影子却有些虚幻地映在便利店的玻璃橱窗上，好像整座城市都在摇晃着。我这才发觉，我的酒量退步了，竟然也有那么一点点眩晕，于是习惯性地点上一支烟，跟在金秋后面吸着。

黑暗中的世界，在闪烁的霓虹中，就像一枝等待盛开的花朵。我闭上眼睛，轻轻将口中的烟吐出，然后向金秋问道："你活得快乐吗？"

金秋靠在身旁的梧桐树上，重重吸了一口烟，然后笑了笑，回道："这么活着，何谈快乐！我挺累的，真的！"

"是啊，很多女人都不是像你这么生活的，她们开着奔驰宝马，过着小资一样的生活，每天最烦恼的就是今天要穿什么样的衣服，明天化一个什么风格的妆容。"

金秋下意识往自己身上看了看，是很标准的职业套装，然后有些自嘲地笑了笑，摇了摇头，闭上眼睛又吸了一口烟。一片树叶掉落在她的肩头，她伸手掸掉，之后便没有再说话，似乎这是一个她很忌讳的话题。

我不喜欢这样的沉默，再加上她对生活的选择，一直是我心中难解的谜，便又多嘴说道："以你的能力，做好婚庆公司是件很容易的事情，其实真没有必要把事业做这么大，那样你就有大把时间，可以去过清闲的生活。"

金秋打断了我，问道："怎么个清闲法？"

"开着豪车，住着大房子，每天喝茶购物，这座城市待腻了就出去旅游散心，大概就是这个样子吧。"

"那不就是肖艾曾经的生活，陈艺现在的生活吗？"

我看着金秋。

她又笑了笑，说道："开玩笑的，其实是我自己的问题。因为我对这个世界没有什么安全感，只有现在这种生活方式能让我踏实下来，否则我会觉得自己只是这座城市的一粒灰尘。"

我看了看手中快要吸完的烟，然后也笑了笑回道："你真是一个有故事的女人！"

金秋笑得更厉害了，半响才回道："你真没劲儿！对了，你把奶奶的胃药给我吧，我明天早上给她送过去。"

我点头，将手中装着胃药的方便袋递到了她的手上，而这时恰巧有一辆出租车路过，她没有在这条路上继续逗留，拦下车子后，很快便在街道整齐的灯光下，渐渐从我的视线中消失了。

我轻声叹息，然后掐灭了手中的烟头，只感觉这世界确实是有那么一点儿沉闷，黑压压的天像井盖一样，盖住了我们对生活的幻想，也湮灭了我们对这个世界的创造力，所以大家只觉得金钱才是最好的，却忽略了人性里本该有的真善美。

…………

回家的路上，我意外发现巷口靠左的地方，多了一个自动售卖计生用品的机器，我又想起了乔野为我出的那个奉子成婚的鬼主意。愣了一会儿之后，我从口袋里找出了几枚硬币投了进去，随即掉下来几个，数了数，似乎差了一个，又好像没差。

就在我纠结着的时候，猛然想起我的目的只是想要一个孩子，那要这东西又有什么用？

我愈发感觉自己真是够荒唐的，我麻木得就好像是一台丢失了独立思考能力的机器。

我觉得自己有些恶心，随即将那几个套子扔进了垃圾箱里，可是那花掉的几块钱终究是要不回来了。

但我不后悔，因为我在这个晚上弄清楚了自己的想法，在我的潜意识里，我并不想去做那奉子成婚的事情，一切交给肖艾去选择就好了。

…………

很快又是两天过去了，在这两天里，琴行下面的乐器店终于铺上了进来的货物，我也成功地招聘到了一名曾经在乐器店工作，对乐器有一定了解的员工。

另外，琴行在冯媛的帮助下，又招聘到了一名专业水平较高的声乐老师，但是相较于肖艾和于馨，还是有一定差距的。

这是一个星期五，我忙完了琴行的日常杂事之后，心情又陷入了忧虑之中。因为明天便是星期六，正常会将课程排得很满，所有老师都会安排教学任务。可如今肖艾和于馨都不在，新来的老师到底能不能得到家长们的认可也是一件很没有底的事情。

送走了今天的最后一批学生，我将琴行的门关了起来，独自往老巷子那边走去。只是这短短的一路，我便接到了两个学生家长打来的电话。我在电话里和他们商量，明天的课程由新来的声乐老师教，他们却坚决不能接受，说当初选择我们琴行就是冲着肖艾的名声来的。

这件事情本来就是琴行理亏在先，我只能表示，如果肖艾明天还不能准时授课，就将之前的学费全额退还给他们，并补偿一笔违约金。

两个学生的家长还算讲理，他们说，在乎的是孩子接受的教育水平，而不是贪图那一点儿违约金，希望肖艾能尽快处理完自己私人的事情。

可有讲理的，就有不讲理的，在快到巷子口的时候，我又接到了另一个家长的电话，她在电话里将我一顿臭骂，要我全额退还之前所交的学费，并要举报琴行弄虚作假。

我只能不停地和她解释，但最后也没有能够沟通出一个结果，在结束通话之后，我真的感到异常疲惫，不等走到巷子，便在路边的一个长椅上坐了下来。

点上烟，不经意间回过头，又看见了那台贩卖计生用品的机器。我盯着看了一会儿之后，一阵摇头苦笑，然后又闭上眼睛，不想去看这个让我烦恼着的世界。

一支烟抽了一半，我的身边忽然有了温度，一只手臂轻轻地挽住了我。就在我睁开眼的一刹那，肖艾熟悉的面容便出现在了我的视线中，她从来没有像现在这么依赖我。我的心快要在她比风还轻的笑容中融化了。

她和以前一样，在我最需要的时候回来了。

| 第285章 | 那么，我愿意

肖艾从我的手指间抽掉了那支没有吸完的香烟，然后靠在我的肩上，她将我抱得更紧了。我们靠在一起的温度，很快就变成了汗水，我没有觉得不舒服，这种没有间隙的亲密让我感到很享受。

这个夜晚是属于我们的，每一阵风吹过，吹走的都是烦恼和忧愁，这一切都是因为有她在身边。连眼前那冷清的大街，都仿佛成了风情万种的夏威夷，只听见海浪声、鸟叫声温柔地传来，成熟的椰子在晃动，浪漫的气息在蓝天白云下，毫无顾虑地传播着。

我轻轻呼出一口气，对身边的肖艾说道："和以前一样，你还是在我最需要的时候回来了。"

肖艾一直闭着眼睛，她又往我的肩上靠了靠，仿佛她也有千言万语，却用一切尽在不言中的方式回答了我，于是我也不想再说话，一直用沉默配合着她。

时间像一个奔跑着的少年从我们身边飞驰而过，我紧靠着肖艾，毫无察觉，直到她低声对我说道："江桥，我不想去留学，更不想去美国，我想留在南京。"

我心中柔情泛滥，将她抱得更紧了，却久久说不出话来，尽管我知道她一直是这么想的。

片刻之后，肖艾推开了我的身体，然后用一种我从来没有见过的表情看着我。她轻声向我问道："我们经历了这么多才在一起，你是不是也不想我去留学？"

"嗯，爱情是这个世界上很脆弱的一种感情，虽然我也希望像小说情节里一样坚守三年等你回来，可是现实中生活中充满了意外。我真的不怕等你三年，却怕这些意外将你从我的身边带走。因为我知道，在这个世界上，不会再有同一个你了！"

我发自肺腑地将这些话说完后，肖艾低下了头。我看不见她的表情，却能感觉到她的气息起伏得很厉害，似乎有某种情绪在她的心中酝酿着，愈演愈烈。

她终于抬头看着我，却没有了亲密的身体接触，然后又忽然握住我的手，越来越紧。

"江桥，很多人会说，女人在恋爱时，会变得愚蠢，不够理性。可是，爱情的伟大之处，不正是我们可以为之疯狂，为之牺牲，为之做很多别人不能理解的事情吗，就像乔野和苏菡。所以，我从来不在意别人会用什么目光来看待我为了爱情所做的一切。如果，和你有一个孩子，是留在南京的唯一办法，那么……"

我的呼吸有些急促，看着她的时候，甚至已经不能眨眼，她也一样，却没有回避我的目光。

"那么，我愿意。因为我和你有一样的爱情观，也对这个充满意外的世界没有太多的信心，我讨厌这么久的离别，更不相信小说里那些看似忠诚却很浮夸的情节。相爱就该坚定地在一起，一起面对各种各样的困难，而不是互相折磨，互相给对方设置障碍！"

我点头，然后又闭上眼睛低下头，我将她的双手握得更紧了，那一直没有停过的风，好似要吹开我敞开的衬衫，而她的手，就放在衬衫里面的黑色T恤上。

我拥住了她，她身上的气息，在流动的空气中，好似化成芬芳，越来越刺激着我的感官和心中所渴求的一切。

…………

已经是深夜，我陪肖艾去她住的公寓将一些行李和生活用品搬去小院。路上，我们又去便利店买了一些啤酒，并不是刻意要喝酒，也不是为了达成什么特别的目的，只是希望能以一种让我们感到舒服的方式在一起。

至于，会不会发生什么，顺其自然。

院子里，我将摆放在石桌上的那些花盆搬开，腾出可以喝酒的空地后，又在桌子的下面点上了一盘驱蚊的蚊香。等做好这一切后，我才转身向屋子里看去，肖艾正站在窗口擦拭着那把吉他，然后又轻轻地拨动了琴弦，那声音在夜晚能让人的情绪安静下来。

我点上一支烟，在石凳上坐了下来，就这么隔着窗户看着里面的她，一些难以忘怀的画面，渐渐在充满暧昧的夜色中浮上心头，心中不免百感交集，可唯独我们是怎么走到一起的，在我的意识里越来越模糊。

我们似乎有一种天然的默契和缘分，我们为什么在一起，根本也就不那么重要了。我只知道，她让我喜欢甚至是迷恋的，是那种一切都恰恰好，不多不少的感觉，想必她也是一样。

"江桥，我们认识多久了？"

我没有多想便回道："去年夏末我第一次见你，所以快有一年了！"

肖艾似乎很喜欢隔着一扇窗和我聊天，她将吉他放回原处之后，又托着下巴向我问道："那这一年里，发生在我们身上，让你印象最深刻的是什么事情？"

不知道为什么，我在此刻忽然想起了那个喝醉的夜晚，我在心情咖啡的门口，紧紧拥住了她，然后在丢失了意识的情况下做了一些不能轻易原谅自己的事情，而一切就是在那个夜晚发生了天翻地覆的改变。

我觉得，现在发生的很多事情，在那个夜晚就已经注定了，可是我无法将这样的心情告诉她，因为这是我们心里的一个结，但这阻止不了我爱她。

我笑了笑，然后看着她，一阵沉默之后，回道："你呢，让你记忆最深刻的是什么事情？"

"去丽江找你。那时候的我，觉得自己就像一只飞蛾，明知道要扑的可能是一团火，可还是义无反顾地去了。"她说着从背包里拿出了一部手机，就是我在丽江送给她的那一部，手机上还挂着丽江大爷送给我们的那只手机挂件。

大爷说，他希望我和肖艾有一天，会带着我们的孩子，再去丽江走走，他还会送我们一些手工艺品。我不确定他说的是不是客套话，但此刻我是认真的，如果有那么一天，我们一家三口一定会去的。

这时，肖艾从屋子里走了出来，她坐在了我的腿上，然后用双臂搂住了我的脖子，我们深情地凝视着对方，然后她闭上了眼睛……

我吻住了她。

第286章 我是你的女人了

这是我在清醒的意识中，第一回与肖艾如此热情地深吻着。我无法言明这是怎样一种感受，只感觉自己的身体就要融化在她给的温热中，而肖艾的身体比我绷得更紧。她和我一样，虽然没有类似的经验，但并不笨拙，因为我们已经是很熟悉的人，这一刻，她就像全世界最闪耀的烛火照亮了我。

时间似乎是从我们身边飘着离开的，我们放开彼此时，仍在急促地喘息着。她将手放在胸口让自己平静，我的目光从她的身体与桂花树形成的间隙中穿过，看到的不仅仅是这个小院里熟悉的一切，还有一整个未知的世界。在这个未知的世界里，阳光和无数的向日葵将所有的时光染成了金黄色，没有烦恼也没有忧愁。

一阵越过院墙吹来的风，唤回了我的意识，我看着她的时候，恰巧她也看着我，她笑了笑，我将手放在她的肩上，两人又是相视一笑。

她再次抱住了我，在我的耳边轻声说道："江桥，这就是相爱的感觉吗？如果是，在这之前我从来没有体会过。我想，我是爱你的吧，因为就在刚刚那一刻，我恨不能把自己能给的一切全部给你。"

我不善言辞，可肖艾说出了我心中最真实的感受。可让我恍惚的是，这样一个女人，到底为什么会爱上我这个很普通的男人，而我该用什么样的方式去回报她的爱。我更加觉得，哪怕是将我现在所有的一切都给她，也似乎远远不够。

一阵极长的沉默之后，我终于向她问道："你有没有想过，如果我们在一起的话，以后想过什么样的生活？不，是要过什么样的生活。"

肖艾看着我，许久才回道："你向往远方的生活吗？"

"没有很认真地想过这种生活。"

"那我说给你听。"

"好啊，你说，我听着。"

肖艾松开了搂住我的手臂，然后坐在了另一张石凳上。我打开一罐啤酒，一边喝着，一边等待她给我描述那个我不曾到过的远方是什么样子，如果生活在那里，又会是一种什么样的心情。

肖艾的脸上现出回忆的神色，她对我说道："前年的冬天，我独自一个人去了罗马，我不知道该怎么去形容这座城市，但那里的人都会骄傲地称它为'永恒之城'。那里有很多广场，还有各种各样的雕塑，每个在这里游历的人都不在意方向，因为不管你从哪个角度去看天空，都是那么蓝。蓝天下到处都是闲散的脚步，风吹来的不仅有人群的嘈杂声，还有喷泉的声音。"

我能想象出那幅画面，于是向她问道："你呢，你混在那拥挤的人群里做了些什么？"

"没有做什么，就是喝着奶茶，跟着人群向前走。看到有在街头表演的艺人，就和他们玩会儿。后来我在纳沃纳广场遇到了一个从中国来的姑娘。说来很巧，我叫如意，她叫如云，我们聊得挺投机的。那天晚上我们住在一个房间里，床是红色的，连蚊帐也是红色的，就像婚房。可是，看着这些她哭了。她说，她结不了婚了，她爱上了一个不可能在一起的男人。"

肖艾说到这里，停下来看着我，片刻之后接着说道："你知道吗，那里有一个特莱威喷泉，就是很著名的许愿池，传说只要背对许愿池，右手拿硬币越过左肩抛入池中，便可以重返罗马。用同样的动作抛硬币三次，第一枚是代表找到爱人，第二枚是彼此真心相爱，第三枚是婚后会一起重返罗马。那天早上，我陪如云一起去的，我们排了很久的队，她很虔诚地按照传说里教的方法去做了。"

"后来呢？"

"也许你不相信，后来那个不能和她结婚的男人来罗马找她了，她做梦也没有想到他会来。"

"是吗？看样子，最美好的故事都发生在远方。他们后来怎么样了？"

"后来他们去欧洲某个国家定居了，再后来就不清楚了，但应该过得很幸福。因为如云说过，只要那个男人有勇气来罗马找她，她天涯海角都随他去，然后一起开家旅店，把他们的故事说给每一个在爱情生活里找不到方向的人听。"

我放下啤酒，然后点上一支烟，眯着眼睛将烟雾吐出之后，感叹道："可惜你也不知道他们完整的故事，不过就算只是一些支离破碎的片段，也足够让人感到羡慕。听了这些，我更讨厌这个为了房子、为了名利让人喘不过气的世界了，我觉得，我们现在生活的城市，让人无法呼吸。"

"谁知道呢，反正世界就是这个样子，也许那个男人去找如云的时候，很走运地中了几千万的大奖，要不他们哪来的钱定居国外，还开一家旅店。其实，世界都是一个样子，只是那远方的城市，因为有很多未知，才会显得精彩！"

"不，是因为有一群敢于追逐的人，这个世界才显得精彩。有钱人，我们的身边比比皆是，他们奢侈的生活，我已经看麻木了，我喜欢的是那些平常不会有太多机会听到的故事和故事里的那些人，就像如云和她的男朋友，还有那个听上去很浪漫的许愿池。"

肖艾点头，然后笑了笑，她向我问道："江桥，如果有一天，你变得很成功，很有钱。可是你生活的这座城市里，没有了肖艾，你会像那个男人一样，满世界地去找我吗？"

我有些心慌，以至于忘记了她说的是如果。

肖艾看了看我，见我不说话，她也没有很迫切地去追求一个答案。她又转移了话题对我说道："有时候，我也想逃离这座城市，可是没有你的远方，对我而言也算不上远方。所以，你就是我生命中的远方，可无论多远，你都得站在一个有阳光的角落下，让我看见你，别让我对你的爱情失去了方向。"

我轻轻点了点头，许久才回道："我懂！"

肖艾看着我，然后从我手中拿过了那罐还没有喝多少的啤酒，她的气息有点微弱，刚刚那与我闲聊的心境仿佛一瞬间就不在了。

她对我说道："别喝酒了，如果你真的想要一个孩子的话。"

⋯⋯⋯⋯

进了房间，我将窗帘全部拉了下来，我有点紧张，可还是被欲望驱使着，我伸手将她推倒在床上，也躺了下来。只是看着她的样子，我就有一种想和她死在一起的冲动，不去理会那凡尘俗世里的烦恼。

比她气息还微弱的灯光下，她的身体是如此完美和柔软，可我想占据的只是她干净的内心和温柔的声音。

那一刻，我好像将全部的生命都留在了她的身体里，剩下的只是汗水与汗水的融合，还有无法顺畅的呼吸。

无法推算过了多久，我们才分开，然后拉开了蓝色的窗帘，看着窗外暗蓝色的天空，风将树叶吹得沙沙作响，提醒着我这并不是一场梦。

她穿着宽松的T恤从后面抱住了我，风将我们的头发一起吹乱，我们的呼吸声成了宁静夜晚的唯一动静。我们连灵魂都融合了，就像一艘漂泊的船，永远也离不开蔚蓝的海面。

"江桥，我是你的女人了。"

我回头看着她，然后轻轻将手放在她的脸上，对她笑了笑，又转身抱紧了她，我不知道此刻的她是什么心情，但我的内心充满了笃定，我更爱她了。因为我知道，当我们的爱情摆在她的面前时，她是用怎样的决心去对待的，我的生命里已经不能没有她。

"你说，这次我们会有一个孩子吗？"

肖艾摇了摇头，并不太有信心地回道："谁知道呢！反正我不想离开南京了，不，是不想离开你。"

"嗯，我们一起经营好琴行，也许过几年还会有机会去国外留学，到时候所有条件都成熟了，我会陪你一起去的。"

⋯⋯⋯⋯

这个早晨，疲惫的肖艾睡了一个懒觉，我和往常一样，在太阳刚刚升起时便起了床，然后为她喜欢的早餐忙碌着。

片刻之后，院子的外面传来了一阵争吵的声音，那声势不亚于上次一群街坊为了拆迁来我这里围剿的场景，随后我便听到了赵牧那熟悉的声音，他们争吵的焦点，似乎还是为了拆迁补偿的事情。

没等我出去，一群街坊便又三三两两地走进了我的院子里，赵牧就跟在他们的身后，表情有些阴冷，似乎被他们无休止的要求弄得非常恼怒。

我心中也是一阵厌烦，我觉得拆迁这样的事情已经与我无关了，因为我已经签了拆迁补偿合同，我只想置身事外地享受拆迁前还能在小院里住着的生活。

| 第 287 章 | **我的早晨**

只是一小会儿，院子里便聚集了很多的街坊邻居，阵容和上次一样，谁都没有缺席，而赵牧带着几个金鼎置业的工作人员，就站在他们身边，双方呈对峙的状态。

首先开口说话的是毛治，他向我问道："江桥，你和赵牧他们集团已经签了拆迁补偿合同了吗？"

"嗯，签了，几天前签的。"

得到我这个答复后，赵牧走到众人面前，说道："各位街坊，你们也看到了，江桥家确实已经和我们集团签了合同。我们给的拆迁补偿真的已经不低了，还额外地赠送了一个车位给大家，希望大家能配合我们的工作。拆迁这件事情随便你们怎么闹，也不会改变我们给出的条件，因为这已经是我们集团所能给出的极限了。这个极限是超出国家给出的拆迁补偿标准的，也是合法合理的，我不希望最后出现强制拆迁的局面。"

赵牧略显强硬的表态，瞬间激怒了众人，其中脾气最为不好的，已经冲到赵牧的面前，指着他的鼻子说道："欺负我们不懂法律啊？我丑话说在前头，你要是敢强拆，我就敢跟你拼命！"

赵牧伸手将此人推开，然后皱眉向众人回道："我给大家普及一下与拆迁相关的法律条款。我们集团肯定没有强制拆迁的权利，但是我们可以向法院申请强制拆迁。法院通过非诉审查程序，对征收补偿决定的合法性进行审查。如果法院认为征收补偿决定是合法的，则由法院下达强拆令。我已经强调了很多遍，我们集团给出的拆迁补偿已经很人道，所以我一直很有信心跟大家谈判，可如果你们执意摆出这种不配合的态度，那我们集团会聘请专业的拆迁公司来接手，他们肯定不会像我现在这样和大家谈的。到时候，他们会在现有的基础上减少相关补偿，这样的操作只要符合国家的拆迁补偿标准，就是合法的，他们的工作就是研究拆迁，很擅长做这个。所以希望各位街坊不要增加我们集团的拆迁成本，毕竟给拆迁公司代理也是要钱的，同时你们也会减少拆迁补偿，最后双方的利益都受损，这种两败俱伤的结果，真是你们想看到的吗？"

赵牧说完这些后，众人开始交头接耳，我则没有什么情绪地看着他们，更不愿意参与进去。说实话，我不喜欢这些街坊利字当头，然后在我和赵牧之间，来来回回地做着出尔反尔的事情。

这时，毛治来到了我的面前，对我说道："江桥，这里是我们住了几十年的地方，现在要被拆迁了，我们想尽可能多地争取拆迁补偿也是人之常情。我们现在就想知道，你和他们签的拆迁补偿合同，里面的补偿标准是不是和我们一样，我们不愿意做傻子，也不接受这样的双重标准。"

我回道："没有比你们特殊，和你们一样。"

赵牧接过我的话说道："其实，桥哥的拆迁补偿，和各位街坊相比，不仅不多，还少了一个车位。这一点，有合同可以证明。"赵牧说着又转而对我说道，"桥哥，把你的拆迁合同拿出来给大家看一看吧。"

就在这时，被吵醒的肖艾穿着宽松的睡衣从屋里走了出来。她站在了我的身边，似乎将刚刚发生的一切都看在了眼里，继而向众人说道："你们凭什么这么要求江桥，他又有什么义务将合同拿给你们看？你们愿意相信就相信，不愿意相信，也没有资格质疑别人的人格。"

肖艾的突然出现，让众人措手不及，以至于目光全部集中在她的身上，一时谁也没有说话。而赵牧更是用一种异样的目光看着她，饱含痛苦。

自从上次我因为拆迁的事情被围攻受伤后，肖艾就已经很反感这群街坊，于是她的言辞更加激烈，直到将除赵牧之外的所有人全部从院子里驱逐，她才平复了自己的情绪，然后与我并肩站着。我们的对面，就是赵牧，还有安静下来的半个世界。

赵牧下意识地松了松自己的领带，想说什么，却没有能够说出口，气氛非常沉闷，也许唯一没有在意这种沉闷的是肖艾，她转身向屋内走去。

这时，赵牧终于开了口，他喊住了肖艾，然后低沉着声音向我问道："你们同居了吗？"

我点头，随后因为心中的某种压力而点上了一支香烟。

赵牧在阳光下闭上了眼睛，他没有说话，表情之中满是苦苦挣扎后的绝望，许久才睁开了眼。我心里也感到痛苦，可是我愿意把一切让给他，唯独爱情不行，因为我将肖艾看得比自己还重要。

已经转过身的肖艾，与赵牧对视着，她在随后说道："如果你没有吃早饭的话，我和江桥愿意让你留下来吃顿饭。如果已经吃过了，就请你不要打扰我们在一起的时光。"肖艾环视小院，又说道，"我说的是我还有江桥，最后和这个小院在一起的时光。我没有想到，我爸爸一手创立的金鼎置业，会成为你拆了这里的一个工具，我觉得你挺有心机的。"

赵牧面对肖艾，语气第一次变得尖锐："我不想和你解释什么，也没有必要和你解释什么，我只是在做我本职内的工作。"

"是吗，你一个搞技术的，却连动迁这样的事情也做了，那你这本职工作的范围也真够广的，难怪李子珊会那么器重你。"

赵牧一声叹息，许久之后才回道："对你而言，只要是你不在意的男人，无论做什么，哪怕呼吸都是错的。"

肖艾没有理会赵牧，她转身走进了屋内，而我想和赵牧说的话有很多，可是在他都说不出话的前提下，我更加什么也说不出来了。

"桥哥，你的拆迁补偿合同我这里也有一份，出于尊重，在拿出来给街坊们看之前，我希望得到你的同意，因为这是我们双方签的合同，我不太好单方面拿出去用。"

"你觉得合适，你就尽管拿去用。"

赵牧点了点头，向屋内又看了一眼之后，便离开了小院。于是，我所在的这一隅世界里，似乎比不久前的夜晚更加安静了，可一切都好像在此刻失去了方向。

"江桥，你锅里煮的什么东西，都煳啦！"

我这才回过神，赶忙向厨房跑去，而那一锅正在熬着的绿豆粥里却已经没有了水分，我关掉了煤气灶，空气里还有烧焦的味道，似乎整个早晨就这么被浪费掉了。

这时，肖艾看了看时间，语气有些匆忙地对我说道："江桥，我得去琴行了，最近落下的课太多，今天最好都能补上。"

"嗯，我待会儿给你把早饭送过去。"

…………

肖艾离开后，我又熬了一锅绿豆粥，我站在锅旁边看了许久，看见了幸福，也看见了一份不可推卸的责任，就在我的神游中，那锅绿豆粥差点又煮煳了！

第288章 庆幸有她

我往煮着绿豆粥的锅里又加了一些水，将里面的绿豆煮开后，已经是早上的八点。夏天的这个时间已经非常燥热，我只穿了一件无袖的背心，也已经汗流浃背。

锁上小院的门，我提着保温饭盒站在巷子里，似乎还能听到因为拆迁而遗留下的闲言碎语。至少在这个早晨，老巷子丢掉了本该有的宁静，如果它也有生命的话，也会在生命即将结束之际，为这样孰是孰非的争执而感到伤感吧？它就像个慈祥的老者，看着一拨又一拨的人长大，也送走了对这里已经没有眷恋，志向更高远的人。

恍神中，我来到了曾经的心情咖啡，我下意识地停下了脚步，心中充满了对命运无常的感慨。不禁又想起了几年前，每当在工作中累到没有喘气的空隙时，可以在这里享受一杯咖啡或是啤酒的时光。

可如今，这条巷子就要拆掉了，这让我像一个被浸泡在盐水里的人，无助地仰望着头顶之上的蓝天，却再也触碰不到了，而我童年所有的记忆，也即将埋葬在那廉价的钢筋水泥中，不复存在。

我知道，我无法奢求每一个人都和我有一样的价值观。同样，我所喜欢的世界也应该被除我以外的人尊重。我一直觉得，肆意抨击一个人的生活方式和价值观，本身就是一种很没有道德的行为，因为每个人都有选择的权利，何况这种选择是善意的，是有追求和理想的。

我放下了手中的保温饭盒，从口袋里拿出了手机，将眼前的场景用镜头记录了下来，虽然心情咖啡留在这里的痕迹已经所剩无几，可我还是无比留恋。

在去往琴行的路上，我在刺眼的阳光下，猛然看见了陈艺的车子，它从我的视线中一闪而过，转眼便从路口驶进了郁金香路旁边的一条路。我不知道她为什么路过这里，却能看见自己此时此刻的心情。我在我们之间看到了一种从未有过的陌生。而当年非她不娶的意念，也就和这老巷子一样，看似坚不可摧，可终究还是在命运的力量下，化作了一抔已经无法捧起细细端详的尘土。

是的，这就是命运，面对它的时候，我无话可说，可是我已经学会了享受。于是转移了自己的目光，加快了去琴行的步伐。

…………

站在教室旁的玻璃窗前，我探身向里面看着。让我意外的是，已经暂时离开南京的于馨又回来了，并给之前她带着的几个琴童上小提琴课呢。

看着她们都很投入的样子，我看了看时间，还有二十分钟才下课，索性不打扰她们的教课节奏，便坐在窗户旁边的长椅上耐心等待着。

我很久没有这么安心过了，闭上眼睛，心中满是暴风雨消失后的宁静，琴行终于又恢复了曾经的样子。尽管，我并不知道于馨为什么会回来，也不确定她还会不会走。

我忽然觉得很乏，竟睡了过去。

等我醒来时，教室里的场景已经和我刚刚看到的不一样。于馨和肖艾的心情似乎都很好，她们一个弹吉他，一个弹琴，正给那些年纪并不大的孩子，唱着一首Beyond乐队非常励志的《海阔天空》。

我很少看到她们有这么激情四射的合作，不禁看得有些入神，而那些小琴童也用掌声为他们的两个老师喝彩。

"今天我，寒夜里看雪飘过，怀着冷却了的心窝飘远方；风雨里追赶，雾里分不清影踪；天空海阔你与我，可会变（谁没在变）。多少次，迎着冷眼与嘲笑，从没有放弃过心中的理想；一刹那恍惚，若有所失的感觉，不知不觉已变淡，心里爱（谁明白我）。原谅我这一生不羁放纵爱自由，也会怕有一天会跌倒，背弃了理想，谁人都可以，哪会怕有一天只你共我……"

歌声中，我渐渐感觉，艾桥乐坊在我们的用心经营下，已经不仅仅是一间琴行，也不仅仅是一个教乐理知识的机器。它有自己的情怀，传播的是一种可以被深入解读的正能量，而这些学琴的孩子，在耳濡目染下，终究有一天会明白：生活中我们难免会跌倒，可我们还是应该激发出心里最大的勇气去看向海阔天空的远方，只要你用心寻找，这个世界上总有一个地方阳光普照。

一曲结束后，肖艾和于馨相视一笑，我也奋力为她们鼓掌。所有人，就数我弄出来的动静最大，于是众人的目光全部聚集到了窗外的我身上。

955

肖艾打开了窗户,我将手中的绿豆粥扬了扬,对她说道:"我带了粥,赶紧吃吧。"

却不想,肖艾转身对那些学生说道:"孩子们,你们饿不饿?饿的举手,我们让江老板请我们吃蛋糕,还有冷饮,好不好?"

孩子们齐刷刷地将手举了起来,我也很乐意去做这样的事情。我耐心地将孩子们的需求记了下来,然后去琴行对面的蛋糕店将他们点的东西全部买了回来,换来了孩子们天真烂漫的笑脸。

我真心爱上了这个琴行,我觉得自己正在从事的是一个充满阳光和理想的职业。

…………

一起吃早饭的时候,我向于馨问出了心中的疑惑:"你不是已经去参加选秀节目了吗,怎么又回来了?"

于馨看了看身边的肖艾,然后回道:"因为昨天肖艾给我打电话了,她说服我放弃参加选秀,让我也愿意将琴行当成自己的事业和理想去经营。她说得对,我们作为音乐人,在娱乐圈实现自己的价值,其实是最低级的。我们可以选择更好的途径和平台。"

这时,肖艾拉住我的胳膊,说道:"江桥,我擅自做了一个决定,我想将琴行百分之十五的股份给于馨,让她成为琴行的股东,我们一起努力将琴行做得更好,也帮助越来越多有音乐梦想的孩子,实现他们的梦想,好不好?"

我看着她,切实感觉到了一个出身于商业世家的姑娘,她的情商有多高,经商能力有多强,格局有多大。她比我更清楚于馨之于这个琴行有多重要,因为她的能力不仅仅体现在教学上。如果我们遭遇了家长们的信任危机,连琴行都保不住,那死守着这些股份有什么意义。

但这也不是最重要的,因为我和她都不是很计较的人,我们都很欢迎于馨以股东的身份加入,我却没有动之以情,晓之以理,说服于馨,而她做到了。

我好庆幸,庆幸身边有她,为我们的爱情坚持着,为了我们共同的事业做出最正确的选择。

第289章 一颗神秘的坚果

白天,肖艾和于馨在二楼教学,我则在一楼,和工人合力将一些比较大型的乐器放置在了原先设定好的位置上。快要黄昏的时候,一楼终于初步有了乐器店的样子。当我打开用于展示的灯时,心中不禁一阵澎湃。

这就是投资了将近两百万打造出来的乐器店,寄托了我们对琴行未来的无限希望。我们的琴行从此变成了真正意义上的琴行,并且要比这座城市很多琴行的规格要高出不少。

我之所以敢这么投资,就是因为有肖艾在我的身边。如果琴行是一首美妙的歌曲,那她就是才华横溢的谱曲人,她还是这个琴行的核心和灵魂,而我只是一个普通的商人,这是我无论怎么努力也改变不了的事实。因为我在音乐上确实没有什么天赋,它更不是我的强项。可这也没关系,因为我可以通过肖艾感知这美好的一切。

傍晚六点,于馨结束了一天的课程,先行从楼上下来了,而肖艾还在上面为小芳做着额外的辅导。

于馨推开门进了乐器店,然后坐在一架钢琴前的凳子上环顾四周。看到店内陈列的很多高端品牌的乐器,她感叹道:"江桥哥,你和肖艾开好这个乐器店的决心可真不小啊,光乐器店的第一批货,你们肯定就花了不少钱吧?"

我笑了笑回道:"嗯,门面里的货有六十万,后面的仓库里还有一百二十万的货。"

于馨面露不可思议之色,然后点了点头,说道:"这个投资标准在南京的乐器店里也能排得上了。不过,我倒不担心,因为有肖艾和我在。我们结交的都是音乐圈子里比较高端的音乐人,他们对高端乐器有一定的需求,只是做做朋友圈的生意,我觉得就不会亏本了。你要是能把除此之外的营销做好,那就更好了!"

我半开玩笑半认真地回道:"难怪肖艾一定要邀请你和我们一起做呢,肯定是看中你的业务能力。我猜你那微信朋友圈里,至少得上千号人吧?"

"你猜得没错,我就是喜欢交朋友啊。"停了停,她又满是感触地对我说道,"江桥哥,你有没有感觉到肖艾这一年的变化?回想我们在一起上大学的几年,我做梦也不敢相信她会变成现在这个样子。"

于馨笑了笑,又说道:"我说她大学时候的样子,你说她现在的样子,我们看看她到底有什么样的变化,好不好?"

关于肖艾的一切我都很感兴趣。

"那我先说咯。"于馨说着面露回忆之色,然后又笑了笑,说道,"当年,如果不是肖艾的妈妈在南艺做声乐教授,以肖艾的综合条件是不会去南艺的,她可以选择更好的学校。所以刚来学校的第一年,她就几乎是所有人关注的焦点了,因为她在南京的音乐圈子里真的很有名气啊!几乎每年都会在乐器比赛上拿几个含金量很高的奖项。总之,她是很多学长学弟心目中的女神,只可远观的那种。但和阮老师在一起的那段日子里,她还是蛮乖巧的,每天坐着阮老师的车准时上学放学,后来……"

说到这里,于馨轻轻叹息,又说道:"后来阮老师就和肖总离婚了,独自回了台北,肖艾的生活也改变了。不知道从什么时候开始,她变得像肖总的女儿,而不是曾经的那个阮如意。她开着豪车上学,穿戴着别人可能奋斗一年也买不起的奢侈品。可正因为这样,喜欢她的男人就更多了,因为在这个社会的主流价值观中,她是真正让男人向往的那种女人,好像这个世界上所有美好的东西都在她的身上聚集了。不过,唯一没有变化的就是她的冷淡。这些年,和她关系好的异性只有袁真师哥,也许因为袁真师哥是个很特别的男人吧。"

我点了点头,等待她继续说下去。

"她会和袁真师哥去参加音乐节,他们会在校园里散步聊天。当所有人都以为她和袁真师哥在一起时,她却爱上了另一种生活方式。她会去酒吧,闲时去全世界各地旅游。这就是她后来的生活方式，她会在开心的时候把全班的人请到酒吧去疯玩，一次消费好几万；她会在不开心的时候，消失一个月，谁也联系不上她。可不管如何，她的身边也从来没有多出一个人来，她一直活在自己的世界里，谁也不知道她的心情，就像一颗神秘的坚果。"

我还想听于馨继续说肖艾的过去，她却看着我，问道："所以她到底是怎么爱上你的？"

我一连咳嗽了好几声，才让自己不那么尴尬，却无法回避于馨追问的眼神，半响才回道："其实这个事情是这样的……"

"肖艾的脑袋被门板挤了一下？"

"别胡说。"

我说着扬起了手，吓得于馨一个后仰差点从凳子上一屁股坐下去，又赶忙说自己的是开玩笑胡说的。我落下扬起的手，却只是挠了挠头，让她虚惊一场。

我眯着眼睛笑了笑。

是啊，我和肖艾到底是怎么相爱的呢？一切就像是一场梦，只是这一年，我们仿佛已经以飞奔的姿态将人生中最美好的片段游历了一遍，而幸福来得就是那么突然。

可这一切并不是梦，我是个幸福并很知足的男人。

…………

我和于馨换了一个地方，我们来到了梧桐饭店，两人要了一打啤酒，在遮阳伞下，享受着夏天夜晚来临前的清凉。而不远处，随着凉风吹来的，还有阵阵好听的琴声，琴声里仿佛都能看见肖艾忙碌的身影。

刚刚点上一支香烟，还没有来得及吸上一口，于馨便又向我问道："该你说说现在的肖艾了，最好连她是怎么爱上你的，也一起告诉我。"

我将口中的烟雾吐出，然后又拿起手边的啤酒喝了一口，随之想起了很多事情。

我记得，她胆大包天，竟敢翻过院墙，一边玩弄着我的花草，一边等我，要不是因为她漂亮得不像话，让人放松了戒备，很可能那天晚上我就报警了。

后来，她就不断在我的小院里出没，一次比一次神秘，想必那时候她身上还有过去的生活习性。对了，她似乎还总喜欢嚼着什么软糖。这让我觉得，她骨子里有那么一点儿玩世不恭的气质，花起钱来更是没有节制，这些都不是我喜欢的。

再后来，她只带着一把吉他独自去丽江找我。一切好像就是从那个时候开始改变的，她在我的眼里变得不一样了，因为她会迎着寒风在便利店买一根玉米等着我，也会和我去菜市场与缺斤少两的小贩斗智斗勇。我们的生活渐渐开始融合。

可是，她到底是怎么爱上我的呢？我很难在此刻给出答案。总之，我们相爱了。

于馨还在看着我，我终于点了点头，对她说道："现在的她很好。"

于馨又用那种不可思议的眼神看着我，半响才问道："这就没啦？"

我笑了笑回道："没了，她的改变我都记在心里，反正我们现在在一起很舒服，我对以后的生活充满希望。"

于馨回应了我一个笑容，也端起自己面前的啤酒喝了一口。过了片刻，才又说道："好好珍惜现在的肖艾吧，不要再让她回到从前，因为她这个人有点死心眼，生活方式可以回到从前，却不会再去爱别人。那种只爱着一个人，却不能在一起的孤独，会摧毁一个人的。"

　　"不会有那么一天的。"

　　"嗯，当我昨天接到她的电话，她如此费心地请我留下来，我就知道她对你做出的牺牲了。她是伟大的，这点相较于她妈妈有过之而无不及，至少对待爱情，是这样的。"

　　我又想起了昨天晚上所发生的那如梦的一切。肖艾的牺牲并不仅如此，她已经是我的女人，并期待着有一个孩子。

　　可是，会有吗？

　　想到此，我那像河水静静流淌的心情，便又起了波澜。也许，她的肚子里已经有了我的孩子，在这个世界上，我不觉得还有什么事情比这个更奇妙的了！

　　看看时间差不多了，我和于馨喊来了服务员，点好菜，而属于郁金香路的夜晚也就这么来临了。

　　…………

　　点好菜，大约等了半个小时，肖艾才带着小芳来到了梧桐饭店，她看上去很开心，一坐下来，就告诉我们，小芳已经能熟练地掌握比较高级的指法。随后她也打开了一瓶啤酒，却又忽然想起了什么，放弃了喝酒，只是跟服务员要了一杯白开水。

　　我这才反应过来，原来她也在心里在意着能不能怀孕的事情。

　　不明真相的于馨，却拉着她的手，说道："肖老师，忙了一天，喝点啤酒放松一下吧，喝白开水多没劲儿！"

　　肖艾耸了耸肩，回道："今天身体不舒服，还是喝白开水吧。对了，你有没有给袁真打个电话，今天他回南京了，约他一起吃个饭吧。"

　　"给袁真师哥打电话？这事儿不该你办吗？"

　　"我不是一直忙着教小芳弹琴吗。"

　　"那我现在打吧。"

　　于馨说着从口袋里拿出了手机，随后拨通了袁真的号码。

　　这时，肖艾又变得很絮叨，她将小芳拉了过来，然后对她说道："小芳，还有一个星期，比赛就要开始了，这几天你就和老师一起住，好不好？"

　　小芳这孩子对肖艾有一种天然的崇拜，所以肖艾说什么她都言听计从，当即便点了点头。

　　肖艾转而又对我说道："江桥，明天开始我就和小芳住到琴行了，反正那里床都有，洗漱也方便，这最后一个星期的时间必须要利用起来。"

　　我知道肖艾在小芳身上倾注了很多的心血，再加上是特殊时期，便也没有提出反对意见，并表示会做好后勤的工作，争取让她们在"星海杯"钢琴比赛上拿到好的名次。

|第290章| 为了五斗米而折腰的姑娘

夏天的夜晚是郁金香路最热闹的时候。梧桐饭店已经座无虚席。不知道从什么时候开始，它的消费不再亲民，反而成了小资们聚会的地方，所以路边总是停着各种各样的轿车，也有那么几辆豪车穿插其中。

这种变化，我说不上好坏，虽然现在的梧桐饭店已经不是街坊们吃便饭的地方，但它的环境、菜品、服务确实升级了。

片刻之后，一辆吉普车停在了路边，然后便看见袁真从车上走了下来，随行的还有许久不见的季小伟，而我们点的蒜蓉小龙虾也在同一时间被服务员端了上来，吃饭的氛围一瞬间便有了。

袁真和季小伟在肖艾的对面坐了下来，看不出有什么特别的情绪，有的只是师兄妹之间的寒暄。肖艾向袁真问道："在太原的巡演还顺利吗？"

袁真不喜说话，身边的季小伟抢着回道："太顺利了，我们都没有想到上座率会这么高。尤其是太原站，大麦网开票才一个小时，两千张票就被抢光了。"

肖艾笑了笑，又问道："怎么，你成袁真师哥的经纪人了？"

"我现在还真就是他的经纪人，兼乐队的键盘手。"

于馨接过话茬，感慨道："小伟师哥，你现在做的可都不是轻松的工作，扬州那些等你等到心碎的花花草草们，你都不管不顾啦？"

季小伟拿起啤酒喝了一口，然后咂了咂嘴，颇有感触地回道："你说我们这些人，都是音乐的狂热信徒。现在肖艾开琴行，你在演艺集团，袁真曾经漂流到日本，也没有放弃音乐，再看看我自己，真的有一种玩物丧志的羞耻感。我思前想后，还是决定跟在袁真后面做音乐，我觉得这才是我活着的信仰和乐趣。至于那些姑娘，我想她们很快就会把我遗忘的，因为我们从来没有真心相爱过。"

于馨笑了笑，肖艾则向季小伟举了举杯子，说道："改邪归正不容易，希望你以后洁身自好，我们这个纯洁的大家庭依然可以不计前嫌地欢迎你！"

"师妹，你能这么说，我真的太感动了！以后我一定做一个纯洁的男人，配得上咱们这个圈子，坚决不给我们的圈子抹黑。"

肖艾瞥了季小伟一眼，却没有接他的话，季小伟也没有感到无趣，转而向离我们桌子不远处的那个摆放着不少音乐设备的角落看去，又嘀咕道："依据唱歌打分系统，九十分及以上，当次消费可以享五折。"

众人之前一直没有注意，季小伟这么一说，也纷纷向那个角落看去，果然有这么一个活动。

季小伟看着肖艾，信心十足地说道："师妹，上！今天谁请客？再来一个大份的麻辣龙虾。"

于馨探身向那边看了看，继而摇头笑了笑，接过话说道："师哥，这五折可不是那么好打的。你仔细看看，人家指定了歌曲，不是你什么拿手就上去唱什么。否则不得亏死啊，毕竟KTV水平唱到九十分也不是很难。"

"什么歌啊？"

"*Price Tag*（《价格标签》）"

季小伟咋呼道："真行！"转而又对肖艾说道，"饶舌那部分归我，敢不敢来？"

肖艾摇了摇头，回道："不来，太难了！"

她确实对这样的事情没什么兴趣，所以应付着回了一句后，又开始将自己参加各种比赛的经验说给身边的小芳听。

可季小伟这人天生就喜欢当焦点、搞气氛，所以被肖艾拒绝后，他又转而对于馨说道："来不来，咱们可是正经科班毕业的，这个面子要是不争的话，以后还好意思来吃饭吗？"

于馨给了他一个白眼，回道："吃顿饭而已，你就别一会儿怂恿肖艾，一会儿怂恿我了。这歌真不好唱，而且对着那种打分机器唱有意义吗？它能判断音准，可判断不了唱歌人的感情和音色，一点儿意思也没有！"

季小伟有点扫兴，他身边一直没有说话的袁真却开了口，说是要和他一起配合，完成这首几乎不可能唱到九十分的歌曲。

季小伟当即满血复活。而这时，肖艾也停止了和小芳的交谈，她和我们一样，可能也不太相信袁真会唱这样的歌。

袁真一手拿着话筒，一手捏着香烟，看上去非常平静。而他身边的季小伟则闭着眼睛，有节奏地抖着腿，似乎在找着饶舌的感觉。虽然我没有参与进去，却有一种大家在一起玩的次数多了，渐渐玩开了的感觉，至少已经不会像以前那么尴尬。或许饭桌上真的需要季小伟这种随时都能够活跃气氛的人。

前奏响了起来，袁真对进歌的时间卡得很准，那略显沙哑的声音，竟然也能跟上歌曲那非常快的节奏。要是让我这种业余的人来，我恐怕在哪里选择换气都来不及反应。

这个时候，梧桐饭店的小老板安琳也从屋内走了出来。她面露意外之色看着正在唱歌的袁真和季小伟，然后来到了我的身边，问道："唱歌的是你的朋友吗？"

我点了点头，然后将注意力又放在了他们正在演唱的歌曲上。

我觉得季小伟挺厉害的，他的饶舌很有美式的感觉，口语也很好。这个时候，我倒真能理解，为什么有那么多的姑娘愿意把心思放在他身上，他不仅家世背景不错，还是个很有才华的男人。

我感觉这首歌最后如果没有达到九十分，那一定是袁真拖他的后腿了，毕竟这首歌和袁真的风格实在是太不搭了，他之所以唱得还有那么一点像回事儿，完全是因为自己的音乐功底在做支撑。

歌曲渐渐接近尾声，只见屏幕上的平均得分被越拉越低，最后连八十分也没有得到。我第一次在袁真的脸上见到了那略显腼腆的笑容，他也知道是自己拖了季小伟的后腿。正在看热闹的食客们则是一阵惋惜。

安琳也耸了耸肩表示惋惜，随后对我们说道："这首歌，我们已经用了快一个星期了，中间不知道被多少人挑战过，其中也有专业搞声乐的。不过这首歌太需要节奏感了，即便是专业的，也很难驾驭这个节奏，中间饶舌的部分更难！所以，这

961

个小游戏快玩不下去了……"稍稍停了停,她又从口袋里拿出一张类似 VIP 卡的东西,对在场的所有人说道,"为了能让这个小游戏继续玩下去,我必须得提高奖品的吸引力了。各位,这张卡里充值了三千块钱,可以随时在我们的饭店消费,只要有人能驾驭这首歌,那这张卡就是他的了。"

现场的人开始交头接耳,怂恿自己身边会唱歌的朋友上去试一试。虽然三千块钱的奖励不会给这些吃饭的小资带来多少的心理冲击,可真的会让人感觉在这里吃饭是一件很有乐趣的事情。毕竟谁心中都有英雄情结,也渴望在自己搞不定时,会出现这么一个力挽狂澜的英雄。

是的,这就是安琳厉害的地方。难怪这小小的梧桐饭店会被她经营得有声有色,因为确实有其他饭店不能替代的地方。

…………

接下来的时间,又有一对客人抱着玩票的心态上去试了试,唱到一半就败下阵来。

就在众人感到绝望时,肖艾忽然放下了手中的筷子,对身边的安琳说道:"我来试试,另外,再给我们来一大份麻辣小龙虾。"

实际上,到目前为止,安琳和肖艾并没有直接地面对面过,所以她完全不知道肖艾是多么有音乐天赋的姑娘。

肖艾起身招呼季小伟。季小伟压低了声音对她说道:"你不至于为了三千块钱,玩这个刚刚还觉得很无聊的唱歌游戏吧?"

肖艾回道:"至于,我就是为了五斗米折腰。要不然今天这顿你买单,你一个人吃了这么多小龙虾!"

季小伟露出一个求之不得的笑容,然后说道:"我才不买单呢,我肯定愿意陪你玩啊。我们师兄妹可好久没在一起唱过歌了。"他又对袁真说道,"我觉得,待会儿她会让你感到自卑的。"

"不会自卑,我会为她感到高兴。"

季小伟一耸肩,然后搭住肖艾的肩膀,又回到了刚刚那个让他失败的地方,准备卷土重来。

只见肖艾很从容地拿起了话筒,然后轻轻晃动着手臂。似乎找到了感觉之后,便播放了歌曲,而我的心里也有那么一丝丝的紧张,倒不是因为那三千块钱的得失,反而更在意她的表现,毕竟这是很多人尝试后都没有能够完成的事情。

当肖艾开口唱歌,她的魅力指数直线上升。她在唱这首歌时,完全就是在用技巧。虽然我说不出门道,可是那在屏幕上不断跳跃的分数不会骗人,基本上她每一句的分数都没有低于九十的,甚至好几句都被她唱到了满分。

胜利在望,身边的于馨一边打着节拍,一边由衷地称赞道:"她那逆天的乐感可能是天生的,技巧却真的是后天苦练出来的。这首歌节奏感很强,需要急速的气压成一条线来冲击声带,支撑高音部分。就算让我上去唱,我也很难做到在兼顾高音的同时,还能保持这么好的节奏感,她的天赋让人嫉妒,值得人学习。邱子安和高索这么费尽心机地想让她进娱乐圈,真的是很正确的选择,只可惜她自己没有这样的意愿,唉!"

于馨比较专业的点评让我很佩服地点了点头。我看着此刻神采飞扬的肖艾，我是多么幸运，能与这么优秀的她在一起。

她变了，从前的她对这些不屑一顾，现在却变得有些世俗，也变得亲和了，所以才会为了那三千块钱，与季小伟上去唱了这么一首歌。

似乎被肖艾的表现触动，季小伟也发挥了比刚刚更好的状态。众人的屏息等待中，系统终于给出了九十二的高分。现场顿时掌声雷动，众人纷纷拿出手机，将肖艾和季小伟的身姿，以及那很难得到的九十二分记录在了镜头中，并将这有趣、好玩的一幕发到了自己的微信朋友圈。

这个夜晚，我们玩得很尽兴。而季小伟和袁真似乎也接受了我和肖艾在一起的事实，开始与我称兄道弟，并将对肖艾的同门情谊转移到了我的身上。我们都喝了很多的啤酒，并约好等他们结束下一站的巡演后，回来再好好喝一次。

我喜欢这种渐渐圆满的感觉。是的，只要肖艾的母亲不再出来阻止我们，我们会圆满的，不止琴行，还有我们的爱情！

…………

从梧桐饭店散了之后，肖艾回小院收拾了几件衣服，便带着小芳住到了琴行里面。而我虽然独自在院子里做着琴行的财务报表，但也不觉得孤独。因为我能感受到，此刻的肖艾正在用不同的方式与我一起努力着。

已经是深夜十一点，我舒展了一下身体，准备结束这一天的工作。

这时，小院的门被敲响，我听到了赵牧的声音。他这么晚过来找我，让我感到很意外，愣了一下，才替他打开了院门。

他随我进了院子，却没有坐下。他拖着一只很大的行李箱，身上背着行囊。

我向他问道："怎么，这是要到外地去出差吗？"

赵牧没有回答我的问题，却向我问道："肖艾呢，你们不是住在一起了吗？"

我点上一支烟，吸了一口之后，才回道："我们琴行有个孩子马上要参加钢琴比赛，她想抓紧时间多教教那个孩子，所以就带着她一起住到琴行了。"

赵牧点了点头，沉默了片刻之后，对我说道："我明天早上就要去马来西亚了，可能会待上半年。"

"你不是负责老巷子的项目开发吗，怎么突然又要去马来西亚了？"

赵牧的表情有些失落，苦笑着回道："集团因为拆迁的事情对我很失望，所以已经聘请了专业的拆迁公司来继续这个项目。正好马来西亚那边新上了一个项目，就把我调到那边去了。"

他的失意让我心中有那么一点儿伤感，却不知道该怎么安慰，于是又捏着手中的香烟吸了一口。

"桥哥，你能告诉我，到底什么是人性吗？我为了让大家能够改善生活，才把这个项目带了回来，能满足的也尽量满足了。他们在得到后却依然不满足！难道人性真的就这么贪婪，他们也不会回头看看别人曾经为他们做了什么吗？"

我一声叹息，然后拍了拍他的肩，以示安慰。

沉默了一会儿之后，赵牧从自己的包里拿出了一个盒子，交到我的手上，说道：

"这个盒子你替我转交给肖艾，里面的东西对她可能会有一点儿帮助。肖总是被人陷害的！"

他这些话说得太突然，以至于我一时没能反应过来："啥？"

"你交给肖艾，她会明白的。"

赵牧说着又将包挂回到了肩上，然后转身向门外走去。看着他低垂的身姿，我心中更不是滋味了。

就在他的脚快要踏出门槛的一刹那，他又回过头，然后笑了笑，对我说道："桥哥，我想开了，希望你和肖艾能够幸福，无论我走到天涯海角，也会为你们祝福的。生活不容易，你们加油！"

只是一瞬间，我的鼻腔里便传来了酸涩的感觉。我忽然很想拉住这个从小一起长大的兄弟，然后抱住他说一声"保重"，可是他的背影已经消失在了我的视线中。

我忍住了酸涩的眼泪，轻声告诉自己，这就是生活的悲欢离合。

保重，赵牧，希望在那个陌生的国家，你不要感到孤独。

|第291章| 不能作为证据

六月末的南京，进入了梅雨季。那绵绵不断的雨水，仿佛是在悄无声息中到来的，到处一片潮湿，而那阴湿的气味就好像飘浮在空气中，让人感到不那么舒服。

起床之后，我找到去年没有用完的樟脑丸，放进了那个还是从爷爷辈遗留下来的木制衣柜中，又往肖艾那个拼装起来的简易衣柜里也放了几粒。

煮粥的过程中，我又抽空将自己这几天和肖艾积攒下来的衣服洗了洗。做完了这些后，时间也不过才刚刚早上七点。估摸着肖艾可能还没有起床，我便给她发了一条信息，让她起来后联系我，我将早餐给她和小芳送过去。

等待的过程中，我搬了一张摇椅在屋檐下坐了下来，没有特别想做的事情，就想听着雨水的声音打一会儿盹。

尽管这雨已经下了一夜，可天气还是那么闷热，我索性连短袖背心也脱了，就这么光着膀子，可就这么一个无心的行为，却让我有了一种坦坦荡荡，无愧于这个世界的满足感。就像我刚来到这个世界一样，可以一丝不挂地笑着。

一阵风忽然吹来，将从屋檐上滴落的水吹到了我的胸口，那冰凉的感觉，好似瞬间就浇醒了我，让我不再那么自我感觉良好。我又想起了自己当初为了琴行能够开业，对同样在郁金香路上的英语培训机构做过什么。

这一直是我心中扎得最深的一根刺。

…………

我厌恶这种情绪，于是给自己点上了一支烟，吸到一半的时候，我给乔野打了个电话。

作为朋友，我不那么称职，因为只有偶尔想起来才会给他打个电话，关心秦苗的近况。实际上，我也很在意秦苗知道自己不能生育之后会是什么心情，这个让人感到绝望的遗憾终究是要面对的。

乔野接通了电话，随即便听到那边传来一阵乒乓声，我向他问道："干吗呢？"

他含糊不清地回道："给秦苗做早饭。这么久没联系，你最近都忙什么呢？"

"我能忙什么啊，不都是琴行的事情吗！对了，秦苗的身体恢复得怎么样，心情还好吗？"

乔野叹息，回道："一时半会好不了，这件事情对她打击太大了，基本上每天就是坐在家里的花园发呆。这会儿下着雨，也打着把伞在院子里坐着。真怕她这么下去会疯了！"说到这里，乔野将声音压得更低，"这是她现在还不知道以后不能怀孕的事情，要是知道了，真的就别指望她以后能正常生活了！"

我用手敲了敲自己的额头，望着那不停下着雨的天空，心里莫名有点烦躁。如果真的有命运这么一说，我觉得它不该让这样的厄运降临到秦苗的头上。

我回道："这事儿无论如何先不能说。这样吧，等我和肖艾将琴行的事情忙完了，大家一起到西双版纳散散心，老让她这么在南京闷着也确实够呛！"

"我也是这么想的，你那边能给个准日子吗？"

我想了想，回道："两个星期以后吧，我这边应该能腾出一个星期的时间。"

"那行。"

结束了和乔野的通话，我抬头看了看还在下雨的天空，心中那烦闷的感觉终于得到缓解，我们是该出去走走了。南京虽然是我们的家，可外面的世界更广阔。

…………

大约八点，我带着早饭，还有赵牧昨晚留下的那个盒子来到了琴行。此时的肖艾已经起床了，她和小芳正在水池旁洗漱。

我在教室外面的走廊等了片刻，肖艾来到了我的身边。我将早饭递给了她，陪她一边吃一边聊天。

她有点走火入魔了，与我说的话题全部与小芳有关。她说，小芳有她童年时的影子，对音乐的领悟力非常强，她对小芳越来越有信心了，类似种种。

我当然不嫌她烦，一直笑着听她说到吃完了早饭，忽然也不觉得窗外那阴雨绵绵有多讨厌了，想来这就是喜欢一个人所带来的力量。她就是我生命中最茁壮的向日葵，如阳光一样庇护着我那有些阴暗的生活。

在肖艾用纸巾擦嘴的时候，我将赵牧昨天留下的盒子递给了她，说道："赵牧被金鼎置业的高层安排到马来西亚工作了，可能至少要待半年的时间。"

肖艾并不太在意地"嗯"了一声，然后看着我手上的盒子问道："这是什么？"

"这是他临走前留下的，他说你爸爸是被别人陷害的，这里面的东西对你可能有点用。"

肖艾从我的手中接过，打开了盒子，里面装着的是一支录音笔。肖艾从里面拿了出来，她按下了播放键，我们便听到了一段对话，但声音对于我而言很陌生。

"李子珊这个女人就是我们集团最大的蛀虫，她私底下背着老肖做了多少肮脏的事情,不知道老肖为什么要自己承受这些。"

"唉,这事儿也就只能咱们私底下说说,现在的金鼎置业已经不是从前的金鼎置业了,老肖这辈子败就败在遇人不淑上,阮苏多好的一个女人啊,他却背叛了她,连带着自己的女儿也遭了这么大的罪。好好一个家庭,就这么搞散了!"

另一个声音,颇为惋惜地叹息一声,然后说了一声"是啊"。

录音到这里结束,我和肖艾都陷入了沉默中,她的眉头一直紧皱着,眼里的泪水在打着转,好似想起了自己那个本来圆满,最后却被肖总给亲手毁掉的家庭。

我心中一阵阵难过,同时也明白,赵牧为什么会说这只是一个对肖艾有点帮助的东西,因为它给出了一些我们之前都不知道的信息,却又不能作为证据。

过了许久,肖艾将录音笔放回了盒子里,她低声说道:"其实我们刚刚听到的这些,也有爸爸曾经的心腹和我说过,却不能拿李子珊怎么样,因为她是个聪明人,那些对她不利的东西,早就被她给处理掉了,想翻案的可能性几乎是没有的。"

|第292章| 各自安好

窗外的雨还在淅淅沥沥地下着,肖艾将手放在我的腿上,我则看着她的侧脸,好一会儿之后,才对她说道:"你爸爸在商场上是一个那么有资历的人,李子珊在他背后做的这些,难道他都不知道吗?"

"他怎么会不知道?但为了那个孩子,他就将所有的罪名都自己一个人承担下来了。可是,上次我们去看他的时候,他却说那个孩子可能不是他的。很多事情,他知道得太晚,也被李子珊坑惨了。也许,他最大的痛苦并不是承受了怎样的牢狱之灾,而是一辈子的英明和幸福全部毁在了李子珊这个女人身上。"

我点了点头,心中认同肖艾所说。肖总确实是一个可叹的枭雄。一阵沉默之后,我向肖艾问道:"金鼎置业的内部现在是什么情况,是不是还有你爸的心腹在?"

"股东里面有,他们还是有一定话语权的,李子珊也动不了他们。可是整个金鼎置业现在说了算的还是李子珊。我前段时间和那几个叔叔见了面,他们希望我能接受爸爸那部分股份,从而剥夺李子珊对公司的管理权。"

肖艾的话让我有些惊讶,这才想起,即便肖总犯法入狱,可依然不影响他股东的权利。在这个局面下,转让给肖艾是一个最好的选择,可是肖艾能驾驭住吗?又是否能在金鼎置业这个深潭中做到力挽狂澜?

这真的是一个很大的疑问!

我对她说道:"如果我没有猜错的话,上次我们去看你爸爸,他支开了我,要单独和你聊的就是关于股份转让的事情吧?"

肖艾点了点头,她的表情充满了复杂,许久之后,她怅然一笑,说道:"这是一件让我感到无能为力的事情。首先,这不是我的志向所在。再者,我对企业管理也是一窍不通，我终究只是肖艾，不是金秋，也不是秦苗这样的女人。我喜欢的只是现在这样的生活，商场的尔虞我诈和虚伪，会让我感到很不快乐。所以那一次，我没有答应爸爸。"

"我明白你的心情。"

"是的，至于爸爸和李子珊之间的恩怨，他自己出狱后，自然会亲自解决。在我对金鼎置业没有一点儿欲望的前提下，如果我答应了爸爸的要求，那我就只是一个为了恩怨而活着的工具，我没有义务成为谁的工具。我有我自己的生活，你说对吗？"

我轻轻搂住了她，心中对这个姑娘有了更深层次的了解。她所具备的独立人格，是值得我去学习的，而我们这原本并不对称的爱情，之所以能走到今天，也是因为她的性格像阳光一样，为我们照亮了前方的道路。

我们的身上有太多的共同点，我们都不愿意参与纷争，有点避世，但这并没有错，因为只要我们在一起，小生活也有大乐趣。

…………

这个下着雨的上午，我一直在琴行待着，直到快要午饭的时候才离开。我准备去与我们有合作的那家培训机构聊一聊下一阶段的合作。总体来说，我们这一阶段的合作还算成功，他们通过活动向我们琴行输送了不少的学生。

路过梧桐饭店的时候，我看见了正在吃饭聊天的金秋和陈艺。同时，金秋也发现了我，她向我招了招手。我以为她有什么事情要和我说，便向她们那边走了过去。

我没有坐下来，金秋招呼服务员又拿来了一套餐具，然后对我说道："你肯定还没有吃饭吧？正好是吃饭点，就一起吃吧。"

我回道："不了，要是没正事儿说的话，我就先走了，约了人中午谈事情呢。"

金秋笑了笑，叹道："我们这还真是为了生活各自奔波啊！这么巧遇见了，连一起吃个饭的工夫都没有。"

金秋的牢骚还是对我起了那么一点儿作用，我看了看时间，还算充裕，便在她们的身边坐了下来，省得自己待会儿还得找地方吃饭。

我很久没有这么面对面和陈艺坐在一起了，看着那曾经无比熟悉的面容，我却不知道要开口说什么样的话题。好在陈艺也没有太在意，只是端起杯子喝着里面的水。

憋了半天，我终于对金秋说道："今天这顿饭我请吧，感谢你那天替我把胃药送给奶奶。"

金秋很爽朗地笑了笑，然后说了声"好啊"，接着又对我说道："江桥，你现在和肖艾也算是定下来了，有空就多去看看奶奶，她现在也将希望全部寄托在你们身上了。"

我打开服务员刚刚送来的啤酒，一边喝着，一边点了点头。其实，有些敏感的事情，我并没有和肖艾及时沟通。我只知道她有留在南京的决心，却不知道阮苏现在是什么态度，是不是已经放弃了让她去伯克利音乐学院留学的念头。

这时，金秋又转而对陈艺说道："最近咱们圈子里盛传，帝朗科技的常总正在追求你，有这事儿吧？"

陈艺点了点头，没有否认。

金秋笑了笑，又说道："我和常总在国外的时候就已经认识了，这可是一个很优质的男人，各方面条件都很好，我真的觉得你们挺般配的！"

我看着陈艺，她的表情在这个时候微微起了变化，却没有明确表态，但这种不表态，恰恰也是一种态度。如果是从前，无论我们谁说起，某个男人想追求她，她都会很直接地说"没感觉"，但这次她沉默了，而我仿佛能感知到她心中的微妙变化。

我不敢说这个男人有多么适合她，尤其是她的心，已经被我和邱子安伤透了。

只是一瞬间，她似乎就没了吃饭的欲望，起身从椅子上拿起了手提包，对我和金秋说道："我还有点事情，先走了，你们慢慢吃。"

看着她离去的背影，我不自觉地便点上了一支香烟，我总觉得她看上去过得并不那么好，虽然她的身边并不缺乏追求的人，虽然她已经渐渐从我的世界里走远。

"江桥，你觉得陈艺会答应常总的追求吗？"

我沉默了许久之后，才摇了摇头，回道："我不知道……但我真的希望，经历了这么多的事情后，我们都能各自安好！"

| 第 293 章 | 别了，我的纺织厂

陈艺已经走了一会儿，服务员才将最后几道菜送了过来，而之前送上来的菜也基本没怎么动过，金秋却已经不打算再吃了。

我让服务员将那些完全没有动过的菜打了包，然后寄存在饭店的冰箱里，准备留着晚上吃。

我去前台付了账后，与金秋并肩站在屋檐下，一直没有停止的雨水就这么打在旁边的玻璃窗上。地上的积水倒映着疾驰而过的汽车，世界是动态的，我的心情却是平静的，我甚至想不起刚刚和金秋聊了些什么。

金秋从自己的包里摸出了一包女士香烟，抽出一根递给我。我不习惯抽这么淡的烟，便摇了摇头。金秋给自己点上了一支，重重地吸了一口，将烟吐出后便看着我，似乎有什么话要说。

我在她的目光中有点不自在，便往后退了一步。

金秋嫌弃地看了我一眼，随后说道："干吗啊，我身上有毒吗，让你这么躲着我？"

"没有，只是感觉你的表情怪怪的，就像误吃了一只苍蝇吐不出来的感觉。"

金秋扑哧一声笑了出来，她将双臂放在胸口，弹了弹烟灰之后，便一直看着对面被雨水打湿的街道，她看上去有很重的心思。

当我也从口袋里摸出一支香烟点上时，她终于开口向我问道："江桥，你觉得我过得开心吗？"

我从来不觉得自己有多了解她，所以并没有给一个很肯定的答案，只是回道："能够一直做自己喜欢的事情，我觉得应该是快乐的吧。"

金秋吸了一口烟，然后仰起头，目光涣散地对着落雨的天空缓缓吐出口中的烟雾，她闭着眼睛摇了摇头，却不说自己为什么过得不开心，而在我的记忆中，现在这个场景，好似在哪里经历过，却又记不得时间和地点。

跟着她以一样的节奏吐出一口烟后，我又向她问道："你在想什么呢？"

"没有想什么，只是感觉心里很空。"

我看着她，她一声轻叹，然后又笑了笑对我说道："你不是还有事情要办吗？快去吧。"

"你确定你能搞定自己的心情？"

"我不是一个为了心情而活着的女人。"金秋说着将手中的香烟按灭在了旁边的垃圾桶上。稍稍沉默后，又对我说道："对了，关于那座纺织厂改造成酒店的相关手续已经全部办下来了，明天就会有一个工程队进去施工，你要不要再回去看看？"

"这么快！"

"在资金已经全部到位的情况下，项目的推进速度是很快的。"

我感觉自己的心在抽痛，也忘记了和培训机构约着谈下一阶段合作的事情，立刻便向纺织厂走去。我庆幸自己在这个中午遇到了金秋，并得知了这个消息。否则，自己就像一列火车，只顾载着爱情从繁重的生活里疾驰而过，却留下了未曾去最后见见那座纺织厂的巨大遗憾。

我肯定会遗憾的，因为那里装满了我一整个童年的幸福和成年后的所有悲伤！

它于我的意义，已经超越了一切。

…………

站在纺织厂的门口，从来未曾觉得它像此刻这么脆弱过，它就像一个风烛残年的老人，在夏天的风雨中飘摇着。可是我无法给它最后一个拥抱。

我用手紧紧握住铁制的门框，那生锈的地方混合着雨水，在我的手臂上淌出了一道黄色的轨迹，冰凉的感觉激发出了我心中的怜悯，可我不想松开。我看见了杨瑾隔着窗户向我伸来的双手，她的手上除了温柔，还有几个硬币，让我去买冰棍，买烤红薯……

我忽然好想她！

金秋拽着我的手，尝试了好几次才将我拉开。她递给了我一张纸巾，然后又从包里拿出了一把钥匙，一并递给我说道："最后一次打开这扇门的权利，还是交给你吧。"

我从金秋的手中接过钥匙，这一刻，没有停止的雨水拍打在我的脸上，风中掺杂着悲伤的呜咽。

是的，这座纺织厂已经在这里存在了将近三十年，它曾经的辉煌是一个时代的见证，也是几代人的情怀。如果我很有钱，我一定会把它买下来，然后将它当作文物一样保存起来。我不需要这条路上多出来一个什么五星级的主题婚礼酒店，我更讨厌被过度开发的郁金香路，到处都是渴望金钱的味道和腐朽的欲望。可是，我什么都做不了，还被很多人觉得自私自利。

我做了一个深呼吸，将手中的钥匙插入了锈迹斑斑的铁锁中，用力扭动后，门锁被打开。一瞬间，像打开了一个时光机器，那无数个过往的画面在浑浊的雨水中翻滚着，我的意识就像一堵长满杂草的石墙，将这些画面全部挡住、收拢，然后将自己的心情弄得五味杂陈。

············

通往纺织厂内部的那条水泥路，已经坑坑洼洼，我和金秋踩着这些坑洼和里面的积水向院内走去，然后在那辆卡车的旁边停了下来。金秋就站在我的身边，她为我撑起了一把雨伞，除了滴答的雨水声，只剩下我们的呼吸声。

一阵沉默之后，金秋突然想起什么似的对我说道："江桥，我让婚庆公司的首席摄影师过来，为这座纺织厂拍摄一组照片，算是最后的纪念吧。"

我看着金秋，许久才说道："这是你做的让我感到最舒服的决定了！"

金秋撇嘴笑了笑，回道："江桥，你相信吗？我本来也不愿意将这座纺织厂给拆掉，可是有些事情是必须要做的，没有一丝可以商量的余地。但是，你要明白，这个世界没有你想的那么冷酷，很多人是关爱着你的，只是用的方式不一样罢了。这些年，你很累，很辛苦，很孤独。但请你相信，这绝对不是这个世界造成的，而所有的苦难也只是暂时的。至少，你现在得到肖艾的爱了，这是让多少人羡慕的事情。更可贵的是，她是因为爱情才和你在一起的，而不是其他。她会是你生命中最可靠最纯粹的女人，只有她才配得到你以后所拥有的一切！"

我想了半天，也不知道她到底要和我说什么，以至于过了半晌才回道："你能不能不要每次说话，都让我有一知半解的感觉。"

"你以为我愿意这么让你一知半解吗，还不是因为你自己活得太糊涂！你总是因为这些年的境遇，将自己困在一个悲伤的角落里，不愿意将目光看向更远的地方。是，我知道自己不应该因此责备你什么，因为你确实经历了很多正常人体会不到的辛苦和艰辛。对你来说，能保持着善良的品行，努力为自己的生活创造价值，就已经很难得了，你没有在别人的歧视和诸多的不公平中迷失自己。"

我没有言语，因为她说的这些我都知道，唯独不知道她为什么总是说着让我一知半解的话，但是我不想再追问什么了，她如果有心给我答案的话，压根就不会这么神秘。

也许，现在的她比我还要难受。

见我不说话，金秋也没有再硬找话题继续聊下去，而后她便拿出手机拨通了一个号码，叫来了婚庆公司的首席摄影师邹满，为这座纺织厂拍下了最后的影像。

············

金秋走了，邹满在拍完照片之后也走了。风雨中，只剩下我坐在二号车间的屋檐下，一遍又一遍地看着眼前那破败的一切。

我忽然想到了肖艾，尽管知道此刻的她很忙，但还是拿出手机拨通了她的电话。我希望她能陪在我的身边，最后送送这个老朋友。准确说，是我的老朋友。

电话响了很久之后，肖艾才接通，却没有和我说话，而是对身边的小芳说着弹奏要领，说完之后，才向我问道："怎么了？"

"纺织厂明天就要被拆了，过来坐会儿吧。"

肖艾的心情明显受到了这个消息的影响，她在电话里沉默着，许久才说了一声"好"。在她挂掉电话之后，我便听着雨水落下的声音，尽量让自己保持平静。

　　她不在，哪怕坐着不动，我也有一种独自流浪的孤独感。我以为自己已经习惯了孤独，却又如此依赖着她，尤其是在这样一个充满告别的时刻。

　　片刻之后，肖艾撑着雨伞走到了我的身边，她的手上还捧着一碗冒着热气的桶面。她看着我笑了笑，然后问道："刚刚路过便利店买的，要不要吃一点儿？"

　　"你还没有吃午饭？"

　　"有点忙，还没顾得上。"肖艾收起伞，在我的身边坐了下来，然后打开泡面盒，用叉子从里面挑了一根香肠送到我的嘴边，让我先吃。我不愿意吃她那少得有点可怜的午饭，她就生气地看着我。

　　看着我张开嘴，她才又笑了笑，然后将香肠送进了我的嘴里，我咬了一半，剩下的一半被她吃了，她一边吃着，又一边低头用手机整理着这几天的教学记录。

　　我伸手搂住她的肩，她往我的身上靠了靠，这一靠，莫名给了我很多勇气，让我可以坦然面对这个世界的变迁，看着纺织厂变成一片废墟和建筑碎片，再有一座五星级的婚礼酒店在这里拔地而起。

　　被这种心情支配着，我轻声在肖艾的耳边说道："一两年后，这里会建成一座以婚礼为主题的五星级酒店。如果我们恰好在那个时候结婚，我们的婚礼就放在这里办，好不好？"

　　肖艾终于放下了手机，她转头看着我，笑了笑，问道："婚礼策划师是你吗？"

第294章　灾

　　已经是下午，雨水终于小了一些，可是风吹得更猛烈了。乌云被吹散，转眼又是一片从远方飘来，整个世界都好似充满了告别前的沉重和阴郁。

　　雨水一滴滴落进了肖艾刚刚吃完的泡面盒子里，我看着水上漂浮着的油渍一阵失神，仿佛看见了一个让我感到非常难受的破败世界，而这个世界里的一切都是那么暗淡无光。

　　肖艾将自己的手机放回到口袋里，她挽住我的胳膊，与我靠得更紧了。然后随着我以一样的目光看着即将拆迁的纺织厂。许久之后才轻声说道："不带着原谅的心情，真的没有办法接受这里即将要被拆掉的事实。"

　　我有被一语击中的感觉！我之所以如此难过，是因为一直逼着自己以原谅的心情去接受即将发生的一切，可有些事情又怎么会轻易被原谅。在我难过的时候，我不需要一座五星级婚礼酒店，我喜欢的只是纺织厂里的陈旧和安静，它独一无二的环境会让我想通很多事情。

　　可直到它真的要被拆掉的这一刻，我才发现，它从来也没有属于过我，它是经济的产物，也死于经济，向来与心情无关。

我看开了，谁要拆就拆吧，反正一辈子也不长，哪里会有那么多的苦痛，需要一座已经没有存在价值的纺织厂来安慰！

我点燃了一支香烟，然后告诉自己，抽完这最后一支，就什么也不要再想，因为在已经不能改变任何的前提下，再真切的留恋，也只会显得矫情。

…………

黄昏，我办完了今天计划以内的全部事情，然后又一次路过了这座纺织厂。我还是停下了脚步，却已经没有多余的情绪，只想将它的样子刻在自己的心里。也许五十年后，我也不会遗忘。

此刻，那下了一整天的雨终于停了下来，遥远的天际现出一抹金黄色，好似要告诉人们，黄昏并没有放弃每一个喜欢追求美好的人，它依然在用自己独特的方式，让这个世界看上去绝望和希望并存。因为我看见了一抹阳光穿透云层，洒在了路边的一簇野草上，野草的旁边就是老王的馄饨摊，许多喜欢这个口味的人正在排队等待着。

不知道什么时候，我的身边多出了一个人，她的声音很轻，一直等她与我靠得很近，我才发现是陈艺，这让我有点意外。

陈艺双手插在裤子的口袋里，与我保持着大约五十厘米的距离，这个距离很微妙，可以感受到她的气息，却感知不到她的心跳到底是平静，还是也有那么一点点的不舍和痛苦？总之，她来了。

向纺织厂的院子里看了一会儿，她对我说道："我知道你会来。"

我点了点头，随之想起了一些过往的画面。这里曾经是我们的游乐场，我会拉着她的手，在江继友那辆卡车上爬上爬下，也会在起风的时候，拉着一只红色的风筝在结实的水泥路上飞奔着。

可我不确定，她是否还能记得这些。

"江桥，你还记得吗？我们的童年在这里是彩色的，院子里有白色的蒲公英，墨绿色的卡车，阿姨深蓝色的工作服，还有你爸爸送给我们的那只红色风筝。现在，这里的一切都要不存在了，真的会让人心里感到很难过。而这条郁金香路上，除了我们还没有拆迁的老屋子，也没有了任何从前的建筑和记忆，可是现在连老房子也要被拆了！"

我眯着眼睛，想象着那些已经被岁月洗刷得很陈旧的画面，半响后才笑了笑，回道："是啊，那时候的天可真蓝，空气里都是植物的味道。尤其在每年八月份的时候，纺织厂院子里种植的那些桂花树，香味能飘满一整条郁金香路……对了，我们还经常在纺织厂后面的丰收河里钓龙虾。"

我有些停不下来，一股脑儿地将自己能记得的画面全部说了出来……回忆就像冲不淡的时光，与眼前这金黄色的世界渐渐融合。我无法用言语去形容这种即将逝去的美好，但夜晚就快要来临了。

"江桥，你不要再说了……"

陈艺那悲伤的声音让我像急刹车一般停了下来，然后转头看着她，她却用双手紧紧握住大门上的铁杆，表情和她的声音一样痛苦，但是并没有哭。

"怎么了？"

陈艺低着头，好似在看着地面，片刻之后才回道："对不起，我没能控制住自己的情绪。但是你说的那些话实在是太有画面感了，却又只有画面，过往已经完全不存在了！"

我苦笑，也是一阵沉默后，说道："在这样的时刻，人多少都会因为感怀而伤感吧。"

陈艺没有再接我的话，她从自己的包里拿出了一台单反相机，隔着大门，以有限的角度记录了纺织厂最后的样子。

看着陈艺拍摄照片时的模样，我觉得她是幸运的，因为阴沉了一天的南京，终于在夜晚快要来临时放了晴。此时的世界，在她的镜头里都是金黄色的，就像一位跳舞的贵妇，如此曼妙，如此让人心碎。

…………

回到自己住的小院，我煮了自己最拿手的皮蛋瘦肉粥，然后又在巷子口买了些蟹黄包，准备一并送到琴行，我觉得这是一顿还算营养的晚餐。现在，我只要能抽出一点儿时间，都会为肖艾张罗饭菜，我不希望她吃那些没有营养的东西。

来到琴行，并没有听到想象中的琴声，这让我有点诧异，看了看时间，也不过才晚上八点。

我踩着楼梯上了楼，探身向教室里张望着。

原来，此时的肖艾正搂着小芳，半躺在一张很简易的小钢丝床上休息着，那还没有合起来的钢琴谱，被风吹得翻动着。钢琴旁边的椅子上则放着一只包装袋，里面的蛋糕已经被吃完，想来这就是她们的晚饭。

我走到她们的身边，先拍着肖艾的肩，将她叫醒，然后一边打开保温饭盒，一边对她说道："刚刚给你们熬了皮蛋瘦肉粥，还有蟹黄包，你们赶紧吃吧。"

肖艾面露喜色，她拉开袋子看了看，然后又将身边的小芳也叫醒，给她递了一只蟹黄包。

我就坐在她们的身边，看着她们吃得很满足的样子，心中不禁有点难过。于是便对肖艾说道："如果以后我没时间给你们做饭，你们就自己到梧桐饭店去吃点，或者叫外卖也行。不吃饱了，哪有精力练琴！"

肖艾并不太在意地回道："没事儿，反正吃苦也就剩这几天。我已经计划好了，等参加完这次比赛，我就带着小芳去看看外面的世界，这样会让她的性格变得开放一点儿。"

我看着小芳，深表认同，然后对肖艾说道："我正想和你提旅游的事情呢，我已经和乔野约好了，时间也是'星海杯'结束后，咱们一起去西双版纳走走。"

"好啊，累了这么久，真的好想能够放松放松！"她说着将手中的碗又递给了我，让我给她再盛一碗。

看着她这么辛苦的样子，我心中更是不舍了，于是对她说道："要不，今天晚上就回去睡吧。我不闹你，我睡沙发，或者睡隔壁屋子。"

肖艾以一种怪异的目光看着我，我赶忙又说道："我发誓，我就是想让你睡得舒服些，我觉得学习这件事情也是需要劳逸结合的，过度教学反而是一种拔苗助长！"

肖艾又很严肃地看着我，然后回道："你对小芳的情况不是很了解，她的基础知识很薄弱，但是又有很强的学习能力。正是觉得她有能力接受高强度的训练，我才会选择用这种方式教她……"停了停她又说道，"反正成败就剩这两天了，我对自己很有信心，对小芳更有信心。但以后所有的荣誉，一定都是建立在现在的汗水和努力之上。因为这个世界上绝对没有平白无故的成功。所以，你要做的不是劝我们怎样放松，而是在我们忙碌到没有时间喘息的时候，代替我们去看看这个世界是多么现实，竞争又是多么激烈！"

我和肖艾认识这么久了，当然知道这些不是她随便说说的，于是笑了笑，便不再多说什么。就像她自己说的，再苦再累，也就只剩下几天的时间，而人生难得一搏，我该支持她的决定，更该尊重她的性格。心中却也更加期待比赛结束之后的旅行，我觉得这会是我们人生中的一个节点，从而开启一扇神秘又未知的大门。

…………

这个夜晚，肖艾依旧以最饱满的状态与小芳一起做着最后的努力，我则将琴行的卫生搞了一遍，希望她们能在一个舒服的环境中练琴。等我回到自己的住处时，已经是夜里的十点半了，可她们还没有结束一天的课程。

洗漱之后，我躺在床上无心睡眠。那窗外的夜色如同墨一样泼在了这个世界所有隐秘的角落，而一阵阵吹过的风，如哀鸣一样让人心绪不宁。

我隐约听到了远处传来的叫喊声，起初并没有太在意，可是片刻后，又听到了消防车的鸣笛声。我心中莫名惊恐，便走到了院子里，只见琴行的上空已经被火光染成了猩红色，黑色的烟像无底的黑洞，吞噬了一切！